新日本古典文学大系
35

今昔物語集
三

池上洵一　校注

岩波書店刊行

目次

説話目次

巻第十一　本朝付仏法

巻第十二　本朝付仏法

巻第十三　本朝付仏法

巻第十四 本朝付仏法

巻第十五 本朝付仏法

巻第十六 本朝付仏法

凡例

一　底本

巻十一および巻十三―十六は東京大学文学部国語研究室蔵 紅梅文庫旧蔵本(東大本甲)を、巻十二は京都大学付属図書館蔵 鈴鹿家旧蔵本(鈴鹿本)を底本に用いた。

二　本文は底本の形を復元できるよう努めたが、通読の便を考慮して、翻刻は次のような方針で行った。

1　底本では、付属語や活用語尾を片仮名小字で二行に割書きしているが、本書では通常の書き方に改めた。

2　改行・句読点、等

(イ)　適宜改行して段落を設け、句読点を施した。

(ロ)　会話や心中思惟に相当する部分等を「　」でくくった。

3　振り仮名、等

(イ)　漢字に付した平仮名の傍訓は校訂者による訓みを示す。校訂者の傍訓は歴史的仮名遣いによった。

(ロ)　底本の仮名遣いが歴史的仮名遣いに一致しない場合には、それを傍記した。

(ハ)　底本の漢字にいわゆる捨て仮名が添えられている場合には、傍訓は必ずしも漢字の一字一字に対応せず、語句全体の訓みに沿うようにした。

(ニ) 標題については、文章全体の訓みを傍訓の形で付した。

(例) 汝《なむ》ヂ　無限《かぎりな》シ　無限《かぎり》ナシ　不見《みえず》ヘ

4 字体

(イ) 漢字は原則として現在通行の字体に改め、常用漢字表にある文字は新字体を用いた。古字・本字・同字・俗字・略字その他で通行の字体と一致しないいわゆる異体字は、原則として正字に改め、必要に応じて注を付した。

(ロ) 反復記号は原則として底本のままとした。但し、漢字の同音記号はすべて「〻」に統一した。

(ハ) 「〆」(シテ)のような特殊な合字や連字体等は通行の文字に改めた。「廿」「卅五」等は「二十」「三十五」等に改めた。

5 誤字・衍字・欠字、等

(イ) 明らかな誤字・衍字等は訂正し、必要に応じて注を付した。

(ロ) □は、底本の欠字箇所および底本の欠損等による判読不可能の箇所を示す。

⬚は、底本に欠字はないがそこに何らかの記述があったと推定される箇所を示す。

6 東大本甲に施された書入れ(削除記号・正誤の推定・他本との比較その他の傍書)は、次のように扱った。

(イ) 校訂者が底本の本文に加えた変更が、底本の書入れ内容と一致する場合は、原則として注を付さなかった。一致しない場合は、適宜注を付して底本の書入れに言及した。

(ロ) 巻十一については、あまりに煩瑣にわたるため、原則として底本の書入れには言及しなかった。

（八）底本の書入れが意味上の問題をはらむ場合には、その採否にかかわらず注を付した。

三　その他

1　脚注で言及した諸本の略称

東北本　東北大学付属図書館蔵 新宮城旧蔵本（東北大本）

黒川本　実践女子大学蔵 黒川春村旧蔵本（実践女子大本）

田村本　東京大学文学部国語研究室蔵 田村右京大夫旧蔵本（東大本乙）

保孝本　内閣文庫蔵 岡本保孝手校本（内閣文庫本Ｂ）

内閣享和本　内閣文庫蔵 享和二年識語本（内閣文庫本Ｃ）

信友本　福井県小浜市立図書館蔵 伴信友旧蔵本

萩野本　九州大学付属図書館蔵 萩野文庫本『今昔物語抄』

京大四冊本　京都大学付属図書館蔵 四冊本

2　脚注に引用した主な文献の略称

打聞　打聞集

栄花　栄花物語

縁起　金剛峰寺建立縁起　清水寺縁起

縁起集　菅家本諸寺縁起集

往生伝　拾遺往生伝

験記　法華験記
極楽記　日本往生極楽記
沙石　沙石集
私聚　私聚百因縁集
釈書　元亨釈書
書紀・紀　日本書紀（「紀」は「推古紀」等の形で）
続紀　続日本紀
大師伝　叡山大師伝　慈覚大師伝　智証大師伝
伝記　三国伝記
伝暦　聖徳太子伝暦
年表　七大寺年表
利益集　金沢文庫本観音利益集
霊異記　日本霊異記

3　通行字と著しく字形の違う異体字の一例

夕灬（亦）　恠（怪）　盖（蓋）
灾（災）　杀攵（殺）　米斤（料）
忩（怱）　菄（棗）　燸（煖）

㐰(低)　茇(発)　阝(部)

卄(菩薩)　卉(菩提)

今昔物語集　巻第十一

本朝付仏法

日本仏教の始発

本巻から本朝部が始まる。本朝仏法部の始発でもあるこの巻が語るのは、仏教が日本に伝来し次第に定着、弘布していった様相、すなわち日本仏教の夜明けである。内容は大きく前半(第1—12話)と後半(第13—38話)に分かれ、前半には仏教の受容に大きな役割を果たした人たちの伝記的な説話を配し、後半には幾多の寺院が建立されていった次第を語る縁起的な説話を集める。

第1—3話には、聖徳太子・行基・役優婆塞の説話が並ぶ。聖徳太子は朝廷において、行基は民間にあって、役優婆塞は山岳修行者として、それぞれ日本仏教の創始者的な存在であった。かれらはいわば三聖として巻頭に配置されているのである。

第4—8話は、奈良時代の高僧たちにまつわる説話。入唐僧道照・道慈・玄昉らによって法相や三論などが輸入され、外国からは天竺の婆羅門僧正、震旦の鑑真らの来日があって、奈良仏教の花が開いた様子を伝えている。

第9—12話は、真言宗の空海、天台宗の最澄・円仁・円珍など、平安仏教の礎を築いた人たちの説話。彼ら入唐留学僧の話には、唐で受けた数々の好意や尊敬とともに、経験しなければならなかった幾多の苦難が語られている。

後半の寺院縁起の始発第13—21話は、東大寺・興福寺・元興寺などの南都七大寺に国分総尼寺である法華寺、聖徳太子建立の四天王寺を加えた歴史と格式を誇る大寺院の縁起。続く第22—24話は、本元興寺・久米寺など、奈良朝以前に飛鳥とその周辺に建立された寺院の縁起である。つまり中核に奈良の大寺院を置き、次にその外縁に位置する古寺の縁起が配置されているのである。

第25—28話は、高野山金剛峰寺や比叡山延暦寺、三井寺など、平安時代に入ってから建立された真言宗と天台宗の中核的寺院の縁起。残る第29—38話には、志賀寺・笠置寺・長谷寺・清水寺など、成立時代も所在地もさまざまな有名寺院の縁起が配置されている。

聖徳太子《しやうとくたいし》、於此朝《このてうにして》、始弘仏法語《はじめてぶつぽふをひろめたること》第一

今昔《いまはむかし》、本朝《ほんてう》ニ聖徳《しやうとく》[一]太子ト申《まうす》聖《ひじり》[二]御《おはし》ケリ。用明《ようめい》[三]天皇ト申ケル天皇ノ、始《はじめ》[四]テ親王ニ御ケル時、[五]穴部《あなほべ》ノ真人《まひと》[六]ノ娘ノ腹ニ生《うま》セ給ヘル御子《みこ》ナリ。

初メ、母夫人《ははのぶにん》、夢ニ、金色《こんじき》ナル僧来《きたり》テ云《いはく》、「我ハ世ヲ救《すくはむ》誓《ちかひ》有《あり》。暫《しばら》ク其《その》御胎《はら》ニ宿《やどら》ムト思《おもふ》」ト。夫人答《こたへ》テ云《いは》ク、「此《これ》、誰《た》ガ宣《のたま》ヘルゾ」ト。僧宣ハク、「我ハ救世《くせ》[七]ノ菩薩也。家ハ西[八]ニ有リ」ト。夫人ノ云、「我ガ胎《はら》ハ垢穢《くゑ》[九]也。何《なん》ゾ宿リ給ハムヤ」ト。僧宣ハク、「我垢穢ヲ不厭《いとはず》」ト云テ、踊《をどりて》口ノ中ニ入《いる》、ト見テ夢覚《さめ》ヌ。其後、[一〇]喉中《のむどのうち》ニ物ヲ含《ふくみ》タルガ如《ごと》ク思《おぼえ》ヘテ、懐妊《くわいにん》[一一]シヌ。

而《しか》ル間、用明天皇ノ兄、敏達《びんだつ》[一二]天皇ノ位ニ即《つき》給ヘル年[一三]、正月ノ一日、夫人宮《みや》ノ内ヲ廻《めぐ》リ行《ゆき》テ、[一四]□ノ□至ル程ニ、太子生レ給ヘリ。人来《きたり》[一五]テ、太子ヲ懐《いだき》テ寝殿ニ入ル。俄《にはか》ニ赤黄《あかきな》[一六]ル光《ひか》リ殿《との》ノ内ヲ照《てら》ス。亦《また》、太子ノ御身馥《かうば》[一七]シ事無限《かぎりな》シ。四月ノ後、言語《ものいひ》[一八]勢長《おとなづけ》リ、明《あく》ル如[一九]シ年ノ二[二〇]月ノ十五日ノ朝《あした》ニ、太子掌《たなごころ》ヲ合《あはせ》テ東《ひむがし》[二一]ニ向《むかひ》テ、「南無仏《なもぶつ》」ト宣《のたまひ》テ礼《らい》シ給フ。

亦、太子六歳ニ成《なり》給フ年、百済国《くだらのくに》[二二]ヨリ僧来《きたり》[二三]テ、経論持渡《もてわた》レリ。太子、「此《この》経論ヲ

第一話 出典は三宝絵・中・1。一部を日本往生極楽記・1(法華験記・上・1もほぼ同文)により増補している。同話・類話は上宮聖徳法王帝説、上宮聖徳太子伝補闕記、聖徳太子伝暦、日本霊異記・上・4、三国伝記・一・3他の諸書に喧伝する。

一 →人名「聖徳太子」。 二 聖人。聖者。 三 →人名「用明天皇」。 四 始めのころ。まだ。 五 「穴」は「穴太」の合字「穴」の変化。三宝絵「穴太部」。用明紀「穴穂部」。→人名「穴穂部間人皇女(あなほべのはしひとのみこ)」。 六 正しくは「間人」。「間人(はしひと)」を「まひと」と誤読したのに原因する。 七 救世観音。聖観音の別名。→人名「観世音菩薩」。 八 阿弥陀如来の西方極楽浄土(観音は阿弥陀の脇士)。この僧が西方浄土から応現した観音の化身であることを示す。 九 けがれていること。この問答は三宝絵には見えない。極楽記「妾腹垢穢。何宿矣」。 一〇 以下「思ヘテ」まで、三宝絵には見えない。極楽記「妃即覚後、喉中猶レ呑レ物」。 一一 釈尊の託胎(六牙の白象が身中に入ると夢に見て懐妊。巻一・1参照)に似る。 一二 →人名「敏達(びだつ)天皇」。 一三 敏達天皇の即位は五七二年。三宝絵、伝暦も元年正月一日に出生とするが、後文の四十九歳没説によって計算すれば、法王帝説の同天皇三年出生説が正しい。 一四 底本の祖本の破損に因る欠字。三宝絵「厩ノモトニイタルホドニ」。 一五 三宝絵「オモト人ニイダカシメ」。 一六 三宝絵「赤光」。極楽記「赤黄光」。験記「赤黄色光」。諸書とも、こ

見ム」ト奏シ給フ。[二四]天皇驚《おどろき》テ怪《あやし》ミ給《たまひ》テ、其故《そのゆゑ》ヲ問ヒ給フ。太子奏シ給ハク、「我、昔、漢ノ国ニ有シ時、[二五]南岳ニ住シテ仏ノ道修行シテ年積《つもり》タリ。今此《この》国ニ生《うまれ》、此《これ》ヲ見《みむ》ト思フ」ト。天皇許シ給フ。然レバ、太子香《かう》ヲ焼《たき》、経論ヲ開《ひらき》見給テ後、奏シ給ハク、「[二六]月ノ八日・十四日・十五日・二十三日・二十九日・三十日ヲ、此《これ》ヲ[二七]六斉《ろくさい》ノ日ト云《いふ》。此ノ日ニハ、[二八]梵天《ぼんでん》・[二九]帝釈《たいしやく》、[三〇]閻浮提《えんぶだい》ノ政《まつりごと》ヲ見給フ。然レバ、国ノ内殺生《せつしやう》可止《とどむべ》シ」ト。天皇此レヲ聞《きき》給テ、天下宣旨《てんがにせんじ》ヲ下《くだし》、此ノ日殺生ヲ止《とどめ》給フ。

亦《また》、太子八歳ニ成《なり》給フ年冬《としのふゆ》、[三一]新羅国《しらきのくに》ヨリ仏像ヲ渡シ奉ル。太子奏シ給ハク、「此《これ》、[三二]西国ノ聖《さかし》キ[三三]釈迦如来ノ像也」ト。亦、百済国ヨリ[三四]日羅《にちら》ト□[三五]衣着《ころもき》テ下《しも》[三六]童部《わらはべ》ノ中ニ交《まじ》ハリ、[三七]難波《なには》ノ□[三八]舎奉ル。太子驚キ逃《にげ》給フ時、日羅跪《ひざまづき》テ掌ヲ合《あはせ》テ、太子ニ向《むかひ》テ云ク、「[三九]敬礼救世観世音《きやうらいくせくわんぜおん》伝灯東方粟散王《でんとうとうばうぞくさんわう》」ト申ス間、日羅身《み》ヨリ光ヲ放《はな》ツ。其ノ時ニ、太子亦眉《まゆ》[四〇]ノ間ヨリ光ヲ放《はなち》給フ事、日ノ光ノ如ク也。亦、百済国ヨリ[四一]弥勒《みろく》ノ石像《いしのざう》ヲ渡シ奉タリ。其時ニ、[四二]大臣《おほおみ》[四三]蘇我《そが》ノ馬子《うまこ》ノ宿禰《すくね》ト云《いふ》人、此ノ来《きた》レル使ヲ受《うけ》テ、家ノ東《ひむがし》ニ寺ヲ造リ、此《これ》ヲ居《すゑ》ヘテ養[四四]フ。大臣此《おほおみこの》寺ニ塔ヲ起《たて》ムト為《す》ルニ、太子ノ宣《のたま》ハク、「[四五]塔ヲ起《た》テバ、必ズ仏ノ[四六]舎利《しやり》ヲ籠《こ》メ奉ルナリ」。舎利一粒《ひとつぶ》ヲ得、即《すなは》チ[四七]瑠璃《るり》ノ壺ニ入テ塔ニ安置シテ、礼《らいし》奉ル。惣《すべ》テ太子、此大臣《このおほおみ》ト心一《ひとつ》ニシテ、[四八]三宝ヲ[四九]弘《ひろめたまふ》。

の光は西方から照らしたという。一七「馥シキ」とあるべきところ。底本「キヵ」と傍書。一八 訓みは名義抄「長 オトナック」から類推。この語は本書では「勢長ス」とサ変動詞の形で用いられるのが普通。一九「如シ」は衍字か。二〇 釈尊入滅の日。二一 東は薬師如来の東方浄瑠璃世界がある方角。二二 →地名「百済国」。二三 三宝絵「法師尼キタリテ」。二四 以下、「天皇許シ給フ」まで、三宝絵には見えない。験記「天皇驚怪問二其所由一。太子奏曰、昔在二漢国一住二南岳一歴二数十年一、修二行仏道一」。二五 衡山をさす。↓地名「衡山(こうざん)」。二六 底本「日」を訂した。三宝絵「月」。二七 出家、在家の信者が参集し、出家は破戒行為の有無を懺悔し、在家は五戒もしくは八戒を守って心身を清浄に保ち、善事を行う日。二八 ↓人名「梵天」。二九 ↓人名「帝釈天」。三〇 人間世界。↓地名「閻浮提」。三一 ↓地名「新羅国」。三二 訓みは名義抄による。聖なる。三三 ↓人名「釈迦如来」。三四 ↓人名「日羅」。三五 底本の祖本の破損に因る欠字。三宝絵「日羅ト云人来レリ。身ニ光明アリ。太子窃ニ弊タル衣ヲキテ」。三六 下仕えの少年たち。三七 現、大阪市付近。三八 底本の祖本の破損に因る欠字。三宝絵「難波ノタチニイタリテミル。日羅太子ヲサシテアヤシブ。太子オドロキテ」。三九 謹んで救世観世音菩薩を礼拝し、東方の粟粒が散ったような小国の王に仏法を伝えます。四〇 眉間は仏身では白毫があるところ。そこから光を放ったのは、太子が救世観此ノ時ニ、国ノ内ニ病発《やまひおこり》テ死《しぬ》ル人多カリ。其時ニ、[一]大連《おほむらじ》[二]物部弓削《もののべのゆげ》ノ守屋《もりや》・[三]中臣《なかとみ》ノ勝海《かつみ》ノ王ト云フ二人有テ、奏《そうし》テ云ク、「我国《わがくに》、本《もと》ヨリ神ヲノミ貴《たふと》ビ崇《あが》ム。然ルニ、近来《このごろ》、蘇我大臣《そがのおほおみ》仏法ト云《いふ》物ヲ発《おこし》テ行《おこな》フ。是《これ》ニ依《より》テ、国ノ内ニ病発《おこり》テ民《たみ》皆可死《しぬべ》シ。然レバ、仏法ヲ被止《とどめられ》テノミナム人ノ命可残《のこるべ》キ」ト。此《これ》ニ依テ、天皇詔《せう》シテ宣《のたまはく》、「申ス所明《あきら》ケシ。早ク仏法ヲ可断《たつべ》シ」ト。亦、太子奏シ給《たまは》ク、「此二《このふたり》ノ人未《いま》ダ因果ヲ不悟《さとらず》。吉《よ》キ事[四]□福 忽《さいはひたちまち》ニ至ル。悪《あしき》事ヲ[五]政《まつりご》テバ過 必来《わざはひかならずきた》ル。此二《このふたり》ノ人必ズ過《わざはひ》ニ会《あひ》ナムトス」ト。然《しかり》ト云ヘ共《ども》、天皇、守屋ノ大連《おほむらじ》ヲ寺ニ遣《つかはし》テ、堂塔ヲ破《やぶ》リ仏経ヲ焼《やか》シム。焼残《やきのこ》セル仏ヲバ難波《なには》ノ[六]堀江《ほりえ》ニ棄《す》テツ。三人ノ尼ヲバ責打《せめうち》テ追出《おひいだ》シツ。

此ノ日、雲無クシテ大風吹キ雨降ル。其時ニ、太子、「今[七]禍 発《わざはひおこり》ヌ」ト。其後ニ、世ニ[八]瘡《かさ》ノ病発《やまひおこり》テ、病痛《やみいた》ム事焼割《やきさ》クガ如シ。然レバ、此ノ二ノ人悔《くい》ヒ悲《かなしみ》テ奏シテ云ク、「此ノ病《やま》ヒ苦痛《くるしくいた》キ事難堪《たへがた》シ。願《ねがは》クハ三宝ニ祈ラムト思フ」。其時ニ、勅有《ちよくあり》テ、三人ノ尼ヲ召《めし》テ、二人ヲ令祈《いのらし》ム。亦、改メテ寺塔ヲ造リ仏法ヲ崇《あが》ムル事、本《もと》ノ如ク也。

然ル間、太子ノ御父用明天皇、位ニ即《つき》給ヒヌ。詔《せう》シテ、「我レ三宝ヲ帰依《きえ》セム」ト。蘇我《そが》ノ大臣《おほおみ》勅ヲ[九]奏奉シテ、僧ヲ召シテ、初《はじ》メテ内裏ニ入レツ。太子喜ビ給テ、大臣ノ手ヲ取《とり》テ涙ヲ流シテ宣《のたま》ハク、「三宝ノ妙《たへ》ナル事、人更《さら》ニ不知《しらず》。只大臣独《ひと》リ我レニ心寄《よせ》タリ。悦《よろこ》バシキ事無限《かぎりな》シ」ト。

音の化身であることを示す。 四一 ↓人名「弥勒菩薩」。 四二 ↓六一頁注二八。 四三 ↓人名「馬子」。 四四 供養する意。三宝絵「ウヤマフ」。 四五 以下、三宝絵「塔ハコレ仏舎利ノウツハ物也。尺迦如来ノ舎利自然ニキタリナムト。大臣コレヲキヽテ祈ニ、斎飯ノウヘニ仏舎利一ヲエタリ」を短縮している。 四六 ↓一〇三頁注二一。 四七 紺青色のガラス製の壺。 四八 仏・法・僧。ここでは仏教をさす。 四九 前後の敬語表現を参考にかく読む。三宝絵「ヒロメムトオモフ」。

一 大臣と並んで、大和朝廷における最高の要職。 二 ↓人名「守屋」。 三 ↓人名「勝海」。 四 底本の祖本の破損に因る欠字。三宝絵「善事オコナヘバ福イタリ」。底本は欠字部分に「政テハ歟」と傍書。 五 底本「改テハ」を訂した。 六 掘割。↓地名「難波」。 七 三宝絵「天（わざはひ）サカリニシテ忽ニオコリナムトストノ給」。 八 でき物や腫れ物など皮膚病の総称であるが、欽明紀はこの時の病気を「瘡」「疫気」「疫疾」と記しており、天然痘が流行したと推定されている。 九 諸本かく作るが、「奏」は衍字か。三宝絵「勅ヲウケ給テ」。 一〇 底本の祖本の破損に因る欠字。三宝絵「人〱ハカリコトヲナスメリ。兵ヲマウケヨト」。 一一 底本「河都」を訂した。三宝絵「阿都」。現、大阪府八尾市跡部付近。↓地名「阿都」。 一二 軍勢。兵士。 一三 底本の祖本の破損に因る欠字。三宝絵「兵士ヲアツメマウク。中臣ノ勝海ノ連武者ヲ、コシテ守屋ノ大而《しか》ル間、人有《あり》テ、窃《ひそか》ニ守屋ノ大連《おほむらじ》ニ告《つげ》テ云ク、「太子、蘇□[一〇]」。守屋、阿《あ》[一一]都家《とのいへ》ニ籠居《こもりゐ》テ、軍《いくさ》[一二]ヲ□[一三]助《たすけ》[一四]ムズ。亦、此《この》[一五]二人ノ、天皇ヲ呪《のろ》ヒ奉ルト云フ事聞《きこ》エテ、蘇我ノ大臣《おほおみ》、太子ニ申シテ、共ニ軍《いくさ》ヲ引将《ひきゐ》テ守屋ヲ罰《うた》ムト為《す》ル。守屋軍《いくさ》ヲ発《おこし》テ城《き》[一六]ヲ固メテ禦《ふせ》キ戦フ。其軍《そのいくさ》強ク盛《さかり》ニシテ、御方《みかた》[一七]ノ軍怖惶《いくさおぢおそれ》三度《みたび》退《しりぞ》キ返《かへ》ル。其時ニ、太子ノ御年十六歳也。軍《いくさ》ノ後《うしろ》ニ打立《うちたち》テ、軍《いくさ》ノ政人《まつりごとのひと》[一八]、秦《はだ》[一九]ノ川勝《かはかつ》ニ示シテ宣《のたま》ハク、「汝《なむ》[二〇]ヂ忽《たちまち》ニ木[二一]ヲ取《とり》テ四天王[二二]ノ像ニ刻《きざみ》テ、髪ノ上ニ指シ、鉾《ほこ》ノ崎《さき》[二三]ニ捧《ささげ》テ」[二四]。願ヲ発《おこし》テ宣ハク、「我等ヲ此ノ戦《たたかひ》ニ令勝給《かたしめたまひ》タラバ、当《まさ》ニ四天王ノ像ヲ顕《あらは》シ奉リ、寺塔起《じたふをたて》ム」ト。蘇我ノ大臣モ亦如此《かくのごとき》ノ願ヲ発《おこし》テ戦フ間ニ、守屋ノ大連、大《おほき》ナル櫟《いちひ》[二五]ノ木ニ登《のぼり》テ、誓《ちかひ》テ物部《もののべ》[二六]ノ氏《うぢ》ノ大神《おほかみ》ニ祈請《きしやうし》テ箭《や》ヲ放《はなつ》。其ノ箭、太子ノ鐙《あぶみ》ニ当《あたり》テ落《おち》ヌ。太子、舎人《とねり》[二七]迹見《とみ》[二八]ノ赤梼《いちひ》ニ仰《おほせ》テ、四天王ニ祈《いのり》テ箭ヲ令放《はなたし》ム。其箭《そのや》遠ク行《ゆき》テ、守屋ガ胸ニ当《あたり》テ、逆《さか》サマニ木ヨリ落ヌ。然レバ、其軍壊《そのいくさやぶれ》ヌレバ、御方《みかた》ノ軍弥《いくさいよい》ヨ責寄《せめよせ》テ、守屋ガ頭《かしら》ヲ斬《きり》ツ。其後、家ノ内ノ財《たから》ヲバ皆寺ノ物ト成シテ、荘園ヲバ悉《ことごと》ク寺ノ領ト成シ[二九]、忽《たちまち》ニ玉造《たまつくり》[三〇]ノ岸ノ上ニ、始《はじめ》テ四天王寺[三一]ヲ造《つくり》給ヒツ。

亦、太子ノ伯父《をぢ》[三二]崇峻《すしゆん》[三三]天王ノ、位ニ即《つき》給テ、世ノ政《まつりごと》ヲ皆太子ニ付《つけ》[三四]奉リ給フ。其時ニ、百済国ノ使、阿佐《あさ》[三五]ト云フ皇子来《きた》レリ。太子ヲ拝シテ申サク、「敬礼救世大悲観《きやうらいくせだいひくわん》[三六]世音菩薩《ぜおんぼさつ》　妙教ゝ《めうけうる》[三七]流通東方日国《つうとうばうにちこく》　四十九歳伝灯演説《しじふくさいでんとうえんぜつ》[三八]」トゾ申シケル。其《その》間、太子ノ

連ヲアヒタスケムトス」。　一四 諸本かく作るが、「助ムトス」が普通の表現。底本「ム」の下に「トヵ」と傍書。　一五 物部守屋と中臣勝海をさす。　一六 城郭を固めて。三宝絵「タテヲツイテ」。伝暦「築稲城」。　一七 官軍。伝暦「皇軍」。　一八 底本「軍ノ改人」を訂した。軍司令官。三宝絵「軍ノマツリゴトノ人」。伝暦「軍允」。　一九 →人名「川勝」。　二〇 「ヂ」は「汝」の捨仮名。　二一 三宝絵「ヌルデノ木」。伝暦「白膠木(ぬるで)」。　二二 →人名「四天王」。　二三 底本「寄」を訂した。先端。　二四 川勝に対する発言の末尾「捧ヨ」と下の地の文の一部としての「捧テ」の混態か。三宝絵「鉾ノサキニサヽゲテ願テ云」。　二五 イチイガシ。ブナ科の常緑高木。今のイチイ(イチイ科)とは別種。三宝絵観智院本、伝暦、補闕記「榎」。三宝絵前田本「櫟」。同関戸本「いちひ」。　二六 物部氏の氏神。石上神宮の祭神、布都(布留)御魂神。三宝絵「物部氏ノ大神」。伝暦「物部府都大明神」。　二七 →六二頁注一六。　二八 →人名「赤梼(いちひ)」。　二九 三宝絵「ナシツ」。　三〇 →地名「玉造」。　三一 底本「四天寺」を訂した。→地名「四天王寺」。　三二 崇峻天皇は太子の父用明天皇の弟。　三三 底本「宗峻」を訂した。→人名「崇峻天皇」。　三四 委託なさった。この部分、三宝絵「崇峻天王位ニツキ給ヌ。コノ御世ニ太子年十九ニテウヰカブリシ給。又御姑(をば)推古天皇位ニツキ給ヌ」を目移りによって短絡している。太子を摂政にしたのは正しくは推古天皇である。　三五 →人名「阿佐」。　三六 謹んで救世観世音菩薩を礼拝

眉ノ間ヨリ白キ光ヲ放《はなち》給フ。

亦、太子、甲斐《かひ》[一]ノ国ヨリ奉レル黒キ小馬ノ四《よつ》ノ足白キ有リ、其レ[二]ニ乗《のり》テ空ニ昇《のぼり》テ、雲ニ入《いり》テ東ヲ指《さし》テ去《さり》給ヌ。使丸《つかひまろ》[三]ト云フ者、御馬ノ右ニ副《そひ》テ同ク昇《のぼり》ヌ。諸《もろもろ》ノ人是《これ》ヲ見テ、空ヲ仰《あふぎ》テ見喤《ののし》ル事無限《かぎりな》シ。太子信濃《しなの》ノ国ニ至《いたり》給テ、御輿《みこし》[四]ノ堺ヲ廻《めぐり》テ、三日《みか》ヲ経《へ》テ還《かへり》給ヘリ。

亦、太子ノ御姑《をば》推古《すいこ》[五]天皇、位ニ即《つき》給ヌ。世[六]ノ政《まつりごと》ヲ偏《ひとへ》ニ太子ニ任セ奉リ給フ。太子、天皇ノ御前ニシテ、袈裟《けさ》ヲ着、主尾《しゆび》[七]ヲ取テ、高座《かうざ》ニ登テ勝鬘経《しようまんぎやう》[八]ヲ講ジ給フ。諸《もろもろ》ノ名僧有テ、義ヲ問フニ、説キ答フル事妙《たへ》也。三日講ジテ畢《はて》給フ夜、天《そら》ヨリ蓮《れん》[九]華《ぐゑ》雨レリ。花ノ広サ三尺、地ノ上三四寸満テリ。明《あく》ル朝《あした》ニ、此ノ由《よし》ヲ奏ス。天皇此《これ》ヲ見給フニ、大《おほき》ニ奇《あやし》ミ貴ミ給《たまふ》事無限《かぎりな》シ。忽《たちまち》ニ其ノ地ニ寺ヲ起《た》テツ。今ノ橘寺《たちばなでら》[一〇]是《これ》也。其《その》蓮花《れんぐゑ》于今《いまに》彼《か》ノ寺ニ有リ。

亦、太子、小野《をの》[一一]ノ妹子《いもこ》ト云フ人ヲ使トシテ、前身《ぜんじん》[一二]ニ大隋ノ衡山《かうざん》[一三]ト云《いひ》ツ□[一四]妹子ニ教《をしへ》[一五]テ宣《のたま》フ、「赤県《せきくゑん》[一六]ノ南ニ衡山有リ。其ノ□[一七]我ガ昔ノ同法《どうぼふ》[一八]共《ども》有《あり》シ、皆死ニケム。今三人ゾ有ラム。其《それ》ニ会《あひ》テ、我ガ使ト名乗《なのり》テ、其《その》所ニ我住《ぢう》セシ時ニ持《ぢ》セシ法華経《ほくゑきやう》[一九]ノ合セテ一巻ナル御《おは》[二〇]スラム、請《こひ》テ可持来《もてきたるべ》シ」ト。妹子、教《をしへ》ノ如ク彼ノ国ニ行《ゆき》テ、其《その》所ニ至ル。門ニ一人《ひとりの》沙弥《しやみ》[二一]有リ。妹子ヲ見、其ノ言《こと》ヲ聞《きき》テ、返入《かへりいり》

します。太子は妙なる仏教を東方日本国に弘め、四十九年の間法を伝え説かれるでしょう(太子の寿命を予言)。
三七 三宝絵「妙教流通東方日本国」。
三八 底本「詫」は「説」の草体の変か。信友本、三宝絵「説」。

一 延喜式・左右馬寮に三箇所の官牧がみえるなど、甲斐国は有力な馬の産地であった。
二 馬とともに飛翔するモチーフは周の穆天子の説話(穆天子伝等)に似る。同天子の八駿の中には驪(黒駒)がいる。
三 伝未詳。伝暦「舎人調使麻呂」は調使氏の人物か。
四 三宝絵、伝暦「三越」が正。越前・越中・越後。北陸地方。
五 →人名「推古天皇」。
六 以下「任セ奉リ給フ」まで三宝絵に見えず。前に短絡した記事(→七頁注三四)をここで補った形になっている。
七 正しくは「麈尾」。払子(ほっす)。「袈裟ヲ着」とこの句、三宝絵に見えず。極楽記「着二袈裟一、握二麈尾一」。
八 勝鬘師子吼一乗大方広方便経。一巻。波斯匿王の娘勝鬘夫人を語り手として如来蔵思想を説く。
九 蓮の花。
一〇 →地名「橘寺」。
一一 →人名「妹子」。
一二 前世において。
一三 →地名「衡山」。
一四 底本の祖本の破損に因る欠字。三宝絵「衡山ニアリテタモテリシ経ヲトリニ

テ、「[二二]思禅《しぜん》法師ノ御使、此《ここ》ニ来《きた》レリ」ト告《つぐ》レバ、老《おい》タル三人ノ[二三]杖《つゑ》ヲ槌《つき》テ出来《いできたり》テ、喜《よろこび》テ、妹子ニ教《をしへ》テ経ヲ取《とら》セツ。妹子経ヲ得テ、持来《もてきたり》テ太子ニ奉ル。

亦、太子、[二四]鵤《いかるが》ノ宮ノ寝殿ノ傍《かたはら》ニ屋ヲ造《つくり》テ、[二五]夢殿《ゆめどの》ト名付《なづけ》テ、[二六]一日ニ三《み》度《たび》沐浴《もくよく》シテ入《いり》給フ。明《あく》ル朝《あした》ニ出《いで》給テ、閻浮提《えんぶだい》ノ善悪ノ事ヲ語リ給フ。亦、其ノ内ニシテ諸《もろもろ》ノ経ノ[二七]疏《しよ》ヲ作リ給フ。

或《ある》時ニ、七日七夜不出給《いでたまはず》。戸ヲ閉《とぢ》テ、音《こゑ》ヲモ不聞《きか》ズ。諸《もろもろ》ノ人此《これ》ヲ[二八]怪《あやし》ム。其時ニ、[二九]高麗《こま》ノ[三〇]恵慈《ゑじ》法師ト云フ人ノ云ク、「太子ハ是《こ》レ[三一]三昧定《さんまいぢやう》ニ入リ給ヘル也。驚カシ奉ル[三二]事無カレ」。八日《やうか》ト云朝《いふあした》ニ出《いで》給ヘリ。傍《かたはら》ニ玉ノ机ノ上《うへ》ニ一巻ノ経有リ。太子、恵慈《ゑじに》語《かたり》テ宣《のたまは》ク、「我ガ前身《ぜんじん》ニ衡山《かうざんに》有リシ時ニ持《たもち》奉リシ経、是《これ》也。去《いに》シ年妹子ガ持来《もてきた》レリシ経ハ、我ガ弟子ノ経也。三人ノ老僧ノ我ガ納《をさめ》シ所ヲ不知《しらず》シテ、異経《ことぎやう》ヲ遣《おこせ》タリシカバ、[三三]我ガ魂《たましひ》遣《つかはし》テ取《とり》タル也」ト。其《その》経ト見合《みあは》スルニ、此《これ》ニハ無キ文字一ツ有リ。此ノ経モ一巻ニ書《か》ケリ。[三四]黄紙《わうし》[三五]□ノ軸也。亦、百済国ヨリ[三六]道欣《だうこん》ト云フ僧等十人来《きたり》テ、太子ニ仕《つかまつ》ル。「前《さき》ノ世ニ衡山ニシテ法花経説《とき》給ヒケル時、我等[三七]盧岳《ろがく》ノ[三八]道士《だうし》トシテ、時ゝ参《まゐり》ツヽ聞《きき》シハ我等也」ト申ス。

次年《つぎのとし》、妹子亦唐ニ渡《わたり》テ、衡山ニ行《ゆき》タリケルニ、前《さき》ニ有シ三人ノ老僧、二人ハ死ニケリ。今一人残《のこり》テ語テ云ク、「去《いに》シ年ノ秋、汝ガ国ノ太子、[三九]青竜《しやうりう》ノ車ニ乗《のり》テ五百

ツカハス。ヲシヘテノ給ハク」。

一五 底本「教フ」を訂した。保孝本「教テ」。信友本「教ヘ」。
一六 中国の異称。↓地名「赤県」。
一七 底本の祖本の破損に因る欠字。三宝絵「山ノ中ニ般若寺アリ」。
一八 仏法の修行仲間。
一九 ↓一五四頁注七。
二〇 底本「御ヌラス」を訂した。信友本「御スラン」。三宝絵「イマス」。
二一 ↓一二八頁注一〇。
二二 ↓人名「思禅」。
二三 底本「ノ」に「イカヽ」と傍書。保孝本、信友本「ノ」なし。
二四 ↓地名「鵤ノ宮」。 二五 ↓地名「夢殿」。
二六 三宝絵、伝暦「一月」。
二七 注釈。太子には法華・勝鬘・維摩の三経義疏がある。
二八 底本「此タ怪ミ」を訂した。東北本「此ヲ怪ミ」。信友本「此ヲ怪シム」。
二九 高句麗をさす。↓地名「高麗(こま)」。
三〇 正字は恵慈。↓人名「恵慈」。
三一 心を専注した宗教的瞑想。禅定。
三二 底本「無限シ」を訂した。保孝本「無限」。信友本「無カレ」。三宝絵「ナカレ」。
三三 三宝絵「我タマシヒヲヤリテ」。
三四 黄蘗等で黄色に染め虫害に備えた紙。当時普通の写経用紙。
三五 底本の祖本の破損に因る欠字。三宝絵「黄紙ニ玉ノ軸ヲイレタリ」。
三六 ↓人名「道欣」。
三七 底本「虚岳」を訂した。↓地名「盧岳」。
三八 ここでは、仏道修行者の意。
三九 青竜は東方の守護神。

人ヲ随《したがへ》テ、東《ひむがし》ノ方《かた》ヨリ空ヲ踏《ふみ》[一]テ来《きたりて》、古キ室《むろ》ノ内ニ抾[二]メル一巻ノ経ヲ取テ、雲ヲ去《さり》[三]給ヒニキ」ト云《いふ》ヲ聞《きく》ニゾ、太子ノ夢殿ニ入テ七日七夜不出給《いでたまはざ》リシハ然《しか》也ケリ、ト知ル。

亦、太子ノ御□[四]柏手《かしはで》[五]ノ氏《うぢ》、傍候《かたはらにさぶらふ》時ニ、太子宣《のたま》ハク、「汝《なむ》[六]ヂ、我ニ随《したがひ》テ、年来《としごろ》一事《ひとこと》ヲ不違《たがはざ》リツ。此レ幸《さいはひ》也。我ガ死ナム日ハ穴[七]ヲ同クシテ共ニ可埋《うづむべ》シ」ト。妃《きさき》ノ云ク、「万歳千秋《まんざいせんしう》ノ間、朝暮《てうぼ》ニ仕《つかまつ》ラムトコソ思給《おもひたまへ》ツルニ、何《いか》ニ今日、終《をはり》ノ事ヲバ示シ給フゾ」ト。太子ノ宣ハク、「[八]初メ有ル者必《かならずをはり》終有リ。生《しやう》ズルハ死ス。此レ人ノ常ノ道也。我レ、昔《むか》[九]シ、多《おほく》[一〇]ノ身ヲ受テ仏ノ道ヲ勤行《ごんぎやう》シキ。僅《わづか》ニ小国[一一]ノ太子トシテ、妙《たへ》ナル義ヲ弘《ひろ》メ、法無キ所ニ一乗《いちじよう》[一二]ノ理《ことわり》ヲ説□[一三]此《これ》ヲ聞[一四]テ、涙ヲ流シテ、此ノ旨《むね》ヲ承ハル。

亦、太子□[一五]辺《ほとりに》、飢《うゑ》タル人臥《ふ》セリ。乗《のり》給ヘル黒ノ少馬《こ》不歩《あゆまず》シテ留《とどま》ル。太子馬ヨリ下《おり》テ、此ノ飢人《うゑたるひと》ト談《かたら》ヒ給《たまひ》、紫ノ御衣ヲ脱《ぬぎ》テ覆《おほひ》給テ、歌ヲ給フ、

[一六]志太弖留耶《したてるや》　加太乎加耶末爾《かたをかやまに》　伊比爾宇恵弖《いひにうゑて》　布世留太比々度《ふせるたびびと》　阿和[一七]連於耶那《あわれおやな》
志《し》

其時ニ、飢人頭《かしら》ヲ持上《もちあげ》テ、返歌ヲ奉《たてまつる》、

[一八]伊加留加耶《いかるがや》　度美乃乎加波乃《とみのをがはの》　太衣波古曾《たえばこそ》　和加乎[一九]保岐美乃《わがをほきみの》　美奈波和須礼《みなはわすれ》

一 底本「踊テ」を訂し「来」を補う。保孝本「踊テ来」。信友本「踏テ来」。三宝絵「踏テキタテ」。 二 底本「抾」は「挟(はさむ)」の異体か。 三 表現がやや舌足らずになっている。三宝絵「雲ヲシノギテ帰去ニキ」。 四 底本の祖本の破損に因る欠字。三宝絵「御妻」に「妃」と傍書。 五 底本「指手」を訂した。信友本「柏手」。三宝絵「カシハデ」。↓人名「柏手氏」。 六 補闕記「太子謂二夫人膳大郎女一曰、汝我意触レ事不レ違。吾得レ汝者我之幸大」。伝暦もほぼ同文。 七 いわゆる偕老同穴をいう。伝暦「吾死之日、同レ穴共埋」。 八 この発言の結びは欠字の箇所(注一三)に当たっている。三宝絵「始アル物ハ必ズ終アリ。モノ、サダマレル理ナリ。一タビハ生レ一度ハ死ル事、人ノ常ノ道也」。 九 「シ」は「昔」の捨仮名。ここでは、前世をさす。 一〇 底本「多ノ身ノ」を訂した。さまざまな身に生まれ変って。 一一 小国日本の太子として生まれてきて。 一二 法華経の教理をさす。 一三 底本の祖本の破損に因る欠字。三宝絵「説ツ。五濁悪世ニ久クアラムト思ハズトノ給。妃ナミダヲナガシテ」。 一四 主格は妃。 一五 底本の祖本の破損に因る欠字。東北本は欠字箇所に「黒駒ニ騎テ難波ノ宮ヲ出給フィノイ」と傍書。三宝絵「太子難波ヨリ京ニ帰給ニ片岡山ノ辺ニ」。 一六 片岡山に食物に飢えて倒れている旅人は哀れである。かわいそうに親もいないようだ。初句、底本「弖太」の文字順を訂した。三宝絵「志奈天留耶」、補闕記「科照」のシナテルは「片

女《め》

太子宮《みや》ニ返《かへり》給テ後《のち》ニ、此ノ人死《しに》ケリ。太子悲《かなし》ビ給テ、此《これ》ヲ令葬給《さうせしめたまひ》ツ。其《その》時ノ大臣《おほおみ》等《ら》、此ノ事ヲ不受《うけず》[二〇]シテ誹《そし》ル人、七人有リ。太子此《この》七人ヲ□[二一]宣《のたま》ハク、「彼片岡山《かのかたをかやま》ニ行《ゆき》テ見ヨ」ト。然レバ、行テ見ルニ、屍《しにかばね》無シ。棺《くわん》ノ内甚《はなは》ダ馥《かう》バシ。是ヲ見テ、皆驚キ怪《あやし》ブ。

然ル間、太子、鵤宮《いかるがのみや》ニ御坐《おはしまし》テ、妃ニ語《かたら》ヒ給フ。「我レ今夜世ヲ去《さり》ナムトス」ト宣《のたまひ》テ、沐浴《もくよく》シ洗頭シ給テ、浄《きよ》キ衣《ころも》ヲ着テ、妃ト床ヲ并《ならべ》テ臥給《ふしたまひ》ヌ。明《あく》ル朝《あした》ニ久《ひさし》ク不起給《おきたまはず》。人々怪《あやし》ムデ、大殿ノ戸ヲ開《ひらき》テ見ルニ、妃ト共ニ隠レ給ヒニケリ。其ノ皃生《かたちいき》[二二]給ヘリシ如シ。香《か》[二三]殊《こと》ニ馥《かう》バシ。年四十九也。

其《その》終リ給フ日、黒《くろき》小馬嘶《いなな》キ呼《よばひ》テ、水草ヲ不飲食《おんじきせず》シテ死《しにぬ》。其骸《そのしにかばね》ヲバ埋《うづみ》ツ。亦、太子隠レ給フ日、衡山ヨリ持亘《もてわたり》給ヘリシ一巻ノ経□[二四]ニ失《うせぬ》。定《さだめ》テ亦具シ奉リ給ヘルナルベシ。今ノ世ニ有《ある》ハ、前《さき》ニ妹子ガ持亘《もてわた》レリシ経也。新羅ヨリ渡リ給ヘリシ釈迦[二五]ノ像ハ、今ニ興福寺《こうぶくじ》[二六]ノ東金堂《とうこんだう》[二七]ニ在《まし》マス。百済国ヨリ渡リ給ヘリシ弥勒ノ石像ハ、今《いまに》[二八]、[二九]古京ノ元興寺《ぐわんごうじ》[三〇]ノ東[三一]ニ在《ましま》ス。太子[三二]ノ作リ給ヘル自筆[三三]ノ法華経ノ疏《しよ》ハ、今《いまに》、鵤寺《いかるがのてら》[三四]ニ有リ。亦、太子《たいしの》御[三五]物《もの》ノ具《ぐ》等、其《その》寺ニ有リ。多《おほく》ノ年ヲ積メリト云ヘドモ、損ズル事無シ。

亦、太子ニ三《みつ》[三六]ノ名在《ましま》ス。一《ひとつ》ハ厩戸《うまやと》ノ皇子、厩《うまや》ノ戸辺《とのほとり》ニシテ生レ給[三七]ヘバト也。二《ふたつ》ハ

(たか)」の枕詞。シタテルはその変か。　一七「和(わ)」は歴史的仮名遣に反する。三宝絵「阿者礼」。　一八 たとえ斑鳩を流れる富雄川の水が絶えることがあっても、わが太子のお名前を忘れることはあり得ない。　一九「乎(を)」は歴史的仮名遣に反する。三宝絵「我ガ大公ノ」。　二〇 よく思わないで。　二一 底本の祖本の破損に因る欠字。底本は欠字部分に「召テヵ」と傍書。信友本「此七人ヲ召テ宣ハク」。三宝絵「コノ人〳〵ニ示給フ」。　二二「皃」は「貌」に同じ。容貌。　二三 芳香は往生の瑞相。　二四 底本に空白はないが、欠字があると推定する。底本「経ニ夫」に「モヵ失ヵ」と傍書。保孝本「経ニ夫」。信友本「経忽ニ見失」。三宝絵「経ハ俄ニウセヌ」。　二五 七大寺巡礼私記に「金銅尺迦坐像高三尺許」云々と見える釈迦三尊像。　二六 →地名「興福寺(こうふくじ)」。　二七 →地名「東金堂」。　二八 三宝絵「百済国ノ石像、今ノ古京ノ元興寺ノ東ノ堂ニオキタテマツレリ」以来の表現だが、七大寺巡礼私記はこの像について「仏法本記云、…在二古京元興寺東堂一云々。然而此寺無二件像一。可レ尋」とあり、平安末にはすでに失われていたらしい。　二九 平城京(奈良)をさす。　三〇 →地名「元興寺」。　三一 三宝絵「東ノ堂」。伝暦「東金堂」。　三二 以下「損ズル事無シ」まで、三宝絵には見えない。　三三 法華義疏。四巻。伝太子自筆の草稿(御物本)が現存。　三四 法隆寺をさす。→地名「法隆寺」。　三五 調度品類。　三六 三宝絵は厩戸・聖徳・上宮の三を挙げ、

八耳《やみみ》ノ皇子、数人《あまたのひと》ノ一度ニ申ス事善《よ》ク聞《きき》テ、一言《ひとこと》モ不漏裁《もらさずことわ》[一]リ給ヘレバ也。三《みつ》ハ聖《しやう》徳《とく》太子、教《をしへ》ヲ弘《ひろ》メ人ヲ度《ど》シ給ヘレバ也。亦、上宮《じやうぐう》太子ト申ス。推古天皇ノ御代《みよ》ニ、太子ヲ王宮《わうぐう》ノ南ニ令住《すましめ》テ国政《くにのまつりごと》ヲ任セ奉リシニ依《より》テ也。

此ノ朝《てう》ニ仏法ノ伝ハル事ハ、太子ノ御世《みよ》ヨリ弘《ひろ》メ給ヘル也。不然《しからず》ハ、誰《たれ》カハ仏法《ぶつぽふの》名字《みやうじ》ヲモ聞カム。心有ラム人ハ必《かならず》報ジ可奉《たてまつるべ》シトナム語リ伝ヘタルト也。

行基菩薩《ぎやうきぼさつ》、学仏法《ぶつぽふをまなびて》、導人語《ひとをみちびけること》 第二

[二]□[三]行基《ぎやうき》菩薩ト申ス聖在《ひじりましまし》ケリ。和泉《いづみ》ノ国、[四]大鳥《おほとり》ノ[五]□時、物ニ被裹《つつまれ》テ生レタリケレバ、父此《こ》レヲ見テ、[六]□時ニゾ、父母《ぶも》此《これ》ヲ取《とり》テ養《やしなは》レケル。

漸《やうや》ク長大シテ、幼童也ケル時、[七]隣ノ小児等・村小《むらのこ》童部《わらはべ》ト相共《あひとも》ニ、仏法ヲ讃歎《さんだん》スル事ヲ唱ヘケリ。先《ま》ヅ馬・牛ヲ飼フ童部《わらはべ》多《おほく》集リ[八]□テ此ヲ聞ク。[九]馬・牛ノ主、馬・牛ノ用有《あり》テ、人ヲ遣《つかはし》テ尋ネ呼《よば》スルニ、使《つかひ》行テ、此《この》讃歎ノ音《こゑ》ヲ聞クニ、極《きはめ》テ貴クシテ、皆馬・牛ノ事ヲバ[一〇]不問《とは》ズシテ、涙ヲ流シテ此《これ》ヲ聞ク。如此《かくのごとく》シテ、男女《なんによ》、老《おい》タル若キ、来集《きたりあつまり》テ此ヲ聞ク。[一一]郷《さと》ノ[一二]刀禰等《とねら》此事ヲ聞テ、「田ヲモ不令作《つくらしめず》シテ如此《かくのごと》キ由無《よしな》

八耳の名は厩戸の右に傍書。八耳についての説明は厩戸の説明の後にある。
三七 信友本「生レ給ヘレハ也」。

一 底本「截」を訂したが、名義抄には「截」にもコトハルの訓みがある。信友本、保孝本「裁」。

第二話 出典は日本往生極楽記・2(法華験記・上・2もほぼ同文)。一部を三宝絵・中・3により増補している。但し、第六、七段は出典未詳。同話・類話は行基大僧正墓碑銘、行基菩薩伝、行基年譜、日本霊異記・中・7、私聚百因縁集・七・3、元亨釈書・十四・行基その他に喧伝。第六、七段については奥義抄・下、古本説話集・下・60、和歌色葉その他に類話があるが、本話からは遠い。

二 底本の祖本の破損に因る欠字。信友本「今昔大日本国ニ」。
三 →人名「行基」。
四 現、大阪府堺・高石市付近。
五 底本の祖本の破損に因る欠字。極楽記「大鳥郡人也。菩薩初出レ胎」。
六 底本に空白はないが欠字があると推定する。極楽記「父母忌レ之、闍二樹岐上一。経レ宿見レ之、出レ胎能言。収養レ之」。
七 極楽記「隣子村童相共」。
八 底本の祖本の破損に因る欠字か。信友

キ態為《わざす》ル者追《おは》ム」ト云テ行《ゆき》ヌ。寄《より》テ聞クニ、云ハム方無ク貴シ。然レバ、泣《なき》テ此《これ》ヲ聞ク。亦《また》、郡ノ司《つかさ》此ノ事ヲ聞《きき》テ、大《おほき》ニ嗔《いかり》テ「我レ行《ゆき》テ追ハム」ト云テ、行テ聞クニ、無限《かぎりな》ク貴ケレバ、亦泣テ留《とどまり》ヌ。亦、国ノ司《つかさ》、前《さき》ニハ使ヲ遣《つかはし》ツヽ令追《おはしむ》ルニ、使毎《ごと》ニ不返来《かへりきたらず》シテ、皆泣ヽ此ヲ聞ク。然レバ、国ノ司極《きはめ》テ怪《あやし》ク成《なり》テ、自《みづか》ラ行テ聞クニ、実《まこと》ニ恐《かしこ》ク貴キ事無限《かぎりな》シ。隣ノ国ノ人ニ至《いたるま》デ聞キ伝ヘツヽ、来《きたり》テ是ヲ聞ク。此《これ》ニ依《より》テ、此ノ事ヲ[一三]公《おほやけ》ニ奏ス。然レバ、天皇召《めし》テ此ヲ□[一四]給フニ、極《きはめ》テ貴キ事無限《かぎりな》シ。

其後、出家シテ[一五]薬師寺ノ僧ト成《なり》テ、名ヲ行基《ぎやうき》ト云フ。[一六]法門ヲ学ブニ、心ニ智《さと》リ深クシテ、露計《つゆばかり》モ不悟得《さとりえざ》ル事無シ。然レバ、諸人《もろもろのひと》ニ勝《すぐれ》タリ。

然ル間、行基慈悲ノ心深クシテ、人ヲ哀《あはれ》ブ事仏ノ如ク、諸《もろもろ》ノ国ヽ修行シテ本《もと》ノ国ニ返《かへる》間、一《ひとつ》ノ池ノ辺《ほとり》ヲ通ルニ、人多ク集《あつまり》テ魚ヲ捕リ食フ。行基其ノ前ヲ過《すぐ》ルニ、若キ[一七]勇タル、戯《たはぶ》レテ、魚ノ[一八]膾《なます》ヲ以テ行基ニ与ヘテ、「是《これ》ヲ可食給《じきしたまふべ》シ」ト云ヘバ、行基其ノ所ニ居《ゐ》テ、此ノ膾《なます》ヲ食《じきし》給ヒツ。其ノ後ニ、程モ無ク口ヨリ吐キ出《いだ》スヲ見レバ、膾《なます》、小魚ト成《なり》テ、皆池ニ入《いり》ヌ。是ヲ見テ、驚キ怖レテ、「[一九]止事無《やむごとな》カリケル聖人ヲ、我等不知《しらず》シテ軽《かろし》[二〇]メ慢《あなづ》レル事ヲ悔《い》ヒ恐《おそれ》ケリ。如此《かくのごと》ク貴ク止事無《やむごとな》クテ、天皇此ノ人ヲ敬《うやまひ》テ、帰依《きえ》シ給フ事無限《かぎりな》シ。然レバ、[二一]一度ニ大僧正《だいそうじやう》ニ被成《なされ》ヌ。

其《その》時ニ、[二二]元興寺《ぐわんごうじ》ノ僧、[二三]知光《ちくわう》ト云フ人有リ。止事無《やむごとな》キ[二四]学生《がくしやう》也。心ニ思フ様《やう》、「我ハ

本「多ク集リテ」。
九 底本「馬牛ノ主」なし。保孝本により補う。極楽記「若牛馬之主有レ用レ之時、令二使尋呼一」。
一〇 底本「不問スルヲ」に「シテヵ」と傍書。信友本「不問讃嘆スルヲ」。極楽記「不レ問二牛馬一、泣而忘レ帰」。
一一 以下本段末まで、極楽記には「菩薩自上二高処一、呼二彼馬一喚二此牛一、応レ声自来。其主各牽而去」とあって、本話に対応する記事はない。
一二 村長。里長。
一三 朝廷。
一四 底本の祖本の破損に因る欠字か。信友本「此ヲ聞給フニ」。
一五 →地名「薬師寺」。
一六 法文。以下、極楽記「読二瑜伽唯識論等一、了二知奥義一」を簡略化している。
一七 底本「若キ男タル」を訂した。極楽記「年小放蕩者」。三宝絵「イサメル人ドモ」。
一八 生の魚肉を刻んで酢にあえた食品。
一九 以下の発言は、途中でねじれて地の文に移行している。
二〇 底本「軽ヌ」に「メヵ」と傍書。信友本「軽メ」。
二一 天平十七年(七四五)行基は東大寺大仏建立に協力のため、一躍大僧正に任じられた。
二二 →地名「元興寺」。
二三 智光。→人名「智光」。
二四 学僧。

智《さとり》深キ老僧[一]也。行基ハ智《さとり》浅キ小僧《せうそう》[二]也。公《おほやけ》何《なん》ゾ我ヲ棄《すて》テ彼ヲ賞シ給ハムヤ」ト、公《おほやけ》ヲ恨《うら》ビ奉テ、河内国《かはちのくに》、[三]椙田寺《すぎたでら》ハ[四]□。其後、智光身ニ病《やまひ》ヲ受《うけ》テ死《しに》ヌ。房《ばう》ニ[五]□不[六]ザル間、十日ヲ経《へ》テ蘇《よみがへり》テ、弟《で》子《し》等《ら》ニ語《かたり》テ云ク、「我レ、[七]閻羅王《えんらわう》ノ使ニ被捕《とらはれ》テ行《ゆき》シ間、道ニ金《こがね》ヲ以テ造レル宮殿《くうでん》有リ。高ク広クシテ光リ耀《かかや》ク事無限《かぎりな》シ。「是《これ》ハ何《いか》ナル所ゾ」ト、我ヲ将行《ゐてゆ》ク使ニ問ヘバ、答云《こたへていは》ク、「是《これ》ハ行基菩薩ノ可生《うまるべ》キ所也」ト。亦、行《ゆけ》バ、遠クテ見ルニ、[八]煙炎《けぶりほのほ》空ニ満《みち》テ[九]猛恐《たけくおそろし》ク見《みゆ》ル事無限《かぎりな》シ。亦、「彼ハ何ゾ」ト問ヘバ、使ノ云ク、「彼ハ汝《なむち》ガ可堕《おつべ》キ地獄」ト。使我ヲ将至《ゐていた》リ着《ちやく》スレバ、閻羅王我ヲ呵《か》[一〇]シテ宣ハク、「汝《なむ》ヂ、閻《えん》[一一]浮提《ぶだい》、日本国ニシテ、行基菩薩ヲ嫉《ねた》ミ悪《にくみ》テ謗《そし》レリ。今其ノ罪[一二]ヲ試《こころみ》ムガ為《ため》ニ召《めし》ツル也」ト。其後、[一三]銅《あかがね》ノ柱ヲ我令抱《われにいだかし》ム。肉《しし》解《と》ケ骨融《ほねとろけて》、難堪《たへがた》キ事無限《かぎりな》シ。其罪畢《そのつみつき》テ後《のち》、被免返《ゆるしかへされ》タル也」ト云《いひ》テ、泣キ悲《かなし》ム。

其後、智光此ノ罪ヲ謝《しや》セムガ為《ため》ニ、行基菩薩ノ所ニ詣《まう》デムト為《す》ルニ、行基、其ノ程、摂津国《つのくに》ノ[一四]難波《なには》ノ江ノ橋ヲ造リ、[一五]江ヲ堀テ[一六]船津《ふなつ》ヲ造リ給フ所ニ至ル。菩薩空《そら》[一七]ニ其ノ心ヲ知《しり》テ、智光ノ来《きたれ》ルヲ見テ、咲《ゑみ》[一八]ヲ含《ふくみ》テ見給フ。智光ハ杖《つゑ》[一九]ニ懸《かかり》テ、礼拝恭敬《らいはいくぎやう》[二〇]シテ、涙ヲ流《ながし》テ罪ヲ謝《しや》シケリ。

[二一]此ノ行基菩薩ハ、前《さき》ノ世ニ、和泉国、大鳥《おほとり》ノ郡《こほり》ニ住ケル人ノ娘ニテ御《おはし》ケリ。幼

一 極楽記「我是智行大僧」。 二 大僧の対。地位の低い僧。極楽記「行基浅智沙弥也」。 三 鋤田寺。現、大阪府羽曳野市駒谷にあった。極楽記「退隠㆓山寺㆒」。三宝絵「河内国鋤田寺ニユキテ籠居ヌ」により寺名を増補か。霊異記「罷㆓鋤田寺㆒而住」。 四 底本の祖本の破損に因る欠字。 五 底本の祖本の破損に因る欠字。極楽記「依㆓遺言㆒不㆓暫葬㆒」。 六 「ザル」は「不」の全訓捨仮名か。但し、それならば「不□ザル」と表記するのが普通。 七 閻魔王に同じ。→人名「閻魔王」。 八 極楽記「煙炎満㆑空」。験記「煙火之満」。本話の表現は極楽記に近い。 九 底本「恣ク」を訂した。信友本「恐ク」。 一〇 叱って。 一一 人間世界。→地名「閻浮提」。 一二 懲罰を行うために。極楽記「今所以召㆑汝者懲㆓其罪㆒」。 一三 赤熱した銅の柱を抱かせる地獄の責め苦は、本書巻二〇・16にも見える。 一四 現、大阪市付近。極楽記「菩薩此時在㆓摂津国㆒、造㆓難波江橋㆒」。 一五 以下、極楽記に対応句なし。三宝絵「難波ニヲハシマシテ、橋ヲツクリ江ヲホリ船ヲワタシ木ヲウヘ給トコロニ」により増補か。霊異記「有㆓難波㆒、令㆓渡㆑椅堀㆑江造㆓船津㆒」。 一六 船着き場。 一七 暗黙のうちに。 一八 微笑を浮かべて。 一九 極楽記に対応句なし。三宝絵「杖ニカヽリテ」により増補か。 二〇 恭敬はつつしみ敬う意。 二一 本第六段と第七段の出典は未詳。 二二 底本の祖本の破損に因る欠字か。

稚也《なるに》、祖父母是《これ》ヲ悲《かなし》ミ[二二]□スル事無限《かぎりな》シ。而《しかる》ニ、其《その》家ニ仕《つか》フ[二三]下童《しもわらは》有リ。庭ノ糞《くそ》令取棄《とりすてしむ》ル者也。名ヲ[二四]真福田丸《まふくたまろ》ト云フ。此ノ童、心ニ智有《さとりあり》テ思ハク、「我レ[二五]難受《うけがた》キ人《にん》身《じん》ヲ得タリト云ヘドモ、[二六]下姓《げしやう》ノ身ニシテ、[二七]勤《つとむ》ル事無クハ、[二八]豈《あ》ニ後《のち》ノ世ニ頼ム所有《あら》ジ。然レバ、大寺ニ行《ゆき》テ、法師ト成《なり》テ仏ノ道ヲ学バム」ト思《おもひ》得テ、先《ま》ヅ主《あるじ》ニ暇《いとま》ヲ請《こ》ヘバ、主ノ云ク、「汝ハ[二九]何《なに》ゾノ暇ヲ申スゾ」ト。童《わらは》ノ云ク、「修行ニ罷出《まかりいで》ムト思フ[三〇]本《もと》ノ心有リ」ト。主ノ云《いはく》、「実《まこと》ノ心有ラバ、速《すみやか》ニ免《ゆるさむ》」ト云テ免シツ。「但《ただ》シ、年来仕《としごろつかひ》ツル童也。今修行ニ出《いで》ム剋《とき》ニ、[三一]水干袴《すいかんばかま》着セテ遣《つかは》セ」ト云テ、忽《たちまち》ニ水干袴ヲ令調《ととのへしむ》ルニ、此ノ幼キ娘有テ、「此ノ童ノ修行ニ出《い》ヅル[三二]料《れう》也。功徳《くどく》ノ為《ため》也」ト云テ、此ノ[三三]片袴《かたばかま》ヲ継《つぎ》テケリ。童此《これ》ヲ着テ、元興寺《ぐわんごうじ》ニ行《ゆき》テ出家シテ、其《その》寺ノ僧ト成《なり》ヌ。名ヲバ[三四]智光《ちくわう》ト云フ。法ノ道学ブニ、極《きはめ》テ止事無《やむごとな》キ学生《がくしやう》ト成ヌ。彼主《かのあるじ》ノ幼カリシ娘ハ、此ノ童出《いで》テ後、幾《いくばく》[三五]シ無《なく》テ[三六]□益無《やくなく》テ止《やみ》ヌ。其後、其娘、同国ノ同郡ノ[三七]□。

而ニ、菩薩未ダ幼キ[三八]少僧《せうそう》ニテ在《まし》マシケル時、河内国ノ[三九]□郡ニ法会《ほふゑ》ヲ修《しゆ》スル事有ケリ。智光ハ止事無《やむごとな》キ老僧ニテ有ケルヲ、其ノ[四〇]講師《かうじ》トス。元興寺ヨリ行テ、其ノ講師トシテ[四一]高座《かうざ》ニ登《のぼり》テ法ヲ説ク。聞ク人皆心ニ[四二]染《しみ》テ、貴ブ事無限《かぎりな》シ。説畢《ときをはり》テ高座ヨリ下《おり》ムト為《す》ルニ、堂ノ後ノ方《かた》ニ[四三]論義ヲ出《いだ》ス音《こゑ》有リ。見レバ、頭《かしら》青キ少僧也。講

二三 下仕えの少年。古本説話「かどまぼりの女のこなりけるわらは」。私聚「家ノ門ヲ守ル翁ノ子ナリケル童」。
二四 福田(ふくでん)は福徳を生み出す田の意。即ち善果を生む因となるものを田に譬えた仏教語。それにちなんだ名。
二五 なかなか生まれ難い人間の身に生まれたけれども。　二六 下賤の身。
二七 訓みは名義抄による。「勤ル」と同義。
二八 反語表現ではなく、下に打ち消し表現を伴って「決して」の意。
二九 どういうわけで暇を乞うのか。
三〇 もとからの望み。素志。
三一 水干(のりを使わず水張りにして干して作った狩衣に似た衣服。一般庶民の平服)を着る時にはく袴。古本説話「藤袴」。
三二 用品。　三三 袴の両脚のうち片方。
三四 →人名「智光」。
三五 「シ」は強意か。東北本は「モヵ」と傍書。信友本「幾ク」。
三六 底本の祖本の破損に因る欠字。古本説話「このひめ君、はかなくわづらひて、うせにけり」。　三七 底本の祖本の破損に因る欠字。娘が男子(行基)に転生したことが語られていたはず。
三八 前出の「小僧」(注二二)に同じ。
三九 郡名の明記を期した意識的欠字。
四〇 法会において仏前の高座に昇って経論を講説する役の僧。
四一 法会において講師や読師が登る一段高くなった席。
四二 底本「深テ」を訂した。保孝本「染ムテ」。信友本「染ミテ」。
四三 経論についての問答議論。

師、「何計《なにばかり》ノ者[一]ナレバ、我レニ対《むかひ》テ論義ヲセム為《ずる》ナラム」ト疑ヒ思テ、見返《みかへり》タルニ、論義ヲ出様《いだすやう》、

[二]真福田ガ修行ニ出《い》デシ日藤袴《ふぢばかま》[三]我レコソハ縫[四]ヒシカ片袴ヲバ

ト。其時ニ、講師大《おほき》ニ嗔《いかり》テ、少僧ヲ罵云《のりていは》ク、「我公《おほやけ》・私《わたくし》ニ仕ヘテ年来《としごろ》[五]ヲ経《ふ》ルニ、聊《いささか》[六]ニ恙無《つつがな》シ。異様《ことやう》ノ田舎法師ノ論義ヲセムニ、不吉《よから》ヌ事也。況《いはむ》ヤ我レヲ罵《の》ル事、極《きはめ》テ不安《やすから》ヌ事也」ト云テ、怒ゝ出《いかるいかるいで》ヌ。少僧ハ打咲《うちわらひ》テ逃《にげ》テ去リニケリ。少僧ハ行基菩薩也ケリ。智光然計《さばかり》[七]ノ智者ニテハ、罵《のる》[八]ト咎《とが》ムマジ。暫《しばらく》可思廻《おもひめぐらすべ》キ事也カシ。思フニ、其ノ罪[九]モ有《あり》テム。

此《この》[一〇]行基菩薩ハ畿内《きないの》[一一]国ニ四十九[一二]所ノ寺ヲ□[一三]給ヒ、悪《あし》キ所ヲバ道ヲ造リ、深キ河ニハ橋ヲ亘《わた》シ給ヒケリ。文殊《もんじゆ》[一四]ノ化《くゑ》シテ生給《うまれ》ヘルトナム語リ伝《つたへ》タルトヤ。

役優婆塞《えのうばそく》、誦持呪《しゆをじゆぢして》、駆鬼神語《きじんをつかへること》第三

今昔《いまはむかし》、本朝《ほんてう》[一五]□天皇ノ御代《みよ》ニ、役《え》[一六]ノ優婆塞《うばそく》ト申ス聖人御《しやうにんおはし》ケリ。大和国《やまとのくに》、葛《かづらきの》上《かみ》ノ郡《こほり》、茅原《ちはら》[一七]ノ村ノ人也。俗姓《ぞくしやう》ハ賀茂役《かものえ》[一八]ノ氏《うぢ》也。年来《としごろ》葛木《かづらき》[一九]ノ山ニ住《すみ》テ、藤ノ皮ヲ以テ着物《きるもの》トシ、松ノ葉ヲ食物《くひもの》トシテ、四十余年、彼ノ山ノ中ノ崛居《いはやにゐ》給ヘリ。清キ

一 底本、諸本とも「寺」に作るが、訂した。
二 真福田丸が修行に出た日、藤袴はこの私が縫ったのだ。その片袴を。奥義抄「まふくた丸がふぢばかま、われぞぬひしかそのかたばかま」。古本説話「まふくたまろがふぢばかま、我ぞぬいしかたばかま」。袖中抄「まふくたが修行に出しふぢばかま、我こそぬひしかそのかたばかま」。 三 藤や葛等の繊維の布で仕立てた粗末な袴。前出の「水干袴」(一五頁注三一)をさす。 四 底本「□ヒシカ」の空白に「縫ィ」と朱書。東北本「縫ヒシカ」。信友本「縫シカ」。 五 長年になるが。
六 少しの落ち度もない。 七 あれほどの智者であるからには。 八 人に罵られてもすぐ腹を立てるべきではない。 九 第四段の閻羅王に罰せられたことの理由をいう。保孝本、信友本等は「有ラム」。
一〇 本第八段は極楽記「菩薩畿内建ニ立道場一凡四十九処」(験記も同文)に拠るか。
一一 都周辺の五国。即ち山城・大和・河内・和泉・摂津国。 一二 四十九の数は兜率天(弥勒の住処)の四十九重の摩尼宝殿に関係するか。続紀・天平勝宝元年(七四九)二月二日・行基薨伝「留止之処、皆建ニ道場一。其畿内凡四十九処、諸道亦往々而在」。
一三 底本の祖本の破損に因る欠字。→注一〇。
一四 行基文殊化身(隠身の聖)説は巻一七・36にも見える。→人名「文殊菩薩」。

第三話　出典は三宝絵・中・2の前半(原拠は日本霊異記・上・28)。本朝神仙伝・3、元亨釈書・十五・役行者に同源

泉ヲ浴《あむし》テ心ノ垢《あか》ヲ洗ヒ浄《きよ》メテ、[二〇]孔雀明王《くじやくみやうわう》ノ呪《しゆ》ヲ誦《じゆ》ス。或《ある》時ニハ五色《ごしき》ノ雲ニ乗《のり》テ仙人ノ洞《ほら》ニ通《かよ》フ。夜ハ諸《もろもろ》ノ鬼神《きじん》ヲ[二一]召駆《めしつかひ》テ[二二]水ヲ汲《くま》セ薪《たきぎ》ヲ拾ハス。然レバ、此《こ》ノ優婆塞ニ不随《したがはざ》ル者無シ。

而《しかる》ニ、[二三]金峰《みたけ》山ノ[二四]蔵王《ざわう》菩薩ハ、此ノ優婆塞ノ[二五]行出《おこなひいだ》シ奉リ給ヘル也。然レバ、常ニ葛木ノ山ト金峰《みたけ》ノ山トニ通《かよひ》テゾ御《おはし》ケリ[二六]。是《これ》ニ依《より》テ、優婆塞、諸《もろもろ》ノ鬼神ヲ召集《めし》メテ仰セテ云《いは》ク、「我レ葛木ノ山ヨリ金峰ノ山ニ参ル□[二七]道ト為《せ》ム」ト。諸《もろもろ》ノ鬼神此ノ事ヲ承《うけたまはり》テ□[二八][二九]佗ム事無限《かぎりな》シ。然レドモ、優婆塞ノ責《せめ》難遁《のがれがた》キニ依《より》テ、鬼神等多《おほく》ノ大《おほき》ナル石ヲ運ビ集メテ、造リ調《ととのへ》テ、既ニ橋ヲ亘《わた》シ始《はじ》ム。

而《しかる》ニ、鬼神等優婆塞ニ申シテ云ク、「我等形《かた》チ極《きはめ》テ見苦シ。然レバ、[三〇]夜ゝ《よなよな》隠レテ此ノ橋ヲ造リ渡サム」ト云テ、夜ゝ《よなよな》急ギ造ルヲ、優婆塞、[三一]葛木ノ一言主《ひとことぬし》ノ神ヲ召《めし》テ云ク、「汝《なむ》ヂ何ノ恥ノ有レバ形《かたち》ヲバ可隠《かくすべ》キゾ。[三二]然ラバ、凡《おほよ》ソ不可造渡《つくりわたすべからず》」ト[三三]云テ、嗔《いかり》テ、呪《しゆ》ヲ以テ神ヲ縛《しばり》テ、谷ノ底ニ置《おき》ツ。

[三四]其後《そののち》、一言主ノ神、[三五]宮城《みやこの》人ニ付《つき》テ云ク、「役ノ優婆塞ハ既ニ謀《はかりこと》ヲ成《な》シテ国ヲ傾《かたぶ》ケムト為《す》ル也」ト。天皇此《この》事ヲ聞《きき》給テ、驚《おどろき》テ、官使《くわんのつかひ》ヲ遣《つかはし》テ優婆塞ヲ令捕《とらへし》メ給フニ、空ニ飛ビ上《あがり》テ不被捕《とらへられず》。然レバ、官使優婆塞ノ母ヲ捕《とらへ》ツ。優婆塞、母ノ被捕《とらへられ》ヌルヲ見テ、母ニ替《かは》ラムガ為《ため》ニ、[三六]心ニ態《わざ》ト出来《いできたり》テ被捕《とらへられ》ヌ。天皇罪ヲ[三七]勘《かむがへ》テ、優婆塞ヲ[三八]伊豆《いづ》

の同話がある。
一五 天皇名の明記を期した意識的欠字。役小角の流罪は続紀の文武天皇三年(六九九)条に見える。→注三八。 一六 役小角。役行者。→人名「役優婆塞」。 一七 現、奈良県御所市茅原付近。 一八 霊異記「役優婆塞者、賀武役公、今高賀武朝臣也」。続紀・養老三年(七一九)七月庚子条に賀茂役首石穂らに賀茂役君を賜った旨が見える。 一九 大阪・奈良の府県境にある金剛山地。→地名「葛木ノ山」。 二〇 孔雀経に説く孔雀明王の呪。脱毒、治病、護身の効があるとされる。→人名「孔雀明王」。 二一 訓みは字類抄による。三宝絵「鬼神ヲメシツカヒテ」。 二二 この表現は法華経・五・提婆達多品「採菓汲水、拾薪設食」に淵源し、拾遺集・哀傷・行基「法華経をわが得しことは薪こり菜摘み水汲み仕へてぞ得し」に基づき、聖者に供奉して修行するさまをいう一種の決まり文句であった。 二三 吉野山地。→地名「金峰山(みたけ)」。 二四 →人名「蔵王菩薩」。 二五 祈って出現させた菩薩である。このことは沙石集・八・1、三国伝記・二・9その他に詳しい。 二六 「御ケル」とあるべきところ。係結びが崩れている。信友本「御ケル」。 二七 底本の祖本の破損に因る欠字。三宝絵「葛木山ト金峰山トニ橋ヲツクリワタセ。我カヨフミチニセム」。 二八 底本の祖本の破損に因る欠字。三宝絵「諸ノ神ドモ愁テナゲ丶、ドモユルサズ、セタメヲホスルニ思ワビテ」。 二九 「佗(わ)ブ」の訛化か(古典全集説)。 三〇 底本「夜ニ」を訂した。次行の例も同様。

ノ国ノ島ニ流シ遣《つかはし》ツ。優婆塞其ノ所ニ御《おはし》テ、海ノ上ヲ浮《うかび》テ走ル事陸《くむが》ニ遊ブガ如ク也。山ノ峰ニ居テ飛ブ事鳥ノ飛ブガ如シ也。昼ハ公《おほやけ》ニ畏《おそ》レ奉《たてまつ》テ流所《るしよ》ニ居《ゐ》タリ。夜ハ駿《する》河《が》ノ国、富士ノ峰ニ行《ゆき》テ行《おこな》フ。願フ所ハ此ノ罪ノ被免《ゆるされ》ムト祈ル。三年ヲ経テ、公《おほやけ》、優婆塞罪無キ由《よし》ヲ聞《きこ》シ食《め》シテ、被召上《めしあげられ》［　　］（以下欠）

道照和尚《だうせうわじやう》、亘唐《たうにわたりて》、伝法相還来《ほつさうをつたへてかへりきたれること》語第四

今昔《いまはむかし》、本朝《ほんてう》、天智《てんち》天皇ノ御代《みよ》ニ、道照和尚《だうせうわじやう》ト云フ聖人在《しやうにんまし》マシケリ。俗姓《ぞくしやう》ハ舟氏《ふねのうぢ》、河内国《かはちのくに》ノ人也。幼ニシテ出家シテ元興寺《ぐわんごうじ》ノ僧ト成レリ。智《さと》リ広ク心直《なほ》シ。亦、道心盛リニシテ、貴キ事仏ノ如ク也。然レバ、世ノ人、公《おほやけ》ヨリ始《はじめ》奉テ、上下ノ道俗・男《なん》女《によ》、首《かうべ》ヲ低《かたぶけ》テ貴ビ敬《うやま》ヘル事無限《かぎりな》シ。

然ル間、天皇道照ヲ召《めして》、仰セ給テ云《いは》ク、「近来《このごろ》聞ケバ「震旦《しんだん》ニ玄奘《ぐゑんじやう》法師ト云フ人有《あり》テ、天竺《てんぢく》ニ渡《わたり》テ正教《しやうげう》ヲ伝《つたへ》テ本国《もとのくに》ニ返来《かへりきた》ル」ト。其《その》中ニ大乗唯識《だいじようゆいしき》ト云フ法門有リ。殊《こと》ニ彼ノ法師好ミ習ヘル所也。此レ、「諸法ハ必《かならず》識ニ不離《はなれ》ズ」ト立《たて》テ、仏ル道ヲ教《さと》ヘタリ。然ルニ、其《その》教法未ダ此ノ朝《てう》ニ無シ。然レバ、汝《なむ》ヂ速《すみやか》ニ彼ノ国ニ罷渡《まかりわたり》テ、玄奘法師ニ会《あひ》テ、彼ノ教法ヲ受ケ習《ならひ》テ可返来《かへりきたるべ》シ」ト。道照宣旨《せんじ》ヲ奉《うけたま》ハリテ震旦ニ渡《わたり》ヌ。

三一　葛木山の地主神。→人名「一言主神」。三二　そんなことを言っていては、およそ架橋なんて出来はしない。三宝絵「スベテハナツクリソ」。三三　底本「云ヲ」を訂した。諸本「云テ」。三四　三宝絵「藤原宮御宇天皇之世」。霊異記「藤原雨ノシタヲヲサメ給ヨニ」。両書とも文武天皇の世のこととする。三五　都の人に憑いて、その人の口を借りて言うには。三宝絵「人ニ付テ云」。三六　自らの意思で。自分から。三七　調べただして。三八　続紀・文武三年(六九九)五月丁丑条「役君小角流二于伊豆島一」の伊豆島は伊豆国の別称らしいが、後には実際の島と考えられるようになった。

一　通常「如ク也」とあるべきところ。破格の語法だが信友本、保孝本「如ク也」が原姿ともいい難い。二　修行する。三　三宝絵「タヾコノ島ヲマヌカレテ、オホヤケノニハニシテ罪ヲウケフサムトイノル」とは文意がやや異なる。四　この「ノ」は「ヲ」と同意。→一八二頁注四。信友本「罪ヲ」はこの用法を理解しなかったための改変か。五　三宝絵「大宝元年辛丑五月ニメシアグ」。六　以下、三宝絵は、許された優婆塞が空に昇って飛び去ったこと、道照法師が新羅で法華経を講じた時に優婆塞に会ったこと(第4話の出典)、葛木の一言主の神は未だに呪縛が解けずにいること等を語っている。

第四話　出典は第一―四段は未詳。第五段は三宝絵・中・2の後半(原拠は日

[二一]玄奘三蔵ノ所ニ行至《ゆきいたり》テ、門《かど》ニ立《たち》テ人ヲ以テ示《しめし》テ、「日本ノ国ヨリ国王ノ仰《おほせ》ヲ承《うけたまは》リテ罷渡《まかりわた》リケル僧也」ト云入《いひいれ》タレバ、使返出《かへりいで》テ、来《きた》[二二]レル心ヲ問フ。道照ノ云ク、「国王ノ仰セニ依《より》テ、唯識《ゆいしき》ノ法門ヲ習ヒ伝ヘムガ為《ため》ニ参リ来《きた》レル也」ト。

其時ニ、三蔵此《こ》ノ由《よし》ヲ聞《きき》テ、速《すみやか》ニ道照ヲ呼ビ入レテ、自《みづか》[二三]ラ下《お》リ合《あひ》テ、房《ばう》[二四]ニ道照ヲ迎ヘ入レツ。面《まのあた》[二五]リ談《だん》ズル事、互ニ本《もと》ヨリ知《しり》タル人ノ如シ。其後、唯識ノ法門ヲ教《をし》フ。道照、夜ハ宿房[二六]ニ返リ、昼ハ三蔵ノ所ニ行《ゆき》テ習フ事既《すで》ニ一年有《ひとゝせあり》テ、其ノ門《もん》、瓶《かめ》[二七]ノ水ヲ[二八]写スガ如ク習ヒ得テ、返《かへ》ラムト為《す》ル間ニ、三蔵ノ弟子等《ら》師ニ申テ云ク「此ノ国ニ[二九]若干《そこばく》ノ御弟子有リ。皆止事無《やむごとな》キ徳行《とくぎやう》[三〇]ノ人也。然ルニ、大師皆敬《うやま》ヒ給フ事無《なくして》、此ノ日本ノ国ヨリ来《きた》レル僧ヲ見テハ、座ヲ下《お》リ敬ヒ給フ事不心得《こころえず》。縦《たと》ヒ日本ノ僧止事無《やむごとな》シト云フトモ、小国ノ人也。何計《なにばかり》ノ事カ有ラム。我ガ国ノ人ニ可合《あふべ》[三一]キニ非ズ」ト。三蔵答《こたへ》テ宣ハク、「汝等、速《すみやか》ニ彼ノ日本ノ僧ノ宿房ニ行テ、夜《よ》ル[三二]窃《ひそか》ニ彼レガ有様ヲ可見《みるべ》シ。其ノ謗《そし》[三三]リモ讃《ほ》メモ可為《なすべき》也」ト。

其ノ後、三蔵ノ御弟子二三人計《ばかり》、夜《よ》ル道照ノ宿房ニ行テ、窃《ひそか》ニ伺《うかが》ヒ見ルニ、道照経ヲ読《よみ》テ居タリ。吉《よ》ク見レバ、口ノ内ヨリ長サ五六尺計《ばかり》ノ白キ光ヲ出《いだし》タリ。御弟子等是《これ》ヲ見テ、奇異《きい》ノ思《おもひ》ヲ[三四]□此レ希有《けう》ノ事也。我ガ大師ノ[三五]□。亦、大師、他国[三六]ヨリ来《きた》レル人ノ

本霊異記・上・28)、第六段は日本霊異記・上・22。類話は拾遺往生伝・下・10その他に見える。
七 →人名「天智天皇」。 八 →人名「道照」。
九 底本「丹」を訂した。霊異記・上・22「船」。続紀・文武四年(七〇〇)三月己未の道照の卒伝には「河内国丹比郡人也。俗姓船連」とある。 一〇 →地名「元興寺」。 一一 頭を深く垂れて。こころから帰依し信仰するさまを示す常套表現。 一二 中国の古称。
一三 →人名「玄奘」。 一四 インドの古称。
一五 聖教。仏教の典籍。 一六 大乗仏教の唯識という教説。法相宗の教説。
一七 あらゆる存在・事象は識(心の本体)にかかっている。すべては識の働きによって仮に現出したものである。 一八 説を立てて。 一九 信友本「サトル道」。名義抄は「僧」を「サトル」と訓む。 二〇 わが国。 二一 三蔵は経・律・論に精通した僧に対する敬称。 二二 来意を尋ねた。
二三 自分から座を下りて面会して。後文に「座ヲ下リ敬ヒ給フ」とある。 二四 僧房。玄奘の私室であろう。 二五 直接に。親しく。 二六 外来者が泊まる寺の宿舎。
二七 師が弟子に秘法を漏れなく伝授するさまをいう常套表現。一つの瓶の水を他の一つの瓶に移すのに譬えたもの。瀉瓶。
二八「瀉ス」に同じ。そそぎ入れる意。
二九 多数。 三〇 功徳をおさめ修行を積んだ人。 三一 かならはずがない。中国側の大国意識に基づく差別を留学僧の知識・能力が打破した話は吉備大臣入唐絵詞や本巻第9話の空海等、例が多い。これらは一面では中国に対する劣等感の裏

本《もと》ヨリ不知《しらざ》ルヲ、兼《かね》テ其《その》徳行ヲ知《しり》給ヘルハ、此権者《これごんじや》[一]也ケリ」[二]ト知《しり》ヌ。返《かへ》リ参リテ、師ニ申サク、「我等行《ゆき》テ窃《ひそか》ニ見ツルニ、日本ノ僧口ヨリ光ヲ出《いだ》セリ」ト。三蔵ノ宣ハク、「汝ヂ等極《きはめ》テ愚《おろか》也。我ガ敬フヲ様《やう》[三]有ラムト不思《おもはず》シテ謗《そし》ルガ、智《さとり》ノ無キ也」ト。御弟子等恥《はぢ》テ去《さり》ヌ。

亦、道照、震旦ニ在《まし》マス間、新羅国《しらきのくに》[四]ノ五百ノ道士《だうし》[五]ノ請《しやう》[六]ヲ得テ彼ノ国ニ至《いたり》テ、山ノ上ニシテ法華経《ほくゑきやう》[七]ヲ講ズル庭[八]ニ、隔《へだて》[九]ノ内ニ我[一〇]ガ国ノ人ノ語《こと》ニシテ物ヲ乞[一一]フ音《こゑ》有リ。道照高座《かうざ》[一二]ノ上ニシテ法ヲ暫《しばら》ク説キ止《やめ》テ、此《これ》ヲ、「誰《た》ソ」ト問フ。其音《そのこゑ》答テ云ク、「我レハ日本ノ朝《てう》ニ有シ役《え》[一三]ノ優婆塞《うばそく》也。日本ハ神[一四]ノ心モ物狂《ものぐる》ハシク、人[一五]ノ心モ悪《あし》カリシカバ、去《さり》ニシ也。然レドモ、于今《いまに》時〻ハ通フ也」ト。道照、「我ガ国ニ有ケル人也」ト聞《きき》テ、「必ズ面《まのあた》リ見ム」ト思テ、高座ヨリ下《おり》テ尋ヌルニ、無シ。口惜キ事無限《かぎりなく》シテ震旦ニ返《かへ》リニケリ。

道照法ヲ習《ならひ》テ帰朝ノ後《のち》、諸《もろもろ》ノ弟子ノ為《ため》ニ唯識《ゆいしき》[一六]ノ要義[一七]ヲ令説聞《ときききかしめ》ヌル教ヘ、伝[一八]フテ、[一九]今其《いまにその》法不絶《たえず》シテ盛《さかり》也。亦、禅院《ぜんゐん》[二〇]ト云フ寺ヲ造《つくり》テ住《すみ》給ケリ。遂《つひ》ニ命絶《たゆ》ル時ニ臨《のぞみ》テ、沐浴《もくよく》シ浄《きよ》キ衣《ころも》ヲ着テ、西ニ向《むかひ》テ端座《たんざ》[二一]ス。其《その》時ニ光有リ。房ノ内ニ満《みち》タリ。道照目ヲ開《ひらき》テ、弟子[二二]ニ告《つげ》テ云ク、「汝《なむ》ヂ等、此ノ光ヲバ見ルヤ否《いな》ヤ」ト。弟子ノ云ク、「見ル」ト。道照ノ云ク、「是レ弘《ひろ》ムル事無カレ」ト。其後、夜[二三]ニ至《いたり》テ、其ノ光房ヨリ

返しの表明であった。
三二 「ル」は「夜」の捨仮名。以下同様。
三三 ここのままでも文意は通るが、「ノ」の下に「後」が脱落か。
三四・三五 底本の祖本の破損に因る欠字。
三六 外国から来た未知の人(道照)の徳行を前もって知っておられたのは。

一 仏菩薩の化身。 二 この心内語の始まりは欠字の箇所(一九頁注三四)に当たっている。 三 わけがあるのだろうと。 四 →地名「新羅国」。 五 ここでは仏教修行者の意か。同語例は→九頁注三八。三宝絵、霊異記「五百虎」。 六 招請を受けて。 七 →一五四頁注七。 八 場。会場。 九 仕切りの向こう側で。三宝絵、霊異記には見えない句。 一〇 わが国の人の言葉で。日本語で。 一一 底本「与フ」を訂した。保孝本、信友本「乞フ」。三宝絵「ウタガヒヲアゲタリ」。霊異記「挙レ問」。 一二 →一五頁注四一。 一三 役小角。役行者。→人名「役優婆塞」。 一四 一言主の神が従順でなかったこと(第3話)をさす。 一五 韓国広足に讒言されたこと(役優婆塞流罪の原因となった。三宝絵に詳しいが第3話には引用していない)をさす。 一六 →一八頁注一六。道照は法相宗の日本への初伝とされる。 一七 底本「悪義」を訂した。根本的な教義。 一八 「伝ヒテ」の音便「伝ウテ」をかく表記したものか。「伝リテ」の誤記の可能性もある。 一九 「于今(いまに)」と同意。一一頁注二八等に例が見える。 二〇 →地名「禅院」。 二一 姿勢を正しく坐ること。

出《いで》テ寺ノ庭ノ[二四]樹《うゑき》ヲ曜《かかや》カス。久《ひさし》ク有テ、光[二五]西ヲ指《さし》テ飛ビ行《ゆき》ヌ。弟子等此《これ》ヲ見テ、[二六]恐《おぢ》テ怖《おそ》ル、事無限《かぎりな》シ。然ル間、道照西ニ向テ端座シテ失《うせ》ヌ。定《さだ》メテ知《しり》ヌ、極楽ニ参給《まゐりたま》ヒヌト。[二七]彼《か》ノ禅院ト云《いふ》ハ元興寺ノ東南ニ有リ。

道照和尚ハ権者《ごんじや》也ケリトナム世ニ語リ伝ヘタルトヤ。

道慈《だうじ》、亘唐《たうにわたりて》、伝三論帰来《さんろんをつたへてかへりきたり》、神叡《じんえい》、在朝試語《てうにありてこころみたること》 第五

今昔《いまはむかし》、[二八]聖武《しやうむ》天皇ノ御代《みよ》ニ、[二九]道慈《だうじ》・[三〇]神叡《じんえい》ト云フ二人《ふたりの》僧有ケリ。道慈、大和国《やまとのくに》ノ[三一]添下《そふのしも》ノ郡《こほり》ノ人也。俗姓《ぞくしやう》ハ額田《ぬかだ》ノ氏《うぢ》。心智《さと》リ広クシテ法ノ道ヲ学ブニ明《あきら》カ也ケレバ、法ヲ深ク学ビ伝ヘムガ為《ため》ニ、[三二]大宝《だいほう》元年ト云ケル年、遣唐使《けんたうし》[三三]粟田《あはた》ノ道麻呂《みちまろ》ト云ケル人ニ随《したがひ》テ、[三四]震旦《しんだん》ニ渡リニケリ。[三五]□法師ト云フ人ヲ師トシテ、[三六]無相《むさう》ノ法文《ほふもん》ヲ学ビ極《きはめ》テ、震旦ニシテ[三七]□来《きた》レリ。聖武天皇是《これ》ヲ貴《たふと》ムデ[三八]□、聖武、此ヲ[三九]□朝ニ、更ニ此ノ人ニ並《ならぶ》智者無カリケリ。

然ル間、[四〇]法相宗《ほつさうしゆう》ノ僧神叡ト云フ者有ケリ。[四一]□国[四二]□郡ノ人也。俗姓ハ[四三]□ノ氏。心ニ智有《さとりあり》ト云ヘドモ、学ブ所薄クシテ、道慈ニハ[四四]不可並《ならぶべからず》。而ルニ、神叡心ニ智恵ヲ得ム事ヲ願ヒテ、大和国ノ吉野《よしの》ノ郡ノ[四五]現光寺《げんくわうじ》ノ塔ノ[四六]杓形《ひさくがた》ニハ[四七]虚空蔵《こくうざう》

二三 霊異記では弟子の知調に告げている。二三 霊異記「即後夜」は、「即ち後夜に」と訓むべきところ。本話は誤解している。二四 樹木。名義抄、字類抄「樹 ウヘキ」。二五 西は極楽浄土の方角。二六 信友本「恐チ怖ル事」。霊異記「弟子等莫レ不ニ驚怪一」。この光は実は往生の瑞相であった。二七 以下、霊異記には見えない。

第五話 出典未詳。菅家本諸寺縁起集・興福寺条の末尾にごく簡略な同話がある。

二八 →人名「聖武天皇」。二九 →人名「道慈」。三〇 →人名「神叡」。以下、神叡は留学僧道慈と対照的な経歴の僧として語られているが、書紀によれば神叡は持統天皇七年(六九三)三月学問僧として新羅に遣わされており、本話の神叡像と史実とは乖離している。三一 現、奈良市西部、大和郡山市付近。三二 七〇一年。この年正月粟田朝臣真人を執節使とする遣唐使の任命があり、一行は一度渡航に失敗した後、翌二年に入唐した(続紀)。三三 →人名「道麻呂」。三四 中国の古称。三五 師僧の名の明記を期した意識的欠字。道慈の師は善無畏三蔵(三国仏法伝通縁起)。三六 般若経の所説をいう。三論宗はこれに所依する。無相空教、無相教とも。三七・三八 底本の祖本の破損に因る欠字。三九 底本に空白はないが、欠字があると推定する。四〇 唯識論に立脚する宗派。四一 国名の明記を期した意識的欠字。なお扶桑略記、元亨釈書は神叡を唐の人とするが誤解。四二 郡名の明

菩薩ヲ鋳付《いつけ》タリ、其レニ緒《を》[一]ヲ付《つけ》テ、神叡是《と》レヲ引《ひか》ヘテ、「願《ねがは》クハ虚空蔵菩薩、我レニ□[二]智恵ヲ令得給《えしめたま》ヘ」ト祈《いのり》ケルニ、日来《ひごろ》[三]ヲ経《へ》テ、神叡ガ夢ニ、貴キ人来《きたり》テ告《つげ》テ云ク、「此ノ国、添下《そふのしも》ノ郡ニ観世音寺《くわんぜおんじ》[四]ト云《いふ》寺ノ塔ノ心柱《しんのはしら》[五]ノ中《なかに》、大乗法苑林章《だいじようほふをんりんしやう》[六]ト云フ七巻ノ書《ふみ》ヲ納《をさめ》タリ。其レヲ取《とり》テ可学《がくすべ》シ」ト。夢覚《さめ》テ後、神叡彼ノ寺ニ行《ゆき》テ、塔ノ心柱ヲ開《ひらき》テ見ルニ、七巻ノ書《ふみ》有リ。是ヲ取テ学《がく》スルニ、吉《よ》ク智《さと》リ有ル人ト成《なり》ヌ。

然レバ、天皇此ノ由《よし》ヲ聞《きこ》シ食《め》シテ、忽《たちまち》ニ神叡ヲ召シテ、王宮《わうぐう》ニシテ彼ノ道慈ト合セテ被試《こころみられ》ケルニ、道慈ハ本《もと》ヨリ智《さと》リ広カリケルヲ、上《うへ》[七]ニ震旦ニ渡《わたり》テ、止事無《やむごとな》キ師ニ随《したがひ》テ十六年[八]ノ間学《がく》シタル者也。神叡ハ本《もと》ヨリ智《さと》リ広キ者トモ不聞《きこえざ》エ[九]リケレバ、天皇、智恵出来《いでき》タリトハ聞《きこ》シ食《め》セドモ、「何計《なにばかり》カハ有ラム」ト思《おぼ》シ食《めし》ケルニ、道慈[一〇]論義ヲ為《し》タリケルニ、神叡答ヘケル様《やう》、実《まこと》ニ昔ノ迦旃延《かせんえん》[一一]ノ如シ。然《さ》テ、論義百条ヲ互ニ問ヒ答《こたへ》ケル[一二]、神叡ガ智恵朗《あきらか》ニ勝《すぐれ》タリケレバ、天皇是ヲ感《かんじ》給テ、共ニ帰依《きえ》シ給《たまひ》テ、各《おのおの》封戸《ふこ》[一三]ヲ給《たまひ》テ、道慈ヲバ大安寺《だいあんじ》[一四]ニ令住《すまし》メテ三論[一五]ヲ学《がく》シ、神叡ヲバ元興寺《ぐわんごうじ》ニ令住《すましめ》テ法相ヲ学《がく》シケリ。

彼ノ道慈ガ影像《やうざう》[一六]ハ、大安寺金堂《こんだう》ノ東《ひむがしの》登廊《のぼりらう》[一七]ノ第二門[一八]ニ、諸《もろもろの》羅漢《らかん》[一九]ヲ書加《かきくは》ヘテ有《あり》。

彼《かの》神叡ガ見付タル七巻ノ書《ふみ》ハ、今ノ世マデ伝ハリテ、宗《しゆう》ノ規模《きも》[二〇]ノ書《ふみ》ト有リ。

是ヲ思フニ、虚空蔵菩薩ノ利益量無《りやくはかりな》シ。其レニ依《より》テ神叡モ智恵ヲバ得タルトゾ人

記を期した意識的欠字。 四三 俗姓の明記を期した意識的欠字。 四四 匹敵するべくもない。 四五 →地名「現光寺」。 四六 底本「杁」は「杪」(杓の俗字)の誤記とみて訂した。塔の頂上の九輪の上につけた火炎のついた宝珠。 四七 →人名「虚空蔵菩薩」。

一 糸をつけて。祈願の切実さを示す。同類の行為は、→三九三頁注四一。 二 底本の祖本の破損に因る欠字か。 三 数日たって。 四 現存しないが、奈良県大和郡山市に観音寺町の地名が残る。 五 塔の中心に立てる大きな柱。 六 大乗法苑義林章。七巻。唐の窺基の著。唯識学の組織を明示し、法相教学の指針とされる書。 七 その上。それに加えて。 八 道慈は大宝二年(七〇二)に入唐して養老二年(七一八)に帰国。留学期間は足かけ十六年に及んだ。 九 「エ」は「聞」の送仮名。「聞(こき)エ不(ざ)リケレバ」の意。 一〇 →一五頁注四三。 一一 →人名「迦旃延(かせんねん)」。 一二 問答した、その結果。「問ヒ答ケル二」と同意。 一三 勲功などに応じて給与される民戸。その民戸の租の半額と庸・調の全額が支給される。続紀・養老三年(七一九)十一月条に神叡・道慈に食封各五十戸を賜った旨が見える。 一四 →地名「大安寺」。 一五 三論宗。竜樹の中論・十二門論と提婆の百論に所依して立つ。 一六 肖像。絵像。 一七 高く登って行くように作った廊。大安寺には四面回廊と東西の僧房に延びる

云ケルトナム語リ伝ヘタルトヤ。

玄昉僧正《ぐゑんばうそうじやう》、亘唐《たうにわたりて》、伝法相語《ほつさうをつたへたること》 第六

今昔《いまはむかし》、聖武《しやうむ》[二一]天皇ノ御代《みよ》ニ、玄昉《ぐゑんばう》[二二]ト云フ僧有ケリ。俗姓《ぞくしやう》ハ阿刀《あと》[二三]ノ氏《うぢ》。大和国《やまとのくに》、□[二四]ノ郡《こほり》ノ人也。幼クシテ□[二五]ト云《いふ》人ニ随《したがひ》テ出家シテ、法ノ道ヲ学ブニ、智《さと》リ賢《かしこ》カリケリ。

[二六]□持《もて》渡シ、法ヲモ広ク学バムト思テ、霊□[二七]知周《ちしう》[二八]法師ト云フ人ヲ師トシ、立《た》ツル所ノ大乗法相《だいじようほつさう》[二九]ノ教法《けうぼふ》ヲ学ビ、多《おほく》ノ正教《しやうげう》[三〇]ヲ持渡《もてわたし》ケリ。彼ノ国ノ天皇[三一]、玄昉ヲ貴《たふと》ムデ、三品《さんぼん》[三二]ヲ授《さづけ》テ紫ノ袈裟《けさ》ヲ令着《きしめ》タリケリ。然レバ、彼ノ国ニ二十年有《あり》テ、天平《てんびやう》[三三]七年ト云フ年、遣唐使《けんたうし》丹治比《たぢひ》[三四]ノ真人《まひと》広成《ひろなり》ト云《いひ》ケル人ノ帰《かへり》ケルニ伴《とも》ナヒテ、此ノ国ニ帰リ来《きた》レリ。経論五千余巻・仏像等持渡《もてわた》セリ。然テ、公《おほやけ》ニ仕ヘテ僧正[三五]ニ成《なり》ニケリ。然ル間、天皇ノ后《きさき》、光明《くわうみやう》[三六]皇后、此ノ玄昉ヲ貴《たふと》ミ帰依《きえ》シ給ケル程ニ、親《したし》ク参リ仕《つかまつ》リテ、后此《これ》ヲ寵愛《ちようあい》シ給ケレバ、世ノ人不吉《よから》ヌ様ニ申[三七]シ繚《あつかひ》ケリ。

其《その》時ニ、藤原[三八]ノ広継《ひろつぐ》ト云フ人有ケリ。不比等《ふひと》[三九]ノ大臣《おとどの》御孫也。式部卿《しきぶのきやう》宇合《うまかひ》[四〇]ト云ケ

複廊があった。なお、七大寺年表・天平十六年(七四四)「道慈影像在ニ興福寺金堂東登廊第二門ニ」は寺名が異なる。　一八 底本「門」に「間ヵ」と傍書。東北本「本」と傍書。但し、七大寺年表にも「門」とある。→前注。　一九 阿羅漢果を得た聖者。優れた僧。　二〇 規範。

第六話　出典未詳。七大寺巡礼私記・興福寺条、古今著聞集・二十・673、元亨釈書・十六・玄昉、松浦明神絵巻(逸翁美術館蔵)その他に同話がある。

二一 →人名「聖武天皇」。　二二 →人名「玄昉」。　二三 底本「河刀」を訂した。

二四 郡名の明記を期した意識的欠字。

二五 師僧の名の明記を期した意識的欠字。七大寺年表・天平九年(七三七)等によれば、師は義淵。

二六 底本の祖本の破損に因る欠字。

二七 底本の祖本の破損に因る欠字。震旦(中国)に留学したことを述べるか。玄昉は霊亀二年(七一六)に入唐。

二八 →人名「知周」。

二九 大乗仏教である法相宗の教理。

三〇 聖教。仏教の典籍。

三一 皇帝。唐の玄宗の時代に当たる。

三二 三位。七大寺年表・天平九年「大唐天子尊之、准三品、賜紫衣」。

三三 七三五年。　三四 →人名「広成」。

三五 任僧正は天平九年。

三六 →人名「光明皇后」。

三七 とり沙汰した。噂した。

三八 正しくは「広嗣」。→人名「広継」。

三九 →人名「不比等」。　四〇 →人名「宇合」。

ル人ノ子ナレバ、品《しな》モ高ク人様《ひとさま》モ吉《よ》カリケレバ、世ニ被用《もちゐられ》タル人ニテナム有ケル。其ノ中ニ、心極《きはめ》テ猛《たけ》クシテ、智《さと》リ有テ万《よろづ》ノ事ニ達《いた》レリケレバ、[一]吉備《きび》ノ大臣《おとど》ヲ以テ師トシテ、文《ふみ》ノ道ヲ学《まなび》テ、身ノ才賢《ざいかしこ》クシテ、朝《てう》ニ仕ヘテ[二]右近ノ少将ニ成《なり》ニケリ。[三]其《それ》シガ糸《いと》只人ニモ非ザリケルニヤ、[四]午時《うまのとき》ヨリ上《かみ》ハ王城《みやこ》ニ有テ右近ノ少将トシテ公《おほやけ》ニ仕《つかまつ》リ、[五]午時ヨリ下《しも》ハ[六]鎮西《ちんぜい》ニ下《くだり》テ[七]大宰《ださい》ノ小弐《せうに》トシテ府ヲ政《まつりごち》ケレバ、世ノ人奇異《あさまし》ク思合《おもひあひ》タリケリ。家ハ[八]肥前国《ひぜんのくに》、松浦《まつら》ノ郡《こほり》ニナム有ケル。

常ニハ此ノ様《やう》ノミシテ過《すぐし》ケル程ニ、此《か》ク玄昉ヲ后寵愛シ給フ事ヲ、広継聞《きき》テ、太《だ》宰府《さいふ》ヨリ[九]国解《こくげ》ヲ奉《たてまつり》テ申シテ云ク、「天皇ノ后、僧玄昉ヲ寵愛シ給フ事、専《もはら》ニ世ノ謗《そしり》ト有リ。速《すみやか》ニ此レヲ可被止《とどめらるべ》シ」ト。天皇、此《か》ク申シタルヲ[一〇]糸便無《いとびんな》キ事也ト思《おぼ》シ食《めし》テ、「広継、何ノ故《ゆゑ》ニカ[一一]朝政《あさまつりごと》ヲ可知《しるべ》キ。此ノ者世ニ有テハ、定メテ国ノ為《ため》ニ悪《あし》カリナム。然レバ、速《すみやか》ニ広継ヲ可罰《うつべ》キ也」ト被定《さだめられ》テ、其ノ時ニ[一二]御手代《みてしろ》ノ東人《あづまひと》ト云フ人有ケリ。心極《きはめ》テ猛《たけ》クシテ思量《おもばか》リ賢《かしこ》キ者ニテ有ケレバ、[一三]兵《つはもの》ノ道ニ被仕《つかはれ》ケルニ依《より》テ、此ノ東人ニ仰《おほ》セ給テ、「速《すみやか》ニ広継ヲ罰《うち》テ奉レ」トテ遣《つかは》シケレバ、東人宣旨《せんじ》ヲ奉《うけたまはり》テ鎮西ニ下《くだり》ヌ。

[一四]九国《くこく》ノ軍《いくさ》ヲ催シテ広継ヲ責メムト為《す》ルニ、広継此ノ事ヲ聞テ、大キニ嗔《いかり》テ云《いは》ク、「我レ公《おほやけの》御為ニ[一五]錯《あやま》ツ事無シト云ヘドモ、[一六]公《おほやけ》横様《よこさま》ニ我レヲ被罰《うたれ》ムトス。是偏《これひとへ》ニ僧

一 吉備真備。→人名「真備(まきび)」。
二 巡礼私記「天平十年十二月為太宰小弐兼行将軍。…同十四年十一月遷右近少将」。
三 諸本かく作るが、「其レガ」の誤記か。
四 底本「于時」を訂した。正午より前は。午前には。
五 底本「于時」を訂した。午後は。
六 九州。
七 大宰府の次官。
八 著聞集「むかしの館の跡も、かの社(鏡明神)のほどにてなん侍るとぞ」。→二六頁注四。
九 諸国から太政官または所轄官庁に差し出す公文書。
一〇 不都合なこと。けしらかぬこと。
一一 朝廷の政治。
一二 正しくは「大野東人」。巻一六・14の主人公御手代東人と混同したのであろう。→人名「東人(大野)」。
一三 軍事の方面に。
一四 九州。
一五 間違ったことはしていないのに。罪を犯してはいないのに。
一六 理不尽にも。

玄昉ガ讒謀《ざんぼう》[一七]也」トテ、多《おほく》ノ軍《いくさ》[一八]ヲ調《ととの》ヘ儲《まうけ》テ待戦《まちたたか》フニ、御方《みかた》[一九]ノ軍《いくさ》強クシテ広継ガ方《かた》少シ。弱ル□[二〇]持タリケリ。其ノ竜馬《りうめ》[二一]ハ空ヲ翔《かけ》ル事□[二二]如シ。然レバ、其ノ馬ヲ乗物トシテ、時ノ間ニ王城《みやこ》ニ上《のぼ》リ、鎮西ニ下《くだ》リ行《ゆき》ケル也。然レバ、広継戦フト云ヘドモ、勅威ニ不勝《かたず》シテ、遂《つひ》ニ被責《せめらる》ル際《きは》[二三]ニ、広継海辺《うみのほとり》ニ出《いで》テ、其ノ竜馬《りうめ》ニ乗《のり》テ、海ニ浮《うかび》テ高麗《こま》[二四]ニ行《ゆき》ナムト為《す》ルニ、竜馬《りうめ》前ゝ《さきざき》ノ如ク翔《かけ》ル事不能《あたは》ズ。其ノ時ニ、広継、「早ウ[二五]、我ガ運尽《つき》ニケリ」ト知《しり》テ、馬ト共ニ海ニ入《いり》テ死ス。其《その》時ニ、東人責寄《せめよせ》テ見ルニ、広継海ニ入ニケレバ、家ニ不見《みえず》エ。而ル間、沖ノ方《かた》ヨリ風吹テ、広継ガ死《しに》タル身《むくろ》ヲ浜際《はまのほとり》[二六]ニ吹キ寄セツ。然レバ、東人其頸《そのくび》ヲ切《きり》テ、王城《みやこ》ニ持上《もてのぼり》テ公《おほやけ》ニ奉リツ。

其ノ後、広継悪霊《あくりやう》[二七]ト成《なり》テ、且公《かつはおほやけ》[二八]ヲ恨《うらみ》奉リ、且《かつ》ハ玄昉ガ怨《あた》ヲ報ゼムト為《す》ルニ、彼ノ玄昉ノ前ニ悪霊《あくりやう》現ジタリ。赤[二九]キ衣ヲ着テ冠《かうぶり》シタル者来《きたり》テ、俄《にはか》ニ玄昉ヲ爴取《つかみとり》テ空ニ昇《のぼり》ヌ。悪霊《あくりやう》其ノ身ヲ散ゝ《さんざん》[三〇]ニ爴破《つかみやぶり》テ落《おと》シタリケレバ、其《その》弟子共《ども》有テ、拾ヒ集テ葬《さう》シタリケリ。其後、悪霊《あくりやう》静《しづか》ナル事無カリケレバ、天皇極《きはめ》テ恐《おぢ》サセ給テ、「吉備《きびの》大臣《おとど》ハ広継ガ師也。速《すみやか》ニ彼ノ墓ニ行《ゆき》テ、誘《こしら》[三一]ヘ可掍《をこつるべ》キ也」ト仰セ給ケレバ、吉備宣《せん》旨《じ》ヲ奉《うけたまはり》、西ニ行《ゆき》テ、広継ガ墓ニシテ誘《こしら》[三二]ヘ陳《ちん》ジケルニ、其ノ霊《りやう》[三三]シテ吉備殆《ほとほど》[三四]シク可被鎮《しづめらるべく》[三五]ナリケルヲ、吉備陰陽《おんやう》[三六]ノ道ニ極《きはめ》タリケル人ニテ、陰陽ノ術ヲ以テ我ガ身ヲ

一七 讒言のせいだ。
一八 軍勢。
一九 官軍。
二〇 底本の祖本の破損に因る欠字。
二一 神通力を備えた駿馬。
二二 底本の祖本の破損に因る欠字。
二三 名義抄、字類抄に、キハ、アヒダ、ホトリの訓みがある。
二四 広嗣の乱(七四〇)は統一新羅の時代に当たる。
二五 「早ウ(早ク)」は下の「ケリ」と呼応して、それまで気がつかなかった事実に気がついたことを示す。さては。
二六 浜辺。訓みは、→注二三。
二七 怨霊。御霊。非業の死をとげた人は御霊となって生者に祟りをなすものと恐れられた。
二八 一方では朝廷を恨み奉り、一方では玄昉に復讐しようとしたが。
二九 赤は五位の者が着る袍の色。広嗣は従五位下。
三〇 ばらばらに。
三一 なだめすかすべきである。
三二 言葉を尽くしてなだめたところ。
三三 によって。
三四 すんでのところで。危うく。
三五 鎮圧されそうになったが。信友本「可被領ナリケルヲ」。
三六 博学で知られる真備は、陰陽道においても当時を代表する学者であった。

怖《おそ》レ無ク固[一]メテ、懃《ねむごろ》ニ掟誘《をこつりこしらへ》ケレバ、其霊止《そのりやうとど》[二]マリニケリ。

其後、霊《りやう》、[三]神ト成《なり》テ、其《その》所ニ[四]鏡明神《かがみのみやうじん》ト申ス、是《これ》也。

彼ノ玄昉ノ[五]墓ハ、于今《いまに》奈良ニ有《あり》トナム語リ伝ヘタルトヤ。

婆羅門僧正《ばらもんそうじやう》、為値行基《ぎやうきにあはむがために》、従天竺来朝語《てんぢくよりてうにきたれること》第七

今昔《いまはむかし》、[六]聖武《しやうむ》天皇、[七]東大寺ヲ造《つくり》テ、[八]開眼供養《かいげんくやう》シ給ハムト為《す》ルニ、其《その》時ニ[九]行基《ぎやうき》ト云フ人有リ。其《その》人ヲ以テ[一〇]講師《かうじと》シ給フニ、行基申シテ云ク、「我レ其ノ事ニ不足《たらず》。今外《ほか》ノ国ヨリ講師ヲ可勤《つとむべ》キ人可来《きたるべ》シ」ト申シテ、講師迎ヘムガ為《ため》ニ、天皇ニ奏シテ、百ノ僧ヲ曳具《ひきぐ》シテ、行基ハ第百ニ立《たち》テ、[一一]治部玄番《ぢぶぐゑんば》ヲ市[一二]シ、音楽ヲ調《ととの》ヘテ、摂津《つ》ノ国ノ[一三]難波《なには》ノ津ニ行《ゆき》ヌ。見《みる》ニ、更ニ来《きた》ル人無シ。

其《その》時ニ、行基、[一四]一前《いちぜん》ノ[一五]閼伽《あか》ヲ備《そなへ》テ海ノ上ニ浮ベ放ツ。其閼伽《そのあか》、波ノ為《ため》ニ乱レ破《やぶる》ル事無クシテ、遥《はるか》ニ西ヲ指《さし》テ行ク。不見《みえ》ズ□[一六]其閼伽《そのあか》、船ノ前ニ浮《うかび》テ返来《かへりき》タリ。此ノ人、南天□[一七]遥《はるか》ニ天竺《てんぢく》[一八]□[一九]東大寺ノ供養《くやう》ニ会《あ》ハムガ為《ため》ニ来《きた》レル也。其レヲ行基兼《かね》[二〇]テ知《しり》テ、迎ヘ給ヘル也。[二一]婆羅門《ばらもん》船ヨリ陸《くむが》ニ下《おり》テ、行基ト互ニ手ヲ取《とり》テ喜《よろこび》給フ事無限《かぎりな》シ。遥《はるか》ニ天竺ヨリ来《きた》レル人ヲ日本ノ人ノ[二二]待受《まちうけ》テ、

一 固く守って。　二 鎮まった。祟らなくなった。　三 御霊はなだめられて神になると考えられた。　四 →人名「鏡明神」。　五 俗伝には奈良市高畑町にある盛土「頭塔(ずとう)」が玄昉の首を埋めたところと伝える。但し、実際には東大寺の実忠が国家安泰を祈って築いた土塔の跡と推定されている。

第七話　第一、二段の出典は三宝絵・中・3の後半(日本往生極楽記・2、法華験記・上・2も同話)、第三段は出典未詳。第一、二段は極めて著名な話で同話は俊頼髄脳、古事談・三・3、私聚百因縁集・七・3、沙石集・五末・10、三国伝記・二・12その他に喧伝。扶桑略記抄・天平十八年(七四六)条に第三段を含む同話が見える。

六 →人名「聖武天皇」。　七 →地名「東大寺」。　八 新造の仏像を供養して眼を入れ、仏の霊を迎える法会。東大寺大仏の開眼供養は天平勝宝四年(七五二)四月九日。　九 →人名「行基」。　一〇 →一五頁注四〇。　一一 治部省玄蕃寮の役人たち。玄蕃寮は治部省に属し、仏寺・僧尼・外国関係の事務を司った。三宝絵「治部玄蕃・雅楽司等ヲ船ニノリクハヘテ、音楽ヲ調テユキ向ニ」。　一二 底本「市」に「卒ヵ」と注記。「市」は「帀」(匝の異体)にも「卒」の草体にも似る。田村本、信友本「卒」。　一三 現、大阪市付近。　一四 「前」は神仏や貴人に供する道具・器物を数える助数詞。三宝絵「一具」。　一五 仏前に供える水。　一六 底

本《もと》ヨリ見《み》知《しり》タルガ如ク[二三]睦《むつ》ビ語《かたら》フ事、奇異《きい》也ト人皆思ヘルニ、行基歌ヲ奉リ給《たまふ》、

[二四]霊山《りやうぜん》ノ釈迦《しやか》ノ[二五]御前《みまへ》ニテ契《ちぎり》テシ[二六]真如《しんによ》朽《くち》セズ相見《あひみ》ツルカナ

婆羅門ノ返歌、

[二七]迦毘羅衛《かびらゑ》ニ共《とも》ニ契《ちぎ》リシ甲斐《かひ》有リテ文殊《もんじゆ》ノ御《み》皃《かほ》相見《あひみ》ツルカナ

是《これ》ヲ聞《きき》テ、皆人、行基菩薩ハ[二八]早ク文殊ノ化身《くゑしん》也、ト云フ事ヲ知《しり》ヌ。其後、行基、婆羅門ヲ迎《むかへ》テ来《きたり》給ヘリ。天皇喜ビ貴《たふとび》給《たまひ》テ、此ノ人ヲ以テ講師トシテ、思《おもひ》ノ如ク東大寺ヲ供養シ給ヒツ。婆羅門僧正ト云フ、此レ也。[二九]大安寺《だいあんじ》ノ僧ト有リ。

此ノ人、本《もと》、[三〇]南天竺《なんてんぢく》、迦毘羅衛国《かびらゑこく》ノ人也。文殊ニ値遇《ちぐ》シ奉ラムト祈願《きぐわんし》[三一]給ヒケル程ニ、貴人《きにん》出来《いできたり》テ告《つげ》テ云《いは》ク、「文殊ハ[三二]震旦《しんだん》ノ[三三]五台山《ごだいさん》ニ御《おはし》マス」ト。是《これ》ニ依《より》テ、[三四]菩薩天竺ヨリ震旦ニ至《いたり》テ、五台山ニ尋ネ詣《まうで》給《たまひ》タルニ、道ニ一人ノ老翁値《あひ》テ菩薩ニ告テ云ク、「文殊ハ日本国ノ衆生《しゆじやう》ヲ利益《りやく》センガ為《ため》ニ、彼ノ国ニ誕生シ給ヒニキ」。菩薩此レヲ聞キ給テ、[三五]本懐《ほんぐわい》ヲ遂《とげ》ムガ為《ため》ニ此ノ国ニ来《きたり》給ヘル也。彼ノ文殊ノ此ノ国ニ誕生シ給フト云フハ、行基菩薩、是《これ》也。然《しかれ》バ、菩薩来《きた》リ可給《たまふべ》シ、ト[三六]空《そら》ニ知《しり》テ、来《きたり》テ此《か》ク迎ヘ給フ也。亦、菩薩其ノ由《よし》ヲ知《しり》給テ、本《もと》ヨリ見《み》知《しり》タラム人ノ様《やう》ニ、此《か》ク互ニ語《かたら》ヒ給フ也ケリ。

凡夫《ぼんぶ》ノ人、皆其レ不知《しらず》シテ疑ヒ思《おもひ》ケルガ拙《つたな》キ也トナム語リ伝ヘタルトヤ。

本の祖本の破損に因る欠字。三宝絵「西ノ海ニウカビ行ヌ。シバラクアリテ、小船ニノリテ波羅門僧正、名ハ菩提トイフ僧来レリ。閼伽又コノ舟ノ前ニウカビテ」。　一七 底本の祖本の破損に因る欠字。三宝絵「南天竺ヨリ東大寺供養ノ日ニアハムトテ南海ヨリ来レリ」。　一八 インドの古称。　一九 →注一七。　二〇 前もって知って。予知して。　二一 婆羅門僧正。菩提僊那。→人名「菩提僊那（ぼだいせんな）」。　二二 底本「ヲ」を訂した。信友本、保孝本「ノ」。主格を表す。　二三 親しく語り合うこと。　二四 霊鷲山の釈尊の御前で約束した、その約束に違わずお会いすることができました。→地名「霊鷲山（りようじゆせん）」。　二五 三宝絵「ミマヘニ」。　二六 真理。ここでは再会を誓う約束。　二七 迦毘羅衛（釈尊の生地）で互いに約束したかいがあって、文殊のお顔を拝見することができました。→地名「迦毘羅衛国（かびらえこく）」。　二八 →二五頁注二五。　二九 →地名「大安寺」。　三〇 弟子修栄の南天竺婆羅門僧正碑によれば、菩提僊那は南天竺の人。しかし迦毘羅衛国があるのは北天竺。釈尊生誕の地として（説法の地霊鷲山と対比的に）歌に用いられた地名を同僧正の出身地と誤解したために生じた錯誤であろう。　三一 底本「給シケル」を訂した。信友本「給ヒケル」。　三二 中国の古称。　三三 →地名「五台山」。　三四 婆羅門僧正をさす。但し僧正が菩薩である旨は話中に語られていない。三宝絵が僧正の名として記す「菩提」（本話では当該箇所が欠落〔→注一六〕）を「菩薩」と誤ったか。

[一]鑑真和尚《がんじんわじやう》、従震旦渡朝[二]戒律語《しんだんよりてうにかいりつをわたせること》第八

今昔《いまはむかし》、[三]聖武《しやうむ》天皇ノ御代《みよ》ニ、[四]鑑真和尚《がんじんわじやう》ト云フ聖人在《しやうにんまし》マシケリ。此ノ人、本《もと》、[五]震旦《しんだん》ノ楊洲《やうしう》、[六]江陽懸《かうやうくゑん》ノ人也。俗姓《ぞくしやう》ハ[七]淳于《じゆんう》ノ氏《うぢ》。初《はじ》メ十六歳ニシテ、[八]大周ノ[九]則天《そくてん》ノ代《よ》ニ、[一〇]長安元年ト云フ年、[一一]知満禅師《ちまんぜんじ》ト云《いひ》ケル僧ニ付《つき》テ出家シテ、[一二]菩薩《ぼさつ》ヲ受《うくる》ニ、[一三]竜興寺《りうこうじ》ト云フ寺ニ住《すみ》ケリ。殊《こと》ニ戒律ヲ持《たもち》テ年来《としごろ》ヲ経《へた》ルニ、漸《やうや》ク年積《つもり》テ老《おい》ニ臨《のぞみ》ヌ。

然ル間、日本国ヨリ法ヲ学ビ伝ヘムガ為《ため》ニ、[一四]栄睿《やうえい》ト云フ僧、震旦ニ渡《わたり》ニケリ。[一五]□国ニ渡テ、戒律ノ法ヲ伝ヘ[一六]□亦《また》、栄睿ガ勧メニ依《より》テ、栄睿ニ共《とも》ナヒテ、日本ニ亘《わたり》テ戒律ノ法ヲ伝ヘムト思《おもひ》テ、[一七]天宝十二年ト云ケル年ノ十月二十八日ノ[一八]戌時《いぬのとき》ニ竜興寺ヲ出《いで》テ、[一九]江頭《えのほとり》ニ至《いたり》テ船ニ乗《のり》ケル間、彼ノ竜興寺僧共《りうこうじのそうども》、和尚《わじやう》ノ出《い》ヅルヲ見テ、惜ミ悲《かなし》ムデ、泣《なく》ゝ《な》ク止《とど》メケレドモ、和尚、弘法《ぐほふ》ノ心深キガ故ニ不留《とどまらず》シテ、江頭《えのほとり》ニ至テ、其レヨリ下《くだり》テ[二〇]蘇洲ノ[二一]黄泗《くわうし》ノ浦ト云フ所ニ至ル。和尚ノ相具《あひぐ》セル人、僧十四人・尼三人・俗二十四人也。

亦、[二二]仏舎利《ぶつしやり》三千粒《りふ》・仏像・経論・[二三]菩提子《ぼだいし》三計《ばかり》、自余ノ財頗《たからすこぶ》ル有《あり》ケリ。

然《さ》テ、月来《つきごろ》ヲ経《へ》テ、十二月ノ二十五日、此ノ朝《てう》ノ薩摩《さつま》ノ国、[二四]秋妻《あきめ》ノ浦ニ着《つき》ヌ。其《そこ》

三五 本意。素志。
三六 暗黙のうちに知って。予知して。

第八話 出典未詳。同話は唐大和上東征伝、三宝絵・下・5、日本高僧伝要文抄・三その他に喧伝する。

一 底本「覧真」を訂した。
二 目録の題目では「朝」と「戒」の間に「伝」の字がある。
三 →人名「聖武天皇」。
四 →人名「鑑真」。
五 中国の古称。
六 現、中国江蘇省江都県。揚州市の東。
七 底本「凉于」を訂した。東征伝「淳于」。
八 唐の則天武后が改めた国号。周。→地名「周」。
九 則天武后。→人名「則天武后」。
一〇 周の年号。七〇一年。
一一 揚州大雲寺の僧(東征伝)。
一二 菩薩戒。→七三頁注三六。
一三 →地名「竜興寺」。
一四 →人名「栄睿」。
一五 底本の祖本の破損に因る欠字。三宝絵「栄叡行業(前田本「業行」)等ネムゴロニ和上ニ申サク、仏法東ニナガレテ我国ニトヾマレルヲ、法文アリナガラ伝ヘヲシフル人ナシ。願ハ和上ワタリ給ヘトイフ」。
一六 底本の祖本の破損に因る欠字。→前注。
一七 唐の年号。七五二年。
一八 午後八時頃。

ニテ年越《こし》ヌ。次ノ年ト云フハ天平勝宝《てんびやうしようほう》[二五]六年也。正月ノ十六日ニ、従四位上大伴《おほとも》[二六]ノ宿禰胡満《すくねこまろ》ト云フ人ニ付《つけ》テ、和尚ノ震旦ヨリ渡レル由《よし》ヲ奏ス。同《おなじ》キ二月ノ一日、和尚摂津国《つのくに》ノ難波《なには》[二七]ニ着《ちやく》ス。

天皇是《これ》ヲ聞食《きこしめし》テ、大納言藤原[二八]ノ朝臣仲麿《あそんなかまろ》ヲ遣《つかは》シテ、和尚ノ来《きた》レル由《よし》ヲ令問《とはしめ》給フ。和尚申《まうし》テ云ク、「我レハ是《これ》、大唐《だいたう》、楊洲ノ竜興寺ノ僧、鑑真也。持《たも》ツ所ハ戒律ノ法。然ルニ、彼ノ法ヲ弘メ伝ヘムガ為《ため》ニ、遥《はるか》ニ此ノ国ニ来《きた》レリ」ト。天皇是《これ》ヲ聞食《きこしめし》テ、正四位下吉備《きび》[二九]ノ朝臣真吉備《あそんまきび》ヲ以テ詔《せう》シテ云ク、「我レ東大寺ヲ造レルニ、戒壇《かいだん》[三〇]ヲ起《たて》テ戒律ヲ可伝《つたふべ》シ。然レバ、我レ専《もはら》ニ喜ブ所也」。是《これ》ニ依《より》テ、和尚ヲ迎ヘテ貴《たふと》ミ敬《うやま》ヒ給フ事無限《かぎりな》シ。

其後《そののち》、忽《たちまち》ニ東大寺ノ大仏ノ前ニ戒壇ヲ起《たて》テ、和尚ヲ以テ戒師《かいし》[三一]トシテ、登壇《とうだん》[三二]・受戒《じゆかい》シ給ヒツ。次ニ后《きさき》・皇子《みこ》、皆沙弥《しやみ》戒《かい》ヲ受《うけ》給ヒツ。亦、賢憬《けんけい》[三三]・霊福《りやうふく》[三四]ナド云フ僧共八十余人、戒ヲ受《うけ》ツ。其後、大仏殿ノ西ノ方《かた》ニ別《べつに》[三五]戒壇院ヲ起《たて》テ、諸人《もろもろのひと》登壇・受戒シケリ。

然ル間、后ノ御身ニ病有《やまひあり》テ不愈給《いえたまはざ》リケル間、和尚薬ヲ奉レルニ、薬ノ験有《しるしあり》テ、其病愈《そのやまひいえ》給ヒニケレバ、天皇喜ビ給テ、忽《たちまち》ニ大僧正《だいそうじやう》ノ位ヲ授ケ給フニ、和尚辞[三六]シテ不用《もちゐざ》レバ、改《あらため》テ大和尚位《だいわじやうゐ》[三七]ト云《いふ》。亦、新田部《にひたべ》[三八]ノ親王ト云フ人ノ旧宅《もとのいへ》ヲ和尚ニ給《たまひ》テ栖《すみか》ト

一九 長江のほとり。
二〇 底本「簇洲」を訂した。現、中国江蘇省蘇州市。
二一 底本「黄洄ノ浦」を訂した。東征伝「黄泗浦」。↓地名「黄泗ノ浦」。
二二 ↓一〇三頁注二一。
二三 菩提樹の実。数珠の材料。
二四 現、鹿児島県川辺郡坊津町秋目か。東征伝は「阿多郡秋妻屋浦」。阿多郡は川辺郡の隣。
二五 七五四年。
二六 古麻呂。↓人名「古麻呂(こまろ)」。
二七 現、大阪市付近。
二八 ↓人名「仲麿」。
二九 吉備真備。↓人名「真備(まきび)」。
三〇 戒律を受けるための壇。戒法を授ける式場。
三一 戒を授ける師僧。受戒の儀式を司る師僧。戒和上。
三二 戒壇に登り、戒法を受けること。
三三 底本「賢惊」を訂した。信友本、東征伝「賢憬」。↓人名「賢憬」。
三四 ↓人名「霊福」。
三五 ↓地名「戒壇院(東大寺)」。
三六 底本「辞ト」。「ト」は「メ」(シテの合字)の誤記とみて訂した。但し、信友本は「辞テ」。
三七 続紀・天平宝字二年(七五八)八月一日「其大僧都鑑真和上、戒行転潔、白頭不レ変。遠渉ニ滄波一、帰ニ我聖朝一。号曰ニ大和上一、恭敬供養、政事躁煩、不ニ敢労レ老。宜レ停ニ僧綱之任一」。
三八 底本「新田新ノ親王」を訂した。↓人名「新田部親王」。

ス。其所《そのところ》ニ寺ヲ起《たて》タリ。今ノ招提寺《せうだいじ》[一]、是也。

然ル間、天平宝字《てんぴやうほうじ》[二]七年ト云フ年ノ五月ノ六日、和尚面《おもて》ヲ西ニ向《むかひ》テ、結跏趺座《けつかふざ》[三]シテ失《うせ》給ヒニケリ。其□[四]。然レバ、□[五]ノ後、葬《さう》シケル時ニ、馥《かうばし》キ香《か》、山ニ□[六]宣《のたまひ》ケル様《やう》、「死《しに》テ後《のち》三日マデ頂《いただき》[七]ノ上暖《あたたか》ナラム人ヲバ、此レ第二地《ち》[八]ノ菩薩也ト可知《しるべ》シ」ト。然レバ、和尚ハ第二地《ち》ノ菩薩ニ在《まし》マシケリ、ト皆人知《しり》ニケリ。

彼ノ唐ヨリ持《もて》渡リ給ヘリケル三千粒《りふ》ノ仏舎利《ぶつしやり》、招提寺ニ于今在《いまにまし》マス。和尚ノ墓、其辺《そのほとり》ニ有リ。

亦、此《この》国ニ戒壇、此《これ》ヨリ始《はじま》リケリトナム語リ伝ヘタルトヤ。

弘法大師《こうぼふだいし》、渡宋《そうにわたりて》[九]伝真言教帰来語《しんごんのをしへをつたへてかへりきたれること》第九

今昔《いまはむかし》、弘法《こうぼふ》[一〇]大師ト申ス聖御《ひじりおはし》ケリ。俗姓《ぞくしやう》ハ佐伯《さへき》ノ氏《うぢ》。讃岐《さぬき》ノ国、多度《たど》[一一]ノ郡《こほり》、屏風《びやうぶ》[一二]ノ浦ノ人也。初《はじ》メ、母阿刀《あと》[一三]ノ氏《うぢ》、夢ニ、聖人来《しやうにんきたり》[一四]テ胎《はら》ノ中ニ入《い》ル、ト見テ、懐妊《くわいにん》シテ生《しやう》ゼリ。

其ノ児《ちご》、五六歳ニ成ル間、泥土《でいど》[一五]ヲ以テ仏像ヲ造リ、草木ヲ以テ堂ノ形ヲ建《た》ツ。児、

一 ↓地名「招提寺」。
二 七六三年。
三 足を組んで左右の足の甲を反対側の足のもも上に置く座り方。仏の座法。
四・五・六 底本の祖本の破損に因る欠字。
七 頭。
八 五十二の修行段階のうち十地の第二、即ち下から数えて第四十二の段階にある菩薩。菩薩としては最高の境地に達した者。

第九話　出典は金剛峰寺建立修行縁起。空海の伝記は御遺告、大師御行状集記、弘法大師御伝、高野大師御広伝、三宝絵・下・12、本朝神仙伝・16その他に喧伝する。

九 諸本かく作るが、正しくは「唐」。↓四四頁注一一。
一〇 ↓人名「空海」。
一一 現、香川県善通寺市付近。
一二 底本「扇風ノ浦」を訂した。↓地名「屏風ノ浦」。
一三 底本「河刀」を訂した。
一四 母摩耶夫人が白象が胎内に入ると見て釈尊を懐妊した話に似る瑞夢。縁起「夢見㆔天竺聖人来入㆓胎中㆒懐妊」。
一五 法華経・一・方便品の「乃至童子戯、聚沙為仏塔…乃至童子戯、若草木及筆、或以指爪甲、而画作仏像、如是諸人等、漸漸積功徳、具足大悲心、皆已成仏道」を意識した叙述。
一六 八枚の花弁をもつ蓮の花。胎蔵陀羅

夢ニ、[一六]八葉《えふ》ノ蓮華《れんぐゑ》ノ中ニ諸《もろもろ》ノ仏在《まし》マシテ、児ト共ニ語《かたら》ヒ給フ、ト見ケリ。然レドモ、此ノ夢ヲ父母《ぶも》ニモ不語《かたらず》、況《いはむ》ヤ他人ニ語ラムヤ。父母此児《このちご》ヲ敬《うやまひ》テ貴《たふと》ブ事無限《かぎりな》シ。亦、人有テ此児《このちご》ヲ見ルニ、止事無《やむごとなく》テ、[一七]童《わらは》四人常ニ児ニ随《したがひ》テ礼拝ス。然レバ、隣ノ人、此ヲ「神童也」ト云フ。

亦、母ノ兄[一八]ニ一《ひとり》ノ人有リ。五位也。[一九]伊予《いよ》ノ親王ト云フ人ニ□[二〇]テ文《ふみ》ヲ学ベリ。其《その》人、児《ちご》ノ母ニ語《かたり》テ云《いは》ク、「此ノ児、縦《たと》ヒ僧ニ成ル[二一]ト云《いふとも》、猶《なほ》[二二]俗典ヲ可読学《よみまなぶべき》也」。是《これ》ニ依《より》テ、児、俗典ヲ学《まなび》テ文章《もんじやう》ヲ悟ル。然ル間、[二三]延暦《えんりやく》七年ト云フ年、十五ニシテ京ニ入ル。[二四]直講《ちよくかう》、[二五]味酒《うまさけ》ノ浄成《きよなり》ト云フ学生《がくしやう》ニ随《したがひ》テ、[二六]毛詩《もうし》・左伝《さでん》・尚書《しやうじよ》等ヲ読《よみ》学ブニ、明《あきらか》ナル事兼《かね》テ知レルガ如シ。

然ルニ、児《ちご》、仏ノ道ヲ好《このみ》テ、漸《やうや》ク世ヲ可厭《いとふべ》キ志《こころざし》ヲ企《くはた》ツ。即《すなは》チ、[二七]大安寺《だいあんじ》ノ[二八]勤操《ごんざう》僧正ト云フ人ニ会《あひ》テ、[二九]虚空蔵《こくうざう》ノ求聞持《ぐもんぢ》ノ法ヲ受学《うけまなび》テ、[三〇]心ヲ至《いた》シ持《たもち》テ念《ねんじ》ケル。

而《しか》ルニ、児《ちご》、年十八ニシテ心ニ思ハク、「我レ前《さき》ニ学ブ所ノ俗典、惣《すべ》テ利無シ。[三一]一期《いちご》ノ後《のち》ハ是空《これむなし》キ也。只、不如《しかじ》、仏ノ道ヲ学バム」ト。是《これ》ニ依《より》テ、所々《ところどころ》ニ遊行《ゆぎやう》シテ苦行ヲ修《しゆ》ス。或《あるい》ハ阿波《あは》ノ国ノ[三二]大竜《だいりう》ノ嶽《たけ》ニ行《ゆき》テ、虚空蔵ノ法ヲ行《おこな》フニ、[三三]大ナル剣《つるぎ》空ヨリ飛ビ来《きた》ル。或《あるい》ハ土佐《とさ》ノ国ノ[三四]室生門崎《むろふとざき》ニシテ、求聞持ノ行《ぎやう》ヲ観念スルニ、[三五]明星《みやうじやう》口ニ入《い》ル。或《あるい》ハ伊豆《いづ》ノ国ノ[三六]桂谷《かつらだに》ノ山寺ニシテ、自《みづか》ラ虚空ニ向《むかひ》テ[三七]大般若《だいはんにや》ノ魔事品《まじほん》ヲ□[三八]

尼の中台八葉院を暗示。
一七 縁起「四大天王」。
一八 縁起「母之兄二千石従五位下伊預親王学士阿刀大足」によれば、阿刀大足は親王に経書を講読する学士であった。本話は原典の文意を誤解している。
一九 →人名「伊予親王」。
二〇 底本の祖本の破損に因る欠字。底本「随ヵ」と傍書。
二一 底本「成ルト云」に「トモヵ」と傍書。保孝本「モ歟」と傍書。信友本「成ルトモ」。
二二 仏教以外の書籍。外典。
二三 七八八年。
二四 大学寮の明経道の教官。博士、助教に次ぐ。
二五 伝未詳。
二六 詩経・春秋左氏伝・書経の別名。明経道で学ぶ書。
二七 →地名「大安寺」。
二八 勤操。→人名「勤操《ごんぞう》」。
二九 虚空蔵菩薩を本尊として記憶力の増進を求める密教修法。
三〇 まごころこめて。一心不乱に。
三一 一生が終って後。死後。
三二 太竜寺山。→地名「大竜ノ嶽」。
三三 剣は虚空蔵菩薩の持物。
三四 室戸崎。→地名「室生門崎」。
三五 明星は虚空蔵菩薩の化現。
三六 修禅寺の別名。→地名「桂谷ノ山寺」。
三七 大般若波羅蜜多経。六百巻。玄奘訳。魔事品は第四百四十四巻。
三八 底本の祖本の破損に因る欠字。縁起「自向㆓虚空㆒手書㆓大般若魔事品㆒、於㆓虚空中㆒文字顕現、六書八体点画不㆑乱矣」。

□間、延暦十□[一]ト云フ年、勤操僧正、使ヲ□[二]□[三]槙尾山寺《まきのをのやまでらに》頭《かしら》ヲ剃《そり》テ十戒[四]ヲ授ク。名ヲ教海《けうかい》ト云フ。□[五]年二十也。其後《そののち》、亦、自《みづか》ラ名ヲ改《あらため》[六]テ、如空《にょくう》ト云フ。亦、同[七]十四年ト云フ年、二十二ニシテ東大寺ノ戒壇[八]ニシテ具足戒《ぐそくかい》[九]ヲ受ク。其レヨリ名ヲ空海《くうかい》ト申ス。其後、自《みづか》ラ思ハク、「我レ外典《ぐゑでん》[一〇]ヲ内教《ないけう》ヲ見ルト云ヘドモ、心ニ疑《うたがひ》ヲ懐《いだ》ク」。即《すなは》チ、仏ノ御前ニシテ誓言《せいごん》ヲ成《な》ス。「我レ速疾《そくしつ》ニ仏ニ可成《なるべ》キ教《をしへ》ヲ知ラム。乞願《こひねがは》[一一]クハ三[一二]世十方ノ仏、我ガ為《ため》ニ不《ふ》[一三]二《に》法門《ほふもん》ヲ示シ給ヘ」ト。

其後、夢ノ中ニ、人有テ告テ云ク、「此《ここ》ニ経有リ。大毘盧遮那経《だいびるしやなきやう》[一四]ト名ヅク。即《すなは》チ是汝《これなむぢ》ガ要スル所也」ト。夢覚《さめ》テ後、心ニ喜《よろこび》ヲ成《な》シテ、夢ニ見ル所ノ経ヲ尋ネ求《もとむ》ルニ、大和国《やまとのくに》、高市郡《たけちのこほり》、久米寺《くめでら》[一五]ノ東ノ塔ノ本《もと》ニシテ此《この》経ヲ得タリ。喜《よろこび》テ是《これ》ヲ開見《ひらきみ》ルト云ヘドモ、難悟得《さとりえがた》シ。此ノ朝《てう》ニ是ヲ知レル人無シ。「我《われ》唐ニ渡《わたり》テ、此ノ教ヲ習ハム」ト思テ、延暦[一六]二十三年ト云フ年ノ五月十二日ニ唐ニ亘《わた》ル。年三十一也。其時、遣唐大使《けんたうたいし》トシテ越前《ゑちぜん》ノ守《かみ》正三位藤原[一七]朝臣葛野麻呂《かどのまろ》ト云フ人、唐ニ亘《わた》ル。其ノ□[一八]相共《あひとも》ナヒテ亘《わた》ルニ、海ノ道三千里也。先《ま》ヅ彼ノ国ニ蘇《そ》[一九]洲《しう》ト云フ所至着《ところにいたりつ》ク。其《その》年ノ八月ニ福《ふく》[二〇]洲《しう》ニ至ル。同十二月ノ下旬ニ、天皇[二一]ノ使ヲ給《たまは》リテ、上都《じやうと》[二二]、長安[二三]ノ城《みやこ》ニ至《いたる》。京師《みやこ》ニ入《い》ルニ、是《これ》ヲ見ル人道ニ満テリ。即《すなは》チ、詔《せう》ニ依《より》テ宣陽坊《せんやうばう》[二四]ノ宮宅《きうたく》ニ住《ぢう》ス。次ノ年、勅《ちよく》ニ

一 底本の祖本の破損に因る欠字。縁起「延暦十二年」。 二 底本の祖本の破損に因る欠字。縁起「石淵僧正下ㇾ使召取、率ニ向和泉国槙尾山寺一」。 三 →地名「槙尾山寺」。 四 出家の守るべき十種の戒律。 五 破損に因る欠字か。 六 底本「敢テ」を傍書「改ヵ」により訂した。信友本「取テ」。 七 底本「国」を訂した。保孝本、信友本「同」。延暦十四年(七九五)。 八 →二九頁注三〇。 九 出家の守るべき最高の戒律。比丘は二百五十戒。 一〇 「外典ヲ」は「内教ヲ」とともに「見ル」に係る。外典は俗書。内教は仏教書。縁起「究ニ決外典一、周ニ覧内教一、於ㇾ心懐ㇾ疑」。 一一 底本「鬼」を傍書「乞ヵ」により訂した。信友本「唯」。 一二 過去・現在・未来のあらゆる仏たち。 一三 相対的な差別を超え、絶対的にすぐれた理を示す教え。 一四 大毘盧遮那成仏神変加持経。七巻。密教の思想的中核をなす重要経典。別名、大日経。 一五 →地名「久米寺」。 一六 八〇四年。縁起「延暦廿三年甲申五月十二日入唐」。 一七 →人名「葛野麻呂」。 一八 底本の祖本の破損に因る欠字。 一九 現、中国江蘇省蘇州市。但し、縁起「海路三千里、先例至ニ蘇州一。或楊州云々。而此度船増ニ七百里一、其年八月到ニ福州一云々」を誤解したもの。空海らが到着したのは先例とは異なり福州であった。 二〇 現、中国福建省福州市。 二一 ここでは皇帝(唐の徳宗)をさす。縁起「則給ニ迎客之使一」。 二二 みやこ。首都。 二三 現、中国陝西省西安市。 二四 皇城の南東、東市の西側の街区。 二五 →地名「西明

依《より》テ[二五]西明寺《さいみやうじ》ノ[二六]永忠《えいちう》和尚ノ旧院《もとのゐん》ニ移住《うつりぢう》ス。遂《つひ》ニ[二七]青竜寺《しやうりうじ》ノ東塔院《とうたふゐん》ノ和尚、[二八]恵果阿闍梨《けいくわあじやり》ニ値《あひ》奉レリ。

和尚此《この》人ヲ見テ、[二九]咲《ゑみ》ヲ含《ふくみ》テ喜《よろこび》テ云ク、「我レ汝ガ可来《きたるべ》キ事ヲ兼《かね》テ知レリ。相待《あひまつ》ニ久シ。今日相見ル事ヲ得タリ。是幸《これさいはひ》也。我レ法ヲ可授《さづくべ》キ弟子無カリツ。汝ニ皆可伝《つたふべ》シ」ト。即《すなは》チ[三〇]香花《かうぐゑ》備《そな》ヘテ、始《はじめ》テ[三一]灌頂壇《くわんちやうだん》ニ入ル。其後、[三二]入学灌頂シテ、[三三]両部ノ大曼陀羅《だいまんだら》臨《にのぞみ》テ[三四]華《はな》ヲ抛《なぐ》ルニ、皆[三五]中尊《ちうそん》ニ着ク。和尚此レヲ見テ、讃《ほ》メ喜ビ給フ事無限《かぎりな》シ。其後、[三六]伝法阿闍梨ノ灌頂ノ位ヲ受ク。五百ノ僧ヲ請《しやう》ジテ[三七]斎会《さいゑ》ヲ儲《まう》ク。青竜・[三八]大興二《ふたつ》ノ寺ノ諸《もろもろ》ノ僧ノ[三九]信斉会ニ臨《のぞみ》テ讃メ喜ブ。其ノ後、和尚、日本ノ和尚ニ[四〇]蜜教ヲ伝フル事、[四一]瓶《かめ》ノ水ヲ写スガ如シ。亦、諸《もろもろ》ノ絵師《ゑし》・経師《きやうじ》・[四二]鋳師《いもじ》等ヲ召テ、曼陀羅《まんだら》[四三]□□付属シテ告テ云ク、「我レ汝ニ法ヲ授畢《さづけをはり》ヌ。今ハ[四四]□□天下《てんが》ニ流布シテ衆生《しゆじやう》ノ福ヲ可増《ますべ》シ」ト。

其時ニ、弟子、[四五]供奉十禅師《ぐぶじふぜんじ》[四六]順暁《じゆんげう》ト云フ人有《あり》。亦、[四七]玉堂寺ノ[四八]珍賀《ちんが》ト云フ僧有テ、順暁ニ会テ云ク、「日本ノ沙門、縦《たと》ヒ貴《たふと》キ聖人也ト云フトモ、是レ[四九]門徒ニ非ズ。然レバ、諸教《もろもろのをしへ》ヲ可令学《まなばしむべ》キニ、何《なん》ゾ[五〇]秘蜜ノ教《をしへ》ヲ被授《さづけらる》ルゾ」ト、両三度妨《さまたげ》申ス。即チ、夢ノ中ニ、人有テ告テ云《いはく》、「日本ノ沙門ハ、此レ[五一]第三地《ち》ノ菩薩也。内ニハ[五二]大乗ノ心ヲ具シ、外ニハ[五三]小六沙門ノ相ヲ示ス」ト云テ、我ガ身ヲ[五四]被降伏《がうぶくせら》ル、ト見テ、明《あく》ル朝《あした》

寺」。 二六 日本の留学僧。↓人名「永忠」。 二七 ↓地名「青竜寺」。 二八 ↓人名「恵果」。 二九 微笑を浮かべて。 三〇 香華。香と花。ともに仏に供養するもの。 三一 伝法灌頂の儀式を行う壇。 三二 入学法灌頂。 三三 金剛界曼荼羅と胎蔵曼荼羅。 三四 灌頂を受ける僧は目を覆ったまま大壇上の敷曼荼羅に向かって花を投げ、有縁の仏菩薩を定める。 三五 両部曼荼羅の中枢、最高位の仏。大日如来。 三六 金胎両部の秘法を伝授して師位を許可する最高の灌頂。付法灌頂。伝教灌頂。 三七 僧を集めて斎食を施す法会。 三八 大興善寺。↓地名「興善寺(こうぜんじ)」。 三九 斎会(注三七)に同じか。未詳。 四〇 密教。 四一 ↓一九頁注二七。 四二 鋳物職人。 四三 底本の祖本の破損に因る欠字。縁起「曼荼羅経王(書カ)道具、漸有次第。慇付囑和尚、告曰」。 四四 底本の祖本の破損に因る欠字。縁起「早帰㆓郷国㆒、以奉㆓国家㆒、流㆓布天下㆒」。 四五 宮中の内道場に供奉する十人の高僧。 四六 ↓人名「順暁」。 四七 未詳。 四八 伝未詳。縁起は順暁の弟子とする。 四九 門下。同門の弟子。 五〇 秘密の教え。密教。 五一 菩薩の五十二の修行段階のうち、下から数えて第四十三の段階にある者。三〇頁注八に「第二地」の例が見える。 五二 大乗仏教の菩薩の心。 五三 「小国沙門」が正か。縁起「小沙門」。行状集記「小国沙門」。 五四 訓みは字類抄による。神仏の法力で屈伏させられる。

ニ行テ過《とが》ヲ謝《しや》シキ[一]。

亦、宮城[二]ノ内ニ三間《げん》ノ壁ニ手跡《しゆせき》[三]有リ。破損《やぶれそん》ジテ後、人筆《ふで》ヲ下シテ改《あらたむ》ル事無シ。天皇勅《ちよく》ヲ下《くだし》テ、日本ノ和尚ニ令書《かかし》ム。和尚筆ヲ取テ、五所ニ五行ヲ同時ニ書給フ。口ニ歌《くは》[四]ヘ、二《ふたつ》ノ手ニ取テ、二《ふたつ》ノ足ニ狭《はさ》[五]メル也。天皇是ヲ見テ、讃メ感ジ給フ。但シ、今一間《けん》ニハ、和尚墨ヲ磨《すり》テ壁ノ面《おもて》ニ灑《そそ》キ懸《かく》ルニ、自然《おのづか》ラ間《けん》ニ満テル「樹」ノ字ト成《なり》[六]ヌ。天皇首《かうべ》ヲ□[七]テ、五筆和尚ト名ヅケテ、菩提子《ぼだいし》[八]ノ念珠[九]ヲ施《せ》シ給フ。

亦、日本ノ和尚、城《みやこ》ノ内ヲ廻《めぐ》リ見給フニ、一《ひとつ》ノ河ノ辺《ほとり》ニ臨《のぞ》ムニ、一人弊衣《ひとりのあしききぬ》ヲ着《ちやく》セル童子来《きた》レリ。頭《かしら》ハ蓬《よもぎ》ノ如キ也。和尚ニ問《とひ》テ云ク、「是、日本ノ五筆和尚カ」ト。答テ云ク、「然《しか》也」ト。童子云ク、「然ラバ、此ノ河ノ水ノ上ニ文字ヲ可書《かくべ》シ」ト。和尚、童《わらは》ノ云フニ随《したがひ》テ、水ノ上ニ清水《きよきみづ》ヲ讃《ほむ》ル詩ヲ書ク。其ノ文《もん》、点不破《やぶれず》シテ流レ下《くだ》ル。童是ヲ見テ、咲《ゑみ》ヲ含《ふくみ》テ、感歎ノ気色《けしき》有リ。亦、童ノ云ク、「我レ亦可書《かくべ》シ。和尚、是ヲ可見《みるべ》シ」ト。即《すなは》チ水上ニ「竜」ノ字ヲ書ク。但シ、右ニ一《ひとつ》[一〇]ノ小点不付《ちひさきてんつけず》。文字浮ビ漂《ただよひ》テ不流《ながれず》。即チ小点ヲ付《つく》ルニ、響《ひびき》ヲ発《おこ》シ光ヲ放《はなち》テ、其字竜王ト成《なり》テ空ニ昇《のぼり》ヌ。此ノ童ハ文殊[一一]ニ在《まし》マシケリ。弊衣ハ瓔珞《やうらく》[一二]也ケリ。即チ失《うせ》ヌ。

亦、和尚本郷《もとのさと》[一三]ニ返ル日、高キ岸ニ立《たち》テ祈請《きしやうし》テ云ク、「我ガ伝ヘ学ベル所ノ秘蜜ノ教《をしへ》、流布《るふ》[一四]相応《さうおう》シテ、弥勒《みろく》[一五]ノ出世[一六]マデ可持《たもつべ》キ地有ラム。其《その》所ニ可落《おつべ》シ」ト云テ、三鈷《さんご》[一七]

一 底本「謝シテ」を訂した。但し信友本「謝シキ」は原姿か存疑。
二 宮殿。縁起「唐宮内」。
三 筆跡。縁起「義之手跡」は、王羲之の筆跡の意。
四 底本「クハヘヵ」と傍書。訓みの確証はないが、一応かく訓む。
五 底本かく作るが「挟」と同意か。保孝本「挟メル」。
六 底本「字ノ」に「ヲヵ」と傍書。東北本「ト」と傍書。信友本「字ト」。
七 底本の祖本の破損に因る欠字。縁起「唐帝低レ首」。「低（かたぶけ）」が想定される。
八 ↓二八頁注二三。↓一八頁注一一。
九 数珠。
一〇 竜の草体の最後に打つ点。
一一 ↓人名「文殊菩薩」。
一二 ↓二四九頁注三六。
一三 故国。日本。
一四 流布するにふさわしくて。
一五 ↓人名「弥勒菩薩」。
一六 ↓四八頁注一四。
一七 ↓二三八頁注四。
一八 八〇七年。
一九 九州。
二〇 大宰府の三等官。少弐の下。
二一 ↓人名「遠成」。
二二 経論の目録。
二三 底本の祖本の破損に因る欠字。縁起

ヲ以テ日本ノ方《かた》ニ向《むかひ》テ擲《なぐ》ルニ、三鈷遥《はるか》ニ飛《とび》テ雲ノ中ニ入《いり》ヌ。

其後、[一八]大同《だいどう》二年ト云フ年ノ十月二十二日ニ平安ニ帰朝《きてうす》。先《ま》ヅ[一九]鎮西《ちんぜい》ニシテ大宰府《ださいふ》ノ[二〇]大監《だいげん》[二一]高階《たかしな》ノ遠成《とほなり》ト云フ人ニ付《つけ》テ、持渡《もて》レル所ノ[二二]法文表《ほふもんへう》ヲ□[二三]天下《てんが》ニ可流布《るふすべ》キ宣旨ヲ申シ下《くだ》ス。重《かさね》テ勅ニ□[二四]施ス事無並《ならびな》シ。早ク[二五]皇城《わうじやう》ノ南面ノ諸門ノ額《がく》ヲ可書《かくべ》シ」ト。然レバ、[二六]外門額《そともんのがく》ヲ書畢《かきをはり》ヌ。亦、[二七]応天門《おうでんもん》ノ額打付《うちつけ》テ後、是ヲ見ルニ、初《はじめ》ノ字ノ点既ニ落失《おちうせ》タリ。驚《おどろき》テ、筆ヲ抛《なげ》テ点ヲ付《つけ》ツ。諸《もろもろ》ノ人是ヲ見テ、手ヲ[二八]抃《うち》テ是ヲ感ズ□[二九]。

其後、本意ノ如ク、真言宗ヲ[三〇]申シ立《たて》テ世ニ弘《ひろ》ム。其時ニ、[三一]諸宗ノ諸《もろもろの》学者等有テ、[三二]即身成仏《そくしんじやうぶつ》ノ義ヲ疑《うたがひ》テ論ヲ致《いた》ス。時ニ、大師彼ノ疑ヲ断《たた》ムガ為《ため》ニ、[三三]清涼殿《せいりやうでん》ニシテ南ニ向《むかひ》テ[三四]大日《だいにち》ノ定印《ちやういん》ヲ結《むすび》テ観念スルニ、[三五]顔色金《かほのいろこがね》ノ属《たぐひ》ニシテ、身ヨリ黄金《こがね》ノ光ヲ放ツ。万人是ヲ見テ、首《かうべ》ヲ低《かたぶけ》テ礼拝ス。如此《かくのごと》キノ霊験幾計《いくばくばかり》[三六]ゾ。真言教盛リニ弘メ置テ、[三七]嵯峨《さが》ノ天皇ノ[三八]護持僧《ごぢそう》トシテ、[三九]僧都《そうづ》ノ位ニテナム在《まし》マシケル。此ノ朝《てう》ニ真言教ノ弘《ひろ》マル、此《ここ》ニ始マル。

其後、此ノ僧都ノ流レ所々ニ有テ、真言教[四〇]于今《いまに》盛リニ弘マレリトナム語リ伝ヘタルトヤ。

「准㆑勅入洛。即請来散(教ヵ)法、可㆓流布㆒宣旨、下㆓天下㆒了」。

二四 底本の祖本の破損に因る欠字。縁起「重勅云、大師神筆、唐家無㆑比」。

二五 ここでは、大内裏をさす。

二六 外郭の門。大内裏外郭南面には美福・朱雀・皇嘉の三門がある。

二七 八省院(朝堂院)の正門。朱雀門を入った正面にある。

二八 底本「押」に「拍ヵ」と傍書。東北本の傍書により訂した。「抃」は手を打つ意。

二九 底本一字分の空白。諸本も同じ。

三〇 主唱して一宗として独立させて。

三一 南都六宗をさす。

三二 現在の肉身のままで成仏できるということ。空海の説いた真言宗の教義。

三三 →地名「清涼殿」。

三四 大日如来の定印。定印は両手を組んで示す印契。仏菩薩の威力を象徴する。

三五 黄金のようになって。成仏の姿を示したのである。

三六 底本「幾計メ(シテの合字)」を訂した。

三七 →人名「嵯峨天皇」。

三八 清涼殿で修法を行い、天皇の身心の安穏を祈る僧。空海は弘仁元年(八一〇)任護持僧。

三九 天長元年(八二四)任少僧都。同四年(一説に七年)任大僧正。

四〇 底本「テ今」を訂した。

伝教大師《でんげうだいし》、亘宋《そうにわたりて》[一]、伝天台宗帰来《てんだいしゆうをつたへてかへりきたれること》語 第十

今昔《いまはむかし》、[二]桓武《くわんむ》天皇ノ御代《みよ》ニ、[三]伝教《でんげう》大師ト云フ聖《ひじり》在《まし》マシケリ。俗姓《ぞくしやう》ハ三津ノ氏《うぢ》。近江《あふみ》ノ国、[四]志賀郡《しがのこほり》ノ人也。幼キ時ヨリ心賢クシテ、七歳ニ成ルニ、智《さと》リ明《あきらか》也。諸《もろもろ》ノ事ヲ兼《かね》テ知レリ。父母《ぶも》是ヲ怪《あやし》ブ。

十二歳ニシテ頭《かしら》ヲ剃《そり》テ法師ト成レリ。[五]始《はじめ》テ今比叡《いまのひえ》ノ山ノ所ニ入テ、草ノ菴《いほり》ヲ造《つくり》テ仏ノ道ヲ行フ間ニ、香炉ノ灰ノ中ニ[六]仏ノ舎利《しやり》出《いで》給ヘリ。是ヲ見テ、喜《よろこび》テ、「此ノ舎利ヲ何ニ入テ行ヒ奉ラム」ト思ヒ煩フ間ニ、亦、灰ノ中ニ金《こがね》ノ[七]華器《はなのうつはもの》出来《いできた》レリ。此ノ器《うつはもの》ニ入奉《いれたてまつり》テ、昼夜ニ礼拝[八]恭敬《くぎやう》スル事無限《かぎりな》シ。

然ル間、自《みづか》ラ心ノ内ニ思ハク、「我レ此ノ所ニ伽藍《がらん》ヲ建立《こんりふ》シテ、天台宗ノ法ヲ弘《ひろ》メム」。[九]延暦《えんりやく》二十三年ト云フ年、唐ニ渡《わたり》ヌ。先《ま》ヅ[一〇]天台山ニ登《のぼり》テ、[一一]道邃和尚《だうすいくわしやう》ト云フ人ニ会《あひ》テ、天台宗ノ法文《ほふもん》ヲ習ヒ伝フ。亦、[一二]順暁和尚《じゆんげうくわしやう》ト云フ人ニ付《つき》テ、真言教ヲ受ケ伝ヘテ、顕蜜《けんみつ》ノ法ヲ習フ事、[一三]瓶《かめ》ノ水ヲ写スガ如シ。其時ニ、[一四]仏隴寺《ぶつろうじ》ノ[一五]行満座主《ぎやうまんざす》ト云フ人来《きたり》テ、日本ノ沙門[一六]ヲ見テ云《いは》ク、「[一七]我レ[一八]昔《むか》シ聞《きき》シカバ、「[一九]智者《ちしや》大師ノ宣ハク、『我レ死《しに》テ後、二百余年ヲ経テ、是ヨリ東ノ国ヨリ、我ガ法ヲ伝ヘテ世ニ弘メムガ為《ため》ニ、

第十話　出典は三宝絵・下・3（法華験記・上・3もほぼ同文）。ごく一部を三宝絵・下・27で補っている。但し、第四、五段は未詳の資料に拠るか。同話は叡山大師伝、伝教大師行業記、伝教大師行状、拾遺往生伝・上・3、私聚百因縁集・七・6その他に喧伝。

一 諸本かく作るが、史実としては本文中の「唐」が正しい。→四四頁注一一。
二 →人名「桓武天皇」。
三 最澄。→人名「最澄」。
四 現、滋賀県大津市、滋賀郡付近。
五 比叡山に最初に庵を構えたのは延暦四年（七八五）七月中旬（大師伝）。
六 仏舎利。→一〇三頁注二一。
七 三宝絵「金ノ花ノ器」。大師伝「金花器一合子、大如二菊花一」。
八 →一四頁注二〇。
九 八〇四年。空海と一緒に遣唐使船で入唐した。
一〇 →地名「天台山」。
一一 →人名「道邃」。
一二 この一文は三宝絵・下・27に拠る。→人名「順暁」。
一三 →一九頁注二七。
一四 底本「仏滝寺」を訂した。→地名「仏隴寺」。
一五 →人名「行満」。
一六 底本「沙間」を訂した。
一七 この発言の結びは欠字の箇所（注二一）に当たっている。

沙門来《きた》ラムトス』ト宣《のたま》ヒキ」。今思ヒ合《あは》スルニ、只此ノ人也。[二〇]□法文ヲ受ケ伝ヘテ本国《もとのくに》ニ帰《かへり》テ可弘《ひろむべ》キ[二一]□事、瓶《かめ》ノ水ヲ写スガ如シ。而《しか》ルニ、唐ニ渡ラムト為《せ》シ時ニ、先《ま》ヅ[二二]宇佐《うさ》ノ宮ニ詣《まうで》テ「道ノ間、海ノ怖《おそ》レ無クシテ平《たひら》カニ渡シ給ヘ」ト祈リ申シ給ケルニ、思《おもひ》ノ如ク彼ノ国ニ渡リ着《つき》テ、天台ノ法文ヲ習伝《ならひつた》ヘテ、[二三]延暦二十四年ト云フ年帰朝スルニ、[二四]其喜《そのよろこ》ビ申サムガ為《ため》ニ、先ヅ宇佐ノ宮ニ詣《まうで》テ、御前ニシテ礼拝恭敬《くぎやう》シテ、[二五]法華経《ほくゑきやう》ヲ講ジテ申サク、「我レ思《おもひ》ノ如ク唐ニ渡リ、天台ノ法文ヲ習ヒ伝ヘテ帰リ来《きた》レリ。今ハ比叡山《ひえのやま》ヲ建立《こんりふ》シテ多《おほく》ノ僧徒ヲ令住《ちうせし》メテ、唯一無二《ゆいいつむに》ノ[二六]一乗宗《いちじようしゆう》ヲ立《たて》テ、[二七]有情《うじやう》・非情皆成仏《ひじやうかいじやうぶつ》ノ旨《むね》ヲ令悟《さとらし》メテ、国ニ[二八]令弘シ。仏ハ[二九]薬師仏ヲ造《つくり》奉テ、「一切衆生《いつさいしゆじやう》ノ病《やまひ》ヲ令愈《いえし》メム」ト思フ。但シ、其願《そのねがひ》、[三〇]大菩薩ノ御護《まぼり》ニ依《より》テ可遂《とぐべ》キ事也」。

其時ニ、御殿《ごてん》ノ内ヨリ妙《たへ》ナル御音《こゑ》有リ。示シテ宣《のたま》ハク、「聖人、願ヘル所、極《きはめ》テ貴《たふと》シ。速《すみやか》ニ此ノ願ヲ可遂《とぐべ》シ。我レ専《もはら》ニ護《まぼ》リヲ可加《くはふべ》シ。但《ただし》、此ノ衣《ころも》ヲ着テ薬師ノ像ヲ可造奉《つくりたてまつるべ》シ」トテ、御殿ノ内ヨリ被投出《なげいだされ》タリ。是ヲ取《とり》テ見ルニ、[三一]唐ノ絹、滋《こ》ク紫ノ色ニ染《そめ》テ、綿厚ク□[三二]タル[三三]小袖ニテ有リ。是ヲ給《たまは》リテ、礼拝シテ出《いで》ヌ。其後、返《かへり》テ比叡山ヲ建立スルニ、彼ノ浄衣《じやうえ》ヲ着テ、[三四]自《みづか》ラ薬師像ヲ造《つくり》奉レリ。

亦、[三五]春日《かすが》ノ社詣《やしろにまうで》テ、神ノ御前ニシテ法華経ヲ講ズルニ、紫ノ雲、山ノ峰ノ上ヨ

一八 以前聞いたところでは。
一九 天台大師智顗。→人名「智顗（ちぎ）」。
二〇 底本の祖本の破損に因る欠字。三宝絵「ハヤクモトノ国ニ帰テ道ヲ広メヨトイヒテ、オホクノ法文ヲサヅケタリ」。
二一 →前注。
二二 宇佐八幡宮。→地名「宇佐ノ宮」。
二三 八〇五年。
二四 そのお礼を申し上げるために。
二五 →一五四頁注七。
二六 大乗仏教の唯一にして究極の理を説く宗門。天台宗をさす。
二七 有情は感情や意識を有するもの。生類。非情はそれのないもの。草木・土石の類。仏の立場から見ると有情も非情も区別はないから皆成仏できるという教義。
二八 底本「令弘シ」に「ンカ」と傍書。信友本「令弘（ひろめ しめ）ム」。古典大系は「可弘シ」の誤記、古典全集は「シメム」の「シ」を捨仮名的に誤記した例かとするが如何。
二九 →人名「薬師如来」。
三〇 八幡大菩薩。宇佐の祭神。
三一 唐から舶来した絹。高級品。
三二 漢字表記を記した意識的欠字か。
三三 三宝絵「紫ノケサ」。大師伝「紫袈裟一、紫衣一」。行状「紫綿衣、同七条袈裟」。私聚「紫色神衣」。
三四 底本「自カ」を訂した。保孝本「自ラ」。
三五 春日大社。→地名「春日ノ社」。

リ立《たち》テ、経ヲ説ク庭[一]ニ覆ヘリ。而《しか》ル間、願ノ如《ごと》ク、此ノ朝《てう》ニ天台宗ヲ渡シテ弘《ひろ》メ置《おき》ケリ。

其後、此ノ流レ所〻ニ有リ。亦、国〻ニモ此ノ宗ヲ学《まなび》テ、天台宗于今《いまに》盛リ也トナム語リ伝ヘタルトヤ。

慈覚大師《じかくだいし》[二]、亘宋《そうにわたりて》[三]、伝顕密法帰来語《けんみつのほふをつたへてかへりきたれること》 第十一

今昔《いまはむかし》、承和《じようわ》[四]ノ御代《みよ》ニ、慈覚《じかく》[五]大師ト申聖在《まうすひじりまし》マシケリ。俗姓《ぞくしやう》ハ壬生《みぶ》ノ氏《うぢ》。下野国《しもつけのくに》、都賀《つが》[六]ノ郡《こほり》ノ人也。初メ生《うまれ》ケル時、紫雲立《たち》テ其《その》家ニ覆ヘリ。

其《その》時ニ、其《その》国ニ広智《くわうち》[七]菩薩ト云フ聖《ひじり》有リ。遥《はるか》ニ此ノ紫雲ヲ見テ、驚《おどろき》テ其家ニ尋《たづね》テ来《きた》レリ。問《とひ》[八]テ云《いは》ク、「此ノ家ニ何《いか》ナル事カ有ル」ト。家ノ主答《あるじこたへ》テ云ク、「今日、男子《をのこご》生レリ」ト。広智菩薩、其ノ父母《ぶも》ニ教ヘテ云ク、「其《その》生レル男子ハ、是止事無《これやむごとな》[九]キ聖人《しやうにん》ト可成《なるべ》キ人也。汝等、父母《ぶも》也ト云フトモ、専《もはら》ニ可敬《うやまふべ》シ」ト云置《いひおき》テ返《かへり》ヌ。其後、其男子漸《やうや》[一〇]ク勢長シテ、既ニ九歳ニ成《なり》ヌ。父母ニ語《かたり》テ云ク、「我レ出家ノ心有リ。広智ノ所ニ行テ経ヲ習ハム」ト云テ、経ヲ求《もとむ》ルニ、法華経《ほくゑきやう》ノ普門品《ふもんぼん》[一一]ヲ得タリ。是ヲ以テ、広智ニ随《したがひ》テ是ヲ習フ。

一 場。場所。

第十一話 第一―四段前半の出典は法華験記・上・4(三宝絵・下・16もほぼ同文)。第四段後半以後は出典未詳だが、打聞集・18、宇治拾遺物語・170に同文的同話がある。円仁の事跡は慈覚大師伝、入唐求法巡礼行記などに詳しい。

二 底本は題目の前半が欠字。後半に「帰来語第十一」とあるのみ。底本の朱筆書き入れにより補った。

三 史実としては本文中の「唐」が正しい。↓四四頁注一一。

四 仁明天皇の御代。承和年間(八三四―八四八)。この一句、験記になし。

五 円仁。↓人名「円仁(えんにん)」。

六 現、栃木県小山・栃木・鹿沼市と上・下都賀郡付近。 七 ↓人名「広智」。

八 以下「生レリト」までの問答、験記には見えない。

九 以下「父母也ト云フトモ」まで、験記には見えない。 一〇 成長して。

一一 法華経・八・観世音菩薩普門品。いわゆる観音経。

一二 底本に空白はないが、欠字があると推定する。信友本「夢ノ中ニ」。験記「夢見㆓聖人摩頂与語㆒」。 一三 頭。

一四 以下「不知ト」までの問答、験記には見えない。 一五 伝教大師最澄をさす。

一六 底本の祖本の破損に因る欠字。験記「可㆑成㆓汝師㆒」。

一七 「見テ」は落ち着かない表現。信友本「児ノ」。験記「夢覚乃至終登㆓叡山㆒」。

一八 底本「有ナレハ」に「トヵ」と傍書。信

而《しか》ル間、児《ちご》、□[一二]ノ中ニ、聖人有テ我ガ頂《いただき》[一三]ヲ撫《な》ヅルヲ、亦傍《かたはら》ニ人有テ告《つげ》テ云ク、[一四]「汝ヂ、此ノ頂撫ヅル人ヲバ知タリヤ否《いな》ヤ」ト。児《ちご》答テ云ク、「不知《しらず》」ト。亦《また》云ク、「是《これ》ハ[一五]比《ひ》叡山《えのやま》ノ大師也。汝ガ□[一六]ト可成《なるべ》キニ依《より》テ、汝ガ頂撫ヅル也」ト。夢覚《さめ》テ、見[一七]テ思ハク、「然レバ、我レハ比叡山ノ僧ト可成《なるべき》ニコソ有《ある》ナレ」ト[一八]思テ、年□[一九]歳ニシテ、遂《つひ》ニ比叡山ニ登《のぼり》テ、始《はじめ》テ[二〇]伝教大師ヲ見ルニ、大師咲《ゑみ》[二一]ヲ含《ふくみ》テ、喜ビ給フ事無限《かぎりな》シ。本《もと》ヨリ知レル人ヲ見ルガ如シ。児亦《ちごまた》[二二]昔夢ニ見シ形ニ賛《かは》[二三]ル事無シ。其後、大師ニ随《したがひ》テ、頭《かしら》ヲ剃《そり》テ法師ト成ヌ。名ヲ円仁《ゑんにん》ト云フ。顕蜜《けんみつ》[二四]ノ法ヲ習フニ、少シモ愚《おろか》[二五]ナル事無シ。

而ル間、伝教大師失《うせ》給ヒヌレバ、心ニ思ハク、「我レ唐ニ渡《わたり》テ、顕蜜ノ法ヲ習ヒ極《きは》メム」ト思テ、承和二年[二六]ト云フ年、唐ニ渡ヌ。天台山《てんだいさん》[二七]ニ登リ、五台山《ごだいさん》[二八]ニ参リ、所々ニ遊行《ゆぎやう》シテ聖跡《しやうじやく》[二九]ヲ礼《らい》シ、仏法流布《るふ》ノ所ニ行《ゆき》テハ是《これ》ヲ習フ間、恵正天子《ゑしやうてんし》[三〇]ト云フ天皇[三一]ノ代ニ、此ノ天皇[三二]仏法ヲ亡《ほろぼ》ス宣旨《せんじ》ヲ下《くだ》シテ、寺塔ヲ破《やぶ》リ壊《こほち》テ正教《しやうげう》[三三]ヲ焼キ失ヒ、法師ヲ捕《とらへ》テ令還俗《ぐゑんぞくせし》ム。使四方ニ相《あ》ヒ分レテ亡《ほろぼす》。[三四]其時ニ、大師此ノ使ニ会《あひ》ヌ。独身《ひとりみ》[三五]ニシテ随《したが》ヘル者無シ。使等《ら》大師ヲ見テ喜《よろこび》テ追フ。大師逃《にげ》テ一《ひとつ》ノ堂ノ内ニ入ヌ。使来《きたり》テ堂ヲ開《ひらき》テ求ム。大師可為《すべ》キ方《かた》無クテ、仏ノ中ニ居テ□[三六]求ムルニ、僧不見《みえず》、只新《あたらし》キ不動[三七]一体□[三八]見ル時

友本「有ナレト」。
一九 年齢の明記を期した意識的欠字。験記は年齢を述べない。大師伝「時年十有余五」。　二〇 最澄。→人名「最澄」。
二一 微笑を浮かべて。
二二 児の側から見ても伝教大師は以前夢で見た姿とそっくりである。
二三 「賛」は「替」と通用する。→四一二頁注四。　二四 顕密。顕教と密教。
二五 底本「少シキ」を訂した。信友本「少シモ」。　二六 八三五年。
二七 →地名「天台山」。
二八 →地名「五台山」。
二九 聖地。高僧のいた名寺など。
三〇 唐の武宗をさす。→人名「恵正天子」。
三一 ここでは皇帝をさす。
三二 唐の武宗は仏教を弾圧し、会昌五年(八四五)毀仏寺勒僧尼還俗制を下して、仏寺四千六百を破壊、僧尼二十六万五百人を還俗させた。これを「会昌の廃仏」という。円仁ら外国僧は国外追放になった。
三三 聖教。仏教経典。
三四 本第五段の追手の目に円仁の姿が不動尊に見えた話は、発想において宇治拾遺物語・17と類似するところがある。
三五 一人だけで従者もいない。
三六 底本の祖本の破損に因る欠字。宇治拾遺「仏の中に逃入て、不動を念給ける程に、使求けるに」。
三七 →人名「不動明王」。
三八 底本の祖本の破損に因る欠字。宇治拾遺「新しき不動尊、仏の御中におはしけり。それをあやしがりて、いだきおろして見るに、大師もとの姿に成給ぬ」。

ニ、大師本《もと》ノ形《かたち》ニ成《なり》テ在《まし》マス。使、「何《いか》ナル人ゾ」ト問フニ、「日本ノ国ヨリ法ヲ求メムガ為《ため》ニ来《きた》レル僧也」ト答フ。使恐レテ、令還俗《ぐゑんぞくせしむ》ル事ヲバ暫《しばら》ク止《とど》メテ、天皇ニ此ノ由ヲ奏ス。宣旨ニ云ク、「他国《ほかのくに》ノ聖也。速《すみやか》ニ可追棄《おひすつべ》シ」ト。然レバ、使大師ヲ免《ゆるし》ツ。

一大師喜《よろこび》テ、其《その》所ヲ走リ去《さり》テ、他《ほか》ノ国ヘ逃《にぐ》ル間ニ、遥《はるか》ナル山ヲ隔《へだて》テ人ノ栖《すみか》有リ。見レバ、二城《じやう》固ク築《つ》キ籠《こめ》テ、廻《めぐ》リ強《あながち》ニ固メタリ。三一面ニ門有リ。其《その》門ノ前ニ人立テリ。大師是ヲ見テ、喜《よろこび》テ寄《より》テ、「是《これ》ハ何《いか》ナル所ゾ」ト問フ。答《こたへ》テ云《いは》ク、「是ハ一人ノ長者ノ家也。聖人ハ何ゾ」ト。大師答テ云ク、「仏法ヲ習ハムガ為《ため》ニ日本ノ国ヨリ渡レル僧也。然ルニ、仏法ヲ亡《ほ》四ロボス世ニ会《あひ》テ、暫ク隠レ居テ、五忍《しの》ビタラム所ニ有ラムト思フ也」。門ニ立《たち》タル人ノ云ク、「此ノ所ハ□六テ人不来《きたらず》シテ、極《きはめ》テ静《しづか》ナル所也。然レバ、暫ク是《ここ》ニ在《まし》マシテ、世ノ静ニ成《なり》ナム後ニ、出《いで》テ仏法ヲモ習ヒ可給《たまふべ》キ也」ト。大師是《これ》ヲ聞《きき》テ、喜ビヲ成《な》シテ、此ノ人ノ後七ニ立《たち》テ入《いり》ヌ。其後、八門ヲバ即《すなは》チ差《さ》シツ。門ヲ入テ遥ニ奥ノ方《かた》ニ歩《あゆ》ビ行ク。大師モ共ニ行テ見給ヘバ、九様々ノ屋《や》共《ども》造リ重ネタリ。人多ク□一〇ノ空キ屋ノ有ルニ、大師ヲ令居《ゐしめ》ツ。

大師、「一一此ク《か》静《しづか》ナル所ニ来《きたり》ヌ。世ノ静《しづかに》ナラム程此《ここ》ニ有ラム、吉《よ》キ事也」ト喜《よろこび》テ、「一二若《も》シ仏法ヤ在《まします》」ト思テ、所々ヲ伺《うかが》ヒ見《み》行《あり》クニ、一三惣《すべ》テ仏経見エ給フ所無シ。後

一 本第六段以後の纐纈城説話の話型は昔話「脂しぼり(油取り)」に類似する。
二 城壁を堅固に築き巡らせて。宇治拾遺「築地高くつきめぐらして」。打聞「城高付キテ、メグリ堅固タリ」。
三 一方の側に。
四 底本「亡ヒテス」に「ロホヵ」と傍書。田村本「亡ス」。信友本「亡ボス」。
五 人目を避けた所。
六 漢字表記を記した意識的欠字。宇治拾遺「これは、おぼろけに人の来らぬ所也」。打聞「此所ニハ、オボロケノ人不来」。
七 後について入った。
八 (入ると)すぐ門を閉じて鍵をかけた。
九 さまざまな建物を建て並べてある。
一〇 底本の祖本の破損に因る欠字。宇治拾遺「人多く騒がし。傍なる所に据へつ」。打聞「人多住タリ」。
一一 打聞「騒ギニカヽル所ニ来。イト吉所也。カヽル程ハ此ニ有ト思シテ」。
一二 もしや仏法(仏像や経典)がおありではないかと。宇治拾遺「仏法ならひつべき所やあると見ありき給に」。打聞「処々行給ニ」。
一三 全然。まったく。
一四 「垂ル」は、垂らす、したたらせる意の他動詞。 一五 うめく声。
一六 顔色が真っ青で痩せさらばえた者たちが。
一七 木切れ。木片。
一八 糸のように細い腕。
一九 「延」は底本空白。底本の傍書により補う。信友本「指シノベテ」。宇治拾遺「さし出でて」。打聞「指出テ」。

ノ方《かた》ニ屋有リ。寄《より》テ立チ聞ケバ、人ノ病ム音共《こゑども》多ク聞《きこ》ユ。怪《あや》シト思テ、臨《のぞき》テ見レバ、人ヲ縛《しばり》テ上《あげ》テ鉤《つ》リ懸《かけ》テ、下ニ壺ヲ置テ、其壺ニ血ヲ垂《た》[一四]レ入ル。是ヲ見ルニ惣《すべ》テ不心得《こころえ》ネバ、問ヘドモ、不答《こたへず》ヘ。怪《あやしみ》テ去《さり》ヌ。亦他《またほか》ノ方ヲ臨《のぞけ》バ、亦人ノ吟《によ》[一五]フ音《こゑ》有リ。[一六]色極《きはめ》テ青キ者共、痩《や》セ枯《かれ》タル、多ク臥《ふ》セリ。一人ヲ招ケバ、這《は》ヒ寄リ来《きた》レリ。

大師問《とひ》テ云ク、「是《これ》ハ何《いか》ナル所ゾ。此《か》ク難堪《たへがたけ》気ナル事共《ども》ノ見ユルハ」ト。此ノ人[一七]木ノ端《はし》ヲ取《とり》テ、縷《いとすぢ》[一八]ノ様《やう》ナル肱《ひぢ》ヲ指《さ》シ延[一九]ベテ、土ニ書《かく》[二〇]ヲ見レバ、「是ハ纐纈《かうけち》[二一]ノ城《じやう》也。不知《しらず》シテ此《ここ》ニ来《きたり》ヌル人ヲバ、先《ま》ヅ物ヲ不云《いは》ヌ薬ヲ令食《くはしめ》テ、次ニ肥《こ》ユル薬ヲ令食《くはし》ム。其後ニ、高キ所ニ釣リ保[二二]テ、所々ヲ差[二三]シ切《きり》テ、血ヲ出[二四]シテ壺ニ垂レ、其《その》血ヲ以テ纐纈《かうけち》ヲ染《そめ》テ結《ゆひ》[二五]ツヽ世ヲ経《ふ》ル所ヲ、不知《しらず》シテ□[二六]既ニ食《くひ》ツル様《やう》ニシテ、人問フ事有ラバ、物ヲ不云《いは》ヌ様《やう》ニテウメキテ、努々《ゆめゆめ》[二七]物宣《のたま》フ事無カレ。我等モ其《その》薬ヲ不知《しらず》シテ食《くひ》テ、カヽル目ヲ見ル也。相構《あひかまへ》[二八]テ逃ゲ可給《たまふべ》キ也。廻《めぐ》リノ門ハ強ク差シテ、オ[二九]ボロケニテハ人可出《いづべ》キ様無キ也」ト書タルヲ見テ後、大師心肝失《こころぎもうせ》テ、惣《すべ》テ不思《おぼえず》ヘ[三〇]。然レドモ、本《もと》ノ居所《ゐどころ》ニ返《かへり》ヌ。

人食物《じきもつ》ヲ持来《もてき》タリ。見レバ、教ヘツル様《やう》ニ胡麻《ごま》ノ様ナル物盛《もり》テ居《すゑ》ヘタリ。是ヲ食フ様《やう》ニシテハ懐《ふところ》ニ差シ入レテ、外《ほか》ニ棄テツ。食物《じきもつ》ノ後《のち》、人来《きたり》テ問フ事有リト云ヘドモ、ウメキテ物不云《いはず》ハ。「今ハシ[三一]得タリ」ト思ヘル気色《けしき》ニテ去《さり》ヌ。其後ハ、可肥《こゆべき》薬

二〇 底本「書ノ」に「ヲヵ」と傍書。東北本「書ヲ」。信友本「書クヲ」。
二一 底本「纐纈」に「纐纈ヵ」と傍書。信友本「纐纈」。以下同様。纐纈は、絞り染め。城壁で囲んだ中で人血で染めているところから「城」と呼んだのであろう。打聞「講結城」。宇治拾遺「纐纈城」。
二二 底本、諸本とも「保テ」とあるが、「係テ」の誤記か。宇治拾遺「釣下げて」。打聞「釣リ懸テ」。
二三 底本「着」を訂した。宇治拾遺「さし切て」。打聞「指切テ」。
二四 宇治拾遺「あやして」。打聞「タラシテ」。
二五 底本、諸本とも「結」とあるが、文意が通じ難い。「売」が正か。宇治拾遺「売侍なり」。打聞「ウリツ、世ヲ経ケル所也」。
二六 底本の祖本の破損に因る欠字。宇治拾遺「これを知らずして、かゝる目を見る也。食物の中に、胡麻のやうにて黒ばみたる物あり。それは、物いはぬ薬なり。さる物参らせたらば、食まねをして捨給へ」。打聞「物湌ル中ニ古广ノ様ノ黒バミタル物アリ。其ハ物不云薬也。サアラム物マイリタラバ食ルマネシテ」。
二七 決して。
二八 何とかして。
二九 底本「オロ、ケ」を訂した。並み大抵のことでは出られそうもないのです。打聞「ヲホロケニテ人入ベキ様無キ所也」。宇治拾遺「おほろけにて逃べきやうなし」。
三〇 「思ヘ不(ず)」の意。
三一 うまくやった。

ヲ種々《くさぐさ》ニ令食《くはし》ム。然ル間、人ノ立去《たちさり》タル程ニ、大師丑寅《うしとら》[一]ノ方《かた》ニ向《むかひ》テ掌《たなごころ》ヲ合セ、礼拝シテ云《いは》ク、「本山《もとのやま》[二]ノ三宝薬師仏、我レヲ助《たすけ》テ古郷《ふるさと》ニ返ル事ヲ令得《えし》メ給ヘ」ト。其時ニ、一《ひとつ》ノ大《おほき》ナル狗出来《いぬいできたり》ヌ。大師衣《だいしのころも》ノ袖ヲ食《くひ》テ引ク。大師犬ノ引《ひく》ニ随《したがひ》テ行クニ、可通出《とほりいづべ》クモ無キ水門《みづと》[三]有リ。其《そこ》ヨリ引キ出《いだ》シツ。外《と》ニ出《いで》ヌレバ、犬ハ不見成《みえずなり》ヌ。大師泣々《なくな》ク喜《よろこび》テ、其《そこ》ヨリ足ノ向ク方《かた》ニ走ルニ、遥ニ野山ヲ越《こえ》テ人里ニ出《いで》ヌ。

人会《あひ》テ問テ云ク、「是《これ》ハ何《いどこ》ヨリ来《きた》レル聖人ノ如此《かくのごと》[四]キ走リ給フゾ」ト。大師、「然《しか》々《しか》ノ所ニ行《ゆき》[五]テ」有《あり》ツル事ノ様《さま》ヲ語ル。其《その》人ノ云ク、「其《その》所ハ纐纈《かうけち》ノ城《じやう》也。人ノ血ヲシボリテ世ヲ亘《わた》ル所也。其《そこ》ニ行《ゆき》ヌル人ハ返《かへ》ル事無シ。実《まこと》ニ仏神《ぶつじん》ノ助ケニ非ズハ、可遁《のがるべ》キ様《やう》無シ。無限《かぎりな》ク貴《たふと》キ聖人ニ在《まし》マシケリ」ト喜《よろこび》テ、別レ去《さり》ヌ。其《そこ》ヨリ弥《いよい》ヨ逃ゲ去テ、王城《みやこ》[六]ノ方《かた》ニ至《いたり》テ、忍《しのび》聞ク程ニ、恵正天子失《うせ》給ヒヌ。他《ほか》[七]ノ天皇位ニ即《つき》給ヌレバ、仏法亡《ほろぼ》ス事止《やみ》ヌ。

大師、本意ノ如ク□[八]寺ノ義操《ぎさう》[九]ト云フ人ヲ師トシテ、蜜教《みつけう》ヲ習ヒ伝ヘテ、承和[一〇]十四年ト云フ年帰朝シテ、顕蜜《けんみつ》ノ法ヲ弘《ひろ》メ置《おき》タリトナム語リ伝ヘタルトヤ。

智証大師《ちしようだいし》、亘宋《そうにわたりて》[一一]、伝顕蜜法帰来語《けんみつのほふをつたへてかへりきたれること》第十二

一 底本「モ寅」を訂した。打聞「丑寅」。北東。即ち日本の方角。第12話で智証大師が日本でふりかけた水が中国青竜寺の火事を消した奇跡について、丑寅(北東)の方角から水が飛来したと語っているように(→四六頁注二八)、日本は中国の北東に位置すると考えられていた。 二 比叡山の本尊薬師如来。→人名「薬師如来」。 三 水の出入口。水路。訓みは字類抄による。 四 諸本かく作る。本来は連用形「如此ク」であるべきところ。 五 底本「行テ」の次に「トカ」と朱補。会話を受ける「ト」が省略されている例は、一六八頁注一二にも見える。 六 ここでは唐の都、長安をさす。 七 宣宗をさす。第十六代皇帝。武宗の没後に即位。仏教を復興させた。宇治拾遺「翌年、大中元年、宣宗位につき給て」。打聞「他帝王次ニ付給ヌレハ」。 八 寺名の明記を期した意識的欠字。義操が住したのは「青竜寺」。宇治拾遺、打聞には対応する文言がない。 九 →人名「義操」。 一〇 八四七年。大師伝「其秋九月、得レ著ニ太宰府一。今年唐大中元年、我朝承和十四年也」。

第十二話 第一—十一段の出典は智証大師伝(前田本諸寺縁起集、日本高僧伝要文抄・二所収)。同伝の続群書類従本、大日本仏教全書本とは小異する。第十二段以後は出典未詳だが、打聞集・16に同話がある。
一一 史実としては「唐」が正。→四四頁注一一。 一二 →人名「文徳天皇」。

今昔《いまはむかし》、[一二]文徳《もんとく》天皇ノ御代《みよ》ニ、[一三]智証《ちしよう》大師ト申ス聖在《ひじりまし》マシケリ。俗姓《ぞくしやう》ハ和気氏《わけのうぢ》。讃岐《さぬき》ノ国、那珂《なか》ノ郡《こほり》、[一四]金倉《かなくら》ノ郷《さと》ノ人也。其《その》[一五]父家豊カ也ケリ。母ハ佐伯《さへき》ノ氏《うぢ》。高野《かうや》ノ[一六]弘法《こうぼふ》大師ノ姪《めひ》也。其《その》母、夢ニ、朝日初《はじめ》テ出《いで》テ、光リ耀《かかやき》テ流星ノ[一七]□□幾程《いくばくのほど》ヲ不経《へず》[一八]□ズシテ懐妊《くわいにん》シテ、此ノ大師ヲバ[一九]□人ニ殊《こと》也。

[二〇]漸《やうや》ク勢長シテ、八歳ト云フニ、父ニ向《むかひ》テ云《いは》ク、「[二一]内典《ないでん》ノ中ニ[二二]因果経《いんぐわきやう》ト云フ経有リ。我レ願《ねがは》クハ、其《その》経ヲ読《よみ》習ハムト思フ」ト。父驚キ怪《あやし》ムデ、即《すなは》チ其《その》経ヲ求メ尋《たづね》テ与ヘツ。児是《ちごこれ》ヲ得テ、朝暮《てうぼ》ニ読誦《どくじゆ》シテ不忘《わすれず》レ。然レバ、郷《さと》ノ人是ヲ聞《きき》テ、讃《ほ》メ不怪《あやしまず》ト云フ事無カリケリ。亦《また》、十歳ト云フニ、[二三]毛詩・論語・漢書・文選等ノ俗書ヲ読《よむ》ニ、只一度披見《ひらきみ》テ、次ニ音《こゑ》ヲ挙《あげ》テ誦《じゆ》[二四]シ上《あ》グ。是奇異《これきい》也。

亦、十四歳ニテ家ヲ出《いで》テ京ニ入《いり》テ、叔父《をぢ》ニ、[二五]仁徳《にんとく》ト云フ僧ニ付《つき》テ、始メテ比叡山《ひえのやま》ニ登ル。仁徳児《ちご》ニ云ク、「汝ヲ見ルニ、只者ニ非ズ。我レハ凡夫《ぼんぶ》也。然レバ、我レ汝ヲ弟子ト不可為《すべからず》」ト云テ、[二六]第一ノ座主《ざす》、[二七]義真《ぎしん》ト云フ人ニ付《つけ》ケリ。義真児《ちご》ノ有様ヲ見テ、喜《よろこび》テ、心ヲ尽《つくし》テ[二八]法華《ほくゑ》・[二九]最勝《さいしよう》等ノ[三〇]経及ビ[三一]自宗ノ法文《ほふもん》ヲ授ク。十九ニシテ出家シテ受戒《じゆかい》シ、名ヲバ円珍《ゑんちん》ト云フ。其後《そののち》、[三二]山ニ籠《こも》リテ法ヲ行フ事[三三]緩《おこたり》無シ。

而《しか》ル間、天皇是ヲ聞食《きこしめし》テ、[三四]資糧《しらう》ヲ給《たまひ》テ、貴ビ帰依《きえ》セサセ給フ事無限《かぎりな》シ。然ルニ、

一三 円珍。→人名「円珍」。
一四 現、香川県丸亀市金倉付近。
一五 名は宅成。大師伝「父宅成、頗殖㆓資産㆒、兼有㆓行能㆒、為㆓郷里㆒所㆓帰服㆒」。
一六 空海。→人名「空海」。
一七 底本に空白はないが、欠字があると推定する。大師伝「嘗夢、明(朝イ)日初出、光赫奕。須臾飛来如㆓流星㆒、入㆓其口中㆒」。
一八 大師伝には「無㆑幾懐妊、遂誕㆓和尚㆒」とあるだけで、この欠字部分に対応する文言はない。前にあるべき欠字(→注一七)が伝写の間に誤ってここに移入されたものか(古典全集説)。
一九 底本の祖本の破損に因る欠字。大師伝「遂誕㆓和尚㆒。和尚岐嶷機警、幼有㆓老成之量㆒。両目有㆓重瞳子㆒、又頂骨隆起、形如㆓肉髻㆒。遠而視似㆑有㆓尖頭㆒。実是霊骸特峙」。
二〇 次第に成長して。 二一 仏教の典籍。
二二 過去現在因果経。四巻。釈尊の伝記を述べる。 二三 詩経。以下、論語・漢書・文選は紀伝道(文章道)で学ぶ書。
二四 暗唱する。 二五 伝未詳。
二六 初代の天台座主。 二七 →人名「義真」。
二八 法華経。→一五四頁注七。
二九 金光明最勝王経。義浄訳。十巻。鎮護国家の経典として著名。
三〇 底本「経ニ」を訂した。
三一 天台宗の経論。
三二 十二年間山籠りする籠山行に入ったのである。大師伝によれば、天長十年(八三三)から承和十一年(八四四)まで。
三三 訓みは名義抄による。
三四 資金や食糧。大師伝「時深草(仁明)天皇屢降㆓綸旨㆒、深加㆓慰問㆒、兼給㆓資糧㆒」。

[一]石龕《せきがん》ノ内ニ籠《こもり》テ行フ間ニ、忽《たちまち》ニ[二]金《こがね》ノ人現《あらはれ》テ云ク、「汝《なむ》チ、我ガ形《かたち》ヲ[三]図書《づしよ》シテ懃《ねむごろ》ニ可帰依《きえすべ》シ」ト。和尚《くわしやう》ノ云ク、「[四]是誰人《これたれひと》ゾ」ト。金《こがね》ノ人宣《のたま》ハク、「我レハ[五]此レ、金色《こんじき》ノ[六]不動明王也。我レ法ヲ護《まぼ》ルガ故《ゆゑ》ニ、常ニ汝ガ身ニ随《したが》フ。速《すみやか》ニ[七]三蜜《さんみつ》ノ法ヲ極《きは》メテ、衆《しゆ》生《じやう》ヲ可導《みちびくべ》シ」。和尚其《その》形ヲ見ルニ、貴《たふと》ク恐シキ事無限《かぎりな》シ。然レバ、礼拝[八]恭敬《くぎやう》シテ、[九]画工《ぐわく》ヲ以テ其《その》形ヲ令図《づせし》ム。其《その》像[一〇]于今《いまに》有リ。

而《しか》ル間、和尚《くわしやう》心ニ思ハク、「我レ[一一]宋ニ渡《わたり》テ、[一二]天台山《てんだいさん》ニ登《のぼり》テ[一三]聖跡《しやうじやく》ヲ礼拝シ、[一四]五台《ごだい》山《さん》ニ詣《まうで》テ[一五]文殊ニ値遇《ちぐ》セム」ト思テ、[一六]仁寿《にんじゆ》元年四月ノ十五日ニ京ヲ出《いで》テ[一七]鎮西《ちんぜい》ニ向フ。三年八月ノ九日、[一八]宋ノ商人《あきびと》[一九]良暉《りやうき》ガ年来《としごろ》鎮西ニ有テ宋ニ返《かへ》ルニ値《あひ》テ、其ノ船ニ乗《のり》テ行ク。東風忽《たちまち》ニ迅《とく》シテ船飛ブガ如ク也。

而《しか》ル間、十三日ノ[二〇]申時《さるのとき》ニ北風出来《いできたり》テ、流レ行クニ、次ノ日[二一]辰時計《たつのときばかり》ニ、[二二]琉球国《りうきうこく》ニ漂着《ただよひつ》ク。其《その》国ハ海中ニ有リ。人ヲ食フ国也。其時ニ、風止《やみ》テ趣カム方《かた》ヲ不知《しらず》ラ。遥《はるか》ニ[二三]陸《くむが》ノ上ヲ見レバ、数十ノ人、鉾《ほこ》ヲ持《もち》テ徘徊《はいくわいす》。欽良暉《きんりやうき》是ヲ見テ泣悲《なきかなし》ブ。和尚其《くわしやうその》故《ゆゑ》ヲ問ヒ給フニ、答テ云ク、「此ノ国、人ヲ食フ所也。悲哉《かなしきかなや》、此《ここ》ニシテ命ヲ失《うしなひ》テムトス」ト。和尚是《これ》ヲ聞《きき》テ、忽《たちまち》ニ心ヲ[二四]至《いた》シテ[二五]不動尊ヲ念ジ給フ。其時ニ[二六]□其形《そのかた》チ、先年ニ日本ニシテ現ハレ給ヘリシ金人《こがねのひと》[二七]□見ル。

其時ニ、俄《にはか》ニ[二八]辰巳《たつみ》ノ風出来《いでき》テ、[二九]戌亥《いぬゐ》ヲ指《さし》テ飛《とぶ》ガ如クニ行《ゆく》程ニ、次ノ日ノ[三〇]午時《うまのとき》ニ、大

一 石の龕室。岩壁をくり抜いて作った石室。大師伝「承和五年冬月、和尚昼坐二禅於石龕之内一、忽有二金人一、現レ形云」。 二 黄金色の人。 三 描き写して。写生して。 四 底本「唯人」を訂した。保孝本「誰人」。 五 底本「此レ」を欠く。保孝本により補う。 六 →人名「不動明王」。 七 身・口・意の三密を仏の三密と合致させることにより即身成仏に至る秘法。 八 →一四頁注二〇。 九 画家。絵師。 一〇 大師伝「今猶有レ之」。 一一 史実は「唐」。これを「宋」と記した例が本書に多いのは、本書成立時、中国は宋の時代であったためと、唐・宋両王朝の交替(宋の建国は九六〇年)に関する正確な知識に欠けたために、わが国平安期の中国イコール宋と見る意識が撰者にあったからであろう。 一二 →地名「天台山」。 一三 →三九頁注二九。 一四 →地名「五台山」。 一五 →人名「文殊菩薩」。 一六 八五一年。 大師伝「仁寿元年四月十五日、和尚向二大宰府一、遂二入唐之志一也。三年八月九日、儻値二大唐商人欽良暉船一、進発過レ海」。 円珍牒(平安遺文・124)「至二(仁寿)三年七月十六日一、随二新羅商人王超等船一過レ海、唐大中七年九月十四日達二福州一」。 一七 九州。 一八 →注一一。 一九 後文に「欽良暉」とある。新羅人の商人。→人名「欽良暉(きんりやうき)」。 二〇 午後四時頃。 二一 午前八時頃。 二二 大師伝「十四日辰時、漂二着琉球国一。琉球者所謂海中喫レ人之国也」。沖縄をさすか、台湾をさすか、定め難い。→地名「琉球国」。 二三 訓みは名義抄、字類抄による。陸地。

[三一]宋、[三二]嶺南道《れいなんだう》、[三三]福洲、[三四]連江懸《れんかうくゑん》ノ辺《ほとり》ニ着《つき》ヌ。其洲《そのしう》ノ[三五]刺史《しし》、和尚ノ有様ヲ聞テ哀《あはれ》ブ間、其洲ノ[三六]開元寺ニ暫住《しばらくぢうし》ヌ。其《そこ》ヨリ伝ハリテ[三七]王城《みやこ》ニ至ル。其国ノ[三八]王、亦、和尚ノ徳行ヲ聞《きき》テ、大キニ貴ミテ帰依《きえ》シ給フ事無限《かぎりな》シ。

而ル間、和尚《くわしやう》、本意ノ如ク天台山ニ登《のぼり》テ、[三九]禅林寺ニ至《いたり》テ[四〇]定光禅《ちやうくわうぜん》ノ[四一]菩提《ぼだい》ノ樹《うゑき》ヲ礼拝シ、亦、[四二]昔、[四三]天台大師ノ身ヲ留《とど》メ給ヘル[四四]墳《つか》ヲ礼給《らいしたまふ》。禅林寺ト云フハ、天台大師ノ伝法ノ所也。寺ノ[四五]丑寅《うしとら》ニ石ノ象ヲ安置セル堂有リ。是ハ天台大師ノ行《ぎやう》ジ給ケルヲ、[四六]普賢《ふげん》ノ白象《びやくざう》ニ乗《のり》テ来《きた》リ現《あら》ハレ給ケル所也。其《その》白象、石ノ象ト成レル也。其石象ノ南ニ石窟《いはや》有リ。其《そこ》ニ大師ノ坐禅シ給ケル[四七]倚子《いし》有リ。其ノ西ノ[四八]辺盤石《ほとりにばんじやく》有リ。其ノ面《おもて》、[四九]五鼓《ごこ》ニ似タリ。昔、天台大師此ノ山ニシテ法ヲ説《とき》給ケルニ、此ノ石ヲ打テ衆《しう》ヲ集メ給ケル、石ノ音遥《はるか》ニ山ヲ響カセバ、衆皆是ヲ聞《きき》テ集マル也ケリ。

而ルニ、大師失《う》セ給テ後、人有テ此ノ石ヲ打ツニ、音無クシテ不鳴《ならず》ラ。然レバ、此ノ石ヲ打ツ事絶《たえ》テ久《ひさし》ク成《なり》ニケリ。而ルニ、此ノ日本ノ和尚、此ノ事ヲ聞《きき》給テ、試《こころみ》ムガ為《ため》ニ小石ヲ以テ此ノ石ヲ打《うち》給ケルニ、其響《そのひびき》山・谷ニ満《みち》テ、昔ノ大師ノ時ノ如シ。然レバ、[五〇]一山《いつさん》ノ僧、皆、「大師ノ[五一]返《かへ》リ在《まし》マシタル也ケリ」ト思《おもひ》テ、泣ゝ《なくなく》ナム日本ノ和尚ヲ礼拝シケリ。

和尚、其《そこ》ヨリ返リ給テ、[五二]青竜寺《しやうりうじ》ト云フ寺ニ在《まし》マス[五三]法詮阿闍梨《はつせんあじやり》ト云フ人ニ随《したがひ》テ、[五四]蜜

二四 底本「心ニ」を訂した。東北本「心ヲ」。まごころこめて。一心不乱に。 二五 →人名「不動明王」。 二六 底本の祖本の破損に因る欠字。大師伝「和尚乃合レ掌閉レ目念二願不動明王一。須臾前年所レ現金色人露二立舳上一。時舟中数十人皆見レ之」。 二七 →前注。 二八 南東の風。 二九 北西。 三〇 正午頃。 三一 底本「大宗」を訂した。 三二 五嶺の南の意で、現在の広東・広西方面をさす。福州は嶺南には属さないはずだが、大師伝にも「着二嶺南道福洲連江県界一」とある。 三三 現、中国福建省福州市付近。 三四 連江県。福州を流れる閩江の河口付近。 三五 州の長官。太守。 三六 →地名「開元寺」。 三七 ここでは唐の都、長安をさす。 三八 唐の皇帝。当時の皇帝は宣宗。 三九 →地名「禅林寺」。 四〇 「禅」の下に「師」が脱落か。大師伝「拝二礼定光禅師菩提之樹一」。→人名「定光」。 四一 未詳。定光が智顗に指示して植えさせた松樹をさすのであろうか。隋天台智者大師別伝に「於二光所住之北峰一創二立伽藍一、樹二植松巣一、引レ流遶レ砌」云々と見える。 四二 底本「示」を訂した。保孝本「亦」。 四三 智顗。→人名「智顗(ぎち)」。 四四 墳墓。智顗の墳塔は天台山の仏隴真覚寺中にある。 四五 北東。 四六 →人名「普賢菩薩」。 四七 椅子の一種。四角で四脚、背もたれと左右に肘かけがある。天皇・貴人・僧侶等が用いた。 四八 磐石。大きな岩。 四九 大師伝「呉鼓」によれば、呉(江南地方)で用いた鼓の意か。 五〇 その山の全ての僧。 五一 帰っておいでになったのだと思って。

教ヲ伝ヘ習フ。法詮ハ[一]恵果《けいくわ》和尚ノ弟子也。[二]天竺《てんぢく》、[三]那蘭陀寺《ならんだじ》ノ[四]三蔵[五]善無畏阿闍梨《ぜんむゐあじやり》ノ[六]第五代ノ伝法ノ弟子也。法詮、日本ノ和尚ヲ見テ、[七]咲《ゑみ》ヲ含《ふくみ》テ、寵愛《ちようあい》スル事無限《かぎりな》シ。然レバ、蜜法ヲ授《さづく》ル事、[八]瓶《かめ》ノ水ヲ写スガ如シ。亦、和尚、[九]興善寺《こうぜんじ》ト云フ寺ニ有ル[一〇]恵輪《ゑりん》ト云フ人ニ会《あひ》テ、[一一]顕教《けんげう》ヲ学ブニ、悟リ不得《えず》ト云フ事無シ。

然レバ、和尚、顕蜜法《けんみつのほふ》ヲ学ビ畢《をはり》テ、[一二]□年ト云フ六月ニ[一三]洲《しう》ヲ出《いで》テ、商人《あきびと》[一四]李《り》延孝《えんかう》ガ渡ル船ニ乗《のり》テ、[一五]天安《てんあん》二年ト云フ年帰朝《きてうし》、鎮西ニ着《つき》テ帰朝ノ由《よし》奏シ上給《たてまつりたま》フ。[一六]天皇大キニ喜ビ聞食《きこしめし》テ、[一七]遣《つかは》シテ、和尚ヲ令迎《むかへしめ》ヌ。[一八]□

其後、天皇重ク帰依《きえ》セサセ給テ、比叡《ひえ》ノ[一九]□[二〇]千光院《せんくわうゐん》ニ住《すみ》給ケル程ニ、俄《にはか》ニ弟子ノ僧ヲ呼《よび》テ、「持仏堂ニ有ル[二一]香水取《かうずいとり》テ持来《もてきた》レ」ト宣《のたまひ》ケレバ、弟子ノ僧香水持来レリ。和尚[二二]散杖《さんぢやう》ヲ取《とり》テ香水ニ[二三]湿《うるへ》テ、西ニ向《むかひ》テ空ニ三度灑《そそ》キ給ケルニ、弟子ノ僧是《これ》ヲ見テ怪《あやし》ムデ、「是《これ》ハ何事ニテ此《か》クハ灑《そそ》カセ給フニカ」ト問ヒ申《まうし》ケレバ、和尚ノ宣ハク、「宋ノ青竜寺《しやうりうじ》ハ、物習ヒシ間、我ガ住《すみ》シ寺也。只今、其寺ノ[二四]金堂《こんだう》ノ[二五]妻《つま》ニ火ノ付《つき》タリツレバ、消《け》タムガ為《ため》ニ、香水ヲ灑《そそ》キツル也」ト。弟子ノ僧是《これ》ヲ聞《きき》テ、何事ヲ宣フトモ不悟《さとらず》シテ、心不得《えず》シテ止《やみ》ニケリ。

其《その》次ノ年ノ秋比《あきのころほひ》、宋ノ商人《あきびと》ノ渡リケルニ付《つけ》テ、「去年ノ四月[二六]□日、青竜寺ノ金堂ノ[二七]妻戸《つまど》ニ火付《つき》タリキ。而《しか》ルニ、[二八]丑寅《うしとら》ノ方《かた》ヨリ俄《にはか》ニ大《おほき》ナル雨降リ来《きたり》テ、火ヲ消《けち》テ金

五二 ↓地名「青竜寺」。　五三 正しくは法全。↓人名「法全（はつせん）」。　五四 密教。

一 ↓人名「恵果」。　二 インドの古称。　三 ↓地名「那蘭陀寺」。　四 三蔵は経・律・論に精通した僧に対する敬称。　五 ↓人名「善無畏」。　六 密教は善無畏―玄超―恵果と相承され、法全は恵果門下の義操に金剛界法、法潤に胎蔵法を受けた。　七 微笑を浮かべて。　八 ↓一九頁注二七。　九 ↓地名「興善寺」。　一〇 ↓人名「恵輪」。　一一 密教の対。教義を文字で明確に説ける教え。　一二 年代の明記を期した意識的欠字。大師伝によれば、唐の大中十二年（八五八）。わが国の天安二年に当たる。　一三 大師伝「六月辞レ洲、上二商人李延孝船一過レ海」。　一四 渤海国の商人。↓人名「李延孝」。　一五 八五八年。　一六 大師伝では、藤原良房が喜んだことになっている。同伝「忠仁公大悦、使二人労迎一」。　一七 底本「遣シテ」の上に「使ヲカ」と傍書。諸本も同様。信友本、東北本は元亨釈書による旨を記す。　一八 底本の祖本の破損に因る欠字。大師伝「和尚乃閲下録新所二求得一天台本宗及諸宗法文上。稍過二一千巻一」。　一九 底本の祖本の破損に因る欠字。本段以後は大師伝に見えず、出典未詳。　二〇 ↓地名「千光院」。　二一 修法の時に用いる香を溶かした清浄な水。　二二 修法の時に水を壇や供物にそそぎかける棒状の仏具。　二三 下二段活用の他動詞。うるおす。ここでは、香水にひたして水気を含ませた意。　二四 その寺の本尊を安置する堂。本堂。　二五 後文に

堂ヲ不焼成《やかずなり》ニキ」ト云フ消息《せうそく》[二九]ヲ、和尚ノ御許《みもと》ニ彼《かの》青竜寺ヨリ奉レリ。其時ニナム、彼ノ香水取《とり》テ持来《もてきた》レリシ僧、「和尚ノ香水散《ちら》シ給ヒシハ、然《さ》ニコソ有《あり》ケレ」ト思ヒ驚《おどろき》テ、他ノ僧共ニ語テ貴ビケル。「此《ここ》ニ御《おは》シ乍《なが》ラ、宋ノ事ヲ空[三〇]ニ知リ給フハ、実《まこと》ニ是《これ》ハ仏ノ化《くゑ》シ給《たまひ》タルニコソ有ケレ」ト云テナム[三一]、皆悲[三二]ミ貴ビケル。是[三三]ニ非ズ奇異ノ事多カレバ、世挙《こぞり》テ貴ビケル事無限《かぎりな》シ。

其後、我《われ》[三四]ノ門徒《もんと》ヲ立《たて》テ、顕蜜ノ法ヲ弘《ひろ》メ置ク。其《その》流レ、仏法繁昌《はんじやう》ニシテ于今《いまに》盛リ也。但シ、慈[三五]覚ノ門徒ト異《こと》ニシテ、常ニ諍《あらそ》フ事有リ。其レ、天竺・震旦[三六]ニモ皆然[三七]ル事也トナム語リ伝ヘタルトヤ。

聖武天皇《しやうむてんわう》、始造東大寺語《はじめてとうだいじをつくれること》第十三

今昔《いまはむかし》、聖武《しやうむ》[三八]天皇、東[三九]大寺ヲ造《つくり》給フ。銅《あかがね》ヲ以テ居長《ゐたけ》[四〇]□[四一]丈ノ盧《る》[四二]舎那《しやな》仏《ぶつ》ノ像ヲ鋳《い》サセ給ヘリ。其レニ随《したがひ》テ、大《おほき》[四三]ナル堂ヲ造リ覆ヒ給ヘリ。亦《また》、講[四四]堂・食堂《じきだう》・七層ノ塔二基・様ゝ《さまざま》ノ堂・僧房・戒[四五]壇別院・諸門、皆様ゝニ造リ重ネ給ヘリ。初《はじ》メ、御堂《みだう》[四六]ノ壇ヲ築《つ》クニ、天皇鋤《すき》ヲ取《とり》テ土ヲ済《すく》[四七]ヒ給フ。后《きさき》土ヲ袖ニ入《いれ》テ運ビ給フ。然《しかれば》、大臣ヨリ始メテ誰人《たれひと》カ此事心ニ不入《いれざ》ラム、堂塔皆出来《いでき》ヌ。大仏ヲ既ニ鋳《い》居《す》

は「妻戸」とある。→注二七。　二六 日付の明記を期した意識的欠字。打聞「去年四月某日」。　二七 堂舎の四隅にある出入口の戸。両開きで外側に開く。　二八 北東。打聞「日本方ヨリ」。　二九 手紙。便り。　三〇 暗々裡に。　三一 底本「云テム」、信友本「云テナ」の下に一字分空白。信友本「云テナム」により訂した。　三二 「悲シ」は、痛切に胸に迫る感じを表す語。→四八九頁注一八。　三三 諸本かく作る。底本「是」の下に「ノミヵ」と傍書。「是ノミニ非ズ」の短絡か(古典大系説)。　三四 独自の一門を立てて。いわゆる寺門派の祖となったことをさす。　三五 慈覚大師円仁を祖とする山門派との対立、抗争をさす。→人名「円仁(えんにん)」。　三六 中国の古称。　三七 天竺・震旦に先例を求めた弁明の姿勢は巻三・5の評語「仏ノ御弟子達モ如此ノ挑事ヲシ給也ケリ」云々や巻三・30の評語と発想において共通するところがある。

第十三話　中核的出典は未詳。三宝絵・下・22も参看したか。菅家本諸寺縁起集・東大寺・大仏金薄事、七大寺巡礼私記・東大寺条、扶桑略記抄、東大寺要録・二・或日記その他に同話がある。

三八 →人名「聖武天皇」。　三九 →地名「東大寺」。　四〇 座高。　四一 数値の明記を期した意識的欠字。要録・大仏殿碑文「結跏趺坐高五丈三尺五寸」。巡礼私記「高五丈二尺、縁起或五丈三尺」。　四二 →人名「盧遮那仏」。　四三 大仏殿。東大寺の金堂に相当する。　四四 大仏殿の北に講堂、東に食堂があり、南に東・西二基の七重

ヘ《ゑ》奉レバ、塗《ぬり》[一]奉ラム料《れう》ニ金《こがね》多ク可入《いるべ》シ。此[二]ノ国ニ本《もと》ヨリ金《こがね》無ケレバ、震旦《しんだん》[三]ニ買《かひ》ニ遣《つかは》ス。遣唐使《けんたうし》ニ付《つけ》テ様《さまざま》ゝノ財《たから》ヲ多ク遣ス。明《あく》ル年ノ春、遣唐使返来《かへりきたり》テ、多《おほく》ノ□[四]□ヲ召《めし》テ、急ギ被塗《ぬらる》ル色、練色《ねりいろ》[五]也。僅《わづか》ニ御□[六]下不足《たらず》。何況《いかにいはむ》ヤ、多《おほく》ノ堂塔ノ金物可塗《こがねのものぬるべ》キ物、員《かず》不知《しらず》ラ多カリ。

天皇悲ビ歎キ給フ事無限《かぎりな》シ。其時ノ止事無《やむごとなき》僧共《ども》ヲ召テ、「何《いか》ガ可為《すべ》キ」ト令問給《とはしめたま》フニ、申《まうし》テ云《いはく》、「大和国《やまとのくに》、吉野《よしの》[七]ノ郡《こほり》ニ大《おほき》ナル山有リ。名ヲバ金峰《みたけ》[八]ト云フ。山ノ名ヲ以テ思フニ、定《さだめ》テ其《その》山ニハ金《こがね》有ラム。亦、其山ニ護《まぼ》ル[九]神霊在《まし》マスラム。其レニ令申《まうさしめ》可給《たまふべ》キ也」ト。天皇、「尤《もと》モ可然《しかるべ》カリケリ」ト思食《おぼしめし》テ、此ノ東大寺ヲ造ル行事《ぎやうじ》[一〇]ノ良《らう》[一一]弁僧正《べんそうじやう》ト云フ人ヲ召テ、其《その》人ヲ以テ申《まうし》給フ、「今、法界《ほつかい》[一二]ノ衆生《しゆじやう》ノ為《ため》ニ寺ヲ起《たて》テ、金《こがね》多ク可入《いるべ》シ。此ノ国ニ本《もと》ヨリ金無シ。伝ヘ聞ケバ、其《その》山ニ金有リ。願《ねがは》クハ分《わか》チ給ヘ」ト。

良弁、宣旨《せんじ》ヲ奉《うけたま》ハリテ、七日七夜祈リ申スニ、夢ニ、僧来《きたり》テ、告《つげ》テ云《いは》ク、「此ノ山ノ金《こがね》ハ、弥勒《みろく》[一三]菩薩ノ預ケ給ヘレバ、弥勒ノ出世[一四]ノ時ナム可弘《ひろむべ》キ。其《その》前ニハ難分《わかちがた》シ。我レハ只護《まぼ》ル計《ばかり》也。近江《あふみ》ノ国、志賀《しが》[一五]ノ郡《こほり》、田上《たなかみ》[一六]ト云フ所ニ離《はなれ》[一七]タル小山有リ。其《その》山ノ東面《ひむがしおもて》ヲバ椿崎[一八]トナム云フ。様ゝノ喬立《そばたて》[一九]ル石共《ども》有リ。其中ニ、昔《むか》[二〇]シ釣リセシ翁《おきな》ノ定《さだめ》テ居ケル石有リ。其《その》石ノ上ニ如意《によい》[二一]輪《りん》観音ヲ造リ居奉《すゑたてまつり》テ、其《その》上ニ堂ヲ造テ、此ノ

塔があった。　四五 戒壇院。大仏殿の西側にあって、戒壇堂を金堂として講堂や三面僧坊などを備え、大仏殿からは独立した構えになっていたので別院と称した。
四六 大仏殿の土台（基礎）。
四七「鋤ヲ取テ」に続く語であるから、本来は「鋤(きす)テ」（掘り起こす意）とあるべきところ。それが「すくひて」（掬・抄）に転じ、さらに「済ヒ」と当て字されたもの。三宝絵「御門鋤ヲトリテ土ヲスキタマフ」。

一 鍍金の材料として。
二 わが国にはもともと金を産しないので。
三 中国の古称。
四 底本の祖本の破損に因る欠字。三宝絵には対応する文言がない。
五 白に薄黄色を帯びた色。良質の黄金色ではなかったことをいう。　六 →注四。
七 現、奈良県吉野郡。
八 →地名「金峰山(みたけ)」。
九 金峰山は蔵王権現が守護していると考えられていた。→人名「蔵王菩薩」。
一〇 行事官。責任担当者。
一一 →人名「良弁」。　一二 全世界。全宇宙。
一三 →人名「弥勒菩薩」。
一四 弥勒菩薩は釈尊入滅後五十六億七千万年後にこの世に生まれ出て成道し、衆生に説法するとされる。
一五 現、滋賀県大津市、滋賀郡付近。
一六 現、大津市田上。但し、同地は瀬田川の東側（石山寺の対岸）に位置し、旧栗太郡に属する。菅家本縁起、巡礼私記等は「勢多南」。「田上」とするのは本話のみ。↓注一八。　一七 孤立した小山。石山寺

金《こがね》ノ事ヲ祈リ申セ。然ラバ、祈請《いのりこ》フ所ノ金、自然《おのづか》ラ思《おもひ》ノ如クニ出来《いでき》ナム」。夢覚《さめ》テ、此ノ由《よし》ヲ公《おほやけ》[二二]ニ申テ、宣旨ヲ奉《うけたま》ハリテ、彼ノ近江ノ国ノ勢田《せた》ニ行テ、南ヲ指《さし》テ椿崎ト云フ所ヲ尋ケレバ、人ノ教フルニ随《したがひ》テ、其山ニ入テ見レバ、実《まこと》ニ希有ノ石共《ども》喬立《そばた》チ並《ならび》タリ。其中ニ、此ノ□[二三]夢ニ見シ釣ノ翁ノ居ケル石有リ。是ヲ見付テ、返リ参テ此ノ由ヲ申スニ、天皇ノ宣ハク、「速《すみやか》ニ、夢ノ如クニ、如意輪ノ像ヲ造リ居《す》ヘテ、金ノ事ヲ可祈申《いのりまうすべ》シ」ト。然レバ、良弁其《その》所ニ行居《ゆきゐ》テ、堂ヲ起《たて》テ仏ヲ造《つくり》、供養ノ日ヨリ此金《このこがね》ノ事ヲ祈《いのり》申ス。

其後、幾程《いくばくのほど》ヲ不経《へず》シテ、陸奥《みちのく》ノ国・下野《しもつけ》ノ国ヨリ色黄ナル砂《いさご》ヲ奉レリ。鍛冶共《かちども》ヲ召テ吹下《ふきおろ》[二四]サルニ、実ニ色目出《めで》タク、漉《こ》[二五]イ黄ナル金《こがね》ニテ有リ。公喜《おほやけよろこび》給テ、重《かさね》テ陸奥ノ国ヘ召《めし》ニ遣《つかは》スニ、多ク奉レリ。其《その》金ヲ以テ大仏ニ塗《ぬり》奉ル。其《その》金多ク余リタレバ、其《それ》ヲ以テ□[二六]皆塗畢《ぬりをはり》ヌ。彼ノ震旦ノ金ハ□[二七]色、練色《ねりいろ》ニシ□[二八]□明カ也。此[二九]ノ国ノ金《こがね》ノ出来《いできた》レル始《はじめ》也。

其後、天皇心[三〇]ヲ至シテ此寺ヲ供養シ給ヒツ。其講師《そのかうじ》[三一]ハ興福寺《こうぶくじ》[三二]ノ隆尊律師《りうそんりつし》[三三]ト云フ也。其《その》[三四]人ハ化人《くゑにん》[三五]也ケリ。彼《かの》椿崎ノ如意輪観音ハ、今ノ石山[三六]也トナム語リ伝ヘタルトヤ。

背後の伽藍山をさす。
一八 伽藍山の東側で瀬田川の畔といえば、現在石山寺のある場所に当たる。三宝絵「近江ノ国志賀郡ノ河ノホトリニ、昔翁ノ居テ釣セシ石アリ」。巡礼私記「近江国志賀郡勢多南有二一小山一、臨二水辺一有二大巌石一。是大聖垂レ跡多利二衆生一之処也」。菅家本縁起「近江国志賀郡勢多南有二一小山一、云二椿崎一。其所有二大巌石一。是則大聖垂レ跡、多利二衆生一処也」。
一九 底本「喬立ル」。保孝本「喬立ル」により訂した。以下同様。そびえ立っている。
二〇 巡礼私記は「昔」ではなく、良弁が夢告により同地に赴き、現実に老翁(地主比羅明神)に逢ったことになっている。三宝絵は本話に同じ。 二一 →人名「如意輪観音」。 二二 朝廷。天皇。
二三 底本の祖本の破損に因る欠字か。
二四 精錬させてみると。
二五 底本、諸本とも「漉」の如き字体。信友本は「漉」。「濃キ」のイ音便に「漉」(コスの語幹)を当てたものか。濃黄色。
二六 底本の祖本の破損に因る欠字。
二七 底本の祖本の破損に因る欠字。「其」とあったか。 二八 →注二六。 二九 わが国で黄金が産出された最初である。
三〇 まごころこめて。 三一 →一五頁注四〇。 三二 →地名「興福寺(こうふくじ)」。
三三 →人名「隆尊」。七大寺年表・天平勝宝三年(七五一)及び天平宝字四年(七六〇)条には、律師隆尊に「化人」と注するが、具体的な逸話については未詳。 三四 隆尊をさす。
三五 底本「他人」に「化」と傍書。仏菩薩の化身。 三六 →地名「石山寺」。

淡海公《たんかいこう》、始造山階寺語《はじめてやましなでらをつくれること》第十四

今昔《いまはむかし》、[一]大織冠《だいしよくくわん》、未ダ内大臣ニモ不成給《なりたまはず》シテ、[二]只人ニテ在《まし》マシケル時、[三]皇極《くわうぎよく》天皇ト申ケル女帝ノ御代《みよ》ニ、[四]御子《みこ》ノ天皇ハ[五]春宮《とうぐう》ニテ、一ツ心ニ[六]蘇我《そが》ノ入鹿《いるか》ヲ罰《うち》給ケル時、大織冠、心ノ内ニ祈念シテ思《おもひ》給ハク、「我レ、今日、既ニ[七]重罪《おもきつみ》ヲ犯シテ悪人ヲ失ハムト思《おもふ》ヲ、思《おもひ》ノ如ク罰《うち》得ムニ、其《その》罪ヲ謝《しや》セムガ為《ため》ニ、[八]丈六《ぢやうろく》ノ釈迦ノ像・[九]脇士《けふじ》ノ二菩薩ノ像ヲ造《つくり》テ、一ツノ[一〇]伽藍《がらん》ヲ建《たて》テ安置セム」ト。

其後、思《おもひ》ノ如ク罰得《うちえ》給ヒテケレバ、願《ねがひ》ノ如ク、丈六ノ釈迦并ニ脇士ノ二菩薩ノ像ヲ造テ、我《われ》ノ山階《やましな》ノ[一一]陶原《すゑはら》ノ家ニ堂ヲ建《たて》テ安置シテ、[一二]恭敬《くぎやう》供養シ給ケリ。其後、大織冠、内大臣ニ成上《なりあが》リ給テ失《うせ》給ヒニケレバ、[一三]太郎ニテ[一四]淡海公《たんかいこう》、父ノ御跡継《つぎ》テ、公《おほやけ》ニ仕《つかまつ》リテ左大臣マデ成《なり》給ケリ。

然《さ》テ、[一五]元明《ぐゑんめい》天皇ト申ケル女帝ノ御代ニ、[一六]和銅《わどう》三年ト云フ年、天皇ニ申シ行ヒテ、彼ノ山階ノ陶原ノ家ニ堂ヲ[一七]タメシテ、今ノ山階寺《やましなでら》[一八]ニハ所ニハ運ビ渡シテ造リ給ヘル也。[一九]同《おなじ》キ七年ト云フ年ノ三月五日、供養有ケリ。天皇ノ御願トシテ[二〇]厳重《げんぢよう》ナル事無限《かぎりな》シ。氏《うぢ》ノ長者《ちやうじや》トシテ淡海公参リ給ヘリ。其《その》[二一]講師《かうじ》ハ[二二]元興寺《ぐわんごうじ》ノ[二三]行信僧都《ぎやうしんそうづ》ト云人也。其《その》日

第十四話 出典未詳。興福寺の縁起は興福寺縁起、七大寺巡礼私記、菅家本諸寺縁起集・興福寺条その他に見えるが、本話と全同する資料は見当たらない。

一 藤原鎌足。→人名「鎌足(かまたり)」。
二 並みの貴族。普通の貴族。
三 →人名「皇極天皇」。
四 中大兄皇子。→人名「天智天皇」。
五 皇太子。 六 →人名「入鹿」。
七 殺生の罪をさす。
八 →一三五頁注三九。
九 釈迦の脇士は普賢菩薩と文殊菩薩。
一〇 寺院。
一一 現、京都市山科区大宅付近。私記「山城国宇智郡小野郷山階村陶原園」。
一二 →一四頁注二〇。 一三 長男。
一四 藤原不比等。→人名「不比等(ふひと)」。
一五 →人名「元明天皇」。
一六 七一〇年。この年三月平城京に遷都。
一七 このままでは文意不通。誤記または脱文があるか。底本「移ヵ」と傍書。信友本「タヲシテ」。
一八 「山階寺ニハ」と「山階寺ノ所ニハ」との混態か。底本「ノヵ」と傍書。信友本「山階寺ノ所ニハ」。
一九 七一四年。菅家本縁起「最初和銅三年三月五日供養。導師元興寺行信。呪願同善祐」。 二〇 おごそかで厳めしいこと。
二一 →一五頁注四〇。
二二 →地名「元興寺」。 二三 →人名「行信」。
二四 呪願師。法会において呪願文を読み上げる役の僧。
二五 伝未詳。 二六 少僧都。

ノ賞ニ大僧都《だいそうづ》ニ成《な》レリ。呪願《しゆぐわん》[二四]ニハ同ジ寺ノ善祐律師《ぜんいうりつし》[二五]ト云《いふ》人也。小僧都《せうそうづ》[二六]ニ成レリ。残《のこり》ノ七僧[二七]ニ皆僧綱《そうがう》[二八]ノ位ヲ給フ。次ノ僧五百人也。音楽ヲ調《しら》ベ、供養ノ儀式不可云尽《いひつくすべからず》。其後、追ゝ《おひおひ》ニ、諸《もろもろ》ノ堂舎・宝塔ヲ造リ加ヘ、廻廊《くわいらう》・門楼《もんろう》・僧房《そうばう》ヲ造リ重《かさね》テ、多《おほく》ノ僧徒《そうと》ヲ令住《すまし》メテ、大乗ヲ学《がく》シ、法会《ほふゑ》ヲ修《しゆ》ス。惣《す》ベテ仏法繁昌《はんじやう》ノ地、此《この》所ニ過《すぎ》タルハ無シ。本《もと》、山階ニ造リタリシ堂ナレバ、所ハ替レドモ山階寺トハ云《いふ》也ケリ。亦、興《こう》福寺《ぶくじ》ト云フ、是也トナム□[二九]

聖武天皇《しやうむてんわう》、始造《はじめてぐわんごうじをつくれること》元興寺語第十五

今昔《いまはむかし》、元明《ぐゑんめい》[三〇]天皇、奈良ノ都ノ飛鳥《あすか》[三一]ノ郷《さと》ニ元興寺《ぐわんごうじ》[三二]ヲ建立《こんりふ》シ給フ。堂塔ヲ起《たて》給テ、金堂《こんだう》[三三]ニハ□[三四]丈ノ弥勒《みろく》[三五]ヲ安置シ給フ。其《その》弥勒ハ、此朝《このてう》ニテ造《つくり》給ヘル仏ニハ不御《おはしまさず》。昔《むか》シ、東天竺《とうてんぢく》[三六]ニ生天子《しやうてんしとく》[三七]国ト云フ国有リ。王ヲバ長元王《ちやうぐゑんわう》[三八]ト云フ。其《その》国、五穀豊カニシテ乏キ事無シ。而《しか》ルニ、其国、本《もと》[三九]ヨリ仏法ノ名ヲモ不聞《きかず》。長元王始《はじめ》テ、「世ニ仏法ト云フ事有《あり》[四〇]ナリ」ト聞テ、「我ガ世[四一]ニ何《いか》デカ仏法ヲ可知《しるべ》キ」ト願《ねがひ》テ、国ノ諸《もろもろ》ノ人ニ、「仏法シルラム者[四二]ヲ求メ出《いだ》セ」ト宣《おほせごと》ヲ下《くだ》ス。

然ル間、海辺《うみのほとり》ニ少《ちひさき》船一ツ、風ニ付《つき》テ寄レリ。国ノ人是《これ》ヲ見テ怪《あやし》ムデ、王ニ奏ス。

二七　七僧は大法会の時、重要な役を勤める七人の僧。即ち、講師・読師・呪願師・三礼師・唄師・散華師・堂達。
二八　僧尼を監督し法務を統括する僧官。僧正・僧都・律師の総称。
二九　底本は「是也トナム」で終わっているが、この後に「語リ伝ヘタルトヤ」と続くのが普通。

第十五話　出典未詳。菅家本諸寺縁起集・元興寺条に同文的な同話、元興寺縁起(長寛縁起)に同話がある。

三〇　→人名「元明天皇」。
三一　奈良市の奈良町地区の南東部。元興寺極楽坊などがある地の古称。平城飛鳥(ならあすか)。元興寺は最初高市郡の飛鳥(明日香村)に建立、養老二年(七一八)に奈良の飛鳥に移した。本話は奈良の元興寺の本尊の縁起である。
三二　→地名「元興寺」。
三三　その寺の本尊を安置する堂。本堂。
三四　数値の明記を期した意識的欠字。菅家本縁起「本尊丈六弥勒如来」。
三五　→人名「弥勒菩薩」。
三六　天竺はインドの古称。東西南北中に分けて五天竺と総称する。その東の天竺。
三七　未詳。菅家本縁起「東天竺生天子国之長元王本尊也」。　三八　伝未詳。
三九　もともと仏法という言葉も聞いたことがない。　四〇　伝聞のナリ。「あんナリ」と撥音便形に訓むも可。あるそうだ。
四一　自分の治世中になんとかして仏法を知りたいものだ。　四二　知っている者。動詞の語幹部まで仮名で表記した例。

此ノ船ニ僧只一人ノミ有リ。国王僧ヲ召テ、「汝ハ何者《いかなるもの》ノ何《いど》ノ国ヨリ来《きた》レルゾ」ト問フ。僧ノ云ク、「我レハ[一]北《ほく》天竺ノ法師也。[二]昔《むか》シハ仏法ヲ修行シキ。今ハ[三]女人《によにん》ニ付《つき》テ数子《あまたのこ》ヲ儲《まうけ》タリ。身貧クシテ貯《たくはへ》無シ。数子《あまたのこ》魚ヲ食《じき》セムト云《いふ》ニ、[四]直物《あたひのもの》無キガ故ニ、[五]暗夜《くらきよに》、船ニ乗テ海中ニ出《いで》テ魚ヲ釣《つる》ニ、俄《にはか》ニ風ニ[六]放《はなたれ》テ[七]不慮《おもはざる》ニ此ノ浦ニ来《きた》レル也」。

国王ノ宣《のたま》ハク、「然ラバ、汝《なむ》ヂ、法ヲ可説《とくべ》シ」ト。僧、[八]最勝王経《さいしようわうぎやう》ヲ読誦《どくじゆ》シテ、其ノ大意ヲ説ク。国王是ヲ聞《きき》テ、喜《よろこび》テ宣《のたまは》ク、「我レ既ニ法ヲ知《しり》ヌ。仏ヲ造リ奉ラムト思フ」ト。僧ノ云ク、「我レ仏ヲ[九]造ル者ニ非ズ。王、仏ヲ造ラムト思ヒ給ハヾ、心[一〇]ヲ至シテ[一一]三宝ニ祈請《きしやう》シ給ハヾ、自然《おのづか》ラ仏造ル者出来《いできたり》ナム」ト。王、[一二]僧ノ云フニ随《したがひ》テ、此《この》事ヲ祈請シ給テ、諸《もろもろ》ノ財《たから》ヲ僧ニ与フ。然レバ、乏《ともし》キ事無シ。然レドモ、僧常ニ故郷ヲノミ恋テ不喜《よろこばず》。王是《これ》ヲ聞《きき》テ、僧ニ宣ハク、「汝ヂ何《なん》ゾ不喜《よろこばざる》ゾ」ト。僧ノ云ク、「我レ此《ここ》ニシテ[一三]楽《たのし》ブト云《いへ》ドモ、旧里《ふるさと》ノ妻子常ニ恋シ。此故《このゆゑ》ニ不喜《よろこばざ》ル也」ト。王是《これ》ヲ、「理《ことわり》也」ト宣《のたまひ》テ、「速《すみやか》ニ可返《かへるべ》キ也」[一四]。船ニ諸《もろもろ》ノ財《たから》ヲ積テ、本国《もとのくに》ヘ送《おくり》ツ。

其後、亦、海辺《うみのほとり》ニ小船一ツ寄レリ。其《その》船ニ童子一人ノミ有リ。国ノ人是《これ》ヲ見テ、前《さき》ノ如ク王ニ奏ス。王、童子ヲ召テ宣ハク、「汝ヂ何《いど》ノ国ヨリ来《きた》レルゾ。[一五]能《のう》ハ何ゾ」ト。童子ノ云ク、「我レ他ノ能無シ。只仏ヲ造ル計《ばかり》也」ト。王、座《ざ》ヲ下《おり》テ童子ヲ礼《らい》シテ宣ハク、「我ガ願《ねがひ》既ニ満《みち》[一六]ヌ。汝ヂ速《すみやか》ニ仏ヲ可造《つくるべ》シ」トテ、涙ヲ流シテ、我ガ□[一七]

一　長寛縁起「舎衛国乃云、一賢僧来」。
二　以前は。
三　女性と同棲して。
四　(食物を買うための)代価。
五　底本「夜」の下に「ニ」と傍書。諸本「ニ」を欠く。
六　底本「放」の下に「レ」と傍書。諸本「レ」を欠く。
七　思いがけず。
八　金光明最勝王経。義浄訳。十巻。鎮護国家の経典として著名。
九　底本「仏ノ」を訂した。東北本「仏ヲ」。菅家本縁起「我非二仏師一」。
一〇　まごころこめて。一心不乱に。
一一　仏・法・僧。
一二　以下、本段末の「本国へ送ツ」まで、菅家本縁起には「其後僧得二多之宝一、帰二本国一了」とあるのみ。本話は敷衍が著しい。
一三　ここでは、物質的に豊かで、満たされた状態にあることをいう。
一四　「ト」で受けるべきところ。→四二頁注五。
一五　才能は何か。何ができるのか。
一六　底本「満メ」を訂した。保孝本、信友本「満ヌ」。
一七　底本の祖本の破損に因る欠字。このあたり、菅家本縁起には「王悦給、則仰二童子一造レ仏、材木等随二童子云一遣(遣カ)レ之」とあるのみ。
一八　→前注。

□童子ノ云ク、「是、仏ヲ可造《つくるべ》キ所ニ非ズ。閑《しづか》ナル[一八]□也」ト。王、然レバ、一《ひとつ》ノ[一九]遊ブ所ノ閑《しづか》ナル、令見《みしめ》給ヘバ、童子其《そこ》ヲ定《さだめ》ツ。

然レバ、王、[二〇]可入《いるべ》キ物等並《ならび》ニ仏ノ[二一]御木、童子云《どうじのいふ》ニ随《したがひ》テ送《おくり》ツ。其《そこ》ニシテ、童子門《かど》ヲ閉《とぢ》テ、人ヲ不寄《よせず》シテ仏ヲ造ルニ、国ノ人蜜《ひそか》ニ門外ニシテ聞ケバ、童子一人シテ[二二]造《つくる》ヲト思フニ、四五十人計《ばかり》シテ造《つくる》音有リ。奇異也ト思フニ、第九日ト云ニ、童子門ヲ開《ひらき》テ、[二三]仏造リ出《いで》タル由《よし》、王ニ奏ス。王急《いそぎ》テ其所《その》ニ行幸シテ、仏ヲ礼《らい》シテ宣ハク、「此ノ仏ヲバ何仏《なにほとけ》トカ名付《なづく》ル」ト。童子ノ云ク、「仏ハ[二四]十方ニ在《まし》マセドモ、是《これ》ハ[二五]当来補《たうらいふ》処《しよ》ノ弥勒《みろく》造リ奉レル也。[二六]第四兜率天《とそつてん》ノ[二七]内院《ないゐん》ニ在《まし》マス。一度《ひとたび》此ノ仏ヲ礼《らい》スル人、必ズ彼ノ天ニ生レテ仏ヲ見奉ル」ト云フ時ニ、仏[二八]眉間《みけん》ヨリ光ヲ放《はなち》給フ。王是《これ》ヲ見テ、涙ヲ流シテ歓喜《くわんぎ》シテ礼拝《らいはい》ス。

王、童子ニ宣ハク、「此ノ仏ヲ安置シ奉ラム為《ため》ニ、速《すみやか》ニ[二九]伽藍《がらん》ヲ可建《たつべ》シ」ト。然レバ、童子、先《ま》ヅ伽藍ノ四面ノ[三〇]外閣《ぐゑかく》ヲ廻《めぐら》シキ。中ニ[三一]二階ノ堂ヲ起《たて》テ、此ノ仏ヲ安置シテ、「東西二町ニ外閣ヲ廻ス事ハ、[三二]菩提《ぼだい》・涅槃《ねはん》ノ二果ヲ証スル相ヲ表《あらは》ス。南北四町ナル事ハ、[三三]生老病死《しやうらうびやうし》ノ四苦ヲ離レム事ヲ表ス。末代悪世ニ及バムマデ、此ノ仏ヲ[三四]一《いつ》称一礼《しよういちらい》セム人ハ、必《かならずとそつてんのないゐん》兜率天内院ニ生レテ、永ク[三五]三途《さんづ》ヲ離レテ[三六]三会《さんゑ》ニ[三七]令得脱給《とくだつせしめ》ヘ」

一九 遊興用の閑静な土地の意か。遊休地の意は後代に生じたものらしい。
二〇 必要な物品。
二一 底本「御本」を訂した。仏像を造るための用材。御衣木(みそぎ)。
二二 造っているはずだと思っていたのに。田村本「造ルカト」。保孝本、信友本「造ルト」。
二三 仏像が完成した旨を。
二四 十方世界。→三二頁注一二。
二五 当来は未来、補処は前仏の処を補う意で、釈尊の亡き後、未来に成仏して衆生を救済する仏、即ち弥勒菩薩をいう。
二六 欲界六天のうち下から数えて第四番目の天。→地名「兜率天」。
二七 兜率天は内外二院からなり、内院には弥勒が、外院には天人が住む。
二八 白毫(仏の眉間にある白い旋毛)から光を放ったのである。
二九 寺院。
三〇 外郭。
三一 二階建ての堂。
三二 (釈尊がそうであったように)菩提と涅槃の二果を得ることを表象する。菩提は仏の悟り。涅槃は生死を離脱した永遠の寂静境(入滅をさす)。
三三 (釈尊がそうであったように)生老病死の四苦(人間苦の根本原因)を離脱することを表象する。
三四 一度名号を称え一度礼拝した人は。
三五 三悪道。地獄・餓鬼・畜生道。
三六 竜華三会。弥勒仏がこの世に現れて行う三度の説法会。
三七 解脱させて下さい。

ト誓《ちかひ》テ、童子即《すなは》チ掻消様《かきけつやう》[一]ニ失《うせ》ヌ。王及ビ人民《にんみん》ニ至ルマデ、是《これ》ヲ見テ、涙ヲ流シテ礼拝シ奉ル時ニ、仏眉間《みけん》ヨリ光ヲ放《はな》チ給フ。

其後、此ノ伽藍ニ僧徒《そうと》数百住《ぢう》シテ仏法ヲ弘《ひろむ》。亦、国ノ大臣・百官・人民ニ至《いたる》マデ、此ノ仏ヲ崇メ奉ル事無限《かぎりな》シ。長元王ハ、願《ねがひ》ノ如ク、遂《つひ》ニ此ノ身乍《なが》ラ兜率天《とそつてん》ニ生レヌ。[二]加之《しかのみならず》、此《この》仏ヲ恭敬《くぎやう》供養シ奉ル上下ノ人、彼ノ天ニ生ル、其数《そのかず》[三]有リ。其後、国ニ悪王出来《いできたり》テ、其寺ノ仏法漸《やうや》[四]ク滅《ほろび》テ、僧徒皆失《うせ》ニケリ。人民モ漸《やうや》ク滅《ほろび》ヌ。

然ル間、白木《しらき》[五]ノ国ニ国王有リ。此《この》仏ノ霊験ヲ伝ヘ聞《きき》テ、「何《いか》デ我ガ国ニ移シ奉テ、日夜ニ恭敬《くぎやう》供養セム」ト願《ねがひ》ケルニ、其《その》国ニ相宰《しやうさい》[六]有リ。心極《きはめ》テ賢ク思慮《おもばかり》深カリケリ。国王ニ申テ、宣《おほせこと》ヲ蒙《かうぶり》テ、彼ノ国ニ渡リテ、構ヘ[七]謀《たばかり》テ、蜜《ひそか》ニ此仏ヲ取テ船ニ入テ、亦、此《この》伽藍ノ□[八]海[九]中ニシテ俄《にはか》ニ悪風《あしきかぜ》出来《いできたり》テ、波高クシテ海ノ面《おもて》[一〇]□船ノ財《たから》ヲ海中ニ投グ。然レドモ、風不止《やまざり》ケレバ、命ヲ存セムガ為《ため》ニ、第一ノ財《たから》也ト思テ、此《この》仏ノ眉間《みけん》[一一]ノ珠《たま》ヲ取テ海ニ入ル。竜王[一二]手ヲ指出《さしいで》テ取《とり》ツ。

然《さ》テ、風・波閑《しづ》マリヌレバ、相宰ノ云ク、「竜王ニ珠ヲ施《せ》シテ命ヲバ存スト云ヘドモ、国王ニ必ズ頸《くび》ヲ被召《めされ》ナム」ト。「然レバ、返《かへり》[一三]テ益不有《やくあらじ》。只此ノ海中ニシテ年月ヲ送ラム」ト思テ、海ノ面《おもて》ニ向《むかひ》テ涙ヲ流《ながし》テ云ク、「三熱[一四]ノ苦ヲ離レムガ為《ため》ニ、此

一 怪異の者や化身が姿を消す時に定型的に用いられる表現。菅家本縁起「則童子失了」。
二 それだけでなく。そのうえに。
三 多数ある。
四 次第に滅亡して。
五 「新羅」の当て字。菅家本縁起「白木国王」。長寛縁起「古国」。→地名「新羅国(しらきのくに)」。
六 宰相に同じ。菅家本縁起「相宰」。
七 工夫して計略をめぐらして。
八 底本の祖本の破損に因る欠字。このあたり、菅家本縁起には対応する文言がない。
九 海路の途中で。以下、船中の宝を投じて竜王(海神)の怒りを鎮める話は、玄奘の入竺(本書巻六・6)、道照の入唐(続日本紀・文武天皇四年(七〇〇)三月)、最澄の入唐(日本高僧伝要文抄)、土佐日記・二月五日条等、類例が多い。
一〇 底本の祖本の破損に因る欠字。菅家本縁起「於二海中一悪風吹来而、為二船破一。于時船中之宝、悉以為二竜王一レ入二海中一」。
一一 白毫相を表すものとして仏像の眉間にはめ込んである宝石。
一二 海底(湖底・淵底)の宮殿(竜宮)に住む竜蛇の王。→五〇七頁注三六。
一三 帰国してもろくなことはあるまい。
一四 竜蛇の類が受ける三種の苦。熱風熱砂に身を焼かれる苦、暴風に衣服を奪わ

ノ珠ヲ取《とり》給ヒツ。亦、本国《もとのくに》ノ王、珠ヲ失《うしなひ》タル咎《とが》ヲ以テ、我等ガ頸ヲ被切《きられ》ナムトス。然レバ、其《その》珠ヲ返《かへ》シ給テ、此ノ[一五]苦ヲ免《ゆる》シ給ヘ」ト。

竜王、夢ノ中ニ、相宰ニ云ク、「竜衆《りうじゆ》[一六]ニハ九《ここのつ》[一七]ノ苦有リ。而《しか》ルニ、此ノ珠ヲ得テ後、其《その》苦ヲ滅《めつし》タリ。汝《なむ》ヂ、其《その》[一八]苦ヲ尚滅《なほめつ》セヨ。珠ヲ返サム」ト。夢覚《さめ》テ、相宰喜《よろこび》テ、海ニ向テ云ク、「珠返サム事喜《よろこび》也。必[一九]ズ苦ヲ離レム事ヲ可報《むくゆべ》シ。但シ、諸《もろもろ》ノ経ノ中ニ金剛般若《こんがうはんにや》[二〇]、懺悔滅罪勝《さんぐゑめつざいすぐ》[二一]レ給ヘリ。彼ノ経ヲ書写供養シテ、九《ここのつ》ノ苦ヲ滅《めつ》セム」ト云テ、即《すなは》チ書写供養シツ。其《その》時、竜王海中ヨリ珠ヲ船ニ返シ入《いれ》ツ。但シ、光ハ竜王取《とり》テ失《うせ》ニケリ。

其[二二]後、竜王、夢ニ、告テ云ク、「我ガ蛇道《じやだう》[二三]ノ苦、此ノ珠取《とり》テ離レヌ。亦、金剛般若ノ力ニ、苦皆離レヌ。大キニ喜ブ」ト告テ、夢覚《さめ》ヌ。

然レバ、其《その》珠ヲ仏眉間《ほとけのみけん》ニ入《いれ》奉テ、本国《もとのくに》ニ返《かへり》テ国王ニ奉ル。王喜《よろこび》テ仏ヲ礼《らい》シテ、本堂《もとのだう》[二四]ノ絵図ヲ以テ忽《たちまち》ニ伽藍《がらん》ヲ建立《こんりふ》シテ、此《この》仏ヲ安置シ給ヒツ。其後、僧徒数千集《あつま》リ住シテ、仏法盛《さかり》也。但シ、仏ノ眉間ノ光無シ。其《それ》ヨリ数百歳ニ及《および》テ、其寺ノ仏法漸《やうや》ク滅《めつ》スル比《ころほひ》、堂ノ前ノ海《うみに》、不知《しら》[二五]ヌ鳥近ク有テ、波堂ノ前ニ懸《かか》ル。僧[二六]徒此ノ波ニ恐《おち》テ、皆去ヌ。寺ニ入不住《いりすまず》マ。

然[二七]ル間、我朝《わがてう》ノ元明天皇、此ノ仏ノ利益《りやく》霊験ヲ伝ヘ聞《きき》給テ、「此ノ朝《てう》ニ移シ給テ、

一五 自分たちが国王に首を斬られる苦、金翅鳥に捕食される苦。
一六 竜蛇の類。
一七 「三熱ノ苦」(注一四)に加えて如何なる苦をいうのか、未詳。菅家本縁起「竜衆者在㆓九苦㆒」。
一八 その苦をさらに消滅させてくれ。(そうしてくれるなら)珠を返そう。
一九 必ずお礼に苦を離れさせてあげましょう。
二〇 金剛般若経。↓二六九頁注二三。
二一 罪業を懺悔し消滅させるのに威力のすぐれたお経です。
二二 本第十二段は菅家本縁起には見えない。
二三 竜蛇として受ける苦。
二四 この仏像が安置してあった天竺の寺院の絵図面。
二五 見たことのない鳥。
二六 菅家本縁起「僧徒恐㆓此波㆒、皆去㆑寺了。仍不㆓住人㆒者也」。
二七 本第十四段は菅家本縁起では「然而、日本国王元明天皇、伝㆓聞此仏利益霊験㆒、移㆓此朝㆒給、建㆓立伽藍㆒奉㆓安置㆒。今元興寺金堂是也」とあるのみ。

伽藍《がらん》ヲ建立《こんりふ》シテ安置奉ラム」ト思ス願《ねがひ》有ケルニ、国王ノ外戚《ぐゑしやく》[一]ニ僧有リ。仏ノ道ヲ行フ人也。亦、心賢ク思慮《おもばかり》有リ。国王ニ奏スル様《やう》、「我レ国王ノ宣《おほせこと》ヲ奉《うけたまはり》[二]テ、彼ノ国ニ行テ、其《その》仏ヲ取《とり》奉ラム。吉ゝ《よくよく》三宝ニ祈請《きしやう》シ給ヘ」ト。国王喜ビ給テ、僧彼《か》ノ国ニ至テ、暗夜《くらきよ》ニ彼《かの》寺ノ堂ノ前ニ船ヲ漕寄《こぎよせ》テ、三宝ニ祈請シテ、蜜《ひそか》ニ仏ヲ取テ船ニ入《いれ》奉テ、漕去《こぎさり》テ遥《はるか》ニ□[三]云フニ、我ガ朝《てう》ニ仏ヲ演《いた》[四]シ奉レリ。国王□[五]以テ、今ノ元興寺ヲ建立シテ、金堂《こんだう》ニ此ノ仏ヲ安置シ給ヘリ。

其後、此ノ寺ニ僧徒数千人集《あつま》リ住《ぢう》シテ、仏法盛《さかり》也。法相《ほつさう》[六]・三論《さんろん》[七]二宗ヲ兼学シテ、多《おほく》ノ年序[八]ヲ経《へ》ルニ、寺ノ僧、末代及《まつだいにおよび》テ、「彼ノ東天竺ノ長元王ノ忌日《きにち》[九]ヲ可勤《つとむべし》」ト議シテ、毎年不闕勤《としごとにかかずつとむ》[一〇]ルニ、一人ノ荒僧《あらきそう》[一一]有リ。極《きはめ》タル非性人《ひしやうのひと》[一二]也。其《それ》ガ云ク、「何ノ故《ゆゑ》有《あり》テカ、我朝《わがてう》ノ元興寺ニシテ天竺ノ王ノ忌日ヲ可勤《つとむべ》キゾ。自今《いまより》以後ハ更ニ不可勤《つとむべからず》」ト、非道《ひだう》[一三]ニ行《おこな》[一四]フ。満寺《まんじ》[一五]ハ、「何《いか》也トモ、何《いか》デカ本願[一六]ノ忌日ヲバ不勤《つとめざ》ルベキ」ト云フ程ニ、大[一七]キニ論出来《いできたり》テ、互ニ諍《あらそひ》ケルニ、非性ノ僧ノ門徒[一八]ハ広クテ、満寺ノ僧ノ、「忌日可勤《つとむべ》シ」ト行フヲ、皆追《おひ》ツ。

然レバ、多《おほく》ノ僧、東大寺[一九]ニ移《うつり》シヌ。其《その》間[二〇]、事ニ触テ両寺不和ニシテ、俄《にはか》ニ合戦スル時、老僧[二一]ノ所行ニ非ズト云ヘドモ、悪[二二]ニ被引《ひかれ》テ甲鎧《よろひ》ヲ着テ、法文《ほふもん》・聖教《しやうげう》[二三]ヲ不持《たもたず》シテ、諸堂《もろもろのだう》ニ棄《すて》テ、十方ニ散失《ちりうせ》ヌ。若僧《わかきそう》ハ、「我ガ師逃失《にげうせ》ナバ、我等亦《また》此ノ寺ニ

一 母または妻関係の(女帝元明天皇の場合は母系の)親戚。
二 訓みは名義抄による。
三 底本の祖本の破損に因る欠字。
四 もたらす意。訓みは名義抄「イタル」から類推。　五 →注三。
六 唯識論に立脚する宗派。法相宗。
七 三論(竜樹の中論・十二門論と提婆の百論)に立脚する宗派。三論宗。
八 年月。　九 命日に行う法要。
一〇 訓みは名義抄による。「勤」と同意。
一一 粗暴な僧。縁起集「一人之有二荒僧一云」。　一二 性格・性質がよくないこと。
一三 理不尽に。道理に反して。
一四 主張する。指図する。
一五 その寺の僧全員。全寺。
一六 最初に発願した人。この仏像を造立した長元王をさす。
一七 大変な論争になって。
一八 一門。一味。　一九 →地名「東大寺」。
二〇 底本「其門」を訂した。東北本「其間」。
二一 立派な老僧のすることではないけれども。本来は後の「若僧ハ」と対比的に「老僧ハ」云々と表現されるのが自然。不整合な表現になっている。このあたり、菅家本縁起は「及二俄合戦一間、僧徒皆十方ニ散失了」と簡潔に述べるのみ。
二二 悪縁に引かれて。
二三 仏教の典籍。経典類。
二四 菅家本縁起には「件像云宝徳三年(一四五一)十月十四日、為二土民一金堂炎上之時、丈六仏像焼失了」とある。この時、蜂起した土一揆のため元興寺金堂、興福寺禅定院等が焼失した。　二五 仏菩薩の化身。

可住《すむべ》キニ非ズ」ト云テ、泣〻《なくなく》各〻《おのおの》散失《ちりうせ》ヌ。然レバ、五日ノ内ニ千余人ノ僧、皆失畢《うせはて》ニケリ。其《それ》ヨリ元興寺ノ仏法ハ絶《たえ》タル也。

但シ、彼ノ弥勒ハ[二四]于今《いまに》御《おはし》マス。[二五]化人《くゑにん》ノ造《つくり》奉ル仏ニ御《おはし》マセバ糸貴《いとたふと》シ。亦、天竺・震旦・本朝三国ニ渡《わたり》給ヘル仏也。正《まさし》ク度〻《どど》光ヲ放《はなち》テ、[二六]帰敬《ききやう》スル人皆兜率天《とそつてん》ニ生《うまれ》タリ。世ノ人[二七]尤《もと》モ礼可奉《らいしたてまつるべし》[二八]ト。

奈良ノ元興寺ト云フ、是《これ》也トナム語リ伝ヘタルトヤ。

代〻天皇《よよのてんわう》、造大安寺所〻《だいあんじをところどころにつくれること》語第十六

今昔《いまはむかし》、[二九]聖徳《しやうとく》太子、[三〇]熊凝《くまごり》ノ村ニ寺ヲ造《つくり》給フ。不造畢《つくりをはりたまはざ》ル間ニ、太子失給《うせたまひ》ヌレバ、即《すなは》チ[三一]推古《すいこ》天皇此ノ寺ヲ造《つくり》給フ。凡《おほよ》ソ推古天皇ヨリ始《はじめ》テ[三二]聖武《しやうむ》天皇ニ至《いたる》マデ、[三三]九代ノ天皇受伝《うけつた》ヘツヽ、造《つくり》給ヘル寺也。[三四]欽明《きんめい》天皇ノ御代《みよ》ニ、[三五]百済河《くだらがは》ノ辺《ほとり》ニ広キ地ヲ撰《えらび》テ、彼ノ熊凝ノ寺ヲ移シ造給フ。是《これ》ヲ[三六]百済大寺《くだらのおほでら》ト云フ。

其《その》寺造ル間、[三七]行事官《ぎやうじのつかさ》有テ、傍《かたはら》ナル神ノ社《やしろ》ノ木ヲ此《この》寺ノ[三八]料《れう》ニ多ク伐《き》リ用《もちゐ》タリケレバ、[三九]神瞋《いかり》テ火ヲ放《はなち》テ寺ヲ焼《やき》ツ。[四〇]天皇大キニ恐レ給フト云ヘドモ、寺ヲ営ミ造《つくり》ツ。亦、[四一]天暦《てんりやく》天皇ノ御代《みよ》ニ、[四二]丈六《ぢやうろく》ノ釈迦ノ像ヲ造テ、心ニ祈リ願ヒ給ヘル夜ノ暁ニ、夢ノ

二六 帰依して信仰する人。 二七 格別に。

二八 下に「云フ」等の語が略されている。あるいは次段の「奈良ノ元興寺ト」とともにその下の「云フ」に係るか。保孝本、信友本「可奉シ」。

第十六話 出典は三宝絵・下・17。七大寺巡礼私記・大安寺条に同文的同話、大安寺伽藍縁起流記資財帳、大安寺縁起その他に同話がある。

二九 →人名「聖徳太子」。

三〇 底本「熊疑」を訂した。以下同様。現、奈良県大和郡山市額田部町付近。

三一 →人名「推古天皇」。

三二 →人名「聖武天皇」。

三三 本話の文面に見えるのは推古・舒明(欽明と誤る)・天智(天暦と誤る)・天武・元明・聖武の六天皇のみ。三宝絵には皇極・文武二天皇が見える。

三四 三宝絵にも「欽明」とあるが、正しくは「舒明」であろう。舒明は推古の次の代の天皇。私記「舒明」。

三五 大和川の支流。→地名「百済河」。

三六 現、奈良県北葛城郡広陵町百済にあった。→地名「大安寺」。

三七 工事の担当責任者。

三八 用材として。

三九 資財帳「此時、社神怨而失レ火、焼二破九重塔幷金堂石鴟尾一」。

四〇 三宝絵は皇極天皇の事跡とする。

四一 諸本かく作るが、「天智」の誤記であろう。信友本、三宝絵、私記「天智」。

四二 →一三五頁注三九。

中ニ、三[一]人ノ□[二]妙《たへ》ナル花ヲ以テ仏ヲ供養シテ敬《うやま》ヒ讃《ほむ》ル□[三]□「此ノ仏ハ霊山《りやうぜん》[四]ノ実《まこと》ノ仏ト不異《ことならず》[五]シテ、形《かた》[六]チ少《すこし》モ違《たがひ》不給《たまはず》ハ。此ノ国ノ人、[七]心ヲ至シテ崇《あがめ》奉レ」ト云テ、空ニ昇《のぼり》ヌ、ト見テ夢覚《さめ》ヌ。[八]開眼供養《かいげんくやう》ノ日、紫雲空ニ満《みち》テ、妙《たへ》ナル音楽天ニ聞《きこ》ユ。

亦、[九]天武《てんむ》天皇ノ御代《みよ》ニ、[一〇]高市《たけち》ノ郡《こほり》ニ地ヲ撰《えらび》テ、此ノ寺ヲ改メ移シ造ル。是ヲ[一一]大官《だいくわん》大寺《だいじ》ト云フ。[一二]天皇亦《また》塔ヲ起《たて》給フ。亦、天皇、「古キ釈迦ノ丈六《ぢやうろく》ノ像ヲ[一三]移シ造《つくり》奉ラム」ト思フ願《ねがひ》ヲ発《おこし》テ、「吉《よ》キ工《たくみ》ヲ令得《えしめ》給ヘ」ト祈《いのり》給フ夜ノ暁《あかつき》ニ、夢ノ中ニ、一人ノ僧来《きたり》テ、天皇ニ申テ云ク、「前《さき》ニ此ノ仏ヲ造《つくり》奉レリシ者ハ[一四]化人《くゑにん》也。亦難来《きたりがた》カリナム。吉《よ》キ工ト云ヘドモ、[一五]猶《なほ》シ刀ノ錯《あやまり》無キニ非ズ。吉キ絵師《ゑし》ト云ヘドモ、[一六]丹《に》ノ色ニ必ズ咎《とが》有リ。然レバ、只、此ノ仏ノ御前ニ大《おほき》ナル鏡ヲ懸《かけ》テ、[一七]影ヲ移シテ可礼奉《らいしたてまつるべ》シ。造《つくる》ニモ非ズ、書《かく》ニモ非ズシテ、自然《おのづから》[一八]三身《さんじん》ヲ可備《そなふべ》シ。形《かたち》ヲ見レバ[一九]応身《おうじん》也、影ヲ浮《うかぶ》レバ[二〇]報《ほう》身《じん》也、虚《むなしき》ヲ智《さと》レバ[二一]法身《ほふしん》也。功徳《くどく》勝《まされ》ル事、是《これ》ニハ不過《すぎじ》」ト云《いふ》、[二二]ト見テ夢覚《さめ》ヌ。天皇驚キ喜《よろこ》ビ給テ、夢ノ如クニ、一《ひとつ》ノ大《おほき》ナル鏡ヲ仏ノ御前ニ懸《かけ》テ、五百人ノ僧ヲ堂ノ内ニ請《しやう》ジテ、大《おほ》キニ法会《ほふゑ》ヲ儲《まうけ》テ供養シ給ケリ。

亦、[二三]元明《ぐゑんめい》天皇ノ御代《みよ》ニ、[二四]和銅《わどう》三年ト云フ年、此ノ寺ヲ移シテ、奈良ノ京ニ被造《つくら》ル。聖武天皇受《うけ》伝ヘテ被造《つくら》レムト為《す》ル間、[二五]道慈《だうじ》ト云フ僧有リ。心ニ智《さとり》有テ、世ニ重ク

一 三宝絵「二人」。　二 底本の祖本の破損に因る欠字。三宝絵「二人ノ天女来テ、此像ヲオガミタテマツル」。　三 底本の祖本の破損に因る欠字。三宝絵「ヰヤマヒホメタテマツル事ヤ、ヒサシ。御門ニカタラヒタテマツリテ云ク」。　四 →地名「霊鷲山(りようじゆせん)」。　五 諸本とも「ニテ」。誤記とみて訂した。　六 「チ」は「形」の捨仮名。　七 まごころこめて。　八 →二六頁注八。　九 →人名「天武天皇」。　一〇 現、奈良県橿原市、高市郡付近。　一一 現、奈良県高市郡明日香村にあった。　一二 三宝絵は文武天皇の事跡とする。　一三 「写シ」の当て字。　一四 仏菩薩の化身。　一五 それでもなお彫りそこないがないわけではない。三宝絵「尚可レ有二斧刀之跡一」。私記「ナヲ刀ノキズアリ」。　一六 ここでは絵具の色彩の意。三宝絵「丹色ノアヤマリナキニアラズ」。私記「非レ無二丹青之誤一」。　一七 姿。　一八 仏の三つの身相。応身・報身・法身。　一九 衆生を導くため相手に応じて現れる身。　二〇 菩薩が願と行に報われて得る仏身。　二一 形を超えた真如の悟りそのもの。　二二 底本「云テ見テ」を訂した。　二三 →人名「元明天皇」。　二四 七一〇年。この年、平城京に遷都。　二五 →人名「道慈」。　二六 七〇一年。　二七 中国の古称。　二八 七一八年。　二九 諸本とも「思シキ」。底本の傍書「ヒ歟」により訂した。　三〇 →地名「西明寺」。　三一 七二九年。　三二 付嘱された。預けまかされた。　三三 →五一頁注三六。　三四 →地名「舎衛国」。　三五 →地名「祇園精舎」。　三六 →

被貴《たふとば》ル。先ニ[二六]大宝《だいほう》元年ト云フ年、法ヲ伝ヘムガ為《ため》ニ[二七]震旦《しんだん》ニ渡《わたり》テ、[二八]養老《やうらう》二年ト云フ年返来《かへりきたり》テ、天皇ニ奏シテ云ク、「我レ唐ニ渡《わたり》シ時、心ノ内ニ、「帰朝シテ大キ寺ヲ造ラム」ト思[二九]ヒキ。是《これ》ニ依《より》テ、[三〇]西明寺《さいみやうじ》ノ造レル様ヲ移シ取《とり》テ来《きた》レル也」ト。天皇是《これ》ヲ聞食《きこしめし》テ、喜《よろこび》テ、「我ガ願《ねがひ》ノ満《みち》ヌル也」ト宣《のたまひ》テ、[三一]天平《てんびやう》元年ト云フ年、道慈ニ仰《おほせ》テ、此《この》寺ヲ改メ令造《つくらしめ》給フ。即《すなは》チ道慈ニ[三二]被付《つけられ》ヌ。[三三]中天竺《ちうてんぢく》、[三四]舎衛《しやゑ》国《こく》ノ[三五]祇薗精舎《ぎをんしやうじや》ハ[三六]兜率天《とそつてん》ノ宮《みや》ヲ学《まね》ビ造レリ。震旦ノ西明寺ハ祇薗精舎ヲ移シ造レリ。本朝ノ大安寺ハ西明寺ヲ移セル也。十四年ノ間ニ造畢《つくりをはり》テ、大《おほき》ニ法会《ほふゑ》ヲ儲《まうけ》テ供養シ給フ。[三七]天平七年ト云フ年、大官大寺ヲ改メテ大安寺ト云フ也。

亦[三八]□寺ノ始メ焼《やけ》シ事ハ、[三九]高市ノ郡ノ[四〇]子部《こべ》ノ[四一]□用ヘルニ依《より》テナリ。彼ノ神ハ雷神《いかづちのかみ》トシテ、嗔《いかり》ノ心火ヲ出《いだ》セル也。其《その》後、九代《くだいの》天皇、所々ニ造リ移シ給フニ、其ノ費《つひえ》多シ。然レバ、神ノ心ヲ令喜《よろこばしめ》テ寺ヲ[四二]令[四三]□（以下欠）

[四四]天智天皇《てんぢてんわう》、造薬師寺語《やくしじをつくれること》第十七

[四五]□□[四六]天皇、位ニ即《つき》給ヒニケリ。其《その》次ニゾ、女帝[四七]持統《ぢとう》天皇ハ位ニ即《つき》給ケ

地名「兜率天」。 三七 七三五年。 三八 底本の祖本の破損に因る欠字。三宝絵「道慈律師ノ云ク、此寺ハジメヤケヽル事」。 三九 延喜式・神名帳によれば「十市郡」が正か。但し子部明神は高市郡との境界付近に所在。→次注。 四〇 子部明神。延喜式・神名帳の十市郡の条に見え、橿原市飯高町に現存する子部神社。 四一 底本の祖本の破損に因る欠字。三宝絵「子部ノ明神ノ社ノ木ヲキレルニヨリテナリ」。 四二 底本「今」。保孝本「令」により訂した。 四三 底本には以下、次話の本文が続けて記されているが、本話の末尾と次話の冒頭とに大きな脱文があると推定する。三宝絵「神ノ心ヲヨロコバシメテ寺ヲマボラシメム事ハ法ノ力ニハシカジト云テ、大般若経ヲカキヲキテ此会ヲハジメオコナヘルナリ。且ハ経ノ文ヲヨミ、且ハ歌舞ヲトヽノヘタリ。神ノ悦ヲナシテ寺ノ守トナリニタリ」。

第十七話 出典未詳。三宝絵・下・11、薬師寺縁起、菅家本諸寺縁起集・薬師寺条、七大寺巡礼私記・薬師寺条その他に類話がある。

四四 底本はこの題目を本文の後に記すが、本来の位置に移動させた。なお「天智」は「天武」の誤記か。→次注。 四五 底本は前話の末尾に続けて記しているが、大きな脱文があると推定する(→注四三)。諸書は天武天皇が皇后の病平癒を祈って建立を発願したと伝える。 四六 文武天皇をさすか。 四七 →人名「持統天皇」。

ル。高市《たけち》ノ郡《こほり》、□[一]ト云フ所ニ寺ヲ起《たて》テ、此ノ薬師ノ像[二]ヲ安置《あんちし》給ヒツ。其《その》後、奈良ノ都ノ時、元明《ぐゑんめい》天皇[三]ト申ス女帝、西京《にしのきやう》ノ六条□[四]坊、今ノ薬師寺[五]ノ所ニハ移シ造《つくり》給ヘル也。

其《その》[六]天皇ノ御師[七]ト云フ僧有テ、定《ぢやう》[八]ニ入《いり》テ竜宮ニ行《ゆき》テ、其《その》竜宮ノ造《つくり》ノ様ヲ見テ、天皇ニ申シ行《おこなひ》テ□[九]于今《いまに》[一〇]仏法盛《さかり》也。□[一一]亦《また》、此《この》寺ノ薬師仏□[一二]受タル人、此寺ニ参《まゐり》テ祈請《いのりこ》フニ、其利益《そのりやくかうぶらず》不蒙ト云フ事無シ。専《もはら》ニ可崇奉《あがめたてまつるべ》キ仏ニ在《まし》マス。

其《その》寺ノ内ニハ止事無《やむごとな》キ僧ナレドモ入ル事無シ。只、堂童子《だうどうじ》[一三]トテ俗ナム入《いり》テ仏供《ぶつく》[一四]・灯明《とうみやう》奉ル。止事無《やむごとなし》ト語リ伝ヘタルトヤ。

高野姫天皇《たかののひめのてんわう》、造西大寺《さいだいじをつくれること》語第十八

今昔《いまはむかし》、高野姫《たかののひめの》[一五]天皇ハ聖武《しやうむ》[一六]天皇ノ御娘ニ御《おはし》マス。女ノ身ニ御マスト云ヘドモ、心ニ智《さと》リ広クシテ文《ふみ》[一七]ノ道ヲ極《きは》メ給タリケリ。亦《また》、法《のり》[一八]ノ道ヲ知《しり》テ、「何《い》カデ道場《だうぢやう》[一九]ヲ建立《こんりふ》セム」ト思食《おぼしめし》[二〇]ケル。未ダ位ニモ不即給《つきたまはず》シテ姫宮ニテマシマシケル時ニ、初竜寺《しよりうじ》[二一]ト云《いふ》寺[二二]□(以下欠)

一 地名の明記を期した意識的欠字。本薬師寺は現、橿原市城殿町にあった。
二 →人名「薬師如来」。
三 →人名「元明天皇」。
四 坊数の明記を期した意識的欠字。薬師寺の所在地は右京(西京)の六条二坊。
五 →地名「薬師寺」。
六 天武天皇をさすと思われる。
七 三宝絵「御師」。縁起「祚蓮」。私記「承永」。
八 諸本「定テ」。信友本により訂した。
九 底本の祖本の破損に因る欠字。
一〇 諸本「テ今」。内閣亨和本により訂した。
一一・一二 →注九。
一三 寺院に仕える俗人の下僕。
一四 仏への供え物。

第十八話 出典未詳。残存本文がごく少量のため推定が困難だが、七大寺巡礼私記・西大寺条その他に見える現存の縁起類とは異なるらしい。

一五 孝謙天皇をさす。→人名「孝謙天皇」。
一六 →人名「聖武天皇」。
一七 漢詩文の道。
一八 仏法の道。仏道。
一九 仏法の修行場。寺院。
二〇 田村本、信友本「ケル二」。内閣亨和本「テケル」。
二一 信友本「神竜寺」。所在未詳。

光明皇后《くわうみやうくわうごう》、建法華寺《ほくゑじをたてて》、為尼寺語《あまでらとなしたること》第十九

（本文欠）

聖徳太子《しやうとくたいし》、建法隆寺語《ほふりうじをたてたること》第二十

（本文欠）

聖徳太子《しやうとくたいし》、建天王寺語《てんわうじをたてたること》第二十一

今昔《いまはむかし》、二三聖徳《しやうとく》太子、此朝《このてう》ニ生レ給ヒテ、「仏法ヲ弘《ひろ》メテ此ノ国ノ人ヲ利益《りやく》セム」ト思給《おもひたまひ》ケレバ、太子ノ二四御伯父《をぢ》、二五敏達《びんだつ》天皇ノ御代《みよ》ニ、申シ行《おこなひ》テ、国ノ内ニ仏法ヲ崇《あが》メテ堂塔ヲ造リ、他国《ほかのくに》ヨリ来《きた》レル僧ヲ帰依《きえ》スル間、二六二七守屋《もりや》ノ二八大臣《おほおみ》ト云フ者有《あり》テ、此《この》事ヲ二九不請《うけず》シテ、天皇ニ仏法崇《あが》ムル事ヲ申止《まうしとど》ム。是《これ》ニ依《より》テ、太子、守屋ト中悪《なかあし》ク成《なり》給ヒヌ。三〇蘇我《そが》ノ大臣《おほおみ》ト云フ人ヲ語《かたら》ヒテ、守屋ヲ

二二 以下、諸本とも本文欠脱。

第十九話 本文欠脱。題目から見ると、三宝絵・下・13と共通する話題であるらしい。

第二十話 本文欠脱。題目から見ると、法隆寺伽藍縁起資財帳や七大寺巡礼私記・法隆寺条その他と共通する話題であるらしい。

第二十一話 出典は三宝絵・中・1。とくに第三段は本巻第1話第九段とほぼ同文である。菅家本諸寺縁起集・四天王寺条にごく簡略な同話的記事がある。その他の同話・類話は第1話参照。

二三 →人名「聖徳太子」。
二四 敏達天皇は太子の父用明天皇の異母兄。
二五 →人名「敏達（びだつ）天皇」。
二六 底本「国」を訂した。信友本「間」。
二七 物部守屋。→人名「守屋」。
二八 大臣は五、六世紀頃、大連と並ぶ朝廷の要職。後には左右大臣の制度に移行した。但し正しくは、守屋は大連で、馬子が大臣であった。
二九 よく思わないで。承服しないで。
三〇 蘇我馬子。→人名「馬子（うまこ）」。

責罰《せめうち》テ、国ノ内ニ仏法ヲ弘メムト謀《はか》リ給フ。其時ニ、人有テ、守屋ニ告テ[一]云《いは》ク、「太子、蘇我ノ大臣ト心ヲ合《あは》セテ君ヲ罰《うち》給ハムトスル」。然レバ、守屋、阿都《あと》[二]ノ家ニ籠《こも》リ居《ゐ》テ軍《いくさ》[三]ヲ儲《まう》ク。中臣《なかとみ》[四]ノ勝海《かつみ》ト云フ者モ亦《また》、軍《いくさ》ヲ集メテ守屋ヲ助ケムトス。

而《しか》ル間、「此ノ二《ふたり》ノ人、天皇ヲ呪《のろひ》奉ルゾ」ト云フ事世ニ聞《きこ》エテ、蘇我ノ大臣、太子ニ申シテ、共ニ軍《いくさ》ヲ引将《ひきゐ》テ守屋ガ家ニ行《ゆき》テ責《せむ》ルニ、守屋軍《いくさ》ヲ□[五]其軍《そのいくさ》猛《たけ》クシテ、御方《みかた》[六]ノ軍《いくさ》惶怖《わうふ》シテ三度《みたび》退キ□[七]シテ、軍《いくさ》ノ後ニ打立《うちたち》テ、[八]軍《いくさ》ノ政人《まつりごとのひと》、秦《はだ》[九]ノ川勝《かはかつ》ニ示シテ宣《のたま》ハク、「汝《なむ》ヂ忽《たちまち》ニ木[一〇]ヲ取テ四[一一]天王ノ像ヲ刻《きざみ》テ、髪ノ上ニ指シ、鉾《ほこ》ノ崎《さき》[一二]ニ捧ゲテ[一三]」。願《ねがひ》ヲ発《おこし》テ宣ハク、「我等ヲ此戦《このたたかひ》ニ令勝《かたしめ》タラバ、当《まさ》ニ四天王ノ像ヲ顕《あらは》シ奉リ、寺塔ヲ起《たて》ム」ト。蘇我ノ大臣モ亦、如此《かくのごと》ク願ヲ発《おこし》テ戦フ間ニ、守屋大キナル櫟《いちひ》[一四]ノ木ニ登《のぼり》テ、誓《ちかひ》テ物部《もののべ》[一五]ノ氏《うぢ》ノ大神ニ祈請《きしやう》シテ箭《や》ヲ放《はな》ツ。其箭《そのや》、太子ノ鐙《あぶみ》ニ当《あたり》テ落《おち》ヌ。太子亦、舎人《とねり》[一六]迹見《とみ》[一七]ノ赤檮《いちひ》ト云フ者ニ仰《おほせ》テ、四天王ニ祈《いのり》テ箭ヲ令放《はなたし》ム。其《その》箭遥《はるか》ニ行《ゆき》テ、守屋ガ胸ニ当《あたり》ヌレバ、木ヨリ逆様《さかさま》ニ落ヌ。然レバ、其軍《そのいくさ》皆破レヌ。其時ニ、御方《みかた》ノ軍責寄《いくさせめよせ》テ、守屋ガ頭《かしら》ヲ斬《きり》ツ。其後、家ノ内ニ打入《うちいり》テ、財《たから》ヲバ皆寺ノ物ト成《な》シ、庄園ヲバ悉《ことごと》ク寺ノ領ト成シツ。家ヲバ焼掃《やきはら》ヒ棄《すて》ツ。其後ニ、忽《たちまち》ニ玉造《たまつくり》[一八]ノ岸ノ上ニ寺ヲ建《たて》給テ、四天王ノ像ヲ安置シ給ヘリ。今ノ天王寺[一九]、是《これ》也。

一 底本「造テ」。保孝本、信友本「告テ」。
二 底本「河津」は三宝絵「阿都(あと)」の「阿」を「河」と誤り、「都」を「ツ」と訓んで「津」を当てたもの。本巻第1話では「河都」と誤記している(→七頁注一一)。→地名「阿都」。 三 兵士を動員して戦争の準備をした。 四 →人名「勝海」。
五 底本の祖本の破損に因る欠字。底本は「発テ城ヲ固メテ禦キ戦フ」と補記し、「以第一条補之」と頭書。三宝絵「守屋兵ヲオコシテ、タテヲツイテフセキタ丶カフ。ソノ軍已ニコハクシテ」。 六 官軍。
七 底本の祖本の破損に因る欠字。底本は「返ル其時ニ太子ノ御年十六歳」と補記し、「歳」の下に「ニヵ」と傍書。保孝本も同文を補記、第1話による旨を注記する。→注五。三宝絵「怖惶テ三度カヘリ退ク。此時ニ太子御歳十六才也。将軍ノ後ニ立給ヘリ」。 八 軍司令官。 九 →人名「川勝」。 一〇 三宝絵「ヌルデノ木」。
一一 →人名「四天王」。 一二 先端。
一三 発言の末尾として落ち着かないが、第1話でも同様。→七頁注二四。
一四 三宝絵「榎」。→七頁注二五。 一五 三宝絵「物部氏ノ大神」。聖徳太子伝暦「物部府都大明神」。→人名「物部氏大神」。
一六 天皇・皇族に近侍し、雑務や警護を任とした下級官人。
一七 →人名「赤檮(いちひ)」。
一八 →地名「玉造」。
一九 四天王寺の略称。→地名「四天王寺」。
二〇 以下話末に至るまで、三宝絵には見えない。 二一 決して人を殺そうとしたわけではあるまい。守屋たちの誅殺自体二〇太子定《さだめ》テ二一人ヲ殺サムトニハ非ジ。遥《はるか》ニ仏法ノ伝ハラムガ故《ゆゑ》ニコソハ。彼ノ二二大臣有《おほおみあら》二三マシカバ、于今《いまに》此ノ国ニ仏法有《あら》マシヤハ。

而《しか》ルニ、其《その》寺ノ西門ニ、太子自《みづか》ラ、「二四釈迦如来転法輪所《しやかにょらいてんぽふりんしょ》　当極楽土東門中心《たうごくらくどとうもんちうしん》」ト書《かき》給ヘリ。是《これ》ニ依《より》テ、諸人《もろもろのひと》彼ノ西門ニシテ弥陀《みだ》ノ念仏ヲ唱フ。于今不絶《いまにたえず》シテ、不参《まゐら》ヌ人無シ。

是《これ》ヲ思フニ、此ノ天王寺ハ、必ズ人可参《まゐるべ》キ寺也。聖徳太子ノ正《まさし》ク仏法ヲ伝ヘムガ為《ため》ニ、此ノ国ニ生レ給テ、専《もは》ラ願ヲ発《おこし》テ造リ給ヘル寺也。心有ラム人ハ此《か》ク可知《しるべ》シトナム語リ伝ヘタルトヤ。

推古天皇《すいこてんわう》、造本元興寺語《もとのぐわんごうじをつくれること》第二十二

今昔《いまはむかし》、二五推古《すいこ》天皇ト申ス女帝ノ御代《みよ》ニ、此ノ朝《てう》ニ仏法盛《さかり》ニ発《おこり》テ、堂塔ヲ造ル人世ニ多カリ。天皇モ、二六銅《あかがね》ヲ以テ二七丈六《ぢやうろく》ノ二八釈迦ノ像ヲ、二九百済国《くだらのくに》ヨリ来《きた》レル□三〇ト云フ人ヲ以テ令鋳給《いしめたまひ》テ、三一飛鳥《あすか》ノ郷《さと》ニ堂ヲ起《たて》テ、此ノ釈迦仏ヲ令安置《あんぢせしめ》給ハムトシテ、先《ま》ヅ堂ヲ被造《つくらる》ル間、堂ヲ可起《たつべき》所ニ、当《まさ》三二ニ生《おひ》ケム世モ不知《しら》ズ古キ大ナル槻《つきのき》三三有リ。「疾《と》ク切リ去《の》ケテ堂ノ壇三四ヲ可築《つくべ》シ」ト宣旨《せんじ》有《あり》テ、三五行事官《ぎやうじのつかさ》立《たち》テ是《これ》ヲ行《おこな》フ間、行事ト木□三六

が目的ではなかっただろう。

二二 守屋をさす。史実は守屋は大連、馬子が大臣であるが、本話では両人とも大臣として語られている。→六一頁注二八。

二三 (仏教反対派の守屋が)生きていたならば。

二四 (ここは昔)釈迦如来が説法した所で、極楽の東門の中心に当たっている。四天王寺の西の海に没する落日の荘厳さが日想観と関連して、寺の西門を極楽の東門とみる信仰を生み、平安後期には浄土教の霊地となった。現在も西門の石鳥居にこの文句の銅額が懸かっている。

第二十二話　出典未詳。菅家本諸寺縁起集・法興寺条にごく簡略な同話的記事がある。二十巻本捜神記・十八、八巻本捜神記・八には第一―四段と同一モチーフの霊木伐採譚がある。詳しくは今野達「元興寺の大槻と道場法師」(専修国文・2号)参照。

二五 →人名「推古天皇」。　二六 →注三〇。

二七 →一三五頁注三九。　二八 →人名「釈迦如来」。　二九 →地名「百済国」。

三〇 人名の明記を期した意識的欠字。推古紀の十三、十四年(六〇五、六)条に鞍作鳥が銅・繍の丈六の仏像各一軀を造った旨の記事がある。

三一 現、奈良県高市郡明日香村。

三二 本当に、まったくの意。但し「当テ」の誤記とも見える。

三三 ケヤキの古名。　三四 基礎。土台。

三五 工事の責任者である役人。

三六 底本の祖本の破損に因る欠字。

□曳出《ひきいで》ヨ」ナド[一]喤《ののしり》テ、皆人逃《にげ》テ去《さり》ヌ。

其後、程ヲ[二]□可伐《きるべ》キ也、ト被定《さだめられ》テ、亦《また》、他《ほか》ノ人ヲ以テ令伐《きらしむ》ルニ、始《はじめ》モ斧《をの》・[三]鐇《たつぎ》ヲ二三度許打立《ばかりうちたつ》ル程ニ死《しに》シカバ、亦、此ノ度《たび》[四]モ惶〻《おづおづ》寄《より》テ令伐《きらしむ》ル程ニ、亦、前《さき》ノ如ク俄《にはか》ニ死ヌ。[五]具《とも》ノ者共《ども》、皆是《これ》ヲ見テ斧・鐇ヲ投ゲ棄《すて》テ、[六]身ノ成《な》ラム様《やう》モ不知《しらず》ラ[七]逃テ去《さり》ヌ。其後ハ、[八]「何《いか》ナル勘当有《かんだうあり》ト云《いふ》トモ、今ハ更ニ木ノ辺《ほとり》ニ可寄《よるべ》キニ非ズ。命ノ有ラバコソ公《おほやけ》ニモ仕《つかまつ》ラメ」ト云テ、[九]惶《お》ヂ迷《まど》フ事無限《かぎりな》シ。

其時ニ、或ル僧ノ思ハク、「何《いか》ナレバ、此ノ木ヲ伐《きる》ニハ人ハ死《しぬ》ル」ト、「[一〇]構《かまへ》テ此《この》事知ラバヤ」ト思テ、雨ノ隙《ひま》無ク降ル夜、僧自《みづか》ラ蓑笠《みのかさ》ヲ着テ、道行ク人ノ木蔭ニ[一一]雨隠《あまがくれ》シタル様ニ、木ノ本《もと》ニ窃《ひそか》ニ抜足《ぬきあし》ニ寄《より》テ、木ノ[一二]空《うつほ》ノ傍《かたはら》ニ窃《ひそか》ニ[一三]居《ゐ》ヌ。夜半ニ成ル程ニ、木ノ空《うつほ》ノ上ノ方《かた》ニ多《おほく》ノ人ノ音聞《こゑきこ》ユ。聞ケバ、云《いふ》ナル様《やう》、「カクテ度〻《どど》伐《き》リニ寄来《よりきた》ル者ヲ不令伐《きらしめず》シテ、皆蹴殺《くゑころ》シツ。サリトテ、[一四]遂《つひ》ニキラヌヤウ有ラジ」ト云ヘバ、亦、異音《ことごゑ》シテ、「サリトモ、毎度《たびごと》ニコソ蹴殺サメ。世ニ命不惜《をしま》[一五]ヌ者無ケレバ、寄来《よりきたり》テ伐《き》ラム者不有《あらじ》」ト云フ。異音《ことごゑ》シテ、「[一六]若麻苧《もしあさを》ノ[一七]注連《しりくへ》ヲ引廻《ひきめぐ》ラシテ、[一八]中臣祭《なかとみのまつり》ヲ読《よみ》テ、[一九]杣《そま》立《だち》ノ人ヲ以テ[二〇]縄墨《すみなは》ヲ懸《かけ》テ伐《き》ラム時ゾ、我等術可尽《つくべ》キ」ト云フ。亦、異音共《ことごゑども》シテ、「現《げ》ニ然《さ》ル事也」ト云《いふ》。亦、異音共《ことごゑども》、[二一]歎《なげき》タル言共《ことども》ニテ云合《いひあへ》ル程ニ、[二二]鳥ナキヌレバ音《こゑ》モセズ。[二三]僧、「[二四]賢《かしこ》キ事ヲ聞《きく》ゾ」ト思テ、抜足《ぬきあし》ニ出《いで》ヌ。

一 大騒ぎして。
二 底本の祖本の破損に因る欠字。
三 伐採用の幅の広い斧。
四 底本にない「モ」を補った。保孝本、信友本「此ノ度モ」。
五 一緒にいた者たち。
六 なりふり構わず。
七 保孝本、信友本「不知ス」。
八 どんなお咎めを受けようと、もう決して木の傍に近づくつもりはない。
九 底本「云キ」を訂した。保孝本、信友本「云テ」。
一〇 なんとかして。
一一 雨宿り。
一二 (古木の根元に出来た)空洞。
一三 底本「居ス」を訂した。田村本「居ヌ」。
一四 最後まで伐採させないわけにはいくまい。
一五 「命をしからぬ者」とも訓める。
一六 麻や苧(からむし)の繊維で作った糸。
一七 注連縄。しめなわ。
一八 底本「祭文ヵ」と傍書。内閣享和本、信友本「中臣祓」。中臣の祭文。中臣祓(注一七)に同じ。
一九 他に用例のない語だが、杣匠(そまだくみ)の意であろうか。
二〇 墨壺につけた糸。大工が直線を引くのに用いる道具。
二一 底本「難タル」を訂した。保孝本、信友本「歎タル」。
二二 鳥が鳴いたので。霊鬼の類は朝になると活動を停止する。

其後、此由《このよし》ヲ奏スレバ、公《おほやけ》感ジ喜《よろこび》給テ、其《その》僧ノ申ス如クニ、麻苧《あさを》ノ注連《しりくへ》ヲ木ノ本《もと》ニ引廻《ひきめぐらし》テ、木ノ本《もと》ニ[二五]米散《よねちら》シ[二六]幣奉《みてぐらたてまつり》テ、[二七]中臣祓《なかとみのはらへ》ヲ令読《よましめ》テ、杣立《そまだち》ノ者共ヲ召テ、縄墨《すみなは》ヲ懸《かけ》テ令伐《きらしむ》ルニ、一人モ死ヌル者無シ。[二八]木漸《やうや》ク傾ク程ニ、山鳥《やまどり》ノ大《おおき》サノ程ナル鳥五六計《ばかり》、木末《こずゑ》ヨリ飛立テ去ヌ。其後ニ木倒レヌ。皆伐《き》リ揮《はらひ》テ御堂ノ壇ヲ築《つ》ク。其《その》鳥共《ども》ハ南ナル山辺《やまのほとり》ニ居《ゐ》ヌ。天皇此由《このよし》ヲ聞《きき》給テ、鳥ヲ哀《あはれび》テ、忽《たちまち》ニ社《やしろ》ヲ造《つくり》、其《その》鳥ニ給フ。[二九]于今《いまに》神ノ社ニテ有リ。[三〇]竜海寺《りうかいじ》ノ南ナル所也。

其後、堂ヲ造畢《つくりをはり》ヌ。[三一]供養ノ日、暁《あかつき》ニ仏ヲ渡シ奉ルニ、仏ハ大キニ、堂ノ南ノ戸ハ狭《せば》シ。今一二寸広カラムニ、[三二]摂仏可入給《せふぶついりたまふべ》キ様《やう》無シ。「是《これ》ハ、今二尺計《ばかり》広サモ高サモ仏ハ[三三]過《すぎ》給ヘルハ。可為《すべ》キ様《やう》無シ。喬《そば》ノ壁ヲ壊《こぼち》テコソハ入レ奉ラメ。何《いか》ガセムト□[三四]喤《ののし》リ騒ギ合《あひ》タル事無限《かぎりな》シ。

[三五]然ル間、年八十□[三六]突《つき》タルガ出来《いできたり》テ云《いは》ク、「イデ〱、主達《ぬしたち》、皆去《の》ケ。只翁《おきな》ガ申サムニ随《したがひ》テ可為《すべし》」ト云テ、仏ノヲ《お》[三七]トガイ《ひ》引廻《ひきめぐら》カシ奉ル様《やう》ニシテ、御頭《かうべ》ノ方《かた》[三八]ノ前ニシテ糸安《いとやす》ラカニ引入《ひきいれ》テ奉リツ。其後、「此ノ翁ハ何人《なにびと》ゾ」ト問ヒ尋ヌルニ、[三九]掻消《かきけつ》様《やう》ニ失《うせ》ヌ。更ニ行《ゆき》ケム方《かた》ヲ不知《しらず》。然レバ、驚キ怪《あやし》ビ喤《ののし》ル事無限《かぎりな》シ。猶《なほ》可尋《たづぬべ》キ仰セ有テ、東西ヲ走リ廻《めぐ》ルト云ヘドモ、知レル人無シ。是《これ》、[四〇]化人《くゑにん》也ト云フ事ヲ皆人知《しり》ヌ。

二三　保孝本、信友本「音モセス成ヌ」。
二四　うまいことを聞いたぞ。
二五　魔除の散米(うちまき)をして。
二六　幣帛を供えて。
二七　六月、十二月の大祓に神前で読み上げる祝詞。
二八　底本「不」を訂した。内閣享和本、信友本「木」。木が次第に傾いてきた頃に。
二九　未詳。→次注。
三〇　未詳。奈良県高市郡明日香村岡の竜蓋寺(岡寺)をさすか。菅家本縁起「其鳥于今成レ神、在二竜蓋寺之南一」。
三一　推古紀によれば十四年(六〇六)四月八日。
三二　摂像。木・針金等で骨組みを作り、土で肉付けをした塑像。但し前文に「銅」像とあったのと矛盾する。現存する像も金銅仏である。→六六頁注八。
三三　大き過ぎていらっしゃるよ。
三四　底本の祖本の破損に因る欠字。
三五　推古紀によれば、戸より大きい仏を堂内に入れたのはこの仏像を造った鞍作鳥である。本段ではこれを化人の仕業とし、超自然化している。
三六　→注三四。
三七　あご。
三八　諸本かく作るが、「方ヲ」とあるべきところ。
三九　→五四頁注一。
四〇　仏菩薩の化身。

其後、時[一]至《いたり》ヌレバ、供養有リ。其講師《そのかうじ》[二][三]□□其時ニ、仏ノ[四]眉間《みけん》ヨリ白キ光《ひか》リ出来《いでき》テ、中ノ戸ヨリ出《いで》テ、堂ノ上ニ蓋《かさ》ト成《なり》テ覆ヘリ。「是《これ》、奇異ノ事也」ト貴《たふと》ビ合ヘリ。供養ノ後ハ、此ノ寺ノ事ヲ[五]聖徳太子[六]承《うけたまはり》テ行《おこな》ヒケレバ、仏法盛《さかり》ニシテ愚《おろか》ナル事無シ。

[七]本《もと》ノ元興寺《ぐわんごうじ》ト云フ、是《これ》也。其《その》仏[八]于今在《いまにまし》マス。心有ラム人ハ必ズ参《まゐり》テ可礼奉《らいしたてまつるべ》キ仏也トナム語リ伝ヘタルトヤ。

建現光寺《げんくわうじをたてて》、安置霊仏語《りやうぶつをあんぢせること》第二十三

今昔《いまはむかし》、[九]敏達《びんだつ》天皇ノ御代《みよ》ニ、河内国《かはちのくに》、[一〇]和泉《いづみ》ノ郡《こほり》ノ前ノ海ノ[一一]澳《おき》ニ楽器ノ音有リ。[一二]箏《しやうのこと》・笛《ふえ》・[一三]琴《きんのこと》・[一四]箜篌《くご》等ノ音ノ如シ。亦《また》、雷《いかづち》ノ震動ノ音ノ如シ。[一五]亦、光有リ。日ノ始《はじめ》テ出《いづ》ルガ如シ。[一六]昼ハ鳴リ、夜ハ耀《かかや》ク。[一七]而《しか》モ、東《ひむがし》ヲ指《さし》テ流レ行ク。

其時ニ、[一八]文部ノ屋栖野《やすの》ト云フ人有リ。此《この》事ヲ天皇ニ奏スル、[一九]天皇[二〇]敢《あへ》テ不信給《しんじたまはず》ハ。然レバ、后《きさき》ニ申ス。后是《これ》ヲ聞《きき》テ、[二一]栖野ニ仰《おほせ》テ宣《のたま》ハク、「汝《なむ》ヂ行テ、彼ノ光ノ所ヲ可見《みるべ》シ」ト。栖野仰《おほせ》ヲ奉《うけたまはり》テ行テ見ルニ、聞《きく》ガ如クニ光有リ。船ニ乗《のり》、漕ギ行《ゆき》テ見レバ、大《おほき》ナル楠《くすのき》、海ノ上ニ浮《うかび》テ有リ。其《その》木ニ[二二]現《あらは》ニ光有リ。帰《かへり》テ其由《そのよし》ヲ申シキ。

一 （所定の）時刻になったので。
二 →一五頁注四〇。
三 底本に空白はないが、欠字があると推定する。
四 →五三頁注二八。
五 →人名「聖徳太子」。
六 引き継いで執行されたので。
七 飛鳥寺が法統を伝える。→地名「本元興寺（もとのがんごうじ）」。
八 この像は飛鳥大仏と呼ばれて飛鳥寺に現存する。

第二十三話　出典は日本霊異記・上・5の前半。菅家本諸寺縁起集・現光寺条に簡略な同話、日本書紀・欽明天皇十四年（五五三）五月、聖徳太子伝暦に異伝がある。

九 →人名「敏達（びだつ）天皇」。但し、紀は欽明天皇十四年、伝暦は推古天皇三年（五九五）のこととする。
一〇 現、大阪府南西部。霊異記「和泉国」。欽明紀「（河内国）泉郡」。
一一 沖。
一二 訓みは字類抄による。十三弦の琴。
一三 七弦の琴。
一四 訓みは字類抄による。百済琴。ハープの一種。くうご。
一五 以下「出ルガ如シ」まで、霊異記に見えず。欽明紀「光彩晃曜如二日色一」。
一六 底本「尽ハ」を訂した。東北本「昼ハ」。
一七 底本「面モ」を訂した。保孝本、信友本「而モ」。
一八 諸本かく作るが、霊異記は「大部屋栖古」（話頭には「大部屋栖野古」）。大部は大伴に同じ。→人名「屋栖野古（やすのこ）」。

「是《これ》、定《さだめ》テ[二三]霊木《りやうもく》ナラム。此《この》木ヲ以テ仏像ヲ可造給《つくりたまふべ》シ」ト。后是《これ》ヲ聞テ、仰セテ宣ハク、「速《すみやか》ニ申ス如クニ仏ノ像ニ可造《つくるべ》シ」ト。栖野仰《おほせ》ヲ奉《うけたまはり》テ、喜《よろこび》テ、[二四]蘇《そ》我《が》ノ大臣《おほおみ》ニ仰《おほせ》テ、池辺《いけのべ》ノ直《あたひ》[二五]水田ト云フ人ヲ以テ仏菩薩[二六]三体ノ像ヲ令造《つくらしめ》テ、[二七]豊浦寺《とよらでら》ニ安置セリ。諸《もろもろ》ノ人詣《まうで》テ[二八]恭敬《くぎやう》供養シ奉ル事無限《かぎりな》シ。

然ル間、[二九]守屋[三〇]大臣《もりやのおほおみ》、后ニ申シテ云ク、「凡《おほよそ》仏ノ像ヲ国ノ内ニ不可置《おくべからず》。遠ク棄去《すてさ》レ」ト。后是《これ》ヲ聞《きき》テ、栖野ニ[三一]□奉レ」ト。然レバ、栖野、池辺ノ水田ヲ使トシテ[三二]□。其時ニ、守屋ノ大臣火ヲ放《はなち》テ堂ヲ焼キ、仏ヲバ取《とり》テ難波《なには》ノ[三三]堀江ニ流シツ。然レドモ、此《この》仏ハ稲ノ中ニ隠シタレバ不知《しらず》。守屋ノ大臣、栖野ヲ責《せめ》テ云ク、「今、国ニ災《わざはひ》ノ発《おこ》ル事ハ、隣国《となりのくに》ノ[三四]客神《まらうとがみ》ヲ国ノ内ニ置ケル故《ゆゑ》也。早ク客神ノ像ヲ取出《とりいだ》シテ[三五]豊国《とよのくに》ニ可棄流《すてながすべ》キ也」ト。然レドモ、栖野[三六]固《かたく》辞シテ、此《この》仏ヲ不取出《とりいださず》シテ止《やみ》ヌ。

其後、守屋謀反《むほん》ノ心有テ、短《ひま》ヲ伺《うかがひ》テ王位ヲ傾《かたぶ》ケムトス。天神地祇《あまつかみくにつかみ》ノ罰《つみ》ヲ蒙《かうぶり》テ、[三七]用《よう》明《めい》天皇ノ御代《みよ》ニ、守屋遂《つひ》ニ[三八]被罰《うたれ》ヌ。其後、此ノ仏ノ像ヲ取出奉《とりいでたてまつり》テ世ニ伝《つたは》レリ。今、[三九]吉野《よしの》ノ郡《こほり》、[四〇]現光《げんくわう》ニ安置シ奉ル。其時ニ、仏光ヲ放チ給ヘリ。[四一]阿弥陀ノ像、是《これ》也。窃《ひそか》ニ稲ノ中ニ隠シタレバ、現光寺ヲバ[四二]窃寺《ひそでら》トハ云フ也ケリトナム語リ伝ヘタルトヤ。


一九「奏スルニ」と同意。信友本「奏スルニ」。　二〇まったく。全然。

二一正しくは「屋栖野古」。本話は不自然に略記している。以下同様。↓注一八。

二二確かに。まさしく。

二三神霊が宿る聖なる木。

二四蘇我馬子をさす。↓人名「馬子（うまこ）」。

二五諸本かく作るが、霊異記は「氷田」。↓人名「氷田（ひた）」。

二六霊異記「菩薩三軀像」。欽明紀「仏像二軀」。　二七↓地名「豊浦寺」。

二八↓一四頁注二〇。

二九物部守屋。↓人名「守屋」。

三〇正しくは守屋は大臣ではなく大連である。↓六一頁注二八。

三一底本の祖本の破損に因る欠字。霊異記「皇后聞之、詔二屋栖古連公一曰、疾隠二此仏像一」。

三二底本の祖本の破損に因る欠字。霊異記「使三氷田直、蔵二乎稲中一矣」。

三三掘割。↓地名「難波」。

三四外来神。仏像をさす。

三五朝鮮半島の諸国をさす。↓地名「豊国」。

三六底本「国」を訂した。信友本「固ク辞シテ」。

三七↓人名「用明天皇」。

三八このことは本巻第1話、第21話に詳しい。　三九現、奈良県吉野郡。

四〇諸本かく作るが、「寺」が脱落か。信友本「現光寺」。↓地名「現光寺」。

四一↓人名「阿弥陀如来」。

四二霊異記「窃寺」。菅家本縁起「檜曾寺」。欽明紀「吉野寺」。

久米仙人《くめのせんにん》、始造久米寺語《はじめてくめでらをつくれること》第二十四

今昔《いまはむかし》、大和国《やまとのくに》、[一]吉野《よしの》ノ郡《こほり》、[二]竜門寺《りうもんじ》ト云《いふ》寺有リ。寺ニ[三]二《ふたり》ノ人籠《こも》リ居《ゐ》テ[四]仙ノ法ヲ行《おこな》ヒケリ。其《その》仙人ノ名ヲバ、一人ヲ[五]アヅミト云フ、一人ヲバ[六]久米《くめ》ト云フ。然ルニ、アヅミハ[七]前《さき》ニ行ヒ得テ、既ニ仙ニ成《なり》テ、飛テ空ニ昇《のぼり》ニケリ。

後ニ、久米モ既ニ仙ニ成テ、空ニ昇テ飛《とび》テ渡ル間、[八]吉野河ノ辺《ほとり》ニ、若キ女衣《きぬ》ヲ洗《あらひ》[九]テ立《た》テリ。衣ヲ洗フトテ、女ノ肺[一〇]胵マデ衣ヲ搔上《かきあげ》タルニ、肺ノ白カリケルヲ見テ、久米心[一一]穢《けが》レテ、其《その》女ノ前ニ落《おち》ヌ。其後、其《その》女ヲ妻《め》トシテ有リ。[一二]其《その》仙ノ行ヒタル形《かたち》、于今《いまに》竜門寺ニ、其形《そのかたち》ヲ[一三]扉《とびら》ニ、[一四]北野ノ御[一五]文《ふみ》ニ作《つくり》テ出《いだ》シ給ヘリ。其レ不消《きえず》シテ于今《いまに》有リ。其《その》久米ノ仙、[一六]只人ニ成《なり》ニケルニ、馬ヲ[一七]売ケル[一八]渡《わた》シ文《ぶみ》ニ、「前《さき》ノ仙、久米」トゾ書《かき》テ渡シケル。

然ル間、久米ノ仙、其《その》女ト夫妻《めをと》トシテ有ル間、天皇其《その》国ノ[一九]高市《たけち》ノ郡《こほり》ニ都ヲ造リ給フニ、国ノ内ニ夫《ぶ》[二〇]ヲ催シテ其役《そのえだち》トス。然ルニ、久米其《その》夫ニ被催出《もよほされていで》ヌ。余《ほか》ノ夫共《ども》、久米ヲ、「仙人〻〻」ト呼ブ。[二一]行事官《ぎやうじのつかさ》ノ輩《ともがら》有テ、是《これ》ヲ聞《きき》テ云《いは》ク、「汝等、何ニ依《より》テ彼レヲ仙人ト呼ブゾ」ト。夫共《ども》答テ云ク、「彼ノ久米ハ、先年竜門寺ニ籠《こもり》テ仙ノ

第二十四話 出典未詳。同話・類話は七大寺巡礼私記・東大寺条、菅家本諸寺縁起集・久米寺条、久米寺流記、元亨釈書・十八・久米仙その他に喧伝する。

一 現、奈良県吉野郡。
二 菅家本縁起「竜門寺」。流記「竜門山崛」。↓地名「竜門寺」。
三 流記、釈書は大伴・安曇・毛竪(久米)の三人、私記、菅家本縁起は二人とする。
四 仙術を修行した。
五 伝未詳。安曇氏の出身であろう。流記「安曇」。
六 伝未詳。流記「毛竪」。
七 久米より先に修行を成就させて。
八 流記「久米河」。菅家本縁起「吉野河」。↓地名「吉野河」。
九 諸本とも「洗キ」。底本の傍書「テカ」により訂した。
一〇 「肺」は未詳。「胵」は「脛」の異体字であろう。熟語としての訓みは未詳。ふくらはぎの意か。縁起集「肺脛」。流記「股」。
一一 (愛欲により)心が汚れて。
一二 その仙人の修行中の様子は。なお扶桑略記・治安三年(一〇二三)十月十九日条の道長の久米寺参詣の記事に「岫下有二方丈之室一、謂二之仙房一。大伴安曇両仙之処、各有二其碑一。菅丞相・都良香之真跡、書二于両扉一」云々と見える。
一三 扉絵として描き。
一四 菅原道真をさす。↓人名「道真」。
一五 漢文の賛をお作りになって(書き添えて)ある。

法ヲ行《おこなひ》テ、既ニ仙ニ成テ、空ニ昇飛渡《のぼりてとびわた》ル間、吉□[二二]女衣《きぬ》ヲ洗ヒ立《た》テリケリ。其《その》女ノ褰《かか》ゲタル胐白カリケルヲ見《み》下《おろ》シケルニ□[二三]前ニ落テ、即《すなは》チ其《その》女ヲ妻《め》トシテ侍ル也。然レバ、其レニ依テ、仙人トハ呼ブ也」。

行事官《ぎやうじのつかさ》等、是《これ》ヲ聞《きき》テ、「然テ、[二四]止事無《やむごとな》カリケル者ニコソ有《ある》ナレ。本《もと》、仙ノ法ヲ行《おこなひ》テ既ニ仙人ニ成ニケル者也。其行《そのおこなひ》ノ[二五]徳定《とくさだめ》テ不失給《うせたまはじ》。然レバ、此ノ材木多ク自《みづか》ラ持運《もてはこ》バムヨリハ、仙ノ力ヲ以テ[二六]空ヨリ[二七]飛《とばし》メヨカシ」ト戯《たはぶ》レノ言《こと》ニ云ヒ合ヘルヲ、久米聞テ云ク、「我レ仙ノ法ヲ忘レテ年来《としごろ》ニ成ヌ。今ハ只人ニテ侍ル身也。然計《さばかり》ノ霊験ヲ不可施《ほどこすべからず》」ト云テ、心ノ内ニ思ハク、「我レ仙ノ法ヲ行ヒ得タリキト云ヘドモ、凡夫《ぼんぶ》ノ愛欲ニ依《より》テ、女人ニ心ヲ穢《けが》シテ、[二八]仙人ニ成ル事コソ無カラメ、年来《としごろ》行ヒタル法也、[二九]本尊何《いかで》カ助ケ給フ事無カラム」ト思テ、行事官等ニ向《むかひ》テ云ク「然ラバ、若《もし》ヤト祈リ試《こころみ》ム」ト。行事官、是ヲ聞テ、「[三〇]嗚呼《をこ》ノ事ヲモ云フ奴カナ」ト乍思《おもひながら》、「極《きはめ》テ貴《たふと》カリナム」ト答フ。

其後、久米一《ひとつ》ノ静《しづか》ナル[三一]道場ニ籠《こも》リ居《ゐ》テ、身心清浄《しんじんしやうじやう》ニシテ、食《じき》ヲ断《たち》テ、七日七夜不断ニ礼拝恭敬《らいはいくぎやう》シテ、[三二]心ヲ至シテ此《この》事ヲ祈ル。而《しか》ル間、七日既ニ過《すぎ》ヌ。行事官《ぎやうじのつかさ》等、久米ガ不見《みえざ》ル事ヲ[三三]且《かつ》ハ咲《わら》ヒ、且《かつ》ハ疑フ。然ルニ、八日ト云フ朝《あした》ニ、俄《にはか》ニ空陰《くも》リ暗夜《くらきよ》ノ如ク也。雷《いかづち》鳴リ雨降テ、[三四]露《つゆ》物不見《みえず》エ。是《これ》ヲ怪《あやし》ビ思フ間、暫計《しばしばかり》有テ雷止《とどま》リ空晴レ

一六　普通の人間。
一七　底本「責ケル」を訂した。
一八　譲渡の証文。
一九　現、奈良県橿原市、高市郡付近。私記、菅家本縁起、流記等は東大寺建立の時とする。
二〇　人夫を徴用してその労役に当てた。
二一　工事の責任者である役人たち。
二二・二三　底本の祖本の破損に因る欠字。
二四　「然テハ」と同意。それでは。
二五　験徳。ここでは神通力。
二六　「ヨリ」は動作の経由点を示す。空を経由して。空中を。
二七　保孝本、信友本「令飛メヨカシ」。「カシ」は強意。
二八　仙人になるのは無理としても。
二九　仙術を祈る対象だが、何らかの仏菩薩であろう。
三〇　ばかげたことを言う奴だな。
三一　寺院。もともと竜門寺という寺院で仙術を修行していたことに注意。流記にはこの記事がない。
三二　まごころこめて。一心不乱に。流記「仙向㆓南方㆒結㆓鉤招之印㆒。或説云、暫塞㆑目為㆓観念㆒云々」。
三三　一方では笑い、他方ではいぶかしく思っていた。
三四　何も見えない。

ヌ。其時ニ見レバ、大中小ノ[一]若干《そこばく》ノ材木、[二]併《しかしなが》ラ南ノ山辺《やまのほとり》ナル[三]杣《そま》ヨリ空ヲ飛《とび》テ、都ヲ被造《つくらる》ル所ニ来《きたり》ニケリ。

其時ニ、多《おほく》ノ行事官《ぎやうじのつかさ》ノ輩《ともがら》、敬《うやまひ》テ貴ビテ久米ヲ拝ス。其後、此事ヲ天皇ニ奏ス。天皇モ是《これ》ヲ聞キ給テ、貴ビ敬テ、忽《たちまち》ニ[四]免田《めんでん》三十町ヲ以テ久米ニ施《せ》シ給ヒツ。久米喜《よろこび》テ、此ノ田ヲ以テ其郡《そのこほり》ニ一《ひとつ》ノ[五]伽藍《がらん》ヲ建《たて》タリ。[六]久米寺《くめでら》ト云フ、是《これ》也。

其後、[七]高野《かうや》ノ大師、其《その》寺ニ[八]丈六《ぢやうろく》ノ[九]薬師ノ三尊ヲ、銅《あかがね》ヲ以テ鋳居《いすゑ》へ奉リ給ヘリ。大師、其《その》寺ニシテ[一〇]大日経《だいにちきやう》ヲ見付《みつけ》テ、其レヲ本《もと》トシテ、「[一一]速疾《そくしつ》ニ仏ニ可成《なるべ》キ教《をしへ》也」トテ、[一二]唐へ真言《しんごん》習ヒニ渡リ給ケル也。

然レバ、止事無《やむごとな》キ寺也トナム語リ伝ヘタルトヤ。

弘法大師《こうぼふだいし》、始建高野山語《はじめてかうやのやまをたてたること》第二十五

今昔《いまはむかし》、[一三]弘法《こうぼふ》大師、[一四]真言教《しんごんけう》[一五]諸《もろもろ》ノ所ニ弘《ひろ》メ置給《おきたまひ》テ、年[一六]漸《やうや》ク老《おい》ニ臨《のぞみ》給フ程ニ、[一七]数《あまた》ノ弟子ニ皆所〻《ところどころ》ノ寺〻ヲ譲リ給テ後、「[一八]我ガ唐ニシテ擲《な》ゲシ所ノ[一九]三鈷《さんご》落《おち》タラム所ヲ尋《たづね》ム」ト思《おもひ》テ、[二〇]弘仁《こうにん》七年ト云フ年ノ六月ニ、[二一]王城《みやこ》ヲ出《いで》テ尋ヌルニ、大和国《やまとのくに》、[二二]宇智《うち》ノ郡《こほり》ニ至《いたり》テ、一人ノ猟《かり》ノ人ニ会《あひ》ヌ。其形《そのかたち》、面《おもて》赤クシテ長《たけ》八尺計《ばかり》也。青キ色ノ小袖ヲ着《ちやく》

一　たくさんの。
二　そっくりそのまま。全部。
三　杣山。植林して材木を伐り出す山。
四　納税を免除された田。
五　寺院。　六　→地名「久米寺」。
七　弘法大師空海。→人名「空海」。
八　→一三五頁注三九。
九　→人名「薬師如来」。
一〇　大毘盧遮那経の別称。→三二頁注一四。　一一　すみやかに。
一二　この時のことは本巻第9話に詳しい。

第二十五話　第一―三段の出典は金剛峰寺建立修行縁起。第四段以後は出典未詳。但し、打聞集・6に同文的同話があり、その母胎的資料が第一―三段の副次的出典、第四段以後の中核的出典であるらしい。

一三　→人名「空海」。　一四　真言密教。
一五　底本「教」の下に「ヲ」を朱補。諸本とも「ヲ」なし。
一六　次第に老境を迎えられる頃に。
一七　縁起、打聞には見えず本話で付加された記事だが、これは史実に反する。第三段で語る通り、空海が弟子たちに諸寺を委託したのは高野入山後である。
一八　入唐中に三鈷を投げた話は本巻第9話に詳しい。
一九　打聞「五鈷」。→二三八頁注四。
二〇　八一六年。空海はこの年六月十九日に道場建立の地として高野山の下賜を乞い、次いで許された(性霊集・九)。
二一　京都をさす。　二二　現、奈良県五條市付近。　二三　弓矢。　二四　そこをお歩きの

セリ。骨高ク筋《すぢ》太シ。[二三]弓箭《きうせん》ヲ以テ身帯《みにたい》セリ。大小二《ふたつ》ノ黒キ犬ヲ具《ぐ》セリ。即《すなは》チ、此《この》人大師ヲ見テ、過ギ通ルニ云《いは》ク、「[二四]何《なに》ゾノ聖人《しやうにん》ノ行《あり》キ給フゾ」ト。大師ノ宣《のたま》ハク、「我レ唐ニシテ三鈷《さんご》ヲ擲《なげ》テ、『[二五]禅定《ぜんぢやう》ノ霊穴《れいくゑつ》ニ落《おち》ヨ』ト誓ヒキ。今其《その》所ヲ求メ行《あり》ク也」ト。猟者《かりのひと》ノ云ク、「我レハ是《これ》[二六]南山ノ犬飼《いぬかひ》[二七]也。我レ其《その》所ヲ知レリ。速《すみやか》ニ可教奉《をしへたてまつるべ》シ」ト云テ、犬ヲ放《はなち》テ令走《はしらしむ》ル間、犬失《うせ》ヌ。

大師、其《そこ》ヨリ紀《き》伊ノ国ノ堺《さかひ》、[二八]大河ノ辺《ほとり》ニ宿《やどり》シヌ。此《ここ》ニ一人ノ[二九]山人《やまびと》ニ会《あひ》ヌ。大師此《この》事ヲ問《とひ》給フニ、「此《ここ》ヨリ南ニ[三〇]平原ノ沢有リ。是《これ》其所也」。明《あく》ル朝《あした》ニ、山人、大師ニ相《あひ》具《ぐ》シテ行ク間、蜜《ひそか》ニ語《かたり》テ云《いは》ク、「我レ此《この》山ノ[三一]王《わう》也。速《すみやか》ニ此ノ領地ヲ可奉《たてまつるべ》シ」ト。山ノ中ニ百町計《ばかり》入ヌ。山ノ中ハ[三二]直《うるは》シク鉢ヲ臥《ふせ》タル如クニテ、廻《めぐり》ニ峰八立《みねやつたち》テ[三三]登《のぼ》レリ。檜《ひのき》ノ云《いは》ム方《かた》無ク大《おほき》ナル、竹ノ[三四]様《やう》ニテ生並《おひなみ》タリ。其《その》中ニ一《ひとつ》ノ檜ノ中ニ大ナル[三五]竹胯《たけのまた》有リ。此ノ三鈷《さんご》被打立《うちたてられ》タリ。是《これ》ヲ見ルニ、喜ビ悲ブ[三六]事無限《かぎりな》シ。「是《これ》、禅定《ぜんぢやう》ノ霊崛《れいくつ》也」ト知《しり》ヌ。「此ノ山人ハ誰人《たれひと》ゾ」ト問《とひ》給ヘバ、「[三七]丹生《にふ》ノ明神トナム申ス」。今ノ[三八]天野《あまの》ノ宮、是《これ》也。「犬飼《いぬかひ》ヲバ[三九]高野《かうや》ノ明神トナム申ス」ト云テ、失《うせ》ヌ。

大師返《かへり》給テ、諸《もろもろ》ノ職皆辞シテ、御弟子ニ所〻《ところどころ》ヲ付ク。[四〇]東寺《とうじ》ヲバ[四一]実恵《じつゑ》僧都《そうづ》ニ付ク。[四二]神護寺《じんごじ》ヲバ[四三]真済僧正《しんぜいそうじやう》ニ付ク。[四四]真言院ヲバ[四五]真雅僧正《しんがそうじやう》ニ付《つく》。[四六]高雄《たかを》ヲ棄《すて》テ南山ニ移リ入《いり》給《たまひ》ヌ。堂塔・房舎ヲ[四七]其員《そのかず》造ル。其《その》中ニ高サ十六丈ノ[四八]大塔ヲ造《つくり》テ、[四九]丈六《ぢやうろく》ノ[五〇]五仏ヲ安置

聖人はどういうお方ですか。
二五 入定するのにふさわしい霊妙な洞窟。
二六 南の山。金剛峰寺建立後は北嶺（比叡山）に対する高野山の異称となった。
二七 犬を使って狩りをする者。
二八 吉野川（紀の川の上流）をさす。
二九 山林に生活する者。
三〇 平坦な湿原。縁起「平原広沢」。
三一 地主神。縁起「吾是此山山王也」。
三二 きちんと鉢を伏せたような地形で。
三三 聳えている。三四 竹のように無数に生えている。打聞「竹林ノ様ニ生並タリ」。
三五 二本に分かれた竹の股。打聞は「一本檜中大ル方マタニ」、縁起「樹夾」とは文意が異なる。前文の「竹ノ様ニ」に引かれて、かく表現したものか。
三六 →四八九頁注一八。
三七 高野山の地主・護法神。もとは山中の水銀鉱脈の発掘、丹朱の制作に従事していた丹生族の神であったらしい。
三八 和歌山県伊都郡かつらぎ町上天野にある丹生都比売神社。
三九 高野山の地主・護法神。山中を生活の場とし空海の高野開創にも協力したであろう山住みの民の神格化か。四〇 →地名「東寺」。四一 →人名「実恵」。四二 →地名「神護寺」。四三 →人名「真済」。
四四 →地名「真言院」。四五 →人名「真雅」。
四六 神護寺をさす。四七 多数。
四八 金剛峰寺の根本大塔をさす。
四九 →一三五頁注三九。五〇 真言密教の曼荼羅で、中央の大日如来とその四方にある四仏（東・阿閦如来、西・阿弥陀如来、南・宝生如来、北・不空成就如来）。

シテ、[一]御願《ごぐわん》トシテ名ヅケツ。[二]金剛峰寺《こんがうぶじ》トス。亦、入定《にふぢやう》ノ所ヲ造テ、[三]承和《じようわ》二年ト云フ年ノ三月二十一日ノ[四]寅時《とらのとき》ニ、[五]結跏趺座《けつかふざ》シテ、[六]大日《だいにち》ノ定印《ぢやういん》ヲ結《むすび》テ、内ニシテ入定《にふぢやう》。年六十二。御弟子等、遺言《ゆいごん》ニ依《より》テ[七]弥勒《みろくの》[八]宝号《ほうがう》ヲ唱フ。

其後、久《ひさし》ク有《あり》テ、此ノ入定《にふぢやう》ノ峒《ほら》ヲ開《ひらき》テ、御髪剃リ、御衣ヲ着《き》セ替奉《かへたてまつり》ケルヲ、其《その》事絶《たえ》テ久《ひさし》ク無カリケルヲ、[九]般若寺《はんにやじ》ノ[一〇]観賢《くわんけん》僧正ト云フ人、[一一]権《ごん》ノ長者《ちやうじや》ニテ有ケル時、大師ニハ[一二]曾孫弟子《ひひこでし》ニゾ当《あたり》ケル、彼ノ山ニ[一三]詣《まうで》テ入定《にふぢやう》ノ峒《ほら》ヲ開《ひらき》タリケレバ、霧立《たち》テ暗夜《くらきよ》ノ如クニテ露不見《つゆみえざ》リケレバ、暫《しばら》ク有《あり》テ、霧ノ閑《しづ》マルヲ見レバ、[一四]早ク、御衣ノ朽《くち》タルガ、風ノ入《いり》テ吹ケバ、塵ニ成《なり》テ被吹立《ふきたてられ》テ見ユル也ケリ。塵閑《しづ》マリケレバ、大師ハ見エ給ケル。御髪ハ一尺計生《ばかりおひ》テ在《まし》マシケレバ、僧正自《みづか》ラ水ヲ浴ビ浄《きよ》キ衣ヲ着テ入テゾ、新《あたらし》キ剃刀《かみぞり》ヲ以テ御髪ヲ剃奉《そりたてまつり》ケル。[一五]水精《すいしやう》ノ御念珠《ねんじゆ》ノ緒《を》ノ朽《くち》ニケレバ御前ニ落散《おちちり》タルヲ、拾ヒ集メテ緒《を》ヲ[一六]直《うるはし》ク挿《すげ》テ、御手ニ懸《かけ》奉テケリ。御衣清浄《しやうじやう》ニ調《ととの》ヘ儲《まうけ》テ着《きせ》奉テ出《いで》ヌ。僧正自《みづか》ラ室《むろ》ヲ出《い》ヅトテ、今始《はじめ》テ別レ奉ラム様《やう》ニ不覚《おぼえず》泣キ悲《かなしま》レテ、其後ハ恐レ奉テ、室《むろ》ヲ開ク人無シ。但シ、人ノ詣ヅル時ハ、上《のぼり》ケル堂ノ戸自然《おのづか》ラ少開《すこしひら》キ、山ニ鳴ル音有リ。或ル時ニハ[一七]金《かね》打ツ音有リ。様ゝ《さまざま》ニ奇《あやし》キ事有ル也。鳥ノ音《こゑ》[一八]ソラ希《まれ》ナル山《やまの》中《なか》也ト[一九]云ヘドモ、露《つゆ》恐シキ思ヒ無シ。

[二〇]坂ノ下ニ、丹生《にふ》・高野《かうや》ノ二《ふたつ》ノ明神ハ鳥居ヲ並《ならべ》テ在《まし》マス。誓《ちかひ》ノ如ク此ノ山ヲ守ル。奇

一 大師自身の御願寺として(金剛峰寺と)名づけた。 二 →地名「高野」。
三 八三五年。 四 午前四時頃。
五 →三〇頁注三。 六 →三五頁注三四。
七 →人名「弥勒菩薩」。 八 名号。
九 底本「船若寺」を訂した。保孝本、信友本「般若寺」。→地名「般若寺」。
一〇 →人名「観賢」。
一一 東寺の長者に次ぐ地位。
一二 具体的には、空海—真雅—源仁—聖宝—観賢という系譜にある。
一三 底本「請テ」を訂した。保孝本、信友本「詣テ」。 一四 →二五頁注二五。
一五 水晶の数珠。 一六 きちんと通して。
一七 金鼓(こんぐ)。たたきがね。打聞「鐘」。
一八 →一〇九頁注二〇。
一九 底本「トヘト云モ」を訂した。
二〇 高野山への登山道(町石道)の下、上天野の丹生都比売神社をさすか。同社第一殿には丹生明神、第二殿に高野明神が祀られている。打聞「坂一二丁許下テ」。

第二十六話 出典は三宝絵か。第二段は三宝絵・下・3および19、第三、四段は同・下・19、第五段は同・下・30、第六段は同・下・3に同話があり、とくに19は同文的で出典の可能性が大。菅家本諸寺縁起集・延暦寺条に簡略な同話がある。最澄の事跡については第10話参照。
二一 →人名「最澄」。
二二 比叡山延暦寺をさす。
二三 →地名「根本中堂(こんぽんちゆうどう)」。
二四 →人名「薬師如来」。 二五 天台大師智

異ナル所也トテ、于今《いまに》人参ル事不絶《たえず》エ。女永ク不登《のぼらず》ラ。
高野《かうや》ノ弘法《こうぼふ》大師ト申ス、是《これ》也トナム語リ伝ヘタルトヤ。

伝教大師《でんげうだいし》、始建比叡山語《はじめてひえのやまをたてたること》第二十六

今昔《いまはむかし》、二一伝教《でんげう》大師、二二比叡山《ひえのやま》ヲ建立《こんりふ》シテ、二三根本中堂《こんぽんちうだう》ニ自《みづか》ラ二四薬師ノ像ヲ造リ安置《あんぢし》奉レリ。天台宗ヲ立《たて》テ、二五智者《ちしや》大師ノ跡ヲ弘《ひろむ》ル事、思《おもひ》ノ如ク也。

其後、二六弘仁《こうにん》三年ト云フ年ノ七月ニ、二七法華三昧堂《ほくゑさんまいだう》ヲ造《つくり》テ、二八一乗《いちじよう》ヲ令読《よましむ》ル事昼夜ニ不絶《たえず》シテ、二九法螺《ほふら》ヲ令吹《ふかしめ》テ三〇十二時ヲ継グ。灯明《とうみやう》ヲ仏前ニ挑《かかげ》テ于今不消《いまにけたず》。亦《また》、三一弘仁十三年ト云フ年、天皇ニ奏シテ、三二官符ヲ給《たまは》リテ、初メテ三三大乗戒壇《だいじようかいだん》ヲ起《たて》ツ。

昔《むか》シ、此ノ朝《てう》ニ三四声聞戒《しやうもんかい》ヲ伝ヘテ、三五東大寺ニ起《たて》タリ。而《しかるに》、大師唐ニ渡《わたり》テ、三六菩薩戒《ぼさつかい》ヲ受《うけ》伝ヘテ返来《かへりきた》レリ。「我ガ宗ノ僧ハ此《この》戒ヲ可受《うくべ》シ。三七南岳・三八天台ノ二人ノ大師、此《この》菩薩戒ヲ受《うけ》タリ。然レバ、此ノ山ニ別ニ三九戒壇院《かいだんゐん》ヲ起《たて》ム」ト申スニ、被免《ゆるさるる》事無シ。其時ニ、大師筆ヲ振《ふる》ヒ文《ふみ》ヲ飛《とば》シテ四〇顕戒論《けんかいろん》三巻ヲ造《つくり》、天皇ニ奉レリ。証文《しようもん》多ク明《あきらか》ニシテ、四一是《これ》ヲ許シテ被立《たてられ》タル也。

其後、毎年《としごと》ノ四二春秋ニ受戒《じゆかい》ヲ行《おこな》フ。四三梵網経《ぼんまうきやう》ニ云《いは》ク、「四四菩薩戒ヲ不受《うけざ》ル者ハ、是《これ》畜生

顗。→人名「智顗(ぎち)」。　二六 八一二年。
二七 →地名「法華三昧堂」。　二八 法華経をさす。　二九 ほら貝。
三〇 昼夜一日中休まない。　三一 八二二年。
三二 底本「官府」を訂した。保孝本、信友本「官符」。太政官から下す公文書。太政官符。
三三 大乗戒(菩薩戒)を授ける式場。とくに東大寺の戒壇に対して比叡山をそれをいう。　三四 菩薩戒の対。小乗戒。
三五 このことは本巻第8話に詳しい。
三六 大乗戒。大乗の菩薩が受持すべき戒。十重禁戒・四十八軽戒等(梵網経)。
三七 南岳大師慧思。→人名「慧思(えし)」。
三八 →注二五。　三九 戒壇(戒律を授ける式場)を特設した建物。
四〇 三巻。最澄の山家学生式に対する南都仏教からの論難に反論し、天台の大乗戒の特質を明らかにして大乗戒壇建立の要を説いた書。
四一 最澄生存時には許されず、没後七日目の弘仁十三年六月十一日に至って勅許された。三宝絵「弘仁十三年六月ニ是ヲユルシ下テ官符ヲタマヒ戒壇ヲ立タリ」。
四二 この一文は三宝絵に見えない。同書・下・19の末尾には「受戒ハ年ノハジメニアルベシト定テ、嘉祥ノ官符ニハ四月三日ヲコナヘト給ヒ、寛平ノ官符ニハ四月十五日ノサキニ行ヘトイヘリ」とある。
四三 →三四二頁注一。
四四 梵網経・第四十二軽戒「是悪人輩不受仏戒、名為畜生。生生不未三宝、如木石無心。名為外道邪見人輩」。但し、本話は三宝絵からの孫引き。

ニ不異《ことならず》ラ。名ヅケテ外道《ぐゑだう》ト可為《なすべ》シ」ト。「[一]若《も》シ僧有テ、一《ひとり》ノ人ヲ教《をしへ》テ菩薩戒ヲ令受《うけしめ》タル功徳《くどく》ハ、[二]八万四千ノ塔ヲ起《たて》タルニハ増《まさ》レリ」ト。然レバ、大師、一人ニ非ズ二人ニ非ズ、[三]若干《そこばく》ノ人ヲ、一年ニ非ズ二年ニ非ズ、若干《そこばく》ノ年ヲ経テ、令度《どせしめ》給ハム功徳幾許《いくばくばかりぞ》ヤ。心有ラム人ハ尤《もと》モ此ノ戒ヲ可受《うくべ》キ也。

亦、大師、毎年《としごと》ノ十一月ノ二十一日ニ、講堂ニシテ、多《おほく》ノ僧ヲ請《しやう》ジテ法華経《ほくゑきやう》ヲ講ジテ、[四]法会《ほふゑ》ヲ行《おこな》フ事五箇日。此《これ》、唐ノ天台大師ノ[五]忌日《きにち》也。[六]一山《いつさん》ノ営《いとな》ミトシテ于今《いまに》不絶《たえず》。比叡山《ひえのやま》ヲ建立《こんりふ》シテ天台宗ヲ立《たて》ツ。偏《ひとへ》ニ彼《かの》大師ノ迹《あと》ヲ追ヘル也。然レバ、其《その》恩ヲ報《ほう》ゼムガ為《ため》ニ始メ行《おこな》ヘル也。

而《しか》ル間、[七]弘仁十三年ト云フ年六月ノ四日、大師入滅《にふめつ》。年五十六。伝教《でんげう》大師ト云フ、是《これ》也。実名《じつみやう》[八]最勝《さいしよう》。入滅ノ時、[九]兼《かね》テ諸《もろもろ》ノ弟子ニ令知《しらし》ム。其《その》日、奇異ノ雲峰ニ覆《おほひ》テ久《ひさし》ク有リ。遠キ人是《これ》ヲ見テ怪《あやし》ムデ、「今日、山ニ必ズ[一〇]故《ゆゑ》有ラム」ト疑ヒケリ。

其後モ、堂塔ヲ造リ、東西南北ノ谷ニ房舎ヲ造リ、若干《そこばく》ノ僧ヲ令住《すまし》メテ、天台ノ法文《ほふもん》ヲ学ビ、仏法盛《さかり》ニシテ霊験殊《こと》ニ勝《すぐれ》タリ。女ハ此《この》山ニ登ル事無シ。延暦寺《えんりやくじ》ト名《なづけ》タリ。天台宗、是《これ》ヨリ此朝《このてう》ニ始《はじ》マル。

彼ノ[一一]宇佐《うさ》ノ給ヘリシ[一二]小袖ノ脇ニ綻《ほころび》□[一三]タルニ、薬師仏ノ御[一四]削《けづ》リ鱗付《くづつき》テ、于今《いまに》[一五]根本《こんぽん》ノ御経蔵ニ有リ。亦、大師ノ自筆ニ書《かき》給ヘル法華経、筥《はこ》ニ入《いれ》テ[一六]禅唐院《ぜんたうゐん》ニ置《おき》奉レリ。

一　これも三宝絵に拠るが、以下の文言は梵網経ではなく、菩薩瓔珞本業経・下「又復法師能於一切国土中、教化一人出家受菩薩戒者、是法師其福勝造八万四千塔」に基づく。三宝絵がこの文言を法苑珠林から引用する際に、梵網経と誤認したと推定されている。

二　仏教で八万四千は多数の意。八万四千塔については、→八〇頁注二一。

三　多数。

四　比叡霜月会をさす。三宝絵・下・30に詳しい。

五　命日。但し、天台大師の忌日は正確には二十四日。三宝絵でも開皇十七年(五九七)十一月二十四日入滅の旨を語っている。

六　→四五頁注五〇。

七　八二二年。

八　正しくは「最澄」。保孝本「最證」。信友本「最澄」。

九　前もって。

一〇　何かわけがあるのだろう。何かあった瑞相に違いない。

一一　宇佐八幡宮。→三七頁注二一。

一二　この小袖のことは本巻第10話に詳しい。→三七頁注二三。

一三　諸本欠字。意識的な欠字か否か未詳。古典大系は「ヒ」を、古典全集は「透(すき)」を想定する。

一四　彫刻した時の削り屑。

一五　東塔にあった経蔵。→地名「根本ノ経蔵」。山門堂舎記・根本経蔵「一切経律論、賢聖集幷唐本天台宗疏、新写経、伝記、外典、伝教大師平生資具、八幡給紫衣等安二置之一」。

代々ノ和尚《くわしやう》、清浄《しやうじやう》ニシテ是ヲ礼《らい》シ奉ル。若《も》シ女ニ少《すこし》モ触《ふれ》ヌル人ハ、永ク是《これ》ヲ礼《らい》シ奉ル事無シトナム語リ伝ヘタルトヤ。

慈覚大師《じかくだいし》、始建楞厳院《はじめてりようごんゐんをたてたること》語第二十七

今昔《いまはむかし》、[一七]慈覚《じかく》大師ハ、[一八]伝教《でんげう》大師ノ[一九]入室写瓶《にふしつしやびやう》ノ弟子トシテ、比叡山《ひえのやま》受ケ伝ヘテ、仏法興隆《こうりう》ノ志《こころざし》[二〇]之殊《こと》ニ深シ。

然レバ、別《べちに》、[二一]首楞厳院《しゆりようごんゐん》ヲ建立《こんりふ》シテ、中堂ヲ建《たて》テ、[二二]観音・不動尊・毘沙門《びしやもん》ノ三尊ヲ安置《あんぢし》奉レリ。亦《また》、[二三]宋ヨリ多《おほく》ノ[二四]仏舎利《ぶつしやり》ヲ持渡《もて》レリ。[二五]貞観《ぢやうぐわん》二年ト云フ年、[二六]惣持院《そうぢゐん》ヲ起《たて》テ、[二七]舎利会《しやりゑ》ヲ始行《はじめおこなひ》テ、永ク此ノ山ニ伝ヘ置ク。多《おほく》ノ僧ヲ[二八]請《しやう》ジ音楽ヲ調《しらべ》テ、[二九]永キ事トス。日ヲ定《さだむ》ル事無シ。只、山ノ花ノ盛《さかり》ナル時ヲ契ル。

亦、[三〇]貞観七年ト云フ年、[三一]常行堂《じやうぎやうだう》ヲ起《たて》テ、[三二]不断ノ念仏ヲ修《しゆ》スル事七日七夜也。八月ノ十一日ヨリ十七日ノ夜ニ至《いたる》マデ、是《これ》、極楽ノ[三三]聖衆《しやうじゆ》ノ[三四]阿弥陀《あみだ》如来ヲ讃《ほめ》奉ル音《こゑ》也。[三五]引《いん》声《じやう》ト云フ、是《これ》也。大師、唐ヨリ移シ伝ヘテ、永ク此ノ山ニ伝ヘ置ク。身ニハ常ニ仏ヲ迎《むかへ》、口ニハ常ニ経ヲ唱フ、心ニハ常ニ思《おもひ》ヲ運ブ。[三六]三業《さんごふ》ノ罪ヲ失フ事、是《これ》ニ過《すぎ》タルハ無シ。

一六 正しくは、前唐院。↓地名「禅唐院」。
第二十七話 出典は三宝絵か。第二段は同書・下・16、第三段は同書・下・25と共通し、とくに前者は同文的で出典の可能性が大。菅家本諸寺縁起集・楞厳院条にごく簡略な同話的記事がある。円仁の事跡については第11話参照。
一七 ↓人名「円仁(えんにん)」。
一八 ↓人名「最澄」。
一九 奥義を残りなく伝授された弟子。
二〇 「之」は「志」の捨仮名「シ」であろう。
二一 横川。↓地名「首楞厳院」。
二二 ↓人名「観世音菩薩・不動明王・毘沙門天」。
二三 史実は「唐」。↓四四頁注一一。
二四 ↓一〇三頁注二一。
二五 八六〇年。
二六 ↓地名「惣持院」。
二七 仏舎利を供養する法会。巻一二・9にほぼ同文の記事がある。
二八 招請して。招いて。
二九 恒例の行事になっている。
三〇 八六五年。
三一 ↓地名「常行堂」。
三二 一定期間僧たちが交替で断つことなく念仏を唱え続ける行。
三三 聖者たち。天人や菩薩たちをさす。
三四 ↓人名「阿弥陀如来」。
三五 ゆるやかな曲調で阿弥陀仏の名号を唱称すること。引声念仏。
三六 身・口・意によって犯した罪を消滅させること。

亦、唐ニ赤山《せきざん》[一]ト申ス神在《まし》マシケリ。大師ヲ守ラムト誓《ちかひ》テ、大師ニ共《とも》ナヒテ此朝《このてう》ニ来《きた》レリ。然ルニ、此ノ山ニ留《とどまり》テ、于今楞厳院《いまにりようごんゐん》[二]ノ中堂ノ傍《かたはら》ニ在《まし》マス。「山ノ仏法ヲ守ラム」ト誓《ちかひ》ヲ発《おこし》テ、永ク此ノ山ニ留《とどま》ル。

亦、大師、此ノ山ニ大《おほき》ナル椙《すぎ》有リ、其《その》木ノ空《うつほ》[三]ニ住《ぢう》シテ、如法《によほふ》[四]ニ精進《しやうじん》シテ、法花経《ほくゑきやう》[五]ヲ書《かき》給フ。既ニ書畢《かきをはり》テ後、堂[六]ヲ起《たて》テ此ノ経ヲ安置シ給《たまふ》。如法経《によほふきやう》[七]、是《ここ》ニ始《はじま》ル。其時ニ、此ノ朝《てう》ノ諸《もろもろ》ノ止事無《やむごとな》キ神、皆誓《ちかひ》ヲ発《おこし》テ、「番[八]ヲ結《むすび》テ、此ノ経ヲ守リ奉ラム」ト誓ヘリ。

于今其《いまにその》経、堂ニ在《まし》マス。亦、椙《すぎ》ノ空《うつほ》有リ。心有ラム人ハ必ズ参《まゐり》テ可礼奉《らいしたてまつるべ》シ。横川《よかは》ノ慈覚《じかく》大師ト申ス、是《これ》也トナム語リ伝ヘタルトヤ。

智証大師《ちしようだいし》、初門徒立三井寺語《もんとをはじめてみゐでらをたてたること》第二十八

今昔《いまはむかし》、智証《ちしよう》[九]大師、比叡《ひえ》ノ山ノ僧トシテ、千光院《せんくわうゐん》[一〇]ト云フ所ニナム住《ぢうし》給ヒケル。而《しか》ルニ、天台座主《てんだいざす》[一一]トシテ彼ノ院ニ住給ヒケル[一二]。天皇ヨリ始メ奉《たてまつり》テ、世挙《こぞり》テ貴《たふと》ビ合ヘル事無限《かぎりな》シ。

然ル間、我ガ門徒《もんと》[一三]ヲ別《べち》ニ立テムト思フ心有テ、我ガ門徒ノ仏法ヲ可伝置《つたへおくべ》キ所カ有

一 →人名「赤山」。
二 横川中堂の傍。後に西坂本に移し、赤山禅院と称される。
三 (古木にできた)空洞。
四 定められた規則通りに。
五 →一五四頁注七。
六 西塔の如法堂をさす。
七 一定の規則に従って写経すること。とくに法華経についていう。
八 順番を決めて。所謂法華経守護の三十番神の起源説話である。

第二十八話　出典未詳。打聞集・5に同文的同話、古今著聞集・二・40(十巻本伊呂波字類抄、寺徳集もほぼ同じ)、元亨釈書・二十八・園城寺条その他に同話がある。

九 →人名「円珍」。
一〇 →地名「千光院」。
一一 比叡山延暦寺の貫主。
一二 連体形終止。「ケルニ」または「ケル時ニ」と同意。
一三 ここでは宗門宗派の意。

ルト、所々《ところどころ》ニ求メ行《あり》キ給フニ、近江《あふみ》ノ国、[一四]志賀《しが》ノ、昔《むか》シ[一五]大伴《おほとも》ノ皇子ノ起《たて》タリケル寺有リ。其《その》寺ニ至《いたり》テ、寺ノ体《てい》ヲ見《みる》ニ、極《きはめ》テ貴キ事無限《かぎりな》シ。東《ひむがし》ハ[一六]近江ノ江ヲ[一七]護《ちは》ヘタリ。西ハ深キ山也。北ハ林、南ハ谷也。[一八]金堂《こんだう》ハ瓦ヲ以テ葺《ふ》ケリ。[一九]二階ニシテ[二〇]裳層《もこし》ヲ造《つくり》タリ。其《その》内ニ[二一]丈六《ぢやうろく》ノ[二二]弥勒《みろくまし》在マス。寺ノ辺《ほとり》ニ僧房有《あり》。寺ノ下ニ[二三]石筒《いしづつ》ヲ立《たて》タル一《ひとつ》ノ井有リ。一人ノ僧出来《いできた》レリ。「此ノ寺ノ住僧《ぢうそう》也」ト名乗《なのり》テ、大師ニ告《つげ》テ云《いは》ク、「是《こ》ノ井ハ一《ひとつ》也ト云ヘドモ、名ハ三井《みゐ》ト云フ」。大師其《その》故ヲ問フ。僧答《こたへ》テ云ク、「是《これ》ハ、[二四]三代ノ天皇生レ給ヘル産湯《うぶゆの》水ヲ此ノ井ニ汲ミタレバ、三井トハ申ス也」ト。

大師カク聞《きき》テ、彼ノ[二五]有《あり》ツル僧房ニ行《ゆき》テ見レバ、[二六]人気《ひとげ》モ無シ。但シ、荒レタル一《ひとつ》ノ房有リ。年極《きはめ》テ老タル僧一人居タリ。委《くはし》ク見レバ、鱗《いろこ》・骨ナドヲ食《く》ヒ散《ちらし》タリ。其香《そのか》臰《くさ》キ事無限《かぎりな》シ。是《これ》ヲ見テ、傍《かたはら》ノ房ニ有ル僧ニ、大師問《とひ》テ云ク、「此ノ老僧ハ何《いか》ナル僧ゾ」ト。僧答テ云ク、「此ノ老僧ハ、年来《としごろ》此ノ江ノ鮒《ふな》ヲ取リ食フヲ[二七]役《やく》トセル者也。[二八]其外《そのほか》ニ便《たより》ニ為《す》ル事無シ」ト。大師此ノ事ヲ聞キ給フト云ヘドモ、猶《なほ》僧ノ体《てい》ヲ見ルニ、貴ク見ユル[二九]。「[三〇]定《さだめ》テ様《やう》有ラム」ト思テ、老僧ヲ呼出《よびいで》テ、語《かたら》ヒ給フ。

老僧、大師ニ語《かたり》テ云《いは》ク、「我レ此ノ所ニ住《ぢう》シテ既ニ百六十年ヲ経《へ》タリ。此《この》寺ハ造《つくり》テ後[三一]□歳ニ成《なり》ヌ。弥勒《みろく》ノ[三二]出世ニ至《いたる》マデ可持《たもつべ》キ寺也。然ルニ、此《この》寺可持《たもつべ》キ人無カリツルニ、今日幸《さいはひ》ニ大師来《きた》リ給ヘリ。然レバ、此《この》寺ヲ永ク大師ニ譲リ奉ル。大師ヨ

一四 現、滋賀県大津市、滋賀郡付近。
一五 大友皇子。→人名「大友皇子」。
一六 琵琶湖をさす。
一七 擁している。かかえている。
一八 その寺の本尊を安置する堂。本堂。
一九 二階建てで。
二〇 装飾用のさしかけ屋根。屋根が二重に見える。
二一 →一三五頁注三九。
二二 →人名「弥勒菩薩」。
二三 円筒形の石製の囲い。
二四 打聞「三代之王ノ生給ル」。著聞集「天智・天武・持統、此三代之天皇各生給之時」。
二五 さきほどの。
二六 人の気配もない。
二七 仕事のようにしている。それぱかりしている。
二八 それ以外に暮らしを立てていることはありません。
二九 連体形終止。「見ユルニ」と同意。→注二一。
三〇 きっと何かわけがあるのだろう。
三一 年数の明記を期した意識的欠字。打聞には対応する文言がない。著聞集「此寺建立之後、経二百八十余年一也」。
三二 弥勒菩薩は釈尊入滅から五十六億七千万年後にこの世に現われるとされる。

リ外《ほか》ニ可持《たもつべ》キ人無シ。我レ年老テ心細ク思ツル間、カク伝ヘ奉ツル事、喜《よろこ》バシキカナヤ」ト云テ、泣〻《なくな》ク帰《かへり》ヌ。

其時ニ、見レバ、[一]唐車《からぐるま》ニ乗《のり》タル止事無《やむごとな》キ人出来《いできた》レリ。大師ヲ見テ、喜《よろこび》テ告テ云ク、「我レハ此《この》寺ノ仏法ヲ守ラムト誓ヘル身也。而《しか》ルニ今聖人《しやうにん》ニ此寺ヲ伝ヘ得テ、仏法ヲ弘《ひろ》メ可給《たまふべ》ケレバ、今ヨリハ深ク大師ヲ頼ム」ト契《ちぎり》テ返《かへり》ヌ。此《この》人ヲ誰不知《たれとし》ラズ。然レバ、共ニ有ル□[二]、大師、「是《これ》ハ誰人《たれひと》ノ御《おは》スルゾ」ト問フニ、「是《これ》ハ[三]三尾《みを》ノ明神御《みやうじんのおは》ス也」ト答フ。「[四]然《さ》レバコソ。只人ニハ非ズ」ト見ツル人也。此ノ老僧ノ有様、猶《な》ヲ委《くはし》ク見□[五]」思テ、其《その》房ニ返《かへ》リ至ルニ、初《はじ》メハ臭《くさ》カリツルニ、此ノ度《た》ビ[六]ハ極《きはめ》テ馥《かうば》シ。「然《さ》レバコソ」ト思テ入テ見レバ、鮒鱗《ふなのいろこ》・骨ト見ツルハ[七]蓮華《れんぐゑ》ノ萎《しぼみ》、鮮《あざやか》ナルヲ鍋《なべ》ニ入テ煮《に》、食《く》ヒ散《ちら》シタリ。驚《おどろき》テ隣ナル房ニ行《ゆき》テ此ノ事ヲ問フニ、僧有テ云ク、「此ノ老僧ヲバ[八]教代和尚《けうだいくわしやう》トナム申ス。人ノ夢ニハ、弥勒《みろく》ニテナム見エ給フナル」ト。大師是《これ》ヲ聞《きき》テ、弥《いよい》ヨ敬《うやま》ヒ貴《たふとび》テ、深キ契《ちぎり》ヲ成シテ返《かへり》ヌ。其後、経論・[九]正教《しやうげう》ヲ相《あ》ヒ具《ぐ》シ、諸《もろもろ》ノ弟子ヲ引具《ひきぐ》シテ、此《この》寺ニ仏法ヲ弘《ひろめ》ヌ。于今《いまに》仏法盛《さかり》也。

今ノ[一〇]三井寺《みゐでら》ノ智証《ちしよう》大師ト申ス、是《これ》也。彼ノ宋[一一]ニシテ伝ヘ得給ヘル所ノ[一二]大日如来《だいにちによらい》ノ[一三]宝冠ハ、于今彼《いまにかの》寺ニ有リトナム語リ伝ヘタルトヤ。

一 牛車の一種。屋根を唐破風に造り、檳榔の葉で葺いた高級車。

二 底本の祖本の破損に因る欠字。打聞「御共ノ人ニ」。

三 三井寺の地主神。→人名「三尾明神」。

四 やはりそうだ。普通の人間ではないと思っていた。

五 底本の祖本の破損に因る欠字。打聞「委見トテ」。

六 「ビ」は「度」の捨仮名。

七 蓮の花の萎んだのや新鮮なのを。打聞「蓮花ノシボミタルアザヤカナルヲ」。著聞集「蓮華茎根葉也」。

八 →人名「教代」。

九 聖教。仏教の典籍。経典類。

一〇 →地名「三井寺」。

一一 史実は「唐」。→四四頁注一一。

一二 →人名「大日如来」。

一三 五智宝冠。なお、如来部で宝冠をつけるのは大日如来と宝冠阿弥陀のみ。

天智天皇《てんぢてんわう》、建志賀寺語《しがでらをたてたること》第二十九

今昔《いまはむかし》、[一四]天智《てんぢ》天皇、近江《あふみ》ノ国、[一五]志賀郡《しがのこほり》、[一六]粟津《あはづ》ノ宮ニ御《おはし》マシケル時ニ、寺ヲ起《た》テムト云フ願《ねがひ》有テ、「寺ノ所ヲ示シ給ヘ」ト祈リ願ヒ給ヒケル夜ノ夢ニ、僧来《きたり》テ告《つげ》テ云《いは》ク、「[一七]此戌亥《このいぬゐ》ノ方《かた》ニ勝《すぐれ》タル所有リ。速《すみやか》ニ出テ可見給《みたまふべ》シ」ト。即《すなは》チ、夢覚《さめ》テ、出《いで》テ見給フニ、戌亥《いぬゐ》ノ方《かた》ニ光有リ。明《あく》ル朝《あした》ニ、使ヲ遣《つかはし》テ令尋《たづねしめ》給フニ、使行《ゆき》テ、[一八]光ル程ノ山ヲ尋ヌレバ、志賀ノ郡ノ[一九]篠波山《ささなみやま》ノ麓ニ至《いたり》ヌ。谷ニ副《そひ》テ深ク入テ見レバ、高キ岸[二〇]有リ。岸ノ下ニ深キ[二一]峒《ほら》有リ。峒ノ口ノ許《もと》ニ寄《より》テ内ヲ臨《のぞ》キケレバ、年老タル翁《おきな》ノ[二二]帽子《ぼうし》シタル有リ。[二三]其形《そのかた》チ頗《すこぶ》ル怪シ。世ノ人ニ不似《にず》、[二四]眼見《まみ》賢気《さかしげ》ニシテ、極《きはめ》テ気《け》高《たか》シ。寄《より》テ問《とひ》テ云《いは》ク、「誰人《たれひと》ノカクテハ坐《ましませ》ルゾ。天皇ノ御覧ズルニ此方《このかた》ノ山ニ光《ひか》リ有リ。「尋《たづね》テ参レ」ト宣旨《せんじ》ヲ奉《うけたまはり》テ来《きた》レル也」ト。翁露答《つゆこた》フル事無シ。使極《きはめ》テ[二五]煩ハシク、「[二六]是《これ》ハ様《やう》有《ある》者ナメリ」ト思テ、返《かへ》リ参《まゐり》テ、此ノ由《よし》ヲ奏ス。

天皇是《これ》ヲ聞《きこ》シ食《めし》テ、驚キ怪ミ給《たまひ》テ、「我レ行幸シテ、自《みづから》問ハム」ト被仰《おほせられ》テ、忽《たちまち》ニ其《その》所ニ行幸有リ。御輿《みこし》ヲ彼ノ峒《ほら》ノ許《もと》ニ近ク寄テ掻《かきす》居《ゑ》ヘテ、其《それ》ヨリ下《おり》サセ給テ、峒《ほら》ノ口ニ寄ラムトシ給フニ、実《まこと》ニ翁有リ。[二七]聊畏《いささかにかしこま》ル気《け》色《しき》無シ。錦ノ帽子《ぼうし》ヲシテ[二八]薄《うす》色

第二十九話　第一—四段は三宝絵・下・10に近いが、菅家本諸寺縁起集・志賀寺条はごく簡略な記事ながら本話に極めて近いところがある。同書の母胎的資料が出典か。扶桑略記・天智六年（六六七）二月三日条、元亨釈書・二十八・崇福寺条その他に同話がある。但し、第五段以後は出典未詳。同話も見当たらない。

一四　→人名「天智天皇」。
一五　現、滋賀県大津市、滋賀郡付近。
一六　いわゆる大津京をさす。→一三六頁注三。→地名「粟津ノ宮」。
一七　北西。
一八　光があったあたりの山を探索したところ。
一九　→地名「篠波山」。
二〇　崖。がけ。
二一　洞窟。このあたり、三宝絵「チヰサキ山寺アリ。一人ノ優婆塞アリテ、メグリ歩テ行フ」とは状況が異なる。
二二　布で作ったかぶり物の総称。
二三　その姿はまことに異様である。
二四　目つき。
二五　（しつこく問うのは）気が引けて。
二六　これは何かわけのある者だろう。
二七　（天皇に対しても）少しも恐れ畏まる様子はない。
二八　薄紫色。

ノ[一]襴衫《なほしのころも》ヲ着タリ。形《かた》チ髪《かみ》[二]サビ気《け》高《たか》シ。天皇近ク令寄《よらしめ》給テ、「是《これ》ハ、誰人《たれひと》ノカクテ有ルゾ」ト令問《とはしめ》給フ。其時ニ、翁袖《そで》ヲ少シ掻合《かきあはせ》テ、座ヲ少シ退《しりぞ》ク様《やう》ニシテ申サク、「昔《むか》シ、古《いにしへ》ノ仙□[三]洞《ほら》也。[四]篠波《ささなみや》也、[五]長柄《ながら》ノ山ニ」ナド云《いひ》テ、[六]掻消《かきけ》ツ様ニ失《うせ》ヌ。其時ニ、天皇□[七]召《めし》テ宣《のたま》ハク、「翁、「然《しかしか》ゝ」ナム云テ失《うせ》ヌル。定《さだめ》テ知《しり》ヌ、此ノ所ハ止事無《やむごとな》キ[八]霊所《れいしよ》也ケリ。此《ここ》ニ寺ヲ可建《たつべ》シ」ト宣《のたまひ》テ、宮ニ返《かへ》ラセ給ヒヌ。

[九]其明《そのあく》ル年ノ正月ニ、始メテ大《おほき》ナル寺ヲ被起《たてら》レテ、[一〇]丈六《ぢやうろく》ノ[一一]弥勒《みろく》ノ像ヲ安置シ奉ル。其《その》供養ノ口ニ成《なり》テ、[一二]灯盧殿《とうろでん》ヲ起《たて》テ、[一三]王自《みづか》ラ[一四]右ノ[一五]名無シ指《および》ヲ以テ御灯明ヲ[一六]挑《かかげ》給テ、其指ヲ本《もと》ヨリ切《きり》テ石ノ筥《はこ》ニ入《いれ》テ、[一七]灯楼《とうろう》ノ土ノ下ニ埋《うづ》ミ給ヒツ。是《これ》、手ニ灯《ともしび》ヲ捧《ささげ》テ弥勒《みろく》ニ奉《たてまつり》給フ[一八]志《こころざし》ヲ顕《あらは》シ給フ也。亦《また》、此《この》寺ヲ被造《つくらる》ル間、[一九]地ヲ引クニ、三尺計《ばかり》ノ少《ちひさき》宝[二〇]塔ヲ堀出《ほりいだし》タリケリ。物ノ体《てい》ヲ見ルニ、此ノ世ノ物ニ不似《にず》。昔ノ[二一]阿育王《あいくわう》ノ八万四千ノ塔ヲ起《たて》テケリ、其一《そのひとつ》也ケリト知《しら》セ給テ、弥《いよい》ヨ誓《ちかひ》ヲ発《おこし》テ、指《および》ヲモ切《きり》テ埋《うづ》マセ給フ也ケリ。

亦、供養ノ後、[二二]天平勝宝《てんびやうしようほう》八年ト云フ年ノ[二三]二月ノ十五日、参議正四位下兼兵部卿《ひやうぶきやう》、[二四]橘《たちばな》ノ朝臣奈良麻呂《あそんならまろ》ト云フ人有テ、此《この》寺ニ[二五]伝法会《でんぼふゑ》ト云フ事ヲ始《はじめ》テ行《おこな》フ。其レ、[二六]華厳《くゑごん》経《きやう》ヲ初《はじめ》トシテ諸《もろもろ》ノ大小乗《だいせうじよう》ノ[二七]経律論《きやうりつろん》・[二八]章疏《しやうしよ》ヲ令講《かうぜしむ》ル也。其ノ料《れう》[二九]ニハ水田二十町寄置《よせおき》タリ。「[三〇]永ク行《おこなは》ム」ト云ヘリ。其《それ》ヨリ後、于今《いまに》橘《たちばな》ノ氏《うぢ》ノ人参《まゐり》テ是《これ》ヲ令行《おこなはし》ム。

一 直衣に同じ。貴人の平服。字類抄には「ランサン、ナヲシノコロモ」及び「スソツケコロモ、又ナヲシ」の訓みがある。　二「神サビ」の当て字。神々しく。　三 底本の祖本の破損に因る欠字。三宝絵「フルキ仙霊窟、伏蔵地。佐々名実、長等山ト申テ」。　四「ささなみや」は近江・志賀・長等・三井等にかかる枕詞。　五 →地名「長柄ノ山」。　六 →五四頁注一。　七 底本の祖本の破損に因る欠字か。古典全集は人名の欠字と見るが如何。三宝絵には対応する文言がない。　八 霊地。聖地。　九 三宝絵「アクル戊辰ノ年ノ正月ニ」。略記「(天智)七年(六六八)戊辰、正月十七日、於二近江国志賀郡一、建二崇福寺一」。　一〇 →一三五頁注三九。　一一 →人名「弥勒菩薩」。　一二 建物ではなく、灯籠そのものをさすのであろう。三宝絵にはこの句なし。略記「灯炉一基、構二居唐石臼上一」。　一三「王」の訓みは「みかど」か。天智天皇をさす。三宝絵「御門」。　一四 三宝絵、略記「左」。　一五 無名指。くすり指。三宝絵観智院本「大指」。同前田本、略記「無名指」。指そのものを灯明とする「指灯」を献じたのであろう。法華経・七・薬王菩薩本事品に喜見菩薩の行として見え、法華験記・中・41その他にそれを実行した僧の例が見える。　一六 底本「ノ」を訂した。東北本「ヲ」。　一七 前出の灯盧殿に同じ。→注一二。　一八 信心(の深さ)を。　一九 整地したところ。　二〇 三宝絵「土ヒキテ山ヲ平グルニ宝鐸ヲ堀リ出タリ。又白キ石アリ。夜光ヲハナツ」。菅家本縁起「此地引之時、三尺計之而《しかるに》、此《この》寺、供養ノ後、彼ノ御指《および》[三一]ノ験《しるし》[三二]シ給フトテ、少《すこし》モ穢《けが》ラハシキ輩《ともがら》ヲバ谷ニ被投棄《なげすてら》レケレバ、殊《こと》ニ人難詣《まうでがた》カリケレバ、中比《なかごろ》[三三]ニ成《なり》テ、何《いか》ナル僧ニカ有ケム、別当《べつたう》[三四]ニ成テ此ノ寺ヲ政ツ《まつりご》[三五]程ニ、「此《この》寺ニ殊ニ人不詣《まうで》ネバ、極《きはめ》テ徒然《つれづれ》也。此《この》御指《および》ノ為《す》ル事ナメリ。速《すみやか》ニ是《これ》ヲ堀棄《ほりす》テム」ト云テ、令堀《ほらしめ》ケレバ、忽《たちまち》ニ雷《いかづち》鳴リ雨降リ、風吹キ喤《ののし》[三六]ルト云ヘドモ、別当弥《いよい》ヨ嗔《いかり》テ堀出《ほりいだし》テケリ。見レバ、只今切《きら》セ給ヘル様ニ、白ク光《ひか》リ有リ、鮮《あざやか》ニテナム在《まし》マシケル。堀出テ後、程《ほど》無ク水ニ成テ失《うせ》給ヒニケリ。其後、別当ノ僧ハ幾程《いくばくのほど》無クシテ物ニ狂《くるひ》テ死《しに》テケリ。其後ハ、此ノ寺、験《しるし》モ無クテ有ル。

[三七]「奇異ノ政《まつりごと》シタル別当也」トテ、死《しに》テ後ニモ、世ノ人皆悪《にくみ》ケリ。

[三八]崇福寺《すうふくじ》ト云フ、是《これ》也トナム語リ伝ヘタルトヤ。

天智天皇御子《てんちてんわうのみこ》、始笠置寺語《かさぎでらをはじめたること》第三十

今昔《いまはむかし》、天智《てんぢ》[三九]天皇ノ御代《みよ》ニ、御子《みこ》[四〇]在《まし》マシケリ。心ニ智《さと》リ有テ才《ざい》賢カリケリ。文《ふみ》ノ道ヲバ極《きはめ》テ好ミ給《たまひ》ケル。詩賦《しふ》[四一]ヲ造ル事ハ、此《この》御子ノ時ヨリゾ此国《このくに》ニハ始マリケル。亦、田猟《かり》[四二]ヲ好《このみ》テ、猪・鹿ヲ殺ス事ヲ朝暮《てうぼ》[四三]ノ役《やく》トセリ。常ニ身ニ弓箭《きうせん》[四四]ヲ帯《たい》シ、軍《いくさ》[四五]ヲ引《ひき》具《ぐ》シテ、山ヲ籠《こ》メ□[四六]纏《まき》テ、獣《けもの》ヲ令狩《からしむ》。

塔一基堀(堀ヵ)出之。是阿育王之八万四千塔之随一也」。　二一 仏教で八万四千は多数の意。八万四千の后を殺した阿育王が滅罪のために八万四千の塔を建てた話は巻四・3に詳しい。→人名「阿育王」。
二二 七五六年。　二三 三宝絵観智院本「三月五日」。同前田本「二月五日」。菅家本縁起「二月十五日」。　二四 →人名「奈良麻呂」。　二五 栄花物語・疑には「三月、志賀の弥勒会」とある。本尊が弥勒ゆえの別称であろう。　二六 →一二二頁注七。
二七 経は仏の教説の書、律は戒律の書、論は経を注釈解説した書。仏典の総称。三蔵。　二八 注釈書。　二九 費用。経費。三宝絵「其料ニハ米一万斤田廿丁ヲ入ヲキテ」。菅家本縁起「寄進田廿町者也」。
三〇 末永く(恒例として)続けよう。
三一 底本「御脂」を訂した。保孝本、信友本「御指」。　三二 霊験をお示しになる。
三三 それほど遠くない昔。　三四 寺務を統括する長官。貫主。　三五 底本「改ツ」を訂した。田村本「政ツ」。　三六 すさまじい音をたてて風が吹き荒れたけれども。
三七 なんともばかげた処置をした別当だ。
三八 →地名「崇福寺」。

第三十話　出典未詳。阿娑縛抄・諸寺略記・笠置寺条、護国寺本諸寺縁起集・笠置寺縁起、笠置寺縁起(大日本仏教全書所収)等に同話がある。
三九 →人名「天智天皇」。
四〇 大友皇子(弘文天皇)をさす。
四一 漢詩と賦。大友皇子はわが国最初の漢詩人として著名(懐風藻)。

然ル間、山城《やましろ》ノ国、相楽《さがらか》ノ郡《こほり》、賀□[一]ノ郷《さと》ノ東《ひむがし》ニ有ル山辺《やまのほとり》ヲ狩リ行クニ、山ノ斜《ななめ》[二]ニ登《のぼり》タル所ヲ、皇子駿馬《ときうま》ニ乗《のり》テ鹿ニ付《つき》テ馳《は》セ登リ給フニ、鹿ハ東ヲ指《さし》テ逃グレバ、我[三]レハ鹿ノ尻ニ次《つづき》テ馳セテ、鐙《あぶみ》ヲ蹈ミ柢《あ》[四]テ弓ヲ引ク程ニ、鹿俄《にはか》ニ失《うせ》ヌ。倒ル丶ナメリト見ルニ、鹿不見《みえず》[五]ヘ。「早[六]ク、岸ノ有ケルヨリ落《おち》ヌル也」ト思テ、弓ヲ投ゲ棄《すて》テ手縄《たづな》ヲ引《ひく》ト云ヘドモ、走[七]リ立《たち》タル馬ナレバ、輙《たやす》[八]ク不留《とどまらず》ラ。早[九]ク、遥《はるか》ニ高キ岸[一〇]ヨリ鹿ハ落ヌル也ケリ。此《この》乗タル馬走リ早マリテ、鹿ノ如ク既ニ可落《おちぬべ》キガ、四《よつ》[一一]ノ足ヲ同《おなじ》所ニ蹈《ふみ》テ、少シ指出《さしいで》タル巌《いはほ》ノ崎《さき》[一二]ニ立《たち》[一三]ニタリ。馬[一四]ヲ折返《をりかへ》サムニモ所モ無シ。馬ヨリ下リムト為《す》ルニモ、鐙《あぶみ》ノ下ハ遥《はるか》ナル谷ニテ有レバ、可下《おるべ》キ所無シ。馬少シ動《はたら》[一五]カバ落入《おちいり》ナムトス。谷ヲ下《おろ》[一六]セバ十余丈許《ばかり》ナル下□[一七]也。見ルニ目モ暗レテ、谷底モ不見《みえず》エ、東[一八]西モ忘レヌ。魂《たましひ》[一九]ヲイツキ心騒《さわぎ》テ、只今馬ト共《とも》ニ死《し》ナムトス。然レバ、皇子歎《なげき》テ云《いは》ク、「若《も》[二〇]シ此《この》所ニ座《おは》セバ、山神《やまのかみら》等、我ガ命ヲ助ケ給ヘ。然ラバ、此巌《このいはほ》ノ喬《そば》[二一]ニ弥勒像《みろくのざう》[二二]ヲ刻《きざ》ミ奉ラム」ト願《ねがひ》ヲ発《おこ》スニ、即《すなは》[二三]チ其験《そのしるし》ニ、馬、尻[二四]ヘ逆《さか》サマニ退《しりぞき》テ広《ひろき》所ニ立《たち》ヌ。

其時、皇子馬ヨリ下《おり》テ泣《なくなく》〻伏シ礼《をが》ミ、後ニ来テ尋《たづね》[二五]ム注《しる》シニ見ムガ為《ため》ニ、着給ヘル藺笠《ゐがさ》[二六]ヲ脱《ぬぎ》テ置《おき》テ返《かへり》ヌ。其後一両日ヲ経テ、其《その》所ニ置《おき》シ所ノ笠ヲ尋テ至《いたり》ヌ。山ノ頂《いただき》ヨリ下《おり》テ、巌《いはほ》[二七]ノ腰ヲ廻《めぐ》リ経《へ》テ、麓ノ砌《みぎり》[二八]ニ至《いたり》ヌ。上様《うへざま》[二九]ヲ見上グレバ、目モ不及《およばず》、雲ヲ見ルガ如シ。皇子心ニ思ヒ煩《わづらひ》テ、山[三〇]ノ腹ヲ指《さし》テ、其面《そのおもて》ニ弥勒《みろく》ノ像ヲ彫《ゑ》リ奉ラムト為《す》ル

四二 狩猟。名義抄「田」を「カリ」と訓む。 四三 明けても暮れても仕事のようにしていた。 四四 弓矢。 四五 軍勢。兵士。 四六 底本の祖本の破損に因る欠字か。

一 底本の祖本の破損に因る欠字。「茂」が想定される。賀茂郷は現、京都府相楽郡加茂町付近。諸寺略記「従二山代国道崎一、漸踏二笠置之峰一」。護国寺本縁起「山城国相楽郡、入二一深山一」。 二 底本「斜」の如き字体。東北本「斜」。 三 自分(皇子)は鹿の後について馬を走らせて。 四「抵」(おしあける意)の異体字「拞」の変化した字体か。鐙を踏ん張って。 五 歴史的仮名遣は「不見エ」。後文には「谷底モ不見エ」と正しく記された例が見える。 六→二五頁注二五。 七 勢いづいて走っている馬なので。 八 すぐには止まらない。 九→注六。 一〇 崖。がけ。 一一 四つ足を一所に踏んで辛ろうじて踏みとどまって。 一二 突端。 一三 底本「立マタリ」。東北本の傍書「ニ」により訂した。信友本「立タリ」。 一四 馬を引き返させようにも、回れ右する余地がない。 一五 身動きしたら。 一六 見下ろせばの意か。諸寺略記「直下者十丈許也」。 一七 底本の祖本の破損に因る欠字か。 一八 方角も何もかもわからなくなった。 一九 未詳。「ウグツク」(動悸を静めがたき状態)の誤記か(古典大系説)。諸寺略記「神驟情騒、将下与レ馬死上」。 二〇 もしここに神様がおいででしたら。 二一 傍に。 二二→人名「弥勒菩薩」。 二三 たちまちそのおかげで。 二四 後方へあとずさりし

ニ、力無シ。其時ニ、天人是《これ》ヲ哀《あはれ》ビ助ケテ、忽《たちまち》ニ此《この》仏ヲ刻《きざ》ミ彫《ゑ》リ奉ル。其《その》間、俄《にはか》ニ黒キ雲覆《おほひ》テ暗キ夜ノ如ク成《なり》ヌ。其《その》暗キ中ニ少《ちひさ》キ石ノ多ク迸《とばし》[三一]ル音聞《きこ》ユ。暫計《しばしばかり》有テ、雲去リ霞晴《はれ》テ明《あきら》カニ成ヌ。

其時ニ、皇子仰《あふぎ》テ巌《いはほ》ノ上ヲ見給フニ、弥勒《みろく》ノ像、其形《そのかた》チ鮮《あざやか》ニシテ彫《ゑ》リ奉リタリ。皇子是《これ》ヲ見テ、泣ゝ《なくなく》恭敬礼拝《くぎやうらいはい》[三二]シテ返《かへり》給ヌ。其《それ》ヨリ後、是ヲ笠置寺《かさぎでら》[三三]ト云《いふ》、是《これ》也。笠ヲ注《しるし》ニ置《おき》タレバ、笠置《かさおき》ト可云《いふべき》也。其レヲ只和《やはら》カニ、カサギトハ云《いふ》也ケリ。

実《まこと》ニ、世[三四]ノ末、希有ノ仏ニ在《まし》マス。世ノ中ノ人専《もはら》ニ可崇奉《あがめたてまつるべ》シ。「僅《わづかに》歩《あゆみ》ヲ運ビ首《かうべ》[三五]ヲ低《かたぶ》ケム人、必ズ覩率《とそつ》[三六]ノ内院《ないゐん》ニ生《うまれ》、弥勒《みろく》ノ出世[三七]ニ値《あは》ム□殖《うゑ》[三八]ツ」ト可頼《たのむべ》[三九]キ也。

此《この》寺ハ、弥勒彫顕《みろくゑりあらは》シ奉テ後、程ヲ経テ、良弁僧正《らうべんそうじやう》[四〇]ト云フ人ノ見付ケ奉テ、其後ヨリ行《おこな》[四一]ヒ始《はじめ》タルゾト人云フ。其《それ》ヨリナム堂共《ども》ヲ造リ房舎ヲ造リ重《かさね》テ、僧共《ども》多ク住《ぢう》シテ行《おこな》フ也トゾ語リ伝ヘタルトヤ。

徳道聖人《とくだうしやうにん》、始建長谷寺《はじめてはつせでらをたてたること》語第三十一

今昔《いまはむかし》、世ノ中ニ大水出《おほみづいで》[四二]タリケル時[四三]、近江《あふみ》ノ国、高島《たかしま》[四四]ノ郡《こほり》ノ前《さき》[四五]ニ大《おほき》ナル木流《ながれ》テ出《いで》寄《より》[四六]タリケリ。郷《さと》ノ人有《あり》テ其《その》木ノ端《はし》ヲ伐取《きりとり》タルニ、人ノ家焼《やけ》ヌ。亦《また》、其《その》家ヨリ始《はじめ》テ

て。　二五 探すときの目印にするために。　二六 藺草を編んで作った笠。　二七 岩壁の裾をまわって。　二八 場所。　二九 上の方を見あげると。　三〇 山腹(ここでは岩壁)に場所を決めて。縁起(仏教全書本)「擬下擘二山腹一像于鐫中其面上、谿谷不レ貪レ響」。　三一 底本「逆」を訂した。東北本「迸」。飛び散る。訓みは名義抄による。　三二 →一四頁注二〇。　三三 →地名「笠置寺」。　三四 末の世には珍しい仏でいらっしゃる。　三五 頭を深く垂れる意。ここから帰依し信仰するさまを示す常套的表現。　三六 →地名「兜率天」。　三七 →七七頁注三二一。　三八 底本の祖本の破損に因る欠字。「因」または「種」が想定される。　三九 頼みに思う。期待する。　四〇 →人名「良弁」。　四一 その弥勒像を本尊とした修行を始めた。

第三十一話　出典は三宝絵・下・20。同話は阿娑縛抄・諸寺略記・長谷寺条、護国寺本諸寺縁起集・長谷寺縁起、元亨釈書・二十八・長谷寺条その他に喧伝する。長谷寺縁起文とはやや異なる。　四二 洪水があった時。　四三 三宝絵「辛酉歳」。縁起文「継体天皇即位十一年(五一七)丁酉歳」。　四四 現、滋賀県高島郡。　四五 三宝絵「ミヲガ崎」。三尾崎は高島郡白髭神社付近の湖岸か。縁起文は、志賀郡大津浦に漂着して六十九年を経、大和国高市郡の女小井門子が同郡の八木に運んで三十余年後に、葛下郡の人出雲臣大水と沙弥法勢が当麻郷に運び、五十余年後に城上郡長谷郷北神河浦に捨てたのを、

郷・村ニ病発《やまひおこり》テ死ヌル者多カリ。是《これ》ニ依《より》テ、家ニ其崇《そのたたり》[一]ヲ令占《うらなはしむ》ルニ、「只此ノ木ノ故《ゆゑ》也」ト占《うらな》ヘバ、其後ハ、世ノ人皆其《その》木ノ傍《かたはら》ニ寄ル者一人モ無シ。

然ル間ニ、大和国《やまとのくに》、葛木《かづらき》[二]ノ下《しも》ノ郡《こほり》ニ住ム人[三]、自然《おのづか》[四]ラ要事《えうじ》有テ、彼ノ木ノ有ル郷《さと》ニ至ルニ、其《その》人此ノ木ノ故《ゆゑ》[五]ヲ聞《きき》テ、心ノ内ニ願《ねがひ》ヲ発《おこし》ケル様《やう》、「我レ此ノ木ヲ以テ十一[六]面観音ノ像ヲ造《つくり》奉ラム」ト思フ。然レドモ、此ノ木ヲ輙《たやす》ク我ガ本《もと》ノ栖《すみ》カヘ可持亘《もてわたすべ》キ便《たより》[七]無ケレバ、本《もと》ノ郷《さと》ニ返《かへり》ヌ。其後、其《その》人ノ為《ため》ニ示ス[八]事有テ、其《その》人饗《あるじ》[九]ヲ儲《まう》ケ、人[一〇]ヲ伴《ともな》ヒテ、亦彼ノ木ノ所ニ行《ゆき》テ見ルニ、尚《なほ》[一一]人乏《ともしく》テ徒《いたづら》ニ帰《かへり》ナムト為《す》ルニ、試《こころみ》ニ縄ヲ付テ曳見《ひきみ》ムト思テ曳《ひく》ニ、軽ク曳《ひか》ルレバ、喜《よろこび》テ曳《ひく》ニ、道行ク人、力ヲ加ヘテ共ニ曳ク程ニ、大和国、葛木ノ下ノ郡ノ当麻《たいま》[一二]ノ郷ニ曳付《ひきつけ》ツ。然レドモ、心ノ内ノ願ヲ不遂《とげず》シテ、其《その》木ヲ久《ひさし》ク置タル間ニ、其《その》人死《しに》ヌ。然レバ、此ノ木亦其《その》所ニシテ徒《いたづら》ニ八十[一三]余年ヲ経タリ。

其程、其郷《そのさと》ニ病発《やまひおこり》テ、首《かうべ》[一四]ヲ挙《あげ》テ病ミ痛ム者多カリ。是ニ依《より》テ、亦、「此ノ木ノ故《ゆゑ》也」ト云テ、郡司・郷司等集《あつまり》テ云ク、「故《こ》[一五]某《それがし》ガ無由《よしな》キ木ヲ他国《ほかのくに》ヨリ曳来《ひききたり》テ、其《それ》ニ依テ病発《やまひおこ》レル也」。然レバ、其《その》子宮丸《みやまろ》[一六]ヲ召出《めしいだし》テ勘責《かんしやく》[一七]スト云ヘドモ、宮丸一人シテ此《この》木ヲ難取棄《とりすてがた》シ。更ニ可為《すべ》キ様《やう》無レバ、思ヒ煩ヒテ、其《その》郡ノ人ヲ催シ集メテ、此《この》木ヲ敷《しき》[一八]ノ上郡《かみのこほり》ノ長谷川《はつせがは》[一九]ノ辺《ほとり》ニ曳棄《ひきすて》ツ。其《その》所ニシテ亦《また》[二〇]二十年ヲ経ヌ。

三十九年後に徳道が知り、さらに十数年後に造像したと語る。保孝本、信友本「寄」。 四六 底本「宰」を訂した。

一 「祟」は「崇」と通用する。
二 現、奈良県大和高田市、北葛城郡付近。
三 三宝絵「イヅモノ大ミツ」。釈書「出雲大満」。
四 たまたま用事があって。
五 いわれ。由来。
六 →人名「十一面観音」。
七 手段。てだて。
八 夢告などの示現があって。
九 ご馳走を用意して。
一〇 人夫を連れて。
一一 やはり人数が足りなくてそのまま帰ろうとしたが。
一二 現、奈良県北葛城郡当麻町付近。
一三 三宝絵「八十年」。
一四 一人残らず。こぞって。三宝絵「カラクコヅリテ」。
一五 死んだ誰某がつまらぬ木を他国からひっぱって来て。
一六 伝未詳。三宝絵「ミヤ丸」。
一七 責めたてたけれども。
一八 現、奈良県桜井市付近。
一九 初瀬川。→地名「長谷川(はつせがわ)」。
二〇 三宝絵「三十年」。
二一 →人名「徳道」。
二二 底本の祖本の破損に因る欠字。三宝絵「此事ヲキヽテ思ハク、此木カナラズシルシアラム」。
二三 →六七頁注二三。
二四 現在長谷寺のある場所。

其時ニ、僧有リ。名ヲ徳道《とくだう》[二一]ト云フ。此《この》事ヲ聞《きき》テ、心ニ思ハク、「此《この》木□[二二]ヲ聞クニ、必ズ霊木《りやうもく》[二三]ナラム。我レ此ノ木ヲ以テ十一面観音ノ像ヲ造《つくり》奉ラム」ト思テ、今[二四]ノ長谷《はつせ》ノ所ニ曳《ひき》移シツ。而《しか》[二五]ルニ、徳道力無《なく》シテ、輒《たやす》ク造《つくり》奉ラムニ不堪《たへ》[二六]ズ。然[二七]レバ、徳道哭々《なくなく》[二八]七八年ガ間、此ノ木ニ向《むかひ》テ礼拝シテ、「[二九]此ノ願《ねがひ》[三〇]ヲ遂ゲム」ト祈請《きしやう》ス。

其時ニ、飯高《いひたか》[三一]ノ天皇、自然《おのづか》ラ此《この》事ヲ聞《きこ》シ食《めし》テ、恩[三二]ヲ垂《たれ》給フ。亦、房前《ふささき》[三三]ノ大臣、力ヲ加ヘ給テ、神亀《じんき》[三四]四年ト云フ年、造リ給ヘリ。高サ二丈六尺ノ十一面観音ノ像也。

而《しか》ル間、徳道、夢ノ中ニ、神在《まし》マシテ、北ノ峰ヲ指《さし》テ、「彼ノ所ノ丈《たけ》[三五]ノ下ニ大《おほき》ナル巌《いはほ》有リ。早ク堀リ顕《あら》[三六]ハシテ、此ノ観音ノ像ヲ立《たて》奉レ」、ト見テ夢覚《さめ》ヌ。即《すなは》チ行《ゆき》テ堀ルニ、夢ノ如ク大《おほき》ナル巌《いはほ》有リ。広[三七]サ長サ等《ひとし》クシテ八尺也。巌《いはほ》ノ面《おもて》ノ平《たひら》ナル事、碁《ご》[三八]枰《ばん》ノ面《おもて》ノ如シ。夢ノ教《をしへ》ノ如ク、観音ヲ造《つくり》[三九]奉テ後、此《この》巌ノ上ニ立《たて》奉レリ。供養ノ後、霊験国[四〇]ニ余リテ、首《かうべ》[四一]ヲ挙《あげ》テ参ル人、必ズ勝利《しようり》[四二]無シト云フ事無シ。凡《おほよ》ソ此朝《このてう》ニシモ非[四三]ズ、震旦《しんだん》[四四]ノ国[四五]マデ霊験ヲ施シ給フ観音ニ御《おはし》マス。

今ノ長谷《はつせ》[四六]ト申ス寺、是《これ》也。専《もはらに》[四七]歩《あゆみ》ヲ運ビ心ヲ保チ可奉《たてまつるべ》シトナム語リ伝ヘタルトヤ。

二五 「而ルニ」は底本になし。田村本、保孝本、信友本等により補う。
二六 底本「木堪ス」を訂した。東北本「不堪ス」。力が及ばない。
二七 「然レバ」は底本になし。田村本、保孝本、信友本等により補う。
二八 底本「☐」を訂した。信友本「哭々」。
二九 三宝絵「礼拝威力自然造仏トイヒテ額ヲツク」。
三〇 底本「願フ」を訂した。東北本「願ヲ」。
三一 元正天皇をさす。→人名「元正(げんしやう)天皇」。
三二 ご助力を賜った。経済的援助を与えたことをいう。
三三 藤原房前。→人名「房前」。
三四 七二七年。縁起文は稽文会と稽主勲が神亀六年(七二九)四月八日から三日間で造像したとする。
三五 「嶽(けた)」の当て字か。三宝絵「カシコノ土ノシタニ」。
三六 掘り出して。
三七 岩の幅も長さも等しく八尺である。
三八 碁盤の表面のようである。
三九 底本「ノ」を訂した。保孝本、信友本「ヲ」。
四〇 その国はおろか他国にまで及んで。
四一 →注一四。
四二 すぐれたご利益。
四三 諸本「ニシテ」。底本の傍書により訂した。　四四 中国の古称。
四五 諸本「ニテ」。意によって訂した。
四六 →地名「長谷寺(はせでら)」。
四七 ぜひとも足を運んで信心し奉るがよい。

田村将軍《たむらのしやうぐん》、始建清水寺語《はじめてきよみづでらをたてたること》 第三十二

今昔《いまはむかし》、大和国《やまとのくに》、高市《たけち》ノ郡《こほり》、八多《はた》[一]ノ郷《さと》ニ小島山寺《こじまのやまでら》[二]ト云フ寺有リ。其《その》寺ニ僧有ケリ。名ヲ賢心《けんしん》[三]ト云フ。報恩《ほうおん》[四]大師ト云ケル人ノ弟子也。賢心ゝ[五]ニ専《もはら》ニ聖《ひじり》ノ道ヲ求《もとめ》テ苦行怠ル事無シ。

然ル間、夢ノ中ニ、人来《きたり》テ告《つげ》テ云《いは》ク、「南ヲ[六]去《さり》テ北ニ趣《おもむ》ケ」ト。夢覚《さめ》テ後、北ニ向ハムト思フ。其《それ》[七]ハ、新京《あたらしききやう》[八]ヲ見ムト思テ、長谷[九]ノ城《みやこ》ニ至ラムト為《する》ニ、淀川《よどがは》[一〇]ニシテ金《こがね》ノ色ノ水一筋ニテ流《ながる》ルヲ見ル。但シ、我レ一人是《これ》ヲ見ル。余《ほか》ノ人ハ是ヲ不見《みず》。「定《さだめ》テ知《しり》ヌ、是《これ》我ガ為《ため》ニ瑞相《ずいさう》[一一]ヲ現《げん》ゼル也」ト思テ、此《この》水ノ源ヲ尋《たづね》テ行《ゆ》ク。新京[一二]ノ東《ひむがし》ノ山ニ入《い》ル。山ノ体《てい》ヲ見ルニ、峻《さがし》クシテ木暗《こぐら》キ事無限《かぎりな》シ。山ノ中ニ滝有リ。朽《くち》タル木ヲ山ノ上ノ道トシテ、其レヲ踏《ふみ》テ滝[一三]ノ下ニ至ル。杖《つゑ》ヲ取《とり》テ独《ひと》リ立《た》テリ。此所《この》ヲ見ルニ、心深ク染《しみ》テ更ニ余《ほか》ノ念《おも》ヒ無シ。吉《よ》ク見レバ、滝ノ西[一四]ノ岸[一五]ノ上ニ一《ひとつ》ノ草ノ菴《いほり》有リ。其《その》中ニ一人ノ俗□[一六]、年老テ髪白シ。其形《そのかた》[一七]チ七十余計《ばかり》也。賢心寄《より》テ、俗ニ問《とひ》テ云《いは》ク、「□[一八]ハ何《いか》ナル人ノ在《まし》マスゾ。亦、此《ここ》ニ住《ぢう》シテ何年ニカ成《なり》給ヘル。亦、姓名《しやうみやう》ハ何トカ申ス」ト。

第三十二話　出典未詳。清水寺縁起（大日本仏教全書に三種所収）、扶桑略記抄・延暦十七年（七九八）七月二日条、元亨釈書・二十八・清水寺条その他に同話がある。護国寺本諸寺縁起集・清水寺建立記からはやや遠い。

一 現、奈良県高市郡高取町付近。

二 →地名「小島山寺」。　三 →人名「賢心」。

四 →人名「報恩大師」。

五 諸本「ゝ」を欠くが、底本の傍書により補った。田村本、信友本は「ゝ」を補わず、「ゝニ」を欠く。古典大系は「ゝ」を補わず、「賢心」の下の「ニ」を衍字とみるが如何。

六 南を去って北に行け。縁起「夢中告二去レ南之由一。覚後念レ向レ北」。

七 それに当たっては。ついては。

八 新しい都。本来は長岡京をさす。但し撰者は平安京を意識しているらしい。↓注九、一二。

九 おそらく原典の「長岡」の意味が理解できず、「長谷」と誤解したのであろう。縁起「行二長岡城一之間」。長岡京は平城京から遷都を計画して造営されたが、平安京遷都により廃止。京都府向日市に大極殿跡がある。　一〇 淀川で金色の水が一本の筋をなして流れているのを見つけた。

一一 めでたいしるし。吉兆。

一二 この表現は撰者が新京を平安京と理解していたことを示す。縁起「遥到二山城国愛宕郡八坂郷東山之上清水滝下一焉」。

一三 清水寺の音羽滝をさす。　一四 位置的には「北」が正しい。縁起「滝前北岸上」。

一五 がけ。崖。　一六 底本の祖本の破損に因る欠字。縁起「白衣居士」。

翁答《おきなこたへ》テ云ク、「[一九]姓《しやう》ハ隠レ遁《のが》レタリ。名ヲバ[二〇]行叡《ぎやうえい》ト云フ。我レ此《ここ》ニ住《ちう》シテ二百年ニ及ブ。而《しか》ルニ、年来汝《としごろなむ》ヂ[二一]待ツト云ヘドモ、未来《いまだきたらず》。適《たまたま》幸《さいはひ》ニ来《きた》レリ。喜《よろこ》ブ所也。我レ心ニ[二二]観音ノ威《ゐ》力《りき》ヲ念ジ、口ニ[二三]千手ノ真言《しんごん》ヲ誦《じゆ》ス。此《ここ》ニ隠居《かくれゐ》テ多《おほく》ノ年ヲ積メリ。我レ東国ノ修行ノ志《こころざ》シ有リ。速《すみやか》ニ行カムト思フ。汝ヂ我ニ替《かはり》テ其《その》間此《ここ》ニ可住《ちうすべ》シ。此ノ草ノ菴《いほり》ノ所ヲバ堂ヲ可建《たつべ》キ所也。此《この》前ナル[二四]林ハ観音ヲ可造奉《つくりたてまつるべ》キ[二五]料《れう》ノ木也。[二六]我レ若《も》シ遅ク返来《かへりきた》ラバ、速《すみやか》ニ此願《このねがひ》ヲ可遂《とぐべ》シ」ト不云畢《いひをはらざ》ルニ、翁[二七]掻消《かきけ》ツ様《やう》ニ失《うせ》ヌ。

賢心、奇異也ト思テ、[二八]是勝地《これしようち》也ケリト知《しり》テ、返《かへ》リナムト思テ[二九]本《もと》ノ跡ヲ尋《たづ》ヌルニ、来《きた》リツル跡失《う》セテ、何《いづ》レカ道ナラムト云フ事不知《しらず》。空ヲ仰《あふぎ》テ見ルト云ヘドモ、[三〇]東西ヲ知ル事無シ。事ノ有様ヲ問ハムト思フニ、翁失《うせ》ヌ。恐レ思フ事無限《かぎりな》シ。然レバ、心ヲ発《おこ》シテ口ニ真言《しんごん》ヲ誦《じゆ》シ、心ニ観音ヲ念ジ奉ル。而ル間、漸《やうや》ク日暮ヌレバ、可居《ゐるべ》キ所ヲ求メ行《あり》ク。遂《つひ》ニ樹《うゑき》ノ下ニ居《ゐ》ヌ。弥《いよい》ヨ観音ヲ念《ねんじ》奉ル。夜曙《あけ》ヌレドモ、可返《かへるべ》キ様《やう》無クテ、只樹《うゑき》ノ下ニ居タリ。食物《じきもつ》無シト云ヘドモ、谷ノ水ヲ飲《のみ》テ有ルニ、自然《おのづか》ラ餓《うゑ》ノ心無シ。日〻ニ翁ヲ待《まつ》ト云ヘドモ不来《きたらず》。恋ヒ悲《かなし》ブ心ニ不堪《たへず》シテ、山ノ東《ひむがし》ヲ尋ヌルニ、東ノ峰ニ翁ノ[三一]履《くつ》ヲ落《おとし》タリ。賢心是《これ》ヲ見テ、恋ヒ悲《かなし》ムデ泣音《なくこゑ》山ニ満《みち》タリ。如此《かくのごと》クシテ、此《この》所ニシテ[三二]三年過《すぎ》ヌ。

而ル間、大納言[三三]坂上《さかのうへ》ノ田村麻呂《たむらまろ》ト云フ人、[三四]近衛《こんゑ》ノ将監《しやうげん》ト有ケル時、[三五]都ヲ造《つく》ル使ト

一七 縁起「其形七旬有余許也」。
一八 底本の祖本の破損に因る欠字。「此」が想定される。
一九 縁起「姓在二隠遁一」。
二〇 伝未詳。元亨釈書・十五・教待には、園城寺の地を円珍に譲った教待(教代。→七八頁注八)と親交があった旨が見える。
二一 「ヂ」は「汝」の捨仮名。底本「ヲ歟」と傍書。田村本、信友本「汝ヲ」。長年汝を待っていたが、なかなか来ない。
二二 →人名「観世音菩薩」。
二三 千手陀羅尼。→三六二頁注一九。
二四 縁起「株」。　二五 材料。用材。
二六 自分が帰らなければ住所を譲るという発想は、わらしべ長者譚(巻一六・28)に似る。
二七 →五四頁注一。
二八 霊地。　二九 もと来た道を探したが。
三〇 方角がわからない。
三一 木履(ぼく)であろう。履物を残して失踪する設定は、達磨大師伝(巻六・3)に似る。
三二 縁起は行叡との邂逅を宝亀九年(七七八)、田村麻呂との出会いを同十一年のこととしている。　三三 →人名「田村麻呂」。
三四 近衛府の三等官。少将の下。田村麻呂は宝亀十一年(七八〇)から延暦六年(七八七)まで在任。
三五 時代的には長岡京造営の時期に当たるが、田村麻呂が造宮使に任じられた事実を示す史料はない。撰者がさかしらに付加した句か。縁起「宝亀十一年、将監坂上田邑麿、奉公余暇、出二洛陽一遊二猟東山脚一」。略記「延暦十七年、田村麿将軍、為レ助二産女一、求二得一鹿一、訪レ水来二到清水滝下一」。

シテ、右京ノ人ヲ貫《つら》[一]ナリテ、居所《きよしよ》ヲ新京《あたらしききやう》[二]ノ西ニ給ハル。奉公ノ隙《ひま》、京ヲ出《いで》テ東《ひむがし》ノ山ニ行テ、妻《め》[三]ノ産《さん》セル料《れう》ニ一《ひとつ》ノ鹿ヲ求《もとめ》得テ、其《それ》ヲ屠《ほふ》ル間、田村麻呂奇異[四]ノ水ノ流《ながれ》出《いで》タルヲ見ル。将監自《みづか》ラ其《その》水ヲ飲ムニ、身冷《すずし》クシテ楽《たのし》キ心有リ。是《これ》ニ依《より》テ「此ノ水ノ源ヲ尋《たづね》ム」ト思テ、水ニ付《つき》テ行クニ、滝ノ下ニ至《いたり》ヌ。将監暫《しばら》ク[五]俳佪《はいくわいする》間ニ、髴《ほのか》ニ経ヲ誦《じゆ》スル音《こゑ》ヲ聞ク。是《これ》ヲ聞クニ、[六]懺悔《さんぐゑ》ノ心出来《いできたり》テ、亦、経ノ音《こゑ》ヲ尋テ行クニ、遂《つひ》ニ賢心ニ会《あひ》ヌ。将監問テ云ク、「我レ汝ガ体《てい》ヲ見ルニ、[七]只人ニ非ズ。是《これ》神仙ナメリ。誰ガ[八]末葉《ばつえふ》ナルゾ」ト。

賢心答《こたへ》テ云《いは》ク、「我ハ是《これ》小島[九]□恩ノ弟子也」。此《この》山ニ来《きた》リシ事ノ有様ヲ具《つぶさ》ニ答フ。先《ま》ヅ夢ニ見シ事、[一〇]□水ノ流《ながれ》シ事、次ニ翁ノ譲リシ事、形《かたち》ヲ隠シニ[一一]シ事、寺ヲ起《たて》テ観音ヲ可造居奉《つくりすゑたてまつるべ》キ事、東《ひむがし》ノ峰ニシテ翁ノ履《くつ》ヲ見付《みつけ》タリ[一二]シ事、皆具《つぶさ》ニ語ル。将監此《この》事共《ども》ヲ委《くはし》ク聞《きき》テ、返《かへ》ラム事ヲ忘《わすれ》タリト云ヘドモ、賢[一三]ニ永キ契《ちぎり》ヲ成《な》シテ語テ云ク、「我レ[一四]志《こころざし》ヲ励《はげま》シテ彼願《かのねがひ》ヲ可遂《とぐべ》シ。汝《なむ》ヂ年来《としごろ》ノ有様ヲ聞クニ、実《まこと》ニ仏ノ如クニ可貴《たふとぶべ》シ」ト。賢心喜《よろこび》テ、菴室《あんじつ》ノ内ニ返入《かへりいり》ヌ。将監返《かへすがへ》ゝス契《ちぎり》深ク成《な》シテ礼拝シテ、新京《あたらしききやう》ノ家ニ返《かへり》ヌ。妻《め》、[一五]三善《みよし》ノ高子《たかいこ》ノ[一六]命婦《みやうぶ》ト云《いひ》ツ。将監返《かへり》テ、妻《め》ニ、鹿ヲ殺ス間、山ノ中ニシテ賢心ニ会《あひ》タリツル事ヲ具《つぶさ》ニ語ル。妻答テ云ク、「我レ病《やまひ》ヲ愈《いや》サムガ為《ため》ニ生命《しやうみやう》ヲ殺シツ。

一 このままでは文意不通。「ニ」の誤記とすれば、右京に本貫(本籍)をもつ人間となった意。

二 →八六頁注八。

三 出産した妻に(産後の栄養として)食べさせるために。縁起「為二産女一求二得一鹿一」。

四 不思議な水。縁起「欲レ飲二冷水一、遇二奇怪之水一」に「今称二延年寺之谷一是也」と注。

五 徘徊する。うろつく。送仮名を伴わない同語例は「ハイクヮイス」と訓むことにしたが、送仮名のある例(巻一四・29、巻二七・20)はいずれも「俳佪フ」であることからみて、「タチヤスラフ」と訓むべきか。

六 鹿を殺したこと(殺生)を懺悔する気持が生じて。

七 普通の人間ではない。

八 底本「未葉」を訂した。東北本「末葉」。子孫。但し、ここでは師弟関係を尋ねているのであろう。

九 底本の祖本の破損に因る欠字。「山寺ノ報」が想定される。

一〇 →前注。

一一 底本「隠レニシ」を訂した。信友本「隠シニシ」。

一二 底本「見付タシ」。「リ」を補った。保孝本、信友本「見付タリシ」。

一三 賢心をさす。底本「賢」に「ニ」を補入、「心ヵ」と傍書。保孝本、信友本「賢ニ」に「心」と傍書。田村本「賢ク」。

一四 心をはげまして。本気になって。

一五 縁起「蘭室命婦三善高子」に「三善清継女也」と注。詳伝は未詳。

一六 令制で、五位以上の婦人または五位

[一七]後ノ世ノ事、更ニ難謝《しやしがた》シ。願《ねがは》クハ其《その》罪ヲ被免《まぬかれ》ムガ為《ため》ニ、我ガ家ヲ以テ彼《かの》堂ヲ造《つくり》テ、女身《によしん》ノ無量《はかりな》キ罪ヲ懺悔《さんぐゑ》セムト思フ」ト。将監是《これ》ヲ聞テ喜《よろこび》テ、[一八]白壁《しらかべ》ノ天皇ニ賢心ガ有様ヲ申《まうし》テ、[一九]度者《どしや》一人ヲ給《たまは》リテ、[二〇]度《ど》スル事ヲ令得《えしめ》テ、名ヲ延鎮《えんちん》ト改メツ。[二一]其《その》年ノ四月十三日ニ、東大寺ノ[二二]戒壇院《かいだんゐん》ニシテ[二三]具足戒《ぐそくかい》ヲ受《うけ》ツ。

其時ニ、延鎮、将監ト同心ニシテ、力ヲ合セテ、彼《かの》所ニ[二四]岸ヲ[二五]壊《こほ》チ谷《たにをうづみ》塡テ、伽藍《がらん》ヲ始《はじめ》テ建《たて》ツ。高子ノ命婦ハ女官《にようくわん》ヲ[二六]雇ヒ、諸《もろもろ》ノ上中下ノ人ヲ勧メテ、其《その》力ヲ令加《くはへし》メテ金《こん》色《じき》ノ八尺ノ十一面[二七]四千手ノ観音ノ像ヲ造《つくり》奉ル。未ダ不造畢《つくりをはらざ》ルニ、霊験甚《はなは》ダ多シ。[二八]何《いかに》況《いはむ》ヤ供養ノ後ハ、世挙《こぞり》テ崇《あが》メ奉ル事無限《かぎりな》シ。此《この》寺ニ参リ合ヘル事、風ニ随《したが》ヘル草ノ如シ。時、世ノ末ニ臨《のぞむ》ト云ヘドモ、人願ヒ求《もとむ》ル事有テ、此《この》観音ニ[二九]心ヲ至シテ祈リ申スニ、霊験ヲ不施給《ほどこしたまはず》ト云フ事無シ。然レバ、于今《いまに》都□[三〇]ノ上中下ノ人、皆[三一]首《かうべ》ヲ低《かたぶけ》テ歩《あゆみ》ヲ不運《はこばず》ト云フ事無シ。

今ノ[三二]清水寺《きよみづでら》ト云フ、是《これ》也。田村ノ将□[三三]ノ建《たて》タル寺也トナム語リ伝ヘタルトヤ。

秦川勝《はだのかはかつ》、始建広隆寺語《はじめてくわうりうじをたてたること》第三十三

（本文欠）

以上の官人の妻の称。
一七 来世の報いについては、今さらいくら謝罪しても償い難いでしょう。
一八 光仁天皇をさす。→人名「光仁（こうにん）天皇」。
一九 年分度者（その年に度牒を得て僧となる者）の定員枠から一人分をいただいて。
二〇 （賢心を）得度させて。賢心はそれまでは私度僧であったらしい。
二一 縁起は伽藍建立後のこととし、「此天宗高紹（あまむねたかつぎ）天皇御代也」と注、即ち光仁天皇の代とする。
二二 →地名「戒壇院（東大寺）」。
二三 →三二頁注九。
二四 →八六頁注一五。
二五 底本「壊キ」を訂した。保孝本「壊チ」。このあたり縁起は、観音の使の獅子が来て一夜の中に整地したとする。
二六 ここでは、力を借り、助力を頼む意か。
二七 縁起「四十手」。
二八 まして開眼供養して後は。
二九 まごころこめて。一心不乱に。
三〇 底本の祖本の破損に因る欠字。
三一 頭を深く垂れて。→一八頁注一一。
三二 →地名「清水寺」。
三三 底本の祖本の破損に因る欠字。「軍」が想定される。

第三十三話 本文欠脱。題目から見ると、広隆寺縁起（大日本仏教全書所収）や広隆寺来由記（群書類従所収）と共通する話題か。

□建法輪寺語《ほふりんじをたてたること》第三十四

(本文欠)

藤原伊勢人《ふぢはらのいせひと》、始建鞍馬寺語《はじめてくらまでらをたてたること》第三十五

今昔《いまはむかし》、聖武《しやうむ》[一]天皇ノ御代《みよ》ニ、従四位ニテ[二]藤原ノ伊勢人《いせひと》ト云フ人有《あり》ケリ。心賢クテ智《さと》リ有リ。

其《その》時ニ、天皇、東大寺[三]ヲ造《つくり》給フ。此《この》人、其ノ行事《ぎやうじ》[四]トシテ有《ある》間、心ノ内ニ思ハク、「我レ宣旨《せんじ》ヲ奉《うけたま》ハリテ道場[五]ヲ令造《つくらしむ》ト云ヘドモ、未ダ私《わたくし》[六]ノ寺ヲ不建《たてず》、仏ヲ不造奉《つくりたてまつらず》。就中《なかんづく》ニ、我レ年来《としごろ》[七]観音ヲ像ヲ顕《あらは》サムト思フ心有リ。若《も》シ其志《そのこころざし》不空《むなしからず》ハ、願《ねがはく》ハ伽《が》藍《らん》ヲ建立《こんりふ》セム所ヲ示シ給ヘ」ト祈《いの》[八]リ請《こひ》テ寝タル夜ノ夢ニ、王城《みやこ》[九]ヨリ北ニ深キ山有リ。其体《そのてい》ヲ見《みる》ニ、二《ふたつ》ノ山指出《さしいで》テ、中[一〇]ヨリ谷ノ水流出《ながれいで》タリ。絵ニ書ケル蓬莱山《ほうらいさん》[一一]ニ似タリ。山ノ麓ニ副《そひ》テ河流レタリ。此所《この》ニ年老タル翁出来《おきないできたり》テ、伊勢人ニ告《つげ》テ云《いは》ク、「汝《なむ》[一二]ヂ此所《この》ヲバ知レリヤ否《いな》ヤ」ト。伊勢人不知由《しらざるよし》ヲ答フ。翁ノ云ク、「汝《なむ》ヂ吉《よ》ク聞ケ。

第三十四話　本文欠脱。題目から見ると、阿娑縛抄・諸寺略記・法輪寺条や法輪寺縁起(大日本仏教全書所収)と共通する話題か。欠字が人名とすれば「道昌」が想定される。

第三十五話　出典はおそらく拾遺往生伝・下・2や扶桑略記抄・延暦十五年(七九六)条、十巻本伊呂波字類抄・鞍馬寺条等の原拠となった鞍馬寺縁起(散佚)であろう。元亨釈書・二十八・鞍馬寺条その他にも同話がある。

一 正しくは「桓武天皇」とあるべきところ。東寺を東大寺と誤認(→注三)したことに連動する錯誤。

二 →人名「伊勢人」。

三 往生伝、略記抄のいう「東寺」を「東大寺」と誤解したもの。伊勢人は延暦十五年造東寺長官に任じられた(東宝記)。

四 行事官。造営の責任者。

五 寺院。

六 官寺ではない私立の寺。氏寺。

七 「観音ヲ」と「像ヲ」はともに「顕サム」にかかる。「観音ノ像ヲ」と同意。保孝本、信友本「観音ノ」。

八 底本の傍書により「リ」を補った。保孝本、信友本「祈リ請テ」。

九 都。平安京をさす。

一〇 その二つの山の間から。

此《この》所ハ霊験掲焉《けちえん》[一三]ナラム事、他《ほか》ノ山ニ勝《すぐ》レタリ。我レハ此《この》山ノ鎮守《ちんじゆ》[一四]トシテ貴布禰《きふね》[一五]ノ明神ト云フ。此《ここ》ニシテ多《おほく》ノ年ヲ積《つも》レリ。北[一六]ノ方ニ峰有リ。絹笠山《きぬがさやま》[一七]ト云フ。前ニ岨《さがし》キ岡有リ。松尾山《まつのをやま》[一八]ト云フ。西[一九]ニ河有リ。賀茂《かも》川ト云フ」。如此《かくのごと》ク教《をしへ》テ去《さり》ヌ、ト見テ夢覚《さめ》ヌ。

其後、夢ノ中ニ教ヘヲ得タリト云ヘドモ、彼《かの》所ニ輒《たやす》ク難行至《ゆきいたりがた》シ。然レバ、伊勢人、年来《としごろ》乗レル所ノ白キ馬有リ、鞍ヲ置テ馬ニ云ヒ含《ふくめ》テ云ク、「我レ聞ク、『昔《むか》[二〇]シ天《てん》[二一]竺《ぢく》ヨリ仏法ヲ震旦《しんだん》[二二]ニ伝来《つたへきたり》ケル事ハ、白キ馬ニ負《おは》セテゾ来《きた》リケル』。然ルニ、我ガ願《ねがひ》不空《むなしからず》シテ可遂《とぐべ》クハ、汝《なむ》ヂ我ガ夢ニ見シ所ニ必ズ可行至《ゆきいたるべ》シ」ト云ヒ含《ふくめ》テ、馬[二三]ヲ放ツ。馬家ヲ出《いで》テ不見成《みえずなり》ヌ。伊勢人思ハク、「我ガ願実《まこと》ナラバ、定《さだめ》テ此《この》馬夢ニ見シ所ニ行至《ゆきいた》ルラム」ト。従者一人計《ばかり》ヲ具《ぐ》シテ、馬ノ足跡ヲ尋《たづね》ツツ行ク間ニ、自然《おのづか》ラ至ル。夢ニ見シ所ニ至ヌ。谷[二四]ノマヽニ行キ上《のぼ》ルニ、馬ノ足跡多《おほく》有リ。喜《よろこび》テ、漸《やうや》[二五]ク峰ニ登《のぼり》テ見ルニ、此《この》馬北ニ向《むかひ》テ立テリ。先《ま》ヅ伊勢人掌《たなごころ》ヲ合《あはせ》テ、「南無《なも》[二六]大悲観音《だいひくわんおん》」ト礼拝ス。然ル間ニ、萱《かや》ノ中ニ白檀造《びやくだんづくりの》[二七]毘沙門天《びしやもんてん》[二八]ノ像立《たち》給ヘリ。是《これ》ヲ見ルニ、我《わが》朝《てう》ニ造レルニ不似《にず》。「定メテ他国《ほかのくに》ノ人ノ造《つくり》奉レルカ」ト思《おぼ》ユ。如此《かくのごと》ク見置キ、喜《よろこび》テ返《かへり》ヌ。

其後、心ノ内ニ思ハク、「我レ年来《としごろ》懃《ねむごろ》ニ観音ノ像ヲ造《つくり》奉ラムト思フ志《こころざ》シ有ルニ、

一一 →地名「蓬莱山」。
一二 お前はここをどこか知っているか、どうだ。
一三 著しいこと。
一四 その土地を鎮め守る神。地主神。
一五 →人名「貴布禰明神」。
一六 以下「夢覚ヌ」まで、往生伝、略記抄に見えず。字類抄にはある。
一七 京都市北区衣笠、金閣寺西方の衣笠山をさすか。但し、同山は鞍馬・貴船方面から見ての「北」ではなく「南西」に位置する。
一八 京都市右京区の松尾神社の背後の山。
一九 賀茂川の上流(雲ケ畑川)は貴船の西の谷を流れる。字類抄「傍レ山有二西流水一、名二賀茂川上流一也」。
二〇 往生伝「昔後漢明帝、夢見二金人一、摩騰竺蘭載二聖教於白馬一、自二西域一来矣」。中国への仏教公伝の時の故事。巻六・2参照。
二一 インドの古称。
二二 中国の古称。
二三 略記抄「試任二騎馬一、祈赴二北山一」。往生伝では「青童」に馬の後をつけさせ、その報告を受けて伊勢人が出かけている。
二四 谷に沿って上っていくと。
二五 少しずつ。だんだんと。
二六 広大なる慈悲の観世音菩薩に帰依し奉るの意。
二七 ビャクダン科の常緑喬木。材は色が白く、香気が強いので香料、仏像の彫刻材となった。栴檀。
二八 →人名「毘沙門天」。

今毘沙門天ヲ見付《みつけ》奉レリ。此事《このこと》、今夜□示シ給ヘ」ト祈念シテ寝タル夜ノ夢ニ、年十五六歳計《ばかり》ナル児《ちご》ノ形皃端正《ぎやうめうたんじやう》ナル、来《きたり》テ伊勢人ニ告《つげ》テ云ク、「汝《なむ》ヂ未ダ煩悩ヲ不棄《すてず》シテ、因果ヲ悟ル事無キガ故《ゆゑ》ニ、疑《うたがひ》ヲ致ス。汝ヂ聞ケ。観音ハ毘沙門也。我レ多聞天《たもんてん》ノ侍者《じしや》禅儞師《ぜんにし》童子《どうじ》也。観音ト毘沙門トハ、譬《たとへ》バ般若《はんにや》ト法華《ほくゑ》トノ如ク也」ト宣《のたまふ》ゾ、ト見テ夢覚《さめ》ヌ。

其後、伊勢人、心ヲ一《ひとつ》ニシテ、工《たくみ》・杣人《そまびと》等ヲ雇ヒ具シテ、奥山ニ入《いり》テ材木ヲ造リ運《はこび》テ、即《すなは》チ其《その》所ニ堂ヲ造《つくり》テ、彼ノ見付《みつけ》奉レリシ所ノ毘沙門天ヲ安置シ奉レリ。今ノ鞍馬寺《くらまでら》ト云フ、是《これ》也。馬ニ鞍ヲ置テ遣《つかはし》テ、其《その》跡ヲ注《しる》シニテ尋《たづね》得タル所ナレバ、鞍馬《くらま》トハ云《いふ》ナルベシ。

実《まこと》ニ、夢ノ教ヘノ如ク、此ノ山ノ毘沙門天ノ霊験新《あら》タニシテ、末世《すゑのよ》マデ人ノ願《ねがひ》ヲ皆満《みて》給フ事無限《かぎりな》シ。

貴布禰《きふね》ノ明神ハ、誓《ちかひ》ノ如ク于今《いまに》其《その》山ヲ護《まぼり》テ在《まし》マストナム語リ伝ヘタルトヤ。

修行僧明練《しゆぎやうのそうみやうれん》、始建信貴山語《はじめてしぎさんをたてたること》第三十六

今昔《いまはむかし》、仏道ヲ修行スル僧有ケリ。名ヲバ明練《みやうれん》ト云フ。常陸《ひたち》ノ国ノ人也。心ニ深

一 このわけを。
二 底本の祖本の破損に因る欠字。
三 「皃」は「貌」に同じ。容貌。
四 観音と毘沙門天とは同じである。
五 毘沙門天の異称。
六 傍に仕えて雑用をする者。
七 →人名「禅儞師童子」。
八 たとえていえば、般若経と法華経との関係のようなものだ。どちらも釈尊の教説であって実は一体のものなのだ。往生伝「譬如㆓般若与法花、名体異同㆒」。字類抄「譬猶㆓般若法花、名別実同㆒也」。
九 専心して。余念なく。
一〇 大工・きこり。
一一 →地名「鞍馬寺」。
一二 あらたかで。
一三 この山の鎮守として伊勢人に伽藍の建立を勧めたことをさす。

第三十六話　出典未詳。菅家本諸寺縁起集・信貴山寺条にごく簡略な同話的記事、信貴山縁起絵巻、宇治拾遺物語・101、古本説話集・下・65等に異伝がある。

一四 →人名「明練」。
一五 絵巻等は信濃国の人とする。

ク仏ノ道ヲ願《ねがひ》テ、本国《もとのくに》ヲ去《さり》テ、国〻ノ[一六]霊験《れいげん》ノ所〻《ところどころ》ニ修行スル間ニ、大和国《やまとのくに》ニ至レリ。其《その》山[一七]□郡《こほり》ノ東《ひむがし》ノ高キ山ノ峰ニ登《のぼり》テ見レバ、[一八]西ノ山東面《やまのひむがしおもて》ニ副《そひ》テ一《ひとつの》小山有リ。其山ノ上ニ[一九]五色《ごしき》ノ奇異ナル雲覆ヘリ。

明練是《これ》[二〇]ヲ見テ、「定《さだめ》テ彼《かの》所ハ霊験殊勝《しゆしよう》ノ地ナラム」ト思《おもひ》テ、其《その》雲ヲ注《しるし》ニテ尋ネ行ク。山ノ麓ニ至《いたり》ヌ。山ニ登ラムト為《す》ルニ、[二一]人跡《ひとのあと》無シト云ヘドモ、[二二]草ヲ分《わか》チ木ヲ取《とり》テ登ルニ、山ノ上ニ猶《なほ》此ノ雲有リ。其《その》所ヲ指《さし》テ登リ立チ見ルニ、東西南北ハ遥《はるか》ニ谷ニテ下《くだり》タリ。峰一《ひとつ》有リ。其ノ峰ニ此《この》雲覆ヘリ。「此《ここ》ニ何《いか》ナル事ノ有《ある》ニカ」ト疑ヒ思《おもひ》テ、寄《より》テ見ルニ、更[二三]ニ見ユル者無シ。只馥《かうばし》[二四]キ香《か》ノミ薫《くん》ジテ山ニ満《みち》タリ。然レバ、明練弥《いよい》ヨ奇異ノ思《おもひ》ヲ成《な》シテ、尋求《たづねもとめ》ムト見ルト云ヘドモ、木ノ葉多積《おほくつもり》テ[二五]地モ不見《みえず》、只[二六]指《さし》出《いで》タル物ハ大《おほき》ニ喬立《そばだ》テル石共《ども》也。

然ルニ、積《つも》リ置ケル木ノ葉ヲ掻去《かきのけ》テ見レバ、木ノ葉ノ中ニ[二七]巌迫《いはほのはさま》ニ一《ひとつ》ノ石ノ櫃《ひつ》有リ。長《ながさ》□[二八]計《ばかり》、弘《ひろ》サ□[二九]計《ばかり》、高サ□[三〇]計《ばかり》也。櫃《ひつ》ノ体《てい》ヲ見ルニ、此《この》世ノ物ニ不似《にず》。櫃《ひつ》ノ面《おもて》ノ塵《ちり》ヲ□[三一]テ見レバ、銘《めい》有リ。「[三二]護世大悲多門天《ごせだいひたもんてん》」ト。是《これ》ヲ見ルニ、貴《たふと》ク悲[三三]キ事無限《かぎりな》シ。然レバ、「此櫃《このひつ》此ノ所ニ在《まし》マシケルニ依《より》テ、五色《ごしき》ノ雲覆ヒ、異《こと》[三四]ナル香薫《かくん》ジケリ」ト思フニ、涙落《お》ツル事雨ノ如クシテ、泣〻《なくなく》礼拝シテ思ハク、「我レ年来《としごろ》仏ノ道ヲ修行シテ、諸《もろもろ》ノ所ニ行キ至ルト云ヘドモ、未《いま》ダ如此《かくのごとき》ノ霊験ノ地ヲ不見《みず》。然

一六 霊験あらたかな方々の霊場。
一七 郡名の明記を期した意識的欠字。
一八 底本「西山」に「ノ」を補入。保孝本、信友本「西ノ山」。信貴山は大和国の西端にあり、生駒連峰の南端高安山の東側に位置する。
一九 五色(普通には青・黄・赤・白・黒)の珍しい雲。瑞雲である。
二〇 底本の傍書により「ヲ」を補った。保孝本「此レヲ」。信友本「コレヲ」。
二一 人の通った跡(道)はなかったけれども。
二二 草を分け木にとりすがって。
二三 まったく何も見えるものはない。
二四 芳香だけが山いっぱいに薫っている。
二五 地面も見えず。
二六 ただ落ち葉の上に顔を出ているのは、そびえ立ついくつかの岩だけである。
二七 岩の間に。
二八・二九・三〇 数値の明記を期した意識的欠字。
三一 漢字表記を記した意識的欠字か。該当語は未詳。
三二 世を護り広大な慈悲を施す多門天の意。多門天は毘沙門天の異称。
三三 「悲ム」は、痛切に胸に迫る感じを表す語。→四八九頁注一八。
三四 世間普通にはない、すばらしい芳香。異香。

ルニ、今此《ここ》ニ来《きたり》[一]テ希有ノ瑞相《ずいさう》ヲ見テ、多門天ノ利益《りやく》ヲ可蒙《かうぶるべ》シ。然レバ、今[二]ハ我レ他《ほかの》所ヘ不可行《ゆくべからず》。此ノ所ニシテ仏道ヲ修行シテ命ヲ終ラム」ト思テ、忽《たちまち》ニ柴ヲ折《をり》テ菴《いほり》ヲ造《つくり》テ、其レニ居《ゐ》ヌ。

亦、忽《たちまち》ニ人[三]ヲ催《もよほし》テ其櫃《そのひつ》ノ上ニ堂ヲ造リ覆ヘリ。大和《やまと》・河内《かはち》ノ両国《ふたつのくに》ノ辺《ほとり》ノ人、自然《おのづか》ラ此《この》事ヲ聞キ継《つぎ》テ、各《おのおの》力ヲ加ヘテ此《この》堂ヲ造ルニ、輒《たやす》ク成《なり》ヌ。明練ハ其《その》菴ニ住《ぢう》シテ行《おこな》フ間、世ノ人皆是《これ》ヲ貴《たふとび》テ訪《とぶら》[四]フ。亦、訪《とぶら》フ人無キ時ハ、鉢[五]ヲ飛《とば》シテ食《じき》ヲ継《つ》ギ、[六]瓶《かめ》ヲ遣《やり》テ水ヲ汲《くみ》テ行《おこな》フニ、乏《ともし》キ事無シ。

今ノ[七]信貴山《しぎさん》ト云《いふ》、是《これ》也。霊験新《あら》[八]タニシテ、供養[九]ノ後ハ于今《いまに》至ルマデ多《おほく》ノ僧来《きた》リ住《ぢう》シテ、房舎ヲ造リ重《かさね》テ住ム。外《ほか》ヨリモ首《かうべ》[一〇]ヲ低《かたぶけ》テ歩《あゆみ》ヲ運ビ参ル人多カリト[一一]ナム語リ伝ヘタルトヤ。

□始建竜門寺《はじめてりうもんじをたてたること》語第三十七

（本文欠）

一 めったにない驚くべき瑞相。 二 今はもう。かくなる上は。 三 人夫を集めて。
四 供養する。衣食を布施する。
五 飛鉢譚は修行の功を積んだ僧や神仙の托鉢について多く見られ、本書巻一九・2(宇治拾遺物語・172)の寂照、本朝神仙伝・35の比良山の僧、古事談三・19の浄蔵、泰澄和尚伝等に実例が見られる。
六 飛瓶譚も飛鉢譚と同様の話で、本書巻一三・1の大峰の持経仙、同巻二〇・39(宇治拾遺物語・173)の清滝河の奥の聖人等に実例が見られる。 七 信貴山朝護孫子寺。↓地名「信貴山」。 八 あらたかで。
九 堂舎の落成供養の後は。 一〇 ↓一八頁注一一。 一一 底本「ナムト」を訂した。

第三十七話 本文欠脱。題目から見ると、醍醐寺本諸寺縁起集・竜門寺条などと共通する話題か。欠字が人名とすれば「義淵」が想定される。

第三十八話 出典未詳。竜蓋寺記(東大寺要録・一所引)、七大寺年表・大宝三年(七〇三)条、扶桑略記・大宝三年三月条、元亨釈書・二・義淵等に同話がある。これらと同源であろう。
一二 底本「益」を訂した。目録の題目も同様。保孝本、信友本「蓋」。 一三 ↓人名「天智天皇」。 一四 ↓人名「義淵」。
一五 義淵の俗姓は、市往氏(続紀・神亀四年(七二七)十二月条)、津守氏(寺記)、阿刀氏(略記)等、諸説がある。
一六 底本に空白はないが欠字があると推定する。「氏」とあったか。 一七 生物の

義淵僧正《ぎゑんそうじやう》、始造竜蓋寺語《はじめてりうがいじをつくれること》[一二]第三十八

今昔《いまはむかし》、[一三]天智《てんち》天皇ノ御代《みよ》ニ、[一四]義淵僧正《ぎゑんそうじやう》ト云フ人在《まし》マシケリ。俗姓《ぞくしやう》ハ[一五]阿刀《あと》ノ□[一六]。是《これ》、[一七]化生《くゑしやう》ノ人也。

初《はじ》メ、其父母《そのぶも》、大和国《やまとのくに》、□[一八]市ノ郡《こほり》ノ[一九]天津守《あまつもり》ノ郷《さと》ニ住《すみ》テ年来《としごろ》ヲ経《へ》ルニ、子無キニ依《より》テ、其《その》事ヲ歎《なげき》テ、年来《としごろ》[二〇]観音ニ祈リ申ス間ニ、夜《よ》[二一]ル聞ケバ、後ノ方《かた》ニ児《ちご》ノ呼ク[二二]音《こゑ》有リ。是《これ》ヲ怪《あやし》ムデ出《いで》テ見ルニ、柴ノ垣ノ上ニ[二三]白帖《びやくでふ》ニ被裹《つつまれ》タル者有リ。香薫《かくん》ジテ馥《かうば》シキ事無限《かぎりな》シ。夫妻《めをと》是《これ》ヲ見テ、心ニ恐ルト云ヘドモ、取リ下《おろ》シテ見レバ、端正美麗《たんじやうびれい》ナル男子《をのこご》、白帖ノ中ニ有リ。今歳《ことし》[二四]ノ程也。

其《その》時ニ、夫妻共《めをととも》ニ思ハク、「是《これ》ハ、我等ガ子ヲ願《ねがひ》テ年来《としごろ》観音ニ祈リ申スニ依《より》テ、[二五]給ヘル也」ト喜《よろこび》テ、取《とり》テ家ノ内ニ入ルニ、狭《せば》キ家ノ内ニ馥《かうばし》キ香《か》満《みち》タリ。是《これ》ヲ養フニ、[二六]程無ク勢長シヌ。

天皇此《この》事ヲ聞《きき》給テ、召取《めしとり》テ養《やしなひ》テ[二七]皇子トセリ。然ルニ、此《この》子心ニ智《さと》リ有リ、法ノ道ヲ悟レリ。遂《つひ》ニ頭《かしら》ヲ剃《そり》テ法師ト成《なり》テ、[二八]興福寺《こうぶくじ》ノ僧トシテ、[二九]大宝三年ト云フ年、僧正《そうじやう》ニ成ヌ。其《その》家ノ所ヲバ伽藍《がらん》ヲ建《たて》テ、[三〇]如意輪観音《によいりんくわんおん》ヲ安置シ奉レリ。

生まれ方を分類した四生（胎生・卵生・湿生・化生）の一。母胎や卵からでなく、いきなり現れる生まれ方。義淵には、かぐや姫に類する発見と成長の伝説があるため、このようにいったもの。↓注二六。
一八 底本に空白はないが欠字があると推定する。「高」とあったか。　一九 この郷名は諸書に見えない。原典の「夫津守、婦阿刀氏」のごとき表現を「天津守郷、阿刀氏」と誤読したか。　二〇 ↓人名「観世音菩薩」。　二一 「ル」は「夜」の捨仮名。
二二 諸本かく作る。「泣」または「啼」の誤記か。寺記「夜聞二小児音一」。年表、略記「夜聞二小児啼音一」。　二三 寺記「白帖」。「白氎」の当て字か。白氎は、白い木綿の布。つむぎに似て厚く強い布地。法華伝記・一に鳩摩羅什所伝の法華経は白氎本であったといい、地理書「広輿記」に「雲南永昌軍民府、出二縹氎一。即白氎布、堅厚細密、頗類レ紬」と見える（金岡秀友『仏典の読み方』）。　二四 今年生まれたばかりである。　二五 さずけて下さったのだ。
二六 みるみる成長した。寺記「不レ日生長」。拾った小児が異常な早さで成長するのは、竹取物語などの小さ子譚に通じる。
二七 寺記「天智天皇聞二食之一、与二日並皇子一共令レ移二岡宮一」、略記「天智天皇伝聞、相二共皇子一、令レ養二岡本宮一」のごとき原典を誤解したもの。義淵が皇子となったわけではない。　二八 ↓地名「興福寺（こうふくじ）」。　二九 七〇三年。続紀によれば、義淵の任僧正は同年三月乙酉（二十四日）。年表は三月十四日とする。
三〇 ↓人名「如意輪観音」。

今ノ[一]竜蓋寺《りうがいじ》ト云《いふ》、是《これ》也。霊験新《あら》タニシテ、諸《もろもろ》ノ人[二]首《かうべ》ヲ挙《あげ》テ詣《まうで》テ、願《ねがひ》求ムル所ヲ祈《いのり》請《こ》フニ、必ズ[三]其験《そのしるし》シ有リトナム語リ伝ヘタルトヤ。

一 底本「竜益寺」を訂した。通称、岡寺。
→地名「竜蓋寺」。
二 こぞって参詣して。
三 効験。おかげ。

今昔物語集

巻第十二

本朝付仏法

法会の起源と諸仏・法華経の霊験譚

本巻の説話は大きく三群に分かれる。塔の建立と法会の起源を語る第一群(第1—10話)、諸仏の霊験譚を集める第二群(第11—24話)、法華経の霊験譚からなる第三群(第25—40話)である。このうち第一群は前巻の寺院縁起に接続して仏教の受容弘布譚の一翼を構成しているが、第二群と第三群はこれ以後遠く巻十八(欠巻であるが推定による)まで続く三宝(仏・法・僧)霊験説話群の最初の部分に相当する。即ち構想の上では、第一群は前の巻と、第二群と第三群は後続の巻と強いつながりを持った話群である。

第一群の法会縁起は、当時「南京(南都)三会《さんね》」として重んじられた維摩会(興福寺)、御斎会(宮中の大極殿)、最勝会(薬師寺)を先頭に置き、その後に主要な寺社の法会を期日の順に配置している。これらの話の大多数は『三宝絵』に取材しているが、同書にあった比叡山・天台関係の法会は大幅に削除されている。

第二群は、三宝霊験譚のうち「仏宝」に相当する諸仏の霊験譚。火難・水難・盗難・貧困など、さまざまな苦境にあって仏の示し給うた奇跡や救済の数々を語る。ここにいう仏とは釈迦・阿弥陀・薬師・大日などの「如来」であって、観音・地蔵などの「菩薩」の霊験譚は「僧宝」の一部として巻十六以後に配置されている。「仏宝」の話が「法宝」「僧宝」に対して不均衡に少ないのは、資料的な制約と当時の信仰の実態による。

第三群は、「法宝」の始発としての法華経の霊験譚。第25—30話には魚が経巻に変身したり火災に焼けなかったり、経典自体が示した奇跡が語られる。第31話以下は法華経を読誦した人間の側の話であるが、なかでも第32—35話には源信・増賀・性空・睿実と脱俗、反名利の聖人たちの伝記を集め、第36話にはそれとは対照的な生き方をした道命の話を置いて、両者で天台高僧伝を構成している。第37—40話には山岳修行の持経者たちの伝記的な話を集める。

越後国神融聖人《ゑちごのくにのじんいうしやうにん》、縛雷起塔語《いかづちをしばりてたふをたてたること》 第一

今昔《いまはむかし》、越後国《ゑちごのくに》ニ聖人《しやうにん》有ケリ。名ヲバ[一]神融《じんいう》ト云フ。世ニ[二]古志《こし》ノ小大徳《こだいとこ》ト云フハ此レ也。幼稚ノ時ヨリ[三]法花経《ほくゑきやう》ヲ[四]受ケ持《たもち》テ、昼夜ニ読《よみ》奉ルヲ以テ[五]役《やく》トシテ年来《としごろ》ヲ経《へたり》。亦《また》、懃《ねむごろ》ニ仏ノ道ヲ行《おこな》フ事怠ル事無シ。[六]然レバ、諸人《もろもろのひと》此ノ聖人貴《たふと》ビ敬《うやま》フ事無限《かぎりな》シ。

而《しか》ル間、其ノ国ニ一《ひと》ツノ山寺有リ。[七]国上山《くがみやま》ト云フ。而ルニ、其ノ国ニ[八]住ム人有ケリ。[九]専《もはら》ニ心ヲ発《おこ》シテ此ノ山ニ塔ヲ起《たて》タリ。供養《くやう》セムト為《す》ル間ニ、俄《にはか》ニ[一〇]雷電霹靂《らいでんへきれき》シテ此ノ塔ヲ[一一]跐壊《くゑやぶり》テ、雷《いかづち》空ニ昇《のぼり》ヌ。[一二]願主《ぐわんしゆ》泣キ悲《かなしみ》テ歎ク事無限《かぎりな》シ。然《しかれ》ドモ、「此レ、[一三]自然《おのづか》ラ有ル事也」ト思テ、即《すなは》チ、亦改メテ此ノ塔ヲ造《つくり》ツ。亦供養セムト思フ程ニ、[一四]前ゝ《さきざき》ノ如ク雷下《くだり》テ跐壊《くゑやぶり》テ、遂《とげ》ザル事ヲ歎キ悲《かなし》ムデ、猶《なほ》改メテ塔ヲ造《つくり》ツ。此ノ度《た》ビ雷ノ為《ため》ニ塔ヲ被壊《やぶらる》ル事ヲ止《とど》メムト、[一五]心ヲ至《いたし》テ泣ゝ《なくな》ク願ヒ祈ル間ニ、彼ノ神融聖人来《きたり》テ、願主ニ向《むかひ》テ云《いは》ク、「[一六]汝《なむ》ヂ歎ク事無カレ。我レ法花経ノ力ヲ以テ、此ノ度《たび》雷ノ為ニ此ノ塔ヲ不令壊《やぶらしめ》ズシテ、汝ガ願ヲ令遂《とげしめ》ム」ト。願主此レヲ聞《きき》テ、掌《たなごころ》ヲ合セテ聖人ニ向テ、泣ゝク[一七]恭敬《くぎやう》礼拝シテ喜ブ事無限《かぎりな》シ。

聖人塔ノ下ニ来《きた》リ居《ゐ》テ、一心ニ法花経ヲ誦《じゆ》ス。暫許《しばしばかり》有テ、空陰《くも》リ細《こまか》ナル雨降《ふり》テ

第一話 出典は法華験記・下・81。元亨釈書・十五・泰澄に同話がある。

一 →人名「神融」。
二 「越の小大徳」の意。「越」は越前・越中・越後等、北陸地方の総称。「大徳」は高僧、有徳者の意の敬称。「小」の意味は明らかでない。接頭語としては小さいもの・年若いものを表す場合が多い。神融が小柄であったこと、またはいつまでも若々しかったことを示すか。但し、親愛の情からの称とも考えられ、確定はできない。験記「俗云二古志小大徳一。有二多名一。不レ注レ之」と分注。
三 →一五四頁注七。
四 「受持(じじゅ)」を訓読した語。経典を信受し、心に念じて片時もゆるがせにしないこと。
五 もっぱらの仕事として。そればかりに没頭して。
六 験記「鬼神承レ命、国王遥帰依、万民近崇敬矣」。
七 →地名「国上山」。
八 験記「有二一檀那一、発心作善、造二立宝塔一。欲二供養一時」。
九 ひたすら信心を起こして。深く発心して。
一〇 雷鳴がとどろき稲妻が光って落雷して。
一一 訓みは字類抄「蹴 クヱル」による。「跐」は古辞書に見えないが、偏が意味を、

雷電霹靂《らいでんへきれき》ス。願主此レヲ見テ、恐《お》ヂ怖《おそ》レテ、「此レ、前《さき》ゝ《ざき》ノ如ク塔ヲ可壊《やぶるべ》キ前相《ぜんさう》也[一八]」ト思テ、歎キ悲ム。聖人ハ誓[一九]ヒヲ発《おこ》シテ、音《こゑ》ヲ挙《あげ》テ法花経ヲ読《よみ》奉ル。其ノ時ニ、[二〇]年十五六許《ばかり》ナル童《わらは》、空ヨリ聖人ノ前ニ堕《おち》タリ。其ノ形《かたち》ヲ見レバ、頭《かしら》ノ髪蓬《よもぎ》[二一]ノ如クニ乱レテ、極《きはめ》テ恐シ気《げ》也。其ノ身ヲ五所《いつところ》[二二]被縛《しばられ》タリ。童《わらは》涙ヲ流シテ、起[二三]キ臥シ、辛苦《しんぐ》悩乱《なうらん》シテ、音《こゑ》ヲ挙《あげ》テ聖人ニ申サク、「聖人、慈悲ヲ以テ我レヲ免《ゆる》シ給ヘ。我レ、此レヨリ後、更ニ此ノ塔ヲ壊《やぶ》ル事不有《あら》ジ」ト。聖人童《わらは》ニ問《とひ》テ云ク、「汝《なむ》ヂ、何許《いかばかり》ノ悪心ヲ以テ此ノ塔ヲ度《ど》ゝ《ど》壊《やぶ》ルゾ」ト。童《わらは》ノ云ク、「此ノ山ノ地主《ぢしゅ》[二四]ノ神、我レト深キ契リ有リ。地主ノ神ノ云ク、「我ガ上ニ塔ヲ起《たて》ツ。我レ住ム所無カルベシ。此ノ塔ヲ可壊《やぶるべ》シ」ト。我レ此ノ語《こと》ニ依《より》テ度度《どど》塔ヲ壊《やぶ》レリ。而《しか》ルニ、今法花経ノ力不思議ナルニ依テ、我レ吉《よ》ク被縛《しばられ》ヌ。然レバ、速《すみやか》ニ地主ノ神ヲ他《ほか》ノ所ニ令移去《うつりさらし》メテ、永ク逆心《ぎやくしん》ヲ止《とどめ》ム」ト。

聖人ノ云ク、「汝《なむ》ヂ、此レヨリ後《の》チ仏法ニ随《したがひ》テ、逆[二五]罪ヲ造ル事無カレ。亦、此ノ寺ノ所ヲ見ルニ、更ニ水[二六]ノ便《たより》無シ。遥《はるか》ニ谷ニ下《おり》テ水ヲ汲ムニ煩ヒ多シ。何《なん》[二七]ゾ、汝ヂ此ノ所ニ水ヲ可出《いだすべ》シ。其レヲ以テ住僧《ぢうそう》ノ便《たより》ト為《せ》ム。若《も》シ汝ヂ水ヲ出《いだ》ス事無クハ、我レ汝ヲ縛《しばり》テ、年月ヲ送ルト云フトモ不令去《さらしめ》ジ。亦、汝ヂ此[二八]ノ東西南北四十里ノ内ニ雷電ノ音ヲ不可成《なすべから》ズ」ト。童《わらは》跪《ひざまづき》テ聖人ノ言《こと》ヲ聞《きき》テ、答テ申サク、「我レ聖人ノ言《こと》

つくりが音(クヱ)を表す、「蹴」と同義の文字であろう。同字例は巻一六・28に「跪躓テ」がある。↓五四三頁注二一。

一二 発願した人。ここでは塔を建てようとした人をさす。

一三 自然に起ったことだと思って。

一四 「ゝ」は底本以外にはない。前の時と同じように。

一五 まごころこめて。一心不乱に。

一六 「ヂ」は「汝」の捨仮名。

一七 「恭敬」は、つつしみうやまう意。

一八 まえぶれ。前兆。

一九 塔を守ろうと誓願したのである。

二〇 雷神が少年の姿で現れる例は、日本霊異記・上・3の道場法師説話にも見られる。

二一 ざんばら髪の形容。

二二 五体(頭と両手両足、または頭、頸、胸、手、足)すなわち全身を縛られて。

二三 身体を起こしたり倒したりじたばたして、苦しみもだえて。

二四 その土地の主の神。すなわち古くから国上山を支配してきた神。

二五 仏教に反逆する罪。

二六 水の便利がない。水利が悪い。

二七 「何ゾ」は「水ヲ出サザル」のごとく連体形で結ぶのが普通。そのつもりで書き始めた文が途中でねじれて、ほぼ同意の「水ヲ可出シ」という表現で結ばれたのであろう。

二八 験記「此寺東西南北四十里内、更不レ可レ生ニ雷電之声ニ」。

ノ如ク水ヲ可出《いだすべ》シ。亦、此ノ山ノ[一]外《ほか》四十里ノ間ニ雷電ノ音ヲ不成《なさ》ジ。何況《いかにいはむ》ヤ、向ヒ来《きた》ル事ヲヤ」ト云フニ、聖人雷《いかづち》ヲ免《ゆる》シツ。

其ノ時ニ、雷《いかづち》、掌《たなごころ》ノ中ニ瓶《かめ》ノ水ヲ[二]一渧受《いってい うけ》テ、指《および》ヲ以テ巌《いはほ》ノ上ヲ擱穿《つかみうがち》テ大キニ動《うごか》シテ、[三]空ニ飛ビ昇《のぼり》ヌ。其ノ時、[四]彼ノ巌《いはほ》ノ穴ヨリ清キ水涌《わ》キ出《い》ヅ。願主ハ塔ヲ不被壊《やぶられ》ザル事ヲ喜ビ[五]悲《かなし》ムデ本意ノ如ク供養シツ。此ノ山ノ住僧《ぢうそう》ハ水ノ便《たより》ヲ得タル事ヲ喜《よろこび》テ聖人ヲ礼《らい》ス。其ノ後、数百歳ヲ送ルト云ヘドモ、塔壊《やぶ》ル丶事無シ。亦、諸《もろもろ》ノ所ニ雷《らい》電震動《でんしんどう》スト云ヘドモ、此ノ山ノ東西南北四十里ノ内ニ于今雷《いまにいかづち》ノ音ヲ不聞《きか》ズ。亦、其ノ水不絶《たえ》ズシテ于今《いまに》有リ。雷ノ誓ヒ[六]錯《あやま》ツ事無シ。

実《まこと》ニ此レ、法花経ノ力也。亦、聖人ノ誓ヒノ実《まこと》ナル事ヲ知リ、[七]施主《せしゅ》ノ深キ願ノ足《た》レル事ヲ皆人貴ビケリトナム語リ伝ヘタルトヤ。

遠江国丹生茅上《とほたふみのくにのにふのちがみ》、起塔語《たふをたてたること》第二

今昔《いまはむかし》、[八]聖武《しやうむ》天皇ノ御代《みよ》ニ、遠江《とほたふみ》ノ国、磐田《いはた》ノ郡《こほり》、□[九]ノ郷《さと》ニ、丹生《にふ》ノ直《あたひ》茅上《ちがみ》[一〇]ト云フ人有ケリ。[一一]心ヲ発《おこ》シテ塔ヲ造ラムト思フ願有ケリ。而《しか》ルニ、[一二]公《おほやけ》・私《わたくし》ノ営《いとなみ》無隙《ひまな》クシテ、其ノ願ヲ不遂《とげ》ズシテ年来《としごろ》ヲ経ルニ、此ノ事ヲ思ヒ歎ク事無限《かぎりな》シ。

一 前出の「四十里ノ内」と表現が異なるが、いずれも国上山を中心として四十里以内の意。
二 一滴。ひとしずく。
三 雷神が水を得て昇天した例は霊異記・上・3の道場法師説話にも見られ、同話には雷神の授けた子が蛇を頭に巻いた姿で生まれたとあって、雷神の水神(竜・蛇神)としての性格を物語っている。
四 これも雷神の水神的性格を示しているが、古くは神功皇后の摂政前紀に、雷神が岩を裂いて水を通した例が見える。
五 こころから喜んで。
六 間違いがなかった。少しも約束を破らなかった。
七 前出「願主」に同じ。→一〇〇頁注一二。

第二話 出典は日本霊異記・中・31。
八 →人名「聖武天皇」。
九 郷名の明記を期した意識的欠字。霊異記「遠江国磐田郡之人也」。
一〇 「丹生」は氏、「直」は姓、「茅上」は名。伝未詳。→人名「茅上」。
一一 道心を起こして。発心して。
一二 公私ともに多忙で。
一三 霊異記「弟上年七十歳、妻年六十二歳」。本話とは年齢に違いがある。

而《しか》ル間、茅上ガ妻《め》、年六十三[13]ト云フ年、不慮《おもは》ザル程ニ壊任《くわいにん》[14]シヌ。茅上丼《ならび》ニ家ノ人、此レヲ奇異ト思ヒ歎ク間ニ、月満《みち》テ、平ラカニ女子《をむなご》ヲ産セリ。茅上、平ラカニ産セル事ヲ喜《よろこび》テ、其ノ生レタル児《ちご》ヲ見レバ、左ノ手ヲ捲《にぎり》テ開《ひら》ク事無シ。「自然《おのづか》[15]ラ此レ有ル事カ」ト疑ヒテ、父母《ぶも》此レヲ開《ひら》カムト為《す》ルニ、弥《いよい》ヨ固ク捲《にぎり》テ不開《ひらか》ズ。父母《ぶも》此レヲ怪《あやし》ブ事無限《かぎりな》シ。父有テ母ニ云ク、「汝《なむ》ヂ齢《よは》ヒ可産《さんすべ》キ齢《よはひ》ニ非ズシテ産セリ。然レバ、其レニ依《より》テ根《こん》[16]ヲ不具《ぐせ》ズシテ生《しやう》ゼル也。此レ大《おほき》ナル恥也。然レドモ、汝ヂ縁有ルニ依《より》テ我ガ子ヲ生《しやう》ゼリ」ト云テ、憡《にく》ミ棄《すつ》ル事無クシテ悲ビ養フ[17]間ニ、漸《やうや》[18]ク長大シテ、其ノ児《ちご》ノ形皃端正《ぎやうめうたんじやう》[19]ナル事無並《ならびな》シ。

而ル間、児《ちご》年七歳ニ成ルニ、始《はじ》メテ其ノ手ヲ開《ひらき》テ父母《ぶも》[20]ニ告グ。父母喜テ此レヲ見レバ、開《ひらき》タル掌《たなごころ》ノ中ニ仏ノ舎利《しやり》[21]二粒《つび》[22]有リ。父母此レヲ見テ思ハク、「此ノ児《ちご》、手ニ仏舎利《ぶつしやり》ヲ捲《にぎり》テ生レタリ。此レ只人ニ非ザルカ」ト思テ、弥《いよい》ヨ傅《か》シヅキ養《やしなひ》テ、諸《もろもろ》ノ人ニ此ノ舎利ヲ捲《にぎり》タル事ヲ告《つげ》テ令知《しらし》ム。聞ク人皆此レヲ貴ビ讃《ほ》ム。此ノ事世ニ広ク聞エテ、国《くに》ノ司《つかさ》・郡《こほり》ノ司《つかさ》皆貴ブ。

其ノ後、茅上、此ノ塔ヲ起《たて》ムト為《す》ルニ、我ガ力ニ[23]不堪《たへ》ズシテ知識《ちしき》[24]ヲ引《ひき》テ物ヲ集メテ、其ノ郡《こほり》ニ有ル磐田寺《いはたでら》[25]ノ内ニ五重[26]ノ塔ヲ起《たて》テ、彼ノ[27]舎利ヲ安置シ奉《たてまつり》テ、遂《つひ》ニ思《おもひ》ノ如ク供養シツ。塔ヲ供養シテ後、其ノ児幾《ちごいくばく》ノ程ヲ不経《へ》ズシテ死《しに》ヌ。父母《ぶも》恋ヒ悲

一四 「懐妊」に同じ。妊娠した。
一五 特別のことではなく、普通にあることかと思って。嬰児が拳を握りしめているのは自然の現象である。
一六 感覚を起こさせる機能または器官としての眼・耳・鼻・舌・身体を五根といい、これに意根を加えると六根になる。ここでは身根(手)が完全でないことをいう。
一七 かわいがって育てるうちに。
一八 しだいに成長して。
一九 「皃」は「貌」に同じ。容姿端麗。本書に頻用される表現。
二〇 霊異記「年至二七歳一、開レ手示レ母曰、見二是物一」。出生時、舎利を握っていた話は、七大寺巡礼私記・法隆寺条と私聚百因縁集・七・6に聖徳太子の例があり、この子が聖者であることを示す。なお、本書巻一二・34には性空が針を握って生まれた話がある。
二一 「舎利」はサンスクリット語 śarīra の音訳。遺骨。とくに仏陀の遺骨をいう。仏舎利。但し、通常は宝石など舎利を象徴する他のもので代用する。
二二 「粒」の訓みは、霊異記訓釈、名義抄、地蔵十輪経元慶点に拠る。
二三 自分の力だけでは不可能だったので。
二四 「知識」は「善知識」(仏の教えを説いて人を導く高徳の人)の意。「知識ヲ引ク」は、信者を募って寄進を仰ぐ意の慣用句。霊異記「引二率知識一」。
二五 →地名「磐田寺」。
二六 霊異記「七重塔」。
二七 本来、塔は仏舎利を安置するためのものである。

ムト云ヘドモ甲斐《かひ》無クテ止《やみ》ヌ。[一]智《さと》リ有ル人ノ云ク、「此レ願ヲ不遂《とげ》ザル事ヲ令遂《とげしめ》ムガ為《ため》ニ、仏ノ化《くゑ》シテ舎利《しやり》ヲ具《ぐ》シテ生レ来給《きたりたまひ》テ、塔ヲ起《たて》テ供養シテ後、隠レ給ヒヌル也」トナム父母ニ告ゲ令知《しらしめ》ケル。

実《まこと》ニ可産《さんすべ》キ齢《よはひ》ニ非ズシテ生《しやう》ゼルニ、舎利ヲ捲《にぎ》レルヲ以テ然《し》カ可知《しるべ》シ。[二]其ノ塔于今《いまに》有リ。磐田寺ノ内ノ塔、此《これ》也トナム語リ伝ヘタルトヤ。

於山階寺《やましなでらにして》、行維摩会《ゆいまゑをおこなへること》語第三

今昔《いまはむかし》、[三]山階寺《やましなでら》ニシテ[四]維摩会《ゆいまゑ》ヲ行《おこな》フ。此レハ[五]大織冠《だいしよくくわん》内大臣ノ御忌日《きにち》也。彼ノ大織冠、本《もと》ノ姓《しやう》ハ[六]大中臣《おほなかとみ》ノ氏《うぢ》。而《しか》ルニ、[七]天智《てんぢ》天皇ノ御代《みよ》ニ、[八]藤原ノ姓《しやう》ヲ給ハリテ内大臣ニ成《なり》給フ。十月ノ十六日ニ失《う》セ給ヘレバ、十日ヨリ始《はじめ》テ七箇日此ノ会《ゑ》ヲ行フ。此ノ会ハ此ノ朝《てう》ノ多《おほく》ノ講会《かうゑ》ノ中ニ勝《すぐれ》タル会ナレバ、[九]震旦《しんだん》ニモ聞エタリ。

此ノ会《ゑ》ノ発《おこ》リハ、昔《むか》シ[一〇]、大織冠、山城《やましろ》ノ国、宇治《うぢ》ノ郡《こほり》ノ山階《やましな》ノ郷《さと》、[一一]末原《すゑはら》ノ家ニシテ、身ニ[一二]病《やまひ》有テ久ク煩ヒ給フ間、公《おほやけ》ニ不仕給《つかまつりたま》ハズ。而《しか》ル間、[一三]百済国《くだらのくに》ヨリ来《きた》レル尼有リ。名ヲバ[一四]法明《ほふみやう》ト云フ。大織冠ノ御許《みもと》ニ来《きた》レリ。大織冠尼問《あまにとひ》テ宣《のたま》ハク、「汝ガ本国《もとのくに》ニ此《かか》ル病為《やまひす》ル人有キヤ否《いな》ヤ」ト。尼答《こたへ》テ云《いは》ク、「有キ」ト。大織冠ノ宣ハク、「其レ

一 霊異記には「智リ有ル人」は登場せず、以下「父母ニ告ゲ令知ケル」までに相当する文言もない。本書の撰者が「智リ有ル人」の口を借りて加えた解説。
二 霊異記「今磐田郡部内建立磐田寺之塔是也」を踏まえた表現。

第三話 出典は三宝絵・下・28。但し、第一段及び第四段以後の大部分を増補している。

三 興福寺。↓地名「興福寺」。 四 維摩経を講讃して本尊を供養する法会。興福寺のそれは十月十日から十六日までの七日間行われ、宮中大極殿の御斎会、薬師寺の最勝会とともに三大会の一つとして、最も権威ある法会であった。 五 藤原鎌足。↓人名「鎌足」。 六 正しくは「中臣」。大中臣氏は神護景雲三年(七六九)中臣朝臣清麻呂が初めて賜ったもので、藤原氏とは関係がない。 七 ↓人名「天智天皇」。八 天智天皇八年(六六九)十月十五日、中臣鎌足に大織冠と大臣の位を授け、藤原の姓(カバネではなく氏の意)を賜った。鎌足は翌日薨去(天智紀)。 九 中国の異称。なお、興福寺の維摩会が中国にまで知られたとする説は、年中行事抄・興福寺維摩会始事「講師表白云、会留ニ興福一、名聞ニ大唐ニ」など諸書に散見するが、それを立証する資料は未詳。 一〇 「シ」は「昔」の捨仮名。 一一 ↓地名「陶原(すゑはら)」。一二 扶桑略記等は斉明天皇二年(六五六)のこととする。 一三 三宝絵観智院本は「新羅ノ尼」とし、「百済ィ」と傍書。他本は「百済の(禅)尼」。 一四 伝未詳。 一五 ↓人

ヲバ何《いか》ニカ治《ぢ》セシ」ト。尼答テ云ク、「其ノ病、医ノ力モ不及《およば》ズ、医師《くすし》モ不叶《かなは》ザリキ。只、[一五]維摩居士《ゆいまこじ》ノ[一六]形ヲ顕《あらは》シテ其ノ御前ニシテ[一七]維摩経《ゆいまきやう》ヲ読誦《どくじゆ》セシカバ、即チ癒《いえ》ニキ」ト。大織冠此レヲ聞《きき》給テ、忽《たちまち》ニ家ノ内ニ堂ヲ起《た》テ、維摩居士ノ像ヲ顕ハシテ、維摩経ヲ令講《かうぜし》メ給フ。即チ其ノ尼ヲ以テ[一八]講師《かうじ》トス。初《はじめ》ノ日、先《ま》ヅ[一九]問疾品《もんしつほん》ヲ講ズルニ、大織冠ノ御病即チ癒《い》エ給ヒヌ。然レバ、喜ビ給テ、尼ヲ拝シテ、明《あ》クル年ヨリ永ク毎年《としごと》ニ此レヲ行フ間、大織冠失《うせ》給テ後、此ノ事絶《たえ》ヌ。

大織冠ノ御子《みこ》[二〇]淡海公《たんかいこう》、其ノ流《ながれ》ヲ伝ヘ給フト云ヘドモ、未《いま》ダ年若クシテ父失《うせ》給ヌレバ、此ノ事ヲ不知給《しりたまは》ザルニ、漸《やうや》ク仕ヘ上《のぼり》テ大臣ノ位ニ至リ給ヌル時ニ、其ノ人、[二一]手ニ病御《おは》ス。其ノ[二二]崇占《たたりうらな》フニ、祖《おや》ノ御時ノ法事ヲ断《たち》タル崇《たたり》ト云ヘリ。此レニ依テ、亦改《あらため》テ維摩経ヲ講ズル事ヲ発《おこ》シテ行フ間、其ノ時ノ止事無《やむごとな》キ智者ノ僧ヲ以テ講師トシテ所《ところどころ》ニ拝行《はいしおこな》フ。[二三]遂《つひ》ニ彼ノ山階ノ末原ノ家ヲ運ビ移シテ造レルニ依テ、奈良ノ京ニ起《たて》タレドモ尚《なほ》[二四]山階寺ト云ヘリ。

彼《か》ノ会《ゑ》、其ノ山階寺ニシテ行フ。[二五]承和《じようわ》元年ト云フ年ヨリ始メテ永ク山階寺ニ置ク。毎年《としごと》ノ[二六]公事《くじ》トシテ、藤原ノ氏《うぢ》ノ[二七]弁官《べんくわん》ヲ以テ勅使トシテ、于今下遣《いまにくだしつかは》シテ被行《おこなは》ル。亦、諸寺・諸宗ノ学者ヲ撰《えらび》テ此ノ会ノ講師トシテ、毎年《としごと》ニ其ノ賞ヲ以テ[二八]僧綱《そうがう》ニ任ゼル事、此定《これさだま》レル例トス。[二九]聴衆《ちやうじう》ニモ諸寺・諸宗ノ学者ヲ撰《えらび》テ係《か》ケタリ[三〇]。亦、藤原ノ[三一]氏《うぢ》ノ上達《かんだち》

名「維摩居士」。 一六 像を造って、または像を描いて。 一七 維摩詰所説経の略称。初期大乗仏教の代表的経典の一。在家の智者維摩詰が出家の仏弟子や菩薩たちを論破しつつ大乗思想を説く。

一八 法会において仏前の高座に登って経論を講説する役の僧。 一九 維摩経の第五、文殊師利問疾品。病気の維摩詰を見舞いに来た文殊に対して、維摩詰が医王となって一切衆生の病気を癒すべきことを説く。 二〇 藤原不比等。→人名「不比等」。 二一 興福寺縁起、七大寺巡礼私記等は慶雲二年(七〇五)のこととする。但し、「手」の病とするのは本話のみ。三宝絵「身」の草体を誤ったものであろう。

二二 底本「崇」のごとく推定される。この字は古写本では多く「祟」と通用する。

二三 「遂ニ」は文意が通じにくい。三宝絵「後ニ」。 二四 底本「山階ト寺云ヘリ」を訂した。 二五 八三四年。釈家官班記・下「維摩会。慶雲二年淡海公行之。会場不定。和銅六年移修興福寺。天平宝字二年以当会充大織冠忌日。承和元年以後不絶。以前年々有無依時不定」。

二六 朝廷の行事、儀式。 二七 太政官に属する左右の弁官局の職員。宣旨、官符など文書関係の実務を担当。大弁・中弁・少弁が左右各一名おり、名誉の重職であった。勅使の弁は維摩会の翌日の十七日に行事執行の文書を奏上するのが通例(小野宮年中行事)。 二八 →一〇八頁注一五。

二九 講師の説法を聴聞する役の僧。

三〇 任命した。その役にした。

三一 三宝絵「氏ノ上達部ヨリハジメテ、五

部《め》ヨリ始メテ五位ニ至《いたる》マデ、衾《ふすま》ヲ縫《ぬひ》テ此ノ会ノ僧ニ施《せ》ス。惣《すべ》テ、会《ゑ》ノ儀式ノ[一]厳重《げんちよう》サヨリ始メテ講経・論義ノ微妙《みめう》ナル事、昔ノ[二]浄名《じやうみやう》ノ室《むろ》ニ不異《ことなら》ズ。[三]仏供《ぶつく》・僧供《そうぐ》ハ皆[四]大国《だいこく》ノ饌《そなへもの》ヲ学《なら》フテ、余所《ほかの》ニ不似所学《にるところなくがく》ス。[五]朝《てう》ニ仏法ノ寿命ヲ継ギ、[六]王法ノ礼儀《らいぎ》ヲ敬フ事ハ、只此ノ会ニ限レリ。

然レバ、公《おほやけ》・私《わたくし》此ヲ貴ブ事不愚《おろかなら》ズトナム語リ伝ヘタルトヤ。

於大極殿《だいごくでんにして》、被行御斉会《ごさいゑをおこなはれたること》語第四

今昔《いまはむかし》、[七]高野姫《たかののひめ》ノ天皇ト申ス帝王御《おはし》マシケリ。[八]聖武《しやうむ》天皇ノ御娘也。女ノ御身ニ御《おはし》マシケレドモ、御身ノ才《ざい》有テ[九]文《ふみ》ノ道ヲ極《きはめ》テナム御《おはし》マシケル。

其ノ御時ニ、[一〇]大極殿《だいごくでん》ニシテ[一一]御斉会《ごさいゑ》ヲバ被始行《はじめおこなはれ》タル也ケリ。大極殿ヲ荘《かざり》テ、正月ノ八日ヨリ十四[一二]ニ至《いたる》マデ七日七夜ヲ[一三]限《かぎり》テ、昼ハ[一四]最勝王経《さいしようわうぎやう》ヲ講ジ、夜ハ[一五]吉祥懺悔《きちじやうさんぐゑ》ヲ行《おこな》ヒ給フ。其ノ最勝王経ヲ講ズル[一六]講師《かうじ》ニハ、[一七]山階寺《やましなでら》ノ維摩会《ゆいまゑ》ノ去年ノ講師勤《つとめ》タル人ヲ用《もちゐ》ル。[一八]庁衆《ちやうじう》・[一九]法用僧《ほふようのそう》、皆諸寺ノ止事無《やむごとな》キ[二〇]学生《がくしやう》ヲ撰《えら》ビ召ス。結願《けちぐわん》ノ日ハ、天皇其ノ講師及ビ聴衆ヲ宮ノ内ニ請《しやう》ジ入レテ、布施ヲ給ヒ供養シ給フ。亦《また》、講師ヲバ高キ床《ゆか》ニ令居《すゑしめ》テ天皇礼拝シ給フ。此[二一]レ、最勝王経ニ仏説《とき》[二二]給ヘル所也。亦、「[二三]吉祥懺悔ハ、

位ニイタルマデ、衾ヲヌヒテ僧ニホドコス事、縁起幷雑記等ニ見タリ」。但し、現存の興福寺縁起には見えない。

一 荘厳さ。↓一〇九頁注三三。
二 維摩詰の住んでいた方丈の居室。
三 仏への供え物や僧への供え物。
四 大きな国。中国をさしていう。
五 本朝において。
六 仏法に対して俗世を支配する国王の法治をいう。ここでは朝廷が重んじて儀式を整え、敬意を払っている意。

第四話 出典は三宝絵・下・2。但し、かなりの増補がある。

七 孝謙天皇。↓人名「孝謙天皇」。 八 ↓人名「聖武天皇」。 九 文章道にすぐれていらっしゃった。 一〇 ↓地名「大極殿」。
一一 「みさいゑ」ともいう。正月八日から十四日までの七日間、宮中の大極殿に本尊盧遮那仏を安置して、最勝王経を講説し僧に斎食を供する法会。三会の一。
一二 底本「日」を欠く。↓一一五頁注三六。
一三 底本「限ノ」を訂した。
一四 金光明最勝王経。義浄訳。十巻。鎮護国家の経典として著名。
一五 三宝絵「吉祥悔過」。犯した罪を吉祥天に懺悔し、天下泰平・五穀豊穣を祈願する儀式。 一六 ↓一〇五頁注一八。
一七 興福寺。↓地名「興福寺」。
一八 正しくは「聴衆」。↓一〇五頁注二九。
一九 法会において、四箇の法要(梵唄・散華・梵音・錫杖)に従事する僧。 二〇 学僧。
二一 最勝王経の四天王護国品の所説をさ

此レヲ行フ人、五《ご》穀《こく》成就《じやうじゆ》シ、諸《もろもろ》ノ願ヒ思フ事皆心ニ叶ハム」ト同ク経ニ説給ヘリ。〔二四〕此レニ依《より》テ、此ノ天皇、心ニ悟リ広ク□〔二五〕マシテ国ヲ□〔二六〕護《まぼ》ラムガ為《ため》ニ、此ノ会《ゑ》ヲ始メテ永キ事トス。今ニ不絶《たえ》ズ。然レバ、大臣・公卿モ皆心ヲ至シテ力ヲ加ヘタリ。亦、或ル時ニハ、大極殿ニ行幸有テ、此ノ会ヲ天皇拝シ給フ。皆此レ経ニ説クガ如キ也。亦、諸国ノ国分寺〔二七〕ニシテモ此ノ会ヲ同ジ時、此レヲ行フ。

然レバ、〔二八〕此ノ朝《てう》ノ勝《すぐ》レタル勤メ、偏《ひとへ》ニ此ノ会《ゑ》ニ有リ。高野姫ノ天皇、〔二九〕神護景雲《じんごけいうん》二年ト云フ年ノ〔三〇〕正月ノ後七日《のちのなぬか》ニ此ノ会ヲ始メ置キ給フ。此レヲ御斉会《ごさいゑ》ト云フトナム語リ伝ヘタルトヤ。

於薬師寺《やくしじにして》、行最勝会《さいしようゑをおこなへること》語 第五

今昔《いまはむかし》、〔三一〕天智《てんち》天皇〔三二〕薬師寺《やくしじ》ヲ建給《たてたまひ》テ後、仏法盛《さかり》也。而《しか》ル間、〔三三〕淳和《じゆんわ》天皇ノ御代《みよ》ニ、中納言従三位兼行〔三四〕中務卿《けんぎやうなかつかさきやう》〔三五〕直世《なほよ》ノ王《わう》ト云フ人有リ。身才《ざい》有リ〔三六〕心悟リ有テ内外《ないぐゑ》〔三七〕ノ道ニ達《いた》レリ。

其ノ人、〔三八〕天長《てんちやう》七年ト云フ年、天皇ニ奏シテ云ク、「彼ノ薬師寺ニシテ毎年《としごと》ニ七日ヲ限テ法会ヲ行ヒテ、天下《てんが》ヲ令栄《さかえし》メ帝王ヲ令祈《いのらし》メムガ為《ため》ニ、〔三九〕最勝王経《さいしようわうぎやう》ヲ講ジテ永キ

す。但し、直接には三宝絵の所説を要約して述べたもの。
二二 底本「説ヘル給」を訂した。
二三 以下は最勝王経の大吉祥天女増長財物品の所説をさす。但し、直接には三宝絵の所説に拠っている。
二四 「此レニ依テ」から「護ラム」の前まで底本は破損して読めない。諸本により補った。　二五・二六 底本破損。諸本欠字。
二七 →地名「国分寺」。
二八 本朝の。我が国の。
二九 七六八年。但し、続紀によれば、天平神護三年(七六七)正月八日に諸国の国分寺で吉祥悔過の法を行うべきことを定めた勅があり、宮中では神護景雲三年(七六九)の正月八日に初めて行われた。本話と同様の説は初例抄・下・御斎会始に「始ㇾ自㆓神護景雲二年㆒」と見える。
三〇 通常は二十七日をさすが、御斎会の期日と合わない。ここでは、正月の最初の七日間の後に続く七日間の意か。

第五話　出典は三宝絵・下・11。但し、全体的に叙述を増補している。
三一 →人名「天智天皇」。　三二 →地名「薬師寺」。　三三 →人名「淳和(じゆんな)天皇」。
三四 「行」は位が官より高い場合に、位と官との間において示す語。中務卿は正四位上相当官である。　三五 →人名「直世王」。　三六 諸本「心ニ悟リ有テ」。
三七 仏典と俗典の両方に通暁していた。
三八 八三〇年。同年九月十四日の格の文にこのことが見える(類聚三代格)。
三九 →注一四。

事トセム」ト。帝王ノ宣《のたま》ハク、「[一]申ス所可然《しかるべ》シ。速《すみやか》ニ申スガ如クニ行ヒテ、代〻ノ[二]帝王ノ御後《のち》ノ人ヲ以テ[三]檀越《だんをつ》ト可為《すべ》シ」ト。此レニ依《より》テ、其ノ年ノ三月七日、此ノ会《ゑ》ヲ始メ行フ。[四]維摩《ゆいま》[五]・御斉《ごさい》二会ノ[六]講師《かうじ》ヲ用《もち》ヰル。[七]聴衆《ちやうじゆ》ニハ諸寺・諸宗ノ学者ヲ撰《えら》ビテ係《かけ》タリ。講経・論義、皆維摩会《ゆいまゑ》ノ如シ。公《おほやけ》ノ勅使ヲ遣《つかは》シテ被行《おこなは》レ、講読・聴衆ニ布施ヲ給フ事不愚《おろかなら》ズ。[八]僧供《そうぐ》ハ寺ニ付《つけ》タリ。

「抑《そもそ》モ此ノ寺ノ檀越《だんをつ》ハ代〻ノ天皇ノ御後《のち》ノ人ヲ可用《もちゐるべ》シ」ト宣旨《せんじ》有レバ、源氏ノ姓《しやう》ヲ給ハレル御子[九]ノ子孫ヲ以テ檀越トス。然レバ、源氏ノ[一〇]上臈《じやうらふ》ヲ以テ此レ用《もちゐ》ル。然レバ、[一一]此ノ会ノ勅使ニモ源氏ヲ下《くだ》シ遣《つかは》ス也。

然レバ、維摩会・御斉会、此ノ[一二]最勝会ヲ三会《さんゑ》ト云フ。日本国ノ大キナル会、此レニハ不過《すぎ》ズ。講師ハ同人《おなじひと》此ノ三会ヲ勤メツレバ、[一三]已講《いかう》ト云フ官ニテ、此ノ三会ノ講師ノ[一四]労ヲ以テ[一五]僧綱《そうがう》ノ位ヲ被□[一六]。

然レバ、此ノ最勝会、勝《すぐ》レタル会《ゑ》也トナム語リ伝ヘタルトヤ。

於山階寺《やましなでらにして》、行涅槃会語《ねはんゑをおこなへること》第六

今昔《いまはむかし》、[一七]山階寺《やましなでら》ニ[一八]涅槃会《ねはんゑ》ト云フ会《ゑ》有リ。此レ、二月ノ十五日ハ釈迦如来涅槃《ねはん》ニ入《いり》

一 このあたりは、三宝絵「スナハチ、ミコトノリニイハク、コトノマヽニ。此ヨリハジメテ行ヒキタレリ」を敷衍した叙述。 二 天皇の子孫。ここでは臣籍に降下した源氏の人達をさす。
三 →一一三頁注二一。
四 底本「始メ行フ」の後に「最勝王経ヲ講読シテ永キ事トセムト。帝王ノ宣ハク、申ス所可然シ。速ニ申スカ如クニ行ヒテ」と前文を重出した衍文がある。諸本も同様。
五 底本「維」を欠く。諸本により補った。
六・七 →一〇五頁注一八・二九。
八 僧への供物は寺方に委託した。
九 底本「御寺」を訂した。「子」を「寺」の草体と誤ったか。
一〇 ここでは、身分・地位が上位の者の意。
一一 小野宮年中行事の三月七日薬師寺最勝会始事に「始レ自二今日一終二十三日一、勅使王氏奏」とある。また、同書所引の貞観太政官式には「王氏五位以上若不参者、不レ得レ預二新嘗会節一、六位以下奪二季禄一」とあり、源氏の者には最勝会参加が義務づけられていた。
一二 最勝王経を講説して国家安穏、天皇息災を祈る法会。毎年三月七日から十三日まで、薬師寺で行われた。
一三 三会已講師の略。三会の講師を歴任した者は僧綱に任ずるのが定例であった。
一四 功労。功績。 一五 僧尼の監督に当たり、法務を統括する僧官。僧正・僧都・律師の総称。 一六 底本破損。諸本欠字。

第六話 出典は三宝絵・下・8。但し、

給ヒシ日也。然レバ、彼ノ寺ノ僧等、「昔ノ沙羅林《しやらりん》[一九]ノ儀式ヲ思フニ、心無キ草木ソ[二〇]ラ皆其ノ[二一]知テ恋慕《れんぼ》ノ形チ《かた》有キ。何況ヤ《いかにいはむ》、心有リ悟リ有ラム人ハ釈迦大師ノ恩徳ヲ報ジ可奉シ《たてまつるべ》」ト儀[二二]シ思《おもひ》テ、彼ノ寺ノ仏ハ釈迦如来ニ在《まし》セバ、其ノ御前ニシテ彼ノ二月ノ十五日ニ一日ノ法会《ほふゑ》ヲ行フ也ケリ。四《し》色《しき》[二三]ノ羅《ら》漢《かん》ハ威《ゐ》儀《ぎ》ヲ調《ととの》ヘ、三部[二四]ノ伎《ぎ》楽《がく》ハ音ヲ発《おこ》ス。

而ルニ、此ノ会《ゑ》ノ儀式、初メハ少シ愚《おろか》[二五]也ケルヲ、尾張《をはり》ノ国ノ書生《しよしやう》[二六]ナル者有ケリ。国司ノ政《まつりごと》ノ枉《まが》レル事ヲ見テ、心ヲ仏法ニ係《かけ》テ、頭《かしら》ヲ剃《そり》テ、本国《もとのくに》ヲ去《さり》ナムト思ヒケル間、山階寺ノ僧善殊僧正《ぜんしゆそうじやう》[二七]ト云フ人、請《しやう》[二八]ヲ得テ彼ノ国ニ至ルニ、此ノ書生、本意[二九]有ルニ依《より》テ、彼ノ僧正ニ伴《ともな》ヒテ本国ヲ棄《すて》テ山階寺ニ行テ、頭ヲ剃リ衣ヲ染《そめ》テ彼ノ僧正ノ弟子ト成ヌ。名ヲ寿広《じゆくわう》[三〇]ト云フ。本《もと》ヨリ心浄《きよ》クシテ悟リ賢カリケレバ、正教《しやうげう》ノ道ヲ学ビ音楽ノ方《かた》ヲ知レリ。然レバ、世ノ人皆此ノ寿広ヲ敬ヒ貴ビテ、和尚《わじやう》[三一]ノ名ヲ得タリ。而ル間、此ノ寿広、更ニ此ノ涅槃会ノ儀式ヲ造《つくり》テ、色衆《しきしゆ》[三二]ヲ調《ととの》ヘ楽器ヲ副《そ》ヘテ、改メテ厳重《げんぢよう》[三三]ニ行ヘリ。

而《しか》ルニ、其ノ明《あく》ル日、尾張ノ国ノ熱田《あつた》[三四]ノ明神、童子ニ託シテ寿広和尚ニ示シテ宣《のたま》ハク、「汝ハ此本《これもと》我ガ国ノ人也キ。而ルニ「今、貴キ会《ゑ》ヲ行フ」ト聞テ、我昨日聴《ちやう》聞《もん》ノ為《ため》ニ遥《はるか》ニ来《きた》レリシニ、界《さかひ》[三五]ノ中ハ悉《ことごと》ク仏ノ境界《きやうがい》ト成テ、奈良坂《ならさか》[三六]ノ口ニハ梵王《ぼんわう》[三七]・帝《たい》

第一段及び第四段以後の大部分を増補している。
一七 興福寺。→地名「興福寺」。
一八 二月十五日に釈尊の入滅を追悼して行う法会。興福寺のみならず諸寺で行われる。 一九 沙羅双樹の下で釈尊が入滅した時の様子。
二〇 「すら」と同義。平安末期から中世にかけて多く用いられた。
二一 「其ヲ」と同意。→二五四頁注一四。
二二 「儀」は「議」の借字。
二三 四色(紫・緋・乾陀(赤黄)・黄)の僧衣を着した羅漢。 二四 三部(新楽・古楽・高麗楽)の伎楽(ここでは音楽の意か)。
二五 おろそか。なみ一通り。
二六 国府の下級官吏。書記。
二七 →人名「善殊」。
二八 要請を受けて。招かれて。
二九 かねがねの望み。素志。但し、三宝絵には善殊との出会いや入門を語る記事はない。 三〇 →人名「寿広」。
三一 三会定一記・維摩講師次第・承和九年(八四二)条に、講師寿広について「雖レ辞ニ退僧綱一、号ニ大和尚一」とある。このことをさす。「和尚」は法相・真言宗では「わじゃう」、華厳・天台宗では「くゎしゃう」、禅・浄土宗では「をしゃう」と訓む。
三二 職衆。法会の役僧の総称。
三三 厳粛に。いかめしくおごそかに。
三四 →人名「熱田明神」。
三五 国の境の内。すなわち大和国内。
三六 →地名「奈良坂」。
三七 梵天・帝釈天・四天王(持国・増長・広目・多聞天)。いずれも仏教守護神。

釈《しやく》・四大天王皆護《まぼ》リ給ヘバ、我レ寄ル事力不及《およば》ズシテ不聴聞《ちやうもんせ》ズ。然レバ、歎キ思フ事無限《かぎりな》シ。猶何《なほいか》ニシテカ此ノ会ヲ聴聞セムト為《す》ル」ト。寿広、此レヲ聞テ、明神ヲ哀《あはれ》ムデ云ク、「昨日、法ノ為《ため》ニ来《きた》リ給ヒケルヲ、己《おの》レ更ニ知リ不奉《たてまつら》ザリケリ。然レバ、熱田ノ明神ノ御為《ため》ニ殊《こと》ニ志《こころざ》シテ、亦此ノ会ヲ行ハム」ト云テ、歌舞ノ隙《ひま》ニ[一]法《ほ》花《くゑ》経《きやう》百部ヲ[二]読誦《どくじゆ》シテ、昨日ノ如ク俄《にはか》ニ法会ヲ行フ。然レバ、熱田明神、此レヲ聴聞[三]□疑[四]□不□思ユ。明ル年、法花経[五]□書写シテ、此レヲ講ジテ永ク二日ノ法会ヲ行フ。此レヲバ法《ほ》花《くゑ》会《ゑ》ト云フ。其ノ後、此ノ両会、寺ノ営《いとなみ》トシテ于今《いまに》不絶《たえ》ズ。

[六]此レヲ思フニ、実《まこと》ニ心有ラム人ハ必ズ此ノ涅槃会ヲバ可聴聞《ちやうもんすべ》キ事也。此ノ世ノ人、皆釈迦ノ[七]四部ノ御弟子《みでし》也。専《もはら》入滅《にふめつ》ノ日ヲ思テ此ノ会ニ参リ値《あ》ハヾ、罪業《ざいごふ》ヲ滅シテ浄土ニ生レム事ヲ[八]疑ヒ不有《あら》ジトナム思《おぼ》ユル。

亦、人ノ広ク云ヒ伝フル様《やう》、「此ノ国ノ人、世ヲ背《そむき》テ冥途《めいど》ニ至ル時、[九]閻魔王《えんまわう》・[一〇]冥《みやう》官《くわん》在《まし》マシテ、「汝ハ山階寺ノ涅槃会ヲバ礼《をがみ》タリキヤ否《いな》ヤ」トゾ問《とひ》給フ[一一]ナル。此レニ依テ、涅槃会ニ参レル道俗・男女《なんによ》、皆、此ノ会ノ[一二]供花《くぐゑ》ノ[一三]唐花《からはな》ヲ取《とり》テ冥途ノ験《しるし》ニセム」ト云ヘリ。此ノ事ハ、虚実《こじつ》ヲ不知《しら》ズト云ヘドモ、人ノ語リ伝フル所也。

但シ、此ノ会《ゑ》ノ儀式・作法・舞楽ノ興《きよう》、微妙《めでた》クシテ、他所《ほかの》ニ不似《に》ズ、心ノ及ブ

一　↓一五四頁注七。
二　「読誦シテ」から「書写シテ」の前まで底本破損。諸本により補った。
三　底本破損。諸本欠字。
四　底本破損。東大本「事疑不有シ思ユ」。
五　底本破損。諸本欠字。
六　「此レヲ思フニ」以下は、三宝絵には対応する記事がない。
七　比丘・比丘尼・優婆塞・優婆夷（修行僧・修行尼・男の在家信者・女の在家信者）。仏弟子の総称。四部衆。四衆。
八　「ヲ」は不自然。「生レム事ヲ（疑ハズ）」から「（生レム事）疑ヒ不有ジ」へと文がねじれたことを示すか。↓一〇一頁注二七。
九　↓人名「閻魔王」。
一〇　冥途の役人。閻魔王とともに死者の裁判等に従事する者。
一一　伝聞の「ナリ」。前出の「人ノ広ク云ヒ伝フル様」に対応している。このあたりは三宝絵に対応する記事がない。
一二　仏前に供える花。
一三　造花の一種。空花（からはな）の意か。

所ニ非ズ。極楽モ此《かく》ヤ有ラムトゾ人云《いふ》メル。日本第一ノ事也トナム語リ伝ヘタルトヤ。

於東大寺《とうだいじにして》、行花厳会《くゑごんゑをおこなへること》語第七

今昔《いまはむかし》、[一四]聖武《しやうむ》天皇[一五]東大寺《とうだいじ》ヲ造リ給《たまひ》テ、先《ま》ヅ[一六]開眼供養《かいげんくやう》シ給フニ、[一七]婆羅門僧正《ばらもんそうじやう》ト云フ人天竺《てんぢく》ヨリ来《きた》リ給ヘルヲ、[一八]行基《ぎやうき》菩薩兼《かね》テ其レヲ知テ、其ノ人ヲ勧メテ其ノ[一九]講師《かうじ》トシテ供養シ給ハムト為《す》ルニ、「[二〇]読師《どくし》ニハ誰人《たれひと》ヲカ可請《しやうずべ》キ」ト思食《おぼしめ》シ煩《わづらひ》ケルニ、天皇ノ御夢ニ、止事無《やむごとな》キ人来《きたり》テ告《つげ》テ云《いは》ク、「開眼供養ノ日ノ朝《あした》、寺ノ前ニ[二一]先《ま》ヅ来《きた》ラム者ヲ以テ、僧俗ヲ不撰《えらば》ズ、貴賤ヲ不嫌《きらは》ズ、読師ニ可請《しやうずべ》キ也」ト告グ、ト見テ夢悟《さ》メ給ヌ。

其ノ後、天皇此ノ事ヲ深ク信ジ給テ、其ノ日ノ朝《あした》、寺ノ前ニ使ヲ遣《つかは》シテ令見《みし》メ給フニ、一人ノ老翁[二二]籬《いかき》ヲ荷《になひ》テ来《きた》レリ。其ノ籬ニハ鯖《さば》ト云フ魚《いを》ヲ入レタリ。使此ノ老翁ヲ引《ひき》テ天皇ノ御前ニ将参《ゐてまゐり》テ、「此レナム最初ニ出来《いできた》レル人」ト申セバ、天皇、「此ノ翁定《おきなさだ》メテ[二三]様《やう》有ル者ナラム」ト思《おぼ》シ疑《うたがひ》テ、忽《たちまち》ニ翁ニ[二四]法服《ほふぶく》ヲ令着《きし》メテ、其ノ供養ノ読師トセムト為《す》ルニ、翁ノ申サク、「我レハ、更ニ其ノ[二五]器《うつはもの》ニ非ズ。年来《としごろ》鯖ヲ荷《になひ》テ持《もて》行

第七話　出典未詳。東大寺要録・二、建久御巡礼記、古事談・三・2、宇治拾遺物語、渓嵐拾葉集・一〇〇等に同話。

一四　→人名「聖武天皇」。

一五　→地名「東大寺」。

一六　新造の仏像に魂を請じ入れる儀式。ここでは東大寺大仏の開眼供養をさす。

一七　インドの僧、菩提僊那。→人名「菩提僊那」。

一八　→人名「行基」。

一九　法会において仏前の高座に登って経論を講説する役の僧。

二〇　法会において講師と相対して仏前の高座に登り、経典を読む役の僧。

二一　最初に出会った者を重視する人選の仕方は巻一二・25(一四六頁注七)その他に見え、その人物が隠身の聖者であることも長谷寺験記・下・13など例が多い。

二二　竹で編んだかご。ざる。

二三　何かいわれのある者。夢告にしたがって得られた人物であるから、普通の人ではないと考えたのである。

二四　法衣。僧衣。

二五　字類抄「器 ウツハモノ」。自分は決してそのような才能を備えた人間ではない。

□[一]以テ役《やく》[二]トシテ世ヲ過《すぐ》ス者也」ト。然レドモ、天皇此ヲ許《ゆる》シ不給《たまは》ズシテ、既ニ其ノ時ニ至リテ、講師ト並《ならべ》テ高座《かうざ》[三]ニ登《のぼ》セツ。籬《いかき》ヲバ鯖ヲ乍入《いれなが》ラ高座ノ上ニ置《おき》ツ。籬ヲ荷タル杖《つゑ》ヲバ堂ノ前ノ東《ひむがし》ノ方ニ突立《つきた》テツ。既ニ供養畢《をはり》ヌレバ、講師高座ヨリ下《おり》給フニ、此ノ読師ハ高座ノ上ニシテ掻消《かきけ》[四]ツ様《やう》ニ失《うせ》ヌ。

其ノ時ニ、天皇、「然《さ》[五]レバコソ。此レハ、夢ノ告《つげ》有レバ、只者ニハ非ザリケリ」ト信ジ給ヒテ、此ノ籬《いかき》ヲ見給ヘバ、正《まさ》シク鯖《さば》[六]ノ入《いり》タリト見エツレドモ、花厳経《くゑごんきやう》[七]八十巻ニテ御《おはし》マス。其ノ時ニ、天皇泣〻《なくな》ク礼拝シテ宣《のたま》ハク、「我ガ願[八]ノ誠ニ依《より》テ仏ノ来《きた》リ給ヘリケル也」トテ、弥《いよい》ヨ信ヲ発《おこ》シ給フ事無限《かぎりな》シ。此レハ天平勝宝《てんびやうしようほう》[九]四年ト云フ年ノ三月[一〇]ノ十四日也。

其ノ後、天皇此ノ開眼供養《かいげんくやう》ノ日ヲ以テ、毎年《としごと》ニ不闕《かか》ズ此ノ花厳経ヲ講ジテ一日ノ法会《ほふゑ》ヲ行ヒ給フ。其ノ会、于今不絶《いまにたえ》ズシテ行フ。此レヲ花厳会《くゑごんゑ》ト云フ。寺ノ内ノ僧等、年[一一]ノ内ノ営《いとなみ》トシテ法服《ほふぶく》ヲ調《ととの》ヘテ請僧《しやうそう》[一二]タリ。公家《くげ》ニハ勅使ヲ遣《つかは》シテ音楽ヲ奏シテ行ハセ給フ。心有ラム人ハ必ズ参《まゐり》テ其ノ経ヲ礼《をが》ミ可奉《たてまつるべ》シ。

其ノ鯖荷《さばになひ》タリケル杖《つゑ》[一三]、于今御堂《いまにみだう》[一四]ノ東ノ方ノ庭ニ有リ。其ノ長《たけ》増ル事無ク、亦、[一五]不栄《はなさか》ズシテ、常ニ枯タル相《すがた》ニテ有《あり》トナム語リ伝ヘタルトヤ。

一 底本破損。諸本欠字。 二 仕事にして。 三 法会において講師や読師が坐る一段高くなった席。 四 変化の者や隠身の聖者が突然姿を消し、あとかたもなくなる時の常套表現である。 五 やはりそうだ。 六 東大寺要録「以レ杖荷ニ鯖八十一。其鯖変成ニ八十花厳経ニ」。古事談「魚変為ニ八十花厳経一、魚数八十隻云々」。これらの書では鯖の数が経典の巻数と同じであったと説く。宇治拾遺も同様。 七 大方広仏華厳経。全世界を毘盧遮那仏の顕現であるとし、一即一切、一切即一の世界観を展開する大乗経典。漢訳は六十巻本(六十華厳)と八十巻本(八十華厳)がある。 八 わが願いの至誠が通じて。 九 七五二年。 一〇 三月十四日は恒例の華厳会の日付であるが、東大寺の大仏開眼供養が行われたのは天平勝宝四年四月九日(続紀、東大寺要録)である。要録はこの事件の日付について「開眼法会日」と「被レ始ニ花厳会一日」の二説あるとし、古事談は単に「昔建ニ立此寺ニ之時」とする。本話は御巡礼記や宇治拾遺もほぼ同じ。本話は開眼供養当日の事件としつつ華厳会の起源に結び付けているため、日付に矛盾が生じている。 一一 毎年の定例行事として。 一二 法会に招き請ぜられた僧。 一三 この杖について、要録、御巡礼記、古事談は「白身木」、宇治拾遺「白榛の木」とする。ビャクシンは松杉科の常緑喬木。 一四 要録、御巡礼記「大仏殿内東近廊前」。古事談「大仏殿東廻廊前」。 一五 御巡礼記天理本「三十年ノ前マデハ(前田本「三四十年ノ前マデハ」)、神宮文庫本「此ノ迄ハ三十余年」)葉青シテ栄タリキ。枯テ後猶、枯木ニテ立リキ。此度ノ(前田本「コノタビノ平家ノ」)炎上ニ焼ニシナリ」。宇治拾遺もほぼ同じ。

於薬師寺《やくしじにして》、行万灯会語《まんどうゑをおこなへること》第八

今昔《いまはむかし》、[一六]薬師寺《やくしじ》ノ[一七]万灯会《まんどうゑ》ハ、其ノ寺ノ僧[一八]恵達《ゑだつ》ガ始メ行《おこなひ》タル也。昼ハ[一九]本願薬師経《ほんぐわんやくしきやう》ヲ講ジテ一日ノ法会《ほふゑ》ヲ行フ。寺ノ僧法服《ほふぶく》ヲ調《ととの》ヘテ皆[二〇]色衆《しきしゆ》タリ。音楽ヲ宗《むね》トシテ歌舞無隙《ひまな》シ。夜ハ万灯ヲ挑《かかげ》テ様々《さまざま》ニ飾レリ。此レ皆、寺僧ノ営ミ、[二一]檀越《だんをつ》ノ[二二]奉加《ほうが》也。三月ノ二十三日ヲ定《さだめ》テ、其ノ会于今《いまに》不絶《たえ》ズ。此ノ朝《てう》ノ万灯会、[二三]此レニ始レリ。

彼ノ恵達、後ニハ[二四]僧都《そうづ》ニ成レリ。生《いき》タル時ニハ此ノ会《ゑ》ヲ自《みづか》ラ行フ。死ヌル時ニ臨《のぞみ》テ寺ノ衆《しゆ》ニ[二五]付《つけ》タリ。彼ノ恵達僧都ヲバ[二六]寺ノ西ノ山ニ葬《さう》セリ。此ノ万灯会ヲ行フ夜ハ其ノ墓ニ必ズ光リ有リ。

此レヲ思フニ、極《きはめ》テ哀レニ貴キ事ニテナム有ル。心有ラム人ハ必ズ可結縁《けちえんすべ》キ会《ゑ》也トナム語リ伝ヘタルトヤ。

比叡山《ひえのやまにして》、行舎利会語《しやりゑをおこなへること》第九

今昔《いまはむかし》、[二七]慈覚《じかく》大師、[二八]震旦《しんだん》ヨリ多《おほく》ノ[二九]仏舎利《ぶつしやり》ヲ持《もて》渡リテ、[三〇]貞観《ぢやうぐわん》二年ト云フ年[三一]、[三二]物持院《そうぢゐん》

第八話 出典は三宝絵・下・15の冒頭。但し、叙述を増補している。 一七 懺悔滅罪のために、昼は薬師本願経を講じ、夜は多くの灯明をともして仏に供養する法会。薬師寺のみならず多くの寺で行われる。 一六 →地名「薬師寺」。 一八 →人名「恵達」。 一九 薬師瑠璃光如来本願功徳経。一巻。玄奘訳。薬師如来の本願・功徳・仏国土などについて説く大乗経典。 二〇 職衆。法会の役僧の総称。 二一 施主。檀那。 二二 寄進。 二三 わが国における万灯会は天平十八年(七四六)の金鐘寺(東大寺三月堂の前身)でのそれなど、古くまで遡ることができる(続紀)。三宝絵は恵達が薬師寺の万灯会を創始したと述べているだけであり、本書の撰者がこれを本朝最初と誤解したもの。 二四 三宝絵「律師ニナリテ」。 二五 付嘱した。授け託した。 二六 三宝絵「寺ノ西ニハフル」。

第九話 第一段の出典は三宝絵・下・16。第二段以後は未詳。但し、栄花物語・鳥の舞にかなり似た文言がある。 二七 円仁。→人名「円仁(えんにん)」。 二八 中国の古称。 二九 →一〇三頁注一一。 三〇 八六〇年。 三一 底本「年」の次の右半分破損。左半分は白紙。右半分に文字があったか否か不明。 三二 →地名「物持院」。

ヲ起《た》テ、[一]舎利《しやり》会《ゑ》ヲ始メ行ヒテ、永ク此ノ山ニ伝ヘ置ク。多《おほく》ノ僧ヲ請《しやう》ジ音楽ヲ調《しら》ベテ一日ノ法会《ほふゑ》ヲ行フ。[二]満山ノ僧、此ノ事ヲ営《いとなみ》テ于今《いまに》不絶《たえ》ズ。但シ日ヲ定ムル事無シ。只、山ニ花ノ盛《さかり》ナル時ヲ契ル。

而《しか》ル間、[三]山ノ座主《ざす》[四]慈恵大僧正《じゑだいそうじやう》、此ノ会《ゑ》ヲ母ニ礼《をが》マセムガ為《ため》ニ、□[五]年ノ□月□日、舎利ヲ下《おろ》シ奉テ[六]吉田ト云フ所ニテ此ノ会ヲ行フ。多《おほく》ノ僧ヲ請ジ音楽ヲ調ベテ一日ノ法会ヲ行ヒケリ。其ノ比《ころほひ》微妙《めでた》キ事ニナムシケル。

其ノ後、山ノ座主□[七]、「此ノ[八]舎利《しやり》会《ゑ》ヲ京中ノ上中下ノ女ノ礼《をが》マセ不給《たまは》ヌ事、極《きはめ》テ口惜キ事也」トテ、先《ま》ヅ舎利ヲ[九]法興院《ほふこうゐん》ニ下《おろ》シ奉タレバ、京中ノ上中下ノ道俗・男女、参テ礼《をが》ミ喤《ののし》ル事無限《かぎりな》シ。□[一〇]年ノ事也。遂ニ、四月□日ニ、[一一]祇陀林寺《ぎだりんじ》ニシテ舎利会ヲ行フ。舎利ヲ法興院ヨリ祇陀林ヘ渡シ奉ル間、余《ほか》ニ不似《に》ズ微妙《めでた》シ。二百余人ノ[一二]請僧《しやうそう》、[一三]四色《しき》ノ法服《ほふぶく》ヲ着《ちやく》シテ、[一四]定者《ぢやうじや》二人ヲ先トシテ二行ニ列セリ。[一五]唐・高麗《こま》ノ舞《ぶ》人《にん》・楽人《がくにん》、[一六]菩薩・鳥・蝶ノ童《わらは》、左右ニ列セリ。音楽ノ音微妙《めでた》シ。舎利ノ輿《みこし》ヲ持《もち》奉レル者、頭《かしら》ニハ甲《かぶと》ヲ着テ、身ニハ錦ヲ着タリ。[一七]朱雀《しゆじやくを》登リ、行列ノ作[一八]法実《まこと》ニ貴シ。大路ノ左右《さう》ニハ[一九]狭敷《さじき》無隙《ひまな》シ。[二〇]小一条ノ院・[二一]入道殿ノ御狭敷《さじき》ヲ始メテ自余ヲ思ヒ可遣《やるべ》シ。道ノ程ニハ宝[二二]ノ樹共《うゑきども》ヲ多ク植《ゑ》ヘテ、空ヨリハ色[二三]々ノ花ヲ令降《ふらし》ム。僧ノ香炉共《かうろども》ニハ種々《くさぐさ》ノ香《かう》ヲ焼《たき》テ薫《くん》ジタル事微妙《めでた》シ。祇陀林ニ安置シ奉《たてまつり》ツレバ、法会ノ儀式・舞楽、

一 仏舎利を供養する法会。 二 一山の僧。ここでは比叡山延暦寺のすべての僧。 三 天台座主。比叡山延暦寺の貫主。 四 良源。→人名「良源」。 五 年月日の明記を期した意識的欠字。吉田の舎利会は貞元二年(九七七)四月二十一日のこと(紀略)。 六 →地名「吉田」。 七 座主の名の明記を期した意識的欠字。栄花物語・鳥の舞によれば、院源。 八 底本「会利会」(上の「会」に傍書「舎」)。諸本により訂した。 九 →地名「法興院」。 一〇 後出の欠字とともに年・日の明記を期した意識的欠字。祇陀林寺での舎利会は治安四年(一〇二四)四月二十一日のこと(紀略)。この時の有様は栄花物語・鳥の舞に詳しい。 一一 →地名「祇陀林寺」。 一二 法会に招き請ぜられた僧。 一三 四色(紫・緋・乾陀(赤黄)・黄)の僧衣。 一四 大法会の行道の時、香炉を捧げて先に進む役の僧。 一五 唐楽(左楽)と高麗楽(右楽)の舞人や楽人。 一六 雅楽の曲名。「菩薩」は林邑楽。沙陀調(和名抄)。壱越調(楽家録)。菩薩の扮装で舞う。「鳥」(正しくは「迦陵頻」)は林邑楽。沙陀調(和名抄)。壱越調(楽家録)。童舞。天冠をかぶり背に鳥の羽形をつけて舞う。婆羅門僧正(一一一頁注一七)と仏哲らが伝えた曲という。「蝶」(正しくは「胡蝶楽」)は高麗楽。高麗壱越調。童舞。背に蝶の羽形をつけて舞う。わが国で作られた曲。 一七 朱雀大路を北上して。 一八 様子。有様。 一九 桟敷。見物のために高く設けた床。 二〇 敦明親王。→人名「敦明(あつあきら)親王」。 二一 藤原道長。→人名「道長」。 二二 飾り

終日《ひねもすに》有テ極《きはめ》テ慦《おもしろ》シ。本《もと》ヨリ祇陀林ヲ荘厳《しやうごん》[二四]セル事極楽ノ如シ。

其ノ後、舎利ヲ内ニモ宮〻ニモ渡シ奉テナム山ニハ返《かへ》シ送リ奉ケルトナム語リ伝ヘタルトヤ。

於石清水《いはしみづにして》、行放生会語《はうじやうゑをおこなへること》第十

今昔《いまはむかし》、八幡《はちまん》[二五]大菩薩、前生《ぜんしやう》[二六]ニ此ノ国ノ帝王《みかど》[二七]ト御《おは》シケル時、夷[二八]□軍《いくさ》ヲ引将《ひきゐ》テ自ラ出立《いでたた》セ給ケルニ、多《おほく》ノ人ノ命ヲ殺サセ給ヒケル[二九]□。

初メ大隅《おほすみ》ノ国ニ八幡大菩薩ト現ハレ在《まします》シテ、次ニハ宇佐《うさ》[三〇]ノ宮ニ遷《うつ》ラセ給ヒ、遂ニ此ノ石清水《いはしみづ》[三一]ニ跡[三二]ヲ垂レ在《まし》マシテ、多《おほく》ノ僧俗ノ神人《じんにん》[三三]ヲ以テ、員《か》ズ不知《しら》ヌ生類《しやうるい》[三四]ヲ令買放《かひはなたし》メ給フ也。然レバ、公《おほやけ》モ、此ノ御託宣《ごたくせん》ニ依《より》テ、諸国ニ放生《はうじやう》[三五]ノ料《れう》ヲ充《あて》テ、其ノ御願《ごぐわん》ヲ助ケ奉ラセ給フ。此レニ依テ、年ノ内ニ此ノ放生ヲ行フ事無量《はかりな》シ。然《さ》テ、毎年《としごと》ノ八月十五[三六]ヲ定《さだめ》テ、大菩薩ノ宝前[三七]ヨリ宿院ニ下《くだ》ラセ御《おはし》マシテ、此ノ放生ノ員《かず》ヲ申シ上グルニ、大キニ法会《ほふゑ》ヲ儲《まうけ》テ、最勝王経《さいしようわうぎやう》[三八]ヲ令講《かうぜし》メ給フ。其ノ故《ゆゑ》ハ、彼ノ経ニ、流水《るすい》[三九]長者ガ放生ノ功徳《くどく》ヲ、仏説《とき》給フ故也。然レバ、此ノ会ヲ放生会《はうじやうゑ》ト云フ。

然《さ》テ、其ノ下サセ御《おはし》マス儀式実《まこと》ニ厳重《げんぢよう》ナル事、新《あら》[四〇]タニ御《おはし》マス時ノ如シ。公《おほやけ》モ此ノ

をつけた造り木。字類抄「樹 ウヘキ」。
二三 さまざまな色の造花の花びら。
二四 おごそかに飾りたてていること。

第十話 出典未詳。但し、関連記事は三宝絵・下・26、石清水八幡宮護国寺略記、政事要略・二十三・石清水宮放生会事その他に所見。

二五 →人名「八幡大菩薩」。 二六 八幡大菩薩の前生は応神天皇とされる。以下は本文破損のため文意通じがたいが、同天皇にまつわる戦乱としては、母神功皇后の朝鮮出兵(神功皇后紀)がある。但し、放生会の起源は養老四年(七二〇)隼人の乱の鎮圧に多く殺生したため、放生するよう大菩薩の託宣があった(政事要略)とするのが普通である。 二七 天皇として。
二八 底本破損。諸本欠字。
二九 底本破損。途中「カ」らしき文字が見えるが不分明。諸本欠字。
三〇 →地名「宇佐ノ宮」。
三一 →地名「石清水」。 三二 「垂迹(すいじゃく)」を訓読した語。仏菩薩が衆生を救うために神の姿をしてこの世にあらわれること。
三三 雑事に従事する下級の神職。 三四 生き物。魚鳥の類。 三五 放す生き物の数を割り当てて。
三六 底本「日」を欠く。
→一〇六頁注一二。 三七 宝殿(本殿)から宿院(御旅所)に。 三八 →一〇六頁注一四。 三九 最勝王経の長者子流水品の主人公。釈尊の前生で、旱魃に悩む池の魚の命を二子とともに救ったという。
四〇 帝王としての威光があらたかでいらっしゃった時のようだ。

御行《おこなひ》ヲ貴ビ奉ラセ給テ、行幸ニ准《なずら》ヘテ、[一]上卿《しやうけい》・[二]宰相《さいしやう》ヲ始《はじめ》テ[三]弁・史・外記《ぐゑき》等、皆参《まゐり》テ事ヲ行フ。亦、[四]六衛府ノ陣モ各《おのおの》[五]兵杖《ひやうちやう》ヲ帯《たい》シテ仕《つかまつ》ル事、行幸ニ不異《ことなら》ズ。何《いか》ニ況《いはむ》ヤ僧ハ威儀ヲ調《ととの》ヘテ請僧《しやうそう》タリ。唐・高麗《こま》ノ音楽ヲ奏ス。法会ノ後ハ相撲《すまひ》ヲ行ヒテ、日ノ内ニ返《かへ》ラセ給フ。極《きはめ》テ貴キ会《ゑ》也。心有ラム人ハ此ノ日ヲ知《しり》テ放生ヲ行ハヾ、定メテ大菩薩、我ガ御願《ごぐわん》ヲ貴ビ奉ルニ依テ、哀レニ喜バセ給ハム事疑ヒ不有《あら》ジ。

亦、[六]此ノ国、本《もと》ヨリ大菩薩ノ御護《まぼ》リニ依《より》テ持《たも》ツ国ナレバ、此ノ放生会ノ日、専《もは》ラ参リ会《あひ》テ礼拝シ可奉《たてまつるべ》キ也。此ノ日ハ正《まさ》シク御願《ごぐわん》ニ依テ[七]雨降《あまくだ》リ御《おはし》マスト思フガ哀レニ悲キ也。

[八]昔《むか》シ、大菩薩、宇佐ノ宮ニ御《おはし》ケル時、[九]大安寺《だいあんじ》ノ僧[一〇]行教《ぎやうけう》ト云フ人、彼ノ宮ニ参《まゐり》テ候ヒケルニ、大菩薩示シ給ハク、「我レ、王城《みやこ》ヲ護《まぼ》ラムガ為《ため》ニ親《したし》ク遷《うつ》ラムト思フ。而《しか》ルニ、汝ニ具シテ行カムト思フ」ト。行教、此レヲ聞テ、謹《つつし》ムデ礼拝シテ奉《うけたまは》リケルニ、忽《たちまち》ニ行教ノ着タル衣《ころも》ニ金色《こんじき》ノ[一一]三尊ノ御姿ニテ遷リ付カセ御《おはし》マシテナム御《おはし》ケル。然レバ、行教、[一二]大安寺ノ房《ばう》ニ将《ゐ》テ安置シ奉テ、恭敬《くぎやう》供養シ奉ル事無限《かぎりな》シ。然レバ、其《それ》ヨリナム今ノ石清水ノ宮ニハ遷ラセ給ヒケル。其レモ、御託宣《ごたくせん》ニ依テ所ヲ撰《えら》ビテ、空ヨリ星ニテ□[一三]ラセ□給□。行教下《した》ニテ此レヲ見テ、其ノ所ヲ[一四]点《しめ》テ宝殿ヲ造レル也。其ノ後、行教常ニ参《まゐり》ツヽ申シ承《うけたま》ハリケルトゾ語リ伝ヘタル。

一 公事を執行する上席の公卿。
二 参議の唐名。
三 弁と史は弁官局、外記は少納言局の官人。ともに太政官に属し、文書を担当する。
四 左右の近衛・衛門・兵衛府。
五 兵仗。弓矢・刀剣等の武具。
六 八幡神は神功皇后・応神天皇と結合して武神とみなされ、また源氏の氏神として武士たちに尊崇されて、護国神としての性格が著しかった。
七 天降る。神が降臨する。
八 以下の話は護国寺略記ほか諸書に所見。
九 →地名「大安寺」。
一〇 →人名「行教」。
一一 阿弥陀三尊。阿弥陀如来と脇士の観音・勢至(八幡宮の祭神は応神天皇と神功皇后・比売神または仲哀天皇)。八幡神の本地は阿弥陀(続古事談・四)。
一二 このことは護国寺略記には見えない。七大寺巡礼私記・大安寺条には「年代記云、斉衡二年(八五五)八幡大菩薩随(従ヵ)二宇佐宮一移二於大安寺一御坐」云々とある。
一三 底本破損。諸本欠字。
一四 占定して。

彼ノ遷ラセ給タル行教ノ衣《ころも》、于今《いまに》彼ノ寺ニ有リ。大安寺ノ房《ばう》ハ南塔院《なんたふゐん》[一五]ト云フ所也。其《そこ》ニモ大菩薩ノ暫《しばら》ク御《おはし》マシヽニ依テ宝殿ヲ造テ祝《いは》ヒ奉レリ。其《そこ》ニテモ放生会ヲ行フ。亦、彼ノ宇佐ノ宮ニシテモ同《おなじ》日ニ放生会ヲ行フ。然レバ此ノ放生ノ功徳《くどく》極《きはめ》テ貴シ。亦、此ノ放生会ハ、諸《もろもろ》ノ国々ニ大菩薩ヲ振[一六]リ奉タル所々ニハ皆此レヲ行フ。

彼ノ行教、糸《いと》[一七]只人ニハ非ザリケリ。諸ノ事ヲ大菩薩ニ面《まのあたり》申《まうし》承《うけたま》ハリ給ヒケレバ、此ノ放生会ヲモ護《まぼ》リ給フラムトナム語リ伝ヘタルトヤ。

修行僧広達《しゆぎやうのそうくわうだつ》、以橋木造仏像語《はしのきをもてほとけのざうをつくれること》第十一

今昔《いまはむかし》、聖武《しやうむ》[一八]天皇ノ御代《みよ》ニ、一人ノ僧有ケリ。名ヲ広達《くわうだつ》[一九]ト云《いふ》。俗姓《ぞくしやう》ハ下毛野《しもつけの》[二〇]ノ公《きみ》、上総《かむつさ》ノ国、武射《むさ》[二一]ノ郡《こほり》、□[二二]ノ郷《さと》ノ人也。

而《しか》ルニ、広達、仏ノ道ヲ求テ懃《ねむごろ》ニ修行シテ年ヲ経ル間、大和国《やまとのくに》、吉野《よしの》ノ郡ノ金峰《みた》[二三]山《け》ニ入《いり》テ、樹《うゑき》[二四]ノ下《もと》ニ居《ゐ》テ専《もはら》ニ仏道ヲ行フ。其ノ時ニ、其ノ郡ノ桃花《うつぎ》[二五]ノ郷《さと》ニ一《ひとつ》ノ橋有リ。其ノ橋ノ本[二六]ニ梨ノ木ヲ伐《きり》テ曳キ置《おき》テ年来《としごろ》[二七]ヲ経タリ。其ノ所ニ河有リ。秋河《あきかは》[二八]ト云フ。其ノ河ニ彼ノ曳キ置タル梨ノ木ヲ渡シテ、人幷《ならび》ニ牛・馬、此レヲ踏テ渡リ往反《わうばん》[二九]ス。

一五 →地名「南塔院」。
一六 勧請する。神を分祀する。
一七 まことに普通の人ではなかった。

第十一話　出典は日本霊異記・中・26。扶桑略記抄・聖武天皇条の末尾、元亨釈書・二十八・村岡寺像に同話がある。

一八 →人名「聖武天皇」。
一九 →人名「広達」。
二〇 霊異記「下毛野朝臣」。
二一 現、千葉県山武郡。霊異記はこの後に「一云、畔蒜郡人也」と分注する。畔蒜郡は、現、君津・富津市付近。
二二 郷名の明記を期した意識的欠字。
二三 →地名「金峰山(みたけ)」。
二四 霊異記「経二行樹下一、而求二仏道一」は、樹下を経を読みながら歩く意。本話とはやや状況が異なる。
二五 霊異記「桃花里」。訓釈は「都支(きつ)」と訓む。但し、扶桑略記抄所引の霊異記には「枇」とあり、「枇」の方が正か。訓みは名義抄「枇杷 上ウツキ」に拠る。現在地は未詳。
二六 たもと。後にこの木が橋に用いられるのであるが、ここに置かれた時すでに橋があったかどうかは疑問。
二七 何年もたっていた。
二八 現、秋野川。奈良県吉野郡下市町内を流れ吉野川に注ぐ。
二九 往来する。行ったり来たりする。

而《しか》ル間、広達要事《えうじ》[一]有《あり》テ郷ニ出《いづ》ルニ、彼ノ梨ノ木ノ橋ヲ渡テ行クニ、橋ノ下ニ音《こゑ》有テ云ク、「嗚呼《ああ》[二]、痛ク踏哉《ふむかな》」ト。広達此ノ音《こゑ》ヲ聞テ、怪《あやし》ムデ下ヲ見ルニ、人無シ。良久《ややひさし》ク其ノ所ニ徘徊《はいくわい》[三]シテ不過去《すぎさら》ズシテ、此[四]ノ音《こゑ》ニ付《つき》テ立《たち》テ見レバ、此ノ橋ノ木ノ、仏ノ像ニ造ラムトシテ未ダ不造畢《つくりをへ》ザル木ヲ棄《すて》タルヲ、橋ニ曳キ渡セル也ケリ。広達此レヲ見テ大《おほき》ニ怖レテ、此レヲ踏ミ奉《たてまつり》ケム事ヲ悔《い》ヒ悲《かなし》ムデ、自《みづか》ラ浄《きよ》キ所ニ曳《ひき》置テ、木ニ向《むかひ》テ泣《なくな》ミク礼拝恭敬《くぎやう》[五]シテ、誓《ちかひ》ヲ立《たて》テ云ク、「我レ縁有ルガ故《ゆゑ》ニ、今日此ノ橋ヲ渡テ此ノ事ヲ知レリ。願クハ必ズ仏ノ像ニ可造奉《つくりたてまつるべ》シ」ト云テ、即チ、有縁《うえん》[六]ノ所ニ此ノ木ヲ運ビ寄セテ、人ヲ勧メ物ヲ集メテ、阿[七]弥陀仏・弥勒《みろく》[八]・観[九]音ノ三体ノ像[一〇]□造《つくり》奉リツ。其ノ郡ノ越部《こしべ》[一一]ノ村ノ岡堂《をかだう》[一二]ニ安置シテ供養シ奉畢《たてまつりをはり》ヌ。

木ハ此レ心無シ。何カ音《こゑ》ヲ出《いだ》サムヤ。然レドモ、偏《ひとへ》ニ仏ノ霊験ヲ示シ給フ所也。此レニ依テ、若《も》シ人、不慮《おもはず》ザル所ニ自然《おのづか》ラ音聞《こゑきこ》エバ、必ズ怪ムデ可尋《たづぬべ》キ也トナム語リ伝ヘタルトヤ。

修行僧《しゆぎやうのそう》、従砂底堀出仏像語《いさごのそこよりほとけのざうをほりいだせること》第十二

今昔《いまはむかし》、駿河《するが》ノ国ト遠江《とほたふみ》ノ国ト堺《さかひ》ニ一《ひとつ》ノ河有リ。大井河《おほゐがは》[一三]ト云フ。其ノ河ノ上《かみ》ニ鵜《う》[一四]

一 用事があって。
二 ああ、ひどく踏むなあ。
三 この用字は字類抄にも見える。徘徊する。たちもとおる。
四 この声のするところをさがして。霊異記「就レ椅起看」の「椅」が本話では「音」になっている。
五 「恭敬」は、つつしみうやまう意。
六 因縁のあるところ。関係の深いところ。具体的にどこであったかは不明。
七 →人名「阿弥陀如来」。
八 →人名「弥勒菩薩」。
九 →人名「観世音菩薩」。
一〇 底本破損。諸本欠字。
一一 現、奈良県吉野郡大淀町越部付近。
一二 未詳。

第十二話 出典は日本霊異記・中・39。元亨釈書・二十八・鵜田寺薬師像に同話がある。

一三 大井川。駿河国と遠江国の境、現、静岡県の中部を流れる大河。
一四 現在地未詳。
一五 現、静岡県榛原郡付近。
一六 淳仁天皇。→人名「淳仁天皇」。
一七 七五八年。但し、正確にいえば、三月は孝謙天皇の時代。淳仁天皇が即位し田《だ》ノ郷《さと》ト云フ所有リ。此レ、遠江ノ国ノ[一五]榛原《はいばら》ノ郡《こほり》ノ内也。

而《しか》ルニ、[一六]大炊《おほひ》ノ天皇ノ御代《みよ》ニ、[一七]天平宝字《てんぴやうほうじ》二年ト云フ年ノ三月ノ比《ころほひ》、仏ノ道ヲ修行スル一人ノ僧有テ、此ノ国ヲ経テ、彼ノ鵜田ノ郷ノ河辺《かはのほとり》ヲ行キ過《すぐ》ル時ニ、[一八]沙《いさご》ノ中ニ音《こゑ》有テ云ク、「[一九]我レヲ取レ、ゝゝゝ《われをとれ》」ト。此ノ僧、此ノ音《こゑ》ヲ聞《きき》テ、怪《あやし》ビ思テ[二〇]徘徊《はいくわい》スル間、此ノ音不止《こゑとどま》ラズ。僧此ノ音《こゑ》ヲ何《いづ》レノ所ト云フ事不知《しら》ズシテ求ムルニ、人無シ。適《たま》タ マ此ノ音《こゑ》ヲ沙ノ中ニ聞キ成シツ。僧、「此レ、[二一]若《も》シ死人ヲ埋《うづ》メルガ活《いき》テ云フカ」ト思テ、堀テ見レバ、[二二]薬師仏ノ木像ヲ堀出《ほりいだ》シ奉レリ。高サ六尺五寸也。左右《さう》ノ手[二三]闕《か》ケ給ヘリ。僧此レヲ見ルニ、「然レバ、此ノ仏ノ御音《こゑ》也ケリ」ト思フニ、悲クテ、泣ゝ《なくな》ク礼拝シテ云ク、「此レ、我ガ[二四]大師ノ在《まし》マスカ。何ノ過在《とがまし》マシテカ、此ノ[二五]水難ニ値《あひ》給ヘル。縁有テ既ニ我レニ値《あひ》給ヘリ。我レ修理《しゆり》ヲ可加奉《くはへたてまつるべ》シ」ト云テ、忽《たちまち》ニ[二六]知識ヲ曳《ひき》テ物ヲ集メテ、[二七]仏師ヲ雇《やとひ》テ此ヲ修理シ奉テ、彼ノ鵜田ノ郷ニ[二八]道場ヲ造《つくり》テ、此ノ像ヲ安置シテ[二九]供養シ奉リツ。今此レヲ[三〇]鵜田寺《うだでら》ト云フ、此レ也。

其後、此ノ仏、霊験[三一]掲焉《けちえん》ナル事無限《かぎりな》シ。光ヲ放チ給ヒケリ。其ノ国ノ人、願ヒ求ムル事有テ此ノ薬師仏ノ御許《みもと》ニ詣《まうで》テ祈リ請《こ》フニ、必ズ其ノ願ヲ満《みて》給フ事疑ヒ無シ。然レバ、国ノ内ノ[三二]道俗・男女《なんによ》、[三三]首《かうべ》ヲ低《かたぶけ》テ恭敬《くぎやう》シ奉ル事無限《かぎりな》シ。其ノ仏、[三四]本何《もといか》ニシテ沙ノ中ニ在《まし》マシケリト云フ事ヲ不知《しら》ズ。

たのはこの年の八月である。霊異記「奈良宮治㆓天下㆒、大炊天皇御世」。

一八　砂の中で声がして。現在も大井川には広大な川原がある。

一九　私を取り出してくれ。

二〇　→注三。

二一　もしや死人を埋葬したのが生き返って言っているのかと思って。霊異記「思㆓埋死人之蘇還也㆒」は、洪水で流され砂に埋まって死んだ人が蘇生した意。

二二　→人名「薬師如来」。

二三　霊異記「左右耳欠」。元亨釈書「左右耳朽闕」。いずれも欠けていたのは耳であることに注意。

二四　偉大なる師。仏の尊称。

二五　水の難。洪水に流されて砂に埋まったと判断したのである。

二六　「知識」は「善知識」(仏の教えを説いて人を導く高徳の人)の意。「知識ヲ曳ク」は、信者を募って寄進を仰ぐ意の慣用句。霊異記「引㆓率知識㆒」。

二七　仏像を造るのを業とする者。

二八　仏道を修行する場所。多くは寺や堂をいう。霊異記「鵜田里造㆑堂」。

二九　修理した仏像の開眼供養(一一一頁注一六)を営んだのである。

三〇　所在未詳。霊異記「今号曰㆓鵜田堂㆒矣」。

三一　著しいこと。

三二　僧俗。出家と在家と。

三三　頭を深く垂れて。こころから帰依し信仰するさまを示す定型的表現。

三四　もともとその仏像がなぜ砂に埋もれておられたのかはわからない。

[一]現《あらは》ニ物ヲ宣《のたま》ヘル仏也。心《こころ》ロ有ラム人ハ必ズ詣《まうで》テ可礼奉《をがみたてまつるべ》キ仏也トナム語リ伝ヘタルトヤ。

和泉国尽恵寺銅像《いづみのくにのじんゑじのあかがねのざう》、為盗人被壊語《ぬすびとのためにやぶられたること》第十三

今昔《いまはむかし》、[二]聖武《しやうむ》天皇ノ御代《みよ》ニ、和泉《いづみ》ノ国、[三]日根《ひね》ノ郡《こほり》ノ内ニ一人ノ盗人《ぬすびと》有リ。[四]道ノ辺《ほとり》ニ住《ぢう》シテ人ヲ殺シ人ノ物ヲ盗ミ取ルヲ以テ業《わざ》トス。[五]因果ヲ不信《しんぜ》ズシテ、常ニ諸《もろもろ》ノ寺ニ行テ窃《ひそか》ニ[六]銅《あかがね》ノ仏ノ像ヲ伺ヒ求メテ、此レヲ盗《ぬすみ》テ[七]焼キ下《おろ》シテ[八]帯ニ造《つくり》テ売テ世ヲ渡ル。然レバ、此ノ人、[九]現《あらは》ニハ只銅《あかがね》ノ工《たくみ》トシテ有リ。

而《しか》ル間、其ノ郡ニ[一〇]尽恵寺《じんゑじ》ト云フ寺有リ。其ノ寺ニ銅《あかがね》ノ仏ノ像在《まし》マス。此ノ仏ノ像、忽《たちまち》ニ失セ給ヒヌ。「此レ、盗人ノ為《ため》ニ被取《とられ》ヌ」ト疑フ。其《それ》ニ、路《みち》ヲ行キ過グル人有リ。其ノ寺ノ北ノ路ヲ馬ニ乗テ通ル間ニ、其ノ人聞ケバ、人ノ叫ブ音髴《こゑほのか》ニ有リ。叫テ云ク、「我レ、[一一]痛哉《いたきかなや》、ゝゝ《いたきかなや》。[一二]路ノ人、此レヲ聞テ思ヒ諫《いさめ》テ、我レヲ不令打《うたしめ》ザレ」ト。

其ノ時ニ、此ノ路ヲ行ク人、此ノ音《こゑ》ヲ聞テ馬ヲ馳《はせ》テ疾《と》ク進《すすみ》テ過ギ行クニ、[一三]其レニ随《したがひ》テ此ノ音前《こゑさき》ノ如ク叫ビ[一四]呻《によ》フ。然レバ、其ノ人、不過《すぎ》ズシテ返来《かへりく》レバ、叫ブ音《こゑ》亦

一 はっきりと。明らかに。

第十三話 出典は日本霊異記・中・22。

二 ↓人名「聖武天皇」。
三 大阪府南部。↓地名「日根ノ郡」。
四 霊異記「住二道路辺一、姓名未レ詳也」。
五 因果応報の理を信じないで。
六 霊異記「常盗二寺銅一」。同書では「銅像」とは限定していない点に注意。
七 熱を加えて溶して。改鋳して。
八 帯金にして。霊異記「作レ帯衒売」は帯に造ってみせびらかして売る意。本話は「衒」に相当する表現を欠く。
九 見た目には。世間体は。
一〇 所在未詳。
一一 訓みは字類抄「カナシキカナヤ」から類推。
一二 以下、仏像の発言の続きと解さざるを得ないが、霊異記「叫哭曰、痛哉、痛哉。人聞、思二諫不レ令レ打、趨レ馬疾前」は、「痛哉」の叫び声を聞いた人が、諫めて打つのをやめさせようと思って、急いで馬を走らせた意である。本話はこれを誤解している。
一三 馬が進むにしたがってこの声が大きくなり、通行人の耳にはいつまでも同じ大きさに聞こえたのである。
一四 呻吟する。うめく。
一五 金属を打つ音。金属をたたいて鍛え

止《やみ》ヌ。亦行ケバ前《さき》ノ如ク叫ブ。亦返レバ止《やみ》ヌ。其ノ時ニ、怪《あやし》ムデ馬ヲ留《とど》メテ吉《よ》ク聞ケバ、[一五]鍛冶《かぢ》ノ音有リ。「[一六]若《も》シ此レ、人ヲ殺セルカ」ト疑テ、良久《ややひさし》ク[一七]徘徊《はいくわい》シテ、従者ヲ窃《ひそか》ニ入レテ伺ヒ令見《みしむ》ルニ、従者寄《より》テ壁ノ穴ヨリ臨《のぞ》ケバ、屋ノ内ニ銅《あかがね》ノ仏ノ像ヲ仰《あふの》ケ奉テ、手足ヲ[一八]剔欠《きりか》キ、[一九]銼《たがね》ヲ以テ頸《くび》ヲ切リ奉ル。従者此レヲ見テ、返テ主《あるじ》ニ此ノ由《よし》告グ、主此レヲ聞テ、「定メテ此レ、仏ヲ盗テ壊《やぶ》リ奉ル也。此ノ叫ビツル音《こゑ》ハ仏ノ宣《のたま》ヒケル也ケリ」ト知テ、其ノ家ニ打入《うちいり》テ、此ノ仏ヲ損ジ奉ル者ヲ搦《からめ》ツ。子細ヲ問フニ、答テ云ク、「此レ尽恵寺ノ銅ノ仏像ヲ盗メル也」ト。然レバ、即チ使ヲ彼ノ寺ニ遣《つかはし》テ此ノ事ノ[二〇]虚実《こじつ》ヲ問フニ、実《まこと》ニ其ノ寺ノ仏被盗《ぬすまれ》タリ。使具《つぶさ》ニ此ノ旨ヲ云フ。

其ノ時ニ、寺ノ僧共《ども》[二一]幷《ならびに》檀越《だんをつ》等此ノ事ヲ聞キ驚テ、其ノ所ニ来《きた》リ集テ、被壊《やぶられ》タル仏ヲ[二二]衛《かく》ムデ、各《おのおの》哭《な》キ悲ムデ云ク、「哀《あはれ》ナルカナ。[二三]妬《ねた》キカナ。我ガ[二四]大師、何ノ過在《とがまし》マシテ此ノ賊難ニ値《あひ》給ヘルゾ」ト云テ、歎キ合《あへ》ル事無限《かぎりな》シ。其ノ後、寺ノ僧共、[二五]輿《みこし》ヲ忽《たちまち》ニ造テ、荘《かざり》テ、此ノ損ジ給ヘル仏ヲ安置シ奉テ、本《もと》ノ寺ニ送リ奉ル。彼ノ盗人ヲバ寺ノ僧共[二六]不罰《うた》ズシテ棄《すて》ツ。然レバ、彼ノ捕ヘタリシ人、[二七]使者《つかひのもの》ヲ相具《あひぐ》シテ[二八]京ニ将《ゐ》テ上《のぼり》テ官《くわん》ニ送ル。[二九]官ニ此ノ事ヲ糺《ただ》シ問フニ、盗人具《つぶさ》ニ前《さき》ノ事ヲ陳《の》ブ。此レヲ聞ク人、[三〇]且《かつ》ハ仏ノ霊験ヲ貴ビ、且《かつ》ハ盗人ノ重罪ヲ悪《にくみ》テ、速《すみやか》ニ[三一]獄《ひとや》ニ禁ジツ。

る音。
一六 もしやこれは人を殺しているのではないか。
一七 →一一八頁注三。
一八 名義抄「剔 キル、ケヅル、ソル」。切り取ったり、削ったり、そぎ取ったりする意。
一九 霊異記「錠」。訓釈は「多加爾（たがに）」と訓む。鏨（たがね）。金属や岩石の切断や穿孔、彫刻等に用いる鋼鉄製ののみ。
二〇 真偽。うそかまことか。
二一 →一一三頁注二一。
二二 訓みは名義抄による。
二三 憎らしいことだ。いまいましいことだ。
二四 偉大なる師。仏の尊称。一一九頁注二四にも同様の表現が見えるが、ともに霊異記「我大師」に拠ったもの。
二五 訓みは名義抄「ミコシ」による。霊異記「衆僧厳㆑輿、安㆓置損仏㆒、哭殯㆓於寺㆒」。
二六 処罰しないで捨てて置いた。霊異記「彼盗人不㆓刑罰㆒而捨」。
二七 使者を伴って。使者のことは霊異記には見えない。→次注。
二八 京都に連れて上って役所に送り届けた。霊異記「路人繫之、以送㆓于官㆒」は例の通行人が盗人を役所に送付した意で、京都に連行したとは語っていない。
二九 役所においてこのことを厳しく尋問したところ、盗人はこれまでのことを詳しく白状した。
三〇 一方では仏の霊験を貴び、他方では盗人の重罪を憎んで。
三一 牢獄に監禁した。

実《まこと》ニ此レヲ思フニ、仏ノ御身ニ当《まさ》[一]ニ痛ミ給フ事有ラムヤ。然レドモ霊験ヲ示シ給フガ故ニ、御音《こゑ》ヲ挙《あげ》テ痛ミ叫ビ給フ。此レ霊験不可思議ノ事也トナム語リ伝ヘタルトヤ。

紀伊国人《きのくにのひと》、漂海《うみにただよひ》依仏助《ほとけのたすけによりて》存命《いのちをそんしたること》語 第十四

今昔《いまはむかし》、[二]白壁《しらかべ》ノ天皇ノ御代《みよ》ニ、紀伊《き》ノ国、[三]日高《ひだか》ノ郡《こほり》ニ[四]紀麿《きまろ》ト云フ人有ケリ。心ニ因果ヲ不信《しんぜ》ズシテ[五]三宝ヲ不敬《うやまは》ズ。然レバ、年来《としごろ》海辺《うみのほとり》ニ住《ぢう》シテ、網ヲ持《もち》テ海ニ出《いで》テ魚《いを》ヲ捕《と》ルヲ以テ[六]朝暮《てうぼ》ノ業《わざ》トス。

而《しか》ルニ、紀麿、二ノ人《ふたり》ヲ仕フ。一人ヲバ[七]紀《き》ノ臣馬養《おみうまかひ》ト云フ。其ノ国ノ安諦《あて》ノ郡ノ[八]吉備《きび》ノ郷《さと》ノ人也。一人ハ[九]中臣《なかとみ》ノ連《むらじ》祖父麿《おほぢまろ》ト云フ。同ジ国ノ海部《あま》ノ郡ノ[一〇]浜中《はまなか》ノ郷《さと》ノ人也。此ノ二ノ人、紀麿ニ随《したがひ》テ、[一一]年来《としごろ》ノ間昼夜ニ[一二]懃《ねむごろ》ニ被駆《つかはれ》テ過《すぐ》ルニ、網ヲ持テ海ニ出テ魚ヲ曳キ捕ルヲ[一三]役《やく》トス。

而ル間、[一四]宝亀《ほうき》六年ト云フ年ノ六月十六日ニ、風大キニ吹テ雨多ク降ル。此レニ依テ[一五]高塩上《たかしほあがり》テ、大小ノ諸《もろもろ》ノ木多ク河[一六]ヨリ流レ下ル。其ノ時ニ、紀麿、此ノ馬養・祖父麿二人ノ従者ヲ遣《つかはし》テ、其ノ流ル丶木ヲ令取《とらし》ム。此ノ二ノ人《ふたり》、主《あるじ》ノ命ニ随《したがひ》テ、[一七]河ニ臨《のぞみ》

一 本当に。「当ニ」の結びが「ベシ」でなく、「ム」になっている例は六三頁注三二にも見える。

第十四話 出典は日本霊異記・下・25。

二 光仁天皇。→人名「光仁(こうにん)天皇」。

三 現、和歌山県日高郡。

四 伝未詳。

五 仏教において尊ぶべき三つの宝。すなわち仏・法・僧。

六 明けても暮れても(魚を捕るのを)仕事にしていた。

七 伝未詳。

八 現、和歌山県有田郡吉備町付近。

九 伝未詳。

一〇 現、和歌山県海草郡下津町付近。

一一 長年。

一二 忠実に使われて過ごしていたが。

一三 専らの仕事としていた。

一四 七七五年。

一五 高潮があがって。霊異記には「潮張ニ大水ニ」とあるが、これより前、同書には麿(紀万侶朝臣)が「日高郡之潮(みなと)」即ち日高郡の河口に住んでいたとある。ここでも「潮」はその河口をさしており、河口一面に洪水があふれた意である。本話はそれとはやや異なった情況になっていることに注意。

一六 「ヨリ」は動作・作用の経過する地点を示す。川を流れ下る。

一七 川縁に出て。二人は洪水で流出した流木を拾おうとしたのである。この川は日高川か。

テ多《おほく》ノ木ヲ取テ、筏《いかだ》ヲ編《くみ》テ其ノ筏ニ乗テ下ス[一八]間ニ、河ノ水甚ダ大《おほき》ニ荒クシテ、忽《たちまち》ニ筏ヲ編《く》メル縄《つな》[一九]切レテ、既ニ筏解《と》ケヌ。然レバ、二ノ人共ニ海ニ被押出《おしいだされ》ヌ。二ノ人各一《おのおのひとつ》ノ木ヲ取テ、其レニ乗テ海ニ浮《うかび》テ漂《ただよ》フ。然レドモ、二ノ人[二〇]互ニ知ル事無シ。永ク陸《くむが》ニ可着《つくべ》キ便《たより》無キニ依テ、忽ニ死《しな》ムト為《す》ル事ヲ歎キ悲ムデ、音《こゑ》ヲ挙《あげ》テ、「釈迦《しやか》[二一]牟尼仏《むにぶつ》、我レヲ助ケ給ヘ」ト念ジテ叫ブト云ヘドモ、更ニ助クル人無シ。而ル間、五日ヲ経タリ。不飲食《おんじきせ》ザルニ依テ、力無クシテ目不見《みえ》ズ、東西[二二]ヲ思《おぼ》ユル事無シ。

而ル間、祖父麿、五日[二三]ト云フ夕《ゆふべ》ニ、不慮《おもは》[二四]ザル外《ほか》ニ淡路《あはぢ》ノ国ノ南面《みなみおもて》[二五]ニ田野ノ浦[二六]ト云フ所ニ、塩焼ク海人《あま》ノ住ム所ニ至リ着《つき》ヌ。馬養ハ、六日[二七]ト云フ寅卯《とらう》ノ時許《ばかり》、亦同ジ所ニ至リ着ヌ。其ノ所ノ人、此等ヲ見テ事ノ有様ヲ問《とふ》ニ、共ニ□[二八]人ノ如クシテ言《ごん》[二九]語《ご》モ不及《およば》ズ。暫《しばら》ク有テ、気《いき》[三〇]ノ下ニ云《いは》ク、「我等ハ此レ、紀伊ノ国ノ日高ノ郡ノ人也。主ノ命ニ依テ、木ヲ取ラムガ為ニ筏ニ乗テ流レヲ下《くだり》シ間、河ノ水荒クシテ、筏ノ縄切レテ壊《やぶ》レニシカバ、海ニ被押出《おしいださ》レテ、各一《おのおのひとつ》ノ木ヲ取テ、其レニ乗テ浪ニ浮《うかび》テ日来《ひごろ》ヲ経《へ》ル間、不慮《おもは》ザル外《ほか》ニ夢ノ如ク此ノ所ニ来《きた》レル也」ト。海人等此レヲ聞テ、哀ムデ此レヲ養フニ、日来[三一]ヲ経テ漸《やうや》ク力付《つき》テ例ノ如ク成《なり》ヌ。

海人《あま》等、其ノ国ノ司《つかさ》トシテ□[三二]ト云フ人、其ノ時ニ国ニ有リ、此ノ由《よし》ヲ申スニ、国ノ司、此ノ二人ヲ呼《よび》テ、此レヲ見テ悲ビ[三三]助《たすけ》テ、糧《かて》ヲ与ヘテ養フ間ニ、祖父麿歎《なげき》テ

一八 筏で急流を下しているかのごとき描写であるが、前文の「高塩」と矛盾している。霊異記ではすべて河口での出来事として語られており「下ス」に相当する語句もない。→注一五。

一九 訓みは名義抄による。字類抄は「ナハ」。

二〇 二人は互いにもう一人がどうなったか知るよしもなかった。

二一 霊異記「南無、々量災難令二解脱一、尺迦牟尼仏」。

二二 東も西もわからなくなった。方角も位置も見当がつかなくなった。

二三 五日目の夕方に。

二四 思いもかけず。はからずも。

二五 南側。霊異記「南西」。同前田本「南面」。

二六 淡路島の南岸に当たるはずだが、現在地は未詳。霊異記「田町野浦」。同前田本「田野浦」。

二七 六日目の午前四時から六時ごろに。

二八 底本破損。諸本欠字。「死」か。

二九 ものも言えない。

三〇 息も絶え絶えに。このあたり霊異記は「当土人等見之、問二来由一、状知慰養」とあるのみ。本話の描写ははるかに詳しくなっている。

三一 数日たつうちに、しだいに力がついてきて、ふだんのようになった。

三二 国司の氏名の明記を期した意識的欠字。霊異記は「当国司」とするのみで氏名を記していない。

三三 かわいそうに思って助け、食物を与えて養ってやったが、そうするうちに。

云ク、「我レ年来《としごろ》[一]殺生《せつしやう》ノ人ニ随《したがひ》テ罪ヲ造ル事無量《はかりな》シ。今亦其ノ所ニ返リ至《いたり》ナバ、本ノ如クニ被駆《つかはれ》テ[二]猶《なほ》殺生ノ業《わざ》不止《とどま》ラジ。然レバ、我レ此ノ国ニ留《とどまり》テ、彼ノ所ヘ永ク不行《ゆか》ジ」ト云テ、[三]国分寺ニ行《ゆき》テ、其ノ寺ノ僧ニ随テ住ス。

馬養ハ、二月ヲ経テ、妻子ヲ恋フルガ為《ため》ニ本ノ所ニ返リ至ル。妻子、此レヲ見テ驚キ怪ムデ云ク、「汝《なむ》ヂ海ニ入テ[四]溺《おぼほれ》テ死《しに》ヌト知《しり》テ、我等[五]七ゝ日ノ法事ヲ儲《まうけ》テ[六]没後《もつご》ヲ訪《とぶら》フ。而ルニ、[七]不慮《おもは》ザル外《ほか》ニ、何《なん》ゾ活《いき》テ返来《かへりきた》レルゾ。[八]若《も》シ此レ夢カ。若此レ魂《たましひ》カ」ト。馬養、妻子ニ向《むかひ》テ[九]具《つぶさ》ニ事ノ有様ヲ陳《のべ》テ亦云ク、「我レハ[一〇]汝等ガ恋《こひし》サニ依テ返来《かへりきた》ル。[一一]祖父ハ殺生ヲ止《とどめ》ムガ為《ため》ニ彼ノ国ニ留《とどまり》テ、国分寺ニ住テ道ヲ修ス。[一二]我モ亦可然《しかるべ》シ」ト。妻子、此レヲ聞テ[一三]悲ビ喜ブ事無限《かぎりな》シ。馬養、其ノ後、世ヲ厭《いとひ》テ[一四]心ヲ発《おこ》シテ山ニ入テ仏ノ道ヲ修行ス。此レヲ見聞ク人、「奇異ノ事也」ト。

此レヲ思フニ、海ニ入テ日来《ひごろ》漂フト云ヘドモ、遂《つひ》ニ[一五]命ヲ生キ身ヲ存スル事ハ、此レ偏《ひとへ》ニ釈迦如来ヲ念ジ奉レル[一六]広大ノ恩徳《おんどく》也。亦、此ノ二《ふたり》ノ人、[一七]信ヲ深ク至セルガ故《ゆゑ》也。

然レバ、人若《も》シ急難ニ値《あ》ハム時ハ、心ヲ静メテ[一八]念《おも》ヒヲ専《もはら》ニシテ仏ヲ念ジ奉ラバ、必ズ其ノ利益《りやく》ハ可有《ある》ベキ也トナム語リ伝ヘタルトヤ。

一 生き物を殺す人。漁業は殺生である。
二 やはり生き物を殺す仕事をやめるわけにはいくまい。
三 淡路国の国分寺。現、兵庫県三原郡三原町八木にあった。
四 訓みは字類抄「ヲホヽル」による。
五 没後四十九日目に行う法要。霊異記「入レ海溺死、逕二七々日一、而為二斎食一、報恩既畢」。
六 死後の冥福を祈りました。
七 思いもかけず、どうして生きて帰ってきたのですか。
八 もしや、これは夢なのかしら。それとも霊魂なのかしら。霊異記「若是夢矣。若是固魂矣」。同前田本「若是夢歟。若鬼魅歟」。
九 こと細かに。こまごまと。
一〇 お前たちが恋しかったので。
一一 「祖父麿」に同じ。
一二 私もまたそうしよう。私も同じく仏道に入ろう。
一三 心打たれ喜ぶことこの上なかった。
一四 道心を起こして。発心して。
一五 命が助かり、無事に生き残ることができたのは。
一六 広大なおかげなのである。
一七 まごころこめて深く信心したからである。
一八 専心して。心を集中して。

第十五話 出典は日本霊異記・中・28。元亨釈書・二十九・大安寺側女に同話がある。

一九 →人名「聖武天皇」。
二〇 →地名「大安寺」。
二一 衣食を得る手立てもない。
二二 底本破損。諸本には空白がない。
二三 身長一丈六尺の仏像。但し、座像については、立てば一丈六尺あるとして丈六という。

貧女《まづしきをむな》、依仏助得富貴《ほとけのたすけによりてふつきをえたること》語 第十五

今昔《いまはむかし》、聖武《しやうむ》[一九]天皇ノ御代《みよ》ニ、奈良ノ京、大安寺《だいあんじ》[二〇]ノ西ノ郷《さと》ニ一人ノ女人《によにん》有ケリ。極《きはめ》テ貧クシテ衣食《えじき》[二一]ニ便《たより》無シ。

而《しか》ルニ、此ノ女人、心ニ少□智《さと》[二二]リ有テ思ハク、「我レ聞ク、「此ノ大安寺ノ丈六《ぢやうろく》[二三]ノ釈迦ノ像ハ、昔ノ霊山《りやうぜん》[二四]ノ生身《しやうじん》[二五]ノ釈迦ト相好《さうがう》[二六]一《ひとつ》モ不替給《かはらせたまは》ズト化人《くゑにん》[二七]ノ示シ給フ所也。此レニ依《より》テ、衆生《しゆじやう》ノ願ヒ求ムル所ヲ忽《たちまち》ニ施《せ》シ給フ」ト聞テ[二八]、香花《かうぐゑ》[二九]丼《ならび》ニ油[三〇]ヲ相構《あひかまへ》[三一]テ買《かひ》求《もとめ》テ、此レヲ持テ彼ノ釈迦ノ御前ニ詣《まうで》テ、此ノ香花・灯《みあかし》[三二]ヲ仏前ニ供《くう》[三三]ジ奉《たてまつり》テ、礼拝シテ仏ニ申シテ言《まう》サク、「我レ、前《さき》[三四]ノ世ニ福ノ因ヲ不殖《うゑ》ズシテ此ノ世[三五]ニ貧シキ報《ほう》ヲ得タリ。仏、願クハ我レヲ哀ビ助ケ給テ、我レニ財《たから》[三六]ヲ施シテ窮《まづ》シキ愁《うれ》ヘヲ令免《まぬかれしめ》給《たま》ヘ」ト。如此《かくのごと》ク祈ル事、日月ヲ経テ不止《やま》ズ。常ニ福ヲ願《ねがひ》テ花香[三七]・灯ヲ奉テ祈リ請《こ》フ。

而ル間、寺ニ詣《まうで》テ家ニ帰《かへり》テ寝ヌ。明《あく》ル朝《あした》ニ起テ見レバ、家ノ門《かど》ノ橋ノ前ニ銭《ぜに》四貫[三八]有リ。札ヲ付《つけ》タリ。其ノ札ニ注《しる》セル文《ふみ》ヲ見レバ、「大安寺ノ大修多羅供《だいしゆたらく》[三九]ノ銭也」ト有リ。女人此《これ》ヲ見テ大キニ恐《おそれ》テ、此レ何《いか》ニシテ置タリト云フ事ヲ不知《しら》ズシテ、銭ヲ

二四 霊鷲山。釈尊説法の地。→地名「霊鷲山」。　二五 生きている身体。なまみ。

二六 身体的特徴。とくに仏の三十二相と八十種好とをさす。

二七 仏菩薩が化現した人。化身の人。このあたり、霊異記には「大安寺丈六仏、衆生所レ願、急能施賜」とあるのみ。大安寺碑文および大安寺縁起には、この仏像を造立した時、二人の天人が現れて、霊山の実相と相違ないことを賛嘆したとあるから、本話のこの部分は、その種の伝承に拠っているのであろう。

二八 「ト聞テ」は前文の「我レ聞ク」の結びであるが、その前の「思ハク」の結びはないままになっている。

二九 香華。香と花。ともに仏に供養するもの。　三〇 仏に灯明を捧げるための油。

三一 なんとか工面して買い求めて。

三二 灯明。　三三 お供えして。

三四 前世において、現世で福を得られる原因となるような行いをしなかったので。

三五 現世で貧乏の身となる報いを受けている。いわゆる因果応報の思想に基づく発言。　三六 財宝をお恵みになって、貧窮の悲しみから免れさせて下さい。

三七 前出「香花」に同じ。

三八 四貫文。銭貨四千枚。

三九 「修多羅」はサンスクリット語 sūtra（経）の音訳。修多羅供は華厳経以下の経律論疏を転読講説して諸願成就、天下泰平を祈る法会。奈良時代に諸大寺で行われた。そのための費用として施入された金を修多羅供銭といい、貸金としても運用されて、寺院経済の一端を担っていた。

忩《いそ》ギ取テ寺家《じけ》[一]ニ送ル。寺ノ僧共《ども》此レヲ見ルニ、札ニ注セル所如此《かくのごと》ク也。然レバ、銭ヲ納《をさめ》タル蔵ヲ令見《みしむ》ルニ、其ノ封[二]不誤《あやまた》ズ。銭ヲ見レバ、蔵ニ納《をさめ》タル銭也。僧共《ども》怪《あやし》ビ思フ事無限《かぎりな》シ。

而ル間、女人亦《また》釈迦ノ御前ニ詣《まうで》テ、花香・灯《みあかし》ヲ奉テ、家ニ返《かへり》テ寝テ、明《あく》ル朝《あした》ニ起《おき》テ見レバ、庭ノ中ニ銭四貫有リ。札ヲ付《つけ》タリ。其ノ札ニ注《しる》シテ云ク、「大安寺ノ大[三]修多羅供ノ銭也」ト。女人亦恐レテ寺ニ送ル事、前《さき》ノ如シ。寺ノ僧共此レヲ見テ、亦銭ノ蔵ヲ令見《みしむ》ルニ、尚《なほ》封不誤《あやまた》ズ。然レバ、此レヲ怪《あやし》ムデ蔵ヲ開テ見レバ、納《をさめ》タル銭ノ内四貫無シ。

[四]其ノ時ニ、[五]六宗ノ学者ノ僧等、此ノ事ヲ怪ムデ、忽《たちまち》ニ女人ヲ呼《よび》テ問《とひ》テ云ク、「汝《なむ》ヂ何《いか》ナル行《ぎやう》ヲカ修《しゆ》スル」ト。女人答テ云ク、「我レ更ニ修スル所無シ。但シ貧シキ身ト有ルニ依《より》テ、命ヲ存セムニ便《たより》無シ。亦憑《たの》ム所無キガ故ニ、此ノ寺ノ釈迦ノ丈六ノ御前ニ花香・灯ヲ奉テ、年来《としごろ》福ヲ願フ也」ト。僧等此ノ事ヲ聞テ、「此ノ銭ヲ此ノ女人ノ得ル事度《ど》[六]ゝ《ど》也。此レ、仏ノ給ヘル也ケリ。此レヲ蔵ニ不可納《をさむべから》ズ」ト云テ、女人ニ返シ与フ。女人銭四貫ヲ得テ、[七]此ヲ以テ本《もと》トシテ世ヲ渡ルニ、大キニ財《たから》ニ富メリ。

此レヲ見聞ク人、皆此ノ女人ヲ讃《ほ》メ貴ビケリ。亦、此ノ寺ノ釈迦ノ霊験、奇異

一 「寺」に同じ。霊異記「女人恐、急以之送ㇾ寺」。
二 その封印はもとのままである。封印を破った形跡がない。
三 霊異記「常修多羅供銭」。
四 霊異記は、この前にもう一度、銭の下賜と返還が繰り返されたことを語っている。即ち、三度目は「明日開ㇾ戸見之、閫(とじきみ)前有ニ銭四貫一。著ニ短籍一謂、大安寺成実論宗分銭。女以送ㇾ寺。宗僧等、見ニ入ㇾ銭之器一、猶封不ㇾ誤。開見之、唯無ニ銭四貫一」であったという。
五 南都六宗。三論・法相・華厳・律・成実・倶舎の六宗。
六 たびたびである。たび重なっている。
七 この銭を元手にして世渡りをしているうちに。
八・九 底本破損。諸本欠字。
一〇 頭を深く垂れて。→一一九頁注三三。

不可云《いふべからず》□[八]。然□[九]世ノ人弥《いよい》ヨ首《かうべ》[一〇]ヲ低《かたぶけ》テ恭敬《くぎやう》[一一]供養シ奉ケリ。

然レバ、人貧クシテ世ヲ難渡《わたりがた》カラムニ、心[一二]ヲ至《いた》シテ仏ヲ念ジ奉ラバ、必ズ福ヲ可与給《あたへたまふべ》シト可信《しんずべ》キ也トナム語リ伝ヘタルトヤ。

獦者《かりびと》[一三]、依仏助免王難語《ほとけのたすけによりてわうなんをまぬかれたること》　第十六

今昔《いまはむかし》、聖武《しやうむ》[一四]天皇ノ御代《みよ》ニ、神亀《じんき》[一五]四年ト云フ年ノ九月ノ中旬ノ比《ころほひ》、天皇群臣ト共ニ猟《かり》ニ出《いで》テ遊ビ給ケルニ、添上《そふのかみ》ノ郡《こほり》、山村《やまむら》[一六]ノ山ニシテ、一《ひとつ》ノ鹿有テ、網見《あみ》[一七]ノ里ノ百[一八]姓ノ家ノ中ニ走リ入ル。人[一九][二〇]此レヲ不覚《おぼえ》ズシテ鹿ヲ殺シテ敢《くらひ》[二一]ツ。

其ノ後、天皇此ノ由《よし》ヲ聞《きこ》シ食《めし》テ、使ヲ遣《つかは》シテ、其ノ鹿ヲ噉《くら》ヘル輩《ともがら》ヲ令捕《とらへしめ》給フ。其ノ時ニ、男女《なんによ》十余人皆其ノ難ニ値《あひ》テ、身振《ふる》[二二]ヒ心動《うごき》テ更ニ憑《たの》ム所無シ。但シ、「三[二三]宝ノ加護《かご》ニ非ズハ、誰カ此ノ難ヲ助ケム」ト思ヒ得テ、思ハク、「我等、伝ヘ聞ケバ、「大安寺《だいあんじ》[二四]ノ丈六《ぢやうろく》[二五]ノ釈迦、吉《よ》ク人ノ願ヒニ随《したが》ヒ給フ」ト。然レバ、我等ガ難ヲ必ズ救ヒ給ヘ」ト云テ、即チ使ヲ寺ニ令詣《まうでしめ》テ誦経《じゆきやう》[二六]ヲ行フ。亦、「我等官《くわん》[二七]ニ参リ向ハム時、寺ノ南[二八]ノ門ヲ開《ひらき》テ我等ガ礼拝ヲ令得《えし》メ、亦、我等ガ刑罰ヲ蒙《かうぶ》ラム時、鐘《かね》ヲ撞《つき》テ其ノ音ヲ令聞《きかし》メヨ」ト。

一一 「恭敬」は、つつしみうやまう意。
一二 まごころこめて。一心不乱に。

第十六話　出典は日本霊異記・上・32。

一三 訓みは字類抄「獦衣　カリキヌ」に拠る。
一四 →人名「聖武天皇」。
一五 七二七年。
一六 現、奈良市山町付近。
一七 →地名「網見ノ里」。
一八 民家。
一九 霊異記「家人」。
二〇 こんなこととは知らないで。事情を知らずに。
二一 「敢」は「噉」の省画。次行の「噉」に同じ。
二二 恐怖で身がふるえ、胸がどきどきして。
二三 仏・法・僧。ここでは、とくに仏をさす。
二四 大安寺は平城京の左京六条四坊にあったから、前出の山村や網見の里から平城京内の役所に行く途中にあたっていたのであろう。→地名「大安寺」。
二五 この釈迦像については巻一一・15に詳しい。
二六 寺僧に布施して、読経してもらった。
二七 役所。官庁。
二八 南大門。大安寺は南大門のすぐ内側に中門があり、その正面に金堂が配置されていた。丈六の釈迦像は金堂の本尊であり、里人等はそれを門の外側から礼拝したいと望んだのである。

然レバ、寺ノ僧此ノ願《ねがひ》ヲ哀《あはれ》ムデ、鐘ヲ撞キ誦経ヲ行フ。亦、南ノ門ヲ開テ[一]礼拝ヲ令得《えしめ》ムト為《す》ル間、[二]此等既ニ使ニ随《したがひ》テ参リ向《むかひ》テ被禁《いましめられ》ムト為ル時ニ、俄《にはか》ニ[三]皇子誕生シ給フ。此《これ》ニ依テ、「[四]朝庭《てうてい》ノ大《おほき》ナル賀《が》也」トテ、天下《てんが》ニ[五]大赦《たいしや》ヲ被行《おこなは》ル。然レバ、此等ニ刑罰ヲ不与《あたへ》ズシテ返《かへり》テ[六]官禄ヲ給フ。

然レバ、此ノ十余人歓喜《くわんぎ》スル事無限《かぎりな》シ。「誠ニ知《しり》ヌ、此レ大安寺ノ釈迦ノ威光、誦経ノ功徳《くどく》ノ致セル也」ト思《おもひ》テ、弥《いよい》ヨ念ジ礼拝シ奉《たてまつり》ケリ。

然レバ、人自然《おのづか》ラ[七]王難《わうなん》ニ値《あ》ハム時、[八]心ヲ至《いた》シテ仏ヲ念ジ誦経ヲ可行《おこなふべ》シトナム語リ伝ヘタルトヤ。

尼《あま》、所被盗持仏自然奉値語《ぬすまれたるところのぢぶつにじねんにあひたてまつれること》第十七

今昔《いまはむかし》、河内《かはち》ノ国、若江《わかえ》ノ郡《こほり》ノ[九]遊宜《ゆげ》ノ村ノ中ニ、一人ノ[一〇]沙弥《しやみ》ノ尼[一一]有《あり》ケリ。仏ノ道ヲ心ニ懸《かけ》テ、懃《ねむごろ》ニ勤メ行フ事無限《かぎりな》シ。[一二]平郡《へぐり》ノ[一三]山寺ニ住《ぢう》シテ、[一四]知識ヲ引《ひき》テ四□[一五]ヲ□為《ため》ニ[一六]□仏ノ像ヲ写ス。其ノ中ニ[一七]六道ヲ図シテ此レヲ供養ス。其ノ後、其ノ山寺ニ安置シテ常ニ詣《まうで》テ礼拝ス。

而《しか》ル間、尼[一八]聊《いささか》ニ身ニ営《いとな》ム事有ルニ依《より》テ暫《しばら》ク寺ニ不詣《まうで》ザル程ニ、其ノ[一九]絵像盗人ノ

一　霊異記には「衆僧随レ願、鳴レ鐘転レ経、開レ門令レ得レ奉レ拝。既而従レ使参向。於二授刀寮一禁之。即依二皇子誕生一」とあって、里人は実際に礼拝し、また一旦は監禁されたことになっている。
二　この人たち。里人をさす。
三　続紀によれば、神亀四年(七二七)閏九月丁卯(二十九日)に皇子誕生、十月癸酉(五日)に大赦が行われている。
四　「朝廷」に同じ。
五　国の吉事によって罪人を釈放または減刑する恩典。
六　朝廷から下賜する祝儀の品。
七　帝王から受ける災難。
八　まごころこめて。誠心誠意。

第十七話　出典は日本霊異記・上・35。
九　現、大阪府八尾市八尾木付近。
一〇　サンスクリット語 śrāmaṇera の音写。正式な出家になるための具足戒をまだ受けていない僧尼。
一一　霊異記「有二練行沙弥尼一、其姓名未レ詳」。
一二　正しくは「平群」。現、奈良県生駒市、生駒郡付近。
一三　生駒山地にあったのであろうが、未詳。
一四　信者を募って寄進を集めて。霊異記「率二引知識一」。↓一〇三頁注二四。
一五　底本破損。諸本欠字。霊異記「奉二為四恩一」を参考にすれば、「四恩ヲ奉為」とあったか。
一六　底本破損。諸本欠字。霊異記「敬画

為《ため》ニ被盗《ぬすまれ》ヌ。尼此レヲ悲ビ歎テ、堪[二〇]フルニ随テ東西ヲ求ムト云ヘドモ、尋得《たづねう》ル事無シ。而ルニ、此ノ事ヲ歎キ悲テ、亦、知識ヲ引《ひき》テ放生《はうじやう》[二一]ヲ行《ぎやう》ゼムト思テ、摂津《つ》ノ国ノ難波《なには》[二二]ノ辺《ほとり》ニ行ヌ。河辺《かはのほとり》ニ徘徊《はいくわい》[二三]スル間、市[二四]ヨリ返《かへ》ル人多カリ。見レバ、荷《にな》[二五]ヘル箱ヲ樹《うゑき》ノ上ニ置《お》ケリ。主《ぬし》ハ不見《み》エズ。尼聞ケバ、此ノ箱ノ中ニ種々《くさぐさ》[二六]ノ生類《しやうるい》ノ音《こゑ》有リ。「此レ畜生ノ類ヲ入タル也ケリ」ト思テ、「必ズ此レヲ買《かひ》テ放《はな》タム」ト思テ、暫ク留《とどまり》テ箱ノ主《ぬし》ノ来《きた》ルヲ待ツ。良久《ややひさし》[二七]ク有テ箱ノ主来《きた》レリ。尼此レニ会《あひ》テ云《いは》ク、「此ノ箱ノ中ニ種々ノ生類ノ音有リ。我レ放生ノ為ニ来レリ。此レヲ買ハムト思フ故ニ汝ヲ待《まつ》也」ト。箱ノ主答テ云ク、「此レ更ニ生類ヲ入《いれ》タルニ非ズ」ト。尼猶《なほ》固ク此レヲ乞フニ、箱ノ主、「生類ニ非ズ」ト諍《あらそ》[二八]フ。

其ノ時ニ、市人等《いちびとら》[二九]来《きた》リ集《あつまり》テ、此ノ事ヲ聞《きき》テ云ク、「速《すみやか》ニ其ノ箱ヲ開《ひらき》テ其ノ虚実《こじつ》[三〇]ヲ可見《みるべ》シ」ト。而ルニ、箱ノ主白地《あからさま》[三一]ニ立去《たちさ》ル様ニテ箱ヲ棄《すて》テ失《うせ》ヌ。尋ヌト云ヘドモ行キ方《かた》ヲ不知《しら》ズ。「早ク[三二]逃《にげ》ヌル也ケリ」ト知テ、其ノ後、箱ヲ開テ見レバ、中ニ被盗《ぬすまれ》ニシ絵仏《ゑほとけ》ノ像在《まし》マス。尼此レヲ見テ涙ヲ流シテ喜ビ[三三]悲《かなしみ》テ、市人等ニ向《むかひ》テ云ク、「我レ前《さき》ニ此ノ仏ノ像ヲ失ヒテ日夜ニ求メ恋ヒ奉《たてま》ツルニ、今不思《おもは》ザルニ値《あひ》奉レリ。喜哉《うれしきかなや》[三四]」ト。市人等此レヲ聞テ、尼ヲ讃《ほ》メ貴ビ、箱ノ主ノ逃ヌル事ヲ裁《ことわり》[三五]也ト思テ、慓《にく》ミ謗《そしり》ケリ。尼此レヲ喜《よろこび》テ、弥《いよい》ヨ放生ヲ行ヒテ返《かへり》ヌ。仏ヲバ本《もと》ノ寺ニ将奉《おくり》テ安置シ

レ像」を参考にすれば、仏名の明記を期した意識的欠字であった可能性がある。
一七 →地名「六道」。
一八 ちょっとした用事があったために。
一九 絵に描いた仏像。仏の画像。
二〇 力の及ぶ限り。霊異記「悲泣求之、終不レ得矣」。
二一 人に捕らえられている生き物を放してやる行事。
二二 現、大阪市付近。
二三 徘徊する。たちもとおる。→一一八頁注三。
二四 市から帰って来る人が多かった。但し、霊異記「徘ニ徊市ー帰」は、市をひとまわりして帰ろうとした意。本話はこれを誤解している。
二五 背負い箱を木のうえに置いてあった。
二六 さまざまな生き物の声がする。
二七 しばらくして。
二八 字類抄には「アラソフ」の他に「アラカフ」の訓もある。
二九 市で物を売っている人々。
三〇 うそかまことか。真偽。
三一 ついちょっとその場を離れるようなふりをして、箱をそのままにして姿を隠してしまった。
三二 「早ク」は多く「也ケリ」と呼応して、それまで気がつかなかった事実に気がついたことを示す。それもそのはず。実は。いや驚いたことに。
三三 喜び感激して。
三四 うれしいことよ。訓みは字類抄「カナシキカナヤ」から類推。
三五 道理である。当然だ。

奉テケリ。

此レヲ思フニ、仏ノ箱ノ中ニシテ音《こゑ》ヲ出《いだ》シテ尼ニ令聞給《きかしめ》ヒケルガ、[一]哀レニ悲ク貴キ也。

[二]此レヲ聞ク其ノ辺《ほとり》ノ道俗・男女《なんによ》、[三]心ヲ至シ[四]首《かうべ》ヲ低《かたぶけ》テ礼拝シケリトナム語リ伝ヘタルトヤ。

河内国八多寺仏《かはちのくにのやたでらのほとけ》、不焼火語《ひにやけざりしこと》第十八

今昔《いまはむかし》、河内《かはち》ノ国、[五]石川《いしかは》ノ郡《こほり》ニ[六]八多寺《やたでら》ト云フ寺有《あり》ケリ。其ノ寺ニ[七]阿弥陀《あみだ》ノ[八]絵像在《まし》マス。

其ノ郷《さと》ノ[九]古老ノ人語《かたり》テ云《いは》ク、「昔《むか》シ、此ノ寺ノ側《かたはら》ニ一人ノ[一〇]女人《によにん》有ケリ。其ノ女ノ夫《をうと》死スル日、此ノ仏ノ像ヲ[一一]書キ奉ラムト為《す》ル間、此ノ女[一二]寡《やもめ》ニシテ身貧キニ依《より》テ、此ノ願ヲ不遂《とげ》ズシテ年月ヲ経《へた》ルニ、遂《つひ》ニ秋ノ時ニ至《いたり》テ、女自《みづか》ラ田ニ出《い》デヽ穂ヲ拾《ひろひ》テ、一人ノ絵師ヲ請《しやう》ジテ彼ノ像ヲ写シ供養セムト為ルニ、絵師モ此ノ事ヲ[一三]矝《あはれみ》テ、[一四]願主《ぐわんしゆ》ノ女人ト共ニ同ク[一五]心ヲ発《おこ》シテ、此ノ仏ヲ写シテ令供養《くやうせし》メツ。即チ、八多寺ノ金堂《こんだう》ニ安置《あんぢ》シテ常ニ恭敬《くぎやう》礼拝セムト思フ間ニ、盗人《ぬすびと》有テ火ヲ放《はなち》テ其ノ堂ヲ焼《やき》ツ。[一六]更ニ残ル物

一 なんとも感動的で貴いことである。
二 底本「此レヲ聞ク其ク其ノ辺ノ道俗男女」。「其ク」は衍字とみて削除した。
三 まごころこめて。一心不乱に。
四 頭を深く垂れて。↓一一九頁注三三。

第十八話 出典は日本霊異記・上・33。

五 現、大阪府富田林市の一部と南河内郡。
六 所在地未詳。
七 ↓人名「阿弥陀如来」。
八 絵に描いた仏像。仏の画像。
九 霊異記「其里人云」。
一〇 霊異記「昔於ニ此寺辺一、有ニ賢婦一。□名不レ伝焉」。
一一 夫が死なんとしたその当日に仏を描こうとしたかのごとき表現であるが、霊異記「其夫将レ死之日、願レ奉レ造ニ斯仏像一、而縁レ貧未レ遂」は、夫が死なんとした日に、この仏像を造ろうと願を立てたけれども、貧しいためになかなかこの願を果たせなかった意。
一二 寡婦で貧しいために。
一三 「矝」は「矜」の誤記か。霊異記「画師矜之、共同発心」。訓みは霊異記訓釈「矜女久禰」、字類抄「矜恤 アハレヒメクム」から推定。
一四 施主。ここでは絵像を造ろうと発願した女人をさす。
一五 道心を起こして。発心して。
一六 焼け残ったものは何もなかった。

無シ。

而《しか》ルニ、火ノ中ニ此ノ絵像在《まし》マス。「[一七]奇異也」ト思テ、人寄《より》テ取《とり》テ見奉レバ、[一八]曾《かつ》テ塵許《ちりばかり》モ損ジ給フ事無シ。其ノ辺《ほとり》ノ人此レヲ見テ貴《たふと》メル事無限《かぎりな》シ。「此レ、彼ノ女人ノ心ヲ発《おこ》シテ写シ奉レルニ依テ、仏ノ霊験ヲ施《ほどこ》シ給フ也」ト知《しり》ヌ。女貧シト云ヘドモ、秋ニ臨《のぞみ》テ田ニ至《いたり》テ自《みづか》ラ穂ヲ拾テ願ヲ遂《とげ》タル事、極《きはめ》テ難有《ありがた》シ。然レバ、仏モ其ノ志ヲ哀《あはれみ》テ、如此《かくのごと》キ霊験ヲ施シ給フ也ケリ。[一九]功徳《くどく》ハ少《すくな》シト云フトモ信ニ可依《よるべ》キ也」。

[二〇]古老ノ伝ヘヲ以テ語リ伝ヘタルトヤ。

薬師仏《やくしほとけ》、従身出薬与盲女語《みよりくすりをいだしてまうによにあたへたること》 第十九

今昔《いまはむかし》、奈良ノ京ニ[二一]越田《こしだ》ノ池ト云フ池有リ。其ノ池ノ南ニ[二二]蓼原里《たではらのさと》ト云フ里有リ。其ノ里ノ中ニ堂有リ。[二三]蓼原堂ト云フ。其ノ堂ニ[二四]薬師《やくし》仏ノ木像在《まし》マス。

[二五]阿陪《あべ》ノ天皇ノ御代《みよ》ニ、其ノ村ニ一人ノ女有リ。二《ふたつ》ノ目共ニ盲《しひ》タリ。而《しか》ルニ、此ノ盲女《まうによ》一人ノ女子《をむなご》ヲ生《しやう》ゼリ。其ノ女子漸《やうや》ク[二六]勢長シテ年七歳ニ成《なり》ヌ。母ノ盲女寡《やもめ》ニシテ夫《をうと》無シ。極《きはめ》テ貧キ事無限《かぎりな》シ。或ル時ニハ食物《じきもつ》無クシテ食《じき》ヲ求《もとむ》ルニ難得《えがた》シ。[二七]我レ必ズ餓《うゑ》テ死ナムトス。盲《しひ》タルニ依《より》テ、[二八]東西ヲ不知《しら》ズシテ、行《ゆき》テ求ル事不能《あたは》ズ。然レバ、

一七 不思議なことだと思って。
一八 まったく少しも損傷し給うたところがない。
一九 功徳は、積んだ量は少なくてもよい、信心の深さによって決定するのだ。大切なのは量ではなく信なのだ。
二〇 前文の「古老ノ人語テ云ク」に対応している。

第十九話　出典は日本霊異記・下・11。元亨釈書・二十九・蓼原村盲女に同話がある。

二一 →地名「越田ノ池」。
二二 →地名「蓼原里」。
二三 →地名「蓼原堂」。
二四 →人名「薬師如来」。
二五 霊異記「帝姫阿倍天皇之代」。阿倍内親王すなわち女帝孝謙(重祚して称徳)天皇をさす。霊異記の説話配列から推定すれば称徳天皇の時代の話である。→人名「孝謙天皇」。
二六 成長して。
二七 「我レ」は女の心中描写であることを示すが、以下では文がねじれて地の文に移行している。
二八 西も東もわからないので。

歎キ悲ムデ自《みづか》ラ云《いは》ク、「身ノ貧キハ、此レ、[一]宿業《しゆくごふ》ノ招ク所也。[二]徒《いたづら》ニ餓死《うゑし》ナム事疑ヒ不有《あら》ジ。只命ノ有ル時、仏ノ御前ニ詣《まうで》テ[三]礼拝シ奉ラムニハ不如《しか》ジ」ト思テ、七歳ノ女子ニ手ヲ令引《ひかし》メテ、彼ノ[四]蓼原ニ堂ニ詣ヅ。

寺ノ僧、此レヲ見テ哀ムデ、戸ヲ開《ひらき》テ堂ノ内ニ入レテ、薬師ノ像ニ令向《むかはしめ》テ令礼拝《らいはいせし》ム。盲女仏ニ向《むか》ヒ奉テ礼拝シテ、白《まう》シテ言《まう》サク、「[五]我レ伝ヘ聞ク、『[六]薬師ハ、一度《ひとた》ビ御名《みな》ヲ聞ク人諸《もろもろ》ノ病《やまひ》ヲ除ク』。我レ一人其ノ誓《ちかひ》ニ可漏《もる》ベキニ非ズ。[七]譬《たと》ヒ前世《ぜんぜ》ノ悪業《あくごふ》拙《つたな》シト云フトモ、仏慈悲ヲ垂レ給ヘ。願クハ我レニ眼《まなこ》ヲ令得《えしめ》給ヘ」ト泣々《なくな》ク申シテ、仏ノ御前ヲ不去《さら》ズシテ有リ。

二日ヲ経ルニ、副《そひ》タル女子其ノ仏ヲ見奉ルニ、御胸ヨリ[八]桃ノ脂《やに》ノ如クナル物[九]忽《たちまち》ニ垂《た》リ出《いで》タリ。女子此ノ事ヲ見テ母ニ告グ。母此レヲ聞テ云ク、「我レ其レヲ食《く》ハムト思フ。速《すみやか》ニ汝《なむ》ヂ、彼ノ仏ノ御胸ヨリ垂リ出タル物ヲ取《とり》テ、持テ来《きたり》テ我レニ[一〇]含《ふく》メヨ」ト。子母ガ云フニ随《したがひ》テ、寄テ此レヲ取テ持テ来テ母ニ含ムルニ、母此レヲ食《く》フニ[一一]甘《あま》シ。其ノ後、忽《たちまち》ニ二《ふたつ》ノ目開《あき》ヌ。物ヲ見ル事明《あき》ラカ也。喜ビ悲《かなし》ムデ、泣々《なくな》ク[一二]身ヲ地ニ投《なげ》テ、薬師ノ像ヲ礼拝シ奉ル。

此レヲ見聞ク人、此ノ女ノ深キ信ノ至レル事ヲ讃《ほ》メ、仏ノ霊験[一三]掲焉《けちえん》ニ在《まし》マス事ヲ貴ビケリ。

一　前世の業因が結果としてもたらしたものである。前世の報いである。霊異記「宿業所レ招、非二唯現報一」。　二　このまま何もできず、むなしく飢え死にするのは確実だろう。　三　礼拝し奉るのにまさることはない。　四「蓼原の堂に」の意。同様の語法は本書に散見する。　五　霊異記の祈りの言葉は「非レ惜二我命一。惜二我子命一。一旦已二二人之命一也。願我賜レ眼」。本話とは異なっている。　六　薬師瑠璃光如来本願功徳経などに説く薬師十二大願の第七をさす。↓注一五。　七　たとえ前世の悪業がひどくて、現世で悪報を受ける身であるとしても。　八　桃の木から出る樹脂(やに)。　九　突然したたり出てきた。　一〇　訓みは字類抄「含　カム、フクム」による。　一一　霊異記「食之甚甜」。同訓釈「甜　アマシ」。　一二　地面に身を投げ出して。五体投地して。　一三　あらたかでいらっしゃることを。　一四　現実に。本当に。　一五　薬師瑠璃光如来本願功徳経に説く薬師如来の十二の大願。とくにその第六・七願により、薬師如来は治病・施薬の信仰対象とされる。同経「第七大願。願我来世得菩提時、若諸有情、衆病逼切無救無帰無医無薬無親無家貧窮多苦、我之名号一経其耳、衆病悉得除身心安楽、家属資具悉皆豊足、乃至証得無上菩提」。

第二十話　出典未詳。本話の語る火災や大風の事実については薬師寺縁起(大日本仏教全書所収)に関連記事が見える。

此レヲ思フニ、其ノ薬師ノ像、現《あらは》[一四]ニ御身ヨリ薬《くす》リヲ出《いだ》シテ、病人ニ授《さづけ》テ救ヒ給フ事如此《かくのごと》シ。

然レバ、身ニ病《やまひ》ヲ受《うけ》タラム人、専《もはら》ニ信ヲ発《おこ》シテ薬師[一五]ノ誓《ちかひ》ヲ可憑奉《たのみたてまつるべ》シトナム語リ伝ヘタルトヤ。

薬師寺食堂焼《やくしじのじきだうやけて》、不焼金堂語《こんだうやけざりしこと》第二十

今昔《いまはむかし》、□[一六]ト云フ年ノ□[一七]月□日ノ夜、薬師寺《やくしじ》[一八]ノ食堂《じきだう》[一九]ニ火出来《いでき》ヌ。南ヲ指《さし》テ燃エ行クニ、講堂[二〇]・金堂《こんだう》[二一]ハ食堂ノ南ニ有レバ、忽《たちまち》ニ皆焼《やけ》ナムトス。寺ノ僧共《ども》、此レヲ悲《かなし》ムデ泣《なくな》ゝク喤《ののし》[二二]ルト云ヘドモ、更ニ力不及《およば》ズ。天智《てんぢ》[二三]天皇建給《たてたまひ》テ後四百[二四]余歳ニ成《なり》テ、未ダ如此《かくのごとき》ノ火事無カリツルニ、忽ニ焼失《やけうせ》ナムトス。寺ノ僧共ノ泣キ迷《まど》フモ裁《ことわり》[二五]也。

而《しか》ル間、火食堂《じきだう》[二六]ニテ皆焼畢《やけをはり》ヌト思フニ、熛《けぶ》[二七]リ漸《やうや》ク白《しら》ミテ、夜モ皆曉畢《あけはつ》[二八]ル程ニ、大キニ黒キ熛三節許《ばかり》[二九]火ノ跡ノ内ヨリ高ク登《のぼり》テ見ユ。夜曉《あけ》[三〇]ヌレバ、諸《もろもろ》ノ人此レヲ怪《あやし》ムデ集リ寄《より》テ見ルニ、熛ニハ非ズシテ、金堂ト二《ふたつ》[三一]ノ塔トニ鳩ノ員不知《かずしら》ズ多ク集テ飛ビ廻《めぐ》リツヽ、火気《ほのけ》[三二]ヲ不令寄《よらしめ》ズシテ金堂・講堂ヲ不焼《やか》ヌ也ケリ。此レ、希有《けう》ノ事ノ中ノ希有ノ事也。此ノ寺ノ薬師仏[三三]、本《もと》ヨリ霊験[三四]新《あら》タニ在《まし》マセバ、示シ給フ所也ケリ。皆人

一六 年代の明記を期した意識的欠字。薬師寺の火災は、天禄四年(九七三)二月二十七日夜のこと(扶桑略記、紀略)。

一七 底本に空白はないが、もとは具体的な月日の明記を期した意識的欠字があったと推定する。　一八 →地名「薬師寺」。

一九 僧侶が食事をするための施設。独立した建物で、薬師寺のそれは講堂の北にあった。　二〇 仏経や仏法を講義するための建物。食堂の南、金堂の北にあった。

二一 寺の本尊を安置する建物。本堂。

二二 騒ぐ。わめく。

二三 薬師寺建立の発願は天武天皇(同天皇九年〔書紀〕、八年〔薬師寺縁起〕)。但し、本書は巻一一・17の題目においても天智天皇の建立としている。→人名「天智天皇」。　二四 天武天皇九年(六八〇)から数えると二九三年目であり、計算が合わない。

二五 道理である。当然である。

二六 火は食堂で燃えさかり、何もかも焼けてしまったと思うところ。

二七 「熛」は「煙」の異体字であろう。煙が次第に白くなって。黒煙が白くなったのは鎮火の兆しである。　二八 「曉」は「暁」の草体から生まれた字体か。夜が明ける意。　二九 底本「節」のごとき字体だが、「筋」の異体字であろう。三本ばかり。

三〇 「曉」と同様に「暁」の草体から生まれた字体か。夜が明ける意。→注二八。

三一 東塔と西塔。東塔は天平二年(七三〇)建立の三重塔が現存。

三二 ひのけ。火気(かき)。

三三 薬師寺の本尊の薬師如来像。現存。

三四 霊験あらたかでいらっしゃるので。

貴ビ悲ブ事無限《かぎりな》シ。亦《また》、此ノ寺ニハ南ノ大門ノ前ニ昔ヨリ[一]八《や》幡《はた》ヲ振リ奉テ寺ノ[二]鎮守《ちんじゆ》トセリ。然レバ、[三]八幡ノ寺ノ仏法ヲ守リ給フガ為《ため》ニ不焼給《やけたまは》ヌ也ケリト顕《あらは》ニ見エタリ。[四]鴿《はと》多ク来《きたり》テ集テ飛ビ廻《めぐり》テ火ヲ不寄《よせ》ヌヲ以テ知《しり》ヌ。

亦、其ノ後三年ヲ経テ、本ノ如クニ食堂幷《ならび》ニ四面ノ廻廊《くわいらう》・大門・中門・[五]鍾楼《しうろう》等皆造リ建《たて》ツ。其ノ後[六]□年ト云フ年ノ[七]□月□日、俄《にはか》ニ[八]飄《つむじかぜ》出来《いできたり》テ、強キ事常ニ異《こと》也。即チ金堂ノ上ノ[九]層《こし》吹キ切《きり》テ空ニ巻キ上《あげ》テ、講堂ノ前ノ庭ニ落ス。此レヲ思フニ、材木・瓦一《ひとつ》ニテモ可全《またかるべ》キニ非ズ。而ルニ、瓦一枚不破《やぶれ》ズ、木[一〇]一支《ひとえだを》不折《れ》ズ。然《しかれ》バ、皆本《もと》ノ如ク上《あげ》テ造《つくり》ツ。此レ亦、希有ノ事也。

此ノ寺ノ薬師仏ノ霊験一《ひとつ》ニ非ズ。亦、南大門ノ天井《てんじやう》ノ[一一]編入《くみいれ》ノ料《れう》ノ材木ヲ、吉野ノ[一二]杣《そま》ニ三百余物[一三]令造《つくらしめ》テ、今上《あげ》ムト為《す》ル間ニ、国ノ司《つかさ》[一四]藤原ノ義忠《よしただ》ノ朝臣《あそん》ト云フ人有《あり》テ、内裏ヲ被造《つくらる》ル料ニ皆[一五]点《てん》ジツ。「此レハ薬師寺ノ杣《そま》ニ、寺ノ修理《しゆり》ノ料ニ取レル所ノ木也」ト乞ヒ請《う》クト云ヘドモ、国司敢《あへ》テ耳ニ不聞入《ききいれ》ズシテ、只[一六]上ゲニ上ゲムト為《す》ル時ニ、寺ノ別当[一七]観恩《くわんおん》、[一八]故《ことさら》ニ国ノ司ニ会テ懃《ねむごろ》ニ乞ヒ請クト云ヘドモ、遂《つひ》ニ許ス事無シ。其ノ時ニ、寺ノ僧等、南大門ノ前ノ八幡ノ[一九]宝前ニシテ、忽《たちまち》ニ百日ノ[二〇]仁王講《にんわうかう》ヲ始行《はじめおこなひ》テ此ノ事ヲ祈請《きしやう》ス。而ルニ、其ノ講七八十日許《ばかり》行フ間ニ、此ノ寺ノ東ノ大門ノ前ニ西[二一]ノ堀河流レタリ。此ノ材木其ノ河ヨリ曳上《ひきあげ》テ、此ノ寺ノ東ノ大門ノ前ニ

一 八幡神を勧請して奉って。いまも南大門の南に八幡神社がある。 二 鎮守の神。その土地や寺院を守護する神。 三 八幡神が寺の仏法を守護してくださったために。 四 鳩は八幡神の使者とされた。但し、薬師寺縁起には「寺僧神鎮、職掌清額礼宗、見ニ金堂蓋層西面火付一、捨身滅レ火之」云々とあり、金堂は彼らの決死の消火作業によって救われたとして、鳩のことは記していない。 五「鍾」は「鐘」の異体字。訓みは字類抄「シウロウ」に拠る。 六 年代の明記を期した意識的欠字。薬師寺縁起によれば、永祚元年(九八九)八月十三日夜の事件。この日は京都でも多くの門舎が倒壊するなど大きな被害があり(紀略)、永祚の大風として永く記憶された。強力な台風が襲来したのであろう。 七 底本に欠字はないが、もとは具体的な月日の明記を期した意識的欠字があったと推定する。→一三三頁注一七。 八 旋風。たつまき。 九 上の階。 一〇 名義抄「支 エダ」。一本。 一一 組入れ天井。格子形に木枠を組んだ天井。くみれ。 一二 杣山。材木を切り出すために所有していた山。そこの人に命令して。 一三「物」は助数詞。箇または本の意。 一四 →人名「義忠」。 一五 しるしを付けて(官物にして)しまった。 一六 委細かまわず揚陸しようとした。 一七 伝未詳。 一八 わざわざ国司に会って、返してくれるように懇願したけれども。 一九 神前で。社殿の前で。

三百余物乍《なが》ラ積《つみ》テ置《おき》ケリ。其レヨリ[二二]泉河《いづみがは》ノ津ニ運《はこび》テ[二三]河《かはよ》リ京ニ可上《のぼすべ》キ故《ゆゑ》也。
而ル間、国ノ司、[二四]金峰山《みたけ》ニ詣《まうで》テ返《かへ》ル間ニ、[二五]吉野河《よしのがは》ニ落入《おちいり》テ死《しに》ヌ。寺ノ僧等、此レ寺ノ僧等、此レヲ聞テ喜ブ事無限《かぎりな》シ。[二六]事シモ寺ヨリ運バム様ニ東ノ大門ニ積置《つみおき》テ後、国ノ司死ヌレバ、[二七]故《ことさら》ニ運《はこび》タルガ如シ。乍喜《よろこびなが》ラ寺ノ辺《ほとり》ノ夫《ぶ》[二八]ヲ催《もよほし》テ寺ノ内ニ曳《ひき》入レツ。此レ亦、希有ノ事也。此ノ木積置タル上ニ鴿《はと》[二九]□[三〇]現《あらは》ニ来《きたり》テ居《ゐ》ケル。然レバ、寺ノ僧共《ども》此レヲ見テ、「此ノ仁王講ノ験《しるし》必ズ有《あり》ナムトゾ[三一]□守ノ親《まのあたり》死ヌレバ、既ニ八幡ノ罰《つみ》シ給ヒツル也」トゾ僧共《ども》云ヒケル。
此ノ寺ノ金堂ニハ昔ヨリ[三二]内陣《ないぢん》ニ人入《い》ル事無シ。只[三三]堂ノ預《あづかり》ノ俗三人、清浄《しやうじやう》ニシテ[三四]旬《じゆん》ヲ替《かへ》テ各《おのおの》十日ノ間入ル。其ノ外《ほか》ニハ[三五]一生不犯《いつしやうふぼん》ノ僧ナレドモ入ル事無シ。昔《むか》シ浄行《じやうぎやう》ノ僧有テ、「我レ此ノ[三六]三業《さんごふ》ニ犯セル所無シ。何《なん》ゾ不入《いら》ザラム」ト思テ入ケレバ、俄《にはか》ニ戸閉《とぢ》テ入ル事ヲ不得《え》ズシテ返出《かへりいで》ニケリ。

実《まこと》ニ此ノ薬師ノ像、世ニ難有《ありがた》キ霊験在《まし》マス仏也トナム語リ伝ヘタルトヤ。

山階寺焼《やましなでらやけて》、更建立間語《さらにこんりふせるあひだのこと》第二十一

今昔《いまはむかし》、[三七]大織冠《だいしよくくわん》、子孫ノ為《ため》ニ[三八]山階寺《やましなでら》ヲ造《つく》リ給フ。先《ま》ヅ[三九]丈六《ぢやうろく》ノ[四〇]釈迦菩薩幷《ならび》ニ[四一]脇士《けふじ》二

二〇 仁王般若経(三四七頁注一八)を講読して行う法会。
二一 平城京の西堀河。いまの秋篠川。
二二 →地名「泉河ノ津」。
二三 川を利用して。河川の利用は最も効率的な運搬法であった。 二四 →地名「金峰山(みたけ)」。 二五 →地名「吉野河」。
二六 あたかも。ちょうど。
二七 わざわざ運んだようなものである。
二八 人夫を集めて。
二九 底本破損。諸本欠字。 三〇 実際に。本当に。 三一 底本破損。諸本欠字。
三二 本尊を安置してあるところ。
三三 堂の管理役の俗人。巻一一・17にも同様の記事がある。
三四 上旬・中旬・下旬の旬ごとに交替して。
三五 一生の間、異性と交わったことのない僧。
三六 口・身・意による行為、いずれの面においても戒律を犯したことがない。

第二十一話 出典未詳。古本説話集・下・47に同文的同話、七大寺巡礼私記・興福寺条に同話がある。後者の末尾には「宇治大納言物語同レ之」と注記がある。

三七 藤原鎌足。→人名「鎌足」。
三八 →地名「興福寺」。 三九 身長一丈六尺の仏像。但し、座像については、立てば一丈六尺あるとして丈六という。
四〇 菩薩は成道以前の称であるから、ここは釈迦如来もしくは釈迦仏とあるべきところ。古本説話「丈六のさか仏」。
四一 釈迦の脇士は普賢菩薩と文殊菩薩。

菩薩ノ像ヲ造《つくり》テ、北山階《きたやましな》[一]ノ家ニ堂ヲ建《たて》テ安置シ給ヘリ。天智《てんち》[二]天皇ノ粟津《あはづ》[三]ノ都ニ御《おはしまし》ケル時ニ被造《つくられ》タル也。其レヲ大織冠ノ御子《みこ》淡海公《たんかいこう》[四]ノ御時ニ、今ノ山階寺[五]ノ所ニハ被造移《つくりうつされ》タル也。然レバ、所ハ替レドモ于今《いまに》山階寺トハ云フ也。

而《しか》ル間、三百余歳ニ成テ、永承《えいじよう》[六]元年ト云フ年ノ十二月二十四日ノ夜、始《はじめ》テ焼《やけ》ヌ。而ルニ、当時《たうじ》ノ氏《うぢ》[七]ノ長者殿《ちやうじやどの》、関白左大臣トシテ本ノ如クニ造ラセ給ヘル也。其レニ、彼ノ寺ノ所ハ、他《ほか》ノ所ヨリモ地ノ体《てい》[八]ノ亀ノ甲ノ様《やう》ニシテ高ケレバ、井ヲ堀ルト云ヘドモ水不出《いで》ズ。然レバ、春日野《かすがの》[九]ヨリ流出《ながれいで》タル水ヲ寺ノ内ニ漑《まか》[一〇]セ入レテ、諸《もろもろ》ノ房舎《ばうしや》ニ流シ入レツヽ、寺ノ僧共《ども》此レヲ用《もちゐ》ル也。

而ルニ、此ノ寺ヲ被造《つくらる》ル間、金堂《こんだう》并ニ廻廊《くわいらう》・中門・南大門[一一]・北ノ講堂・鍾楼《しようろう》[一二]・経蔵・西ノ西金堂《さいこんだう》・南ノ南円堂《なんゑんだう》・東ノ東金堂《とうこんだう》・食堂《じきだう》・細殿《ほそどの》[一三]・北室《きたむろ》[一四]ノ上階ノ僧房・西室・東室・中室ノ各《おのおの》ガ大小ノ房、如此《かくのごとく》ノ多《おほく》ノ堂舎ノ壁ヲ塗ルニ、国[一五]ヽノ夫《ぶ》若干《そこばく》[一六]上集《のぼりあつまり》テ水ヲ汲ムニ、二三町ノ程去《さり》タレバ間遠《まどほ》クシテ、壁ノ水不足ニシテ速《すみやか》ニ壁難成《なりがた》シ。行事等《ぎやうじら》[一七]歎クト云ヘドモ力不及《およば》ヌ間ニ、夏比《なつのころほひ》[一八]ニテ俄《にはか》ニ夕立《ゆふだち》降ル。其ノ時ニ、講堂ノ西ノ方《かた》ノ庭ニ、少シ窪《くぼみ》タル所ニ涓《たまりみづ》少シ有リ。壁塗《かべぬり》ノ夫《ぶ》共《ども》、此[一九]□寄テ壁土ニ交《ま》ゼムガ為《ため》ニ此レヲ汲ムニ、水尽《つく》ル事無シ。然レバ、此レヲ怪《あやし》ムデ□[二〇]尺許《ばかり》掻キ堀《ほり》テ見レバ、底ヨリ水涌出《わきい》ヅ。「此レ、奇異ノ事也」ト思テ、忽ニ方《ほう》三尺許、深

一 現、京都市山科区。巻一一・14には「山階ノ陶原ノ家」とある。 二 →人名「天智天皇」。 三 いわゆる大津京をさす。その位置を粟津とする説は、聖徳太子伝暦・推古天皇二十七年(六一九)条に粟津遷都の予言があるなど、古くから所見。巻一一・29には「粟津ノ宮」とある。 四 藤原不比等。→人名「不比等」。 五 いまの興福寺がある場所。平城京への移転については巻一一・14に詳しい。 六 一〇四六年。扶桑略記・同年十二月二十四日条「興福寺火災。金堂、講堂、西金堂、東金堂、南円堂、鐘楼、経蔵、南大門、東西上階僧坊焼亡。但北円堂并正倉院、金堂釈迦、南円堂不空羂索、西金堂仏等、取出了」。 七 この時の氏長者は藤原頼通。→人名「頼通」。 八 地形が亀の甲羅のように盛り上がった台地状になっていて。 九 →地名「春日野」。 一〇 そそぎ入れて。ひき入れて。 一一 古本説話は「南大門」および「鍾楼・経蔵」を欠く。このあたりの叙述は、まず金堂、中門、廻廊を提示し、それらによって囲まれた寺院の中核部を基準として、以下「北ノ」「西ノ」「南ノ」「東ノ」と伽藍配置の方位を示しつつ焼失堂舎を列挙するのが本来の姿であったらしい。本話はここに不注意に「南大門」を挿入したため、叙述の秩序に混乱が生じている。 一二 →一三四頁注五。 一三 食堂の南隣にあった建物。 一四 興福寺の僧坊は講堂の西に西室、北に北室、東に中室と東室があり、北室には上階僧坊、小子房、下階僧坊の三棟があった。古本説話「きたむろのかむのし

サ□[二一]尺許堀タレバ、実《まこと》ニ出《いづ》ル井ニテ有リ。然レバ、此レヲ汲ムデ若干《そこばく》ノ壁ノ料《れう》ニ用《もちゐ》ルニ、水尽ル事無シ。其ノ井ノ水ヲ以テ多《おほく》ノ壁共《ども》ヲ塗ルニ、遠ク行テ汲《くみ》シ時ヨリモ[二二]事只成《ことただなり》ニ成《なり》ヌ。寺ノ僧共《ども》此レヲ見テ、「[二三]可然《しかるべ》クテ出《いで》タル水也」ト云テ、石ヲ畳《たた》ミ屋ヲ造リ覆《おほひ》テ、于今《いまに》井ニテ水出《いで》テ有リ。此レ、希有《けう》ノ事ニスル其ノ一《ひとつ》也。

次ニ、二年ノ間ニ造畢《つくりをはり》テ堂舎皆成《なり》ヌレバ、[二四]同《おなじき》三年ト云フ年ノ三月二日ニ供養有リ。長者、公卿已下《くぎやういげ》ヲ引将《ひきゐ》テ下《くだり》テ法ノ如ク供養セラル。其ノ導師、三井寺ノ[二五]明尊《みやうそんだい》大僧正《そうじやう》也。請[二六]僧《しやうそう》五百人幷《ならび》ニ音楽ヲ調《しらべ》テ、専《もはら》ニ心ヲ至シ給フ事無限《かぎりな》シ。而ルニ、其ノ供養ノ日寅時《ひのとらのとき》ニ、仏渡シ給フニ、雨気《あめのけはひ》有テ空陰《くもり》テ暗クシテ星不見《みえ》ネバ、時ヲ知ル事不能《あたは》ズ。陰陽師《おんやうじ》安陪《あべ》ノ[二七]時親《ときちか》ト云フ者有レドモ、「空陰テ星不見《みえ》ネバ、何ヲ注《しる》シニテカ時ヲ量《はか》ラム。可為《すべ》キ方無シ」ト云フ程ニ、風モ不吹《ふか》ヌ空ニ、御堂《みだう》ノ上ニ当《あたり》テ雲方《ほう》四五丈許ノ程晴レテ、[二八]七星明《あきら》カニ見エ給フ。此レヲ以テ時ヲ見ルニ、[二九]寅二《とらふた》ツニ成ケリ。乍喜《よろこびなが》ラ仏渡リ給《たまひ》ヌ。空ハ星ヲ見セテ後、即チ本《もと》ノ如ク陰《くもり》ヌ。此レ亦、希有ノ事ニ為ル其ノ一也。

次ニ、[三〇]仏渡リ給ヒヌレバ[三一]天蓋《てんがい》ヲ鉤《つ》ルニ、仏師[三二]定朝《ぢやうてう》ガ云《いは》ク、「天蓋ハ大《おほき》ナル物ナレバ、[三三]鉤金共《つりがねども》ヲ打付《うちつ》ケムガ為《ため》ニ、[三四]編入《くみいれ》ノ上ニ横様《よこざま》ニ、尺九寸ノ木ノ長サ二丈五尺ナラム[三五]三支可渡《みえだわたすべ》カリケリ。其レヲ思忘《おもひわす》レテ[三六]兼《かね》テ不申《まうさ》ザリケリ。何《いか》ガセムト為《す》ル。只今彼《か》

なのそうばう、にしむろ、ひんがしむろ、なかむろの大小ばうどものかべぬるに」。一五 諸国から徴集されてきた人夫たち。一六 多数。おおぜい。一七 行事官。ここでは工事の責任者である役人たち。一八 以下の奇跡は、造興福寺記によれば、永承三年(一〇四八)閏正月から見て「近日」のことで、「数日炎旱」により寺辺の水が尽きたため、貯水池を造るつもりで地面を掘ったところ、水が湧き出たというのが事実で、その位置は「講堂乾、西室第一間東一許丈」であった。一九 底本破損。諸本欠字。古本説話「かべぬりのよりて」。二〇 底本破損。諸本欠字。古本説話「すこしばかりかひほりて見に」。二一 数値の明記を期した意識的欠字。古本説話「けうがりて、ほう二三尺、ふかさ一さくよばかりほりたれば」。二二 工事が順調に進捗した。二三 (仏菩薩の冥助など)しかるべき因縁があって湧き出た水である。二四 再建供養は永承三年(一〇四八)三月二日、盛大に行われた(造興福寺記、扶桑略記)。二五 →人名「明尊」。二六 招請された僧。二七 →人名「時親」。二八 北斗七星。北極星を中心に回転する角度によって時刻を計ったのであろう。二九 寅の二点(刻)。寅の刻を四分した二番目の時刻。今の午前三時半ごろ(一説に午前四時半ごろ)。三〇 仏を主格にした表現であるが、仏像を移動させた意。三一 仏像の頭上にかざす、きぬがさ状の荘厳具。多くは金銅製。三二 →人名「定朝」。三三 釣り金具。三四 →一三四頁注一一。三五 三本。三六 前もって。

ノ木ヲ上ゲバ、先ヅ麻柱《あななひ》[一]ヲ可結《ゆふべ》シ。亦、壁所《ところどころ》ゝ可壊《こほつべ》シ。然ラバ、多《おほく》ノ物共《ども》損ジテ今日ノ供養ニハ不可叶《かなふべから》ズ」。「此レ、極《きはめ》タル大事也」ト各《おのおの》口ゝニ喤《ののし》リ合ヘル間ニ、大工《だいく》[二]□[三]ノ吉忠《よしただ》ト云フ者有リ。其ノ伴《とも》ノ工《たくみ》ノ中ニ、其ノ中ノ間《ま》ノ間長《けんちやう》[四]トシテ造《つくり》ケル工、此ノ事ヲ聞《きき》テ云ク、「我レ、此ノ間《ま》ヲ造リシ間、梁《うつはり》ノ上ニ上《あ》ゲ過《すぐ》シテ尺九寸ノ木ノ三丈ナルヲ三支《み》上《えだ》ゲニキ。而ルヲ、勘当《かんだう》[五]モヤ有ルトテ其ノ由《よし》ヲ行事ニ不申《まうさ》ザリキ。定《さだ》メテ其ノ木梁ノ上ニ有リ。但シ、其レモ必ズ天蓋鉤ラム所ニ当リテヤ有ラム」ト。定朝此レヲ聞テ喜《よろこび》テ、小仏師《せうぶつし》[六]ヲ令登《のぼらしめ》テ、「何様《いかやう》ニカ其ノ木ハ置タル」ト令見《みしむ》ルニ、仏師天井ニ登《のぼり》テ此レヲ見テ、返《かへ》リ下《おり》テ云ク、「慥《たしか》ニ其ノ木天蓋ヲ可鉤《つるべ》キ所ニ当レリ。塵許《ばかり》モ不可直《なほすべから》ズ」ト。其ノ時ニ、登テ皆鉤金共《ども》ヲ打付《うちつく》ルニ、露違《つゆたが》フ事無シ。此レハ亦、希有ノ事ト為ル其ノ一也。

世ノ末ニ成《なり》ニタレドモ、事実《ことまこと》ナレバ、仏ノ霊験如此《かくのごと》シ。何況《いかにいはむ》ヤ、目ニモ不見《みえ》ヌ功《く》徳《どく》何許《いかばかり》ナラム。世ノ人モ皆礼《をが》ミ仰ギ奉ルナメリ。

此《かく》ナム語リ伝ヘタルトヤ。

於法成寺《ほふじやうじにして》、絵像大日供養語《ゑざうのだいにちをくやうせること》第二十二

一　工事用の足場。
二　大工寮に属した職工のうち最高位の者。木工・土工・瓦工等に各々大工・権大工・少工・権少工の階級があった。
三　氏の明記を期した意識的欠字。古本説話「大くよしたゞ」。→人名「吉忠」。造興福寺記「少工多吉忠」。
四　間(柱と柱との間)の壁面を受け持つ責任者。
五　お咎めがあるかと思って。
六　(大)仏師を補佐して仏像を製作する者。

第二十二話　出典未詳。

七　→人名「後一条天皇」。
八　藤原道長。→人名「道長」。
九　一〇一八年。但し、道長の出家は正しくは寛仁三年三月二十一日(紀略)。
一〇　年代の明記を期した意識的欠字。法成寺は寛仁四年(一〇二〇)三月二十二日に落成した無量寿院(阿弥陀堂)に始まる。
一一　底本に空白はないが、本来は欠字があったと推定する。
一二　日の明記を期した意識的欠字。
一三　→地名「法成寺」。
一四　治安元年(一〇二一)三月二十九日道長は後一条天皇の病気平癒を祈願して、無量寿院で計百十六体の絵仏を供養した。小右記・同日条「今日於ニ無量寿院一、被レ供ニ養百余体絵仏一。二丈三尺大日如来像一体、丈六釈迦如来像卅体、同薬師如来像十体、今昔《いまはむかし》、後《のち》[七]ノ一条ノ院ノ御代《みよ》ニ、関白[八]大政大臣《だいじやうだいじん》、寛仁《くわんにん》[九]二年ト云フ年ノ三月二十一日ニ出家シ給テ後、□[一〇]年ト云フ年ノ□[一一]月□[一二]日建立《こんりふ》ノ法成寺《ほふじやうじ》[一三]ニシテ、天皇[一四]ノ御祈ノ為《ため》ニ百体ノ絵仏《ゑほとけ》ノ丈六《ちやうろく》[一五]ノ像ヲ令書《かかし》メ給《たまひ》テ、金堂《こんだう》ノ前ノ南面《おもて》ニ南向《むき》ニ懸《か》ケ並《ならべ》テ、供養シ給フ事有《あり》ケリ。

其ノ中ニ、高サ三丈[一六]ノ大日《だいにち》[一七]如来ノ像ヲ飯室《いひむろ》[一八]ノ□[一九]阿闍梨《あじやり》ヲ以テ令書《かかしめ》テ、此レヲ中尊《ちうぞん》[二〇]トシテ懸《かけ》タリ。其ノ前ニ長キ平張《ひらはり》[二一]ヲ打《うち》テ、其ノ下ニ入道殿[二二]ヲ始メ奉テ、其ノ次ニ御子《みこ》ノ関[二三]白内大臣殿ヲ始メ奉テ、左大臣顕光《あきみつ》[二四]、右大臣公季《きんすゑ》[二五]、幷《ならび》ニ納言・参議ノ公卿《くぎやう》、員《かず》ヲ尽《つく》シテ平張ノ下ニ着キ給ヘリ。其ノ後ニ殿上人[二六] 併《しかしながら》 着ク。亦、此ノ平張ノ左右《さう》ニ長キ幄《あげはり》[二七]ヲ打《うち》テ衆僧《しゆそう》[二八]ノ座トス。其ノ南ニ大鼓《たいこ》・鉦鼓《しやうご》[二九] 各《おのおの》 二《ふたつ》ヲ荘《かざ》リ立《たて》テ、其ノ南ニ絹屋《きぬや》[三〇]二ヲ打テ唐[三一]・高麗《こま》ノ楽屋《がくや》トス。其ノ儀式[三二]実《まこと》ニ 珍《めづらし》ク 興《きよう》有リ。

既ニ事始《はじまり》テ、南ノ大内[三三]ノ外ニ左右ニ幄《あげはり》ヲ立テ 諸《もろもろの》 僧衆会《しゆゑ》[三四]セリ。唐・高麗ノ楽人《がくにん》楽屋ヨリ南ノ大門ニ出《いで》テ僧ヲ迎フ。諸《もろもろの》 僧楽人ヲ前ニ立テ、引《ひき》テ入ルニ、南大門ノ檀ノ上ニ諸僧上《のぼ》リ立《たち》テ、北[三五]ザマヲ見遣《みやり》ケレバ、百体ノ丈六ノ仏ノ被懸並《かけならべら》レ給テ、風ニ被吹《ふかれ》テ動キ給フガ生身《しやうじん》[三六]ノ仏ノ如クシテ貴キ事無限《かぎりな》シ。□[三七]糸幡《いとはた》[三八]、庭ニ立並《たてなら》ベタル、風ニ被吹《ふかれ》テ動クモ目出タシ。亦、二ノ大鼓ノ荘《かざり》□[三九]光ヲ放ツガ如シ。実《まこと》ニ此等、仏ノ浄土ト思《おぼ》エテ貴シ。

同観音像廿体、同不動尊像五十体、同降三世明王像一体、同軍荼利明王像一体、同大威徳明王像一体、同金剛薬叉明王像一体、同金剛童子像一体」。

一五 →一三五頁注三九。
一六 小右記には「二丈三尺」とある。
一七 →人名「大日如来」。
一八 →地名「飯室」。
一九 僧名の明記を期した意識的欠字。飯室の阿闍梨延円か。
二〇 本尊。
二一 天井を平らに張った天幕。
二二 藤原道長をさす。→注八。
二三 藤原頼通。→人名「頼通」。
二四 →人名「顕光」。
二五 →人名「公季」。
二六 すべて。ことごとく。
二七 正しくは「幄」。天井の中央が高くなるように張った天幕。
二八 僧侶たち。
二九 雅楽に用いる金属製の打楽器。
三〇 絹製の天幕。
三一 唐楽と高麗楽の楽人たちが演奏するところ。
三二 ありさま。様子。
三三 底本「大内」のごとく読めるが、「大門」の誤記か。
三四 多人数が集まっていること。
三五 北の方を見やると。
三六 生きている身体。なまみ。
三七 底本破損。諸本欠字。
三八 仏殿の飾り旗である幡(ばん)の一種。彩色した糸紐を垂らしたもの。
三九 底本破損。諸本欠字。

亦、僧共《ども》ノ見ケレバ、平張ノ下ニ入道殿ノ御《おはし》マス[一]上ノ方《かた》ニ[二]香染《かうぞめ》ノ法服着《ほふぶくちやく》シタル僧ノ居タレバ、「彼レハ誰ソ。[三]仁和寺《にんわじ》ノ[四]済信《せいしん》大僧正ノ在《まし》マス也ケリ」ト思テ、皆僧共《ども》歩ビ行クニ、漸《やうや》ク近ク成ル程ニ、此ノ人不見《みえ》ズ成《なり》ヌ。「[五]立給《たちたまひ》ヌルカ」ト思テ、僧共《ども》各《おのおの》座ニ着《つき》ヌ。誰モ皆同様《おなじやう》ニ見テ、[六]兼《かね》テ香炉箱《かうろのはこ》ヲ座ニ置テ従僧共《ども》ノ居タルニ、「彼ノ平張ニ着《つき》給ヘリツル香染ノ僧ハ誰ソ」ト問フニ、従僧等答テ云ク、「[七]而《しか》ル人更ニ不在《ましま》サズ」ト。僧共《ども》此レヲ聞クニ、[八]奇異也ト思フ。然レド、「此レハ[九]仏ノ化《くゑ》シ給ヘルカ、若《もし》ハ[一〇]昔ノ大師ノ来《きた》リ給ルカ」トゾ、僧共《ども》皆云ヒ喤《ののし》リケル。一人見タル事ナラバコソ[一一]僻目《ひがめ》トモ可疑《うたがふべ》キニ、皆同ク見レバ、可疑《うたがふべき》ニ非ズ。

世ノ末也ト云ヘドモ、カク貴キ事ハ有ケリト云ヒ合ヘリケリ。定《さだ》メテ後ニ入道殿聞《きか》セ給《たまひ》ケム。

奇異ノ事也トナム語リ伝ヘタルトヤ。

於法成寺薬師堂始例時日《ほふじやうじのやくしだうにしてれいじをはじめしひに》、現瑞相語《ずいさうをげんじたること》第二十三

今昔《いまはむかし》、[一二]入道大相国《だいしやうこく》、[一三]法成寺《ほふじやうじ》ヲ建立《こんりふ》シ給テ後、其ノ内ノ東《ひむがし》ニ西向《むき》ニ[一四]子午《しご》ノ堂ヲ造《つくり》テ、[一五]七仏薬師ヲ安置シ給テ、[一六]万寿《まんじゆ》元年ト云フ年ノ六月二十六日ニ供養セサセ給ヒツ。

一 上座の方に。
二 丁字の濃い煎じ汁で染めた黄色がかった淡赤色の僧衣。
三 →地名「仁和寺(にんなじ)」。
四 →人名「済信」。
五 席をお立ちになったのか。
六 前もって。
七 そんな方は全くおいでになりません。
八 不思議なことだと思う。
九 仏が(僧の姿に)化して現れ給うたのか。
一〇 誰とは特定しがたいが、済信との関係でいえば、弘法大師をさすか。
一一 見あやまり。

第二十三話　出典未詳。
一二 藤原道長。→人名「道長」。
一三 →地名「法成寺」。
一四 →地名「子午ノ堂」。
一五 →人名「薬師如来」。
一六 一〇二四年。但し、この時点では治安四年(万寿への改元は七月十三日)。紀略・同年六月二十六日条「入道大相国法成寺内建立瓦葺十五間堂、奉レ安二置七仏薬師六観音像一、号二浄瑠璃院一。供養之儀、准二御斎会一」。

其ノ後、其ノ堂ニシテ□一七年ノ□一八月□一九日ニ例時《れいじ》二〇ヲ始メ給フ日、御子《みこ》二一ノ関白殿ヨリ始メテ公卿《くぎやう》・殿上人・諸大夫ニ至ルマデ員《かず》ヲ尽《つく》シテ参リ集レリ。僧共《ども》皆参《まゐり》テ、既ニ講始レル程ニ、御堂《みだう》ノ東面《おもて》ニ有ル従僧共《ども》、空ヲ仰《あふぎ》テ見喤《みののし》ル事有リ。西面《おもて》ニ有ル人共《ども》、此レヲ聞《きき》テ、何事ゾト思テ、出《いで》テ空ヲ見レバ、東ノ方ヨリ五色《ごしき》ノ光リ、長サ十丈許《ばかり》シテ五節二二六節許西様《にしざま》ニ渡レリ。錦ノ色ノ如シ。此レヲ見ル人、奇異也ト思テ暫《しばら》ク守《まぼ》二三リシ程ニ、失《うせ》ニキ。然レバ、墓ゝ《はかばか》二四シキ人ノ見タルテ少《すくな》二五シ。講畢《をはり》テ後、入道殿此ノ事ヲ聞カセ給《たまひ》テ、「我二六レニ不告《つげ》ズシテ此ノ事ヲ不令見《みしめ》ザル、極《きはめ》タル遺恨《ゐこん》ノ事ニナム仰セ給ヒケル。

其ノ光リ、始メハ何《いか》ガ有《あり》ケム、後ニ人ノ見シ程ハ、霞《かすみ》ノ様ニテ有ルカ無キカノ如クニゾ有ケル。

此レ、奇異ノ事也トゾ、其ノ時ノ人云ケルトナム語リ伝ヘタルトヤ。

関寺《せきでら》駆牛《につかひしうし》、化迦葉仏《かせふぶつのくゑせる》語《こと》第二十四

今昔《いまはむかし》、左衛門《さゑもん》ノ大夫《たいふ》平《たひら》二七ノ朝臣《あそん》義清《のりきよ》ト云フ人有《あり》ケリ。其ノ父ハ中方《なかかた》二八ト云フ。越中《ゑつちう》ノ守《かみ》ニテ有ケル時、其ノ国ヨリ黒二九キ牛一頭《ひとかしら》ヲ得タリ。中方年来《としごろ》此レニ乗《のり》テ行《あり》ク程ニ、

一七 年代の明記を期した意識的欠字。
一八 底本に空白はないが、本来は欠字があったと推定する。
一九 日の明記を期した意識的欠字。
二〇 定時に行う勤行。天台宗では朝は法華懺法、夕は引声阿弥陀経。
二一 藤原頼通。↓人名「頼通」。
二二 底本「節」のごとき字体だが、「筋」の異体字であろう。五、六本ばかり西に向かってのびている。↓一三三頁注二九。
二三 見つめているうちに。
二四 しかるべき身分の人。
二五 文意不通。「見タルハ」の誤記か。
二六 「我レニ」以下の会話文は途中でねじれて地の文に移行している。

第二十四話 出典未詳。古本説話集・下・70に同文的同話がある。異文同話は同書・下・50にも所見。関寺縁起、栄花物語・みねの月、古事談・五・38、世継物語・37、十巻本伊呂波字類抄、扶桑略記・治安元年(一〇二一)十一月十一日条その他の諸書に喧伝する。

二七 古本説話「平ののりきよ」。↓人名「義清(のりきよ)」。
二八 古本説話は名を記さず、「ゑちごのかみ」とする。↓人名「中方」。
二九 古本説話「しろきうし」。関寺縁起「其毛是黒、其力太強」。栄花「牛もさやにて黒くて」。

[一]清水《きよみづ》ニ相《あ》ヒ知レル僧ノ有ルニ此ノ牛ヲ与ヘツ。其ノ清水ノ僧、此ノ牛ヲ[二]大津ニ有ル周《す》防《はう》ノ[三]掾正則《じようまさのり》ト云フ者ニ与ヘツ。

[四]而ウ間、[五]関寺《せきでら》ニ住ム[六]聖人《しやうにん》ノ関寺ヲ修造《しゆざう》スル間ニ、此ノ聖人[七]雑役《ざふやく》ノ空車《むなくるま》ヲ持《もち》テ牛ノ無キヲ見テ、正則此ノ牛ヲ聖人ニ与ヘツ。聖人此ノ牛ヲ得テ喜《よろこび》テ、車ニ懸《かけ》テ寺ノ修造ノ料《れう》ノ材木ヲ令引《ひかし》ム。材木皆引キ畢《をはり》テ後ニ、[八]三井寺ノ[九]明尊前《みやうそんさき》ノ大僧正《だいそうじやう》ノ、僧都《そうづ》ニテ、夢ニ、自《みづか》ラ関寺ニ詣《まう》ヅ。一《ひとつ》ノ黒キ牛有リ。堂ノ前ニ繋《つなぎ》タリ。僧都、「此レハ何《なに》ゾノ牛ゾ」ト問フニ、牛答ヘテ云《いは》ク、「我レハ此レ、[一〇]迦葉仏《かせふぶつ》也。而《しか》ルニ、此ノ関寺ノ[一一]仏法助ケムガ為《ため》ニ牛ト成《なり》テ来《きた》レル也」ト云フ、ト見ル程ニ、夢覚《さめ》ヌ。

僧都此レヲ怪《あやし》ムデ、明《あく》ル朝《あした》ニ、弟子ノ僧一人ヲ以テ関寺ニ遣《や》ル。教《をしへ》テ云ク、「「若《も》シ寺ノ材木引ク黒キ牛ヤ其ノ寺ニ有ル」ト問《とひ》テ来《きた》レ」ト。僧関寺ニ行テ、即チ返《かへり》来《きたり》テ云ク、「黒キ大《おほき》ナル牛ノ[一二]角少シ平《ひら》ミタル、聖人ノ房《ばう》ノ傍《かたはら》ニ立《たち》タリ。「此レハ何ゾノ牛ゾ」ト問ヘバ、聖人ノ云ク、「此ノ寺ノ材木引《ひか》ムガ為《ため》ニ[一三]儲《まうけ》タル牛也」ト」。僧返《かへり》テ其ノ由《よし》ヲ僧都ニ申ス。

僧都此レヲ聞テ驚キ貴ミテ、三井寺ヨリ多《おほく》ノ止事無《やむごとな》キ僧共《ども》ヲ引将《ひきゐ》テ、[一四]歩行《かちあるき》ニテ関寺ニ詣《まうで》テ、先《ま》ヅ牛ヲ尋《たづぬ》ルニ、牛不見《み》エズ。「牛何《いどこ》ニゾ」ト問ヘバ、聖人、「[一五]飼ハムガ為《ため》ニ山ノ方《かた》ヘ遣《つかは》シツ。速《すみやか》ニ取リニ可遣《やるべ》シ」ト云テ、童《わらは》ヲ遣《や》リツ。牛、童ニ[一六]違《たがひ》テ堂ノ

一 関寺縁起「清水寺内有二相善僧一、名曰二仁胤一」。古本説話「きよ水なる僧」。
二 現、滋賀県大津市。
三 伝未詳。関寺縁起「周防掾息長正則」。この人物は古本説話には登場しない。
四「而ル間」の誤記か。 五 →地名「関寺」。
六 古本説話「関寺のひじり」。関寺縁起「延鏡」。左経記・万寿二年(一〇二五)五月十六日条「延慶」。
七 雑役に使う荷車(車箱や屋形のない無蓋車)。 八 →地名「三井寺」。
九 →人名「明尊」。 一〇 →人名「迦葉仏」。
一一 古本説話「このてらのほとけたすけむとて、牛になりたるなり」。
一二 角(つの)が少し平らなのが。
一三 用意した牛だ。
一四 徒歩で。字類抄「徒跣 カチアルキ」。
一五 草を食べさせるために。
一六 入れちがいに。
一七 つかまえて連れて来なさい。
一八 制止して。「ただ」とも訓めるが(古典大系・古典全集説)、本書には他に同訓例がないため、従わない。古本説話「かたじけながりて」。 一九 むりにつかまえてはいけない。古本説話「なとりそ。はなれてありかむを、ゝがむべし」。
二〇「恭敬」は、つつしみうやまう意。
二一「迊」は「匝」に同じ。字類抄「迊 メクル」。右回りに(右脇を仏に向けて)三周して。右遶三匝ともいい、仏を礼拝するときの礼法。 二二 仏の御前に向かって庭にうずくまった。
二三 このままでは、僧都たちも仏を三周した意になるが、「廻リ」は「廻ル」または

後ノ方ニ下《お》リ来《きた》レリ。僧都、「[一七]取テ将来《ゐてきた》レ」ト宣《のたま》フ程ニ、牛不被取《とられ》ズ。僧都[一八]止《とどめて》敬ヒ貴《たふとび》テ云ク、「[一九]速ニ不可取《とるべから》ズ。只離レテ行《あり》キ給ハムヲ可礼《をがむべ》キ也」トテ、[二〇]恭敬《くぎやう》礼拝スル事無限《かぎりな》シ。他ノ僧共《ども》モ皆礼拝ス。

其ノ時ニ、牛、堂ヲ右ニ[二一]三迊廻《みめぐりめぐり》テ、[二二]庭ニ仏ノ御前ニ向《むかひ》テ臥《ふ》シヌ。僧都ヨリ始メテ此レヲ見テ、[二三]仏ヲ三迊廻リ、「此レ希有《けう》ノ事也」ト云テ、弥《いよい》ヨ貴ブ。其ノ中ニ聖人[二四]達《だち》タル僧共《ども》ハ皆泣キヌ。如此《かくのごと》クシテ僧都返《かへり》ヌ。其ノ後、此ノ事世ニ広ク聞エテ、京中ノ人[二五]首《かうべ》ヲ挙《あげ》テ不詣《まうで》ズト云フ事無シ。[二六]入道大相国ヨリ始メ奉テ公卿・殿上人、皆不詣《まうで》ヌ人無シ。

而ルニ、[二七]小野ノ宮ノ実資《さねすけ》ノ右大臣ノミゾ不参給《まゐりたまは》ザリケル。[二八]閑院《かんゐん》ノ大政大臣《だいじやうだいじん》公季《きんすゑ》ト申ス人参給《まゐりたまひ》テ、下人共《げにんども》ノ遣《や》ラム方無ク多カリケレバ、車ヨリ下テ入ラムガ頗《すこぶ》ル[二九]軽ゝ《きやうきやう》ニ思《おぼ》エ給ヒケレバ、車ニ乍乗《のりなが》ラ[三〇]牛屋《うしや》ノ程近ク車ヲ引キ寄セタルニ、此ノ牛、寺ノ内ニ車ニ乍乗《のりなが》ラ入《いり》給ヘルヲ[三一]罪得ガマシクヤ思エケム、俄《にはか》ニ[三二]絭《うしのはなぎ》ヲ引切《ひききり》テ[三三]山様《やまざま》ニ逃《にげ》テ去《さり》ヌ。大政大臣此レヲ見給テ下居《おりゐ》テ云ク、「乍乗《のりなが》ラ入《いり》ツルヲ[三四]無礼《むらい》也ト思テ、此ノ牛ノ逃ヌル也」ト悔《い》ヒ悲《かなし》ビテ、泣キ給フ事無限《かぎりな》シ。其ノ時ニ、カク懺悔《さんぐゑ》シ給フヲ哀レトヤ思ヒケム、牛[三五]漸《やうや》ク山ヨリ下来《おりきたり》テ、牛屋ノ内ニ臥《ふし》ヌ。其ノ時ニ、大政大臣草ヲ取テ牛ニ[三六]含《ふく》メ給フニ、牛[三七]殊《こと》ニ草モ不食《くは》デ、臥《ふし》タル心地ニ此ノ草ヲ含メバ、大政

「廻(ル)ハ」が原姿で、「仏を三周するとは、不思議なことだ」の意の心中描写であった可能性が大。古本説話「けふの事なりといひて、ひじりはじめて、なくことかぎりなし」。

二四「だつ」は名詞に付いて「らしく見える」意の動詞を作る接尾語。いかにも聖人らしく見える僧たちは。二五 ひとりひとり、すべての人が、の意で用いられる定型的表現。→八四頁注一四。

二六 藤原道長。道長の関寺参詣は万寿二年(一〇二五)五月十六日(左経記、小右記目録)。→人名「道長」。

二七 藤原実資。但し、道長と同日には参詣しなかったが、七日後の五月二十三日に参詣している(紀略)。→人名「実資」。

二八 藤原公季。→人名「公季」。

二九 軽率なように。古本説話「きやう〳〵におぼしければ」。

三〇 牛を飼っている建物。牛小屋。

三一 罪深い行為と感じたのであろうか。

三二 字類抄「ウシノハナキ」。牛の鼻輪。古本説話「なわをひきゝりて、やまざまへ、にげていぬ」。三三 山の方に。

三四 字類抄「無礼 ムライ」。ぶれいだと思って。古本説話「むらいなりとおぼして」。

三五 だんだん。しだいに。古本説話「やをら山からをりきて」。

三六 →一三二頁注一〇。

三七 とくに草を食べるというでもなく(気の進まない様子で)、うずくまってその草を口にしたので。古本説話「ことくさはくはぬ心に、このくさをくゝめば」とは状況が異なる。

大臣襴《なほし》[一]ノ袖ヲ面《おもて》ニ塞《ふたぎ》テ泣キ給フ事無限《かぎりな》シ。見ル人モ皆貴ガリテ泣キヌ。女房ハ鷹司《たかつかさ》[二]殿《どの》・関白殿[三]ノ北ノ方、皆参リ給ヘリ。

如此《かくのごと》ク四五日ノ間、首《かうべ》ヲ挙《あげ》テ諸《もろもろ》ノ上中下ノ人参リ集ル程ニ、聖人[四]ノ夢ニ、此ノ牛告《つげ》テ云ク、「我レ、此ノ寺ノ事勤メ畢《はてつ》。今ハ明後日《あさて》ノ夕方帰《かへり》ナムトス」ト云フ、ト見テ夢覚《さめ》テ、泣キ悲《かなしみ》テ三井寺ノ僧都ノ許《もと》ニ詣《まうで》テ此ノ由《よし》ヲ告グ。僧都ノ云ク、「此ノ寺ニモ而《しか》ル夢見テ語ル人有リツ。哀《あはれ》ナル事カナ」トテ泣ゝ《なくな》ク貴ブ。其ノ時ニ、此ノ事ヲ諸《もろもろ》ノ人聞キ継《つぎ》テ、弥《いよい》ヨ詣《まうづ》ル事道隙《ひま》[五]無シ。其ノ日ニ成テ、山[六]・三井寺ノ人参リ集テ、阿弥陀経[七]ヲ読ム事、山ヲ響カス。昔ノ沙羅林《しやらりん》[八]ノ儀式被思出《おもひいだされ》テ、悲キ事無限《かぎりな》シ。漸《やうや》ク夕晩方《ゆふぐれがた》ニ至ル間ニ、牛露《つゆ》泥《なづ》[九]ム気色《けしき》無シ。此ノ参リ合ヘル中ニモ、邪見《じやけん》[一〇]ナル者共《ども》ハ、「牛不死《しな》[一一]デ止《やみ》ナムズルナメリ」ト云ヒ嘲《あざけ》ル。

而ル間、漸《やうや》ク晩方《くれがた》ニ成ル程ニ、臥《ふし》タル牛立走《たちはしり》テ堂ニ詣《まうで》テ三迊廻《みめぐりめぐ》ルニ、二度ニ成ルニ、忽《たちまち》ニ苦ブ気色有テ臥テハ起《お》ク。如此《かくのごと》ク両三度シテ三迊ヲ廻リ畢《をはり》テ後ニ、牛屋ニ返リ至《いたり》テ枕[一二]ヲ北ニシテ臥シヌ。四《よつ》ノ足ヲ指《さ》シ延ベテ寝入ルガ如クシテ死《しに》[一三]ヌ。

其ノ時ニ、参リ集レル若干《そこばく》[一四]ノ上中下ノ道俗・男女《なんによ》、音《こゑ》ヲ挙《あげ》テ泣キ合ヘリ。阿弥陀経ヲ読ミ念仏ヲ唱《となふ》ル事無限《かぎりな》シ。人皆返《かへり》ヌレバ、牛ヲバ牛屋ノ上ノ方ニ少シ登《のぼり》[一五]テ土葬ニシツ。其ノ上ニ率都婆《そとば》[一六]ヲ起《た》テ、釘抜《くぎぬき》[一七]ヲ差《さ》セリ。夏ノ事ナレバ土葬也ト云ヘドモ少《すこし》

一 直衣。貴族の平服。
二 道長の室、源倫子。古本説話「たかつかさどのゝうへ」。→人名「倫子(りんし)」。
三 時の関白は頼通。その室、隆姫または源祇子をさすか。但し、古本説話「大殿のうへ」は公季の室の意である。
四 前出の関寺の聖人の夢に。
五 道もせましと押しかけた。左経記「奉レ始二大相国禅閤関白左大臣一、至二于下民一、挙レ首参結二縁牛一云々」。
六 比叡山延暦寺。 七 仏説阿弥陀経。鳩摩羅什訳。一巻。極楽浄土の荘厳、阿弥陀仏の功徳を説く。浄土三部経の一。
八 沙羅双樹の下で釈尊が入滅した時の様子。同一表現が一〇九頁注一九に見える。
九 行き悩む。 一〇 不信心な者たちは。
一一 死なずじまいになるらしいよ。
一二 頭を北に顔を西に向けて寝るのは仏の入滅の姿。頭北面西。古本説話「きたまくらにふして」。
一三 化身の牛が仏寺の造営を助け、竣工とともに死んだ話は、東大寺建立の時にも伝わっている(東大寺要録・二)。また源平合戦後の同寺再建時の平宗盛の牛の話(東大寺造立供養記)も不完全ながら同類の話と見られる。 一四 多数。おおぜい。 一五 少し登ったところに。
一六 大津市逢坂の長安寺参道に石造宝塔(俗称、牛塔)が現存。但し鎌倉初期のものという。→一五五頁注九。
一七 正しくは「釘貫」。杭を打って横木を渡した柵。 一八 四十九日。
一九 →人名「弥勒菩薩」。 二〇 名義抄「礎ツミイシ、ツメイシ、イシスヘ」。字類

モ香《か》ハ可有《あるべ》キニ、露《つゆ》其ノ臭《くさ》キ香《か》無シ。其ノ後、七日毎《ごと》ニ仏経ヲ供養ス。[一八]七〻日若《もし》ハ明《あく》ル年ノ其ノ日ニ至ルマデ、諸《もろもろ》ノ人皆取〻《とりどり》ニ仏事ヲ行フ。

此ノ寺ノ仏ハ[一九]弥勒《みろく》ニ坐《まし》マス。而ルニ、其ノ仏堂共《ども》モ壊《やぶ》レ、仏モ朽チ失セ給ヒニケレバ、人、「昔ノ関寺ノ跡」ナド云テ、[二〇]礎許《つみいしばかり》ヲ見テ、知タル人モ有リ、不知《しら》ヌ人モ有ルニ、[二一]横川《よかは》ノ[二二]源信《ぐゑんしん》僧都ノ、「此レ、何《いか》デ本ノ如クニ造リ立《た》テム。止事無《やむごとな》キ仏ノ、跡形《あとかた》モ無クテ坐《おは》スルガ極《きはめ》テ悲キ也。就中《なかんづく》ニ、如此《かくのごと》ク関ノ[二三]畢《はて》ニ坐《おは》スル仏ナレバ、諸《もろもろ》ノ国ノ人不礼《をがま》ヌ無シ。「仏ニ向《むかひ》奉テ暫《しばら》クモ首《かうべ》[二四]ヲ低《かたぶけ》タル人ソラ、必ズ仏ニ可成《なるべ》キ縁有リ。[二五]何況《いかにいはむ》ヤ、掌《たなごころ》ヲ合セテ[二六]一念ノ心ヲ発《おこ》シテ礼《をが》ム人ハ、必ズ[二七]当来《たうらい》ノ[二八]弥勒ノ世ニ可生《うまるべ》シ」ト釈迦仏《ほとけ》説キ置キ給ヘル事ナレバ、仏ノ御法《みのり》ヲ信ゼム人、此レヲ可疑《うたがふべ》キニ非ズ。然レバ、此レ[二九]至要《しえう》ノ事也」ト思《おもひ》給テ、横川ニ□[三〇]ト云テ道心有ル聖人有リ、僧都其ノ人ニ語《かたら》ヒ付《つけ》テ、[三一]知識ヲ令引《ひかしめ》テ仏ヲ造ルニ、[三二]漸《やうや》ク仏形《ほとけのかたち》ニ彫《きざ》ミ奉ル間ニ、源信僧都[三三]失セ給ヌレバ、此ノ□[三四]聖人、「故《こ》僧都ノ宣《のたま》ヒ置シ事ナレバ、[三五]愚《おろか》ニ可思《おもふべ》キニ非ズ」ト云テ、仏師[三六]好常《かうじやう》ヲ懃《ねむごろ》ニ語《かたらひ》テ令造奉《つくりたてまつらしめ》タル也。

堂ハ僧都ノ遺言《ゆいごん》ノ如ク二階ニ造テ、上ノ階《こし》ヨリ仏ノ御皃《かほ》[三七]ハ見エ給ヘバ、諸《もろもろ》ノ通ル人吉《よ》ク礼《をが》ミ奉ル。堂漸《やうや》ク造リ奉ルニ、材木[三八]墓〻《はかばか》シク不出来《いでこ》ズ、仏ニ[三九]薄不押畢《はくおしはて》ズ。此ノ牛仏《うしぼとけ》礼《をが》ミニ来《きた》ル諸《もろもろ》ノ人、[四〇]皆物ヲ具シテ奉ル。此レヲ取リ集メテ思ヒノ如ク堂幷《ならび》ニ

抄「柱礎 チウソ、ツミイシ」。礎石。

二一 →地名「横川」。 二二 →人名「源信」。

二三 逢坂の関のはずれに。古本説話「せきのいではてに」。→地名「関」。

二四 →一一九頁注三三。

二五 言うまでもなく。まして。 二六 古本説話「いちせんの心」の「せん」は「ねん」の誤記か。 二七 将来の。来たるべき。

二八 弥勒菩薩は釈尊入滅から五十六億七千万年後にこの世に下生して、衆生を教化済度するとされている。その世に生まれ合わせること。

二九 きわめて重要なことである。

三〇 僧名の明記を期した意識的欠字。古本説話「よかはに、えきうといひて、たうとうあるそうに、いひつけて」。本話の依拠資料にも「えきう」とあったが、当てるべき漢字を思いつかなかった可能性が大。この僧は一四二頁注六の「関寺ニ住ム聖人」と同一人物である。

三一 寄進を募って。→一〇三頁注二四。

三二 (少しずつ彫刻が進んで)しだいに仏のお姿になってくる間に。

三三 源信は寛仁元年(一〇一七)六月十日没。更級日記には寛仁四年(一〇二〇)帰京の途中、板塀越しに「丈六の仏の、いまだあらづくりにおはするが、顔ばかり見やられたり」とある。 三四 →注三〇。

三五 おろそかに思ってはならない。

三六 正しくは「康尚」。古本説話「かう上」。→人名「康尚」。 三七 「皃」は「貌」に同じ。お顔。 三八 順調に調達できず。

三九 金箔を押し終えることができない。

四〇 みんな品物を持参して寄進した。

大門ヲ造リツ。猶《なほ》残レル物ヲ以テハ僧房ヲ造リツ。其レニ猶物余《あまり》タレバ、供養ヲ儲《まうけ》テ大キニ法会《ほふゑ》[一]ヲ行ヒツ。其ノ後ハ、壊《やぶ》ルレバ知識ヲ引《ひき》テ修《しゆ》理ヲ加フ。

凡《おほよ》ソ此ノ寺ノ仏ヲ、国〻ノ行《ゆ》キ違《か》フ人不礼奉《をがみたてまつら》ヌ事無ケレバ、一度《ひとたび》モ心ヲ懸《かけ》テ礼《をが》ミ奉ラム人、必ズ弥勒ノ世ニ可生《うまるべ》キ業《ごふ》ハ造リ固メツ。其レヲ、此ノ功徳《くどく》ヲ人ニ令造《つくらしめ》ムガ為《ため》ニ、迦葉仏ノ牛ノ身ト化《くゑ》シテ人ヲ勧メ給フ事、希有《けう》ニ貴キ事也トナム語リ伝ヘタルトヤ。

伊賀国人母《いがのくにのひとのはは》、生牛来子家語《うしにうまれてこのいへにきたれること》 第二十五

今昔《いまはむかし》、伊賀《いが》ノ国、山田《やまだ》ノ郡《こほり》、噉代《はみしろ》[二]ノ里ニ高橋[三]ノ東人《あづまひと》ト云フ者有《あり》ケリ。家大《おほき》ニ富《とみ》テ財《たから》ニ飽キ満《みち》タリ。

死《しに》タル母ノ恩ヲ報ゼムガ為《ため》ニ、心[四]ヲ発《おこ》シテ法花経《ほくゑきやう》[五]ヲ写シ奉テ供養セムト為《す》ルニ、東人ガ云《いは》ク、「我ガ願《ねがひ》ニハ、縁有ラム師ヲ請《しやう》ジテ講師《かうじ》[六]トセム」ト思《おもひ》テ、法会《ほふゑ》ヲ儲《まうけ》テ明日ニ供養セムト為ルニ、使ヲ以テ講師ヲ請ゼムガ為ニ遣《つかはす》ニ、使ニ教《をしへ》テ云ク、「始[七]メテ汝ニ値《あ》ヘラム僧ヲ以テ我ニ縁有《あり》ケリト知《しり》テ可請《しやうずべ》シ。此レ我ガ本《もと》[八]ノ心也」ト。使此ノ教ヲ聞《きき》テ出《いで》テ行クニ、其ノ郡ノ御谷[九]ノ郷《さと》ニ一人ノ乞者《こつしや》[一〇]ノ僧値《あ》ヘリ。見レバ、鉢[一一]

一 扶桑略記・万寿四年(一〇二七)三月一日条に「沙門延鏡供二養近江国志賀郡世喜寺一、奉レ安二置旧造五大弥勒菩薩像一体一」とある。「旧造」は、仏像が堂舎より先に完成していたため。

第二十五話 出典は日本霊異記・中・15。三宝絵・中・11、法華験記・下・106に同話がある。

二 ↓地名「噉代ノ里」。
三 伝未詳。霊異記「高橋連東人」。
四 信仰心を起こして。信心して。
五 ↓一五四頁注七。
六 法会において仏前の高座に登って経論を講説する役の僧。
七 門を出て最初に出会った者を有縁の者として重視する人選の仕方は、神意や仏意の導くところとして例が多い。本冊では巻一二・7、巻一四・37、巻一六・32等に例が見える。
八 本意。本心。
九 霊異記「御谷之里」。三宝絵「益志郷」。↓地名「御谷(みたに)ノ郷」。
一〇 乞食僧に出会った。
一一 霊異記「鉢嚢懸レ肘」は、鉢と嚢ではなく、鉢嚢(はちぶくろ)。鉢を入れる袋)を肘にかけていた意。三宝絵「鉢ト袋トヲ臂ニカケテ」は本話に近い。
三 これがその人(講師に招請すべき人)

幷《ならび》ニ嚢《ふくろ》ヲ肘《ひぢ》ニ懸《かけ》テ酒ニ酔《ゑひ》テ道辺《みちのほとり》ニ臥《ふ》セリ。此[一二]レヲ其ノ人ト不知《しら》ズ。但シ檀主《だんしゆ》[一三]ノ教ニ依《より》テ、「始メニ此レ値《あへ》ル。必ズ此レヲ可請《しやうずべ》シ」ト思フ。

而《しか》ル間、道ヲ行ク人此レヲ見テ、此[一四]レヲ嘲《あざけり》テ寄《より》テ、其ノ髪ノ長キヲ剃《そり》テ縄《つな》ヲ懸《かけ》テ袈裟《けさ》トセリ。尚不覚驚《なほさめおどろか》[一五]ズ。而ルニ、使此レヲ請ゼムガ為《ため》ニ起《おこ》シ令驚《おどろかしめ》テ礼《らい》シテ請ズ。既ニ家ニ将至《ゐていたり》ヌ。願[一六]主此レヲ見テ、心ヲ発《おこ》シテ敬《うやま》ヒ礼《をが》ム。一日一夜家ニ隠シ居《すゑ》ヘテ、[一七]法服《ほふぶく》ヲ造リ調《ととの》ヘテ与フ。

其ノ時ニ、乞者問《こつしやとひ》テ云ク、「此レ、何事ニ依テゾ」ト。願主答テ云ク、「我レ汝ヲ請ズル事ハ、法花経ヲ令講《かうぜしめ》ムガ為《ため》也」ト。乞者ノ云ク、「我[一八]レ少《すこし》モ智《さとり》無シ。只[一九]般若心経陀羅尼《はんにやしんぎやうのだらに》許《ばかり》ヲ読《よみ》テ年来《としごろ》[二〇]乞食《こつじき》ヲシテ命ヲ継グ。我レ更ニ講ノ師ニ不堪《たへ》ズ」ト。然レドモ、願主尚《なほ》此レヲ不許《ゆるさ》ズ。爰《ここ》ニ、乞者ノ思ハク、「我[二一]レ経ヲ令講《かうぜしめ》ムニ可云《いふべ》キ事聊《いささか》モ不思《おぼえ》ズ。只[二二]不如《しか》ジ、窃《ひそか》ニ逃《にげ》ナム」ト。願主兼《かね》[二三]テ其ノ心ヲ知テ、人ヲ副《そ》ヘテ此レヲ令守《まぼら》シム。

其ノ夜、乞者《こつしや》、夢ニ、赤キ牸来《めうじきたり》[二四]テ告《つげ》テ云ク、「我ハ此レ、此ノ家ノ男主《をとこあるじ》[二五]ノ母也。此ノ家ニ有ル牛ノ中ニ赤キ牸《めうじ》ハ、此レ我レ也。我レ前世《ぜんぜ》ニ此ノ男主ノ母トシテ子ノ物ヲ恣《ほしいまま》ニ盗ミ用《よう》シタリシニ依テ、今牛ノ身ヲ受《うけ》テ其[二六]ノ債《せめ》ヲ償《つくの》フ也。而《しか》ルニ、明日、男主我ガ為《ため》ニ法花経ヲ供養ス。汝《なむ》ヂ其ノ師ト有ルガ故《ゆゑ》ニ、貴ビテ懃《ねむごろ》ニ令告知《つげしらし》ムル也。

であるとはとても思えない。この一文が霊異記「姓名未レ詳」に対応していることから見ると、これが何者であるかわからないの意にもとれる。三宝絵には対応する叙述がない。
一三 施主。前出の東人をさす。
一四 霊異記「有二伎戯人一、剃レ髪懸レ縄、以為二袈裟一」。
一五 「驚ク」は、目覚める意。
一六 「檀主」(注一三)に同じ。前出の東人をさす。
一七 僧衣。
一八 私は全く無知な者です。霊異記「我無レ所レ学」。
一九 般若心経は大般若経の精要を集めた最重要経典だが、全一巻の小経。その陀羅尼は「掲帝、掲帝、般羅掲帝、般羅僧掲帝、菩提僧莎訶」の十八文字に過ぎない。
二〇 長年。
二一 願主が無理やり私に法華経を講じさせても、私にはしゃべるべき言葉が何ひとつ浮かんでこない。
二二 ひそかに逃げるに越したことはない。こっそり逃げるのが一番だ。
二三 前もって。あらかじめ。
二四 牝牛。
二五 男主人。前出の東人をさす。
二六 その負債をつぐなっているのです。牛に転生して前世の負債を弁済する話は、巻一四・37、巻二〇・20、21、22(いずれも出典は霊異記)など例が多い。巻九・17(出典は冥報記)には馬に転生した話がある。

一虚実《こじつ》ヲ知《しら》ムト思ハヾ、法ヲ説カム堂ノ内ニ我ガ為《ため》ニ座ヲ敷《しき》テ、其ノ上ニ我レヲ二令居《ゐしめ》ヨ。我レ必ズ其ノ座ニ登ラム」ト云フ、ト見テ夢覚《さめ》ヌ。心ノ内ニ大ニ怪《あやし》ムデ、明《あく》ル朝《あした》ニ法会ヲ始ムルニ、三不許《ゆるさ》ズシテ既ニ法服ヲ令着《きし》メツ。

然レバ、高座《かうざ》ニ登《のぼり》テ、法ヲ説クニ不能《あたは》ズシテ、先《ま》ヅ云ク、「我レ少《すこし》ノ智《さとり》無クシテ法ヲ説クニ不堪《たへ》ズ。只願主不許《ゆるさ》ザル故ニ此ノ座ニ登ル。但シ夢ニ告ル所有リ」ト云テ、四具《つぶさ》ニ夢ノ事ヲ説ク。願主此レヲ聞テ、忽《たちまち》ニ其ノ座ヲ敷テ彼ノ牸《めうじ》ヲ呼ブニ、即チ牸来《きたり》テ此ノ座ニ登ル。其ノ時ニ、願主此ヲ見テ、大《おほき》ニ泣キ悲《かなしみ》テ云ク、「此レ、実《まこと》ノ我ガ母也ケリ。我レ年来《としごろ》此レヲ不知《しら》ズシテ仕《つか》ヒ奉《たてまつり》ケリ。今我レ免《ゆる》シ奉ル。我ガ咎《とが》ヲ免シ給ヘ」ト。牸《めうじ》此ヲ聞テ、法会畢《をはり》テ後ニ、五即チ死《しに》ヌ。

法会ニ来《きた》レル道俗・男女《なんによ》、此レヲ見テ、六悲ムデ泣ク音《こゑ》、堂ノ庭ニ満《みち》タリ。願主亦、七其ノ牸《めうじ》ノ為《ため》ニ重ネテ功徳《くどく》ヲ修《しゅ》シケリ。此レ誠ニ、願主ノ深キ心ヲ至シテ母ノ恩ヲ報ゼムト思フ功徳ノ至レル、亦、法花経ノ霊験ノ示ス也ト知《しり》ヌ。亦、八乞者年来陀羅尼《としごろだらに》ヲ誦《じゅ》シテ功《く》ヲ積メル験《しるし》也ト、見聞ク人皆讃《ほ》メ貴ビケリ。

此レヲ思フニ、人ノ家ニ牛・馬・犬等ノ畜《けだもの》ノ来《きた》ラムヲバ、九皆前世ノ契《ちぎり》有ル者也ト知テ、強《あながち》ニ打チ責ムル事ヲバ可止《とどむべ》シトナム語リ伝ヘタルトヤ。

一 うそかまことか。真偽。
二 坐らせて下さい。
三 (僧が辞退しても)主人は許さないで、ついに僧衣を着させてしまった。霊異記にはこの部分に対応する叙述がない。
四 詳しく夢のことを語った。霊異記「具陳二夢状一」。
五 牛の死は、前世の負債をつぐなう牛としての生から解放されたことを示している。
六 感動して泣く声。霊異記「法会之衆、悉皆号哭、響二于堂庭一」。
七 その牝牛の菩提をとむらうために、重ねて(法会や読経などの)功徳を修めてやった。霊異記「更為二其母一、重修二功徳一」。
八 乞食僧がながねん陀羅尼を唱えて功徳を積んだおかげである。霊異記「諒知、願主顧二母恩一、至深之信、乞者誦二神呪一、積レ功之験也」。
九 すべて前世からの因縁がある者だと思って、むやみにいじめるようなことは止めなくてはならない。輪廻の思想に基づく発言。

第二十六話 出典は日本霊異記・中・6。三宝絵・中・10、法華験記・下・105に同話

奉入法華経筥《ほくゑきやうをいれたてまつれるはこ》[一〇]、自然延語《じねんにのびたること》第二十六

今昔《いまはむかし》、聖武《しやうむ》[一一]天皇ノ御代《みよ》ニ、山城《やましろ》ノ国、相楽《さがらか》[一二]ノ郡《こほり》ニ一《ひとり》[一三]ノ人有《あり》ケリ。願ヲ発《おこし》テ父母《ぶも》[一四]ノ恩ヲ報ゼムガ為《ため》ニ、法花経《ほくゑきやう》[一五]ヲ写シ奉レリ。

供養ノ後、此ノ経ヲ納メ奉《たてまつら》ムガ為《ため》ニ、遠近《とほくちかく》ニ白檀《びやくだん》[一六]・紫檀《したん》[一七]ヲ求《もとめ》[一八]テ、此レヲ以テ経《きやう》[一九]筥《ばこ》ヲ令造《つくらし》ム。細工《さいく》[二〇]ヲ呼《よび》テ、経ノ程[二一]ヲ量《はかり》テ令造《つくらし》ムルニ、既ニ造リ出《いだ》セリ。其ノ時ニ、経ヲ入レ奉ルニ、経ハ永ク、筥ハ短シ。然レバ、願主《ぐわんしゆ》[二二]経ヲ筥ニ入レ奉ル事不能《あたは》ズシテ、大《おほき》ニ歎《なげき》テ、懃《ねむごろ》ニ誓《ちかひ》ヲ発《おこ》シテ、僧ヲ請《しやう》ジテ、三[二三]七日ノ間、此ノ失錯《しつしやく》[二四]ヲ悔《くい》テ、亦《また》木ヲ得ム事ヲ令祈請《きしやうせしむ》ルニ、二[二五]七日ヲ経《へ》ル時ニ、経ヲ取テ試《こころみ》ニ此ノ筥ニ入レ奉ルニ、自然《おのづか》[二六]ラ筥少シ延《のび》テ、経ヲ入レ奉ルニ僅《わづか》ニ不足《たら》ズ。

其ノ時ニ、願主、奇異也ト思《おもひ》テ、「此レ、祈請セルニ依《より》テカ」ト、心[二七]ヲ発《おこ》シテ弥《いよい》ヨ祈念スル間、三七日ニ満《みち》テ、経ヲ取テ筥ニ入レ奉ルニ、筥延《のび》[二八]テ経吉《よ》ク入リ給《たまひ》ヌ。少《すこし》モ不足《たら》ズト云フ事無クシテ叶ヘリ。願主此レヲ見テ、奇異也ト思テ、「此[二九]レ、若《も》シ経ノ短ク成リ給ヘルカ、筥ノ延《のび》タルカ」ト疑《うたがひ》テ、此ノ経ニ等《ひとし》カリシ経ヲ以テ此ノ経ニ量《はか》[三〇]ルニ、等クシテ本ノ如ク也。爰《ここ》ニ、願主涙ヲ流シテ経ニ向ヒ奉テ礼拝シケリ。

がある。
一〇 底本「筥」は「筥」の異体字。↓四八三頁注二六。
一一 ↓人名「聖武天皇」。
一二 現、京都府相楽(そうらく)郡付近。
一三 霊異記「姓名未レ詳也」。
一四 霊異記「為レ報二四恩一」。
一五 ↓一五四頁注七。
一六 栴檀(せんだん)。熱帯産の常緑高木。材は乳白色で芳香があって香料とされ、仏像の彫刻材として珍重される。
一七 熱帯産の常緑高木。材は紅紫色を帯びた黒色。高級家具や彫刻材として珍重される。
一八 霊異記「乃得二諸楽京一、以二銭百貫一而買」。
一九 経箱。経典を収納する箱。
二〇 細工師。指物師。細かく手のこんだ器物等を作る職人。霊異記「工巧人」。
二一 大きさ。寸法。
二二 施主。経箱の製作を依頼した人をさす。
二三 二十一日間。
二四 訓みは字類抄による。失敗。
二五 十四日たった時に。
二六 ひとりでに箱の寸法が伸びて。
二七 信心を起こして。発心して。
二八 箱が伸びてうまくお入りになった。経典に対する敬語表現。
二九 これは、もしや経が短くおなりになったのだろうか。それとも箱が伸びたのであろうか。
三〇 比べてみると、全く同じで前のままである。

此レヲ見聞ク人、「偏《ひとへ》ニ願主ノ誠ノ心ヲ発《おこ》セルニ依テ也」ト云テ、貴ビケリ。此レヲ思フニ、三宝ノ霊験ハ目ニ不見給《みえたまは》ズト云ヘドモ、誠ノ心ヲ至セバ如此《かくのごと》ク有ル也トナム語リ伝ヘタルトヤ。

魚化成法花経語《いをくゑしてほくゑきやうとなれること》第二十七

今昔《いまはむかし》、大和国《やまとのくに》ノ吉野《よしの》ノ山ニ一《ひとつ》ノ山寺有リ。海部峰《あまべのみね》[一]ト云フ。阿倍《あべ》[二]ノ天皇ノ御代《みよ》ニ、[三]一《ひとり》ノ僧有《あり》ケリ。彼ノ山寺ニ年来住《としごろぢう》ス。清浄《しやうじやう》ニシテ仏ノ道ヲ行《おこな》フ。

而《しか》ル間ニ、此ノ聖人《しやうにん》[四]身ニ病《やまひ》有テ、身疲レ力弱クシテ起居《おきゐ》ル事思《おもひ》ノ如クニ非《あ》ラズ。亦、飲食《おんじき》心ニ不叶《かなは》ズシテ命難存《そんしがた》シ。然ルニ、聖人ノ思ハク[五]、「我レ身ニ病有テ道ヲ修《しゆ》スルニ不堪《たへ》ズ。病ヲ令愈《いえしめ》テ快《こころよ》ク行ハム。但シ、病ヲ令愈《いえしむ》ル事ハ、伝ヘ聞ク、『肉《にく》食《じき》ニ過《すぎ》タルハ無カナリ』[六]。然レバ、我レ魚ヲ食《じき》セム。此レ重キ罪ニ非ズ」[七]ト思《おもひ》テ、窃《ひそか》[八]ニ弟子ニ語《かたり》テ云《いは》ク、「我レ病有ルニ依テ、魚ヲ食シテ命ヲ存セムト思フ。汝ヂ魚ヲ求メテ我レニ令食《くはしめ》ヨ」ト。

弟子此レヲ聞《きき》テ、忽《たちまち》ニ紀伊《き》ノ国ノ海辺《うみのほとり》ニ一《ひとり》ノ童子《どうじ》[九]ヲ遣《つかはし》テ魚ヲ令買《かはし》ム。童子彼ノ浦ニ行《ゆき》テ鮮《あざやか》[一〇]ナル鰷《なよし》[一一]八隻《しやく》[一二]ヲ買取《かひとり》テ、小《ちひさ》キ櫃《ひつ》ニ入レテ返来《かへりきた》ル間、道ニシテ、本《もと》ヨリ童子ヲ

第二十七話　出典は日本霊異記・下・6。三宝絵・中・16、法華験記・上・10、宝物集、元亨釈書・十二・広恩に同話がある。

一　未詳。巻二一・40の「蓟ノ嶽」と同じか。→地名「蓟ノ嶽（あざみのたけ）」。

二　霊異記「帝姫阿倍天皇御世」。称徳天皇をさすか。→一三二頁注二五。

三　霊異記「一大僧」。同前田本「一僧」。三宝絵「独ノ僧」。験記「沙門広恩」。

四　本話と験記では聖人が病気と明言するが、霊異記と三宝絵では明言していない。霊異記「疲レ身弱レ力、不レ得二起居一」。三宝絵「ミヅカラチカラオトロヘテ、ヲキフスチカラタヘズナリヌ」。験記「年老病重、身心疲労、不レ堪二起臥一」。

五　本話と霊異記では聖人自ら魚食を希望しているが、三宝絵と験記では弟子が勧めたことになっている。霊異記「念二欲食一レ魚、語二弟子一言、我欲レ噉レ魚、汝求養レ我」。三宝絵「弟子ノ僧、大師ニ申、身ツカレ給テ病スデニオモクナリ給タリ。マタ身ヲタスケテ道ヲオコナフハ、仏ノ説給所也、病僧ニハユルシ給ナリ。売ヲカフハツミカロカナリ。心ミニナヲ魚ヲマレトイフ」。験記「弟子歎言、大師疲労、既煩二重病一。不レ加二療治一、病忽難レ愈、及二死門一歟。扶レ身修レ道、如来所レ説也。買二求魚類一、為レ薬被レ食」。

六「無カルナリ」の音便「無カンナリ」の撥音を表記していない例。肉食にまさるものはないそうだ。

七　霊異記は全く罪を問題にしていない。肉食は殺生戒に触れるが、病僧が自ら乞うた場合（四分律行事鈔）や師僧の病気治療の場合（弥勒菩薩所問本願

相ヒ知レル男三人会《あひ》ヌ。男童子ニ問《とひ》テ云ク、「汝ガ持タル物ハ、此レ何物ゾ」ト。童子此レヲ聞テ、此レ魚也ト云ハム事ヲ[一三]頗《すこぶ》ル憚《はばか》リ思テ、只口ニ任セテ「此レハ[一四]法花《ほくゑ》経《きやう》也」ト答フ。而ルニ、男見ルニ、此ノ小櫃《ちひさきひつ》ヨリ汁垂《たり》テ臭キ香有リ。[一五]既ニ此レ魚也。然レバ、男ノ云ク、「其レ経ニ非ズ。正《まさ》シク魚也」ト。童《わらは》、「尚《なほ》経也」ト諍《あらそひ》テ行キ、具シテ行クニ、[一六]一《ひとつ》ノ市ノ中ニ至《いたり》ヌ。男等此《ここ》ニ息《やす》ムデ、童ヲ留《とど》メテ責《せめ》テ云ク、「汝ガ持《もち》タル物ハ、尚《なほ》経ニハ非ズ。正《まさ》シク魚也」ト。童ハ、「尚《なほ》魚ニハ非ズ。経也」ト云フ。男等此レヲ疑《うたがひ》テ、「[一七]筥ヲ開《ひらき》テ見ム」ト云フ。童不開《ひらか》ジト為《す》レドモ、男等強《あながち》ニ責テ令開《ひらかし》ム。[一八]童恥《はぢ》思フ事無限《かぎりな》シ。而《しかる》ニ、筥ノ内ヲ見レバ、法華経八巻在《まし》マス。男等此レヲ見テ、恐レ[一九]怖《あやし》ムデ去《さり》ヌ。童モ奇異也ト思テ、喜《よろこび》テ行ク。

此ノ男ノ中ニ一人有テ、尚《なほ》此ノ事ヲ怪《あやし》ムデ、「此レヲ見顕《みあらは》サム」ト思テ、伺《うかがひ》テ童ノ後ニ立《たち》テ行ク。童既ニ山寺ニ至テ、師ニ向《むかひ》テ具《つぶさ》ニ此ノ事ノ有様ヲ語ル。師此レヲ聞テ、一度《ひとたび》ハ怪ビ、一度ハ喜ブ。「此レ偏《ひとへ》ニ[二〇]天ノ我レヲ助ケテ守護シ給ヘリケル也」ト知ヌ。其ノ後、聖人既ニ此ノ魚ヲ食《じき》[二一]スルニ、此ノ伺ヒテ来《きた》レル一人ノ男、山寺ニ至テ此レヲ見テ、聖人ニ向テ[二二]五体ヲ地ニ投《なげ》テ、聖人ニ申シテ言《まう》サク、「実《まこと》ニ此レ魚ノ体《すがた》也ト云ヘドモ、聖人ノ食物《じきもつ》ト有ルガ故ニ化《くゑ》シテ経ト成レリ。[二三]愚痴《ぐち》[二四]邪見《じやけん》ニシテ因果ヲ不知《しら》ザルニ依テ、此ノ事ヲ疑テ度々《どど》[二五]責メ悩マシケリ。願クハ聖人此ノ過《とが》ヲ免《ゆる》

経)は無犯とされた。 八「窃ニ」は霊異記にない語句。霊異記と異なり本話の僧には軽微とはいえ罪の意識があったことと対応している。 九 霊異記では弟子本人が魚を買いに行っている。三宝絵、験記は本話に同じ。 一〇 新鮮な。 一一 ボラの幼魚名。霊異記訓釈「鯔 名吉」。 一二「隻」は助数詞。八匹。八尾。 一三 童子は僧の魚食が露顕するのを恥かしく思ったのである。霊異記にはかかる心理の描写はない。三宝絵「心ナラズシテ」。験記「不慮」。 一五 もはや、まぎれもなく。 一四 →一五四頁注七。 一六 霊異記「大和国内市辺」の「内」を地名とみて五條市宇智を、また道筋から推定して吉野郡下市町を想定する説があるが、未詳。 一七 底本「筥」は「筥」の異体字。→四八三頁注二六。 一八 この恥の意識も霊異記には見えず、三宝絵には詳述。三宝絵「童ノガル、コトエズシテ、心中ニ発願ス。我師ノ年来ヨミタテマツリ給法花一乗、我ヲタスケ給ヘ。師ニ恥ミセ給ナト念ズ」。→注一三。 一九 霊異記「恐奇而去」、三宝絵「ヲソレアヤシガリテ去ヌ」を参考にかく訓んだが、「怖」は「恠」の誤記か。 二〇 霊異記「知二天守護一」。三宝絵と験記はこれに対応する叙述を欠く。「天」は、天界の仏教守護神、梵天や帝釈天などをさすか。 二一 霊異記「食二彼魚一」は本話に同じ。但し、三宝絵「クハズナリヌ」と験記「不レ食二其魚一」は本話とは逆の行為である。 二二 全身を地面に投げ伏して。五体投地は仏教における最敬礼。 二三 愚かで物事に的確な判断を

シ給ヘ。此ヨリ後ハ、聖人ヲ以テ我ガ大師[一]トシテ懃《ねむごろ》ニ恭敬《くぎやう》[二]供養シ奉ラム」ト云テ、泣々《なくな》ク返《かへり》ヌ。其ノ後ハ、此ノ男聖人ノ為《ため》ニ大檀越《だいだんをつ》[三]ト成テ、常ニ山寺ニ行テ心ヲ至シテ供養シケリ。此レ、奇異ノ事也。

此レヲ思フニ、仏法[四]ヲ修行シテ身ヲ助ケムガ為《ため》ニハ、諸《もろもろ》ノ毒ヲ食フト云フトモ返《かへり》テ薬ト成ル、諸ノ肉ヲ食フト云フトモ罪ヲ犯スニ非ズト可知《しるべ》シ。

然レバ、魚[五]モ忽《たちまち》ニ化《くゑ》シテ経ト成レル也。努々《ゆめゆめ》如此《かくのごとく》ナラム事ヲ不可謗《そしるべから》ズトナム語リ伝ヘタルトヤ。

肥後国書生《ひごのくにのしよしやう》、免羅刹難語《らせつのなんをまぬかれたること》第二十八

今昔《いまはむかし》、肥後《ひご》ノ国ニ一人ノ書生有《しよしやうあり》[六]ケリ。朝暮《てうぼ》[七]ニ館《たち》[八]ニ参《まゐり》テ公事《くじ》[九]ヲ勤《つとめ》テ年来《としごろ》ヲ経《へた》ル間ニ、怱《いそ》グ事有テ早朝[一〇]ニ家ヲ出《い》デヽ館ニ参ケルニ、従者無クシテ只我レ一人馬ニ乗《のり》テ行ク。書生ガ家ヨリ館ノ間十余町[一一]ノ程ナレバ、例ハ程モ無ク行キ着クニ、今日ハ行クニ随《したがひ》テ遠ク成《なり》テ、行キ着ク事ヲ不得《え》ズシテ、道ニ迷《まよひ》テ、何《いどこ》トモ不思《おぼえ》ヌ広キ野ニ出《いで》ニケリ。如此《かくのごと》クシテ終日《ひねもすに》行クニ、既ニ日晩《く》レヌ。可行宿《ゆきやどるべ》キ所無クシテ只野ニ有リ。然レバ、歎キ悲《かなし》ムデ、人里ニ出《い》デム事ヲ願フ間ニ、尾崎[一二]ノ有ル上ヨリ吉《よ》[一三]ク造《つくり》タル

下せないこと。三毒の一。 二四 因果の道理を信じない間違った考え。五見・十惑の一。 二五 何度も。たびたび。

一 偉大なる師。帰依する師僧。 二 「恭敬」は、つつしみうやまう意。 三 「檀越」は、施主。寺や僧を経済的に支援する信者。 四 霊異記「当レ知、為レ法助レ身、於二食物一者、雖レ食二雑毒一、而成二甘露一、雖レ食二魚宍一、而非二犯罪一」。 五 霊異記「魚化成レ経、天感斉レ道」。

第二十八話 出典は法華験記・下・110。但し、同書を出典とする他話に比べて内容に異同が多く、他の資料(仮名文か)を参照したものと推定される。拾遺往生伝・中・21に同話がある。 六 書記官。験記「姓名未レ詳。作二其国官人一」。 七 朝夕。験記「朝払レ暁出、暮入レ夜還、逕二多年月一」。 八 国司の屋形。国府。 九 公務。 一〇 験記「依二急公事一、従レ例深夜無二従者一、独出レ舎行レ館」。 一一 十余町の距離だったので、いつもはすぐ行き着くのに。このあたりから以後、本話の叙述は験記に比べてはるかに詳細で、内容にも相違点が多い。 一二 山や丘の突き出たところ。 一三 りっぱな造りの建物の屋根の端がわずかに見える。 一四 (ご遠慮なく)早くお入り下さい。 一五 女の声を聞いて恐怖したのであるが、験記では女の美しい姿を見て恐怖している。験記「時有二端厳女一。形貌美麗、衣服微妙。勧二進此人一、疾入二家内一、止息安レ意。此人思念、深山野中、有二此好女一。

屋ノ妻僅《つまわづか》ニ見ユ。「人里ノ近ク成《なり》ニケル事」ト思フニ、喜《よろこび》テ怱《いそぎ》テ其ノ家ニ打寄《うちより》テ見レバ、人気《ひとのけはひ》無シ。打廻《うちめぐり》テ云《いは》ク、「此ノ家ニ人ヤ在《まし》マス。出《いで》給へ。此ノ里ヲバ何トカ云フ」ト。家ノ内ニ女音《をむなのこゑ》ヲ以テ答《こたへ》テ云ク、「此レ、誰《た》ガ宣《のたま》ヘルゾ。[14]速《すみやか》ニ可入来給《いりきたりたまふべ》シ」ト。書生此ノ音《こゑ》ヲ聞クニ[15]極《きはめ》テ怖《おそ》ロシ。然レドモ、書生ノ云《いはく》、「我レハ此レ、道ニ迷ヘル人也。[16]怱《いそ》ガシキ事有ルニ依テ不可入《いるべから》ズ。只道ヲ教へ給へ」ト。女ノ云ク、「然ラバ、暫《しばら》ク[17]立《たち》給ヘレ。出デヽ道ヲ教ヘム」ト云テ、女ノ出来《いできたら》ムト為《す》ルニ、極《きはめ》テ怖シク思《おぼ》エテ、馬ヲ取《とり》テ返《かへ》シテ逃ゲ足ニ成ルヲ聞《きき》テ、女ノ云ク、「[18]耶〻《やや》、暫ク待テ」トテ出来《いできた》ル女ヲ見返《みかへり》テ見レバ、[19]長《たけ》ハ屋ノ檐《のき》ト等クシテ眼《まなこ》ノ光《ひかり》テ見ユレバ、「[20]然《さ》レバコソ。我レハ鬼ノ家ニ来《きた》リニケリ」ト思テ、鞭ヲ打《うち》テ逃グル時ニ、女ノ云ク、「[21]汝ハ何《いか》ニテ逃ゲムト為《す》ルゾ。速《すみやか》ニ罷《まか》リ留《とどま》レ」ト云フ音《こゑ》ヲ聞クニ、[22]怖シト云ヘバ愚《おろか》也ヤ。[23]肝《きも》砕ケ心迷《まどひ》テ見レバ、[24]長《たけ》ハ一丈許《ばかり》ノ者ノ目・口ヨリ火ヲ出シテ雷光《いかづちのひかり》ノ如クシテ、大口ヲ開テ[25]手ヲ打チツヽ、追《おひ》テ来《きた》レバ、見ルニ魂失《う》セテ馬ヨリ落《おち》ヌベキヲ、切[26]□打テ逃グルニ、「[27]観音助ケ給へ。我ガ今日ノ命救ヒ給へ」ト念ジ奉テ、逃ル[28]□走リ倒レヌ。書生ハ[29]抜ケテ馬ノ前ニ落ヌ。「[30]今ゾ被捕《とらはれ》テ被噉《くはれ》ヌ」ト思フ間ニ、[31]墓穴《はかのあな》ノ有ルニ、我レニモ非ズ走リ入ヌ。鬼其ノ跡ニ来《きたり》テ云ク、「[32]何《いづ》ラ、此《ここ》ニ有リツル奴《やつ》ハ」ト。鬼来《きたり》ヌト聞ク程ニ、我ヲバ不求《もとめ》ズシテ先《ま》ヅ馬ヲ[33]噉ス。書生此レヲ

京都府辺、無ㇾ見ニ如ㇾ是女一。若是羅刹歟。即生ニ怖畏一、早疾乗ㇾ馬、打ㇾ鞭馳去」。

一六 先を急いでおりますので、入るわけにはゆきません。

一七 「給ヘレ」の「レ」は完了の助動詞「リ」の命令形。立って(待って)いて下さい。但し「給ベシ」の誤記である可能性もある。

一八 これこれ、ちょっと待ちなさい。

一九 背丈は家の軒と等しくて。

二〇 案の定だ。やっぱりそうだ。

二一 お前はなぜ逃げようとするのか。ただちに止まれ。

二二 恐ろしいなんて言葉ではとても言い表せない。恐ろしいどころではない。

二三 肝はつぶれ気は狂いそうになって。

二四 験記「見ニ羅刹形一、二眼赤色、猶如ニ大鏡一。四牙出ㇾ口、長一丈余。身体高大、気色猛悪。眼目鼻舌、皆出ニ焔煙一」。

二五 手を打つのは、心に受けた激しい衝撃、即ち強い喜怒哀楽や驚愕、残念、無念等の気持ちを表す動作。

二六 底本破損。諸本欠字。

二七 験記には観音に関する叙述は一切ないが、本話では下文にも観音信仰に関係する文言が見える。

二八 底本破損。諸本欠字。

二九 (馬が倒れたはずみに)すっぽ抜けたように投げ出されて。

三〇 今こそ捕まって食われてしまうにちがいない。もうだめだ。文末が「ゾ」に対応する結び「ヌル」になっていないことに注意。「ヌベシ」の「ベシ」が省略されたものか。

三一 横穴式の墓または古墳をさすか。このあたり、験記「人落ニ入穴一」とは状況が異なる。

三二 どこへ行った、ここにいた奴は。

三三 「噉ス」は「噉(くらひ)ヌ」の誤記か。古典

聞クニモ、「馬ヲ噉《くら》ヒ畢《をはり》ナバ、我ガ身ヲ噉《くら》ハム事ハ疑ヒ無シ。此ノ穴ニ入テ有《ある》ヲバ不知《しらぬ》ニヤ有ルラム」ト思テ、只、「観音助ケ給ヘ」ト念ジ奉ル事無限《かぎりな》シ。

而《しか》ルニ、此ノ鬼、馬ヲ噉《くら》ヒ畢《をはり》テ、此ノ穴ノ許《もと》ニ寄来《よりきたり》テ云ク、「此レ、今日ノ我ガ食《じき》ニ当《あた》レル者也。而ルヲ、何ゾ召シ取テ不給《たまは》ザル。如此《かくのごと》ク非[一]道ナル事ヲ常ニ至サセ給フ。我レ歎キ愁《うれ》フ」ト。此ノ音《こゑ》ヲ聞クニ、「隠レ得タリト思フ穴ヲモ知《しり》ニケリ」ト書生思フ程ニ、穴ノ内ニ音《こゑ》有テ云ク、「此レハ、我ガ今日ノ食《じき》ニ当《あた》レリ。然レバ不可与《あたふべから》ズ。汝ハ噉《くら》ヒツル馬ニテ有[二]リナム」ト。書生此レヲ聞クニ、「何様《いかやう》ニテモ我ガ命ハ不可遁《のがるべから》ヌ事ニコソ。有《あり》[三]ツル鬼ヲコソ無限《かぎりな》ク怖《おそ》ロシト思ヒツルニ、此ノ穴ノ内ニハ増サル鬼ノ有テ、我レヲ噉《くらひ》テムト為《す》ルニコソ有ケレ」ト思フニ、悲キ事無限《かぎりな》シ。「我レ観音ヲ念ジ奉ルト云ヘドモ、只今命終リナムトス。此レ[四]前生《ぜんしやう》ノ宿報也」ト思フ。

而ル間、外ノ鬼[五]度《ど》々《ど》懃《ねむごろ》ニ訴フト云ヘドモ、内ノ音《こゑ》不許《ゆるさ》ズシテ、外ノ鬼乍歎《なげきなが》ラ返《かへり》ヌト聞テ、「今ヤ我レヲ引キ寄セテ噉《くら》フ」ト思フ程ニ、此ノ穴ノ内ノ音《こゑ》ノ云ク、「汝ガ今日此ノ鬼ノ為《ため》ニ食《じき》ト可成《なるべ》カリツルニ、汝《なむ》ヂ懃《ねむごろ》ニ観音ヲ念ジ奉レルニ依テ、此ノ難ヲ既ニ免《のが》ル丶事ヲ得タリ。汝ヂ此ヨリ後、[六]心ヲ至シテ仏ヲ念ジ奉リ、[七]法花経ヲ受《じゆ》[八]持《ち》・読誦《どくじゆ》シ可奉《たてまつるべ》シ。抑《そもそも》、如此《かくのごと》ク云フ我レヲバ、汝ヂ知レリヤ否《いな》ヤ」ト。書生不知《しら》

大系は「ダムス」、古典全集は「ハミス」と訓むが如何。

一 道理にはずれたこと。不当なこと。
二 よかろう。十分だろう。
三 先程の鬼。
四 前世からの報いである。
五 何度も懇願したけれども。
六 まごころこめて。一心不乱に。
七 数訳があるが、通常は鳩摩羅什訳の妙法蓮華経をさす。八巻、二十八品(古くは七巻、二十七品)からなる。前半(安楽行品第十四まで)で一乗妙法を、後半で久遠釈迦を説く。とくに天台・華厳・法相宗等で尊ばれ、鎌倉時代には本経によって日蓮が新仏教を開創した。
八 深く信仰し心に覚えて忘れないこと。
九 サンスクリット語 stūpa の音写。仏舎利を安置したり、供養・報恩・追善などのために建てた塔。五重塔などの「塔」も同語源。わが国ではとくに五輪形式の石塔、あるいは上部に塔形の刻み目をつけた細長い板をさしていう。塔婆。
一〇 験記「塔婆破損、妙法華経、随㆑風往㆓散他方世界㆒」。
一一 法華経冒頭の題目「妙法蓮華経序品第一」の「妙」の字。
一二 験記には「我住㆓於此㆒、度㆓諸衆生㆒、免㆓羅刹難㆒、計㆓算其数㆒七万余人矣」とあり、本話とは人数が異なる。→次注。
一三 千度詣、千里眼など「千」は多数を表す代表的な数。九百九十九人が済んで千人目で事件が起こる話は、鴦掘魔羅の指

ザル由《よし》ヲ答フ。音《こゑ》ノ云ク、「我レハ此レ、鬼ニモ非ズ。此ノ穴ハ、昔《むか》シ此ノ所ニ聖《しやう》人《にん》有テ、此ノ西ノ峰ノ上ニ[九]率都婆《そとば》ヲ建テ、法花経ヲ籠《こ》メ奉レリキ。其ノ後、多《おほく》ノ年積《つもり》テ、率都婆モ経モ皆[一〇]朽失《くちう》セ給ヒニキ。只、最初ノ[一一]「妙」ノ一字許《ばかり》残リ留《とどまり》テ在《まし》マス。其ノ「妙」ノ一字ト云フハ、如此《かくのごと》ク云フ我レ也。我レ此ノ所ニ有テ、此ノ鬼ノ為《ため》ニ被噉《くらはれ》ムト為《す》ル人ヲ[一二]九百九十九人ヲ助ケタリ。今、汝ヲ加ヘテ[一三]千人ニ満《みち》ヌ。汝ヂ速《すみやか》ニ此《ここ》ヲ出《い》デヽ、家ニ可至《いたるべ》シ。汝尚努ゝ《なほゆめゆめ》[一四]仏ヲ念ジ奉リ、法花経ヲ受持・読誦シ可奉《たてまつるべ》シ」ト宣《のたまひ》テ、[一五]端正《たんじやう》ノ童子一人ヲ副《そ》ヘテ家ニ送ル。

書生泣ゝ《なくな》ク礼拝シテ、童子ニ随《したがひ》テ家ニ返ル事ヲ得タリ。童子家ノ門《かど》ニ送リ付《つけ》テ、書生ニ教ヘテ云ク、「汝ヂ[一六]専《もはら》ニ心ヲ発《おこ》シテ法花経ヲ受持・読誦シ可奉《たてまつるべ》シ」ト云テ、[一七]掻消《かきけ》ツ様《やう》ニ失《うせ》ヌ。其ノ後、書生泣ゝ《なくな》ク礼拝シテ、[一八]夜半ノ程ニゾ家ニ返リ来タリケル。父母《ぶも》・妻子ニ此ノ事ヲ具《つぶさ》ニ語ル。父母・妻子此レヲ聞テ、喜ビ悲シム事無限《かぎりな》シ。其ノ後、書生懃《ねむごろ》ニ心ヲ発《おこ》シテ法花経ヲ受持・読誦シ奉リ、弥《いよい》ヨ[一九]観音ヲ[二〇]恭敬《くぎやう》シ奉リケリ。

此レヲ以テ思フニ、「妙」ノ一字[二一]ソラ朽《くち》残リテ人ヲ救ヒ給フ事如此《かくのごと》シ。[二二]何況《いかにいはむ》ヤ、誠《まこと》ノ心[二三]ヲ[二四]法ノ如ク法花経ヲ書写シタラム功徳《くどく》可思遣《おもひやるべ》シ。現世《げんぜ》ノ利益《りやく》[二五]尚《なほ》シ如此《かくのごと》シ、後《ご》生《しやう》ノ抜苦《ばつく》不可疑《うたがふべから》ズトナム語リ伝ヘタルトヤ。

切り(巻一・16)、斑足王の王殺し(宝物集)、光明皇后の垢すり(宝物集)、弁慶の人斬り(義経記)など、類例が極めて多い。

一四 「努ゝ」は「不可ズ」のごとく否定語で結ぶのが普通。ここは途中で文がねじれて否定表現がなくなっている。

一五 験記「至㆓暁明㆒、有㆓一童子㆒。従㆓土穴㆒出、将㆓去此人㆒。不㆑経㆓多時㆒、初日時分、至㆓我宅門㆒」。

一六 ひたすら発心して。こころの底から信仰して。験記「童子語曰、汝発㆓道心㆒、受㆓持法華㆒、当㆘免㆓生死煩悩羅刹㆒、即往㆗如来浄妙国土㆖。由㆓妙法力㆒、究㆓生死源㆒」。

一七 変化の者や仏菩薩の化身が突然姿を消して、あとかたもなくなる時の常套表現。験記「是人歓喜、以㆑頭着㆑地、一心礼問、童子昇㆑空、忽然不㆑現」。

一八 験記では書生が帰宅したのは日の出の頃である。→注一五。

一九 験記には観音に関する叙述はなく、書生は法華経を受持して極楽往生したことになっている。験記「即発㆓道心㆒、深帰㆓仏法㆒、受㆓持読誦妙法華㆒、捨㆓身他生㆒、得㆑生㆓極楽㆒焉」。

二〇 うやまい尊敬したてまつった。

二一 →一〇九頁注二〇。

二二 まして。本書では「何況ヤ」の結びに「ヲヤ」を用いないのが普通。

二三 「ヲ」は不審。「ヲ以テ」の意か。

二四 如法に。写経に当たって、守るべき作法をきちんと守って。

二五 「シ」は強意の助詞。現世のご利益でさえこの通りであるから、まして。

沙弥所持法花経《しやみのもてるところのほくゑきやう》、不焼給語《やけたまはざりしこと》第二十九

今昔《いまはむかし》、聖武《しやうむ》[一]天皇ノ御代《みよ》ニ、牟婁《むろ》[二]ノ沙弥《しやみ》ト云フ者有ケリ。俗姓《ぞくしやう》ハ榎本《えのもと》ノ氏《うぢ》。本《もと》[三]ヨリ名無シ。紀《き》伊ノ国、牟婁《むろ》[四]ノ郡《こほり》ノ人也。此レニ依《より》テ牟婁ノ沙弥トハ云《いふ》ナルベシ。而《しか》ルニ、同国ノ安諦《あて》ノ郡ノ荒田《あらた》[五]ノ村ニ居住ス。此ノ沙弥[六]、髪ヲ剃リ袈裟《けさ》ヲ着タリト云ヘドモ、翔《ふるま》[七]ヒ俗[八]ノ如シ。朝暮《てうぼ》ニ家業《いへのわざ》ヲ営ミテ昼夜《ちうや》ニ妻子眷属《くゑんぞく》[九]ヲ養フ計《はかりこと》[一〇]ヲ巧《たく》ム。

而《しか》ル間、沙弥《しやみ》願ヲ発《おこ》シテ、法[一一]ノ如ク清浄《しやうじやう》[一二]ニシテ、自《みづか》ラ法花経《ほくゑきやう》[一三]一部ヲ書写シ奉ル。故《ことさら》[一四]ニ此ノ経ヲ書写シ奉ル所ヲ儲《まうけ》テ、身ヲ清メテ入《いり》テ此レヲ書ク。大[一五]小便ノ時毎ニ沐浴《もくよく》シテ、更ニ身ヲ清メテゾ入テ其ノ経ヲ書ク座ニ居《ゐ》ケル。如此《かくのごと》クシテ書ク間、六月ヲ経テ写シ畢《をはり》ヌ。法ノ如ク供養シ奉《たてまつり》テ後、漆《うるし》ヲ塗レル筥《はこ》[一六]ヲ造《つくり》テ、其ノ中ニ入レ奉テ、外所《ほかのところ》[一七]ニ不安置《あんちせ》ズシテ、住屋《すむや》ノ内ニ清キ所ヲ儲テ置キ奉レリ。其後ハ、時〻此レヲ取出《とりいだ》シ奉テ、読ミ奉ケリ。

而ル間、神護景雲《じんごけいうん》[一八]三年ト云フ年ノ五月二十三日ノ午時許《うまのときばかり》ニ、其ノ家ニ忽《たちまち》ニ火出来《いでき》テ家皆焼《やけ》ヌ。家ノ内ノ物皆焼ヌレバ、此ノ経筥《きやうばこ》ヲモ不取出奉《とりいだしたてまつら》ズシテ、「其レモ焼《やけ》給ヒヌ」ト思フ間ニ、火既ニ消畢《きえはて》テ後、見レバ、熱[一九]キ火ノ中ニ此ノ法花経ヲ入レ奉レ

第二十九話　出典は日本霊異記・下・10。

一　↓人名「聖武天皇」。
二　伝未詳。霊異記「牟婁沙弥者、榎本氏也。自度無レ名。紀伊国牟婁郡人。故字号二牟婁沙弥一者」。
三　霊異記「自度無レ名」は、私度僧であって僧名がない意。
四　↓地名「牟婁ノ郡」。
五　↓地名「荒田ノ村」。
六　↓一二八頁注一〇。
七　字類抄「翔 フルマヒ(フ)」。
八　俗人と同様であった。霊異記「即レ俗収レ家、営二造産業一」。
九　一族の者。身内の者。
一〇　生計を立てる。
一一　↓一五五頁注二四。
一二　精進潔斎して。
一三　↓一五四頁注七。
一四　わざわざこの写経をおこなう場所(写経所)を用意して。霊異記には見えない叙述。
一五　大便や小便をするたびに沐浴して、あらためて身を浄めてから、またそこに入って。
一六　底本「筶」は「筥」の異体字。↓四八三頁注二六。
一七　自分が住んでいる家以外の場所には置かないで、住居の中に清浄な場所を設けて、そこに安置し奉った。霊異記「不レ安二外処一、置二於住室之翼階一、時々読之」。
一八　七六九年。称徳天皇の治世。
一九　霊異記「有二於盛爓火之中一、都無レ所二焼損一」。

ル筥不焼《やけ》ズシテ有リ。奇異也ト思テ、怱《いそ》ギ寄《より》テ経筥ヲ取《とり》テ見ルニ、少《すこし》モ焼ケ損ゼル所無シ。沙弥此レヲ見テ、泣キ悲《かなしみ》テ筥ヲ開《ひらき》テ見ルニ、経亦《また》[二〇]本ノ如クシテ筥ノ中ニ在《まし》マス。沙弥弥《いよい》ヨ心[二一]ヲ発《おこ》シテ貴ブ事無限《かぎりな》シ。世ノ人此レヲ聞《きき》テ、競《きほ》ヒ来《きたり》テ此ノ経ヲ礼《をが》ムデ、貴《たふとみ》テ信ヲ発《おこ》ス人多カリ。

実《まこと》ニ、此レヲ思フニ、心[二二]ヲ至シテ写シ奉レル経ナレバ、殊《こと》ニ霊験ヲ施《ほどこ》シ給フ事既ニ如此《かくのごと》シ。

然レバ、人[二三]有テ、仏ヲ造リ経ヲ書クト云ヘドモ、専《もはら》ニ心ヲ可発《おこすべ》キ也トナム語リ伝ヘタルトヤ。

尼願西所持法花経《あまぐわんさいのもてるところのほくゑきやう》、不焼給語《やけたまはざりしこと》第三十

今昔《いまはむかし》、一人ノ尼有ケリ。名ヲバ願西《ぐわんさい》[二四]ト云フ。横川《よかは》[二五]ノ源信僧都《ぐゑんしんそうづ》[二六]ノ姉[二七]也。此ノ尼本《もと》ヨリ心柔煖《にうなん》[二八]ニシテ嗔恚《しんい》[二九]ヲ不発《おこさ》ズ。女[三〇]ノ身也ト云ヘドモ心ニ智《さとり》有テ因果ヲ知レリ。出家ノ後ハ、戒律ヲ不犯《をかさ》ズシテ専《もはら》ニ善心有リ。亦、法花経《ほくゑきやう》ヲ読誦《どくじゆ》シテ其ノ義理ヲ悟ル事深シ。凡《おほよ》ソ生《いき》タル間、法花経ヲ読《よみ》奉レル事数万部也。念仏ノ功《く》ヲ積《つめ》ル事員《かず》ヲ不知《しら》ズ。

二〇 霊異記「開レ筥見之、経色儼然、文字菀然」。
二一 信仰心を深めて。発心して。
二二 まごころこめて。一心不乱に。
二三 どこの誰が、仏像を造立したり、写経をしたりするにせよ、ひたすらまごころをこめて行うべきである。

第三十話 前半の出典は法華験記・下・100。後半は出典未詳。元亨釈書・十八・願西尼に前半の同話、首楞厳院二十五三昧結縁過去帳・源信伝、私聚百因縁集・八・4に後半の同話がある。

二四 →人名「願西」。
二五 →地名「横川」。
二六 →人名「源信」。
二七 験記および釈書には「姉」とあるが、正しくは「妹」。
二八 柔軟に同じ。おだやかで慈悲深いこと。験記「其心柔軟、正直無レ偽、全護二戒律一、深怖二罪根一」。
二九 怒り恨むこと。三毒の一。
三〇 験記「雖レ受二女形一、当レ言二信男一」。

此ノ尼ノ貴キ事ヲ夢ニ見テ、来《きたり》テ告《つぐ》ル人世《よ》ニ多カリ。此ノ尼ノ着タル衣ハ僅《わづか》[一]ニ身ヲ隠ス許《ばかり》也。食《く》フ物ハ只命ヲ継《つ》グ許《ばかり》也。世ノ人此レヲ安養《あんやう》[二]ノ尼君ト云テ、世挙《こぞり》テ貴《たふと》メル事無限《かぎりな》シ。其ノ持《たも》チ奉ル所ノ法花経ハ霊験新《あら》タニシテ、病《やまひ》ニ煩フ人此レヲ迎ヘ奉テ護《まぼり》ト為《す》ルニ、必ズ其ノ験《しるし》無シト云フ事無シ。

而《しか》ル間、山階寺《やましなでら》[三]ニ寿蓮《じゆれん》[四]威儀師《ゐぎし》[五]ト云フ者《も》ノ有ケリ。其ノ妻《め》、邪気《じやけ》[六]ニ重ク煩テ月来《つきごろ》[七]辛苦《しんぐ》悩乱《なうらん》スル事無限《かぎりな》シ。此レニ依《より》テ、様《さまざま》ゝニ祈禱スト云ヘドモ、其ノ験無シ。而ルニ、「安養ノ尼君ノ年来《としごろ》読《よみ》奉リ給フ所ノ法花経コソ霊験新タニ在《まし》マスナレ」ト聞テ、其ノ経ヲ迎ヘ奉テ、手箱ニ入レテ、其ノ病者ノ枕上《まくらがみ》[八]ニ置キ奉レリ。其ノ□[九]不発《おこら》ズシテ病愈《いえ》ヌ。然レバ、此レヲ貴ブ事無限《かぎりな》クシテ、尚暫《なほしばら》ク枕上ニ置キ奉レリ。

而ル間、夜半許《ばかり》ニ其ノ家ニ火出来《いでき》ヌ。人皆澆《あわて》[一〇]テ、先《ま》ヅ他《ほか》ノ財《たから》ヲ取出《とりいだ》サムト為《す》ル間《あひ》[一一]ダニ、此ノ経ヲ忘レ奉リニケリ。其ノ後、屋皆焼畢《やけをはり》[一二]ヌ。既ニ昼ニ成《なり》ヌ。此ノ経ヲ不取出奉《とりいだしたてまつら》ザル事ヲ歎キ合ヘリト云ヘドモ、甲斐無《かひな》クテ止《やみ》ヌ。明ル日、釘共并《くぎどもならび》[一三]ニ金《かな》物《もの》拾ヒ集メムガ為《ため》ニ、人集《あつまり》テ焼タル跡ヲ見ルニ、寝所[一四]ニ当《あたり》テ穹隆《うづたか》[一五]キ物見ユ。怪《あやし》デ灰ヲ搔去《かきのけ》テ見レバ、此ノ経ヲ入レ奉レリシ手箱ハ焼テ、経[一六]八巻在《まし》[一七]マス。露《つ》[一八]ユ燋《こが》レタル所ダニ無クテ、灰ノ中ヨリ被搔出《かきいだされ》給[一九]ヘリ。此レヲ見ル人、奇異也ト思テ、貴ビ合ヘル事無限《かぎりな》シ。里ノ人此レヲ聞テ、競《きほ》ヒ来《きたり》テ此レヲ礼《をが》ム。山階寺ノ内ニ此ノ事ヲ

一 質素な身なりであったことをいう。験記「衣僅隠レ身、食只支レ命」。
二 続本朝往生伝・願西伝に「比丘尼願西者、源信僧都之妹也。…世謂二之安養尼公一」とある。このあたりから後は験記には見えない逸話である。
三 →地名「興福寺」。
四 →人名「寿蓮」。
五 儀式を厳粛にとり行うための指示を与える役僧。大威儀師・小威儀師・権威儀師がある。
六 もののけ。
七 数か月の間。
八 枕元。
九 底本破損。諸本欠字。
一〇 「澆」は「繞」の借字であろう。字類抄「澆 アハヅ 衰也。繞 アハツ 驚也」。
一一 「ダ」は「間」の捨仮名。
一二 家屋は全焼してしまった。
一三 焼け跡から釘や金具類を拾い集めるために。貴重な鉄製品を再利用しようとしたのである。
一四 寝室に当たる場所に。
一五 字類抄「堆 ウツタカシ」。古くは清音か。平安後期以後は濁音。何か盛り上がった物が見える。
一六 法華経は全八巻。即ち全巻が無事だったことを示している。→一五四頁注七。
一七 「在マス」は経に対する尊敬表現。
一八 「ユ」は「露」の捨仮名。まったく焦げたところさえなくて。
一九 「給ヘリ」は経に対する尊敬表現。

聞キ伝ヘテ、多《おほく》ノ僧来《きた》リ集テ礼《をが》ミ貴ビケリ。其ノ後、恐レヲ成シテ、経ヲバ尼君《あまぎ》ミ二〇ノ許ニ怱《いそぎ》テ返《かへ》シ送リ奉テケリ。実《まこと》ニ此レ奇異ニ貴キ事也。

此レヲ思フニ、此ノ尼君ハ只人二一ニハ非ザリケリト皆人云ヒケリ。極《きはめ》テ貴キ聖《ひじ》リニテナム有ケルトゾ語リ伝ヘタルトヤ。

僧死後《そうしにてのち》、舌残在山誦法花語《したのこりてやまにありてほくゑをじゆせること》第三十一

今昔《いまはむかし》、二二阿倍《あべ》ノ天皇ノ御代《みよ》ニ、紀伊《き》ノ国、二三牟婁《むろ》ノ郡《こほり》、二四熊野《くまの》ノ村ニ二五永興禅師《えいごうぜんじ》ト云フ僧有ケリ。二六俗姓《ぞくしやう》ハ葦屋《あしや》ノ君ノ氏《うぢ》、摂津国《つのくに》ノ二七豊島《てしま》ノ郡ノ人《ひと》二八也。本《もと》ハ二九興福寺《こうぶくじ》ノ僧也。

而ルニ、海辺《うみのほとり》ノ人ヲ教化《けうくゑ》セムガ為《ため》ニ、其ノ所ニ住《ぢう》シテ人ヲ利益《りやく》ス。此《これ》ニ依《より》テ、其ノ辺《ほとり》ノ人、禅師ヲ貴ブガ故《ゆゑ》ニ、此ノ人ヲ菩薩ト云フ。亦、禅師都ヨリ南ニ有《ある》ニ依テ、天皇禅師ヲ名付テ南菩薩《なんぼさつ》ト云フ。

如此《かくのごと》クシテ其ノ所ニ有ル間、一《ひと》ノ僧有テ此ノ菩薩ノ所ニ来《きた》ル。何《いつ》レノ所ヨリ来《きた》レリト云フ事ヲ不知《しら》ズ。持テル所ノ物、三〇法花経《ほくゑきやう》一部、三一小字ニシテ一巻書写セリ、三二白銅ノ三三水瓶《すいびやう》、三四縄床《じようしやう》三五一足《いつそく》也。

此ノ僧、菩薩ニ随《したがひ》テ常ニ法花経ヲ読誦《どくじゆ》シケリ。而《しか》ルニ、□三六年余ヲ経テ、此ノ僧

二〇「ミ」は「君」の捨仮名。
二一 ふつうの人間ではない(仏菩薩の化身の類ではないか)と。
第三十一話 出典は日本霊異記・下・1。元亨釈書・二十九・熊野村比丘に同話がある。
二二 霊異記「諸楽宮御㆓宇大八洲国㆒之帝姫阿倍天皇御代」。→一三一頁注二五。
二三 →地名「牟婁ノ郡」。
二四 熊野川の流域であろうが、現在地未詳。
二五 →人名「永興」。
二六 この記事は霊異記・下・1にはない。同書・下・2「禅師永興者、諸楽左京興福寺沙門矣。俗姓葦屋君氏、一云㆓市往氏㆒。摂津国手島郡人也」によって補充したもの。
二七 →地名「豊島ノ郡」。
二八「ト」は「人」の捨仮名。
二九 →地名「興福寺(こうぶくじ)」。
三〇 →一五四頁注七。
三一 (通常は八巻の)法華経を細字で一巻に書写したもの。挿入句である。
三二 銅とニッケルとの合金。
三三 水を入れる器。水筒のような物で山岳修行者の必需品。僧が所持を許された比丘十八物の一。
三四 縄を張った粗末な椅子。前後の脚を交差させて畳めるようになっている。比丘十八物の一。
三五「足」は助数詞。脚。
三六 底本破損。諸本欠字。霊異記「歴㆓一年余㆒」。

此ノ所ヲ去《さり》ナムト思フ心有テ、菩薩ニ告《つげ》テ云《いは》ク、「今我レ、此ノ所ヲ罷《まか》リ退《しりぞき》テ、山ヲ超《こえ》テ伊勢《いせ》ノ国ニ行《ゆか》ムト思フ」ト云テ、縄床《じやうしやう》ヲ菩薩ニ与フ。菩薩此レヲ聞《きき》テ、哀《あはれ》ムデ、[一]糯《もちのよね》ノ[二]干飯《ほしいひ》ヲ[三]舂《つ》キ篩《ふるひ》テ、二斗ヲ僧ニ与ヘテ、[四]俗二人ヲ副《そ》ヘテ共《と》[五]モニ遣《つかはし》テ令送《おくらし》ム。僧一日ヲ被送《おくら》レテ、此ノ法花経幷《ならび》ニ持テル所ノ鉢・干飯ノ粉等ヲ此ノ送リニ来《きた》レル俗ニ与ヘテ、其《そこ》ヨリ返シ遣ツ。只水瓶《すいびやう》ト麻ノ縄二十尋《ひろ》[六]トヲ持テ、別レテ去ヌ。俗、僧何《いど》コヘ行《ゆき》ヌト云フ事ヲ不知《しら》ズシテ、返《かへり》テ其ノ由《よし》ヲ菩薩ニ申ス。菩薩此レヲ聞テ、哀ブ事無限《かぎりな》シ。

其ノ後、二年ヲ経テ、熊野ノ人、熊[七]野河ノ上《かみ》ノ山ニ入テ、木ヲ伐《きり》[八]テ船ヲ造ル間、山ノ中ニ髣《ほのか》ニ法花経ヲ誦《じゆ》スル音《こゑ》ヲ聞ク。此ノ船造ル人久《ひさし》ク山ニ有ルニ、日ヲ重ネ月ヲ経《へ》ルニ、此ノ経ヲ読ム音尚《こゑなほ》不止《やま》ズシテ聞ユ。然レバ、船造ル人等此レヲ聞テ貴ビ怪ムデ、「此ノ経読メル人ヲ尋《たづね》テ供養セム」ト思テ、持タル所ノ糧《かて》[九]ヲ擎《ささげ》テ、[一〇]一《いっ》山《さん》求メ得ル事無クシテ、其ノ形《かたち》ヲ不見《み》ズ。然レバ、本ノ所ニ返《かへり》タルニ、亦、其ノ経ヲ読ム音《こゑ》本ノ如クシテ不止《やま》ズ。船造ル人等遂《つひ》ニ不求得《もとめえ》ズシテ家ニ返ヌ。

其ノ後、半年ヲ経テ、其[一一]ノ船ヲ曳《ひか》ムガ為《ため》ニ山ニ入ヌ。聞クニ、経ヲ読ム音尚前《こゑなほさき》ノ如シ。船曳ク人等此レヲ大キニ怪ムデ、船ヲ不曳《ひか》ズシテ返テ菩薩ニ此ノ事ヲ申ス。菩薩此レヲ聞テ、[一二]忽《たちまち》ニ彼ノ山ニ行テ聞クニ、実《まこと》ニ法花経ヲ読ム音髣《こゑほのか》ニ有リ。菩薩

一　もちごめ。名義抄「糯　モチノヨネ」。
二　飯を干した旅行用の食料。ほしい。
三　臼でついて篩(ふるい)にかけて。
四　霊異記「優婆塞二人副、共遣使二見送一。是禅師一日道所レ送」。
五　「モ」は「共」の捨仮名。
六　「尋」は両手を左右いっぱいに広げた長さ。
七　熊野川の上流の山。
八　霊異記「伐レ樹作レ船」。
九　食料。霊異記「擎二自分糧一、以推二求之一、不レ瞰二形色一」。
一〇　全山くまなく探したが見つけられないで。
一一　その船を山から引き出すために。雨の少ない冬季に山に入って船を造り、雨で川の水嵩が増す夏期に引き出したのであろう。
一二　さっそくその山に行って聞くと。
一三　強いて。一途に。
一四　死体。字類抄「屍　シニカハネ」。霊異記「尋求見之、有二一屍骨一。以二麻縄一繫二二足一、懸レ巌投レ身而死。骨側有二水瓶一。乃知、別去之禅師也」。
一五　麻縄で両足を縛って。
一六　「ヲ」は「巌」の捨仮名。
一七　死後日数がたって、死体が白骨化し

此レヲ聞テ怪ビ貴ムデ、尋ネ求ムルニ、無シ。強《あながち》[一三]ニ求ムルニ、一《ひとつ》ノ屍骸《しにかばね》[一四]有リ。此レヲ寄テ吉《よ》ク見レバ、麻[一五]ノ縄ヲ二《ふたつ》ノ足ニ懸《かけ》テ、巌《いはほ》[一六]ヲニ身ヲ投《なげ》テ死《しに》タリト見ユ。死人《しにし》[一七]モ骨骸ニテ有リ、麻ノ縄モ皆朽《くち》ニケリ。側《かたはら》ヲ見レバ、一ノ白銅ノ水瓶《すいびやう》有リ。菩薩此レヲ見テ、「前《さき》ニ別レ去ニシ僧ノ、此[一八]ノ山ニ入行《いりておこな》ヒケル間、生死《しやうじ》[一九]ヲ厭《いとひ》テ身ヲ投テケル也」ト知テ、泣キ悲ムデ、本ノ所ニ返リ□[二〇]彼ノ船造リノ人等ヲ呼《よび》テ、菩薩泣〻《なくな》ク彼ノ僧ノ身投□ル□ヲ語ル。船造□人等亦《また》此レヲ聞テ、貴ビ悲ム事無限《かぎりな》シ。

其ノ後、三年ヲ経テ、菩[二一]薩彼ノ山ニ行テ聞クニ、法花経ヲ読ム音前《こゑさき》ノ如シ。然レバ、菩薩其ノ屍骸《しにかばね》ヲ取[二二]ラムト為《す》ルニ、髑髏《ひとがしら》[二三]有リ。髑髏ノ中ヲ見レバ、舌[二四]不朽《くち》ズシテ有リ。菩薩此レヲ見テ弥《いよい》ヨ貴ムデ、奇異也ト思フ。「実《まこと》ニ此レ、法花経ヲ誦《じゆ》スル功《く》ヲ積《つめ》ルニ依テ、其ノ霊験ヲ顕《あらは》セル也」ト知テ、泣〻《なくな》ク悲ビ貴ムデ、礼拝シテ返《かへり》ニケリ。其ノ後ハ、弥《いよい》ヨ実《まこと》[二五]ノ心ヲ発《おこ》シテ善根《ぜんごん》ヲ修《しゆ》シテ、彼ノ僧ノ後世《ごせ》[二六]ヲ訪《とぶら》ヒケリ。亦《ま》タ[二七]、懃《ねむごろ》ニ法花経ヲ誦スル事不怠《おこたら》ザリケリ。

此レヲ聞ク人、皆法花経ノ霊験ヲ貴ビケリトナム語リ伝ヘタルトヤ。

ていたことをいう。
一八 この山に入って修行しているうちに。
一九 生死輪廻する迷いの世界にとどまることを厭うて。死んだ僧は生死輪廻から離脱して永遠の解脱を得ようとしたのである。熊野は古来祖霊の集う他界、聖地とされていたが、山岳信仰と法華信仰の興隆により阿弥陀の極楽浄土、観音の補陀落浄土に通じる霊地となった。この僧の投身は熊野から浄土への往生をめざした早い例であろう。
二〇 底本破損。以下の空白も同様。このあたりの叙述は、霊異記「永興見之、悲哭而還」を大幅に敷衍したもの。
二一 霊異記では、永興は山人の知らせによって山に出かけている。霊異記「然歴二三年一、山人告云、読レ経之音、如レ常不レ止。永興復往、将レ取二其骨一、見二髑髏一者、至二于三年一、其舌不レ腐。菀然生有」。
二二 葬るために、収容しようとしたところ。遺骸は断崖にあったため三年前に来たときには収容できなかったのであろう。
二三 霊異記・上・12訓釈「比止加之良」。字類抄には「ヒトカシラ」「トクロ」の両訓がある。頭蓋骨。
二四 舌が腐らないで残っていた。法華経読誦の功徳により死後も舌が朽ちなかった例は、巻七・14、巻一三・11にも見える。骸骨がものを言うモチーフは昔話「歌う骸骨」(枯骨報恩譚)に通じる。
二五 真実の信仰心。心の底からの信心。
二六 冥福を祈った。
二七 「タ」は「亦」の捨仮名。

横川源信僧都語《よかはのぐゑんしんそうづのこと》第三十二

今昔《いまはむかし》、比叡《ひえ》ノ山ノ[一]横河《よかは》ニ[二]源信僧都《ぐゑんしんそうづ》ト云フ人有ケリ。本《もと》、大和国《やまとのくに》ノ[三]葛下《かづらきのしも》ノ郡《こほり》ノ人也。其ノ父ヲバ[四]卜部《うらべ》ノ正親《まさちか》ト云《いひ》ケリ。道心ハ無ケレドモ心ハ正直也ケリ。[五]母ハ清原《きよはら》ノ氏《うぢ》也。極《きはめ》テ道心深カリケリ。[六]女子《をむなご》ハ多《おほく》有リト云ヘドモ男子《をのこご》ハ無カリケレバ、其ノ郡ニ[七]高尾寺《たかをでら》ト云フ寺有リ、其ノ寺ニ詣《まう》デヽ、男子ヲ可生《しやうずべ》キ事ヲ祈リ申ケルニ、夢ニ、其ノ寺ノ[八]住持《ぢうぢ》ノ僧有テ一《ひとつ》ノ玉ヲ令得《えし》ム、ト見テ、即チ懐任《くわいにん》シテ男子ヲ生《しやう》ゼリ。其ノ男子ト云《いふ》ハ源信僧都此レ也。

[九]漸《やうや》ク勢長スル間ニ、出家ノ心有テ、父母ニ請《こひ》テ[一〇]出家シツ。其ノ後ニ、仏ノ道ヲ修行ス。彼ノ高尾寺ニ籠《こも》リ居《ゐ》テ、[一一]年三《ねんさん》ニ斉戒《さいかい》ヲ行フニ、夢ニ見ル、堂ノ中ニ蔵有リ。其ノ蔵ノ中ニ様様《さまざま》ノ鏡共《ども》有リ。或《あるい》ハ大キ也、或ハ小《ちひ》サシ。或ハ明《あき》ラカ也、或ハ暗《くもり》タリ。其ノ時ニ、一人ノ僧出来《いできたり》テ暗《くもり》タル鏡ヲ取《とり》テ源信ニ与フ。源信僧ニ語《かたり》テ云《いは》ク、「此ノ鏡小《ちひさ》クシテ暗《くもり》タリ。我レ何《いか》ニカセム。彼ノ大キニテ明ラカナル鏡ヲ[一二]□取テ源信ニ与フ。「彼ノ大キナル明《あか》キ鏡ハ汝ガ分ニハ非ズ。汝ガ分ハ此レ也。速《すみやか》ニ比叡ノ山ノ横川ニ持行《もてゆき》テ可磨瑩《とぎみがくべ》キ也」ト云テ与フ、ト見テ夢覚《さめ》ヌ。

第三十二話 出典は法華験記・下・83。同話・類話は首楞厳院二十五三昧結縁過去帳、延暦寺首楞厳院源信僧都伝、続本朝往生伝・9、私聚百因縁集・八・4、三国伝記・十二・3その他に喧伝する。

一 ↓地名「横川」。 二 ↓人名「源信」。 三 現、奈良県大和高田市、北葛城郡付近。続本朝往生伝「大和国葛上郡当麻郷人也」。 四 伝未詳。 五 伝未詳。 六 過去帳「有㆓一男四女㆒」。巻一五・39では源信の母が「女子ハ数有レドモ男子ハ其一人也」と語っている。 七 過去帳「郡内霊験伽藍、高尾寺観音」。↓地名「高尾寺」。 八 住職。 九 次第に成長するうちに。 一〇 出家のことは験記には見えず、本話独自の記事。但し、正しくは、源信が出家したのは比叡山である(過去帳)。 一一 年に三度の長斎戒。正・五・九月の月初から月末まで、毎日斎戒を保つ修行。 一二 底本、諸本とも欠字はないが、文意が続かない。験記「小児陳云、此小暗鏡、中㆓何用㆒乎。欲㆑得㆓彼大明鏡㆒。僧答云、彼非㆓汝分㆒。汝分是也。持至㆓横河㆒、可㆑加㆓磨瑩㆒云々」(過去帳もほぼ同文)を参考にすれば、本来「彼ノ大キニテ明ラカナル鏡ヲ(与ヘヨト。僧小ク暗キ鏡ヲ)取テ源信ニ与フ」の如き文となるべきところ、「鏡ヲ」の部分で目移りによる脱文が生じたと推定される。 一三 横川がどこということもまだ知らなかったが。験記「不㆑知㆓横河何処㆒」。字類抄「於何 イトコニシテカ」。 一四 「イ」は「云」の全訓捨仮名。 一五 縁あって。 一六 良源。↓人

[一三]横川何《よかはのいどこ》ト云フ事ヲ未ダ不知《しら》ズト云イ[一四]ヘドモ、偏《ひとへ》ニ夢ヲ憑《たのみ》テ過《すぐ》ル間ニ、遥《はるか》ニ程ヲ経テ打忘《うちわす》レタル時ニ、事[一五]ノ縁有ルニ依テ比叡ノ山ニ登ル。其ノ時ニ、横川ノ慈恵《[一六]じゑ》大僧《だいそう》正《じやう》、此ノ源信ヲ見テ、本《[一七]もと》ヨリ知レル人ノ如ク待チ受テ、弟子トシテ顕蜜《[一八]けんみつ》ノ正教《しやうげう》ヲ教フルニ、天性聡繁《[一九]てんせい[二〇]そうはん》ニシテ習フニ随《したがひ》テ明ラカナル事無限《かぎりな》シ。自[二一]宗・他宗ノ顕教《けんげう》ヲ習ヒ、[二二]真言《しんごん》ノ蜜教《みつけう》ヲ受《うく》ルニ、深ク其ノ心ヲ得テ皆玄底《[二三]ぐゑんてい》ヲ極《きはめ》タリ。亦《また》、道心深クシテ常ニ法《[二四]ほ》花経《くゑきやう》ヲ読誦《どくじゆ》ス。[二五]如此《かくのごと》クシテ年来《としごろ》山ニ有ル間ニ、学生《[二六]がくしやう》ノ思《おぼ》エ高ク聞エヌレバ、前《[二七]さき》ノ一条ノ院ノ天皇、「源信止事無キ者也《やむごとな》」ト聞食《きこしめし》テ、召出《めしい》デヽ、公家《[二八]くげ》ニ仕フル間、僧都《そうづ》ニ被成《なされ》ヌ。然レドモ、道心深キガ故《ゆゑ》ニ偏《ひとへ》ニ名聞《みやうもん》ヲ離レテ、官[二九]職ヲ辞シテ遂《つひ》ニ横川ニ籠居《こもりゐ》ヌ。

其ノ後、静《しづか》ニ法花経ヲ誦《じゆ》シ念仏ヲ唱ヘテ、偏《ひとへ》ニ後世菩提《[三〇]ごせぼだい》ヲ祈ル。[三一]一乗要決《いちじようえうくゑつ》ト云フ文《ふみ》ヲ作《つくり》テ、「[三二]一切衆生皆成仏《いつさいしゆじやうかいじやうぶつ》」ノ心ヲ顕《あらは》シ、[三三]往生要集《わうじやうえうしふ》ト云フ作テ、往生極楽ヲ可願《ねがふべ》キ事ヲ教ヘタリ。其ノ時ニ、夢[三四]ノ中ニ、[三五]観音来《きたり》給テ咲《ゑみ》テ[三六]金蓮花《こんれんぐゑ》ヲ授ケ給フ。[三七]毘沙門天蓋《びしやもんてん[三八]がい》ヲ捧《ささげ》テ傍ニ立《たち》給ヘリ、ト見ケリ。如此《かくのごと》ク貴キ事多シ。

[三九]而《しか》ル間、遂ニ老ニ臨《のぞみ》テ、身ニ重キ病ヲ受テ日来《ひごろ》ヲ経《ふ》ト云ヘドモ、法花経ヲ読誦シ念仏ヲ唱フル事不怠《おこたら》ズ。其ノ間、傍ノ房《ばう》ナル老僧ノ夢ニ、金色《こんじき》ナル僧空ヨリ下《くだり》テ、僧都ニ向《むかひ》テ懃《ねむごろ》ニ語《かたら》フ。僧都亦臥乍《ふしなが》ラ此ノ僧ト語フ、ト見テ告《つげ》ケリ。亦、或ル人ノ

名「良源」。 一七 旧知の人のように待ち受けていて。僧伝に例の多い設定。験記「大僧正慈恵大師待請為二弟子一矣」。 一八 顕教と密教。 一九 生まれつき。 二〇 聡明と同意か。 二一 天台宗とその他の宗。 二二 真言陀羅尼の密教。密教では呪句を重んじ、短句を真言、長句を陀羅尼という。 二三 真髄をきわめた。奥義に達した。 二四 →一五四頁注七。 二五 これ以後「横川ニ籠居ヌ」までは験記に見えず、本話で付加された叙述。 二六 学僧としての名声が高くなったので。 二七 →人名「一条天皇」。 二八 朝廷。 二九 験記「背二出仮名聞一、山門深閉レ跡」。「官職ヲ辞シテ」云々は本話で付加された叙述。源信には権少僧都を辞任した事実があるが、寛弘二年(一〇〇五)六十四歳の時のことである。 三〇 後の世に極楽に生まれること。往生。 三一 三巻。一乗思想に立って有縁・無縁の別なく一切衆生悉有仏性を説いた書。 三二 全ての衆生はみな成仏できること。「一切衆生悉有仏性」と同意。 三三 三巻(現行本は各巻を本末に分けて六巻)。寛和元年(九八五)成立。一六〇余の経論から極楽往生に関する要文を選集して体系づけた書。わが国浄土教の基礎を築いた名著。 三四 験記「其時夢告言、観世音微咲、授二金蓮華一、毘沙門捧レ蓋坐立侍」。なお験記は、一乗要決を撰集した時にも「当二此時一而夢、馬鳴竜樹摩頂随喜、伝教大師合掌而言、我山仏法永附二属聖人一」という夢を見たという。 三五 →人名「観世音菩薩」。 三六 黄金の蓮の花。 三七 →人名「毘沙門

夢ニハ、百千万ノ蓮花、僧都ノ在《まし》マス近辺《ちかきほとり》ニ生《おひ》タリ。人有テ、此ノ蓮花ヲ見テ問テ云ク、「此ハ何《いか》ナル蓮花ゾ」ト。空ニ音《こゑ》有テ答テ云ク、「此レハ[一]妙音菩薩《めうおんぼさつ》ノ現ジ給フ蓮花也。[二]西ニ可行《ゆくべ》キ也」ト見ケリ。

最後ノ時ニ臨《のぞみ》テ、[三]院ノ内ノ止事無《やむごとな》キ学生《がくしやう》幷《ならび》ニ聖人《しやうにん》達ヲ集メテ、告テ云ク、「今《こん》生《じやう》ノ対面、只今許《ばかり》也。若《も》シ[四]法文《ほふもん》ノ中ニ疑ヒ有ル所有ラバ、[五]其ノ義ヲ出《いだ》シ給ヘ」ト。然レバ、此ノ人々法文ノ要義ヲ問テ心ノ疑フ所ヲ散ズ。或《あるい》ハ僧都ヲ惜《をしみ》テ涙ヲ流シテ悲ビ合ヘル事無限《かぎりな》シ。

此ノ人々皆去《さり》ヌル後ニ、[六]慶祐阿闍梨《きやういうあじやり》ト云フ人独《ひと》リ許《ばかり》ヲ留《とど》メ置テ、蜜《ひそか》ニ語テ云ク、「年来《としごろ》ノ間、[七]我レ造ル所ノ善根《ぜんごん》ヲ以テ、偏《ひとへ》ニ極楽ニ廻向《ゑかう》シテ、「[八]上品下生《じやうぼんげしやう》ニ生《うま》レム」ト願フニ、此ニ忽《たちまち》ニ二人ノ[九]天童来《きたり》テ告テ云ク、「我等ハ此レ、[一〇]都率天《とそつてん》ノ[一一]弥勒《みろく》ノ御使也。聖人偏《ひとへ》ニ法花ヲ持《ぢ》シテ、深ク[一二]一乗ノ理《ことわり》ヲ悟レリ。此ノ功徳ヲ以テ兜率天《とそつてん》ニ可生《うまるべ》シ。然レバ、我等聖人ヲ迎ヘムガ為《ため》ニ来《きた》レル也」ト。我レ天童ニ答テ云ク、「我レ兜率天ニ生レテ[一三]慈尊《じそん》ヲ礼《をがみ》奉ラム、無限《かぎりな》キ善根也ト云ヘドモ、我レ年来《としごろ》願フ所ハ、極楽世界ニ生レテ[一四]阿弥陀仏《あみだぶつ》ヲ礼《らい》シ奉ラムト思フ。然レバ、[一五]慈氏尊《じしそん》、願クハ力ヲ加ヘ給テ、我レヲ[一六]極楽世界ニ送リ給ヘ。我レ極楽世界ニシテ弥勒ヲ可礼奉《をがみたてまつるべ》シ。天童速《すみやか》ニ返リ給テ此ノ由《よし》ヲ以テ慈氏尊ニ申シ給ヘ」ト答ヘツレバ、天童返《かへり》ヌ」ト語ル。慶

天」。 三八 →一三七頁注三一。
三九 験記はこの前に、源信の事跡として、八塔の和讃の作成、迎講の創始、善神の守護、自然の灯火などの奇跡、経論の章疏の作成、大唐国における大師号の授与等を語る。

一 →人名「妙音菩薩」。 二 西方極楽浄土への往生を予告する言葉である。 三 横川の首楞厳院(→一六二頁注一)をさす。
四 仏教の教えを説いた文献。経論。験記「若法門中有㆑所㆓疑難㆒者、論説可㆑決㆓其疑㆒」。
五 それを出して下さい。それについて質問して下さい。 六 →人名「慶祐」。
七 自分が修めた善根を全て極楽往生の資として。
八 極楽往生の仕方を九等級に分けた九品往生のうちの第三。上品中生の下、中品上生の上。 九 童子姿の天人。
一〇 後出の「兜率天」に同じ。→地名「兜率天」。 一一 →人名「弥勒菩薩」。
一二 一つの乗物の意で、一切衆生を導いて成仏させる教え、即ち法華経の教理をさす。
一三 慈氏尊。弥勒菩薩に同じ。→注一一。
一四 →人名「阿弥陀如来」。
一五 弥勒菩薩に同じ。→注一一。
一六 →地名「極楽」。
一七 験記「当㆓於此時㆒、天奏㆓微妙音楽㆒。或人聞㆓楽音㆒、従㆓西方㆒指㆓東方㆒来。或聾聞㆓楽音㆒、従㆓東方㆒指㆓西方㆒往。又香風頻吹、奇妙香気、満㆓塞虚空㆒。草木枝葉、似㆓萎衰形㆒、向㆓西方㆒傾低。況涕涙鳴咽

祐阿闍梨此レヲ聞テ、貴ビ悲ブ事無限《かぎりな》シ。

亦、僧都ノ云ク、「近来《このごろ》時々観音来《きた》リ現ジ給フ」ト語ル。慶祐阿闍梨涙ヲ流シテ答テ云ク、「疑ヒ無ク極楽ニ可生給《うまれたまふべ》シ」ト。其ノ後、僧都絶入《たえいり》ヌ。其ノ時ニ、[一七]空ニ紫雲[一八]□テ音楽ノ音有リ。香《かう》バシキ香室《かむろ》ノ内ニ満《みち》タリ。[一九]寛仁《くわんにん》元年ノ六月十日ノ[二〇]丑寅《うしとら》ノ時許《ばかり》ノ事也。年七十六也。

実《まこと》ニ此レ、希有《けう》ノ事也トナム語リ伝ヘタルトヤ。

多武峰増賀聖人語《たむのみねのぞうがしやうにんのこと》第三十三

今昔《いまはむかし》、[二一]多武《たむ》ノ峰ニ[二二]増賀聖人《ぞうがしやうにん》ト云フ人有ケリ。俗姓《ぞくしやう》ハ[二三]□氏《うぢ》、[二四]京ノ人也。生レテ後不久《ひさしから》ズシテ、父母《ぶも》[二五]事ノ縁有ルニ依《より》テ[二六]坂東《ばんどう》ノ方《かた》ニ下《くだ》ルニ、馬ノ上ニ輿《こし》ニ似タル物ヲ[二七]構《かまへ》テ、乳母《めのと》ニ令懐《いだかしめ》テ、[二八]此レニ居《すゑ》ヘテ此ノ児《ちご》ヲ将《ゐて》行ク。然レバ、乳母児《ちご》ヲ懐《いだき》テ馬ノ上ニ居乍《ゐなが》ラ行ク間ニ、[二九]眠《ねぶり》ニケルニ、児《ちご》馬ヨリ[三〇]丸《まろ》ビ落《おち》ニケリ。[三一]十余町ヲ行ク程ニ、乳母眠覚《ねぶりさめ》テ児《ちご》ヲ見ルニ、児《ちご》無シ。落ニケリト思フニ、何《いど》コニ落ニケムト云フ事ヲ不知《しら》ズ。驚キ[三二]悲ム、父母ニ告グ。父母此レヲ聞《きき》テ、音《こゑ》ヲ挙《あげ》テ泣キ叫《さけび》テ云《いは》ク、「我ガ子ハ定メテ[三三]若干《そこばく》ノ道行ク馬・牛・人ノ為《ため》ニ踏殺《ふみころ》サレヌラム。生《いき》テ有ラム事難

声、満二於山林一、悲泣恋慕響、遍二院内一焉」。　一八 底本破損。諸本「聳テ」。
一九 一〇一七年。
二〇 午前三時頃。験記「寅時刻」。

第三十三話 中核的出典は法華験記・下・82。未詳の他資料に拠って増補している。同話・類話は続本朝往生伝・12、増賀上人行業記、発心集・一・5、元亨釈書・十・増賀その他に喧伝する。
二一 →地名「多武ノ峰(とうのみね)」。
二二 →人名「増賀」。
二三 俗姓の明記を期した意識的欠字。続本朝往生伝に「参議橘恒平卿之子也」とあり、尊卑分脈にも「橘恒平」の子として増賀の名が見える。これによれば俗姓は「橘」であるが、永観元年(九八三)六十二歳で没した恒平(公卿補任)は、長保五年(一〇〇三)八十七歳で没した増賀(扶桑略記)よりも五歳年下であって、増賀を恒平の子とする説には疑問がある。
二四 験記「増賀聖、平安宮人也」。
二五 縁あって。　二六 関東。→地名「坂東」。
二七 工夫して造り付けて。
二八 その輿のようなものに乗せて。
二九 験記「爰父母乳母等、従二諸人前一、深暁出行。時乳母抱レ児、乍レ居二馬上一眠熟」によれば、早朝の出発だったため乳母は睡眠不足で居眠りしたのである。
三〇 ころがり落ちてしまった。験記「小児従レ馬丸落」。　三一 験記「数十町」。
三二 「悲ム」は「そして即ち」と後に続いていく。驚き悲しんで、さっそく父母に告げた。　三三 多数。おおぜい。

シ。然レドモ、死骸《しにかばね》ヲモ見ム」ト云テ、泣ゝ《なくな》ク[一]打返《うちかへし》テ求ムルニ、[二]十余町ヲ返《かへり》テ、[三]狭《せば》キ道ノ中ニ、此ノ児《ちご》[四]空ニ仰《あふのき》テ咲《ゑみ》テ臥《ふ》セリ。見レバ、[五]泥《でい》ニモ不穢《けがれ》ズ、水ニモ不濡《ぬれ》ズ、疵《きず》モ無《なく》テ有レバ、父母喜《よろこび》テ懐《いだ》キ取テ、奇異也ト思テ返リ行ヌ。其ノ夜ノ夢ニ、泥ノ上ニ[六]厳《かざり》タル床有リ。[七]微妙《みめう》ノ色ノ衣ヲ敷タリ。其ノ上ニ此ノ児《ちご》有リ。[八]形皃端正《ぎやうめうたんじやう》ナル童子ノ[九]鬘結《みづらゆひ》タル四人有テ、此ノ床ノ四《よつ》ノ角《すみ》ニ立《たち》テ、誦《じゆ》シテ云ク、「[一〇]仏口所生子《ぶつくしよしやうし》是故我守護《ぜこがしゆご》」ト云フ、ト見テ夢覚《さめ》ヌ。

其ノ後ハ、此ノ児《ちご》[一一]只者ニ非ザリケリト知テ、弥《いよい》ヨ傅《かしづ》キ養フ間ニ、児《ちご》四歳ニ成ルニ、父母ニ向テ云ク、「我レ比叡《ひえ》ノ山ニ登テ、[一二]法花経《ほくゑきやう》ヲ習ヒ、法ヲ学《がく》セム」ト云テ、亦《また》云フ事無シ。父母此レヲ聞テ、驚キ怪ムデ、「幼キ程ニ何ゾ如此《かくのごと》クノ事ヲ可云《いふべ》キ。若《も》シ此レ鬼神ノ託《つき》テ令云《いはしむ》ル事カ」ト疑《うたがひ》テ、恐レケル間ニ、母ノ夢ニ、此ノ児《ちご》ヲ懐テ乳《ち》ヲ令飲《のましむ》ル程ニ、児《ちご》急ニ[一三]勢長シテ、年三十許《ばかり》有ル僧ト成テ、手ニ経ヲ捲《にぎり》テ有リ。傍ニ貴気《たふとげ》ナル聖人ノ僧在《まし》マシテ、父母ニ告テ宣《のたま》ハク、「汝等、驚キ怪《あやしみ》テ疑フ事無カレ。此ノ児《ちご》ハ[一四]宿因有テ聖人ト可成《なるべ》キ者也」ト告グ、ト見テ夢覚《さめ》ヌ。其ノ後ヨリゾ、父母、「此レハ聖人ト可成《なるべ》キ者也ケリ」ト心得テ喜《よろこび》ケル。

児《ちご》、年十歳《じつさいに》シテ、遂《つひ》ニ比叡ノ山ニ登《のぼり》テ、[一五]天台座主《てんだいざす》ノ[一六]横川《よかは》ノ[一七]慈恵大僧正《じゑだいそうじやう》ノ弟子ニ成テ、出家シテ名ヲ増賀《ぞうが》ト云フ。法花経ヲ受ケ習ヒ、[一八]顕蜜《けんみつ》ノ法文《ほふもん》ヲ学スルニ、心広ク

一　引き返して捜したところ。験記「還行尋求之」。
二　験記「数十町」。
三　験記「狭路泥中凹石上臥、向レ天含レ咲遊臥」。
四　空に向かって仰向けになって。
五　「泥」の訓みは後に「どろ」が一般的になるが、本書の時代には未確認。
六　装飾した床（一段高くなった座）。験記「其泥石上、有二宝床一、布二天衣一」。
七　美しい色の衣。
八　験記「天童」。→一〇三頁注一九。
九　髪を左右に分けて両耳のあたりで束ねる結い方。上代には成人男子、平安時代には少年の髪型。
一〇　この子は仏の口から生じた子（仏の説法により再生した、仏の正統な後継者）である。このゆえに我々はこの子を守護するの意。法華経・一・方便品の偈の一節「仏口所生子、合掌瞻仰待」を踏まえた文句である。
一一　普通の人間ではない（聖者である）と知って。
一二　→一五四頁注七。
一三　成長して。大きくなって。
一四　前世からの因縁があって。
一五　比叡山延暦寺の貫主。
一六　→地名「横川」。
一七　良源。→人名「良源」。
一八　「蜜」は「密」と通用。顕教と密教の経論を学んだところ。

智《さと》リ深クシテ、既ニ止事無《やむごとな》キ[一九]学生《がくしやう》ニ成ヌレバ、師ノ座主モ此レヲ[二〇]難去《さりがた》キ者ニ思テ過《すぐ》ル間ニ、学問ノ隙《ひま》ニハ必ズ毎日《ひごと》ニ法花経一部、[二一]三時ノ懺悔《さんぐゑ》ヲゾ不断《たた》ザリケル。

而《しか》ル間ニ、道心堅固ニ発《おこり》ニケレバ、現世《げんぜ》ノ[二二]名聞《みやうもん》・利養《りやう》ヲ永ク棄《すて》テ、偏《ひとへ》ニ[二三]後世菩提《ごせぼだい》ノ事ヲノミ思ケル間ニ、カク止事無《やむごとな》キ学生《がくしやう》ナル聞エ高ク成テ、[二四]召シ仕ハムト為《す》レドモ、強《あながち》ニ辞シテ不出立《いでたた》ズシテ思ハク、「我レ此ノ山ヲ去テ多武ノ峰ト云フ所ニ行テ、籠居《こもりゐ》テ静《しづか》ニ行《おこなひ》テ後世ヲ祈ラム」ト思テ、師ノ座主ニ暇《いとま》ヲ請《こ》フニ、[二五]座主モ免《ゆる》サル、事無シ。傍ノ学生共《ども》モ強《あながち》ニ制止スレバ、思ヒ歎テ心ニ[二六]狂気《わうき》ヲ翔《ふるま》フ。

[二七]其ノ時ニ、山ノ内ニ[二八]僧供《そうぐ》ヲ引ク所有リ。皆人、[二九]下僧《げそう》ヲ遣《つかはし》テ此レヲ受《うく》ルニ、増賀自《みづか》ラ黒ク穢《けが》レタル[三〇]折櫃《をりひつ》ヲ提《ひさ》ゲ持《もち》テ、彼ノ僧供引ク所ニ行テ此レヲ受ク。僧供ヲ引ク[三一]行事《ぎやうじ》等此レヲ見テ云ク、「此ノ人ハ[三二]止事無《やむごとな》キ学生《がくしやう》ニテハ、自ラ僧供ヲ受ルハ、此レ奇異ノ事也」ト云テ、人ヲ以テ送ラムト為《す》ルニ、増賀、「[三三]只、己《おの》レ給ハリナム」ト云テ受レバ、「[三四]思《おも》ヒ給フ様《やう》ゾ有ラム。然ラバ只奉レ」ト云テ令受《うけしめ》ツ。増賀受ケ得テ、房ニハ不持行《もてゆか》ズシテ、諸《もろもろ》ノ夫共《ぶども》ノ行ク道ニ、夫共ト並ビ居テ、木ノ枝ヲ折テ箸《はし》トシテ、我レモ食ヒ、傍ノ夫共ニモ令食《くはしむ》レバ、人々此レヲ見テ、「此レハ只ニハ非ズ、物ニ狂フ也ケリ」ト[三五]転《うたて》ガリテ穢《きたな》ガリケリ。

如此《かくのごと》ク常ニ翔《ふるま》ヒケレバ、傍ノ学生共《がくしやうども》モ不交《まじはら》ズシテ、師ノ座主ニモ此ノ由《よし》ヲ申ケリ。

一九 学僧。
二〇 手放しがたい者と思って。
二一 一日三回の定時(早朝・日中・日没)に仏前で罪過を懺悔する勤行。
二二 世間の名声と利得を得ようとすること。名誉欲と財欲。
二三 後世の往生のことだけを。
二四 主格は朝廷や貴人。験記「冷泉先皇請為二護持僧一、口唱二狂言一、身作二狂事一、更以出去。国母女院敬請為レ師、於二女房中一発二禁忌麁言一、然又罷出。如レ此背レ世方便甚多」。
二五 験記には師の座主が制止したことを直接に示す文言はない。
二六 狂気をよそおう。発狂したように見せかける。
二七 本段は験記に見えず、出典未詳。発心集の内論議の残飯を乞食とともに拾って食べた話は本段に似たところがある。
二八 「僧供」は僧に対する供養物。「引ク」はそれを供給する意。
二九 下使いの僧。
三〇 檜の薄板を折り曲げて作った容器。肴・菓子の類を入れる。
三一 係の者たち。
三二 りっぱな学僧でありながら。
三三 ぜひ私がいただきたい。
三四 何かお考えがあるのだろう。
三五 いとわしく思って。

座主モ、「如然《しかのごと》ク成リナム者ヲバ[一]今ハ何カ《いかに》ハ為《せ》ム」ト云ケルヲ聞テ、増賀、「思ヒノ如ク叶《かなひ》ヌ」ト思テ、山ヲ出《い》デヽ多武ノ峰ニ行テ、籠居《こもりゐ》テ静《しづか》ニ法花経ヲ誦《じゅ》シ、念仏ヲ唱テ有リ。上ニハ[二]魔障《ましやう》強シトテ、麓ノ里ニ房ヲ造テ、[三]築垣《ついがき》ヲ築《つ》キ廻《ま》ハシテ其《そこ》ニゾ住《すみ》ケル。亦、[四]心ヲ至シテ[五]三七日ノ間、[六]三時ニ[七]懺法《せんぼふ》ヲ行フニ、夢ニ、[八]南岳《なんがく》・[九]天台《てんだい》ノ二人ノ大師来《きたり》テ告《つげ》テ宣《のたまは》ク、「[一〇]善哉《よきかなや》、[一一]仏子《ぶつし》、善根《ぜんごん》ヲ[一二]修《しゅ》セリシ」ト見ケリ。其ノ後ハ、弥《いよい》ヨ行ヒ怠ル事無シ。

而《しか》ル間、貴キ聖人也ト云フ事世ニ高ク聞エテ、[一三]冷泉院《れいぜいのゐん》請《しやう》ジテ[一四]御持僧《ごぢそう》トセムト為《す》ルニ、召《めし》ニ随《したがひ》テ参《まゐり》テハ、様ゝノ物狂ハシキ事共《ども》ヲ申シテ逃《にげ》テ去《さり》ニケリ。如此《かくのごと》ク、事ニ触レテ狂フ事ノミ有ケレドモ、其レニ付《つき》テ貴キ思《おぼ》エハ弥《いよい》ヨ増リケリ。

既ニ年八十ニ余《あまり》テ、身ニ病《やまひ》無クシテ只悩ム許《ばかり》ニテ有ケルニ、十余日ノ前ニ死期《しご》ヲ知テ、弟子ヲ集メテ其事ヲ告テ云ク、「[一五]我レ年来《としごろ》願フ所、今叶ヒナムトス。今[一六]此ノ界《さかひ》ヲ棄テヽ、[一七]極楽ニ往生セム事、近キニ有リ。我レ尤《もと》モ喜ブ所也」ト云テ、弟子ヲ集メテ[一八]講演ヲ行ヒテ、[一九]番論義《ばんろんぎ》ヲ令《せしめ》テ其ノ[二〇]義理ヲ談ズ。亦、往生極楽ニ寄《よせ》テ和歌ヲ令読《よまし》ム。聖人モ自《みづか》ラ和歌ヲ読《よみ》テ云ク、

[二一]美豆波左須《みづはさす》　夜曾知阿末利乃《やそぢあまりの》　於比乃奈美《おひのなみ》　久良介乃保禰爾《くらげのほねに》　阿布曾宇礼志岐《あふぞうれしき》

ト。[二二]亦《ま》タ、[二三]竜門寺《りうもんじ》ニ有ル[二四]春久《しゅんく》聖人ト云《いふ》ハ、此ノ聖人ノ甥《をひ》也ケレバ、年来極《としごろきはめ》テ睦《むつま》シキ

一 もはやどうしようもない。　二 仏道修行を妨げる悪魔。このことは験記には見えない。　三 築地。土塀。　四 まごころこめて。一心不乱に。　五 二十一日間。　六 一日に三回の勤行すべき定時。早朝・日中・日没。　七 法華懺法。法華経を読誦して罪障を懺悔する法要。

八 南岳大師慧思。→人名「慧思(しえ)」。

九 天台大師智顗。→人名「智顗(ぎち)」。

一〇 りっぱなことよ。　一一 仏弟子。増賀をさしている。但し、ここでは前出「仏口所生子」をも意識した表現か。験記「夢南岳大師天台大師等、摩頂告言、善哉仏子、能勤修行。諸仏影向、普賢来護」。

一二 「修セリシト」とあるべきところ。但し、東大本他の諸本は「修セリト」。

一三 →人名「冷泉天皇」。同院が増賀を護持僧に召した時のことは、験記では前段に述べられている。→一六七頁注二四。

一四 護持僧。清涼殿で修法を行い、天皇の身心の安穏を祈る僧。後には広く貴人の寝所に伺候する僧の称ともなった。

一五 験記「愚老増賀、年来所㆑願、早去㆓此界㆒、往㆓生西方㆒。其事在㆓今明㆒。尤所㆓喜中㆒」。　一六 この世界。娑婆世界。この世。　一七 →地名「極楽」。　一八 経典を講じ仏法を説くこと。験記「即修㆓講筵㆒、勤㆓修念仏㆒。又番論義、談㆓論深義㆒」。

一九 法会で僧を二人ずつ組合せ、各組(番)が順次に行う経論についての問答。

二〇 経論の説く意義・道理。教理。

二一 「みづは」は瑞歯で、年老いて抜け落ちた後に再び生えた歯。「さす」はその歯が生えること。長寿の相とされた。但し

間《あひだに》テ、其ノ聖人来《きたり》テ副《そ》ヒ居《ゐ》タリケレバ、聖人極テ喜ビテ、万《よろづ》ノ事共《ども》ヲ語リテゾ有ケル。

[二五]而ル間、聖人既ニ入滅ノ日ニ成テ、竜門ノ聖人幷《ならび》ニ弟子等ニ告テ云ク、「我レガ死セム事今日也。但シ、碁枰《ごばん》[二六]取テ来《きた》レ」ト云ヒケレバ、傍ノ房ニ有ル碁枰取テ来《きたり》ヌ。碁仏居《すゑ》ヘ奉ラムズルニヤ有ルラムト思フニ、「我レ搔キ発《おこ》セ」ト云テ被搔発《かきおこさ》レヌ。碁枰ニ向テ、竜門ノ聖人ヲ呼テ、「碁《ご》一枰《いちばん》[二七]打タム」ト弱気《よわげ》ニ云ヘバ、「念仏ヲバ不唱給《となへたまは》デ、此《こ》ハ物ニ狂ヒ給フニヤ有ラム」ト悲ク思《おぼ》ユレドモ、怖《おそ》ロシク止事無《やむごとな》キ聖人ナレバ、云フ事ニ随《したがひ》テ、寄《より》テ枰《ばん》ノ上ニ石十許《ばかり》互ニ置ク程ニ、「吉々《よしよ》[二八]シ、不打《うた》ジ」ト云テ押シ壊《やぶり》ツ。竜門ノ聖人、「此ハ何ニ依テ碁ハ打《うち》給フゾ」ト恐々《おづお》ヅ問ヘバ、「早[二九]ウ小法師也シ時、碁ヲ人ノ打シヲ見シガ、只今口ニ念仏ヲ唱ヘ乍《なが》ラ心ニ思ヒ出《いで》ラレテ、碁ヲ打《うた》バヤト思フニ依テ打《うち》ツル也」ト答フ。

[三〇]亦、「搔キ発《おこ》セ」ト云テ被搔発《かきおこさ》レヌ。「泥障《あふり》[三一]一懸《ひとかけ》[三二]求メテ持来《もてきた》レ」ト云ヘバ、即チ求テ持来《もてきたり》ヌ。「其レヲ結《ゆ》ヒテ聖人[三三]ノ頸《くび》ニ懸《かけ》ヨ」ト云ヘバ、云フニ随《したがひ》テ頸ニ打懸《うちかけ》ツ。聖人糸《いと》苦シ気《げ》ナルヲ念[三四]ジテ、左右ノ肱《ひぢ》ヲ指延《さしの》ベテ、「古泥障《ふるあふり》[三五]ヲ纏《まとひ》テゾ舞フ」ト云テ、二三度許《ばかり》乙《かな》[三六]デ、、「此レ取リ去《のけ》ヨ」ト云ヘバ、取リ去《の》ケツ。竜[三七]門ノ聖人、「此《こ》ハ何《いか》ニ乙《かな》デ給フゾ」ト恐々《おづお》ヅ問ヘバ、答《こたへて》云ク、「若カリシ時、隣ノ房ニ小法師原《ばら》[三八]ノ多《おほく》有

一説に、年老いて四肢ががたがたになる形容ともいう。「くらげの骨」はあり得ないこと。それに「会ふ」のは滅多にない幸せを意味する。即ち、八十有余の老齢を迎えて、往生極楽というまれに見る幸せに会えるのはうれしいの意。験記「美豆和佐須　也曾知阿末里能　於伊能奈美久良計能保禰耳　阿布曾宇礼志幾」。続本朝往生伝、多武峰略記、発心集等は第五句「あひにけるかな」。　三 以下、この段の末尾まで、験記には見えない。

三 →地名「竜門寺」。　三四 →人名「春久」。

二五 この段と次段の逸話は験記には見えない。続本朝往生伝、発心集その他に同話がある。

二六 碁盤。　二七 一番。一局。

二八 よしよし、もう打つまい。

二九 実はまだ若くて地位の低い僧だった頃、人が碁を打つのを見たが、たった今念仏を唱えながら思い出されて、自分も碁を打ちたいと思う気持が起こったので、打ったのだ。

三〇 この段は教訓抄・五に同話がある。

三一 馬具の一。馬の両脇腹に垂らして、泥がはねて着物を汚すのを防ぐもの。革製。　三二 一式。泥障は左右二面で一式。

三三 増賀が自分をさして言っている。

三四 我慢して。

三五 古泥障を身に纏って舞うことよ。

三六 舞い踊って。字類抄「乙 カナツ」。

三七 続本朝往生伝では、増賀の弟子の仁賀がこの質問をしたことになっている。

三八 「原」は複数を表す接尾語「ばら」に漢字を当てたもの。小法師たち。

テ、咲《わら》[一]ヒ喤《ののし》リシヲ臨《のぞ》キテ見シカバ、一人ノ小法師、泥障《あふり》ヲ頸ニ懸テ、「胡蝶《こてふ》[二]〻〻《こてふ》トゾ人ハ云ヘドモ、古泥障《ふるあふり》ヲ纏《まとひ》テゾ舞フ」ト歌《うたひ》テ舞《まひ》シヲ、好マシト思ヒシガ、年来《としごろ》ハ忘レタリツルニ、只今被思出《おもひいだされ》タレバ、其レ遂《とげ》ムト思テ乙《かな》デツル也。今ハ思フ事露《つゆ》無シ」ト云テ、[三]人ヲ皆去《しりぞ》ケテ、室ノ内ニ入テ縄床《じようしやう》[四]ニ居テ、口ニ法花経ヲ誦シ、手ニ金剛合掌《こんがうがつしやう》[五]ノ印ヲ結《むすび》テ、西向《むき》ニ居《ゐ》乍《なが》ラ入滅シニケリ。其ノ後[六]、多武ノ峰ノ山ニ埋《うづみ》テケリ。

然レバ、実《まこと》ニ最後ニ思ヒ出《いで》ケル事□[七]、必ズ可遂《とぐべ》キ也。此レヲ知テ、聖人モ、碁ヲモ打チ、泥障《あふり》ヲモ纏《まとひ》シ也。聖人ノ夢[八]ニ、「上品上生《じやうぼんじやうしやう》[九]ニ生レヌ」ト告ゲタリ、トナム語リ伝ヘタルトヤ。

書写山性空聖人語《しよしやのやまのしやうくうしやうにんのこと》第三十四

今昔《いまはむかし》、幡磨《はりま》[一〇]ノ国ニ、飾磨《しかま》[一一]ノ郡《こほり》、書写《しよしや》[一二]ノ山ト云《いふ》所ニ、性空聖人《しやうくうしやうにん》[一三]ト云フ人有ケリ。本《もと》、京[一四]ノ人也。従四位下橘《たちばな》ノ朝臣善根《あそんよしね》[一五]ト云ヒケル人ノ子也。母ハ源《みなもと》ノ氏《うぢ》。其ノ母諸《もろもろ》ノ子ヲ生ムニ、難産ニシテ不平《たひらかなら》ズ。而《しか》レバ、此ノ聖人ヲ懐任《くわいにん》[一六]セルニ、流産《るさん》[一七]ノ術ヲ求テ毒ヲ服《ぶく》スト云ヘドモ、其ノ験《しるし》無クテ遂《つひ》ニ平《たひら》カニ生レリ。其ノ児《ちご》[一八]左ノ手ヲ捲《にぎり》テ

一 笑い騒いでいるのを。
二 舞楽の胡蝶楽。高麗壱越調。背に蝶の羽の形をした布を付け、山吹の花をかざして四人で舞う童舞。泥障がこの蝶の羽形に似ているので、小法師たちは戯れて舞ったのである。
三 ここから後は験記の記事に対応している。験記「令レ散二大衆一、入二於静室一、坐二於縄床一、誦二法華経一、手結二金剛合掌印一、坐禅乍レ居入滅。年八十余矣」。
四 →一五九頁注二四。
五 密教で行う十二合掌の第七。両手指を合わせて交叉させ、右の指を左の指の上に置く。帰命合掌ともいう。
六 このことは験記に見えない。多武峰略記に「霊廟在二当寺乾一」とある通り、増賀の墓所は今の談山神社の奥、念誦窟（ねずき）と称される場所にあり、石を積み上げた円塚である。
七 底本破損。諸本欠字。
八 前出の春久をさすか。但し、このことを記した資料は見当たらない。
九 極楽往生の仕方を九階級にわけた九品往生のうちの最上位。

第三十四話 性空上人伝を中核とする複数の資料に拠る。第五、六段は真言伝・六・皇慶伝末尾の或説、第八―十二段は扶桑蒙求私記所引の宇記に酷似。第十三段は法華験記・中・45に拠る。
一〇 「播磨」と通用。 一一 現、兵庫県姫路市付近。 一二 →地名「書写ノ山」。
一三 →人名「性空」。
一四 上人伝「東京人也」。験記「平安宮西京人也」。 一五 →人名「善根」。
一六 「懐妊」に同じ。妊娠。

生《うまれ》タリ。父母《ぶも》怪ムデ強《あながち》ニ開《ひらき》テ見レバ、一《ひとつ》[一九]ノ針ヲ捲《にぎ》レリ。

児《ちご》、嬰《みどりこ》[二〇]ノ時、乳母《めのと》此レヲ抱《いだき》テ寝タルニ、驚《おどろき》[二一]テ児《ちご》ヲ見ルニ無シ。驚キ騒《さわぎ》テ求《もとむ》ルニ、家[二二]ノ北ノ牆《かき》ノ辺《ほとり》ニ有リ。父母此レヲ怪ム。

幼稚ノ時ヨリ、生命《しやうみやう》[二三]ヲ不殺《ころさ》ズ、人ノ中ニ不交《まじはら》ズ、只静《しづか》ナル所ニ居《ゐ》テ、仏教ヲ信ジテ出家ノ心有リ。然ドモ、父母此レヲ不許《ゆるさ》ズ。十歳ニ成ルニ、始メテ師ニ付テ法花《ほくゑ》[二四]経《きやう》八巻ヲ受ケ習ヘリ。十七[二五]ニシテ元服シテ、其ノ後、母ニ随《したがひ》テ日向《ひむか》ノ国ニ至ル。

遂《つひ》ニ本意有ルニ依《より》テ、二十六[二六]ト云フ年出家シテ、霧島《きりしま》[二七]ト云フ所ニ籠《こもり》テ、心ヲ発《おこ》[二八]シテ日夜ニ法花経ヲ読誦《どくじゆ》ス。而《しか》ル間ニ、忽《たちまち》ニ食物《じきもつ》絶《たえ》テ、幽《かすか》[二九]ナル菴《いほり》ニ居[三〇]タルニ、戸[三一]ノ下ニ自然《おのづか》ラ煖《あたたか》[三二]ナル餅《もちひ》三枚有リ。此レヲ食《くひ》テ日来《ひごろ》ヲ経ルニ、飢《うゑ》ノ苦《くるし》ビ無シ。而ル間、霧島ヲ去テ、筑前《ちくぜん》ノ国、背振《せぶり》[三三]ノ山ニ移リ住《ぢう》ス。三十九ト云フ年、法花経ヲ空[三四]ニ思《おぼ》エヌ。

初メハ山ノ中ニ人無クシテ、心ヲ澄《すま》シテ経ヲ読ム間、十余歳許《ばかり》ノ児童《じどう》等来《きたり》テ、同ジ座ニ居テ共ニ経ヲ読ム。亦、老僧ノ形凡《おろか》[三五]ニ非ザル、来《きたり》テ一枚ノ文《もん》ヲ聖人ニ授ク。聖人左[三六]ノ手ヲ以テ此レヲ取ル。老僧耳ニ語《かたり》テ云《いは》ク、「汝《なむ》ヂ法花ノ光ニ被照《てらされ》テ等覚《とうがく》ニ可至《いたるべ》シ」ト云テ失《うせ》ヌ。

亦《また》[三七]、後ニハ、弟子等少《すこし》ク出来《いできたり》テ有ル間、俄《にはか》ニ、十七八歳許《ばかり》ノ童《わらは》ノ、長短《たけひき》[三八]ニテ身太クテ力強ゲナルガ赤髪ナル、何《いど》コヨリトモ無ク出来テ、「聖人ニ仕《つかまつ》ラム」ト云フ。

一七 流産するための術。上人伝「窃求二堕胎之術一。屢服二毒薬一無レ験」。
一八 上人伝「左手」。験記「右手」。
一九 針には異類よけ、魔よけの霊力があるとされた。それを握って生まれたのは非凡の子であることを示す。なお巻一二・2には左手に仏舎利を、巻二一・10、11、14には両手ないし右手に金銭を握って生まれた子の話がある。
二〇 嬰児。赤子。 二一 目が覚めて。
二二 上人伝「宅之北牆辺」。験記「前栽之中、瓠レ花安座」。
二三 生き物。 二四 →一五四頁注七。
二五 上人伝「二十七加二首服一」。
二六 上人伝「三十六遂二出家一」。
二七 →地名「霧島」。
二八 道心を起こして。発心して。
二九 訓みは字類抄による。人跡絶えた寂しい庵に。上人伝「山菴幽寂、本無二四隣一」。 三〇 底本「居タルニ」の次に再び「居タルニ」と衍文がある。
三一 上人伝「牖之下有二煖餅三枚一」の「牖」は戸ではなく窓の意。
三二 「暖」に同じ。あたたかい。
三三 →地名「背振ノ山」。 三四 暗記した。上人伝「三十九得レ諳二誦法花経一」。
三五 訓みは名義抄による。ただの人間とは思えない姿の老僧。
三六 出生時針を握っていた方の手であることに注意。→注一八。
三七 本第五段と第六段は上人伝には見えず、真言伝・六・皇慶伝の末尾に「或説云」として同文的同話がある。本段と母胎を同じくするか。 三八 背が低くて。

聖人此レヲ置《おき》テ仕フニ、木ヲ切テ運ブ事、[一]人四五人ガ所ヲ安《やすら》カニ翔《ふる》マフ。道ヲ行ク事モ、百町許《ばかり》ノ道ヲモ二三町ノ程行カム様ニ即チ返《かへ》リ来《きた》ル。他ノ弟子等、「此レハ[二]極《きはめ》タル財《たから》也」ト思フニ、聖人ノ云ク、「此ノ童ハ[三]眼見《まみ》極《きはめ》テ怖《おそ》ロシ。我レ更ニ不好《このま》ズ」ト。然レドモ、如此《かくのごと》クシテ既ニ月来《つきごろ》ニ成ル間ニ、此ノ童ヨリモ今少シ大《おほき》ナル童ノ、本《もと》ヨリ仕《つかまつ》ル有リ。[四]小事ニ依《より》テ此ノ童ト戦ヒ合テ、此ノ今ノ童ヲ罵《ののし》レバ、今ノ童嗔《いかり》テ、本ノ童ノ頭《かしら》ヲ手ヲ以テ打ツ。[五]一拳《ひとこぶし》打ツニ即チ[六]死《しに》ヌ。其ノ時ニ、弟子等寄《より》テ抑《おさ》ヘテ、面《おもて》ニ水ヲ灑《そそ》ク程ニ、良久《ややひさし》クシテ生還《いきかへり》ヌ。

聖人此レヲ見テ云ク、「然《さ》レバコソ[七]不用ノ童《わらは》トハ云ヒツレ。吉《よ》ク此レヲ不知《しらず》シテ讃《ほ》メ合ヘル也。然レバ、此ノ童有テハ尚悪《なほあし》キ事有ナム。速《すみやか》ニ出《いで》ネ」ト云テ追ヘバ、童泣テ云ク、「更ニ不可出《いづべから》ズ。出《いで》テハ重キ罪ヲ蒙《かうぶ》リナム」ト云テ辞《いな》ブト云ヘドモ、聖人強《あながち》ニ追テ出シツ。其ノ時ニ、童出《いづ》ルニ、泣テ云ク、「[八]君ノ「懃《ねむごろ》ニ仕《つかまつ》レ」トテ遣《つかは》シタレバ参《まゐり》タルヲ、強《あながち》ニ追《おは》ルレバ、待チ受テ必ズ罪有ラムトス」ト云テ泣ゝ《なくな》ク出《いで》ツ、ト見ル程ニ、[九]掻消《かきけ》ツ様《やう》ニ失ヌ。弟子等此《これ》ヲ怪《あやしみ》テ聖人ニ申シテ云ク、「此レハ何《いか》ナル者ノ如此《かくのごと》クハ申スゾ」ト。聖人ノ云ク、「我レ心ニ叶《かなひ》テ輒《たやす》ク被仕《つかは》ルヽ者ノ無ケレバ、[一〇]毘沙門天《びしやもんてん》ニ、「[一一]然《しか》ラム者、一人給ヘ」ト申シヽニ依テ、実《まこと》ノ人ヲバ不給《たまは》デ、[一二]眷属《くゑんぞく》ヲ給ヘル也。煩[一三]ハシキ者ナルニ依テ、「[一四]久《ひさし》ク有テハ由《よし》無シ」ト思テ返シツル也。

一 四、五人分の仕事を楽々とこなす。
二 きわめて重宝な人材だ。
三 目付き。
四 ささいなこと。真言伝「ハカナキ事」。
五 一撃したところ。真言伝「一ツコブシニ、ヤガテ死ニケリ」。
六 ここでは、気絶の意。
七 無用の。役に立たない。
八 自分の主君。後文によれば、この童は毘沙門天の部下である。
九 変化の者や化身の類が突然姿を消して跡形もなくなる時の定型的表現。
一〇 →人名「毘沙門天」。
一一 適当な者を一人下さい。真言伝「ヤスクツカハレヌベキゲス一人タベ」。
一二 部下。従者。ここでは毘沙門天に従う護法神をさす。
一三 面倒な者なので。何か問題を起こしそうな厄介な者なので。
一四 長くいてはよくない。
一五 わが僧房の中で人が恐れをなすようなことはさせまい。
一六 こういう由来を知らないで。

但シ、房[一五]ノ内ニ人恐レヲ成ス事ヲバ不令至《いたさしめ》ジ。此[一六]ノ故《ゆゑ》ヲ不知《しら》ズシテ戦ヒ合テ被打殺《うちころさ》ル、、極《きはめ》テ愚カ也」ト。

其[一七]ノ後、聖人背振ノ山ヲ去テ、幡磨ノ国、飾磨ノ郡ノ書写ノ山ニ移テ、三間《みま》[一八]ノ庵《あん》室《じつ》ヲ造テ住《ぢう》ス。日夜ニ法花経ヲ読誦スルニ、初メハ音《こゑ》[一九]ニ読ム。後ニハ訓《よみ》[二〇]ニ誦《じゅ》ス。舌[二一]ニ付《つき》テ早キニ依テ也。然《し》カ訓《よみ》ニ誦《じゅ》スト云ヘドモ、其レモ吉《よ》ク功《く》入《いり》[二二]テ、人ノ四五枚読ム程ニ一部ハ誦《じゅ》シ畢《をはり》ヌ。山[二三]野ノ禽獣《きんじう》馴《な》レ睦《むつび》テ不去《さら》ズシテ、聖人食《じき》ヲ分《わかち》テ与フ。身ニ蟣《ききさ》[二四]・虱《しらみ》不近付《ちかづか》ズ。全ク嗔恚《しんい》[二五]ヲ発《おこ》ス事無シ。当国・隣国ノ老少《らうせう》・道俗・男女《なんによ》、皆来《きたり》□[二六]不帰依《きえせ》ズト云フ事無シ。世靡《なびき》テ貴ブ事無限《かぎりな》シ。

然[二七]ル間、円融院《ゑんゆうのゐん》[二八]ノ天皇、位ヲ去リ給テ後、重ク煩ヒ給フ事有リ。其ノ時ノ止事無《やむごとな》ク験《しるし》[二九]有ル僧共《ども》、皆参《まゐり》テ祈リ奉ルト云ヘドモ、露《つゆ》其ノ験《しるし》無シ。然レバ、人〻有テ申シテ云ク、「書写ノ山ノ性空聖人、年来《としごろ》ノ法花ノ持者《ぢしゃ》トシテ、験《しるし》世ニ彼レニ過《すぐ》ル者不有《あら》ジ。然レバ、彼レヲ召シテ可令祈《いのらしむべ》キ也」ト。此レニ依テ□[三〇]ト云フ兵物《つはもの》[三一]ヲ召シテ彼ノ山ヘ遣《つかは》ス。「辞スト云フトモ慥《たしか》ニ召シテ可将参《ゐてまゐるべ》シ」ト。然レバ、院ノ召使一人ヲ具シテ、□[三二]、聖人ノ可乗《のるべ》キ馬ナド令引《ひかし》メテ、怱《いそぎ》テ幡磨ノ国ヘ下ル。

其ノ日晩《く》レテ、摂津《つ》ノ国ノ梶原寺《かぢはらでら》[三三]ノ僧房ニ宿《やどり》シヌ。夜《よ》ル[三四]、目打チ醒《さ》メテ思フニ、「書写ノ聖人ハ年来《としごろ》道心深キ持経者《ぢきやうじゃ》[三五]也。若《も》[三六]シ僻《ひが》ミテ不参《まゐら》ザラムヲ、強《あながち》ニ馬ニ抱《いだき》テ乗

一七 本第七段は上人伝に依拠している。但し、法華経読誦に関する記事は上人伝には見えない。
一八 上人伝「一間草庵」。
一九 音読する。経文は音読が普通。
二〇 訓読する。
二一 「舌ニ付ク」は舌足らずで、もの言いがはっきりしない意。即ち皆まで発音せず、しかも早口であったことをいうか。
二二 読誦の功が積もって。熟練して。
二三 上人伝「山禽野獣、知㆓心無㆑機、馴而自至。毎㆑及㆓斎時㆒、前後群集、先分㆓其食㆒施㆑之」。
二四 シラミの卵。上人伝「身素無㆓蟣虱㆒」。
二五 怒り恨むこと。三毒の一。
二六 底本破損。諸本欠字。
二七 本第八段から第十二段までは上人伝に見えず、出典未詳。
二八 →人名「円融天皇」。
二九 加持・祈禱の効験のある僧たち。
三〇 人名の明記を期した意識的欠字。宇記「能藤五」。百錬抄・寛和元年(九八五)九月一日条「院以㆓判官代孝忠㆒遣㆑召㆓播磨性空法師㆒、遂不㆑参」の孝忠がその人か。
三一 武士。
三二 →注三〇。
三三 →地名「梶原寺」。
三四 「ル」は「夜(よる)」の捨仮名。
三五 霊地霊場に籠もってひたすら法華経を読誦して修行する僧。持者。
三六 もし素直に言うことを聞かず依怙地になって参らなかった場合、それを強引に馬に抱き乗せるというのは、どうなることであろうか。

セム事コソ何《いか》ナルベキ事ニカ有ラム。極《きはめ》テ恐レ可有《あるべ》キ事カナ」ト思ヒ臥《ふし》タルニ、[一]上《うは》長押《なげし》[二]ヨリ鼠《ねずみ》ノ走《はしり》渡ルニ、[三]枕上《まくらがみ》ニ物ノ掻キ落《おと》サレタルヲ見レバ、紙ノ破《やぶれ》也。取テ火ノ光ニ当テ、見レバ、経ノ破《やぶれ》ノ落チ給ヘル也ケリ。其ノ文《もん》ヲ読メバ、法花経《ほくゑきやう》ノ[四]陀羅《だら》尼《に》品《ほん》ノ偈《げ》ニ、「[五]悩乱説法者《なうらんせつぽふしや》　頭破作七分《づはさしちぶん》」ト云フ所許《ばかり》、破レ残リ給ヘリ。此レヲ見ルニ、「[六]何《なん》ゾ[七]此《ここ》シモ落チ給ヘルラム」ト思フニ、悲クテ、[八]頭《かしら》ノ毛《け》太《ふと》リテ、怖《おそ》ロシクテ[九]無端《あぢきな》ク思《おぼ》ユ。夜[一〇]暁《あけ》ヌレバ、[一一]然リトテハ、仰セヲ承リヌ、只可返《かへるべ》キニ非ネバ、[一二]夜《よ》ルヲ昼ニ成シテ行テ書写ノ山ニ登ヌ。

持経者ノ房ニ行テ見レバ、水浄《きよ》キ谷迫《たにのはさま》ニ三間《みま》ノ[一三]萱屋《かやや》ヲ造《つくれ》リ。一間《ひとま》ハ昼《ひ》ル居《ゐ》ル所ナメリ。[一四]地火炉《ぢくわろ》ナド塗《ぬり》タリ。次ノ間ハ寝所ナメリ。薦《こも》ヲ懸ケ廻《めぐ》ラカシタリ。次ノ間ハ[一五]普賢《ふげん》ヲ懸《かけ》奉テ他《ほか》ノ仏不在《ましま》サズ。[一六]行道《ぎやうだう》ノ跡、[一七]板敷《いたじき》ニ窪《くぼ》ミタリ。見ルニ、清ク貴キ事無限《かぎりな》シ。聖人[一八]□ヲ見テ云ク、「何事ニ依テ来《きた》レル人ゾ」ト。答テ云ク、「[一九]一院《いちのゐん》ノ御使ニテ参レル也。其ノ故《ゆゑ》ハ、月来《つきごろ》御悩《なう》有テ、様ゝノ御祈有リト云ヘドモ、其ノ験《しるし》無シ。聖人許《ばかり》コソ憑《たの》モシク在《まし》マセ。必ズ可参給《まゐりたまふべ》キ由《よし》ヲ奉《うけたま》ハレリ。[二〇]若《も》シ不参給《まゐりたまは》ズハ、永ク院ニ不可参《まゐるべから》ヌ仰セヲ蒙《かうぶ》レル也。譬《たと》ヒ不参《まゐら》ジト思[二一]□云フトモ、我レヲ助ケムガ為《た》メニ可参給《まゐりたまふべ》キ也。[二二]人ヲ徒《いたづら》ニ成スハ罪有ル事也」ト泣ク許《ばかり》ノ気色《けしき》ヲ以□[二三]云□。聖人、「然《さ》マデ可有《あるべ》キ事ニモ非ズ。参ラム事糸《いと》安シ。但シ、「此ノ山ヲ不出《いで》ジ」ト

一 鴨居の上に横に渡した木。
二 「ヨリ」は経由を表す。…を通っての意。即ち上長押を鼠が走って通ったのである。
三 枕元。
四 法華経・八・陀羅尼品。薬王菩薩・勇施菩薩・四天王・十羅刹女が次々に持経者を守護する神呪を説く。
五 もし説法者を悩まし苦しめるならば、その者の頭は七つに割れるであろう。陀羅尼品において十羅刹女が説く偈の一節。
六 どうしてよりによってこの部分が落ちなさったのだろう。経典に対する尊敬表現。　七 「此」は「かく」とも訓める。
八 はなはだしい恐怖を表す時の定型的表現。現代語の「身の毛がよだつ」に相当する。
九 (自分のしていることが)いかにも無益で不当なことに思えた。
一〇 →一三三頁注二八。
一一 だからといって、勅命を承った以上、何もしないで帰るわけには行かないので。
一二 昼夜兼行で。夜を日に継いで。
一三 萱葺きの建物。
一四 いろり。地炉。
一五 →人名「普賢菩薩」。
一六 本尊の周囲を読経しながら右回りに歩いて回って礼拝する作法。
一七 板張りの床。
一八 →一七三頁注二〇。
一九 院が複数いる場合、最初に院になった人をさしていう。寛和元年には冷泉院が一院であった。但し、性空を招請したのは円融院であり(→一七三頁注二八)、ここでは円融院をさしていると見られる。

仏ニ申シタル事ナレバ、此ノ由《よし》ヲ仏ニ暇《いとま》申サム」ト云テ、仏ノ御方《かた》ニ歩ミ入レバ、[二四]□、「此ハ[二五]乏《たゆめ》テ逃《にげ》ナムト為《す》ルナメリ」ト思テ、[二六]郎等共《らうどうども》ヲバ房ノ廻《めぐ》リニ居《す》ヘ《ゑ》廻《めぐ》ラカシテ、[二七]「我ガ君、只我レヲ助クルゾト思《おぼ》シテ参給《まゐり》ヘ」ト云ヘバ、聖人、仏ノ御前ニ居テ、[二八]金《かね》ヲ打テ申サク、「我レ[二九]大魔障《だいましやう》ニ値《あひ》タリ。助ケ給ヘ、[三〇]十羅刹《じふらせつ》」ト音《こゑ》ヲ挙《あげ》テ叫《さけび》テ、[三一]木蓮子《もくれんじ》ノ念珠《ねんじゆ》ノ砕ク許《ばかり》轢《もみ》テ、額《ぬか》ノ破《やぶ》ル許《ばかり》額ヲ突《つき》テ、七八度許《ばかり》突キ畢《をはり》テ、臥《ふ》シ丸《まろ》ビ泣ク事無限《かぎりな》シ。

[三二]□此レヲ見テ思ハク、「[三三]聖人不将参《ゐてまゐら》ザラムニ依テ、命ハ不被絶《たたれ》ジ。流罪《るざい》ヲコソハ蒙《かうぶらむ》ズラメ。而ルニ、此ノ聖人ヲ強《あながち》ニ[三四]譴《せめ》テ将参《ゐてまゐり》テハ、現世《げんぜ》・後生《ごしやう》吉キ事不有《あら》ジ。然レバ、只此ノ房ノ当《あた》リヲ逃ゲナム」ト思テ、郎等共《ども》ヲ招キ取テ、馬ニ乗テ鞭《むち》ヲ打テ逃ヌ。十余町許《ばかり》坂ヲ下ル間ニ、院ノ[三五]下部《しもべ》、[三六]文《ふみ》ヲ捧《ささげ》テ会タリ。取テ披《ひらき》テ見レバ、「聖人迎フル事不可有《あるべから》ズ。御夢ニ不可召《めすべから》ザル由《よし》ヲ御覧ジタレバ、仰セ遣《つかは》ス也。速《すみやか》ニ可罷返《まかりかへるべ》シ」ト被書《かかれ》タリ。此レヲ見テ喜ビ思フ事無限《かぎりな》シ。[三七]愁《うれへ》テ忩《いそ》ギ返リ参テ、梶原寺ノ事ヨリ始《はじめ》テ、聖人ノ房ノ間ノ事具《つぶさ》ニ申スニ、御夢ヲ思《おぼ》シ合セテ、極《きはめ》テ恐《お》ヂ給ヒケリ。

[三八]其ノ後、京ヨリ上中下ノ道俗、聖人ニ結縁《けちえん》セムガ為《ため》ニ参リ合ヘリ。[三九]花山《くわさん》ノ法皇《ほふわう》、[四〇]両度御幸有リ。[四一]次ノ度《たび》ハ、[四二]延源阿闍梨《えんぐゑんあじやり》ト云フ極《きはめ》タル絵師《ゑし》ヲ具シ給テ、聖人ノ[四三]影像《やうざう》ヲ

二〇 もしおいでいただけなかったら、私は永久に院にお仕えすることはならぬとの仰せを蒙っているのです。
二一 底本破損。東大本「思ス□」。
二二 人の生活を台なしにするのは。
二三 底本破損。諸本欠字。
二四 →一七三頁注三〇。
二五 油断させて。
二六 家来たち。従者たち。
二七 改まって相手に呼びかける言葉。許しや哀れみを乞う場合が多い。
二八 鉦。仏具の一。撞木で叩いて鳴らすかね。たたきがね。
二九 仏道修行を妨げる大悪魔。
三〇 →人名「十羅刹」。
三一 ムクロジ(ムクロジ科の落葉高木)の種子(黒く固い球形)で作った数珠。
三二 →一七三頁注三〇。
三三 聖人をお連れしなかったところで、死刑にはなるまい。流罪になるだろう。
三四 名義抄「譴 シコヅ、セム」。強引に責めて連れて参ったならば。
三五 召使。下人。
三六 文書を捧げてやって来るのに出会った。
三七 (聖人を悩ました自分はどうなることかと)事態を心配しながら急いで院に帰参して。
三八 本第十三段は法華験記に拠る。
三九 →人名「花山天皇」。
四〇 初度は寛和二年(九八六)七月(紀略)。再度は長保四年(一〇〇二)三月(書写山円教寺旧記)。　四一 再度。第二回目。
四二 →人名「延源」。　四三 肖像。

令写《うつさし》メ、亦、聖人ノ[一]最後ノ有様ヲ令記《しるさし》メ給ヒケリ。形《かたち》ヲ写ス程ニ、地震《なゐ》有ケリ。法皇大キニ恐レ給フ。其ノ時ニ、聖人ノ云ク、「此レ不可恐給《おそれたまふべから》ズ。[二]此レ我ガ形ヲ写セルニ依テ有ル事也。亦、此レヨリ後ニ形ヲ写シ畢《をは》ラム時ニ亦可有《あるべ》シ」ト。既ニ形ヲ写シ畢《をは》ル時ニ、大キニ地震《なゐ》有リ。其ノ時ニ、法皇地《ち》ニ下《お》リテ聖人ヲ礼拝シテ返ラセ給ヒヌ。

[三]其ノ後、亦、[四]源心座主《ぐゑんしんざす》ト云フ人有リ。比叡《ひえ》ノ山ノ僧也。其ノ人、[五]供奉《ぐぶ》ト云ヒケル時ヨリ、書写ノ聖人ト[六]得意《とくい》也ケリ。而ルニ、聖人ノ許《もと》ヨリ源心供奉ノ許《もと》ニ消息ヲ持《もて》来《きた》レリ。開《ひらき》テ見レバ、「年来仏経《としごろぶつきやう》ヲ[七]儲《まう》ケ奉レリ。[八]貴房ヲ以テ令供養《くやうせしめ》ムト思ヒツルニ、[九]自然《おのづか》ラ障《さはり》ツヽ于今《いまにと》不遂《げ》ズ。而ルニ、[一〇]万《よろづ》ヲ闕《かき》テ可来給《きたりたまふべ》シ。其ノ願ヲ可遂《とぐべ》キ也」ト。源心此レヲ見テ、忩《いそぎ》テ書写ノ山ニ行テ、聖人ノ本意ノ如クニ仏経ヲ供養シ奉リツ。聖人極《きはめ》テ喜ビ貴ブ。亦、其ノ国ノ人多ク集リ来《きたり》テ、此レヲ聞テ貴ブ事無限《かぎりな》シ。畢《をはり》ヌレバ、様様《さまざま》ノ布施共《ふせども》ヲ与フ。其中《その》ニ一寸許《ばかり》ノ針ノ□[一一]タルヲ紙ニ裹《つつみ》テ加ヘタリ。源心此レヲ見テ、頗《すこぶ》ル不心得《こころえ》ズ思フ。「針ハ[一二]此ノ国ノ物ナレバ令得《えしめ》給フナメリ。而ルニ、只一ツ□[一三]針ヲ令得《えしめ》給タルガ極《きはめ》テ不心得《こころえ》ズ思《おぼ》ユレバ、若《も》シ故《ゆゑ》有ル事ニヤ有ラム。サハレ、此ノ事問ヒ奉リテム。若《も》シ可聞《きくべ》キ事ニテ有ラムニ、不聞《きか》ザラム後《のち》ノ悔《くい》ヒ有《あり》ナム」ト思テ、源心暇乞《いとまこひ》テ出《い》ヅトテ、聖人ニ申サク、「此ノ針ヲ給タルハ何ニ依テ

一　験記「注ニ記上人初後作法ニ」を誤解したもの。「初後作法」は初夜(午後八時頃)と後夜(午前四時頃)の仏事作法。この誤解は話末の没年の誤解に連動している。↓注一六。
二　地震は仏の奇瑞としての六種震動(巻一・6、同・13など)に似た瑞相であろう。
三　本第十四段以後の出典は未詳。
四　↓人名「源心」。
五　宮中の内道場に出仕する僧。内供奉。内供。
六　懇意。
七　用意し奉っております。具体的には書写したことをいう。
八　貴僧。
九　なにかと支障が生じて。
一〇　万障繰り合わせて是非おいでいただきたい。
一一　「サビ」の漢字表記を期した意識的欠字。
一二　この播磨国の特産品であるから。
一三　↓注一一。

ゾ」ト。聖人答テ云ク、「此レ、定メテ怪シク思給《おもひたまひ》ツラム。此ノ針ハ、母ノ胎《はら》ヨリ生レ出《いで》ケル時ニ、左ノ手ニ捲《にぎり》テ生レタリケルヲ、母ノ如此《かくのごと》ク中テ令得《えし》メタリシ也。其レヲ年来《としごろ》持テ侍《はべり》ツルヲ、徒《いたづら》ニ棄テムモ□[一四]ニ思エテ奉ル也」ト云フヲ聞クニゾ、「吉《よ》クコソ問ヒ聞テケレ。不聞《きか》ズシテ止《や》ミナマシカバ、聖人[一五]ノ一生ハ不知《しら》ザラマシ」ト喜《よろこび》テ返《かへ》ルニ、摂津ノ国ノ程ニテ、人追《おひ》テ来《きたり》テ云ク、「聖人ハ失《うせ》給ニキ」ト告グ。長保《ちやうほ》[一六]四年ト云フ年ノ三月□[一七]日ノ事也ケリ。兼《かね》[一八]テ死ノ期《ご》ヲ知テ、如此《かくのごと》ク有ケル也ケリ。

死ヌル時ニハ、室《むろ》ニ入テ、静《しづか》ニ法花経ヲ誦《じゆ》シテゾ入滅シケル。後[一九]ニ、源心供奉ノ云ヒケルハ、「世ニ法ヲ説クベキ僧多シト云ヘドモ、聖人我レヲシモ最後ノ講師《かうじ》ニ呼ビタルヲナム、我ガ後世ハ憑《たの》モシト思《おぼ》エテ、前《さき》ノ世ニ何《いか》ナル契《ちぎり》ヲ成シタリケルニヤ有リケムト思ユル也」トゾ、座主ハ常ニ語《かたり》ケルトナム語リ伝ヘタルトヤ。

神名《じんみやうの》睿実持経者《えいじつぢきやうじやの》語《こと》第三十五

今昔《いまはむかし》、京ノ西ニ神明《じんみやう》[二〇]ト云フ山寺有リ。其《そこ》ニ睿実《えいじつ》[二一]ト云フ僧住《すみ》ケリ。此レハ下賤《げせん》ノ人ニ非ズ。王孫《わうそん》[二二]トゾ聞《きこえ》ケレドモ、慥《たしか》ニ其ノ人ノ子トハ不知《しら》ズ。幼ニシテ父母《ぶも》ヲ離レ

一四 「サスガ」の漢字表記を期した意識的欠字。何もしないで放っておくのもどうかと思って、あなたにさしあげるのです。

一五 聖人の一生(特に出生時の奇跡)のことは知らずじまいだったろう。

一六 一〇〇二年。但し、性空の没時は正しくは寛弘四年(一〇〇七)三月十日(一説に十三日)。本話は上人伝の末尾にあって同伝が花山院再度御幸の際に制作されたことを語る記事「長保四年三月六日重結縁、密命二仙駕一、問二上人行状一記レ之。于レ時地震。蓋是異相歟」を性空没時の記事と誤解している。

一七 日の明記を期した意識的欠字。

一八 前もって自分の死期を予知して。この部分は験記「乃至最後兼知二死時一、入レ室坐禅、寂静安穏誦二法華経一、止レ息入滅矣」に拠る。

一九 これ以後は験記にも見えず、本話が付加した叙述である。

第三十五話 中核的出典は法華験記・中・66。宇治拾遺物語・141(異本紫明抄・若紫所引宇治大納言物語と同文的同話)との共同母胎的資料その他により増補している。続本朝往生伝・14、発心集・四・4に部分的同話がある。

二〇 →地名「神明」。

二一 →人名「睿実」。

二二 皇族。験記「睿実君、法華持経者、非二下賤人一、誠是王孫也」。

テ、永《な》ガク仏ノ道ニ入《いり》テ、日夜ニ一法花経《ほくゑきやう》ヲ読誦《どくじゆ》ス。心ニ慈悲有《あり》テ、苦有ル者ヲ見テハ此レヲ哀ブ。

初メハ二愛宕護《あたご》ノ山ニ住《ぢう》シテ、極寒《ごくかん》ノ時ニ衣無キ輩《ともがら》ヲ見テハ、三服《きた》ル衣ヲ脱《ぬぎ》テ与《あたへ》ツレバ、四我レハ裸《はだか》也。然レバ、大ナル桶ニ木ノ葉ヲ入レ満《み》テヽ、夜ハ其レニ入テ有リ。五有ル時ニハ食物絶《じきもつたえ》ヌレバ、六竈《かまど》ノ土ヲゾ取テ食《くひ》テ命ヲ継ギケル。其ノ味《あぢは》ヒ甚ダ甘カリケリ。或ル時ニハ心ヲ至シテ経ヲ誦スルニ、一部ヲ誦畢《じゆしをは》ル時ニ、髣《ほのか》ニ七白象来《びやくざうきたり》テ聖《しやう》人《にん》ノ前ニ見ユ。経ヲ読ム音《こゑ》甚ダ貴シ。聞ク人皆涙ヲ流ス。如此《かくのごと》ク年来《としごろ》行ヒテ、後ニハ神明ニ移リ住ス。

八而《しか》ル間、閑院《かんゐん》ノ大政大臣《だいじやうだいじん》ト申ス人御《おはし》ケリ。名ヲバ九公季《きんすゑ》ト申ス。一〇九条殿ノ一一十二郎ノ御子《みこ》也。母ハ一二延喜《えんぎ》ノ天皇ノ一三御子ニ御《おは》ス。其ノ人、其ノ時ニ、若クシテ一四三位ノ中将ト聞エケルニ、夏比《なつのころほひ》一五瘧病《わらはやみ》ト云フ事ヲ重ク悩ミ給ヒケレバ、所々ノ一六霊験所《れいげんじよ》ニ籠《こもり》テ、止事無《やむごとな》キ僧共《ども》ヲ以テ一七加持《かぢ》スト云ヘドモ、露《つゆ》其ノ験《しるし》無シ。然レバ、此ノ睿実止事無キ法花《ほくゑ》ノ一八持者《ぢしや》也ト聞エ有《あり》テ、其ノ人ニ令祈《いのらせ》ムト思テ、神明ニ行キ給フニ、例ヨリモ疾《と》ク一九賀耶河《かやがは》ノ程ニテ、其ノ二〇気付《けつき》ヌ。「神明ハ近ク成ニタレバ、此レヨリ可返《かへるべ》キニ非ズ」トテ神明ニ御《おは》シ付ヌ。房ノ二一檐《のき》マデ車ヲ曳寄《ひきよせ》テ、先《ま》ヅ其ノ由《よし》ヲ云ヒ入《いれ》サス。持経者《ぢきやうじや》ノ云ヒ出《いだ》ス様、「極《きはめ》テ二二風ノ病《やまひ》ノ重ク候ヘバ、近来《このごろ》二三蒜《ひる》ヲ食《くひ》テナム」ト。而ルニ、「只聖人

一　→一五四頁注七。　二　底本「愛宏護」のごとく読めるが、訂した。→地名「愛宕護ノ山」。　三　訓みは名義抄による。　四　自分は(着る物がなくて)裸である。験記「極寒之時、脱二所レ着衣一、施二裸形人一、我無二所レ着服一」。　五　験記「或時大雪、数日不レ食。取二竈土一食、其味甚甘、継レ命誦レ経」。　六　火気で消毒され乾燥した竈の土は一時的に空腹をいやす代用食にできたのであろう。なお、竈の土は粉末にして水でとき、止血剤としても用いられた。その用例は巻二九・3に見える。　七　白象は普賢菩薩の乗り物。普賢は法華持経者守護の菩薩である。　八　本第三段および第四段は出典未詳。宇治拾遺物語・141および異本紫明抄・若紫所引の宇治大納言物語に同文的同話がある。この部分はそれらと母胎を同じくする資料に依拠しているらしい。　九　藤原公季。→人名「公季」。　一〇　藤原師輔。→人名「師輔(もろすけ)」。　一一　第十二番目の男子。但し、十一男(公卿補任、栄花物語、大鏡)、九男または十男(尊卑分脈)とも。なお宇治拾遺と異本紫明抄には対応する記事がない。　一二　→人名「醍醐天皇」。　一三　→人名「康子(こうし)内親王」。　一四　三位で近衛中将に任じられている者。公季は天元四年(九八一)正月七日に任従三位左中将(公卿補任)。　一五　マラリヤなど、間歇的に発熱する病気の称。えやみ。おこり。　一六　霊験が著しいとされる寺社や霊場。　一七　密教の祈禱。手で印を結び、金剛杵を握り、陀羅尼を唱えて行なう。　一八　持経者。→一七三頁注三五。　一九　→

ヲ礼《をが》ミ奉ラム。只今ハ可返《かへるべ》キ様無《やうなし》」ト有レバ、「然ラバ、入《い》ラセ給ヘ」トテ、[二四]蔀《しとみ》ノ本《もと》ノ立《たて》タルヲ取去テ、新キ[二五]上莚《うはむしろ》ヲ敷テ、可入給《いりたまふべ》キ由《よし》ヲ申ス。三位ノ中将殿、[二六]人ニ懸《かかり》テ入テ臥シ給ヌ。持経者ハ水ヲ浴《あむし》テ暫許《しばしばかり》有テゾ出来《いでき》タル。見レバ、長《たけ》高クシテ痩セ枯レタリ。現《あらは》ニ貴気《たふとげ》ナル事無限《かぎりな》シ。

持経者、寄来《よりきたり》テ云ク、「風病ノ重ク候ヘバ、医師《くすし》ノ申スニ随テ蒜《ひる》ヲ食《くひ》テ候ヘドモ、[二七]態《わざ》ト渡ラセ給ヘレバ、何《いか》デカハトテ参候《まゐりさぶらふ》也。亦、法花経ハ浄・不浄ヲ可撰給《えらびたまふべ》キニモ非ネバ、誦シ奉ラムニ何事カ候ハム」ト云テ、[二八]念珠ヲ押攠《おしもみ》テ寄ル程ニ、糸憑《いとたの》モシ、貴シ。三位ノ中将殿ノ臥《ふし》給ヘル[二九]頸《くび》ニ聖人ノ手ヲ入レ給《たまひ》、膝ニ枕ヲセサセテ、[三〇]寿《じゆ》量品《りやうほん》ヲ[三一]打出《うちいだ》シテ読ム音《こゑ》、世ニハ然《さ》ハカク貴キ人モ有ケリト思□[三二]。音《こゑ》高クシテ、聞クニ貴ク哀ナル事無限《かぎりな》シ。持経者、目ヨリ涙ヲ落シテ、泣〻《なくな》ク誦スルニ、[三三]其ノ涙、病者ノ温《あたたまり》タル胸ニ氷《ひや》ヤカニテ懸《かか》ルガ、其レヨリ氷《ひ》エ弘《ひろ》ゴリテ、打チ振ヒ度〻《どど》為《す》ル程ニ、寿量品三返許《さんべんばかり》押シ返シ誦スルニ、醒《さ》メ給ヌ。心地モ吉ク直《なほ》リ給ヒヌレバ、返〻《かへすがへ》ス礼《をがみ》テ、後ノ世マデノ契《ちぎり》ヲ成シテ返《かへり》給ヒヌ。其ノ後発《おこ》ル事無シ。然レバ、此ノ持経者ノ貴キ思《おぼ》エ、世ニ其ノ聞エ高ク成ヌ。

[三四]而ル間、[三五]円融院《ゑんゆうのゐん》ノ天皇、[三六]堀川ノ院ニシテ[三七]重キ御悩《ごなう》有リ。様〻ノ御祈共《ども》多カリ。御[三八]邪気《じやけ》ナレバ、世ニ験《しるし》有リト聞ユル僧共《ども》ヲバ[三九]員《かず》ヲ尽《つく》シテ召シ集テ、御加持有リ。然レ

地名「賀耶河」。 二〇 その発作が起こった。 二一 僧房の軒のところまで。 二二 風病。風の毒に犯されて起こるとされ、頭痛や手足の疼痛など、現在の風邪よりもやや広い範囲の病気をさす。 二三 字類抄「蒜 サン、ヒル」。ノビル、ニンニク、ニラなどの総称。風病の薬とされた。但し、臭気が強いため、所謂「不レ許三葷酒入二山門一」の「葷」として、通常は出家者には禁じられていた。 二四 蔀(しとみ)は格子組みの裏面に板を張って雨戸の用をなすもの。上下二面からなり、上半を開け閉てして窓の用を足す。下半(蔀の本)を取りはずしたのは、そこから部屋に案内するため。 二五 帳台内の畳の上に敷く敷物。 二六 人の助けを借りて。 二七 わざわざおいで下さったのですから、どうして無為にお帰しできようかと思って、出て参ったのでございます。 二八 数珠。 二九 着物の襟首に。 三〇 法華経・六・如来寿量品。釈迦如来の寿命の無限を説いていることから、息災延命の功徳があるとされた。 三一 声をあげて。高々と。 三二 底本破損。宇治拾遺、異本紫明抄とも「おぼゆ」。 三三 異本紫明抄「その涙ほとをり、ふしたるむねにひやうかにてかゝる。それよりひろごりて、うちふるひ〳〵し給て、二段許おしかへし誦するほどに、さめ給ぬ」。宇治拾遺には「其時さめて」とあるだけで、具体的な描写はない。 三四 本第五段から第八段までは出典未詳。続本朝往生伝・14、発心集・四・4に同話がある。 三五 ↓人名「円融天皇」。 三六 二条南、堀川東に

ドモ、露《つゆ》ノ験《しる》シ不御《おはしま》サズ。或ル上達部《かんだちめ》[一]ノ奏シ給ハク、「神明ト云フ山寺ニ睿実ト云フ僧住シテ、年来《としごろ》法花経ヲ誦シテ他念無シ。彼レヲ召テ御祈有ラムニ何《いか》ニ」ト。亦、或ル上達部ノ宣《のたま》ハク、「彼レ、道心深キ者ニテ、心[二]ニ任セテ翔《ふるま》ハヾ見苦キ事ヤ有ラムト為《す》ラム」ト。亦、他《ほか》ノ人ノ云ク、「験《しるし》ダニ有ラバ、何《いか》ナリトモ有ナム」ト被定《さだめられ》テ、蔵人□[三]ヲ以テ召シニ遣《つかは》ス。蔵人宣旨《せんじ》ヲ奉《うけたまはり》テ、神明ニ行テ、持経者ニ会テ宣旨ノ趣《おもむき》ヲ仰ス。持経者ノ云ハク、「異様《ことやう》ノ身ニ候ヘバ、参ラムニ憚リ有リト云ヘドモ、[四]王地ニ居《ゐ》乍《なが》ラ何《いか》デカ宣旨ヲ背ク事有ラム。然レバ、可参《まゐるべ》キ也」ト云テ出立《いでた》テバ、蔵人、定メテ一切《ひときれ》[五]ハ辞《いな》[六]バムズラムト思ツルニ、カク出立《いでた》テバ、心ノ内ニ喜ビ思テ、同車《おなじ》ニテ参ル。蔵人ハ後[七]ノ方ニ乗レリ。

而ルニ、東[八]ノ大宮ヲ下[九]リニ遣《やら》セテ行クニ、土御門《つちみかど》[一〇]ノ馬出《うまだ》[一一]シニ薦《こも》[一二]一枚ヲ引廻《ひきめぐら》シテ病人臥《ふ》セリ。見レバ女也。髪ハ乱レテ異体《いてい》[一三]ノ物ヲ腰ニ引キ懸テ有リ。世《よ》[一四]ノ中心地《なかここち》ヲ病ムト見タリ。持経者此レヲ見テ、蔵人ニ云ク、「内裏ニハ只今睿実不参《まゐら》ズト云トモ、止事無《やむごとな》キ僧達《たち》多ク候ヒ給ヘバ、何事カ候ハム。此ノ病人ハ助クル人モ無カメリ。構《かまへ》テ此レニ物令食《くはしめ》テタ方《ゆふがた》参ラム。且《か》[一五]ツ参テ、今参ル由《よし》ヲ奏シ給ヘ」ト。蔵人ノ云ク、「此[一六]レ極《きはめ》テ不便《ふびん》ノ事也。宣旨ニ随テ参給《まゐりたまひ》タラバ、此許《かばかり》ノ病者ヲ見テ逗留シ不可給《たまふべから》ズ」ト。持経者、「我君《あがきみあがきみ》[一七]ゝゝ」ト云テ、車[一八]ノ前ノ方ヨリ踊リ下《おり》ヌ。

あった藤原基経の邸宅。後に兼通が伝領。天延四年（九七六）五月十一日内裏が焼亡。円融天皇は七月二十六日堀川第に行幸、翌貞元二年七月二十九日新造内裏に還御するまで里内裏とされた。三七 重い御病気になられた。三八 もののけによる病い。三九 数限りなく。全員。

一 三位以上（参議は四位も含む）の貴族の総称。公卿。二 心のままにふるまったならば、見苦しいことがあるやもしれぬ。巻一二・33や巻一九・18の増賀の所行のようなことを心配した発言。三 人名の明記を期した意識的欠字。四 帝王が統治する土地。王土。五 巻二〇・4「一切レ人ニ貴バセ給ヘト祈リシ験シニ」、巻二五・5「一切レ支テ可戦キ也」の送仮名により、かく訓む。一旦は、暫くは、の意。古典大系は「いっせつ」、古典全集は「ひとしきり」、古典集成は巻二五・5の例を「ひときれ」と訓む。六 ことわるだろうと思っていたのに。七 牛車は前が上席。下位者は後の席に坐る。八 東大宮大路。大内裏の東側を南北に走る大路。九 南に向かって牛車を進めさせて行ったところ。一〇 上東門の別名。→地名「土御門」。一一 馬場などで馬を乗り出すところ。一二 薦一枚でまわりを囲って。一三 異様な物。むさくるしい物。ぼろ。一四 流行病。一五 「且ツ」は、物事が一方で進行すると同時に他方でも進行している意の副詞。私が病人の世話をしている一方で、あなたはあなたで参内して、私がおっつけ参る旨を奏上して下され。

物ニ狂フ僧カナト思ヘドモ、可捕《とらふべ》キ事ニ非ネバ、車ヲ[一九]掻キ下《おろ》シテ土御門ノ内ニ入テ、此ノ持経者ノ為《す》ル様ヲ見立《みたて》レバ、持経者、然許穢気《さばかりきたなげ》ナル所ニ臥《ふし》タル怖シ気《おそろげ》ナル病人ニ、糸睦《いとむつ》マシゲニ寄テ、胸ヲ捜《さぐ》リ頭《かしら》ヲ抑ヘテ病ヲ問フ。病人ノ云ク、「日来《ひごろ》世ノ中心地《ここち》ヲ病ムヲカク出《いだ》シテ棄置《すておき》[二〇]タル也」ト。聖人、事[二一]シモ我ガ父母《ぶも》ナドノ病マムヲ歎カムガ如ク歎キ悲《かなしみ》テ云ク、「物ハ不被食《くはれざる》カ。何カ欲シキ」ト。病人ノ云ハク、「飯《いひ》ヲ、魚ヲ以テ食《くひ》テ、湯ナム欲《ほし》キ。然レドモ、令食《くはしむ》ル人ノ無キ也」ト。聖人、此[二二]レヲ聞テ、忽《たちまち》ニ下ニ着タル帷《かたびら》[二三]ヲ脱テ、童子ニ与ヘテ、町[二四]ニ魚《いを》ヲ買ニ遣《やり》ツ。亦、知タル人ノ許《もと》ニ飯一盛《もり》・湯一提《ひさげ》ヲ乞《こひ》ニ遣《や》リツ。暫《しばしばかり》許有テ、外居《ほかゐ》[二五]ニ飯一盛指入《さしいれ》テ、坏《つき》[二六]具《ぐ》シテ、提《ひさげ》[二七]ニ湯ナド入レテ持来《もてきたり》ヌ。亦、魚買《かひ》ニ遣《やり》ツル童《わらは》モ、干《ほし》タル鯛ヲ買テ持来ヌ。其レヲ自《みづか》ラ小サク繕《つくろひ》[二八]テ飯ヲ箸ヲ以テ含《ふく》メツヽ、湯ヲ以テ令漉《したましむ》[二九]レバ、欲シト思ケレバ、病人ニモ不似《に》ズ、糸《いと》吉ク食《くひ》ツ。残レルヲバ折櫃《をりひつ》[三〇]ニ入レテ、坏《つき》ノ有ルニ湯ハ入レテ、[三一]枕上《まくらがみ》ニ取リ置テ、提《ひさげ》ハ返シ遣《やり》ツ。其ノ後ニ、薬王品《やくわうほん》[三二]一品《いっぽん》ヲゾ誦シテ令聞《きかし》メケル。

然テ後ニ、蔵人ノ許《もと》ニ来《きたり》テ、「今ハ、然《さ》ハ参リ給ヘ。参ラム」ト云テ、車ニ乗テ内裏ニ参[三三]タレバ、御前ニ召シツ。「経ヲ誦シ給ヘ」ト仰セ有レバ、一[三四]ノ巻ヨリ始テ法花経ヲ誦ス。其ノ時ニ、御邪気《じやけ》[三五]顕《あらは》レテ、御心地宜《よ》ク成セ給ヒヌ。然レバ、即チ僧《そう》[三六]綱《がう》ニ可被成《なさるべ》キ定メ有リト云ヘドモ、持経者固ク辞シテ逃《にぐ》ルガ如クシテ罷出《まかりいで》ニケリ。

一六 それはなんとも不都合なことです。 一七 まあまあ、あなた(そんなお固いことをおっしゃいますな)。→一七五頁注二七。 一八 牛車は後から乗り、(牛をはずして)前から下りるのが普通であるが、この場面では牛は繋いだままであったから、前部から身をよじるようにして横に飛び下りたのであろう。「踊リ下ヌ」はそういう行動の描写である。 一九 (車から牛をはずして)轅(ながえ)を下ろして。駐車することにしたのである。 二〇 死穢に触れるのを恐れて、生きているうちに棄てられたのである。死穢を極度に忌んだ当時の状況は巻二九・17など参照。 二一 あたかも。まるで。 二二 底本「世レ」を訂した。 二三 裏を付けない一重の着物。下着。 二四 ものを売る店。店屋。 二五 円筒形で蓋の付いた薄板製の容器。食物を持ち運ぶのに用いる。 二六 飲食物を盛る土器。 二七 鉉(つる)の付いた鍋に似た金属製の容器。湯、水、酒等を入れる。 二八 (食べやすいように)ほぐして。 二九 「漉(たし)ム」は、液をしたたらせる、汁を漉し出す意の動詞。ここでは、湯を少しずつ口に入れてやった意。 三〇 →一六七頁注三〇。 三一 枕元。 三二 法華経・七・薬王菩薩本事品。薬王は薬で衆生の身心を治病する大願の菩薩である。また、同品は「得聞是経、病即消滅」を説く。→一九九頁注三三。 三三 続本朝往生伝「遂留ニ其所一、敢不ニ参内一」。発心集「つひに参らずなりにければ」。両書は参内しなかったとしている。 三四 第一巻序品第一から始めて。

亦[一]、其ノ後、何《いか》ナル事ニカ有ケム、持経者鎮西《ちんぜい》ニ下《くだり》テ、肥後《ひご》ノ国ニシテ田畠《でんばく》[二]ヲ令作《つくらし》メ、絹・米ヲ貯《たくは》ヘナドシテ富人ニ成ニケリ。然レバ、其ノ時ノ国ノ司《つかさ》□[三]、此ノ聖人[四]ノ誹謗《ひはう》シテ、「此レハ破《は》[五]戒無慙《かいむざん》ノ法師也。更ニ人ノ辺《ほとり》ニ不可寄《よるべから》ズ」ト云テ、聖人ノ財物《ざいもつ》ヲ皆奪ヒ取ツ。其ノ後、守ノ妻《め》[六]病重ヲ受テ、仏神《ぶつじん》ニ祈請《きしやう》シ、薬ヲ以テ療治スト云ヘドモ、皆其ノ験《しるし》□[七]。然レバ、守此レヲ歎ク間ニ、目代《もくだい》[八]守ニ云ク、「彼ノ睿実君《えいじつのきみ》ヲ請《しやう》ジテ、法花経ヲ令読《よましめ》テ試《こころ》ミ給ヘ」ト。守大《おほき》ニ嗔《いかり》テ、「其ノ法師更ニ不可召《めすべから》ズ」ト云フヲ、目代尚勲《なほねむごろ》ニ勧メテ云ヘバ、守怒《なまじひ》ニ、「我レハ[九]不知《しら》ズ。汝ガ心」ト云フ。

然レバ、目代睿実ヲ請ズ。睿実君請ニ趣《おもむき》テ、守ノ館《たち》ニ行テ法花経ヲ誦スルニ、未ダ一品ニ不及《およば》ザル程ニ、護法《ごほふ》[一〇]病人ニ付《つき》テ、屏風[一一]ヲ投越《なげこ》シテ、持経者ノ前ニシテ一二[一二]百反許打逼《へんばかりうちせめ》テ、投入《なげい》レツ。其ノ後、病忽《たちまち》ニ止《やみ》テ、聊《いささか》ニ苦キ所無シ。本《もと》ノ心也。其ノ時ニ、守、掌《たなごころ》ヲ合セテ持経者ヲ礼《をがみ》テ、本ノ心ヲ悔《い》ヒ悲《かなしみ》テ、奪取《うばひと》レル所ノ物ヲ皆返《かへ》シ送ル。然レドモ、聖人不請取《うけとら》ズ。

持経者遂《つひ》ニ命終ル時ニ臨《のぞみ》テ、兼《かね》テ其ノ時ヲ知テ、浄キ所ニ籠居《こもりゐ》テ、食《じき》ヲ断《たち》テ、法花経ヲ誦シテ、掌《たなごころ》ヲ合セテ入滅セリ。

世[一三]ニ法花経ヲ経文ニ不向《むかは》ズシテ空《そら》ニ読ム事ハ、此ノ持経者ヨリナム始メタルトナ

三五 もののけの正体が現れて。正体を見あらわされて退散したのである。
三六 →一〇八頁注一五。

一 本第九段以後は法華験記に拠る。
二 訓みは日葡辞書による。
三 人名の明記を期した意識的欠字。験記は国守の氏名を明示していない。
四 「ノ」は「ヲ」と同意。当時としては俗語的、口語的な用法。本書には例が多い。
五 破戒で恥知らずの法師だ。国守は睿実の経済行為を非難している。験記はこれに先立ち、「或食二魚鳥一、或具二弓箭一。其交雑中有二難レ思事一。向二焼煮魚一、誦二法華経一、魚則甦レ鰓、放レ水遊去。或持レ弓負二胡籙一往、傍人見レ之、束二蓮華一負レ背。驚怪更見、是非二蓮花一、猶二胡籙一而已」と、睿実に不思議な霊験があったことを語っている。
六 古典大系、古典全集ともに「重病」とするが、ここでは底本に従う。「病の重き」と訓むべきか。
七 底本破損。験記「更無二其験一」。
八 国守の代官。
九 わしは知らん。お前の勝手にしろ。
一〇 護法童子。加持祈禱に応じて現れ、もののけを調伏し、仏法を守護する。
一一 屏風越しに病人をこちら側に投げ出して。
一二 百遍か二百遍ほど痛めつけて。
一三 この一文は験記に見えず、典拠未詳。

ム語リ伝ヘタルトヤ。

天王寺別当《てんわうじのべつたう》、道命阿闍梨語《だうみやうあじやりのこと》第三十六

今昔《いまはむかし》、一四道命阿闍梨《だうみやうあじやり》ト云フ人有ケリ。此レ、一五下姓《げしやう》ノ人ニ非ズ。傅《ふ》ノ大納言一六道綱《みちつな》ト申《まうし》ケル人ノ子也。天台座主《てんだいざす》一七慈恵大僧正《じゑだいそうじやう》ノ弟子ニナム有ケル。幼《えう》ニシテ山ニ登《のぼり》テ仏ノ道ヲ修行シ、一八法花経《ほくゑきやう》ヲ一九受持《じゆぢ》ス。初メ心ヲ一ツニシテ他《ほか》ノ心ヲ不交《まじへ》ズシテ法花経ヲ誦《じゆ》スルニ、一年ニ一巻ヲ誦シテ、二〇八年ニ一部ヲ誦畢《じゆしをは》ル。就中《なかんづく》ニ、其ノ音微妙《こゑみめう》ニシテ、聞ク人皆二一首《かうべ》ヲ低《かたぶ》ケ不貴《たふとば》ズト云フ事無シ。

而《しか》ル間、阿闍梨、二二法輪《ほふりん》ニ籠《こもり》テ、二三礼堂《らいだう》ニ居テ法花経ヲ誦スルニ、老僧有テ、亦《また》其ノ寺ニ籠リ合《あひ》タリ。老僧御堂《みだう》ニシテ、夢ニ、堂ノ庭ニ、止事無《やむごとな》ク気高《けたか》ク二四器量《いかめ》シキ人〻隙《ひま》無ク在《まし》マシテ、皆掌《たなごころ》ヲ合セテ堂ニ向《むかひ》テ居給ヘリ。老僧此レヲ怪《あやし》ムデ、恐〻《おづお》ヅ寄《より》テ、一人ノ二五眷属《くゑんぞく》ニ、「此レハ、誰《た》ガ御坐《おはしま》スゾ」ト問ヘバ、答《こたへ》テ云《いは》ク、「此レハ、二六金峰山《みたけ》ノ二七蔵王《ざわう》・二八熊野ノ権現《ごんげん》・二九住吉《すみよし》ノ大明神・三〇松尾《まつのを》ノ大明神等ノ三一□聞《きかむ》ガ為《ため》ニ、近来《このごろ》、毎夜《よごと》ニ如此《かくのごと》ク御坐《おはしまし》ヌル也」ト告グ、三二ト見テ夢覚《さめ》テ三三□道命阿闍梨ノ礼堂ニ居テ、音《こゑ》ヲ挙《あげ》ツヽ、法花経ノ六ノ巻ヲ誦スル也ケリ。「然《され》バ、此ノ経ヲ聴聞《ちやうもん》セムガ為《ため》

第三十六話　中核的出典は法華験記・下・86。未詳の資料により増補している。元亨釈書・十九・道命に同話がある。

一四 ↓人名「道命」。
一五 下賤の生まれではない。
一六 藤原道綱。↓人名「道綱」。
一七 良源。↓人名「良源」。
一八 ↓一五四頁注七。
一九 経典を信受し、心に念じて片時もゆるがせにしないこと。
二〇 法華経は八巻に分けるのが普通。
二一 ↓一一九頁注三三。
二二 法輪寺。↓地名「法輪寺」。
二三 金堂の前にあって本尊を拝むための礼拝堂。
二四 おごそかで威厳のある人。
二五 部下。従者。
二六 ↓地名「金峰山(みたけ)」。
二七 ↓人名「蔵王菩薩」。
二八 ↓人名「熊野権現」。
二九 ↓人名「住吉大明神」。
三〇 ↓人名「松尾大明神」。
三一 底本破損。験記「為レ聞ニ法華一、来ニ至此所一」。
三二 験記には、この後、道命の誦経を賛嘆する住吉明神と松尾明神との会話がある。
三三 底本破損。験記「時老宿夢覚見者、道命阿闍梨在ニ法輪礼堂一、一心高声、誦ニ法華経第六巻一」。

ニ、[一]若干《そこばく》ノ止事無《やむごとな》キ神等ハ来《きた》リ給フニコソ有ケレ」ト思フニ、貴キ事無限《かぎりな》クシテ、立《たち》テ泣《なく》ヽ《な》ク礼拝シテ、庭ヲ思遣《おもひや》ルニ、[二]恐シケレバ立テ去《さり》ヌ。

亦、一人ノ女有テ、此ノ堂ニ籠レリ。強キ[三]邪気《じやけ》ニ煩《わづらひ》テ籠レル也。[四]月来悩《つきごろなやみ》テ、更ニ可為《すべ》キ方無シ。而《しか》ルニ、病女《やめる》、此ノ阿闍梨ノ経誦スルヲ聞《きき》テ、[五]悪霊忽《あくりやうたちまち》ニ現ハレテ云ク、「我レハ此レ、汝ガ夫《をうと》也。強《あながち》ニ汝ヲ悩マサムト思フ事無シト云ヘドモ、身ノ苦ビ難堪《たへがた》シ。依《より》テ、自然《おのづか》ラ託《つ》キ悩マス也。我レ生《いき》タリシ時、諸《もろもろ》ノ悪《あし》キ事ヲノミ好《このみ》テ、[六]生類《しやうるい》ヲ殺《ころ》シ、[七]仏ノ物ヲ犯セリキ。[八]一塵《いちぢん》ノ善根《ぜんごん》ヲ不造《つくら》ズ。此レニ依テ、[九]地獄ニ堕《おち》テ苦ヲ受《うく》ル事隙《ひま》無シ。而ル間、此ノ道命阿闍梨ノ法花経ヲ誦スルヲ聞テ、地獄ノ苦ヲ免《まぬか》レテ、忽《たちまち》ニ軽キ苦ヲ受ク。所謂《いはゆ》ル[一〇]蛇身《じやしん》ノ形《かたち》ヲ受《うけ》タル也。若《も》シ亦彼ノ経ヲ聞カバ、必ズ蛇ノ身ヲ棄テヽ、[一一]善所ニ生《うま》ルヽ事ヲ得ム。汝《なむ》ヂ速《すみやか》ニ我レヲ彼ノ阿闍梨ノ所ニ[一二]将行《ゐてゆき》テ、経ヲ令聞《きかし》メヨ」ト。女此レヲ聞テ、阿闍梨ノ住所《すめる》ヲ尋《たづね》テ、詣《まう》デヽ、経ヲ令聞《きかし》ム。阿闍梨此レヲ聞テ、[一三]心ヲ発《おこ》シテ彼ノ霊蛇《りやうじや》ノ為《ため》ニ法花経ヲ誦スルニ、霊亦《ま》[一四]タ現ハレテ云ク、「我レ亦此ノ経ヲ聞クニ依テ、既ニ蛇身ヲ免レテ[一五]天上ニ生レヌ」トナム云ケル。其ノ後、彼ノ女人、塵許《ちりばかり》モ煩フ事無クシテ久《ひさし》ク有ケリ。

[一六]亦、阿闍梨、[一七]書写《しよしや》ノ山ノ[一八]性空聖人《しやうくうしやうにん》ニ結縁《けちえん》セムガ為《ため》ニ、彼ノ山ニ行テ聖人ニ会テ、後ノ世ノ事契《ちぎり》ヲ成シテ、夜ハ傍ナル房ニ出《い》デヽ、息《やす》ム。[一九]亥時許《ゐのときばかり》ニ成[二〇]ナルニ、阿闍梨法

一 多数。おおぜい。　二 (自分の目には見えないが、実際には多数の神々が来臨しているのだと思うと)恐ろしかったので。　三 もののけ。　四 数か月来。この数か月。験記「悪霊忽付、数日悩乱」は状況がやや異なる。　五 もののけの正体が現れて。正体を見あらわされると魔物は退散する。→一八一頁注三五。　六 生き物。　七 仏物。仏に供養された、仏に所属するもの。寺院に奉納、寄進された資財や所領など。「犯ス」は、それを着服したり流用したりする意。験記「取=用仏物こ。　八 ほんの少しの善根も造らなかった。験記「無=悪不ᄂ造、更無=一毫善こ。　九 験記「阿鼻地獄」。→地名「地獄」。　一〇 地獄道を出て畜生道に転生したことを示す。　一一 天上界や仏の浄土など。　一二 連れていって。　一三 発心して。道心を起こして。　一四 「タ」は「亦」の捨仮名。　一五 →地名「天上」。　一六 本第四段から第六段までは験記に見えず、出典未詳。　一七 →地名「書写ノ山」。　一八 →人名「性空」。　一九 午後十時頃。　二〇 「ナル」は「成」の全訓捨仮名。　二一 数珠。　二二 引き戸をそっと細めに開けて。　二三 蔭。軒下にかがんで坐って。　二四 底本破損。諸本欠字。　二五 訓みは字類抄「瀏キラヽカナリ」から類推。きらきらして美しいさま、明るく派手なさまをいう形容詞。読経の声に艶と張りがあったことをいうか。　二六・二七 底本破損。諸本欠字。　二八 まして。当然に。巻一四・41(三五九頁注三五)などに例が見えるが、本書以外には見られない語。　二九 未詳。上東

花経ヲ誦ス。房ノ檐《のき》ノ方《かた》ニ、誦シ始《はじむ》ルヨリ読畢《よみをは》ルマデ、忍《しのび》テ泣ク人ノ気色《けしき》聞《きこ》ユ。時々手ヲ押シ摺ル[二一]念珠《ねんじゅ》ノ音モ有リ。「何人ノ此《かく》ハ泣キ居タルニカ有ラム」ト思テ、誦シ畢テ、[二二]和遣戸《やはらやりど》ヲ細目ニ開《あけ》テ臨《のぞ》ケバ、聖人ノ、阿闍梨ノ経誦スルヲ聞テ貴ムデ、房ノ檐ノ[二三]景《かげ》ニ屈《かがま》リ居テ、泣《なく》々《な》ク聞ク也ケリ。其ノ時ニ、阿闍梨[二四]□板敷ヨリ迷《まど》ヒ下《おり》テ畏《かしこま》リ申サレケリ。此ノ阿闍梨ノ経ハ[二五]劉々《きらきら》シク有[二六]□有リ、貴□[二七]方《かた》[二八]ハタラ並ビ無シ。

凡《おほよ》ソ、経ノミニ非ズ、物云フ事ゾ極《きはめ》テ興有テ可咲《をかし》カリケル。[二九]中宮ニ阿闍梨ノ参《まゐり》タリケルニ、女房ノ問《とひ》ケル様、「[三〇]引《ひく》経ニハ何《いつ》クカ貴クハ有ル」ト。阿闍梨、「[三一]琵琶《びは》・[三二]鐃《ねう》・[三三]銅鈸《どうばち》ト云フ所コソ[三四]引クニハ貴ケレ」ト答ケレバ、女房イミジウ咲《わらひ》ケリ。

亦、陸奥《みちのく》ノ守《かみ》源[三五]頼清《よりきよ》ノ朝臣《あそん》ト云フ人、左近《さこん》ノ大夫トテ極《きはめ》テ[三六]不合《ふがふ》ニテ有ケル時ニ、此ノ阿闍梨ハ、父ノ傅《ふ》ノ大納言ノ[三七]縁ニ依テ親シカリケレバ、常ニ其ノ房ニ行《ゆき》ケリ。而ルニ、其ノ房ニシテ、頼清[三八]粥《かゆ》ヲ食《くひ》ケルニ、[三九]粥ノ汁《しる》ナリケレバ、頼清、「[四〇]此ノ御房ニハ粥コソ汁ナリケレ」ト云ヘバ、阿闍梨、「[四一]道命ガ房ニハ粥汁也。主《ぬし》ノ御家ニハ飯固《いひかた》シ」ト云ケレバ、其ノ座ニ有リト有ル人、[四二]頤《おとがひ》ヲ放《はなち》テゾ咲《わらひ》ケル。如此《かくのごと》ク罪[四三]軽《かろ》クテゾ過ギニケル。

[四四]死テ後ニ、得意ト有ケル人、「阿闍梨ハ何《いか》ナル所ニカ生レタラム」ト思フ程ニ、

門院彰子か。　三〇 引声(いんぜい)の経では、どこが貴いのでしょう。引声は読経や念仏の時、声に抑揚をつけてゆるやかに発声する仕方。引声の経としては阿弥陀経が有名。　三一 ビワの実を半分に割ったような形の弦楽器。普通は四弦。　三二 鈴に似て舌がなく、桴(ばち)で打って鳴らす金属製の打楽器。　三三 金属製の二枚の円盤に紐をつけたシンバルに似た打楽器。　三四 女房たちのいう「弾く」にわざと取り違えて、法華経・一・方便品「若使人作楽、撃鼓吹角貝、簫笛琴箜篌、琵琶鐃銅鈸、如是衆妙音、尽持以供養、或以歓喜心、歌唄頌仏徳、乃至一小音、皆已成仏道」の一節を指摘してみせたもの。女房たちもそれが方便品の一部であることを知って笑ったのだろう。　三五 →人名「頼清」。　三六 貧乏。不如意。　三七 頼清は頼通の家司だったが(小右記・治安元年(一〇二一)十月十日条)、道命の父道綱との縁は未詳。　三八 米に水を加えて煮たもの。水分の少ないもの(現在の飯)が固粥(かたかゆ)、多いもの(現在の粥)が汁粥(しるかゆ)。ここは後者をさす。　三九 (水分が多くて)粥が汁だったので。　四〇 この僧房で粥というのは汁のことなのですね。　四一 (貧しい)道命の房では粥といえば汁なんです。(裕福な)あなたのお宅ではさぞかし飯が固いのでしょうね。当方の粥は薄いと表面では謙遜して見せながら、「固し」と「難し」とを掛けて、お宅では飯にありつくのも難しかろうと貧乏な相手を皮肉った冗談。　四二 大笑いした。

其ノ人ノ夢ニ、一《ひとつ》ノ大《おほき》ナル池ノ辺《ほとり》ニ至ルニ、蓮盛《はちすさかり》ニ開《ひらき》テ池ニ満《みち》タリ。池ノ中ニ経ヲ誦スル音《こゑ》聞ユ。吉《よ》ク聞ケバ、故《こ》道命阿闍梨ノ音《こゑ》ニテ有リ。其ノ時ニ、怪ムデ車ヨリ下テ池ノ中ヲ見レバ、彼ノ阿闍梨、手ニ経ヲ捲《にぎり》テ、口ニ経ヲ誦シテ、船ニ乗テ来《き》タリ。其ノ音《こゑ》生《いき》タリシ時ニハ[一]十倍セリ。語《かたり》テ云ク、「我レ生《いき》タリシ時、[二]三業《さんごふ》ヲ不調《ととのへ》ズ、[三]五戒ヲ不持《たもた》ズシテ、心ニ任セテ罪ヲ造リキ。就中《なかんづく》ニ、[四]天王寺ノ[五]別当ト有シ間ニ、自然《おのづか》ラ[六]寺物《じもつ》ヲ[七]犯用《ぼんよう》シキ。其ノ罪ニ依テ、浄土《じやうど》ニ生《うま》ル、事ヲバ不得《え》ズト云ヘドモ、法花経ヲ読《よみ》奉リシ其ノ力ニ依テ、[八]三悪道ニ不堕《おち》ズシテ、此ノ池ニ住《すみ》テ法花経ヲ読《よみ》奉ル。更ニ苦無シ。今両三年畢《はて》テ後、[九]観率天《とそつてん》ニ可生《うまるべ》シ。昔ノ契リ于今不忘《いまにわすれ》ズシテ、今来《きたり》テ告《つぐ》ル也」トナム云ヒケル。

[一〇]夢覚《さめ》テ後、極《きはめ》テ哀《あはれ》ニ思テ人ニ語《かたり》ケルヲ、聞《きき》伝ヘテ語リ伝ヘタルトヤ。

信誓阿闍梨《しんぜいあじやり》、依経力活父母語《きやうのちからによりてぶもをよみがへらしめたること》 第三十七

今昔《いまはむかし》、[一一]信誓阿闍梨《しんぜいあじやり》ト云フ人有ケリ。安房《あは》ノ[一二]守高階《かみたかしな》ノ兼博《かねひろ》ノ朝臣《あそん》ノ子也。天台ノ[一三]観命律師《くわんみやうりつし》ノ弟子也。幼稚ノ時ヨリ[一四]法花経《ほくゑきやう》ヲ[一五]受持《うけたもち》テ日夜ニ読誦《どくじゆ》ス。亦《また》、[一六]真言ヲ受ケ習《ならひ》テ朝暮《てうぼ》ニ修行ス。

四三 罪のない冗談を言って過ごしていた。
四四 本第七段は験記に拠る。

一 験記「其読経声、従㆓存生時㆒、十倍極貴」を参考にすれば、生前に十倍したのは声の貴さである。
二 →一三五頁注三六。
三 不殺生・不偸盗・不邪淫・不妄語・不飲酒。仏教徒の守るべき最も基本的な戒律。
四 →地名「四天王寺」。
五 寺務を統括する長官。貫主。
六 寺院が所有する物品、資産。
七 盗用。流用。
八 →地名「悪趣」。
九 →地名「兜率天」。
一〇 験記「夢覚感涙無㆑限矣」。人に語ったというのは本話が付加した記事。

第三十七話 出典は法華験記・下・87。元亨釈書・九・信誓に同話がある。

一一 →人名「信誓」。
一二 →人名「兼博」。
一三 験記「観明」。正しくは「勧命」か。→人名「勧命」。
一四 →一五四頁注七。
一五 →一〇〇頁注四。
一六 真言陀羅尼。密教の呪句。短句を真言、長句を陀羅尼という。

而《しか》ル間、堅固ニ道心発《おこり》ケレバ、永ク現世《げんぜ》ノ[一七]名聞《みやうもん》・利養《りやう》ヲ棄テ、偏《ひとへ》ニ後世《ごせ》ノ[一八]仏《ぶつ》果《くわ》・菩提《ぼだい》ヲ願ヒケリ。然レバ、本山《もとのやま》ヲ去《さり》テ、忽《たちまち》ニ丹波《たんば》ノ国、[一九]船井《ふなゐ》ノ郡《こほり》、[二〇]棚波《たななみ》ノ滝ト云フ所ニ行《ゆき》テ、其《そこ》ニ籠居シ□[二一]、法花経ヲ誦シ[二二]真言ヲ満《み》テヽ、専《もはら》ニ菩提ヲ祈ル。而ル間、[二三]形皃端正《ぎやうめうたんじやう》ナル童子、阿闍梨ノ前ニ出来《いできた》レリ。此レヲ何《いどこ》ヨリ来《きた》レル人ト不知《しら》ズシテ怪《あやし》ビ思フ程ニ、童子阿闍梨ニ向《むかひ》テ、[二四]微妙《みめう》ノ音《こゑ》ヲ挙《あげ》テ誦シテ云《いは》ク、「[二五]我来聴法花《がらいちやうほふくゑ》　[二六]遂果四弘願《すいくわしぐぐわん》　当従其口出《たうじゆごくしゆつ》　栴檀微妙香《せんだんみめうかう》」ト誦シテ、暫《しばら》ク阿闍梨ノ法花経誦スル聞《きき》テ、即チ不見《みえ》ズ。阿闍梨奇異《あさまし》ク思《おもひ》テ、「何《いど》コヘ行《ゆき》ヌルゾ」ト思テ求ルニ、更ニ無シ。遂《つひ》ニ誰ト不知《しら》ザルニ依《より》テ、「[二七]天童ノ下《くだり》テ我レヲ讃《ほ》ムル也ケリ」ト知《しり》テ、涙ヲ流シテ貴ブ事無限《かぎりな》シ。

而ル間、父兼博、国司トシテ安房ノ国ニ下向《げかうす》。而ルニ、阿闍梨、父母《ぶも》ノ懃《ねむごろ》ノ言《こと》ニ依テ、其ノ国ニ下向ス。国ニ有ル間、威勢無限《かぎりな》クシテ、国人[二八]頭《かうべ》ヲ低《かたぶ》ケ敬フ事無限《かぎりな》シ。爰《ここ》ニ、阿闍梨心ノ内ニ思ハク、「我レ年来《としごろ》多《おほく》ノ法花経ヲ読誦シ法ヲ修行シテ、必ズ其ノ功徳《くどく》無量ナラム。其レニ、世ニ久《ひさし》ク有ラバ、罪業《ざいごふ》ヲ造《つくり》テ生死《しやうじ》ニ輪廻《りんゑ》セム事疑ヒ不有《あら》ジ。然レバ、只不如《しか》ジ、疾《と》ク死《しに》テ悪業《あくごふ》ヲ不造《つくら》ジ」ト思テ、必ズ可死《しぬべ》キ毒ヲ尋《たづね》テ食《く》ハムト為《す》ルニ、初《はじめ》ハ[二九]附子《ぶし》ヲ食フニ不死《しな》ズ。次ニハ、「[三〇]和多利《わたり》ト云フ茸《たけ》必ズ死ヌル物也」ト聞《きき》テ、山ヨリ取リ持来《もてきたり》テ[三一]蜜《ひそか》ニ食《くひ》ツ。其レニモ尚《なほし》不死《しな》ネバ、「此レ[三二]希有《けう》ノ

一七 世間の名声と利得を得ようとすること。名誉欲と財欲。
一八 成仏、往生できるように祈った。
一九 現、京都府船井郡付近。
二〇 未詳。
二一 底本破損。験記「年来籠ニ居丹後国船井郡棚波滝一、一心修行、兼学ニ真言一」。
二二 充分に真言陀羅尼を唱えて。
二三 →一〇三頁注一九。
二四 美しい声。
二五 我はここに来て法華経を聴き、ついに四弘願を果たした。(誦経する)汝の口からは栴檀の妙なる香りが匂い出るであろう。
二六 四弘誓願。一切の仏菩薩が起こすという四つの誓い。即ち、衆生無辺誓願度・煩悩無尽誓願断・法門無量誓願学(知とも)・仏道無上誓願成の総称。
二七 →一六四頁注九。
二八 →一一九頁注三三。
二九 トリカブトの根からとる毒薬。訓みは字類抄による。「ぶす」とも。
三〇 ツキヨタケ(月夜茸)の異名か。巻二八・18によれば形はヒラタケに似た毒茸である。
三一 「蜜」は「密」と通用。
三二 めったにない、常識では考えられないことだ。不思議なことだ。

事也。我レ毒薬ヲ食《くふ》ト云ヘドモ、法花経ノ力ニ依《より》テ不死《しな》ヌ也」ト思フニ、「[一]刀杖不《たうぢやうふ》加《か》毒不《どくふ》能害《のうがい》」ノ文《もん》思ヒ合セラレテ、[二]哀《あはれ》ニ悲キ事無限《かぎりな》シ。

其ノ後、夢ニ、人来テ告テ云ク、「聖人ノ信力清浄《しやうじやう》也。吉《よ》ク法花経ヲ可誦《じゆすべ》シ」ト。其ノ人ヲ慥《たしか》ニ見レバ、[三]普《ふ》賢菩《げんぼ》薩《さつ》ノ形《かたち》也。夢覚《さめ》テ後、弥《いよい》ヨ信ヲ凝《こらし》テ法花経ヲ読誦ス。而ル間、天下《てんが》ニ疫病発《やくびやうおこり》テ、阿闍梨病《やまひ》ヲ受《うけ》ツ。亦、父母《ぶも》共ニ病ヲ受テ病ミ悩ム間、阿闍梨ノ夢ニ、[四]五色《ごしき》ノ鬼神集会《しふゑ》シテ駆《かけ》リ□[五]退テ冥途《めいど》ニ行ク程ニ、鬼神ノ云ク、「阿闍梨ヲバ免《ゆる》セ。此レハ法花ノ[六]持者《ぢしや》也」ト云テ免ス、ト見テ夢覚《さめ》ヌ。然レバ、阿闍梨ノ病止《やみ》テ本《もと》ノ如クニ成《なり》ヌ。但シ、父母ハ既ニ死《しに》タリ。

阿闍梨此レヲ見テ、涙ヲ流シテ、泣〻《なくな》ク法花経ヲ誦シテ、父母《ぶも》ヲ令蘇生《そせいせしめ》ムト祈ル間、阿闍梨夢ニ、法花経ノ[七]第六巻、空ヨリ飛ビ下《くだ》リ給フ。其ノ経ニ文《ふみ》ヲ副《そへ》テ下レリ。其ノ文ヲ開テ見レバ、文ニ云ク、「汝ガ法花経ヲ誦シテ父母ヲ令蘇生《そせいせしめ》ムト祈ルガ故《ゆゑ》ニ、忽《たちまち》ニ父母ノ命ヲ延ベテ、此ノ度《たび》ハ返《かへ》シ送ル也。此レ[八]閻魔《えんま》王《わう》ノ御書《ふみ》也」ト。夢覚《さめ》テ父母ヲ見ルニ、[九]苦ニ蘇生セリ。阿闍梨冥途ノ事ヲ語ル。父母此レヲ聞テ、喜ビ貴ブ事無限《かぎりな》シ。此レヲ見聞ク人、皆涙ヲ流シテ貴ビケリ。

阿闍梨、一生ノ間ニ読ム所ノ法花経[一〇]一万部、其ノ外《ほか》ノ勤メ毎日《ひごと》ニ不怠《おこたら》ズ。現世《げんぜ》ノ利益《りやく》既ニ如此《かくのごと》シ、後世《ごせ》ノ菩提《ぼだい》不可疑《うたがふべから》ズトナム語リ伝ヘタルトヤ。

一（法華経を読む者には）武器や毒をもってしても危害を加えることができない。法華経・五・安楽行品「読是経者、常無憂悩、又無病痛、顔色鮮白、不生貧窮、卑賤醜陋、衆生楽見、如慕賢聖、天諸童子、以為給使、刀杖不加、毒不能害、若人悪罵、口則閉塞」の一節。

二 まことに感動に堪えない。

三 →人名「普賢菩薩」。

四 青・黄・赤・白・黒色の鬼。いわゆる冥途の鬼である。

五 底本破損。験記「五色鬼神集会、駆追令レ向ニ冥途一」。

六 持経者。→一七三頁注三五。

七 第六巻は如来寿量品、分別功徳品、随喜功徳品、法師功徳品から成る。そのうち如来寿量品の読誦は延命、長寿の功徳があるとされた。

八 →人名「閻魔王」。

九 訓みは未詳。古辞書類に適当な訓を見出せない。験記「夢覚見ニ父母一、逕ニ一日一夜一、即得ニ蘇息一」。

一〇 験記「闍梨一生所レ誦、法華経数万部、観無量寿経、小阿弥陀経、大仏頂随求千手等、毎日不レ闕。不レ注ニ其遍数一」。

第三十八話 中核的出典は法華験記・上・39。未詳の資料により増補してい

天台円久《てんだいのゑんく》、於葛木山聞仙人誦経語《かづらきやまにしてせんにんのじゆきやうをきけること》第三十八

今昔《いまはむかし》、比叡《ひえ》ノ山ノ[一一]西塔《さいたふ》ニ[一二]円久《ゑんく》ト云フ僧有ケリ。[一三]聖久大僧都《しやうくだいそうづ》ノ弟子也。年九歳ニシテ家ヲ出《い》デヽ、比叡ノ山ニ登《のぼり》テ出家ノ後、師ニ随《したがひ》テ[一四]顕蜜《けんみつ》ノ法文《ほふもん》ヲ習ヒ、[一五]法花経《ほくゑきやう》ヲ[一六]受ケ持《たもち》テ日夜ニ読誦《どくじゆ》ス。其ノ音貴《こゑ》キ事世ニ譬《たと》ヘム方無シ。此レヲ聞ク者、皆[一七]不《な》泣《か》ズト云フ事無シ。此ニ依《より》テ、[一八]京洛ニ出デヽ、経ヲ読ムニ、其ノ思《おぼ》エ高ク成《なり》テ、公《おほやけ》・私《わたくし》ニ仕ヘテ止事無《やむごとな》ク成ヌ。

其ノ後、道心ヲ発《おこ》シテ、偏《ひと》ヘニ世ノ栄花ヲ棄テヽ、[一九]愛宕護《あたご》ノ山ニ入《いり》テ、[二〇]南星ノ谷ト云フ所ニ籠居《こもりゐ》テ、[二一]無縁三昧《むえんさんまい》ヲ行《おこなひ》テ、[二二]十二時ニ宝《ほ》[二三]ウ螺《ら》ヲ吹《ふき》テ、[二四]六時ノ[二五]懺法《せんぼふ》ヲ行テ、法花経ヲ読誦ス。

[二六]而《しか》ル間、結縁《けちえん》ノ為《ため》ニ[二七]葛木《かづらき》ノ山ニ入テ修行セムト思テ、十月許《ばかり》ニ入ヌ。峰ヲ通《とほり》テ修行スル間、[二八]心ヲ至シテ法花経ヲ誦ス。而ルニ、極《きはめ》テ高ク大《おほき》ナル[二九]椙《すぎ》ノ木有リ。其ノ本《もと》ニ宿《やどり》シヌ。本尊ヲ懸《かけ》奉テ、其ノ前ニシテ法花経ヲ誦ス。月極テ明《あか》シ。[三〇]子時許《ねのときばかり》ニ、此ノ[三一]木ノ末ニ[三二]飛ビ居ル者髣《ほのか》ニ見ユ。木極テ高クシテ何者ト云フ事ヲ不知《しら》ズ。「此レ定メテ[三三]持経者《ぢきやうじや》ヲ[三四]嬈乱《ねうらん》セムガ為《ため》ニ、悪鬼ノ来《きた》レルカ」ト深ク恐レヲ成スト云ヘドモ、偏《ひと》

る。三外往生記・15、元亨釈書・十一・円久に同話がある。

一一 ↓地名「西塔」。

一二 ↓人名「円久」。

一三 正しくは「聖救」。↓人名「聖救(しようく)」。

一四 顕経と密教の経論。

一五 ↓一五四頁注七。

一六 ↓一〇〇頁注四。

一七 験記「聞者叩レ胸、歓喜讃歎」。

一八 京都。験記「出二朝市一、有二名徳聞一奔波、世間衆所二知識一」。

一九 ↓地名「愛宕護ノ山」。

二〇 未詳。験記「籠二居南星一」。後文には「南星ノ峰」と見える。

二一 法華経・七・妙音菩薩品に説く十六三昧の一。対象を離れること(無縁)により、意識も全く滅してしまう禅定。滅尽定。

二二 一昼夜を十二時に分けた、その時間ごとに。

二三 「ウ」は「宝」の捨仮名。法螺。↓一九八頁注七。

二四 勤行すべき六回の定時。即ち、晨朝・日中・日没・初夜・中夜・後夜。

二五 ↓一六八頁注七。

二六 本第三段は験記に見えず、出典未詳。

二七 ↓地名「葛木ノ山」。

二八 まごころこめて。一心不乱に。

二九 杉の木。

三〇 午前零時頃に。

三一 梢。

三二 飛んできてとまった者がかすかに見える。

三三 ↓一七三頁注三五。

三四 悩まし乱すために。

ヘニ経ノ威力ヲ憑《たのみ》テ、音《こゑ》ヲ挙《あげ》テ読誦ス。既ニ暁《あかつき》ニ成《なり》ヌラムト思フ程ニ、此ノ木ノ末ニ居ルト見ツル者、細ク幽《かすか》ナル音《こゑ》ニテ極テ貴ク、「是《ぜ》人《にん》之《し》功徳《くどく》[一]　無《む》辺《へん》無《む》有《う》窮《ぐ》　如十《にょじっ》方虚《ばうこ》空《くう》　不《ふ》可《か》得辺際《とくへんざい》」ト誦シテ、立《たち》テ飛ビ去《さり》ヌ。持経者何者[二]ゾト見ムト思テ見上グト云ヘドモ、其ノ体《すがた》ヲ見得ル事無シ。只景《かげ》[三]ノ如クシテ飛ビ去ヌ。其ノ後、持経者思フニ、「此レハ我ガ法花経ヲ誦スルヲ聞《きき》テ、仙人ノ貴シト思テ、木ノ末ニ留《とどまり》テ、終夜《よもすがら》聞テ立テ飛去ルトテ、如此《かくのごと》ク誦シテ去ル也ケリ」ト心得テ、礼拝シ貴ビケリ。返《かへり》テ後、横川《よかは》[四]ノ源信《ぐゑんしん》[五]僧都ニ此《この》事ヲ語《かたり》ケレバ、僧都此レヲ聞テ、泣《なく》ヽ《な》ク貴ビ悲ビ給ヒケリ。

円久遂《つひ》ニ命終《をは》[六]ル時、彼ノ南星ノ峰ニシテ法花経ヲ誦シテ貴クテ失《うせ》ニケリトナム語リ伝ヘタルトヤ。

愛宕護山好延持経者語《あたごのやまのかうえんぢきやうじやのこと》第三十九

今昔《いまはむかし》、愛宕護《あたご》[七]ノ山ニ好延《かうえん》[八]持経者《ぢきやうじや》[九]ト云フ聖人有ケリ。年来《としごろ》彼ノ山ニ住《ぢう》シテ、師[一〇]ニ随《したがひ》テ法花経《ほくゑきやう》[一一]ヲ受ケ[一二]持《たもち》テ、毎日《ひごと》[一三]ニ三十部ヲゾ読誦《どくじゆ》シテ、此ノ山ニシテ四十余年ヲ過《すぐ》ス。

一　この人の功徳は、果てもなく極まりもなく、十方に広がる大空のごとく、止まるところがない。
二　何者なのか見届けようと思って。
三　影。幻影。
四　↓地名「横川」。
五　↓人名「源信」。
六　験記「臨二最後時一、手執二経巻一、口誦二妙法一、向二西方一坐、更無二余言一矣」。

第三十九話　中核的出典は法華験記・上・34。未詳の資料により増補している。拾遺往生伝・中・6、三外往生記・4に同話がある。

七　↓地名「愛宕護ノ山」。
八　伝未詳。
九　↓一七三頁注三五。
一〇　験記「採レ花舂レ香、供二養三宝一、拾レ薪汲レ水、給二仕宿老一。終日随二師長一、授二習経文一、通夜松為レ灯、練二読経巻一」。
一一　↓一五四頁注七。
一二　↓一〇〇頁注四。
一三　毎日三十部を読誦したことは験記には見えない。
一四　本第二段は験記に見えず、出典未詳。
一五　↓地名「金峰山(みたけ)」。
一六　↓地名「奈良坂」。
一七　着物の襟首。

而《しか》[一四]ル間、金峰山《みたけ》[一五]ニ詣《まう》ヅ。返《かへ》ル間、奈良坂《ならさか》[一六]ニシテ盗人《ぬすびと》ニ値《あひ》ヌ。盗人寄来《よりきたり》テ、忽《たちまち》ニ持経者ノ衣ノ頸《くび》[一七]ヲ取《とり》テ引キ伏《ふす》レバ、持経者遥《はるか》[一八]ニ音《こゑ》ヲ挙《あげ》テ、「法花経、我レヲ助ケ給ヘ」ト三度《みたび》叫ブ。其ノ時ニ、盗人心ニ何《いか》ニ思《おぼ》エケルニカ有ケム、人ノ[一九]来《きたり》テ捕ヘムトセム如クニ、持経者ヲ棄テ、皆逃《にげ》テ去《さり》ヌ。其ノ後、偏《ひとへ》ニ持経者、「此レ、法花経ノ霊験ノ至セル所、金峰《みたけ》ノ蔵王《ざわう》[二〇]ノ守リ給フ故《ゆゑ》也」ト知《しり》テ、愛宕護ノ山ニ返《かへり》テ、弥《いよい》ヨ法花経ヲ読誦シテ、房ノ外ニ出《いづ》ル事無シ。

而[二一]ル間、徳大寺《とくだいじ》[二二]ト云フ所ニ□[二三]阿闍梨《あじやり》ト云フ人有リ。其ノ人ノ夢ニ、愛宕護[二四]ノ山ニ行ク。大《おほき》ナル池有リ。池ノ東《ひむがし》ノ方ニ西ニ向《むかひ》テ僧居《ゐ》タリ。手ニ香炉《かうろ》ヲ取《とり》テ法花経ヲ読誦ス。西ノ方ヨリ紫ノ雲聳《そびき》[二五]テ来《きた》ル。其ノ上ニ大《おほき》ナル金蓮花《こんれんぐゑ》[二六]有リ。此[二七]ノ池ノ中ニ留《とどまり》ヌ。僧、口ニ法花経ヲ読《よみ》テ、手ニ香炉ヲ取《とり》テ、土ヲ踏ムガ如ク池ノ水ノ上ヲ踏《ふみ》テ、蓮花ニ乗《のり》テ西ヲ指《さし》テ去《さり》ヌ。阿闍梨此レヲ見テ、「此ハ、誰ト云フ人ノ極楽ニ参リ給フゾ」ト問ヘバ、僧、「愛宕護ノ峰ニ住ム好延也」ト云フ、ト見テ夢覚《さめ》ヌ。阿闍梨驚《おどろき》テ、此ヲ試《こころみ》ムガ為《ため》ニ、忽《たちまち》ニ下僧《げそう》[二八]一人ヲ愛宕護ニ遣《や》[二九]ル。教《をし》ヘテ云ク、「『愛宕護ノ峰ニ好延ト云フ聖人ヤ有ル』ト問《とひ》テ、返来《かへりきた》レ」ト云テ遣リツ。即チ返来テ云ク、「好延持経者ト云フ人有ケリ。日来《ひごろ》悩テ此ノ暁ニ死ニケリ。房[三〇]ニ弟子共《ども》泣キ悲《かなし》ムデナム有《あり》ツル」ト語ル。阿闍梨、其ノ時ニナム、始《はじめ》テ好延持経者ト云フ人愛宕護ノ山

一八 遠くまで聞こえる高らかな声で。
一九 誰かが自分を捕えに来たかのように。
二〇 →人名「蔵王菩薩」。
二一 本第三段は験記に拠る。但し、夢の中での会話や夢覚めて後の下僧の派遣その他、叙述の増補ないし異同が著しい。本段に対応する験記の記事は簡潔で、「入滅夜、徳大寺阿闍梨夢、有㆓一大池㆒。其池中生㆓一大蓮華㆒。微妙香潔、開㆓敷花実㆒。好延法師威儀具足、手執㆓香炉㆒、来㆓臨池辺㆒。如㆑歩㆓地上㆒、歩㆓行池上㆒。登㆓此蓮花㆒、面向㆓西方㆒、口誦㆓妙法㆒。乍㆑坐㆑蓮指㆓西方㆒去。明知、決定往㆓生極楽㆒矣」がその全文である。験記以外の資料を参看した可能性がある。
二二 →地名「徳大寺」。
二三 人名の明記を期した意識的欠字。験記「徳大寺阿闍梨」。
二四 愛宕護山に行ったことは験記には見えない。
二五 名義抄「聳 ソビク、タナヒク」。たなびいて。
二六 黄金の蓮の花。
二七 (雲に乗ってきた蓮華は)この池の中に止まった。験記は蓮華が池に生えたことをいうのみ。雲に乗って来た記事はない。→注二一。
二八 下使いの僧。
二九 験記には下僧を遣した記事はない。但し、往生の霊告を受けた者が確認のために人を遣す話は、巻一五・26、同・27など、類例が多い。
三〇 僧房では(好延の)弟子たちが泣き悲しんでいました。

ニ有ケリト知《しり》ケル。

夢[一]ノ如クニハ、疑ヒ無ク極楽ニ参タル人トナム語リ伝ヘタルトヤ。

金峰山薊嶽良算持経者語《みたけのあざみのたけのらうさんぢきやうじやのこと》第四十

今昔《いまはむかし》、金峰山《みたけ》[二]ノ薊《あざみ》[三]ノ嶽《たけ》ト云フ所ニ良算《らうさん》[四]持経者《ぢきやうじや》[五]ト云フ聖人有ケリ。本《もと》[六]ハ東国ノ人也。出家ヨリ後、永ク穀[七]ヲ断《た》チ塩ヲ断《たち》テ、山[八]ノ菜《くさびら》・木ノ葉ヲ以テ食《じき》トシテ、法花経《ほくゑきやう》[九]ヲ受ケ持《たもち》[一〇]テ後、日夜ニ読誦《どくじゆ》シテ他《ほか》ノ勤メ無シ。深キ山ニ住《ぢう》シテ里ニ出《いづ》ル事無シ。

而《しか》ル間、心ノ内ニ思ハク、「此[一一]ノ身ハ此レ水ノ沫《あわ》也。命ハ亦朝《またあした》ノ露《つゆ》也。然レバ、我レ此ノ世ノ事ヲ不思《おもは》ズシテ、後世《ごせ》[一二]ノ勤メヲ労《いとな》[一三]マム」ト思《おもひ》テ、旧里《ふるさと》ヲ棄テヽ、金峰山《みたけ》ニ詣《まう》デヽ、薊《あざみ》ノ嶽《たけ》ト云フ所ニ草ノ菴《いほり》ヲ結《むすび》テ、其レニ籠居《こもりゐ》テ、日夜ニ法華経ヲ読《よみ》テ十[一四]余年ヲ経タリ。

其ノ間、初《はじめ》ハ鬼神来《きたり》テ持経者ヲ擾乱《ねうらん》[一五]セムト為《す》ト云ヘドモ、持経者此レニ不怖《おぢ》ズシテ一心ニ法花経ヲ誦ス。後ニハ鬼神、経ヲ貴ムデ、菓《このみ》[一六]・蓏《くさのみ》ヲ持来《もてきたり》テ聖人《しやうにん》ヲ供養ス。

加之《しかのみならず》[一七]、熊・狐・毒蛇《どくじや》等モ皆来《きたり》テ供養ス。亦《ま》[一八]タ、聖人、幻[一九]ノ如クニ見レバ、形端《かたちたん》正《じやう》ニシテ身微妙《みめう》ノ衣服《えぶく》ヲ着《ちやく》セル女人、時々来《きたり》テ廻《めぐり》テ礼拝シテ返去《かへりさり》ヌ。覚《さめ》[二〇]テ、持経者、

第四十話　出典は法華験記・中・49。元亨釈書・十一・良算に同話がある。

一　夢の通りだとすれば。

二　↓地名「金峰山(みたけ)」。

三　↓地名「薊ノ嶽(あざみのたけ)」。

四　伝未詳。

五　↓一七三頁注三五。

六　験記「沙門良算、東国人也」。

七　穀断ちと塩断ち。五穀(あるいは六、七穀)を食べず、塩を摂取しないこと。身心統御、精進潔斎の苦行で、これによって霊妙な験力が得られると考えられていた。験記「永断㆓穀塩㆒只飡㆓菜蔬㆒。読㆓誦法華㆒、専無㆓余業㆒」。

八　山菜(さんさい)。名義抄「菜　クサヒラ」。字類抄「蔬　クサヒラ　菜可食也」。

九　↓一五四頁注七。

一〇　↓一〇〇頁注四。

一一　験記「常作㆓是観㆒、身是水沫不㆑堅之身、命復朝露即滅之命」。

一二　来世に極楽に往生するための勤行。

一三　訓みは名義抄による。いそしもう。つとめてしよう。

一四　験記「数十余年、但読㆓法花㆒、難行苦行」。

一五　悩まし乱そうとしたけれども。験記「最初鬼神現㆓可㆑畏形㆒、擾㆓乱聖人㆒、不㆓

「此レ[二一]十羅《じふら》刹《せつ》ノ中ノ[二二]皐諦女《かうたいによ》也」ト疑フ。凡《おほよ》ソ、聖人、[二三]其ノ山ノ人来《きたり》テ食物《じきもつ》ヲ与フト云ヘドモ不喜《よろこば》ズ。亦、人来《きたり》テ語《かたら》ヒ問フ事有《あり》ト云ヘドモ不答《こた》ヘズ。只経ヲ誦ス。亦、眠《ねぶ》レル時モ尚《なほ》、眠乍《ねぶりなが》ラ経ヲ読ム音《こゑ》有リ。

如此《かくのごと》クシテ終《つひ》ニ命終《をは》ル時ニ臨《のぞみ》テ、[二四]色鮮《あざや》カニシテ[二五]咲《ゑみ》ヲ含《ふく》ミテゾ有ケル。其ノ時ニ、人来《きたり》テ問《とひ》テ云ク、「聖人、最後ノ剋《とき》ニ何《なん》ゾ喜ブ気色《けしき》有ル」ト。聖人答テ云ク、「年来《としごろ》ノ[二六]貧道《ひんだう》ノ身ニ、今栄花ヲ開《ひら》キ[二七]官爵《くわんしやく》ニ預ル、何カ不喜《よろこば》ザラムヤ」ト。人此レヲ聞テ、「此ノ聖人狂気《わうき》有ケリ」ト疑《うたがひ》テ、問テ云ク、「栄花・官爵ノ喜ビトハ何《いか》ニ」ト。聖人答テ云ク、「喜ビト云フハ、所謂《いはゆ》ル[二八]煩悩不浄《ぼんなうふじやう》ノ[二九]体《すがた》ヲ棄テヽ、清浄微妙《しやうじやうみめう》ノ身ヲ可得《うべ》キ、此レ也」ト云テゾ入滅シケル。

其ノ山ノ人、皆此レヲ聞《きき》テ泣キ悲《かなしみ》テ貴ビケリトナム語リ伝ヘタルトヤ。

以為㆑怖」。
一六 木の実や草の実。
一七 それだけでなく。その上さらに。
一八 「タ」は「亦」の捨仮名。
一九 験記には「幻ノ如クニ」に相当する語句がなく、女は「天女」とされる。験記「端正天女時々来至、三匝囲遶、頭面礼敬而以退去」。
二〇 夢幻の境地から我にかえって。
二一 →人名「十羅刹」。
二二 →人名「皐諦女」。
二三 験記「貴賤供養不㆓以為㆒喜、悪輩罵詈不㆓以為㆒憂。向㆑人雖㆓与語㆒、口必誦㆓法花㆒。閉㆑目雖㆓睡眠㆒、誦㆑経音弥高」。
二四 顔色がよくて。
二五 微笑を浮かべていた。
二六 「貧道」は、悟り浅く徳に乏しい僧侶の意で、僧の謙称として用いられるが、ここでは現世の福もそなわらない「貧窮」の身の意か。験記「頃年貧道孤独之身」。
二七 官職と位階。官位。
二八 煩悩に汚れた不浄の身。験記「所謂棄㆓捨煩悩不浄無常垢穢之身体㆒、当㆑得㆓微妙清浄金剛不壊之仏果㆒也」。
二九 訓みは字類抄による。「かたち」とも訓める。

今昔物語集　巻第十三

本朝付仏法

法華経の霊験譚

前巻に引き続いて法華経の霊験譚を集める。法華経霊験譚は次巻まで続くが、本巻にはとくに同経読誦の霊験譚を配置している。

　震旦部の経典霊験譚(巻六第31話―巻七第43話)が華厳・阿含・方等・般若・法華涅槃の順(『三宝感応要略録』のそれと同じく、天台の五時八教の教判と一致)に並んでいたのに比べて、本朝部では法華経が先頭に位置し、大量の説話(計八十四話)が配置されて他の諸経(計十七話)を圧倒しているのが特徴的である。法華経盛行の時代状況の反映に他ならないが、出典は大半が『法華験記』であって、取材源は意外に限られている。

　本書の全巻を通じて認められる「二話一類様式」(隣接する二話が内容的に類似し一対をなす)の説話配列は本巻においても顕著に認められるが、それらを束ねる話群としてのあり方は必ずしも明白でない。大まかにいえば次の通りであるが、とくに後半には小さな話群が多い。

第1―4話には山岳修行者が遭遇した持経仙の話を集める。前巻末の持経者譚に続く話群である。第5―16話はおおむね法華経読誦により往生を遂げた話を集めるが、往生譚としてよりも読誦の功徳譚としての性格が濃い。第17―20話は毒蛇・飢餓その他さまざまな危難を免れた話である。

　第21話以後は明確でないが、第21―24話は護法の守護・賛嘆・給仕を受ける点で共通。第25―32話はおおむね往生に関係している点で纏めることができるが、話の主題からいえば、身体的な加護を受ける第25・26話、誦経の声に関係する第29・30話、他の仏菩薩のからむ第31・32話などの小話群に分かれる。

　第33・34話は異類(竜・道祖神)の解脱譚。第35・36話は経典の読誦に関連した蘇生譚。第37・38話は不信・悪人の救済譚。第39―41話は法華経の他経に対する勝利。第42―44話は執心により蛇に転生し、法華経供養によって得脱した話である。

修行僧義睿《しゆぎやうのそうぎえい》、値大峰持経仙語《おほみねのぢきやうせんにあへること》第一

今昔《いまはむかし》、仏ノ道ヲ修行スル僧有ケリ。名ヲバ義睿《ぎえい》[一]ト云フ。諸《もろもろ》ノ山ヲ廻《めぐ》リ海ヲ渡《わたり》テ、国〻ニ行キ所〻ノ霊験[二]ニ参《まゐり》テ、行ヒケリ。

而《しか》ルニ、熊野[三]ニ参テ、其レヨリ大峰《おほみね》[四]ト云フ山ヲ通《とほり》テ金峰《みたけ》[五]ニ参リ出《い》ヅルニ、山ノ中ニシテ道ニ迷《まどひ》テ東西[六]ヲ失ヒツ。只宝螺《ほうら》[七]ヲ吹《ふき》テ其[八]ノ音ヲ以テ道ヲ尋ヌト云ヘドモ、道ヲ知ル事無シ。山ノ頂《いただき》[九]ニ登《のぼり》テ四方ヲ見レバ、皆遥《はるか》ニ幽《かすか》[一〇]ナル谷ナリ。如此《かくのごと》クシテ十余日辛苦《しんぐ》悩乱《なうらん》ス。然レバ、義睿歎キ悲《かなしみ》テ、憑《たの》ミ奉ル所ノ本尊ニ人間[一一]ニ出《いで》ム事ヲ祈請《きしやう》ス。而ル間、地直《なほ》[一二]キ林ニ至《いたり》ヌ。其ノ中ニ一《ひとつ》ノ僧房有リ。微妙《みめう》[一三]ニ造《つくり》タリ。破風《はふ》[一四]・懸居《くゑんぎよ》[一五]・篙《かう》[一六]子《し》・遣戸《やりど》[一七]・蔀《しとみ》[一八]・簀《す》[一九]・天井《てんじやう》、皆吉《よ》ク造タリ。前ノ庭ニハ広クシテ白沙[二〇]ヲ蒔《まき》タリ。前裁《せんざい》[二一]ノ木立隙《ひま》無クシテ、諸《もろもろ》ノ花栄《さ》キ実成《なり》テ妙《たへ》ナル事無限《かぎり》ナシ。

義睿此レヲ見テ心ニ喜《よろこび》テ、近ク寄テ見レバ、房ノ内ニ一《ひとり》ノ僧居タリ。年僅《わづか》二十許《ばかり》也。法花経《ほくゑきやう》[二二]ヲ読誦《どくじゆ》ス。其ノ音《こゑ》貴キ事無限《かぎりな》シ。身ニ染《し》ムガ如シ。見レバ、一ノ巻ヲ読畢《よみをはり》テ経机ニ置クニ、其ノ経空《そら》ニ踊《をどり》テ、軸ヨリ標紙《へうし》[二三]ニ至《いたる》マデ巻返《まきかへ》シテ紐ヲ結《ゆひ》テ、本《もと》ノ如クニ机ニ置ク。如此《かくのごと》ク巻毎《ごと》ニ巻返シツ、一部ヲ読畢ヌ。義睿此レヲ見ルニ、

第一話　出典は法華験記・上・11。発心集・四・1、元亨釈書・二十九・大峰比丘に同話がある。

一　伝未詳。

二　霊験所。霊験の著しいとされる寺社や霊場。

三　↓地名「熊野」。

四　↓地名「大峰」。

五　↓地名「金峰山(みたけ)」。

六　どちらが東でどちらが西かわからなくなった。方角を見失った。

七　ほら貝の大きなものの先に穴をあけて口金を付け、吹き鳴らすようにしたもの。大きな音が出る。山岳修行者の携行品。「宝螺」は美称。

八　現代の登山者のヤッホーと同じく、こちらで宝螺を吹くと、それを聞いた他の修行者が宝螺を吹いて答えてくれるのであろう。それを聞けば、相手の修行者の位置、即ち道があるところを知ることができる。

九　験記の本文を「依㆓宝螺声㆒尋㆑道、不㆑得㆑登㆓山巓㆒。視㆓四方㆒幽谷」と切って読めば(思想大系、国訳一切経等はかく読む)、山頂には登れず、四方を見た意であるが、本話は「尋㆑道不㆑得。登㆓山巓㆒、視㆓四方㆒幽谷」と読んでいるらしい。釈書「迷而失㆑路、陟㆑嶺降㆑谷」。

一〇　奥深い谷である。訓みは名義抄、字類抄による。

一一　人間界。ここでは、人里。

一二　地面が平らな林。

一三　見事に造ってある。験記「新造浄潔」。

一四　切妻屋根の端に付けた「へ」型の板。

奇異ニ貴ク恐シク思フ間ニ、此ノ聖人立《しやうにんたち》ヌ。義睿ヲ見付《みつけ》テ、奇異ニ思ヘル気色《けしき》ニテ、大《おほき》ニ驚テ云《いは》ク、「此ノ所ニハ古《いにしへ》ヨリ于今《いまに》人来《きた》ル事無シ。山深クシテ谷ノ鳥ノ音《こゑ》[二四]ソラ猶《なほ》シ希《まれ》也。況《いはむ》ヤ人来《きた》ル事ハ絶《たえ》タルニ、何人《なにびと》ノ来《きた》リ給ヘルゾ」ト。義睿答《こたへ》テ云ク、「我レ仏ノ道ヲ修行セムガ為《ため》ニ此ノ山ヲ通ル間、道ニ迷《まどひ》テ来《きた》レル也」ト。聖人此ノ由《よし》ヲ聞テ、義睿ヲ房ノ内ニ呼ビ入レツ。見レバ、形端正《かたちたんじやう》ナル童《わらは》、微妙《みめう》ノ食物《じきもつ》ヲ捧《ささげ》テ来《きたり》テ令食《くはし》ム。義睿此《これ》ヲ食《くひ》テ、日来《ひごろ》ノ餓《うゑ》皆直《なほり》テ、楽シキ心ニ成ヌ。

義睿聖人ニ問テ云ク、「聖人ハ何《いづ》レノ程ヨリ此ノ所ニハ住《すみ》給フゾ。亦、何ニ依《より》テ如此《かくのごと》ク諸《もろもろ》ノ事心ニ任セテ[二五]□」。聖人答テ云ク、「我レ此ノ所ニ住テ既ニ八十年ニ余レリ。我レ本比叡《もとひえ》ノ山ノ僧也。[二六]東塔《とうたふ》ノ[二七]三昧《さんまい》ノ座主《ざす》ト云《いひ》シ人ノ弟子也。其ノ人[二八]小事ニ依テ勘当《かんだう》シ給ヒシカバ、愚《おろか》ナル心ニ本山《もとのやま》ヲ去《さり》テ、心ニ任セテ流浪シテ、若ク盛《さかり》ナリシ時ハ、在所ヲ不定《さだめ》ズシテ所々ニ修行シキ。年老テ後ハ、此ノ山ニ跡ヲ留《とど》メテ、[二九]永ク死ナム時ヲ待ツ也」ト。義睿此レヲ聞テ、弥《いよい》ヨ奇異也ト思テ、問《とひ》テ云《いはく》、「人不来《きたら》ズト宣《のたま》フト云ヘドモ、端正ノ童子三人随《したが》ヘリ。此レ聖人ノ虚言《そらごと》ゾ」ト。聖人答テ云ク、「経ニ「[三〇]天諸童子《てんしよどうじ》　以為給仕《いゐきふじ》」ト説ケリ。何ゾ此レヲ怪マム」ト。義睿亦《また》云ク、「聖人[三一]老耄《らうもう》也ト宣フト云ヘドモ、形《かたち》ヲ見レバ若ク盛《さかり》也。此レ亦、[三二]言《こと》ノ計《はから》フ所カ」ト。聖人答テ云ク、「経ニ「[三三]得聞是経《とくもんぜきやう》　病即消滅《びやうそくせうめつ》　不老不死《ふらうふし》」ト説ケリ。

搏風。
一五 正しくは「懸魚」。破風の棟木の端を隠すための装飾。
一六 格子。　一七 引き戸。
一八 ↓一七九頁注二四。
一九 簀(す)は、すだれ。簀子(すのこ)の意とすれば、濡れ縁。
二〇 白い砂。
二一 正しくは「前栽」。庭の植え込み。
二二 ↓一五四頁注七。
二三 巻子本(巻物)の巻頭に付ける袖紙。巻くと表面を覆うようになる。
二四 ↓一〇九頁注二〇。
二五 諸本欠字。験記「有㆓何事縁㆒、万事相応」。
二六 ↓地名「東塔」。
二七 喜慶。↓人名「喜慶(ききよう)」。
二八 ささいなことで。
二九 永い間、死期を待っているのです。
三〇 法華経・五・安楽行品「衆生楽見、如慕賢聖、天諸童子、以為給使」。法華経受持の功徳を説く偈の一節。(法華経受持者に対して、衆生は賢聖を慕うが如くまみえんことを願い)天界の童子たちは彼に従い仕えるであろう。験記も下句を「給仕」としている。
三一 年寄り。老人。験記「老朽」。
三二 私を謀っているのですか。うそをついているのですか。験記「非㆑構㆓妄語㆒哉」。
三三 法華経・七・薬王菩薩本事品「若人有病、得聞是経、病即消滅、不老不死」。(もし病気の人がいて)この経を聞くことが出来れば、病気はたちまち消滅し、不老不死となるであろう。

更ニ[一]妄語《まうご》ニ非ズ」ト。

其ノ後、聖人義睿ヲ勧《すす》メテ、速《すみやか》ニ可返《かへるべ》キ由《よし》ヲ云フ。義睿歎《なげき》テ云ク、「我レ日来《ひごろ》山ニ迷《まどひ》テ方角ヲ不知《しら》デ、心弱ク身痩《やせ》、行《ある》キ歩《あゆ》バムニ不堪《たへ》ズ。然レバ、[二]聖人ノ威力ニ依テ此ノ所《ところに》[三]随遂セムト思フ」ト。聖人ノ云ク、「我レ汝ヲ厭《いと》フニハ非ズ。此ノ所ハ[四]人間ノ気分ヲ離《はなれ》テ多《おほく》ノ年ヲ経タリ。此ノ故《ゆゑ》ニ[五]強《あながち》ニ可返《かへるべ》キ由ヲ云フ也。但シ、今夜若《こよひも》シ留《とどま》ラムト思ハヾ、[六]身ヲ不動《はたらかさ》ズ音《こゑ》ヲ不出《いださ》ズシテ静《しづか》ニ可坐《ましますべ》シ」ト。義睿其ノ夜留《とどま》リテ、聖人ノ言《こと》ニ随《したがひ》テ静ニシテ隠レ居タリ。

[七]初夜ノ程ニ、俄《にはか》ニ[八]微《こ》風《かぜ》吹テ[九]常ノ気色《けしき》ニ非ズ。義睿迫《はさま》ヨリ見レバ、様〻《さまざま》ノ[一〇]異類ノ形ナル鬼神共来《きじんどもきた》ル。或《あるい》ハ馬ノ頭《かしら》、或ハ牛頭《うしのかしら》、或ハ鳥ノ首《かしら》、或ハ鹿ノ形、如此《かくのごと》クノ多《おほく》ノ鬼神出来《いできたり》テ、各《おのおの》[一一]香花《かうくゑ》ヲ供養シ、[一二]菓子《このみ》・[一三]飲食《おんじき》等ヲ捧《ささげ》テ、前ノ庭ニ高キ棚ヲ構《かまへ》テ、其ノ上ニ皆膳《そな》ヘ置《おき》テ、礼拝シテ掌《たなごころ》ヲ合セテ[一四]次第ニ居《ゐ》ヌ。此ノ中ニ[一五]第一ノ者ノ云ク、「今夜怪《こよひあやし》キカナ。例ニモ非ズ[一六]人間ノ気《け》有ル輩《ともがら》有リ。誰人ノ来レルゾ」ト云《いふ》ヲ聞クニ、義睿心迷《まど》ヒ身動ク。而《しかる》間、聖人[一七]発願《ほつぐわん》シテ法花経ヲ読誦スル事終夜《よもすがら》也。曙《あく》ル程ニ成ヌレバ、[一八]廻向《ゑかう》シテ後、此ノ異類ノ輩《ともが》ラ皆返《かへ》リ去ヌ。

其後、義睿[一九]和《やは》ラ出《いで》ヌ。聖人ニ値《あひ》テ申サク、「[二〇]今夜《こよひ》ノ異類ノ輩《ともがら》、此何方《これいづかた》ヨリ来《きたれ》ルゾ」ト。聖人答テ云ク、「経ニ「[二一]若人在空閑《にやくにんざいくげん》　我遣天竜王《がけんてんりうわう》　夜叉鬼神等《やしやきじんとう》　為作聴法衆《ゐさちやうぼふしゆ》」

一 偽りの言葉。うそ。 二 聖人のお力にすがって、ここでお仕えしたいと思います。 三 「随逐(ずい ちく)」と通用か。つき従う意。 四 人間界の雰囲気。いわゆる俗臭。験記「此処遠離二人間気分一、逕二多年序一」。 五 強いてここを出て行ってくれと言っているのです。 六 験記「身不二動揺一、口無二言説一、寂静而住」。 七 夜間勤行すべき三回の定時(初夜・中夜・後夜)の一。午後八時頃。 八 訓みは字類抄による。 九 ふだんの様子ではなくなった。異様な雰囲気になった。験記「非二常作法一」。 一〇 人間以外の生き物。験記「異類衆形鬼神禽獣、数千集会」。 一一 香華。香と花。ともに仏に供養するもの。 一二 木の実、果物の類。米・小麦粉等を加工した食品についてもいう。 一三 飲食物。 一四 順次に着座した。上の者は上座に、下の者は下座に、順序正しく坐った。 一五 最も上座の者。 一六 俗臭のする奴がいる。 一七 (義睿の命を守ろうという)願を立てて。 一八 自らが積んだ善根・功徳をふり向けること。ここでは、読経の終わりに、その功徳を聴衆である異類に回向する旨を述べる文句(回向文)を唱えたことをいうのであろう。 一九 そっと出てきた。験記には対応する文言がない。 二〇 一日は晩からはじまり夕方に終わると意識されたため、朝からみてその前の夜をいう。現代語では「昨夜」と表現するところ。 二一 法華経・四・法師品の偈の一節。もし(聴聞する)人がいないならば、私は天人・竜王・夜叉・鬼神等を派遣して、ト許《ばかり》云フ。

其ノ後、義睿返《かへり》ナムトスト云ヘドモ、其ノ[二二]行方《ゆきかた》ヲ不知《しら》ズ。聖人教《をしへ》テ云ク、「速《すみやか》ニ南ニ向《むかひ》テ可行《ゆくべ》シ」ト云テ、[二三]水瓶《すいびやう》ヲ取テ[二四]簀子《すのこ》ニ置ク。水瓶踊リ下テ[二五]漸《やうや》ク飛《とび》テ行ク。義睿其レニ随テ行ク間、[二六]二時許《ふたときばかり》ニ行テ[二七]山ノ頂ニ至ヌ。山ノ頂ニ立《たち》テ麓ヲ見下《みおろ》セバ、大《おほき》ナル里有リ。其ヨリ水瓶虚空ニ飛テ不見《みえ》ズ成ヌ。本《もと》ノ所ニ返《かへり》ヌル也ケリト思フ。義睿遂《つひ》ニ里ニ出《いづ》ル事ヲ得テ、涙ヲ流シテ深山《みやま》ノ[二八]持経《ぢきやう》仙人ノ有様ヲ語ケリ。[二九]此レヲ聞ク人、皆[三〇]首《かうべ》ヲ低《かたぶけ》テ貴ビケリ。

[三一]実《まこと》ノ心ヲ至セル法花ノ[三二]持者《ぢしや》ハ如此《かくのごと》クナム。[三三]其ノ後于今《いまに》其ノ所ニ至レル人無シトナム語リ伝ヘタルトヤ。

籠葛川僧《かづらかはにこもりしそう》、値比良山持経仙語《ひらのやまのぢきやうせんにあへること》第二

今昔《いまはむかし》、[三四]葛川《かづらかは》ト云フ所ニ籠《こもり》テ修行スル僧有ケリ。[三五]穀《こく》ヲ断《たち》テ[三六]菜《くさびら》ヲ食《くひ》テ、[三七]懃《ねむごろ》ニ行《おこなひ》テ月《つき》来《ごろ》ヲ経《へ》ル間ニ、夢ニ、気《け》高《たか》キ僧出来《いできたり》テ告《つげ》テ云《いは》ク、「[三八]比良山《ひらのやま》ノ峰ニ[三九]仙人有テ、[四〇]法花経《ほくゑきやう》ヲ読誦《どくじゆ》ス。汝速《すみやか》ニ其ノ所ニ行《ゆき》テ、彼ノ仙人ニ[四一]可結縁《けちえんすべ》シ」ト。夢覚《さめ》テ後、忽《たちまち》ニ比良ノ山ニ入《いり》テ尋ヌルニ、仙人無シ。

聴聞させよう。

二二 帰って行くべき方角がわからない。

二三 水を入れる器。水筒または水差しの用をなす物。僧が所持を許された比丘十八物の一。

二四 濡れ縁。

二五 (義睿を案内するように)ゆっくり飛んで行く。

二六 四時間ほど。

二七 前出の山(→一九八頁注九)と同じ山かどうかは不明。

二八 持経者である仙人。持経者と仙人とを同一視していることに注意。験記「持経者聖人」。→注三九。

二九 験記真福寺本「是聞人随喜流レ涙、速発心人有ニ多其数ニ云」。同彰考館本はこの句を欠く。

三〇 底本「仰」は「低」の異体字「仾」の誤記とみて訂した。頭を深く垂れて。こころから帰依するさまを示す常套表現。

三一 真にまごころをこめた。至誠の。

三二 持経者。霊地・霊場に籠もってひたすら法華経を読誦して修行する僧。

三三 験記には見えない叙述。

第二話 出典は法華験記・上・18。

三四 →地名「葛川」。

三五 →一九二頁注七。

三六 山菜を食べて。験記「断レ食苦行」。

三七 熱心に修行して。

三八 →地名「比良ノ山」。

三九 験記「仙僧」。後文では本話、験記ともにこの人物を「仙人」と呼んでいる。法華経読誦の持経者を仙人と呼ぶのは、山岳仏教修行者と神仙とを同一範疇の存在と考えていたことを物語る。

四〇 →一五四頁注七。

四一 結縁は、仏縁を結ぶこと。仏法の縁を結んで後世成仏のゆかりをつくること。

日来《ひごろ》ヲ経テ強《あながち》ニ尋ネ求《もとむ》ル時ニ、遥《はるか》ニ法花経ヲ読ム音許《こゑばかり》髴《ほのか》ニ聞ユ。其ノ音《こゑ》貴クシテ可譬《たとふべ》キ方《かた》無シ。僧喜テ其ノ音《こゑ》ヲ尋テ東西ニ走リ求ルニ、経ノ音許《こゑばかり》ヲ聞テ、主《ぬし》ノ体《すがた》ヲ見ル事ヲ不得《え》ズ。心ヲ尽《つく》シテ終日《ひねもす》ニ求ルニ、巌《いはほ》ノ洞《ほら》有リ。傍《かたはら》ニ大《おほき》ナル松ノ木有リ。其ノ木、笠[一]ノ如シ。洞ノ中ヲ見ルニ、聖人《しやうにん》居《ゐ》タリ。身ニ肉《しし》無クシテ只骨皮許《ばかり》也。青キ苔《こけ》ヲ以テ服物《きるもの》ト為《せ》リ。僧ヲ見テ云ク、「何《いか》ナル人ノ此《ここ》ニハ来《きた》リ給ヘルゾ。此ノ洞ニハ未《いま》ダ人不来《きたら》ザル所也」ト。僧答テ云ク、「我レ葛川ニ籠リ行フ。夢ノ告ニ依テ結縁為《けちえんのため》ニ来《きた》レル也」ト。仙人ノ云ク、「汝《なむ》ヂ[二]我レニ暫《しばら》ク不近付《ちかづか》ズシテ、遠ク去《さり》テ可居《ゐるべ》シ。我レ人間[三]ノ烟《けぶり》ノ気《け》眼《まなこ》ニ入《いり》テ、涙出《い》デ、難堪《たへがた》シ。七日[四]ヲ過《すぐし》テ可近付《ちかづくべ》キ也」ト。

然レバ、僧仙人ノ云フニ随《したがひ》テ、洞ヨリ一二段許《たんばかり》[五]ヲ隔テ、宿《やどり》ヌ。其ノ間、仙人、昼夜ニ法花経ヲ読誦ス。僧此レヲ聞クニ貴ク悲《かなしき》ニ、「無始《むし》[六]ノ罪障《ざいしやう》皆亡ビ[七]ヌラム」ト思フ。而《しか》ル間、見レバ、諸《もろもろ》ノ鹿・熊・猿及ビ余《ほか》ノ鳥獣、皆菓《このみ》[八]ヲ持来《もてきたり》テ仙人ニ供養シ奉ル。而ルニ、仙人一《ひとつのさる》猿ヲ以テ使トシテ、菓ヲ僧ノ所ニ送ル。如此《かくのごと》クシテ七日ヲ過《すぐし》ヌレバ、僧仙人ノ洞ノ辺《ほとり》ニ詣《まう》ヅ。

其ノ時ニ、仙人僧ニ語テ云ク、「我ハ此レ、本興福寺《もとこうぶくじ》[九]ノ僧也。名ヲバ蓮寂《れんじやく》[一〇]ト云ヒキ。法相大乗《ほつさうだいじよう》[一一]ノ学者トシテ其ノ宗ノ法文《ほふもん》ヲ学ビ翫《もてあそ》ビシ間ニ、我レ法花経ヲ見奉リシ

一 験記「有㆓大松樹㆒、根宿㆓岩上㆒。枝葉四垂覆㆓洞前庭㆒、風吹㆑松声不㆑異㆓音楽㆒。雨降如㆑笠不㆑湿㆓庭上㆒。熱時松能作㆓清冷影㆒、寒時任運施㆓煖温気㆒」。
二 「ヂ」は「汝」の捨仮名。
三 人間界の煙。穀断ちまたは絶食が普通の仙人には炊事は不要。煙とは無縁の生活をしているため、僧に染みついた煙の臭いに辟易したのである。験記「煙気入㆑眼、涙出難㆑堪。血膿腥膻、鼻根受㆑苦」。
四 七日を過ごしてから。七日後に。
五 一段は六間。約一一メートル。験記「二三段」。
六 永遠の昔からの罪障も全て消滅してしまうだろうと。
七 底本「亡ラヌラムト」を訂した。
八 木の実や果物。
九 →地名「興福寺(こうふくじ)」。
一〇 伝未詳。
一一 法相宗の学僧として。
一二 法華経・二・譬喩品の「而告之言、汝等所可玩好、希有難得」に続く一節。火事の家(迷いの世界)から子供たち(衆生)を救出する手段として、父(仏)が外に牛車などがあると声をかけ、手に入れなければ後悔すると誘っている場面。大白牛車は法華経の譬え。即ち、汝がもし法華経を受持しないならば、必ず後悔するであろうと換言できる。
一三 仏果を得ようとする心。道心。
一四 法華経・四・法師品の偈「若説法之人、独在空閑処」に続く一節。(もし説法する人が一人でいて)寂寞として人の声もしない静かなところで、この法華経を読誦するならば、我(釈迦仏)はその時、清浄

ニ、「[一二]汝若不取《にょにゃくふしゅ》　後必憂悔《ごひつうくゐ》」ト云フ文《もん》ヲ見テシヨリ、始《はじめ》テ[一三]菩提心《ぼだいしん》ヲ発《おこ》シキ。「[一四]寂寞《じやくまく》無人声《むにんじやう》　読誦此経典《どくじゆしきやうでん》　我爾時為現《がにじゐげん》　清浄光明身《しやうじやうくわうみやうしん》」ノ文ヲ見シヨリ、永ク本寺《もとのてら》ヲ出《い》デ、山林ニ交《まじはり》テ仏道ヲ修行シテ、功《く》至リ徳ヲ重《かさね》テ、[一五]自然《おのづか》ラ仙人ト成ル事ヲ得タリ。[一六]今宿因有テ此ノ洞ニ来《きた》レリ。[一七]人間ヲ離レテ後ハ、法花ヲ父母《ぶも》トシ、[一八]禁戒ヲ防護トシテ、[一九]一乗ヲ眼《まなこ》トシテ遠キ色ヲ見、慈悲ヲ耳トシテ諸《もろもろ》ノ音ヲ聞ク。亦、[二〇]心ニ一切ノ事ヲ知レリ。亦、[二一]兜率天《とそつてん》ニ昇《のぼり》テ[二二]弥勒《みろく》ヲ見奉テ、亦、余《ほか》ノ所〻ニ行《ゆき》テ聖者《しやうじや》ニ近付ク。[二三]天魔波旬《てんまはじゆん》モ我ガ辺《ほとり》ニ不寄《よら》ズ。[二四]怖畏《ふゐ》・災過《さいくわ》モ更ニ名ヲ不聞《きか》ズ。仏ヲ見、法ヲ聞ク事、心ニ任セタリ。亦、[二五]此ノ前ニ有ル松ノ木ハ笠ノ如クシテ、雨降ルト云ヘドモ洞ノ前ニ雨不来《きたら》ズ。熱キ時ニハ蔭《かげ》ヲ覆ヒ、寒時《さむき》ニハ風ヲ防《ふせ》ク。此レ亦[二六]自然《おのづか》ラ有ル事也。汝《なむ》ヂ亦此《ここ》ニ尋ネ来《きた》レル、宿因無キニ非ズ。然レバ、汝ヂ此ニ住《ぢう》シテ仏法ヲ修行セヨ」ト。

僧仙人ノ言《こと》ヲ聞テ敬《うやまひ》テ、此レヲ[二七]好《この》モシト思フト云ヘドモ、[二八]性《ひととなり》不堪《たへ》ズシテ礼拝恭《く》敬《ぎやう》シテ返《かへ》リ去ヌ。仙人ノ[二九]神力《じんりき》ヲ以テ[三〇]日ノ内ニ本《もと》ノ葛川ニ至ヌ。[三一]同行《どうぎやう》ニ此ノ事ヲ具《つぶさ》ニ語ル。同行此レヲ聞テ貴ム事無限《かぎりな》シ。

誠ノ心ヲ至シテ修行スル人ハ仙人ニ成ル事如此《かくのごと》クナム語リ伝ヘタルトヤ。

な光明を放つ身を現すであろう。
一五 自然の成り行きとして。自然の結果として。験記「自作㆓仙人㆒。往㆓還遊行山岳峰谷㆒」。
一六 前世からの因縁。
一七 人間界を離脱して後は。
一八 戒律を身の護りとして。
一九 一つの乗り物の意で、一切衆生を導いて成仏させる教え、即ち法華経の教えをさす。
二〇 験記「意知㆓一切法㆒」。
二一 →地名「兜率天」。
二二 →人名「弥勒菩薩」。
二三 天魔は仏法の妨げをする悪魔で、他化自在天(欲界の頂にある第六天)の魔王。波旬はその名である。験記彰考館本「天魔悪人」。同真福寺本「天魔悪鬼」。
二四 恐怖や災害も全くその名を聞くことさえない。
二五 以下の一文は、験記では前にあった叙述(→注一)をここに移したもの。
二六 自然とそうなっているのである。修行の功徳により自然に自分を護ってくれるようになっているの意。
二七 好ましいことだと心は引かれたけれども。験記「比丘雖㆑作㆓随順之意㆒」。
二八 修行者としての能力が劣弱で、仙人と同じ生活は出来そうにもなかったので。験記「其性劣弱不㆑堪㆓其器㆒」。
二九 神通力。
三〇 その日のうちに。験記「日裏来㆓至葛川伽藍㆒」。
三一 仏道修行の仲間。験記「語㆓伝同行善友㆒、令㆑植㆓仏因㆒矣」。

陽勝《やうしよう》、修苦行成仙人語《くぎやうをしゆしてせんにんとなれること》第三

今昔《いまはむかし》、[一]陽勝《やうしよう》ト云フ人有ケリ。能登《のと》ノ国ノ人也。俗姓《ぞくしやう》ハ紀《き》ノ氏《うぢ》。[二]年十一歳ニシテ始《はじめ》テ比叡《ひえ》ノ山ニ登《のぼり》テ、[三]西塔《さいたふ》ノ[四]勝蓮花院《しようれんぐゑゐん》ノ[五]空日律師《くうにちりつし》ト云フ人ヲ師トシテ、[六]天台ノ法文《ほふもん》ヲ習ヒ[七]法花経《ほくゑきやう》ヲ受ケ[八]持《たも》ツ。其ノ心聡敏《そうびん》ニシテ一度聞ク事ヲ二度不問《とは》ズ。亦《また》、幼ヨリ道心ノミ有テ余《ほか》ノ心無シ。亦、[九]永ク睡眠《すいめん》スル事無ク、[一〇]戯《たはぶ》レニ休息《やす》ム隙《ひま》無シ。亦、諸《もろもろ》ノ人ヲ哀ム心深クシテ、裸ナル人ヲ見テハ衣ヲ脱《ぬぎ》テ与ヘ、餓《うゑ》タル人ヲ見テハ我ガ食《じき》ヲ与《あたふ》ル、此レ常ノ事也。亦、蚊・[一一]蟣《きささ》ノ身ヲ螫《さ》シ噉《は》ムヲ不厭《いとは》ズ。亦、自《みづか》ラ法花経ヲ書写シテ日夜ニ読誦《どくじゆ》ス。

而《しか》ル間、堅固ノ道心発《おこり》テ本山《もとのやま》ヲ去《さり》ナムト思フ心付《つき》ヌ。遂《つひ》ニ山ヲ出《いで》テ[一二]金峰《みたけ》ノ仙ノ[一三]旧《ふるき》室《むろ》ニ至リヌ。亦、[一四]南京《なんきやう》ノ[一五]牟田寺《むたでら》ニ籠リ居テ仙ノ法ヲ習フ。始《はじめ》ハ[一六]穀《こく》ヲ断《たち》テ[一七]菜《くさびら》ヲ食フ。次ニハ亦、菜ヲ断テ[一八]菓《このみ》・蓏《くさのみ》ヲ食フ。後ニハ偏《ひとへ》ニ食《じき》ヲ断ツ。但シ、日ニ粟一粒《ひとつぶ》ヲ食フ。身ニハ[一九]藤ノ衣ヲ着タリ。遂《つひ》ニ食ヲ離レヌ。永ク衣食《えじき》ノ思《おもひ》ヲ断テ、永ク[二〇]菩提心《ぼだいしん》ヲ発《おこ》ス。然レバ、[二一]烟《けぶり》ノ気《け》ヲ永ク去テ[二二]跡ヲ不留《とどめ》ズ。着タル袈裟《けさ》ヲ脱《ぬぎ》テ松ノ木ノ枝ニ懸ケ置《おき》テ失《うせ》ヌ。袈裟ヲバ[二三]経原寺《きやうはらでら》ノ[二四]延命禅師《えんみやうぜんじ》ト云フ僧ニ譲レル由《よし》ヲ云ヒ置ク。禅師袈裟ヲ得テ恋《こひ》

第三話　中核的出典は法華験記・中・44。宇治拾遺物語・105および真言伝・四・静観僧正伝との共同母胎的資料により増補している。陽勝仙人伝、本朝神仙伝・11、扶桑略記・延喜元年(九〇一)八月条、同・延長元年(九二三)七月二十三日条、真福寺本説経才学抄・二十二・尊勝陀羅尼その他に同話がある。

一 ↓人名「陽勝」。

二 験記「元慶三年始登二叡山一。年十一歳矣」。　三 ↓地名「西塔」。

四 ↓地名「勝蓮花院」。

五 伝未詳。

六 天台宗の経論。

七 ↓一五四頁注七。

八 ↓二一三頁注三二。

九 全く睡眠をとらず。「永ク」は「永久に」の意。睡眠時間の長短ではない。睡眠は五蓋(心を覆う五種の煩悩。即ち、貪・瞋・睡眠・掉悔・疑)の一。験記「更不二睡眠一」。

一〇 戯れにも休息をとることはなかった。全く休まなかった。験記「亦不二臥息一」。

一一 シラミの卵。験記「蟣虱蚊虻、餧レ身令レ飽」。

一二 ↓地名「金峰山(みたけ)」。

一三 かつて持経の仙人(↓二〇一頁注三九)が住んでいた古い庵。字類抄「旧 フルシ」。

一四 南都。通常は奈良をさすが、牟田寺は吉野山の登り口に位置する。験記「南京牟田寺」。陽勝仙人伝「大和国吉野郡牟田寺」。　一五 ↓地名「牟田寺」。

一六 ↓一九二頁注七。

悲《かなし》ム事無限《かぎりな》シ。禅師山〻谷〻ニ行《ゆき》テ陽勝ヲ尋ネ求ムルニ、更ニ居タル所ヲ不知《しら》ズ。

其ノ後、[二五]吉野《よしの》ノ山ニ苦行ヲ修スル僧[二六]恩真《おんしん》等ガ云《いは》ク、「陽勝ハ既ニ仙人ニ成テ、身ニ血・肉《しし》無クシテ、[二七]異《こと》ナル骨・奇《あやし》キ毛有リ。身ニ二《ふたつ》ノ翼《つばさ》生《おひ》テ、空ヲ飛ブ事[二八]麒麟《きりん》・鳳凰《ほうわう》ノ如シ。[二九]竜門寺《りうもんじ》ノ北峰《きたのみね》ニシテ此レヲ見ル。亦、吉野ノ[三〇]松本ノ峰ニシテ本山《もとのやま》ノ[三一]同《どう》法《ぼふ》ニ会《あひ》テ、年来《としごろ》ノ不審ヲ[三二]請談《しやうだん》シケリ[三三]」ト告グ。

亦、[三四]笙《しやう》ノ石室《いはむろ》ニ籠《こもり》テ行《おこな》フ僧有ケリ。食絶《じきたえ》テ日来《ひごろ》ヲ経タリ。不食《ふじき》ニシテ法花経ヲ読誦ス。其ノ時ニ、[三五]青キ衣ヲ着タル童子来《きたり》テ、白キ物ヲ持テ僧ニ与ヘテ云ク、「此レヲ可食《くふべ》シ」ト。僧此レヲ取《とり》テ食フニ、極《きはめ》テ甘クシテ餓《うう》ル心直《なほり》ヌ。僧童子ニ問《とひ》テ云ク、「此レ、誰人ゾ」ト。童子答《こたへ》テ云ク、「我レハ此レ、比睿ノ山ノ[三六]千光院《せんくわうゐん》ノ[三七]延済和尚《えんさいくわしやう》ノ童子ナリシガ、山ヲ去テ年来《としごろ》苦行ヲ修シテ仙人ト成レル也。近来《このごろ》ノ[三八]大師ハ陽勝仙人也。此ノ食物《じきもつ》ハ[三九]彼ノ仙人ノ志《こころざ》シ遣《つかは》ス物也」ト語《かたり》テ去《さり》ヌ。

[四〇]其後、亦、[四一]東大寺ニ住《すみ》ケル僧ニ陽勝仙人値《あひ》テ語《かたり》テ云ク、「我レ此ノ山ニ住《ぢう》シテ五十余年ヲ経タリ。年ハ八十ニ余《あま》レリ。仙ノ道ヲ習ヒ得テ空ヲ飛ブ事自在也。空ニ昇リ地ニ入《い》ルニ障《さはり》無シ。法花経ノ力ニ依《より》テ、仏ヲ見奉リ法ヲ聞《きき》奉ル事、心ニ任セタリ。世間ヲ救護《くご》シ[四二]有情《うじやう》ヲ利益《りやく》スル事[四三]皆堪《たへ》タリ」。

亦、陽勝仙人ノ[四四]祖《おや》、本国《もとのくに》ニシテ病ニ沈《しづみ》テ苦ミ煩フニ、祖歎《なげき》テ云ク、「我レ子多シ

一七 山菜。
一八 木の実、草の実。
一九 藤や葛などの蔓の繊維で織った衣服。粗末だが強靭。験記「蘿薜」。
二〇 仏果を得ようとする心。道心。
二一 →二〇二頁注三。
二二 姿をくらました。
二三 験記板本「経厚寺」。おそらく「堂原寺」(験記彰考館本、陽勝仙人伝)が正。→地名「経原寺」。
二四 伝未詳。
二五 →地名「吉野ノ山」。
二六 伝未詳。
二七 普通の人間とは異なる骨や毛。
二八 中国で想像された霊獣と霊鳥。
二九 →地名「竜門寺」。
三〇 所在未詳。　三一 仏法の修行仲間。
三二 問い語る意。験記「清談」。
三三 「ケリ」の次に「ト」があるべきところ。
三四 →地名「笙ノ石室」。
三五 金剛童子か。青童子は金剛薩埵の化身とされる。巻六・32にも「青衣ノ童子」が登場している。
三六 →地名「千光院」。
三七 →人名「延済」。
三八 (自分にとっての)師僧。
三九 かの仙人がお気持ちを贈る物です。
四〇 験記は延喜二十三年(九二三)金峰山において、陽勝仙人伝、本朝神仙伝は延喜十八年吉野の神仙峰においてのこととする。
四一 →地名「東大寺」。
四二 一切の生き物。衆生。
四三 すべて可能となっている。
四四 陽勝仙人伝、本朝神仙伝「祖父」。

ト云ヘドモ、陽勝仙人、其ノ中ニ我ガ愛子也。若《も》シ我ガ此ノ心ヲ知ラバ、来《きたり》テ我レヲ可見《みるべ》シ」ト。陽勝[一]通力ヲ以テ此ノ事ヲ知テ、祖ノ家ノ上ニ飛ビ来《きたり》テ法花経ヲ誦《じゆ》ス。仙人祖《おや》ニ申シテ云《い》人出デ丶屋ノ上ヲ見ルニ、音《こゑ》ヲバ聞クト云ヘドモ形《かたち》ヲバ不見《み》ズ。仙人祖ニ申シテ云ク、「我レ永ク[二]火宅《くわたく》ヲ離レテ[三]人間ニ不来《きたら》ズト云ヘドモ、[四]孝養《けうやう》ノ為《ため》ニ強《あながち》ニ来《きたり》テ経ヲ誦シ詞《ことば》ヲ通《かよは》ス。毎月《つきごと》ノ[五]十八日ニ、香ヲ焼《た》キ花ヲ散《ちら》シテ我レヲ可待《まつべ》シ。我レ香ノ烟《けぶり》ヲ尋テ此《ここ》ニ来リ下《おり》テ、経ヲ誦シ法ヲ説《とき》テ父母《ぶも》ノ恩徳《おんどく》ヲ報ゼム」ト云テ、飛去《とびさり》ヌ。

亦、陽勝仙人、毎月《つきごと》ノ[六]八日ニ必ズ本山《もとのやま》ニ来《きたり》テ、[七]不断ノ念仏ヲ聴聞《ちやうもん》シ、[八]大師ノ遺跡《ゆいしやく》ヲ礼《をが》ミ奉ル也。他《ほか》ノ時ハ不来《きたら》ズ。[九]而《しか》レバ、西塔ノ千光院ニ[一〇]浄観僧正《じやうくわんそうじやう》ト云フ人有ケリ。常ノ勤《つとめ》トシテ夜《よ》ル[一一][一二]尊勝陀羅尼《そんしようだらに》ヲ終夜《よもすがら》誦ス。年来《としごろ》ノ[一三]薫修入《くんじゆいり》テ、聞ク人皆不貴《たふとば》ズト云フ事無シ。

而ル間、[一四]陽照仙人、不断ノ念仏ニ参ルニ、空ヲ飛テ渡ル間《あひ》[一五]ダ、此ノ房ノ上ヲ過グルニ、僧正音《こゑ》ヲ挙《あげ》[一六]テ尊勝陀羅尼ヲ誦スルヲ聞テ、貴ビ悲《かなしみ》テ、房ノ前ノ椙《すぎ》[一七]ノ木ニ居テ聞クニ、弥《いよい》ヨ貴クシテ、木ヨリ下《おり》テ房ノ[一八]高蘭《かうらん》ノ上ニ居ヌ。其ノ時ニ、僧正其ノ気色《けしき》ヲ怪《あやし》ムデ、問テ云ク、「彼《か》レハ誰《た》ソ」ト。[一九]答テ云ク、「陽勝ニ候フ。空ヲ飛テ過《すぐ》ル間、尊勝陀羅尼ヲ誦シ給ヘル音《こゑ》ヲ聞テ、参リ来《きたれ》ル也」ト。其ノ時ニ、僧正[二〇]妻戸《つまど》ヲ開《あけ》テ呼ビ入《い》ル。仙人鳥ノ飛ビ入ルガ如クニ入《いり》テ前ニ居ヌ。[二一]年来《としごろ》ノ事ヲ終夜《よもすがら》談ジテ、暁ニ

一　神通力。
二　生死輪廻することの世。煩悩と苦悩に満ちていることを火事の家に譬える。
三　人間界。
四　孝行。
五　十八日は観音の縁日。陽勝仙人伝には彼が吉野の山中で法華経・普門品を読誦していた記事があり、観音品の持者であったことを示す。
六　験記「毎年八月末至ニ叡山一、聞ニ不断念仏一、拝ニ大師遺跡一」。本話はこれを誤解している。→次注。
七　叡山の不断念仏は毎年八月に行われる（三宝絵・下・25）。
八　不断念仏の創始者慈覚大師円仁。
九　これ以後は験記に見えず、出典未詳。宇治拾遺、真言伝に同話がある。
一〇　正しくは「静観」。増命の諡号。→人名「増命（ぞうみよう）」。
一一　「ル」は「夜」の捨仮名。
一二　仏頂尊勝陀羅尼。罪障消滅、延命長寿、除厄に功徳があるとされる。
一三　正しくは「熏習」。本来は唯識の用語で、香の匂いが他のものに染みつくように、反復によって心に染みつき、心そのものの一部となっていく作用。但し、ここでは、修行の功が積もって身につく意。
一四　「陽勝」に同じ。
一五　「ダ」は「間」の捨仮名。
一六　底本「挙テム」を訂した。
一七　杉の木。仙人が木にとまって経を聞く設定は巻一二・38にもある。
一八　高欄。廊や階段の両側に付けられた手すり。勾欄。

成《なり》テ、仙人、「返《かへ》リナム」ト云テ立ツニ、[二二]人気《ひとのけ》ニ身重ク成テ立ツ事ヲ不得《え》ズ。然レバ、仙人ノ云ク、「香ノ烟《けぶり》ヲ近ク寄セ給ヘ」ト。僧正、然レバ、香炉ヲ近ク指シ寄セツ。其ノ時ニ、仙人其ノ烟ニ乗テゾ空ニ昇《のぼり》ニケル。此ノ僧正ハ世ヲ経テ香炉ニ火ヲ焼《たき》テ烟ヲ不断《たた》ズシテゾ有ケル。

[二三]此ノ仙人ハ西塔ニ住ケル時、此ノ僧正ノ弟子ニテナム有ケル。然レバ、仙人返《かへり》テ後、僧正極《きはめ》テ恋シク悲ビケリトナム語リ伝ヘタルトヤ。

下野国僧《しもつけのくにのそう》、住古仙洞語《ふるきせんのほらにぢうせること》第四

今昔《いまはむかし》、下野《しもつけ》ノ国ニ僧有ケリ。名ヲバ[二四]法空《ほふくう》ト云フ。[二五]法隆寺ニ住《ぢう》シテ[二六]顕蜜《けんみつ》ノ法文《ほふもん》ヲ学ブ。亦《また》、[二七]法花経《ほくゑきやう》ヲ受ケ[二八]持《たもち》テ、毎日《ひごと》ニ三部、毎夜《よごと》ニ三部ヲ読誦《どくじゆ》シテ、[二九]懈怠《けだい》スル事無シ。

而《しか》ル間、法空世ヲ厭《いとひ》テ、[三〇]仙ノ道ヲ求メムト思フ心忽《たちまち》ニ発《おこり》テ、本寺《もとのてら》ヲ[三一]棄テ、生国《しやうこく》ニ至《いたり》テ、東国ノ諸《もろもろ》ノ山ヲ通リ行《おこな》フ間ニ、「人跡絶《たえ》タル山ノ中ニ古キ仙ノ洞《ほら》有リ」ト伝ヘ聞《きき》テ、其ノ所ニ尋ネ至テ、其ノ洞ヲ見レバ、[三二]五色《ごしき》ノ苔《こけ》ヲ以テ上ニ葺《ふ》キ、扉《とびら》トシ、隔《へだて》トシ、板敷《いたじき》・ゝ物《しきもの》トセリ。亦、前ノ庭ニ敷ケリ。法空此ノ所ヲ見テ、「[三三]此レ、我

一九 宇治拾遺「蚊の声のやうなる声して」。真言伝「蚊ノコヱノ様ニテ」。
二〇 両開きの板戸。
二一 年来の積もる話を一晩中して。
二二 人間界の俗気で身体が重くなって。
二三 宇治拾遺「此仙人はもとつかひ給ける僧の、おこなひして失にけるを、年比あやしとおぼしけるに、かくして参りたりければ、あはれ〳〵とおぼしてぞ、つねに泣き給ける」。

第四話 出典は法華験記・中・59。元亨釈書・十八・法空に同話がある。
二四 伝未詳。験記「沙門法空、下野国人、法隆寺僧」。
二五 →地名「法隆寺」。
二六 「顕密」と通用。顕教と密教の経論。
二七 →一五四頁注七。
二八 →二一三頁注三二。
二九 なまけ怠ることがなかった。
三〇 底本「仙」に「仏」と傍書。持経者の山岳修行と神仙の道とは同一視されていたから、僧が「仙ノ道」を求めたとしても不思議ではない。→二〇一頁注三九。
三一 底本「奇」に「弃」と傍書。「奇」は「弃」(棄の異体)の誤記とみて訂した。
三二 普通には青・黄・赤・白・黒の五色をいう。験記「以二五色苔一、葺二其洞上一、以二五色苔一、為レ扉為レ隔、為二板敷一為二臥具一、乃至敷二前庭一」。
三三 験記「心生二歓喜一、永離二人間一、籠二居仙洞一。以二青苔一綴二袈裟裳一、以為レ所レ服、山鳥熊鹿、纔来為レ伴」。

ガ[一]仏道ヲ可修行《しゆぎやうすべ》キ所也」ト喜《よろこび》テ、此ノ洞ニ籠居《こもりゐ》テ、偏《ひとへ》ニ法花経ヲ読誦シテ年月ヲ経《へた》ル間、[二]忽《たちまち》ニ端正美麗《たんじやうびれい》ノ女人出来《によにんいできたり》テ、[三]微妙《みめう》ノ食物《じきもつ》ヲ捧《ささげ》テ[四]持経者《ぢきやうじや》ヲ供養ス。法空此レヲ怖レ怪《あやし》ブト云ヘドモ、[五]恐レ此レヲ食フニ、其ノ味《あぢは》ヒ甘美ナル事無限《かぎりな》シ。法空女人ニ問《とひ》テ云《いは》ク、「此レハ何《いか》ナル女人ノ何《いづ》レノ所ヨリ来《きた》リ給ルゾ。此ノ所ハ遥《はるか》ニ[六]人気《ひとのけ》ヲ離《はなれ》タリ。甚ダ怪ブ所也」ト。女人答テ云ク、「我レハ此レ、人ニハ非ズ。[七]羅刹女《らせつによ》也。汝ガ法花ヲ読誦スル[八]薫修《くんじゆ》入レルガ故《ゆゑ》ニ、自然《おのづか》ラ我来《きたり》テ[九]供給《くぎふ》スル也」ト。法空此レヲ聞クニ、貴キ事無限《かぎりな》シ。如此《かくのごと》ク常ニ供給スル間ニ、法空飲食《おんじき》ニ乏《とも》シキ事無シ。而ル間、諸《もろもろ》ノ鳥・熊・鹿・猿等来《きたり》テ、前ノ庭ニ有テ常ニ経ヲ聞ク。

其ノ時ニ、世ニ一人ノ僧有リ。名ヲバ[一〇]良賢《らうけん》ト云フ。[一一]□ノ僧也。[一二]一陀羅尼《ひとつのだらに》ヲ以テ[一三]宗《むね》トシテ、諸《もろもろ》ノ国々ノ[一四]霊験所《れいげんじよ》ヲ廻《めぐ》リ行ヒテ、住《すむ》所ヲ定《さだめ》タル事無クシテ修行スル間ニ、[一五]不慮ノ外《ほか》ニ道ニ迷《まどひ》テ此ノ洞ニ至《いたり》ヌ。法空良賢ヲ見テ、奇異也ト思テ云ク、「[一六]此《これ》ハ何《いか》ナル人何《いづ》レノ所ヨリ来《きた》リ給ヘルゾ。此ノ所ハ山深クシテ遥《はるか》ニ人気離《ひとのけはなれ》タリ。輙《たやす》ク人ノ可来《きたるべ》キ所ニ非ズ」ト。良賢答テ云ク、「我レ山林ニ入テ[一七]仙道ヲ修行スル間、道ニ迷テ自然《おのづか》ラ来《きた》レル也。亦、聖人《しやうにん》ハ何《いか》ナル人ノ此ノ所ニハ在《まし》マスゾ」ト。法空[一八]事ノ有様ヲ具《つぶさ》ニ答フ。

如此《かくのごと》クシテ、日来《ひごろ》ヲ経テ此ノ洞《ほら》ニ相《あ》ヒ住スル間ニ、[一九]此ノ羅刹女《らせつによ》常ニ来《きたり》テ[二〇]持者《ぢしや》ニ供《く》

一 他の箇所には「仙道」とある。↓注一七、二〇七頁注三〇。
二 以下、験記には「妙法薫修、自然顕現、十羅刹女現レ形、供給走使」とあるのみ。不審に思う法空の気持や女との対話は本話が付加した叙述。
三 すばらしい食物。
四 法空をさす。↓二二一頁注二六。
五 「恐ゝ」を誤記したものか(古典大系説)。「恐テ」の誤記とも考えられる。
六 人間界の気。俗気。
七 ↓人名「十羅刹」。
八 ↓二〇六頁注一三。
九 供養し給仕すること。
一〇 伝未詳。
一一 寺名の明記を期した意識的欠字。験記には「有二一比丘一、名曰二良賢一」とあるのみ。
一二 サンスクリット語の文や句を漢訳せず音写して原語のまま読み上げる呪文・呪句。短いのを真言、長いのを陀羅尼という。霊能を持つものとして密教で尊重される。
一三 専らそれ(一つの陀羅尼)だけを受持して。験記「以二一陀羅尼一為レ宗」。
一四 霊験が著しいとされる寺社や霊場。
一五 思いがけなく。
一六 以下、法空と良賢との会話は験記に見えず、本話で付加された叙述。
一七 底本「仙」の如く「仙」の末画を書かずに止めている。「仙」に疑問を感じて中断、「仏」と読ませるつもりか。諸本には「仏」とあるが「仙」のままで文意は通じる。とくに良賢が「一陀羅尼ヲ以テ宗トシテ」い

給《ぎふ》スルヲ良賢見テ、聖人ニ問テ云ク、「此ノ所、遥《はるか》ニ人気《ひとのけ》ヲ離レタリ。何ゾ如此《かくのごと》ク端正美麗《たんじやうびれい》ナル女人《によにん》、常ニ来《きたり》テ供給スル。此レ何《いづ》レノ所ヨリ来《きた》レルゾ」ト。聖人答テ云ク、「我レ此レヲ何レノ所ヨリ来レル人ト不知《しら》ズ。法花経ヲ読誦スルヲ随喜[二一]スルガ故《ゆゑ》ニ、如此《かくのごと》ク常ニ来レル也」ト。而ル間、良賢此ノ女人ノ端正美麗ナルヲ見テ、「此《これ》ハ只郷《さと》[二二]ヨリ持者ヲ貴ビテ食物《じきもつ》ヲ持来《もてきたれ》ル女人ゾ」ト思ケルニヤ、忽《たちまち》ニ愛欲ノ心ヲ発《おこ》ス。

其時ニ、羅刹女《らせつによ》空[二三]ニ良賢ガ心ヲ知テ、聖人ニ告《つげ》テ宣《のたま》ハク、「破戒無慙《むざん》[二四]ノ者、寂《じやく》[二五]静《じやう》・清浄《しやうじやう》ノ所ニ来《きた》レリ。当《まさ》ニ現罰《げんばつ》[二六]ヲ与ヘテ、其ノ命ヲ断《たた》ム」ト。聖人答テ云ク、「現罰ヲ与ヘテ殺ス事不可有《あるべから》ズ。只身[二七]ヲ全《また》クシテ人間ニ可返遣《かへしやるべ》シ」ト。其ノ時ニ、羅刹女忽《たちまち》ニ端正美麗ノ形《かたち》ヲ棄テヽ、本《もと》ノ忿怒《ふんぬ》[二八]・暴悪《ぼあく》[二九]ノ形ト成《なり》ヌ。良賢此ヲ見テ、怖レ迷《まど》フ事無限《かぎりな》シ。而ルニ、羅刹女良賢ヲ提《ひさげ》テ、数日《すにち》[三〇]ヲ経テ出《いづ》ル道ヲ一時《ひととき》ニ人里ニ将出《ゐてい》デヽ、棄置《すておき》テ返《かへ》リ給《たまひ》ヌ。良賢絶入《たえいり》[三一]タルガ如クニシテ暫《しばら》ク有テ悟《さ》メ驚《おどろき》テ、我[三二]レ凡夫《ぼんぶ》[三三]ヲ不離《はなれ》ザル故《ゆゑ》ニ法花守護ノ十羅刹女ニ愛欲ノ心ヲ発《おこ》セル咎《とが》ヲ悔《い》ヒ悲テ、忽ニ道心ヲ発《おこ》ス。身損ジ心迷《まどひ》テ僅《わづか》ニ命ヲ存セル許《ばかり》也ト云ヘドモ、遂《つひ》ニ旧里《ふるさと》ニ返《かへり》テ、此ノ事ヲ人ニ語リ伝ヘテ、始メテ法花経ヲ受ケ習[三四]テ、心[三五]ヲ至シテ読誦シケリ。

此レヲ思フニ、良賢愚痴《ぐち》[三六]ナルガ致スガ所也。

たことは、役優婆塞における「孔雀明王ノ呪」(一七頁注二〇)に似て、山岳修行者としての色彩が濃厚。→二〇七頁注三〇。

一八 事情を詳しく答えた。

一九 以下、験記は「見二羅刹女端正美麗一、生二欲愛心一」とあるのみ。本段はこれを大幅に敷衍している。

二〇 持経者。法空をさす。

二一 心からありがたく感じて帰依する。

二二 持経者を貴んで食物を持ってくる里の女に過ぎないと思い込んだのか。

二三 暗黙のうちに。

二四 戒律を破って恥としない者。

二五 静かでけがれのない所。

二六 現世で受ける罰。

二七 身体には危害を加えず、人間界に帰してやるがよい。

二八 憤怒。怒り。

二九 底本「慕」は「暴」の異体字か。荒々しく凶暴なこと。験記「一羅刹女忽現二本形一、甚可二怖畏一」。

三〇 普通歩けば数日かかる道を、二時間ばかりで人里に連れて出て。験記「数日行路一時飛去、投二捨人間一還来」。

三一 気絶したようになって。験記「良賢心神不レ例、僅得レ存二身命一」。

三二 良賢の自称。以下、心内語として表現し始めた文が、途中でねじれて地の文に移行している。

三三 凡夫の境地を離脱しなかったがために。　三四 信心して学習して。

三五 まごころこめて。一心不乱に。

三六 愚かなこと。迷妄なこと。三毒の一。

豈《あ》[一]ニ、此レ、守[二]護ノ善神《ぜんじん》也ト可知《しるべ》キ也トゾ語リ伝タルトカヤ。

摂津国莵原僧慶日語《つのくにのうばらのそうきやうにちのこと》第五

今昔《いまはむかし》、摂津国《つのくに》ニ慶日《きやうにち》[三]ト云フ僧有ケリ。幼[四]ニシテ比睿《ひえ》ノ山ニ登《のぼり》テ出家シテ、顕蜜《けんみつ》[五]ノ法文《ほふもん》ヲ習フニ皆不暗《くらから》ズ。亦《また》、外典《ぐゑでん》[六]ヲモ吉《よ》ク知レリ。而《しか》ル間、道心盛《さかり》ニ発《おこり》テ、忽《たちまち》ニ本山《もとのやま》ヲ去テ生国《しやうこく》[七]ニ行《ゆき》テ、莵原《うばら》[八]ト云フ所ニ籠居《こもりゐ》テ、方丈[九]ノ奄室《あんじつ》ヲ造《つくり》テ、其ノ中ニシテ日夜ニ法花経《ほくゑきやう》[一〇]ヲ読誦《どくじゆ》シ、三時[一一]ニ其ノ法ヲ修行シテ、其ノ暇《いとま》ノ迫《はさま》ニハ天台ノ止観《しくわん》[一二]ヲゾ学《がく》シケル。奄《いほり》ノ内ニハ仏経ヨリ外ニ余《ほか》ノ物無シ。三衣《さんえ》[一三]ヨリ外ニ亦着物《きるもの》無シ。亦、奄ノ辺《ほとり》ニ女人来《によにんきた》ル事無シ。況《いはむ》ヤ女人ヲ相見《あひみ》テ談ズル事有ラムヤ。[一四]若《も》シ食物《じきもつ》ヲ与ヘ衣服《えぶく》ヲ訪《とぶら》[一五]フ人有レバ、貧キ人ヲ尋ネ求《もとめ》テ与ヘテ、更ニ我ガ用ニ不充《あて》ズ。

而ル間、聖人《しやうにん》ノ所ニ奇異ノ事時ゝ有ケリ。雨降《ふり》テ極《きはめ》テ暗キ夜、聖人奄《いほり》ヲ出《い》デ、厠《かはや》[一六]ヘ行ク間ニ、奄ノ内ニ人無シト云ヘドモ、前ニハ火ヲ持タル人有リ、後ニハ笠ヲ着[一七]タル人有リ。人如此《かくのごと》ク此レヲ見テ、誰人ナラムト思テ近ク寄テ見レバ、火モ無シ、笠モ無シ。聖人[一八]ノ共ニ人無クシテ独《ひと》リ行ク。

或ル時ニハ、飾馬《かざりうま》[一九]ニ乗レル宿老[二〇]ノ上達部《かんだちめ》[二一]ト思《おぼ》シキ人、聖人ノ奄《いほり》ニ来《きた》ル。此ヲ誰人

一 「豈ニ」は「不知ズヤ」のごとき反語で結ぶのが普通。途中で文がねじれてほぼ同意の「可知キ也」で結ばれている。同様の例は本書に散見する。↓一〇一頁注二七。

二 護法善神。仏法を守護する善神。

第五話 出典は法華験記・中・65。元亨釈書・十一・慶日に同話がある。

三 伝未詳。験記「慶日聖、天台山僧、平安宮人」。 四 以下「出家シテ」まで験記には相当する記事がない。

五 「顕密」と通用。顕教と密教の経論。

六 仏教以外の典籍。

七 生まれた国。本話は慶日を摂津国出身者として語っているが、験記では冒頭に「平安宮人」と、京都の出身であることを述べており、摂津は彼の生国ではない。↓次注。

八 験記は「遂辞㆓本山㆒、幽㆓居田舎㆒」とあるのみで地名を記さない。本話は験記の題目「摂州莵原慶日聖人」によって、かく記したもの。↓地名「莵原」。 九 方丈記の鴨長明の庵と同じく、一丈（約三㍍）四方の庵室。現在の四畳半強の広さ。

一〇 →一五四頁注七。 一一 一日に三回の勤行すべき定時。早朝・日中・日没。

一二 摩訶止観。十巻。隋の天台大師智顗が講述し、弟子の章安が筆録校訂したもの。天台宗の実践修行の法を組織的に論述した書。天台三大部の一。

一三 僧が所有を許された三種の衣。大衣と二種の上衣。もとは捨てられたぼろ布を洗って製したので糞掃衣ともいう。験記「糞掃麁衣以為㆓衣服㆒、従㆓三衣㆒外又

ト不知《しら》ズシテ行《ゆき》テ見レバ、馬モ無シ、人モ無シ。此レ天神[二二]・冥道《みやうだう》ナドノ守護ノ為《ため》ニ来《きたり》給フニカ、トゾ人疑《うたがひ》ケル。

遂《つひ》ニ聖人最後ニ臨《のぞみ》テ、身ニ病無クシテ、只独《ひと》リ奄《いほり》ノ内ニシテ、西ニ向《むかひ》テ音《こゑ》ヲ高クシテ法花経ヲ読誦ス。後ニハ、其ノ定印《ぢやういん》[二三]ヲ結《むすび》テ定《ぢやう》[二四]ニ入《い》ルガ如クシテ命絶《たえ》ニケリ。然レドモ、近辺《ちかきほとり》ノ人死《しに》タリト云フ事ヲ不知《しら》ズシテ聞《きく》ニ、奄ノ内ニ百千ノ人ノ音《こゑ》有テ、聖人ヲ恋悲《こひかなしみ》テ哭《な》キ合ヘル音《こゑ》有リ。近隣ノ人等此レヲ聞テ驚キ怪《あやし》ムデ奄ニ行テ見レバ、人一人無シ。聖人ハ定印ヲ結《むすび》乍《なが》ラ死《しに》テ有リ。奄ノ内ニ馥《かうばし》キ香満《み》テリ。聖人ノ例ニ非ズ経ヲ高声《かうしやう》ニ読誦シツルニ合セテ、奄ノ内ニ多《おほく》ノ人ノ哭《な》キ悲シム音《こゑ》ノ聞《きこえ》ツルハ、護法[二五]ノ聖人ヲ惜《をし》ムデ悲シビ哭《な》キ給ヒケルニヤ、トゾ人疑ヒケル。聖人ノ死ヌル時ニハ空ニ楽ノ音有ケリ。

然レバ、疑ヒ無ク極楽ニ往生《わうじやう》シタル人也トゾ語リ伝ヘタルトヤ。

摂津国多々院持経者語第六《つのくにのただのゐんのぢきやうじやのこと》

今者昔《いまはむかし》[二六]、摂津国《つのくに》ノ豊島《てしま》[二七]ノ郡《こほり》ニ多々《ただ》[二八]ノ院《ゐん》ト云フ所有リ。其ノ所ニ一人[二九]ノ僧住《すみ》ケリ。山林ニ交《まじはり》テ仏道ヲ修行ス。亦《また》、法花経《ほくゑきやう》[三〇]ヲ日夜ニ読誦《どくじゆ》シテ年ヲ積メリ。

無㆓衣服㆒」。　一四 験記ではこの後に「一生持斎、不㆑食㆓油酒㆒」が続く。
一五 (見舞いとして)贈る。贈呈する。
一六 便所。験記には「聖人出行」とあるのみ。「圊」は本話で付加された記事。
一七 「着セタル」とあるべきところ。笠をさしかけてくれる人がある。験記「前有㆓持㆑炬人㆒、後有㆓指㆑笠人㆒」。
一八 聖人が誰も供に連れず、一人で歩いている。験記「無㆑火無㆑人、聖人独行」。
一九 美しく飾り立てた馬。
二〇 年功を積んだ老人。　二一 三位以上(参議は四位も含む)の貴族。公卿。
二二 天界や冥界の神々。仏法守護の善神たち。
二三 両手を組んで示す印契。仏菩薩の威力を象徴する。さまざまの種類があるが、ここは阿弥陀如来の定印であろう。両手を仰向け、右を上に掌を重ね、両方の人指し指を立てて背合わせにし、両親指をその先端に触れさせる。
二四 禅定に入るようにして。
二五 護法善神。

第六話　出典は法華験記・上・32。
二六 「者」の訓みは「ハ」。但し、「昔」の誤記をそのままにして(「ハ」と訓めるため)、次に「昔」を書き連ねた可能性もある(古典大系説)。なお巻一六・29には「今ハ昔」と「ハ」を明記した例が見られる。
二七 →地名「豊島ノ郡」。
二八 →地名「多々ノ院」。
二九 験記「有㆓一沙門㆒、不㆑知㆓其姓名㆒」。
三〇 →一五四頁注七。

而《しかる》ニ、其ノ傍《かたはら》ニ一人ノ俗[一]有リ。此ノ持経者《ぢきやうじや》[二]ノ勤《つと》メヲ貴ビテ、志《こころざし》[三]ヲ運《はこび》テ常ニ供養シケリ。而《しか》ル間、此ノ俗、身ニ病ヲ受テ日来《ひごろ》悩《なやみ》テ遂《つひ》ニ死《しに》ヌ。家ノ人有テ、死人ヲ棺ニ入レテ木[四]ノ上ニ置《おき》ツ。

其[五]ノ後、五日ヲ経テ、人蘇《よみがへり》テ棺[六]ノ叩ク。人怖レテ不寄《よら》ズ。然レドモ、死人ノ音《こゑ》ヲ聞テ、「此レ蘇《よみがへ》レル也」ト思テ、棺ヲ取リ下《おろ》シテ開《ひらき》テ見レバ、死人蘇レリ。「奇異也」ト思テ、家ニ将行《ゐてゆき》ヌ。妻子ニ説《とき》テ云《いは》ク、「我レ死《しに》テ閻魔王《えんまわう》[七]ノ所ニ至ル。王帳《ちやう》[八]ヲ曳《ひき》テ札《ふだ》[九]ヲ勘《かむが》ヘテ、「汝《なむ》ヂ罪業《ざいごふ》重キニ依《より》テ地獄[一〇]ニ可遣《つかはすべ》シト云ヘドモ、此ノ度《たび》ハ罪ヲ免《ゆる》シテ速《すみやか》ニ本国《もとのくに》ニ可返遣《かへしやるべ》シ。其ノ故《ゆゑ》ハ、汝ヂ年来《としごろ》誠ノ心[一一]ヲ発《おこ》シテ法花ノ持者《ぢしや》[一二]ヲ供養ス。其功徳《そのくどく》無限《かぎりな》キニ依テ也。汝ヂ本国ニ返《かへり》テ弥《いよい》[一三]ヨ信ヲ凝《こらし》テ彼ノ持者ヲ供養セバ、三世《さんぜ》[一四]ノ諸仏ヲ供養セムヨリハ勝《すぐ》レタリ」ト。

我レ此ノ誡《いましめ》ヲ蒙《かうぶり》テ、閻魔王ノ庁ヲ出《い》デ、人間[一五]ニ返《かへ》ルニ、野山ヲ通《とほり》テ見レバ、七《しち》[一六]宝《ほう》ノ塔有リ。荘厳《しやうごん》[一七]セル事云ハム方《かた》無シ。此ノ我ガ供養スル持経者、彼ノ宝塔ニ向《むかひ》テ口ヨリ火ヲ出《いだ》シテ、其ノ宝塔ヲ焼ク。其ノ時ニ、虚空ニ音《こゑ》有テ、我レニ告《つげ》テ云ク、「汝ヂ当《まさ》ニ可知《しるべ》シ。此ノ塔ハ彼ノ持経ノ聖人ノ法花ヲ誦スル時、宝塔品《ほうたふほん》[一八]ニ至《いたり》テ出現シ給ヘル所ノ塔也。而ルニ、彼ノ聖人瞋恚《しんい》[一九]ヲ以テ弟子・童子ヲ呵嘖《かしやく》[二〇]シ罵詈《めり》[二一]ス。其ノ瞋恚ノ火、忽《たちまち》ニ出来《いできたり》テ宝塔ヲ焼《やく》也。若《もし》瞋恚ヲ止《とど》メテ経ヲ誦《じゆせば》、微妙《みめう》ノ宝塔世界ニ充満《みちみつ》

一 験記「優婆塞」。
二 →二二一頁注二六。 三 信心帰依して。
四 験記「入レ棺挙二置樹上一」。木の上に置いた理由は明らかでない。一種の殯(あらき・もがり)であろうか。殯は葬儀の準備が整うまで遺骸を仮に安置しておく上代の習俗。
五 以下、験記には「過二於五日一、甦従レ棺出、即到二本宅一」とあって、蘇生者は自ら家に帰ったことになっている。
六 この「ノ」は「ヲ」と同意。→一八二頁注四。 七 →人名「閻魔王」。
八 死者の生前の善行や悪行を記した帳面。いわゆる閻魔帳である。「曳ク」は、めくって見る意。
九 木簡または紙札。これも善悪行を記したもの。「勘フ」は調べる意。
一〇 →地名「地獄」。 一一 信心を起こして。
一二 持経者。→注二。
一三 ますます信心を固めて。
一四 過去・現在・未来。
一五 人間界。
一六 七種の宝物。無量寿経では金・銀・瑠璃・玻璃・瑪瑙・しゃこ・珊瑚。法華経では金・銀・瑪瑙・瑠璃・しゃこ・真珠・玫瑰。
一七 装飾していること。
一八 法華経・四・見宝塔品。宝塔が地中から涌出して、塔中の多宝如来が釈迦の諸説の真実を証明したことを説く。
一九 怒り恨むこと。三毒の一。
二〇 責めさいなむこと。
二一 ののしること。罵倒すること。
二二 帰るとすぐに。
二三 一族の者。身内の者。
二四 冥途でのこの聖人に関する出来事を

ラム。汝ヂ本国ニ返《かへ》[二二]ル、速《すみやか》ニ聖人ニ此ノ事ヲ可告《つぐべ》シ」ト聞《きき》ツル程ニ、蘇《よみがへり》テ来《きた》レル也」ト云フ。

妻子眷属《くゑんぞく》[二三]、蘇《よみがへり》タルヲ見テ喜ブ事無限《かぎりな》シ。近キ辺《ほとり》ノ人、此[二四]ノ聖人ノ事ヲ聞テ怪《あやし》ミ思フ。其ノ後、此ノ人聖人ノ許《もと》ニ行《ゆき》テ、冥途《めいど》ノ事ヲ語ル。聖人此レヲ聞テ恥ヂ悔《くい》テ、弟子ヲ離レ童子ヲ棄テ、独《ひと》リ居《ゐ》テ、一[二五]心ヲ法花経ヲ読誦ス。俗、亦、弥《いよい》ヨ持経者ヲ供養スル事無限《かぎりな》シ。聖人年来《としごろ》[二六]ヲ経ルニ、命終ル時ニ臨《のぞみ》テ、身ニ病無クシテ法花経ヲ誦《じゅ》シテ死ニケリ。

然レバ、聖人也ト云フトモ嗔恚《しんい》ヲバ不可発《おこすべから》ズトナム語リ伝ヘタルトヤ。

比叡山西塔僧道栄語《ひえのやまのさいたふのそうだうえいのこと》第七

今昔《いまはむかし》、比叡《ひえ》ノ山ノ西塔《さいたふ》[二七]ニ道栄《だうえい》[二八]ト云フ僧住《すみ》ケリ。本《もと》、近江《あふみ》ノ国、□[二九]ノ郡《こほり》ノ人也。[三〇]幼ニシテ比叡ノ山ニ登《のぼり》テ出家シテ、法花経《ほくゑきやう》[三一]ヲ受[三二]ケ持《たもち》テ日夜ニ読誦《どくじゅ》シテ、十[三三]二年ヲ限《かぎり》テ山ヲ出《いづ》ル事無シ。花ヲ採《つ》ミ水ヲ汲《くみ》テ仏ニ供養シ奉テ、経ヲ読誦スル事弥《いよい》ヨ不怠《おこたら》ズ。

既ニ十二年ヲ過《すぎ》テ、始《はじめ》テ旧里《ふるさと》ニ行テ□[三四]心ニ思ハク、「我[三五]レ本山《もとのやま》ニ住スト云ヘドモ、顕蜜《けんみつ》[三六]ノ正教《しやうげう》ニ於テ習ヒ得タル所無シ。今生《こんじやう》[三七]ハ徒《いたづら》ニ過《すぎ》ナムトス。後世《ごせ》[三八]ノ貯《たくはへ》無クハ、

聞いて不審に思った。貴く見える聖人ゆえ信じられなかったのである。験記「聞㆓此事㆒皆奇㆑未㆓曾有㆒」。

二五 諸本「一心ニ」。底本のまま訓むとすれば、「こころをひとつにして」。一心不乱に。

二六 験記「逕㆓十余年㆒、最後無㆑病、結跏趺坐、入㆓於死門㆒矣」。

第七話 出典は法華験記・上・23。

二七 →地名「西塔」。

二八 伝未詳。験記「沙門道栄、近江国人」。

二九 郡名の明記を期した意識的欠字。

三〇 験記「幼少登㆑山、住㆓宝幢院㆒」。

三一 →一五四頁注七。 三二 「受持(じゅじ)」を訓読した語。教典を信受し、心に念じて片時もゆるがせにしないこと。

三三 十二年間比叡山に籠もって止観・遮那の両業を修習することは籠山業といい、最澄が創始した修行である。

三四 底本欠字。但し、空白は半字分程度。単に文字間隔の広い例と見るべきか。験記「過㆓十二年㆒始出㆓本郷㆒、乃至閑住作㆓是思惟㆒」。

三五 験記「性非㆓聡明㆒、不㆑瑩㆓顕密㆒。心無㆓勇猛㆒、不㆑急㆓精進㆒。年齢自積、生涯不㆑幾。此生不㆑揚㆓名誉㆒手空過、後世可㆑歩㆓火血刀路㆒。若不㆑殖㆓善苗㆒、不㆑可㆑結㆓仏果㆒」。

三六 顕教と密教。正教は仏の教え。

三七 この世での生涯は無為に過ぎてしまおうとしている。

三八 (このまま)来世に成仏するための善業を積まずにいたなら。

此レ[一]二世《にせ》不得《ふとく》ノ身也。然レバ、[二]法花経ヲ書写シ奉ラム」ト思テ、[三]一部ヲ書畢《かきをはり》テ後、[四]智者ノ僧五人ヲ請《しやう》ジテ供養ノ後、経ノ深キ義ヲ令説《とかし》メ、[五]問答ヲ令決《けつせ》シム。如此《かくのごと》キ、一月ニ一度二度、若《もし》ハ五度六度、書写供養シケリ。

[六]年来《としごろ》ノ間、此ノ善根《ぜんごん》ヲ修《しゆ》シテ、遂《つひ》ニ命終ラム時ヲ待ツ間、道栄夢ニ、本山《もとのやまの》西塔ノ[七]宝幢院《ほうどうゐん》ノ前ノ庭ニ、金《こがね》ノ[八]多宝ノ塔ヲ起《たて》タリ。其ノ[九]荘厳《しやうごん》セル事云ハム方《かた》無シ。道栄此レヲ見テ、[一〇]心ヲ至シテ敬《うやま》ヒ礼《をが》ム間、[一一]一人ノ気高《けたか》キ俗有リ。其ノ形《かたち》只人ト不見《みえ》ズ。人ノ体《すがた》ヲ見ルニ、[一二]梵天《ぼんでん》・[一三]帝尺《たいしやく》ニ似タリ。道栄ニ告《つげ》テ宣《のたま》ハク、「汝《なむ》ヂ、此ノ塔ヲバ知《しれ》リヤ否《いな》ヤ」ト。道栄、「不知《しら》ズ」ト答フ。亦宣ハク、「此レハ、汝ガ経蔵也。速《すみやか》ニ戸ヲ開《ひらき》テ可見《みるべ》シ」ト。道栄此ノ言《こと》ニ随《したがひ》テ塔ノ戸ヲ開テ見レバ、塔ノ内ニ[一四]多《おほく》ノ経巻ヲ積置《つみおき》ケリ。俗亦《また》告テ宣ハク、「汝ヂ、此ノ経巻ヲバ知ヤ否ヤ」ト。道栄、「不知《しら》ズ」ト答フ。亦宣ハク、「此ノ経ハ、汝ガ今生《こんじやう》ニ書写シタル経ヲ此ノ塔ノ内ニ[一五]積ミ満《みて》奉レル也。汝ヂ、速《すみやか》ニ此ノ塔ヲ具シ奉テ[一六]兜率天《とそつてん》ニ可生《うまるべ》シ」ト告グ、ト見テ夢覚《さめ》ヌ。其ノ後、弥《いよい》ヨ心ヲ至シテ書写供養スル事不闕《かか》ズ。

而ルニ、[一七]衰老《すいらう》ニ至テ[一八]行歩《ぎやうぶ》ニ不堪《たへ》ズト云ヘドモ、[一九]事ノ縁有ルニ依《より》テ[二〇]下野《しもつけ》ノ国ニ下《くだ》リ住《ぢう》シテ、最後ニ至ル時、[二一]普賢品《ふげんぼん》ヲ書写供養シ奉テ、其ノ文《もん》ヲ読誦シテ失《うせ》ニケリ。夢ノ告《つげ》ノ如クニハ、疑ヒ無ク兜率天《とそつてん》ニ生《しやう》ゼル人也トナム語リ伝ヘタルトヤ。

一 現世でも来世でも仏果を得られない身だ。成仏できずに終わってしまう。
二 験記「又作二是念一、我当レ書二写妙法華経一。如レ是思惟企二写経一」。
三 験記は一部ではなく一品とする。一月に数度とすれば、分量からみて一品の方が自然である。験記「若書二一品一畢、着二軸標紙一、請二五人名哲一、開講供養、令レ説二義理一、問答決疑」。
四 知識の深い僧。 五 問答によって仏法上の疑問を解決させた。
六 験記「数十年問勤二此善一、待二露命消時一」。 七 ↓地名「宝幢院」。
八 底本「タ」に「非也」と傍書するが、「タ」は「多」の全訓捨仮名か。多宝塔は上層は円形、下層と屋根は方形の二層の塔。中に多宝如来を安置する。法華経・四・見宝塔品に基づく。↓二一二頁注一八。
九 装飾しているさま。験記「露盤火珠宝鐸箜篌、荘厳微妙」。
一〇 まごころこめて。一心不乱に。
一一 験記「有二一丈夫一、形似二帝釈一」。
一二 ↓人名「梵天」。 一三 帝釈。↓人名「帝釈天」。 一四 験記「塔内積二置数百部経一。唯塔良角不レ積二経巻一」。
一五 積み満たし奉っている。経典に対する尊敬表現。 一六 ↓地名「兜率天」。
一七 験記「老衰被レ迫行歩不二軽利一、尋二寒温縁一、下二住野州郡一」。
一八 歩行が不自由だったけれども。
一九 縁あって。つてがあって。
二〇 験記「野州郡」は近江国野州(洲)郡。本話はこれを野州(下野)の某郡と誤解している。 二一 法華経・八・普賢菩薩勧発

法性寺尊勝院僧道乗語《ほふしやうじのそんしようゐんのそうだうじようのこと》第八

今昔《いまはむかし》、[二二]法性寺《ほふしやうじ》ノ[二三]尊勝院《そんしようゐん》ノ[二四]供僧《ぐそう》ニテ[二五]道乗《だうじよう》ト云フ僧有ケリ。比叡《ひえ》ノ山ノ[二六]西塔《さいたふ》ノ[二七]正算《しやうざん》僧都《そうづ》ノ[二八]法弟トシテ、初《はじめ》ハ比叡ノ山ニ住《すみ》ケルガ、後ニハ法性寺ニ移《うつり》テ年来《としごろ》ヲ経タリ。若《わかく》ヨリ[二九]法花経《ほくゑきやう》ヲ読誦《どくじゆ》シテ、老《おい》ニ至ルマデ怠タル事無カリケリ[三〇]。但シ、極《きはめ》テ[三一]心僻《ひが》ミテ、時々童子ヲ罵《の》リ罰《う》ツ事ゾ有ケル。

而《しか》ル間、道乗夢ニ、法性寺ヲ出《い》デヽ比叡ノ山ニ行クニ、[三二]西坂ノ[三三]柿ノ木ノ本《もと》ニ至《いたり》テ、遥《はるか》ニ山ノ上ヲ見上グレバ、[三四]坂本ヨリ初メテ[三五]大嶽《おほたけ》ニ至ルマデ多《おほく》ノ堂舎・楼閣ヲ造リ重ネタリ。瓦ヲ以テ葺《ふ》キ金銀《こんごん》ヲ以テ荘《かざ》レリ。其ノ中ニ多ノ経巻ヲ安置シ奉レリ[三六]。[三七]黄ナル紙・朱ノ軸、紺ノ紙・玉ノ軸也。皆金銀ヲ以テ書《かき》タリ。道乗此レヲ見テ、「[三八]例ニ非ズ。此《こ》ハ何《いか》ナル事ゾ」ト思《おもひ》テ、年ノ老《おい》タル僧ノ有ルニ向《むかひ》テ、問《とひ》テ云《いは》ク、「此ノ経極《きはめ》テ多クシテ計《かぞ》[三九]ヘ不可尽《つくすべから》ズ。此レ誰人ノ置ケルゾ」ト。

老僧答テ云ク、「此レハ、汝ガ年来《としごろ》読誦セル所ノ[四〇]法花大乗也。大嶽ヨリ始《はじめ》テ[四一]水飲《みづのみ》ニ至ルマデ積置《つみおき》ケル経ハ、汝《なむ》ヂ西塔ニ住セシ時読誦セル所ノ経也。水飲ヨリ始テ柿ノ木ノ本《もと》マデ積置ケル経ハ、法性寺ニ住シテ読誦セル所ノ経也。[四二]此ノ善根《ぜんごん》ニ依テ、

品。同経の最終品。普賢菩薩の問いに答えて、釈迦が仏滅後に法華経の教説を得るべき方法を説く。

第八話　出典は法華験記・上・19。拾遺往生伝・上・29、元亨釈書・十九・道乗、三国伝記・三・6に同話がある。

二二　↓地名「法性寺(ほつしようじ)」。
二三　法性寺内の一院。
二四　供奉僧。本尊に供奉して給仕する僧。
二五　伝未詳。
二六　↓地名「西塔」。　二七　↓人名「正算」。
二八　法弟子。仏法についての弟子。
二九　↓一五四頁注七。
三〇　底本「無ナリケリ」を訂した。
三一　心がねじけていて。ひねくれ者で。
三二　比叡山に西側から登る坂。現、京都市左京区修学院付近から登る。　三三　験記「柿本」。西坂の登り口付近の地名。↓地名「柿ノ木ノ本」。　三四　西坂の登り口。西坂本。　三五　比叡山の主峰。大比叡。
三六　経典に対する尊敬表現。
三七　経巻は、黄色の紙に墨で書写して朱塗りの軸、紺色の紙に金泥や銀泥で書写して水晶で飾った軸に仕立てられることが多い。験記「黄紙朱軸松煙写レ文、紺紙玉軸金銀瑩レ字」。
三八　いつもと違う。これはどうしたことか。験記「道乗見了、生ニ希有心一」。
三九　底本「許ヘ」を訂した。
四〇　法華経の美称。大乗仏教の教法を説く経典の意。大乗妙典。大乗妙経とも。
四一　西坂の途中にある地名。↓地名「水飲」。　四二　経典を書写した善行をさす。

汝浄土《じやうど》ニ可生《うまるべ》シ」ト。道乗此レヲ聞《きき》テ、[一]奇異也ト思フ間ニ、俄《にはか》ニ火出来《いできたり》テ一部ノ経焼《やけ》ヌ。道乗此レヲ見テ、老僧ニ問テ云ク、「何ニ依テ此ノ経ハ焼ケ給ヒヌルゾ」ト。老僧答テ云ク、「此レハ、汝ガ[二]嗔恚《しんい》ヲ発《おこ》シテ童子ヲ[三]勘当《かんだう》セシ時ニ、読誦セシ経ヲ嗔恚ノ火ノ焼《やき》ツル也。然レバ、汝《なむ》ヂ嗔恚ヲ断テバ、善根弥《いよい》ヨ増《まさり》テ必ズ極楽ニ参《まゐり》ナム」ト云フ、ト見テ夢覚《さめ》ヌ。

其ノ後、悔《い》ヒ悲《かなしみ》テ、仏ニ向《むか》ヒ奉テ、永ク嗔恚ヲ断《たち》テ、心ヲ励《はげま》シテ法花経ヲ読誦シテ、更ニ余《ほか》ノ心無シ。

然レバ、嗔恚《しんい》ハ無限《かぎりな》キ罪障《ざいしやう》也。善根ヲ修《しゆ》セム時、専《もはら》ニ嗔恚ヲ不発《おこさ》ズトナム語リ伝ヘタルトヤ。

理満持経者《りまんぢきやうじや》、顕経験語《きやうのしるしをあらはせること》第九

今昔《いまはむかし》、[四]理満《りまん》ト云フ法花《ほくゑ》ノ[五]持者《ぢしや》有ケリ。河内《かはち》ノ国ノ人也。[六]吉野《よしの》ノ山ノ[七]日蔵《にちざう》ノ弟子也。道心ヲ発《おこ》シケル始メ、彼ノ日蔵ニ随《したがひ》テ[八]供給《くぎふ》シテ、彼ノ人ノ心ニ不違《たがは》ズ。

而《しか》ルニ、[九]理満聖人思《おも》ハク、「我レ世ヲ厭《いとひ》テ仏道ヲ修行スト云ヘドモ、凡夫《ぼんぶ》ノ身ニシテ未ダ煩悩《ぼんなう》ヲ不断《たた》ズ。若《も》シ愛欲ノ[一〇]発心《こころをおこし》テハ、其レヲ止《とど》メムガ為《ため》ニ[一一]不発《ふほつ》ノ薬ヲ

一 不思議だと思っているうちに。験記「聞二是語一已、生二奇特心一」。
二 怒り恨むこと。三毒の一。
三 怒って譴責した時。験記「汝発二瞋恚一罵二詈童子一、瞋恚火炎焚二焼善根一」。

第九話 出典は法華験記・上・35。三外往生記・2、元亨釈書・十一・理満に同話がある。
四 伝未詳。
五 持経者。→二二一頁注二六。
六 →地名「吉野ノ山」。
七 →人名「日蔵」。
八 供養し給仕して。
九 以下、「不発ノ薬」を求めるに至る事情は験記に見えず、本話が付加した叙述。
一〇 「心ヲ」から「発」に反読する。「心ヲ発テハ」に同じ。もし愛欲の心を起こしたら(大変だから)。
一一 性欲を減退させる薬。性的に不能になる薬。
一二 女性への欲望を完全に断ち切った。験記「於二女人境一永絶二希望一」。
一三 →一五四頁注七。
一四 一定の場所に止まらず、方々に流浪して修行するうちに。験記には見えない叙述。
一五 渡し場で船を渡すのこそこの上もない功徳だと思いついて。衆生を此岸から彼岸に渡して済度する意を籠めて功徳と考えたもの。玄賓僧都の故事(古事談・三・8、発心集・一・1他)はその先蹤。
一六 大きな入江の意。河内国でのことと

服《ぶく》セム」ト願ヒケレバ、師其ノ薬ヲ求《もとめ》テ令服《ぶくせし》メテケリ。然レバ、薬ノ験《しるし》有テ、弥《いよい》ヨ[一二]女人《にょにん》ノ気分ヲ永ク思ヒ断ツ。日夜ニ[一三]法花経《ほくゑきやう》ヲ読誦《どくじゆ》シテ[一四]棲《すみか》ヲ不定《さだめ》ズシテ、所々ニ流浪シテ仏道ヲ修行スル程ニ、「[一五]渡リニ船ヲ渡ス事コソ無限《かぎりな》キ功徳《くどく》ナレ」ト思ヒ得テ、[一六]大江ニ行居《ゆきゐ》テ、船ヲ儲《まうけ》テ[一七]渡子《わたしもり》トシテ諸《もろもろ》ノ[一八]往還《わうぐわん》ノ人ヲ渡ス[一九]態《わざ》ヲシケリ。亦《また》、或ル時ニハ、[二〇]京ニ有テ、[二一]悲田《ひでん》ニ行テ、[二二]万《よろづ》ノ病ニ煩ヒ悩ム人ヲ哀《あはれみ》テ、願フ物ヲ求メ尋ネテ与フ。如此《かくのごと》クシテ所々ニ行クト云ヘドモ、法花経ヲ読誦スル事更ニ不怠《おこたら》ズ。

而《しか》ル間ニ、京ニシテ、[二三]小屋ニ籠居《こもりゐ》テ二年許《ばかり》ヲ経テ法花経ヲ読誦ス。[二四]此レ何事ニ依《より》テト云フ事ヲ不知《しら》ズ。而ルニ、其ノ家ノ主《あるじ》、「聖人ノ所行《しよぎやう》ヲ見ム」ト思テ、[二五]蜜《ひそか》ニ物ノ迫《はさま》ヨリ臨《のぞ》クニ、聖人経机ヲ前ニ置《おき》テ法花経ヲ読誦ス。見レバ、一巻ヲ読畢《よみをはり》テ机ノ上ニ置ク。次ノ巻ヲ取テ読ム時ニ、前ニ読畢タル経、一尺許《ばかり》踊リ上ガリテ、[二六]軸本《ぢくのもと》ヨリ[二七]縹紙《へうし》ニ巻キ返《かへ》シテ机ノ上ニ[二八]置ク。家主《いへあるじ》此レヲ見テ、[二九]奇異也ト思テ、聖人ノ御前ニ至《いたり》テ、向《むかひ》テ申《まうさ》ク、「[三〇]忝《かたじけな》ク、聖人ハ只人ニモ不在《ましまさ》ザリケリ。此ノ経ヲ踊リ上テ巻キ返シテ机ニ置ク事、此希有《これけう》ノ事也」ト。聖人此レヲ聞《きき》テ驚《おどろき》テ、家主ニ答《こたへ》テ云《いは》ク、「此ノ事、[三一]不慮《おもはざ》ル外《ほか》ニ有ル事也。更ニ[三二]実《まこと》ノ事ニ非ズ。[三三]努々《ゆめゆめ》他人ニ此ノ事不可令語聞《かたりきかしむべから》ズ。若《も》シ此ノ事他人ニ令聞《きかしめ》バ、永ク汝ヲ可恨《うらむべ》シ」ト。家主此レヲ聞テ恐レテ、聖人ノ[三四]在生《ざいしやう》ノ間、此ノ事ヲ口ノ外ニ不出《いださ》ズ。

すれば、淀川下流の地名か。→地名「大江」。
一七 字類抄「渡子 ワタシモリ」。験記「沙門在二大江一作二渡子一」。
一八 字類抄「往還 ワウグヱン、ワウグワン」。往来。行き来。
一九 底本「熊」を訂した。
二〇 験記「在二花洛一愍二諸病悩人一、求二所レ楽物一而与レ之」。
二一 悲田院。→地名「悲田」。
二二 さまざまの。
二三 小さな家。験記「沙門宿二小屋一〈百僧供人宅也〉」。
二四 この一句は験記に見えない。
二五 「密ニ」と通用。こっそり。
二六 巻子本(巻物)の軸の付け根。即ち末尾の部分。
二七 →一九八頁注二三。
二八 この部分、自発表現はないが、聖人が置いたのではなく、ひとりでに巻き返して置かれたのである。同様の霊験は巻一三・1に見られる。
二九 不思議だと思って。験記「宅主見畢、一心合掌白言、希有。彼経躍昇独巻還レ端」。
三〇 かたじけなくも。恐れ多いことに。
三一 (自分にとっても)思いがけず起こっていることです。験記「是慮外幻化非二実事一」。
三二 現実のことではない。現実にあり得ることとは思えない。
三三 下に打ち消しの語を伴って、強い禁止の意を表す。決して。断じて。
三四 在世中は。生きている間は。

理満聖人夢ニ、我ガ死《しに》タルヲ[一]野ニ棄置《すておき》タレバ、百千万ノ[二]狗《いぬ》集リ来《きたり》テ[三]我死骸《わがしにかばね》ヲ啾《くら》フ。理満聖人其ノ傍《かたはら》ニ有テ、我ガ骸《しにかばね》ヲ狗《いぬ》ノ啾《くら》フヲ見テ思ハク、「何ノ故《ゆゑ》有テカ、百千万ノ狗有テ我ガ骸ヲ啾フゾ」ト。其ノ時ニ、空ニ音《こゑ》有テ、告《つげ》テ云ク、「理満当《まさ》ニ可知《しるべ》シ、此レハ実《まこと》ノ狗ニハ非ズ。此レ皆[四]権《かり》ニ化《くゑ》セル所也。昔天竺《てんぢく》ノ[五]祇薗精舎《ぎをんしやうじや》ニシテ仏ノ説法ヲ聞キシ輩《ともがら》也。今汝ニ[六]結縁《けちえん》セムガ為《ため》ニ狗ト化セル也」ト告グ、ト見テ夢覚《さめ》テ、其ノ後、弥《いよい》ヨ[七]心ヲ至シテ法花経ヲ読誦シテ、誓《ちかひ》ヲ発《おこ》シテ云ク、「我レ若《も》シ極楽ニ可生《うまるべ》クハ、二月十五日ハ此レ[八]尺尊《しやくそん》ノ入滅ノ日也。我レ其ノ日[九]此ノ界《さかひ》ヲ別レム」ト。聖人一生ノ間法花経ヲ読誦スル事二万余部也。悲田ノ病人ニ薬《くす》リ[一〇]ヲ与フル事十六度也。

遂《つひ》ニ最後ニ臨《のぞみ》テ、聊《いささか》ニ病ノ気《け》有リト云ヘドモ、重病《おもきやまひ》ニ非ズシテ、年来《としごろ》ノ願ヒニ叶《かなひ》テ、二月十五日ノ夜半ニ臨テ、口ニハ[一一]宝塔品《ほうたふほん》ノ「[一二]是名持戒《ぜみやうぢかい》　行頭陀者《ぎやうづだしや》　速為疾得《そくゐしつとく》　無上仏道《むじやうぶつだう》」ト云フ文《もん》ヲ誦《じゆ》シテ、入滅シニケリ。実《まこと》ニ、入滅ノ時ヲ思フニ、[一三]後世《ごせ》ノ事疑ヒ無シ。

[一四]彼ノ経ノ[一五]踊リ給《たまひ》タル事ハ、聖人ノ誡《いましめ》ニ依テ、家主《いへあるじ》ノ、聖人ノ在生ノ時ニハ他人ニ不語《かたら》ズ、入滅ノ後ニ語リ伝フルヲ聞テ広ク語リ伝ヘタルトヤ。

一 風葬にしたことを示す。 二 たくさんの野犬が集まってきて自分の死骸を食う。験記「千万狗集来、食二噉聖死屍一」。

三 字類抄「屍 シニカハネ」。死体。自分の遺骸が犬に食われるのをもう一人の自分が見ているのである。

四 仮に姿を変えて現れたものである。験記「皆是権化」。 五 →地名「祇園精舎」。

六 →二〇一頁注四一。

七 まごころこめて。誠心誠意。

八 釈尊。→人名「釈迦如来」。

九 この世界。人間界。 一〇 「リ」は「薬」の捨仮名。 一一 →二二二頁注一八。

一二 法華経・四・見宝塔品の偈の一節。この前に「此経難持、若暫持者、我即歓喜、諸仏亦然、如是之人、諸仏所歎、是則勇猛、是則精進」とあり、これを承けている。即ち、これを戒を持ち頭陀を行なう者と名づける。即ち早く仏の無上の悟りを得る者であるの意。頭陀は、僧が修行のため乞食行脚すること。

一三 来世で成仏すること。極楽往生すること。

一四 以下は験記には見えず、本話で付加された記事。 一五 躍り上がって巻戻り給うたことは。経典に対する尊敬表現。

第十話 出典は法華験記・上・22。元亨釈書・十二・春朝に同話がある。

一六 伝未詳。験記「沙門春朝、是権者非直人也」。 一七 →二二一頁注二六。

一八 →一五四頁注七。

一九 験記には見えない叙述。同様の付加の例は、→二一七頁注一四。

春朝持経者《しゆんてうぢきやうじや》、顕経験語《きやうのしるしをあらはせること》 第十

今昔《いまはむかし》、[一六]春朝《しゆんてう》ト云フ[一七]持経者《ぢきやうじや》有ケリ。日夜ニ[一八]法花経《ほくゑきやう》ヲ読誦《どくじゆ》シテ、[一九]棲《すみか》ヲ不定《さだめ》ズシテ所々ニ流浪シテ、只法花経ヲ読誦ス。心ニ人ヲ哀ムデ、人ノ苦ブ事ヲ見テハ我ガ苦ト思ヒ、人ノ喜ブ事ヲ見テハ我ガ楽ビト思フ[二〇]。

而《しか》ル間、春朝東西ノ[二一]獄《ひとや》ヲ見テ、心ニ悲ビ歎《なげき》テ思ハク、「此ノ[二二]獄人等《ごくにんら》犯《をか》シヲ成シテ罪ヲ蒙《かうぶ》ルト云ヘドモ、我レ何《いか》ニシテカ此等ガ為《ため》ニ[二三]仏ノ種ヲ令殖《うゑしめ》テ苦ヲ抜カム。獄《ひとや》ニシテ死ナバ、[二四]後生亦《ごしやうまた》[二五]三悪道ニ堕《だ》セム事疑ヒ不有《あら》ジ。然レバ、我レ[二六]故《ことさら》ニ犯《をかし》ヲ成シテ被捕《とらは》レテ獄ニ居ナム。然テ、懃《ねむごろ》ニ我レ法花経ヲ誦《じゆ》シテ獄人ニ令聞《きかし》メム」ト思《おもひ》テ、或《あ》ル[二七]貴所《たふときところ》ニ[二八]ハ入《いり》テ、[二九]金銀《こんごん》ノ器《うつはもの》一具ヲ盗《ぬすみ》テ、忽《たちまち》ニ[三〇]薄堂《はくだう》ニ[三一]行《ゆき》テ[三二]双六《すぐろく》ヲ打《うち》テ、此ノ金銀ノ器ヲ[三三]令見《みし》ム。集レル人此レヲ見テ怪《あやし》ムデ、「此レハ[三四]某《なにがし》ノ殿ニ近来《このごろ》失《うせ》タル物也」ト云ヒ騒グ間ニ、[三五]其ノ聞《きこ》エ自然《おのづか》ラ風聞シテ、春朝ヲ捕ヘテ勘《かむが》ヘ問フニ、事顕《あらは》レテ獄ニ居《すゑ》ヘツ。春朝聖人獄ニ入《いり》テ喜《よろこび》テ、[三六]本意ヲ遂《とげ》ムガ為《ため》ニ、[三七]心ヲ至《いた》シテ法花経ヲ誦シテ罪人ニ令聞《きかし》ム。其ノ音《こゑ》ヲ聞ク多《おほく》ノ獄人、皆涙ヲ流シテ[三八]首《かうべ》ヲ低《かたぶけ》テ貴ブ事無限《かぎりな》シ。春朝心ニ喜《よろこび》テ日夜ニ誦ス。

二〇 験記はこの後に続いて「高家権門、公子王孫、諍請聞レ経、願レ住二我家一。花洛田舎、貴賤上下、趁二往住所一、聞レ経讃歎」とある。
二一 牢獄。→地名「獄(ひとや)」。
二二 囚人たち。
二三 成仏の因となるもの。
二四 来世もまた。
二五 畜生・餓鬼・地獄。→地名「悪趣」。
二六 故意に。この前後、験記の記事を大幅に敷衍している。
二七 高貴の人の邸宅に忍び入って。
二八 底本「ハ」に「無」と傍書。
二九 金銀製の器物一揃いを盗んで。験記「往二来貴家一、取二銀器一具一、打二入双六一」。
三〇 「博堂」の意で、博打を打つ場所、ばくち小屋をさすか。
三一 底本「待テ」を訂した。
三二 盤をはさんで二人が相対し、盤上に黒白各十五個の駒を置いて、筒に入れた二個の賽(さい)を振出し、その目数によって駒を進め、先に敵陣に入れてしまった方が勝ちになる遊戯。しばしば賭博に利用された。長谷雄卿草紙の朱雀門で紀長谷雄と鬼が勝負を争う場面や、徒然草の双六の上手の話は有名。
三三 盗品であることをわざと人に知らせるようにしたのである。この行動と人々の反応は験記に見えず、本話が付加したもの。
三四 誰それさんのお屋敷で最近なくなった物だ。
三五 その噂が自然に広まって。
三六 本来の意思。ここでは囚人に仏縁を結ばせること。
三七 まごころこめて。一心不乱に。
三八 →二〇一頁注三〇。

而ル間、[一]院〻宮〻ヨリ[二]非違《ひゐ》ノ別当ノ許《もと》ニ消息《せうそく》ヲ遣《つかは》シテ云ク、「春朝ハ此レ、年来《としごろ》ノ法花ノ[三]持者《ぢしや》也。[四]専《もはら》ニ不可陵礫《りようりやくすべから》ズ」ト。亦《また》、非違ノ別当ノ夢ニ、[五]普賢白象《ふげんびやくざう》ニ乗《のり》テ光ヲ放《はなち》テ、飯《いひ》ヲ鉢ニ入テ捧《ささ》ゲ持《もち》テ、獄門ニ向《むかひ》テ立《たち》給ヘリ。人、「何ノ故《ゆゑ》ニ立給ヘルゾ」ト問ヘバ、普賢ノ宣《のたま》ハク、「法花ノ持者《ぢしや》春朝ガ獄《ひとや》ニ有ルニ与ヘムガ為《ため》ニ、我レ毎日《ひごと》ニ如此《かくのごと》ク持来《もてきた》ル也」ト宣フ、ト見テ夢覚《さめ》ヌ。其ノ後、別当大キニ驚キ恐レテ、春朝ヲ獄ヨリ出《いだ》シツ。如此《かくのごと》クシテ、春朝獄ニ居《ゐ》ル事既ニ五六度ニ成ルト云フトモ、毎度《たびごと》ニ必ズ[六]勘問《かんもん》スル事無シ。

而ル間、犯ス事有テ、亦《また》春朝ヲ捕ヘツ。其ノ時ニ、検非違使等《けんびゐしら》庁[七]ニ集《あつまり》テ定《さだ》ムル様、「春朝ハ此レ、[八]極《きはめ》タル罪重キ者也ト云ヘドモ、毎度《たびごと》ニ不勘問《かんもんせ》ズシテ被免《ゆるさ》ル。此《これ》ニ依《より》テ、心ニ任《まかせ》テ人ノ物ヲ盗ミ取ル。此ノ度ハ尤《もと》モ重ク可誡《いましむべ》キ也。然レバ、其ノ二足《ふたつのあし》ヲ切テ[九]徒人《いたづらびと》ト可成《なすべ》シ」ト議シテ、官人等春朝ヲ[一〇]右近ノ馬場ノ辺《ほとり》ニ将行《ゐてゆき》テ、二《ふたつ》ノ足ヲ切ラムト為《す》ルニ、春朝音《こゑ》ヲ挙《あげ》テ法花経ヲ誦ス。[一一]官人等此レヲ聞テ、涙ヲ流シテ貴ブ事無限《かぎりな》シ。然レバ、春朝ヲ免《ゆる》シ放ツ。亦、非違ノ別当ノ夢ニ、[一二]気《け》高《たか》クシテ端正美《たんじやうび》灑《れい》ナル童《わらは》、[一三]鬟《みづら》ヲ結《ゆひ》テ[一四]束帯ノ姿也、来《きたり》テ、別当ニ告《つげ》テ云ク、「春朝聖人、獄ノ罪人ヲ救ハムガ為《ため》ニ、故《ことさら》ニ犯《をか》シヲ成シ、七度獄ニ居ル。此レ仏[一五]ノ方便ノ如《ごとき》也」ト云フ、ト見テ夢覚《さめ》ヌ。其ノ後、別当弥《いよい》ヨ恐レケリ。

一　方々の院家や宮家から。
二　検非違使の別当。検非違使庁(平安京の警察と裁判を担当)の長官。獄はその管轄下にあった。
三　持経者。→注二六。
四　決して迫害してはならない。拷問してはならない。
五　白象は普賢の乗り物。→人名「普賢菩薩」。
六　罪を追及することはなかった。
七　検非違使庁。→注二。
八　大変な重罪人なのに。
九　廃人。同語例は源氏物語・真木柱に見える。なお、従来の諸注は「づにん」と訓み、徒罪(有期の懲役刑)に処せられた者と解しているが、徒刑で両足を切られるはずはない。
一〇　→地名「右近ノ馬場」。
一一　役人たち。験記「極悪不善十六官人流㆓不覚涙㆒、皆礼㆓聖人㆒而去。見聞来集、乃至着駄悲泣随喜」。
一二　以下は験記「天童来告言」を敷衍した描写。
一三　→一六六頁注九。
一四　貴族の正装。正規の朝服。
一五　仏の方便(衆生を救済するための便宜上の手段・方法)のようなものだ。
一六　験記にはない叙述。→二一七頁注一四。
一七　験記「一条馬場、出㆑舎死去」を誤解したものか。一条馬場は前出「右近ノ馬場」(注一〇)に同じ。「馬出」は、→一八〇頁而ル間、春朝遂ニ[一六]行キ宿《やど》ル棲《すみか》無クシテ、一条ノ[一七]馬出《うまだし》ノ[一八]舎《いへ》ノ下《もと》ニシテ死ニケリ。[一九]髑髏《ひとがしら》其ノ辺《ほとり》ニ有テ[二〇]取リ棄《すつ》ル人無シ。其ノ後、[二一]其ノ渡《わたり》ノ人夜《よ》ル聞クニ、毎夜《よごと》ニ法花経ヲ誦スル音《こゑ》有リ。其ノ辺《ほとり》ノ人等此レヲ聞テ貴ブ事無限《かぎりな》シ。然レドモ、誰人ノ誦スルト不知《しら》ズシテ[二二]怪《あやし》ビ思フ間ニ、或《ある》聖人出来《いできたり》テ此髑髏《このひとがしら》ヲ取テ深キ山ニ持行《もてゆき》テ[二三]置テケリ。其ノ後、此ノ経ヲ誦スル音《こゑ》絶ヌ。然レバ、其ノ辺《ほとり》ノ人此ノ髑髏《ひとがしら》誦シケリト云フ事ヲ知ニケリ。

春朝聖人ヲバ、只人ニハ非ズ、[二四]権者《ごんじや》也トゾ、其ノ時ノ人云ヒケリトナム語リ伝ヘタルトヤ。

一叡持経者《いちえいぢきやうじや》、聞屍骸読誦音語《しにかばねのどくじゆのこゑをきけること》第十一

今昔《いまはむかし》、[二五]一叡《いちえい》ト云フ[二六]持経者《ぢきやうじや》有ケリ。幼ノ時ヨリ[二七]法花経《ほくゑきやう》ヲ[二八]受ケ持《たもち》テ、日夜ニ読誦《どくじゆ》シテ年久《ひさし》ク成《なり》ニケリ。

而《しか》ル間、一叡[二九]志《こころざし》ヲ運《はこび》テ[三〇]熊野ニ詣《まうで》ケルニ、[三一]完《しし》ノ背山《せやま》ト云フ所ニ宿《やどり》シヌ。夜ニ至《いたり》テ、法花経ヲ読誦スル音髣《こゑほのか》ニ聞《きこ》ユ。其ノ音《こゑ》貴キ事無限《かぎりな》シ。「[三二]若《も》シ人ノ亦宿《またやどり》セルカ」ト思《おもひ》テ、終夜《よもすがら》此レヲ聞ク。暁ニ至テ一部ヲ誦《じゆ》シ畢《をはり》ツ。[三三]暁《あけ》テ後、其ノ辺《ほとり》ヲ見ルニ、宿《やどり》セ

注一一。

一八 馬出の小屋の側(軒下など)で死去した。但し、験記の本文(→前注)は一条馬場の小屋から出て死んだ意。いずれにせよ一所不住の僧らしい最期である。
一九 頭蓋骨。どくろ。
二〇 取り片づける人。葬ってくれる人。
二一 そのあたりの人。その近辺の人。
二二 不審に思っていたところ。
二三 安置して葬った。
二四 神仏などが仮に人間の姿となって現れた者。化身。

第十一話 出典は法華験記・上・13。古今著聞集・十五・484、元亨釈書・十九・円善に同話がある。

二五 伝未詳。
二六 霊地・霊場に籠もり、山林に住して、経典、とくに法華経をひたすら読誦して修行する僧。持者。特別の験力を持つ者として尊崇された。
二七 →一五四頁注七。
二八 →二一三頁注三二。
二九 信心帰依して。
三〇 →地名「熊野」。
三一 鹿瀬峠。→地名「完ノ背山」。
三二 もしや他に誰かが野宿しているのだろうか。
三三 玉篇に「暁、明朗也」とあるが、本書の例は「暁」の草体から生れた字体か。夜が明ける意。

ル人無シ。只[一]屍骸《しにかばね》ノミ有リ。近寄《ちかくより》テ此レヲ見レバ、骨皆[二]列《つらなり》テ不離《はなれ》ズ。髑《しにかばね》ノ上ニ苔生《こけおひ》テ多ク年ヲ積《つみ》タリト見ユ。髑髏《ひとがしら》ヲ見レバ、口ノ中ニ舌有リ。其ノ舌[三]鮮《あざやか》ニシテ生《いき》タル人ノ舌ノ如シ。一叡此レヲ見ルニ、[四]奇異也ト思テ、「[五]然バ、夜《よ》ル経ヲ読　奉《よみたてまつり》ツルハ此ノ髑《しにかばね》ニコソ有ケレ。何《いか》ナル人ノ此《ここ》ニシテ死《しに》テ如此《かくのごと》ク誦スラム」ト思フニ、[六]哀レニ貴クテ、泣《なく》ゝ《な》ク礼拝シテ、此ノ経ノ音《こゑ》ヲ尚聞《なほきか》ムガ為《ため》ニ、[七]□日其ノ所ニ留《とどま》リヌ。其ノ夜亦《また》聞クニ、前《さき》ノ如クニ誦ス。

[八]夜嗟《あけ》テ後、一叡屍骸《しにかばね》ノ許《もと》ニ寄テ礼拝シテ云《いは》ク、「屍骸也ト云ヘドモ、既ニ法花経ヲ誦シ給フ。豈《あ》ニ其ノ心無カラムヤ。我レ其ノ[九]本縁《ことのもと》ヲ聞カムト思フ。必ズ此ノ事ヲ示シ給ヘ」ト祈請《いのりこひ》テ、[一〇]其ノ夜亦、此ノ事ヲ聞カムガ為《ため》ニ留《とどまり》ヌ。其ノ夜ノ[一一]夢ニ、僧有テ示シテ云ク、「我ハ是レ、[一二]天台山ノ[一三]東塔《とうたふ》ノ住僧《ちうそう》也キ。名ヲバ[一四]円善《ゑんぜん》ト云《いひ》キ。仏道ヲ修行セシ間ニ、此ノ所ニ来《きたり》テ、[一五]不慮《おもは》ザル外《ほか》ニ死ニキ。生《いき》タリシ程ニ、六万部ノ法花経ヲ読誦セムト云フ願有リキ。[一六]其レニ、半分ヲバ読誦シ畢《をはり》テ、今半分ヲ不読誦《どくじゆせ》ズシテ死《しに》タリ。然レバ、其レヲ誦シ満《み》テムガ為《ため》ニ此ノ所ニ住《ぢう》セリ。既ニ誦シ満テムトス。[一七]残リ幾《いくばく》ニ非ズ。今年許此《ばかりここ》ニ可住《ぢうすべ》キ也。其ノ後ニハ[一八]兜率天《とそつてん》ノ内院ニ生《うま》レテ[一九]慈氏尊《じしそん》ヲ見奉ラムトス」ト云フ、ト見テ夢覚《さめ》ヌ。

其ノ後、一叡屍骸《しにかばね》ヲ礼拝シテ、所ヲ立《たち》テ熊野ニ詣《まうで》ヌ。後《のち》ノ年、其ノ所ニ行テ屍骸

一　遺骸。→二一八頁注三。
二　「列」は「列」と通用。白骨が全てつながったまま離れずにあった。験記「身体全連更不㆓分散㆒」。
三　生々しくて、生きている人の舌のようである。験記「見㆓髑髏㆒、其口中有㆑舌。赤鮮不㆑損」。
四　不思議だと思って。
五　それでは。以下は験記「壱睿見㆑之、起居礼拝不㆑堪㆓感悦㆒、其日止住」を敷衍した叙述。
六　感動に胸を打たれ貴くて。
七　底本に空白はないが、もとは欠字があったと推定する。一見、日数の明記を期した意識的欠字のように見えるが、験記「其日止住」を参考にすれば、底本の祖本の破損に因る欠字で、もとは「其」とあった可能性が大。
八　験記「夜明之剋」。→二二一頁注三三。
九　底本「本縁ノ」を訂した。字類抄「本縁コトノモト」。ことの起こり。由来。縁起。
一〇　験記では霊が即答しており、重ねて一泊した記事はない。→次注。
一一　験記では夢告ではなく霊と直接対話している。本書の撰者には神仏の託宣や霊の告げ等は覚めた意識下ではなく夢の中でこそ聞けるという思想が強固にあったらしく、原典をこのように改変した例が散見する。→三〇三頁注二五。
一二　比叡山。
一三　→地名「東塔」。
一四　伝未詳。

ヲ尋ネ見ルニ、更ニ無シ。亦、二〇夜《よ》ル留《とどまり》テ聞クト云ヘドモ、其ノ音不聞《こゑきこえ》ズ。一叡此レヲ思フニ、「夢ノ告《つげ》ノ如クニ兜率天ニ生《しやう》ジニケリ」ト知《しり》テ、泣々《なくな》ク其ノ跡ヲ礼拝シテ返《かへり》ニケリ。

其ノ後、世ニ広ク語リ伝フルヲ聞キ継《つぎ》テ語リ伝ヘタルトヤ。

長楽寺僧《ちやうらくじのそう》、於山見入定尼語《やまにしてにふぢやうのあまをみたること》第十二

今昔《いまはむかし》、京ノ東山ニ二一長楽寺《ちやうらくじ》ト云フ所有リ。其ノ所ニ仏ノ道ヲ修行スル僧有ケリ。花ヲ採《つみ》テ仏ニ奉ラムガ為《ため》ニ、山深ク入《いり》テ峰々谷々ヲ行ク間ニ、日晩《く》レヌ。然レバ、二二樹《うゑき》ノ下《もと》ニ宿《やどり》シヌ。

二三亥《ゐ》ノ時許《ばかり》ヨリ、宿《やどり》セル傍《かたはら》ニ細ク幽《かすか》ニ貴キ音《こゑ》ヲ以テ二四法花経《ほくゑきやう》ヲ誦《じゆ》スル音《こゑ》ヲ聞ク。僧、奇異也ト思《おもひ》テ、終夜聞《よもすがらきき》テ思ハク、「昼ハ此ノ所ニ人無カリツ。二五仙人ナド有ケルニヤ」ト、心モ不得《え》ズ、貴ク聞キ居タル間ニ、夜二六漸《やうや》ク二七曙《あ》ケ二八白《し》ラム程ニ、此ノ音《こゑ》ノ聞《きこ》ユル方《かた》ヲ尋《たづね》テ漸ク歩《あゆ》ミ寄《より》タルニ、地ヨリ少シ高クテ見ユル者有リ。「何者ノ居タルニカ有ラム」ト見ル程ニ、二九白々《しらしら》ト曙《あけ》ヌ。三〇早ウ、三一巌《いはほ》ノ苔蒸《こけむ》シ蕀《むばら》這ヒ懸《かかり》タル也ケリ。「三二尚《な》ヲ《ほ》此ノ経ヲ誦シツル音《こゑ》ハ何方《いつかた》ニカ有《あり》ツラム」ト怪《あやし》ク思《おもひ》テ、「若《も》シ此ノ巌ニ仙人ノ居

一五 思いがけなく。はからずも。
一六 ところが。
一七 残りは僅かです。今年だけここにとどまることになるでしょう。
一八 →地名「兜率天」。
一九 →人名「弥勒菩薩」。
二〇 以下は本話が付加した叙述。

第十二話　出典未詳。
二一 →地名「長楽寺」。
二二 字類抄「樹 ウヘキ」。樹木。
二三 午後十時頃。
二四 →一五四頁注七。
二五 →二〇一頁注三九。
二六 しだいに。徐々に。
二七 →二二一頁注三三。
二八 「ラ」は「白(らし)」の捨仮名。明るくなる頃に。
二九 しだいに明るくなって、すっかり夜が明けてしまった。
三〇 多く「也ケリ」と呼応して、それまで気がつかなかった事実に気がついたことを示す。実は。いや驚いたことに。
三一 苔が生え、茨がまつわりついている岩であった。
三二 それにしても。

テ誦シケルニヤ」ト[一]悲ク貴クテ、暫《しばら》ク[二]守《まぼ》リ立《たて》ル程ニ、此ノ巌俄《に》ハカニ動《はたら》ク様ニシテ高《た》カク成ル。奇異也ト見ル程ニ、人ニ成《なり》テ立チ走《はしり》ヌ。見レバ、年六十許《ばかり》ナル女法師ニテ有リ。立ツニ随《したがひ》テ蕢《むばら》ハ[三]汒ゝ《ばうばう》ト成テ皆切レヌ。

僧此レヲ見テ恐レ乍《なが》ラ、「此《こ》ハ何《いか》ナル事ゾ」ト問ヘバ、此ノ女法師泣ゝ《なくな》ク答テ云ク、「我レハ多《おほく》ノ年ヲ経テ此ノ所ニ有ツルガ、愛欲ノ心発《おこ》ス事無シ。而《しか》ルニ、只今、汝ガ来《きたれ》ルヲ見テ[四]「彼《あ》レハ男カ」ト見ツル程ニ、[五]本《もと》ノ姿ニ成ヌル事ノ悲キ也。[六]尚《なほ》人ノ身許弊《ばかりつたな》キ物無カリケリ。[七]今亦《また》過ギヌル年ヨリ久《ひさし》ク有テゾ本ノ如ク可成《なるべ》キ」ト云テ、泣キ悲ムデ、山深ク歩《あゆ》ビ入《いり》ニケリ。

其ノ僧長楽寺ニ返《かへり》テ[八]語《かたり》タリケルヲ、其ノ僧ノ弟子ノ聞《きき》テ世ニ語リ伝ヘタル也。

此レヲ聞クニ、[九]入定《にふぢやう》ノ尼ソラ[一〇]如此《かくのごと》シ。[一一]何況《いかにいはむ》ヤ世間《よのなか》ニ有ル女ノ罪何許《いかばかり》ナルラム、可思遣《おもひやるべ》シトナム語リ伝ヘタルトヤ。

出羽国竜花寺妙達和尚語《いではのくにのりうぐゑじのめうだつくわしやうのこと》第十三

今昔《いまはむかし》、出羽《いでは》ノ国ニ[一二]竜花寺《りうぐゑじ》ト云フ寺有リ。其ノ寺ニ[一三]妙達和尚《めうだつくわしやう》ト云フ僧住《すみ》ケリ。其[一四]ノ寺ノ和尚ナルベシ。身清クシテ[一五]心直《うるは》シ。亦《また》、常ニ[一六]法花経《ほくゑきやう》ヲ読誦《どくじゆ》シテ年ヲ積《つめ》リ。

一 心を打たれ貴くて。 二 見守って立っているうちに。 三 「汒ゝ」は「茫々」に通用か。「茫々」は、「草茫々」のごとく、草などが乱れて多く生えているさまの形容。即ち、それまで岩(実は女法師)に網をかぶせたように密着していた茨が、立つにつれて次第に切れて、乱れ髪のように跳ね上がり(茫々となり)、ついには全て切れてしまったというのであろう。 四 あれは男性か。異性を意識する俗念が起こったのである。 五 入定する前の、女の姿。 六 やはり人間の身ほど罪深いものはありませんね。「ケリ」は詠歎。 七 これからまた元のようになるには、これまで以上の年月がかかるでしょう。 八 「語(か)タリケルヲ」と訓むこともできる。 九 禅定に入ること。結跏趺坐して定印を結び、妄念を去り心を統一して散乱させない状態になること。 一〇 →一〇九頁注二〇。 一一 まして俗世間にいる女の罪はどれほど深いことか、考えてみるがよい。

第十三話 出典は法華験記・上・8。元亨釈書・十九・妙達に同話がある。 一二 所在未詳。験記「出羽国田川郡布山(彰考館本「南山」)竜華寺」。僧妙達蘇生注記には閻魔王から妙達への宣の文中に「汝居住国川野郡南山」云々とある。「国川野郡」は正しくは「田川の郡」か。田川郡は出羽三山の一つ湯殿山の勢力範囲であった。本話は修験道に関係があるらしい。→地名「竜花寺」。 一三 →人名「妙達」。 一四 験記には見えな而《しか》ルニ、一七天暦《てんりやく》九年ト云フ年、身ニ病《やまひ》無クシテ、手ニ経ヲ捲《にぎ》リ乍《なが》ラ一八俄《にはか》ニ死《しに》ヌ。一九日次《ひなみ》不宜《よろしから》ザルニ依《より》テ、弟子等此レヲ忌《いみ》テ七日不葬《さうせ》ズ。二〇七日ト云フニ活《よみがへり》ヌ。二一弟子ニ告《つげ》テ云《いは》ク、「我レ死《しに》テ二二琰魔王《えんまわう》ノ宮《みや》ニ行キ至《いた》ル。王、座ヨリ下リ給《たまひ》テ我レヲ礼拝シテ告《つげ》テ宣《のたま》ハク、「二三命不尽《つき》ザル者ハ此《ここ》ニ不来《きたら》ズ。汝《なむ》ヂ未ダ命不尽《つき》ズト云ヘドモ、我レ汝ヲ二四請《しやう》ゼリ。其ノ故《ゆゑ》ハ、汝ヂ偏《ひとへ》ニ法花経ヲ持《たもち》テ二五濁世《ぢよくせ》ニ二六法ヲ護《まぼ》ル人ト有リ。此ノ故ニ、我レ汝ニ向《むかひ》テ日本国ノ中ノ衆生《しゆじやう》ノ善悪ノ所行《しよぎやう》ヲ令説聞《とききかし》メム。汝ヂ不忘《わすれ》ズシテ本国《もとのくに》ニ返《かへり》テ、吉《よ》ク善ヲ勧《すす》メ悪ヲ止《とど》メテ衆生ヲ利益《りやく》セヨ二七」ト宣テ、返《かへ》シ遣《つかは》セルナリ二八」ト語ル。

此ノ事ヲ聞ク人、多ク悪心ヲ止《とど》メテ出家入道スル者多カリ。或《あるい》ハ仏像ヲ造《つく》リ、経巻ヲ写シ、或ハ二九塔婆《たふば》ヲ起《たて》、堂舎ヲ造ル者無限《かぎりな》シ。

和尚《くわしやう》生《いき》タル間、法花経ヲ読誦スル事更ニ不怠《おこたら》ズ。遂《つひ》ニ命終ル時ニ臨《のぞみ》テ、手ニ香炉《かうろ》ヲ取《とり》テ仏ヲ廻《めぐ》リ奉リ礼拝スル事百八反《へん》、其ノ後、三〇面《おもて》ヲ地ニ付《つけ》テ掌《たなごころ》ヲ合セテ失《うせ》ニケリ。

必ズ極楽ニ生《うま》レタル人トナム語リ伝ヘタルトヤ。

い記事。この「和尚」は住職の意か。
一五 心が真っ直ぐで歪みがないこと。験記「和尚心行清浄、無レ所二染着一。戒行堅持、鎮怖二罪業一」。 一六 →一五四頁注七。
一七 九五五年。 一八 急死した。但し、験記「俄示二入滅一」は修験者が所謂入定の相を示したことをいうか。→次注。
一九 日がらがよくなかったので。験記には見えない記事。蘇生するまで遺骸が葬られずに置いてあった理由を、撰者が「合理」的に説明しようとしたもの。但し、この話本来の主題からは乖離した操作である。 二〇 死後七日目に蘇生した。
二一 験記は、以下、冥途での出来事をまず地の文で描写し、最後に「妙達和尚死逕二七日一甦生已、始語二冥途作法閻王所説一」と結んでいるが、本話はこの構成を改め、始めから回想談として語っている。同様の改変は巻一三・35、巻一六・36等でも認められる。 二二 →人名「閻魔王」。
二三 寿命がまだ尽きていない者。
二四 招請した。招いた。 二五 濁り汚れた世。人間界をさす。 二六 仏法を護持する人として存在している。仏法の護持者である。験記「濁世護二正法一人」。
二七 験記は、この後に「其善悪人如二別伝註一」とある。この「別伝」に関係するかと思われる資料に僧妙達蘇生注記や三宝絵観智院本中巻末に「或本云」として付載する「妙達和尚ノ入定シテヨミガヘリタル記」などがある。 二八 底本「セルトナリ」を訂した。 二九 率都婆。→一五五頁注九。 三〇 顔を地につけて。験記「頭面着レ地、合掌捧レ頂、気絶入滅矣」。

加賀国《かがのくにの》翁和尚《おきなくわしやう》、読誦法花経語《ほくゑきやうをどくじゆせること》第十四

今昔《いまはむかし》、加賀《かが》ノ国ニ翁和尚《おきなくわしやう》[一]ト云フ者有ケリ。心正直《しやうぢき》ニシテ永ク諂曲《てんごく》[二]ヲ離レタリ。日夜寤寐《ごび》[三]ニ法花経《ほくゑきやう》[四]ヲ読誦《どくじゆ》シテ更ニ余《ほか》ノ思ヒ無シ。形《かたち》[五]俗也ト云ヘドモ、所行《しよぎやう》貴キ僧ニ不異《ことなら》ズ。然レバ、其ノ国ノ人此レヲ名付《なづけ》テ翁和尚ト云フ。

衣食《えじき》[六]ノ便《たより》無クシテ、人ノ[七]訪《とぶら》ヒヲ期《ご》スレバ、常ニ乏《ともし》キ事無限《かぎりな》シ。若《も》シ食物《じきもつ》有ル時ハ、即チ山寺ニ持行《もてゆき》テ、其レヲ便《たより》トシテ籠居《こもりゐ》テ法花経ヲ読誦ス。食物失《うせ》ヌレバ、亦《また》里ニ出《い》デ、居タリト云ヘドモ、経ヲ読ム事不怠《おこたら》ズ。如此《かくのごと》クシテ十余年[八]ヲ過《すぐ》ルニ、身貧クシテ一塵《いちぢん》[九]ノ貯《たくは》ヘ無シ。只身ニ随《したがひ》テ持タル物ハ法花経一部也。只山寺・里ニ往返《わうばん》[一〇]シテ棲《すみか》ヲ不定《さだめ》ズ。

而《しか》ル間、和尚法花経ヲ読誦スル事隙《ひま》無クシテ、心ニ請《こ》ヒ願ヒケル様《やう》、「我レ年来《としごろ》法花経ヲ持《たも》チ奉ル。此レ現世《げんぜ》[一一]ノ福寿ヲ願フニ非ズ。偏《ひとへ》ニ後世菩提《ごせぼだい》[一二]ノ為《ため》也。若《も》シ此ノ願《ねがふ》所可叶《かなふべ》クハ、其ノ霊験ヲ示シ給ヘ」ト。而《しか》ル間、経ヲ誦《じゆし》ツル時ニ、我ガ口ノ中ヨリ一《ひとつ》ノ歯欠《か》ケテ経ノ上ニ落《おち》タリ。驚テ取テ見レバ、歯ノ欠《かけ》タルニハ非ズシテ仏ノ[一三]舎利《しやり》一粒《ひとつぶ》[一四]也。此レヲ見テ、泣〻《なくな》ク喜ビ貴《たふとび》テ、安置シテ礼拝ス。其後、亦経ヲ誦スル

第十四話　出典は法華験記・下・109。

一 伝未詳。
二 他におもねり、自らの心の虚偽を隠して、ねじ曲げること。
三 寝ても覚めても。
四 →一五四頁注七。
五 姿は俗人であったが、行ないは貴い僧と同様であった。験記「身雖㆑在㆑俗、作㆑法似㆑僧。依㆑之時人称㆓翁和尚㆒」。
六 衣食を調達する手立てがなくて。
七 人の寄進をあてにしていたので。
八 験記「歴㆓数十年㆒」。
九 少しの。塵ほどの。
一〇 行ったり来たりして。験記「不㆑定㆓住処㆒、往㆓還山里㆒」。
一一 この世での幸福と長寿。
一二 来世での成仏。極楽往生。
一三・一四 →一〇三頁注二一・二二。
一五 自分が成仏できる前兆である。

時ニ、如此《かくのごと》クノ口ノ中ヨリ舎利出《いで》給フ事、既ニ両三度ニ成《なり》ヌ。然レバ、和尚大ニ喜《よろこび》テ、「此レ偏《ひと》ヘニ法花読誦ノ力ニ依《より》テ、[一五]我菩提《わがぼだい》ヲ可得瑞相《うべきずいさう》也」ト知《しり》テ、弥《いよい》ヨ読誦不怠《おこたら》ズ。

而間《しかる》、遂《つひ》ニ最後ノ時ニ臨《のぞみ》テ、和尚[一六]往生寺《わうじやうじ》ト云フ寺ニ行《ゆき》テ、[一七]樹《うゑき》ノ下《もと》ニ独《ひと》リ有テ、身ニ痛ム事無ク、心ニ乱ル、事無クシテ法花経ヲ誦ス。命終ル時ニハ、[一八]寿量品《じゆりやうほん》ノ偈《げ》[一九]ノ終リ、「[二〇]毎自作是念《まいじさぜねん》　以何令衆生《いかりやうしゆじやう》　得入無上道《とくにふむじやうだう》　速成就仏身《そくじやうじゆぶつしん》」ト云フ所ヲ誦シテ、[二一]心不違《たがは》ズシテ失《うせ》ニケリ。此レヲ見聞ク人、「此レ偏《ひとへ》ニ法花経ヲ年来《としごろ》読誦スル力ニ依《より》テ、浄土《じやうど》ニ生《うま》レヌル人也」トナム云ヒケル。

然レバ、出家ニ非ズト云ヘドモ、只[二二]心ニ可随《したがふべ》キ也トナム語リ伝ヘタルトヤ。

東大寺僧仁鏡《とうだいじのそうにんきやう》、読誦法花語《ほくゑをどくじゆせること》第十五

今昔《いまはむかし》、[二三]東大寺ニ[二四]仁鏡《にんきやう》ト云フ僧有ケリ。其ノ父母《ぶも》初《はじ》[二五]メ寺ノ辺《ほとり》ニ住《すみ》テ、子無キニ依《より》テ子ヲ儲《まう》ケム事ヲ請《こ》ヒ願《ねがひ》テ、其ノ寺ノ[二六]鎮守《ちんじゆ》ニ祈請《きしやう》シテ云《いは》ク、「若《も》シ我レ男子《をのこご》ヲ儲ケタラバ、僧ト成シテ仏ノ道ヲ令学《がくせし》メム」ト。其ノ後、幾《いくばく》ノ程ヲ不経《へず》シテ[二七]懐任《くわいにん》シテ令生《うましめ》タル子、仁鏡此レ也。

一六 所在未詳。験記「臨二往山寺一」（彰考館本は「臨往生与」）を誤解したか。
一七 →二二三頁注二一。
一八 法華経・六・如来寿量品。
一九 仏を賛美し仏教の教理を説く韻文体の経文。偈頌。
二〇 私（仏）は常にこのように思っている。何とかして衆生を無上の仏道に導き、早く成仏させてやりたいと。この四句は寿量品の偈の末尾であり、同品の末尾でもある。第三、四句は巻一二・37にも引用されている。
二一 正念を乱さないで。
二二 往生の可否は法華経を読誦する心のひたみちさによる。在家であっても信心が深ければ往生できる。「可随シ」は勧誘・命令ではなく、確信を持った推量ととる。本話の「翁和尚」は在家の所謂俗聖であったことに注目。

第十五話　出典は法華験記・上・16。元亨釈書・十一・仁鏡に同話がある。

二三 →地名「東大寺」。
二四 伝未詳。
二五 寺辺に住んでいたことは験記には見えない。寺の鎮守に祈った理由を明示するために付加した叙述。
二六 地霊を鎮め、その地域を守護する神。ここでは寺域の守護神。東大寺の鎮守は手向山八幡宮。験記「伽藍神社」。
二七 「懐妊」に同じ。→一〇三頁注一四。

仁鏡、年九歳ニシテ、願《ねがひ》ノ如ク寺ノ僧ニ付《つき》テ[一]法ノ道ヲ令学《がくせし》ム。初メ[二]法花経《ほくゑきやう》ノ[三]観音《くわんおん》品《ぼん》ヲ習フニ随《したがひ》テ悟《さとり》テ一部ヲ習畢《ならひをはり》ヌ。亦、余経《ほかのきやう》ヲ習ヒ法文《ほふもん》ヲ学《がく》スルニ、[四]皆足《た》レリ。亦《また》、[五]持《ぢ》戒《かい》ニシテ犯ス事無シ。[六]亦、深キ山ニ籠居《こもりゐ》テ[七]一夏《いちげ》ヲ勤メ行フ事十余度也。[八]遂《つひ》ニ年八十ニ及《および》テ残《のこり》ノ年不幾《いくばくなら》ズ。然レバ、「浄《きよ》キ所ヲ尋《たづね》テ最後ノ棲《すみか》ト為《せ》ムト思フニ、[九]愛宕護《あたご》ノ山ハ[一〇]地蔵・[一一]竜樹《りうじゅ》ノ在《まします》所也。[一二]震旦《しんだん》ノ[一三]五台山《ごだいさん》ニ不異《ことなら》ズ。然レバ、其ノ所ヲ以テ最後ノ所ト為《せ》ム」ト思テ、[一四]愛宕護ニ行《ゆき》テ、[一五]大鷲峰《おほわしのみね》ト云フ所ニ住《すみ》ヌ。日夜ニ法花経ヲ読誦シテ、[一六]六時ニ[一七]懺法《せんぼふ》ヲ行《おこな》フ。

而間《しかる》、衣《え》服《ぶく》ヲ不求《もとめ》ズ、食物《じきもつ》ヲ不願《ねがは》ズ、破《やぶれ》タル[一八]紙衣《かみぎぬ》・荒キ[一九]布ノ衣ヲ着タリ。或《あるい》ハ破タル蓑《みの》ヲ覆ヒ、或ハ鹿ノ皮ヲ纏《まと》ヘリ。人見ルト云ヘドモ此ヲ不恥《はぢ》ズ。寒サヲ忍ビ熱《あつさ》ヲ堪《た》ヘテ、[二〇]日ノ食《じき》ヲ不思《おもは》ズ。[二一]粥一坏《かゆひとつき》ヲ呑《のみ》テ二三日ヲ過《すぐ》ス。或《ある》時ハ夢ノ中ニ[二二]師子《しし》来《きたり》テ[二三]□レ近付《ちかづ》ク。或時ニハ夢ノ中ニ[二四]白象来《びやくざうきたり》テ随《したが》ヒ[二五]□フ。「此レ定《さだめ》テ[二六]普賢《ふげん》・[二七]文殊《もんじゅ》ノ護《まぼ》リ給フ也」ト知《しり》ヌ。如此《かくのごと》クシテ修行スル間ニ、遂《つひ》ニ年百二十七ニシテ、心[二八]不違《たがはず》シテ法花経ヲ誦《じゅ》シテ失《うせ》ニケリ。

其ノ後、其ノ所ニ[二九]一人《ひとりの》老僧有リ。夢ニ、失《うせ》ニシ仁鏡聖人、手ニ法花経ヲ捧《ささげ》テ、虚《こ》空《くう》ニ昇《のぼり》テ云ク、「我レ今、[三〇]兜率天《とそつてん》ノ内院ニ生《うま》レテ[三一]弥勒《みろく》ヲ見奉ムトス」ト告《つげ》テ昇ヌ、トゾ見ケル。

一 仏法の道。仏道。 二 →一五四頁注七。 三 法華経・八・観世音菩薩普門品。観世音菩薩の名を受持することの功徳や、同菩薩が三十三の身に変化して衆生を救済することなどを説く。観音経。 四 全て充分に理解した。 五 戒律を守って破ることがなかった。 六 験記はこの後に「日日持斎、午後不レ食。復有二修験一、護法随レ召」の句がある。 七 夏季の九十日間(四月十六日から七月十五日まで)を限って一定の場所に住して修行に精進すること。もとインドの雨期の期間の修行に由来する。一夏九旬。夏安居。験記「作二九旬勤一数十余度」。 八 験記はこの後に「香火滅尽有二持レ火人一、雖レ見二手臂一不レ見二其体一。或時深夜欲レ洗レ手。時傾二写水瓶一無二一滴水一。欲レ汲二谷水一瓶水自満」の句がある。 九 底本「愛岩護ノ山」を訂した。験記「夫愛太子山地蔵竜樹久住利生処」。→地名「愛宕護ノ山」。 一〇 愛宕権現の本地は地蔵(中世には勝軍地蔵)であり、本尊地蔵菩薩の脇士には毘沙門天と竜樹が祀られていた。 一一 →人名「竜樹」。 一二 中国の異称。 一三 験記「不レ異二唐朝文殊影向五台山一矣」。→地名「五台山」。 一四 底本「愛岩護」を訂した。 一五 →地名「大鷲峰」。 一六 →一八九頁注二四。 一七 法華懺法。法華経を読誦して罪障を懺悔する法要。 一八 厚手の白紙に柿渋を塗ってもみやわらげて着物に仕立てたもの。紙子(かみこ)。 一九 →二四五頁注三〇。 二〇 毎日の食事。 二一 験記「飲二一盃粥一逕二三四日一、煎二一盃茶一過二数日夜一」。粥については、→一八五此ヲ聞ク人、皆貴ビケリトナム語リ伝ヘタルトヤ。

比叡山僧光日《ひえのやまのそうくわうにち》、読誦法花語《ほくゑをどくじゆせること》第十六

今昔《いまはむかし》、比睿《ひえ》ノ山ノ東塔《とうたふ》[三二]ニ千手院《せんじゆゐん》[三三]ト云フ所ニ、光日《くわうにち》[三四]ト云フ僧住《すみ》ケリ。幼ニシテ山ニ登《のぼり》テ出家シテ、師ニ随《したがひ》テ法花経《ほくゑきやう》[三五]ヲ受ケ習ハムト為《す》ルニ、愚痴《ぐち》[三六]ニシテ習ヒ得ル事ヲ不得《え》ズ。然レバ、三宝[三七]ニ強《あながち》ニ祈請《きしやう》シテ一部ヲ習ヒ得タリ。其ノ後、梅谷《うめたに》[三八]ト云フ所ニ籠居《こもりゐ》テ、年来《としごろ》法花経ヲ読誦《どくじゆ》シテ、専《もはら》ニ仏道ヲ修行ス。而《しか》ル間、霊験掲焉《けちえん》[三九]ナル事頻《しきり》ニ有《あり》テ、漸《やうや》ク其ノ聞《きこ》エ高ク成《なり》ヌ。此レニ依《より》テ、中関白殿《なかのくわんばくどの》[四〇]ノ北《きた》ノ政所《まんどころ》、光日聖人《しやうにん》ヲ令帰依《きえせし》メ給テ、日《ひ》ノ供[四一]幷《ぐならび》ニ衣服《えぶく》ヲ常ニ与ヘ給フ。

而ル間、光日聖人漸《やうや》ク老《おい》ニ臨《のぞみ》テ、愛宕護《あたご》[四二]ノ山ニ移リ住《ぢう》シヌ。其ノ所ニシテ日夜ニ法花経ヲ読誦シテ修行不怠《おこたら》ズ。[四三]而ル間、宿願有ルニ依テ八幡宮[四四]ノ宝前[四五]ニ参詣ス。宝前ニシテ夜《よ》ル法花経ヲ読誦スルニ、傍《かたはら》ニ人有リ。其ノ人ノ夢ニ、宝殿[四六]ノ内ヨリ天童[四七]八人出来《いできたり》テ、此ノ傍ニ経ヲ誦《じゆ》スル僧ヲ礼拝シテ、香ヲ焼《た》キ花ヲ散《ちら》シテ舞《まひ》イ遊ブ。亦《また》、宝殿ノ内ヨリ音《こゑ》ヲ出《いだ》シテ宣《のたま》ハク、「如是聖者《によぜしやうじや》[四八] 必定作仏《ひつぢやうさぶつ》 昼夜光明《ちうやくわうみやう》 冥途《めいど》耀日《えうにち》」ト宣《のたま》フ、ト見テ夢覚《さめ》ヌ。見レバ、此ノ[四九]僧法花経ヲ誦《じゆ》シテ傍ニ居タリ。此ノ[五〇]人僧ニ夢ノ

頁注三八。 二一 獅子は文殊の乗物。 二二 底本欠字。その祖本の破損に因るか。験記「或時師子常来馴親」。 二四 白象は普賢の乗物。 二五 底本欠字。その祖本の破損に因るか。験記「或白象来昼夜宿直」。 二六 →人名「文殊菩薩」。 二七 →人名「普賢菩薩」。 二八 臨終に正念を失わず。 二九 験記「故老夢云」。 三〇 →地名「兜率天」。 三一 →人名「弥勒菩薩」。

第十六話 出典は法華験記・上・21。
三二 →地名「東塔」。 三三 →地名「千手院」。
三四 伝未詳。 三五 →一五四頁注七。
三六 愚かなこと。三毒の一。 三七 仏・法・僧。ここでは仏の意。 三八 →地名「梅谷」。 三九 著しいこと。顕著なこと。
四〇 藤原道隆。→人名「道隆」。 四一 毎日の供物(食事)。 四二 底本「愛岩護ノ山」を訂した。→地名「愛宕護ノ山」。
四三 験記「妙法巻数及㆓万余部㆒。籠居精進逕㆓数十年㆒」。 四四 石清水八幡宮。→地名「石清水(いはしみづ)」。 四五 神前。社前。
四六 神殿。社殿。 四七 童子姿の天人。
四八 このような聖者は、必ず成仏して、昼となく夜となく光明を放って、冥途を照らす日となるであろう。光日の名に掛けた賛嘆の言葉。験記は下句「長夜光明、冥途曜日」。 四九 光日をさす。「光日」とはせず「此ノ僧」としているのは、この夢を見た人はまだ光日の名を知らなかったはずという意識に基づく。即ち、地の文でありながら夢を見た人の側に立った表現になっている。
五〇 以下、「返ニケリ」までは、験記に見

事ヲ語《かたり》テ、僧ヲ礼拝ス。光日モ此事《このこと》ヲ聞《きき》テ、泣〻《なくな》ク礼拝シテ愛宕護[一]ニ返《かへり》ニケリ。

其後、[二]齢漸《よはひやうや》ク傾《かたぶき》テ命終ル時ニ臨《のぞみ》テ、慥《たしか》ニ法花経一部ヲ誦シ畢《をはり》テ失《うせ》ニケリ。

此レヲ思フニ、必ズ浄土《じやうど》ニ生《うまれ》タル人也トナム語リ伝ヘタルトヤ。

雲浄持経者《うんじやうぢきやうじや》、誦法花免蛇難語《ほくゑをじゆしてへみのなんをまぬかれたること》 第十七

今昔《いまはむかし》、[三]雲浄《うんじやう》ト云フ[四]持経者《ぢきやうじや》有ケリ。若《わかく》ヨリ日夜ニ[五]法花経《ほくゑきやう》ヲ[六]読誦《どくじゆし》テ年ヲ積メリ。

而《しか》ル間、「国〻ニ行テ所〻ノ[七]霊験ヲ礼《をが》マム」ト思《おもひ》テ、[八]熊野ニ詣《まうづ》ルニ、[九]志磨《しま》ノ国ヲ過《すぐ》ル間ニ、日暮レテ忽《たちまち》ニ可行宿《ゆきやどりすべ》キ所無シ。而ルニ、大海ノ辺《ほとり》ニ高キ岸[一〇]有リ。其ノ岸ニ大《おほき》ナル巌《いはほ》ノ洞《ほら》有リ。其ノ洞ニ入《いり》テ宿《やどり》シニケリ。[一一]此レ遥《はるか》ニ[一二]人離レタル界《さかひ》也。洞ノ岸ノ上ニ多《おほく》ノ木隙《ひま》無ク生《お》ヒ繁《しげ》リタリ。雲浄洞《ほら》ノ内ニ居テ、心[一三]ヲ至《いた》シテ法花経ヲ誦《じゆ》ス。洞ノ内[一四]生臭《なまぐさ》キ事無限《かぎりな》シ。然レバ、此《これ》ヲ恐ル丶間、夜半許《ばかり》ニ[一五]微風吹《こかぜふき》テ不例《れいなら》ヌ気色《けしき》也。生臭キ香《か》弥《いよい》ヨ増サル。雲浄驚キ怖《おそ》ルト云ヘドモ、忽《たちまち》ニ可立去《たちさるべ》キ方《かた》無シ。暗夜《くらきよ》ニシテ東西ヲ見ル事無シ。只大海ノ波ノ立ツ音許《ばかり》ヲ聞ク。而ル間、洞ノ上ヨリ大《おほき》ナル者来《きた》ル。[一六]驚キ怪《あやしみ》テ能《よ》ク見レバ、大ナル毒蛇也ケリ。洞ノ口ニ有テ雲浄ヲ呑《のみ》テムトス。雲浄此ヲ見テ、「[一七]我レ此《ここ》ニシテ毒蛇ノ為《ため》ニ忽ニ命ヲ棄《すて》ムトス。但シ、我レ法花ノ力

えず、本話が付加した叙述。

一 底本「愛岩護」を訂した。
二 しだいに年老いて、臨終を迎えた時には。験記「乃至齢尽去二此界一時」。

第十七話 出典は法華験記・上・14。元亨釈書・九・雲浄に同話がある。
三 伝未詳。 四 →二二一頁注二六。
五 →一五四頁注七。 六 底本「誦」の下に「シ」と傍書。 七 霊験所。霊験の著しいとされる寺社や霊場。 八 →地名「熊野」。
九 志摩国。現、三重県志摩半島。
一〇 地面の切り立った所。がけ。験記「到二於海岸一、無人之境。宿二大岩洞一」。
一一 底本は「リ」が欠脱。諸本により訂した。 一二 人里を離れたところである。
一三 まごころこめて。一心不乱に。
一四 験記「其地極臭腥臊」。
一五 以下、毒蛇の出現に至る状況は、験記「纔至二夜半一、風吹灑レ雨、作法背レ常。温気当レ身、臭香弥増」を敷衍したもの。このように危機を孕み切迫した場面になると敷衍や付加が顕著に見られるのは、本書の漢文文献依拠説話に共通して認められる特徴。なお、微風が吹き、ただならぬ気配となる様子は巻一三・1に酷似する描写がある。→二〇〇頁注八。
一六 (現れたものの正体がわからず)驚き怪しんで、目を凝らして見ると。験記は「即大毒蛇開レ口欲レ呑」と、いきなり毒蛇の出現を語っている。→前注。
一七 験記「比丘見已於レ是定レ死、弥発二信心一誦二法華経一。願依二経力一、命終決定、

ニ依《より》テ、悪趣《あくしゆ》ニ不堕《おち》ズシテ、浄土《じやうど》ニ生《しやう》ゼム」ト思テ、心ヲ至シテ法花経ヲ誦《じゆ》ス。其ノ時ニ、毒蛇忽《たちまち》ニ不見《みえ》ズ成《なり》ヌ。其ノ後、雨降リ風吹キ雷電シテ[一八]洪水《こうずい》上ノ山ニ満《みち》ヌ。良久《ややひさし》ク有テ、[一九]雨《あ》メ止ミ空《そ》ラ[二〇]晴《はれ》ヌ。

其ノ時ニ、[二一]一《ひとり》ノ人出来《いできたり》テ、洞《ほら》ノ口ヨリ入《いり》テ、雲浄ニ向《むかひ》テ居タリ。此レ誰人ト不知《しら》ズ。人可来《きたるべ》クモ無《なき》ニ此《か》ク人来《きた》レバ、「此《これ》ハ鬼神《きじん》ナドニコソハ有ラメ」ト思フニ、暗ケレバ其ノ姿ハ不見《みえ》ズ。弥《いよい》ヨ恐《お》ヂ怖《おそ》レテ有ル程ニ、此ノ人雲浄ヲ礼《らい》シテ云ク、「我レ此ノ洞ニ住《ぢう》シテ[二二]生類《しやうるい》ヲ害シ、此《ここ》ニ来《きた》ル人ヲ食《じき》シテ、[二三]既ニ多《おほく》ノ年ヲ経タリ。今亦《また》、聖人《しやうにん》ヲ呑《のま》ムト為《す》ルニ、聖人法花ヲ誦スル音《こゑ》ヲ聞クニ、我レ忽《たちまち》ニ悪心ヲ止《とど》メテ[二四]善心ニ趣《おもむ》キヌ。今夜ノ大雨・雷電ハ、此レ実《まこと》ノ雨ニ非ズ。我ガ二《ふたつ》ノ眼《まなこ》ヨリ流レ出《いづ》ル涙也。[二五]罪業《ざいごふ》ヲ滅スルガ故《ゆゑ》ニ、慚愧《ざんぎ》ノ涙ヲ流ス。此レヨリ後、我レ更ニ悪心ヲ不発《おこさ》ジ」ト云テ、[二六]搔消《かきけ》ツ様《やう》ニ失《うせ》ヌ。

雲浄、毒蛇ノ難ヲ免《まぬか》レテ、[二七]弥《いよい》ヨ心ヲ至シテ法花経ヲ誦シテ、彼ノ毒蛇ノ為《ため》ニ[二八]廻向《ゑかう》ス。毒蛇尚《なほ》此レヲ聞テ善心ヲ発《おこ》シケム。夜曙《あけ》ヌレバ、雲浄其ノ洞《ほら》ヲ立《たち》テ[二九]熊野ニ詣《まうで》ニケリ。[三〇]夜ノ雨風・雷電、其ノ洞ノ外《ほか》ニ更ニ無カリケリ。

此レヲ思フニ、[三一]如然《しかのごと》キノ不知《しらざ》ラム所ニハ不可宿《やどりすべから》ズト、雲浄ガ語《かたり》ケルヲ聞テ語リ伝ヘタルトヤ。

往㆓生浄土㆒、不㆑堕㆓悪趣㆒」。
一八 古典大系、古典全集とも話末近くの「夜ノ雨風・雷電、其ノ洞ノ外ニ更ニ無カリケリ」(注三〇)との不整合を問題にしつつ、洪水は雲浄が洞窟の中で想像したことであるから矛盾はしないと説く。しかし、たとえ想像にしても、洪水が「上ノ山ニ満ヌ」というのは状況として不自然であろう。験記「山水忽満、流㆑石浸㆑山」の上句を「山上忽満」と誤読ないし錯覚したことに原因するのであろうか。
一九 「メ」は「雨」の捨仮名。 二〇 「ラ」は「空」の捨仮名。 二一 以下、人が現れて事情を語るに至る状況は、験記「時、五品朝服人出来、敬屈作㆑礼而作㆓是言㆒」を敷衍したもの。相手の正体がわからず恐れる状況の設定は注一六に似る。
二二 生き物。 二三 験記「既及㆓万数㆒」。
二四 善心を持つようになりました。
二五 (これまでの)罪業を消去した(善心に立ち戻った)がゆえに、(これまでの自分を)恥じて悔いの涙を流したのです。験記「滅㆓悪業㆒故、流㆓発露涙㆒」。
二六 変化の者や隠身の聖者が突然姿を消し、あとかたもなくなる時の定型的表現。
二七 以下、本話の叙述は験記とは異なり、専ら事実譚として話を収束しようと試みている。験記「法師既免㆓大蛇毒害㆒、生㆓奇特念㆒、従㆑此已後倍発㆓道心㆒、繋㆓念一乗㆒、無㆓休息時㆒。毒蛇猶聞発㆓起善心㆒。況後人輩。若人不㆑信㆓此法華経㆒、当㆑知㆘不㆑久堕㆓落淤泥㆒、永無㆗出期㆖。如㆑是思惟、勧㆓他読誦㆒、自行化他、功徳円満、永帰㆓無常㆒焉」。 二八 →二〇〇頁注一八。

信濃国盲僧《しなののくにのまうそう》、誦法花開両眼語《ほくゑをじゆしてふたつのまなこをひらけること》 第十八

今昔《いまはむかし》、信濃《しなの》ノ国ニ二《ふたつ》[一]ノ目盲《しひ》タル僧有ケリ。名ヲバ妙昭《めうせう》[二]ト云フ。盲目《めしひ》也ト云ヘドモ、日夜ニ法花経《ほくゑきやう》[三]ヲ読誦《どくじゆ》ス。

而《しか》ルニ、妙昭、七月ノ十五日[四]ニ、金鼓《こんぐ》[五]ヲ打《うた》ムガ為《ため》ニ出《いで》テ行ク間、深キ山ニ迷《まど》ヒ入《いり》テ、一《ひとつ》ノ山寺ニ至《いたり》ヌ。其ノ寺ニ一人ノ住持《ぢうぢ》[六]ノ僧有リ。此ノ盲僧ヲ見テ、哀《あはれ》ムデ云《いは》ク、「汝《なむ》[七]ヂ何ノ故《ゆゑ》ニ来《きた》レルゾ」ト。盲僧答テ云ク、「今日、金鼓ヲ打ムガ為ニ只足ニ任セテ迷《まど》ヒ来《きた》レル也」ト。住持ノ云ク、「[八]汝ヂ此ノ寺ニ暫《しばら》ク居《ゐ》タレ。我レハ要事[九]有テ只今郷《さと》ニ出《い》デヽ、明日可返来《かへりきたるべ》キ也。我レ返《かへり》テ後、汝ヲ郷ニ送リ付《つけ》ム。若《もし》[一〇]其ノ前ニ独《ひと》リ出《い》デバ、亦《また》迷ヒナムトス」ト云テ、米少分《よねせうぶん》[一一]ヲ預ケ置《おき》テ出《いで》ヌ。

亦《また》[一二]人無キニ依テ、盲僧一人寺ニ留《とどまり》テ住持ヲ待ツニ、明《あく》[一三]ル日不来《きたら》ズ。「自然《おのづか》ラ郷《さと》ニ要事有テ逗留《とうりう》スルナリ」ト思テ過《すぐ》ルニ、五日不来《きたら》ズ。預ケ置《おき》ケル所ノ少米《すこしのよね》皆尽《つき》テ、食物《じきもつ》無シ。尚《なほ》、「今ヤ来《きた》ル」ト待ツ程ニ、既ニ二月不来《きたら》ズ。盲僧可為《すべ》[一四]キ方《かた》無クテ、只法花経ヲ読誦シテ仏前ニ有テ、手ヲ以テ菓子《くだもの》[一五]ノ葉ヲ捜《さぐ》リ取テ其ヲ食《くひ》テ過《すぐ》スニ、既ニ十一月ニ成《なり》ヌ。寒キ事無限《かぎりな》シ。雪高ク降リ積テ、外《と》ニ出《い》デヽ、木ノ葉ヲ捜リ取ルニ

二九 底本「態野」を訂した。
三〇 験記には見られない叙述。↓注二七。
三一 仏法とは直接関係のない極めて現実的な教訓の付加。本話の事実譚的な発想と密接に関係する。↓注二七。

第十八話 出典は法華験記・下・91。

一 両眼ともに失明した僧。験記「二目盲失不ㇾ見㆓物色㆒」。
二 伝未詳。
三 ↓一五四頁注七。
四 この日は夏安居(二二八頁注七)の終わる日であり、この日から僧の外出が許される。
五 金属製の叩き鉦。胸の前にかけて念仏称名しながら撞木で打つ。鉦鼓。ここでは、それを打って托鉢修行するために外出したことをいう。
六 住職。
七 験記ではこの問答がなくて、直ちに「汝ヂ此ノ寺ニ暫ク居タレ」以下の発言がなされている。↓次注。
八 験記「暫住㆓此寺㆒。後日送ㇾ里。我有㆓要事㆒今出ㇾ里。明日可ㇾ還。其間住ㇾ此」。
九 用事。
一〇 この句は験記には見えない。
一一 少量。験記「預㆓小米㆒了」。
一二 他に誰もいないので。この句は験記には見えない。

モ不能《あたは》ズ。餓《うゑ》ヘ死ナム事ヲ歎《なげき》テ、仏前ニシテ経ヲ誦《じゆ》スルニ、夢[一六]ノ如ク人来《きたり》テ告《つげ》テ云ク、「汝《なむ》ヂ歎ク事無カレ。我レ汝ヲ助ケム」ト云テ、菓子ヲ与フ、ト見テ覚《さ》メ驚ヌ。

其ノ後、俄《にはか》ニ大風吹《ふき》テ大《おほき》ナル木倒レヌト聞ク。盲僧弥《いよい》ヨ恐《おそれ》ヲ成シテ、心[一七]ヲ至シテ仏ヲ念ジ奉ル。風止ムデ後、盲僧庭ニ出デヽ捜《さぐ》レバ、梨子《なし》ノ木・柿ノ木倒レタリ。大ナル梨子・柿多ク捜リ取《とり》[一八]ツラム。此レヲ取テ食《く》フニ、其ノ味《あぢはひ》極《きはめ》テ甘《うまく》シテ、一二果ヲ食《くひ》ツルニ、餓《うゑ》ノ心皆止《やみ》テ食《じき》ノ思ヒ無シ。「此レ偏《ひとへ》ニ法花経ノ験力《げんりき》也」ト知《しり》テ、其ノ柿・梨子ヲ多ク捜リ取リ置テ日[一九]ノ食《じき》トシテ、其ノ倒レタル木ノ枝ヲ折取テ焼《たき》テ冬ノ寒サヲ過《すぐ》ス。

既ニ年明《あけ》テ、春二月許《ばかり》ニモ成《なり》ヌト思《おぼ》ユル程ニ、郷《さと》ノ人等《ら》此ノ山ニ自然《おのづか》ラ来《きた》ル。盲僧、「[二〇]人来《きたれ》ル也」ト喜ビ思フ程ニ、郷人《さとびと》等盲僧ヲ見テ問テ云ク、「[二一]彼《あ》レハ何者ゾ。何《いか》デ此《ここ》ニハ有ツルゾ」ト怪《あやし》ビ問ヘバ、盲僧前《さき》ノ事ヲ不落《おとさ》ズ語《かたり》テ、[二二]住持ノ僧ヲ尋《たづね》テ問フニ、郷人等答テ云ク、「其ノ住持ノ僧ハ去年ノ[二三]七月ノ十六日ニ、郷ニシテ俄《にはか》ニ死ニキ」ト。盲僧此レヲ聞テ泣キ悲ムデ云ク、「[二四]我レ此レヲ不知《しら》ズシテ、月来《つきごろ》不来《きたら》ザル事ヲ恨ミツ」ト云テ、郷人ノ共ニ付《つき》テ郷ニ出《いで》ヌ。

[二五]其ノ後、偏《ひとへ》ニ法花経ヲ読誦ス。而《しかる》間、病《やまひ》ニ煩フ人有テ、此ノ盲僧ヲ請《しやう》ジテ経ヲ令誦《じゆせし》メテ聞クニ、病即チ愈《いえ》ヌ。此レニ依テ、諸《もろもろ》ノ人盲僧ヲ帰依《きえ》スル事無限《かぎりな》シ。

一三 以下、「明ル日」「五日」「三月」と帰らぬ住持を待ちつつ過ぎて行く困窮の月日を語るが、験記には「僧更不レ来、乃至二月三月不レ来」とあるのみ。

一四 どうしようもなくて。

一五 果実や木の実。但し、「菓子ノ葉」は「菓子」のなる木の葉の意。験記「以レ手探二求柔草木葉一」は特に何の草木とは言っていない。本話が「菓子」の葉と特定したのは、後文に「梨子」と「柿」の実が出てくるからであろう。

一六 験記「夢有二老僧一語言」。

一七 まごころこめて。一心不乱に。

一八 底本「収ツラム」に「取ツ」と傍書。京大本「取ラム」等を参考に訂した。「ラム」は語り手の推量を表す。験記には相当する語句がない。

一九 毎日の食事。

二〇 この心中描写は験記には見えない。

二一 この発言は験記には見えない。

二二 住持の僧の安否を尋ねたところ。

二三 盲僧が住持と出会った翌日である。

二四 この発言は験記には見えない。

二五 以下、験記「一乗威力、勝利顕然。病悩之人、聞二盲僧経一、除二愈病患一、悪霊邪気、聞二盲僧経一、皆発二道心一、永捨二執着一。旱損田畠、盲僧誦レ経、有二自然水一、流充豊饒。乃至摂念受持、両目開見二一切諸色一矣」。

而ル間、盲僧遂《つひ》ニ両眼《ふたつのまなこ》開《ひらけ》ヌ。「此レ偏《ひとへ》ニ法花経ノ霊験ノ致ス所也」ト喜《よろこび》テ、彼ノ山寺ニモ常ニ詣《まう》デヽ、仏ヲ礼拝恭敬《くぎやう》シ奉ケリトナム語リ伝ヘタルトヤ。

平願持経者《びやうぐわんぢきやうじや》、誦法花経《ほくゑきやうをじゆして》免死《しをまぬかれたること》語 第十九

今昔《いまはむかし》、[一]平願《びやうぐわん》[二]持経者《ぢきやうじや》ト云フ僧有ケリ。[三]書写山《しよしやのやま》ノ[四]性空聖人《しやうくうしやうにん》ノ弟子也。聖人[五]死《しに》テ、書写ノ山ニ籠居《こもりゐ》テ、年来《としごろ》[六]法花経《ほくゑきやう》ヲ読誦《どくじゆ》ス。

而《しか》ル間、大風俄《にはか》ニ吹キ来《きたり》テ、平願ガ[七]房ヲ吹キ倒シツ。平願其ノ中ニ有テ、[八]被打圧《うちおそは》レテ殆《ほとほと》可死《しぬべ》シ。其ノ時ニ、平願心ヲ至シテ法花経ヲ誦《じゆ》シテ、「助ケ給ヘ」ト祈リ申ス時ニ、誰トモ不知《しら》ヌ[九]強力《がうりき》ノ人出来《いできたり》テ、倒《たふれ》タル房ノ中ヨリ平願ヲ取テ引出《ひきいだ》シテ、告《つげ》テ云《いは》ク、「汝《なむ》ヂ[一〇]宿世ノ報ニ依《より》テ、如此《かくのごと》ク被打圧《うちおそはれ》タリト云ヘドモ、法花ノ力ニ依テ、命ヲ存スル事ヲ得タリ。[一一]恨《うらみ》ノ心ヲ不発《おこさ》ズシテ、[一二]尚《なほ》法花経ヲ読誦セヨ。[一三]此ノ世ニ宿業《しゆくごふ》ヲ尽シテ、来世ニ極楽ニ往生《わうじやう》セムト可願《ねがふべ》シ」ト教ヘテ、[一四]掻消《かきけ》ツ様《やう》ニ失《うせ》ヌ。其ノ人ノ体気《すがたけ》高《たか》クシテ、遂《つひ》ニ誰人ト云フ事ヲ不知《しら》ズ。其ノ後、平願身ニ痛ム所無シ。「此レ偏《ひとへ》ニ法花経ヲ読誦スルニ依テ、[一五]護法《ごほふ》ノ加護《かご》シ給フ」ト知《しり》テ、貴ミ喜ブ事無限《かぎりな》シ。

平願遂ニ老《おい》ニ臨《のぞみ》テ、心ニ思ハク、「此ノ生《しやう》ハ徒《いたづら》ニ過《すぎ》テ、他界ニ趣《おもむ》カム事近キニ有

第十九話 出典は法華験記・上・40。拾遺往生伝・中・3、元亨釈書・九・平願に同話がある。

一 伝未詳。
二 →二二一頁注二六。
三 →地名「書写ノ山」。
四 →人名「性空」。
五 死んで後に、の意。験記には「籠㆓居深山㆒、数年読経」とあるのみ。性空の死後に書写山に籠もったとするのは本話独自の設定。
六 →一五四頁注七。
七 僧房。
八 押しつぶされて、もう少しで死にそうになった。
九 力の強い人。験記「神人」。
一〇 前世からの報い。
一一 (災害にあったことを)恨みに思わないで。験記「不㆑生㆓悔恨心㆒」。
一二 なおも。これまで同様に。
一三 この世において前世からの業因をことごとく消滅させて。
一四 →二三一頁注二六。
一五 護法善神。

リ。今善根《ぜんごん》ヲ不修《しゆせ》ズハ、悪趣《あくしゆ》ニ堕《おち》ム事疑ヒ有ラジ」ト歎キ悲ムデ、[一六]衣鉢《えはつ》ヲ投棄《なげす》テ、仏事ヲ営ム。法花経ヲ書写シ、仏菩薩ノ像ヲ図絵《づゑ》シテ、広キ川原ニシテ[一七]仮屋《かりや》ヲ起《た》テ、[一八]無遮《むしや》ノ法会《ほふゑ》ヲ行フ。供養ノ後、[一九]朝座《あさざ》・夕座《ゆふざ》ニ[二〇]講莚《かうえん》ヲ行《おこなひ》テ法ヲ令説《とかし》ム。亦、朝《てう》暮《ぼ》ニ念仏ヲ唱ヘ、[二一]懺法《せんぼふ》ヲ行フ。如此《かくのごと》ク善根ヲ修シテ、自《みづか》ラ誓《ちかひ》テ云ク、「我レ法花ヲ持《たもち》テ年ヲ積メリ。若《も》シ其ノ力ニ依テ極楽ニ可生《うまるべ》クハ、[二二]今日ノ善根ニ其ノ瑞《しるし》ヲ示シ給ヘ」ト、涙ヲ流シテ誓テ、礼拝シテ其ノ所ヲ去《さり》ヌ。

明《あく》ル日、人行《ゆき》テ昨日ノ法会《ほふゑ》行ヒシ川原ヲ見レバ、白キ蓮花《れんぐゑ》其ノ地ニ[二三]隙《ひま》無ク生《おひ》タリ。此レヲ見ル者、涙ヲ流シテ貴ブ。此レヲ聞キ継《つぎ》テ、集リ来《きたり》テ貴ビ礼《をが》ム事無限《かぎりな》シ。「此レ聖人ノ極楽ニ可生《うまるべ》キ瑞相《ずいさう》也」ト云合《いひあひ》タリ。平願亦《また》此レヲ聞テ、来《きたり》テ見テ、[二四]且《かつ》ハ喜ビ且《かつ》ハ悲ブ。泣〻《なくな》ク礼拝シテ返去《かへりさり》ヌ。

其ノ後、漸《やうや》ク老《おい》ニ臨《のぞみ》テ、[二五]遂《つひ》ニ終《をはり》ノ時、身ニ痛ム所無クシテ、法花経ヲ読誦スル事[二六]余念不散乱《よねんにさんらんせ》ズシテ、西ニ向《むかひ》テ掌《たなごころ》ヲ合セテ絶入《たえいり》ヌ。瑞相ノ如クハ、必ズ極楽ニ生《うまれ》タル人也トナム人皆云ケル。

此レ偏《ひとへ》ニ法花経ノ力也トナム語リ伝ヘタルトヤ。

一六　衣鉢は僧が所持を許される三種の衣と一つの鉢。それを投げ棄てるのは、所持する私財の全てを投じる意。
一七　仮に作った、まにあわせの家屋。
一八　一切の区別なく、平等に財施と法施を行なう大法会。
一九　法華八講など行なう時、一日のうちに朝と夕と二回に設けられる講座。
二〇　講莚は講義の席の意。但し、ここでは講義を行なったことをいう。
二一　→二二八頁注一七。
二二　今日修めた善根によって、瑞相(往生の前兆)を見せて下さい。
二三　験記「其数百千、花開香薫」。
二四　一方では喜び、一方では感動した。
二五　臨終の時。古典大系は「終ノ時」を「をはるのとき」と訓む。
二六　余計な妄念に心を乱すことなく。

石山好尊聖人《いしやまのかうそんしやうにん》、誦法花経免難語《ほくゑきやうをじゆしてなんをまぬかれたること》 第二十

今昔《いまはむかし》、石山[一]ニ好尊聖人《かうそんしやうにん》[二]ト云フ僧有ケリ。若《わかく》ヨリ法花経《ほくゑきやう》[三]ヲ受ケ習テ日夜ニ読誦《どくじゆ》ス。亦《また》、真言[四]モ吉《よ》ク習テ、行法《ぎやうぼふ》[五]ヲ不断《たた》ズ。

而《しか》ル間、事ノ縁有ルニ依《より》テ丹波《たんば》ノ国ニ下向《げかう》シテ、其ノ国ニ有ル間ニ、身ニ病付《やまひつき》テ行歩《ぎやうぶ》[六]スル事不能《あたは》ズ。然レバ、其ノ国ノ人ノ馬ヲ借《かり》テ、其レ[七]ニ乗《のり》テ石山ニ返《かへ》ルニ、祇《ぎ》[八]薗《をん》ノ辺《ほとり》ニ宿《やど》ル。其ノ時ニ、其ノ辺《ほとり》ニ男出来《をのこいできたり》テ、此ノ乗馬《のれるうま》ヲ見テ云《いは》ク、「此ノ馬ハ、先年ニ我ガ被盗《ぬすまれ》タリシ馬也。其ノ後[九]、東西南北ニ尋ヌト云ヘドモ、于今不尋得《いまにたづねえ》ズ。而《しかる》ニ、今日此《ここ》ニシテ此《これ》ヲ見付《みつけ》タリ」ト云テ、馬ヲバ取《とり》ツ。好尊ヲバ、「此レ馬盗人ノ法師也」ト云テ、捕ヘテ縛《しばり》テ打責《うちせめ》テ、柱ニ縛リ付《つけ》テ、其ノ夜置《おき》タリ。好尊事[一〇]ノ有様ヲ具《つぶさ》ニ陳《の》ブト云ヘドモ、男更ニ不聞入《ききいれ》ズ。

爰《ここ》ニ、持経者《ぢきやうじや》[一一]横様《よこさま》[一二]ノ難ニ会《あひ》テ、我ガ果報[一三]ヲ観《くわん》ジテ、涙ヲ流シテ泣キ悲《かなしみ》テ歎ク事無限《かぎりな》シ。其ノ夜、祇薗ノ住僧《ぢうそう》ノ中ニ年老タル僧三人ガ夢ニ同時ニ見ル様《やう》、此ノ持経者ヲ縛リ付《つけ》タル男ノ家ニ、普賢《ふげん》[一四]ヲ縛リ奉テ打責メ奉テ、家ノ柱ニ結《ゆ》ヒ付《つけ》テ置《おき》奉タリ、ト見ル。夢覚《さめ》テ驚キ怪《あやしみ》テ、三人共ニ忽《たちまち》ニ男ノ家ニ行テ尋ネ見ルニ、僧ヲ縛テ柱ニ結《ゆひ》

第二十話 出典は法華験記・中・61。元亨釈書・九・妙尊に同話がある。

一 ↓地名「石山寺」。
二 伝未詳。
三 ↓一五四頁注七。
四 密教の真言(陀羅尼)。
五 密教僧が伝法灌頂を受ける前に一定期間行なわなければならない修法。十八道・金剛界・胎蔵界・護摩の四法からなる。四種行法。四度加行。
六 歩くことが出来ない。
七 験記「借二他人馬一、乗レ之上レ京」。
八 祇園社。↓地名「祇園」。
九 これ以後「此ヲ見付タリ」までの発言は、験記には見えない。
一〇 事情を詳しく述べたけれども、男は全く聞き入れない。験記にはない叙述。
一一 ↓二二一頁注二六。
一二 いわれのない危難。冤罪。験記「沙門横罹二災難一」。
一三 前世での業による報い(のつたなさ)を思い知って。
一四 ↓人名「普賢菩薩」。
一五 以下、「其所ヲ去ヌ」までは、験記「大衆集会、解二免沙門一」を敷衍したもの。

付《つけ》タリ。此[一五]ノ夢見タリツル僧共、先《ま》ヅ僧ヲ解免《ときゆる》シテ、事ノ有様ヲ問フニ、持経者具《つぶさ》ニ其ノ故《ゆゑ》ヲ陳《の》ブ。僧等此レヲ聞テ、貴ビ悲ムデ持経者ヲ免シツレバ、持経者馬ニ乗テ其所《そのところ》ヲ去《さり》ヌ。

其ノ後、明《あく》[一六]ル日ノ朝《あした》ニ、京ノ方《かた》ヨリ多《おほく》ノ人馬盗人ヲ追ヒ求メテ来《きた》ル。其ノ時ニ、[一七]此ノ男盗人ヲ捕ヘムガ為《ため》ニ家ヨリ出《いで》[一八]タルニ、盗人ヲ射ムト為《す》ル間ニ、錯《あやまち》テ此ノ男《をの》コ[一九]ヲ射ツレバ、即チ死《しに》ヌ。其ノ時ニ、諸《もろもろ》ノ人此ノ男ノ被射殺《いころされ》タルヲ見テ云ク、「此ノ男、無道《むだう》[二〇]ニ法花ノ持者《ぢしや》[二一]ヲ捕ヘテ縛リ打責《うちせめ》タルニ依テ、忽《たちまち》ニ現報[二二]ヲ感ゼル也。日ヲ不隔《へだて》ズシテ馬盗人ノ事ニ依テ死ヌル事、可疑《うたがふべ》キニ非ズ」ト貴ミ合《あひ》タリ。好尊ハ、其ノ後ハ、弥《いよい》ヨ信ヲ深クシテ、法花経ヲ誦スル事懈怠《けだい》[二三]無シ。

[二四]然レバ、譬《たと》[二五]ヒ犯《をか》シ有リト見ルト云ヘドモ、吉《よ》ク尋ネ知テ罰《つみ》ヲ可加《くはふべ》シ。何況《いかにいはむ》ヤ僧ニ於テハ可憚《はばかるべ》シトナム語リ伝ヘタルトヤ。

比叡山僧長円《ひえのやまのそうちやうゑん》、誦法花施霊験語《ほくゑをじゆしてれいげんをほどこせること》第二十一

今昔《いまはむかし》、比叡《ひえ》ノ山ニ長円《ちやうゑん》[二六]ト云フ僧有ケリ。本《もと》、筑紫《つくし》ノ人也。幼[二七]ニシテ本国《もとのくに》ヲ出《い》デ、比叡ノ山ニ登《のぼり》テ出家シテ、法花経《ほくゑきやう》[二八]ヲ受ケ習テ日夜ニ読誦《どくじゆ》ス。亦《また》、不動尊[二九]ニ仕《つかへ》テ

一六 祇園の僧たちが好尊を救出した夜が明けた朝のこと。験記「至㆓明旦㆒」。
一七 前夜好尊を捕縛した男をさす。
一八 験記「此男最前追盗人。人々射㆓此男㆒一箭射死」は、この男が先頭に立って盗人を追っているうちに、後から追って来る人々の矢に当たって死んだ意であり、本話は状況を改変している。
一九 「コ」は「男」の捨仮名。
二〇 道理に反して。非道に。
二一 持経者(注一一)に同じ。
二二 現世でなした業の結果として、来世ではなく、現世に生きているうちに受ける報い。
二三 なまけ怠ることがなかった。
二四 以下の結語は、本話で付加されたもの。霊験の賛嘆ではなく、現実的な処世訓の色合いが濃い点に注意。→二三一頁注三一。
二五 たとえ罪を犯しているように見えても、よく調べてから処罰するべきである。まして僧の場合には慎重であらねばならぬ。

第二十一話 出典は法華験記・下・92。元亨釈書・九・長円に同話がある。
二六 伝未詳。
二七 験記「少年入㆓法家㆒、読㆓誦法華経㆒、兼又奉㆓仕不動明王㆒。修行累㆑徳、験力顕然」。
二八 →一五四頁注七。
二九 →人名「不動明王」。

苦行ヲ修《しゆ》ス。

[一]葛木《かづらき》ノ峰ニ入《いり》テ、食《じき》ヲ断《たち》テ二七日[二]ノ間、法花経ヲ誦《じゆ》ス。夢ニ、八人[三]ノ童子有リ。身ニ[四]三鈷《さんご》・五鈷《ごこ》・鈴杵《れいしよ》等ヲ着《つけ》[五]テ、各　掌《おのおのたなごころ》ヲ合《あは》セテ長円ヲ讃《ほめ》テ云《いは》ク、「奉《ぶ》[六]仕修行者《ししゆぎやうじや》猶如薄伽録《いうによはくかろく》　得上三摩地《とくじやうさんまぢ》　与《よ》諸《しよ》菩《ぼ》薩倶《さつぐ》」ト誦シテ、法花経ヲ誦スルヲ聞ク、ト見テ夢覚《さ》メヌ。然《しかれ》バ、貴ム事無限《かぎりな》シ。

亦《また》、河ノ水凍《こほ》リ塞《ふさがり》テ、深[七]ク浅キ所ヲ不知《しら》ズシテ渡ル事不能《あたは》ズ。然レバ、歎《なげき》テ独《ひと》リ岸ノ上ニ居タル間、忽《たちまち》ニ大《おほき》ナル牛深キ山ノ奥ヨリ出来《いできたり》テ、此ノ河ヲ渡ル事既ニ度《ど》[八]々《ど》也。如此《かくのごと》ク渡リ返ル程ニ、凍《こほ》リ破《やぶれ》テ開《ひらけ》ヌ。其ノ後、牛掻[九]消《かきけ》ツ様《やう》ニ失《うせ》ヌ。其ノ時ニ川ヲ渡《わたり》キ。「此レ護[一〇]法《ごほふ》ノ牛ト化《くゑ》シテ示シ給フ也」ト知《しり》ヌ。

亦、熊[一一]野ヨリ大峰[一二]《おほみね》ニ入《いり》テ金峰[一三]《みたけ》ニ出《い》ヅルニ、深キ山ニ迷《まどひ》テ前後ヲ不知《しら》ズ。而《しか》ルニ、[一四]心ヲ至《いた》シテ法花経ヲ誦シテ、此ノ事ヲ祈請《きしやう》スルニ、夢ニ、一人ノ童子来《きたり》テ告《つげ》テ云ク、[一五]「天諸童子《てんしよどうじ》　以為給仕《いゐきふじ》」ト云テ、其ノ道ヲ教フ、ト見テ夢《ゆ》メ覚《さめ》ヌ。然レバ、其ノ道ヲ知《しり》テ金峰ニ出《いで》ヌ。

亦、蔵[一六]王《ざわう》ノ宝[一七]前ニシテ、終夜《よもすがら》法花経ヲ誦スルニ、暁ニ至《いたり》テ、長円夢[一八]ニ、一《ひと》ノ人来《きた》ル。其ノ体《すがた》ヲ見レバ、宿[一九]老ノ俗也。極《きはめ》テ気高《けたか》クシテ此[二〇]ノ国ノ人ニ不似《に》ズ。「此レ五《ご》[二二]定《さだ》メテ神ナラム」ト見ユ。此ノ人名符[二一]《みやうぶ》ヲ捧《ささげ》テ長円ニ与ヘテ云ク、「我レハ此レ、五

一　→地名「葛木ノ山」。
二　十四日間。
三　不動明王の使者の八大童子、即ち慧光・慧喜・阿耨達・指徳・烏倶婆誐・清浄・矜羯羅・制吒迦の八童子をさす。験記「八大金剛童子」。
四　いずれも密教の法具で金剛杵の一種。三鈷は先端が三本、五鈷は五本に分かれたもの。鈴杵は柄に鈴が付いたもの。
五　金剛杵や剣を衣服として着ていたのである。信貴山縁起絵巻に描かれた護法童子の姿が想起されよう。験記「身着㆓三鈷五鈷鈴杵剣等法具㆒以為㆓衣服㆒」。
六　仏に奉仕する修行者は、世尊と同様であり、無上の禅定を得ること、諸菩薩と等しいであろう。「薄伽録」は験記「薄伽鑁(ばかばん)」が正しく、「薄伽梵(ばかぼん)」と同じく、仏の異称。
七　どこが浅くてどこが深いのか、わからなくて。験記「乃至深水氷塞、不㆑知㆓浅深㆒」。
八　数度に及んだ。験記「往還数反」。
九　→二三二頁注二六。
一〇　護法童子が牛の姿に化して。
一一　→地名「熊野」。　一二　→地名「大峰」。
一三　→地名「金峰山(みたけ)」。
一四　一心に。験記「一心誦㆓妙法㆒」。
一五　法華経・五・安楽行品の偈の一節。験記はこの二句の後に「勿得憂愁、示其正路」と続くが、これは同偈には見えない文句。→一九九頁注三〇。
一六　金峰山の蔵王堂をさす。→地名「蔵王」。
一七　社前において。

台山《だいさん》ノ文殊《もんじゆ》[二三]ノ眷属《くゑんぞく》[二四]也。名ヲバ于闐王《うでんわう》[二五]ト云《いふ》。師ノ法花ヲ誦スル功徳《くどく》甚深《じんじん》ナルニ依テ、結縁《けちえん》[二六]ノ為《ため》ニ我レ名符ヲ奉ル。現世《げんぜ》及ビ当来世《たうらいせ》[二七]ヲ護《まぼ》リ助ケヨ」ト云フ、ト見テ夢覚《さめ》ヌ。

然レバ、長円泣ヽ《なくな》ク法花ノ威験ヲ貴ブ事無限《かぎりな》シ。

亦、清水《きよみづ》[二八]ニ参《まゐり》テ、終日《ひねもす》法花経ヲ誦スルニ、夢ニ、端正美麗《たんじやうびれい》ナル女人《によにん》ノ極《きはめ》テ気高《けたか》キ身ヲ微妙《みめう》[二九]ニ荘厳《しやうごん》シタル来《きたり》テ、長円ニ向《むかひ》テ掌《たなごころ》ヲ合セテ誦シテ云ク、「三昧宝螺《さんまいほうら》[三〇]声《しやう》　遍至三千界《へんしさんぜんかい》　一乗妙法音《いちじようめうほふおん》　聴更無飽期《ちやうかうむぼうご》」ト云フ、ト見テ夢覚《さめ》ヌ。如此《かくのごと》クノ奇[三一]特ノ事多シト云ヘドモ、一ヽニ注《しる》シ難尽《つくしがた》シ。

実《まこと》ニ、法花ノ力、明王[三二]ノ験新《しるしあら》タ也。長久《ちやうきう》[三三]年中ノ比《ころほひ》遂ニ失《うせ》ニケリトナム語リ伝ヘタルトヤ。

筑前国僧蓮照《ちくぜんのくにのそうれんせう》、身令食諸虫《みをもろもろのむしにくはしめたること》語第二十二

今昔《いまはむかし》、筑前《ちくぜん》ノ国ニ蓮照《れんせう》[三四]ト云フ僧有ケリ。若《わかく》ヨリ法花経《ほくゑきやう》[三五]ヲ受ケ習フ。昼夜ニ読誦《どくじゆ》シテ他《ほか》ノ思ヒ無シ。亦《また》、道心深クシテ人ヲ哀ブ心弘《ひろ》シ。裸[三六]ナル人ヲ見テハ、我ガ衣《ころも》ヲ脱《ぬぎ》テ与ヘテ寒キ事ヲ不歎《なげか》ズ、餓《うゑ》タル人ヲ見テハ、我ガ食《じき》ヲ去《さり》テ施《せ》シテ食《じき》ヲ求《もとむ》ル事ヲ不願《ねがは》ズ。亦、諸《もろもろ》ノ虫ヲ哀《あはれみ》テ、多《おほく》ノ蚤《のみ》・虱《しらみ》ヲ集メテ我ガ身ニ付《つけ》テ飼フ。亦、蚊《か》・虻《あぶ》

一八 験記は「夢」とはしていない。神仏との対話を夢の中での出来事に改変する例は、→二二二頁注一一。
一九 年功を積んだ在俗の老人。験記「有㆓一老人㆒、宿徳奇異。此即神人」。
二〇 わが国の人。
二一 自分の姓名を書きつけた札。貴人に面会する時や弟子になる時に提出した。
二二 →地名「五台山」。
二三 →人名「文殊菩薩」。　二四 従者。
二五 →人名「于闐王」。
二六 仏縁を結んで後世菩提のゆかりをつくること。
二七 来世。
二八 →地名「清水寺」。
二九 美しく飾った。験記「有㆓一貴女㆒、形貌端正、瓔珞荘厳」。
三〇 三昧の境に入って誦経する声は宝螺（ほら貝）のごとく、あまねく三千世界に響きわたり、一乗妙法（法華経）を誦する声は、いつまで聴いても飽きない。誦経する長円を讃えている。
三一 不思議なこと。
三二 不動明王の霊験はあらたかである。
三三 長久年間（一〇四〇―四四）。験記「長久年中去㆑世矣」。

第二十二話　出典は法華験記・下・88。元亨釈書・十二・蓮照に同話がある。
三四 伝未詳。
三五 →一五四頁注七。
三六 同様の描写が巻一三・3に見える。験記「以㆑衣施㆑他、不㆑歎㆓寒苦㆒。日食与㆑人、不㆑憂㆓飢渇㆒」。

ヲ不掃《はらは》ズ、蠆《はち》[一]・蛭《ひる》ノ食付《くひつ》クヲ不厭《いとは》ズシテ、身ノ完《しし》[二]ヲ令食《くはし》ム。

而《しか》ルニ[三]、蓮照聖人、態《わざ》[四]ト虻《あぶ》・蠆《はち》多カル山ニ入《いり》テ、我ガ肉《しし》・血ヲ施《ほどこ》サムト為《す》ルニ、裸[五]ニシテ不動《はたらか》ズシテ独《ひと》リ山ノ中ニ臥《ふし》タリ。即チ虻・蠆多ク集リ来《きたり》テ、身ニ付ク事無限《かぎりな》シ。身ヲ飡《は》ム間、痛ミ難堪《たへがた》シト云ヘドモ、此レヲ厭《いと》フ心無シ。而ル間、身ニ虻[六]ノ子ヲ多ク生入《うみい》レツ。山ヨリ出《い》デヽ後、其ノ跡大キニ腫《はれ》テ痛ミ悩ム事無限《かぎりな》シ。人[七]有テ教ヘテ云ク、「此レヲ早ク可療治《れうぢすべ》シ。亦、其ノ所ヲ可灸《やくべ》[八]シ。亦ハ薬ヲ塗ラバ、虻ノ子死《しに》テ即[九]チ愈《いえ》ナム」ト。聖人ノ云ク、「更[一〇]ニ不可治《ぢすべから》ズ。此レヲ治《ぢ》セバ多《おほく》ノ虻ノ子可死《しぬべ》シ。然レバ、只[一一]此ノ病《やまひ》ヲ以テ死ナムニ苦ブ所ニ非ズ。死[一二]ヌル事遂《つひ》ニ不遁《のがれ》ヌ道也。何ゾ虻ノ子ヲ殺サム」ト云テ、不治《ぢせ》ズシテ、痛キ事ヲ忍《しのび》テ、偏《ひとへ》ニ法花経ヲ誦スルニ、聖人ノ夢ニ、貴ク気高《けたか》キ僧来《きたり》テ、聖人ヲ讃《ほめ》テ云ク、「貴[一三]哉《たふときかなや》、聖人、慈悲ノ心弘《ひろ》クシテ有情《うじやう》[一四]ヲ哀ムデ不殺《ころさ》ズ」ト云テ、手ヲ以テ此ノ疵《きず》ヲ撫デ給フ、ト見テ夢覚《さめ》ヌ。其ノ後、身ニ痛ム所口《とこ》[一五]無クシテ、疵《きず》忽《たちまち》ニ開《ひらき》テ、其ノ中ヨリ百[一六]千ノ虻ノ子出《い》デヽ飛《とび》テ散《ちり》ヌ。然《しかれ》バ、愈《いえ》テ痛キ所無シ。

聖人弥《いよい》ヨ道心ヲ発《おこ》シテ、法花経ヲ誦スル事永ク不退《おこたら》[一七]ズシテ失《うせ》ニケリトナム語リ伝ヘタルトヤ。

一　「蠆」の訓みは名義抄による。蜂に同じ。なお、験記「不レ厭二蛃蛭一」の「蛃」はダニの意である。
二　肉。験記「令レ食二身肉一」。
三　底本「ニ」なし。諸本により補った。
四　底本「熊ト」を訂した。
五　この一文は験記にはない。
六　アブが卵を産みつけた。験記「生二入虻子一」。
七　験記「傍人告言」。
八　灸をすえたらよろしい。
九　たちまち治癒するでしょう。
一〇　決して治療するわけにはいきません。験記「更不レ可レ治。若治二此病一者、多虻可レ死」。
一一　この病で死んでも少しもかまいません。験記「只以二此病一当レ取二命終一。何殺二虻子一耶」。
一二　以下「不遁ヌ道也」まで験記には見えない。
一三　訓みは字類抄「カナシキカナヤ」から類推。→一二〇頁注一一。
一四　生き物。衆生。験記「慈悲室深、憐二愍有情一、忍辱衣厚、修二行一乗一」。
一五　「口」は「所」の捨仮名。
一六　験記「従レ中千万虻出飛、登レ空而去」。
一七　訓みは字類抄による。

第二十三話　出典は法華験記・中・79。元亨釈書・十一・仏蓮に同話がある。
一八　伝未詳。　一九　→地名「安祥寺」。
二〇　→一五四頁注七。
二一　験記「壮年之頃」。
二二　→地名「古志ノ郡」。

仏蓮聖人《ぶつれんしやうにん》、誦法花順護法語《ほくゑをじゆしてごほふをしたがへたること》第二十三

今昔《いまはむかし》、[一八]仏蓮《ぶつれん》ト云フ聖人《しやうにん》有ケリ。本《もと》、[一九]安祥寺《あんしやうじ》ノ僧也。幼ノ時ヨリ[二〇]法花経《ほくゑきやう》ヲ受ケ習テ、昼夜ニ読誦《どくじゆ》シテ仏道ヲ修行ス。[二一]盛《さかり》ノ年ノ程ニ、越後《ゑちご》ノ国、[二二]古志《こし》ノ郡《こほり》、[二三]国上山《くがみやま》ニ移リ住《ぢう》シテ、法花ヲ読誦シテ偏《ひとへ》ニ[二四]後世菩提《ごせぼだい》ヲ祈リ願フ。

而《しか》ルニ、此ノ人毎日《ひごと》ニ[二五]三時必ズ湯ヲ浴《あ》ム。此レ常ノ事也。然レバ、被仕《つかは》ル、[二六]下僧《げそう》等[二七]此ノ事ヲ侘《わび》テ皆去《さり》ヌ。其ノ時ニ、[二八]自然《おのづか》ラ二人ノ童出来《わらはいでき》レリ。其ノ形《かたち》皆美也。聖人ニ申シテ云《いは》ク、「我等二人有テ、聖人ニ随《したがひ》テ奉仕《ぶし》セムト思フ」ト。聖人ノ云ク、「汝等何《いづ》レノ所ヨリ来《きた》レルゾ。何ノ故《ゆゑ》有テ奉仕《ぶし》セムト思フゾ。亦《また》、名ハ何《いか》ニ」ト。童ノ云ク、「我等師ノ懃《ねむごろ》ニ法花経ヲ誦《じゆ》スルヲ貴ビテ、奉仕《ぶし》セムト思フ也。名ハ一人ヲバ[二九]黒歯《こくし》ト云ヒ、一人ヲバ[三〇]花歯《くゑし》ト云フ」ト。聖人此レヲ聞《きき》テ、「此レ皆[三一]ナ《み》[三二]十羅刹《じふらせつ》ノ御名也。若《も》シ十羅刹ノ身ヲ変ジテ来《きた》リ給ヘルニカ」ト疑フト云ヘドモ、只彼等ガ為《す》ルニ任セテ仕《つか》フニ、[三三]二人ノ童《わらは》力強ク[三四]心疾《と》クシテ、薪《たきぎ》ヲ拾《ひろ》ヒ湯ヲ沸《わか》シテ毎日《ひごと》ニ三度聖人ニ浴《あむ》ス。亦、常ニ[三五]菓《このみ》ヲ拾テ聖人ニ奉ル。[三六]如此《かくのご》トク、里ニ出《い》デ山ニ入《い》リ、聖人ニ奉仕《ぶし》スル事隙《ひま》無シ。然レバ、聖人世ヲ[三七]不知《しらず》シテ、[三八]少《すこし》モ嗔《いか》ル心無クシテ、只法花経ヲ読誦ス。

二三 →地名「国上山」。
二四 来世での成仏。極楽往生。験記「全護㆓戒律㆒、威儀無㆑欠」。
二五 一日に三回の勤行すべき定時。早朝・日中・日没。験記「三時沐浴、遠㆓離垢穢㆒、着㆓新浄衣㆒、内外清浄、読㆓誦法華㆒、志㆓求仏恵㆒」。 二六 下使いの僧たち。
二七 験記「有㆓給仕人㆒、沸㆓三時湯㆒、其心疲倦、厭離而去」によれば、毎日三時に湯を沸かすのに疲れたのである。
二八 以下、験記「有㆓二童子㆒、自然出来白㆓上人㆒言、我等二人奉㆓仕聖人㆒。一名㆓黒歯㆒、一名㆓華歯㆒、十羅刹女変㆑身来耳」を敷衍している。未知の者または不安な情況に遭遇した場面に会話と心中描写の増補が集中して見られるのは、本書の漢文文献依拠説話に共通する特徴。→二三〇頁注一五。
二九 十羅刹女の第五。
三〇 十羅刹女の第四。華歯。
三一 「ナ」は「皆」の捨仮名。
三二 →人名「十羅刹」。
三三 験記「此二童子強力勇健、荷㆑薪汲㆑水沸㆑湯、拾㆑菓設㆑食、出㆑里入㆑山、供給走使」。 三四 よく気がきいて。
三五 底本「茉」に「菓ィ」と傍書。東北本「茉」(葉の異体字か)を訂した。保孝本「巣」に「菓ィ」と傍書。信友本「菓」。木の実。
三六 「ト」は「如」の捨仮名。
三七 この世に生きていくための雑用には全く煩わされないで。験記「聖人不㆑知㆓世務㆒」。
三八 いささかも心を荒立てることがなくて。験記「離㆓諸攀縁㆒」。

然ル間、聖人年漸《やうや》ク傾《かたぶき》テ入滅ノ剋《とき》ニ至ルニ、此ノ二人ノ童不離《はなれ》ズシテ昼夜ニ奉《ぶ》仕《し》ス。遂《つひ》ニ聖人失《うせ》ヌレバ、此ノ童部《わらはべ》泣キ悲テ聖人ヲ葬《さう》シツ。其ノ後、[一]七〻日ニ至《いたる》マデ滅後ノ事ヲ営《いとなみ》テ、四十九日畢《はて》テ二人乍《なが》ラ[二]掻消《かきけ》ツ様《やう》ニ失《うせ》ケリ。[三]其後、其ノ二人ノ童《わらは》ヲ尋ヌルニ、遂ニ誰ト不知《しら》デ止《やみ》ヌ。[四]護法《ごほふ》ノ奉仕《ぶし》シ給ヒケル也トナム人疑ヒケル。

如此《かくのごと》クナム語リ伝ヘタルトヤ。

一宿聖人行空《いつしゆくのしやうにんぎやうくう》、誦法花語《ほくゑをじゆせること》第二十四

今昔《いまはむかし》、世ニ[五]一宿《いつしゆく》ノ聖人《しやうにん》ト云フ僧有ケリ。名ヲバ[六]行空《ぎやうくう》ト云フ。若《わかく》ヨリ[七]法花経《ほくゑきやう》ヲ受ケ習テ、[八]昼《ひ》ル六部、夜《よ》ル六部、日夜ニ十二部ヲ誦《じゆ》スル事ヲ不闕《かか》ズ。出家ノ後、住《すむ》所ヲ不定《さだめず》シテ一《ひとつ》所ニ[九]二宿スル事無シ。況《いはむ》ヤ菴《いほり》ヲ造ル事無シ。此レニ依テ一宿ノ聖人トハ云フ也ケリ。

亦《また》、[一〇]三衣《さんえ》一鉢《いちはつ》ヲ[一一]ソラ不具《ぐせ》ズ。況《いはむ》ヤ其ノ外《ほか》ノ物ヲ貯《たくはふ》ル事有《あら》ムヤ。只身ニ随《したが》ヘル物ハ法花経一部也。[一二]五畿七道ニ不行至《ゆきいたら》ザル所無ク、[一三]六十余国ニ不見《みざ》ル国無シ。如此《かくのごと》ク修行スル間、若《も》シ道ニ迷《まど》フ事[一四]有レバ、[一五]不知《しら》ヌ童《わらは》自然《おのづか》ラ出来《いできたり》テ道ヲ教フ。若シ水無キ所有レバ、[一六]不知《しら》ヌ女自然ラ出来テ水ヲ与フ。[一七]若シ食《じき》ニ餓《うう》ル時有レバ、自然ラ飯《いひ》ヲ持来《もてきた》

一 没後七日目ごとの仏事を四十九日になるまで勤めて、四十九日の法要が終わると。 二 →二三一頁注二六。
三 以下は験記に見えない叙述。
四 底本「護法ヲ」を訂した。護法童子が。

第二十四話 出典は法華験記・中・68。三外往生記・13、元亨釈書・十一・行空に同話がある。
五 験記「沙門行空、世間称㆓一宿聖㆒」。
六 伝未詳。 七 →一五四頁注七。
八 「ル」は「昼」の捨仮名。 九 一泊。
一〇 僧が所持を許された三種の衣(大衣と二種の上衣)と托鉢用の鉢。それすら持たなかったというのである。
一一 →一〇九頁注二〇。
一二 運歩色葉集に「五幾内」とあり、「幾」は「畿」と通用する。「五畿七道」は、日本全国の意。→地名「五畿七道」。
一三 これも日本全国の意。
一四 「若シ」に対しては仮定条件を示す「有ラバ」で受けるのが普通であるが、ここでは確定条件を示す已然形が用いられている。後文にも同じ表現が見えるから誤記ではない。こうした時にはいつもこうなったという気持をこめた表現であろう。
一五 見知らぬ童子。験記「天童」。資料に正体が明記してある人物を、主人公の立場に立って正体不明の人物として描き、緊迫感を高めるのは本書に通例の方法。→二四一頁注二八。
一六 見知らぬ女性。験記「神女」。→前注。
一七 験記はこの後に「若有㆑所㆑悩、天薬自臻」の句がある。

ル有人《ひとあり》ト[一八]。亦、法花ノ力ニ依《より》テ、夢[一九]ニ、貴[二〇]ク気高《けたか》キ僧出来テ常ニ語《かたら》ヒ、亦、止事[二一]《やむごと》無《な》キ俗出来テ身ニ副《そ》フ、ト見ケリ。如此《かくのごと》クノ奇特《きどく》ノ事多シ。

漸《やうや》ク老ニ臨《のぞ》ム剋《とき》ニ、鎮西[二二]《ちんぜい》ニ有リ。遂《つひ》ニ年九十ニ及《および》テ、法花経ヲ誦スル事三十余万部也。命終《をは》ル時ニ臨《のぞみ》テ、聖人、「此[二三]《ここ》ニ普賢[二四]《ふげん》・文殊[二五]《もんじゅ》現ハレ給ヘリ」ト云テ、貴クテナム失《うせ》ニケル。

如此《かくのごと》クナム語リ伝ヘタルトヤ。

周防国基灯聖人《すはうのくにのきとうしやうにん》、誦法花語《ほくゑをじゆせること》第二十五

今昔《いまはむかし》、周防《すはう》ノ国、大島[二六]《おほしま》ノ郡《こほり》ニ基灯[二七]《きとう》ト云フ聖人《しやうにん》有ケリ[二八]。若クシテ法花経[二九]《ほくゑきやう》ヲ受ケ習テ、日夜ニ読誦《どくじゆ》シテ身命[三〇]《しんみやう》ヲ不惜《をしま》ズ。毎日《ひごと》ニ三十余部ヲ誦《じゆ》スル事懈怠[三一]《けだい》無シ。年百四十余ニシテ腰不曲《まがら》ズ、起居[三二]《ききよ》軽ク、形皃極[三三]《ぎやうめうきはめ》テ若クシテ、僅《わづか》ニ四十[三四]許《ばかり》ノ人ノ如シ。眼コ[三五]《まな》明《あきらか》ニシテ遠キ物ヲ見ルニ障《さは》リ無シ。耳利[三六]《と》クシテ遥《はるか》ノ音ヲ聞クニ滞《とどこほ》リ無シ。然レバ、世ノ人此ノ聖人ヲ「六根清浄[三七]《ろくこんしやうじやう》ヲ得タル聖人也」ト云《いひ》ケリ。

亦《また》、哀《あはれみ》ノ心深クシテ智《さと》リ弘《ひろ》シ。草木ニ付《つき》テモ此レヲ敬《うやま》ヒ、何況《いかにいはむ》ヤ生類[三八]《しやうるい》ヲ見テハ仏ノ如クニ礼拝ス。老[三九]ニ臨《のぞ》ムト云ヘドモ身ニ病《やまひ》無クシテ、只偏《ひとへ》ニ生死[四〇]《しやうじ》ノ無常ヲ厭《いと》ヒ悲《かなし》

一八「ト」は「人」の捨仮名。験記「若飢レ食者、甘飯在レ前」。
一九 験記は「夢」とはしていない。→二三八頁注一八。　二〇 験記「賢聖常現」。
二一 験記「天神副レ身」。→注一五。
二二 九州の異称。
二三 以下は験記の地の文を会話化したもの。験記「臨終之時、普賢摩頂、文殊守護、蓮華承レ足、天衣繋レ身、往二生浄土一矣」。　二四 →人名「普賢菩薩」。
二五 →人名「文殊菩薩」。

第二十五話　出典は法華験記・中・69。元亨釈書・十一・基灯に同話がある。
二六 現、山口県大島郡。　二七 伝未詳。
二八 験記はこの後に「練行苦行、無三比レ肩輩一、持戒精進、莫三踏レ跡類二」と続ける。
二九 →一五四頁注七。　三〇 体も命も惜しまなかった。験記「不レ惜二身命一」。
三一 なまけ怠ることがなかった。
三二 立ち居ふるまいが軽快で。
三三「皃」は「貌」に同じ。容貌がとても若々しくて。
三四 験記「面貌少壮、如二三十人一」。
三五「コ」は「眼」の捨仮名。験記「眼見二遠境色像一」。
三六 験記「耳聞二数里外声一也」。
三七 眼・耳・鼻・舌・身・意の六根(六種の感覚器官)が穢れを払って清らかになること。また、その境地をいう。験記「世間人称二六根浄聖一」。　三八 生き物。
三九 験記「離二老病苦一、修行無レ倦」。
四〇 生ある者は必ず死ぬこの世の無常。験記「厭二生死道一、欲レ往二生浄土一」。

ムデ、法花経ヲ読誦シテ浄土《じやうど》ニ生《うま》レム事ヲ願フ。

[一]此レヲ思フニ、現世《げんぜ》ニ命長クシテ身ニ病無シ。此レ偏《ひとへ》ニ法花経ヲ読誦セル威力《ゐりき》ノ致《いたす》所也。然レバ、後生《ごしやう》亦浄土《じやうど》ニ生《うまれ》ム事疑《うたがひ》無シトナム語リ伝ヘタルトヤ。

筑前国女《ちくぜんのくにのをむな》、誦法花開盲語《ほくゑをじゆしてめしひをひらけること》 第二十六

今昔《いまはむかし》、筑前《ちくぜん》ノ国ニ府官[二]有リ。其[三]ノ妻《め》ノ女、[四]両《ふたつ》ノ目盲《しひ》テ明《あきら》カニ見ル事ヲ不得《え》ズ。然レバ、女常ニ涙ヲ流シテ歎キ悲ム事無限《かぎりな》シ。[五]誠《まこと》ノ心ヲ発《おこ》シテ思ハク、「我レ宿世[六]ノ報ニ依《より》テ二《ふたつ》ノ目盲《しひ》タリ。[七]今生《こんじやう》ハ此レ、人ニ非《あら》ヌ身也。[八]不如《しか》ジ、只後世《ごせ》ノ事ヲ営《いとな》ンデ偏《ひとへ》ニ[九]法花経《ほくゑきやう》ヲ読誦《どくじゆ》セム」ト思《おもひ》テ、法華[一〇]経ヲ[一一]年来持《としごろたも》テル一人ノ□[一二]ヲ語《かたら》ヒテ、法花経ヲ受ケ習フ。其ノ後、日夜ニ読誦スル事、四五年ヲ経タリ。

而《しか》ル間、此ノ盲女ノ夢ニ、一人ノ貴キ僧来《きたり》テ告《つげ》テ云《いは》ク、「汝《なむ》ヂ宿報ニ依テ二ノ目既ニ盲《しひ》タリト云ヘドモ、今心ヲ発《おこ》シテ法花経ヲ読誦スルガ故《ゆゑ》ニ、両眼《ふたつのまなこ》忽《たちまち》ニ開《ひら》ク事ヲ可得《うべ》シ」ト云テ、手ヲ以テ両《ふたつの》目ヲ撫《な》ヅ、ト見テ夢覚《さめ》ヌ。其ノ後、両目開テ、物ヲ見ル事明《あきら》カニシテ本《もと》[一三]ノ如ク也。女人《によにん》涙ヲ流シテ泣[一四]キ悲ムデ、法花経ノ霊験[一五]新《あらた》ナル事ヲ知《しり》テ、礼拝恭敬《くぎやう》[一六]ス。亦、夫《をうと》・子息・眷属《くゑんぞく》[一七]、此レヲ不喜《よろこば》ズト云フ事無シ。亦、

一 以下、験記「常見㆓善夢想㆒、如㆔四安楽行夢唱㆓八相㆒、鎮有㆓奇瑞㆒、表㆓当来成仏㆒耳」に代えて、結語を付加したもの。

第二十六話　出典は法華験記・下・122。
二 大宰府の役人。　三 験記「筑前国有㆓府官妻㆒。姓名未㆑詳」。　四 両眼ともに失明して。験記「及㆓於盛年㆒、忽二目盲、全不㆑見㆓物色㆒」。　五 心から信心して。　六 前世からの報い。　七 この世では自分は人並みの人間ではない。験記「今生我身不㆑中㆓人用㆒也」。　八 後世往生のための功徳を積んで、ひたすら法華経を読誦するのが一番だ。それに越したことはないの意。　九 →一五四頁注七。　一〇 この箇所、底本は「花」ではなく「華」字を用いている。　一一 長年受持している。　一二 底本欠字。験記「即語㆓一尼㆒、読㆓習法華経㆒」によれば、「尼」とあるべきところ。底本の祖本の破損に因る欠字か。　一三 もと通り目が見えるようになった。失明が生まれつきか後天的なものかを語っていない本話では唐突な言い方であるが、験記では失明は「盛年」になって後であり整合する。→注四。　一四 泣いて感激して。験記「女人流㆑涙、感㆓歎妙法威力㆒」。　一五 霊験があらたかなことを知って。　一六 恭敬は、つつしみうやまう意。　一七 ここでは、一族の者や従者など。　一八 近くの人や遠くの人。　一九 昼も夜も寝ても覚めても。　二〇 道理である。当然である。

第二十七話　出典は法華験記・中・74。

国ノ内ノ[一八]近ク遠キ人、皆此ノ事ヲ聞《きき》テ貴ブ事無限《かぎりな》シ。

女人弥《いよい》ヨ信ヲ発《おこ》シテ、[一九]昼夜寤寐《ごび》ニ法花経ヲ読誦スル事[二〇]理《ことわり》也。亦、書写シ奉テモ供養恭敬《くぎやう》シ奉リケリトナム語リ伝ヘタルトヤ。

比叡山僧玄常《ひえのやまのそうぐゑんじやう》、誦法花四要品語《ほくゑのしえうほんをじゆせること》第二十七

今昔《いまはむかし》、比叡《ひえ》ノ山ニ[二一]玄常《ぐゑんじやう》ト云フ僧有ケリ。本《もと》、京ノ人也。[二二]幼クシテ比叡ノ山ニ登《のぼり》テ、出家シテ師ニ随《したがひ》テ[二三]法門《ほふもん》ノ道ヲ習フニ、悟リ有テ、弘《ひろ》ク其ノ[二四]義理ヲ知レリ。亦《また》、[二五]法花経《ほくゑきやう》ヲ受ケ習テ[二六]心ニ思ハク、「法花経ノ中ニ方便《はうべん》・安楽《あんらく》・寿量《じゆりやう》・普門《ふもん》、此ノ四品《しほん》ハ此レ肝心《かんじん》ニ在《まし》マス」ト悟《さとり》テ、此レヲ[二七]四要品《しえうほん》ト名付《なづけ》テ、[二八]殊ニ持《たも》チ思《おぼ》エテ、昼夜ニ誦《じゆ》スル事不怠《おこたら》ズ。

亦、玄常翔《ふるま》ヒ例ノ人ニ不似《に》ズ。衣《ころも》ハ[二九]紙衣《かみぎぬ》ト木皮《きのかは》也。絹・布ノ[三〇]類《たぐひ》[三一]敢《あへ》テ不着《き》ズ。亦、道ヲ行クニ、河ヲ渡ル時、更ニ衣ヲ不褰《かかげ》ズ。亦、雨ノ降ル日モ晴タル日モ、全ク笠ヲ着ル事無シ。亦、遠ク行ク時ニモ近ク行ク時ニモ、足ニ物ヲ不履《はか》ズ。亦、一生ノ間[三二]持戒《ぢかい》ニシテ、常ニ[三三]持斎《ぢさい》ス。亦、[三四]帯ヲ解ク事無シ。僧俗ヲ見テハ貴賤ヲ不撰《えらば》ズ敬《うやま》ヒ、畜類ヲ見テハ鳥獣モ不避《さけ》ズ□[三五]。[三六]世ノ人此レヲ見テ、狂気《わうき》有リト疑ヒケリ。

元亨釈書・十一・玄常に同話がある。
二一 伝未詳。験記「沙門玄常、平安宮人、姓平氏、比叡山僧矣」。 二二 以下、「義理ヲ知レリ」までは験記には見えない叙述。 二三 「法門ヲ習フ」と「法ノ道ヲ習フ」が混合した表現。いずれにせよ、仏法を学習する意。 二四 意義と道理。
二五 →一五四頁注七。 二六 験記は「暗二誦方便安楽寿量普門四品一、行住坐臥、常不二懈怠一」と地の文で説明している。
二七 方便品・安楽行品・如来寿量品・観世音菩薩普門品は、法華経全二十八品の中で特に重要な章とされ、四要品と総称される。 二八 特に大切に信奉して。 二九 →二二八頁注一八。 三〇 布は、絹以外の、麻・葛などの繊維で織った織物の総称。
三一 決して着ない。 三二 戒律を守ること。
三三 持斎。正午以後に食事をしないという出家の戒を守ること。それを実行した意。 三四 服装を解いてくつろいだことがなかったことをいう。験記「不レ為レ解レ帯、不レ為二臥息一」。 三五 底本欠字。験記「見二鳥獣一屈レ腰」によれば、「腰ヲ屈ム」とあるべきところ。カガム(カガマルも同様)は仮名文献に依拠したらしい話には漢字表記を期した欠字となっている例がある(巻一九・29、巻二〇・2など)が、全体的には「屈ム」または「曲ム」の字を充てた例が多く、特に依拠文献に漢字が使用されている場合にはその用字に従っている(巻一四・37など)。「腰ヲ」も欠いていることからみて、ここは底本の祖本の破損に因る欠字とみるべきである。
三六 世間の人はこれを見て、気が狂った

而《しか》ル間、本山《もとのやま》ヲ去《さり》テ幡磨《はりま》[一]ノ国、□[二]雪彦山《せつぴこさん》[三]ニ移リ住《ぢう》シヌ。静《しづか》ニ籠居《こもりゐ》テ懃《ねむごろ》ニ修行シケリ。一百果《くわ》ノ栗《くり》ヲ以テ一夏九旬《いちげくじゆん》[四]ヲ過《すぐ》シ、一百果ノ柚《ゆ》[五]ヲ以テ三冬《さんとう》[六]ノ食《じき》トシテゾ有ケル。其ノ山極《きはめ》テ人気《ひとのけ》ヲ離レタリ。然レバ、猪・鹿・熊・狼等ノ獣常ニ来《きたり》テ、聖人ニ近付キ戯《たはぶ》レテ敢テ恐ル丶気《け》無シ。亦、聖人兼《かね》テ人ノ心ノ内ヲ知《しり》テ、彼レガ思フ事ヲ云フニ、違《たが》フ事無シ。亦、世[七]ノ作法ヲ見テ吉凶ヲ相スルニ、不当《あたら》ズト云フ事無シ。然レバ、世ノ人聖人ヲ権化《ごんぐゑ》[八]ノ者トゾ云《いひ》ケル。

最後ノ時ニ臨《のぞみ》テ、里ニ出《いで》テ、相知《あひし》レル僧俗ノ許《もと》ニ行《ゆき》テ、別レヲ惜ムデ云ク、「今《こん》生《じやう》ノ対面、只今日許《ばかり》ニ有リ。明後日ヲ以テ、我レ浄土《じやうど》ノ辺《ほとり》ニ参《まゐら》ムトス。後《のち》ゝ《のち》ノ対面ハ真如《しんによ》[九]ノ界《さかひ》ヲ期《ご》ス」ト云テ、雪彦山ニ返《かへり》テ、巌崛《いはや》ノ中ニ居テ、心不乱《みだれ》ズシテ法花経ヲ読誦シテ失《うせ》ニケリトナム語リ伝ヘタルトヤ。

蓮長持経者《れんちやうぢきやうじや》、誦法花得加護語《ほくゑをじゆしてかごをえたること》第二十八

今昔《いまはむかし》、蓮長《れんちやう》[一〇]ト云フ僧有ケリ。桜井《さくらゐ》[一一]ノ長延聖人《ちやうえんしやうにん》[一二]ノ昔ノ同行《どうぎやう》[一三]也。若クシテ法花経《ほくゑきやう》[一四]ヲ受ケ習テ、昼夜ニ読誦《どくじゆ》シテ懈怠《けだい》[一五]スル事無シ。[一六]亦、金峰《みたけ》[一七]・熊野[一八]・長谷寺《はつせでら》[一九]ノ諸《もろもろ》ノ霊験所《れいげんじよ》[二〇]ニ詣《まう》デツ丶、各《おのおの》其ノ宝前[二一]ニシテ必ズ法花経千部ヲ誦《じゆ》シケリ。亦、彼持経者《かのぢきやうじや》極《きはめ》テ口

のではないかと疑った。験記には見えない叙述。

一「播磨」と通用。
二 郡名の明記を期した意識的欠字かと思われるが、「郡」の字も欠くところからみると、底本の祖本の破損に因る可能性が大。→二四五頁注三五。
三 →地名「雪彦山」。
四 →二二八頁注七。
五 柚子。ユズの実。
六 初秋・仲秋・晩冬の総称。ひと冬。
七 世の中の有り様。験記「世相」。
八 神仏の化身。験記「権者」。
九 永久不変、清浄無垢なる真理が実在常住する世界。ここでは極楽浄土をさす。

第二十八話　出典は法華験記・中・60。元亨釈書・十一・蓮長に同話がある。

一〇 伝未詳。験記「沙門蓮長、桜井長延聖往昔同行善知識矣」。
一一 →地名「桜井」。
一二 伝未詳。
一三 仏道修行の仲間。
一四 →一五四頁注七。
一五 なまけ怠ることがなかった。

早クシテ、一月ノ内ニ必ズ千部ヲ誦ス。然レバ、若クヨリ老ニ至ルマデ誦セル所ノ経ノ員《かず》、甚ダ多クシテ計《かぞ》ヘ不可尽《つくすべから》ズ。傍《かたはら》ナル人有テ、持経者ノ口ノ早クシテ一月ノ内ニ千部ヲ誦セル事ヲ疑[二二]ヒ思フ間、其ノ人、夢ニ、極テ気高《けたか》ク怖シ気《げ》ナル人四人有リ。皆甲冑《かふちう》ヲ着シ天衣《てんえ》[二三]ヲ具セリ。各手ニ鉾《ほこ》・剣《つるぎ》等ヲ取レリ。蓮長持経者ノ前後・左《さ》右《う》ニ相副《あひそひ》テ時ノ間ヲ不離《はなれ》ズ、見ケリ。夢覚《さめ》テ後、永ク疑ヒノ心ヲ止《とど》メテ、悔《い》ヒ悲ムデ貴ビケリ。

持経者最後ノ時ニ臨《のぞみ》テ、手ニ鮮カ[二四]ニ白キ蓮花ヲ持《もち》タリ。人[二五]此レヲ怪《あやし》ムデ問《とひ》テ云ク、「近来《このごろ》蓮花ノ栄《さ》ク時ニ非ズ。何《いど》コニ生ジタリツル蓮花ヲ取テ持給《もち》ヘルゾ」ト。持経者答テ云ク、「此レヲ妙法蓮花《めうほふれんげ》[二六]トハ云也《いふ》」ト云テ、即チ失《うせ》ニケリ。其ノ後、持経者ノ手ニ持タル所ノ蓮花、誰人ノ取ツルトモ不見《みえ》ズシテ、忽ニ《たちまち》失《うせ》ヌ。

此レヲ見聞ク人、「奇異ノ事也」ト礼《をが》ミ貴ミケリトナン語リ伝ヘタルトヤ。

比叡山僧明秀骸《ひえのやまのそうみやうしうのかばね》、誦法花経語《ほくゑきやうをじゆせること》第二十九

今昔《いまはむかし》、比叡《ひえ》ノ山ノ西塔《さいたふ》[二七]ニ明秀《みやうしう》[二八]ト云フ僧有ケリ。天台座主《てんだいざす》[二九]ノ暹賀《せんが》[三〇]僧都《そうづ》ト云ケル人ノ弟子也。幼ニシテ山ニ登《のぼり》テ出家シテ、師ニ随《したがひ》テ法花経《ほくゑきやう》[三一]ヲ受ケ習テ、日夜ニ読誦《どくじゆ》ス。

一六 験記はこれに続いて「従二沐浴一外更不レ解レ帯、雖レ送二昼夜一更不二睡眠一。不レ用二脇息一、亦不レ用レ枕。永離二臥息一、偏起坐耳。沙門於二読経時一、其心勇猛、無二寛怠思一。是故常誦二妙法華経一、若有レ生二於懈怠之心一、時々臥息也。更無二是心一、常誦レ経矣」と細叙するが、本話では省略されている。
一七 験記「亦往二詣金峰熊野等諸名山、志賀長谷等諸霊験一」。→地名「金峰山(みたけ)」。
一八 →地名「熊野」。
一九 →地名「長谷寺(はせでら)」。
二〇 霊験の著しいとされる寺社や霊場。
二一 寺社の神仏の前。神前。仏前。
二二 験記は傍の人が夢をみたことを述べるのみ。彼が疑いを抱き、夢の後で悔いたとするのは本話独自の設定。
二三 天人の衣服。
二四 新鮮で真っ白な蓮の花。
二五 験記「知識問二花縁一」。
二六 妙法蓮華経の花。同経の名は妙なる法(法華一乗)を最も秀れた花、白蓮華に譬えたことに由来する。験記「聖人答曰、是妙法蓮華、亦是仏性蓮華」。

第二十九話 出典は法華験記・中・63。
二七 →地名「西塔」。
二八 伝未詳。
二九 比叡山延暦寺の貫主。
三〇 →人名「暹賀」。
三一 →一五四頁注七。

亦《また》、[一]真言ノ蜜法《みつほふ》ヲ受テ、毎日《ひごと》ノ[二]行法《ぎやうぼふ》不怠《おこたら》ズ。或《あるい》ハ身ニ病《やまひ》有ル時モ、或ハ身ニ障《さは》リ有ル時モ、毎日ニ法花経一部ヲバ不闕《かか》ザリケリ。

而《しか》ル間、年四十ニ成ル時ニ、道心発《おこり》テ、西塔ノ北谷ノ下ニ[三]黒谷《くろだに》ト云フ[四]別所有リ、其ノ所ニ籠居《こもりゐ》テ、静《しづか》ニ法花経ヲ読誦シ、[五]三時ノ行法不断《たた》ズシテ勤メ行フ間、身ニ病《やまひ》付《つき》ヌ。薬ヲ以テ療治スト云ヘドモ、病愈《い》ユル事無クシテ、弥《いよい》ヨ増《まさり》テ既ニ死ナムトス。最後ニ、明秀ノ、手ニ法花経ヲ取テ誓《ちかひ》ヲ発《おこ》シテ云ク、「[六]無始《むし》ノ罪障《ざいしやう》我ガ身ニ[七]薫入《くんじゆ》シテ、今生《こんじやう》ニ全《また》ク[八]定恵《ぢやうゑ》ノ行業《ぎやうごふ》闕《かき》ヌ。何ノ因縁ヲ以テカ我レ極楽ニ生《うま》レム。僅《わつか》ニ法花経ヲ誦《じゆ》スレバ、心乱《みだれ》テ法ノ[九]如《ご》トクニ非ズ。然《しかり》ト云ヘドモ、此ノ善根《ぜんごん》ヲ以テ[一〇]善知識《ぜんちしき》トシテ、死《しに》テ後、[一一]屍骸《しにかばね》・[一二]魂魄《たましひ》也ト云フトモ、尚《なほ》法花ヲ誦《じゆ》シ、[一三]中有《ちうう》・[一四]生有《しやうう》也ト云フトモ、専《もはら》ニ法花ヲ誦シ、若《もし》ハ[一五]悪趣《あくしゆ》ニ堕《おち》タリトモ、若ハ[一六]善所ニ生《うまれ》タリトモ、常ニ此ノ経ヲ誦シ、[一七]乃至《ないし》、[一八]仏果ニ至《いたる》マデモ只此ノ経ヲ誦セム」ト誓《ちかひ》テ、即チ死《しに》ヌ。

葬《さう》シテ後、「夜《よ》ルニ成レバ、墓所ニ常ニ法花経ヲ誦スル音《こゑ》有リ」ト人告グ。[一九]得意《とくい》ト有リシ輩《ともがら》此ノ事ヲ聞《きき》テ、夜《よ》ル蜜《ひそか》ニ墓所ニ行《ゆき》テ聞クニ、慥《たしか》ニハ非ズト云ヘドモ、藪《やぶ》ノ中ニ□[二〇]ニ法花経ヲ誦スル音《こゑ》[二一]有リ。吉《よ》ク聞ケバ、明秀ガ生《いき》タリシ時ニ誦セシ音《こゑ》ニ似タリ。此ヲ聞テ、哀ビ悲《かなしみ》テ、返《かへり》テ人ニ語ル。一院ノ内ノ人、皆此レヲ聞キ継《つぎ》テ、行《ゆき》テ聞クニ、其音《そのこゑ》有リ。

一　真言の密教。ここでは台密をさす。↓一六三頁注二二。　二　↓二三六頁注五。

三　験記「籠二居黒谷一」。「西塔ノ北谷ノ下ニ」は本話が付加した説明。↓地名「黒谷」。

四　本寺とは離れたところに設けた草庵。別院。　五　↓二一〇頁注一一。

六　永遠の昔からの罪障。

七　香のにおいが衣服に薫じつくように、しみ込む意。薫習とも。

八　定慧。定は心を集中して散乱させないこと、慧は事象や真理を認識すること、これに戒を加えて三学と総称し、仏道修行の根幹とされる。

九　「ト」は「如」の捨仮名。「法ノ如トク」は如法、即ち教法の通りに、の意。

一〇　ここでは、よい手引きとして、の意。

一一　遺骸。↓二一八頁注三。

一二　訓みは名義抄による。

一三　死後、次の生を受けるまでの期間。

一四　中有が終わって次の生を受ける瞬間。

一五　地獄・餓鬼・畜生。三悪趣。悪道。

一六　極楽などの浄土。

一七　「乃至」は同種の事例を列挙する場合、中間の事例を省略して用いる接続詞。ここでは、果ては、遂には、の意。

一八　仏の悟りを得るに至るまで。成仏するまで。

一九　懇意にしていた人々。

二〇　底本欠字。意識的欠字か、底本の祖本の破損に因る欠字か、確定しがたい。験記「人往聞レ之、不レ異二存生音一矣」。

二一　底本「有ノ」を訂した。東北本「有リ」。

最後ノ誓ヒニ不違《たがは》ネバ極《きはめ》テ貴シトゾ人云ケルトナム語リ伝ヘタルトヤ。

比叡山僧広清髑髏、誦法花語《ひえのやまのそうくわうじやうのひとがしら、ほくゑをじゆせること》第三十

今昔《いまはむかし》、比叡《ひえ》ノ山ノ[二二]東塔《とうたふ》ニ[二三]千手院《せんじゆゐん》ト云フ所有リ。[二四]広清《くわうじやう》ト云フ僧住《ぢう》ス。[二五]幼ニシテ山ニ登《のぼり》テ、師ニ随《したがひ》テ出家シテ、[二六]法花経《ほくゑきやう》ヲ受ケ習テ、其ノ[二七]義理ヲ悟《さとり》テ常ニ読誦《どくじゆ》ス。亦《また》、道心有テ、[二八]常ニ後世《ごせ》ヲ恐ル、心有リ。[二九]事ノ縁ニ被引《ひか》レテ[三〇]世路《せいろ》ニ廻《めぐ》ルト云ヘドモ、只[三一]隠居ヲ好ム心ノミ有リ。日夜ニ法花経ヲ誦《じゆ》シテ、[三二]願《ねがは》クハ此ノ善根《ぜんごん》ヲ以テ[三三]菩提《ぼだい》ニ廻向《ゑかう》ス。

而《しか》ル間、[三四]中堂ニ参《まゐり》テ、終夜《よもすがら》法花経ヲ誦シテ後世ノ事ヲ祈請《きしやう》スル間ニ、寝入《ねいり》ヌ。夢ニ、[三五]八《やたり》ノ菩薩ヲ見ル。皆黄金ノ姿也。[三六]瓔珞《やうらく》[三七]荘厳《しやうごん》ヲ見ルニ、心ノ及ブ所ニ非ズ。[三八]広清此レヲ見テ、恐レ貴ムデ礼拝セムト為《す》ルニ、一《ひとり》ノ菩薩在《まし》マシテ、[三九]微妙《みめう》ノ音《こゑ》ヲ以テ広清ニ告《つげ》テ宣《のたま》ハク、「汝法花経ヲ持《たもち》テ、此ノ善根ヲ以テ生死《しやうじ》ヲ離レテ菩提ニ至ラムト願フ。疑ヒヲ成ス事無クシテ、弥《いよい》ヨ不退《おこたら》ズシテ法花経ヲ可持《たもつべ》シ。然ラバ、我等八人来《きたり》テ汝ヲ極楽世界ニ可送《おくるべ》シ」ト宣テ後、忽《たちまち》ニ不見給《みえたまは》ズ、ト見テ夢覚《さめ》ヌ。其ノ後、弥《いよい》ヨ[四〇]心ヲ至《いた》シテ法花経ヲ読誦スル事、更ニ[四一]懈怠《けだい》無シ。而泣《なく》ゝ《な》ク喜ビ貴ムデ礼拝ス。

第三十話　出典は法華験記・中・64。拾遺往生伝・上・26、古今著聞集・十五・484に同話がある。
二二　↓地名「東塔」。
二三　↓地名「千手院」。
二四　伝未詳。
二五　験記には見えない叙述。
二六　↓一五四頁注七。
二七　意義と道理。
二八　いつも死後のことを心にかけていた。常に往生を願っていた。
二九　事情があって。縁に引かれて。験記「被レ引二事縁一、雖レ廻二世路一」。
三〇　俗世間での営みに従事していたが。
三一　隠遁して修行生活を送りたいと思っていた。験記「心有二山林一、専思二隠居一」。
三二　「願クハ」の結びは「ト思フ」などとあるべきところだが、途中で文がねじれて地の文に移行している。
三三　後世成仏の資にふり向ける。廻向は、↓二〇〇頁注一八。
三四　↓地名「根本中堂（こんぽんちゆうどう）」。
三五　薬師経、理趣経その他に正法守護の八大菩薩を説くが、ここは法華経全八巻に関係するか。未詳。
三六　仏菩薩の装身具。仏像の頭・首・胸などにかける金銀・珠玉の飾り。仏殿内や天蓋の装飾についてもいう。
三七　荘厳は美しく飾ること。その姿。
三八　以下「為ルニ」まで、験記には見えない。
三九　美しいお声で。
四〇　まごころこめて。一心不乱に。
四一　なまけ怠ることがなかった。

ル間、常ニ此ノ夢ノ告《つげ》ヲ心ニ懸《かけ》テ忘ル、事無ク、後世ヲ憑《たの》ム。

[一]其ノ後、事ノ縁《より》ニ依テ京ニ下《くだり》[二]テ、一条ノ北ノ辺《ほとり》ニ有ル堂ニ宿《やどり》シヌ。日来《ひごろ》ヲ経ル間ニ、其ノ所ニシテ身ニ病《やまひ》ヲ受テ悩ミ煩フ間、弥《いよい》ヨ心ヲ至シテ法花経ヲ読誦シテ、彼ノ夢ノ告《つげ》ヲ信ズ。而ルニ、遂《つひ》ニ病愈《やまひいゆ》ル事無クシテ死《しに》ヌ。弟子有テ近キ辺《ほとり》ニ棄置《すておか》[三]レツ。其ノ墓所ニ毎夜《よごと》ニ法花経ヲ誦スル音《こゑ》有リ。「必ズ一部ヲ誦シ通ス」ト。弟子人ノ告《つげ》ニ依テ、其ノ髑髏《ひとがしら》[四]ヲ取《とり》テ山ノ中ニ清キ所ヲ撰《えらび》テ置《おき》[五]ツ。其ノ山ノ中ニテモ尚《なほ》法花経ヲ誦スル音《こゑ》有リ。

此希有《これけう》ノ事也トナム語リ伝ヘタルトヤ。

備前国人《びぜんのくにのひと》、出家誦法花経語《しゆつけしてほくゑきやうをじゆせること》第三十一

今昔《いまはむかし》、備前《びぜん》ノ国ニ一《ひとり》[六]ノ沙弥《しやみ》[七]有ケリ。年来《としごろ》[八]彼ノ国ニ居住シテ妻子ヲ具《ぐ》シテ世ヲ渡ル間ニ、何《いか》[九]ニカ思ヒ得ケム、俄《にはか》ニ妻子ヲ棄テ、国ヲ出《い》デ、、比叡《ひえ》ノ山ニ登《のぼり》テ受戒[一〇]シツ。其レヨリ三井寺《みゐでら》[一一]ニ行《ゆき》テ、其ノ寺ノ僧ト成《なり》テ、日夜ニ法花経《ほくゑきやう》[一二]ヲ読誦《どくじゆ》スル間ニ、空《そら》[一三]ニ思《おぼ》エテ誦《じゆ》スルニ、十余年ノ間ニ二万余部ヲ誦シツ。寺ノ内ノ上中下ノ人此レヲ見テ皆貴ビ讃《ほむ》ル事無限《かぎりな》シ。

一 以後は、験記「乃至最後在二一条以北道場一入滅。於二其墓所一毎夜有下誦二法花一音上。必誦二一部一。有二一弟子一、取二其髑髏一置二清浄山一。於二其山中一猶誦二法華一矣」を敷衍した叙述。 二 比叡山から平安京に下りてきて。 三 放置されたのではなく、葬られた意。 四 持経者の死後、髑髏がなおも誦経を続ける話は巻一二・31、巻一三・10、同・11など例が多い。 五 葬った。即ち、改葬したのである。同様の叙述が巻一三・10の末尾近くに見える。

第三十一話 出典は法華験記・中・62。 六 験記「有二一沙門一。其名不レ詳。備前国人矣」。 七 →一二八頁注一〇。 八 長年。 九 以下「出デ、」までは、験記には見えない文句。 一〇 戒律を受けた。ここでは、僧侶になるための具足戒を授けられたことをいう。験記「得度受戒」。 一一 →地名「三井寺」。 一二 →一五四頁注七。 一三 暗記して。験記「暗二誦法華一」。 一四 験記には見えない文句。注九と同質の付加である。 一五 (破戒を罪として恥じず)恥知らずであること。慚愧の心がないこと。 一六 しだいに年老いた。やがて老年を迎えた。 一七 知り合いの人たち。 一八 以下の発言は験記「人々勧進令レ唱二弥陀一、令レ読二法花一」を敷衍したもの。 一九 この世でのことは望みのない身になってしまった。もう長くはない。 二〇 「ナリヌ」の音便「ナンヌ」をかく表記したか。 二一 ひたすら来世の極楽往生を願うがよい。 二二 「其レト」は文意が通じにくい。「ト」は「ニ」の古体の仮名、而《しか》ル間、此ノ僧[一四]亦《また》何《いか》ガ思ヒ返《かへ》シケム、本国《もとのくに》ニ返リ下《くだり》テ、家ニ有テ世ヲ渡ル事本《もと》ノ如ク也。然レバ、持《たも》チ奉レル所ノ法花経、皆忘レテ久《ひさし》ク成ヌ。妻子ノ中ニ有テ、実《まこと》ニ[一五]無慚《むざん》ナル事無限《かぎりな》シ。

而ル間、此ノ僧[一六]漸《やうや》ク年老《おい》ヌ。身ニ病《やまひ》ヲ受テ日来《ひごろ》悩ムデ既《すでに》死ナムトス。而ルニ、[一七]相《あひ》知《し》レル輩来《ともがらきたり》テ、僧ニ告《つげ》テ云《いは》ク、「[一八]汝《なむ》ヂ今ハ[一九]此ノ生《しやう》ノ事憑《たのみ》無キ身ニナム[二〇]ヌ。[二一]専《もはら》ニ後《ご》世《せ》助カラム事ヲ可願《ねがふべ》シ。[二二]其レト、汝ガ[二三]年来持《としごろたも》チ奉リシ所ノ法花経ヲ誦シ、亦、[二四]阿弥陀仏ノ御名《みな》ヲ唱ヘテ、極楽ニ生《うま》レント可思《おもふべ》シ」ト。僧此ノ言《こと》ヲ聞《きく》ト云ヘドモ不信《しんぜ》ズシテ、[二五]頭《かしら》ヲ振《ふり》テ、念仏ヲ不唱《となへ》ズ、法花ヲ不誦《じゆせ》ズ。

而ル間、[二六]日来《ひごろ》ヲ経テ此ノ病少シ[二七]減気《げんき》有リ。其ノ時ニ、僧[二八]何《いか》ナル事カ有ケム、俄《にはか》ニ起《おき》上ガリテ[二九]沐浴潔斉《もくよくけつさい》シテ、浄《きよ》キ衣ヲ着テ掌《たなごころ》ヲ合セテ[三〇]三宝ニ申《まうし》テ云ク、「我レ、本《もと》法花経ヲ持《たもち》テ多ク読誦スト云ヘドモ、魔ノ為《ため》ニ[三一]被擾乱《ねうらんせら》レテ、年来《としごろ》法花経ヲ棄《すて》奉テ、[三二]邪《じや》見《けん》ニ着《ちやく》セリ。而ルニ、今忽《たちまち》ニ[三三]普賢《ふげん》ノ加護《かご》ヲ蒙《かうぶり》テ、本《もと》ノ心ニ成ル事ヲ得タリ。[三四]昔《むか》シ十余年ノ間ニ読誦セル所ノ二万余部ノ法花経、若《も》シ不失給《うせたまは》ズシテ尚《なほ》我ガ心ノ内ニ在《まし》マサバ、我レ今命終《をは》ラム時ニ、本《もと》ノ如クニ、空ニ読《よみ》奉ラムニ、[三五]思《おぼ》ヘ《え》給ヘ」ト誓テ、[三六]傍《かたはら》ナル人ヲ勧メテ、「[三七]妙法蓮華経序品第一《めうほふれんぐゑきやうじよほんだいいち》」ト令唱《となへしめ》テ、其ノ音《こゑ》ニ継《つぎ》テ、[三八]我レ「[三九]如《によ》是《ぜ》我聞《がもん》」ト誦シテ、其ノ後、[四〇]心ヲ至シテ音《こゑ》ヲ高クシテ一部ヲ慥《たしか》ニ誦シ畢《をはり》テ、[四一]礼拝シ

或いは「尓」の異体「亼」の変か（古典大系説）。　二三 受持し奉っていた。経典に対する尊敬表現。信仰し念じ続けていた、の意。　二四 →人名「阿弥陀如来」。　二五 頭を横にふって。験記「振レ頭不レ受、更不二念仏一」。　二六 何日かたつうちに。験記「及二数十日一」。　二七 （病気が）軽くなる気配。　二八 験記には見えない文句。注九及び一四と同質の付加である。　二九 水を浴びて身を清め、行動を慎み、心身を清浄に保つこと。　三〇 仏・法・僧。ここでは仏の意。　三一 擾乱は、まどわし乱すこと。嬈乱。　三二 まちがった考えにとらわれていた。験記「執二着邪見一」。　三三 →人名「普賢菩薩」。　三四 「シ」は「昔」の捨仮名。験記「昔二十年間所レ読二万余部経」。　三五 「思(おぼ)ユ」は記憶している、思い浮かべるの意。経典に対する尊敬表現で、法華経が自分の心の中で記憶されている状態でいていただきたい。即ち、暗誦させて下さい、の意。　三六 傍にいる人を勧誘して。まず題目を唱えてもらい、それを皮切りにして、自分が本文の暗誦を始めたのである。験記「即勧二傍人一、令レ唱二妙法蓮華経序品第一一、続二其音一即誦二始如是我聞一、一心高声一部誦訖」。　三七 法華経の冒頭にある序品の題目。同経の一番最初にある文字である。　三八 僧自身が。但し「如是我聞」の音読と同一文句の語序を変えた訓読「我聞く是の如く」との混態とみる説（古典大系）も捨て難い。その場合でも誦したのは僧自身。→注三六。　三九 このように私は聞いた、の意。仏滅後、経典が結集された

テ死ニケリ。

此ヲ見聞ク人、貴ビケリトナム語リ伝ヘタルトヤ。

比叡山西塔僧法寿《ひえのやまのさいたふのそうほふじゆ》、誦法花語《ほくゑをじゆせること》第三十二

今昔《いまはむかし》、比叡《ひえ》ノ山ノ[一]西塔《さいたふ》ニ[二]法寿《ほふじゆ》ト云フ僧有ケリ。[三]京ノ人也。[四]天台座主《てんだいざす》ノ[五]遷賀僧正《せんがそうじやう》ノ弟子也。[六]心直《うるはし》クシテ翔《ふるま》ヒ貴カリケリ。[七]若クシテ山ニ登《のぼり》テ出家シテ、師ニ随《したがひ》テ[八]法《ほ》花経《くゑきやう》ヲ受ケ習テ後、毎日《ひごと》ニ一部ヲ必ズ読誦《どくじゆ》ス。此レ一生ノ間ノ勤《つとめ》也。亦《また》、法文《ほふもん》ヲ習フニ、智《さと》リ有テ[九]其ノ心ヲ得タリ。

而《しか》ル間、或ル時ニ、夜《よ》ル[一〇]心ヲ至シテ法花経ヲ誦スルニ、暁ニ成ル程ニ少シ寝入《ねいり》タル夢ニ、我ガ年来《としごろ》持《たも》チ奉ル所ノ法花経、空ニ飛ビ昇《のぼり》テ、西ヲ指《さし》テ去リ給ヒヌ。夢ノ内ニ思ハク、「我ガ年来持チ奉ツル経ヲ失ヒ奉ツル事」ト歎クニ、傍《かたはら》ニ[一一]紫ノ衣《ころも》ヲ着タル老僧有テ、告《つげ》テ云《いは》ク、「汝《なむ》ヂ此ノ経ノ失セ給ヌル事ヲ歎ク事無カレ。汝ヂ持《たも》ツ所ノ経ヲ[一二]且前立《しばらくさきだ》テ丶極楽ニ送リ置キ奉ル也。汝モ今両三月ヲ経テ極楽ニ可生《うまるべ》シ。速《すみやかに》[一三]沐浴精進《もくよくしやうじん》シテ其ノ迎《むかへ》ヲ可待《まつべ》シ」ト云フ、ト見テ夢覚《さめ》ヌ。

其後、俄《にはか》ニ[一四]衣《え》鉢《はつ》ヲ投棄《なげす》テ丶、忽《たちまち》ニ[一五]阿弥陀仏《あみだぶつ》ノ像ヲ図絵《づゑ》シ、法花経ヲ書写シテ、[一六]智

際、仏弟子の阿難が誦出者として、釈尊の生前の言説を聞いた通りに述べる旨を宣言した文句。経典の冒頭に置かれ、法華経も序品の本文の冒頭にこの文句がある。 四〇 まごころこめて。一心不乱に。

四一 験記「頭面作礼、即入滅矣」。

第三十二話 出典は法華験記・中・50。拾遺往生伝・上・8に同話がある。

一 →地名「西塔」。 二 伝未詳。

三 験記は出身地を記していない。 四 →人名「暹賀」。 五 比叡山延暦寺の貫主。 ←

六 心が真っ直ぐで歪みがないこと。訓みは巻一五・43の用例「心直シク」の送仮名による。→四四七頁注二五。

七 験記にはない文句。→二四九頁注二五。

八 →一五四頁注七。 九 その真髄をよく体得した。 一〇 まごころこめて。一心不乱に。 一一 紫衣は勅許の法衣であり、高位の僧であることを示す。

一二 底本の字体「旦」に似るが、「且」が正か。前もって少し早く。

一三 沐浴潔斎(二五一頁注二九)に同じ。

一四 →二三五頁注一六。 一五 →人名「阿弥陀如来」。 一六 →二一四頁注四。

一七 自分の僧房の雑多な私物を。

一八 分け与えた。分配した。

一九 験記「離二花洛棲一、永以隠居」。

二〇 大般涅槃経。北本四十巻。南本三十六巻。釈尊入滅時の説法を記した経典。

二一 一巻。浄土三部経の一。往生極楽の方法として、阿弥陀如来と極楽浄土の荘厳について、十六の観想を説く。観経。

者ノ僧ヲ請《しやう》ジテ供養シツ。房[一七]ノ雑物《ざふもつ》ヲバ弟子ニ分《わか》[一八]チ充《あ》テツ。京[一九]ノ棲《すみか》ヲ去テ、永ク山ニ籠居《こもりゐ》テ、偏《ひとへ》ニ法花経ヲ読誦シ念仏ヲ唱フ。亦、其ノ隙《ひま》ニハ、涅槃経《ねはんぎやう》[二〇]・観無量寿経《くわんむりやうじゆきやう》[二一]等ヲ披《ひら》キ礼《をが》ミ、亦、摩訶止観《まかしくわん》[二二]・文句《もんぐ》[二三]・章疏《しやうしよ》[二四]等ヲ学ビ翫《もてあそび》テ、此ノ善ノ力ヲ以テ必ズ極楽ニ生《うま》レテ阿弥陀仏ヲ見奉ラム事ヲ願フ。其ノ後、幾《いくばく》ノ程ヲ経ズシテ身ニ病《やまひ》ヲ受《うけ》タリ。然レドモ、正念不違《しやうねんたがは》[二五]ズシテ法花経ヲ誦シ、念仏ヲ唱ヘテ失《うせ》ヌ。

此レヲ見聞ク人、貴ビケリトナム語リ伝ヘタルトヤ。

竜《りう》、聞法花読誦《ほくゑのどくじゆをきき》、依持者語降雨死語《ぢしやのかたらひによりてあめをふらしてしにたること》[二六]第三十三

今昔《いまはむかし》、□[二七]天皇ノ御代《みよ》ニ、奈良ノ大安寺《だいあんじ》[二八]ノ南ニ竜苑寺《りうゑんじ》[二九]ト云フ寺有リ。其ノ寺ニ一人ノ僧住《すみ》ケリ。年来《としごろ》法花経《ほくゑきやう》[三〇]ヲ読誦《どくじゆ》ス。亦《また》、経ノ文義《もんぎ》[三一]ヲ習ヒ悟《さとり》テ、毎日《ひごと》ニ一品《いつぽん》ヲ講ジテ、其ノ経文ヲ読誦ス。此レ毎日《ひごと》ノ勤《つとめ》トス。

而《しか》ル間、一《ひとり》ノ竜有リ。此ノ講経・読誦ノ貴キ事ヲ感ジテ、人ノ形《かたち》ト成《なり》テ、此ノ講経ノ庭[三二]ニ来《きたり》テ毎日《ひごと》[三三]ニ聴聞《ちやうもん》ス。其[三四]ノ時ニ、僧竜ニ問《とひ》テ云《いは》ク、「汝常ニ来《きたり》テ法ヲ聞ク。此レ何人ゾ」ト。竜本意ヲ答フ。僧竜ノ心ヲ知《しり》テ、親昵《しんぢつ》ノ契《ちぎり》ヲ成シツ。竜亦《また》法ヲ貴ブ故《ゆゑ》ニ、僧ノ心ニ随《したが》フ。而ル間、此ノ事世ニ広ク聞《きこ》エニケリ。

二二 →二二〇頁注二一。 二三 法華文句。十巻。天台三大部の一。法華経の注解書。隋の天台大師智顗の説を章安大師灌頂が記述。 二四 経論の注釈書の総称。

二五 雑念に乱されることなく。往生のためには正念(心を集中してひたすら極楽往生を願い念じること)を乱さず臨終を迎えることが大切とされた。

第三十三話 出典は法華験記・中・67。竜が自分を犠牲にして雨を降らせる話は、元亨釈書・四・法蔵、雑談集・九・冥衆ノ仏法ヲ崇事その他に類例がある。

二六 底本「依二持者〈ノ〉語〈ニフ〉一降〈テシ〉レ雨〈ヲ〉死〈スル〉語」と返り点、送仮名の書き入れがあるが、本来的な訓みとは思えない。

二七 天皇名の明記を期した意識的欠字。後文に天皇が登場するため、話頭においてその名を明らかにしようと意図したもの。話頭に天皇名の欠字が出現する典型例である。 二八 →地名「大安寺」。

二九 所在未詳。大安寺の別院竜淵寺を想定する説(古典大系所引、福山敏男説〔『奈良朝寺院の研究』〕)がある。験記には「大和国平群郡竜海寺、有二一沙門一」とあるが、本話自体が竜海寺の縁起であるから、その建立をまだ語らないうちに同寺の名が出てくるのはおかしい。この矛盾の解消を意図して改変したか。

三〇 →一五四頁注七。 三一 経文の意義。

三二 場所の意。講経の場。 三三 験記「日来不レ退逕二於三年一」。 三四 以下、験記「沙門与レ竜成二親昵志一、於二如レ是事一、世間有二風聞一」を敷衍した叙述。

其ノ時ニ、天下《てんが》旱魃《かんばつ》シテ雨不降《ふら》ズシテ、[一]五穀皆枯レ失《うせ》ナムトス。貴賤ノ人、皆此レヲ歎キ悲ム事無限《かぎりな》シ。此レニ依《より》テ、[二]人天皇ニ奏シテ云ク、「大安寺ノ南ニ寺有リ。其ノ寺ニ住ム僧、年来《としごろ》竜ト心ヲ通《かよは》シテ、親昵《しんぢつ》ノ契《ちぎり》ヲ結ベリ。然レバ、彼ノ僧ヲ召シテ、「竜ニ雨ヲ可降《ふらすべ》キ由《よし》ヲ可語《かたらふべ》シ」ト可被宣下也《せんげせらるべきなり》」ト。天皇此ノ事ヲ聞キ給テ、宣旨《せんじ》ヲ下《くだ》シテ、件《くだん》ノ僧ヲ召ス。僧宣旨ニ随《したがひ》テ参《まゐり》ヌ。天皇僧ニ仰セテ宣《のたま》ハク、「[三]汝《なむ》ヂ年来《としごろ》法花経ヲ講ズルニ依テ、竜常ニ其ノ所ニ来《きたり》テ法ヲ聞ク。而ルニ、其ノ竜汝ト[四]語《かたら》ヒ深キ由《よし》、世ニ聞エ有リ。而ルニ、近来《このごろ》天下旱魃シテ、五穀皆枯失《かれうせ》ナムトス。国ノ歎キ何事カ此レニ過《すぎ》ム。[五]汝ヂ速《すみやか》ニ法花経ヲ講ゼムニ、其ノ竜必ズ来《きたり》テ法ヲ聞カムニ、竜ヲ語《かたら》ヒテ、雨ヲ可降《ふらすべ》シ。若《も》シ此レヲ不叶《かなへ》ズハ、汝ヲ[六]追却《ついきやく》シテ日本国ノ内ニ不可令住《ぢうせしむべから》ズ」ト。

僧勅命ヲ奉《うけたまは》リテ、大キニ歎《なげき》テ、寺ニ返《かへり》テ、竜ヲ請《しやう》ジテ此ノ事ヲ[七]語《かたら》フ。竜此ノ事ヲ聞テ云ク、「我レ年来《としごろ》法花経ヲ聞テ、[八]悪業《あくごふ》ノ苦《くるし》ビヲ抜《ぬき》テ、既ニ善根《ぜんごん》ノ楽《たのし》ビヲ受《うけ》タリ。願《ねがは》クハ此ノ身ヲ棄テヽ、聖人ノ恩ヲ報ゼムト思フ。但シ、此ノ雨ノ事、[九]我ガ知ル所ニ非ズ。[一〇]大梵天王《だいぼんでんわう》ヲ始メトシテ、国ノ災《わざはひ》ヲ[一一]止《とど》メムガ為《ため》ニ雨ヲ不降《ふらさ》ザル也。其レニ、我レ行《ゆき》テ[一二]雨戸《あめのと》ヲ開《ひらき》テハ、忽《たちまち》ニ我ガ頸《くび》ヲ被切《きら》レナムトス。然リト云ヘドモ、我レ、「命ヲ法花経ニ供養シ奉テ、後ノ世ニ[一三]三悪道ノ報ノ[一四]不受《うけ》ジ」ト思フ。然レバ、三日

一 ここでは、穀物の総称。
二 以下、「可被宣下也ト」までは、験記「時人此事奏二聞天皇一」を敷衍した叙述。
三 験記「天皇下二勅命一請二件僧一、沙門講レ経竜来聞レ法。語二其竜一当レ令レ下レ雨。沙門若不レ弁二此事一、早駆追不レ可レ令レ住二日本国一」。
四 親交を結んでいると世間では評判だ。
五 お前が早速法華経を講じたならば、その竜が必ず来て聴聞するであろうから。
六 追放して。
七 (事情を話して)相談した。
八 悪業による苦悩(畜生道に生まれたがゆえの苦しみ)を免れて、善根による安楽を経験しております。験記「抜二悪業苦一、既受二善報楽一」。
九 私の関与していることではありません。
一〇 →人名「梵天」。
一一 験記「依二国土災一、止レ雨不レ降」は、国土の災によって雨を止めて降らさずにいる、の意。即ち、何らかの因縁があって国土が災害を受けなければならない運命にあり、それゆえ雨を止めているというのである。本話は「依二国土災止一、雨不レ降」の如く解している。
一二 風神の持つ袋を開けると風が吹き出すように、それを開けると雨が降り出す戸であろうが、この戸のことを具体的に語る話は未詳。験記「若往開二雨戸一、当レ殺レ我」。　一三 地獄・餓鬼・畜生道。
一四 底本「ヲ」と傍書するが、「報ノ」は「報ヲ」と同意。目的格表現としての「ヲ」に通じる「ノ」の使用例は本書に散見し、比較的新しい語法と見られる(古典大系説)。

ノ雨ヲ可降《ふらすべ》シ。其ノ後、我レ必ズ被殺《ころさ》レナムトス。願クハ聖人我ガ屍骸《しにかばね》ヲ尋《たづね》テ、埋《うづみ》テ、其ノ上ニ寺ヲ起テヨ。[一五]其所ハ平群《へぐり》[一六]ノ郡《こほり》ノ西ノ山ノ上ニ一《ひとつ》ノ池有リ、其ヲ可見《みるべ》シ。亦、我ガ[一七]行ク所四所有リ。皆其ノ所〻ニ寺ヲ起テ、仏寺ト可成《なすべ》シ」ト。[一八]僧此ノ事ヲ聞テ歎キ悲ムト云ヘドモ、勅命ヲ恐ル丶ニ依テ、竜ノ遺言《ゆいごん》ヲ皆[一九]受テ泣〻《なくな》ク竜ト別レヌ。

其ノ後、僧此ノ由《よし》ヲ天皇ニ奏ス。天皇此レヲ聞キ給テ、喜《よろこび》テ雨ノ降ラム事ヲ被待《また》ル丶程ニ、竜ノ契《ちぎり》シ日ニ成《なり》テ、俄《にはか》ニ空陰《くも》リ[二〇]雷電霹靂《らいでんへきれき》シテ、大《おほき》ナル雨降ル事三日三夜也。然レバ、世ニ水満《みち》テ五穀豊カニ成ヌレバ、[二一]天下皆直《なほり》テ、天皇感ジ給ヒ、大臣百官及ビ百姓、皆喜ブ事無限《かぎりな》シ。

[二二]其ノ後、聖人竜ノ遺言ニ依テ西ノ山ノ峰ニ行テ見レバ、実《まこと》ニ一《ひとつ》ノ池有リ。其ノ水紅《くれなゐ》ノ色也。池ノ中ニ竜ヲ断〻《つだつだ》[二三]ニ切《きり》テ置ケリ。其ノ血ノ池ニ満テ紅ノ色ニ見ユル也ケリ。聖人此レヲ見テ、泣〻《なくな》ク屍骸《しにかばね》ヲ埋《うづみ》テ、其ノ上ニ寺ヲ起テ丶、此レヲ竜海寺《りうかいじ》[二四]ト云フ。其ノ寺ニシテ竜ノ為《ため》ニ法花経ヲ講ズ。亦、竜ノ約《ちぎり》ノ如ク今[二五]三所ニモ皆寺ヲ起《たて》タリ。[二六]此レ皆天皇ニ奏シテ、力ヲ加ヘ給ヘリ。所謂《いはゆ》ル竜心寺《りうしんじ》[二七]・竜天寺《りうてんじ》・竜王寺《りうわうじ》等、此レ也。

[二八]聖人一生ノ間其ノ寺ニ住《ぢう》シテ、法花経ヲ読誦シテ彼ノ竜ノ後世《ごせ》[二九]ヲ訪《とぶら》ヒケリ。

一五 以下、「其ヲ可見シ」までは験記には見えない。これによれば撰者は験記の語らぬ竜海寺の場所を知っていた如くである。平群郡の西は生駒山から高安・信貴山へと山が連なる。
一六 →地名「平群ノ郡」。　一七 験記「又我所㆑行有㆓四所㆒。皆其所々建㆓立伽藍㆒、可㆑成㆓仏地㆒」。　一八 以下、竜との別れを惜しむ僧の描写は本話が付加したもの。
一九 すべて了承して。
二〇 雷鳴がとどろき稲妻が光って。
二一 旱魃に苦しんでいた国土はすっかり回復して。験記「世間水充満、五穀豊稔。公家随喜」。
二二 以下、池での竜の死骸の発見や聖人の悲歎は、前文で設定した竜の遺言(→注一五)に呼応した叙述であるが、験記には見られない記事である。
二三 ずたずたに。細かく切れ切れに。
二四 所在未詳。巻一一・22に同名の寺院が見える(→六五頁注三〇)が、別寺であろう。
二五 (竜海寺に加えて)もう三か所にも。験記には「如㆓竜所㆒㆑約、建㆓伽藍㆒名㆓竜海寺㆒。其余四所亦建㆓立寺㆒」とあって、都合五か寺を建立したことになっているが、本話では竜海寺を含めて四か寺となっている。　二六 天皇の助力を仰いだことは験記には見えない。
二七 すべて所在未詳。験記「所謂竜門寺・竜天寺・竜王寺等矣」によれば、竜心寺は竜門寺が正か。
二八 験記「聖人一生講㆓読妙法㆒。其間希有事具不㆑記矣」。　二九 後世成仏を祈った。

彼[一]ノ寺ヽ、于今《いまに》有リトナム語リ伝ヘタルトヤ。

天王寺僧道公《てんわうじのそうだうこう》、誦法花救道祖《ほくゑをじゆしてさへのかみをすくへること》語 第三十四

今昔《いまはむかし》、天王寺[二]ニ住ム僧有ケリ。名ヲバ道公《だうこう》[三]ト云フ。年来《としごろ》法花経《ほくゑきやう》[四]ヲ読誦《どくじゆ》シテ仏道ヲ修行ス。常ニ熊野[五]ニ詣《まう》デヽ、安居《あんご》[六]ヲ勤ム。

而《しか》ルニ、熊野ヨリ出《い》デヽ本寺《もとのてら》ニ返《かへ》ル間、紀伊《き》ノ国ノ美奈部郡《みなべのこほり》[七]ノ海辺《うみのほとり》ヲ行ク程ニ、日暮レヌ。然レバ、其ノ所ニ大《おほき》ナル樹《うゑき》ノ本《もと》ニ宿《やどり》ヌ。夜半許《ばかり》ノ程ニ、馬ニ乗レル人二三十騎許来《ばかりきたり》テ、此[八]ノ樹ノ辺《ほとり》ニ有リ。「何人《なにびと》[九]ナラム」ト思フ程ニ、一《ひとり》ノ人ノ云《いは》ク、「樹《うゑき》ノ本《もと》ノ翁《おきな》ハ候フカ」ト。此ノ樹ノ本ニ答テ云ク、「翁候フ」ト。道公此レヲ聞《きき》テ、驚キ怪《あやしみ》テ、「此[一〇]ノ樹ノ本ニハ人ノ有ケルカ」ト思フニ、亦《また》、馬ニ乗レル人ノ云ク、「速《すみやか》ニ罷出《まかりい》デヽ、御共[一一]ニ候ヘ」ト。亦、樹ノ本ニ云ク、「今夜《こよひ》ハ不可参《まゐるべから》ズ。其ノ故《ゆゑ》ハ、駄《におひうま》[一二]ノ足折レ損ジテ乗ルニ不能《あたは》ザレバ、明日駄ノ足ヲ疏《つくろ》ヒ、亦、他《ほか》ノ馬ニマ[一三]レ求《もとめ》テ可参《まゐるべき》也。年罷老《まかりおい》テ行歩《ぎやうぶ》[一四]ニ不叶《かなは》ズ」ト。馬ニ乗レル人ヽ此レヲ聞テ皆打過《うちすぎ》ヌ、ト聞ク[一五]。

夜曙《あけ》[一六]ヌレバ、道公此ノ事ヲ極《きはめ》テ怪《あやし》ビ恐レテ、樹《うゑき》ノ本《もと》ヲ廻《めぐ》リ見ルニ、惣《すべ》[一七]テ人無シ。

一 この一文は験記に見えず、本話で付加されたもの。

第三十四話 出典は法華験記・下・128。元亨釈書・九・道公に同話がある。

二 ↓地名「四天王寺」。
三 伝未詳。
四 ↓一五四頁注七。
五 ↓地名「熊野」。
六 夏安居。↓二二八頁注七。
七 この名の郡は存在しない。験記「三奈倍郷」の「郷」を「郡」に誤ったもの。三奈部郷は現、和歌山県日高郡南部町付近。
八 この樹の側にやって来た。験記「至二此樹辺一」。
九 何者だろうと思っていると。験記の記さない主人公の不安感を描いて場面の緊迫性を高めるのは、本書に通例の手法。
一〇 この樹の下には(自分の他に)誰かがいたのか。↓前注。
一一 お供をせよ。験記「御共可レ侍」。
一二 字類抄「駄 ニオヒムマ 負物者也」。荷役用の馬。乗馬としては下等であることに注意。
一三 「ニモアレ」の約。(もし駄の治療がうまく行かなかったら)他の馬でも見つけて参りましょう。
一四 歩行ができません。
一五 すべてが闇の中で正体不明のまま行われ、物音だけで判断したことを示す。
一六 「曙」は「暁」の草体から生まれた字体

只道祖《さへ》[一八]ノ神ノ形《かたち》ヲ造《つくり》タル有リ。其ノ形旧《ふる》ク朽《くち》テ多《おほく》ノ年ヲ経タリト見ユ。[一九]男ノ形ノミ有テ、女ノ形ハ無シ。前ニ板ニ書タル絵馬《ゑま》[二〇]有リ。足ノ所破《やぶ》レタリ。道公此レヲ見テ、「夜《よ》ルハ、此ノ道祖《さへのかみ》ノ云ヒケル也ケリ」ト思フニ、弥《いよい》ヨ奇異ニ思テ、其ノ絵馬ノ足ノ所ノ破《やぶれ》タルヲ糸ヲ以テ綴《つづり》テ、本ノ如ク置ツ。道公、「此ノ事ヲ今夜吉《よ》ク見ム」ト思テ、其ノ日留《とどまり》テ、尚《なほ》樹ノ本ニ有リ。夜半許《ばかり》ニ、夜前ノ如ク多《おほく》ノ馬ニ乗レル人来《きたり》ヌ。道祖亦《また》馬ニ乗テ出《い》デヽ、共ニ行ヌ。

暁ニ成ル程ニ、道祖返来《さへのかみかへりきたり》ヌト聞ク程ニ、年老タル翁来《きた》レリ。誰[二一]人ト不知《しら》ズ。道公ニ向《むかひ》テ拝シテ云ク、「聖人《しやうにん》ノ昨日駄《におひうま》ノ足ヲ療治《れうぢ》シ給ヘルニ依テ、翁此ノ公事《くじ》[二二]ヲ勤メツ。此ノ恩難報《ほうじがた》シ[二三]。我レハ此レ、此ノ樹ノ下ノ道祖此レ也。此ノ多《おほく》ノ馬ニ乗レル人ハ行疫神《ぎやうやくじん》[二四]ニ在《まし》マス。国ノ内ヲ廻《めぐ》ル時ニ、必ズ翁ヲ以テ前役[二五]トス。若《も》シ其レニ不共奉《ぐぶせ》[二六]ネバ、笞《しもと》ヲ以テ打チ、言《こと》ヲ以テ罵《の》ル。此ノ苦実《まこと》ニ難堪《たへがた》シ。然レバ、今此ノ下《げ》[二七]劣《れつ》ノ神形《かみのかたち》ヲ棄テヽ、速《すみやか》ニ上品《じやうぼん》[二八]ノ功徳《くどく》ノ身ヲ得ムト思フ。其レ聖人ノ御力ニ可依《よるべ》シ」ト。道公答《こたへ》テ云ク、「宣《のたま》[二九]フ所妙《たへ》也ト云ヘドモ、此レ我ガ力ニ不及《およば》ズ」ト。道祖亦云ク、「聖人此ノ樹《うゑき》ノ下《もと》ニ今三日留《とどまり》テ、法花経ヲ誦シ給ハムヲ聞カバ、我レ法花ノ力ニ依テ、忽《たちまち》ニ苦ノ身ヲ棄テヽ、楽ノ所ニ生レム」ト云テ、掻消《かきけ》[三〇]ツ様《やう》ニ失《うせ》ヌ。

道公道祖《さへのかみ》ノ言《こと》ニ随《したがひ》テ、三日三夜其ノ所ニ居テ、心ヲ至[三一]シテ法花経ヲ誦ス。第四

か。夜が明ける意。
一七 全く誰もいない。
一八 「サヘ」は、さえぎり、せき止める意。境にあって外部から侵入する疫病神や悪霊を防ぎ止める神、また行路の神・旅の神・生殖の神ともされ、村外れや道路の分岐点に祀られる。神としての地位が極めて低いことは、宇治拾遺物語・1などでも明らか。斎の神。どうそじん。
一九 道祖神像は男神と女神または男根と女陰であることが多い。ここでは女陰の形の像がなくなり、男根像だけが残っていたのであろう。↓注二七。験記「雖レ有二男形一、無レ有二女形一」。
二〇 神仏に奉納する板絵。それに描かれた馬の脚のところがこわれていたのである。験記「前有二板絵馬一、前足破損」。
二一 験記には見えない文句。↓注九。
二二 公の仕事。公務。
二三 験記はこの後に続いて「於二持経者一、有二種々恩顧一。所謂以二浄妙衣服、種々飲食一、而施二与之一。依レ煩不レ記」とある。
二四 流行病の神。疫病神。
二五 先払い。先導役。
二六 正しくは「供奉」。お供をすること。
二七 とくに「形」を下劣としているのは、神像が男根の形であったからか。
二八 もっと上級の身に生まれ変わりたいと思います。
二九 おっしゃるところはまことに結構ですが、私には力の及ばないことです。
三〇 験記には見えない文句。↓二三一頁注二六。
三一 まごころこめて。一心不乱に。

日ニ至テ、前《さき》ノ翁《おき》[一]来《きた》レリ。道公ヲ礼《らい》シテ云ク、「我レ聖人ノ慈悲ニ依テ、今既ニ此ノ身ヲ棄テヽ貴キ身ヲ得ムトス。所謂《いはゆ》ル補陀落山《ふだらくせん》[二]ニ生《うまれ》テ、観音ノ眷属《くゑんぞく》[三][四]ト成《なり》テ、菩[五]薩ノ位ニ昇ラム。此レ偏《ひとへ》ニ法花ヲ聞奉《ききたてま》ツル故《ゆゑ》也。聖人若《も》シ其ノ虚実《こじつ》[六]ヲ知《しら》ムト思《おもひ》給ハヾ、草木ノ枝ヲ以テ小キ柴ノ船ヲ造《つくり》テ、我ガ木像ヲ乗《のせ》テ海ノ上ニ浮《うかべ》テ、其ノ作[七]法ヲ可見給《みたまふべ》シ」ト云テ、掻消《かきけ》[八]ツ様《やう》ニ失《うせ》ヌ。

其後《そののち》[九]、道公道祖《さへのかみ》ノ言《こと》ニ随《したがひ》テ、忽《たちまち》ニ柴ノ船ヲ造テ、此ノ道祖神《さへのかみ》ノ像ヲ乗セテ、海辺《うみのほとり》ニ行テ、此レヲ海ノ上ニ放チ浮ブ。其ノ時ニ、風不立《たた》ズ波不動《うごかず》シテ、柴船《しばのふね》南[一〇]ヲ指《さし》テ走リ去ヌ。道公[一一]此レヲ見テ、柴船ノ不見《みえ》ズ成ルマデ泣《なく》〻《な》ク礼拝シテ返《かへり》ヌ。亦、其ノ郷《さと》ニ年老タル人有リ。其ノ人ノ夢ニ、此ノ樹《うゑき》ノ下《もと》ノ道祖《さへのかみ》、菩薩[一二]ノ形《かたち》ト成《なり》テ、光ヲ放《はなち》テ照シ耀《かかや》キテ、音楽ヲ発《おこ》シテ南ヲ指《さし》テ遥《はるか》ニ飛ビ昇ヌ、ト見ケリ。道公此ノ事ヲ深ク信ジテ、本寺《もとのてら》ニ返《かへり》テ、弥《いよい》ヨ法花経ヲ誦スル事不愚《おろかなら》[一三]ズ。

道[一四]公ガ語ルヲ聞《きき》テ人皆貴ビケリトナム語リ伝ヘタルトヤ。

僧源尊《そうぐゑんそん》、行冥途誦法花活語《めいどにゆきてほくゑをじゆしてよみがへれること》第三十五

今昔《いまはむかし》、源尊《ぐゑんそん》[一五]ト云フ僧有ケリ。幼ノ時ヨリ父母《ぶも》ノ手ヲ離レテ、法花経《ほくゑきやう》[一六]ヲ受ケ習《ならひ》テ

一「ナ」は「翁」の捨仮名。
二 観音の浄土。↓地名「補陀落山」。
三 ↓人名「観世音菩薩」。
四 従者。部下。
五 菩薩の境地。
六 真偽。うそかまことか。
七 有様。様子。
八 験記には見えない文句。↓二五七頁注三〇。
九「チ」は「後」の捨仮名。
一〇 南は補陀落山のある方角である。南方に船を進めたのは熊野沖から南方観音浄土をめざした所謂補陀落渡海の方式に似ている。
一一 これ以後、「礼拝シテ返ヌ」までは験記には見えない。
一二 験記「成㆓菩薩形㆒、身色金色、放㆑光照曜、伎楽歌詠、指㆓南方界㆒、遥飛昇去」。
一三 おろそかにしなかった。熱心に誦経した。
一四 験記「伝㆓語此事㆒、聞者随喜、皆発㆓道心㆒矣」。

第三十五話　出典は法華験記・上・28。金沢文庫本観音利益集・26、元亨釈書・十九・源尊に同話がある。

一五 伝未詳。
一六 ↓一五四頁注七。
一七 暗記しようと思ったが。

昼夜ニ読誦《どくじゆ》ス。而《しか》ルニ、[一七]暗《そら》ニ思《おぼ》エムト思フニ、未ダ思《おぼ》ユル事無シ。若ク盛リニシテ、身ニ重キ病《やまひ》ヲ受テ、日《ひ》来《ごろ》ヲ経テ失《うせ》ヌ。

而《しか》ル間、[一八]一日一夜ヲ経テ活《よみがへり》テ、語《かたり》テ云《いは》ク、「我レ死《しに》シ時、我レヲ搦《からめ》テ[一九]閻魔王《えんまわう》ノ庁ニ将行《ゐてゆ》ク。[二〇]冥官《みやうくわん》・[二一]冥道《みやうだう》皆其ノ所ニ有テ、或《あるい》ハ冠《かむり》ヲ戴キ、或ハ甲《よろひ》ヲ着、或ハ鉾《ほこ》ヲ捧ゲ、或ハ[二二]文案《もんあん》ニ向ヒ札《ふだ》ヲ勘《かむが》ヘテ、罪人ノ善悪ヲ注《しる》ス。其《その》[二三]作法ヲ見ルニ、実《まこと》ニ怖ル丶所也。而ルニ、傍《かたはら》ニ貴ク気高《けたか》キ僧在《まし》マス。手ニ[二四]錫杖《しやくぢやう》ヲ取レリ。亦、[二五]経筥《きやうばこ》ヲ持《もち》テ閻魔王ニ申シテ云ク、「沙門《しやもん》源尊ハ法花ヲ読誦スル事多《おほく》年積《つも》レリ。[二六]速《すみやか》ニ座ニ可居《すうべ》シ」ト云テ、此ノ筥《はこ》ヨリ経ヲ取出《とりいだし》テ、法花経ヲ第一巻ヨリ第八巻ニ至ルマデ源尊ニ令読《よまし》ム。其ノ時ニ、閻魔王ヨリ始メ冥官、皆掌《たなごころ》ヲ合セテ此レヲ聞ク。其ノ後、此ノ僧源尊ノ[二七]将出《ゐていで》テ、本国《もとのくに》ニ令向《むかはし》ム。源尊怪《あやしみ》テ此ノ僧ヲ見《みれ》バ、[二八]観音ノ形《かたち》ニ在《まします》ス。即チ源尊ニ教ヘテ宣《のたま》ハク、「汝《なむ》ヂ本国ニ返《かへり》テ、吉《よ》ク此ノ経ヲ可読誦《どくじゆすべ》シ。我レ力ヲ加ヘテ、暗《そら》ニ令思《おぼえし》ムル事ヲ令得《えしめ》ム」ト宣フト思《お》[二九]モフ程ニ、活《よみが》ヘル也」ト。[三〇]人此ヲ聞《きき》テ貴ブ事無限《かぎりな》シ。

其ノ後、源尊病愈《やまひいえ》テ、一部皆暗《そら》ニ思《おぼ》エヌ。毎日《ひごと》ニ三部ヲ誦《じゆ》ス。[三一]二部ハ[三二]六道ノ衆《しゆ》生《じやう》ノ為《ため》ニ[三三]廻向《ゑかう》ス。一部ハ我ガ身ノ[三四]悪趣ヲ離レテ浄土《じやうど》ニ可生《うまるべ》キ為《ため》也。

其ノ後、漸《やうや》ク年積《つもり》テ最後ノ時至ルニ、身ニ聊《いささか》ニ煩フ事有リト云ヘドモ重キ病ニ非

一八 験記では死んで冥途に行き蘇生するまで、時間の進行の通りに叙述されているが、本話はこれを蘇生後の回想談の形式に改変している。同様の改変は巻一三・13、巻一六・36でも認められる。
一九 →人名「閻魔王」。
二〇 冥途の役人。閻魔王とともに死者の裁判等に従事する者。
二一 ここでは、冥官に同じ。
二二 机に向かって(死者の行状を記した)札を調べて。
二三 有様。様子。
二四 僧や修験者が行脚の時に持つ杖。頭部は金属製で数個の環をかけてあり、振って音を立てて悪獣や毒蛇を避ける。
二五 経巻を納めた箱。
二六 ただちに座にすわらせよ。罪人として待遇してはならない意。験記「即坐二厳座一」。同彰考館本「即坐二当坐一」。
二七 「源尊ヲ」に同じ。源尊を連れて出て本の国(即ち、この世)に帰らせた。↓二五四頁注一四。
二八 →人名「観世音菩薩」。
二九 「モ」は「思」の捨仮名。と思ったら生き返っていたのだ。
三〇 この一文は験記には見えない。
三一 験記「二部化他、一部自行」。
三二 →地名「六道」。
三三 自らが積んだ善根・功徳をふり向けること。ここでは、誦経の功徳を六道に輪廻する衆生の救済にあてた意。
三四 悪道(地獄・餓鬼・畜生)に堕ちることなく浄土に生まれんがためである。

ズシテ、[一]不違《たがは》ズシテ、法花経ヲ誦《じゆ》シテ失《うせ》ニケリ。[二]法花経ノ力ニ依テ[三]冥途ニ観音ノ加護《かご》ヲ蒙《かうぶ》ル。定メテ悪趣ヲ離レテ善所《ぜんじよ》ニ生《うま》レケムトゾ人貴ビケルトナム語リ伝ヘタルトヤ。

女人《によにん》、誦法花経見浄土語《ほくゑきやうをじゆしてじやうどをみたること》第三十六

今昔《いまはむかし》、加賀《かが》ノ前司《ぜんじ》[四]源ノ兼澄《かねずみ》ト云フ人有ケリ。其ノ娘ニ[五]一人ノ女人有《によにんあり》。心聡敏《そうびん》ニシテ、若クヨリ仏ノ道ヲ心ニ懸《かけ》テ、[六]法花経《ほくゑきやう》ヲ受ケ習《ならひ》テ、日夜ニ読誦《どくじゆ》シテ年久《ひさし》ク成《なり》ニケリ。而《しか》ルニ、[七]無量義経《むりやうぎきやう》・[八]普賢経《ふげんきやう》ヲバ不受習《うけならは》ザリケリ。而ル間、彼ノ女俄《にはか》ニ身ニ病《やまひ》ヲ受テ、日来《ひごろ》ヲ経ル程ニ失《うせ》ヌ。

而《しか》ル間、一夜ヲ経テ活《よみがへり》テ、傍《かたはら》ニ有ル人ニ語《かたり》テ云《いは》ク、「我レ死《しに》シ時、俄《にはか》ニ[九]強力《がうりき》ナル人四五人来《きたり》テ、我ヲ追テ遥《はるか》ニ野山ヲ過《すぎ》テ将行《ゐてゆき》シ間ニ、一《ひと》ノ大《おほき》ナル寺有リ。其ノ寺ニ我レヲ将入《ゐていり》ヌ。寺ノ門ヲ入《いり》テ見レバ、金堂《こんだう》・講堂・経蔵・[一〇]鐘楼《しようろう》・僧房・門楼、極《きはめ》テ多ク造リ重ネテ、[一一]荘厳《しやうごん》セル事実《まこと》ニ微妙《みめう》也。其ノ中ニ、[一二]天冠《てんくわん》ヲ戴ケル天人、[一三]瓔珞《やうらく》ヲ懸《かけ》タル菩薩、員《かず》不知《しら》ズ。亦《また》、年老《としおい》、貴キ聖《ひじり》ノ僧多カリ。我レ此ヲ見テ思フ様、「若《も》シ此《ここ》ハ[一四]極楽ニヤ有ラム。亦ハ[一五]兜率天上《とそつてんじやう》ニヤ有ラム」ト。其ノ時ニ、僧有テ告《つげ》テ云ク、

一 正念を乱さないで。験記「身心不レ乱」。
二 これ以後は験記に見えず、本話で付加された記事。 三 冥途において。

第三十六話 出典は法華験記・下・118。元亨釈書・十八・藤兼澄女に同話がある。
四 験記には「女弟子藤原氏、加賀前司兼隆第一女矣」とあるが、藤原兼隆(道兼の子)は加賀守には任じられていない。源兼澄は小右記・寛弘九年(一〇一二)四月九日条、栄花物語・ひかげのかづら等に「前加賀守」として名が見える。源兼澄が正しいと思われるが、両書にこのような相違が生じた理由は未詳。↓人名「兼澄」。
五 未詳。尊卑分脈には源兼澄の女子として命婦乳母(慶増母)と右衛門の二人を記載している。 六 ↓一五四頁注七。
七 一巻。無量の法は一の実相から生じることを説く。無量の法が一の実相に帰着することを説く法華経に通じるところから、同経の開経(序論)とされる。法華三部経の一。
八 観普賢菩薩行法経。一巻。普賢観門および六根の罪を懺悔すべきを説く。法華経の普賢菩薩勧発品に通じるところから、同経の結経(結論)とされる。法華三部経の一。 九 力の強い人。
一〇 ↓一三四頁注五。
一一 すばらしく見事に飾られている。験記「周匝荘厳、甚深微妙」。
一二 天人の戴く宝冠。
一三 ↓二四九頁注三六。
一四 ↓地名「極楽」。 一五 ↓地名「兜率天」。
一六 ここに来るべき時はまだ遠い先のこ

「彼ノ女人ハ何《いかに》シテ此ノ寺ニハ来《きた》ルゾ。汝法花経ヲ誦セル員《かず》多クシテ此ノ寺ニ可来《きたるべ》シ。然レドモ、[一六]可来《きたるべ》キ期《ご》未ダ遠シ。速《すみやか》ニ此ノ度ハ可返《かへるべ》シ」ト。

我レ此ヲ聞《きき》テ、一《ひと》ノ堂ヲ見ルニ、[一七]多《おほく》ノ法花経ヲ積ミ置《おき》奉レリ。僧亦《また》告テ云ク、[一八]「汝《なむ》ヂ此ノ法花経ヲバ知レリヤ否《いな》ヤ」ト。不知《しら》ザル由《よし》ヲ答フ。僧ノ云ク、「此ノ経ハ汝ガ年来《としごろ》誦セル所ノ経也。善根《ぜんごん》ニ依テ、汝《なむ》ヂ此ノ所ニ生レテ楽ヲ可受《うくべき》也」ト。我レ此レヲ聞クニ、心ニ喜ブ事無限《かぎりな》シ。

亦、[一九]一《ひとつ》ノ高キ堂ヲ見レバ、仏在《まし》マシテ金色《こんじき》ノ光ヲ放《はなち》テ照シ給フ。但シ、[二〇]袈裟《けさ》ヲ面《おもて》ニ覆ヒ給ヘリ。然レバ、御顔ヲ礼《をが》ミ奉ル事無シ。[二一]微妙《みめう》ノ音《こゑ》ヲ出《いだ》シテ我ニ告テ宣《のたま》ハク、「汝ヂ法花経ヲ読誦スルニ依テ、我ガ身ヲ汝ニ見セ、音《こゑ》ヲ令聞《きかし》ム。汝ヂ速《すみやか》ニ[二二]本国《もとのくに》ニ返《かへり》テ、尚吉《なほよ》ク法花経ヲ可読誦《どくじゆすべ》シ。亦、[二三]無量義経・普賢経ヲ相ヒ副《そ》ヘテ可読誦《どくじゆ》ス[二四]ベシ。此レ専《もはら》ニ[二五]可受持《うけたもつべ》キ経也。[二六]其ノ時ニ、我レ面《おもて》ヲ不隠《かくさ》ズシテ汝ニ令見《みしめ》ム。我レハ此レ[二七]釈迦如来也」ト宣テ、[二八]天童二人ヲ副ヘテ送リ給フ。然レバ、天童ト共ニ来《きたり》テ、我レ家ノ内ニ入《い》ル、ト思フ間ニ、活《よみが》ヘル也」ト語ル。其ノ後、病愈《やまひいえ》テ、弥《いよい》ヨ[二九]心ヲ至シテ法花経ヲ読誦シ、幷《ならび》ニ無量義経・普賢経ヲ相ヒ副ヘテ読誦シ奉ル。

[三〇]此レヲ思フニ、釈迦如来ハ、[三一]涅槃《ねはん》ニ入給《いりたまひ》テ後ハ、如此《かくのごと》ク衆生《しゆじやう》ノ前ニ[三二]浄土《じやうど》ヲ建立《こんりふ》シテ可在《ましますべ》シトモ不思《おもは》ヌニ、此レハ法花読誦ノ力ヲ助ケムガ為《ため》ニ[三三]霊鷲山《りやうじゆせん》ヲ見セ給フニヤ。

とだ。この度は早く帰るがよい。験記「善女法華経部数未レ満。何生二此土一。年月猶遠。此度早可レ還」。

一七 験記「積二置数千部経一」。

一八 この質問と女の答えは、験記には見えない。

一九 験記「又見二講堂一」。「講」が同音の「高」に変化している点に注意。

二〇 袈裟でお顔を隠していらっしゃった。

二一 美しく妙なるお声で。験記「以二伽陵頻声一告レ我言」。

二二 祖国。即ち、この世。人間界。

二三 験記「幷開結経可レ奉二加読一」。

二四 「ベシ」は上の「可」の全訓捨仮名。

二五 →二一三頁注三一。

二六 (読誦の功を積んで)晴れてここに往生した暁には、顔を隠さないでお前に見せてあげよう。

二七 →人名「釈迦如来」。

二八 童子姿の天人。

二九 まごころこめて。一心不乱に。

三〇 以下は本話において付加された叙述。

三一 入滅なさって後は。

三二 死後に赴く浄土(仏の国土)としては阿弥陀如来の西方極楽浄土が最も有名だが、阿弥陀が衆生を浄土に迎え取る「来迎」の仏であるのに対して、釈迦は衆生を浄土に送り出す「発遣」の仏として信仰されたから、釈迦が自身の仏国土を持っているとは理解し難かったのであろう。

三三 釈迦が法華経を説いた場所として知られるが、涅槃後も釈迦が常在して説法している浄土であるとする、所謂霊山浄土の思想に関係があろう。→地名「霊鷲山」。

亦、無量義経ハ必ズ法花経ニ具シテ可読誦《どくじゆすべ》キ経也。仏ノ教ヘ既ニ如此《かくのごと》シ。

聞ク人皆聞継《ききつぎ》ニナム語リ伝ヘタルトヤ。

無慚破戒僧《むざんはかいのそう》、誦法花寿量一品語《ほくゑのじゆりやういっぽんをじゆせること》第三十七

今昔《いまはむかし》、[一]仁和寺《にんわじ》ノ東《ひむがし》ニ[二]香隆寺《かうりうじ》ト云フ寺有リ。其ノ寺ニ[三]定修僧都《ぢやうしゆそうづ》ト云フ人住《すみ》ケリ。其ノ僧都ノ弟子ニ[四]一人《ひとりの》僧有ケリ。其ノ僧、形《かたち》ハ僧也ト云ヘドモ、[五]三宝ヲ不信《しんぜ》ズ、因果ヲ不悟《さとら》ズシテ、翔《ふるま》フ様只《ただ》俗ニ不異《ことなら》ズ。常ニ手ニ[六]弓箭《きうせん》ヲ持チ、腰ニ刀剣ヲ帯《たい》シテ、諸《もろもろ》ノ不善・悪行《あくぎやう》ヲ好ム。亦《また》、鳥獣ヲ見テハ必ズ此レヲ射殺ス。[七]魚肉ヲ見テハ悉《ことごと》ク此レヲ[八]食噉《じきだん》ス。[九]心ニ愛欲深クシテ、常ニ女ニ触レム事ヲ願フ。然レバ、手ニ[一〇]念珠ヲ不持《もた》ズ、肩ニ袈裟《けさ》ヲ不懸《かけ》ズ。実《まこと》ニ此レ[一一]無慚《むざん》ノ者也。而《しか》ルニ、此ノ僧[一二]法花経《ほくゑきやう》ノ[一三]寿量一《じゆりやういっ》品《ぼん》ヲ持《たもち》テ、[一四]身ノ穢《けが》レヲ不撰《えらば》ズ、毎日《ひごと》ニ必ズ一遍ヲ読誦《どくじゆ》シケリ。

而《しか》ル間、此ノ僧香隆寺ヲ去テ、[一五]法性寺《ほふしやうじ》ノ座主《ざす》[一六]源心《ぐゑんしん》僧都ノ弟子ニ成テ、其ノ[一七]車宿《くるまやどり》ニ居テ、僧都ニ随《したがひ》テ被仕《つかはれ》ケル程ニ、身ニ重キ病《やまひ》ヲ受テ日来《ひごろ》煩フニ、[一八]座主此レヲ哀《あはれ》ビテ戒ヲ授ク。僧[一九]心ヲ一《ひとつ》ニシテ戒ヲ受テ後、起居《おきゐ》テ口ヲ[二〇]瀬《すすぎ》テ、[二一]心ヲ至《いたし》テ寿量品ヲ誦ス。[二二]「得入無上道《とくにふむじやうだう》　速成就仏身《そくじやうじゆぶつしん》」ノ文《もん》ニ至ル時ニ、心ヲ静《しづか》ニシテ失《うせ》ニケリ。

第三十七話　出典は法華験記・中・76。

一　「仁和寺ノ東ニ」は験記に見えず、本話で付加された説明。→地名「仁和寺(にんなじ)」。

二　→地名「香隆寺」。

三　伝未詳。但し験記は「定澄」。定澄といえば興福寺別当の大僧都定澄(長和四年(一〇一五)没。八十一歳)が著名だが、仁和寺の末寺に法相の僧が住んだとは思えない。別人であろう。

四　験記「有㆓一比丘㆒、香隆寺定澄僧都弟子、其名未㆑詳」。

五　仏・法・僧。ここでは仏の意。　六　弓矢。

七　験記「若見㆓魚鳥㆒、必食㆓噉之㆒」。

八　験記「食噉」をそのまま音読した語。訓読すれば「食(じき)し噉(くら)ふ」。魚や肉を見れば、すべて食べてしまう。

九　愛欲云々は験記には見えない記事。

一〇　数珠。　一一　→二五一頁注一五。

一二　→一五四頁注七。

一三　ただ如来寿量品だけを受持して。→一七九頁注二〇。

一四　身の浄、不浄をえらばず。身が穢れていても構わないで。験記にはない文句。

一五　→地名「法性寺(ほつしやうじ)」。

一六　→人名「源心」。

一七　邸宅内の車庫、また、外出した際に一時的に車を止めて牛を休ませた家をもいう。ここは後者。一種の別宅である。

一八　験記「僧都観㆓一生不善㆒、聞㆓臨終重病㆒、発㆓憐愍情㆒、彼僧授㆑戒」。

一九　一心になって。

二〇　底本「漱」と傍書。「瀬」は「漱」に通用する。名義抄「瀬　ス、ク」。

二一　まごころこめて。一心不乱に。

年来《としごろ》無慚《むざん》也ト云ヘドモ、最後ニ縁[二三]ニ値《あひ》テ戒ヲ受テ、法花経ヲ読誦シテ失ヌレバ、必ズ悪道ヲ離[二四]レヌトゾ見聞ク人貴ビケリトナム語リ伝ヘタルトヤ。

盗人《ぬすびと》、誦法花四要品免難語《ほくゑのしえうぼんをじゆしてなんをまぬかれたること》 第三十八

今昔《いまはむかし》、左衛門《さゑもん》[二五]ノ大夫《たいふ》[二六]平ノ正家《まさいへ》ト云フ者有ケリ。信濃《しなの》ノ国ニ知[二七]ル所有テ、常ニ其ノ国ニ行キ通フ。而《しか》ルニ、正家其ノ国ニ下《くだり》テ有ケル時ニ、雑色《ざふしき》[二八]ニ仕《つか》ヒケル男《をのこ》有ケリ。

而《しか》ル間、人有テ馬ヲ盗《ぬすみ》テケリ。其ノ時ニ、正家ガ郎等《らうどう》[二九]也ケル男有テ、「此ノ雑色《ざふしきの》男《をのこ》、其ノ馬盗人ト心ヲ合セタリ」ト云《いひ》テ出《い》デ、本《もと》ヨリ雑色ヲ悪《にく》ミケル故《ゆゑ》ニ、正家ニ此ノ事ヲ不吉《よから》ヌ様《やう》ニ聞《きか》セツ。正家此レヲ聞テ、即チ其ノ雑色男ヲ搦《からめ》テ、此ノ郎等ニ「慥《たしか》ニ不逃《にが》スナ」ト云テ預ケツ。郎等本ヨリ悪《にく》ム心ニテ、拈《したた》[三〇]ムナド云[三一]ヘバ愚《おろか》也ヤ、四《よつ》[三二]ノ枝《えだ》ヲ張リ付《つけ》タリ。二《ふたつ》ノ足ニハ吉《よ》ク械《あしかし》[三三]ヲ打《うち》テ、二《ふたつ》ノ手ヲバ上ニ大《おほき》ナル木ヲ渡シテ、其レヲ□[三四]カセテ縛リ付ケツ。髪ヲバ木ニ巻キ付テ、其ノ上ニ多ク[三五]昇《のぼ》セ居《すゑ》ヘテ令守《まぼらし》ム。

雑色男《ざふしきのをのこ》、咎《とが》無クシテ此ノ難ニ値《あ》フ事ヲ歎キ悲ムト云ヘドモ、可為《すべ》キ方《かた》無クテ有ルニ、此《この》男本《もと》ヨリ法花経《ほくゑきやう》[三六]ノ四要品《しえうほん》[三七]ヲ持《たも》[三八]チ奉リケレバ、夜《よ》ル其ノ四要品ヲ誦《じゆ》シケルヲ、

二二 寿量品末尾の偈の最末尾の二句。験記は下句「即成就仏身」とするが、法華経は本話と同じく「速成就仏身」。この偈は巻一三・14にも引用されている。文意は、→二二七頁注二〇。
二三 仏縁。源心にめぐり会えたことをさす。 二四 きっと離脱したに違いないと。「離レヌベシ」を省略した言い方。

第三十八話 出典未詳。
二五 左衛門尉(従六位上相当)の職にあって五位を授けられている者。
二六 →人名「正家」。
二七 領有する土地。所領。
二八 走り使いをする者。下男。
二九 家来。部下。
三〇 「拈」は、巻二四・55の「拈メ行ケル間」が同文的同話の宇治拾遺物語・111に「したゝめおこなひ給あいだ」とあるのを参考に、この字を用いた全ての例がこのように訓んで矛盾しないことから、「したたむ」と訓む。処理する、始末する、の意。ここでは犯人としての処理、具体的には逃げないように縛ったことをいう。
三一 というのも愚かである。というどころの話ではない。 三二 四肢。両手両足。
三三 字類抄「械 アシカシ 穿木加足也」。足枷(あしかせ)。 三四 動詞の語幹の漢字表記を期した意識的欠字。該当語は未詳。
三五 はりつけに用いた材木の上に、見張りの者を大勢登らせて見張りをさせた。
三六 →一五四頁注七。
三七 →二四五頁注二七。
三八 信受していたので。

聞ク人モ「哀[一]レ也ケル男カナ」ト云フ程ニ、此ノ守《まぼ》ル者共《ども》懈《たしか》ニ寝入《ねい》ルトモ無キニ、幻ノ如ク、此ノ被縛《しばられ》タル男、守ル者共ヲ「耶〻《やや》[二]」ト驚カス[三]。守ル者起《おき》テ見レバ、二《ふたつ》ノ足ノ械《あしかし》モ皆抜キ、上ニ張リ付ケタル木モ傍《かたはら》ニ押シ被落《おとされ》テ、男直《うるはし》[四]ク居タリ。守ル者此ヲ見テ、「此《こ》[五]ハ何《いか》ニ。賢ク不逃《にげ》ザリケル」ト云テ、亦同様《またおなじやう》ニ拈《したた》メテ張リ懸ケツ。夜曙《あけ》ヌレドモ此ノ事ヲ人ニ不語《かたら》ズ。

其ノ後、日来《ひごろ》ヲ経ルニ、毎夜《よごと》ニ如此《かくのごと》ク械《あしかし》モ抜ケ、縛ル緒モ解《とけ》テ、自然《おのづか》[六]ラ被免《ゆるさ》ル。守ル者共《ども》此ノ事ヲ「奇異也」ト思フ程ニ、正家ガ子ニ大学ノ允資盛《じようすけもり》[七]ト云フガ、其ノ時ニ若クシテ其ノ家ニ有ケルガ、夜《よ》ル聞クニ、法花経ヲ誦スル音《こゑ》ノ聞《きこ》ユレバ、「此《こ》ハ誰《た》ガ読ムゾ」ト尋ヌルニ、此ノ張リ被懸《かけられ》タル男ノ誦スル也ケリ。「哀[八]レ也ケル男カナ」ト思フ。

夜嗟《あけ》[九]テ後、此ノ男預《あづかり》タル郎等来《きたり》テ、正家ニ告《つげ》テ云ク、「此ノ盗人男《ぬすびとのをのこ》、日来《ひごろ》吉《よ》ク拈《したた》メテ置タル、守《まぼ》ル者共《ども》モ寝入ル事モ無ク、亦、人モ不寄《よら》ヌニ、械《あしかし》モ皆抜ケ、縛緒《しばりを》モ解ケテ、毎夜《よごと》ニ自然《おのづか》ラ被免《ゆるさる》ル事ナム有ル。然レドモ逃ゲム心モ無シ。逃ゲ[一〇]候ハマシカバ早フ逃《う》テ罷《まか》リ去リナマシ」ト。正家此レヲ聞キ、「希有《けう》[一一]也」ト思テ、「速《すみやか》ニ其ノ男ヲ召シ出《い》デ、可問《とふべ》シ」ト云テ、召シテ問フニ、男ノ云ク、「己《おの》[一二]レ更ニ構《かま》フル事無シ。只幼ヨリ持《たも》チ奉ル所ノ法花経ノ四要品ヲナム、「若《も》シ死ニ候《さぶらひ》ナバ、後世《ごせ》ヲ助

一 感心な男だなあ。誦経は称賛すべき行為であることに注意。
二 もしもし。
三 目を覚まさせる。
四 きちんと坐っていた。
五 これはどうしたことだ。よくも逃げなかったものだ。
六 ひとりでに自由の身になる。
七 →人名「資盛」。
八 →注一。
九 →二二一頁注三三。
一〇 逃げるつもりがありましたら、とっくに逃げ去っていたことでございましょう。
一一 不思議なことだ。
一二 「レ」は「己」の捨仮名。私は決して（逃げようと）たくらんだことはありません。
一三 効験。おかげ。
一四 木の枝で作ったむち。

ケ給へ」ト思テ、日来《ひごろ》誦シ奉ル験《しるし》[一三]ニヤ、幻ノ如クニ、白キ楚《すはえ》[一四]ヲ持《もち》給ヘル児《ちご》[一五]ノ御《おは》シテ、楚ヲ振リ給フ、ト見ル程ニ、械《あしかし》モ抜ケ、縛リ緒モ解ケテ、皆被免《ゆるさ》ル、也。其ノ後、児《ちご》、「速《すみやか》ニ出《い》デヨ」ト宣《のたま》ヘドモ、「我レ[一六]不錯《あやまた》ヌ事ニ依テ不可逃《にぐべから》ズ。此許《かくばか》リ助ケ給《たまふ》ニテハ、今自然《おのづか》ラ被免《ゆるさ》レナム」ト思テ、守《まぼ》[一七]ル人ヲ驚《おどろか》シツ、告ゲ候也」ト。正家此レヲ聞クニ、貴ク哀《あはれ》[一八]ニ思テ、即チ免《ゆる》シテケリ。

此ヲ聞ク人、皆涙ヲ流シテ、法花経ノ霊験ノ新《あらた》[一九]ナル事ヲ信ジケリ。世[二〇]ノ末ニ及ブト云ヘドモ、吉《よ》ク持《たも》チ奉レル者ノ為《た》メニハ霊験ヲ施シ給フ事、既ニ如此《かくのごと》キ也。

正家ガ京ニ上《のぼり》テ語ルヲ聞《きき》テ語リ伝ヘタルトヤ。

出雲国花厳法花二人持者語《いづものくにのくゑごんほくゑふたりのぢしやのこと》[二一]第三十九

今昔《いまはむかし》、出雲《いづも》ノ国ニ二人ノ聖人《しやうにん》有ケリ。一人ハ花厳経《くゑごんきやう》[二二]ヲ持《たも》チ奉ル。名ヲバ法厳《ほふごん》[二三]ト云フ。一人ハ法花経《ほくゑきやう》[二四]ヲ持《たも》チ奉ル。名ヲバ蓮蔵《れんざう》[二五]ト云フ。此ノ二人ノ聖人、共ニ本《もと》、大《だい》[二六]安寺《あんじ》ノ僧也。各《おのおの》[二七]ノ事ノ縁有ルニ依テ、本寺《もとのてら》ヲ去《さり》テ此ノ国ニ来《きた》リ住《ぢう》ス。皆心直《うるはし》[二八]クシテ身清シ。

而《しか》ルニ、法厳聖人ハ花厳ヲ誦《じゆ》スル事既ニ二十年ニ成ルニ、常ニ日《ひ》[二九]ノ食《じき》ノ心ニ不叶《かなは》

一五 法華経守護の護法童子であろう。
一六 私は無実の罪で(捕らえられているのだから)逃げる必要はない。これほどお助け下さるからには、いまに放免されるだろう。
一七 番人を起こしては告げていたのです。
一八 貴く思い心を打たれて。
一九 あらたかなこと。顕著なこと。
二〇 世の末になっても。所謂末法思想、下降史観に基づく発想。

第三十九話 出典は法華験記・上・33。元亨釈書・十二・蓮蔵に同話がある。

二一 底本「持」と「者」の間に「経」と傍書。「持者」は「持経者」と同意。
二二 華厳経。→一一二頁注七。
二三 伝未詳。但し、法厳と蓮蔵は各々華厳経の「厳」と妙法蓮華経(法華経)の「蓮」にちなんで考案された名であるらしく、実在は疑問。
二四 →一五四頁注七。
二五 伝未詳。→注二三。
二六 →地名「大安寺」。
二七 「ノ」は「各」の捨仮名。各自何らかの事情があって。
二八 心が真っ直ぐで歪みがなく、身を清浄に保っていた。験記「所行如法、不レ違二法律一」。
二九 毎日の食物が不如意なことを嘆いていた。日々の食事を布施してくれる檀那(二六六頁注二)がいなかったのである。

ザル事ヲ歎ク。其ノ時ニ、[一]護法《ごほふ》ノ善神《ぜんじん》人ノ形《かたち》ニ成テ来《きたり》テ、聖人ニ告《つげ》テ宣《のたま》ハク、「我レ汝ガ為《た》メニ[二]檀那《だんな》ト成テ、毎日《ひごと》ニ[三]供《くう》ヲ膳《そな》ヘム。然レバ、此ヨリ後、日ノ食ヲ歎ク事無クシテ専《もはら》ニ[四]大乗ヲ修行セヨ」ト。聖人此レヲ聞テ喜テ、毎日ニ此ノ供ヲ受テ、歎ク事無《なく》シテ日来《ひごろ》ヲ経ル間、法厳聖人、善神ニ申サク、「明日ノ朝《あした》ニハ二人ノ[五]供料《くれう》ヲ持来《もてきた》リ給ヘ。我レ法花ノ持者ヲ[六]請《しやう》ジテ令食《くはし》メム」ト。善神聖人ノ言《こと》ニ随《したがひ》テ、明日ノ朝ニ[七]二《に》前《ぜん》ノ膳《そな》ヘヲ供《くう》セムトス。而ル間、法厳聖人、蓮蔵聖人ヲ請ズ。蓮蔵即チ来《きた》レリ。食《じき》ヲ持来《もてきた》ラムヲ待ツ間ニ、更ニ不見《みえ》ズシテ、[八]時ニ既ニ過《すぎ》テ、日暮《ひぐれ》ニ成ヌレバ、蓮蔵聖人返《かへり》ヌ。

其ノ時ニ、善神食《じき》ヲ持テ来《きたり》テ、法厳聖《ひじり》ニ語《かたり》テ云ク、「昨日ノ聖人ノ言《こと》ニ依テ早ク食ヲ[九]持来《もてきた》ラム為《ず》ル間ニ、[一〇]法花守護ノ聖衆《しやうじゆ》、[一一]梵天《ぼんでん》・[一二]帝釈《たいしやく》・[一三]四大天王、[一四]持者《ちしや》ヲ[一五]囲繞《ゐねう》シテ四方ニ充満セリ。然レバ、其ノ側《かたはら》ニ難寄《よりがた》シ。[一六]何況《いかにいはむ》ヤ其ノ道ヲ得ムヤ。此ニ依テ、我レ朝ヨリ今ニ至ルマデ供養ヲ捧ゲ乍《なが》ラ不来《きたらざ》ル也。彼ノ法花ノ聖人返リ去ルニ、護法ノ聖衆モ同ジク共ニ去リ給ヌレバ、其ノ時ニ持来《もてきた》レル也」ト。法厳聖人此レヲ聞テ、[一七]「希有《けう》也」ト貴ビ敬《うやまひ》テ、自《みづか》ラ[一八]供具《くぐ》ヲ捧《ささげ》テ蓮蔵聖人ノ許《もと》ニ行テ、供養シテ礼拝シケリ。

其後、法厳、法花ノ功徳《くどく》殊勝ナル事ヲ知《しり》テ、[一九]更ニ法花経ヲ副《そ》ヘテ持《ち》シ誦《じゆ》シテ、蓮蔵聖人ヲ帰依《きえ》シケリ[二〇]トナム語リ伝ヘタルトヤ。

一 護法善神(ここでは華厳経の守護神)が人間の姿になってやって来て。験記「時有二善神一、来白二聖人一」。
二 寺院を経済的に支援する信者。檀越。
三 供物。ここでは食物をさす。
四 大乗仏教の経典。ここでは華厳経をさす。　五 供養の物。ここでは食物をさす。
六 招待してご馳走しようと思う。験記「明旦可レ送二二人食一。請二法華聖一可レ献二御時一」。　七 二膳。二人前の食事。
八 「時」は「斎(とき)」の意。斎の時刻にはとっくに過ぎてしまって。僧の食事は日に一度、正午以前ときめられており、それが斎(時)であるが(午後食べる場合には非時という)、その刻限が過ぎて、果てには日没に至ったというのである。
九 持って来ようとしていると。
一〇 法華経を守護する諸菩薩。験記「守二護法華一護法聖衆梵釈四王、威光有レ勢、大衆囲繞、四方充満」。
一一 →人名「梵天」。　一二 →人名「帝釈天」。
一三 →人名「四天王」。　一四 持経者。蓮蔵をさす。　一五 取り囲んで。
一六 まして通ることなど出来ましょうか。とても通れません。　一七 不思議なことだ。　一八 供養の物。供物。験記「自レ手以二供具一献二蓮蔵聖一」。
一九 華厳経に加えて、さらに。
二〇 験記には、この後に「二聖皆悉欣二求浄土一、永離二穢土一矣」と結びの句がある。

第四十話　出典は法華験記・中・48。元亨釈書・十二・法蓮に同話がある。
二一 →一〇六頁注一四。

陸奥国法花最勝二人持者語《みちのくにのほくゑさいしようふたりのぢしやのこと》第四十

今昔《いまはむかし》、陸奥《みちのく》ノ国ニ二人ノ僧有ケリ。一人ハ最勝王経《さいしようわうぎやう》[二一]ヲ持《たも》ツ。名ヲ光勝《くわうしよう》[二二]ト云フ。[二三]　　　本《もと》、興福寺《こうぶくじ》[二四]ノ僧也。此ノ国[二五]、本《もと》ノ生国《しやうこく》ナルニ依《より》テ、各《おのおの》本寺《もとのてら》ヲ去テ来《きた》リ住《ぢう》ス。此ノ二人ノ聖人、皆心直《うるはし》[二六]ク身清クシテ、各法花・最勝ヲ持《たもち》テ霊験ヲ施ス。然レバ、国ノ人皆崇《あが》メ貴メル事無限《かぎりな》シ。

而《しか》ル間、光勝聖《ひじり》、法蓮《ほふれん》[二七]聖ヲ勧メテ云《いは》ク、「汝《なむ》ヂ法花ヲ棄テヽ、最勝ヲ可持《たもつべ》シ。其ノ故何《ゆゑいかに》トナレバ、最勝ハ甚深《じんじん》[二八]ナル事余経ニ勝《すぐ》レ給ヘルニ依テ、最勝王経トハ云《いふ》也。然レバ、公《おほやけ》[二九]モ御斉会《ごさいゑ》[三〇]ト名付《なづけ》テ、年始《としのはじめ》ニ此ノ経ヲ令講《かうぜし》メ給フ。亦《また》、諸国ニモ吉祥御願《きちじやうごぐわん》[三一]ト名付テ、各国分寺《おのおのこくぶんじ》[三二]ニシテ此ノ経ヲ講ズ。亦、公《おほやけ》、最勝会《さいしようゑ》[三三]ト名付テ、薬師寺[三四]ニシテ此ノ経ヲ講ジテ法会《ほふゑ》ヲ令行《おこなはし》メ給フ。然レバ、公《おほやけ》[三五]ニモ私《わたくし》ニモ此ノ経ヲ尤《もと》モ仰グ所也」ト。法蓮聖此レヲ聞《きき》テ云ク、「仏ノ説キ給フ所、何《いづ》レモ不貴《たふとから》ヌハ無シ。我レ宿[三六]因ノ引ク所有テ年来《としごろ》法花経ヲ持《たも》チ奉ル。何《いか》デカ急《たちまち》[三七]ニ法花ヲ棄テヽ、最勝ヲ持《たもち》奉ラム」ト。光勝聖、法蓮聖ヲ勧メ煩《わづら》[三八]ヒテ、黙《もだ》[三九]シテ止《やみ》ヌ。

其ノ後、光勝最勝ノ威力《ゐりき》ヲ憑《たのみ》テ、事[四〇]ニ触レテ法花ノ法蓮ヲ云ヒ煩[四一]ハスト云ヘドモ、

二二 伝未詳。但し、光勝と法蓮は各々金光明最勝王経と妙法蓮華経にちなんで考案された名であるらしく、実在は疑問。→二六五頁注二三。
二三 底本、諸本とも空白はないが、脱文があると推定する。底本は「一人ハ法華経ヲ持ツ。名ヲ法蓮ト云。……脱文法花験記可見令」と傍書。験記「奥州有㆓二沙門㆒。一名㆓光勝㆒、持㆓誦最勝王経㆒、元興寺僧也。一名㆓法蓮㆒、能持㆓法華経㆒、興福寺僧也。依㆓本生国㆒、離㆓本寺㆒下住矣」を参考にすれば、「本、元興寺ノ僧也。一人ハ法華経ヲ持ツ。名ヲ法蓮ト云フ」が欠落しているか。目移りに原因すると思われる。
二四 →地名「興福寺(こうぶくじ)」。
二五 この陸奥国がもともとの生国だったので。験記「依㆓本生国㆒」。
二六 →二六五頁注二八。
二七 前の脱文の部分(→注二三)に紹介があったはずの法華経の持者。伝未詳(→注二二)。
二八 深遠なこと。
二九 朝廷。
三〇 →一〇六頁注一一。
三一 吉祥懺悔。→一〇六頁注一五。
三二 →地名「国分寺」。
三三 →一〇八頁注一二。
三四 →地名「薬師寺」。
三五 験記「公家所㆑重、万民所㆑仰」。
三六 前世からの因縁。
三七 訓みは字類抄による。験記「何忽棄捨」。
三八 勧めかねて。なかなか説得できず。
三九 字類抄「黙 モダス」。(その時には)それ以上うるさくは言わなかった。
四〇 何かにつけて。機会あるたびに。
四一 うるさく説得したが。験記「触㆑事言㆓煩法蓮聖人㆒」。

法蓮答フル事無シ。而《しか》ルニ、光勝云ク、「此ノ二《ふたつ》ノ経何《いづ》レカ勝《すぐ》レ給ヘルト勝負《まさりおとり》[一]ヲ可知《しるべ》シ。若《も》シ法花ノ験《しる》シ[二]勝レ給ヘラバ、我レ最勝ヲ棄テヽ法花ニ随《したが》ハム。若シ亦《また》最勝ノ験勝レ給ヘラバ、法花[三]ヲ棄テヽ最勝ヲ可持《たもつべ》シ」ト。如此《かくのごと》ク云フト云ヘドモ、法蓮更ニ此レ[四]ヲ執《しふ》スル心無シ。光勝亦云ク、「然ラバ、我等二人各《おのおの》一町ノ田ヲ作テ、[五]年作《ねんさく》ノ勝劣《まさりおとり》ニ依《より》テ二ノ経ノ験ノ勝劣ヲ可知《しるべ》シ」ト。郷《さと》ノ人此ノ事ヲ聞テ、各一町ノ田ノ同程《おなじほど》[六]ナルヲ二人ノ聖ニ預ケツ。

而《しか》ルニ、光勝聖此ノ田ニ水ヲ入レテ、心[七]ヲ至シテ最勝ニ申シテ云ク、「経ノ威力《ゐりき》ニ依テ、種ヲ不蒔《まか》ズ、苗ヲ不殖《うゑ》ズシテ、年作ヲ令増《まさし》メ給ヘ」ト祈請《きしやう》シテ、田ヲ作ルニ、一町ノ田ノ苗等《ひとし》[八]クシテ茂リ生《おひ》タル事無並《ならびな》シ。日ヲ経《へ》月ヲ重ネテ稔《にぎは》[九]ヒ豊《ゆたか》ナル事勝《すぐ》レタリ。法蓮聖ノ田[一〇]ハ作[一一]ル事モ無ク、心[一二]ノ如ク入《い》ルヽ人モ無クシテ、荒レテ草多カリ。然レバ、馬・牛心ニ任《まか》セテ田ノ中ニ入《いり》テ食《は》ミ遊ブ。国ノ内ノ上中下ノ人此レヲ見テ、最勝ノ聖ヲ貴ビ、法花ノ聖ヲ軽《かろ》[一三]シム。

而ル間、七月ノ上旬ニ、法花ノ聖ノ田一町ガ中央ニ瓠《ひさこ》[一四]一本生《おひ》タリ。此ノ瓠《ひさこ》、漸《やうや》[一五]ク見レバ、枝八方ニ指《さし》テ普《あまね》ク一町ニ敷満《しきみち》タリ。高[一六]キ茎有リテ隙《ひま》無シ。二三日許《ばかり》ヲ経テ、花開《ひらき》テ実成レリ。一ゝ《ひとつひとつ》ノ瓠ヲ見ルニ、大《おほき》ナル事壺《つぼ》ノ如《ごとく》シテ隙《ひま》無ク並ビ臥《ふし》タリ。此レヲ見ルニ付《つけ》テモ、人皆最勝ノ聖ヲ讃《ほ》ム。法花ノ聖田ノ瓠ヲ見テ奇異ノ思ヒヲ成シテ、

一 底本「劣ィ」と傍書。諸本「勝負」。
二 「シ」は「験」の捨仮名。霊験。おかげ。
三 底本「法蓮」に「ノ法華」と傍書。「法蓮」は「法華」の誤記と見て訂した。験記「捨ニ法華一、可レ持ニ最勝一」。
四 両経の優劣にこだわる気持。
五 その年の作物の出来具合。
六 ふだんの反当収量が同じくらいの田を。
七 まごころこめて。一心不乱に。
八 一斉に。験記「一町田苗、斉等生茂滋無レ限」。
九 みのりの豊かなこと。験記「豊稔気色不レ可ニ言尽一」。 一〇 底本「由」を訂した。
一一 耕作することもなく。
一二 文意が通じ難い。験記「不レ流ニ入水一、荒田生レ草」の「水」を「心」と誤り、かつ無理な反読を試みた結果か。巻一三・17には験記の「水」を「上」と誤ったらしい例が見える(→二三一頁注一八)。撰者が依拠した験記の写本は「水」の字体が紛らわしかったか。 一三 軽んじた。
一四 ユウガオ・ヒョウタン・トウガンなどの総称。「ひさご」と濁音になったのは室町期。 一五 だんだん見ていると、枝が八方に延び広がって、田一町を余すところなく覆い尽くした。験記「枝散ニ八方一、遍布ニ一町一」。 一六 (横に広がっただけでなく)茎は高くもなって隙間もないほどである。験記「兼有ニ高茎一」。
一七 底本「精」と「タル」の間に「ケ」と傍書。精白した米が満ちていた。「瓠」が呪宝として白米を生む話は昔話「腰折れ雀」(宇治拾遺物語・48)、「宝ひょうたん」等、例が多い。 一八 訓みは字類抄による。つ

一瓢《ひとつのひさこ》ヲ取テ破《やぶり》テ其ノ中ヲ見ルニ、精《しらげ》[一七]タル米《よね》満《みち》テ有リ。粒大《つびおほき》[一八]ニシテ白キ事雪ノ如シ。聖人此レヲ見テ、希有《けう》[一九]也ト思テ、斗《ます》[二〇]ヲ以テ此レヲ量《はか》ルニ、一《ひとつ》ノ瓢ノ中ニ五斗ノ白米《しろきよね》有リ。亦、他《ほか》ノ瓢ヲ破テ見ルニ、毎瓢《ひさこごと》ニ皆如此《かくのごと》シ。

爰《ここ》ニ、法蓮聖喜[二一]ビ悲《かなしみ》テ、郷《さと》ノ諸《もろもろ》ノ人ニ告《つげ》テ此レヲ令見《み》シム。其ノ後、先《ま》ヅ此ノ白米ヲ仏経[二二]ニ供養シ、諸《もろもろ》ノ僧ヲ請《しやう》[二三]ジテ令食《くはし》ム。又、一□[二四]果ノ瓢《ひさこ》ヲ光勝聖ノ房ニ送リ遣《や》ル。光勝聖此レヲ見テ、妬《ねた》[二五]ミノ心有リト云ヘドモ、法花ノ威力《ゐりき》ヲ見テ悲ビ貴《たふとび》テ、法蓮聖ヲ軽《かろし》メツル事ヲ悔《くい》テ、返《かへり》[二六]テ随《したがひ》ヌ。即チ行《ゆき》テ礼拝シテ懺悔《さんぐゑ》シケリ[二七]。法蓮聖其ノ瓢ノ米ヲ以テ国ノ内ノ道俗・男女《なんによ》ニ施《ほどこ》シ与フ。人皆心[二八]ニ任セテ荷《にな》ヒ取ル。然レドモ、瓢尚《なほ》十二月ニ至ルマデ更ニ不枯《かれ》ズシテ、取ル[二九]ニ随《したがひ》テ多ク成《なり》ケリ。

此[三〇]レヲ見聞ク人、法花経ノ威力《ゐりき》ノ殊勝ナル事ヲ知《しり》テ、法蓮聖ヲ帰依《きえ》シケリトナム語リ伝ヘタルトヤ。

法花経金剛般若経二人持者語《ほくゑきやうこんがうはんにやきやうふたりのぢしやのこと》第四十一

今昔《いまはむかし》、山寺ニ二人ノ聖人《しやうにん》有ケリ。一人ハ法花経《ほくゑきやう》[三一]ヲ持《たも》チ、名ヲバ持法《ぢほふ》[三二]ト云フ。一人ハ金剛般若《こんがうはんにや》[三三]ヲ持《たも》ツ。名ヲバ持金《ぢこん》[三四]ト云フ。此ノ二人《ふたりの》聖人一《ひとつ》ノ山寺ニ住《ぢう》ス。二三町

ぶ。 一九 不思議なことだと思って。験記にはない文句。 二〇 一斗ます。 二一 喜び感動して。以下「令見シム」までは験記には見えない叙述。 二二 仏教経典。ここでは法華経をさす。 二三 招いてご馳走した。験記「先供㆓仏経㆒、施㆓与諸僧㆒」。 二四 底本の祖本の破損に因る欠字。験記「一二菓送㆓遣光勝聖人之坊㆒」によれば、もと「二」とあったか。 二五 「妬ミ」云々は本話で付加された句。験記「光勝見㆑之生㆓奇異心㆒、離㆓軽哢心㆒、於㆓法花聖㆒信伏随順」。 二六 これまでとは反対に、法蓮に帰順した。 二七 験記にはこの後に「於㆓一乗経㆒、尽㆑忠運㆑志、書写供養、読誦思惟」とある。 二八 自由に荷なって持ち去った。 二九 取れば取っただけ多くなった。 三〇 以下は本話で付加された結語。験記は「取㆓用之㆒輩、非㆑失㆓貧苦㆒、又発㆓道心㆒。法蓮聖以㆓於田米㆒、更作㆓仏事㆒、利㆓益一切㆒。乃至摂㆑心不㆑起㆓慢過㆒、精進修行、老衰遷化矣」と結んでいる。

第四十一話 出典は法華験記・上・17。元亨釈書・十二・持法に同話がある。 三一 →一五四頁注七。 三二 伝未詳。但し、持法と持金は各々法華経と金剛般若経にちなんで考案された名であるらしく、実在は疑問。→二六七頁注二二。 三三 金剛般若波羅蜜経。略して金剛経とも。一巻。鳩摩羅什訳。一切の存在や観念への執着を断って悟りを得るべきことを説く。 三四 伝未詳。→注三二。

許《ばかり》ヲ隔テ、菴室《あんじつ》ヲ造《つくり》テ居タリ。共ニ道心ヲ発《おこし》テ、世ヲ厭《いとひ》テ仏ノ道ヲ行《おこな》フ。

持金聖人ハ般若ノ霊験[一]ヲ顕《あらは》シテ、自然《おのづか》[二]ラ食出来《じきいでき》テ、食《じき》ノ事ヲ不思《おもは》ズシテ過グ。持法聖人ハ偏《ひとへ》ニ檀那《だんな》[三]ノ訪《とぶら》ヒニ懸《かか》リテ、豊《ゆたか》ナル事無シ。然レバ、持金心ニ憍慢《けうまん》[四]ヲ成シテ思ハク、「我ガ持《たも》チ奉ル所ノ経ハ威力《ゐりき》大キニシテ、亦《また》、我ガ徳行[五]勝《まされ》ルニ依《より》テ、諸《しよ》[六]天《てん》・護法食《ごほふじき》ヲ送《おくり》テ昼夜ニ守護シ給フ。彼ノ法花ノ聖人ハ、持《たも》チ奉ル経モ験劣《しるし》リ給テ、持者《ぢしや》[七]モ徳行浅シ。然レバ、護法供養スル事無シ」。如此《かくのごと》ク常ニ謗《そし》ル間ニ、持法聖人ノ童子、持金聖人ノ菴室ニ行キタルニ、持金聖人、我ガ験徳《げんとく》ノ殊勝ナル事ヲ語リ令聞《きかし》メテ、「汝ガ師、亦何《いか》ナル徳カ有ル」ト問ヘバ、童子答《こたへ》テ云《いは》ク、「我ガ師ニ更ニ験力《げんりき》無シ。只、人ノ訪《とぶら》ヒニ依テ過《すぐ》シ給フ也」ト云テ、童子師ノ奄室ニ返《かへり》テ、師ニ此ノ事ヲ語ルヲ、師ノ云ク、「其ノ事[八]大《おほき》ナル理《ことわり》ナリ」ト。

其後、日来《ひごろ》ヲ経ル程ニ、持金聖ノ許《もと》ニ食《じき》ヲ不送《おくらず》シテ二三日ニ成ヌ。日暮《ひぐれ》[九]ニ至ル時、不食《くは》ズシテ、持金大キニ怪《あやし》ムデ、般若須菩提《はんにやしゆぼだい》[一〇]等ヲ恨ミ奉ル事無限《かぎりな》シ。其ノ夜、持金聖ノ夢ニ、右ノ肩[一一]ヲ袒《かたぬぎ》ニシタル老僧来《きたり》テ、持金聖ニ告《つげ》テ云ク、「我レハ此レ須菩提《しゆぼだい》也。汝《なむ》ヂ金剛般若経ヲ持《たも》チ奉ルト云ヘドモ、未ダ般若ノ理[一二]ヲバ不現《あらは》サズ。然レバ、諸天供養ヲ不送《おくら》ズ。何ゾ横様《よこさま》[一三]ニ恨《うらみ》ヲ成ス」ト。持金此レヲ聞《きき》テ、問《とひ》テ云ク、「年来《としごろ》我レヲ供養シ給フ。此レ誰《た》ガ施《ほどこし》給フ所ゾ」ト。老僧ノ宣《のたま》ハク、「其レハ法花ノ持者

一 金剛般若経の霊験。
二 ひとりでに食物が現れて。験記「不レ持二世務一、得二自然膳一。早旦粥饘其味甘露、食時施飯、餌飯䭜糅白飯薯蕷、味与二蘇蜜一同。菓子菹茄美羹等、調備持来。依レ之不レ歎二日飧一送レ世」を簡略化している。
三 檀那(二六六頁注二)の寄進にすがって。
四 おごり高ぶり、人を見下すこと。
五 功徳と行法。験記「行業」。
六 天上界のもろもろの神と護法善神。
七 持経者。ここでは持法をさす。
八 それは全くもっともなことだ。験記「道理尤也」。
九 このあたり、験記「逕二数日一後、般若聖許朝粥不二持来一、時供不二調送一。不レ食日暮、乃至二日三日不レ食」とは叙述の順序が異なることに注意。そのため本話ではいつの日暮れなのか不明確になっている。
一〇 須菩提は釈尊の十大弟子の一人(→人名「須菩提」)。金剛般若経は彼と釈尊との問答により般若の理を説いている。それゆえ彼が般若須菩提と表現された(思想大系説)可能性もあるが、この表現は他に用例がない。験記「於二仏般若須菩提等一悔恨無レ限」は、同経に登場する仏と須菩提、説かれる般若の理など全てを恨んだ意で、本書撰者が独特の敬虔さから「仏」を恨みの対象から削除したため、文意が不明瞭になったと考えておきたい。
一一 片肌脱いで右肩を露出させた老僧。験記「白眉耆宿老僧」。

ノ持法聖ノ送レル食《じき》也。彼ノ聖慈悲ノ心ヲ以テ汝ヲ哀ブガ故《ゆゑ》ニ、[一四]十羅刹女《じふらせつによ》ヲ使トシテ[一五]呪願《しゆぐわん》ノ施食《せじき》ヲ毎日《ひごと》ニ送レル也。汝ヂ愚痴《ぐち》ナルガ故ニ、憍慢《けうまん》ノ心ヲ発《おこ》シテ常ニ彼ノ聖ヲ謗《そし》ル。速《すみやか》ニ彼ノ聖ノ所ニ行《ゆき》テ罪《つ》[一六]ミヲ懺悔《さんぐゑ》セヨ」ト宣フ、ト見テ夢覚《さめ》ヌ。

其ノ後、持金年来《としごろ》ノ思ヒヲ悔《い》ヒ悲《かなしみ》テ、持法聖ノ菴室ニ行テ、礼拝シテ云ク、「我レ愚《おろか》ナル心ヲ以テ聖人ヲ誹謗《ひはう》シ奉リケリ。願《ねがは》クハ此ノ咎《とが》ヲ免《ゆる》シ給ヘ。亦、毎日《ひごと》ニ被送《おくられ》ケル施食《せじき》、[一七]何ゾ此ノ両三日不送給《おくりたまは》ザルゾ」ト。持法聖咲《ゑみ》ヲ含《ふくみ》テ云ク、「我レ思《おもひ》忘《わす》レテ施食ヲ[一八]不取《とら》ズシテ、十羅刹《じふらせつ》ニ不申《まうさ》ザリケリ」ト。其ノ時ニ、即チ童子出来《いできたり》テ、食《じき》ヲ調ヘテ供養ス。持金菴室ニ返《かへり》タレバ、食ヲ送ルコト前《さき》ノ如シ。持金其ノ後永ク憍慢ノ心ヲ止《とど》メテ、持法聖ニ随ヒニケリ。遂《つひ》ニ二人ノ聖共ニ命終ル時ニ臨《のぞみ》テ、[一九]聖衆《しやうじゆ》来《きたり》テ、浄土《じやうど》ニ送リ給ヒケリ。

尚《なほ》、[二〇]人憍慢《けうまん》ノ心ヲバ可止《とどむべ》キ也トナム語リ伝ヘタルトヤ。

六波羅僧講仙《ろくはらのそうかうせん》、聞説法花得益《ほくゑをとくをききてやくをえたること》語第四十二

今昔《いまはむかし》、京ノ東《ひむがし》ニ[二一]六波羅蜜寺《ろくはらみつじ》ト云フ寺有リ。其《その》寺ニ年来《としごろ》住ム僧有ケリ。名ヲバ講[二二]仙《かうせん》ト云フ。[二三]此ノ寺ハ、京ノ諸《もろもろ》ノ人講ヲ行フ所也。而《しか》ルニ、此ノ講仙、此ノ寺ニ行フ

一二 般若(一切皆空)の理を悟り切っていない。
一三 理不尽に。不当に。
一四 →人名「十羅刹」。
一五 呪願して施主から受け取った食物。呪願は食事や法会の時に施主の福利を祈って呪文を唱えること。即ち、呪願して諸天の供養を受け、それを十羅刹に持たせて持金のところに送っていたのである。
一六 「ミ」は「罪」の捨仮名。
一七 どうしてこの二、三日は送って下さらなかったのですか。
一八 受け取らないで。
一九 聖者たち。→二六六頁注一〇。
二〇 本話の主題からややはずれた結語である。→二三七頁注二四。

第四十二話 出典は法華験記・上・37。拾遺往生伝・中・2、発心集・一・8、元亨釈書・十九・講仙に同話がある。

二一 「京ノ東ニ」は本話で付加された説明。→地名「六波羅蜜寺」。
二二 伝未詳。験記「康仙」。往生伝「講仙」。発心集「幸仙」。
二三 以下、同寺の講についての叙述は験記には見えない。

講ニ毎度《たびごと》ニ読師《どくし》[一]ヲゾ勤《つとめ》ケル。

然レバ、十[二]余年ノ間、山[三]・三井寺《みゐでら》・奈良ノ諸《もろもろ》ノ止事無《やむごとな》キ智者[四]ニ対《むかひ》テ、法ヲ説キ義ヲ談ズルヲ聞ク。此レニ依テ、講仙常ニ此レヲ聞クニ、道心発《おこ》ル時モ有ケリ。然レバ、後世《ごせ》[五]ノ事ヲ恐レ□[六]ト云ヘドモ、世間難棄《すてがた》キニ依《より》テ此ノ寺ヲ不離《はなれ》ズシテ有ル間、漸《やうや》ク年老《おい》テ、遂《つひ》ニ命終ル剋《とき》ニ、悪縁ニ不値《あは》ズシテ失《うせ》ヌレバ、見聞ク人皆、「講仙ハ終[七]リ正念《しやうねん》ニシテ定メテ極楽[八]ニモ参リ、天上[九]ニモ生《うまれ》ヌラム」ト思フ間ニ、月日ヲ経テ、霊《りやう》人ニ付《つき》テ云ク、「我ハ此レ、此《この》寺ニ住《すみ》シ定読師《ぢやうどくし》[一〇]ノ講仙也。我レ年来法花経《としごろほくゑきやう》[一一]ヲ説《とき》シヲ常ニ聞《きき》シニ依《より》テ、時ゝ道心ヲ発《おこし》テ、極楽ヲ願ヒテ、念仏怠《おこ》タル事無カリシカバ、後世ハ憑《たのも》シク思ヒシニ、墓無《はかな》[一二]キ小事ニ依テ、我小蛇《ちひさきへみ》ノ身ヲ受《うけ》タリ。其ノ故《ゆゑ》ハ、我生レタリシ時、房《ばう》[一三]ノ前ニ橘《たちばな》ノ木ヲ殖《うゑ》タリシヲ、年来《としごろ》ヲ経ルニ随《したがひ》テ漸《やうや》ク生長シテ、枝滋《しげ》リ葉栄《さか》エテ、花栄《さ》[一四]キ菓《このみ》ヲ結ブヲ、我レ朝夕ニ此ノ木ヲ殖立《うゑた》[一五]テヽ、二葉《ふたば》ノ当初《そのかみ》ヨリ菓《このみ》結ブ時ニ至ルマデ、常ニ護《まぼ》リ此レヲ愛シキ。其ノ事重キ罪ニ非ズト云ヘドモ、愛執《あいしふ》ノ過《とが》ニ依テ、小蛇ノ身ヲ受テ彼ノ木ノ下ニ住《ぢう》ス。願《ねがは》クハ我ガ為《ため》ニ法花経ヲ書写供養シテ、此[一六]ノ苦ヲ抜《ぬき》テ善所《ぜんじよ》[一七]ニ生《うま》ルヽ事ヲ令得《えし》メヨ」ト。

寺ノ僧等《ら》此ノ事ヲ聞《きき》テ、先《ま》ヅ彼ノ房ニ行《ゆき》テ、橘《たちばな》ノ木ノ下《もと》ヲ見ルニ、三尺許《ばかり》ナル蛇《へみ》橘ノ木ノ根ヲ纏《まき》[一八]テ住《ぢう》セリ。此ヲ見テ、実《まこと》[一九]也ケリト思フニ、皆歎キ悲ム事無限《かぎりな》シ。其[二〇]

一 →一一一頁注二〇。
二 験記「数十年」。
三 比叡山延暦寺。
四 智慧のある僧。彼は読師としての役職上、南都北嶺の錚々たる講師と同席する機会があったのである。
五 来世に極楽往生出来るかどうかということ。なお、このあたり、験記は「妙法功積レ身、聴聞徳飽レ心。況捨二世間蓄一、勤二修事功徳一、調二順三業一、懺二悔六根一。及二于老後一不レ染二悪縁一」と、謹厳な修行者としての側面から捉えているが、本話はむしろ隠遁するには至れなかったことに重点を置いている。京近辺の寺に住むよりも隠遁をよしとする撰者の思想が見て取れよう。
六 底本の祖本の破損に因る欠字。験記には対応する文句がない。
七 臨終に妄念に心を乱されることがなかったので。
八 →地名「極楽」。
九 →地名「天上」。
一〇 その寺で定まって読師の役を勤める者、いわば専任の読師をいうか。
一一 →一五四頁注七。
一二 ささいな、ちょっとしたことで。
一三 僧坊。
一四 字類抄「栄 ハナサク」。花が咲き木の実をつけるようになりましたが。
一五 世話をして育て上げて。
一六 蛇(畜生道)に生まれている苦。→二七七頁注二六。
一七 →地名「善所」。

ノ後、忽《たちまち》ニ寺ノ僧共《ども》皆心ヲ同ジクシテ、[二一]知識ヲ引《ひき》テ、力ヲ合セテ法花経ヲ書写シ奉テ、供養シテケリ。其ノ後、寺ノ僧ノ夢ニ、講仙[二二]直《うるは》シク法服《ほふぶく》ヲ着《ちやく》シテ咲《ゑみ》ヲ含《ふくみ》テ、寺ノ僧共《ども》ヲ礼拝シテ、告《つげ》テ云《いは》ク、「我レ[二三]汝等ガ知識ノ善根《ぜんごん》ノ力ニ依テ、忽《たちまち》ニ蛇道ヲ離レテ浄土《じやうど》ニ生ル、事ヲ得タリ」ト。夢覚テ後、此ノ事ヲ他ノ僧共ニ告テ、彼ノ房ノ橘ノ木ノ下ニ行テ見レバ、小蛇既ニ死《しに》テ有リ。[二四]僧共此レヲ見テ泣キ悲ムデ、法花経ノ霊験ヲ貴ム事無限《かぎりな》シ。

此レヲ思フニ、[二五]由無《よしな》キ事ニ依テ愛執《あいしふ》ヲ発《おこ》ス、如此《かくのごと》クゾ有ケルトナム語リ伝ヘタルトヤ。

女子《をむなご》、死受蛇身《しにてへみのみをうけ》、聞説法花得脱語《ほくゑをとくをききてとくだつせること》第四十三

今昔《いまはむかし》、[二六]西ノ京ニ住ム人有ケリ。[二七]品不賤《いやしから》ヌ人也。一人ノ女子《をむなご》有リ。其ノ女子[二八]形白《ぎやうめう》端正《たんじやう》ニシテ[二九]心性柔和《しんしやうにうわ》也。然レバ、父母《ぶも》此レヲ愛シテ[三〇]傅《かしづ》ク事無限《かぎりな》シ。年十□[三一]歳許《ばかり》ニ成ルニ、[三二]手ヲ書ク事人ニ勝《すぐれ》テ、和歌ヲ読《よむ》事並ビ無シ。亦、[三三]管絃ノ方《かた》ニ心ヲ得テ、[三四]箏《しやうのこと》ヲ弾ズル事[三五]極《きは》メテ達《いた》レリ。

而《しか》ルニ、其ノ家広クシテ[三六]檜皮葺《ひはだぶき》ノ屋《や》共数《どもあまた》有リ。其□[三七]ヒ様々ニシテ尤《もと》モ興有リ。

一八 巻きついて。
一九 霊の告げは本当だった。
二〇 往生伝は「万寿年中」(一〇二四—二八)のこととする。
二一 →一一九頁注二六。
二二 きちんと僧衣を身につけて笑みを浮かべて。
二三 あなたがたが寄進して下さった善根(写経)のおかげで。
二四 以下の叙述は験記には見えない。
二五 つまらないことで愛執の心を起こすと、こんな羽目に陥る。

第四十三話 出典未詳。
二六 →地名「西ノ京」。
二七 家柄のよい人。身分の高い人。
二八 「白」は「貌」に同じ。容姿端麗。
二九 性格温和。
三〇 大切に育てること。
三一 年齢の明記を期した意識的欠字か。
三二 美しい筆跡は人に優れ、詠歌の巧みさは並ぶ者がなかった。
三三 音楽の方面にも心得があって。
三四 十三弦の琴。そうのこと。
三五 熟達していた。
三六 屋根を檜の皮で葺いた建物が数多くあった。
三七 漢字表記を期した意識的欠字。「シツラ(ヒ)」が想定される。調度の飾りつけや室内外の設営。

遣水《やりみづ》[一]ナド可咲《をかし》クテ春[二]秋ノ花・葉ナド面白シ。而ル間、父母此ノ女子ヲ愛シテ過グルニ、女子花[三]ニ目《め》出《で》、葉ヲ興ズルヨリ外《ほか》ノ事無シ。

其ノ中ニモ何《いか》[四]ニ思《おぼ》エケルニカ有ケム、桜[五]ノ花ノ霞ノ間ヨリ綻《ほころ》ビテ見エ、青柳《あをやぎ》ノ糸ノ風ニ乱《みだれ》タルモ不弊《つたなか》ラズ、秋ノ葉ノ錦ノ裁《た》チ重《かさね》タル様《やう》ナルモ見所《みどころ》有リ、小《こ》[六]萩《はぎ》ガ原ノ露ニ霑《そぼ》チ籬《まがき》ノ菊ノ色々ニ移《うつろひ》タルモ皆様々ニ可咲《をかし》キヲ、只紅梅ニ心ヲ染《そめ》テ、此レヲ翫《もてあそ》ビケリ。東《ひむがし》[七]ノ台《たい》ノ前《ま》[八]ヘ近ク紅梅ヲ殖《うゑ》ヘテ、花ノ時ニハ、早旦《つとめて》[九]ニ鬲子《かうし》[一〇]ヲ上ゲテ、只独《ひと》リ此レヲ見ツヽ、他《ほか》ノ心無ク此レヲ愛シケリ。夜ニ至ルマデ媚《うつくし》[一一]キ匂《にほひ》ヲ目《め》出デ[一二]ヽ、内ニ入ル事ヲセズ。木ノ辺《ほとり》ニハ草ヲモ不生《おほ》サズ、鳥ヲモ不居《ゐさせ》ズシテ、花散ル時ニ成《なり》ヌレバ、木ノ下ニ落《おち》タル花ヲ拾ヒ集《あつめ》テ、塗《ぬり》[一三]タル物ノ蓋《ふた》ニ入テ、程《ほ》ド過《すぐ》[一四]ルマデ匂ヲ愛ス。風吹ク日ハ、木ノ下ニ畳《たたみ》[一五]ヲ敷《しき》テ、花ヲ外《ほか》ニ不散《ちらさ》ズシテ取リ集メテ置ク。切《せつ》[一六]ナル思ヒニハ、花枯ヌレバ取集《とりあつめ》テ薫《たきもの》[一七]ニ交ゼテ匂[一八]ヲ取レリ。其ノ中ニモ、小キ木ヲ殖《うゑ》テ、此レガ花栄《さき》タルヲ見テ、他ノ事無ク興ジケリ。

而《しか》ル間、此ノ女子何《な》[一九]ニトモ無ク悩マシ気ニテ、態《わざ》[二〇]トニハ無ケレドモ、日《ひ》来《ごろ》煩ヒケリ。日《ひ》員《かず》積リテ病《やま》ヒ重ク成ヌレバ、父母此レヲ無限《かぎりな》ク歎クト云ヘドモ、墓無《はかな》クシテ失《うせ》ニケリ。父《ぶ》母《も》無限《かぎりな》ク泣キ悲《かなしみ》テ惜ムト云ヘドモ、事[二一]限リ有レバ、葬送《さうそう》シテ後、人[二二]々別レニケリ。其ノ後、此ノ紅梅ノ木ノ下ヲ見ルニ付ケテモ、惜ミ悲ム事無限《かぎりな》シ。

一 庭に引き込んだ細流。
二 春の花と秋の紅葉。
三 花を賞美し、紅葉に感興を催す。
四 一体どう感じたものか。「只紅梅ニ心ヲ染テ」に係る。
五 桜の花が霞の間からわずかに見え、青柳の糸のような細枝が風に吹き乱されているのもわるくない。
六「小」は美称。咲き乱れる萩の原が露にしっとり濡れ、籬(柴や竹などで目を粗く編んだ垣根)の菊の花がさまざまに変色しているのも。
七 東の対。寝殿造で、寝殿の東側に建てられた別棟。
八「へ」は「前」の捨仮名。　九 早朝。
一〇 格子。蔀(しとみ)のこと。寝殿造の建物の表戸。上下二枚に分かれ、上だけを釣り上げて窓の用をなす。
一一 訓みは名義抄、字類抄による。美しい色つや。一般に白梅は芳香を、紅梅は色の美しさを賞美された。
一二「デ」は「出」の全訓捨仮名。
一三 塗り物の蓋。硯箱や文箱の類の蓋。
一四「ド」は「程」の捨仮名。
一五 敷物(うすべり等)を敷いて。
一六 熱愛のあまり。
一七 いろいろの香を混ぜ合わせた練り香。それに混ぜて燻らして。
一八 ここでは、香り。
一九 なんとなく気分がすぐれない様子で。
二〇 底本「熊」を訂した。特に悪いというわけではないが、幾日も病床につくようになった。
二一 ことには限りがあるので。いつまで

而ル間、此ノ木ノ下ニ小サキ蛇《へみ》ノ一尺許《ばかり》ナル有リ。「只[二三]有ル蛇ナメリ」ト人思フ程ニ、明《あく》ル年ノ春、此ノ木ノ下ニ去年ノ蛇出来《いできたり》ヌ。木ヲ纏《まき》テ不去《さらず》シテ、花栄《さき》テ散ル時ニ、蛇[二四]口ヲ以テ花ヲ食ヒ集《あつめ》テ一所《ひとつところ》ニ置ケルヲ、父母《ぶも》見テ、「此ノ蛇ハ早[二五]ウ昔[二六]ノ人ノ成リタルニコソ有ケレ。哀《あはれ》ニ悲シキ事カナ」ト思ヘドモ、「姿替《かはり》テ有ルガ疎《うと》[二七]キ事」ト歎キ悲テ、清範《しやうはん》[二八]・厳久《ごんく》[二九]ナド云フ止事無《やむごとな》キ智[三〇]者共《ども》ヲ請《しやう》ジテ、此ノ木ノ下ニシテ法《ほ》[三一]花《くゑ》経《きやう》ヲ講《かうじ》テ、八[三二]講ヲ行ヒケリ。而ルニ、此ノ蛇木ノ下ヲ不去《さら》ズシテ、初[三三]メノ日ヨリ講ヲ聞ク。五[三四]巻ノ日、清範其ノ講師《かうじ》トシテ竜女《りうによ》[三五]ガ成仏《じやうぶつ》ノ由《よし》ヲ説キケルニ、実《まこと》ニ聞ク人モ涙ヲ流《ながし》テ、「哀[三六]レ也」ト聞《きき》ケルニ、其ノ蛇木ノ下ニ有テ其ノ座ニシテ死ニケリ。父母ヨリ始《はじめ》テ諸《もろもろ》ノ人ノ此レヲ見テ、涙ヲ流シテ哀ブ事無限《かぎりな》シ。

其ノ後、父ノ夢ニ、有[三七]リシ女子極《きはめ》テ穢《きたな》ク汚《けがれ》タル衣ヲ着テ、心ニ思ヒ歎キタル気色《けしき》ニテ有ル程ニ、貴キ僧来《きたり》テ其ノ衣ヲ令脱《ぬがし》メタレバ、膚ハ金《こがね》ノ色ニシテ透キ通レルニ、[三八]微妙《みめう》ノ衣及ビ袈裟《けさ》ヲ令服《きし》メテ、僧自《みづか》ラ女ヲ引キ立テヽ紫[三九]ノ雲ニ乗セテ去《さり》ヌ、ト見テ夢覚《さめ》ヌ。誠《まこと》ニ此レ偏《ひとへ》ニ法花ノ力也。

「蛇ノ身也ト云ヘドモ、法花経ヲ説ク座ニ有テ死ヌレバ、疑ヒ無ク法花聴聞《ちやうもん》ノ功《く》徳《どく》ニ依《より》テ、蛇身ヲ棄テヽ浄土《じやうど》ニ生《しやう》ズル也」ト皆人云ヒ貴ビケリ。何況《いかにいはむ》ヤ、五巻ノ日、竜女成仏ノ由ヲ説ク時死ヌル事ノ[四〇]、聞[四一]クニ哀レニ悲シキ也トナム語リ伝ヘタルトヤ。

も葬らずにいるわけにはいかないので。
二二 (弔いに来ていた)人々は帰ってしまった。
二三 なんでもない普通にいる蛇だろう。
二四 花びらを口にくわえて集めて。
二五 「早ウ」は多く「也ケリ」や「有ケリ」と呼応して、それまで気がつかなかった事実に気付いたことを示す。実は。いや驚いたことに。
二六 亡き人。死んだ娘をさす。
二七 いとわしい。気味が悪い。
二八 →人名「清範」。
二九 →人名「厳久」。
三〇 学識の深い僧たちを招いて。
三一 →一五四頁注七。
三二 法華八講。法華経全八巻の講説を各一巻ずつ八回に分けて八人の講師が行なう法会。朝・夕一座ずつ四日間にわたって行なわれる。
三三 八講の初日から。
三四 第五巻が講じられる日。即ち、三日目の朝座。第五巻の提婆達多品は女人往生を説く章として有名。
三五 法華経の教説を聴き、それを会得した竜王の八歳の娘が、釈尊の前で女の身を転じて男となり、成仏したこと。提婆達多品の所説。
三六 胸をうたれることだ。ありがたいことだ。　三七 亡くなった娘。
三八 美しくりっぱな衣。
三九 往生したことを示す異相である。
四〇 底本「ヲ」と傍書。諸本「ノ」。
四一 聞くにつけても深く感動させられることだ。

定法寺別当《ぢやうほふじのべつたう》、聞説法花得益語《ほくゑをとくをききてやくをえたること》第四十四

今昔《いまはむかし》、法性寺《ほふしやうじ》[一]ノ南ノ方《かた》ニ定法寺《ぢやうほふじ》[二]ト云フ寺有リ。其ノ寺ノ別当[三]ナリケル僧有ケリ。[四]形《かたち》ハ僧也ト云ヘドモ、三宝[五]ヲ不敬《うやまは》ズ、因果[六]ヲ不悟《さと》ラズシテ、常ニ碁《ご》・双六《すぐろく》[七]ヲ好《このみ》テ、[八]其ノ道ノ者ヲ集メテ遊ビ戯《たはぶ》ル。亦、諸《もろもろ》ノ遊女《あそび》[九]・傀儡《くぐつ》[一〇]等ノ歌女《うため》[一一]ヲ招《まねき》テ詠《うた》ヒ遊ブヲ常ニ[一二]業《わざ》トス。恣《ほしいまま》ニ仏物《ぶつもつ》[一三]ヲ取リ仕《つか》ヒテハ、一善ヲ不修《しゆせ》ズシテ、肉食《にくじき》・酒□[一四]ヲ以テ日ヲ送ル。

而《しか》ル間、得意[一五]トスル僧ノ同様《おなじやう》ナル有リ。十八日[一六]ニ云《いは》ク、「我レ今日清水《きよみづ》[一七]ヘ参ル。君ヲ相ヒ具シテ参ラムト思フ。何《いか》ニ」ト。別当心[一八]ニ非ズト云ヘドモ、僧心《そうのこころ》ニ不違《たがは》ジト思フ故《ゆゑ》ニ、恣《なまじひ》[一九]ニ可参《まゐるべ》キ由《よし》ヲ請《うけ》テ、相ヒ具シテ参《まゐり》ヌ。還向《ぐゑんかう》[二〇]スル時、僧ノ云ク、「今日六波羅《ろくはら》[二一]ノ寺ニ講有リ。去来《いざ》[二二]給ヘ。参テ聴聞《ちやうもん》セム」ト。然レバ、別当僧ノ云フニ随《したがひ》テ寺ニ入《いり》テ、法花経《ほくゑきやう》[二三]ヲ講ズルヲ聴聞ス。別当法ヲ説クヲ聞《きき》テ一念貴[二四]シト思テ返《かへり》ヌ。別当一生ノ間此ノ外《ほか》ノ善根《ぜんごん》無シ。

而ル間、年月漸《やうや》ク積《つもり》テ、別当身ニ病《やまひ》ヲ受《うけ》テ死《しに》ヌ。其ノ後、程ヲ経テ、別当ガ妻《め》ニ悪霊託《あくりやうつき》テ、涙ヲ流シテ泣キ悲テ云ク、「我ハ此レ汝ガ夫《をうと》也。前生《ぜんしやう》[二五]ニ悪業《あくごふ》ヲノミ好《このみ》テ、

第四十四話　出典は法華験記・上・29。

一　→地名「法性寺(ほっしようじ)」。

二　所在未詳。験記「法性寺南有㆓一小寺㆒。名㆓定法寺㆒」。

三　大寺院の寺務を統括する長官。但し、ここでは住職の意か。

四　以下、験記「形雖㆑似㆑僧、所行如㆑俗。専㆓貪瞋痴㆒、行㆓殺盗婬妄飲酒㆒、放逸発㆓諸狂言㆒。習㆓諸雑芸㆒、作㆓無益事㆒、双六囲碁毎日不㆑欠。用㆓三宝物㆒無㆑有㆓慚羞㆒。五塵六欲、貪染無㆑厭。摂㆓受悪業㆒、如㆓海呑㆑流、如㆓火焚㆑薪」を意訳している。

五　仏・法・僧。

六　因果の理。一切の現象は原因があって結果が起こるという仏教の真理。

七　→二一九頁注三二。

八　囲碁や双六が上手な者。博徒の類であろう。

九　人に歌舞を見せたり売春したりして、遊興の相手をした女。あそびめ。

一〇　漂泊の芸能者。男は人形を舞わせたり軽業・奇術の類を演じ、女は遊女と同様の業をした。

一一　歌舞を業とする女。遊女。

一二　日常のことにしていた。

一三　仏に供養された、仏に所属するもの。寺院に奉納、寄進された資財や所領など。

一四　底本の祖本の破損に因る欠字か。

一五　懇意にしている同じような僧。験記「爰有㆓同輩十人㆒。日来催勧、相共詣㆓清水寺㆒」。

一六　十八日は観音の縁日である。

一七　→地名「清水寺」。

一八　気が進まなかったけれども、相手の

善根ヲ修スル事無カリキ。此ニ依テ、我レ大《おほきなる》毒蛇ノ身ヲ受テ、苦ヲ受《うく》ル事量無《はかりな》シ。[二六]身ノ熱キ事火ニ当ルガ如シ。亦《また》、多《おほく》ノ毒ノ小虫、我ガ身ノ鱗《いろこ》[二七]ノ中ヲ棲《すみか》トシテ、皮・肉ヲ唼ス[二八]ヒ噉《くら》フニ、難堪《たへがた》シ。亦、水・食《じき》ヲ求ムト云ヘドモ、極《きはめ》テ難得《えがた》クシテ常ニ乏《とも》シ。如此《かくのごと》クノ苦不可云尽《いひつくすべから》ズ。

但シ、一《ひとつ》ノ善根《ぜんごん》ニ依テ只一時ノ楽ヲ受ク。生《いき》タリシ時、人ニ伴ナヒテ清水ニ参テ、還向《ぐゑんかう》ノ次《ついで》ニ六波羅ノ寺ニ入テ、法花経ヲ講ゼシニ、聞《きき》テ一念貴シト思ヒキ。其ノ功《く》徳《どく》我ガ身ノ中ニ有テ、毎日《ひごと》ノ未時《ひつじのとき》[二九]ニ六波羅ノ方《かた》ヨリ涼シキ風吹来《ふききたり》テ我ガ身ヲ扇《あふ》グニ、熱キ苦《くるし》ミ忽《たちまち》ニ止《やみ》テ、毒ノ小虫身ヲ不噉《くらは》ズシテ、[三〇]一時《ひととき》ヲ経テ、我レ頭《かしら》ヲ上ゲ尾ヲ叩《たたき》テ、血ノ涙ヲ流シテ生《いきた》リシ時ノ事ヲ悔《い》ヒ恨ム。

功徳《くどく》不修《しゆせ》ズト云ヘドモ、一度法花ヲ講ゼシヲ聞テ貴シト思ヒシニ依テ、年来《としごろ》ノ間《あひ》[三一]ダ此ノ利益《りやく》ニ預ル。[三二]何況《いかにいはむ》ヤ我レ一生ノ間功徳ヲ修《しゆ》シタラマシカバ、如此《かくのごと》クノ苦ニ預カラマシヤハ。亦、[三三]極楽ニモ不参《まゐら》ザラムヤ。但[三四]シ、我レ願フ所ハ、[三五]法華経ノ功徳量無《はかりな》シ、汝等我ガ此《この》苦ヲ救ハムガ為《ため》ニ、法花経ヲ書写供養シ奉テ我ヲ助ケヨ。我レ此ノ事ヲ示サムガ為《ため》ニ、汝ニ託《つき》テ告グル也」ト云フ。

妻子此レヲ聞テ泣キ悲《かなし》ムデ、[三六]随分《ずいぶん》ノ貯《たくはへ》ヲ投棄《なげすて》テ、、[三七]心ヲ至シテ法華経一部ヲ書写供養シ奉リツ。其ノ後、亦《また》悪霊妻《め》ニ託《つき》テ云ク、「我レ汝等ガ法花経ヲ書写供養シ奉

僧の好意に逆らうまいと思って。
一九 しぶしぶ。いやいやながら。
二〇 帰る時。帰る途中。
二一 →地名「六波羅蜜寺」。
二二 さあ、参りましょう。
二三 →一五四頁注七。
二四 ほんの一時。一瞬。
二五 前世。ここでは、死ぬ以前の生、即ち生前をさす。
二六 蛇・竜には三熱の苦(五四頁注一四)があり、その一つに熱砂・熱風に身を焼かれる苦がある。
二七 うろこ。
二八 「スヒ」は「唼」の全訓捨仮名。
二九 午後二時頃。
三〇 一時(約二時間)が経つ間は苦から解放されるが、その一時が過ぎると、また苦に責められて生前の所業を後悔する。験記「身心喜楽但逕二一時一、我叩二頭尾一出二血涙一、悔下恨存生不上作二功徳一」。
三一 「ダ」は「間」の捨仮名。
三二 まして、自分がもし一生の間功徳を修めていたならば、こんな苦に遭っただろうか。遭わなかったはずだ。「ヤハ」は反語。
三三 極楽に往生できなかっただろうか。往生できたはずだ。
三四 「シ」は強意。ただもう。験記「唯願汝等為レ我書二写法華大乗一、抜二済我苦一云云」。
三五 この一句は挿入句である。
三六 直訳すれば、分相応の。それなりに貯えていたものの全てを投じて、の意。
三七 まごころこめて。一心不乱に。

レル力ニ依《より》テ、苦ヲ受《うく》ル事多ク助カリニケリ。我レ喜ブ所也。更ニ此ノ恩難忘《わすれがた》シ」トゾ云ヒケル。

[一]此レヲ思フニ、実《まこと》ニ仏物ヲ恣《ほしいまま》ニ[二]欺用《ぎよう》シテ、功徳ヲ不修《しゆせ》ズシテ此レヲ不償《つくのは》ザル事、極《きはめ》テ愚《おろか》也。[三]如此《かくのごと》ク[四]三悪道ニ堕《おち》テ悔《い》ヒ悲マムヤハ。

心有ラム人ハ此レヲ知《しり》テ専《もはら》ニ功徳ヲ修シテ永ク[五]罪障《ざいしやう》ヲ可止《とどむべ》シトナム語リ伝ヘタルトヤ。

一 以下は本話で付加された結語。
二 あざむき用いて。ごまかして着服して。
三 このままでは文意が上文につながりにくい。本来はこの前に「功徳ヲ修シテ此ヲ償ヒタリシカバ」などとあるべきところ。
四 →地名「悪趣」。
五 成仏の妨げとなる悪い行為。罪業。

今昔物語集　巻第十四

本朝付仏法

法華経および諸経・陀羅尼の霊験譚

本巻の前半(第1—28話)は前巻に続く法華経の霊験譚、後半(第29—45話)はその他の経典や陀羅尼の霊験譚である。巻十二第25話以後、巻十三の全体を貫いて続いてきた三宝霊験譚の一部としての「法宝」霊験譚は本巻にも引き継がれ、巻末に至ってようやく終結する。

このうち、第1—11話は畜生に生まれたり地獄に堕ちたりした者、あるいは諸種の危難に直面した者が法華経の霊験により得脱、救済された話。なかでも第1—4話は蛇・鼠など畜生への転生と得脱を語る点で巻十三末尾の諸話と共通している。巻十三の話はいずれも話中に講経聴聞が語られている点で本巻の話と一応区別されるが、話の主題とは必ずしも関係せず、同類の話をあえて二巻に分けて配置した理由は判然としない。第5・6話は狐・猿などの畜生が、第7・8話は立山の地獄に堕ちた者が、第9話は事故に遭遇した者が、第10話は悪行の者(堕地獄が予想される)が、それぞれ法華経の書写供養もしくは書写の誓いによって救済されている。なお、第11話は法華経の注釈書である『法華義疏』の書写にかかわる話であるため、同経に関係する話が終わった後に配置されている。

第12—25話は、この世に生まれてくる前の世の自身を知る前生譚。前生を知る契機となったのはいずれも法華経の読誦である。

第26—28話は現報譚。いずれも法華経の書写または読誦にかかわる話である。

第29—39話は、四巻経・般若経・般若心経・金剛般若経・仁王般若経・方広経・涅槃経の霊験譚。第29—32話は善悪の現報が語られている点で法華経霊験譚の末尾と共通し、とくに第29話は法華経書写も語られていて前話と共通するところが大きい。このように第一義的な分類の切れ目を第二義的な分類が補って目立たなくしている例は、本書に珍しくない。

第40—45話は、諸種の修法や陀羅尼の霊験譚。「法宝」霊験譚の大尾である。

為救無空律師《むくりつしをすくはむがために》、枇杷大臣写法花語《びはのおとどほくゑをうつせること》第一

[一]今昔《いまはむかし》、比叡《ひえ》ノ山ニ[二]無空律師《むくうりつし》ト云フ人有ケリ。幼クシテ山ニ登《のぼり》テ出家シテ後、身ニ犯ス所無シ。亦《また》、心正直《しやうぢき》ニシテ道心深カリケリ。然レバ、[三]僧綱《そうがう》ノ位マデ成《なり》ニケレドモ、[四]逐《つひ》ニ現世《げんぜ》ノ栄花・[五]名聞《みやうもん》ヲ永ク棄テヽ、[六]後世《ごせ》ノ菩提《ぼだい》ヲ偏《ひとへ》ニ願フ。此ニ依《より》テ、[七]本《もとの》山《やま》ニ籠居《こもりゐ》テ念仏ヲ唱《となふる》ヲ業《わざ》トシテ怠ル事無シ。此レ一生ノ間ノ勤《つとめ》也。亦、常ニ衣食《えじき》ニ乏クシテ更ニ憑《たの》ム方《かた》無シ。[八]何況《いかにいはむ》ヤ房ニ一塵《いちぢん》ノ貯ヘ有ラムヤ。

而《しか》ルニ、律師[九]銭《ぜに》万ヲ[一〇]自然《おのづか》ラ得タリ。其ノ時ニ、律師ノ思ハク、「我レ死ナム時ニ、弟子共《ども》[一一]必ズ煩ヒ有リナム。然レバ、此ノ銭ヲ人ニ不令知《しらしめ》ズシテ隠シ置《おき》テ、[一二]没後《もつご》ノ料《れう》ニ充《あ》テム。[一三]只、死ナム時ニ臨《のぞみ》テ弟子共ニ令告知《つげしらしめ》ム」ト思テ、房ノ天井《てんじやう》ノ上ニ窃《ひそか》ニ隠シ置《おきぬ》。其ノ後、弟子共[一四]敢《あへ》テ此ノ事ヲ不知《しら》ズ。而ル間、律師身ニ病《やまひ》ヲ受テ悩ミ煩フ間、此ノ銭隠シ置タル事ヲ忘レテ、弟子共ニ不告知《つげしらせ》ズシテ、遂ニ死《しに》ヌ。

其《その》時ニ、[一五]枇杷《びは》ノ大臣《おとど》ト云フ人在《まし》マス。名ヲバ仲平《なかひら》ト云フ。此ノ人彼ノ律師ト年来《としごろ》[一六]師檀ノ契《ちぎ》リ深クシテ、[一七]万事《よろづのこと》ヲ憑《たのみ》テ過ギ給ヒケル間、律師ノ失《うせ》タル事ヲ殊《こと》ニ歎キ思《おもひ》給《たまひ》ケルニ、大臣ノ夢ニ、律師衣服《えぶく》穢気《きたなげ》ニ[一八]形皃《ぎやうめう》衰ヘ弊《つたな》クシテ、来《きたり》テ云《いは》ク、「[一九]我レ生《いき》タ

第一話　出典は法華験記・上・7。日本往生極楽記・7、扶桑略記・天慶八年(九四五)九月五日条、宝物集・六、私聚百因縁集・九・10、元亨釈書・十九・無空に同話がある。

一 本第一段に相当する記事は験記(極楽記も同文)には「律師無空、平生念仏為レ業。衣食常乏」とあるのみ。本話はこれを大幅に敷衍している。
二 →人名「無空」。
三 僧尼の監督に当たり、法務を統括する僧官。僧正・僧都・律師の総称。
四 「逐」は「遂」と通用。→二〇〇頁注三。
五 名声。名誉。　六 来世の成仏。
七 以前に住んでいた寺をさす用例が多いが、ここはやや異なり、現に住んでいる比叡山延暦寺をさしている。
八 まして僧坊にほんの少しの貯えでもあろうか。全くありはしない。
九 銭貨一万枚。
一〇 ふとした機会に。特に求めたのではなく。
一一 きっと迷惑をかけるだろう。験記「自謂、我貧亡後定煩二遺弟一。窃以二万銭一置二于房内天井之上一、欲レ支二葬斂一」。
一二 葬式の費用。
一三 いまにも死ぬという時になって。臨終を迎えて。
一四 そのことをまったく知らなかった。
一五 験記「枇杷左大臣」。藤原仲平。→人名「仲平」。
一六 師僧と檀那(信者)の間柄で深く交際して。験記「有二旧契一」。極楽記「有二故旧一矣」。

リシ時、偏《ひとへ》ニ念仏ヲ唱フルヲ以テ業《わざ》トシテ、「[二〇]必ズ極楽ニ生《うま》レム」ト思ヒシニ、我ガ身ニ貯ヘ無カリシニ依《より》テ、「没後《もつご》ニ弟子共《ども》煩ヒ有リナム」ト思テ、銭《ぜに》万ヲ没後ノ料ニ充テムガ為《ため》ニ、房ノ天井ノ上ニ隠シ置タリキ。「死ナム時ニ臨《のぞみ》テ弟子共ニ令告知《つげしらしめ》ム」ト思給[二一]ヒシニ、病《やまひ》ニ煩ヒシ間、其ノ事忘レテ、不告《つげ》ズシテ死ニキ。于今《いまに》其ノ事ヲ知ル人無シ。己《おの》レ[二二]其ノ罪ニ依テ蛇《へみ》ノ身ヲ受テ、銭ノ所ニ有テ[二三]苦ヲ受ル事[二四]量無《はかりな》シ。己レ生《いき》タリシ時、君ト契《ちぎり》ヲ成ス事深《ふかか》リキ。願《ねがは》クハ君、彼ノ銭ヲ尋ネ取リ給テ、[二五]法花経《ほくゑきやう》ヲ書写供養シテ、我ガ此ノ苦ヲ救ヒ給ヘ」ト云フ、ト見テ夢覚《さめ》ヌ。

其ノ後、大臣《おとど》歎キ悲《かなしみ》テ、[二六]忽《たちまち》ニ、使ヲバ不遣《つかはさ》ズシテ、自《みづか》ラ[二七]山ニ登《のぼり》テ、律師ノ房ニ行《ゆき》テ、人ヲ以テ天井ノ上ヲ令見《みし》メ給フニ、実《まこと》ニ夢ノ告《つげ》ノ如ク銭《ぜに》有リ。銭ノ中ニ蛇《へみ》[二八]銭ヲ纏《まき》テ有リ。人ヲ見テ逃去《にげさり》ヌ。[二九]大臣房ニ有ル弟子共《ども》ニ此ノ夢ノ告《つげ》ヲ語リ給ヘバ、弟子共此レヲ聞テ、泣キ悲ム事無限《かぎりな》シ。

大臣[三〇]京ニ返《かへり》テ、忽《たちまち》ニ此ノ銭ヲ以テ法花経一部ヲ書写供養シ給テ、其後、程ヲ経テ、大臣ノ夢ニ、彼ノ律師[三一]法眼《ほふげん》鮮《あざやか》ニシテ手ニ香炉《かうろ》ヲ取《とり》テ来《きたり》テ、大臣ニ向《むかひ》テ云ク、「我レ君ノ[三二]恩徳《おんどく》ニ依テ[三三]蛇道《じやだう》ヲ免《まぬか》ルヽ事ヲ得テ、[三四]年来《としごろ》ノ念仏ノ力ニ依テ今[三五]極楽ニ参レル也」ト云テ、西ニ向テ飛ビ去ヌ、ト見テ夢覚《さめ》ヌ。

其ノ後、[三六]大臣喜ビ貴ビ給テ普《あまね》ク世ニ語ルヲ聞キ継《つぎ》テ語リ伝ヘタルトヤ。

一七 以下「歎キ思給ケルニ」までは験記には見えない。
一八 「皃」は「貌」に同じ。容貌。
一九 験記では「来相語曰、我以レ有二伏蔵銭貨一、不レ度而受二蛇身一」と、いきなり銭貨に言及しているが、本話は前に地の文で語られていた事情を無空の口からもう一度繰り返して説明させている。本書に頻用される叙述方法である。
二〇 きっと極楽に往生できるだろう。
二一 本来は「思給ヘシニ」(下二段活用の謙譲表現)とあるべきところ。
二二 銭を貯めた(銭に執着した)罪。
二三 蛇としての苦。→二九一頁注三三。
二四 量り知れないほどです。
二五 →一五四頁注七。
二六 さっそく。「山ニ登テ」にかかる。
二七 比叡山。
二八 銭にまといついていた。験記「銭之中有二小蛇一」。
二九 以下「泣キ悲ム事無限シ」までは験記にはない記事。
三〇 「京ニ返テ」は験記にはない記事。
三一 「法眼」は法に対する明らかな眼、また、法印に次ぐ僧位の称でもあるが、験記「律師衣服鮮明」および極楽記「律師法服鮮明」を参照すると、「法服」(僧衣の意)の誤記である可能性が大。
三二 恵みの徳。他に恩恵を施す徳。
三三 蛇の身から離脱することができて。
三四 長年唱えた念仏の功徳によって。
三五 →地名「極楽」。
三六 大臣を伝承者とするのは本話で付加された記事。→二九六頁注五。

信濃国《しなののくに》[一]、為蛇鼠写法花救苦語《へみとねずみとのためにほくゑをうつしてくをすくへること》第二

今昔《いまはむかし》、[二]□天皇ノ御代《みよ》ニ、信濃《しなの》ノ守《かみ》[三]□ノ□ト云フ人有ケリ。[四]任国ニ下リ、[五]畢《はつ》ル事有リ。大《おほき》ナル[六]蛇《へみ》有テ、此ノ御[七]上道《じやうだう》ノ御共ニ付《つき》テ来《きた》ル。[八]留《とどま》リ給フ所有レバ、蛇モ留テ藪中《やぶのなか》ニ有リ。昼ハ前《まへ》・後《しりへ》ニ随《したがひ》テ副《そひ》テ来《きた》ル。夜ハ[九]御衣櫃《きぬびつ》ノ下ニ[一〇]蟠《わだかま》リ居ヌ。

「此レ極《きはめ》テ怪キ事也。此レヲ殺《ころし》テム」ト云ヘバ、守ノ云《いは》ク、「[一一]更ニ不可殺《ころすべから》ズ。此レ定《さだめ》テ様《やう》有ル事ナラム」ト云テ、心ノ内ニ念ジ祈ル様《やう》、「此ノ蛇ノ追来《おひきた》ル事ハ、[一二]国ノ内ノ神祇《じんぎ》ニ在《まし》マスカ。亦《また》ハ[一三]悪霊《あくりやう》ノ祟《たたり》ヲ成《な》シテ追テ来《きた》レルカ。我レ更ニ此《この》事ヲ不知《しら》ズ。譬《たと》ヒ我レ[一四]誤《あやま》ツ事有リト云フトモ、[一五]凡夫《ぼんぶ》此《これ》ヲ難知《しりがた》シ。速《すみやか》ニ夢ノ中ニ示シ給ヘ」ト念ジテ寝タル夜、守ノ夢ニ、[一六]斑《まだら》ナル[一七]水旱袴《すいかんばかま》着タル男来《きたり》テ、守ノ前ニ跪《ひざまづき》テ申シテ云ク、「我ガ年来《としごろ》ノ怨敵《をんでき》ノ男、既ニ御衣櫃《きぬびつ》ノ中ニ籠居《こもりゐ》タリ。彼ノ男ヲ[一八]害セムガ為《ため》ニ日来《ひごろ》副ヒ奉テ来《きた》レリ。若《も》シ彼ノ男ヲ得テハ、[一九]此ヨリ可罷返《まかりかへるべ》シ」ト云《いふ》、ト見テ夢覚《さめ》ヌ。

夜[二〇]曙《あけ》テ、守《かみ》此ノ夢ヲ共《とも》ノ者共《ども》ニ語《かたり》テ、忽《たちまち》ニ衣櫃《きぬびつ》ヲ開《ひらき》テ見ルニ、底ニ老鼠一《おいたるねずみひとつ》有リ。極《きはめ》テ恐レタル気色《けしき》ニシテ、人ヲ見ルト云ヘドモ不逃《にげ》ズシテ、衣櫃底《きぬびつのそこ》ニ[二一]曲《かがま》リ居《ゐた》

第二話 出典は法華験記・下・125。雑談集・七・法華事に簡略な同話がある。

一 巻頭の目録に「信濃守」とあるのが、おそらく正しい。

二 天皇名の明記を期した意識的欠字。この種の欠字は本文中に具体名不明の天皇が登場している話の冒頭に多く見られる(→二五三頁注二七)が、本話は例外。

三 人名の明記を期した意識的欠字。験記「信濃長官某」。

四 底本「住国」を訂した。信濃国をさす。

五 験記「一任事終」(一任の事終りて)の訓読を誤っているらしく、文意明確でないが、国司の任期(一任は四年)が終った意。

六 字類抄「蛇 シヤ、ヘミ、一云クチナハ」。験記「途中有レ蛇、長三尺計」。

七 ご上京のお供に。このあたり、地の文に国守に対する尊敬表現が見られるが、本書では稀な例。験記「守倶到来」。

八 以下、「藪中ニ有リ」までは験記には見えない。→前注。

九 衣類を入れておく大型の箱。

一〇 とぐろを巻いていた。

一一 決して殺してはならぬ。これはきっと何かわけがあるのだろう。

一二 信濃国の内の神。なお、守の祈りの言葉は験記では「若信濃神歟。若霊鬼祟歟。付レ人宣説、夢中示現」とあるのみ。本話はこれを敷衍している。

一三 生き霊や死霊など。「祟」は「祟」と通用。→一〇五頁注二一。

一四 過ちを犯していたとしても。

一五 凡夫である私には(自分がどんな過ちを犯したか)自覚し難い。

一六 まだら模

リ。共ノ者共此レヲ見テ云《いは》ク、「此ノ鼠ヲ速《すみやか》ニ放《はなち》テ棄テム」ト。守、「此ノ蛇《へみと》鼠《ねずみと》[二二]宿世ノ怨敵《をんでき》也ケリ」ト知《しり》テ、[二三]忽《たちまち》ニ慈《うつくし》ビノ心深クシテ、「[二四]若《も》シ此ノ鼠ヲ棄テム、蛇ノ為《ため》ニ必ズ被呑《のまれ》ナムトス。然レバ、只善根《ぜんごん》ヲ修シテ蛇鼠ヲ共ニ救ハム」ト思テ、其ノ所ニ留《とどまり》テ、彼等ガ為《ため》ニ一日ノ内ニ[二五]法花経《ほくゑきやう》一部ヲ書写供養シ奉ラムトス。共ノ多《おほく》ノ人、手毎《てごと》ニ書ク間ニ、一日ノ内ニ皆書キ出《いだ》シ奉《たてまつり》ツレバ、[二六]即チ具セル所ノ僧ヲ以テ、専《もはら》ニ彼等ガ為《ため》ニ、[二七]法ノ如クニ供養シ奉リツ。

其ノ夜、守《かみ》ノ夢ニ、二人ノ男有リ。皆[二八]形皃《ぎやうめう》直《うるはし》クシテ咲《ゑみ》ヲ含《ふくみ》テ、[二九]微妙《みめう》ノ衣ヲ着テ、守ノ前ニ出来《いできたり》テ、敬《うやま》ヒ畏《かしこま》リテ守ニ申シテ云ク、「我等[三〇]宿世ニ怨敵《をんでき》ノ心ヲ結《むすび》テ、[三一]互ニ殺害《せつがい》シ来《きた》レリ。然レバ、「今度《このたび》殺害セム」ト思テ追テ来《きた》ル間、君慈心《うつくしびのこころ》ヲ以テ我等ヲ救《すくはむ》ガ為《た》メニ、一日ノ内ニ法花経ヲ書写供養シ給ヘリ。此ノ善根《ぜんごん》ノ力ニ依《より》テ、我等[三二]畜生ノ報ヲ棄テヽ、今[三三]忉利《たうり》天上《てんじやう》ニ可生《うまるべ》シ。此ノ広大ノ恩徳《おんどく》、[三四]世ゝ《せせ》生ゝ《しやうじやう》ニモ報ジ不可尽《つくすべからず》」ト云テ、二人共ニ空ニ昇《のぼり》ヌ。其ノ間、[三五]微妙《みめう》ノ音楽ノ音、空ニ満テリ、ト見テ夢覚《さめ》ヌ。

夜曉《あけ》テ後《のち》見ルニ、彼ノ蛇死《しに》タリ。亦《また》、衣櫃《きぬびつ》ノ底ヲ見ルニ、鼠モ死タリ。此レヲ見ル人、皆[三六]貴ビ悲ム事無限《かぎりな》シ。実《まこと》ニ守ノ心難有《ありがた》シ。其レモ世ゝ《せせ》生生《しやうじやう》ノ[三七]善知識《ぜんちしき》ニコソハ有ラメ。亦、法花経ノ威力《ゐりき》不可思議也。[三八]守《かみ》ノ京ニ上《のぼり》テ語ルヲ聞キ継《つぎ》テ如此《かくのごと》ク語リ

様。蛇の表皮の文様と関係があろう。

一七 水干(のりを使わず水張りにして干して作った狩衣に似た衣服。一般庶民の平服)を着る時にはく袴。 一八 殺すために。

一九 「テ」は完了の助動詞「ツ」の未然形。得たならば。 二〇 →二二一頁注三三。

二一 背中を丸めて小さくなっていた。

二二 前世からの仇敵。

二三 やや不自然な表現だが「慈ビノ心深クシテ」にかかって、その場ですぐさま慈悲深い気持になったことをいうのであろう。 二四 もしこの鼠を棄てたならば。

二五 →一五四頁注七。

二六 さっそく、同行していた僧に命じて。所謂「祈ノ師」(三九七頁注三二)として同行していたのであろう。

二七 守るべき作法をきちんと守って。

二八 「皃」は「貌」に同じ。容貌。

二九 美しく立派な衣服。 三〇 前世で仇同士になって。 三一 底本「牙」を訂した。

三二 前世からの因果で生まれていた畜生の身から解放されて。

三三 →地名「忉利天」。

三四 死んでは生まれ、生まれては死にして輪廻する世々。永劫。 三五 美しく妙なる音楽。 三六 貴び感動すること。

三七 よき友の意で、仏の教えを説いて人を導く高徳の人をいう。ここでは信濃守をさし、蛇と鼠にとって彼はこの世のみならず遠い過去世から深い縁でつながってきた善知識であろうというのである。

三八 信濃守を伝承者とするのは本話で付加された記事。験記には見えない。→二九六頁注五。

伝ヘタルトヤ。

紀伊国道成寺僧《きのくにのだうじやうじのそう》、写法花《ほくゑをうつして》救蛇語《へみをすくへること》 第三

今昔《いまはむかし》、[一]熊野ニ参ル二人ノ僧有ケリ。一人ハ年老《おい》タリ。一人ハ[二]年若クシテ[三]形皃美《ぎやうめうび》麗《れい》也。[四]牟婁《むろ》ノ郡《こほり》ニ至《いたり》テ、人ノ屋ヲ借《かり》テ、二人共ニ宿《やどり》ヌ。其ノ家ノ主《あるじ》、[五]寡《やもめ》ニシテ[六]若キ女也。[七]女従者《をむなじゆしや》二三人許《ばかり》有リ。

此ノ家主《いへあるじ》ノ女、宿《やどり》タル若キ僧ノ美麗ナルヲ見テ、深ク愛欲ノ心ヲ発《おこ》シテ、[八]懃《ねむごろ》ニ労《いたは》リ養フ。而《しか》ルニ、夜ニ入テ僧共《ども》既ニ寝ヌル時ニ、夜半許《ばかり》ニ家主ノ女、窃《ひそか》ニ此ノ若キ僧ノ寝タル所ニ這《は》ヒ至《いたり》テ、[九]衣ヲ打覆《うちおほひ》テ並ビ寝テ、[一〇]僧ヲ驚カス。僧驚キ覚《さめ》テ恐レ迷フ。女ノ云ハク、「我ガ家ニハ更ニ人ヲ不宿《やどさ》ズ。而《しか》ルニ、今夜《こよひ》君ヲ宿《やど》ス事ハ、昼君ヲ見始《みはじめ》ツル時ヨリ、[一一]夫《をうと》ニセムト思フ心深シ。然レバ、「君ヲ宿シテ[一二]本意ヲ遂《とげ》ム」ト思フニ依《より》テ、近《ちかづ》キ来《きたれ》ル也。[一三]我レ夫無クシテ寡《やもめ》也。君哀《あはれ》ト可思《おもふべ》キ也」ト。僧此レヲ聞《きき》テ、大キニ驚キ恐レテ、[一四]起居《おきゐ》テ女ニ答《こたへ》テ云《いは》ク、「我レ[一五]宿願有ルニ依テ、[一六]日来《ひごろ》身心精《しやう》進《じん》ニシテ、遥《はるか》ノ道ヲ出立《いでたち》テ権現《ごんげん》ノ宝前《ほうぜん》ニ参ルニ、[一七]忽《たちまち》ニ此《ここ》ニシテ願ヲ破《やぶ》ラム、[一八]互ニ恐レ可有《あるべ》シ。然レバ、速《すみやか》ニ君[一九]此ノ心ヲ可止《とどむべ》シ」ト云テ、強《あながち》ニ[二〇]辞《いな》ブ。女大キニ恨《うらみ》、

第三話　出典は法華験記・下・129。道成寺伝説として知られ、元亨釈書・十九・安珍、道成寺縁起、日高川双紙、謡曲「道成寺」、長唄「京鹿子娘道成寺」その他に喧伝する。

一 →地名「熊野」。
二 この僧の名は、後代の伝承では「安珍」（釈書）または「賢学」（日高川）とされるが、験記は名を記さない。験記「有二二沙門一」。一人年若、其形端正。一人年老」。
三 「皃」は「貌」に同じ。容貌。
四 →地名「牟婁ノ郡」。
五 独身の女。未婚者にも未亡人にもいう。
六 中世以前の伝承は女の名を記さない。「清姫」の名が現れるのは近世以後。
七 召使の女。訓みは古本説話集・下・48の仮名書きの用例「をんなずさ」による。
八 こころをこめて接待した。
九 女は着ていた着物を脱いで僧と自分の上にかけ、添い寝をしたのである。
一〇 僧の目を覚まさせた。
一一 和名抄「夫 乎宇止」。ぜひ夫にしたいと思います。験記「有二交臥之志一」。
一二 本来の望み。ここでは、僧を夫にすること。
一三 以下「可思キ也」まで、験記には見えない。
一四 起き上がって坐って。
一五 前々からの願い。
一六 何日も精進潔斎して、遠い道のりをはるばる出かけて来て、熊野権現の社頭に参詣しておりますのに。

終夜《よもすがら》僧ヲ抱《いだき》テ[二一]擾乱《ねうらん》シ戯《たはぶ》ルト云ヘドモ、僧様《さまざま》〻ノ言《こと》ヲ以テ女ヲ[二二]誘《こしら》ヘテ云ク、「我、君ノ宣《のたま》フ事辞《いな》ブルニハ非ズ。然レバ、今、熊野ニ参テ、両三日ニ[二三]御明《みあかし》・[二四]御幣《みてぐら》ヲ奉《たてまつり》テ、[二五]還向《ぐゑんかう》ノ次《ついで》ニ君ノ宣《のたま》ハム事ニ随《したが》ハム」ト約束ヲ成シツ。女約束ヲ憑《たのみ》テ本《もと》ノ所ニ返《かへり》ヌ。夜[二六]曉《あけ》ヌレバ、僧其ノ家ヲ立《たち》テ熊野ニ参ヌ。

其ノ後、女ハ約束ノ日ヲ計《かぞ》ヘテ、更ニ他《ほか》ノ心無クシテ僧ヲ恋《こひ》テ、諸《もろもろ》ノ備ヘヲ儲《まうけ》テ待ツニ、僧還向《ぐゑんかう》ノ次《ついで》ニ、彼ノ女ヲ恐レテ、不寄《よらず》シテ、思[二七]他《ほか》ノ道ヨリ逃《にげ》テ過《すぎ》ヌ。女僧ノ遅ク来《きたる》ヲ待チ煩ヒテ、道ノ辺《ほとり》ニ出《い》デヽ、[二八]往還《わうぐわん》ノ人ニ尋ネ問フニ、熊野ヨリ出《い》ヅル僧有リ。女其ノ僧ニ問《とひ》テ云ク、「[二九]其《それ》ノ色ノ衣着タル、[三〇]若ク老タル二人ノ僧ト還向《ぐゑんかう》シツル」ト。僧ノ云ク、「其ノ二人ノ僧ハ早ク還向シテ両三日ニ成《なり》ヌ」ト。女此ヲ[三一]事ヲ聞《きき》テ、[三二]手ヲ打《うち》テ、「既《すで》ニ他《ほか》ノ道ヨリ逃《にげ》テ過《すぎ》ニケリ」ト思フニ、大《おほき》ニ嗔《いかり》テ、家ニ返《かへり》テ[三三]寝屋《ねや》ニ籠居《こもりゐ》ヌ。音セズシテ暫《しばら》ク有テ、[三四]即チ死《しに》ヌ。家ノ従女《とものをむなら》等此レヲ見テ泣キ悲ムル程ニ、[三五]五尋許《いつひろばかり》ノ毒蛇、忽《たちまち》ニ寝屋ヨリ出《いで》ヌ。家ヲ出《い》デヽ、道ニ趣ク。熊野ヨリ還向ノ道[三六]ノ如ク走リ行ク。人此レヲ見テ大キニ恐レヲ成ス。

彼ノ二人ノ僧、前立《さきだち》テ行クト云ヘドモ、[三七]自然《おのづか》ラ人有テ告《つげ》テ云《いは》ク、「此ノ後《うし》[三八]ロニ奇異ノ事有リ。五尋許《いつひろばかり》ノ大蛇出来《いできたり》テ、野山ヲ過ギ疾《と》ク走リ来《きた》ル」ト。二人ノ僧此レヲ聞《きき》テ思ハク、「定《さだ》メテ此ノ家主《いへあるじ》ノ女ノ、約束ヲ違《たがへ》ヌルニ依《より》テ、悪心ヲ発《おこ》シテ毒蛇

一七 急にここで願を破るようなことをすれば、お互い神罰が当たるでしょう。
一八 底本「牙」を訂した。
一九 そんな気持は捨てて下さい。
二〇 承知しない。ことわる。
二一 まどわし乱すこと。誘惑すること。
二二 なだめすかして。
二三 灯明。
二四 底本「御弊」を訂した。ぬさ。
二五 下向の折りに。帰途。
二六 →二二一頁注三三。
二七 このまま「思ひの他の」と訓むこともできるが、「思」は「忽」の誤記か。験記「僧不ㇾ来過行」。
二八 行き来の人。
二九 これこれの色の。しかじかの色の。
三〇 若い僧と老いた僧と二人の僧は、もう下向したでしょうか。
三一 底本「ノ」と傍書。「此ノ事ヲ聞テ」と同意。→一八二頁注四。
三二 →一五三頁注二五。
三三 寝室。
三四 験記には「還ㇾ家入㆓隔舎㆒、籠居無ㇾ音。即成㆓五尋大毒蛇身㆒」とあって、死んだとは語っていない。
三五 一尋は大人が両手を一杯に広げた長さ。
三六 道のとおりに。道に沿って。
三七 先に進んでいる僧が後で起こっている事態を教えられる不自然さを意識して付加した説明。このあたり、験記は「時人見㆓此蛇㆒、生㆓大怖畏㆒、告㆓二僧㆒言」とするのみ。
三八 「ロ」は「後」の捨仮名。

ト成《なり》テ追《おひ》テ来《きた》ルナラム」ト思テ、疾《と》ク走リ逃《にげ》テ、[一]道成寺《だうじやうじ》ト云フ寺ニ逃入《にげいり》ヌ。寺ノ僧共《ども》、此ノ僧共ヲ見テ云ク、「何《な》ニ[二]事ニ依テ走リ来《きた》レルゾ」ト。僧此ノ由《よし》ヲ具《つぶさ》ニ語《かたり》テ、[三]可助《たすくべ》キ由《よし》ヲ云フ。寺ノ僧共集《あつまり》テ此ノ事ヲ議シテ、[四]鐘《かね》ヲ取下《とりおろ》シテ、此ノ若キ僧ヲ鐘ノ中ニ籠《こ》メ居《すゑ》ヘテ、寺ノ門ヲ閉《とぢ》ツ。老《おい》タル僧ハ[五]寺ノ僧ニ具《ぐ》シテ隠レヌ。

暫《しばら》ク有テ、大蛇此ノ寺ニ追来《おひきたり》テ、[六]門ヲ閉《とぢ》タリト云ヘドモ超《こえ》テ入《いり》テ、[七]堂ヲ廻《めぐ》ル事一両度シテ、此ノ僧ヲ籠メタル[八]鐘ノ戸ノ許《もと》ニ至《いたり》テ、[九]尾ヲ以テ扉《とびら》ヲ叩《たた》ク事百度許《ばかり》也。遂《つひ》ニ扉ヲ叩キ破《やぶり》テ、蛇入ヌ。鐘ヲ巻テ尾ヲ以テ[一〇]竜頭《りうづ》ヲ叩ク事[一一]二時三時《ふたときみとき》許《ばかり》也。寺ノ僧共《ども》此ヲ恐ルト云ヘドモ、怪《あやし》ムデ、四面ノ戸ヲ開《ひらき》テ集《あつまり》テ此レヲ見ルニ、毒蛇両《ふたつ》ノ眼《まなこ》ヨリ血ノ涙ヲ流シテ、頸《くび》ヲ持上《もちあげ》テ舌嘗《したなめ》ヅリヲシテ本《もと》ノ方《かた》ニ走リ去《さり》ヌ。寺ノ僧共此レヲ見ルニ、大鐘《おほきなるかね》蛇ノ毒熱ノ気《け》ニ被焼《やかれ》テ炎盛《ほのほさかり》也。[一二]敢《あへ》テ不可近付《ちかづくべから》ズ。然レバ、水ヲ懸《かけ》テ鐘ヲ冷シテ、鐘ヲ取去《とりさり》テ僧ヲ見レバ、僧皆焼失《やけうせ》テ、[一三]骸骨尚《なほ》シ不残《のこら》ズ。纔《わづか》ニ灰許《ばか》リ有リ。[一四]老僧此レヲ見テ、泣キ悲ムデ返《かへり》ヌ。

其ノ後、其ノ寺ノ[一五]上臈《じやうらふ》タル老僧ノ夢ニ、[一六]前《さき》ノ蛇《へみ》ヨリモ大キニ増レル大蛇、[一七]直《ただち》ニ来《きたり》テ、此ノ老僧ニ向《むかひ》テ申シテ云ク、「我ハ此レ、鐘ノ中ニ籠《こ》メ置《おかれ》シ僧也。悪女毒蛇ト成《なり》テ、遂《つひ》ニ其ノ毒蛇ノ為《ため》ニ[一八]被領《りやうぜられ》テ、我レ其ノ夫《をうと》ト成レリ。[一九]弊《つたな》ク穢《きたな》キ身ヲ受《うけ》テ[二〇]苦ヲ受《うく》ル事量無《はかりな》シ。今此《この》苦ヲ抜カムト思フニ、我ガ力更ニ不及《およば》ズ。生《いき》タリシ時ニ[二一]法花《ほくゑ》

一　→地名「道成寺」。
二　「ニ」は「何」の捨仮名。この発言は験記には見えない。
三　助けてくれるよう頼んだ。
四　釣鐘。
五　寺の僧と一緒に隠れた。験記は老僧の行動は語らない。
六　以下「超テ入テ」まで、験記には見えない。
七　鐘楼。鐘突き堂。
八　鐘楼の戸口のそばに行って。
九　同様の場面が巻一六・16（五一〇頁注一七）に見える。
一〇　鐘をつるすために鐘の上端につけてある竜の頭の形をしたつり手。
一一　一時は約二時間。験記「囲二巻大鐘一、以レ尾叩二竜頭一両三時計」。
一二　とても近づけない。
一三　骨さえ残っていない。「シ」は強意の副助詞。
一四　以下「返ヌ」まで、験記には見えない。→注五。
一五　年功を積んだ高僧。
一六　前の蛇よりもはるかに大きな蛇。験記には「前大蛇直来、白二老僧一言、我是籠二居鐘中一僧也」とあるが、前の大蛇は女のなったもの、ここに現れたのは僧のなった蛇であって、両者は別者。本話はこの区別が明確になるよう表現を改変している。
一七　まっすぐにやって来て。
一八　とりこにされて。
一九　むくつけく汚い蛇の身に生まれて。
二〇　→二九一頁注三三。

経《きやう》ヲ[二二]持《たもち》キト云ヘドモ、[二三]願クハ聖人《しやうにん》ノ広大ノ[二四]恩徳《おんどく》ヲ蒙《かうぶり》テ、此ノ苦ヲ離レムト思フ。殊《こと》ニ[二五]無縁ノ大慈悲ノ心ヲ発《おこ》シテ、[二六]清浄《しやうじやう》ニシテ法花経ノ[二七]如来寿量品《にょらいじゆりやうほん》ヲ書写シテ、我等二《ふたつ》ノ蛇ノ為《ため》ニ供養シテ、此ノ苦ヲ抜キ給ヘ。法花ノ力ニ非ズハ、何《いか》デカ免《まぬか》ルヽ事ヲ得ム」[二八]ト云《いふ》ト返去《かへりさり》ヌ、ト見テ夢覚《さめ》ヌ。

其ノ後、老僧此ノ事ヲ思フニ、忽《たちまち》ニ道心ヲ発《おこ》シテ、自《みづか》ラ如来寿量品ヲ書写シテ、[二九]衣鉢《えはつ》ヲ投《なげ》テ諸《もろもろ》ノ僧ヲ[三〇]請《しやう》ジテ、[三一]一日ノ法会《ほふゑ》ヲ修《しゆし》テ、二《ふたつ》ノ蛇ノ苦ヲ抜カムガ為《ため》ニ供養シ奉《たてまつり》ツ。其ノ後、老僧ノ夢ニ、一《ひとり》ノ僧・一《ひとり》ノ女有リ。皆[三二]咲《ゑみ》ヲ含《ふくみ》テ喜《よろこび》タル気色《けしき》ニテ、道成寺ニ来《きたり》テ、老僧ヲ礼拝シテ云《いは》ク、「君ノ清浄《しやうじやう》ノ善根《ぜんごん》ヲ修《しゆ》シ給ヘルニ依テ、我等二人忽《たちまち》ニ蛇身《じやしん》ヲ棄テヽ、[三三]善所《ぜんじよ》ニ趣キ、女ハ[三四]忉利《たうり》天《てん》ニ生《うま》レ、僧ハ[三五]都率天《とそつてん》ニ昇《のぼり》ヌ」ト。如此《かくのごと》ク告畢《つげをはり》テ、[三六]各《おのおの》別レ、空ニ昇《のぼり》ヌ、ト見テ夢覚《さめ》ヌ。

[三七]其ノ後、老僧喜ビ悲ムデ、法花ノ威力《ゐりき》ヲ弥《いよい》ヨ貴ブ事無限《かぎりな》シ。実《まこと》ニ法花経ノ霊験[三八]掲《けち》焉《えん》ナル事不可思議也。新《あら》タニ蛇身ヲ棄テヽ、天上ニ生《うま》ルヽ事、偏《ひとへ》ニ法花ノ力也。此ヲ見聞ク人、皆法花経ヲ仰ギ信ジテ書写シ読誦《どくじゆ》シケリ。亦《また》、老僧ノ心難有《ありがた》シ。其レモ前生《ぜんしやう》ノ[三九]善知識《ぜんちしき》ノ至ス所ニコソ有ラメ。此ヲ思フニ、彼ノ悪女ノ僧ニ愛欲ヲ発《おこ》セルモ、[四〇]皆前生ノ契《ちぎり》ニコソハ有ラメ。

[四一]然レバ、女人《によにん》ノ悪心ノ猛《たけ》キ事、既ニ如此《かくのごと》シ。此ニ依《より》テ、女ニ近付ク事ヲ仏強《あながち》ニ

二一　→一五四頁注七。
二二　受持しておりましたが。
二三　底本は「云ヘドモ」の下に約二字分の空白があり、接続線(—)で下文とつないでいるが、脱文があるか。験記「我存生時、雖レ持ニ妙法一、薫修年浅、未レ及ニ勝利一。決定業所レ牽、遇ニ此悪縁一。今蒙ニ聖人恩一、欲レ離ニ此苦ニ」の「薫修」から「悪縁」までに対応する語句が本話には欠落している。
二四　→二八三頁注三二。
二五　広大できわまりのない大慈悲心。
二六　身を清浄に保って。
二七　法華経・六・如来寿量品。方便品・安楽行品・普門品とともに四要品に数えられる重要な章段。
二八　と言ったかと思うと。
二九　私財を投じて。→二三五頁注一六。
三〇　招いて。
三一　験記「修ニ一日無差大会ニ」。
三二　笑みを浮かべて。
三三　→地名「善所」。
三四　→地名「忉利天」。
三五　→地名「兜率天」。
三六　二人は生まれる天が異なるため、別々に空に昇っていったのである。
三七　以下話末まで験記には見えない。本話で付加された叙述である。
三八　いちじるしいこと。あらたかなこと。
三九　→二八五頁注三七。
四〇　前世からの因縁で結ばれた仲。
四一　結語が法華経の霊験とは直接関係のない現実的な教訓に流れていることに注意。類例は巻一三・17など。

誡《いまし》メ給フ。此ヲ知《しり》テ可止《とどむべ》キ也トナム語リ伝ヘタルトヤ。

女《をむな》、依法花力転蛇身生天語《ほくゑのちからによりてじやしんをてんじててんにうまれたること》第四

今昔《いまはむかし》、[1]奈良ノ京ノ時、[2]聖武《しやうむ》天皇ノ御代《みよ》ニ、京東《きやうのひむがし》ニ一人ノ女有ケリ。[3]形《かた》チ・有様端正《たんじやう》也ケレバ、帝王其ノ女ヲ召《めし》テ一夜[4]懐抱《くわいはう》シ給ヒニケルニ、[5]労《らう》タクヤ思《おぼ》シ食《めし》ケム、[6]金《こがね》千両ヲ銅《あかがね》ノ[7]筥《はこ》ニ入テ給ヒテケリ。女此《これ》ヲ給ハリテ後、帝王幾《いくばく》ノ程《ほど》不経《へ》ズシテ失給《うせたまひ》ニケリ。亦《また》、女モ其ノ後不久《ひさしから》ズシテ死ニケルニ、女ノ云ヒ置《おき》ケル様《やう》、「此ノ千両ノ金《こがね》ヲ、我レ死ナム後ニハ必ズ墓ニ[8]埋《うづ》メ」ト。然レバ、遺言《ゆいごん》ノ如ク、此ノ[9]金ノ筥ヲ金《こが》[10]ネ入リ乍《なが》ラ墓ニ埋《うづみ》テケリ。

而《しか》ル間、東山《ひむがしのやま》ニ[11]石淵寺《いはぶちでら》ト云フ寺有リ。其ノ寺ニ参ル人、返《かへ》ル事無クシテ死《しに》ヌ。然レバ、世ノ人不参《まゐら》ズ。人極《きはめ》テ此レヲ怪《あやし》ミ思ヒケルニ、其ノ時ニ、[12]吉備《きび》ノ大臣《おとど》ト云フ人有ケリ。其《その》人、「彼ノ石淵寺ニ参《まゐり》テ此ノ事ヲ試《こころみ》ム」ト思テ参《まゐり》ニケリ。[13]夜《よ》ル、只独《ひと》リ其ノ堂ニ入《いり》テ仏ノ御前ニ[14]居タリ。其ノ人[15]陰陽《おんやう》ノ方《かた》ニ達《いた》レルニ依《より》テ、此《か》ク不怖《おそれ》ヌ也ケリ。然レバ、[16]身ヲ固《かた》メ鎮《ちん》ジテ居タリケルニ、夜半許《ばかり》ニ、不例《れいなら》ズ物怖《ものおそろ》シキ心地シテ、堂ノ後ノ方ヨリ風[17]打吹《うちふ》キ気《け》色替《しきかはり》テ、物来《きた》ル様ニ思《おぼ》エ[18]ケレバ、大臣《おとど》、「[19]然《さ》レバコ

第四話　出典未詳。

一 平城京の時代。
二 →人名「聖武天皇」。
三 「チ」は「形」の捨仮名。容姿が端麗だったので。
四 抱くこと。とくに男女の性交渉をいう。字類抄「懐抱 婚姻分 クワイハウ」。
五 かわいくお思いになったのだろうか。
六 両は重さの単位。一両は約三七・五グラム。
七 底本「筥」は「筥」の異体字。→四八三頁注二六。
八 「埋ム」の命令形。
九 黄金を入れた箱。前出の「銅ノ筥」と同じ箱である。
一〇 「ネ」は「金」の捨仮名。黄金を入れたまま墓に埋めた。
一一 →地名「石淵寺」。
一二 吉備真備。→人名「真備(まきび)」。
一三 「ル」は「夜」の捨仮名。
一四 坐っていた。
一五 陰陽道に熟達していたので。真備は巻一一・6でも「陰陽ノ道ニ極タリケル人」と語られている。
一六 呪文など唱えて悪霊から身を護り固めて坐っていたところ。
一七 怪物が出現する時、雰囲気が変って微風が吹くのは、巻一三・1など通例の現象である。
一八 底本「ケルハ」に「レ歟」と傍書。ここでは一応「ケレバ」の誤記と見て訂したが、「ハ」を詠歎の終助詞ととれば、「ケルハ」のままでも文意は通じる。

ソ。鬼ノ来《きたり》テ人ヲ噉《くら》フ也ケリ」ト思テ、弥ヨ《いよい》慎《つつしみ》テ、身ヲ固メ呪《しゅ》ヲ誦《じゅ》シテ居タルニ、後ノ方ヨリ一人ノ女、[二〇]微妙《めでた》キ有様ニテ漸ク《やうや》歩ミ来《きた》ル。[二一]御明《みあかし》ノ光ニ見ルニ、実《まこと》ニ怖シキ[二二]物カラ、有様美麗也。[二三]指去《さしのき》テ喬《そば》ミテ居ヌ。暫許《しばしばかり》有テ、女大臣《おとど》ニ語《かたり》テ云《いは》ク、「我レ年来《としごろ》可申《まうすべ》キ事《こ》[二四]ト有ルニ依テ此ノ堂ニ来《きた》ルニ、人我ガ身ヲ見テ怖レテ皆命ヲ失フ。我ハ[二五]更ニ人ヲ殺サムト不思《おもは》ネドモ、人自然《おのづか》ラ[二六]憶気《おくげ》シテ死《し》ヌル事既ニ度々《どど》也。而《しか》ルニ、君憶気シ不給《たまは》ズ[二七]シモ御《おはし》マス。我レ甚《はなはだ》喜《よろこ》ブ所也。我ガ年来《としごろ》思ヒ願フ事ヲ君《き》[二八]ミニ可語《かたるべ》シ」ト。

大臣《おとど》ノ云《いは》ク、「思願《おもひねが》フ所何事ゾ」ト。女霊《にょりやう》ノ云ク、「我レハ[二九]其々《そこそこ》ニ有シ人也。生《いき》タリシ時、帝王ノ召《めし》ニ依テ只一度懐抱《くわいはう》シタリキ。帝王我レニ千両ノ金《こがね》ヲ与ヘ給ヘリキ。我レ生《いき》タリシ時其ノ金ヲ仕《つか》フ事無《なく》シテ、死ニシ時、我レ「其ノ金ヲ墓ニ埋《うづみ》テ置ケ」ト遺言《ゆいごん》セシニ依テ、金《こがね》ヲ墓ニ埋《うづ》[三〇]メリ。我レ其ノ[三一]罪ニ依テ[三二]毒蛇ノ心ヲ受《うけ》テ、其ノ金ヲ守《まぼり》テ墓ノ所ニ其辺《そのほとり》ヲ不離《はなれ》ズシテ有リ。[三三]苦ヲ受《うく》ル事無量《はかりな》クシテ、難堪《たへがた》キ事無限《かぎりな》シ。其ノ墓其々《そこそこ》ニ有リ。年来《としごろ》ヲ経《ふ》ト云フトモ、[三四]蛇身《じやしん》ヲ可免《まぬかるべ》キ方無シ。然レバ、君彼ノ墓ヲ堀テ其ノ金ヲ取出《とりいだ》シテ、五百両ヲ以テハ[三五]法花経《ほくゑきやう》ヲ書写供養シテ我ガ此ノ苦ヲ救ヒ給ヘ。五百両ヲ以テハ[三六]其ノ功《く》ニ君ノ財《たから》トシテ仕ヒ給ヘ。此ノ事告《つげ》ムト思フニ、人皆我ガ体《すがた》ヲ見テ憶気《おくげ》シテ死《し》ヌレバ、[三七]于今不申《いまにまうさ》ズシテ歎キ思《おもひ》ツルニ、幸《さいはひ》ニ君ニ会奉《あひたてまつり》テ

一九 やはりそうだ。案の定だ。
二〇 美しい姿でゆっくり歩み寄って来た。
二一 灯明。
二二 逆接の接続助詞。恐ろしくはあるものの。
二三 少し離れて横向きに坐った。つつましやかな態度である。巻二二・7には貴公子に初対面する少女が「恥シラヒテ遠ク喬ミテ居タレバ」と、同様の態度を示している。
二四 「ト」は「事」の捨仮名。
二五 決して。全然。
二六 おじけづいて。怖がって。
二七 「シモ」は強意の係助詞。あなただけは恐ろしがらないでいらっしゃいます。
二八 「ミ」は「君」の捨仮名。
二九 どこそこに住んでいた者です。
三〇 埋めてくれました。
三一 金に執着した罪。
三二 執念深い毒蛇に生まれて。
三三 蛇や竜には三熱の苦があるとされる。即ち、熱風熱砂に身を焼かれる苦、暴風により衣服を奪われる苦、金翅鳥に食われる苦の三つ。
三四 蛇の身から離脱するすべがありません。
三五 →一五四頁注七。
三六 その報謝として。その謝礼に。
三七 いまだに申し上げられないで。

[一]申ツル、喜《うれし》キ事無限《かぎりな》シ」ト。大臣此ノ事ヲ聞《きき》テ、女霊《によりやう》ノ願フ所ノ事ヲ請《うけ》[二]ツ。女霊喜《よろこび》テ返去《かへりさり》ヌ。其ノ後、夜明ヌレバ大臣返《かへり》ヌ。世ニ大臣ノ返リ来《きた》レルヲ見聞ク人、[三]奇異《あさまし》ク、「[四]猶《なほ》此レ只人ニ非ズ」トゾ讃《ほめ》ケル。

大臣《おとど》、其ノ後、多《おほ》ノ人ヲ集メテ、忽《たちまち》ニ彼ノ女霊《によりやう》ノ教エ《へ》シ墓ヲ尋《たづね》テ、其ノ所ニ行テ墓ヲ令掘《ほらしむる》ニ、人此レヲ見テ云《いは》ク、「[五]墓ヲ掘ル事、必ズ恐レ有リ。此レ何ノ故《ゆゑ》ゾ」ト。然レドモ、大臣不憚《はばから》ズ墓ヲ壊《こほ》チ地ヲ堀テ見ルニ、土ノ下ニ大キナル蛇《へみ》、[六]墓ヲ纏《まき》テ有リ。大臣蛇ニ向《むかひ》テ云ク、「正《まさ》シク[七]今夜《こよひ》示シ給フ事有テ、其ノ約ヲ不違《たがへず》シテ墓ヲ壊《こほ》ツニ、何ノ故《ゆゑ》[八]□蛇此《ここ》ヲ不去《さら》ザルゾ」ト。蛇大臣ノ言《こと》ヲ聞テ、忽《たちまち》ニ其ノ所ヲ去テ這隠《はひ》レヌ。其ノ後見ルニ、一《ひとつ》ノ銅《あかがね》ノ筥《はこ》有リ。筥ヲ開《ひらき》テ見レバ、筥ノ中ニ[九]沙金《さきん》千両有リ。即チ大臣此レヲ取テ、忽ニ法花経ヲ書写シテ、[一〇]大キニ法[一一]花ヲ行ヒテ[一二]法ノ如ク供養シツ。更ニ其ノ功《く》ヲ[一三]不残《のこさ》ズ。

其ノ後、大臣《おとど》ノ夢ニ、彼ノ石淵寺《いはぶちでら》ニテ来《きた》レリシ女霊、身ヲ[一四]微妙《みめう》ニ荘厳《しやうごん》シテ、光ヲ放チ大臣ノ前ニ来《きたり》テ、[一五]咲《ゑみ》ヲ含《ふくみ》テ大臣ニ告《つげ》テ云ク、「我レ、君ノ広大ノ恩ニ法花経ヲ書写供養シ給ヘルニ依テ、今蛇身《じやしん》ヲ棄テヽ[一六]兜率天上《とそつてんじやう》ニ生《うま》レヌ。此ノ恩[一七]世ゝ《せせ》ニモ難忘《わすれがた》シ」ト云テ、大臣ヲ礼拝シテ虚空ニ飛昇《とびのぼり》ヌ、ト見テ夢覚《さめ》ヌ。

大臣《おとど》、其ノ後、[一八]哀レニ貴ク思《おもひ》テ、此ノ事ヲ大《おほき》ニ普《あまね》ク語《かたり》ケリ。此レヲ聞ク人、実《まこと》ニ

一 申し上げましたことは、恐悦至極でございます。
二 請け合った。承諾した。
三 驚いて。
四 やはりこの人は普通の人間ではない。
五 墓を掘ったりしたら必ず祟りがあります。なぜそんなことをするのですか。
六 墓にまといついていた。
七 現代風に言えば、昨夜。→二〇〇頁注二〇。
八 底本は一字分の空白に接続線(—)を記入しているが、祖本の破損に因る欠字か。「ニ」が想定される。
九 砂金。
一〇 盛大に。
一一 このままでは文意が通じ難い。「法会」の誤記か。
一二 守るべき作法をきちんと守って。
一三 女霊が報謝として与えると言った五百両も残さず使った。
一四 美しく身を飾って。
一五 笑みを浮かべて。
一六 →地名「兜率天」。
一七 生まれ変わり死に変わった世でも。永劫。
一八 感動し貴く思って。
一九 前世の因縁による報いが強固なもの

法花経ノ力殊勝《しゅしょう》ニ掲焉《いちしる》キ事ヲ貴《たふと》ビケリ。亦《また》、此ノ大臣ヲゾ世ノ人極《いみじ》ク讃《ほ》メ貴ビケル。亦、彼ノ女霊《にょりゃう》ノ法花経ノ利益《りやく》ヲ可蒙《かうぶるべ》キ宿報[一九]ノ厚《あつ》カリケレバ、此ノ大臣ニモ会《あひ》タルニコソハ有《あら》メ。亦、大臣モ前世《ぜんぜ》ノ宿縁[二〇]深クシテコソハ女霊ヲモ救フラメ。

然レバ、人此ヲ知《しり》テ、諸《もろもろ》ノ人ヲ勧メテ同心[二一]ニ善根《ぜんごん》ヲ可修《しゅすべ》キ也。此レモ前生《ぜんしゃう》ニ大臣ト女霊トノ善知《ぜんち》[二二]識《しき》ニコソハ有ラメ。亦、尚〻《なほなほ》[二三]法花経ヲ書写シ奉《たてまつり》タル功徳《くどく》、実《まこと》ニ経[二四]ニ説《とき》給ヘルニ不違《たがは》ズ。此《か》ク兜率天ニ生レヌレバ、哀レニ貴キ事也。

然《さ》テ、彼ノ女霊ノ住《すみ》ケル所ヲバ一夜半《ひとよは》[二五]ト名付タリ。帝王ノ只一夜《ひとよ》寝給タリケルニ依テ金《こがね》ヲ給《たまひ》タレバ、一夜半トハ云《いふ》ナルベシ。于今《いまに》、奈良ノ京ノ東《ひむがし》ニ其ノ所ハ有《あり》トゾ聞ク。彼ノ石淵寺《いはぶちでら》モ其ノ東ノ山ニ有ケリ。

此ノ事ハ慥《たしか》[二六]ニ記シタルヲ見テ此《かく》語リ伝ヘタルトヤ。

為救野干死《やかんのしにたるをすくはむがために》、写法花人語《ほくゑをうつせるひとのこと》第五

今昔《いまはむかし》、年若クシテ形《かたち》美麗ナル男[二七]有ケリ。誰人《たれひと》ト不知《しら》ズ。侍《さぶらひ》[二八]ノ程ノ者ナルベシ。其ノ男、何《いづ》レノ所ヨリ来《きたり》ケルニカ有ケム、[二九]二条朱雀ヲ行クニ、朱雀門《しゅじゃくもん》[三〇]ノ前ヲ渡ル間、[三一]年十七八歳許《ばかり》有ル女ノ、形端正《たんじゃう》ニシテ姿美麗ナル、微妙《みめう》[三二]ノ衣ヲ重ネ着タル、大路

二〇 であったから。前世からの因縁が深かったからこそ。
二一 字類抄「同心　ドウジン」。同じ気持で。心を合わせて。
二二 よき友の意で、仏の教えを説いて人を導く高徳の人をいう。ここは、大臣と女霊は前世から仏法のよき友として深い縁でつながっていたのであろう、の意。
二三 「尚」を重ねた強調表現。なんと言ってもやはり。
二四 法華経書写の功徳は法師品その他、同経の各所でくりかえし説かれている。
二五 底本「半」の右に「手歟」と傍書。次行も同様。所在未詳。
二六 いかなる文献か未詳。

第五話　出典は法華験記・下・127。但し、かなり大幅な潤色が見られる。古今著聞集・二十・681に同話がある。

二七 この男について験記には「有二一善男一」とあるのみ。
二八 貴族の家の使用人。家人。
二九 験記「従二朱雀大路一漸々歩行往」。
三〇 →地名「朱雀(すざく)門」。
三一 験記には「迫二日暮時一、遇二一女人一。其女面貌端厳、衣服美麗。言音優美、聞銘二肝胆一、見増二歓悦一」とあって、年齢を記さない。
三二 美しい着物。

ニ立テリ。此ノ男此ノ女ヲ見テ難過《すぎがた》ク思《おもひ》テ、寄《より》テ近付《ちかづ》キ[一]触《ふ》レバフ。[二]門ノ内ニ人離レタル所ニ女ヲ呼ビ寄セテ、[三]二人居テ万《よろ》ヅニ語云《かたらひい》フ。男、女ニ云《いは》ク、[四]「可然《しかるべ》クテ如此《かくのごと》ク来《きた》リ会ヘリ。[五]同ジ心ニ可思《おもふべ》キ也。[六]君我ガ云ハム事ニ随《したが》ヘ。此レ懃《ねむごろ》ニ思フ事也」ト。女ノ云ク、「此レ[七]可辞《いなぶべ》キ事ニ非ズ。云ハム事ニ可随《したがふべ》シト云ヘドモ、我レ若《も》シ君ノ云ハム事ニ随《したが》ヒテハ、命ヲ失ハム事疑ヒ無キ也」ト。男何事ヲ云フトモ不心得《こころえ》ズシテ、[八]「只辞《いな》ブ言《こと》也」ト思テ、強《あながち》ニ此ノ女ト[九]懐抱《くわいはう》セムトス。女泣〻《なくな》ク云ク、[一〇]「君ハ世ノ中ニ有テ家・妻子ヲ具セルラムニ、只行キズリノ事ニテコソ有レ。[一一]我レハ君ニ代《かはり》テ、戯《たはぶ》レニ永ク命ヲ失ハム事ノ悲キ也」。如此《かくのごと》ク諍《あらが》フト云ヘドモ、女遂《つひ》ニ男ノ云フニ随《したがひ》ヌ。

而《しか》ル間、日暮レテ夜ニ入《いり》ヌレバ、其ノ辺《ほとり》近キ小屋ヲ借テ将行《ゐてゆき》テ宿《やどり》ヌ。既ニ[一二]交臥《けうぐわ》シテ、[一三]終夜《よもすが》ラ行ク末マデノ契《ちぎり》ヲ成《な》シテ、[一四]夜曉《あけ》ヌレバ、女返《かへ》リ行クトテ男ニ云ク、「我レ君ニ代テ命ヲ失ハム事疑ヒ無シ。然レバ、我ガ為《ため》ニ[一五]法花経《ほくゑきやう》ヲ書写供養シテ後世《ごせ》ヲ訪《とぶら》ヘ」ト。男ノ云ク、「男女ノ[一六]交通《けうつう》スル事、世ノ常ノ習ヒ也。必ズ死ヌル事有ラムヤ。然レドモ、若《も》シ死ナバ、必ズ法花経ヲ書写供養シ奉ラム」ト。女ノ云ク、「君我ガ死ナム事[一七]実否《ことのじつぷ》ヲ見ムト思ハヾ、明朝《あくるあした》ニ[一八]武徳殿《ぶとくでん》ノ辺《ほとり》ニ行《ゆき》テ可見《みるべ》シ。但シ注《しるし》ニセムガ為《ため》ニ」ト云テ、男ノ持タル扇《あふぎ》ヲ取《とり》テ、泣〻《なくな》ク別レテ去《さり》ヌ。[一九]男此ヲ実《まこと》トモ不信《しんぜ》ズシ

一 むつまじく触れる。声をかけて言い寄ったのである。
二 朱雀門の内側の人気(ひと)のないところに。験記「依二空閑地一、共居談語」。
三 二人坐ってあれこれと語り合った。
四 何かの縁があって、こうしてお会いしたのです。験記「宿世相催、今日遇レ君」。
五 あなたも私と同じ気持になって下さい。
六 私のいうことを聞いて下さい。本気なあなたも私を好きになって下さい。
のです。験記「共欲二交通一」をやわらげた表現。
七 底本「可辞キ」を訂した。お断りするつもりはありません。でも、もしあなたの言いなりになったら、私は間違いなく死んでしまうのです。験記「此事非レ難。雖レ可レ随二君情一、若与レ我交通、君命当レ損レ死一。是故不レ受也」は、自分と交渉を持ったら男が死ぬと言っているのであって、本話とは異なる。八 (別に深い意味はなく)ただ拒んでいるだけだと思って。験記にはこの句がなく、男は「予不レ思レ臨レ死。只望二交臥一耳」と発言して、女に迫っている。九 →二九〇頁注四。
一〇 あなたは立派なお方で、家も妻子もおありでしょうに、わたしとのことなどただ行きずりの出来心でしょう。このあたり、験記「女云、吁莫レ生二此念一。君帯二官位一、家有二妻子一。命一生財、婬刹那楽。依二仮借戯一、失二永年命一。男曰、我雖レ知二此理一、迷二君容粧一。夫婦之愛天然至性也。猶垂二哀憐一、当レ順二我情一。女曰、懇切芳言、誠以難レ遁。我代レ君死全保二君命一。為レ救二我苦一、応レ書二写供養妙法華経一。男

テ家ニ返《かへり》ヌ。

明《あく》ル日、「女ノ云シ事若《も》シ実《まこと》ニヤ有ラム。行《ゆき》テ見《みむ》」ト思テ、武徳殿ニ行テ廻《めぐ》リ見ル時ニ、[二〇]髪白キ老《おい》タル嫗《おうないで》出テ、男ニ向《むかひ》テ泣ク事無限《かぎりな》シ。男嫗《おうな》ニ問《とひ》テ云《いは》ク、「誰人《たれひと》ノ何事ニ依《より》テ此ク泣《なく》ゾ」ト。嫗答《こたへ》テ云ク、「我レハ[二一]夜前《やぜん》朱雀門ノ辺《ほとり》ニシテ見給ヒケム人ノ母也。其ノ人ハ[二二]早ウ失《うせ》給ヒニキ。其ノ事告《つげ》奉ラムトテ此《ここ》ニ侍リツル也。其ノ死人《しにしひと》ハ彼《かしこ》ニ臥《ふ》シ給ヘリ」ト指ヲ差シテ教ヘテ、[二三]搔消《かきけ》ツ様《やう》ニ失《うせ》ヌ。男怪《あや》シト思テ寄テ見レバ、殿ノ内ニ一《ひとつ》ノ若キ狐《きつね》、扇ヲ面《おもて》ニ覆《おほひ》テ死《しに》テ臥《ふ》セリ。其ノ扇、[二四]我ガ夜前ノ扇也。此レヲ見《みる》ニ、「然《さ》ハ夜前ノ女ハ此ノ狐ニコソ有ケレ。[二五]我レハ然《さ》ハ通ジニケリ」ト、其ノ時ニゾ始メテ思フニ、[二六]哀レニ奇異ニテ家ニ返《かへり》ヌ。

其ノ日ヨリ始メテ、七日毎《ごと》ニ法花経一部ヲ供養シ奉《たてまつり》テ、彼レガ[二七]後世《ごせ》ヲ訪《とぶら》フ。未ダ[二八]七々日《なななぬか》ニ不満《みた》ザル程ニ、男ノ夢ニ、[二九]彼ノ有シ女ニ値《あひ》ヌ。其ノ女ヲ見レバ、[三〇]天女《てんによ》ト云フラム人ノ如ク身ヲ荘《かざり》タリ。亦《また》、同様ニ荘《かざ》レル百千ノ女有テ、此レヲ[三一]囲繞《ゐねう》セリ。此《この》女、男ニ告《つげ》テ云《いは》ク、「我レ君ガ法花経ヲ供養シテ我ヲ救ヒ給フニ依テ、[三二]劫々《こふごふ》ニ罪ヲ滅《めつ》シテ、今[三三]忉利天《たうりてん》ニ生《うま》レヌ。此ノ恩量《はか》リ無シ。[三四]世々《せせ》ヲ経《ふ》ト云《いふ》トモ難忘《わすれがた》シ」ト云テ、空ニ昇《のぼり》ヌ。其ノ程、空ニ[三五]微妙《みめう》ノ楽ノ音有リ、ト見テ夢覚《さめ》ヌ。男[三六]哀レニ貴シト思テ、弥《いよい》ヨ信ヲ発《おこ》シテ法花経ヲ供養シ奉リケリ。

大喜悦、捨二我財宝一、可レ報二君恩一。即以交通、終夜結レ契」をかなり大幅に改変している。　二一（でも私の方は）あなたの身代わりになって、こんな戯れが理由で、永く命を失うことになるのが悲しいのです。験記とは異なって、前に男の死を予言する言葉がなかった（→注七）ため、男の代わりに死ぬという女の発言はやや唐突な印象を与える。　二二 共寝をして。　二三「ラ」は「終夜」の捨仮名。　二四 →二二一頁注三三。　二五 →一五四頁注七。　二六 交わること。　二七 本当かどうか。うそかまことか。　二八 →地名「武徳殿」。　二九 この一文は験記には見えない。　三〇 験記には「男至二明旦一、往二武徳殿一巡検之時、殿裏有二一野干一。以レ扇覆レ面以死去」とあって、老婆は登場せず、以下の会話もない。　三一 昨夜。　三二 すでに亡くなられました。死んだのは自分の娘であるが、男に敬意を示して、その相手としての娘に敬語を用いている。　三三 変化の者が突然姿を消して跡形もなくなる時の常套表現。　三四 昨夜女に与えた自分の扇である。　三五 自分はそれでは狐と交わったのだ。　三六 不憫でもあり不思議な気もして。　三七 後世成仏を祈った。　三八 四十九日。　三九 あの時の女。例の女。　四〇 天女とかいう人のように。　四一 とり囲んでいる。　四二 幾劫の後までも。未来永劫。　四三 →地名「忉利天」。　四四 →二九二頁注一七。　四五 美しく妙なる音楽。　四六 感動し貴く思って。

男[一]ノ心難有《ありがた》[二]シ。譬《たと》ヒ女ノ遺言《ゆいごん》有リト云ヘドモ、懃《ねむごろ》[三]ニ約ヲ不違《たがへ》ズシテ後世《ごせ》ヲ訪《とぶら》ハムヤ。其レモ前世《ぜんぜ》ノ善知識《ぜんちしき》[四]ニコソハ有ラメ。
男[五]ノ語ルヲ聞キ継《つぎ》テ語リ伝ヘタルトヤ。

越後国《ゑちごのくにの》ヽ寺僧《くにでらのそう》[六]、為猿《さるのために》写法花語《ほくゑをうつせること》第六

今昔《いまはむかし》、越後《ゑちご》ノ国、三島《みしま》[七]ノ郡《こほり》[八]ニ国寺ト云フ寺有リ。其ノ寺ニ一人僧住《ひとりのそうぢう》シテ、昼夜[九]ニ法花経《ほくゑきやう》[一〇]ヲ読誦《どくじゆ》スルヲ以テ役《やく》[一一]トシテ他《ほか》ノ事無シ。
而《しか》ル間、二《ふたつ》ノ猿出来《いできたり》テ堂ノ前ニ有ル木ニ居《ゐ》テ、此ノ僧ノ法花経読誦スルヲ聞ク。朝《あした》ニハ来《きたり》テ夕《ゆふべ》ニハ去ル。如此《かくのごと》ク為《す》ル事、既ニ三月許《みつきばかり》[一二]ニ成《なり》ヌルニ、毎日《ひごと》ニ不闕《かか》ズシテ[一三]同様《おなじやう》ナル、居《ゐ》テ聞ク。僧此ノ事ヲ怪《あやし》[一四]ミ思《おもひ》テ、猿ノ許《もと》ニ近ク行《ゆき》テ、猿ニ向《むかひ》テ云《いは》ク、「汝《なむ》[一五]ヂ猿ハ月来《つきごろ》如此《かくのごと》ク来《きたり》テ、此ノ木ニ居《ゐ》テ経ヲ読誦スルヲ聞ク。若《も》[一六]シ法花経ヲ読誦セムト思フカ」ト。猿僧ニ向《むかひ》テ頭《かしら》ヲ振《ふり》テ、不受気色《うけぬけしき》[一七]也。僧亦《また》云ク、「若《も》シ経ヲ書写セムト思フカ」ト。其ノ時ニ、猿喜《よろこ》ベル気色ニテ[一八]、僧此レヲ見テ云ク、「汝ヂ若《も》シ経ヲ書写セムト思ハヾ、我レ汝等ガ為《ため》ニ経ヲ書写セム」ト。猿此レヲ聞テ、口ヲ動シテ尚《なほ》□[一九]テ喜ベル気色ニテ、木ヨリ下《おり》テ去《さり》ヌ。

一 以下の結語は験記には見えない。
二 めったにない。稀に見る殊勝さだ。
三 本気で約束を守って後世を弔ってやるだろうか。ほとんどいないだろう。
四 →二九三頁注二二。 五 本話で付加された記事。登場人物を伝承者に仕立てるのは本書に通例の方法。特にこの話の場合は、常識的に考えてもこの男以外に話の始発者はありえないから、実質的な情報の付加にはなっていない。

第六話 出典は法華験記・下・126。元亨釈書・十七・紀躬高、古今著聞集・二十・680に同話、名大本百因縁集・49に類話。
六 験記の題目「越後国乙寺猿」の「乙」を「々」と誤読したもの。→注八。 七 験記はここでは郡名を語らず、後文に「三島郡乙寺」と出てくる。→地名「三島ノ郡」。
八 験記の冒頭は「越後国乙寺有二持経者一」。本話は「乙」を「々」と誤読したため寺名を「国寺」と誤解している。乙寺(きのとでら)については、→地名「国寺(くにでら)」。 九 底本「書夜」を訂した。 一〇 →一五四頁注七。
一一 もっぱらの業として。 一二 験記「二三月間毎日不レ闕」。 一三 同じような(同一と思われる)二匹の猿が。 一四 不審に思って。 一五 「ヂ」は「汝」の捨仮名。お前たち猿は何か月もこうしてやって来ているのか。 一六 もしや法華経を読誦したいと思っているのか。 一七 同意しない様子である。そうではないという様子である。
一八 猿の行動描写の途中で主格が僧に移行しているため、文がうまくつながっていない。表現主体の気持の揺れがそのま

其ノ後、五六日許《ばかり》ヲ経テ、数百ノ猿、皆物ヲ負《おひ》テ持来《もてきたり》テ僧ノ前ニ置ク、見レバ、木ノ皮ヲ多ク剝ギ集メテ持来テ置ク也ケリ。僧此レヲ見ルニ、「前《さき》ニ云ヒシ経ノ料《れう》[二〇]ノ紙ニ挿《す》[二一]ケト思ヒタル也ケリ」ト心得テ、奇異ニ思《おぼ》ユル物《ものの》[二二]貴キ事無限《かぎりな》シ。其ノ後、其ノ木ノ皮ヲ以テ紙ニ挿《すき》テ、吉キ日撰《えら》ビ定《さだ》メテ法花経ヲ書キ始メ奉ル。経ヲ書キ始ムル日ヨリ、此ノ二《ふたつ》ノ猿毎日《ひごと》ニ不闕《かか》ズ来《きた》ル。或[二三]ル時ニハ、[二四]署預《やまのいも》・[二五]野老《ところ》ヲ堀《ほり》テ持来《もてきた》ル。或ル時ニハ、[二六]栗《くり》・柿《かき》・梨子《なし》・棗《なつめ》等ヲ拾《ひろひ》テ持来《もてきたり》テ僧ニ与フ。僧此ヲ見ルニ、弥《いよい》ヨ奇異也ト思フ。

此ノ経、既ニ[二七]第五ノ巻ヲ書キ奉ル時ニ成テ、此ノ二《ふたつの》猿一両日不見《みえ》ズ。「何《いか》ナル事ノ有ルニカ」ト怪《あやし》ビ思テ、寺ノ近キ辺《ほとり》ニ出《い》デ、山林ヲ廻《めぐり》テ見《みる》ニ、此ノ二《ふたつ》ノ猿林ノ中ニ署預《やまのいも》ヲ多ク堀リ置テ、土ノ穴ニ頭《かしら》ヲ指入《さしいれ》テ、[二八]二《ふた》ツ乍《なが》ラ同ジ様ニ死《しに》テ臥《ふ》セリ。僧此レヲ見テ、涙ヲ流シテ泣キ悲ムデ、猿ノ[二九]屍《しにかばね》ニ向《むかひ》テ法花経ヲ読誦シ念仏ヲ唱《となへ》テ、猿ノ後世《ごせ》ヲ訪《とぶら》ヒケリ。其ノ後、僧彼ノ猿誂《あつら》ヘシ法花経ヲ不書畢《かきをへ》ズシテ、仏ノ御前ノ柱ヲ刻《ゑり》テ籠《こ》メ置キ奉ツ。其ノ後、四十余年ヲ経《へ》タリ。

其ノ時ニ、[三〇]藤原ノ子高《こたか》ノ朝臣《あそん》ト云フ人、[三一]承平《じようへい》四年ト云フ年、当国ノ守《かみ》ト成《なり》テ、既ニ国ニ下《くだり》ヌ。[三二]国府ニ着《つき》テ後、[三三]未ダ神事《しんじ》ヲモ不拝《はいせ》ズ、公事《くじ》ヲモ不始《はじめ》ザル前《さき》ニ、先《ま》ヅ夫妻《めをと》相共《あひとも》ニ三島ノ郡ニ入ル。共ノ人モ館《たち》ノ人モ、「何ノ故《ゆゑ》有テ此ノ郡ニハ忩《いそ》ギ入リ

ま文章に反映しているのであろう。
一九 漢字表記を期した意識的欠字か。但し、該当語は確定できない。験記「猿聞ニ此語一、従レ眼涙出、頂ニ礼沙門一、下レ樹還去」。 二〇 料紙。用紙。
二一 験記には対応する文句がないが、文脈からみて(紙を)「漉(す)ケ」とあるべき場面である。但し、「挿」はむちうつ意の漢字。音の「スイ」からこの字を当てたか。同字例は巻一一・25「緒ヲ直ク挿(げす)テ」、巻一六・28「挿(きす)入トス」等。 二二 逆接の接続助詞「ものの」。或いは「ものから」か。但し、助詞を漢字表記するのは異例。
二三 験記「二猿各持ニ薯蕷一来。臨ニ秋冬時一、栗柿等種々菓子採持供養」。 二四 字類抄「薯蕷 俗作暑預 ヤマノイモ」。ヤマノイモ科のつる草。根とむかごを食用。自然薯(じねんじょ)。とろろ芋。 二五 ヤマノイモ科のつる草。根茎は苦味を抜くと食用。
二六 験記「栗柿」に「梨子棗」を補っているが、巻五・13でもこれらの果実が同一順序で列挙されていることに注意。
二七 法華経第五巻は提婆達多品・勧持品・安楽行品・従地涌出品を収める。
二八 二匹とも。 二九 字類抄「屍 シニカハネ」。死骸。 三〇 験記「紀躬高」。藤原子高に改めた根拠は未詳だが、紀躬高は実在が確認できないのに対して藤原子高は実在し、尊卑分脈によれば越後守等を歴任している。→人名「子高」。 三一 九三四年。験記は「其後已逕ニ四十余年一」とし、年代を記さない。本話がこの年に特定した根拠は未詳。 三二 国司の役所。国衙。越後国の国府は現、新潟県上越市直江津

給フラム」ト怪《あやし》ビ思フニ、守国寺ニ参《まゐり》ヌ。住僧《ぢうそう》ヲ召出《めしい》デ、問《とひ》テ云《いは》ク、「若《も》シ此ノ寺ニ不書畢《かきをはら》ザル法花経ヤ御《おはし》マス[一]」ト。僧共《ども》驚テ尋ヌルニ[二]、不御《おはしま》サズ。

其ノ時ニ、彼ノ経ヲ書キシ持経者《ぢきやうじや》[三]、年八十余ニシテ老耄《らうもう》[四]シ乍《なが》ラ未ダ生《いき》テ有ケリ。出来《いできたり》テ守《かみ》ニ申シテ云ク、「昔《むか》シ若カリシ時、二《ふたつ》ノ猿来《きたり》テ然《しかしか》ミシテ教ヘテ令書《かかし》メタリシ法花経御《おはし》マス」ト申《まうし》テ、昔ノ事ヲ不落《おとさ》ズ語ル時ニ、守大《おほき》ニ喜《よろこび》テ、老僧ヲ礼《らいし》テ云ク、「速《すみやか》ニ其ノ経ヲ取出《とりいだ》シ可奉《たてまつるべ》シ。我レ彼ノ経ヲ書キ畢《をへ》奉ラムガ為《ため》ニ、人界《にんがい》[五]ニ生レテ此ノ国ノ守ト任ゼリ。彼ノ二《ふたつ》ノ猿ト云フハ、今ノ我等ガ身此レ也。前生《ぜんしやう》ニ猿ノ身トシテ持経者ノ読誦《どくじゆ》セリシ法花経ヲ聞シニ依《より》テ、心ヲ発《おこ》[六]シテ法花ヲ書写セムト思ヒシニ、聖人《しやうにん》ノ力ニ依テ法花ヲ書写ス。然レバ、我等聖人ノ弟子也。専《もはら》ニ貴ビ可敬《うやまふべ》シ。此ノ国ノ守ニ任ズル[七]、輙《たやす》キ縁ニ非ズ。極《きはめ》[八]テ難有《ありがた》キ事也ト云ヘドモ、偏《ひと》ヘニ此ノ経ヲ書キ畢《をへ》奉ラムガ故《ゆゑ》也。願《ねがは》クハ聖人[九]速《すみや》カニ此ノ経ヲ書キ畢《をへ》奉テ我ガ願ヲ満《みて》ヨ」ト。老僧此ノ事ヲ聞テ、涙ヲ流ス事雨ノ如シ。即チ経ヲ取出《とりいだ》シ奉テ、心[一〇]ヲ一《ひとつ》ニシテ書畢《かきをへ》奉《たてまつり》ツ。守亦《また》[一一]三千部ノ法花経ヲ書キ奉テ、彼ノ経ニ副《そ》ヘテ、一日法会《ほふゑ》ヲ儲《まうけ》テ、法[一二]ノ如ク供養シ奉テケリ。

老僧ハ此ノ経ヲ書《かき》奉レル力ニ依《より》テ浄土《じやうど》ニ生《うま》レニケリ。二《ふたつの》猿法花経ヲ聞シニ依テ、願ヲ発《おこ》シテ猿ノ身ヲ棄テヽ、人界《にんがい》ニ生レテ国ノ司ト任ズ。夫妻《めをと》共ニ宿願ヲ遂《とげ》テ法花

にあった。 一三 まだ神事も行わず、政務も執らない前に。国守が任国に到着すると、まず国内の主な神社を巡拝するのが通例であった。これを神拝(じんぱい)といい、巻一九・32に実例が見える。

一 おありではありませんか。経典に対する尊敬表現。 二 探したけれども。
三 前出の僧をさす。
四 おいぼれながらもまだ生きていた。験記「件持経者年過二八十一、老耄猶存」。
五 人間界。
六 発心して。道心を起こして。
七 (聖人の弟子である自分が、聖人の住む)この国の国守に任じられたことは、並み一通りのご縁ではありません。深い縁あればこそです。験記「聖人存生時、弟子至二此国一、是非二小縁一」。
八 まことに珍しい、めったにないことです。験記「未曾有事」。
九 底本「取人」を訂した。
一〇 一心不乱に。 一一 験記「三部」。同彰考館本「三千部」。著聞集「三千部」。
一二 守るべき作法をきちんと守って。
一三 世にも稀な驚くべきこと。

第七話 出典は法華験記・下・124。
一四 底本「六」を訂した。即ち底本には前話と本話と第6話が二つあり、このため以後の説話番号は各話とも数字が一つずつ小さくなっている(第29話だけは例外的に正しい番号を記しているため、底本には第29話が二つある)。このうち底本の第10—14、17、19、21、24、31、33—

経ヲ書写シ奉レリ。其ノ後、道心ヲ発《おこ》シテ、弥《いよい》ヨ善根《ぜんごん》ヲ修《しゆ》ス。実《まこと》ニ此レ希有《けう》[一三]ノ事也。畜生也ト云ヘドモ、深キ心ヲ発《おこ》セルニ依テ、宿願ヲ遂《とぐ》ル事如此《かくのごと》シ。

世ノ人此レヲ知《しり》テ深キ心ヲ可発《おこすべし》トナム語リ伝ヘタルトヤ。

修行僧《しゆぎやうのそう》、至越中立山会小女語《あつちうのたちやまにいたりてわかきをむなにあひたること》第七[一四]

今昔《いまはむかし》、越中《あつちう》ノ国、□[一五]ノ郡《こほり》ニ立山《たちやま》[一六]ト云フ所有リ。昔ヨリ彼ノ山ニ地獄《ぢごくあり》[一七]有ト云ヒ伝ヘタリ。其ノ所ノ様《さま》ハ、原[一八]ノ遥《はるか》ニ広キ野山也。其ノ谷ニ百千ノ出湯《いでゆ》[一九]有リ。深キ穴ノ中ヨリ涌出《わきい》ヅ。巌《いはほ》ヲ以テ穴ヲ覆ヘルニ、湯荒ク[二〇]涌《わき》テ巌《いはほ》ノ辺《ほとり》ヨリ涌出《わきい》ヅルニ、大《おほき》ナル巌《いはほ》動ク。熱気《あつきき》満《みち》テ、人近付《ちかづ》キ見ルニ極《きはめ》テ恐シ。亦《また》、其ノ原ノ奥ノ方《かた》ニ大《おほき》ナル火ノ柱有リ。常ニ焼ケテ燃ユ。亦、其ノ所ニ大《おほき》ナル峰有リ。帝釈《たいしやく》[二一]ノ嶽《たけ》ト名付《なづけ》タリ。「此レ天帝釈《てんたいしやく》[二二]・冥官《みやうくわん》[二三]ノ集会《しふゑ》シ給テ、衆生《しゆじやう》ノ善悪ノ業《ごふ》ヲ勘《かむが》[二四]ヘ定《さだ》ムル所也」ト云ヘリ。其ノ地獄ノ原ノ谷[二五]ニ大《おほきな》ル滝有リ。高サ十余丈[二六]也。此レヲ勝妙《しようめう》[二七]ノ滝ト名付《なづけ》タリ。白キ布ヲ張ルニ似タリ。而《しか》ルニ、昔ヨリ伝ヘ云フ様《やう》、「日本国ノ人、罪ヲ造《つくり》テ、多ク此ノ立山《たちやま》ノ地獄ニ堕《お》ツ」ト云ヘリ。

35、38話には加筆または傍書による訂正がなされている。

一五 郡名の明記を期した意識的欠字。験記は「越中立山」とするのみで郡を記さないが、立山があるのは新河郡。

一六 今は「たてやま」と呼ぶが、古くは「たちやま」と称した。→地名「立山」。

一七 今の地獄谷。立山の室堂の近くにあって火山活動の余勢を示す噴気地帯。民俗信仰の山中他界(死後の世界)と仏教の地獄とが融合し、立山信仰においては地獄に想定された。

一八 このあたり、験記の本文は「彼山有㆓地獄原㆒、遥広山谷中、有㆓百千出湯㆒」と句読すべきところ。本話はこれを「彼山有㆓地獄㆒、原遥広山、谷中有㆓百千出湯㆒」と解している。

一九 温泉。地獄谷には現在も多くの噴湯がある。

二〇 (蓋をした岩を押しのけるように)岩の側から激しく噴出する湯の勢いに大きな岩も動いてしまう。

二一 現在は別山と呼ばれる。立山三山の一。→地名「帝釈ノ嶽」。

二二 立山信仰では、帝釈天は亡者の罪を判定する主神とされた。→人名「帝釈天」。

二三 地獄の役人。

二四 調べて決める所である。験記「勘㆓定衆生善悪㆒処矣」。

二五 験記「其地獄原谷末有㆓大滝㆒」。

二六 験記「高数百丈」。「十余丈」に縮小しているのは、称名滝のスケールの大きさが理解できなかったためか。

二七 称名滝。→地名「勝妙ノ滝」。

其[一]レニ、[二]三井寺《みゐでら》ニ有ケル僧、仏道ヲ修行スルガ故《ゆゑ》ニ、[三]所々《ところどころ》ノ霊験所《れいげんじよ》ニ詣《まう》デヽ、難行苦行スルニ、彼ノ越中ノ立山ニ詣デヽ、地獄ノ原ニ行テ廻《めぐ》リ見ケルニ、山ノ中ニ一人ノ女有リ。年若クシテ未ダ二十《はたち》ニ不満《みた》ヌ程也。僧女ヲ見テ恐《お》ヂ怖レテ、「若《も》シ此レ[四]鬼神《きじん》カ。[五]人無キ山中ニ此ノ女出来《いできた》レリ」ト思テ逃《にげ》ムト為《す》ルニ、女僧ヲ呼《よび》テ云《いは》ク、「我レ鬼神ニ非ズ。[六]更ニ不可恐《おそるべから》ズ。只可申《まうすべ》キ事ノ有ル也」ト。其ノ時ニ、僧立チ留《とどまり》テ聞クニ、女ノ云ク、「我レハ此《これ》、近江《あふみ》ノ国、[七]蒲生《がまふ》ノ郡《こほり》ニ有シ人也。我ガ父母《ぶも》于今《いまに》其ノ郡ニ有リ。我ガ父ハ[八]木仏師《きぶつし》也。[九]只仏ノ[一〇]直《あたひ》ヲ以テ世ヲ渡リキ。我レ生《いき》タリシ時、仏ノ直《あたひ》ヲ以テ衣食《えじき》トセシ故《ゆゑ》ニ、死《しに》テ此ノ[一一]小地獄《せうぢごく》ニ堕《おち》テ難堪《たへがた》キ苦ヲ受ク。汝《なむ》ヂ[一二]慈《うつくしび》ノ心ヲ以テ、此ノ事ヲ我ガ父母《ぶも》ニ伝ヘ告ゲヨ。「我ガ為《ため》ニ[一三]法花経《ほくゑきやう》ヲ書写供養シ奉《たてまつり》テ、我ガ苦ヲ救ヘ」ト。此ノ事ヲ申サムガ[一四]為《ため》ニ、我レ出来《いできた》レル也」ト。

僧ノ云《いは》ク、「君、地獄ニ堕《おち》テ苦ヲ受クト云フニ、如此《かくのごと》ク[一五]心ニ任セテ出来《いできたれ》ル事、何《いか》ニ」ト。女ノ云ク、「今日ハ十八日、[一六]観音《くわんおん》ノ[一七]御縁日也。我レ生《いき》タリシ時、観音ニ仕《つかまつ》ラムト思ヒ、亦、[一八]観音経ヲ読《よみ》奉ラムト思ヒキ。然《し》カ思ヒキト云ヘドモ、[一九]今々《いまいま》ト思ヒシ程ニ、其ノ事ヲ不遂《とげ》ズシテ死ニキ。然レドモ、[二〇]十八日ニ只一度精進《しやうじん》シテ観音ヲ念ジ奉《たてまつり》タリシ故《ゆゑ》ニ、毎月《つきごと》ノ十八日ニ観音此ノ地獄ニ来給《きたりたまひ》テ、一日一夜我レニ代《かはり》テ苦ヲ受ケ給フ也。其ノ間、我地獄ヲ出《い》デヽ、息《やす》ミ遊ブ。然レバ、我レ此《か》ク来《きた》レル也」ト

一 ところで。話題の転換を示す句。
二 験記は冒頭に「有ニ修行者一、其名不レ詳」と述べるのみ。本話が三井寺の僧とする根拠は未詳。→地名「三井寺」。
三 方々の霊験の著しい寺社や霊地に参詣して。
四 人に害をなす霊鬼の類。験記「若是鬼神羅刹女歟」。
五 誰もいないはずの山中に。験記「無レ人境界、深幽谷中」。
六 決して恐れないで下さい。
七 →地名「蒲生(がもう)ノ郡」。
八 仏の木像を造るのを業とする人。験記「仏師」。
九 「只」は、特別の信仰心もなく、ただ生業として仏像を造っていたことを示す。験記「我父仏師、但用ニ仏物一」。
一〇 代価。
一一 大地獄に付属する地獄。験記「此地獄」。「小」を付加している。
一二 慈悲心。あわれみの心。
一三 →一五四頁注七。
一四 底本「申サム為ニ」。諸本により訂した。
一五 心のままに。自由に。
一六 →人名「観世音菩薩」。
一七 特定の神仏に縁があり、この日に参詣、供養などすれば特に功徳があるとされる日。観音の縁日は毎月十八日。
一八 →二二八頁注三。
一九 いまに読もう、いまに読もうと思っているうちに。
二〇 以下、験記「僅十八日持ニ斎一度一、然其持斎亦不ニ如法一。欲レ念ニ仕観音一、一度

云テ後、掻消《かきけ》[二一]ツ様《やう》ニ失《うせ》ヌ。

僧此レヲ奇異[二二]ニ恐シク思テ、立山《たちやま》ヲ出《い》デヽ、此ノ事ノ実否《じつぷ》[二三]ヲ尋ムガ為《ため》ニ、彼《か》ノ近江ノ国、蒲生ノ郡ニ行《ゆき》テ尋ヌルニ、父母《ぶも》有リ。僧女人《によにん》ノ云ヒシ事ヲ不落《おとさ》ズ語ル。父母此レヲ聞テ、涙ヲ流シテ泣キ悲ム事無限《かぎりな》シ。僧[二四]ハ此ノ事ヲ告《つげ》ツレバ返去《かへりさり》ヌ。父母忽《たちまち》ニ女子《をむなご》ノ為《ため》ニ法花経ヲ書写供養シ奉リツ。

其ノ後、父ノ夢ニ、彼ノ女子《をむなご》微妙《みめう》[二五]ノ衣服《えぶく》ヲ着テ、掌《たなごころ》ヲ合セテ、父ニ申《まうさ》ク、「我レ威力《ゐりき》[二六]・観音ノ御助《たすけ》ニ依《より》テ、立山《たちやま》ノ地獄ヲ出デヽ忉利《たうり》[二七]天《てん》ニ生《うま》レヌ」トゾ告ゲヽル。父[二八]母《も》喜[二九]ビ悲ム事無限《かぎりな》シ。而《しか》ル間、亦《また》、彼[三〇]ノ僧ノ夢ニモ如此《かくのごと》ク見《みえ》ケリ。僧此ノ事ヲ告《つげ》ムガ為《ため》ニ、父母ノ家ニ行テ夢ノ事ヲ語ルニ、父亦《また》我ガ見ル所ノ夢ヲ語《かたる》ニ、其ノ夢亦《また》同《おなじ》クシテ違《たが》フ事無シ。

僧[三一]此レヲ聞テ、貴ビテ返《かへり》テ、世ニ語リ伝ヘタル也。其レヲ聞キ継《つぎ》テ語リ伝ヘタルトヤ。

越中国書生妻《ゑつちうのくにのしよしやうのめ》、死堕立山地獄語《しにてたちやまのぢごくにおちたること》第八

今昔《いまはむかし》、越中《ゑつちう》ノ国ニ書生《しよしやう》[三二]有ケリ。其ノ男子《をのこご》三人有リ。書生朝暮《てうぼに》[三三]国府ニ参《まゐり》テ公事《くじ》[三四]ヲ

持斎善根力故」。十八日は観音の縁日である。

二一 →一一二頁注四。
二二 不思議にも恐ろしくも思って。
二三 本当かどうか。うそかまことか。
二四 この一文は験記には見えない。話中での行動の主体が別の人物(ここでは女の父母)に移った後、それまでの人物の退場をさりげなく付記するのは本書に通例の方法。→二八八頁注五。
二五 美しく立派な衣服。
二六 験記「依二法華力、観音護助一」と比較すると「法華ノ」に相当する語句が欠落しているが、脱文か省略か定め難い。
二七 →地名「忉利天」。
二八 以下、験記には見えず、本話で付加された叙述。
二九 深く喜び感動した。
三〇 僧の夢も、僧と父母との会話も、全て本話で付加されたもの。
三一 僧を伝承者とするのは本話の付加。登場人物を伝承者に仕立てるのは本書に通例。→二九六頁注五。

第八話　出典未詳。仮名書きの文献に依拠したと推定される。

三二 国府の下級官吏。書記官。
三三 国司の役所。国衙。越中国の国府は現、富山県高岡市伏木にあった。
三四 公務。

勤メテ有リ。而《しか》ル間、書生ガ妻《め》俄《にはか》ニ身ニ病《やまひ》ヲ受テ、[一]日来《ひごろ》煩《わづらひ》テ死《しに》ヌ。夫《をうと》并《ならび》ニ子共《ども》泣キ悲ムデ、[二]没後《もつご》ヲ訪《とぶら》フ。[三]葬家《さうけ》ニ僧共《ども》数《あまた》籠《こもり》テ、[四]七〻日《なななぬか》ノ間思ヒノ如ク仏事ヲ修《しゆ》ス。

而《しか》ルニ、七〻日《なななぬか》畢《はて》テ後、思ヒ歎キ恋ヒ悲ブ事、[五]忘レ草モ不生《おひ》ズモヤ有ケム、「我ガ母何《いか》ナル所ニ[六]生《しやう》ヲ替ヘタリトモ相《あ》ヒ見バヤ」ナド云ヒ合ヘル程ニ、其ノ国ニ[七]立山《たちやま》ト云フ所有リ。極《きはめ》テ貴ク深キ山也。[八]道嶮《さがし》クシテ輙《たやす》ク人難参《まゐりがた》シ。其ノ中ニ種〻《くさぐさ》ニ[九]地獄《ぢごく》ノ[一〇]出湯《いでゆ》有テ、[一一]現《あらは》ニ難堪気《たへがたげ》ナル事共《ども》見ユ。而ル間、書生ガ子共《ども》三人語《かたら》ヒ合セテ云《いは》ク、「我等此《か》ク母ヲ恋ヒ悲ムト云ヘドモ、其ノ心不息《やすま》ズ。去来《いざ》彼ノ立山《たちやま》ニ詣《まうで》テ地獄ノ燃《もゆ》ラムヲ見テ、我ガ母ノ事ヲモ押シ量《はかり》テ[一二]思ヒ観《くわん》ゼム」ト云テ、皆詣《まうで》ニケリ。貴キ聖人《しやうにん》ノ僧ヲ具《ぐ》シタリ。

地獄毎《ごと》ニ行テ見ルニ、実《まこと》ニ難堪気《たへがたげ》ナル事共無限《どもかぎりな》シ。燃エ焦《こが》レテ有リ。其ノ地獄ノ有様ハ、湯ノ涌《わ》キ返《かへ》ル焔《ほのほ》、[一三]遠クテ見ルニソラ[一四]我ガ身ニ懸《かか》ル心地シテ、[一五]暑ク難堪《たへがた》シ。[一六]何況《いかにいはむ》ヤ煮ユラム人ノ苦ビ、思遣《おもひや》ルニ哀レニ悲クテ、僧ヲ以テ[一七]錫杖供養《しやくぢやうくやう》セサセ[一八]法花《ほくゑ》経《きやう》講ゼサセナド為《す》ル程、地獄ノ焔《ほのほ》[一九]宜《よろし》ク見ユ。如此《かくのごと》ク地獄十許《ばかり》ヲ廻テ見ルニ、中ニ極《きはめ》テ勝《すぐ》レテ難堪気《たへがたげ》ナル地獄ニ至《いたり》テ、前《さき》ノ如ク経ヲ講ジ錫杖《しやくぢやう》振《ふり》ナド為《す》ル程ハ、焔《ほのほ》[二〇]シ少シ宜《よろし》ク成ル様《やう》ニ見ユ。其ノ程ニ、体《すがた》ハ不見《みえ》ズ、巌《いはほ》ノ迫《はさま》ニ、我ガ[二一]瞎《あ》ケ暮レ恋ヒ悲ム母音《ははのこゑ》ニテ[二二]太郎ヲ呼ブ。此レヲ聞テ、不思懸《おもひかけ》ズ奇異ニ思テ、[二三]僻耳《ひがみみ》ナラムト思ヘバ、

一　数日患って死んでしまった。
二　供養を営み冥福を祈った。
三　葬儀を営む家。
四　四十九日。
五　萱草(かんぞう)の別名。これを身につけると憂さを忘れるとされた。それが生えなかったというのは、母を亡くした悲しみを忘れることができなかった意。仮名文学的な表現である。巻三一・27に、父を亡くした悲しみを忘れるために墓の辺に萱草を植えた話がある。
六　生まれ変わっているとしても。
七　→二九頁注一六。
八　底本「道嶮ヲシテ」を訂した。道がけわしくて。
九　立山の地獄谷をさす。→二九九頁注一七。
一〇　温泉。
一一　まことに我慢できそうもない光景が見える。熱湯や硫化ガスが噴出するさまをいう。
一二　観想しよう。心に思い描こう。
一三　遠いところで見ていてさえ。
一四　→一〇九頁注二〇。
一五　熱くて堪えられない。
一六　まして、その熱で煮られているであろう地獄に堕ちた人の苦は。
一七　錫杖(二五九頁注二四)を振って行う供養。天台宗の四箇法要の一に錫杖供養がある。錫杖はまた地蔵菩薩の持物で、地蔵は錫杖を振って地獄受苦の衆生を救うとされる。

暫《しばら》ク不答《こたへ》ズ。頻《しきり》ニ同音《おなじこゑ》ニシテ呼ブ。恐レヲ成シ乍《なが》ラ、「此《こ》ハ何《いか》ナル人ノ呼《よぶ》ゾ」ト云ヘバ、巌迫《いはほのはさま》ノ音《こゑ》答テ云ク、「何《いか》ニ此《か》クハ云フゾ[二四]」ト、「我ガ母ノ音不聞知《こゑききしら》ヌ人ヤ有ル。我レ前生《ぜんしやうに》罪ヲ造リ、人ニ物ヲ不与《あたへ》ズシテ、今此ノ地獄ニ堕《おち》テ苦ヲ受ル事量無《はかりな》シ。昼夜ニ息《やす》ム時無シ」ト。子共《ども》此レヲ聞テ奇異ニ思フ。夢[二五]ナムドニ示スハ常ノ事也。[二六]現《あらは》ニ此《か》ク告《つぐ》ル事ヲ、[二七]世ニ不聞《きこ》エヌ事也ト云ヘドモ、正《まさ》シク母ノ音《こゑ》ニテ有レバ可疑《うたがふべ》キニ非ズ。然レバ、子共ノ云ク、「何《いか》ナル善根《ぜんごん》ヲ修《しゆ》シテカ、此ノ苦ヲバ遁《のが》レ可給《たまふべ》キ」ト。

巌迫《いはほのはさま》ノ音《こゑ》ノ云《いは》ク、「罪《つ》ミ[二八]深クシテ輒《たやす》ク此ノ苦ヲ難免《まぬかれがた》シ。広大ノ善根《ぜんごん》ニ於テハ、汝等身《み》貧《まづしく》シテ力不堪《たへ》ズシテ、修セムニ不能《あたは》ジ。然レバ、多《おほく》ノ劫《こふ》[二九]ヲ経《ふ》ト云フトモ、此ノ地獄ヲ離ル、事不有《あら》ジ」ト。子共ノ云ク、「而《しか》ルニテモ、何許《いかばかり》ノ善ヲ修シテカ遁《のが》レ可給《たまふべ》キ」ト。巌迫《いはほのはさま》ノ音《こゑ》ノ云ク、「一日ニ法花経千部ヲ書写供養シタラムノミゾ此ノ苦ハ可遁《のがるべ》キ」ト云フニ、子共ノ思ハク、「一日法花経一部ヲ書写供養スル[三〇]ソラ[三一]堪《た》ヘ有ル人ノ事也。[三二]何況《いかにいはむ》ヤ十部ニモ非ズ百部ニモ非ズ、千部マデハ可思懸《おもひかくべ》キ事ニモ非ズ。然レドモ、現《あらは》ニ母ノ苦ヲ受ケムヲ見テ、家ニ返《かへり》テ安ラカニ有ラム事ハ[三三]。[三四]只我レモ地獄ニ入テ母ノ苦ニ代ラム」ト云フニ、亦《また》、人有テ云ク、「祖《おや》ノ苦ニ子ノ代《かはり》テ罪ヲ蒙《かうぶ》ル事ハ、此ノ世ノ事ニコソ有レ。冥途《めいど》ニハ[三五]各業依《おのおのごふにより》テ罪ヲ受クレバ、代ラム

一八 ↓一五四頁注七。
一九 少し穏やかになったように見える。
二〇 「シ」は強意。
二一 ↓二二一頁注三三。
二二 長男。
二三 聞き違いだろうと思ったので。
二四 底本「云ヘソ」を訂した。
二五 (亡き人が)夢などで告げるのはよくあることだ。夢を神仏の託宣や冥界・異類との交信の媒体と考えるのは文字通り常のことであったが、本書では特に、原典で夢とはされていない告げや交信をも夢告に改変した例が散見する(巻一三・11、21、巻一四・19、37など)。撰者には夢こそが正当な交信媒体と考える意識が強固にあったことを示している。
二六 明らかに。まちがいなく。
二七 下の「可疑キニ非ズ」に係る。
二八 「ミ」は「罪」の捨仮名。
二九 劫は無限に近い時間の単位。即ち、いつまでたっても。未来永劫。
三〇 ↓注一四。
三一 能力のある人。ここでは、経済的能力のある人、資産家の意。
三二 まして。
三三 「ハ」は詠歎の終助詞。家に帰ってのんびりしているなんて。そんなことが出来ようかという気持を含む。
三四 ただもう。ひたすら。
三五 各自生前の行為の善悪に応じて罪を受けるのだから、代ろうと思ってもそれは無理でしょう。

ト思《おもふ》ト云《いふ》トモ其事不能《そのことあたは》ジ。只家ニ返《かへり》テ、[一]力ノ堪《た》ヘニ随《したがひ》テ、一部モ法花経ヲ書写供養シ奉ラバ、少シニテモ苦ハ[二]怠《おこた》リナム」ト云テ、[三]泣ヽ《なくな》ク家ニ返《かへり》テ、此ノ事ヲ父ノ書生《しよしやう》ニ語ル。書生此レヲ聞テ云ク、「実《まこと》ニモ哀《あはれ》ニ悲キ事ニコソ有《ある》ナレドモ、法花経千部マデハ力不及《およば》ズ。只[四]志《こころざ》シノ至ル程、力ノ堪《たへ》ニ随《したがひ》テ可書《かくべ》キ也」ト云テ、先《ま》ヅ三百部許《ばかり》ヲ思ヒ企《くはた》ツ。

而《しか》ル間、国ノ司□[五]云フ人ニ、人有テ此ノ事ヲ語ル。国ノ司此《これ》ヲ聞テ、道心有ル人ニテ、其ノ書生《しよしやう》ヲ召テ[六]面《まのあたり》ニ問《とふ》ニ、書生委《くはし》ク申ス。国ノ司此ヲ聞テ、[七]慈《うつくしび》ノ心ヲ発《おこ》シテ、「[八]我レ其ノ事同ジ心ニ思ヒ立《たた》ム」ト云テ、隣ノ国ヽ、能登《のと》・加賀《かが》・越前《ゑちぜん》ナドニ[九]縁ヽ《えんえん》ニ触レテ勧ム。国司心ヲ合テ営ム間、遂《つひ》ニ千部ノ法花経ヲ書写シテ、一日ノ法会《ほふゑ》ヲ儲《まうけ》テ供養シツ。

其後《そののち》、子共ノ心[一〇]息《やす》マリテ、「我ガ母今ハ地獄ノ苦免《まぬ》カレタラム」ト思フ程、其ノ後、太郎ガ夢ニ、[一一]母《は》ハ[一二]微妙《みめう》ノ衣服《えぶく》ヲ着テ来《きたり》テ告《つげ》テ云ク、「我レ此ノ功徳《くどく》ニ依《より》テ、地獄ヲ離レテ[一三]忉利天《たうりてん》ニ生《うまれ》ヌ」ト云テ、空ニ昇《のぼり》ヌ、ト見テ夢[一四]メ覚《さめ》ヌ。其ノ後、此ノ夢ノ告《つげ》ヲ普《あまね》ク人ニ語《かたり》テ、喜ビ貴ビケリ。後ニ、子共立山《たちやま》ニ行テ、前《さき》ノ如ク地獄ヲ廻《めぐ》リ見ルニ、其ノ度《たび》ハ巌迫《いはほのはさま》ノ音《こゑ》無カリケリ。其ノ立山ノ地獄于今有《いまにある》[一五]ナリ。

此ノ事□[一六]比《ころほひ》、比叡《ひえ》ノ山ニ年八十許《ばかり》ナル老僧ノ有ケルガ、若カリシ時越後《ゑちご》ノ

一　能力の及ぶ範囲で。
二　減じるだろう。楽になるだろう。
三　主格は子供たち。
四　ひたすら誠意の限りを尽くして、全力を挙げて精一杯書くことにしよう。
五　国司の氏名の明記を期した意識的欠字。
六　直接に尋ねたところ。
七　慈悲心。あわれみの心。
八　私も心を合わせてその写経に協力しよう。　九　さまざまの縁あるごとに。いろいろなつてを通して。
一〇　気持がおさまって。ほっとして。
一一　「ハ」は「母」の捨仮名。
一二　美しく立派な衣服。
一三　→地名「忉利天」。
一四　「メ」は「夢」の捨仮名。　一五　「ナリ」は伝聞推定の助動詞。あるそうだ。
一六　時代の明記を期した意識的欠字。老僧がこの事件に関連する体験を語った時点を示す。
一七　時代の明記を期した意識的欠字。これも同じく老僧がこの事件の体験を語った時点を示す欠字であるから、前の欠字と同一の語句または「其ノ」等が想定される。　一八　この事件は八十余歳の老僧が若い頃(二十代か)に経験したのであるから、事件があったのは、その時から約六十年前という計算になる。
一九　このまま「まれ」と訓んでも文意は通じるが、通例の表現では「希有」とあるべきところ。「有」が脱落か。
二〇　夢告でないことに最後までこだわっているのは、冥界との交信は夢でこそ可能と考える撰者の認識と本話の内容とが

国ニ下《く》ダリシニ、「我レモ、其ノ時ニ越中ノ国ニ超《こえ》テ、其ノ経ハ書《かき》キ」ト語《かたり》ケル也。□一七比《ころほひ》マデ一八六十余年ニ成《なり》タル事ナルベシ。

実《まこと》ニ此レ一九希ノ事也。地獄ニ堕《おち》テ、二〇夢ノ告《つげ》ニ非《あらず》シテ現《あらは》ニ言《こと》ヲ以テ告《つぐ》ル事、未ダ不聞及《ききおよば》ザル事也トナム語リ伝ヘタルトヤ。

美作国鉄堀《みまさかのくにのかねほり》、入穴《あなにいりて》、依法花力出穴語《ほくゑのちからによりてあなをいでたること》第九

今昔《いまはむかし》二一、美作《みまさか》ノ国、□二二多ノ郡《こほり》ニ鉄《くろがね》二三ヲ採《と》ル山有リ。安倍《あべ》二四ノ天皇ノ御代《みよ》ニ、国ノ司□二五ト云フ人、民《たみ》十人ヲ召《めし》テ、彼ノ山ニ入レテ鉄《くろがね》ヲ令堀《ほらし》ム。民等《たみら》穴ニ入《いり》テ鉄ヲ堀ル間、俄《にはか》ニ二六穴ノ口崩レ塞《ふさ》ガルニ、穴ニ入レル鉄堀《かねほり》ノ民等、恐レ迷《まどひ》テ競《きほ》ヒ出《いづ》ル間、九人ハ既ニ出《いで》ヌ。今一人ハ遅ク出《い》デヽ、穴崩レ二七合《あひ》テ不出得《いでえ》ズシテ止《やみ》ヌ。国ノ司ヨリ始《はじめ》テ此レヲ見ル上中下《かみなかしも》ノ人、皆哀レ二八歎ク事無限《かぎりな》シ。

彼ノ穴籠《あなにこもり》ヌル者ノ妻子ハ泣キ悲《かなしみ》テ、其ノ日ヨリ始《はじめ》テ二九仏経ヲ写シテ、七日毎《ごと》ノ仏事ヲ修《しゆ》シテ彼レガ後世《ごせ》三〇ヲ訪《とぶら》フニ、三一七ゝ日《なななぬか》既ニ過《すぎ》ヌ。

三二彼ノ穴ノ中ニ籠《こもり》ヌル者ハ、穴ノ口ハ塞《ふさが》ルト云ヘドモ、穴ノ内空《うつほ》三三ニシテ、命ハ存《そん》シテ、然《しかれ》ドモ食物《じきもつ》無キニ依《より》テ、死《しな》ム事ヲ待ツニ、念ズル様《やう》、「我レ先年ニ三四法花経《ほくゑきやう》ヲ書

齟齬するためである。↓二〇三頁注二五。

第九話　出典は法華験記・下・108。日本霊異記・下・13、三宝絵・中・17に同話がある。

二一 底本「今昔ノ」。「ノ」は衍字とみて削除した。

二二 底本の祖本の破損に因る欠字か。験記、霊異記、三宝絵「英多郡」。現、岡山県英田郡。

二三 鉄を採掘する鉱山。中国山地は古来砂鉄の産地。英田郡でも西粟倉村の永昌山鉄山は近世まで操業していた。

二四 験記「帝姫阿倍天皇御代」。称徳天皇(孝謙天皇の重祚)をさす。↓一三一頁注二五。↓人名「孝謙天皇」。

二五 国司の氏名の明記を期した意識的欠字。験記は名を記さない。

二六 験記「時山穴口忽然崩塞」。固い岩盤を深く掘り進んでいたかのごとき描写であるが、実際には美作の鉄山の多くは山砂鉄を採取するものであり、崩壊しやすかったのである。　二七 崩れ塞がって出られなくなってしまった。

二八 このままでは文意不通。「哀レ」は「哀ビ」の誤記か。験記「国司上下嘆怜」。三宝絵「国ノ司ナゲキアハレミ妻子カナシビ泣ク」。　二九 仏教経典。お経。

三〇 供養を営み冥福を祈る。

三一 四十九日。

三二 以下、「念ズル様」までは、験記「此人数日蟄二居山穴一、作二是念一言」を敷衍した叙述。　三三 空洞になっていて。

三四 ↓一五四頁注七。

写シ奉ラムト思フ願ヲ発《おこ》シテ、未ダ不遂《とげ》ズシテ、忽《たちまちに》今此難《このなん》ニ会ヘリ。[一]速《すみやか》ニ法花経我レヲ助ケ給へ。若《も》シ我レヲ助テ命ヲ存シタラバ、必ズ仏ヲ写シ経ヲ書カム」ト。而《しか》ル間、穴ノ口ニ[二]隙《ひま》指《さ》シ破《やぶ》レテ開《ひら》キ通《とほり》タリ。日ノ光《ひか》リ僅《わづか》ニ指《さ》シ入《い》ルヲ見ル間、一《ひと》ノ[三]若キ僧狭《せば》キ隙《ひま》ヨリ入来《いりきたり》テ、食物《じきもつ》ヲ持来《もてきたり》テ我レニ授ク。此レヲ食《くふ》ニ、餓《うゑ》ヘノ心皆直《なほり》ヌ。僧ノ云《いは》ク、「汝ガ妻子家ニ有テ、汝ガ為《ため》ニ七日毎《ごと》ノ法事ヲ修《しゆし》テ、我レニ食《じき》ヲ与フ。此ノ故《ゆゑ》ニ、我レ持来《もてきたり》テ汝ニ食《じき》ヲ与フル也。暫《しばら》ク相待《あひま》テ。我レ汝ヲ可助《たすくべ》キ也」ト云テ、隙《ひま》ヨリ出《い》デ、去《さり》ヌ。其ノ後不久《ひさしから》ズシテ、此ノ穴ノ口、人不堀《ほら》ズシテ自然《おのづか》ラ開《ひら》キ通リヌ。遥《はるか》ニ見上《みあぐ》レバ、虚空《こくう》見ユ。弘《ひろ》サ三尺許《ばかり》、高サ五尺[四]許《ばかり》也。然レドモ、居タル所ヨリ穴ノ口マデ遥《はるか》ニ高クシテ不可上得《のぼりうべから》ズ。

而《しか》ル間、其ノ辺《ほとり》ノ人、[五]三十余人、葛《かづら》ヲ断《きら》[六]ムガ為《ため》ニ奥山ニ入ル間ニ、此ノ穴ノ辺《ほとり》ヲ行ク。其ノ時ニ、穴ノ底ノ人、通山人《とほるやまびと》[七]ノ影ノ指入《さしいり》タルヲ見テ、音《こゑ》ヲ挙《あげ》テ、「我レヲ助ケヨ」ト叫《さけぶ》ヲ、山人髴《ほのか》ニ蚊《か》ノ音《こゑ》ノ如ク穴ノ底ニ音《こゑ》ノ有ルヲ聞《きき》テ、怪《あやし》ムデ、「若《も》シ此ノ穴ニ[八]人ノ有ルカ」ト思テ、[九]実否《じつぷ》ヲ知ラムガ為《ため》ニ、石ニ葛《かづら》ヲ付ケテ穴ニ落《おと》シ入《い》ル。底ノ人此レヲ引キ動《うごか》ス。然レバ、「人ノ有ル也ケリ」ト知《しり》テ、[一〇]忽《たちまち》ニ葛ヲ以テ籠《こ》ヲ造《つくり》テ、縄ヲ付《つけ》テ落《おと》シ入《い》ル。底ノ人此レヲ見テ、喜《よろこび》テ籠《こ》ニ乗リ居《ゐ》ヌ。上ノ人集《あつまり》テ引上《ひきあげ》テ見《みれ》バ、穴[一一]ニ籠《こも》リニシ人也。然レバ、家ニ将行《ゐてゆき》ヌ。家ノ人此レヲ見テ、喜ブ事無限《かぎりな》

一 この一文は験記には見えない。

二 隙間が出来て外に通じた。験記「穴口之隙、指刺計開通」。

三 験記「有二一小僧一、従レ隙入来、饌レ膳令レ食」。

四 験記、霊異記真福寺本「五丈許」。霊異記前田本、三宝絵「五尺許」。

五 験記「四十余人」。験記彰考館本、霊異記、三宝絵「三十余人」。

六 訓みは名義抄による。験記「為レ断二取葛一、入二奥山一間」。霊異記「取レ葛入レ山」。

七 山仕事をする人。前出の「其ノ辺ノ人」と同じ人。

八 底本「穴ノ人」を訂した。このあたり、験記には「諸人怪、石付レ葛落入」とあるのみ。

九 本当かどうか。いるかいないか。

一〇 験記「即諸葛造レ籠、付二葛縄一落入。底人乗二居籠一、上人集引挙」は本話と同じだが、霊異記には「結レ葛為レ縄、編レ葛為レ籠、以二四葛縄一繫二籠四角一、機立二穴門一、漸下二穴底一。々人乗レ籠、以レ機牽上」とあって、人々は「機」(滑車の類)を用いて引き上げている。

一一 穴に閉じ込められていた人である。

シ。国ノ司此《これ》ヲ聞テ、驚《おどろき》テ召《めし》テ問フニ、具《つぶさ》[一二]ニ申ス。聞ク人皆此ノ事ヲ貴ビ哀ブ。其ノ後、此ノ男国ノ内ニ知識[一三]ヲ引《ひき》テ、経ノ料紙《れうし》ヲ儲《まう》ク。人皆力ヲ合セテ、法花経ヲ書写供養シ奉リツ。

必ズ可死《しぬべ》キ難ニ値《あ》フト云ヘドモ、願ノ力ニ依テ命ヲ存《そん》スル事ハ、偏《ひとへ》ニ此レ法花経ノ霊験《れいげん》ノ至ス所也ト知《しり》テ、弥《いよい》ヨ信ヲ発《おこ》シケリ。亦《また》、此レヲ見聞ク人貴ビケリトナム語リ伝ヘタルトヤ。

陸奥国壬生良門《みちのくにのみぶのよしかど》、棄悪趣善写法花語《あくをすててぜんにおもむきてほくゑをうつせること》第十

今昔《いまはむかし》、陸奥国《みちのくのくに》ニ壬生《みぶ》[一四]ノ良門《よしかど》ト云フ武《たけ》[一五]キ者有ケリ。弓箭《きうせん》[一六]ヲ以テ朝暮《てうぼ》ノ翫《もてあそび》トシテ、人ヲ罰《つみ》シ畜生ヲ殺スヲ以テ業《わざ》トス。夏[一七]ハ河ニ行《ゆき》テ魚《いを》ヲ捕リ、秋ハ山ニ交《まじ》ハリテ鹿ヲ狩ル。

如此《かくのごと》[一八]クシテ、時ニ随《したがひ》テ罪ヲ造《つくり》テ、年来《としごろ》ヲ経《へ》ル間、其ノ国ニ聖人《しやうにん》有ケリ。名ヲバ空《くう》[一九]照《せう》ト云フ。智恵朗《あきらか》ニシテ道心盛《さかり》也。此[二〇]ノ人此ノ良門《よしかど》ガ邪見《じやけん》[二一]ニシテ罪業《ざいごふ》ヲノミ造《つくり》テ、[二二]三宝ヲ不知《しら》ザル事ヲ見テ、慈《うつくし》ビ悲《かなし》ビテ、事[二三]ノ縁ヲ尋《たづね》テ、此ノ事ヲ教ヘムガ為《ため》ニ、空照聖人良門ガ家ニ行《ゆき》ヌ。良門聖人ニ会《あひ》テ、来《きた》レル故《ゆゑ》ヲ問フ。聖人ノ云ク、「難至《いたりがた》[二四]ク

一二 詳しく申し上げた。
一三 →一〇三頁注二四。

第十話 出典は法華験記・下・112。僧妙達蘇生注記、三宝絵観智院本中巻末に付載する「妙達和尚ノ入定シテヨミガヘリタル記」に同話。

一四 伝未詳。→人名「良門」。
一五 武勇の者。
一六 朝から晩まで弓矢を手離さず、人に危害を加え生き物を殺すのを仕事にしていた。験記「以二弓箭等一為二翫好具一、以二諸駿馬一即為二羽翼一」。
一七 験記「夏天納涼、臨二漁浦涯一、秋風遊狩、交二田猟野一。是土風所レ催、天性令レ然焉」。
一八 底本「如此ノクシテ」を訂した。
一九 伝未詳。
二〇 以下「来レル故ヲ問フ」まで、験記には見えない。
二一 仏法を理解しない間違った考え。
二二 仏・法・僧。ここでは仏法の意。
二三 つてを求めて。
二四 生まれてくるのが難しく、去るのは簡単なのが人間界です。(反対に)入るのはたやすく、出るのが大変なのが三途です。験記「難レ到易レ去、則是人道。易レ入難レ出、三途故郷」。

シテ易出《いでやす》キハ人ノ道也。易入《いりやす》クシテ難出《いでがた》キハ[一]三途《さんづ》也。亦《また》、適《たまた》[二]マ人ノ身ヲ受クト云ヘドモ、仏法ニハ難値《あひがた》シ。[三]罪ヲ造レル者必ズ悪道ニ堕《お》ツ。此レ皆仏ノ説《とき》給フ所也。然レバ、君《き》ミ尚殺生《なほせつしやう》・[四]放逸《はういつ》ヲ棄テ、慈悲《じひ》・[五]忍辱《にんにく》ニ趣キ給ヘ。速《すみやか》ニ財《たから》ヲ投《なげ》テ功徳《くどく》ヲ営《いとな》メ。[六]財ハ永ク我ガ身ニ副《そ》フ物ニ非ズ」ト。

良門此レヲ聞テ、[七]宿業《しゆくごふ》ノ催ス所ニヤ有ケム、忽《たちまち》ニ道心ヲ発《おこ》シテ、悪心ヲ棄テ、善心ニ趣《おもむき》ヌ。弓箭《きうせん》ヲ焼キ失ヒ、殺生《せつしやう》ノ具ヲ切リ砕《くだき》テ、永ク殺生ヲ禁断シテ仏法ヲ信仰ス。此ニ依《より》テ、忽ニ[八]金泥《こんでい》ノ[九]法花経《ほくゑきやう》ヲ書写シ、黄金ノ仏像ヲ造立《ざうりふ》シテ、[一〇]心ヲ至《いた》シテ供養ス。亦《また》、道心弥《いよい》ヨ盛《さかり》ニシテ、願ヲ発《おこ》シテ云《いは》ク、「我レ今生《こんじやう》ニ金泥《こんでい》ノ法花経千部ヲ書《かき》奉ラム」ト誓《ちかひ》[一一]テ、年来《としごろ》ノ貯《たくはへ》ヲ棄テ、金《こがね》ヲ買ヒ求《もとめ》テ、[一二]十余年ノ間ニ金泥ノ法花経千部ヲ書写シ畢《をはり》テ供養シツ。其ノ供養ノ[一三]庭ニ奇異ノ[一四]瑞相有ケリ。或《あるい》ハ白キ蓮花《れんぐゑ》降リ、或《あるい》ハ音楽ノ音堂ノ内ニ聞《きこ》ユ。或《あるい》ハ[一五]端正《たんじやう》ノ童子花ヲ捧《ささげ》テ来《きた》ル。或《あるい》ハ[一六]不見知《みしら》ヌ鳥来《きたり》テ鳴ク。亦、夢ノ中ニ、天人下《てんにんくだり》テ掌《たなごころ》ヲ合《あはせ》テ礼敬《らいきやう》ス。如此《かくのごと》ク奇異[一七]ノ有ケリ。

良門遂《つひ》ニ最後ノ時ニ臨《のぞみ》テ、[一八]沐浴精進《もくよくしやうじん》シテ、傍《かたはら》ノ人ニ告《つげ》テ云《いは》ク、「多《おほく》ノ天女《てんによ》楽ヲ調《ととの》エ《へ》テ空ヨリ降《くだ》ル。我レ彼ノ天女ニ具シテ[一九]兜率天《とそつてん》ニ昇ラムトス」ト云テ、[二〇]端坐《たんざ》シテ掌《たなごころ》ヲ合《あはせ》テ失《うせ》ニケリ。[二一]定《さだ》メテ兜率《とそつ》ニ生《うま》レタル人也。

然レバ、悪人也ト云ヘドモ、[二二]智者ノ勧メニ依テ、心ヲ改メテ道ヲ得ル事既ニ如此《かくのごと》

一 三悪道。地獄・餓鬼・畜生道。
二 「マ」は「適」の捨仮名。たまたま人間界に生れてきたとしても、そこで仏法に出会うのはさらに難しいのです。
三 以下「説給フ所也」まで、験記には見えない。 四 仏道に背いて勝手気ままにふるまうこと。
五 侮辱や迫害に耐えて瞋恚の念を起こさないこと。 六 財産はいつまでもわが身に添っているものではありません。この一文は験記には見えない。
七 前世での所業(の報い)がさせたのであろうか。この一句は験記に見えず。
八 金泥(金粉をにかわの液で溶いたもの)で文字を書いた法華経。紺色の紙に書くのが普通。 九 →一五四頁注七。
一〇 まごころこめて。一心不乱に。
一一 験記はこの後に「口断㆓葷腥㆒、心大精進」の句がある。 一二 験記「逕㆓数十年㆒」。
一三 場所。場。 一四 めでたい兆し。ここでは、極楽往生の前兆。
一五 端麗な童子。験記「天諸童子」。
一六 見たことのない鳥。極楽の鳥である。験記「奇妙鳥来翔和鳴」。
一七 このままでは「ノ」は主格を表すと解さざるを得ないが、孤立した用例である。むしろ「奇異ノ事」の「事」が脱落していると見るべきか。 一八 水を浴びて身を清め、行動を慎み、心身を清浄に保つこと。
一九 →地名「兜率天」。
二〇 姿勢を正しく坐ること。
二一 以下は験記には見えない。
二二 知識の深い僧。特にここでは、人を仏道に導き入れる智徳を備えた僧の意。

シ。

此レ偏《ひとへ》ニ法花経ノ威力《ゐりき》也トゾ、聞ク人貴ビケルトナム語リ伝ヘタルトヤ。

天王寺《てんわうじ》、為八講於法隆寺写太子疏《はつかうのためにほふりうじにしてたいしのしよをうつせること》語第十一

今昔《いまはむかし》、[二三]天王寺《てんわうじ》ノ[二四]別当《べつたう》[二五]定基《ぢやうき》、僧都成《そうづになり》テ、[二六]御堂《みだう》ノ御為《ため》ニ、其ノ寺ニシテ[二七]八講《はつかう》ヲ始メ行《おこなひ》テ、[二八]法花経《ほくゑきやう》ヲ講ゼムトス。其ノ時ニ、[二九]藤原ノ公則《きんのり》ト云フ者、[三〇]河内《かはち》ノ守《かみ》トシテ、[三一]殿ニ親《したし》ク仕《つかふ》ル者ニテ、此ノ八講ノ料《れう》ニ彼ノ国ノ田ヲ[三二]寄セツ。然レバ、其ノ[三三]地子《ぢし》ヲ以テ此ノ八講ノ料ニ充《あ》ツレバ、後〻《のちのち》ノ別当モ不絶《たや》サズ此レヲ行フ。

而《しか》ルニ、[三四]斉祇《さいぎ》僧都《そうづ》ト云フ人ノ[三五]別当ニテ有ケル時ニ、僧都ノ云ク、「此ノ寺ニシテ行ハム八講ニハ、同《おなじ》クハ、[三六]太子ノ作リ給ヘル一巻ノ[三七]疏《しよ》有リ、其レヲ以テ可講《かうずべ》キ也。其ノ疏《しよ》ハ外《ほか》ニハ無シ。法隆寺《ほふりうじ》ノ[三八]東《ひむがし》ノ院ハ昔《むか》シ太子ノ住《すみ》給ヒケル所也。其ノ所太子ノ[三九]御物《ごもつ》ノ具《ぐ》共置《どもおき》給ヘル中ニ、其ノ疏《しよ》有リ。其レハ太子ノ[四〇]自《みづか》ラノ御手ナレバ、外《ほか》ニ取《とり》出《いだ》ス事無シ。然レバ、此ノ寺ノ[四一]上座《じやうざ》ノ僧ニ[四二]手書《てか》カム僧共《ども》ヲ副《そ》ヘテ、法隆寺ニ遣《つかはし》テ可令書写《しよしやせしむべ》キ也」ト定《さだ》メテ、遣《つかはし》ツ。

然レバ、上座《じやうざ》ノ僧、手書《てかき》ノ僧共《ども》ヲ引具《ひきぐ》シテ法隆寺ニ行《ゆき》テ、[四三]南ノ大門ニ立《たち》テ人ヲ以

第十一話　出典未詳。

二三 正式な寺名は四天王寺。→地名「四天王寺」。　二四 大寺院に置かれた寺務を統括する僧官。天王寺の寺僧の最高位。

二五 寛仁四年(一〇二〇)三月に別当(天王寺別当次第)、治安元年(一〇二一)五月に権少僧都となり、大僧都に至って長元六年(一〇三三)没(僧綱補任)。→人名「定基」。

二六 御堂関白。藤原道長をさす。→人名「道長」。

二七 法華八講。→二七五頁注三一。

二八 →一五四頁注七。　二九 →人名「公則」。

三〇 小右記・長元四年(一〇三一)三月二十六日条に「河内守公則」。この前後に在任していたことがわかる。

三一 藤原道長をさす。御堂関白記・寛仁二年(一〇一八)二月三日条に道長の家司の一人として公則の名が見える。

三二 寄進した。

三三 国司が公田の余りを人民に貸して耕作させ、小作料として徴収した稲。ここでは国司が寺に寄進した田から挙がる収益をさす。　三四 →人名「斉祇」。

三五 斉祇の天王寺別当在任は長久三年(一〇四二)八月から永承元年(一〇四六)まで(天王寺別当次第)。

三六 聖徳太子をさす。→人名「聖徳太子」。

三七 注釈書。いわゆる法華義疏をさす。

三八 法隆寺の夢殿を中心とする部分。

三九 貴人の所持品の敬称。ぎょぶつ。

四〇 ご自身の筆跡。御真筆。

四一 上席の僧。　四二 能書の僧たち。

四三 法隆寺の正門。

テ[一]令云入《いひいれし》ム、「然々《しかしか》ノ事ニ依《より》テ天王寺ヨリ参レリ」ト。暫《しばら》ク有テ、[二]甲《かふ》ノ袈裟《けさ》ヲ着《ちやく》セル僧共《ども》十人許《ばかり》、香炉《かうろ》ヲ捧《ささげ》テ来《きたり》テ、天王寺ノ僧共ヲ迎ヘ入《い》ル。天王寺ノ僧共此レヲ[三]怪《あやし》ビ思フト云ヘドモ、此ノ寺ノ僧共《ども》ニ随《したがひ》テ入《いり》ヌ。[四]夢殿《ゆめどの》ノ北ニ有ル屋ヲ[五]兼《かね》テ□[六]ヒ儲《まうけ》テ居《すゑ》ヘツ。

其後《そののち》、彼ノ疏《しよ》ヲ取出《とりいだ》シテ令書写《しよしやせし》メテ語《かたり》テ云《いは》ク、「[七]今夜《こよひ》、此ノ寺ノ老僧ノ夢ニ、天王寺ヨリ僧共来《どもきたり》テ、太子ノ作リ給ヘル所ノ一巻ノ疏《しよ》有リ、[八]上宮王《じやうぐうわう》ノ疏《しよ》ト云フ、其レヲ天王寺ニ行フ八講ニ講ゼムガ為《ため》ニ書写セムトシテ、今日僧共可来《どもきたるべ》シ。速《すみやか》ニ迎ヘ入レテ、疏《しよ》ヲ不惜《をしま》ズシテ取出《とりいだ》シテ可令書写《しよしやせしむべ》シ、ト見タレバ、「若《も》シ来《きた》ラバ」ト云テ、「僧共《ども》ヲ、[九]法服《ほふぶく》ヲ調《ととの》ヘテ待チ[一〇]試《こころみ》ム」ト云テ待《まち》奉ル間ニ、夢ニ不違《たがは》ズ、此《か》ク来《きた》リ給ヘリ。実《まこと》ニ此レ太子ノ御告《つげ》也」ト云テ、泣キ合ヘリ。天王寺ヨリ来《きた》ル僧共モ、此レヲ聞テ泣キ貴ブ事無限《かぎりな》シ。

此《か》クテ、天王寺ノ僧共彼ノ疏《しよ》ヲ書写《しよしやする》ニ、法隆寺ノ僧ノ中ニモ手書《てか》ク者数《あまた》出来《いできたり》テ、各《おのおの》一二枚ヅヽ書クニ、[一一]即チ書畢《かきをはり》テ、皆天王寺ニ返《かへり》ヌ。其ノ後ヨリハ此ノ疏《しよ》ヲ以テ八講ニ講ズ。

然レバ、此ノ八講ハ太子ノ夢ニ示シ給ヘレバ、極《きはめ》テ貴キ事トナム人云ヒケル。十月ニ行フ事ナレバ、[一二]程モ極テ哀レ也。

一 案内を乞わせた。申入れさせた。
二 黒い縁をとり、地の広いところは亀甲の形をした七条袈裟。高位の僧が着ける袈裟。　三 威儀を正した高僧たちが香炉を手にして南大門まで出迎えたのは丁重極まりないもてなしであり、しかも用意して待っていたかのごとく感じられたから、不審に思ったのである。
四 →地名「夢殿」。　五 前もって。
六 漢字表記を期した意識的欠字。「シツラ（ヒ）」が想定される。　七 一日は晩から始まり夕方に終わると意識されたため、朝からみてその前の夜をいう。現代語では「昨夜」と表現するところである。
八 法華義疏をさす。上宮王は聖徳太子の別称。　九 出家の着る衣服。僧衣。
一〇 ためしに待ってみよう。
一一 即座に。たちどころに。
一二 季節もまことに情趣深い。

第十二話　出典は法華験記・上・31。長谷寺験記・下・18、元亨釈書・十九・慧増に同話がある。
一三 醍醐寺。→地名「醍醐」。
一四 →人名「恵増」。　一五 →一五四頁注七。
一六 密教の真言（陀羅尼）。「持ツ」はそれを受持して常に唱える意。
一七 底本「不特ス」を訂した。　一八 密教の対。教義を文字で明確に説ける教え。
一九 まして。　二〇 仏教以外の典籍。
二一 →二〇六頁注一三。　二二 暗記してしまった。暗誦できるようになった。
二三 法華経・一・方便品。四要品の一。
二四 方便品の後半、「比丘比丘尼、有懐増

心有ラム人ハ参《まゐり》テ可値《あふべ》キ事也トナム語リ伝ヘタルトヤ。

醍醐僧恵増《だいごのそうゑぞう》、持法花知前生語《ほくゑをたもちてぜんしやうをしれること》第十二

今昔《いまはむかし》、[一三]醍醐《だいご》ニ僧有ケリ。名ヲバ[一四]恵増《ゑぞう》ト云フ。頭《かしら》ヲ剃《そり》テヨリ後、[一五]法花経《ほくゑきやう》ヲ受習《うけならひ》テ日夜ニ誦《じゆ》シ、更ニ他《ほか》ノ経ヲ不読《よま》ズ。亦《また》、[一六]真言ヲ不持《たもた》[一七]ズ、[一八]顕教《けんげう》ヲ不習《ならは》ズ。[一九]何況《いかにいはむ》ヤ[二〇]俗典《ぞくでん》ヲ不好《このま》ズ。只一心ニ法花経ヲ読奉《よみ》ケル間ニ、[二一]薫修積《くんじゆつもり》テ[二二]暗《そら》ニ思《おぼ》エヌ。而《しか》ルニ、[二三]方便品《はうべんぼん》ノ[二四]比丘偈《びくげ》ニ[二五]二字ヲ忘レテ不思《おぼえ》エ。年来《としごろ》心ヲ尽クシテ思《おぼ》[二六]エズト、其ノ二字忘レテ[二七]遂《つひ》ニ不思《おぼ》エズ。経ニ向《むか》ヒ奉ル時ニハ思《おぼ》ユ。経ヲ離レテハ忘レヌ。然レバ、誦《じゆ》スル度毎《たびごと》ニ、此ノ所ニ成《なり》テ、我ガ身ノ[二八]罪性《ざいしやう》ノ深キ事ヲ歎《なげき》テ思ハク、「忘レ[二九]給ハヾ他《ほか》ノ所〻《ところどころ》モ可忘給《わすれたまふべ》キニ、此ノ二字ニ限《かぎり》テ忘レ給フハ必ズ様《やう》有ラム」ト思テ、[三〇]長谷寺《はつせでら》ニ参《まゐり》テ七日籠《こもり》テ、観音ニ申ス様《やう》、「願《ねがは》クハ[三一]大悲観世音《だいひくわんぜおん》、我レニ此ノ二字ノ文《もん》思《おぼ》エサセ給ヘ」ト祈請《きしやう》スルニ、七日ト云フ夜ノ暁《あかつき》ニ、恵増夢ニ、[三二]御帳《みちやう》ノ内ヨリ老僧出来《いできたり》テ、恵増ニ告《つげ》テ宣《のたま》ハク、「我レ汝ガ願フ所ノ経ノ二字ヲ暗《そら》ニ令思《おぼえし》メム。亦、此ノ二字ヲ汝ガ忘ルヽ故《ゆゑ》ヲ説《とき》テ令聞《きかし》メム。汝ハ此レ[三三]二生《にしやう》ノ人也。前生《ぜんしやう》ニハ[三四]幡磨《はりま》ノ国、[三五]賀古《かこ》ノ郡《こほり》ノ□[三六]ノ郷《さと》ノ人也。汝ガ父母《ぶも》未ダ彼ノ所ニ有リ。汝《なむ》ヂ前生ニ其ノ所ニシ

上慢」で始まる長い偈。　二五 長谷寺験記「方便品ノ比丘偈ノ初ヨリ第十四行ノ上ノ句ニ当テ、心浄ト云二字ヲ忘テ、数年練習シ覚ヘムトスレ共叶ハズ」。
二六 「思ユレド」または「思エヌレド」の誤記とも疑えるが、三一九頁注三三の「思エズト誦スルニ」を参考にして、ここはその短絡表現とみるべきか。それならば、「その二字が覚えられないことを気にして、なんとか覚えようと読誦したけれども」の意になる。
二七 「逐」は「遂」と通用。→二八二頁注四。
二八 罪の深さを嘆いて。験記「毎レ至ニ此処一歎ニ罪根重一」。
二九 法華経に対する尊敬表現。本来、忘れる主体は自分であるが、ここでは、忘れる対象である経典を主体のごとく意識した表現なのであろう。
三〇 →地名「長谷寺(はせでら)」。
三一 大いなる慈悲心の観世音菩薩。→人名「観世音菩薩」。　三二 垂れ布。ここは本尊を飾る垂れ布で、その内側から現れた老僧は、本尊の化身であることを示す。
三三 前世でも現世でも人間に生まれた人。
三四 「播磨」と通用。現、兵庫県南西部。
三五 現、兵庫県加古川・高砂市付近。但し、験記は「賀茂郡」(現、同県加西・小野市、加東郡付近)とする。教信説話(巻一五・26)等で賀古郡の方が著名だったために原典の「賀茂」を「賀古」と即断してしまったのだろう。
三六 郷名の明記を期した意識的欠字。験記「播磨国賀茂郡人也」。長谷寺験記「幡磨国加茂ノ東ノ郷郡ノ者也」。

テ僧ト有シニ、火ニ向《むかひ》テ法花経第一巻ヲ読誦《どくじゆ》セシニ、其ノ火[一]走《はしり》テ経ノ二字ニ当《あたり》テ、其ノ二字焼《やけ》ニキ。汝ヂ其ノ焼《やけ》タル二字ヲ不書綴《かきつづら》ズシテ死ニキ。其ノ故《ゆゑ》ニ、今生《こんじやう》ニ経ヲ誦《じゆ》スト云ヘドモ、其ノ二字忘レテ不思《おぼえ》ザル也。其ノ経于今《いまに》彼ノ所ニ御《おは》ス。汝ヂ速《すみやか》ニ彼ノ国ニ行キ、其ノ経ヲ礼《らいし》テ二字ヲ書綴《かきつづり》テ、[二]宿業《しゆくごふ》ヲ可懺悔《さんぐゑすべ》シ」ト宣《のたまひ》ツ、ト見テ夢《ゆ》メ覚《さめ》ヌ。

其ノ後、経ヲ[三]誦《じゆ》スル、其ノ二字暗《そら》ニ思《おぼ》エテ不忘《わすれ》ズ。[四]恵増喜《よろこび》テ、観音ヲ礼拝シテ醍醐《だいご》ニ返《かへり》ヌ。

而《しか》ルニ、[五]前世《ぜんぜ》ノ事知《しら》マホシク思《おぼ》エテ、夢ノ告《つげ》ニ随《したがひ》テ、忽《たちまち》ニ幡磨ノ国、賀古ノ郡ノ[六]□ノ郷ニ行《ゆき》ヌ。[七]夜ニ入テ彼ノ所ニ至《いたり》テ、人ノ家ニ宿《やどり》シテ[八]、家ノ主出《あるじいで》テ恵増ヲ見ルニ、先年失《う》セニシ子ノ僧ニ似テ更ニ不替《かはら》ズ。夫妻《めをと》共ニ「我ガ子返来《かへりきたり》ニタリ」ト云テ、泣ク事無限《かぎりな》シ。恵増亦《また》、観音ノ示シ給フニ依《より》テ[九]来《きた》レル心ヲ不落《おと》サズ語ル。父《ぶ》母《も》此レヲ聞テ涙ヲ流シテ、先年ニ子ノ僧ノ若クシテ失《うせ》ニシ事ヲ語ル。本《もと》ノ[一〇]持経《ぢきやう》ヲ尋《たづね》出《いだ》シテ見奉ルニ、実《まこと》ニ二字焼失《やけうせ》タリ。此レヲ見奉ルニ、悲キ事無限《かぎりな》シ。然《さ》テ、其ノ二字ヲ書綴《かきつづり》テ、永ク持経《ぢきやう》トシテ読誦ス。[一一]其ノ父母[一二]恵増ヲ悲《かなし》ビ哀《あはれ》ブ事、前《さき》ノ子ノ如シ。

然レバ、[一三]現身《げんしん》ニ四人ノ父母《ぶも》ヲ敬《うやまひ》テ、遂《つひ》ニ孝養《けうやう》・報恩シケリ。

[一四]法花経ノ威力《ゐりき》・観音ノ利益《りやく》ニ依《より》テ、前世《ぜんぜ》ノ事ヲ知《しり》テ、弥《いよい》ヨ信ヲ発《おこ》シケリトナム語

一 はね飛んで。験記「逆ニ火星ニ到焼ニ経二字ニ」。長谷寺験記「火星迸テ比丘偈ノ二字ヲ焼ク」。
二 前世での行業。ここでは、経の二字を焼き失ったこと。
三 「誦スルニ」と同意。
四 以下、「醍醐ニ返ヌ」まで、験記には見えない。
五 験記「為レ知ニ虚実ニ」。
六 →三一一頁注三六。
七 以下「宿シテ」まで、験記には見えない。
八 僧の行動描写の途中で主格が家の主人に移行しているため、文の接続が不自然になっている。同様の例は→二九六頁注一八。
九 ここに来るに至った経緯を詳しく語った。
一〇 常に手元に置いて読誦していた経巻。
一一 以下「前ノ子ノ如シ」まで、験記には見えない。
一二 底本「恵僧」を訂した。
一三 現世に生きているこの身体。
一四 以下、験記には見えない。

リ伝ヘタルトヤ。

入道覚念《にふだうかくねん》、持法花知前生語《ほくゑをたもちてぜんしやうをしれること》第十三

今昔《いまはむかし》、入道[一五]覚念《かくねん》ハ[一六]明快律師《みやうくわいりつし》ノ兄也。[一七]道心発《おこ》シテ出家シテ後、戒ヲ持《たもち》テ[一八]法花経《ほくゑきやう》ヲ受ケ習《ならひ》テ、[一九]訓《よみ》ニゾ読誦《どくじゆ》シ[二〇]ケリ。

而《しか》ルニ、経ノ中ニ三行ノ文《もん》、[二一]更ニ不被読《よまれ》ズ。其ノ所ニ至ル毎《ごと》ニ、其ノ三行ノ文忘ル。覚念此《これ》ヲ歎《なげき》テ悲《かなし》ムデ、[二二]三宝ニ祈リ申シテ、此《この》三行ノ文誦《じゆ》セム事ヲ願フニ、覚念、夢ニ、気高《けたか》ク貴キ老僧来《きたり》テ、覚念ニ告《つげ》テ云《いは》ク、「汝《なむ》ヂ[二三]宿因ニ依《より》テ此ノ三行ノ文ヲ不読誦《どくじゆせ》ザル也。汝ヂ前生《ぜんしやう》ニ[二四]衣魚《しみ》ノ身ヲ受《うけ》テ、法花経ノ中ニ被巻籠《まきこめられ》テ、此ノ三行ノ文ヲ噉失《はみうし》ナヒタリキ。経ノ中ニ有リシニ依《より》テ、今《いま》人ノ身ト生レテ、出家・入道シテ法花経ヲ読誦ス。経ノ三行ノ文ヲ噉失《はみうし》ナヒタリシニ依テ、其ノ三行ノ文ヲ不読誦《どくじゆせ》ザル也。然《しか》リト云ヘドモ、汝ヂ今[二五]懃《ねむごろ》ニ懺悔《さんぐゑ》スルガ故《ゆゑ》ニ、我レ力ヲ加ヘテ可令読《よましむべ》シ」ト宣《のたま》フ、ト見テ夢覚《さめ》ヌ。其ノ後、彼ノ三行ノ文ヲ誦《じゆ》[二六]ス事ヲ得タリ。此レ前世ノ罪業《ざいごふ》ヲ懺悔《さんぐゑ》シテ読誦ス[二七]所也。一生ノ間、毎日《ひごと》ニ三部ヲ読誦シテ闕《か》ク事無シ。永ク現世《げんぜ》ノ[二八]名聞《みやうもん》・利養《りやう》ヲ棄テヽ、偏《ひとへ》ニ後世《ごせ》ノ[二九]無上菩提《むじやうぼだい》ヲ願ヒケリ。

第十三話　出典は法華験記・中・78。

一五　→人名「覚念」。
一六　→人名「明快」。
一七　以下、験記「厭㆓離俗網㆒、志在㆓仏法㆒。剃㆓除鬚髪㆒、出家入道、染㆑衣受㆑戒、威儀具足。其心清浄、質直柔和、怖㆑罪悔㆑過、道心堅固、読㆓誦法華経㆒。是定途所作」を要約している。
一八　→一五四頁注七。
一九　経典は音読するのが普通。訓読したことは験記には見えない。→注一七。
二〇　底本「ケリ」に「ル歟」と傍書。係り結びの表現としては、連体形「ケル」で結ぶべきところ。
二一　まったく読むことができない。験記「更不㆑被㆑誦」。
二二　ここでは、仏の意。験記「祈㆓念三宝㆒、瞻㆓仰普賢㆒、求㆓請冥護㆒」。
二三　前世からの因縁。
二四　衣服や書物を食い荒らす白銀色の虫。体長約九ミリ。
二五　心の底から。験記「今叮嚀懺悔、生㆓渇仰心㆒。故我加㆓冥助㆒、当㆑令㆓通利㆒」。
二六　連体修飾に終止形が用いられている点に注意。本来は「誦スル」とあるべきところ。
二七　本来は「読誦スル」とあるべきところ。→前注。
二八　世間の名声と利得を得ようとすること。名誉欲と財欲。
二九　最高の悟り。仏果。

[一]法花経ノ威力《ゐりき》ニ依《より》テ前生《ぜんしやう》ノ報ヲ知《しり》テ、弥《いよい》ヨ心[二]ヲ至《いた》シテ読誦シケリトナム語リ伝ヘタルトヤ。

僧行範《そうぎやうはん》、持法花経知前世報《ほくゑきやうをたもちてぜんぜのむくいをしれること》語第十四

今昔《いまはむかし》、[三]行範《ぎやうはん》ト云フ僧有ケリ。此ハ[四]大舎人《おほとねり》ノ頭《かみ》、[五]藤原ノ周家《ちかいへ》ト云フ人ノ[六]一男也。[七]千手院《せんじゆゐん》ノ[八]定基僧都《ちやうきそうづ》ト云フ人ノ弟子也。出家ノ後、[九]懃《ねむごろ》ニ[一〇]法花経《ほくゑきやう》ヲ読誦《どくじゆ》ス。一部ヲ読誦スルニ、皆思《おぼ》エヌ。而《しか》ルニ、七ノ巻ノ[一一]薬王品《やくわうほん》不思《おぼ》エズ。[一二]経ニ向《むか》フ時ハ読誦ス、不向《むかは》ザル時ハ忘レヌ。然レバ、年来《としごろ》ノ間心ヲ尽《つく》シテ読誦スルニ、[一三]更ニ暗《そら》ニ思《おぼ》ユル事無シ。

此レニ依《より》テ、此ノ事ヲ[一四]三宝ニ祈請《きしやう》シテ思《おぼ》エム事ヲ願フニ、行範、夢ニ、貴キ僧来《きたり》テ告《つげ》テ云《いは》ク、「汝《なむ》ヂ[一五]宿因ニ依テ此ノ品《ほん》ヲ不思《おぼえ》ザル也。汝ヂ前生《ぜんしやう》ニ黒キ馬ノ身ヲ受《うけ》タリキ。法花ノ[一六]持者《ぢしや》ノ許《もと》ニ有テ、時ゝ法花経ヲ聞キ奉リキ。但シ、薬王品ヲ不聞奉《ききたてまつら》ザリシニ依テ、其ノ品ヲ暗《そら》ニ誦《じゆ》スル事無シ。[一七]経ヲ聞キシ力ニ依テ、今人《いま》ノ身ヲ受《うけ》テ、僧ト成《なり》、法花経ヲ持《たも》ツ也。不結縁《けちえんせ》ザルニ依テ薬王品ヲ不思《おぼえ》ズト云ヘドモ、今生《こんじやう》ニ吉《よ》ク此ノ品ヲ持奉《たもち》テ、来世《らいせ》ニ暗《そら》ニ思《おぼえ》ヘテ速《すみやか》ニ[一八]菩提《ぼだい》ヲ証《しよう》セヨ」ト告グ、ト見テ夢覚《さめ》ヌ。

一　以下、験記には見えない。
二　まごころこめて。一心不乱に。

第十四話　出典は法華験記・中・77。

三　伝未詳。周家の子に行範なる僧があったことを示す史料は未確認。
四　大舎人寮の長官。従五位上相当。
五　験記彰考館本「藤原朝臣周家第一男」。→人名「周家」。
六　長男。
七　→地名「千手院」。
八　→人名「定基」。
九　熱心に。
一〇　→一五四頁注七。
一一　法華経・七・薬王菩薩本事品。
一二　以下「忘レヌ」まで、験記には見えない。
一三　どうしても暗誦できなかった。
一四　ここでは、仏の意。
一五　前世からの因縁。
一六　持経者。→三二三頁注一九。
一七　験記はこの後に「因果不レ失、如ニ牛二角一」の句がある。
一八　仏果を得て成仏せよ。

其ノ後、行範宿因ヲ知《しり》テ、弥《いよい》ヨ法花経ヲ信ジテ、日夜ニ読誦シテ不退《やま》ザリケリトナム語リ伝ヘタルトヤ。

越中国僧海蓮《ゑつちうのくにのそうかいれん》、持法花知前世報語《ほくゑをたもちてぜんぜのむくいをしれること》第十五

今昔《いまはむかし》、越中《ゑつちう》ノ国ニ[一九]海蓮《かいれん》ト云フ僧有ケリ。若《わかく》ヨリ[二〇]法花経《ほくゑきやう》ヲ受ケ習《ならひ》テ、日夜ニ読誦《どくじゆ》スル間、[二一]序品《じよほん》ヨリ[二二]観音品《くわんおんぼん》ニ至ルマデ二十五品《ほん》ハ、暗《そら》ニ思《おぼ》エテ誦《じゆ》シケリ。[二三]残《のこり》ヲ三品《ぼん》ヲ[二四]年来思《としごろおぼ》エムト為《す》ルニ、更ニ不思《おぼえ》ザリケリ。然レバ、此ノ事ヲ歎《なげき》テ、[二五]立山《たちやま》・[二六]白山《はくさん》ニ参《まゐり》テ祈請《きしやう》ス。亦《また》、国々ノ[二七]霊験所《れいげんじよ》ニ参テ祈リ申スニ、[二八]尚不思《なほおぼ》エズ。

而《しか》ル間、海蓮、夢ニ、菩薩ノ形ナル人来《きたり》テ、海蓮ニ告《つげ》テ云《いは》ク、「汝《なむ》ヂ此ノ三品ヲ[二九]暗《そら》ニ不思《おぼえ》ザル事ハ、前世《ぜんぜ》ノ[三〇]宿因ニ依《より》テ也。汝ヂ前生《ぜんしやう》ニ[三一]蟋蟀《きりぎりす》ノ身ヲ受《うけ》テ、僧房ノ壁ニ付《つき》タリキ。其ノ房ニ僧有テ法花経ヲ誦《じゆ》ス。蟋蟀《きりぎりす》壁ニ付《つき》テ経ヲ聞ク間、一ノ巻ヨリ七巻ニ至《いたる》マデ誦《じゆ》シ畢《をへ》ツ。[三二]八巻ヲ初一品《はじめいつぼん》ヲ誦《じゆし》テ後、僧[三三]湯ヲ浴《あみ》テ息《やす》マムガ為《ため》ニ壁ニ寄リ付クニ、蟋蟀《きりぎりす》ノ頭《かしら》ニ当《あたり》テ、[三四]被圧殺《おしころさ》レヌ。法花ノ二十五品ヲ聞《きき》タル功徳《くどく》ニ依テ、蟋蟀《きりぎりす》ノ身ヲ転ジテ人ト生《うま》レテ、僧ト成《なり》テ法花経ヲ読誦ス。三品ヲバ不聞《きか》[三五]ザリシニ依《より》テ、其ノ三品ヲ暗《そら》ニ思《おぼ》ユル事無シ。汝ヂ前生ノ報ヲ[三六]観《くわん》ジテ、吉《よ》ク法花経ヲ読誦シ

第十五話　出典は法華験記・下・89。元亨釈書・十九・海蓮に同話がある。

一九　伝未詳。
二〇　→一五四頁注七。
二一　巻一・序品。同経冒頭の章段。
二二　巻八・観世音菩薩普門品。
二三　「残リノ三品ヲ」と同意。残りは巻八の陀羅尼品、妙荘厳王本事品、普賢菩薩勧発品の三品である。なお底本は「ヲ」に「リ歟」と傍書。
二四　長年覚えようと努力したが、少しも覚えられなかった。
二五　→地名「立山」。
二六　→地名「白山」。
二七　霊験が著しいとされる寺社や霊場。
二八　験記はこの後に「難行苦行、断レ食断レ塩、誦二此三品一、総不レ得二憶持一」と続ける。
二九　暗記できないのは。
三〇　前世からの因縁。
三一　現在のコオロギをさす。訓みは名義抄による。
三二　「八巻ノ初一品ヲ」と同意。巻八は法華経の最終巻で、同巻最初の章段は観世音菩薩普門品である。
三三　験記は「為二休息一故、寄二付壁上一」とし、湯を浴びた記事はない。
三四　蟋蟀は押し殺されてしまった。
三五　底本「不聞キリシニ」を訂した。
三六　観想して。よく思い浮かべて。

テ、菩提《ぼ》[一]《だい》ヲ可期《ごすべ》シ」ト宣《のたま》フ、ト見テ夢覚《さめ》ヌ。

其ノ後、海蓮本縁《ことのもと》[二]ヲ知《しり》テ、弥《いよい》ヨ心[三]ヲ至《いた》シテ法花経ヲ読誦シテ、仏道ヲ願《ねがひ》テ懃《ねむごろ》ニ修行シケリ。海蓮、天禄《てんろく》[四]元年ト云フ年、失《うせ》ニケリトナム語リ伝ヘタルトヤ。

元興寺蓮尊《ぐわんごうじのれんそん》、持法花経知前世報語《ほくゑきやうをたもちてぜんぜのむくいをしれること》第十六

今昔《いまはむかし》[五]、美作《みまさか》[六]ノ国ニ蓮尊《れんそん》[七]ト云フ僧有ケリ。本《もと》ハ元興寺《ぐわんごうじ》[八]ノ僧也。而《しか》ルニ、本寺《もとのてら》ヲ去《さり》テ、生国《しやうこく》ニ下《くだり》テ住《ぢう》ス。幼クシテ師ニ随《したがひ》テ、法花経《ほくゑきやう》[九]ヲ受ケ習《ならひ》テ日夜ニ読誦《どくじゆ》スルニ、暗《そら》ニ思《おぼ》エテ誦《じゆ》セムト思フ志《こころざし》有テ、年来《としごろ》誦スルニ、既ニ[一〇]二十七品《ほん》ヲ思《おぼ》エヌ。而《しか》ルニ、普《ふ》[一一]賢品《げんぼん》ヲ不思《おぼえ》ズ。此《これ》ニ依《より》テ、心ヲ尽《つ》クシテ普賢品ノ一〻ノ句ヲ数万返《すまんべん》誦シテ思《おぼ》エムト為《す》レドモ、更ニ不思《おぼえ》ズ。然[一二]レドモ、一夏《いちげ》[一三]九旬《くじゆん》ノ間、普賢[一四]ノ御前ニシテ難行苦行シテ、此ノ事ヲ祈請《いのりこ》[一五]フ。

一夏《いちげ》[一六]既ニ過《すぎ》ヌル間ニ、蓮尊、夢ニ、天童来《てんどうきたり》[一七]テ、蓮尊ニ告《つげ》テ云《いは》ク、「我ハ此レ、普《ふ》賢《げん》菩薩ノ御使也。汝ガ宿業《しゆくごふ》[一八]ノ因縁ヲ令知《しらし》メムガ為《ため》ニ来《きた》レル也。汝《なむ》ヂ前世《ぜんぜ》ニ狗《いぬ》[一九]ノ身トシテ、母汝ト共ニ人ノ家ノ板敷《いたじき》[二〇]ノ下ニ有リキ。法花ノ持者《ぢしや》[二一]其ノ板敷ノ上ニ有テ、法花経ヲ読誦ス。初メ序品《じよほん》[二二]ヨリ終リ妙荘厳王品《めうしやうごんわうぼん》ニ至ルマデ二十七品《ほん》ヲ誦スルヲ、狗《いぬ》

一 仏果を得ようと心がけよ。
二 ことの起こり。由来。訓みは字類抄による。
三 まごころこめて。一心不乱に。
四 九七〇年。験記「天徳元年」は九五七年。

第十六話　出典は法華験記・中・58。元亨釈書・十九・蓮尊に同話がある。
五 底本「今昔ノ」を訂した。↓三〇五頁注二一。
六 以下、験記「沙門蓮尊、美作国人、元興寺僧。志運ニ法華一、多年練習、二十七品明了諷誦」を踏まえて叙述の順序を変え、敷衍している。
七 伝未詳。
八 ↓地名「元興寺」。
九 ↓一五四頁注七。
一〇 法華経は全八巻二十八品から成る。
一一 巻八・普賢菩薩勧発品。法華経の末尾の章段。
一二 それにもかかわらず(挫折に屈しないで)。
一三 ↓二二八頁注七。
一四 ↓人名「普賢菩薩」。
一五 験記は祈禱の内容が下記のごとく詳しい。同書彰考館本「普賢菩薩於ニ法花経一発ニ弘誓願一、守ニ護持経者一、有レ忘ニ失句逗一、我還令ニ通利一。弟子戒品不レ全、観念不レ欠。於レ持ニ大乗経一、雖レ非ニ其器一、生ニ難レ遭想一、致ニ恭敬心一、読ニ誦此経一。普賢加力、諸仏冥護、当レ得ニ暗誦一。何於ニ一品ニ不レ得レ誦哉」。
一六 一夏九旬(注一三)に同じ。
一七 童子姿の天人。

聞キ、。普賢品《ふげんぼん》ニ至《いたり》テ、汝ヂ母ノ起《おき》テ去《さり》シニ随《したがひ》テ、汝モ共ニ去《さり》ニキ。然レバ、普賢品ヲ不聞《きか》ザリキ。汝ヂ前世ニ法花経ヲ聞奉《ききたてまつ》リシニ依テ、狗《いぬ》ノ身ヲ転ジテ、今人ノ身ト生レテ、僧ト成《なり》テ、法花経ヲ読誦ス。但シ、普賢品ヲ不聞《きか》ザリシニ依《より》テ、其ノ品《ほん》ヲ暗《そら》[二三]ニ不思《おぼえず》ト云ヘドモ、懃《ねむごろ》ニ今普賢ヲ念ジ奉ルニ依テ、[二四]暗《そら》ニ思《おぼえ》ム事ヲ必ズ令得《えし》メム。専《もはら》ニ法花ヲ持《たもち》テ来世ニ諸仏ニ値遇《ちぐ》シ奉テ、此ノ経ヲ悟ル事ヲ可得《うべ》シ」ト云テ、[二五]天童失《うせ》ヌ、ト見テ夢覚《さめ》ヌ。其後《そののち》、蓮尊宿因[二六]ヲ知《しり》テ、忽《たちまち》ニ普賢品ヲ暗《そら》ニ思《おぼ》ユル事ヲ得ツ。然レバ、喜ブ[二七]事無限《かぎりな》シ。

此レニ依《より》テ、弥《いよい》ヨ信ヲ発《おこ》シテ、泣《なく》ゝ《な》ク礼拝シテ誦《じゆ》スル事不怠《おこたら》ザリケリトナム語リ伝ヘタルトヤ。

金峰山僧転乗《みたけのそうてんじよう》、持法花知前世《ほくゑをたもちてぜんぜをしれること》語第十七

今昔《いまはむかし》、金峰山《みたけ》[二八]僧有ケリ。名ヲ転乗《てんじよう》[二九]トゾ云ケル。大和国《やまとのくに》ノ人也ケリ。心極《きはめ》テ猛《たけ》クシテ、常ニ嗔恚《しんい》[三〇]ヲ発《おこ》シケリ。幼ノ時ヨリ法花経《ほくゑきやう》[三一]ヲ受ケ習《ならひ》テ日夜ニ読誦《どくじゆ》シテ、暗《そら》ニ思《おぼ》エ奉ラムト思フ志《こころざし》有テ年来《としごろ》誦《じゆ》スルニ、既ニ六巻ヲバ思《おぼ》エヌ。[三二]其レ[三三]ニ、七・八ノ二巻ヲバ思《おぼ》エ奉ラムト為《す》ル心[三四]無シ。而《しか》[三五]ルニ、「尚《なほ》、七・八ノ二巻ヲ思《おぼ》エム」ト思《おもひ》テ誦《じゆ》

一八 前世での行業による因縁。前世の因縁。験記「為レ令レ知ニ汝宿生因縁一故来ニ至此一」。
一九 犬の身に生まれていた。
二〇 板張りの下。床下。
二一 持経者。→二二三頁注一九。
二二 始めは巻一・序品(法華経の冒頭)から終わりは巻八・妙荘厳王本事品に至るまでの二十七品。残りは普賢菩薩勧発品の一品のみである。
二三 暗誦できないけれども。
二四 底本はこの後に「其ノ品ヲ暗ニ不思ストニ云ヘトモ、懃ニ今普賢ヲ念シ奉ルニ依テ」と衍文がある。
二五 「天童失ヌ」は験記には見えず、本話で付加された記事。
二六 前出「宿業ノ因縁」(注一八)に同じ。前世からの因縁。
二七 以下は験記には見えない。

第十七話 出典は法華験記・下・93。元亨釈書・十九・転乗に同話がある。
二八 →地名「金峰山(みたけ)」。
二九 伝未詳。
三〇 怒り恨むこと。三毒の一。
三一 →一五四頁注七。
三二 底本「思エス」を訂した。法華経全八巻のうち巻一から巻六までの六巻はすでに覚えてしまった。「ヌ」「ス」の書き癖については以下断らない。
三三 ところが。それなのに。
三四 (覚えようという)気にならない。
三五 験記「過ニ送年月一、迨ニ於盛年一、忽発下皆誦ニ一部一之心上」。

シ浮ブルニ、[一]年月ヲ経ト云ヘドモ更ニ思《おぼ》ユル事無シ。転乗然《さ》リトモト思テ[二]、強《あながち》ニ七・八ノ巻ノ一〻ノ句ヲ[三]二三反《べん》ヅヽ誦スルニ、更ニ不思《おぼ》エズ。然レバ、転乗[四]蔵王《ざわう》ノ御前ニ参《まゐり》テ、[五]一夏《いちげ》九十日ノ間籠《こもり》テ、[六]六時ニ[七]閼伽《あか》・香炉《かうろ》・[八]灯《みあかし》ヲ供《くう》ジテ、毎夜《よごと》ニ三千反《べん》ノ礼拝《らいはい》ヲ奉リテ、此ノ二巻ノ経ヲ思《おぼ》エム事ヲ祈請《いのりこ》フ。

[九]安居《あんご》ノ畢《はて》ノ比《ころほひ》ニ成《なり》テ、転乗、夢ニ、竜ノ冠《かうぶり》シタル[一〇]夜叉形人《やしやのかたちのひと》也、[一一]天衣《てんえ》・[一二]瓔珞《やうらく》ヲ以テ身ヲ荘《かざり》テ、手ニ[一三]金剛《こんがう》ヲ取リ、足ニ[一四]花蘂《くゑずい》ヲ踏《ふみ》テ、[一五]眷属《くゑんぞく》ニ被囲遶《ゐねうせら》レテ来《きたり》テ、転乗ニ告《つげ》テ云《いは》ク、「汝《なむ》ヂ縁無《なき》ニ依《より》テ此ノ七・八ノ二巻ヲ暗《そら》ニ不思《おぼ》エズ。汝ヂ前世《ぜんぜ》ニ毒蛇ノ身ヲ受《うけ》タリキ。其ノ形《かた》チ長ク大《おほき》ニシテ[一六]三尋《みひろ》半也。[一七]幡磨《はりま》ノ国、[一八]赤穂《あかほ》ノ郡《こほり》ノ[一九]山駅《さんえき》ニ住《ぢう》シキ。其ノ時ニ、一人ノ聖人《しやうにん》有テ其ノ駅ノ中ニ宿《やどり》ス。毒蛇棟《むね》ノ上ニ有テ思ハク、「我レ[二〇]飢《け》渇《かつ》ニ会《あひ》テ久ク不食《くは》ズ。而《しか》ルニ、[二一]希《たまさか》ニ此ノ人此ノ駅ニ来宿《きたりてやどり》セリ。今此ノ人ヲ我レ可食《くふべ》シ」ト。爰《ここ》ニ、聖人蛇《へみ》ニ被食《くはれ》ナムト為《す》ル事ヲ知《しり》テ、手ヲ洗ヒ口ヲ濯《すす》ギ、法花経ヲ誦《じゆ》ス。毒蛇経ヲ聞《きき》テ、忽《たちまち》ニ毒害ノ心ヲ止《とど》メテ、目ヲ閉《とぢ》テ一心ニ経ヲ聞ク。第六ノ巻ニ至ル時、夜[二二]曙《あけ》ヌレバ、七・八ノ二巻ヲ不誦《じゆせ》ズシテ、聖人其ノ所ヲ出《い》デヽ去《さり》ヌ。

其ノ毒蛇ト云フハ、今ノ汝ガ身也。害ノ心ヲ止《とど》メテ法花ヲ聞シニ依《より》テ、[二三]多劫《おほくのこふ》ヲ転ジテ人身《ひとのみ》ヲ得テ、僧ト成《なり》テ法花ノ[二四]持者《ぢしや》ト有リ。但シ、七・八ノ二巻ヲ不聞《きか》ザリキ。故《ゆゑ》ニ今生《こんじやう》ニ暗誦《あんじゆ》スル事ヲ不得《え》ズ。亦《また》、汝ヂ心猛《たけ》クシテ常ニ瞋恚《しんい》ヲ発《おこ》ス事ハ、毒蛇ノ

一　験記「雖レ逕二数月一、更不レ被レ誦二一枚二枚一、況於二一品一巻一、而得二暗誦一哉。転乗法師発二勇猛志一、昼夜不レ怠、於二一句一誦二三万遍一、而不二通利一」。

二　底本「然リトトモ」を訂した。

三　験記「三万遍」。→注一。

四　→地名「蔵王」。　五　→二二八頁注七。

六　勤行すべき六回の定時。即ち、晨朝・日中・日没・初夜・中夜・後夜。

七　仏に供える水。　八　灯明。

九　一夏安居に同じ。→注五。

一〇　サンスクリット語 yakṣa の音写。もとインドの神霊。仏教に取り入れられて八部衆の一。諸天に従う鬼神。ここに出現したのは蔵王菩薩(権現)の眷属と思われるが、正体は明らかでない。

一一　天人や仏菩薩の衣服。

一二　→二四九頁注三六。

一三　金剛杵。古代インドの武器に起源する密教の法具。金属製。細長く手杵に似た形で手に握れるくらいの大きさ。両端の形により独鈷・三鈷・五鈷などの別がある。　一四　蓮華のしべ。

一五　部下の鬼神たちにとり囲まれて。

一六　→二八七頁注三五。　一七　「播磨」と通用。　一八　→地名「赤穂(あこ)ノ郡」。

一九　山間の駅(うまや)。現、兵庫県赤穂郡上郡町付近にあった野磨駅をさすか。

二〇　飢えと渇き。　二一　訓みは字類抄による。たまたま。　二二　→一三三頁注三〇。

二三　この部分、叙述がやや舌足らずであるが、験記「転二於多劫輪廻毒身一、今得二人身一」は、未来永劫蛇身に輪廻し続けるはずのところを(聞経のおかげで)いま人

[二五]習気《しふけ》ノ也。汝ヂ一心ニ精進《しやうじん》シテ法花経ヲ可読誦《どくじゆすべ》シ。今生ニハ求メム所ヲ皆得テ、後生《ごしやう》ニハ[二六]生死《しやうじ》ヲ離レム」ト云フ、ト見テ夢《ゆ》メ覚《さめ》ヌ。

転乗深ク道心ヲ発《おこ》シテ、弥《いよい》ヨ法花ヲ誦《じゆ》ス。遂《つひ》ニ転乗、[二七]嘉祥《かしやう》二年ト云フ年、貴クシテ失《うせ》ニケリトナム語リ伝ヘタルトヤ。

[二八]僧明蓮《そうみやうれん》、持法花知前世語《ほくゑをたもちてぜんぜをしれること》第十八

今昔《いまはむかし》、[二九]明蓮《みやうれん》ト云フ僧有ケリ。幼クシテ祖《おや》ノ家ヲ別《わかれ》テ[三〇]法隆寺《ほふりうじ》ニ住《ちう》シテ、師ニ随《したがひ》テ[三一]法花経《ほくゑきやう》ヲ受ケ習《ならひ》テ、日夜ニ読誦《どくじゆ》ス。後ニハ[三二]暗《そら》ニ誦《じゆ》シ奉ラムト思テ、第一巻ヨリ第七巻ニ至ルマデハ暗ニ誦ス。第八巻ニ至ルニ、忘レテ暗ニ誦スル事ヲ不得《え》ズ。

然レバ、年来《としごろ》ヲ経テ思《おぼ》エズ[三三]ト誦《じゆ》スルニ、弥《いよい》ヨ忘レテ第八巻更ニ不思《おぼえ》ズ。我ガ[三四]根性《こんじやう》ノ鈍《どん》ナル事ヲ歎《なげき》テ云《いは》ク、「[三五]上《かみ》ノ七巻ノ経ヲモ我レ更ニ不可誦《じゆすべから》ズ。根性聡敏ナラバ第八巻ヲモ可思《おぼゆべ》キニ、何ノ故《ゆゑ》ニカ、上《かみ》七巻ヲバ一年ノ内ニ思《おぼ》エテ、第八巻ニ至《いたり》テ年来《としごろ》[三六]功《く》ヲ運《はこ》ブト云ヘドモ不思《おぼえ》ズ[三七]。然レバ、仏神《ぶつじん》ニ祈請《きしやう》シテ此ノ事ヲ可知《しるべ》シ」ト云《いひ》テ、[三八]稲荷《いなり》ニ参《まゐり》テ百日籠《こもり》テ祈請《きしやう》スルニ、其ノ験《しるし》無シ。[三九]長谷寺《はつせでら》・[四〇]金峰山《みたけ》ニ各《おのおの》[四一]一夏《いちげ》ノ間籠テ祈請スルニ、亦其験《またそのしるし》無シ。[四二]熊野ニ参テ百日籠テ此ノ事ヲ祈請スルニ、夢ニ、[四三]示シ

間の身に生まれることができて、の意。
二四 持経者。→二二三頁注一九。
二五 習性。下の「ノ」は「の故に」の意か。但し「ノ」を欠く諸本が多い。
二六 生死輪廻から離脱して、仏果を得るであろう。 二七 八四九年。

第十八話 出典は法華験記・中・80。元亨釈書・十九・明蓮に同話がある。
二八 底本「伝」を訂した。 二九 伝未詳。
三〇 →地名「法隆寺」。
三一 →一五四頁注七。
三二 暗誦しようと思って。験記「最初向レ文読ニ法花経一、後好ニ諷誦一」。
三三 「思エム(ン)ズト」の撥音を表記しない例(古典大系・古典全集説)とも考えられるが、このまま、なかなか覚えられないと気にして懸命に読誦した意に解するべきか。 三四 持って生まれた資質。
三五 「根性鈍ナラバ」のごとき句を補わなければ文意が通じない。験記「沙門歎念、根性極鈍、更不レ可レ誦ニ上七巻経一。根性利者、当レ誦ニ第八巻ニ」の句読を誤り、「上七巻経」以下を独白と解したためである。 三六 功徳を積んだのに。努力を重ねたにもかかわらず。
三七 「何ノ故ニカ」の結びは「不思ザル」とあるべきところだが、終止形で結ばれている。執筆中の撰者の意識のねじれの反映であろう。 三八 →地名「稲荷」。
三九 →地名「長谷寺(はせでら)」。
四〇 →地名「金峰山(みたけ)」。
四一 →二二八頁注七。
四二 →地名「熊野」。 四三 主格は熊野権現。

テ宣《のたま》ハク、「我レ此ノ事ニ於テ力不及《およば》ズ。速《すみやか》ニ住吉明神《すみよしみやうじん》[一]ニ可申《まうすべ》シ」ト。明蓮夢ノ告《つげ》ニ依《より》テ、忽《たちまち》ニ住吉ニ参テ、百日籠テ此ノ事ヲ祈請スルニ、夢ニ、明神告《つげ》テ宣《のたま》ハク、「我レ亦此ノ事ヲ不知《しら》ズ。速 伯耆《すみやかにははき》ノ大山《だいせん》[二]ニ参テ可申《まうすべ》シ」ト。

明蓮亦《また》夢ノ告《つげ》ニ依《より》テ、忽《たちまち》ニ伯耆《ははき》ノ大山《だいせん》ニ参テ、一夏《いちげ》ノ間心[三]ヲ至《いた》シテ此ノ事ヲ祈請《きしやう》スルニ、夢ニ、大□[四]菩薩告《つげ》テ宣《のたま》ハク、「我レ汝ガ本縁《ことのもと》[五]ヲ説カム。疑フ事無クシテ吉《よ》ク可信《しんずべ》シ。美作《みまさか》ノ国ノ人、糧米《らうまい》[六]ヲ牛ニ負《おほせ》テ此ノ山ニ参テ、牛ヲ僧房ニ繋ギ置《おき》テ、主《ぬし》ハ神殿ニ参ル。其ノ僧房ニ法花ノ持者《ぢしや》[七]有テ、初夜《しよや》[八]ヨリ法花経ヲ読誦《どくじゆ》ス。第七巻ニ至ル時、夜曙《あけ》[九]ヌ。牛終夜《よもすがら》経ヲ聞クニ、主《ぬ》シ[一〇]返《かへり》ヌレバ、第八巻ヲ不聞《きかず》シテ、主《ぬし》ニ随《したがひ》テ本国《もとのくに》ニ返《かへり》ヌ。其ノ牛ハ即チ汝ガ前《さき》ノ身也。法花経ヲ聞《きき》奉リシニ依テ、畜生ノ報[一一]ヲ棄テ、人身《ひとのみ》ヲ受《うけ》テ、僧ト成《なり》テ法花経ヲ誦ス。第八巻ヲ不聞《きか》ザリシニ依テ、今生《こんじやう》ニ其ノ巻ヲ不思《おぼえ》ザル也。汝《なむ》ヂ当《まさ》ニ三業《さんごふ》[一二]ヲ調《ととの》ヘテ法花経ヲ誦セバ、来世ニ兜率天《とそつてん》[一三]ニ生《うまる》ル事ヲ得テム」ト宣フ、ト見テ夢覚《さめ》ヌ。

其ノ後、明蓮明《あきらか》ニ宿因[一四]ヲ知《しり》テ、心ヲ一《ひとつ》ニシテ権現《ごんげん》[一五]ニ申シテ云ク、「愚痴《ぐち》[一六]ナル牛法花経ヲ聞《きき》テ、傍生《ばうしやう》[一七]ノ苦果ヲ離レテ人ト生レテ、法花経ヲ持《たも》ツ僧ト有リ。何況《いかにいはむ》[一八]ヤ人トシテ説ノ如ク修行セム所得ノ功徳《くどく》ヲヤ。但、仏ノミゾ吉《よ》ク知リ給ハム。願《ねがは》クハ我レ[一九]ニ世ゝ《せせ》[二〇]ニ諸仏ヲ見奉リ、生ゝ《しやうじやう》[二一]ニ法花経ヲ聞キ奉テ、常ニ不退《ふたい》[二二]ノ行《ぎやう》ヲ修《しゆ》シテ速《すみやか》ニ無上《むじやう》[二三]

一　↓人名「住吉大明神」。
二　↓地名「大山（だいせん）」。
三　まごころこめて。一心不乱に。
四　底本の祖本の破損に因る欠字か。験記「大智明菩薩夢告言」によれば、「智明」が欠落か。伯耆大山は智明菩薩（権現。本地地蔵菩薩）を祀る大山寺を中心に山岳信仰の霊地として栄えた。明治の神仏分離により智明権現は大神山神社の奥宮となったが、後に大山寺が復活した。
五　↓三一六頁注二。
六　食糧の米。飯米。
七　持経者。↓三二三頁注一九。
八　夜間勤行すべき三回の定時（初夜・中夜・後夜）の一。午後八時頃。
九　↓二二一頁注三三。
一〇　「シ」は「主」の捨仮名。
一一　畜生に生まれる報いから免れて。
一二　口・身・意による行業。
一三　↓地名「兜率天」。
一四　前世からの因縁。
一五　前出の「大□菩薩」（注四）をさす。
一六　愚かなこと。三毒の一。
一七　畜生に同じ。
一八　まして人間として仏説の通りに修行して得られる功徳は、どんなに大きいことでしょう。
一九　「我レニ」の結びは「証セシメヨ」とあるべきところ。文がねじれて終止形で結ばれている。古典大系、古典全集はこの「ニ」を「ニ於テ」の意に解するが如何。
二〇　生まれ変わり死に代わった世でも。

菩提《ぼだい》ヲ証《しよう》セム」ト。此ノ願ヲ発《おこ》シ畢《をはり》テ、権現《ごんげん》ヲ礼拝シテ返《かへ》リ去《さり》ニケリ。

二四其ノ後ノ事ヲ不知《しら》ズトナム語リ伝ヘタルトヤ。

備前国《びぜんのくにの》盲人《まうにん》、知前世持法花語《ぜんぜをしりてほくゑをたもてること》第十九

今昔《いまはむかし》、備前《びぜん》ノ国ニ有ケル人二五、年《と》シ二六十二歳ニシテ二《ふたつ》ノ目盲《しひ》ヌ。二七父母《ぶも》此レヲ歎キ悲《かなし》ムデ、仏神《ぶつじん》ニ祈請《きしやう》スト云ヘドモ其ノ験《しるし》無シ。薬ヲ以テ療治《れうぢ》スト云ヘドモ不叶《かなは》ズ。

然レバ、比叡《ひえ》ノ山ノ二八根本中堂《こんぽんちうだう》ニ二九将参《ゐてまゐり》テ、盲人《まうにん》ヲ籠《こ》メテ、三〇心ヲ至《いたし》テ此ノ事ヲ祈請ス。三一二七日《ふたなぬか》ヲ過《すぎ》テ、盲人《まうにん》ノ夢三二ニ、気高《けたか》キ気色《けしき》ノ人来《きたり》テ告《つげ》テ云《いは》ク、「汝《なむ》ヂ三三宿因ニ依《より》テ此ノ盲目《まうもく》ノ身ヲ得タリ。此三四ノ生《しやう》ニハ眼《まなこ》ヲ不可得《うべから》ズ。汝ヂ前生《ぜんしやう》ニ毒蛇ノ身ヲ受《うけ》テ、信濃《しなの》ノ国ノ三五桑田《くはた》寺《でら》ノ三六戌亥《いぬゐ》ノ角《すみ》ノ榎《え》ノ木ノ中ニ有リキ。而《しか》ルニ、其ノ寺ニ三七法華《ほくゑ》ノ三八持《ぢ》者《しや》住《ぢう》シテ、昼夜ニ法花経《ほくゑきやう》ヲ読誦《どくじゆ》シキ。蛇《へみ》常ニ此《この》持者ノ誦《じゆ》スル法花経ヲ聞《きき》奉リキ。蛇罪深クシテ食無《じきなか》リシニ依《より》テ、毎夜《よごと》ニ其ノ堂ニ入テ、仏前ノ三九常灯《じやうとう》ノ油ヲ舐《ねぶ》リ失ヒキ。法華経ヲ聞シニ依テ、蛇道ヲ棄テヽ今人身《ひとのみ》ヲ受テ、仏ニ値《あひ》奉レリト云ヘドモ、灯油ヲ食《じき》シ失ヘリシニ依テ、両眼《ふたつのまなこ》盲《しひ》タリ。此ノ故《ゆゑ》ニ、今生《こんじやう》ニ眼《まなこ》ヲ不可開《ひらくべから》ズ。汝ヂ只速《すみやか》ニ法花経ヲ四〇受持《うけたもち》テ罪業《ざいごふ》ヲ免《まぬか》レヨ四一」ト宣《のたまふ》、ト見テ夢覚《さめ》ヌ。

二一　「世々」(前注)に同じ。「生々世々」を分割した言い方。
二二　不退転の行。努めて倦むところを知らない修行。
二三　この上ない仏の悟り。仏果。
二四　以下、験記には見えない。

第十九話　出典は法華験記・上・27。

二五　験記「備前国有レ人、不レ知ニ姓名一」。
二六　「シ」は「年」の捨仮名。
二七　以下「不叶ズ」まで、験記には見えない叙述。
二八　→地名「根本中堂」。
二九　連れて参って。主格は父母。
三〇　まごころこめて。一心不乱に。
三一　十四日。
三二　験記には「有ニ長老僧一、告ニ盲人一言」とあって「夢」とはしていない。→三〇三頁注二五。
三三　前世からの因縁。
三四　現世。この世。
三五　所在未詳。
三六　北西の隅。
三七　→一五四頁注七。
三八　持経者。→三二三頁注一九。
三九　常に仏前にともしておく灯明。
四〇　経典を信受し、心に念じて片時もゆるがせにしないこと。
四一　底本「免トヨト」を訂した。験記はこの後「他生天眼明浄、徹ニ見大千一、乃至度レ他得ニ示現一」と続いている。

其ノ後、心ニ前生《ぜんしやう》ノ悪業《あくごふ》ヲ悔《い》ヒ恥《はぢ》テ、[一]本国《もとのくに》ニ返《かへり》テ、夢ノ告《つげ》ヲ信ジテ初《はじめ》テ法花経ヲ受ケ習奉《ならひ》ルニ、[二]月来《つきごろ》ヲ経テ自然《おのづか》ラ習得《ならひえ》ツ。[三]其ノ後ハ、盲目《まうもく》也ト云ヘドモ、年来《としごろ》心ヲ至《いた》シテ法華経ヲ昼夜ニ読誦ス。而《しか》ルニ、其ノ[四]験《しる》シ[五]掲焉《けちえん》ニシテ、邪気《じやけ》ノ病《やまひ》ニ悩ム人有ケレバ、此ノ盲人《まうにん》ヲ以テ令祈《いのらしむ》ルニ、必ズ其ノ験《しる》シ有ケリ。

遂《つひ》ニ最後ニ至《いたる》[六]マデ、[七]終リ貴クテ失《うせ》ニケリトナム語リ伝ヘタルトヤ。

僧安勝《そうあんしよう》、持法花知前生報語《ほくゑをたもちてぜんしやうのむくいをしれること》 第二十

今昔《いまはむかし》、[八]安勝《あんしよう》ト云フ僧有ケリ。[九]幼ニシテ[一〇]法花経《ほくゑきやう》ヲ受ケ習《ならひ》テ、昼夜ニ読誦《どくじゆ》ス。而《しか》ルニ、此ノ安勝[一一]身ノ色極《きはめ》テ黒カリケリ。世ニ色黒キ人有リト云ヘドモ、此レハ只墨《すみ》ノ様《やう》ニゾ有ケル。然レバ、此レヲ歎ク事無限《かぎりな》シ。此《これ》ニ依《より》テ、此レヲ恥《はぢ》テ人ニ交《まじは》ル事モ不為《せ》ズ。而ルニ、極《きはめ》テ道心ゾ有ケル。常ニ仏ヲ造リ経ヲ写《うつし》テ供養シ奉リケリ。亦《また》、[一二]貧キ人ヲ哀《あはれ》ブ心有テ、寒気《さむげ》ナル人ヲ見テハ、不知《しら》ヌ人也ト云ヘドモ衣ヲ脱《ぬぎ》テ与フ。[一三]病《やまひ》ニ煩フ人ヲ見テハ、親《したし》キ疎《うと》キヲ不撰《えらば》ズ歎キ悲《かなしみ》テ、薬ヲ求《もとめ》テ施《ほどこ》ス。

[一四]如此《かくのごと》クシテ、年来《としごろ》ヲ経ル間、此ノ色ノ黒キ事ヲ恥ヂ歎《なげき》テ、[一五]長谷《はつせ》ニ参《まゐり》テ[一六]観音ニ申シテ云《いは》ク、「我レ何ノ因縁有《あり》テカ、世ノ人ニ不似《に》ズシテ、此ノ身ノ黒色ナル。願《ねがは》クハ

一 備前国をさす。この句は験記にはない。
二 幾月かたつうちに。
三 以下「読誦ス」までは、験記には見えない。
四 「シ」は「験」の捨仮名。以下は験記「験力現前、結㆓縛邪霊㆒、令㆓其帰伏㆒、身心病苦即得㆓全除㆒、乃至菩提当㆑得㆓成就㆒矣」を敷衍した叙述。
五 あらたかなこと。顕著なこと。
六 諸本「至マデモ」。
七 第20話の結語と同じ文句である。正念を乱すことなく、りっぱに往生を遂げた意。

第二十話 出典は法華験記・上・26。長谷寺験記・下・21、三国伝記・五・27に同話がある。

八 伝未詳。長谷寺験記、伝記は一条院の御宇、高野山の僧とする。
九 以下「読誦ス」までは験記には見えず、本話で付加された記事。「幼ニシテ」云々の付加句は第21、22、25話等にも見られ、定型化している。
一〇 →一五四頁注七。
一一 験記「其色極黒、猶㆓女掃墨㆒、又似㆓炭灰㆒」。
一二 験記「憐㆓愍貧人㆒、脱㆓着衣㆒施」。
一三 験記「慈㆓悲病者㆒、求㆓医薬㆒与」。
一四 以下「恥ヂ歎テ」まで、験記には見えない。
一五 →地名「長谷寺(はせでら)」。

観音、此ノ故《ゆゑ》ヲ令知《しらし》メ給ヘ」ト、三日三夜籠《こもり》テ祈請《きしやう》スルニ、安勝、夢ニ、止事無《やむごとな》キ女人出来《によにんいでき》タレリ。[一七]形皃端正《ぎやうめうたんじやう》ニシテ気高《けたか》キ事並ビ無シ。[一八]見ルニ、例ノ人ト不思《おぼ》エズ。此ノ人安勝ニ告《つげ》テ宣《のたま》ハク、「汝《なむ》ヂ前生《ぜんしやう》ヲ可知《しるべ》シ。汝ヂ前生ニ黒キ色ノ牛ト有リキ。法花ノ[一九]持者《ぢしや》ノ辺《ほとり》ニ有テ、常ニ法花経ヲ聞キ奉リキ。其故《そのゆゑ》ニ、畜生ノ身ヲ棄テヽ、今《いま》人ト生レテ、僧ト成《なり》テ法花経ヲ読誦スル也。色黒キ事ハ牛ノ[二〇]気分《きぶん》ニ依《より》テ有《ある》也。汝ヂ更ニ不可歎《なげくべから》ズ。只[二一]懃《ねむごろ》ニ法花経ヲ持奉《たもちたてまつり》テハ、今亦《また》此ノ身ヲ棄テヽ、[二二]兜率天上《とそつてんじやう》ニ昇《のぼり》テ[二三]慈氏《じし》ヲ可見奉《みたてまつるべ》シ」ト宣フ、ト見テ夢覚《さめ》ヌ。

[二四]其ノ後、観音ヲ礼拝シ奉ル。前生《ぜんしやう》、後世《ごせ》ノ報ヲ知《しり》ヌル事ヲ喜《よろこび》テ返《かへり》ヌ。弥《いよいよ》法花経ヲ読誦シテ怠ル事無シ。遂《つひ》ニ最後ノ時ニ臨《のぞみ》テ、[二五]終リ貴クテ失《うせ》ニケルトナム語リ伝ヘタルトヤ。

比叡山横川永慶聖人《ひえのやまのよかはのやうきやうしやうにん》、誦法花知前世語《ほくゑをじゆしてぜんぜをしれること》第二十一

今昔《いまはむかし》、比叡《ひえ》ノ山ノ[二六]横川《よかは》ニ[二七]永慶聖人《やうきやうしやうにん》ト云フ僧有ケリ。[二八]覚超僧都《かくてうそうづ》ノ弟子也。[二九]幼ニシテ山ニ登《のぼり》テ、師ニ随《したがひ》テ[三〇]法花経《ほくゑきやう》ヲ受習《うけならひ》テ、日夜ニ読誦《どくじゆ》ス。後ニハ本山《もとのやま》ヲ去《さり》テ、摂津《つ》ノ国ノ[三一]箕面《みのお》ノ滝ト云フ所ニ籠《こもり》テ、法花経ヲ誦シテ[三二]懃《ねむごろ》ニ行《おこな》フ。

一六　→人名「観世音菩薩」。
一七　「皃」は「貌」に同じ。容姿端麗。験記「端正無レ比、衣服薫レ香」。
一八　以下「不思エズ」まで、験記には見えない。
一九　持経者。霊地・霊場に籠もってひたすら法華経を読誦して修行する僧。
二〇　習性。
二一　熱心に。
二二　→地名「兜率天」。
二三　弥勒菩薩の別称。慈氏尊。→人名「弥勒菩薩」。
二四　以下、験記は「一心頂二礼大悲観音一。満二本所願一、摂レ念勤二修法華行業一。心無二放逸一、奉二行諸善一。三業不レ乱、六根寂静、永尽二此生一、帰二無為界一矣」と結んでいる。
二五　→注七。

第二十一話　出典は法華験記・中・53。

二六　→地名「横川」。
二七　→人名「永慶」。
二八　→人名「覚超」。
二九　以下「受習テ」まで、験記には見えない。定型的な付加句。→注九。
三〇　→一五四頁注七。
三一　→地名「箕面ノ滝」。
三二　熱心に修行していた。

而《しか》ル間、永慶夜《よ》ル仏前ニシテ経ヲ誦《じゆ》シテ礼拝スルニ、傍《かたはら》ニ人有テ寝タリ。其ノ人、[一]夢ニ、老《おい》タル[二]狗《いぬ》仏前ニ有テ、音《こゑ》ヲ高ク吼《ほえ》テ、[三]立居《たちゐ》ニ仏ヲ礼拝ス、ト見テ夢覚《さめ》ヌ。即チ見レバ、永慶仏前ニ居テ、音《こゑ》ヲ挙《あげ》テ礼拝ス。如此《かくのごと》ク一両人同《おなじ》ク見テ、永慶ニ語ル。永慶此レヲ聞《きき》テ、[四]此ノ事ヲ知ラムガ為《ため》ニ、七日食《じき》ヲ断《たち》テ、堂ニ籠《こもり》テ、「[五]此ノ夢ノ告《つげ》ヲ令知《しらし》メ給ヘ」ト祈請《いのりこ》フニ、第七日ノ夜、夢ニ、[六]宿老ノ僧来《きたり》テ告《つげ》テ云《いは》ク、「汝ガ前《ぜん》生《しやう》ノ身ハ耳垂《たれたる》犬ノ身トシテ有リキ。其ノ狗《いぬ》法花経ノ[七]持者《ぢしや》ノ[八]房ニ有テ、昼夜ニ法花ヲ誦スルヲ聞キヽ。其ノ力ニ依《より》テ、[九]狗ノ報ヲ転ジテ人ノ身ト生レテ、僧ト成テ法花経ヲ読誦ス。但シ、前生ノ[一〇]気分[一一]于今《いまに》有テ、人ノ夢ニ狗ノ形ニテ見ユル也。我ハ此レ[一二]竜樹《りうじゆ》菩薩也」ト宣《のたま》フ、ト見テ夢覚《さめ》ヌ。

其ノ後、深ク前生ノ[一三]宿業《しゆくごふ》ヲ恥《はぢ》テ、其ノ所ヲ出《い》デヽ、[一四]機縁有ル所ヲ尋《たづね》テ跡ヲ留《とど》メテ、日夜ニ法花経ヲ誦シテ、[一五]六根ノ罪障ヲ懺悔《さんぐゑ》ス。今生《こんじやう》法花読誦ノ功徳《くどく》ヲ以テ、永ク[一六]三塗《さんづ》ニ不返《かへら》ズシテ、必ズ浄土ニ生レムト願ヒケリトナム語リ伝ヘタルトヤ。

比睿山西塔僧春命《ひえのやまのさいたふのそうしゆんみやう》、読誦法花知前生語《ほくゑをどくじゆしてぜんしやうをしれること》第二十二

一 験記「左右人々、睡臥同夢」。
二 犬。
三 立ったり坐ったりして。
四 験記「欲レ知二事縁一」。
五 この夢告の意味を教えて下さい。
六 年功を積んだ老僧。験記は「竜樹菩薩現二宿老形一告云」と、ここで老僧の正体を明らかにしているが、本話は老僧の発言の最後で初めて明らかにする。緊迫感を高める改変である。第25話にも類例がある。↓三二九頁注二五。
七 持経者。↓三二三頁注一九。
八 僧房。
九 犬の身に生まれた報いを変えて。
一〇 習性。験記「余残習気、在二汝身心一」。
一一 底本「テ今」を訂した。
一二 竜樹は愛宕護山では本尊地蔵菩薩の脇士として信仰された。箕面にも同様の竜樹信仰があったのだろう。箕面の滝において役小角が竜樹の夢告を受けた話(元亨釈書・十五・役小角伝)があるのも、それを物語る。↓人名「竜樹」。
一三 前世での行業。前世の業縁。
一四 験記「尋二有縁所一、留レ跡止住」。
一五 六種の感覚器官(眼・耳・鼻・舌・身・意)で犯した罪を懺悔した。
一六 底本「三墜」を訂した。三悪道。地獄・餓鬼・畜生。

第二十二話　出典は法華験記・上・25。元亨釈書・十九・春命に同話がある。

今昔《いまはむかし》、比睿《ひえ》ノ山[一七]西塔《やまのさいたふ》ニ[一八]春命《しゆんみやう》ト云フ僧有ケリ。[一九]幼ニシテ山ニ登《のぼり》テ、師ニ随《したがひ》テ[二〇]法花《ほくゑ》経《きやう》ヲ受習《うけならひ》テ、昼夜ニ読誦《どくじゆ》シテ、[二一]率《つひ》ニ他《ほか》ノ勤メ無シ。[二二]昼《ひ》ルハ[二三]房ニ居テ終日《ひねもす》ニ法花ヲ誦《じゆ》ス。夜《よ》ルハ[二四]当山《たうざん》ノ[二五]釈迦《しやか》堂《だう》ニ籠《こもり》テ誦ス。其ノ身貧クシテ乏《ともし》キ事多シト云ヘドモ、偏《ひとへ》ニ山ニ籠居《こもりゐ》テ里ニ出《いづ》ル事無シ。

只法花経ヲ誦《じゆし》テ[二六]年月ヲ過《すぐ》ル程ニ、[二七]夢ニ、天女《てんによ》有テ、身ヲ半《なか》バ現ジテ、今半《なかば》ハ隠《かくし》テ告《つげ》テ云《いは》ク、「汝前生《ぜんしやう》ニ[二八]野干《やかん》ノ身ヲ受テ、此ノ山ノ[二九]法花堂《ほくゑだう》ノ天井《てんじやう》ノ上ニ[三〇]住《ぢう》シテ、常ニ法花経ヲ聞《きき》奉リ、[三一]法螺《ほふら》ノ音ヲ聞《きき》キ。其ノ故《ゆゑ》ニ、今《いま》人ノ身ト生レテ、此ノ僧ト成《なり》テ法花経ヲ読誦ス。人ノ身難受《うけがた》シ。仏法ニハ難値《あひがた》シ。[三二]弥《いよい》ヨ励《はげみ》テ[三三]心ヲ発《おこ》シテ怠《おこ》タル事無カレ」ト告《つぐ》、ト見テ[三四]夢覚《さめ》ヌ。

其後《そののち》、前生ノ果報ヲ知《しり》テ、[三五]因果ノ道ヲ信ズ。弥《いよい》ヨ法花経ヲ読誦スル事六万部也。其ノ後、多《おほく》ノ年月誦《じゆす》ト云ヘドモ巻数《くわんじゆ》モ[三六]不計《かぞへ》ズ。

最後ニ病《やまひ》有リト云ヘドモ重ク不煩《わづらは》ズシテ、[三七]法花ノ誦シテ[三八]余《ほか》ノ思ヒ無クシテ失《うせ》ニケリトナム語リ伝ヘタルトヤ。

一七 →地名「西塔」。
一八 伝未詳。
一九 以下「受習テ」まで、験記には見えない。定型的な付加句。→三三二頁注九。
二〇 →一五四頁注七。
二一 訓みは名義抄による。まったく。
二二 「ル」は「昼」の捨仮名。
二三 僧房。
二四 比叡山延暦寺。
二五 →地名「釈迦堂」。
二六 験記には年月の経過を示す語句はない。
二七 験記「至二於天暁一不レ睡不レ覚」は夢とも現ともつかぬ状態。本話では夢と断定されている。類例は、→二二二頁注一一。
二八 狐の異称。字類抄「野犴 ヤカン 野犬也、狐也」「狐 コ、キツネ。野干 同」。
二九 →地名「法華三昧堂」。
三〇 験記「住二於西塔法華堂裏一、遊二天井上一」。
三一 ほら貝。
三二 験記「営二励転読一、不レ奢二三業一。苦海悠深、非二妙法船一何致二彼岸一。如レ此示語復無二余言一」。
三三 発心して。求道心を深めて。
三四 →注二七。
三五 因果の道理を信じた。
三六 験記「不レ記二巻数一」。
三七 「法花ヲ誦シテ」と同意。→一八二頁注四。
三八 正念を乱すことなく。

近江国《あふみのくにの》僧頼真《そうらいしん》、誦法花知前生語《ほくゑをじゆしてぜんしやうをしれること》第二十三

今昔《いまはむかし》、近江国《あふみのくに》ニ頼真《らいしん》[一]ト云フ僧有ケリ。始メテ[二]九歳ナリケル時ヨリ、其ノ国ニ金《こん》[三]勝《しよう》ト云フ寺ニ住《ぢう》シテ、僧ノ経ヲ読誦《どくじゆ》スルヲ聞取《ききとり》テ、心ニ持《たもち》テ不忘《わすれ》ザリケリ。既ニ法《ほ》[四]花経《くゑきやう》一部ヲ聞取テケレバ、暗《そら》ニ此レヲ誦《じゆ》ス。年来《としごろ》其ノ寺ニ住ム程ニ、漸《やうや》ク年老《おい》ヌ。毎日《ひごと》ニ法花経三部ヲ読誦シテ、更ニ怠タル事無シ。亦《また》、法文《ほふもん》ヲ習《ならひ》テ、其ノ義理[五]ヲ悟《さとり》テ、智《さとり》[六]有ル人ト成レリ。但シ、此ノ人物《もの》ヲ云フ時、例ノ人ニ不似《に》ズ口[七]ヲ喎《ゆが》メ面《おもて》ヲ動カシテゾ云ヒケル。其ノ体《すがた》牛ニ似タリ。然レバ、頼真此ノ事ヲ恥《はぢ》テ、嗟《あ》[八]ケ暮レ歎ク、「我[九]レ前生《ぜんしやう》ノ悪業《あくごふ》ニ依《より》テ、此ノ報ヲ感ゼリ。今生《こんじやう》ニ此ヲ不懺悔《さんぐゑせ》ズハ、亦後世《ごせ》ヲ可恐《おそるべ》シ」ト思テ、比睿《ひえ》ノ山ノ根本中堂《こんぽんちうだう》[一〇]ニ参《まゐり》テ七日七夜籠《こもり》テ、「前生・後世ノ果報ヲ令知《しらし》メ給ヘ」ト祈念シ申ス。

第六日ノ夜、夢ニ、貴キ[一一]僧来《きたり》テ告《つげ》テ云《いは》ク、「僧□[一二]鼻闕《かけ》タル牛ナリシニ、近江ノ国、依智《えち》[一三]ノ郡《こほり》ノ官首《くわんじゆ》[一四]ノ家ニ有リシ。[一五]而《しか》ルニ、官首法花経八部ヲ其《その》牛ニ負《おほせ》テ、供養セムガ為《ため》ニ山寺ニ運ビキ。経ヲ負《おひ》奉リシ故ニ、今牛ノ身ヲ棄テヽ人ト生レテ、僧ト成《なり》テ法花経ヲ読誦シ法文ヲ悟ル。亦、今生ニ法花経ヲ誦セル功徳《くどく》ニ依テ、遂《つひ》ニ生《しやう》[一六]

第二十三話 出典は法華験記・上・24。元亨釈書・十九・頼真に同話がある。

一 伝未詳。
二 まず最初に。験記「年始九歳、住二金勝寺一」。
三 →地名「金勝寺」。
四 →一五四頁注七。
五 意味。教理。
六 験記「比丘性静、黙然少レ語」。
七 口をゆがめ顔面を動かして。牛が反芻する時のように下顎を横に動かしてものを言ったのである。当然口はゆがみ顔はひきつって見える。験記「動二口歯一、虚哨如レ牛」。
八 「嗟」は「暁」の草体から生まれた字体か。明けても暮れても。
九 自分は前世でなした悪業によって牛に似る報いを受けたのだ。現世でこの悪業を懺悔しなかったら、また後世で受ける報いは恐るべきものがあろう。
一〇 →地名「根本中堂」。
一一 僧を登場させるのは本話のみ。験記「夢聞二音声一、不レ見二其形一」。
一二 底本の祖本の破損に因る欠字か。験記「汝先生身是鼻欠牛」によれば、「前生ニ」が欠落か。
一三 現、滋賀県愛知郡付近。
一四 その地域のかしらだつ人。
一五 連体形止めになっている。
一六 生死輪廻する迷いの世界から離脱して仏果を得るに至るだろう。

死《じ》ヲ離レ菩提《ぼだい》ニ可至《いたるべ》シ。但シ、[17]宿業《しゆくごふ》尚《なほ》シ残《のこり》テ、口ハ牛ニ似ル也」ト宣《のたま》フ、ト見テ夢覚《さめ》ヌ。

其ノ後、明《あきらか》ニ前生・後世ノ事ヲ知《しり》テ、[18]本《もと》ノ寺ニ返《かへり》テ、弥《いよい》ヨ[19]悪道ヲ恐レテ仏道ヲ求ム。年七十ニ及《および》テ法花経六万部ヲ誦《じゆ》シ満《みて》ツ。遂《つひ》ニ最後ノ時ニ臨《のぞみ》テ、苦《くるしむ》所無《なく》、心[20]口不違《たがは》ズシテ、法花経ヲ誦シテ失《うせ》ニケリ。

[21]此レヲ見聞ク人、「必ズ極楽ニ生レタル人也」トナム語リ伝ヘタルトヤ。

比睿山東塔僧朝禅《ひえのやまのとうたふのそうてうぜん》、誦法花知前世語《ほくゑをじゆしてぜんぜをしれること》第二十四

今昔《いまはむかし》、比叡《ひえ》ノ山ノ[22]東塔《とうたふ》ニ[23]朝禅《てうぜん》ト云フ人有ケリ。幼ニシテ山ニ登《のぼり》テ出家シテ、仏法ノ道ヲ習ハムト思フニ、[24]天性愚痴《ぐち》ニシテ習ヒ得《う》ル事難《かた》カリケレバ、[25]師ノ云《いは》ク、「汝《なむ》ヂ心鈍《にぶ》クシテ学問ニハ不能《あたは》ジ。只[26]法花経《ほくゑきやう》ヲ読誦《どくじゆ》シテ偏《ひとへ》ニ行《おこな》ヒヲ為《せ》ヨ」ト教ヘケレバ、学問ヲバ止《や》メテ、師ノ教ヘニ随《したがひ》テ法花経ヲ受習《うけならひ》テ、日夜ニ読誦シテ懃《ねむごろ》ニ仏道ヲ行フ。昼ハ房ニシテ法花経ヲ読誦シ、夜ハ[27]中堂《ちうだう》ニ籠《こもり》テ行ヒケリ。遂《つひ》ニ法花経一部ヲ暗《そら》ニ浮べ思《おぼ》エヌ。

而《しか》ル間、□[28]ト云フ止事無《やむごとな》キ[29]相人《さうにん》、中堂ニ参《まゐり》テ[30]礼堂《らいだう》ニ居タルニ、[31]山ノ諸《もろもろ》ノ僧来《きたり》

一七 前世の業縁がまだ残っていて。
一八 金勝寺をさす。
一九 悪道(地獄・餓鬼・畜生)に堕ちることを恐れて。
二〇 「口」は「心」の捨仮名。正念を乱すことなく。
二一 験記「定知、往二生安楽浄刹一矣」を人々の発言のごとく改変したもの。

第二十四話 出典は法華験記・上・36。

二二 験記「沙門朝禅、従二少年一住二比叡山一」。「東塔」は本話で付加された語句。↓地名「東塔」。
二三 伝未詳。
二四 生まれつき愚かで。験記「天性緩怠、不レ能二練習一」。
二五 以下「学問ヲバ止メテ」までは、本話で付加された叙述。学問と誦経とを択一的に捉えるのは本話独自の考え方。
二六 ↓一五四頁注七。
二七 ↓地名「根本中堂」。
二八 人名の明記を期した意識的欠字。このあたり、験記には「有二自然相人一、於二中堂礼堂一、相二万人善悪一」とあって、名を記さない。
二九 人相を見る人。人相見。
三〇 根本中堂の前にあった礼拝堂。現存しない。
三一 比叡山延暦寺。

集《あつまり》テ、「我レヲ相《さう》セヨ」ト各語《おのおのかたら》ヘバ、云フニ随《したがひ》テ悉《ことごと》ク善悪ヲ相スル間、朝禅ヲ見テ相シテ云《いは》ク、「我御《わご》[一]ハ前生《ぜんしやう》ニ白キ馬ノ身ヲ受《うけ》テ御《おは》シキ[二]。而《しか》レバ、前生ノ気分[三]ニ依《より》テ、身ノ色ハ白ク御《おは》スル也。亦《また》、音《こゑ》荒クシテ馬ノ走ル足音ニ似タル、皆前世《ぜんぜ》ノ習ヒ也」ト。

[四]朝禅此レヲ聞《きき》テ、相人返《かへり》テ後ニ、諸《もろもろ》ノ僧共《ども》ニ向《むかひ》テ云ク、「此ノ相人口ニ任《まかせ》テ云フ事也。形ノ有様ヲ見、音《こゑ》ヲ聞テ、命ノ長短・身ノ貧富ヲコソ相ストモ、何《いか》デカ前世ノ事ヲバ知ラム。仏コソ前生ノ事ヲバ知《しり》給ハメ」ト云テ不信《しんぜ》ズシテ、中堂ニ籠《こもり》テ心ヲ至《いたし》テ、「前世ノ報ヲ令知《しらし》メ給へ」ト申ス。

夢ニ、老僧来《きたり》テ、朝禅ニ告《つげ》テ宣《のたま》ハク、「相人《さうにん》ノ云フ所実《まこと》也。更ニ虚言《そらごと》ニ非ズ。善悪ノ報皆影《かげ》ノ身ニ副《そ》ヘルガ如シ。[五]汝《なむ》ヂ前生ニ白キ馬ノ身ヲ受《うけ》タリキ。法花持者《ほくゑのぢしや》有テ、其ノ馬ニ乗《のり》テ一時《ひととき》道ヲ行《ゆき》タリシ力ニ依《より》テ、馬ノ身ヲ転ジテ今《いま》人ト生《うまれ》テ、僧ト成《なり》テ法花経ヲ読誦シ、仏法ニ値遇《ちぐ》[六]セリ。[七]何況《いかにいはむ》ヤ自《みづか》ラ持《たも》チ人ヲ勧メテ令持《たもたし》メム功徳ヲ可思遣《おもひやるべ》シ。汝ヂ弥《いよい》ヨ心[八]ヲ至《いた》シテ懈怠《けだい》[九]スル事無カレ」ト教《をしへ》給フ、ト見テ夢覚《さめ》ヌ。其ノ後ハ、[一〇]宿業《しゆくごふ》ヲ知《しり》テ、相[一一]人ノ言《こと》ヲ不信《しんぜ》ザル事ヲ悔《くい》ケリ。

[一二]実《まこと》ノ相人《さうにん》ハ前世ノ報ヲモ皆相スル也ケリ。朝禅此《これ》ヲ深ク信ジテ、其ノ後ハ心ヲ至シテ、此《か》ク仏法ニ値奉《あひ》レル事ヲ喜《よろこび》テ、弥《いよい》ヨ修行シケリトナム語リ伝ヘタルトヤ。

一 「和御房」の略か。親しみをこめた二人称。お坊さん。験記「汝」。

二 験記は続いて「法華持経者乗ニ其白馬一、一時遊行。由ニ其功力一、転ニ白馬身一、感レ生ニ人界一、誦ニ法華経一、値ニ遇仏法一」と、人間に転生するに至った由来を説くが、本話はここでは語らず、後に夢で告げられるよう改変している。→注五。

三 習性。

四 以下「不信ズシテ」までは、験記「比丘雖レ聞ニ相人所説一、心不ニ信受一」を大幅に敷衍した叙述。

五 験記は「依ニ持経者乗レ馬威力一、得レ生ニ人界一」とするのみ。験記では前出の相人の発言の中にあった記事(→注二)を、本話はここで生かしている。

六 出会った。

七 まして。験記「何況自持勧レ他令レ持」。

八 まごころこめて。一心不乱に。

九 なまけ怠ってはならない。

一〇 前世の業縁。

一一 この一文は験記には見えない。

一二 この一文も験記には見えない。相人の占相に対する撰者の事実譚的関心の所在を物語る。→二三一頁注三一。

山城国神奈比寺聖人《やましろのくにのかむなびでらのしやうにん》、誦法花知前世報語《ほくゑをじゆしてぜんぜのむくいをしれること》第二十五

今昔《いまはむかし》、山城《やましろ》ノ国、綴喜《つづき》[一三]ノ郡《こほり》ニ飯《いひ》[一四]ノ岳《たけ》ト云フ所有リ。其ノ戌亥《いぬゐ》[一五]ノ方《かた》ノ山ノ上ニ神《かむ》[一六]奈比寺《なびでら》ト云フ山寺有リ。其ノ寺ニ一《ひとり》ノ僧住《ぢう》ス。幼[一七]ヨリ法花経《ほくゑきやう》[一八]ヲ受習《うけなら》ヒ、日夜ニ読誦《どくじゆ》ス。亦《また》、真言《しんごん》[一九]ヲ持《たもち》テ年来《としごろ》行フ間、随[二〇]分ニ其ノ験《しるし》有リ。然[二一]レバ、徳ヲ開《ひら》ク事転《うたた》[二二]有ケリ。

而《しか》ル間、此ノ僧常ニ、「此ノ寺ヲ去《さり》テ大寺《おほきなるてら》[二三]ニ行《ゆき》ナム」ト思フ心有ケリ。然レドモ、忽《たちまち》ニ行ク事モ無クテ、乍思《おもひなが》ラ過《すぐ》ル間、尚吉《なほよくよ》[二四]ク思ヒ定メテケレバ、既ニ出《いで》テハ去《さり》ナムト為《す》ルニ、其ノ夜ノ夢ニ、貴キ老僧来《きたり》テ宣《のたま》ハク、「我[二五]レ汝ガ宿世《しゆくせ》[二六]ノ報ヲ説《とき》テ令聞《きかし》メムト思フ。汝《なむ》ヂ前《さき》ノ世ゝ《せせ》[二七]ニ蚯蚓《みみず》[二八]ノ身ヲ受《うけ》テ、常ニ此ノ寺ノ前ノ庭ノ土ノ中ニ有リキ。其ノ時ニ、此ノ寺ニ法花《ほくゑ》ノ持者《ぢしや》[二九]有テ、法花経《ほくゑきやう》ヲ読誦《どくじゆ》セシヲ、蚯蚓《みみず》常ニ聞《きき》キ。其ノ善根《ぜんごん》ニ依《より》テ、蚯蚓《みみず》ノ身ヲ棄テ、今《いま》人ト生レテ、僧ト成《なり》テ法花経ヲ読誦シ仏道ヲ修行ス。此《これ》ヲ以テ可知《しるべ》シ、汝ハ此ノ寺ニ縁有ル身也。然レバ、専《もはら》[三〇]ニ他《ほか》ノ所ヘ不可行《ゆくべから》ズ。我レハ此レハ[三一]、此ノ寺ノ薬師如来《やくしにょらい》[三二]也」ト宣《のたま》フ、ト見テ夢覚《さめ》ヌ。

其ノ後、始メテ前世《ぜんぜ》ノ報ヲ知リ、此ノ寺ニ縁有ル事ヲ知《しり》テ、他《ほか》ノ所ヘ行カム思ヒ

第二十五話　出典は法華験記・上・30。

一三　験記「山城国飯岳西有㆑寺、名㆓神奈井寺㆒」。「綴喜ノ郡ニ」は本話で付加された語句。→地名「綴喜ノ郡」。

一四　現在地未詳。

一五　北西。験記(→注一三)とは方角がやや異なり、説明も詳しくなっている。本書の撰者の土地勘を物語るか。

一六　→地名「神奈比寺」。

一七　「幼ヨリ」は験記に見えない。→三二二頁注九。

一八　→一五四頁注七。

一九　→三一一頁注一六。

二〇　分相応に。それなりに。

二一　以下の一文は験記には見えない。

二二　なお一層。

二三　験記「此僧常去㆓此寺㆒、欲㆑往㆓他所㆒」。大寺に行きたいとするのは本話のみ。

二四　ついに十分に決心がついたので。験記「一時思惟、決定出去」。

二五　験記では最初に「我此寺薬師如来也」と告げているが、本話では発言の最後で告げるよう改変している。類例は、→三二四頁注六。

二六　前世からの報い。

二七　→二八五頁注三四。

二八　字類抄「蚯蚓　キウイン、ミヽス」。

二九　持経者。→三二三頁注一九。

三〇　決して他の所に行ってはならない。

三一　このままでは文意が通じにくい。「我レハ此レ」と「此ハ」の混態であろう。

三二　→人名「薬師如来」。

ヲ止《とど》メツ。

其ノ後、永ク此ノ寺ニ住《ぢう》シテ、懃《ねむごろ》ニ法花経ヲ読誦[一]シテ思ハク、「我レ前生ニ蚯蚓《みみず》[二]トテ、此ノ寺ノ庭ノ土ノ中ニ有テ、法花ヲ聞クニ依《より》テ、虫ノ身ヲ棄テヽ人ト生レテ、僧ト成《なり》テ法花経ヲ読誦ス。願《ねがは》クハ今生《こんじやう》ニ法花ヲ誦《じゆ》スル力ニ依テ、[三]人界《にんがい》ヲ棄テヽ浄土ニ生レテ[四]菩提《ぼだい》ヲ証《しよう》セム」ト誓ヒテ、[五]行ヒケリトナム語リ伝ヘタルトヤ。

丹治比経師《たぢひのきやうじ》、不信写法花死《ふしんにしてほくゑをうつしてしにたること》語 第二十六

今昔《いまはむかし》、河内《かはち》ノ国、[六]丹比《たぢひ》ノ郡《こほり》ニ[七]丹治比《たぢひ》ノ経師《きやうじ》ト云フ者有ケリ。姓《しやうは》丹治比ノ氏《うぢ》也。[八]棲《すみかは》丹治比ノ郡也。此ノ故《ゆゑ》ニ名ヲ丹治比ノ経師ト云フ。経ヲ書《かき》テ世ヲ渡ル人也。

[九]白壁《しらかべ》ノ天皇ノ御代《みよ》ニ、其ノ郡ノ内ニ一《ひとつ》ノ寺有リ。[一〇]野中寺《のなかでら》ト云フ。其ノ里ニ願ヲ発《おこ》セル人有テ、[一一]宝亀《ほうき》二年ト云フ年ノ六月ニ、其ノ丹治比ノ経師ヲ請《しやう》ジテ、彼ノ野中寺ニシテ[一二]法花経《ほくゑきやう》ヲ写シ奉ル。而《しか》ル間、其ノ辺《ほとり》ノ女等其ノ寺ニ来《きたり》テ、善知識《ぜんちしき》ノ[一三]為《ため》ニ、[一四]浄《きよ》キ水ヲ以テ此ノ経ヲ書ク墨《すみ》ニ加フ。

其ノ時ニ、俄《にはか》ニ空陰《くもり》テ夕立《ゆふだち》シテ雨降ル。[一五]未中《ひつじさる》ノ剋許《ときばかり》ノ事也。女等雨ノ晴ルヽヲ待ツ間、堂ノ内ニ入ヌ。堂ノ内極《きはめ》テ狭《せば》キニ依《より》テ、経師女等ト同ジ所ニ居タリ。而ル間、[一六]

一 底本「読読シテ」を訂した。
二 「トシテ」の「シ」が脱落か。
三 人間界。
四 仏果を得よう。成仏しよう。
五 修行した。

第二十六話　出典は日本霊異記・下・18。
六 霊異記「丹治比郡」。→地名「丹比(たぢひ)ノ郡」。
七 伝未詳。経師は経典を作る職人。写経師。
八 「丹比ノ郡」(注六)に同じ。
九 光仁天皇をさす。但し、この一句は霊異記には見えない。→人名「光仁(こうにん)天皇」。
一〇 霊異記「野中堂」。→地名「野中寺(やちゅうじ)」。
一一 七七一年。
一二 →一五四頁注七。
一三 底本「善知識ソ為ニ」を訂した。ここでは、結縁のための意。
一四 清浄な水。
一五 午後三時頃。
一六 底本「而ル聞」を訂した。
一七 婬欲がたかぶってきて。
一八 しゃがんで女の背中にくっついて。
一九 性交した。
二〇 男根。訓みは字類抄による。
二一 女陰。訓みは字類抄による。霊異記訓釈は「シナタリクホ」と訓む。
二二 手を取り合っているうちに。
二三 泡。訓みは名義抄による。
二四 吹き出していた。霊異記訓釈「嚙 カ

経師一人ノ女ヲ見テ忽《たちまち》ニ愛欲ノ心ヲ成《な》シ、[一七]婬盛《いんさかり》ニ発《おこ》シテ、[一八]踞《うずくまり》テ女ノ背ニ付《つき》テ、衣ヲ裹《かかげ》テ[一九]婚《とつ》グ。[二〇]閈《まら》ノ[二一]閭《つび》ニ入ルニ随《したがひ》テ、[二二]手ヲ以テ携《たづさへ》テ有ル間ニ、忽ニ経師モ女モ共ニ死《しに》ヌ。女ノ口ヨリ[二三]漚《あわ》ヲ[二四]噛出《かみいだし》タリ。[二五]此《これ》ヲ見ル人、此ノ二《ふたり》ノ人ヲ慳《にく》ミ[二六]謗《そしり》テ、即チ[二七]搔出《かきいだし》テハ、「此レ[二八]現《あらは》ニ[二九]護法ノ罰《つみ》シ給《たまひ》ツル」ト[三〇]皆人□[三一]喤《ののし》リケリ。

[三二]此レヲ思フニ、経師譬《たと》ヒ婬欲盛《いんよくさかり》[三三]ニシテ発《おこり》テ心ヲ燋《こが》スガ如クニ思フト云フトモ、経ヲ書《かき》奉ラム間ハ可思止《おもひとどむべ》シ。而《しか》ルニ、愚《おろか》ニシテ命ヲ棄《すて》ツ。亦《また》、経師其ノ心ヲ発《おこ》スト云フトモ、女[三四]忽《たちまち》ニ不可承引《しよういんすべから》ズ。寺ヲ穢《けが》シ経ヲ不信《しんぜ》ズシテ現《あらは》ニ罰《つみ》ヲ蒙《かうぶ》レリ。現世《げんぜ》ノ罰《つみ》既ニ如此《かくのごと》シ。後生《ごしやう》ノ罪ヲ思ヒ遣《や》ルニ何許《いかばかり》ナルラムト、皆人悲ビ合ヘリケリトナム語リ伝ヘタルトヤ。

阿波国人《あはのくにのひと》、謗写法花人得現報語《ほくゑをうつすひとをそしりてげんぽうをえたること》第二十七

今昔《いまはむかし》、阿波《あは》ノ国、[三五]名方《なかた》ノ郡《こほり》ノ[三六]殖《はに》ノ村ニ一《ひとり》ノ女人《によにん》有ケリ。字《あざな》ヲ[三七]夜須古《やすこ》ト云ヒケリ。[三八]白壁《しらかべ》ノ天皇ノ御代《みよ》ノ事也。此ノ女願ヲ発《おこ》シテ[三九]法花経《ほくゑきやう》ヲ写《うつし》奉ラムト思フ心有テ、[四〇]麻殖《をゑ》ノ郡ノ[四一]菀山寺《そのやまでら》ニシテ、[四二]心ヲ至《いたし》テ[四三]人ヲ以テ法花経ヲ令写《うつさ》シム。而《しか》ル間、其ノ郡ニ[四四]忌部《いむべ》ノ連板屋《むらじいたや》ト云フ人有リ。此ノ人彼ノ経ヲ令書《かかし》ムル女人《によにん》ヲ慳《にくみ》

ミ」。
二五 以下「喤リケリ」までは、霊異記「晣知、護法刑罰」を人々の批評として敷衍したもの。
二六 底本「慳ニ」を訂した。
二七 さっそく遺体を運び出して。「ハ」は強意。
二八 明らかに。疑いなく。
二九 仏法守護の護法童子。
三〇 底本は「ト」なし。諸本により補った。
三一 底本の祖本の破損に因る欠字か。
三二 以下、霊異記「愛欲之火、雖レ燋ニ身心一、而由ニ婬心一、不レ為ニ穢行一」を敷衍し、人々の批評を付して結びとしている。
三三 このままでは文意が通じにくい。「盛ニ発テ」と「盛ニシテ」の混態であろう。
三四 簡単に承諾してはならない。

第二十七話 出典は日本霊異記・下・20。
三五 →地名「名方ノ郡」。
三六 霊異記前田本「埴村」。同真福寺本「麻埴村」。→地名「殖ノ村」。
三七 伝未詳。霊異記「忌部首〈字曰ニ多夜須子一〉」。
三八 光仁天皇。→人名「光仁《こうにん》天皇」。
三九 →一五四頁注七。
四〇 底本「磨殖ノ郡」を訂した。霊異記「麻殖郡」。→地名「麻殖ノ郡」。
四一 →地名「菀山寺」。
四二 まごころこめて。
四三 霊異記には「人ヲ以テ」に相当する語句はない。
四四 伝未詳。

テ、女ノ過失ヲ顕ハシテ誹謗《ひはう》ヲ成ス。而《しか》ルニ、板屋忽《たちまち》ニ口[一]喎《ゆがみ》テ面戻《おもてもど》[二]レリ。[三]此《これ》ニ依《より》テ歎キ悲ム事無限《かぎりな》シ。然レドモ、遂《つひ》ニ此レヲ悔《くう》フル心無クシテ善ヲ不好《このま》ズ。然レバ、直《なほ》ル事無シ。

此レヲ見聞ク人[四]、「此レ偏《ひとへ》ニ心ヲ至《いた》シテ法花経ヲ書《かき》奉レル人ヲ謗《そし》リ悪《にく》ム故《ゆゑ》也」ト云ヒケリ。

此レヲ思フニ、法花経ノ文《もん》[五]ニ違《たが》フ事無シ。心有ラム人ハ、専《もはら》ニ法花経ヲ読誦《どくじゆ》シ書写セム人ヲバ、仏ノ如ク可敬《うやまふべ》シ。努〻《ゆめゆめ》軽《かろ》メ謗《はう》ズル事ヲ可止《とどむべ》シ。此レ勝《すぐ》レタル功徳《くどく》也トナム語リ伝ヘタルトヤ。

山城国高麗寺栄常《やましろのくにのこまでらのえいじやう》、謗法花得現報語《ほくゑをそしりてげんぽうをえたること》第二十八

[六]今昔《いまはむかし》、山城《やましろ》ノ国、[七]相楽《さがらか》ノ郡《こほり》ニ[八]高麗寺《こまでら》ト云フ寺有リ。其ノ寺ニ一《ひと》リノ僧有リ。名ヲバ[九]栄常《えいじやう》ト云フ。亦、同《おなじ》郡ノ内ニ一人ノ俗有リ。此ノ俗彼ノ栄常ト[一〇]得意也。

[一一]而《しか》ルニ、俗高麗寺ニ至《いたり》テ、栄常ガ房ニ行《ゆき》テ、栄常ト向《むかひ》テ碁《ご》ヲ打ツ。其ノ時ニ、[一二]乞《こつ》食《じき》ノ僧其ノ所ニ来《きたり》テ、[一三]法花経《ほくゑきやう》ノ□[一四]品《ほん》ヲ誦《じゆ》シテ食《じき》ヲ乞フ。栄常此ノ乞食ノ誦スル経ノ音《こゑ》ヲ聞《きき》テ咲《わら》フ。[一五]故《ことさら》ニ口ヲ喎《ゆが》メテ音《こゑ》ヲ[一六]横ナバシテ、乞食ノ音《こゑ》ヲ[一七]学《まね》ブ。俗此レヲ聞

一 口がゆがみ顔がねじれてしまった。
二 「戻ル」は、ねじれる、ゆがむ、まがる意。霊異記・上・19訓釈は清音、名義抄、字類抄は濁音に訓む。
三 以下「善ヲ不好ズ」まで、霊異記には見えない。　四 底本「見聞ラ人」を訂した。
五 経文。霊異記は「法花経云、(謗)下受二持経一者上、諸根闇鈍、矬陋攣躄、盲聾背傴。又云、見下受二持是経一者上、出二其過悪一、若実若不実、此人現世得二白癩病一」と法華経の本文を引く。前半は譬喩品、後半は普賢菩薩勧発品の一節。

第二十八話　主たる出典は日本霊異記・上・19。一部は同書・中・18に依拠している。三宝絵・中・9、法華験記・下・96に同話がある。
六 本第一段は霊異記・中・18「去天平年中、山背国相楽郡部内、有二一白衣一。姓名未レ詳也。同郡高麗寺僧栄常、々誦二持法花経一」に拠る。同書・上・19は「昔山背国有二一自度沙弥一。姓名未レ詳也」。　七 現、京都府相楽郡。　八 →地名「高麗寺」。
九 伝未詳。　一〇 懇意であった。
一一 本第二段は霊異記・上・19に拠り、僧の名だけは前段に引き続き「栄常」(霊異記・中・18)としている。　一二 托鉢の僧。
一三 →一五四頁注七。
一四 経典の品名の明記を期した意識的欠字。霊異記「読二法花経品一而乞レ物」。三宝絵「法華経一品ヲヨミテ食ヲコフ」。験記「誦二法花経一乞食」。　一五 わざと。
一六 声を訛らせて。　一七 真似た。訓みは名義抄による。　一八 ああ恐ろしい。霊

テ、碁ヲ打ツ詞《ことば》ニ「[一八]穴恐《あなおそろ》シ」ト云フ。而《しか》ル間、自然《おのづか》ラ、俗ハ毎度《たびごと》ニ勝ツ、栄常ハ毎度《たびごと》ニ負ク。其ノ時ニ、栄常忽《たちまち》ニ居乍《ゐなが》ラ口喎《ゆがみ》ヌ。然レバ、[一九]驚キ騒《さわぎ》テ医師《くすし》ヲ呼《よび》テ令見《みし》メテ、医師ノ云フニ随《したがひ》テ[二〇]医《くすり》ヲ以テ療治スト云ヘドモ、遂《つひ》ニ直《なほ》ル事無シ。

此レヲ見聞ク人、「此レ偏《ひとへ》ニ法花経ヲ誦スル乞食《こつじき》ヲ[二一]軽《かろ》メ咲《わらひ》テ、音《こゑ》ヲ学《まね》ベル故《ゆゑ》也」ト皆謗《そし》リ悪《にく》ミケリ。此レ正《まさ》シク[二二]経ノ文《もん》ニ説ケルガ如シ、「[二三]若《も》シ此《この》経ヲ軽メ謗ル者有ラバ、世《せ》ゝ《せ》ニ歯闕《か》ケ、脣《くちびる》墨《くろ》ミ、鼻平《たひらか》ニ、[二四]足戻《もど》リ、喎《くちゆが》ミ、目[二五]眇《すがめ》ナルベシ」ト。

此レヲ思フニ、世ノ人此レヲ聞テ、乞食《こつじき》也ト云フトモ法花経ヲ誦《じゆ》セム者ヲ、戯《たはぶ》レテモ努ゝ不軽咲《ゆめゆめかろめわらは》ズシテ、可礼敬《らいきやうすべ》シトナム語リ伝ヘタルトヤ。

橘敏行《たちばなのとしゆき》、発願従冥途返語《ぐわんをおこしてめいどよりかへれること》第二十九

今昔《いまはむかし》、[二六]□御代《みよ》ニ、左近《さこん》ノ少将《せうしやう》[二七]橘《たちばな》ノ敏行《としゆき》ト云フ人有ケリ。和歌ノ道ニ足レリ。亦《また》、極《きはめ》タル能書ニテゾ有ケル。然レバ、相知《あひし》レル人共《ども》ニ、[二八]云フニ随《したがひ》テ、[二九]法花経《ほくゑきやう》ヲゾ[三〇]六十部許《ばかり》書《かき》奉タリケル。

而《しか》ル間、敏行俄《にはか》ニ死《しに》ヌ。我ハ[三一]死ヌルゾトモ不思《おも》ハヌニ、忽《たちまち》ニ怖《おそろ》シ気《げ》ナル者共《ども》走リ入来《いりきたり》テ、我レヲ搦《から》メテ[三二]引張《ひきはり》テ将行《ゐてゆ》ケバ、「[三三]天皇過《とが》ニ被行《おこなは》ルトモ、我等許《ばかり》ノ者ヲ此《か》ク

異記「畏恐矣」。三宝絵「穴恐々々」。 一九 以下「医師ノ云フニ随テ」まで、霊異記には見えない。三宝絵「医師ヲヨビテ」。験記「往二医師家一」。 二〇 →三八四頁注五。 二一 ばかにして嘲笑して。 二二 霊異記「法花経云」。三宝絵「法華経ニ云」。 二三 以下は普賢菩薩勧発品の一節。霊異記「若有二軽咲之者一、当二世(々)牙歯疎欠、醜レ脣平レ鼻、手脚繚戻、眼目角睞一」。三宝絵「モシカロミワラフ物アラバ、当世々ニ牙歯疎ニ欠、醜脣黒鼻ヒラミ、手足脚繚戻、眼目角膝(睞カ)」」。 二四 →注二一。 二五 斜視。

第二十九話 出典未詳。宇治拾遺物語・102に同文的同話、十訓抄・六・30に簡略な同話がある。

二六 天皇名の明記を期した意識的欠字。宇治拾遺「これも今は昔、敏行といふ歌よみは、手をよく書ければ」。 二七 橘敏行は敦行の子として実在するが、本話の主人公としては藤原敏行が正。撰者は宇治拾遺(→前注)と同様に氏を明記せず「敏行」とのみある資料に拠りつつ、橘氏と誤断したのであろう。→人名「敏行(藤原)」。 二八 依頼に応じて。 二九 →一五四頁注七。 三〇 宇治拾遺「二百部斗」。→三三六頁注一二。 三一 底本「死スルソトモ」のごとく読めるが、訂した。自分は死んだとも自覚しないのに。 三二 ひっぱって連れていくので。 三三 天皇のお咎めを受けたとしても、自分ほどの高位の者をこのように逮捕して連行するとは、まったく腑に落ちないことだ。

搦メテ将行クハ、頗《すこぶ》ル不心得《こころえ》ヌ事也」ト思テ、搦メテ将行ク人ニ、「此《こ》ハ何《いか》ナル錯《あやまち》ニ依《より》テ、此許《かくばかり》ノ目ヲバ見ルゾ」ト問ヘバ、使答《こたへ》テ云《いは》ク、「我レハ不知《しら》ズ。只「慥《たしか》ニ召《めし》テ来《きた》レ」ト有ル仰《おほせ》ヲ承ハリテ、召《めし》テ将参《ゐて》ル也。但シ、汝ハ法花経ヤ書奉《かきたてまつり》タル」ト。敏行ノ云ク、「書奉タリ」ト。使ノ云ク、「[一]自《みづから》ノ為《ため》ニハ何許《いかばかり》カ書奉タル」ト。敏行ノ云ク、「我ガ為《ため》ニトモ不思《おもは》ズ、只、相知《あひし》レル人ノ[二]語《かたらひ》ニ依《より》テ、[三]二部許《ばかり》ハ書奉タラム」ト。使ノ云ク、「[四]所謂《いはゆ》ル、其ノ事ノ[五]愁《うれへ》ニ依テ被召《めさ》ル丶ナメリ」ト[六]許《ばか》リ云テ、他《ほか》ノ事ヲ不云《いは》ズシテ歩《あゆ》ビ行ク間ニ、極《きはめ》テ怖《おそろ》シ気《げ》ナル[七]軍共《いくさども》ノ[八]甲冑《かふちう》ヲ着タル、眼《まなこ》ヲ見レバ電《いなづま》ノ光ノ如シ、口ハ焰《ほのほ》ノ如シ、[九]鬼ノ如クナル馬ニ乗《のり》テ二百人許来会《ばかりきたりあへ》リ。此レヲ見ルニ、[一〇]心迷《まど》ヒ肝砕《きもくだ》ケテ倒《たふ》レ臥《ふしぬべ》キ心地スレドモ、此ノ引張《ひきはり》タル者ニ[一一]被痓《すくめら》レテ、[一二]我レニモ非《あら》デ行《ゆ》ク。此ノ軍共《いくさども》敏行ヲ見テ、[一三]打返《うちかへし》テ前立《さきだち》テ行ク。

敏行此レヲ見テ、使ニ「此《こ》ハ何《いか》ナル軍《いくさ》ゾ」ト問ヘバ、使ノ云ク、「汝《なむ》ヂ不知《しら》ズヤ。此レハ汝ニ経誂《あつら》ヘテ令書《かかしめ》シ者共《ども》ノ、其ノ経書写ノ功徳《くどく》ニ依《より》テ、極楽ニモ参リ、天上・[一四]人中《にんぢう》ニモ可生《うまるべ》カリシニ、汝ガ其ノ経ヲ書《かく》トテ、[一五]精進《しやうじん》ニ非ズシテ肉食《にくじき》ヲモ不嫌《きらは》ズ、女人《によにん》トモ[一六]触《ふれ》バヒテ、心ニモ女ノ事ヲ思テ書キ奉リシニ依テ、其ノ功徳ニ不叶《かなは》ズシテ[一七]嗔《いかり》ノ高キ身ト生レテ、汝ヲ嫉《ねた》ムデ、「召《めし》テ、我等ニ給ヘ。其ノ怨《あた》ヲ報ゼム」ト訴ヘ申スニ依テ、此ノ度《たび》ハ可被召《めさる》ベキ道理ニ非ズト云ヘドモ、此ノ愁《うれへ》ニ依テ、[一八]非道《ひだう》ニ

一 自分自身のためには。
二 依頼で。
三 宇治拾遺「二百部斗」。→三三六頁注一二。
四 いうところの。但し、ここでは結局、所詮の意に近い。
五 訴え。訴訟。
六 底本「許ヒ云テ」を訂した。
七 兵士たち。下の「ノ」は同格を示す格助詞。宇治拾遺「あさましく、人のむかふべくもなく、おそろしといへばおろかなる物の、眼を見れば、稲光のやうにひらめき、口はほむらなどのやうに、おそろしき気色したる軍の、鎧冑きて、えもいはぬ馬に乗つゝ来て」。
八 よろいとかぶと。訓みは字類抄による。
九 「鬼ノ如クナル」は上の「軍共」の修飾句とも解せるが、宇治拾遺「えもいはぬ馬に乗つゝ来て」との対応から見ると、下の「馬」に係る修飾句である。
一〇 はなはだしい心痛の形容。心は動転し、肝がつぶれて。
一一 「痓」の訓み「すくむ」は、巻一九・5「ヤガテ氷エ痓ニケレバ」が古本説話集・上・28「やがてたえいりて、ひえすくみにけり」に対応していることから推定する。このひっぱって行く者(の威力)に圧倒されて、身がすくんで(倒れもできないで)。
一二 茫然自失の状態で歩いて行った。
一三 まわれ右して。引き返して。宇治拾遺「此軍は先立て去ぬ」。
一四 人間界。
一五 精進潔斎しないで。

被召《めされ》ヌル也」。敏行此レヲ聞クニ、身[一九]ヲ砕《くだく》ガ如クニ思《おぼ》エテ、亦《また》云ク、「然《さ》テ、我レヲ得テハ何《いか》ニセムトテ此クハ申スニカ有ルラム」ト。使ノ云ク、「愚《おろか》ニモ問《とふ》カナ。彼ノ軍《いくさ》ノ持《もち》ツル刀剣ヲ以テ、汝ガ身ヲバ先《ま》ヅ二百ニ切リ割《さき》テ、各《おのおの》一切《ひときれ》ヅヽ取ラムトス。其ノ二百切《きれ》ニ汝ガ心 各《おのおの》毎切《きれごと》ニ有テ、痛ミ悲マムトス」ト。敏行此レヲ聞クニ、難堪《たへがた》キ心、譬《たと》ヘム方《かた》有ラムヤ。悲ビテ云ク、「其ノ事ヲバ何《いか》ニシテカ可遁《のがるべ》キ」ト。使ノ云ク、「更[二〇]ニ我心不及《およば》ズ。況《いはむ》ヤ可助《たすくべ》キ力無シ」ト。

敏行更ニ歩《あゆ》ム空《そら》無クシテ行クニ、大《おほき》ナル河流《ながれ》タリ。其ノ河ノ水ヲ見レバ、濃ク摺《すり》タル墨《すみ》ノ色ニテ有リ。敏行、「怪《あや》シキ水ノ色カナ」ト見テ、「此《こ》ハ何《いか》ナル水ノ墨ノ色ニテハ流ルヽゾ」ト使ニ問ヘバ、使ノ云ク、「此レハ、汝ガ書《かき》奉タル法花経ノ墨ノ、河ニテ流ルヽ也」ト。亦《また》云ク、「其レハ、何《いか》ナレバ、此[二一]ク墨ニテ有ルゾ」ト問フニ、使、「心[二二]清ク誠《まこと》ヲ至《いた》シテ精進《しやうじん》ニテ書《かき》タル経ハ、[二三]併《しかしなが》ラ竜[二四]宮ニ納マリヌ。汝ガ書奉タル様《やう》ニ不[二五]浄《ふじやう》・懈怠《けだい》ニシテ書タル経ハ、広キ野ニ棄置《すておき》ツレバ、其ノ墨ノ雨ニ洗《あらは》レテ流ルヽガ、此ク河ニ成《なり》テ流ルヽ也」ト。此レヲ聞クニモ、弥《いよい》ヨ怖ルヽ心無限《かぎり》ナシ。敏行泣ゝ《なくな》ク使ニ云ク、「尚《なほ》、何《いか》ニシテカ此ノ事ハ助カルベキ。此ノ事教ヘ給ヘ」ト。使ノ云ク、「汝ヂ極《きはめ》テ糸[二六]惜《いとほし》ケレドモ、罪極《きはめ》テ重クシテ、我レ力不及《およば》ズ」ト。

而《しか》ル間、亦[二七]《また》使走リ向《むかひ》テ、「遅[二八]ク将参《ゐて》ル」ト誡[二九]《いまし》メ云ヘバ、其レヲ聞テ、此ノ使共《ども》

一六 むつまじく接触して。
一七 怒りの激しい身。「軍共」の姿からして、修羅道に生まれているのであろう。宇治拾遺「いから武き身」。
一八 道理に反して(まだ寿命が残っているのに)冥途に召されたのだ。
一九 宇治拾遺「身もきるやうに心もしみこほりて、これを聞くに、死ぬべき心地す」。
二〇 全く自分には思いもつかない。まして助ける力なんかあるはずもない。
二一 宇治拾遺「かく川にては流るゝぞ」。
二二 清らかな心で誠意を尽くして精進潔斎して書いた経典は。宇治拾遺「心のよく誠をいたして、清く書奉りたる経は」。
二三 そっくりそのまま。すべて。
二四 大海の底にある竜王の宮殿。竜王がそこに経巻を護持することは、仏典に「彼宮殿中有七宝塔、諸仏所説諸法深蔵、別有七宝函、満中仏経」(菩薩処胎経・八賢聖斎品)などと説くところ。衆生の書写した経巻を収めることはお伽草子「地蔵堂草紙」に見える。宇治拾遺「王宮」。
二五 不浄の身体で怠け心を抱いたまま書いた経巻は。
二六 かわいそうではあるが。宇治拾遺「いとおしけれども、よろしき罪ならばこそは、助かるべきかたをもかまへめ。これは、心も及び、口にても、のぶべきやうもなき罪なれば、いかゞせん」。
二七 また別の使者が走ってやって来て。
二八 連れて来るのが遅いぞ。
二九 叱責したので。

滞《とどこほ》リ無ク前《さき》ニ立テ、将参《ゐてまゐり》ヌ。大ナル門有リ。亦、引張《ひきはり》タル者、亦、[一]枷鏁《かさ》ヲ蒙《かうぶ》レル者、員《かず》不知《しら》ズ十方ヨリ将参《ゐて》レリ。集《あつまり》テ[二]所無ク満《みち》タリ。門ヨリ見入レバ、前《さき》ノ軍共《いくさども》[三]眼《まなこ》ヲ嗔《い》カラカシテ、[四]舌甜《なめ》ヅリヲシテ、皆我ヲ見テ、「疾《と》ク将参《ゐて》レカシ」ト思タル気《け》色《しき》ニテ[五]徘徊《たちやすら》フ。此ヲ見ルニ、更ニ物不思《おぼ》エズ。而《しか》ルニ、敏行使ニ云ク「尚《なほ》、何カ《いかに》可為《すべ》キ」ト。使、「[六]四巻経《しくわんぎやう》ヲ書奉《かき》ラムト云フ願ヲ発《おこ》セ」ト窃《ひそか》ニ云フニ、今門ヲ入ル程ニ、敏行心ノ内ニ「我レ四巻経ヲ書テ供養シ奉テ、此ノ咎《とが》ヲ懺悔《さんぐゑ》セム」ト云フ願ヲ発《おこ》シツ。其ノ程ニ、将入《ゐていり》テ、[七]庁ノ前ニ[八]張居《はりすゑ》ヘツ。

[九]政人《まつりごとのひと》有テ、「此《こ》ハ敏行カ」ト問ヘバ、使、「然《さ》也」ト答フ。「訴ヘ頻《しきり》也。何ゾ遅ク将参《ゐて》ル」ト云ヘバ、使、「召取《めしとり》タルニ随《したがひ》テ、滞《とどこほりな》無ク将参《ゐて》タル也」ト答フ。政《まつりごとの》人《ひと》ノ云ク、「[一〇]彼《か》ノ敏行、承ハレ。汝ヂ[一一]娑婆《しやば》ニシテ何《いか》ナル功徳《くどく》カ造《つくり》タル」ト。敏行答テ云ク、「我レ更ニ造レル功徳無シ。只、人ノ語《かたら》ヒニ依《より》テ、法花経ヲゾ[一二]二百部書奉《かき》タリシ」ト。政《まつりごと》ノ人ノ云ク、「汝ヂ[一三]本受《もとうけ》タル所《ところの》命ハ今暫《しばら》ク可有《あるべ》シト云ヘドモ、其ノ経書奉タル事不浄《ふじやう》・懈怠《けだい》ナルニ依テ、其ノ訴ヘ出来《いできたり》テ、此被召《かくめされ》ヌル也。速《すみやか》ニ彼ノ訴《うつたへ》申ス輩《ともがら》ニ汝ガ身ヲ給《たまひ》テ、彼等ガ思ヒノ如ク可任《まかすべ》キ也」[一四]ト。敏行恐ゝ《おづお》ヅ申サク、「我、四巻経ヲ書キ供養シ奉ラムト願ヲ発《おこ》セリ。而《しか》ルニ、未ダ其ノ願ヲ不遂《とげざる》ニ此ク被召《めされ》ヌレバ、[一五]只此ノ罪贖《あか》フ方《かた》不有《あら》ジ」ト。

一 首かせとくさり。罪人をつなぐ刑具。宇治拾遺「くびかしなどいふ物」。
二 びっしり一杯になっている。
三 眼をかっと見開いて。宇治拾遺「目をいからかし」。
四 「甜」の訓みは、宇治拾遺「したなめづりをして」から推定した。「甜」は本来は「甛」の異体字であるが、ここでは「舐」の異体字として用いているらしい。
五 うろついている。徘徊している。
六 四巻本(旧訳)の金光明経。曇無讖訳。義浄訳の十巻本(新訳)に対していう。↓一〇六頁注一四。
七 役所。いわゆる閻魔王庁をさす。
八 引き出して坐らせた。
九 政務をとる人。宇治拾遺「事沙汰する人」。
一〇 そこな敏行。そこにいる敏行。
一一 この世。人間世界。
一二 前に「六十部」(三三三頁注三〇)、「二部」(三三四頁注三)とあったのに矛盾するが、宇治拾遺が「二百部」で一貫しており、敏行を恨む亡者(軍共)も「二百人許」であることから見て、本来はすべて「二百部」とあるべきところであろう。
一三 本来授かっている寿命。
一四 宇治拾遺には、この後に「とある時に、ありつる軍ども、悦べる気色にて、うけとらんとする時」の句がある。
一五 もう到底この罪を償う方法もありますまい。

[一六]政《まつりごと》ノ人此レヲ聞キ、驚テ、「然《さ》ル事ヤ有ルト、速《すみやか》ニ[一七]帳ヲ引《ひき》テ見ヨ」ト[一八]行《おこな》ヘバ、大《おほき》ナル[一九]文《ふみ》ヲ取《とり》テ引テ見ルヲ、敏行[二〇]髴《ほのか》ニ見ルニ、我ガ罪ヲ造《つくり》シ事、一事ヲ不落《おとさ》ズ注《しる》シ付《つけ》タリ。其ノ中ニ功徳《くどく》ノ事不交《まじら》ズ。其レニ、此ノ門入ツル程ニ発《おこ》シツル願ナレバ、奥ノ畢《はて》ニ「四巻経書キ供養シ奉ラム」ト被注《しるさ》レニケリ。文引畢《ふみひきは》ツル程ニ此ノ事有ケリ。「奥ニコソ被注《しるされ》タレ」ト申シ上《あぐ》レバ、「而《しか》ルニテハ、[二一]此ノ度《たび》ハ暇免《いとまゆる》シ給《たまひ》テ、其ノ願ヲ令遂《とげし》メテ、何《いか》ニモ可有《あるべ》キ事也」ト[二二]被定《さだめら》レヌレバ、[二三]前《さき》ノ軍《いくさ》、皆不見《み》エズ成《なり》ヌ。

政《まつりごと》ノ人敏行ニ仰《おほせ》テ云《いは》ク、「汝ヂ慥《たしか》ニ娑婆《しやば》ニ返《かへり》テ、必ズ其ノ願ヲ遂《と》ゲヨ」ト云テ、被免《ゆるさ》レヌ、ト思フ程ニ活《よみがへ》レリ。見レバ、妻子泣キ悲ミ合ヘリ。[二四]二日ト云フニ、夢覚《さめ》タル心地シテ目ヲ見開《みひらき》タレバ、活《よみがへり》ニタリトテ喜ビ合《あひ》タリ。願ヲ発《おこ》セル力ニ依《より》テ被免《ゆるされ》ヌル事、明《あきらか》ナル鏡ニ向《むかひ》タル様《やう》ニ思《おぼ》エテ、「我レ[二五]力付《つき》テ、清浄《しやうじやう》ニシテ[二六]心至《いた》シテ四巻経ヲ書キ供養シ奉ラム」ト思ヒケリ。

而《しか》ル間、漸《やうや》ク月日過《すぎ》テ、[二七]心地《ここち》例ノ様ニ成《なり》テ、四巻経ヲ可書奉《かきたてまつるべ》キ料紙《れうし》ヲ[二八]儲《まうけ》テ、[二九]経《きやう》師《じ》ニ預《あづけ》テ打チ□[三〇]係《かけ》サセテ、書《かき》奉ラムト企《くはた》ツル間、[三一]尚本《なほもと》ノ心色メカシクテ、仏経ノ方ニ心不入《いら》ズシテ、此ノ女ノ許《もと》ニ行キ、彼ノ女ヲ[三二]仮借《けさう》シ、吉《よ》キ歌ヲ読マムト思フ程ニ、冥途《めいど》ノ事皆忘《わすれ》テ、此ノ経ヲ不書奉《かきたてまつら》ズシテ、其ノ[三三]受ケタリケム齢《よはひ》ノ程ニヤ至《いたり》ニケム、遂《つひ》ニ失《うせ》ニケリ。

一六 そういうことがあったかどうか。宇治拾遺「さる事やはある」。
一七 帳簿を繰って調べてみよ。
一八 指示したので。
一九 書類。
二〇 ちらっと盗み見したところ。
二一 底本「度」に「事ィ」と傍書。今回はひまを与えて放免してやって、その願を遂げさせた上で、どのようにも処分を決めればよいことだ。
二二 裁定されたので。
二三 宇治拾遺「我をとく得んと、手をねぶりつる軍共失にけり」。
二四 死後二日目に。
二五 体力が回復したならば。
二六 まごころこめて。
二七 健康を取り戻して。
二八 用意して。
二九 経典を作る職人。写経師。
三〇 漢字表記を期した意識的欠字か。宇治拾遺「打継がせ、鎅(ヶ)かけさせて」。
三一 やはり本性が好色で。
三二 懸想。思いをかけること。
三三 授けられていた寿命が尽きたのであろうか。

其ノ後、一年許《ばかり》ヲ隔テヽ、紀《き》一ノ友則《とものり》ト云フ歌読《うたよみ》ノ夢ニ、敏行ト思《おぼ》シキ人ニ会ヌ。敏行トハ思ヘド、二形皃《ぎやうめう》可譬《たとふべ》キ方《かた》モ無ク奇異ニ怖《おそろ》シ気《げ》也。三現《うつつ》ニ語リシ事共《ども》ヲ云ヒ立テヽ、「四巻経ヲ書《かき》奉ラムト云フ願ニ依《より》テ、暫《しばし》ノ命ヲ助《たすけ》テ返《かへ》サレタリト云ヘドモ、尚《なほ》心ノ怠《おこたり》ニ、其《その》経ヲ不書奉《かきたてまつら》ズシテ失《うせ》ニシ罪ニ依テ、可喩《たとふべ》キ方《かた》モ無キ苦ヲ受《うく》ル事量無《はかりな》シ。四［　　　　］其ノ料紙《れうし》ハ君ノ御許《もと》ニゾ有ラム。其《それ》ヲ尋ネ取《とり》テ、四巻経ヲ書キ供養シ可奉《たてまつるべ》シ。事ノ有様ハ君ニ問ヒ奉レ」五トナム大音《おほきなるこゑ》ヲ挙《あげ》テ泣〻《なくな》ク宣《のたま》フ、ト見エツル」ト語ルヲ、友則聞《きき》テ、亦、我ガ夢ヲ語《かたり》テ、二人指向《さしむかひ》テ泣ク事無限《かぎりな》シ。其後《そののち》、紙ヲ取出《とりい》デヽ、僧ニ渡《わたし》テ、夢ノ告《つげ》ニ依テ尋ネ得タル由《よし》ヲ懃《ねむごろ》ニ語ル。僧紙ヲ請《う》ケ取《とり》テ、誠《まこと》ノ心ヲ至《いた》シテ自《みづか》ラ書写シテ供養シ奉リツ。

其ノ後、亦、故敏行同《おなじ》ク二人ノ夢ニ、来《きたり》テ告《つげ》テ云ク、「我レ此ノ功徳《くどく》ニ依テ、難堪《たへがた》カリツル苦少シ免《まぬか》レタリ」ト云テ、心地《ここち》吉《よ》気六ゲニ、形モ初《はじめ》見シニハ替《かはり》テ、喜《よろこび》タル気色《けしき》ニテナム見エケル。

然レバ、愚《おろか》ナル人ハ遊ビ戯《たはぶ》レニ被引《ひか》レテ、罪報ヲ不知《しらず》シテ如此《かくのごと》クゾ有ケルトナム語リ伝ヘタルトヤ。

一→人名「友則」。　二「皃」は「貌」に同じ。容貌。　三現世で（生前に）語ったこと。即ち、冥途での体験談。宇治拾遺「うつゝにも語りし事をいひて」。
四諸本欠字はないが、このままでは文意不通。宇治拾遺「たとふべきかたもなき苦を受けてなんあるを、もしあはれと思給はば、〈その料の紙はいまだあるらん。その紙尋とりて、三井寺にそれがしといふ僧にあつらへて書供養をさせてたべ」といひて、大なる声をあげて、泣きさけぶと見て、汗水になりておどろきて、明くるや遅きと、その料紙尋とりて、やがて三井寺に行て、夢に見つる僧のもとへ行たれば、僧見付て、「うれしき事かな。たゞいま人を参らせん、自らにても参りて申さんと思ふ事のありつるに、かくおはしましたる事のうれしさ」といへば、まづ我見つる夢をば語らで、「何事ぞ」と問へば、「今宵の夢に、故敏行朝臣の見え給つる也。四巻経書奉るべかりしを、心のおこたりに、え書供養し奉らずなりにし、その罪によりて、きはまりなき苦を受くるを、〉その料紙は、御前のもとになんあらん」の〈　〉の部分に相当する長文の脱文が予想される。脱文の原因は目移りだが、撰者自身のそれか、伝写中に生じたそれかは判定し難い。後者の可能性の方が大か。
五この発言の始発は脱文の部分にあったと推定される。→前注。
六「ゲ」は「気」の全訓捨仮名。

第三十話　出典は日本霊異記・下・23。

大伴忍勝《おほとものおしかつ》、発願従冥途返語《ぐわんをおこしてめいどよりかへれること》第三十

今昔《いまはむかし》、信濃《しなの》ノ国、七小県《ちひさがた》ノ郡《こほり》、八嬢《をむな》ノ里ニ九大伴《おほとも》ノ連忍勝《むらじおしかつ》ト云者有ケリ。大伴ノ氏《うぢ》ノ者等、心ヲ同《おなじ》クシテ其ノ里ノ中ニ寺ヲ造《つくり》テ、一〇氏寺《うぢでら》トシテ崇《あが》ム。而《しか》ル間、忍勝願ヲ発《おこ》シテ、一一「大般若経《だいはんにやきやう》ヲ書写シ奉ラム」ト思フニ依《より》テ、一二物ヲ集ム。

而《しか》ルニ、忍勝遂《つひ》ニ頭《かしら》ヲ剃《そり》テ僧ト成《なり》テ、戒ヲ受ケ袈裟《けさ》ヲ着テ、心ヲ発《おこ》シテ仏ノ道ヲ行フ。常ニ彼ノ氏寺ニ住《ぢう》スル間、一三宝亀《ほうき》五年ト云フ年ノ三月ニ、寺ノ一四檀越《だんをつ》ノ属《ともがら》ノ間ニ一五事有テ、忍勝ヲ打損《うち》ジテ、即チ死《しに》ヌ。忍勝ガ一六眷属《くゑんぞく》等相議《あひぎ》シテ云《いは》ク、一七「人ヲ殺セル咎《とが》ヲ忽《たちまち》ニ酬《むくい》ムガ為《ため》ニ、忍勝ガ身ヲ不焼失《やきうしなはず》シテ、一八地ヲ点《てん》ジテ墓ヲ造《つくり》テ、忍勝ヲ埋《うづ》ミ納メテ置《おき》ツ。

而《しか》ル間、五日ヲ経テ、忍勝活《よみがへり》テ墓ヨリ出《い》デヽ、親シキ族《やから》ニ語《かたり》テ云ク、「我レ死《しに》シ時、使五人我レヲ召《めし》テ将行《ゐてゆく》。道ノ辺《ほとり》ニ甚ダ一九峻《さが》シキ坂有リ。坂ノ上ニ登リ立《たち》テ見レバ、三《みつ》ノ大《おほき》ナル道有リ。一《ひとつ》ハ二〇直《なほ》クシテ広シ。一ハ草生《おひ》テ荒《あれ》タリ。一ハ藪《やぶ》ニシテ塞《ふさ》ガレリ。二一衢《ちまた》ノ中ニ二二王使《わうのつかひ》有テ、召ス由《よし》ヲ告グ。王二三平《たひら》カナル道ヲ示シテ、二四「此《これ》ヨリ将行《ゐて》ケ」ト二五行《おこな》フ。然レバ、五人ノ使二六衢《ちまた》ニ行ク。道ノ末ニ大《おほき》ナル二七釜《かなへ》有リ。二八湯ノ気《け》有リ。

七 ↓地名「小県ノ郡」。 八 ↓地名「嬢ノ里」。 九 伝未詳。 一〇 氏族が一門の守護を祈るために建てた寺。 一一 大般若波羅蜜多経。六百巻。玄奘訳。諸法皆空を説く。 一二 資財。金品。 一三 七七四年。 一四 施主。寺や僧を経済的に支援する信者。 一五 霊異記「條被㆓人讒㆒、堂檀越所㆓打損㆒而死」に「檀越者即忍勝之同属」と割注。 一六 一族の者。身内の者。 一七 以下、会話文が途中で地の文に移行している。霊異記「眷属議曰、令㆑断㆓于殺㆑人之罪㆒。故転(輒カ)不㆓焼失㆒、点㆑地作㆑冢、殯収而置」の句読を誤って「令㆑断㆓于殺㆑人之罪㆒故、輒不㆓焼失㆒」云々と解したことに原因がある。 一八 占定して。 一九 けわしい。勾配の急な。 二〇 平坦で広い。霊異記「一道平広」。 二一 道の分かれるところ。分岐点。 二二 このままでは文意が通じがたい。霊異記「衢中有㆑王。使白言召」は、衢の中に王(閻魔王か)がいて、それに対して(忍勝を連行してきた)使者が「召してきました」と報告した場面。この句読を誤って「衢中有㆓王使㆒、白言召」と解しているからである。 二三 前出「直クシテ広シ」の道をさす。 二四 「ヨリ」は経由を表す。この道を通って連れて行け。 二五 指示した。 二六 霊異記「衛往」(取り囲んで行く意)を「衢行」と誤ったもの。 二七 「かま」と訓むも可。字類抄「釜 フ、カナヘ、カマ」。 二八 以下、叙述が不整理な感じがするのは、霊異記「釜湯気如㆑焰、涌沸如㆑波、吼鳴如㆑雷」の句読を誤解しているため。

炎《ほのほ》ヲ[一]涌キ上《あが》ル、浪ノ立《たち》テ鳴《なる》ガ如シ、雷《いかづち》ノ響ノ如シ。即チ忍勝ヲ取《とり》テ彼ノ釜ニ投入《なげいる》ルニ、釜冷《すず》シクシテ、破《わ》レ裂《さけ》テ四《よつ》ニ破レヌ。

其ノ時ニ、三人ノ僧出来《いできたり》テ、忍勝ニ問《とひ》テ云《いは》ク、「汝《なむ》ヂ何《いか》ナル善根《ぜんごん》ヲカ造レル」ト。忍勝答《こたへ》テ云ク、「我レ善ヲ造ル事無シ。只、大般若経六百巻ヲ書写シ奉ラムト思フニ依テ、先《ま》ヅ願ヲ発《おこ》シテ、未ダ不遂《とげ》ズ」ト。其ノ時ニ、三ノ鉄《くろがね》ノ口[二]ヲ出《いだ》シテ勘《かむが》フル[三]ニ、忍勝ガ申ス所ノ如シ。僧忍勝ニ告《つげ》テ云ク、「汝ヂ実《まこと》ニ願ヲ発《おこ》セリ。亦《また》、出家シテ仏道ヲ修《しゆ》ス。此レ善根也ト云ヘドモ、寺ノ物[四]ヲ用セルガ故《ゆゑ》ニ、汝ガ身ヲ砕ケル也。汝ヂ人間[五]ニ返《かへり》テ、速《すみやか》ニ願ヲ遂ゲ、寺物《じもつ》[六]ヲ犯セル事ヲ償《つく》ノヘ」ト云テ、放返《はなちかへ》セルニ、前《さき》ノ三ノ大《おほきなる》道ヲ過《すぎ》テ坂ヲ下ル、ト思ヘバ、活《よみが》ヘル也」ト語ル。

然レバ、般若経ノ力ニ依《より》テ、冥途《めいど》ヨリ返《かへ》ル事ヲ得タリ。此《これ》ヲ聞カム人、専《もはら》ニ般若経ヲ可信敬《しんぎやうすべ》シ[七]ナム語リ伝タルトヤ。

利荊女《とかりめ》[八]、誦心経従冥途返語《しんぎやうをじゆしてめいどよりかへれること》第三十一

今昔《いまはむかし》、聖武天皇《しやうむ》[九]ノ御代《みよ》ニ、河内《かはち》ノ国、□[一〇]ノ郡《こほり》、□[一一]ノ郷《さと》ニ一《ひとり》ノ女人《にょにん》有リ。姓《しやう》ハ利荊《とかり》[一二]ノ村主《すぐり》。其ノ故《ゆゑ》ニ名ヲ利荊女《とかりめ》[一三]ト云フ。幼ノ時ヨリ身清ク心ニ悟リ有テ、因果ヲ

一 「ヲ」は「炎」の捨仮名。
二 このままでは文意不通。霊異記「三鉄札」によれば、「口」は「札」とあるべきところ。
三 調べてみると。
四 寺の物を私用したために。→一八六頁注六。
五 人間界。この世。
六 →注四。
七 「トナム」とあるのが普通。「ト」が脱落か。

第三十一話　出典は日本霊異記・中・19。
八 霊異記「利苅」。→注一二。
九 →人名「聖武天皇」。
一〇 郡名の明記を期した意識的欠字。霊異記「河内国人也」。
一一 郷名の明記を期した意識的欠字。

信ジテ三宝[一四]ヲ敬フ。常ニ心経《しんぎやう》[一五]ヲ誦《じゆ》スルヲ以テ宗《むね》[一六]トノ行《ぎやう》トス。経ヲ誦スル音《こゑ》甚ダ貴シ。此《これ》ニ依《より》テ、諸《もろもろ》ノ道俗ノ為《ため》ニ被愛楽《あいげうせら》[一七]ル、事無限《かぎりな》シ。

而《しか》ル間、此ノ女、夜《よ》ル寝タル間ニ、身ニ病《やまひ》無クシテ死《しに》ヌ。即チ一王《ひとりのわう》[一八]ノ所ニ至レリ。王此ノ女ヲ見テ床ヲ起《たち》テ、蓐《しとね》[一九]ニ此ノ女ヲ令居《すゑし》メテ、語《かたらひ》テ云《いは》ク、「我レ伝ヘテ聞ク、汝《なむ》ヂ吉《よ》ク般若[二〇]経ヲ誦《じゆ》セリト。然レバ、我レ其ノ音《こゑ》ヲ聞《きか》ムト思フ。此《これ》ニ依《より》テ、暫《しばし》ノ間、汝《なむぢをしやう》請ズル也。願《ねがは》クハ速《すみやか》ニ誦シテ我レニ令聞《きかし》メヨ」ト。女王ノ言《こと》ニ随《したがひ》テ心経ヲ誦ス。王此レヲ聞《きき》テ喜《よろこび》テ、座ヨリ起《たち》テ跪《ひざまづき》テ宣《のたま》ハク、「此レ極《きはめ》テ貴シ」ト。其ノ後三日ヲ経テ返送《かへし》ル。然レバ、女王宮《わうぐう》ノ門ヲ出《い》[二一]ヅルト、三《みたり》ノ人有リ。皆黄[二二]ナル衣ヲ着《ちやく》セリ。女ヲ見テ喜テ云ク、「我レ汝ヲ久ク不見《み》ズ。恋フル所也。適《たまた》[二三]マ今値《あへ》リ。喜ビ思フ事無限《かぎりな》シ。速《すみやか》ニ可返《かへるべ》シ。我レ今日ヨリ三日ヲ経テ、奈良京《ならのきやう》ノ東《ひむがし》[二四]ノ市《いち》ノ中ニシテ必ズ値《あ》ハムトス」ト云テ、別《わかれ》テ去《さり》ヌ。女[二五]此ノ言《こと》ヲ聞クト云ヘドモ、誰人《たれひと》ト云フ事ヲ不知《しら》ズ。女返《かへ》ル、ト思フ程ニ活《よみが》ヘレリ。

其ノ後三日ニ至ルニ、女ノ故《ことさらに》[二六]東ノ市ニ行《ゆき》テ終日《ひねもす》ニ待ツト云ヘドモ、冥途《めいど》ニテ契リシ三ノ人不見《み》エズ。而《しか》ル間、賤《いやし》キ人東ノ市ノ門ヨリ市中ニ入《いり》テ、経ヲ捧《ささげ》テ売《うり》テ云ク、「誰カ此ノ経ヲ買フ」ト云テ、女ノ前ヲ過ギ行ク。既ニ市ノ西ノ門ヨリ出《い》デヽ行クヲ、女経ヲ買《かは》ムト思テ、使ヲ遣《やり》テ呼ビ返シテ、経ヲ開《ひらき》テ見レバ、女ノ昔《むか》[二七]シ写シ

一二 このままでは訓みが定めがたいが、霊異記には「利苅」とあり、河内国古市郡の式内社「利雁神社」、推古紀の「戸苅池」から見て「とかり」が正と思われるので、これに従って訓んでおいた。「利荊」の字面に従った訓みではないことに注意。

一三 伝未詳。

一四 仏・法・僧。

一五 般若心経。→一四七頁注一九。

一六 もっぱらの勤行。

一七 好かれ愛されること。

一八 霊異記「到二閻羅王所一」。

一九 敷物。訓みは名義抄「褥 シトネ」による。字類抄「蓐 シキネ」。

二〇 ここでは般若心経をさす。

二一 出たと思うと。

二二 経典は黄紙朱軸が多い。黄色の衣は三人が経典の化身であることを示す。

二三 偶然に。

二四 平城京の東の市は左京八条三坊にあった。→地名「市」。

二五 以下「不知ズ」までは、霊異記に見えない。

二六 わざわざ。

二七 「シ」は「昔」の捨仮名。

奉リシ所ノ[一]梵網経《ぼんまうきやう》二巻・心経一巻也。書写シテ後、[二]未ダ不供養《くやうせ》ズシテ、其ノ経失《うせ》給ヒニキ。年月ヲ経テ求メ尋ヌルニ、求メ得ル事無シ。今此レヲ見ルニ、心ニ喜《よろこび》テ、経ヲ盗メル人ヲ知《しり》ヌト云ヘドモ、其ノ事ヲ[三]忍《しのび》テ経ノ直《あたひ》ヲ問フニ、一巻ノ直ニ[四]銭《ぜに》五百文ト云フ。[五]女乞フニ随《したがひ》テ直ヲ与ヘテ、経ヲ買取《かひとり》ツ。女爰《ここ》ニ知《しり》ヌ、「冥途ニシテ契《ちぎり》シ三ノ人ハ、即チ[六]此ノ経ノ在《ましまし》ケル也ケリ」ト思テ、喜テ返《かへり》ヌ。其ノ後、[七]会《ゑ》ヲ設《まうけ》テ経ヲ[八]講読シテ、懃《ねむごろ》ニ[九]受持《じゆぢ》スル事日夜ニ不怠《おこたら》ズ。

世ノ人此レヲ聞《きき》テ、此ノ女ヲ貴ビ敬《うやまひ》テ[一〇]軽《かろ》ムル事無カリケリトナム語リ伝ヘタルトヤ。

百済僧義覚《くだらのそうぎかく》、誦心経施霊験語《しんぎやうをじゆしてれいげんをほどこせること》第三十二

今昔《いまはむかし》、[一一]百済国《くだらのくに》ヨリ渡レル[一二]僧有ケリ。名ヲバ[一三]義覚《ぎかく》ト云フ。[一四]彼ノ国ノ破《やぶれ》ケル時此ノ朝《てう》ニ渡《わたり》テ、[一五]難波《なには》ノ[一六]百済寺《くだらでら》ニ住《ぢう》ス。此ノ人長《たけ》高クシテ七尺也。広ク仏教ヲ学《がく》シテ悟リ有ケリ。専《もはら》ニ[一七]般若心経《はんにやしんぎやう》ヲ読誦《どくじゆ》シテ日夜ニ不怠《おこたら》ズ。

其ノ時ニ、同《おなじ》寺ニ一人ノ[一八]僧有テ、夜半ニ[一九]房ヲ出《い》デヽ行クニ、彼ノ義覚ガ所ヲ見レバ、光リ有リ。僧此レヲ怪《あやし》ムデ、[二〇]窃《ひそか》ニ寄テ室《むろ》ノ内ヲ伺《うかが》ヒ見ルニ、義覚[二一]端坐《たんざ》シテ経ヲ

一 詳しくは、梵網経盧舎那仏説菩薩心地戒品第十巻。上下二巻から成り、大乗の菩薩戒を説く根本経典。
二 写経が終わると仏前に供えて供養する。その供養をしないうちに。
三 あえて問題にしないで。表沙汰にするのを我慢して。 四 銭貨五百枚。
五 言い値のまま代価を支払って。
六 この経巻でいらっしゃったのだ。
七 法会。
八 (法会に招いた僧に頼んで)講義し読誦して。
九 こころから信受し念じて片時も忘れないこと。 一〇 軽んじる。

第三十二話 出典は日本霊異記・上・14。三宝絵・中・7、水鏡・斉明天皇条、扶桑略記・斉明天皇条末尾、元亨釈書・九・義覚に同話がある。

一一 →地名「百済国」。
一二 底本「渡レハ」を訂した。
一三 伝未詳。霊異記「釈義覚者本百済人也」。
一四 百済の滅亡は六六〇年。霊異記「其国破時、当ニ後岡本宮御レ宇天皇之代一、入ニ我聖朝一」。 一五 現、大阪市付近。
一六 →地名「百済寺」。
一七 →一四七頁注一九。
一八 霊異記「時有ニ同寺僧慧義一」。三宝絵「同寺ノ住僧恵義トイフ」。水鏡「其寺ニ恵義ト云僧アリキ」。
一九 僧房。霊異記「独以ニ夜半一出行」。
二〇 霊異記「窃穿ニ牖紙一窺看」。三宝絵「マドノ上ヨリイタリテ見レバ」。

読誦ス。口ヨリ光ヲ出《いだ》ス。僧此レヲ見テ、驚キ怪ムデ返《かへり》ヌ。明《あく》ル日、寺ノ僧共《ども》ニ普《あまね》ク此ノ事ヲ語ル。寺ノ僧共此《これ》ヲ聞《きき》テ、貴ビ合ヘル事無限《かぎりな》シ。

而《しかる》ニ、義覚弟子ニ語《かたり》テ云《いは》ク、「我レ一夜ニ心経《しんぎやう》ヲ誦《じゆ》スル事、二二一万返《べん》也。其レニ、二三夜前、心経ヲ誦セル間、目ヲ開《ひらき》テ見ルニ、二四室ノ内ノ四方光リ曜《かかや》ク。我レ奇異也ト思テ、室《むろ》ヨリ出デ、廻《めぐり》テ見ルニ、二五内ニ光リ無シ。返《かへり》テ室ヲ見レバ、二六戸皆閉《とぢ》タリ。二七此《これ》希《け》有《う》ノ事也」ト。

定《さだ》メテ知《しり》ヌ、此只人ニ非ズ。心経ヲ誦スル事、遂《つひ》ニ不怠《おこたら》ズ。

此《これ》ヲ二八見テ聞ク人、般若心経ノ霊験ヲ信ジ、聖人《しやうにん》ノ徳行《とくぎやう》ヲ貴ビケリトナム語リ伝ヘタルトヤ。

僧長義《そうちやうぎ》、依金剛般若験開盲語《こんがうはんにやのしるしによりてめしひたるをひらけること》第三十三

今昔《いまはむかし》、奈良ノ右京ノ二九薬師寺《やくしじ》ニ一人ノ僧有ケリ。名ヲバ三〇長義《ちやうぎ》ト云フ。年来《としごろ》寺ニ住《ぢう》シテ有ル間ニ、三一宝亀《ほうき》三年ト云フ年、俄《にはか》ニ長義ガ両目《ふたつのめ》盲《しひ》テ、物ヲ見ル力ヲ不得《え》ズ。然レバ、三二長義日夜ニ此《これ》ヲ歎キ悲《かなし》ムデ、医師《くすし》ヲ請《しやう》ジテ三三医《くすり》ヲ以《もつて》療治スト云ヘドモ、其ノ験《しるし》無クシテ五月ヲ経三四ヘヌ。

二一 きちんと坐って。
二二 霊異記「一夕誦二心経一百遍許」。三宝絵「我一夜ニ心経ヲ誦スル事百反許也」。
二三 昨夜。霊異記「一夕」はある夜の意。三宝絵「一夜ニ」は本話に同じ。→前注。
二四 霊異記「其室裏四壁穿通、庭中顕見」、三宝絵「四面ノ壁通テ、庭ノウチアラハニミユ」は、壁が透き通って庭が見えた意。本話はこれらとは異なった状況を設定している。
二五 この句は霊異記、三宝絵には見えない。両書と異なり室内が輝く設定にしたこと(→前注)に関連する付加句。
二六 壁や戸が透き通ったため、閉まったままの戸を通り抜けて表に出ていたことを示す。本話は壁が透明になった条件を欠く(→注二四)ため、唐突な文句になっている。霊異記「還来見レ室、壁戸皆閉」。
二七 霊異記「即外後誦二心経一、開通如レ前。即是心般若経不思議也」は、誦経によりまた透き通った意。本話はこの前から状況を取り違えている(→注二四)ため、何が「希有」なのかはっきりしなくなっている。
二八 普通には「此ヲ見聞ク人」とあるところ。「見テ」と「見聞ク」との混態か。

第三十三話 出典は日本霊異記・下・21。
二九 →地名「薬師寺」。
三〇 伝未詳。 三一 七七二年。
三二 以下「験無クシテ」まで、霊異記には見えない。同様の描写の付加は、→二三三頁注一九。 三三 →三八四頁注五。
三四 「ヘ」は「経」の全訓捨仮名。

[一]其ノ時ニ、長義心ニ思ハク、「我レ前世《ぜんぜ》ノ悪因ニ依《より》テ盲《めしひ》ト成レリ。然レバ、不如《しか》ジ、[二]般若経《はんにやきやう》ヲ[三]令転読《てんどくせし》メテ悪業《あくごふ》ヲ滅《めつ》セム」ト思テ、数《あまた》ノ僧ヲ請ジテ、三日三夜ノ間、[四]金剛般若経《こんがうはんにやきやう》ヲ令転読《てんどくせし》メテ、[五]心ヲ至《いた》シテ罪業《ざいごふ》ヲ懺悔《さんぐゑ》ス。而《しか》ル間、第三日ニ及《および》テ、両《ふたつの》目《め》忽《たちまち》ニ明《あきらか》ニ成《なり》テ、物ヲ見ル事本《もと》ノ如シ。[六]其ノ時ニ、長義泣ゝ《なくな》ク喜ビ貴《たふとび》テ、般若経ノ験力《げんりき》ノ[七]新《あらた》ナル事ヲ深ク信ジテ、弥《いよい》ヨ心ヲ発《おこ》シテ読誦《どくじゆ》シテ、[八]恭敬《くぎやう》供養シ奉ケリ。寺ノ僧共此《どもこれ》ヲ聞《きき》テ、貴ブ事無限《かぎりな》シ。

[九]然レバ、前世ノ罪業ヲ滅スル事ハ、金剛般若経ニ過《すぎ》タルハ無シ。罪業滅スレバ、如此《かくのごと》ク病《やまひ》ノ癒《いゆ》ル事疑《うたがひ》無シ。心有ラム人ハ、此レヲ聞《きき》テ専《もはら》ニ此ノ経ヲ[一〇]受持《じゆぢ》・読誦シ可奉《たてまつるべ》シトナム語リ伝ヘタルトヤ。

壱演僧正《いちえんそうじやう》、誦金剛般若施霊験語《こんがうはんにやをじゆしてれいげんをほどこせること》 第三十四

今昔《いまはむかし》、[一一]山崎《やまざき》ニ[一二]相応寺《さうおうじ》ト云フ寺有リ。其ノ寺ニ[一三]壱演《いちえん》ト云フ僧住《すみ》ケリ。此レ本《もと》ハ俗也。[一四]内舎人《うどねり》大中臣《おほなかとみ》ノ正棟《まさむね》トゾ云ケル。奈良ノ西ノ京ニゾ住ケル。道心発《おこ》シテ出家シテ後、[一五]池辺《いけべ》ノ宮《みや》ト申《まうし》ケル人ノ弟子トシテ[一六]唐《たう》ニ亘《わた》ル。[一七]真言《しんごん》ヲ受習《うけならひ》テ法ヲ修行スル事[一八]不愚《おろかなら》ズ。帰朝《きてう》シテ後、彼ノ相応寺ニ住《ぢう》シテ真言ノ[一九]行法《ぎやうぼふ》ヲ修《しゆ》シ、亦《また》、日夜ニ[二〇]金剛般若《こんがうはんにや》

一 以下「滅セムト思テ」までは、霊異記「日夜恥悲」を大幅に敷衍した叙述。
二 ここでは、金剛般若経(注四)をさす。
三 長い経典の字句を略して(特に最初と中と最後の)要部だけを読誦すること。
四 →二六九頁注三三。
五 まごころこめて。一心不乱に。
六 以下「貴ブ事無限シ」までは、霊異記には見えない。
七 あらたかなこと。顕著なこと。
八 恭敬は、つつしみ敬う意。
九 以下は霊異記「般若験力、其大高哉。深信発レ願、無ニ願不一レ応故也」を踏まえつつ付加された結語。
一〇 深く信受し、心に念じて片時も忘れないこと。

第三十四話 出典未詳。拾遺往生伝・上・5、元亨釈書・十四・壱演に部分的同話がある。

一一 現、京都府乙訓郡大山崎町。
一二 →地名「相応寺」。
一三 →人名「壱演」。
一四 中務省に属し、宮中の宿直護衛、行幸の警護などを司った。
一五 高丘親王をさす。→人名「高丘(たかおか)親王」。
一六 壱演は高丘親王(真如)の弟子であるが、三代実録の卒伝(貞観九年(八六七)七月

経《きやう》ヲ読誦《どくじゆ》ス。

而《しか》ル間、貴キ思《おぼ》エ、聞《きこ》エ高ク成《なり》ヌル[二一]、其ノ時ニ、[二二]水尾《みづのをの》天皇ノ御代《みよ》、[二三]隼《はやぶさ》ト云フ鳥、[二四]仁寿殿《じんじうでん》ノ庇《ひさし》ノ[二五]上長押《うはなげし》ニ巣ヲ[二六]咋《くへ》ヱリ。天皇此レヲ驚キ怪《あやし》ビ給フ。止事無《やむごとな》キ陰陽師《おんやうじ》共《ども》ヲ召《めし》テ、此ノ事ノ吉凶ヲ被問《とは》ルヽニ、占《うらなひ》申シテ云《いは》ク、「[二七]天皇ノ重キ御慎《つつしみ》也」ト。天皇恐《お》ヂ怖《おそ》レ給《たまひ》テ、[二八]方《はうばう》ヽノ御祈《いのりども》共有リ。然レドモ未ダ其ノ験《しるし》無キ間、弥《いよい》ヨ慎《つつし》ミ怖レサセ給フ事無限《かぎりな》シ。

而《しか》ル間、或《ある》人奏シテ云ク、「山崎ト云フ所ニ相応寺ト云フ寺有リ。其ノ寺ニ年来《としごろ》住《ぢう》シテ日夜ニ金剛般若経ヲ読誦スル聖人《しやうにん》有[二九]ナリ。名ヲバ壱演ト云フ。現世ノ[三〇]名利《みやうり》ヲ離レテ後世《ごせ》ノ[三一]菩提《ぼだい》ヲ願フ者也。彼レヲ召テ令祈《いのらしめ》バ、必ズ霊験[三二]掲焉《けちえん》ナラム」ト。天皇然レバ可召《めすべ》キ由《よし》ヲ被仰下《おほせくだされ》テ、使ヲ遣《つかは》スニ、即チ召《めし》ノ使ニ[三三]具シテ参レリ。然レバ、仁寿殿ニ召シ上《あげ》テ、彼ノ隼《はやぶさ》ノ巣ヲ咋《くひ》タル[三四]間《ま》ニテ金剛般若経ヲ令転読《てんどくせし》ム。[三五]四五巻許《ばかり》ヲ誦《じゆ》スル程ニ、忽《たちまち》ニ隼四五十許《ばかり》外《ほか》ヨリ飛ビ来《きたり》テ、隼毎《ごと》ニ巣ヲ[三六]咋《くひ》テ飛ビ去《さり》ヌ。其ノ時ニ、天皇壱演ヲ礼《らい》シテ貴ビ給フ事無限《かぎりな》シ。賞ヲ給ハムト為《す》ルニ、[三七]不承引《うけひか》ズシテ返《かへり》ヌ。

其ノ後、貴キ思《おぼえ》ヘ高ク成《なり》テ、被帰依《きえせら》ルヽ程ニ、天皇ノ[三八]母方ノ祖父《おほぢ》、[三九]白川《しらかは》ノ大政《だいじやう》大臣《だいじん》ト申ス人、老体ノ上ニ重キ病《やまひ》ヲ受《うけ》テ日来《ひごろ》ヲ経《へたる》ニ、方ヽノ御祈《いのりども》共有リ。[四〇]就中《なかんづくに》、

十二日条)等にも入唐の記事は見えない。誤解であろう。
一七 →二三六貞注四。
一八 なみ一通りではなかった。
一九 →二三六貞注五。
二〇 →二六九貞注三三。
二一 連体形終止とも考えられるが、ここでは「其ノ時」の修飾句と解しておく。
二二 清和天皇をさす。→人名「清和天皇」。
二三 中形の鷹。飛ぶ速度が早く勇敢で、自分より大きな鳥を捕食する。
二四 →地名「仁寿殿(じじゆうでん)」。
二五 鴨居の上に横に渡した木。
二六 「咋フ」は、営み造る、構える意。
二七 天皇が重い御物忌をなさらねばならぬことです。
二八 あちこちの寺での御祈禱。
二九 伝聞の「ナリ」。いるそうです。
三〇 名誉欲と利欲。
三一 成仏。往生。
三二 あらたか。顕著。
三三 同伴して。主格は壱演。
三四 「間」は柱と柱との間。即ち、隼が巣を作っている上長押の真下に当たるところで。
三五 金剛般若経は一巻の経典であるから、それを四、五回読誦したことを意味する。
三六 この「咋テ」は注二六とは異なり、口にくわえての意。
三七 承諾しないで。受け取らないで。
三八 清和天皇の母后明子は良房の娘。
三九 藤原良房。→人名「良房」。
四〇 とりわけ。名義抄、字類抄「就中 ナカム(ン)ツクニ」。

貴キ思《おぼ》エ有《あり》、止事無《やむごとな》キ僧共《ども》ヲ召テ、殊《こと》ニ令祈《いのらし》メ給フニ、露《つゆ》ノ験《しるし》無シ。而《しか》ルニ、天皇[一]ノ、前《さき》ノ隼《はやぶさ》ノ事ヲ思食《おぼしめし》テ、壱演ヲ召テ[二]遣《つかは》ス。壱演召《めし》ニ随《したがひ》テ参《まゐり》テ、大臣ノ御[三]枕上《まくらがみ》ニシテ金剛般若経ヲ読誦[四]スル、数巻ニ不及《およば》ザル程ニ、大臣《おとどの》御病《やまひ》ハ愈給《いえたまひ》ヌ。其ノ時ニ、天皇弥《いよい》ヨ壱演ヲ貴ビ給フ事無限《かぎりな》シ。感ニ不堪《たへず》シテ遂《つひ》ニ[五]権僧正《ごんのそうじやう》ニ被成《なされ》ヌ。其ノ後ハ、世挙《こぞり》テ此ノ人ヲ帰依《きえ》シケリ。

此レヲ思フニ、金剛般若経ハ罪業《ざいごふ》ヲ滅《めつ》シ給フ。然レバ、罪ヲ滅シテ徳ヲ得《う》ル事如此《かくのごと》シ。

薬師寺《やくしじ》ノ東《ひむがし》ニ[六]唐院《たうゐん》ト云フ所有リ。此ノ僧正ノ栖《すみか》トナム語リ伝ヘタルトヤ。

極楽寺僧《ごくらくじのそう》、誦仁王経施霊験語《にんわうきやうをじゆしてれいげんをほどこせること》 第三十五

今昔《いまはむかし》、[七]極楽寺《ごくらくじ》ト云フ寺有リ。其ノ寺ニ□[八]ト云フ僧住《すみ》ケリ。此ノ寺ハ[九]堀河大《ほりかはのだい》政大臣《じやうだいじん》ト申ス人ノ造リ給ヘル寺也。

而《しか》ルニ、其ノ大臣ノ御名ヲバ基経《もとつね》ト申ス。身ニ[一〇]熱病《あつきやまひ》ヲ受《うけ》テ日来《ひごろ》重ク悩ミ煩ヒ給ヒケレバ、[一一]方々《はうばう》ノ御祈共《いのりども》有リ。[一二]就中《なかんづくに》、霊験有《あり》テ貴キ思《おぼ》[一三]エ有ル僧共《ども》ハ不参《まゐら》ヌ無ク参《まゐり》集《あつまり》テ、祈《いのり》トシテ無キ事ハ無シ。其レニ、此ノ極楽寺ノ僧ハ、世ニ貴キ思《おぼ》エモ無ケ

一「ノ」は主格を表す。
二「召(シ)ニ」の誤記か。このままで解するとすれば、壱演を召して大臣のもとに遣わす意。　三 枕元で。
四 読誦すること数巻に及ばないうちに。読誦するとすぐにの意にもとれるが、その場合には「読誦スルト」の形をとるのが普通。→三四一頁注二一。
五 壱演の任権僧正は貞観七年(八六五)九月。良房の病悩平癒の効験による(僧綱補任抄出)。
六 →地名「唐院(薬師寺)」。

第三十五話　出典未詳。古本説話集・下・52、宇治拾遺物語・191、真言伝・二・極楽寺僧に同文的同話がある。
七 →地名「極楽寺」。
八 僧名の明記を期した意識的欠字。古本説話等は僧の名を明記しない。
九 藤原基経をさす。→人名「基経」。
一〇 古本説話「よこゝち大事にわづらひ給ければ」。
一一 方々の寺々で病気快癒の御祈禱が行われた。
一二 訓みは名義抄、字類抄による。とりわけ。　一三 底本「思ス有ル」を訂した。
一四 安穏に住んでいられるのは。
一五 おかげ。古本説話「御とくにてこそあれ」。
一六 自分はどこへ行くというのか。どこにも行くところはない。古本説話「よにあるべきやうもなくおぼえければ」。
一七 長年受持し奉っている。
一八 仁王護国般若波羅蜜(多)経。二巻。

レバ、此許《かばかり》ノ御祈共ニ召シモ無シ。而《しか》ルニ、此ノ僧ノ心ニ思ハク、「我ガ此ノ寺ニ[一四]平安ニ住《ぢう》ス事ハ、此ノ殿ノ[一五]御影也。此ノ殿失給《うせたまひ》ナバ、[一六]何《いどこ》ニカハ行《ゆ》カムト為《す》ル」ト思《おもひ》テ、歎キ悲《かなしみ》テ、[一七]年来《としごろ》持《たもち》奉《たてまつり》ケル所ノ[一八]仁王経《にんわうきやう》一部ヲ具シテ、此ノ殿ニ参《まゐり》ヌ。極《きは》メテ人多クテ物騒《ものさわが》シト云ヘドモ、[一九]中門《ちうもん》ノ北ノ廊ノ角《すみ》ニ[二〇]屈《かがま》リ居《ゐ》テ、他《ほか》ノ思ヒ無ク念ジ入《いり》テ、仁王経ヲ読誦《どくじゆ》シテ祈リ奉ルニ、殿ノ内ノ人、前[二一]ヨリ返返《かへるかへ》ル通リ行ケドモ、[二二]露《つゆ》目見係《みかく》ル人無シ。

[二三]二時許《ふたときばかり》ヲ経《へ》ルニ、重ク煩テ臥《ふ》シ給ヘル殿、[二四]気《いき》ノ下《した》ニ人ヲ呼《よび》テ宣《のたま》ハク、「極楽寺ノ[二五]□[二六]大徳《だいとこ》トヤ有ル」ト。人申シテ云《いは》ク、「中門ノ脇ノ[二七]小廊ニ候《さぶらへ》リ」ト。亦宣《またのたま》ハク、「其レ此方《こなた》ニ呼ベ」ト。此レヲ聞ク人怪《あやし》ビ思フ、「此ノ僧貴シト云フ思《おぼ》エモ無ケレバ、[二八]若干《そこばく》ノ僧ヲ召スニモ無キニ、[二九]参《まゐり》テ居《ゐ》タルダニ不得心《こころえ》ズト思フニ、此《かく》召シ有ルハ何《いか》ナル事ゾ」ト思ヘドモ、人行《ゆき》テ、僧ニ召ス由《よし》ヲ云ヘバ、僧召ス人ノ[三〇]後《しりへ》ニ立《たち》テ参ル。止事無《やむごとな》キ僧共《ども》ノ居《ゐ》並《なみ》タル後《うしろ》ノ[三一]延《えん》ニ屈《かがま》リ居《ゐ》タリ。殿、「[三二]参《まゐれ》ルカ」ト問ヒ給ヘバ、「南ノ[三三]簀子《すのこ》ニ[三四]候フ」ト申ス。殿ノ、「此ノ内ニ呼ビ入レヨ」トテ、臥シ給ヘル所ニ召シ入《い》ル。病極《やまひきはめ》テ重クシテ[三五]不宣《のたまはせざ》リツルニ、此ノ僧ヲ[三六]招召《まねきめ》ス程ノ気色《けしき》、[三七]少シ宜気《よろしげ》ニ見ユ。僧ヲ召シ入レツレバ、[三八]枕上《まくらがみ》ノ御几帳《みきちやう》ノ外《と》ニ候フ。

其ノ時ニ、殿自《みづか》ラ[三九]御帳《みちやう》ノ帷《かたびら》ヲ褰《かかげ》テ、頭《かしら》ヲ持チ上《あげ》テ宣ハク、「我レ、只今夢ニ、我

鎮護国家、除災招福の祈願に用いられる代表的経典。
一九 寝殿造の東西の廊の中程に設けた門。寝殿や対屋への出入口として使用された。その北の廊は対屋寄りであるから、人の往来が多かったはず。
二〇 目立たぬように坐っていた。
二一 「ヨリ」は経由を表す。その僧の前を通って何度も往来したが。
二二 その僧を目にとめる人は誰もいなかった。　二三 四時間ほど。
二四 息もたえだえに。苦しそうに。
二五 僧名の明記を期した意識的欠字。↓注八。
二六 高徳の僧。一般に僧の敬称として用いられる。お坊さん。下の「トヤ」は、「ト(云フ者)ヤ」の意。
二七 前出「中門ノ北ノ廊」をさす。
二八 多数の僧侶を召されるのにも、その数の中に入っていなかったのに。
二九 勝手に参って坐っているのでさえ。
三〇 うしろに付いて参上した。字類抄「後 シリヘ」。
三一 縁側。ここでは、寝殿の南端の簀の子をさす。↓注三三。
三二 やって来たか。宇治拾遺「参りたるか」。　三三 廂の間の外周の板敷の縁側。
三四 底本「候ソ」を訂した。
三五 「セ」は「宣(のたまはせ)」の、「リ」は「不(ざり)」の送仮名。
三六 底本「侶召ス」を訂した。
三七 少し楽になったように見える。
三八 枕元の。
三九 几帳の垂れ布を持ち上げて。

ガ当リニ極《きはめ》テ怖《おそろ》シ気《げ》ナル鬼共《ども》有テ、取々《とりどり》ニ我ガ身ヲ掕躒《りようりやく》[一]シツル程ニ、端正《たんじやう》ナル童《わらは》ノ[二]髻結《みづらゆひ》タル、[三]楚《すはえ》ヲ持《もち》テ中門ノ方《かた》ヨリ入来《いりきたり》テ、此ノ鬼共ヲ楚ヲ以テ打チ揮《はら》ヒツレバ、鬼共皆逃《にげ》テ去《さり》ヌ。我レ、「何ゾノ童ノ此《かく》ハ為《す》ルゾ」ト童ニ問《とふ》ニ、童ノ云ク、「極楽寺ノ□[四]ガ此[五]ノ祈念シテ今朝ヨリ参テ、中門ノ脇ノ廊ニ居テ仁王経ヲ誦《じゆ》スル間、一《いち》文一句《もんいつく》他念無クシテ[六]心ヲ至《いた》シテ誦スル験《しるし》ノ顕《あら》[七]ハレテ、[八]其ノ護法《ごほふ》ノ、『[九]悩《なやま》スラム所ノ悪鬼ヲ揮《はら》ヘ』[一〇]ト有ルニ依《より》テ、[一一]我等来《きたり》テ揮ヒ去《のけ》ケル也」ト。我レ此レヲ聞《きき》テ、貴シト思テ[一二]驚《おどろき》タルニ、病掻巾《やまひかきのご》フ様《やう》ニテ□[一三]キニタレバ、実《まこと》ニ参《まゐり》テ有ルカト問《とは》セツルニ、「今朝ヨリ仁王経誦シテ候フ」ト□[一四]云ヘバ、喜《うれし》クテ、其ノ[一五]喜ビ云《いは》ムガ為《ため》ニ此ク呼ビ入レタル也」ト宣《のたまひ》テ、僧ヲ礼《らいし》テ、[一六]御桿係《さをにかかり》タル御衣《おんぞ》ヲ召テ纏《かづ》ケ給テ宣ハク、「汝《なむ》ヂ速《すみやか》ニ寺ニ返《かへり》テ 弥《いよいよ》可祈請《きしやうすべ》シ」ト。

僧喜《よろこび》テ罷《まか》リ出《いづ》ル間、御祈ノ僧共《ども》・殿ノ内ノ人共《ども》ノ見タル気色共《けしきども》、極《きはめ》テ止事無《やむごとな》シ。中門ノ脇ニ終日居《ひねもすゐ》タリツル、[一七]思《おぼえ》ノ無カリツルニ思ヒ校《くら》ブルニ、極テ哀レニ貴シ。寺ニ返《か》[一八]ヘリタルニモ、寺ノ僧共ノ思ヒタル気色、事ノ外《ほか》ニ止事無《やむごとな》シ。

然レバ、人ノ祈《いのり》ハ僧ノ清《きよ》シ濁《きたな》キニモ不依《よら》ズ、只、誠《まこと》ノ心ヲ至《いた》セルガ験《しるし》ハ有《ある》也ケリ。

極楽寺ノ僧ニ験《しるし》劣レル人、若干《そこばく》ノ僧ノ中ニ有《あり》ケムヤ。

然レバ、「母[一九]ノ尼君ヲ以テ可令祈《いのらしむべ》キ也」トハ、此《これ》ヲ昔ヨリ云ヒ伝ヘタル也ケリト

一 責め苛んでいるところに。
二 →一六六頁注九。
三 むち。→二六五頁注一四。
四 →三四六頁注八。
五 このままでも文意が通じるが、「此ク」の誤記の可能性が大。
六 まごころこめて。
七 底本「顕ヘレテ」を訂した。
八 その経典(仁王経)の護法童子が。直接的には「来テ揮ヒ去ケル也」につながる。↓注一一。
九 以下「揮ヘ」までの発言者は仁王経そのもの。即ち、経典がその経典の護法童子に命令したのである。基経の夢に現れてこの話をしている童は、その護法童子本人であろう。
一〇 と(仁王経の)お言葉があったので。
一一 前出の「護法」を「我等」と言い換えたもの。この結果「来テ揮ヒ去ケル也」は二つの主語(但し同一内容)をうけることになっている。古本説話「そのごをら(うヵ)のつけん(御へんヵ)に、候はんあしき物どもはらはんと、はんにやの仰給つれば、をい給候也」。
一二 目が覚めたところ。
一三 漢字表記を期した意識的欠字。「サハヤ(キ)」が想定される。古本説話「さはやみたれば」。真言伝「サワヤキタレバ」。
一四 この欠字発生の理由は未詳。古本説話その他には相当する語句がない。
一五 お礼を言うために。
一六 衣桁。着物を掛けておく竿。
一七 人に無視されていたのと比べてみると。

ナム語リ伝ヘタルトヤ。

伴義通《とものよしみち》、令誦方広経開聾語《はうくわうきやうをじゆせしめてみみしひたるをひらけること》 第三十六

今昔《いまはむかし》、[二〇]伴《とも》ノ義通《よしみち》ト云フ人有ケリ。身ニ重キ病《やまひ》ヲ受《うけ》テ忽《たちまち》ニ二《ふたつ》ノ耳[二一]聾《しひ》ヌ。亦《また》、[二二]悪《あし》キ瘡《かさ》身ニ遍《あまねく》シテ年月ヲ経《ふ》ト云ヘドモ癒《いゆ》ル事無シ。

然レバ、義通思ハク、「此レ報[二三]ニハ非ジ。宿業《しゆくごふ》ノ招ク所ナラム。[二四]今生《こんじやう》ニ亦善業《ぜんごふ》ヲ不修《しゆせ》ズハ、後世《ごせ》ノ報亦如此《かくのごと》クナラム。然レバ、不如《しか》ジ、善根《ぜんごん》ヲ修シテ後世ヲ祈ラム」ト思テ、忽《たちまち》ニ堂ヲ荘《かざり》テ数《あまた》ノ僧ヲ請《しやう》ジテ、義通先《ま》ヅ我ガ身ヲ浄《きよ》メムガ為《ため》ニ香水《かうずい》[二五]ヲ浴《あみ》[二六]テ、「罪ヲ滅《めつ》ス事、[二七]方広大乗経《はうくわうだいじようきやう》ニハ不過《すぎ》ジ」ト思テ、此ノ経ヲ令講《かうぜし》ムル間、義通僧ニ申テ云《いは》ク、「我レ只今片耳ニ一《ひとり》ノ菩薩ノ御名ヲ[二八]聞《きき》奉ル。願《ねがは》クハ恩ヲ垂《たれ》テ哀《あはれ》ビ給ヘ」ト云テ、僧ヲ礼拝スルニ、今片耳亦聞《またきこ》エヌ。然レバ、義通喜ビ貴《たふとび》テ、弥《いよい》ヨ心ヲ至《いた》シテ方広経ヲ令講読《かうどくせし》ム。

[二九]此レヲ聞《きく》人亦遠ク近ク不貴《たふとば》ザルハ無カリケリトナム語リ伝ヘタルトヤ。

一八 「へ」は「返」の捨仮名。
一九 母親の尼さんに祈ってもらうのが一番よい。母の子への思いが最も純粋で深いことをいう、当時の諺であろう。古本説話「はゝのあまして、いのりはすべしと、むかしよりいひをきたること也」。

第三十六話 出典は日本霊異記・上・8。三宝絵・中・5、扶桑略記・推古天皇条末尾、太子玉林抄・二十に同話がある。

二〇 伝未詳。霊異記「少墾田宮御㆑宇天皇(推古天皇)代、有㆓衣縫伴造義通者㆒」。
二一 耳が聞こえなくなった。
二二 悪性の腫瘍が全身にできて。
二三 現世での所業の報いではあるまい。前世の業因が招いたことだろう。霊異記「宿業所㆑招。非㆓但現報㆒」。
二四 霊異記「長生為㆑人所㆑厭、不㆑如、行㆑善遄死」。
二五 香を加えた浄水。
二六 底本「浴ニ」を訂した。
二七 一般に大乗経典の称であるが、華厳経や法華経をさしていうことが多い。
二八 底本「間奉ル」を訂した。
二九 霊異記「遐近聞者、莫㆑不㆓驚怪㆒。是知、感応之道諒不㆑虚矣」。

令誦方広経知父成牛語《はうくわうきやうをじゆせしめてちちのうしとなれるをしれること》第三十七

今昔《いまはむかし》、大和国《やまとのくに》、[一]添上《そふのかみ》ノ郡《こほり》、[二]山村《やまむら》ノ里ニ住《すみ》ケル[三]人有ケリ。十二月ニ「[四]方広経《はうくわうきやう》ヲ[五]令転読《てんどくせし》メテ前《さき》ノ世ノ罪ノ懺悔《さんぐゑ》セム」ト思テ、僧ヲ請《しやう》ゼムガ為《ため》ニ使ヲ遣《や》ル。使問《とひ》テ云《いは》ク、「何《いづ》レノ寺ノ僧ヲ可請《しやうずべ》キ」ト。主《あるじ》ノ云ク、「[六]其ノ寺ト不撰《えらば》ズ、只値《あ》ハムニ随《したがひ》テ[七]可請《しやうずべ》シ」ト。使主ノ云フニ随テ出《い》デヽ、行クニ、道ニ一人ノ僧値《あ》ヘリ。其レヲ請ジテ家ニ将行《ゐてゆく》。家主《いへあるじ》[八]心ヲ至《いたし》テ供養ス。

其ノ夜、僧其ノ家ニ宿《やどり》ヌ。家主[九]衾《ふすま》ヲ持来《もてきたり》テ僧ニ覆フ。僧此ノ衾ヲ見テ、[一〇]極《きはめ》テ用《よう》ニ思《おもひ》テ、心ノ内ニ思フ様《やう》、「明日[一一]定《さだ》メテ布施《ふせ》ヲ令得《えし》メムトス。其レヲ不得《え》ズシテ、只此ノ衾ヲ盗《ぬすみ》テ、今夜《こよ》[一二]ヒ逃《にげ》ナム」ト思テ、夜半ニ人ノ無キ隙《ひま》ヲ量《はかり》テ、衾ヲ取《とり》テ出《い》ヅル程ニ、音《こゑ》有テ云ク、「其ノ衾、盗ム事無カレ」ト。僧此レヲ聞《きき》テ大キニ驚《おどろき》テ、「窃《ひそか》ニ出《いづ》ルト思ヒツルニ、[一三]人ノ見ケルヲ不知《しら》ズシテ、誰《た》ガ云ヒツル事ゾ」ト思テ、立留《たちとどまり》テ音《こゑ》ノ有ツル方《かた》ヲ[一四]伺《うかが》ヒ見ルニ、人不見《みえ》ズ、只一《ひとつ》ノ牛有リ。[一五]僧此ノ音《こゑ》ニ恐レテ返《かへ》リ留《とどまり》ヌ。

倩《つらつ》ラ思フニ、牛ノ可云《いふべ》キニ非ネバ、怪《あやし》ビ思ヒ乍寝《ながらね》ヌ。其ノ夜ノ[一六]夢ニ、僧牛ノ辺《ほとり》

第三十七話　出典は日本霊異記・上・10。扶桑略記・斉明天皇条末尾に同話がある。

一　→地名「添上ノ郡」。
二　→地名「山村ノ里」。
三　霊異記は「椋家長公」とする。
四　→三四九頁注二七。
五　→三四四頁注三。
六　どの寺でもよい、誰でもよいから最初に出会った僧をお招きせよ。この人選の仕方については、→一四六頁注七。
七　底本「シ」に「キ」と傍書。
八　まごころこめて。
九　夜具。掛け布団の類。
一〇　とても欲しく思って。霊異記「僧即心念、明日得レ物、不レ如、取レ被而出」。
一一　きっとお布施をくれるだろう。
一二　「ヒ」は「今夜」の捨仮名。
一三　人が見ていたとは知らなかった。
一四　底本「方ソ」を訂した。
一五　以下、次段の「其ノ夜ノ夢ニ」まで、霊異記には見えない。→次注。
一六　霊異記は「夢」ではなく、牛が現実に語ったことになっている。冥界・異類との交信を夢に設定することについては、→三〇三頁注二五。

ニ寄タルニ、牛ノ云ク、「我ハ此レ、此ノ家主ノ父也。前世《ぜんぜ》ニ人ニ与ヘムガ為《ため》ニ不告《つげ》[一七]ズシテ子ノ稲ヲ十束《そく》取レリキ。今其ノ罪ニ依《より》テ牛ノ身ヲ受《うけ》テ、其ノ業《ごふ》[一八]ヲ償《つくの》フ也。汝ハ此レ出家ノ人也。何ゾ輒《たやす》[一九]ク衾《ふすま》ヲ盗《ぬすみ》テ出《いづ》ル。若《も》シ其ノ虚実《こじつ》[二〇]ヲ知ラムト思ハヾ、我ガ為《ため》ニ座ヲ儲《まう》ケヨ。我レ其ノ座ニ登ラバ、即チ父ト可知《しるべ》シ」ト云フ、ト見テ夢覚《さめ》ヌ。

僧恥ヂ思テ、明《あく》[二一]ル朝ニ、人[二二]ヲ去《さり》テ、家主ヲ呼《よび》テ夢ノ告《つげ》ヲ語ル。家主悲《かなしみ》テ、牛ノ辺《ほとり》ニ寄《より》テ、藁《わら》ノ座ヲ敷《しき》テ云ク、「牛実《まこと》ノ我ガ父ニ在《まし》マサバ、此ノ座ニ登リ給ヘ」ト。牛即チ膝ヲ屈《かがめ》テ藁ノ座ニ登リ坐《ざ》シヌ。家主此《これ》ヲ見テ、音《こゑ》ヲ挙《あげ》テ泣キ悲《かなしみ》テ云ク、「牛実《まこと》ノ我ガ父ニ在《まし》マシケリ。速《すみやか》ニ前《さき》ノ世ノ罪ヲ免《ゆる》シ奉ル。亦《また》、年来不知《としごろしらず》[二三]シテ仕ヒ奉《たてまつり》ツル罪ヲ免シ給ヘ」ト。牛此レヲ聞キ畢《をはり》テ、其ノ日ノ申《さる》[二四]ノ時ニ至《いたり》テ、涙ヲ流テ死《しに》ヌ。

其ノ後、家主泣ゝ《なくな》ク夜前[二五]覆ヘル所ノ衾《ふすま》及ビ余《ほか》ノ財物《ざいもつ》ヲ僧ニ与フ。亦、其ノ父ノ為《ため》ニ修《しゆ》[二六]シケリ。僧、「衾[二七]ヲ盗《ぬすみ》テ去《さら》マシカバ、此ノ世ニモ後《のち》ノ世ニモ悪《あ》シカリナマシ」トゾ心ノ内ニ思ヒケル。

僧[二八]ノ語ルヲ聞キ継《つぎ》テ此《かく》ナム語リ伝[二九]トヤ。

一七 無断で。
一八 その罪業の償いをしているのです。
一九 手軽に。深い考えもなく。
二〇 うそかまことか。真偽。
二一 霊異記「朝事行既訖之曰」は、翌朝法要がすっかり終わってからの意。本話は状況が異なる。
二二 人を遠ざけて。
二三 長年父だとは知らないで使役してきた罪をお許し下さい。霊異記には相当する語句がない。
二四 午後四時頃。
二五 昨夜。
二六 追善供養を営んだ。霊異記「更為二其父一広修二功徳一」。
二七 反実仮想。もし衾を盗んで逃げていたら、現世でも来世でも悪報を受けたであろう。牛に見つかり思い止まってよかった。本書で付加された叙述。
二八 本書で付加された叙述。当事者を伝承の始発者に仕立てるのは本書に通例の方法。→二九六頁注五。
二九 「伝ヘタルトヤ」とあるのが普通だが、底本は「ヘタル」を欠く。

誦方広経僧《はうくわうきやうをじゆせるそう》、入海《うみにいりて》、不死返来語《しなずしてかへりきたれること》第三十八

今昔《いまはむかし》、奈良ノ京ニ一人ノ僧[一]有ケリ。妻子ヲ具セリト云ヘドモ、日夜ニ方広経《はうくわうきやう》[二]ヲ読誦《どくじゆ》ス。而《しか》ルニ、此ノ僧[三]銭《ぜに》ヲ貯《たくはへ》テ、人ニ借《か》シテ員《かず》[四]ヲ倍《ま》[五]シテ返《かへ》シ得《う》ルヲ以テ妻子ヲ養ヒ世ヲ渡《わたり》ケリ。亦《また》、此ノ僧一人ノ娘有リ。夫《をうと》ニ嫁《とつぎ》テ[六]同ジ家ニ住ム。

[七]安陪《あべ》ノ天皇ノ御代《みよ》ニ、彼ノ娘ノ夫、陸奥国《みちのくのくに》ノ掾《じよう》[八]ニ任ゼリ。而《しか》ルニ、舅僧《しうとのそう》ノ銭《ぜに》[九]二十貫ヲ借用シテ彼ノ国ニ下《くだり》ヌ。一年ヲ経《へ》ルニ、借レル所ノ銭一[一〇]倍シヌ。返上《かへりのぼり》テ、僅《わづか》[一一]ニ本《もと》ノ員《かず》ヲ返シテ、一陪《ばい》[一二]セル所ノ銭ヲ不償《つくのは》ズ。年月ヲ経《ふる》ニ随《したがひ》テ、僧聟《むこ》ニ此レヲ責メ乞フ。聟可返《かへすべ》キ力無クシテ、心ニ思ハク、「窃《ひそか》ニ舅《しうと》ヲ殺シテム」ト思フ間、聟遠国《とほきくに》[一三]ニ行カムト為《す》ル事ヲ謀《はかり》テ、舅ニ語《かたり》テ云《いは》ク、「[一四]彼ノ国ニ行《ゆき》テ此ノ銭ヲ償《つくの》ハムト思フ。然レバ、共ニ[一五]具シテ行ケ」ト。舅聟ノ云フニ随テ行ク間《あひ》[一六]ダ、相共《あひとも》ニ同《おなじ》船ニ乗レリ。

其ノ時ニ、聟船人《ふなびと》ニ心ヲ合セテ舅ノ僧ヲ捕ヘテ、四《よつ》[一七]ノ枝《えだ》ヲ縛《しばり》テ海ノ中ニ落シ入レツ。返《かへり》テ、娘ニ告《つげ》テ云ク、「汝ガ父ノ大徳《だいとこ》[一八]ハ、途中ニシテ船ヨリ海ニ落入《おちいり》テ死ニキ。救ヒ取《とら》ムト為《せ》シカドモ、力不及《およば》[一九]ザリキ。我モ殆《ほとほと》[二〇]シキ程ニテ生《いき》タル也。然レバ、我レ[二一]トモ彼ノ国ニ不下《くだら》[二二]ズシテ返《かへ》レリ」ト。娘ヲ[二三]、此レヲ聞《きき》テ、大キニ泣キ悲《かなしみ》テ云ク、

第三十八話 出典は日本霊異記・下・4と三宝絵・中・15。内容・表現とも後者と共通するところが多い。扶桑略記・元明天皇条末尾に同話がある。

一 霊異記「諾楽京有ニ一大僧一。名未レ詳也」。
二 →三四九頁注二七。
三 底本「此ヲ僧」を訂した。　四 利息をつけて。　五 底本「信シテ」を訂した。
六 夫と同じ家。霊異記「別住ニ夫家一」。
七 称徳天皇(孝謙天皇の重祚)をさす。→一三一頁注二五。→人名「孝謙天皇」。
八 国司の三等官。守・介に次ぐ官。
九 一貫は銭貨一千枚。
一〇 二倍になった。元金に同額の利息が付いた意。
一一 やっと元金だけを返済して。
一二 「一倍」に同じ。元金と同額になった利息はまだ支払わなかった。
一三 遠い国に行くと舅をだまして。
一四 どの国と特定していない点で、霊異記「奥」(陸奥国)より三宝絵「他国」の方が本話に近い。　一五 一緒に来て下さい。
一六 「ダ」は「間」の捨仮名。
一七 四肢。両手両足。
一八 →三四七頁注二六。
一九 底本「力不及セリキ」を訂した。
二〇 やっとのことで。三宝絵「我モ殆シクテ」。
二一 諸本かく作るが、「ト」は衍字か。
二二 霊異記では事件は僧が娘のところに来る途中で起こっている。即ち、同書では聟はまだ陸奥掾に在任中で、(一時帰京して)舅の僧を任国に連れ出したことになるのだが、本話では娘は都に在住し

「[二四]悲哉《かなしきかなや》、再ビ祖《おや》ノ皃《かほ》[二五]ヲ不見《み》ズ成[二六]ナリヌル事。我レ何《いか》デ彼ノ海ノ底ニ入《いり》テ、空《むなし》キ[二七]骸《しにかばね》ヲ見ム」ト、泣キ悲《かなし》ブ事無限《かぎりな》シ。

而《しか》ルニ、僧ハ海ノ底ニ入《い》レリト云ヘドモ、[二八]海ノ水浮ビ漂《ただよ》フ当リニ不寄《よら》ズシテ、僧方広経ヲ誦《じゆ》ス。二日二夜ヲ経《へ》タルニ、船ニ乗《の》リタル人此ノ所ヲ過《す》グルニ、船人ノ見ルニ、海ノ中ニ波ニ随《したがひ》テ浮テ漂フ者有リ。此レヲ引上《ひきあげ》テ見レバ、被縛《しばられ》タル僧也。皃《かほ》ノ色不替《かはら》ズシテ衰ヘタル気色《けしき》無シ。船人大[二九]ニ《おほき》奇《あやしみ》テ、「何人《なにびと》ゾ」ト、「此《かく》ハ被縛《しばられ》タルハ」ト問ヘバ、「我ハ然々《しかしか》ノ者也。盗人ニ値《あひ》テ被縛《しばら》レテ被落入《おとしいれられ》タル也」ト答フ。亦、問《とひ》テ云ク、「汝《なむ》ヂ何《いか》ナル勤有《つとめあり》テカ、海ニ入ルト云ヘドモ不死《しな》ザル」ト。僧ノ云ク、「我レ指《させ》ル勤《つとめ》無シ。只、日夜ニ方広大乗経《はうくわうだいじようきやう》ヲ誦《じゆ》シ持《たも》ツ。定《さだ》メテ其《その》力ナルベシ」ト。但シ、[三〇]前《さき》ノ事ヲバ不語《かたら》ズシテ、[三一]本《もと》ノ里ニ返《かへ》ラム事ヲ願フ。船人此レヲ聞《きき》テ、哀《あはれ》ムデ家ニ送リツ。

而《しか》ル間、聟《むこ》其ノ家ニシテ、舅《しうと》ノ僧ノ後世《ごせ》ヲ訪《とぶら》ハムガ為《ため》ニ、[三二]僧供《そうぐ》ヲ儲《まうけ》テ、自《みづか》ラ捧《ささげ》テ僧ニ分《わか》ツ。而ル間、舅家ニ至《いたり》テ、面《おもて》ヲ隠シテ僧ノ中ニ交《まじり》テ、僧供ヲ請《う》ク。聟髴《ほのか》ニ其ノ皃《かほ》ヲ見付《みつけ》テ、驚キ怖《おそれ》テ隠《かくれ》ニケリ。舅此《これ》ヲ不怨《うらみ》ズシテ、遂《つひ》ニ[三三]不顕《あらはさ》ザリケリ。「[三四]命ヲ生《い》ク事偏《ひとへ》ニ方広大乗ノ力也」ト知《しり》テ、弥《いよい》ヨ誦スル事不怠《おこたら》ズ。

[三五]此《これ》ヲ思フニ、聟《むこ》ノ殺スモ邪見《じやけん》ナルベシ、又舅《しうと》ノ銭《ぜに》ヲ責ムルモ不善《ふぜん》ノ事也トゾ、聞《きく》

ているらしく、設定が異なる。本話が行き先の国を特定していない(→注一四)のもこれに関連する。三宝絵は叙述にやや混乱があるが、霊異記の設定に近い。
二三 底本「ヲ」に「ラ歟」と傍書。「ヲ」は衍字もしくは「娘」の捨仮名「メ」の誤写か。
二四 以下、三宝絵「悲哉、二タビヲヤノカホミズナリヌル事。我海ノ底ニイキテムナシキカバネヲダニミム」が本話に近い。霊異記「無レ幸亡レ父。何図失レ宝。我別知之。能見二父儀一、寧視二底玉一、亦得二父骨一。哀哉痛哉」。
二五 「皃」は「貌」に同じ。顔。
二六 「ナリ」は「成」の全訓捨仮名。
二七 死骸。→二九七頁注二九。
二八 漂流している僧の身体には海水が触れないで。以下、霊異記、三宝絵は海底に沈んだが海水が近づかないので溺れず、船人には縄の端が海面に浮かんでいるのが見えたとあって、状況が異なる。
二九 底本「火ニ」を訂した。
三〇 これまでの経緯。霊異記「唯聟姓名、向レ他不レ顕」。三宝絵「但聟ノ姓名ハ人ニカタラズ」。
三一 霊異記では船人に頼んで陸奥に送られている。三宝絵「モトノサトニカヘラム事ヲネガフ。舟人コレヲ送ル」は本話に近い。→注一四。
三二 僧に対する供養物。
三三 表沙汰にしなかった。
三四 命が助かったのは。
三五 経典の霊験譚として話が終結せず、事実譚的な論評になっていることに注意。→二三一頁注三一。

人云ヒ謗《そ》シリケルトナム語リ伝ヘタルトヤ。

源信内供《ぐゑんしんないぐ》、於横川供養涅槃経語《よかはにしてねはんぎやうをくやうせること》第三十九

今昔《いまはむかし》、比睿《ひえ》ノ山ノ横川《よかは》[一]ノ源信僧都《ぐゑんしんそうづ》[二]ノ内供《ないぐ》[三]ニテ有ケル時ニ、横川ニ諸《もろもろ》ノ道心ヲ発《おこ》セル聖人達《しやうにんたち》ト同心ニシテ涅槃経《ねはんぎやう》[四]ヲ書写シ奉ル。各《おのおの》一巻ヅヽ此レヲ書ク。而《しか》ルニ、西塔《さいたふ》[五]ノ実因《じついん》[六]僧都、此ノ事ヲ聞《きき》テ、「此レ貴キ功徳《くどく》也。結縁《けちえん》ノ為《ため》ニ我レモ書《かき》奉ラム」ト云テ書《かく》ヲ、西塔ノ人皆聞継《ききつぎ》テ書ケリ。而ルニ、東塔《とうたふ》[七]ノ四ノ谷[八]并《ならび》ニ無動寺《むどうじ》[九]マデ聞継《ききつぎ》テ書《かきけ》レバ、既ニ十五部ニ成《なり》給ヒヌ。「不劣《おとら》ジ、不負《まけ》ジ」ト競《きほ》ヒ書《かき》ケル程ニ、各《おのおの》目[一〇]モ曜《かかや》ク許《ばかり》微妙《めでた》ク貴ク書《かき》奉リケル[一一]。

既ニ供養ノ日ニ成《なり》テ、各《おのおの》横川ニ持チ集《あつまり》タル、員《か》ズ[一二]極《きはめ》テ多シ。経ヲバ経机[一三]共《ども》ニ居《すゑ》並《なら》ベ奉テ、僧共《ども》ノ前ニ皆置《おき》タリ。時モ吉《よ》キ程[一四]ニ成《なり》ヌルニ、西塔ノ実因僧都、経共《ども》ヲ具シ奉テ、同院《おなじゐん》ノ人共《ども》七八十人許《ばかり》引将《ひきゐ》テ渡レリ。

然レバ、諸《もろもろ》ノ人思ハク、「今日ノ講師《かうじ》[一五]ハ、此ノ僧都ノ勤メ可給《たまふべ》キ也ケリ」ト思合《おもひあへ》ルニ、何《いか》ニモ無クテ居固《ゐかた》[一六]マリテ、時モ移ル程[一七]ニ、実因僧都、源信内供ニ云ク、「今ハ疾《とく》コソ始メ給ヒテメ[一八]。何《なん》ゾ遅ク成ルゾ」ト。内供ノ云ク、「実《まこと》[一九]ニ久《ひさし》ク罷《まか》リ成《なり》ヌ。

第三十九話　出典未詳。
一 →地名「横川」。　二 →人名「源信」。
三 内供奉。宮中の内道場に奉仕し、御斎会の読師や夜居の僧の役を勤める僧。
四 大般涅槃経。北本四十巻。南本三十六巻。釈尊入滅時の説法を記した経典。
五 →地名「西塔」。　六 →人名「実因」。
七 →地名「東塔」。
八 東塔には東・西・南・北の四谷がある。
九 →地名「無動寺」。
一〇 目もまばゆいほどに。　一一 連体形止め。　一二 「ズ」は「員」の捨仮名。
一三 経典を乗せて置く机。
一四 時刻がよい頃合になった時に。
一五 法会において仏前の高座に登って経論を講説する役の僧。
一六 固まって坐っていて。
一七 時間が相当たった頃に。
一八 「給ハム」の強意表現「給ヒテム」が係結びで已然形になったもの。もう早くお始めになって下さい。
一九 本当にずいぶん時間がたちました。
二〇 どうぞ早く(あなたが講師になって)礼拝の座におのぼりになって下さい。「礼拝」は法会の最初に、講師以下一同が仏を礼拝する儀式。後文に具体的な様子が描かれている。
二一 全くあるべきことではありません。とんでもありません。
二二 貴僧がお勤めになるべきです。「御房」は僧侶の尊称。
二三 それなら(どうしても私にのぼれとおっしゃるなら)。
二四 ございませんことになります。行な

[二〇]疾《と》ク礼拝ニ令登《のぼらし》メ可給《たまふべ》キ也」ト。僧都ノ云ク、「己《おの》レ今日ノ講師仕《つかまつ》ラム事、更[二一]ニ可有《あるべき》事ニ非ズ。[二二]御房ノ可勤給《つとめたまふべ》キ也」ト。内供ノ云ク、「己《おの》レ何《いかで》カ仕《つかまつ》ラム。極《きはめ》テ見苦キ事ナルベシ。只、御房ノ疾《と》ク令登《のぼらし》メ可給《たまふべ》キ也」ト。僧都ノ云ク、「然《さ》[二三]ラバ、今日ノ供養ハ[二四]不可候《さぶらふべから》ヌ事ナリ。何《いか》ニ被仰《おほせら》ルト云フトモ更ニ可為《すべ》キ事ニ非ズ。尚被仰《なほおほせら》レバ西塔ニ罷返《まかりかへり》ナム」ト。

如此《かくのごと》ク互ニ譲ル間ニ、日モ漸《やうや》ク傾キヌレバ、内供、「此《か》[二五]ク被仰《おほせら》レム事ヲ強《あながち》ニ申シ返《かへ》サムモ極《きはめ》テ忝《かたじけな》ク思《おぼ》ユ。亦《また》、人ゝノ無限《かぎりな》キ道心ヲ発《おこ》シ給ヘルニ、今日ヲ延[二六]ベムモ不便《ふびん》ナルベシ。然レバ、只形ノ如ク申シ上《あげ》ム」ト云テ、立《たち》テ寄ルヲ見レバ、布衣《ほい》[二七]ノ[二八]太《ふつ》ツカナルヲ着テ、下ニハ紙衣《かみぎぬ》[二九]ヲ着タリ。裳《も》・袈裟《けさ》[三〇]ナドニモ布[三一]ノ太《ふつ》ツカナルヲ着タリ。見ルニ、極《きはめ》テ貴シ。昔ノ大迦葉《だいかせふ》[三二]モ此《か》ク様《やう》ノ姿ニヤ在《ましまし》ケム、ト押シ量《はか》ラル。

此《かく》テ、礼盤《らいばん》[三三]ニ登《のぼり》テ、先《ま》ヅ見廻《みめぐら》シテ、仏ノ御方ニ向《むかひ》テ、貴ク振《ふり》[三四]タル音《こゑ》ヲ以テ云ク、「涅槃経ハ生ゝ《しやうじやう》[三五]世ゝ《せせ》ニモ聞《きき》奉ル事難《かた》シ。今日ノ結縁《けちえん》ハ昔[三六]ノ深キ契《ちぎり》ニ依《より》テ也。大衆《だいしゆ》[三七]諸共《もろとも》ニ深ク此ノ事ヲ信ジテ、先ヅ、同時ニ礼拝シ給ヘ」ト云テ、立《たち》テ礼拝ス。内供袖ヲ以テ皃《かほ》[三八]ニ覆《おほひ》テ音《こゑ》[三九]ヲ放《はなち》テ泣キ給フ。大衆《だいしゆ》亦一時[四〇]ニ音《こゑ》ヲ放《はなち》テ泣ク音、昔ノ沙羅林《しやらりん》[四一]ノ人ノ泣キケムモ此《かく》コソハ有《あり》ケメ、ト貴ク悲ク押シ量《はか》ラル。

皆泣キ入テ、暫許《しばしばかり》有テマシ[四二]、講師泣ゝ《なくな》ク、涙ニ噎《む》セ乍《なが》ラ、形《かた》ノ如ク申シ上ゲ[四三]給

われないことになります。
二五 このように仰せになることを、いつまでもしつこく反対申し上げるのも、まことに恐れ多く存じます。
二六 延期するのも不都合でしょう。
二七 麻・葛などの繊維で作った衣服。質素な服装であったことを示す。
二八 粗くごわごわしたのを着て。
二九 →二二八頁注一八。
三〇 底本「袈袈」を訂した。 三一 麻・葛などの織物。
三二 底本「礼槃」を訂した。 三三 →人名「大迦葉」。
三三 仏を礼拝するためにのぼる高座。仏像を安置した須弥壇の正面にあって前に経机を置く。師子座ともいう。
三四 貴くふるえを帯びた声。「コエガフルゥ」(日葡)。
三五 死んでは生まれ、生まれては死にして輪廻する世々。永劫。
三六 過去世からの深い因縁によってのことです。 三七 多くの僧たち。
三八 「皃」は「貌」に同じ。顔。
三九 大声をあげて。
四〇 同時に。いっせいに。
四一 沙羅の木の林。釈尊はクシナガラ郊外の沙羅双樹の下で入滅した。その時に人々が悲しんで泣いたというのも、このようであったかと。
四二 底本、諸本かく作るが文意不通。「マヅ」の誤記か。但し、底本は「テマシ」を小字で二行に記している(付属語の表記法)。
四三 仏に向かって(表白などで)法会の趣旨を申し述べること。

ヒケル事畢《をはり》テ、僧都西塔ニ返《かへり》テ、房ニシテ被云《いはれ》ケル様、「[一]己《おの》レ講師為《せ》マシニ、[二]仏ニ物申《まうす》事ナドハ何《な》ドカ不為《せ》ザラム。但シ、[三]若干《そこばく》ノ人ヲ一度ニ涙ヲ落《おと》シテ令泣《なかしむ》ル事ハ可有《あるべ》キ事ニモ非ズ。此レハ、[四]内供ノ極《きはめ》タル聖《ひじり》ニ在《まし》マス徳ニ依《より》テ令泣《なかし》メ給《たまふ》也。今日ノ結縁《けちえん》ノ功徳《くどく》ニ依テ、我ガ身[五]三悪道ニ不堕《おち》ジト思フガ極メテ貴ク悲キ也」ト云テゾ、泣キ給ヒシト、[六]小野《をの》ノ座主《ざす》ト云フ人ノ聞《きき》テ語ルヲ聞キ継《つぎ》テナム語リ伝ヘタルトヤ。

弘法大師《こうぼふだいし》、[七]挑修円僧都語《しゆゑんそうづといどめること》第四十

今昔《いまはむかし》、[八]嵯峨《さが》ノ天皇ノ御代《みよ》ニ、[九]弘法《こうぼふ》大師ト申ス人御《おはし》ケリ。[一〇]僧都《そうづ》ノ位ニシテ、天皇ノ[一一]護持僧《ごぢそう》ニテナム御《おはし》ケル。亦《また》、[一二]山階寺《やましなでら》ノ[一三]修円《しゆゑん》僧都ト云フ人在《まします》ケリ。其レモ同《おなじ》ク護持僧ニテ、共ニ候ヒ[一四]給《たまひ》ヌル。此ノ二人ノ僧都、共ニ止事無《やむごとな》キ人ニテ、天皇[一五]分《わ》キ思食《おぼしめ》ス事無カリケリ。而《しか》ルニ、弘法大師ハ[一六]唐《たう》ニ渡《わたり》テ、正《まさ》シク[一七]真言教《しんごんけう》ヲ受伝《うけつたへ》テ弘《ひろ》メ行ヒ給ケリ。修円僧都ハ心広クシテ、蜜教ヲ深ク悟《さとり》テ[一八]行法《ぎやうぼふ》ヲ修《しゆ》ス。

而《しか》ル間、修円僧都、天皇ノ御前ニ候フ間、[一九]大ナル生栗《なまぐり》有リ。天皇、「此レ令煮《にしめ》テ持《も》テ参レ」ト仰セ給ヘバ、人取《とり》テ行クヲ見テ、僧都ノ云《いは》ク、「[二〇]人間ノ火ヲ以テ不煮《に》ズト云フトモ、法ノ力ヲ以テ煮候《さぶらひ》ナムカシ」ト。天皇此レヲ聞給《ききたまひ》テ、「極《きはめ》テ貴

一 もし私が講師を勤めたならば(反実仮想)。
二 仏にものを申し上げる(表白を読み上げる)くらいのことは出来ないはずはない。十分に出来たと思う。
三 大勢の人を等しく感動させて涙を流して泣かせることは、(自分には)とても出来ないことだ。
四 内供(源信)が非常にすぐれた聖人でいらっしゃる、そのおかげで。
五 地獄・餓鬼・畜生道。
六 →人名「小野座主」。

第四十話 出典未詳。弘法大師行状集記・85、86、弘法大師御伝・下に簡略な同話がある。打聞集の目録の奥にもこの話に関係するらしい文言が見える。

七 底本「排」を訂した。
八 →人名「嵯峨天皇」。
九 空海。→人名「空海」。
一〇 空海は天長元年(八二四)に任少僧都、同四年に大僧都に昇任、承和二年(八三五)に没するまで、その任にあった。
一一 →一六八頁注一四。
一二 興福寺。→地名「興福寺」。
一三 →人名「修円」。
一四 底本「給ス(傍書「ユ」)ル」を訂した。連体形止め。
一五 差別して待遇なさることはなかった。同等に重んじられた。
一六 空海は延暦二十三年(八〇四)入唐。大同元年(八〇六)帰国。

キ事也。速《すみやか》ニ可煮《にるべ》シ」トテ、塗《ぬり》[二一]タル物ノ蓋《ふた》ニ栗ヲ入レテ、僧都ノ前ニ置《おき》ツ。僧都、「然レバ、試《こころみ》ニ煮候ハム」トテ、被加持《かぢせらる》[二二]ルニ、糸吉《いとよ》ク被煮《にら》レタリ。天皇此レヲ御覧ジテ、無限《かぎりな》ク貴ムデ、即チ[二三]聞《きこ》シ食《め》スニ、其ノ味《あぢは》ヒ他《ほか》ニ異《こと》也。如此《かくのごと》ク為《す》ル事、度ゝ《どど》ニ成《なり》ヌ。

其ノ後、大師参《まゐり》給ヘルニ、天皇ノ此ノ事ヲ語ラセ給テ、貴バセ給フ事無限《かぎりな》シ。[二四]大師此《これ》ヲ聞《きき》テ申シ給フ様《やう》、「此ノ事実《まこと》ニ貴シ。而《しか》ルニ、己《おの》レ候ハム時ニ、彼ヲ召《めし》テ令煮《にし》メ可給《たまふべ》シ。己レハ隠レテ試《こころ》ミ候ハム」トテ隠レ居《ゐ》ヌ。其ノ後、僧都ヲ召テ、例ノ如ク栗ヲ召テ令煮《にしめ》給ヘバ、僧都前ニ置テ加持《かぢ》スルニ、此ノ度《たび》ハ不被煮《にられ》ズ。僧都力ヲ出《いだ》シテ返ゝ《かへすがへ》ス加持スト云ヘドモ、前《さき》ノ如ク被煮《にら》ルヽ事《こ》ト無シ。其ノ時ニ、僧都奇異ノ思《おもひ》ヲ成《な》シテ、「此《こ》ハ何《いか》ナル事ゾ」ト思フ程ニ、大師喬《そば》[二五]ヨリ出《いで》給ヘリ。僧都此《これ》ヲ見テ、「然《さ》ハ、此ノ人ノ抑《おさ》ヘケル故《ゆゑ》也」ト知《しり》テ、嫉妬《しつと》ノ心忽《たちまち》ニ発《おこり》テ立《たち》ヌ。其ノ後、二人ノ僧都極《きはめ》テ中悪《なかあし》ク成《なり》テ、互ニ「死ゝ《しねし》ネ」ト呪咀《しゆそ》[二六]シケリ。此ノ祈《いのり》ハ互ニ止《とど》[二七]メテムトテナム延[二八]ベツヽ、行ヒケル。

其ノ時ニ、弘法大師謀《はかりこと》[二九]ヲ成《なし》テ、弟子共《ども》ヲ市ニ遣《つかはし》テ、「葬送《さうそう》[三〇]ノ物具共《もののぐども》ヲ買フ也」ト云《いは》セムトテ令買《かはし》ム。「空海僧都ハ早ク[三一]失《うせ》給ヘル。葬送ノ物ノ具共買フ也」ト教ヘテ令云《いはし》ム。修円僧都ノ弟子此《これ》ヲ聞《きき》テ、喜《よろこび》テ走リ行《ゆき》テ、師ノ僧都ニ此ノ由《よし》ヲ告グ。僧

一七 真言密教。
一八 →二二三六頁注五。
一九 以下の験徳について、行状集記には「守円僧都参㆓内裏㆒、加㆓持生栗㆒、以㆓呪力㆒成㆓蒸茄栗㆒、調㆓甘味数々㆒為㆓貢御㆒」。御伝には「修円僧都、以㆓陀羅尼集経㆒施㆓呪験㆒者也。即為㆓有㆑病者㆒、以㆑栗入㆑水誦㆑呪加持。即暖熱令㆑食㆓病者㆒、諸病皆癒。天下以㆑之為㆓験者㆒」とある。
二〇 人間界の火。普通の火をさす。
二一 塗り物。漆器。
二二 加持は、手に印を結び、金剛杵を握り、陀羅尼を唱えて行なう密教の祈禱。
二三 さっそく召しあがったところ。
二四 以下の大師の行為について、御伝は本話と同じく大師の自発的な試みとするが、行状集記は「守円之法力栗如㆑是。和尚何如㆑彼不㆓貢御㆒哉」という天皇の発言に触発されての行為であったとする。
二五 わきから出ていらっしゃった。
二六 仏に祈願して相手をのろった。字類抄黒川本「シユソ」。同前田本「シユシヨ」。
二七 相手の息の根を止めようと思って。
二八 呪詛の期限を何度も延ばして。期限を切って行なう呪詛の祈りを、期限が来ても止めず、何度も延長して継続した意。
二九 計略をめぐらして。
三〇 葬式の用具を買っているのだと言いふらさせるために、その用具を買わせた。
三一 すでに亡くなられました。「給ヘル」は連体形止め。

都此レヲ聞テ、喜テ、「[一]憒《たしか》ニ聞《きき》ツヤ」ト[二]問ニ、弟子、「憒ニ承ハリテ告《つげ》申ス也」ト答フ。僧都、「此レ他《ほか》ニ非ズ、我ガ呪咀シツル祈《いのり》ノ叶《かなひ》ヌル也」ト思テ、其ノ祈ノ法ヲ[三]結願《けちぐわん》シツ。

其ノ時ニ、弘法大師人ヲ以テ窃《ひそか》ニ修円僧都ノ許《もと》ニ、「其ノ祈ノ法ノ結願シツヤ」ト問ハス。使返来《かへりきたり》テ云ク、「[四]僧都、『我ガ呪咀《しゆそ》シツル験《しるし》ノ叶《かな》ヒヌル也』トテ、修円ハ喜《よろこび》テ、今朝結願シ候《さぶらひ》ニケリ」ト。其ノ時ニ、大師[五]切《しき》リニ切《しきり》テ其ノ祈ノ法ヲ行ヒ給ヒケレバ、修円僧都俄《にはか》ニ失《うせ》ニケリ。

其ノ後、大師心ニ思ハク、「我レ此レヲ呪咀シ殺シツ。[六]今ハ心安シ。但シ、年来《としごろ》我ニ挑《いど》ミ競《きほひ》テ、勝《すぐ》ル、時モ有リツ劣《おと》ル時モ有テ年来《としごろ》ヲ過《すぐし》ツルハ、此レ[七]必ズ只人ニハ非ジ。我レ此レヲ[八]知ラム」ト思テ、[九]後朝《ごてう》ノ法ヲ行ヒ給フニ、[一〇]大檀《だいだん》ノ上ニ[一一]軍荼利明王《ぐんだりみやうわう》、踏□[一二]テ立《たち》給ヘリ。其ノ時ニ、大師、「[一三]然《さ》レバコソ、此レハ只人ニ非ヌ者也ケリ」ト云テ、止《とどまり》ヌ。

然[一四]レヲ思フニ、[一五]菩薩ノ[一六]此《かか》ル事ヲ行ヒ給フハ、[一七]行ク前《さき》ノ人ノ悪行《あくぎやう》ヲ止《と》[一八]ドメムガ為《ため》也トナム語リ伝ヘタルトヤ。

一 底本「櫃ニ」を訂した。
二 底本「ト」なし。諸本により補った。
三 期限が満了または祈願が成就して修法を終了させること。　四 修円をさす。
五 「しきる」は同じ動作の反復、または物事の度合いが強いことを表す。ここは、全力をあげて強烈に呪詛した意。
六 もう安心だ。
七 きっと普通の人間ではあるまい。
八 修円の正体を知りたい。
九 未詳。御伝「呼招法」の当て字か。呼招法は、死者の霊魂を招き寄せる修法か。
一〇 本尊を安置し、道場の中心となる壇。
一一 行状集記、御伝は大威徳明王とする。↓人名「軍荼利明王」。　一二 漢字表記を期した意識的欠字。「ハダカリ」が想定される。　一三 案の定。思った通り。
一四 底本「レ」に「ルィ」と傍書。「然レヲ」は「此レヲ思フニ」と「然レバ」の混態か。「然ルヲ」は京大四冊本、保孝本等。
一五 空海をさす。空海を第三地の菩薩とする説が、巻一一・9(三三頁注五一)に見える。
一六 (菩薩とされるほどの高徳の僧が)相手を呪詛して殺したこと、即ち殺生戒を犯したことをさす。同様の発想は、↓巻一一・21(六三頁注二一)。
一七 これから先の世の。後代の。
一八 「ド」は「止」の捨仮名。

第四十一話　出典未詳。打聞集・19に簡略な同文的同話が見える他、弘法大師行状集記・69、弘法大師御伝・下、高野大師御広伝・下その他に喧伝する。

弘法大師《こうぼふだいし》、修請雨経法降雨語《しやうう きやうのほふをしゆしてあめをふらせたること》第四十一

今昔《いまはむかし》、[一九]□天皇ノ御代《みよ》ニ、天下《てんが》[二〇]旱魃《かんばつ》シテ、万《よろづ》ノ物皆焼畢《やけは》テ枯レ[二一]尽《つき》タルニ、天皇此レヲ歎キ給フ。大臣以下ノ人民ニ至《いたる》マデ、此《これ》ヲ不歎《なげか》ズト云フ事無シ。

其ノ時ニ、[二二]弘法《こうぼふ》大師ト申ス人在《まし》マス。[二三]僧都《そうづ》ニテ在《まします》シケル時、天皇大師ヲ召《めし》テ、仰セ給テ云《いは》ク、「何《いか》ニシテカ此ノ[二四]旱颰《かんばつ》ヲ止《とどめ》テ、雨ヲ降《ふら》シテ世ヲ可助《たすくべ》キ」ト。大師申《まうし》テ云ク、「[二五]我ガ法ノ中ニ雨ヲ降《ふら》ス法有リ」ト。天皇、「速《すみやか》ニ其ノ法ヲ可修《しゆすべ》シ」トテ、大師言《こと》[二六]バニ随《したがひ》テ、[二七]神泉《しんせん》ニシテ[二八]請雨経《しやううきやう》ノ法ヲ令修《しゆせし》メ給フ。[二九]七日ノ法ヲ修スル間、[三〇]壇ノ右ノ上ニ五尺許《ばかり》ノ蛇出来《へみいでき》タリ。見レバ、五寸許《ばかり》ノ蛇ノ金《こがね》ノ色シタルヲ[三一]戴《いただ》ケリ。暫《しばし》許《ばかり》有テ、蛇[三二]只寄リニ寄来《よりきたり》テ池ニ入《いり》ヌ。而《しか》ルニ、二十人ノ[三三]伴僧《ばんそう》皆居並《ゐなみ》タリト云ヘドモ、其ノ中ニ止事無《やむごとな》キ伴僧四人[三四]ゾ此ノ蛇ヲ見ケル。僧都[三五]ハタラ更《さら》也。此レヲ見給フニ、一人止事無《やむごとな》キ伴僧有テ、僧都ニ申シテ云ク、「此ノ蛇ノ現《げん》ゼルハ何《いか》ナル相《さう》ゾ」ト。僧都答《こたへ》テ宣《のたま》ハク、「汝《なむ》ヂ不知《しら》ズヤ。此《これ》ハ[三六]天竺《てんぢく》ニ[三七]阿耨達《あのくだつち》池《いけ》ト云フ池有リ。其ノ池ニ住[三八]スム[三九]善如竜王《ぜんによりうわう》、此ノ池ニ通ヒ給フ。然レバ、此ノ法ノ[四〇]験《しる》シ有ラムトテ現ゼル也」ト。而《しか》ル間、俄《にはか》ニ空陰《くもり》テ[四一]戌亥《いぬゐ》ノ方《かた》ヨリ黒キ雲出来《いできたり》テ、雨降ル事世界ニ皆普《あまね》シ。

一九 天皇名の明記を期した意識的欠字。打聞集にはこれに相当する文言はない。
二〇 底本「旱鼥」を訂した。日照り。
二一 底本「昼タルニ」を訂した。
二二 空海。→人名「空海」。
二三 →三五六頁注一〇。諸本ともこれ以後は「旱颰」に作る。
二四 旱魃(注二〇)。
二五 私が修めております修法の中に。
二六 「バ」は「言」の捨仮名。
二七 →地名「神泉」。
二八 大雲輪請雨経の所説にしたがって、諸々の竜王を勧請して雨を祈る修法。
二九 七日間の期限を切った修法。
三〇 請雨経法を修する時には、大(懸け)曼荼羅と敷き曼荼羅を用い、壇上の敷き曼荼羅には五竜王と眷属の竜の像を描く。その右側の竜王が蛇身を示したのであろう。
三一 頭上に載せている。
三二 (人を恐れず)どんどん近寄ってきて。
三三 法会・修法などで講師に従う僧。お供の僧。
三四 底本「ニフ」に「ソ歟」と傍書。「ニソ」の誤記かとも思われるが、「ヲ見ケル」とのつながりが悪いため、ひとまず「ソ」と訂しておいた。
三五 「ハタラ」は上に述べられていることを受けて、下のことが当然であることを表す副詞。まして言うまでもないことである。勿論である。
三六 インドの古称。→地名「天竺」。
三七 底本「何耨達智池」を訂した。→地名「阿耨達智池」。
三八 「スム」は「住」の全訓捨仮名。
三九 →人名「善如竜王」。
四〇 この修法の効験を示すために。雨を降らせるために。
四一 北西。

此《これ》ニ依《より》テ、旱魃止《かんばつとどまり》ヌ。

此《これ》ヨリ後、天下《てんが》旱魃《かんばつ》ノ時ニハ、此ノ大師ノ流《ながれ》[一]ヲ受《うけ》テ、此ノ法ヲ伝ヘル[二]人ヲ以テ、神泉ニシテ此ノ法ヲ被行《おこなは》ルヽ也。而《しか》ルニ、必ズ雨降ル。其ノ時ニ、阿闍梨《あじやり》[三]ニ勧賞《くゑんじやう》[四]ヲ被給《たまは》ル事、定《さだま》レル例也。

于今不絶《いまにたえ》ズトナム語《かたり》伝ヘタルトヤ。

依尊勝陀羅尼験力《そんしようだらにのげんりきによりて》、遁鬼難語《おにのなんをのがれたること》 第四十二

今昔《いまはむかし》、延喜《えんぎ》[五]ノ御代《みよ》ニ、西三条ノ右大臣ト申ス人御《おはし》ケリ。御名ヲバ[六]良相《よしみ》[七]トゾ云ケル。其ノ大臣ノ御子《みこ》ニ、大納言ノ左大将ニテ常行《つねゆき》[八]ト云フ人御《おはし》ケリ。其ノ大将未ダ[九]童《わらは》ニテ、[一〇]勢長ノ時マデ、冠《かうぶり》ヲモ不着《つけ》ズシテゾ御《おはし》ケル。其ノ人ノ形美麗《びれいに》シテ、心ニ色ヲ好《このみ》テ、女ヲ愛念スル事並《ならび》無カリケリ。然レバ、夜ニ成レバ家ヲ出《いで》テ東西ニ行《あり》クヲ以テ業《わざ》トス。

而《しか》ル間、大臣ノ家ノ西[一二]ノ大宮《おほみや》ヨリハ東、三条ヨリハ北、此レヲ西三条ト云フ。其レニ、此ノ若君《わかぎ》ミ、東《ひむがし》[一三]ノ京ニ愛念スル女有ケレバ、常ニ行《ゆ》キケルヲ、父母《ぶも》夜行《よるありき》[一四]ヲ恐《おそれ》テ強《あながち》ニ制シ給ヒケレバ、窃《ひそか》ニ、人ニモ不令知《しらしめ》ズシテ、侍《さぶらひ》[一五]ノ馬ヲ召《めし》テ、小舎人《こどねり》[一六]

一 大師の学統を受けて。請雨経の修法は東密小野流に秘法として伝えられた。
二 底本「伝ヘル」に傍書「フ」。但し諸本とも底本に同じ。「ル」は完了の助動詞「リ」の連体形。伝えている人の意。
三 請雨経法を修する上首の僧をさす。
四 功労を賞して官位(僧の場合は僧都・僧正などの僧官)を授けること。

第四十二話 出典未詳。古本説話集・下・51、打聞集・23、真言伝・四・常行大将に同文的同話がある。元亨釈書・二十九・藤常行も同話。

五 醍醐天皇の御代。但し、良相・常行ともに清和天皇の御代に没しており、時代が合わない。底本は「水尾ノ天王」と傍書。古本説話、真言伝等の同話には御代を示す文言はない。
六 底本「ヲバ」を欠く。諸本により補った。
七 藤原良相。→人名「良相」。
八 藤原常行。→人名「常行」。
九 まだ童子姿で。この後、長らく童子姿でいたこととの説明に転じているため、文のつながりが悪くなっている。
一〇 大人になるまで(元服しないで)冠も着けないでいらっしゃった。童子姿にもかかわらず女性のもとに通ったことについての説明。古本説話「さい三条どのゝわかぎみ、いみじき色ごのみにておはしましけり。むかしのひとは、おとなび給まで御げんぶくなどもしたまはざりけるにこそ」。
一一 「ノ」は主格を表す。古本説話「殿は、西の大宮よりはひんがし、三条よりきたなり」。

童《わらは》・馬[一七]ノ舎人《とねり》許《ばかり》ヲ具シテ、大[一八]宮登リニ出《い》デ、東ザマニ行キケルニ、美《び》[一九]福門《ふくもん》ノ前ノ程ヲ行クニ、東《ひむがし》[二〇]ノ大宮ノ方《かた》ヨリ多《おほく》ノ人、火ヲ燃《とも》シテ喤《ののしり》[二一]テ来《きたる》。若君此レヲ見テ云《いは》ク、「彼《か》レ何人《なにびと》ノ来《きた》ルナルラム。何《いどこ》ニカ可隠《かくるべ》キ」ト。小舎人童ノ云ク、「昼《ひ》[二二]ル見候ツレバ、神泉《しんせん》[二三]ノ北ノ門コソ開《ひらき》テ候ヒツレ。其レニ入《いり》テ、戸ヲ閉《とぢ》テ、暫《しばら》ク御《おはし》マシテ令過《すぐさし》メ給ヘ」ト。若君喜《よろこび》テ馳《はせ》テ、神泉ノ北ノ門ノ開《ひらき》タルニ打入《うちいり》テ、馬ヨリ下《おり》テ柱ノ本《もと》ニ曲《かがま》リ居《ゐ》ヌ。

其ノ時ニ、火燃《ともし》タル者共《ども》過グ。「何者ゾ」ト戸ヲ細《ほ》[二四]ソ目ニ開テ見レバ、早[二五]ウ、人ニハ非《あら》デ鬼共《ども》也ケリ。様〻ノ怖《おそろ》シ気《げ》ナル形也。此レヲ見テ、「鬼也ケリ」ト思フニ、[二六]肝迷《きもまど》ヒ心砕《くだけ》テ、更ニ物《も》[二七]ノ不思《おぼえ》ズ。目[二八]モ暮《くれ》テ□[二九]臥《ふし》タルニ、聞ケバ、鬼共過グトテ云《いふ》ナル様《やう》、「此《ここ》ニ気《け》[三〇]ハヒコソスレ。彼レ搦《から》メ候ハム」ト云テ、者《もの》[三一]一人走リ係《かかり》テ来《きたる》ナリ。「我ガ身、今ハ限リゾ」ト思フニ、近クモ不寄来《よりきたら》ズシテ走リ返《かへり》[三二]ヌナリ。亦音《またこゑ》有テ、「何ゾ不搦《からめ》ザル」ト云ヘバ、此ノ来《きたり》ツル者《もの》ノ云ク、「否《え》不搦得《からめえ》ザル也」ト云フニ、「何ノ故《ゆゑ》ニ不搦《からめ》ザルゾ。慥《たしか》[三三]ニ搦《から》メヨ」ト行《おこな》ヘバ、亦他《ほか》ノ鬼走リ来《きた》ル。亦前ノ如ク近クモ不寄来《よりきたら》ズシテ走リ返《かへり》ヌ。「何ゾ。搦《からめ》タリヤ」ト云フニ、「尚《なほ》、不搦得《からめえ》ザル也」ト云ヘバ、「怪《あやし》キ事ヲ申スカナ。我レ搦《から》メム」ト云テ、此ク俸《おき》[三四]ツル者走リ係《かかり》テ来《きた》ルニ、[三五]始《はじめ》ヨリハ近ク来《きたり》テ、既ニ手係《か》ク許《ばかり》来《きたり》ヌ。「今ゾ限リ也ケル」ト思フ間ニ、亦走リ

一二 西大宮大路。→地名「大宮」。 一三 →地名「東ノ京」。 一四 夜間の外出。古本説話「よるありき」。打聞「夜ルアルキ」。 一五 侍所(家務を司る従者たちの詰所)の馬。 一六 身辺の雑用を勤める召使の少年。 一七 馬の口取りの男。
一八 大宮大路を北上し(二条大路を)東進して行ったところ。古本説話「二条へいで、、ひむがしざまへおはしけるに」。
一九 →地名「美福門」。
二〇 東大宮大路。→地名「大宮」。
二一 ががやが言いながらやって来る。
二二 底本「尽ル」を訂した。「ル」は「昼」の捨仮名。 二三 神泉苑。北門は二条大路に面している。→地名「神泉」。
二四 「ソ」は「細」の捨仮名。
二五 →三六三頁注二六。
二六 →三三四頁注一〇。
二七 「ノ」は「物」の捨仮名。
二八 (恐怖で)目の前が真っ暗になって。
二九 漢字表記を期した意識的欠字。「ウツ」が想定される。古本説話「うつぶしてあるに」。 三〇 (人間の)気配がする。古本説話「こゝにひとけはひこそすれ」。
三一 ここでは鬼をさす。対象を直接的にそれとさすのを憚った言い方で、多く鬼や霊などの恐怖すべき対象を表す。
三二 引き返したようだ。「ナリ」は物音でそれと判断したことを表す。→三六二頁注一。 三三 底本「攂ニ」を訂した。
三四 底本「俸ハル」を訂した。これまで指図していた者。古本説話「かくをきつる物」。打聞「オキツル物」。
三五 今までの者より近くまで来て。

返《かへり》ヌ。「何《いか》ニ」ト問フ[一]ナレバ、「実《まこと》ニ不揆得《からめえ》ザル、理《ことわり》也ケリ」ト云ヘバ、亦、「何《いか》ナレバ然ルゾ」ト問フナレバ、[二]「尊勝真言《そんしようしんごん》ノ御《おはし》マス也ケリ」ト云フニ、其ノ音《こゑ》ヲ聞テ、多ク燃《ともし》タル火ヲ一度ニ打消《うちけ》ツ、東西ニ走リ散ル音シテ失《うせ》ヌ。[三]中ゝ《なかなか》、其ノ後、[四]頭《かしら》ノ毛太リテ物不思《おぼ》エズ。

然レドモ、此クテ可有《あるべ》キ事ニ非ネバ、[五]我レニモ非デ馬ニ乗テ、西三条ニ返《かへり》ヌ。[六]曹《ざう》司《し》ニ行テ、心地《ここち》極《きはめ》テ悪《あ》シケレバ、[七]弱《やを》ラ臥《ふし》ヌ。身ニ[八]暑《あつ》ク成《なり》タリ。乳母《めのと》、「何《いつ》クニ行キ給ツルゾ」ト、「[九]殿・御前ノ此ク許令申《ばかりまうさし》メ給フニ、「夜深ク行《あり》カセ給フ」ト聞カセ給ハヾ、何《いか》ニ申サセ給ハム」ナド云テ、近ク寄テ見ルニ、極テ苦シ気《げ》ナレバ、「何ゾ苦シ気ニハ御《おはし》マスゾ」ト云テ、身ヲ掻キ捜《さぐ》レバ、極テ暑シ。然レバ、乳母、「[一〇]此《かく》ハ御《おはし》マスゾ」ト云テ、迷《ま》[一一]ヨフ。其ノ時ニ、若君有《あり》ツル様《やう》ヲ語リ給ケレバ、乳母、「奇異《あさまし》カリケル事カナ。[一二]去年、己《おの》レガ兄弟《せうと》ノ阿闍梨《あじやり》ニ云テ、尊勝陀羅尼《そんしようだらに》ヲ令書《かかしめ》テ、御衣《おんぞ》ノ頸《くび》[一三]ニ入レシガ、此ク貴カリケル事。若《も》シ不然《しからざら》マシカバ、何《いか》ナラマシ」ト云テ、若君ノ額《ひたひ》ニ手ヲ当テ、泣ク事無限《かぎりな》シ。此クテ[一四]三四日許暑《ばかりあつく》シテ、様ゝノ祈共《いのりども》被始《はじめら》レテ、父母《ぶも》モ囂《さわ》ギ給ヒケリ。三四日許《ばかり》有テゾ、心地《ここち》直《なほり》タリケル。其ノ時ニ、暦ヲ見ケレバ、其ノ夜、[一五]忌夜行日《きやぎやうび》ニ当《あ》タリケリ。

此《これ》ヲ思フニ、尊勝陀羅尼ノ霊験極《きはめ》テ貴シ。然レバ、人ノ身ニ必ズ可副奉《そへたてまつるべ》キ也ケ

一 伝聞推定の「ナリ」。これを用いて表現した鬼の言葉はよく聞こえず、それに答える(はっきり聞こえる)声によって発言の内容を判断したことを示す。
二 仏頂尊勝陀羅尼。古本説話「そむせうだらに」。打聞「尊勝陀羅尼」。↓二〇六頁注一二。
三 鬼がいた時よりも退散した後に、かえって恐ろしくなって。
四 はなはだしい恐怖を表す時の常套表現。現代語の「身の毛がよだつ」に相当する。古本説話「かしらのけふとりて」。打聞「頭毛フトリテ」。
五 無我夢中で。
六 邸内の個人用の部屋。自室。
七 静かに。そっと。底本かく作るが諸本は「弱テ」。古本説話「やをら」、打聞「ヤヲラ」を参考にかく訓んでおいたが、同語は「和ラ」と表記されるのが普通。↓四九一頁注三五。
八 「ニ」は不審。「に於いて」の意か。古本説話「御みもいとあつくなりぬ」。打聞「身アツク成ヌ」。
九 お殿様と奥方様。若君の両親。
一〇 まあ、こんなに熱がおありですこと。古本説話「あないみじ、にはかに」。打聞「アナイミジ、コハイカニ御ゾ」。
一一 「ヨ」は「迷」の捨仮名。
一二 「去年」は真言伝にのみ見える語。
一三 襟首。
一四 古本説話「二三日」。打聞、真言伝「三四日」。
一五 百鬼夜行の日に当たるため、夜間の

リ。若君モ其ノ尊勝陀羅尼衣《きぬ》ノ頸《くび》ニ有リト云フ事不知給《しりたまは》ザリケリ。其ノ比《ころほひ》、此ノ事ヲ聞キ及ブ人、皆尊勝陀羅尼ヲ書《かき》テ守《まぼり》ニシテナム具シ奉《たてまつり》ケリトナム語リ伝ヘタルトヤ。

依千手陀羅尼験力《せんじゆだらにのげんりきによりて》、遁蛇難語《へみのなんをのがれたること》 第四十三

今昔《いまはむかし》、吉野《よしの》[一六]ノ山ニ日蔵《にちざう》[一七]ト云フ行人《ぎやうにん》[一八]有ケリ。其ノ日蔵ガ師也ケル行人ハ、吉野ノ山ト云ヘドモ、遥《はるか》ニ深キ山ノ奥ニ入テ仏法ヲ修行シテ、永ク山ヨリ外ニ出《いづ》ル事無カリケリ。

年来《としごろ》ノ間此ノ山ニ住《すみ》テ、日夜ニ千手陀羅尼《せんじゆだらに》[一九]ヲ誦《じゆ》シ持《たもち》テ、更ニ他念無ク行ヒケル程ニ、吉野ノ山ノ南ニ当《あたり》テ深キ谷有《ある》[二〇]ナリ。聖人其ノ谷ニ至ルニ、篠原《しのはら》[二一]ノ分ケテ下《くだり》ケルニ、前〻《さきざき》見ルニハ浅クシテ水モ無キ谷ト思フニ、谷ニ水有テ□[二二]ニ見ユレバ、不例《れいなら》ズ怪《あや》シト思テ、近ク寄《より》テ、「何《いか》ナル水ゾ[二三]、此《か》クハ出来《いでき》タルナラム」ト思テ、歩《あゆ》ビ行ク間、峰ヨリ谷ノ方《かた》ザマニ風ノ吹キ下《おろ》スニ、人気《ひとのけ》[二四]ノ聞《かぎ》[二五]ケルニヤ有ケム、多《おほく》ノ大《おほき》ナル蛇共《へみども》ノ背ヲ並ベテ臥《ふ》セルガ、早ウ[二六]、遠クテ水ト見ユル[二七]也ケリ。蛇共聖人《しやうにん》ノ香ヲ聞《か》ギテ、頭《かしら》ヲ四五尺許《ばかり》皆持上《もちあ》ゲ合《あひ》タルヲ見レバ、上ハ紺青《こんじやう》[二八]・禄青《ろくしやう》[二九]ヲ塗《ぬり》タルガ如

外出を忌む日。正・二月は子、三・四月は午、五・六月は巳、七・八月は戌、九・十月は未、十一・十二月は辰の日(拾芥抄)。

第四十三話　出典未詳。

一六 →地名「吉野ノ山」。
一七 →人名「日蔵」。
一八 修行者。行者。
一九 千手観音の功徳を説いた八十二句からなる呪。大悲陀羅尼、大悲呪とも。
二〇 底本「有ナリ」に「ケ歟」と傍書。
二一 「篠原ヲ」と同意。→二五四頁注一四。
二二 漢字表記を期した意識的欠字。「サヲ(青)」が想定される。
二三 底本かく作るが、諸本「水ノ」が正か。
二四 人の気配を嗅ぎつけたのだろうか。
二五 この「ノ」は「ヲ」と同意。→注二一。
二六 底本「早ヲ」を訂した。「早ウ」は多く「也ケリ」と呼応して、それまで気がつかなかった事実に気がついたことを示す。
二七 底本「見スル」を訂した。
二八 鮮やかな藍色。
二九 正しくは「緑青」。銅に生じる緑青色のさび。またその色。

シ。頸《くび》ノ下ニハ紅《くれなゐ》ノ打搔練《うちかいねり》[一]ヲ押《おし》[二]タルガ如シ。目ハ鋺《かなまり》[三]ノ様ニ鑭《きら》メキ、舌ハ焰《ほのほ》ノ様ニ霹《ひら》[四]メキ合《あひ》タリ。其ノ時ニ、聖人、「我ガ身、今[五]ハ此《かく》ニコソ有《あり》ケレ」ト思テ、逃《にげ》ムト為《す》ルニ、上《のぼり》[六]ザマナレバ、手[七]ヲ立《たて》タル如クニ峻《さがし》[八]クシテ、篠《しの》ヲ捕ヘツヽ登レバ、忽《たちまち》ニモ不登得《のぼりえ》ズ。而《しか》ル間、鯹《なまぐさ》[九]□キ息ノ煖《あたた》カナルヲ散《さ》[一〇]ト吹キ係《か》ケタルニ、忽ニ不被呑《のまれ》ズト云フトモ、此ノ息ノ香ニ酔《ゑひ》テ可死《しぬべ》シ。

而《しか》ル間、被□[一一]テ篠ヲ捕ヘテ低《うつふ》シタルニ、上ノ方《かた》ヨリ動《とよも》[一二]シテ下《くだ》ル者有リ。蛇ノ香ニ酔テ目モ不被見開《みひらかれ》ネバ、下ル者ヲ何者トモ不見《み》ヌニ、此ノ者近ク寄来《よりきたり》テ、我ガ片《かた》肱《ひぢ》ヲ取[一三]トテ、荒《あ》ラヽカニ肩ニ引係《ひきか》ク。聖人我ガ今片手ヲ以テ、我[一四]レ恐レ乍《なが》ラ「何ゾ」ト思テ捜《さぐ》レバ、大《おほき》ナル木ノ柰《うしのはなぎ》[一五]ノ様ニシテ焰《あたた》[一六]カ也。聖人ノ思ハク、「此レハ鬼也ケリ。我レヲ噉《くら》ハムガ為《ため》ニ引キ持行《もてゆ》ク也ケリ」ト[一七]思フニ、「何様《いかやう》ニテモ今日可死《しぬべき》也ケリ」ト知《しり》テ、弥《いよい》ヨ物モ不思《おぼえず》□[一八]。此《かく》テ、此《この》鬼下坂《くだりざか》ヲ走ルガ如ク、上様《のぼりざま》ニ飛ブガ如ク走リ登テ、遥ナル峰ニ走リ畢《つき》テ、聖人ヲ打チ下《おろ》ス。其ノ時ニ、聖人、「今、我、噉《くらはれむと》」思フニ、不噉《くらは》ネバ、心モ不得《え》デ、恐《おづお》ヾヅ云ク、「此《こ》ハ誰《たれに》カ在《まし》マスゾ」ト問ヘバ、鬼ノ云ク、「我レハ此レ鳩[一九]槃荼鬼《くはんだき》也」トゾ名乗《なのり》ケル。其ノ時ニ、聖人、「貴シ」ト思テ、目ヲ開テ見レバ、長《た》ケ一丈余許《ばかり》ナル鬼也。色ハ黒クシテ漆ヲ塗《ぬり》タルガ如シ。頭《かしら》ノ髪ハ赤クシテ上様《うへざま》ニ昇レリ。裸ニシテ赤キ褶《たふさぎ》[二〇]衣ヲ搔《かき》[二一]タリ。後《うし》ロ向キタレバ面《おもて》ハ

一 砧(きぬた)で打って光沢を出した搔練(練り絹)。
二 張りつけたようである。
三 金属製のわん。
四 (火炎などが)めらめらと燃え動くさま。
五 もはやこれまでだ。
六 上り斜面なので。
七 傾斜が急なさま。
八 底本「峻ラシテ」を訂した。けわしくて。
九 漢字表記を期した意識的欠字と思われるが、語句は特定できない。ここに一語を想定しなくても文意は通じる。
一〇 さっと(擬態語)。
一一 漢字表記を期した意識的欠字。該当語は未詳。
一二 大地を響かせて。
一三 「ト」が「取」の語幹の捨仮名とすれば、訓みは「とりて」。「取」の全訓捨仮名とすれば「とって」の「っ」を表記しない例。
一四 「我レ」は不審。「我レヲ取レル者」のごとき表現をとろうとしつつ途中で意識に変化があったものか。
一五 牛の鼻環。訓みは字類抄による。↓一四三頁注三二。
一六 古辞書には適当な訓を見出せないが、ひとまずかく訓む(古典全集説)。古典大系は「ほの(カ)」と訓む。
一七 底本「ケリ思フニ」。諸本により「ト」を補った。
一八 底本の祖本の破損に因る欠字か。「ズ」が想定される。
一九 ↓人名「鳩槃荼鬼」。
二〇 底本「浴鰍」と傍書。正しくは「浴衣」。

不見《みえ》ズ。[二二]搔消《かきけ》ツ様《やう》ニ失《うせ》ヌ。

其ノ時ニ、聖人、「我ガ[二三]真言《しんごん》ヲ持《たも》ツニ依《より》テ、[二四]千手観音《せんじゆくわんおん》ノ助ケ給ヒケル也ケリ」ト思フニ、極《きはめ》テ貴ク、泣《なく》々《な》ク礼《らいし》テ其ノ所ヲ去《さり》テ、其レヨリ[二五]丑寅《うしとら》ノ方《かた》ヲ指《さし》テ[二六]行ヒ行ク程ニ、岩ノ中ヨリ滝落タル所有リ。滝ノ落タル様ノ極テ[二七]面白ケレバ、立留《たちとどまり》テ暫《しばら》ク見立テリ。五丈許《ばかり》ノ滝也。岩ニ生《おひ》タル[二八]共、云ハム方《かた》無ク面白ケレバ、暫ク立《たち》テ見ルニ、此ノ滝ノ落入ル[二九]岩壺ヨリ三抱許《みかかへばかり》ノ岩ノ、上様《うへざま》ニ一二丈許《ばかり》生《お》ヒ登ル。然レバ、滝ノ長《たけ》モ[三〇]短《ひき》ク成ル。此ク見ル程ニ、亦引入《ひきいり》ヌ。暫 許《しばしばかり》見立テル程ニ、指出《さしい》デ引入《ひきいり》為《す》ル事、[三一]度《ど》々《ど》ニ成ヌ。「何《いか》ナル岩ノ此クハ為《す》ルニカ有ラム」ト心不得《え》デ、[三二]吉《よ》ク守《まぼ》レバ、[三三]早ウ、大《おほき》ナル蛇ノ岩壺ニ満《みち》テ、頭《かしら》ヲ水ニ被打《うたれ》テ指出デ引入リ為ル也ケリ。「多《おほく》ノ年ヲ経テコソハ有ルラメ」ト見ルニ、[三四]心踈《う》ク怖《おそろ》シク成テ思フニ、何《いか》ナル[三五]苦ヲ受《うく》ラムト悲《かなし》ケレバ、彼ノ蛇ノ為《ため》ニ多《おほく》ノ経ヲ読誦《どくじゆ》シ、千手陀羅尼ヲ誦《じゆ》シテ、其ノ所ヲ去《さり》ニケリ。

此ノ事《こ》ト共《ども》ハ、弟子日蔵ガ語《かたり》ケルトテ[三六]山階寺《やましなでら》ノ[三七]林懐僧都《りんくわいそうづ》ノ聞《きき》テ語ケルヲ、[三八]永昭《やうせう》僧都ノ聞テ語ケルヲ聞伝《ききつたへ》テ、此ク語リ伝フル也。

実《まこと》ニ千手陀羅尼ノ霊験貴シ。正《まさ》シク[三九]善神来《ぜんじんきたり》テ[四〇]持者《ぢしや》ヲ[四一]擁護《おうご》ス。此レ[四二]経ノ文《もん》ニ不違《たがは》ネバ極《きはめ》テ貴シトゾ聞ク人語 伝《かたりつたへたる》トヤ。

ふんどしの類。
二一 身につけている。
二二 →二九五頁注二三。
二三 陀羅尼。ここでは千手陀羅尼をさす。
二四 →人名「千手観音」。
二五 北東。
二六 修行して行くうちに。千手陀羅尼を唱えながら進んで行くうちに。
二七 眺めがよかったので。
二八 このままでは文意が通じ難い。黒川本「岩ニ木生タル共」。京大四冊本「岩木ニ生タル共」。攷証本「岩ニ木生タル者共」。「共」は「苔」の誤記か(古典大系説)
二九 滝壺。
三〇 低くなる。
三一 たび重なった。何度にも及んだ。
三二 よくよく見守ると。
三三 →三六三頁注二六。
三四 気味が悪くぞっとして。
三五 蛇や竜には三熱の苦があるとされる。→二九一頁注三三。
三六 興福寺。→地名「興福寺」。
三七 →人名「林懐」。
三八 →人名「永昭」。
三九 仏法の守護神。
四〇 持経者。ここでは千手陀羅尼を受持する修行者をさす。
四一 加護する。訓みは字類抄による。
四二 法華経・五・安楽行品に同経の持者について「天諸童子、以為給使」とあるのに似るが、千手陀羅尼に直接関連した経文は未詳。

山僧《やまのそう》、宿幡磨明石《はりまのあかしにやどりて》、値貴僧語《たふときそうにあへること》第四十四

今昔《いまはむかし》、比叡《ひえ》ノ山ニ[一]陽信《やうしん》ト云フ僧有ケリ。[二]学生《がくしやう》ノ方《かた》モ賢ク、[三]真言《しんごん》モ吉《よ》ク知《しり》タリケリ。年来《としごろ》山ニ有ケル程ニ、[四]阿闍梨《あじやり》、[五]下臈《げらふ》ニ被超《こえられ》ニケレバ、世ノ中[六]冷《すさま》ジガリテ、「山ヲ去《さり》ナム」ト思フ心付《つき》ニケル事□[七]有ケルニ依《より》テ、伊与《いよ》ノ国ノ方《かた》ヘ行《ゆき》ナムト思テ行ク程ニ、[八]幡磨《はりま》ノ国、[九]明石《あかし》ノ津ト云フ所ニ宿《やどり》ヌ。

其ノ比《ころほひ》、其ノ国ニ[一〇]大疫盛《おほきなるえやみさかり》ニ発《おこり》ケリ。其ノ中ニモ、其ノ明石ノ津ノ辺《ほとり》ニハ、不病《やま》ヌ家モ無ク病臥《やみふし》タリケリ。此ノ陽信聞ケバ、其ノ郷《さと》ノ者共《ども》極《いみ》ジク[一一]忩《いそ》ギ騒グ。「何事ノ有《ある》ゾ」ト問ヘバ、郷人《さとびと》ノ云《いは》ク、「此ノ郷ニハ近来大疫発《このごろおほきなるえやみおこり》テ、不病《やま》ヌ者無ク病侍《やみはべ》ルヲ、「祭シテ、必ズ止《とど》メム」ト云フ[一二]法師《ほふし》陰陽師《おんやうじ》ノ出来《いできたり》テ申セバ、彼ガ云フニ随《したがひ》テ、其ノ[一三]祭ノ物共《ども》、郷ノ者共ニ[一四]充渡《あてわた》シテ有レバ、[一五]其レ忩《いそ》グ也」ト。陽信此レヲ聞《きき》テ思ハク、「何《いか》ナル[一六]横惑《わうわく》ノ奴《やつ》、人謀《たばかり》テ物取ラムトテ構《かま》ヘ事為《ごとす》ルナラム。此レ下《げ》衆《す》共《ども》ニ交《まじり》テ見ム」ト思テ、其ノ日留《とどまり》ヌ。明《あく》ル日ノ事ナレバ、夜明《あく》ル[一七]マニ、陽信此レヲ見ムガ為《ため》ニ、[一八]共ノ下僧《げそう》ノ賤《あやし》ノ[一九]水干袴《すいかんばかま》ヲ取《とり》テ着テ、郷ノ者共《ども》・[二〇]物ノ具共持《どももち》タル夫《ぶ》ニ交《まじり》テ、物ヲ荷《になひ》テ、祭ル所ニ行テ見レバ、明石ノ浜ノ広ク[二一]瀝《たたはし》キニ[二二]直《うるはし》キ所ニテ祭ル也

第四十四話　出典未詳。真言伝・七・幡磨国僧に同話がある。
一 ↓人名「陽信」。　二 学僧としても優れ。　三 一般に「学生」は顕教(の学問)、「真言」は密教(の祈禱・陀羅尼)をさして用いられる語。即ち、顕密両方に優れた意。↓三一一頁注一六。　四 天台・真言宗において、密教の行法・儀軌に通じ、それを伝授する僧の職位。　五 後輩の僧に追い越されて、先に阿闍梨になられたので。　六 面白くなくなって。　七 底本の祖本の破損に因る欠字か。　八「播磨」と通用。　九 現、兵庫県明石市付近。　一〇 疫病が大流行していた。　一一 何かの準備で大騒ぎしていた。　一二 法師姿の陰陽師。陰陽道は俗人のたずさわることであり、僧形であること自体が異様である。真言伝「疫病ヲ祭リテ留ムト云僧ノアレバ」。　一三 祭りに必要な品物。供物など。　一四 割り当ててあるので。　一五 それを準備しているのです。　一六「狂(誑)惑」に同じ。人をたぶらかし惑わす奴。詐欺師。宇治拾遺物語・6に「狂惑の法師」、雑談集・九・誑惑ノ事に「誑惑法師」の話が見える。　一七「マ」は「間」の意か。「マヽ」の「ヽ」が誤脱した可能性もある。　一八 お供の身分の低い僧。　一九 ↓二八四頁注一七。　二〇 (祭りの)道具などを持った人夫。　二一 訓みは名義抄「瀝　タヽフ」から類推。但し「瀝」(水を湛える意)は当て字で、見渡す限り遮るものもなく広々と広がっているさまをいう語であろう。真言伝「明石ノハマ広ク面白ニテ祭ルナリケリ」。　二二 塵芥を取り去り砂を均して、

ケリ。持集《もてあつめ》タル物ハ新キ桶《をけ》五六許《ばかり》、[二三]精《しらげ》タル米《よね》・大豆《まめ》・角豆《ささげ》・餅丼《もちひならび》ニ[二四]時ノ菓子《このみ》・[二五]薑《はじかみ》・大小ノ土器《かはらけ》・浄《きよ》キ[二六]草座《さうざ》・手作《てづくり》ノ布・[二七]榑《すぎのくれ》・[二八]美《み》ノ紙《がみ》・油、此様《かくやう》ノ物共多ク持集タリ。[二九]皆勘《かむが》ヘタリ。員《かず》ノ如クナルベシ。持来《もてきた》リ畢《をはり》ヌレバ、祭セムト為《す》。

法師布ヲ三《み》[三〇]ノ四《よ》ノ許《ばかり》ニ並ベテ、[三一]細《こまか》ニ閉《とぢ》テ広幕ニシテ、方《ほう》二丈余許《ばかり》ニ榑《くれ》ヲ以テ幕《まくの》柱《はしら》ニ造《つくり》テ張廻《はりめぐらす》レバ、其ノ内ニ[三二]柵《しきみ》ヲ立廻《たてめぐら》カシテ、[三三]注連《しりくへ》ヲ引《ひき》テ、其ノ内ニ[三四]薦《こも》ヲ四方ニ敷《しき》テ、薦ノ中ノ庭ハ方《ほう》一丈許《ばかり》砂《いさご》ニテ有リ。其レヲ吉《よ》ク馴《なら》シテ、細キ木ノ長キヲ以テ、吉ク見レバ、[三五]胎蔵界会《たいざうかいゑ》ノ曼荼羅《まんだら》ヲ極《いみじ》ク[三六]直《うるはし》ク書ク。然テ、此ノ敷タル薦ノ上ニ土器ヲ以テ[三七]閼伽《あか》ヲ奉ル。鉢共《ども》ニ五穀ヲ高盛《たかくもり》テ居《すゑ》ヘタリ。時ノ菓子《このみ》モ皆《み》ナ[三八]居《すゑ》ヘ次《つづ》ケタリ。四《よつ》ノ角《すみ》ニ御明《みあかし》ヲ灯《ともし》テ、紙ヲ以テ[三九]幡《はた》ヲ造《つくり》テ四方ノ左右ニ八《やつ》ヅヽ立廻《たてめぐ》ラカシタリ。[四〇]我ガ布ヲ以テ[四一]浄衣《じやうえ》ニ着タリ。弟子四五人許《ばか》リ有《ある》モ、皆浄衣ヲ着《きたり》。

此ク調《ととのへ》エテ後、仏前ト思《おぼ》シキ方《かた》ニ向《むか》ヒ、[四二]胎蔵界供養法《たいざうかいくやうほふ》ヲ露残《つゆのこる》事無ク行ヒテ居《ゐ》タリ。「見知《みしり》タル人モ不有《あらじ》」ト可思《おもふべ》ケレバ、結ブ[四三]印露不隠《つゆかくさ》ズシテ行フ様《さ》[四四]マ、深ク習《ならひ》タル事ト見ユ。陽信此レヲ見ルニ、貴ク[四五]悲キ事無限《かぎりな》シ。「然レバ、此《かか》ル者モ世ニハ有ケリ」ト思フニ、奇異《あさま》シ。調《ととの》ヘ荘《かざり》タル事共厳《いつくし》ク微妙《めでた》ケレバ、郷ノ者共モ百人許居《ばかりゐ》並《なみ》テ、「兼《かね》テヨリ皆沐浴《もくよく》・潔斎《けつさい》シテ有レ」ト教ヘタリケレバ、[四六]長《おとな》・童《わらは》トモ無ク念珠《ねんじゆ》ヲ提《ひさげ》テ念ジ入《いり》タル様《さま》、他事《ほかのこと》無ク懃《ねむごろ》也。陽信、「山ニシテ多《おほく》ノ止事無《やむごとな》キ事共ヲ見シカ

きちんと整えられた場所。 二三 精白した米。白米。 二四 季節の果物。 二五 「はじかみ」は、本来は山椒(さんしよう)をさす語。後に生姜(しようが)をもさすようになった。「薑」は本来は生姜を意味する字。山椒は「椒」。 二六 底本「草□」に「座ィ」と朱補、「草薦〈モコ〉」と傍書。法会などで導師の敷く座具。左右に紺と白の組紐が垂れているのが普通。釈尊が成道の時、吉祥草を受けて金剛座の上に敷いた故事に基づく。 二七 杉の丸太。 二八 美濃紙。 二九 「勘フ」は調べただす意。即ち、品目と数に間違いがないか検分した。 三〇 「ノ」は「幅(の)」。布のはばを計る単位。一幅は織り上げられた布のはばで、八、九寸から一尺程度。三幅四幅はそれを横に三枚または四枚並べたもの。 三一 念入りに綴じ合わせて。 三二 底本「払ィ」と傍書。樒(しきみ)。モクレン科の常緑小高木。葉に香気があり、仏前に供える。 三三 しめ縄。 三四 粗く織ったむしろ。 三五 胎蔵曼荼羅。金剛界曼荼羅とともに両界曼荼羅の一。仏の内証の理徳を図示したもの。 三六 きちんと。正確に。 三七 仏前に供える水。 三八 「ナ」は「皆」の捨仮名。 三九 幡(ばん)。仏殿の飾り旗。 四〇 自分の布で作った浄衣を着ている。浄衣は自己負担で、民衆の物は一切私用しなかったことを示す。 四一 ここでは、潔斎・修法用の白衣。 四二 胎蔵曼荼羅供。胎蔵曼荼羅を供養する修法。 四三 両手指を組んで示す印契。結印は袈裟か法衣の下で結び、人には見せないのが普通。 四四 「マ」は「様」の捨仮名。

ドモ、未ダ此ク貴ク[一]厳重《げんぢやう》ナル事ヲバ不見《み》ザリツレバ、実《まこと》ニ此《かか》ル人モ世ニハ有ケリ。必ズ此ノ人ノ弟子成《でしとならむ》」ト思ヘバ、畢《をは》ルマデ居《ゐ》テ、[二]白地目《あからめ》モセズ見居タル也。

此ノ法行ヒ畢《をはり》ツレバ、幕内《まくのうち》ニ調《ととの》ヘ居《すゑ》ヘタル物ノ具共《ども》、皆取リ集テ傍《かたはら》ニ置《おき》ツ。幡《はた》・注連《しりくへ》ヨリ始メテ、露残《つゆのこ》ス物無ク皆取リ、[三]壇ヲ置ツ。亦、前《さき》ノ如ク、他《ほか》ノ物ノ具共ヲ以テ、前ニ露《つ》[四]ユ替ル事無ク同様《おなじやう》ニ調ヘ居《すゑ》ヘツ。中ノ庭ヲバ残シテ、砂ヲ馴シ畢《をはり》テ、[五]金剛界《こんがうかい》ノ曼荼羅《まんだら》ヲ初《はじめ》ノ如ク画《ゑが》ク。書畢《かきをはり》テ、御明《みあか》シ灯《とも》シ、香ニ火置キナムドシテ、亦、[六]金剛界ノ供養法ヲ露残ス事無ク行ナフ様《さま》、少シモ[七]愚《おろか》ナル事無シ。行ヒ畢《をはり》テ、此ノ度《たび》ハ、幕ヨリ始メ皆壊《こほち》テ同ジ所ニ積置《つみおき》ツ。桶《をけ》・[八]杓《ひさこ》ニ至《いたる》マデ火ヲ付《つけ》テ焼ク。露ノ物ヲ不残《のこさ》ズ。[九]只、我ガ着タル浄衣《じやうえ》、弟子共ノ着タル浄衣許《ばかり》也。

其ノ時ニ、国人共《ども》、此《か》ク皆焼キ失《うし》ナフヲ見テ、「物ヲ取ラムト為《す》ルニハ非《あら》ヌ也ケリ」ト思テ、極《いみじ》ク貴ク思合《おもひあひ》タル気色共《けしきども》有リ。陽信モ、「此ノ人ニ必ズ会ハム」ト思ヘバ、物共焼畢《やきをはり》テ、郷人共《さとびとども》ハ皆返《かへ》レドモ、陽信ハ、「留《とどまり》テ、[一〇]僧ノ返ラム所ニ仰ギテ語《かたら》ハム」ト思ヘバ、暫《しばら》ク留テ居タルニ、僧[一一]拈畢《したためをはり》テ、蓑打着《みのうちき》テ、郷ニ不留《とどまら》ズシテ去《さり》ナムト為ル気色有レバ、陽信寄《より》テ、僧ニ、[一二]「此《こ》ハ何《いか》デ此クハ御《おは》スゾ」ト、[一三]事ノ有様ヲ委《くはし》ク問フニ、僧、陽信ガ物云フ様ヲ[一四]聞《きき》テ、「賤《いやし》キ下衆《げす》ニハ非ズ。[一五]無下《むげ》ノ田舎人ノ[一六]限リ思ケルニ、此《かか》ル者ノ□[一七]」[一八]思《おもふ》ケニヤ、気色替《かはり》テ、只騒ギニ騒テ、逃《にぐ》ルガ如クニ

四五 身にしみてありがたく思われること。
四六 大人も子供も区別なく。

一 おごそかで立派なこと。
二 よそ見もせず。
三 祭壇。
四 「ユ」は「露」の捨仮名。少しも変わることなく。
五 金剛界曼荼羅。胎蔵曼荼羅とともに両界曼荼羅の一。仏の内証の智徳を図示したもの。九会曼荼羅とも。
六 金剛界曼荼羅供。金剛界曼荼羅を供養する修法。
七 なおざりな(手を抜いた)点がない。
八 杓(ひしやく)。
九 ただ例外的に残したのは。浄衣はもとこの僧の私物であったことに注意。↓三六七頁注四〇。
一〇 僧が帰るときに拝謁して話をしよう。
一一 あとかたづけを終えて。
一二 これは一体どうして、こんなにしておいでなのですか。
一三 事情を詳しく尋ねたところ。
一四 底本「問テ」を訂した。
一五 まったく無知な田舎の人ばかりだと思っていたのに。
一六 「限リト」と同意であろう。
一七 底本の祖本の破損に因る欠字か。真言伝「カヽル物アリケリト思テヤ」。
一八 「ケ」は「気」の意。思ったからであろうか。
一九 (結局)その僧を引き止めることができなくて。

シテ、物モ不取敢《とりあへ》ズ、備前《びぜん》ノ方様《かたさま》ニ逃テ行ヌ。陽信口惜ク思《おぼ》ユル事無限《かぎりな》シ。

其ノ夜、[一九]此ノ人ヲ不留敢《とどめあへ》デ、本《もと》ノ所ニ返《かへり》テ聞ケバ、此ノ行ヒシツル程ヨリ此ノ郷ニ病臥《やみふし》タル者共、一度ニ皆[二〇]温《あたたまりさ》醒メテ、「己《おの》ガ家ノ者モ止《やみ》ニタリ」、「己《おの》ガ許《もと》ニモ[二一]宜《よろし》ク成《なり》ニタリ」ト云喤《いひののし》ル。凡《おほよ》ソ此ノ郷ノミニ非ズ、国ノ内ノ病《やまひ》、其ノ日ヨリ悉《ことごと》ク止ニケリ。「此レ偏《ひとへ》ニ此ノ祭ノ験《しるし》也」ト云テ、皆喜ビ合タリケリ。陽信此ノ僧ヲ懃《ねむごろ》ニ貴ク思ケレバ、[二二]東西ヲ尋ケレドモ、其《そ》ノ後《のち》、露有所《つゆありどころ》ヲダニ不聞《きか》ズシテ止《やみ》ニケリ。

此レヲ思フニ、実《まこと》ニ止事無《やむごとな》カリケル聖人《しやうにん》ノ、人ヲ利益《りやく》セムガ為《ため》ニ来《きたり》テ、[二三]両界ノ法ヲ行ヒテ大疫《おほきなるえやみ》ヲ止《とどめ》ケル也。

陽信此レヲ[二四]存シテ、僧ニ委《くはし》ク不語《かたらは》ヌ事ヲ無限《かぎりなく》リ口惜ク思テ、陽信ガ[二五]語《かたり》ケルヲ聞テ語リ伝ヘタルトヤ。

依調伏法験《てうぶくのほふのしるしによりて》、利仁将軍死語《としひとのしやうぐんしにたること》第四十五

今昔《いまはむかし》、[二六]文徳《もんとく》天皇ノ御代《みよ》ニ、[二七]新羅国《しらきのくに》ニ仰セ遣《つかは》ス事ヲ[二八]不用《もちゐ》ザリケレバ、大臣・公卿[二九]被僉議《せんぎせられ》テ云《いは》ク、「彼ノ国ハ、[三〇]□天皇ノ御代ニ、[三一]此ノ朝《てう》ニ可随《したがふべ》キ由《よし》ヲ申セリキ。而《しか》

二〇 熱が下がって。
二一 ましになった。楽になった。
二二 あちこちを。
二三 胎蔵・金剛の両界。
二四 「存」の訓は未詳。「ソン」と訓んで(古典全集説)、このこと(事の真相)を思い巡らしての意に解すべきか。但し、本書の「存(ゾ)ス」は存在を示すのが普通であり疑問が残る。一方、名義抄の訓「トヾム」から、僧を止めてと解する(古典大系説)には、送仮名「シテ」が整合しない。
二五 当事者を伝承者とする例については、→二九六頁注五。

第四十五話 出典未詳。打聞集・11に簡略な同話、古事談・三・15にごく簡略な同話がある。

二六 →人名「文徳天皇」。打聞、古事談はともに宇多朝の事件とする。清和朝に新羅の来襲が心配され、防備を固め調伏を祈ったことがあるが(三代実録・貞観十二年(八七〇)二月十二―十五日条他)、文徳または宇多朝に新羅に出兵を図った史実はない。
二七 →地名「新羅国」。
二八 (新羅国が)受け入れなかったので。
二九 評議なさって。
三〇 天皇名の明記を期した意識的欠字。
三一 新羅国が日本に臣属を約した時代があったとする思想の出処は未詳。三代実録(貞観十二年二月十五日条)は同国が古来日本と敵対してきた旨をいう。

ルニ、此ク仰セ遣ス事ヲ不用《もちゐ》ネバ、[一]末代ニハ悪カリナム。然レバ、速《すみやか》ニ[二]軍《いくさ》ヲ調ヘテ、彼ノ国ヲ可被罰《うたるべ》キ也」ト被定《さだめられ》テ、其ノ時、[三]鎮守府《ちんじゆふ》ノ将軍[四]藤原ノ利仁《としひと》ト云ケル人ヲ彼ノ国ニ遣《つかはし》ケリ。利仁心猛《たけ》クシテ[五]其ノ道ニ達セル者ニテ、此ノ仰セヲ承テ後、心ヲ励《はげま》シテ出立《いでた》ツ間、多《おほく》ノ猛キ軍共《いくさども》ヲ員《か》ズ不知《しら》ズ多《おほく》ノ船ニ調ヘ被乗《のせら》ル。

而《しか》ル間、彼ノ新羅[六]ニ此ノ事ヲ不知《しら》ズ。[七]其レニ、此ノ事ニ依《より》テ様々ノ[八]物怪《もののけ》有ケレバ、占《うらなは》トスルニ、異国ノ軍発《いくさおこり》テ可来《きたるべ》キ由《よし》ヲ[九]占セ申《まうし》ケレバ、其ノ国ノ国王ヨリ始メ、大臣・公卿驚《おどろき》騒《さわぎ》テ云ク、「異国ヨリ猛キ軍発《いくさおこり》テ我国ニ来《きた》ラムニ、手向ヘシテ可支《ささふべ》キ様《やう》無シ。然レバ、只不如《しか》ジ、三宝ノ霊験ヲ深ク可憑《たのむべ》キ也」ト定《さだ》メテ、[一〇]大宋国ニ在《まし》マス[一一]法全阿《はっせんあ》闍梨《じやり》ト云フ人有リ、[一二]恵果和尚《けいくわくわしやう》ノ御弟子トシテ、真言ノ[一三]蜜法ヲ受ケ伝ヘテ、止事無《やむごとな》キ聖人《しやうにん》也。忽《たちまち》ニ其ノ人ヲ請《しやう》ジテ、[一四]調伏《てうぶく》ノ法ヲ令行《おこなはし》ム。

其ノ時ニ、[一五]三井寺《みゐでら》ノ[一六]智証《ちしよう》大師ハ若クシテ宋ニ渡《わたり》テ、此ノ阿闍梨ヲ師トシテ真言習《ならひ》テ御《おはし》ケルガ、其レモ共ニ新羅ニ渡テ御《おはし》ケレドモ、我ガ国ノ事ニ依テトモ何《いか》デカハ知《しり》給ハムト為《す》ル。而《しか》ル間、調伏ノ法、既ニ七日ニ満《まん》ズル日、壇ノ上ニ血多ク泛《こぼれ》タリ。阿闍梨、「必ズ法ノ験《しる》シ可有《あるべ》キ也」ト云テ、[一七]結願《けちぐわん》シテ、本《もと》ノ宋ニ返《かへり》ニケリ。

而《しか》ルニ、利仁ノ将軍出立《いでた》ツ間、[一八]山崎《やまざき》ニシテ病付《やまひつき》テ臥《ふし》タリケル間ニ、俄《にはか》ニ起走《おきはしり》テ[一九]□ニ空ニ向《むかひ》テ大刀《たち》ヲ抜《ぬき》テ、踊上《をどりあが》リ踊上リ度々《どど》切《きり》ケル程ニ、倒レテ死ニケリ。然レ

一 (このままにしておくのは)後代のためによくないだろう。
二 軍勢を用意して。
三 鎮守府(陸奥・出羽の蝦夷を鎮定するために置かれた官庁)の長官。
四 →人名「利仁」。
五 軍事に練達した者。
六 (新羅)においては。
七 ところが。
八 ここでは「もののさとし」に同じ。何かの予兆としての異変。打聞「様々ノサトシス」。
九 底本、諸本とも「占セ」とするが不審。「占ヒ」の誤記か。
一〇 →地名「宋」。但し、本話に登場する人物からみると「唐」とあるべきところ。打聞「モロコシ」。本書の唐・宋についての認識は、→四四頁注一一。
一一 底本「灋𠮷金ィ」と傍書。法詮。→人名「法全」。
一二 →人名「恵果」。
一三 密法。真言密教の修法。秘法。
一四 五大明王(不動その他)等を本尊として怨敵・悪魔などを降伏させる密法。
一五 →地名「三井寺」。
一六 円珍。→人名「円珍」。
一七 →三五八頁注三。
一八 →地名「山崎」。
一九 漢字表記を期した意識的欠字。但し該当語は未詳。打聞「出立間ニ病シテ死ケリ」。古事談「於二彼国海上一頓滅」。

バ、□[二〇]他人《ことひと》ヲ亦《また》遣ス事モ無クテ止《やみ》ニケリ。

其ノ後、智証《ちしよう》大師宋ヨリ此朝《このてう》ニ返《かへ》リ給テ、新羅ニ渡《わ》[二一]タリシ事ヲ語《かたり》給ケルヲ聞テナム、此ノ国ノ人、「然《され》バ、利仁ノ将軍ノ死ニシ事ハ、其《その》調伏ノ法ノ験《しる》シニ依《より》テ也ケリ」トハ知《しり》[二二]ケレ。

此レヲ思フニ、利仁将軍モ糸《いと》[二三]只人ニハ非ズトナム思《おぼ》ユル。然《し》カ空ニ向《むかひ》テ切《きり》ケムハ、定《さだ》メテ目ニ見エケルニコソハ有ケメ。然レドモ、法ノ験《しる》シ掲焉《いちしる》キガ故《ゆゑ》ニ、忽《たち》[二四]マチニ死ヌル也ケリトナム語リ伝ヘタルトヤ。

二〇　多くの諸本は空白を置かない。
二一　「タ」は「渡」の捨仮名。
二二　上の係助詞「ナム」に対する結びとしては「ケル」とあるべきところ。
二三　とても普通の人間であったとは思えない。
二四　「マチ」は「忽」の捨仮名。

今昔物語集　巻第十五

本朝付仏法

往生譚――浄土への希求――

本巻は極楽往生(一部に兜率天上生)譚を集める。往生譚に一巻を割いたのは当時盛行していた浄土信仰の反映であるが、本巻の説話の大半は『日本往生極楽記』『法華験記』に取材した話であって、時代的には本書の成立時から遡った平安中期以前の話が多い。

三宝霊験譚としての枠組みから見ると、本巻は「法宝」霊験譚の巻と「僧宝」霊験譚の巻との中間に位置してどちらにも属さず、そうした枠組みそのものになじまない内容の巻となっている。この時代の浄土教が念仏専修ではなく法華経読誦その他の行業と念仏とを兼修して浄土の荘厳を観想する、いわゆる観想浄土教であったことから、本巻も「法宝」の一部として構想されたとする説があるが従わない。本巻の意義は、往生譚が「法宝」の末尾に席を与えられたことにあるのではなく、浄土教の盛行とそれに対する撰者の熱い視線が、撰者自身の構想でもあった仏・法・僧の三宝という既成の枠組みを内側から突き崩すかたちで、往生譚に独立した一巻を与えさせたことにこそ認められるべきである。

本巻の説話は、比丘〔男性の出家者〕(第1―35話)・比丘尼〔女性の出家者〕(第36―41話)・優婆塞〔男性の在家信者〕(第42―47話)・優婆夷〔女性の在家信者〕(第48―53話)・童(第54話)に大別され、それぞれの話群の内部ではさらに身分・場所・時代等を勘案しつつ整然と分類配列されている。

比丘については、まず第1―16話に南都と北嶺の高僧を配置し、第17―25話には地方の僧や無名の僧、第26―30話には正式の僧ではない沙弥、第31―35話には在俗生活を送った後に出家した所謂入道の往生人たちの話を配置している。比丘尼・優婆塞・優婆夷の各話群においても同様に、中央から地方へ、上位の身分から下位へと、順序正しく注意深く配列されているのである。

他の巻では話種による分類が普通であるのに対して、主人公(往生人)の身分や性別による本巻の分類法は異例であるが、同様の配列法は『日本往生極楽記』にも見られ、同書が範とした唐の迦才の『浄土論』や文諗・少康の『往生西方浄土瑞応刪伝』においても見られる。往生伝においては伝統的な方法であった。

元興寺《ぐわんごうじの》智光《ちくわう》・頼光《らいくわう》、往生《わうじやうせる》語《こと》 第一

今昔《いまはむかし》、[一]元興寺《ぐわんごうじ》ニ[二]智光《ちくわう》・[三]頼光《らいくわう》ト云フ二人ノ[四]学生《がくしやう》有ケリ。年来《としごろ》、此ノ二人ノ人同ジ[五]房ニ住《ぢうし》テ修学《しゆがく》スルニ、[六]頼光漸《やうや》ク老《おい》ニ至ルマデ[七]懈怠《けだい》ニシテ、学問ヲモ不為《せ》ズ、物云フ事モ無クシテ常ニ[八]寝タリケリ。智光ハ心ニ智《さとり》ノ深クシテ、懃《ねむごろ》ニ学問ヲ好《このみ》テ、止事無《やむごとな》キ学生ト成《なり》ヌ。

而《しか》ル間、頼光既ニ死《しに》ヌ。其ノ後、智光此レヲ歎《なげき》テ云《いは》ク、「頼光ハ此レ[九]多年ノ親シキ友也。而ルニ、年来《としごろ》物云フ事無ク、学問不為《せ》ズシテ常ニ寝タリキ。死テ後、何《いか》ナル報ヲカ受《うけ》タラム。善悪更ニ難知《しりがた》シ」ト。如此《かくのごと》ク思歎《おもひなげ》キテ、二三月許《ばかり》、「頼光ノ生《うまれ》タラン所ヲ知ラム」ト[一〇]心ニ祈念スルニ、智光、夢ニ、頼光ノ有ル所ニ至《いたり》ヌ。見レバ、其ノ所ノ[一一]荘厳微妙《しやうごんみめう》ニシテ浄土《じやうど》ニ似《に》タリ。智光此レヲ[一二]怪《あやし》ムデ、頼光ニ問《とひ》テ云ク、「此レ何《いか》ナル所ゾ」ト。頼光答《こたへ》テ云ク、「此レハ[一三]極楽也。汝ガ[一四]□依《より》テ、我レ生所ヲ示ス也。早ク返《かへ》リ可去《さるべ》シ。此レ汝ガ所居《をるところ》ニ[一五]□」。智光ノ云ク、「我レ専《もはら》ニ浄土ニ生レムト願フ心有リ。[一六]何ノ可返《かへるべ》キ」。頼光ノ云ク、「汝《なむ》[一七]ヂ[一八]行業《ぎやうごふ》無シ。暫《しばら》クモ此《ここ》ニ不可留《とどまるべから》ズ」ト。智光ノ云ク、「汝ハ生《いき》タリシ時、[一九]勤《つとむ》ル所無カリキ。何ゾ此所《ここ》ニ生《うまれ》

第一話 出典は日本往生極楽記・11。同話は私聚百因縁集・七・5、水鏡・孝徳天皇条、十訓抄・五・5、元亨釈書・二・智光その他多数の文献に喧伝。

一 →地名「元興寺」。
二 →人名「智光」。
三 →人名「頼光」。
四 学僧。
五 僧坊。
六 以下「学生ト成ヌ」まで、極楽記には「頼光及二暮年一与レ人不レ語、似レ有レ所レ失。智光怪而問レ之、都無レ所レ答」とある。
七 なまけること。怠惰。
八 極楽記には頼光が常に寝ていたことを語る文言はない。→注六。
九 長年の親友である。極楽記「頼光者是多年親友也」。
一〇 極楽記「至レ心祈念」。
一一 装飾は素晴しくて浄土に似ている。
一二 智光には頼光が浄土に生まれていることが意外だったのである。
一三 →地名「極楽」。
一四 諸本欠字。極楽記「以二汝懇志一、示二我生処一也」。
一五 諸本欠字。極楽記「非二汝所一レ居」。
一六 どうして帰れようか。帰る気にはなれない。極楽記「何可レ還耶」。
一七 「ヂ」は「汝」の捨仮名。
一八 往生の因となる行い。
一九 何もしなかった。それなのにどうしてここに生まれているのか。

タル」ト。頼光答テ云ク、「不知《しら》ズヤ。我レハ[二〇]往生ノ因縁有ルニ依テ此ノ所ニ生《うまれ》タル也。我レ昔《むか》[二一]シ諸《もろもろ》ノ経論ヲ[二二]披《ひら》キ見テ、極楽ニ生レム事ヲ願ヒキ。此レヲ深ク思ヒシニ依テ、物云フ事無カリキ。[二三]四《よつ》ノ威儀《ゐぎ》ノ中ニ只[二四]弥陀《みだ》ノ[二五]相好《さうがう》・[二六]浄土ノ荘厳《しやうごん》ヲ[二七]観ジテ、[二八]他《ほか》ノ思ヒ無クシテ[二九]静カニ寝タリシ也。年来《としごろ》其ノ功《く》積リテ、今此ノ[三〇]土《ど》ニ来《きた》レル也。汝ハ法文ヲ[三一]覚シテ其ノ[三二]義理ヲ悟《さとり》テ智恵朗《あきら》カ也ト云ヘドモ、[三三]心散乱シテ善根《ぜんごん》微少《みせう》也。然レバ、未ダ浄土ノ[三四]業因《ごふいん》ヲ不殖《うゑ》ズ」ト。智光此レヲ聞《きき》テ泣キ悲《かなし》ムデ、問テ云ク、「然ラバ、何ヲ以テカ、[三五]決定《くゑつぢやう》シテ往生ヲ可得《うべ》キ」ト。頼光ノ云ク、「其ノ事、我レ答フルニ不能《あたは》ズ。然レバ、阿弥陀仏《あみだぶつ》ニ問ヒ可奉《たてまつるべ》シ」ト云テ、即チ智光ヲ引《ひき》テ、共ニ仏ノ御前ニ詣《まう》ヅ。

智光、仏ニ向ヒ奉テ、掌《たなごころ》ヲ合セテ礼拝シテ、仏ニ白《まう》シテ言《まう》サク、「何《いか》ナル善根《ぜんごん》ヲ修《しゆ》シテカ、此ノ土《ど》ニ生《うま》ル、事ヲ可得《うべ》キ。願《ねがは》クハ此レヲ教ヘ給ヘ」ト。仏、智光ニ告《つげ》テ宣《のたま》ハク、「仏ノ相好《さうがう》・浄土ノ荘厳《しやうごん》ヲ可観《くわんずべ》シ」ト。智光ノ申サク、「此ノ土《ど》ノ荘厳、[三六]微妙広博《みめうくわうはく》ニシテ[三七]心・眼《まなこ》ノ及《およぶ》所ニ非ズ。凡夫《ぼんぶ》ノ心ニ何《いか》デカ此レヲ観ゼム」ト。其ノ時ニ、仏即チ右ノ手ヲ挙《あげ》テ、掌ノ中ニ小サキ浄土ヲ現ジ給フ、ト見テ夢覚《さめ》ヌ。[三八]忽《たちまち》ニ絵師ヲ呼《よび》テ、夢ニ見ル所ノ仏ノ掌ノ中ノ小浄土《ちひさきじやうど》ノ相ヲ令写《うつさし》メテ、一生ノ間此レヲ観ジテ、智光亦遂《またつひ》ニ往生ヲ得タリケリ。

二〇 往生すべき因縁があったから、ここに生まれたのだ。
二一 「シ」は「昔」の捨仮名。
二二 底本「被キ」を訂した。
二三 底本「向ノ威儀」を訂した。四威儀は、行・住・坐・臥における戒律にかなった正しいふるまい。即ち、僧としてあるべき諸種の行動の中でも特に、の意。
二四 →人名「阿弥陀如来」。
二五 三十二相と八十種好。仏のすぐれた身体的特徴。即ち、阿弥陀仏のお姿を思い浮べて、の意。
二六 極楽浄土の美しく装飾された有様。
二七 観想して。観想は、深く思いをこらして念じること。
二八 他のことには気を散らさないで。
二九 極楽記には寝ていたことを語る文言はない。→注六。
三〇 この世界。極楽浄土をさす。
三一 「カク」または「ガク」と音読するしかないが、流布本は「学シテ」。
三二 経論の説く意義・道理。教理。
三三 散乱は、心が乱れ定まらないこと。
三四 苦楽の報いを受ける原因となる善悪の行為。ここでは、往生の因となる善行。
三五 確実に。間違いなく。
三六 微妙は、言いしれないほど深くみごとなこと。広博は、ひろく豊かなこと。
三七 人間の意識や視覚によって理解できる次元を越えている。
三八 極楽記「忽命二画工一、令レ図二夢所レ見之浄土相一」。

其[一]ノ後、其ノ房ヲバ極楽房[二]ト名付《なづけ》テ、其ノ写セル絵像[三]ヲ係《かけ》テ、其ノ前ニシテ念仏ヲ唱ヘ講ヲ行フ事、于今不絶《いまにたえ》[四]ズ。心有ラバ必ズ可礼奉《らいしたてまつるべ》キ絵像也トナム語リ伝ヘタルトヤ。

元興寺隆海律師《ぐわんごうじのりうかいりつし》、往生語《わうじやうせること》第二

今昔《いまはむかし》、元興寺《ぐわんごうじ》[五]ニ隆海律師《りうかいりつし》[六]ト云フ人有ケリ。俗姓《ぞくしやう》ハ清海《きようみ》[七]ノ氏《うぢ》。本《もと》、摂津国《つのくに》ノ河上《かはかみ》[八]ノ人也。幼[九]ヨリ魚鉤《いをつり》ヲ以テ業《わざ》トス。年十七八歳マデ童《わらは》[一〇]ニテ有ケルニ、其ノ国ノ講師《かうじ》[一一]ニテ薬仁《やくにん》[一二]ト云フ者アツテ、年来《としごろ》ノ宿願有ルニ依《より》テ、仏経ヲ儲《まうけ》テ供養セムト為《す》ルニ、事ノ縁有ル故《ゆゑ》、元興寺ノ願暁《ぐわんげう》[一三]律師ト云人ヲ請《しやう》ジ下《くだ》シタリ。

既《すでに》[一四]供養スル日ニ成《なり》テ、彼《かの》[一五]隆海律師ノ魚鉤《いをつり》ノ童《わらは》ト有ケル時、其ノ所ニ行《ゆき》テ物ナド見遊ビケルニ、講師《かうじ》ノ説経ヲ聞《きき》テ、忽《たちまち》ニ「法師ト成《なり》テ法ノ道ヲ学バム」ト思フ心付《つき》テ、家ニ返《かへり》テ父母《ぶも》ニ云《いは》ク、「我レ大寺ノ辺《ほとり》ニ行テ、法師ト成テ法ノ道ヲ学バム」ト。父母此レヲ許スト云ヘドモ、忽《たちまち》ノ事ト不知《しら》ザルニ、此ノ童《わらは》ノ思ハク、「我レ此ノ講師ノ返《かへ》リ給ハムニ走リ付《つき》テ、大寺ニ行テ弟子ト成ラム」ト思ヒ得テ、次ノ日、願暁律師ノ返ルニ走リ付《つき》ヌ。律師童ヲ見テ、「彼《あ》[一六]ノ童ハ誰《た》ソ」ト問フニ、童答《こたへ》テ云ク、

一　以下の記事は極楽記には見えない。
二　→地名「元興寺」。
三　阿弥陀三尊を中心として浄土の荘厳を描いた方一尺数寸の小品の浄土曼荼羅で、元興寺極楽房(坊)に安置され、智光曼荼羅と呼ばれて広く信仰を集めた。原本は宝徳三年(一四五一)焼失。
四　保安元年(一一二〇)極楽房(坊)で行われた百日の念仏講の記事が後拾遺往生伝・上・20に見える。

第二話　出典は日本往生極楽記・5。但し第二段は何に拠ったか未詳。源泉は三代実録・仁和二年(八八六)七月二十二日条の隆海卒伝。元亨釈書・三・隆海に同話がある。
五　→地名「元興寺」。
六　→人名「隆海」。
七　極楽記「清海氏」。実録「清海真人氏」。
八　→地名「河上」。
九　→四〇三頁注二〇。
一〇　元服せず童姿(髪を肩のあたりで切りそろえる)でいたことを示す。但し、極楽記は「結髪之時」。結髪は元服の意。
一一　国ごとに一名ずつ任じられ国分寺に置かれていた僧官。国師。
一二　極楽記、実録「薬円」。→人名「薬仁」。
一三　→人名「願暁」。
一四　本第二段は出典未詳。極楽記にはこのあたり「隆海結髪之時、従二漁者一遊戯矣。当国講師薬円見而異レ之、共載而帰、付二律師願暁一」とあり、状況が異なる。
一五　かの隆海律師は(その時にはまだ)魚釣りの少年で、その(供養の)場所に行っ

「己《おのれ》ハ彼ノ薬仁講師ノ辺《ほとり》ニ侍《はべり》ツル童也。其レニ、「大寺ノ辺ニ行テ法師ニ成ラム」ト思フ志有ルニ依《より》テ、御共ニ参《まゐり》ツル也」ト。律師此レヲ聞テ[一七]感ジテ、相具《あひぐ》シテ元興寺ニ返《かへり》ヌ。

[一八]其ノ後、[一九]童思《わらはおもひ》ノ如ク出家シテ、[二〇]律師ニ随《したがひ》テ、日夜ニ仕ヘテ法文《ほふもん》ヲ学ブニ、心賢クシテ悟リ明ラカ也。然レバ、遂《つひ》ニ止事無《やむごとな》キ[二一]学生《がくしやう》ト成《なり》ヌ。亦《また》[二二]□随テ真言ノ密教ヲモ学ブ。而《しか》ル間、[二三]貞観《ぢやうぐわん》十六年ト云フ年、[二四]維摩会《ゆいまゑ》ノ[二五]講師ヲ勤ム。[二六]元慶《ぐわんぎやう》八年ト云フ年、律師ノ位ニ成ル。

而《しか》ルニ、此ノ人本《もと》ヨリ道心深クシテ、常ニ念仏ヲ唱ヘテ極楽ニ生レムト願ヒケリ。然レバ、[二七]遂ニ命終ラムト為《す》ル時ニ臨《のぞみ》テ、[二八]沐浴清浄《もくよくしやうじやう》ニシテ、弟子ニ告《つげ》テ、念仏ヲ唱ヘ諸経ノ要文《えうもん》ヲ誦《じゆ》シテ、其ノ音《こゑ》不断《たた》ズシテ、西ニ向《むかひ》テ[二九]端坐《たんざ》シテ失《うせ》ニケリ。弟子有テ、[三〇]北ニ首《かしら》ヲシテ臥《ふ》セツ。明《あく》ル朝《あした》ニ此レヲ見ルニ、律師右ノ手ニ阿弥陀《あみだ》ノ[三一]定印《ぢやういん》ヲ結《むすび》テ有リ。葬《さう》スル時《と》キモ其《その》印不乱《みだれ》ザリケリ。[三二]此レヲ見聞《みき》ク[三三]人不悲貴《かなしみたふとば》ズト云フ事無カリケリ。

彼《か》ノ往生、[三四]仁和《にんわ》二年ト云フ年ノ十二月ノ二十二日ノ事也。年七十二。此レヲ元興寺ノ隆海律師ト云ケリトナム語リ伝ヘタルトヤ。

て見物して遊んでいたが。
一六 そこの少年は何者か。
一七 心を打たれて。気に入って。
一八 以下は概ね極楽記に拠るが、同書にはない情報の添加があり、他資料を参看している可能性が大。
一九 極楽記は出家が少年の自発的な希望であったとは語っていない。→注一四。
二〇 極楽記「令㆑受㆓三論宗義㆒」。
二一 学僧。
二二 師僧の名の明記を期した意識的欠字。実録によれば隆海の真言の師は真如(法親王)。
二三 八七四年。　二四 →一〇四頁注四。
二五 仏前の高座に登って経論を講説する役の僧。
二六 八八四年。実録「元慶六年為㆓権律師㆒」。極楽記には相当する記事がない。
二七 極楽記「暮歯患㆓風疾㆒、告㆓門弟子㆒曰、就㆑命時至、常念㆓極楽㆒」。
二八 水を浴びて身を清め、心身を清浄に保って。極楽記「毎日沐浴念仏。兼誦㆓無量寿経要文、及竜樹菩薩、羅什三蔵弥陀讃㆒、至㆓于命終㆒其声不㆑断。安坐気絶」。
二九 姿勢を正しく坐ること。
三〇 いわゆる北枕。釈尊は頭北面西の姿で入滅したことに基づく。極楽記「遺弟北㆑首臥㆑之」。
三一 →三八七頁注二一。
三二 以下、話末に至るまで極楽記には見えない。　三三 底本「見聞テ」を訂した。
三四 八八六年。実録によれば隆海は同年七月二十二日没。本話の「十二月」は何に拠るか未詳。

東大寺戒壇和上明祐《とうだいじのかいだんのわじやうみやういう》、往生語《わうじやうせること》 第三

今昔《いまはむかし》、[一]東大寺ニ戒壇《かいだん》[二]ノ和上《わじやう》トシテ明祐《みやういう》[三]ト云フ人有ケリ。此ノ人一生ノ間持斉《ちさい》[四]ニシテ、戒律ヲ持《たもち》テ破ル事無シ。毎夜《よごと》ニ堂ニ詣《まうで》テ、[五]房ニ宿《やどり》スル事無カリケリ。然レバ、[六]寺ノ僧皆此レヲ貴ビ敬フ事無限《かぎりな》シ。

而《しか》ル間、[七]天徳《てんとく》五年ト云フ年ノ二月ノ比《ころほひ》、明祐和上一両日ノ程聊《いささか》ニ悩ム気《けはひ》有テ、[八]飲食《おんじき》例ニ不似《に》ズ。「[九]我レ持斉《ちさい》ノ時既ニ過《すぎ》ヌ。亦《また》、我レ命終ラム期《ご》近シ。何《なん》ゾ忽《たちまち》此レヲ可破《やぶるべ》キ。此ノ二月ハ寺ニ恒[一〇]例ノ仏事有《あり》。我レ此《これ》ヲ過《すぐ》サムト思《おもひ》テ、慭《なまじひ》ニ生《いき》タル也」ト。

[一一]弟子等此レヲ聞テ貴ビ思フ程ニ、其ノ月ノ十七日ノ夕《ゆふべ》ニ、弟子等[一二]阿弥陀経《あみだきやう》ヲ誦《じゆ》シテ[一三]廻向畢《ゑかうをはり》テ後、師弟子等ニ云《いはく》、「[一四]汝等前《さき》ノ如ク阿弥陀経ヲ可誦《じゆすべ》シ。我レ只今音楽ノ音《こゑ》ヲ聞ク」ト。弟子等ノ云ク、「[一五]只今更ニ音楽有ル事無シ。此レハ何《いか》ニ宣《のたま》フ事ゾ」ト。師ノ云ク、「我レ[一六]心神不変《しんじんかはら》ズ。[一七]正《まさ》シク音楽ノ音有リ」ト。[一八]弟子等此レヲ怪シビ思フ間ニ、明《あく》ル日、明祐和上心不違《たがは》ズシテ念仏ヲ唱ヘテ失《うせ》ニケリ。

[一九]兼《かね》テ音楽ノ音ヲ聞ク、極楽ニ往生セル事疑ヒ無シトナ[二〇]ソ人貴ビケルトナム語リ伝

第三話 出典は日本往生極楽記・8。元亨釈書・十三・明祐に同話がある。

一 →地名「東大寺」。
二 戒和上。戒壇院の長老で、諸僧を統率して受戒を執行する高僧。東大寺では別当に次ぐ地位。
三 →人名「明祐」。
四 斎(僧の守るべき戒律で、一日一食、午後には食事を取らない)を守ること。
五 僧坊。
六 以下の一文は極楽記に見えない。
七 九六一年。この年二月十六日に応和と改元。
八 底本「飲会」を訂した。
九 極楽記では、以下は弟子たちの「終日不レ食、勧レ粥如何」という言葉に対する答えとして発せられている。
一〇 ここでは二月堂の修二会(お水取り)をさす。
一一 以下「貴ビ思フ程ニ」まで、極楽記には見えない。寺僧や弟子など往生人の周囲の人物たちの反応を付加して、その小世界における一種の社会的事件として往生を描こうとしているのは、本巻各話に共通して見られる顕著な特色である。
一二 →一四四頁注七。
一三 自らが積んだ功徳をふり向けること。ここでは読経の終わりに、その功徳を師僧の往生の資とする旨の文句を唱えたのであろう。
一四 以下、極楽記「師曰、如レ前可レ調二音楽一」とは発言の内容が異なる。
一五 極楽記「答曰、無レ有二音楽一。何言之相

ヘタルトヤ。

薬師寺済源僧都《やくしじのさいぐゑんそうづ》、往生語《わうじやうせること》第四

今昔《いまはむかし》、[二一]薬師《やくし》寺《じ》ニ[二二]済源僧都《さいぐゑんそうづ》ト云フ人有ケリ。俗姓《ぞくしやう》ハ源《みなもと》ノ氏《うぢ》。幼ニシテ出家《しゆつけし》、薬師寺ニ住《ぢう》シテ、□[二三]ト云フ人ヲ師トシテ法文《ほふもん》ヲ学《まなび》テ、止事無《やむごとな》キ[二四]学生《がくしやう》ト成《なり》ヌ。其後《そののち》成リ上《あがり》テ、僧都マデ成《なり》テ、此ノ寺ノ[二五]別当《べつたう》トテ年来《としごろ》有ルニ、道心並ビ無クシテ、[二六]寺ノ別当也ト云ヘドモ寺ノ物ヲ不仕《つかは》ズシテ、常ニ念仏ヲ唱ヘテ極楽ニ生レム事ヲ願ヒケリ。

老《おい》ニ臨《のぞみ》テ、既ニ命終ラムト為《す》ル時ニ成《なり》テ、念仏ヲ唱テ絶入《たえいり》ナムト為《す》ルニ、起上《おきあがり》テ弟子ヲ呼《よび》テ告《つげ》テ云《いは》ク、「汝等年来《としごろ》見ツラム様《やう》ニ、此ノ寺ノ別当也ト云ヘドモ寺ノ物ヲ犯シ不仕《つかは》ズシテ、他念無ク念仏ヲ唱ヘテ、命終レバ必ズ極楽ノ迎ヘ有ラムト思フニ、極楽ノ迎《むかへ》ハ不見《み》エズシテ、[二七]本意無ク[二八]火ノ車ヲ此《ここ》ニ寄ス。我レ此《これ》ヲ見テ云ク、「此《こ》ハ何《なん》ゾ。本意無ク、此《か》クハ不思《おもは》デコソ有《あり》ツレ。何事ノ罪ニ依《より》テ地獄ノ迎ヲバ可得《うべ》キゾ」ト云《いひ》ツレバ、此ノ車ニ[二九]付ケル鬼共《ども》ノ云ク、「先年ニ此ノ寺ノ米《よね》[三〇]五斗ヲ借《かり》テ仕《つかひ》タリキ。而《しか》ルニ、未《いま》ダ其《それ》ヲ不返納《かへしをさめ》ズ。其ノ罪ニ依テ此ノ迎ヲ得タル也」ト云ツ

誤乎」。
一六 気がふれたわけではない。精神は正常だ。極楽記「心神不レ爽」。
一七 極楽記「以ニ前有ニ音楽一所レ陳也」。
一八 →注一一。
一九 臨終に先立って音楽の音を聞いたからには。
二〇 諸本「ナリ」。「ナム」の誤記か。

第四話 出典未詳。宇治拾遺物語・55に同文的同話がある。日本往生極楽記・9、元亨釈書・十・済源は本話の異伝。

二一 →地名「薬師寺」。
二二 →人名「済源」。宇治拾遺は「別当僧都といふ人」とするのみで名を記さない。
二三 師僧の名の明記を期した意識的欠字。宇治拾遺、極楽記とも師僧には言及していない。済源の師は東大寺義延(僧綱補任抄出)。薬師寺延義(釈書)とも。
二四 学僧。
二五 寺務を統括する長官。貫主。
二六 宇治拾遺「別当はしけれども、ことに寺の物もつかはで」。
二七 不本意なことに。
二八 地獄から死者(罪人)を迎えに来る猛火のもえさかる車。
二九 萩野本「付タル」。
三〇 一斗は約一八リットル。宇治拾遺「一とせ、五斗借りて、いまだ返さねば」。

レバ、我レ、「[一]然許《さばかり》ノ罪ニ依テ地獄ニ可堕《おつべ》キ様《やう》無シ。其ノ[二]物ヲ可返《かへすべ》キ也」ト云ツレバ、火ノ車ハ寄セテ、未《いま》ダ此《ここ》ニ有リ。然レバ、速《すみやか》ニ米[三]一石ヲ以テ寺ニ送リ可奉《たてまつるべ》シ」ト云《いへ》バ、弟子等此《これ》ヲ聞テ、怱《いそぎ》テ米一石ヲ寺ニ送リ奉リツ。

[四]其ノ鐘ノ音聞《こゑきこ》ユル程ニ、僧都ノ云ク、「火ノ車ハ返《かへ》リ去《さり》ヌ」ト。其ノ後暫《しばら》ク有テ、僧都ノ云ク、「[五]火ノ車返《かへり》テ、今ナム極楽ノ迎ヘ得タル」ト云テ、掌《たなごころ》ヲ合セテ額《ひたひ》ニ充《あ》テ、泣《なくな》ゝク喜《よろこび》テ、念仏ヲ唱ヘテゾ失《うせ》ニケル。其ノ往生シタル房ハ、薬師寺ノ[六]東《ひむがし》ノ門ノ北ノ脇ニ有ル房[七]、[八]于今《いまに》其ノ房不失《うせ》ズシテ有リ。

此《これ》ヲ思《おもふ》ニ、然許《さばかり》ノ罪ニ依《より》テ火ノ車[九]迎《むかへ》ニ来《きた》ル。何《いか》ニ況《いはむ》ヤ 恣《ほしいまま》ニ[一〇]寺物《じもつ》ヲ犯シ仕《つかひ》タラム寺ノ別当ノ罪、思ヒ可遣《やるべ》シ。

[一一]彼《か》ノ往生シタル日ハ、[一二]康保《かうほ》元年ト云フ年ノ七月ノ五日ノ事也。僧都ノ年[一三]八十三也。

薬師寺ノ済源僧都ト云フ此レ也トナム語リ伝ヘタルトヤ。

比叡山定心院僧成意《ひえのやまのぢやうしんゐんのそうじやうい》、往生語《わうじやうせること》 第五

今昔《いまはむかし》、比叡《ひえ》ノ山ノ[一四]定心院《ぢやうしんゐん》ト云フ所ノ[一五]十禅師《じふぜんじ》トシテ、[一六]成意《じやうい》ト云フ僧有ケリ。心浄《きよ》クシテ[一七]染着《せんぢやく》スル所無カリケリ。

一 そのくらいの(僅かな)罪によって地獄に堕ちるはずがない。
二 その物(借りた米)はお返ししよう。
三 一石は十斗。借りた五斗を二倍にして返すことになる。宇治拾遺「とくとく一石誦経にせよ」。このあたり、極楽記は火の車のことを語らず、「捨二米五石一就二薬師寺一、令レ修二諷誦一。陳曰、我昔為二寺別当一、所二借用一是而已。今臨レ終以報レ之」とあって、寺に納めた米の量も異なる。
四 萩野本「其」により、底本「真」を訂した。宇治拾遺「その鐘のこゑのする折、火車帰ぬ」。　五 萩野本「火ノ車ハ返テ」。
六 宇治拾遺「大門」は南の門であり、本話とは位置が異なる。
七 僧坊。萩野本「房也」。　八 宇治拾遺「いまだ、そのかた失せずしてあり」。
九 萩野本「火ノ車ノ」。　一〇 前出「寺ノ物」に同じ。→一八六頁注六。
一一 以下の記事は宇治拾遺には見えない。
一二 九六四年。僧綱補任は天徳四年(九六〇)四月五日入滅とする。日本紀略は本話に同じ。　一三 僧綱補任その他の諸書は七十六歳とする。

第五話　出典は日本往生極楽記・10。元亨釈書・九・成意に同話がある。
一四 →地名「定心院」。
一五 →三八八頁注九。　一六 伝未詳。
一七 心が染まって離れないこと。執着。
一八 斎(僧の守るべき戒律で、一日一食、午後には食事を取らない)を守ること。
一九 諸本欠字。祖本の破損に因るか。

而《しか》ルニ、成意本《もと》ヨリ[一八]持斉《ぢさい》ヲ不好《このま》ズシテ、心ニ任セテ朝夕ニ物ヲ食《く》フ。弟子有テ、師ノ成意ニ問《とひ》テ云《いは》ク、「山上ニ止事無《やむごとな》キ僧多ク持斉《ちさい》ス。□[一九]我ガ師独《ひと》リ[二〇]不斉食給《さいじきしたまは》ズシテ、[二一]朝夕ニ食《じき》シ給フ」ト。師答《こたへ》テ云ク、「我レ本ヨリ身貧クシテ、此ノ院ノ[二二]日供《ひのぐ》ノ外《ほか》ニ亦《また》得ル所ノ物無シ。然レバ、只有《ある》ニ随《したがひ》テ食《じき》スル也。[二三]或《ある》経ニ云ク、「[二四]心菩提《こころぼだい》ヲ障《さ》フ。食菩提《じきぼだい》ヲ不障《さへ》ズ」ト。然レバ、食《じき》ニ依《より》テ[二五]更ニ後世《ごせ》ノ妨《さまたげ》ト不可成《なるべからず》」。弟子此《これ》ヲ聞テ、[二六]現《げ》ニト思テ去《さり》ヌ。

其後《そののち》数年ヲ経《へ》テ、成意弟子ニ語《かたり》テ云ク、「[二七]今日ノ我ガ食《じき》ヲ常ノ程ニハ増シテ可令食《じきせしむべ》シ」ト。弟子ノ、[二八]言《こと》ニ依テ食ヲ増シテ備ヘタリ。師[二九]此レヲ食《じき》シ、亦《また》、普《あまね》ク弟子等ニ此レヲ分ケテ告《つげ》テ云ク、「汝等、専《もはら》ニ我ガ此ノ備《そなへ》ヲ食《じき》セム事、只今日許《ばかり》也」ト云テ、一人ノ弟子ニ云ク、「汝、[三〇]無動寺《むどうじ》ノ[三一]相応和尚《さうおうくわしやう》ノ[三二]御房ニ行《ゆき》テ可申《まうすべ》シ。成意只今極楽ニ可参《まゐるべ》シ。対面ヲ給ハラム事、彼ノ極楽ニシテ可有《あるべ》シ」ト。亦、一人ノ弟子ヲ呼《よび》テ云ク、[三三]「[三四]千光院《せんくわうゐん》ノ[三五]増命和尚《ぞうみやうくわしやう》ノ御房ニ行テ[三六]如ク前ノ《さきのごとく》可申《まうすべ》キ由《よし》ヲ云フ。

弟子等各《おのおの》此レヲ聞《きき》テ云ク、「此ノ御言、定《さだめ》テ[三七]妄語《まうご》ニテヤ有ラム」ト。師ノ云ク、「我レ若《も》シ妄語ニテ今日不死《しな》ズハ、我ガ狂《くるひ》テ云ケルト可知《しるべ》シ。[三八]汝《なむ》ヂ何《なん》ゾ愧《は》ヅル心有ラム」ト。然レバ、弟子各《おのおの》彼ノ房〻ニ詣《まうで》ヌ。[三九]弟子彼二所《かのふたところ》ヘ未《いま》ダ不返《かへら》ザル程ニ、成意西ニ向《むかひ》テ掌《たなごころ》ヲ合《あはせ》テ、[四〇]居乍《ゐなが》ラ失《うせ》ニケリ。[四一]弟子返《かへ》リ来《きたり》テ此《これ》ヲ見テ、泣〻《なくな》ク悲ビ貴ム。

二〇 斎食は斎(→注一八)を守り、午前中に一回とる食事。
二一 夕食は戒律に反する。→注一八。
二二 毎日の僧供(食事)。
二三 極楽記「或経曰」。どの経をさすか未詳。　二四 菩提(成仏、極楽往生)を妨げるのは(自分自身の)心であって、(外形的な)食は問題ではない。
二五 決して往生の妨げにはならない。
二六 なるほどと思って。極楽記「弟子吞レ舌而レ罷」。
二七 今日の私の食事はいつもよりは多く食べさせてくれ。極楽記「今日之食倍二於常量一、早レ自二例時一」。
二八「ノ」は不審。このままでは主格を示していると見る他ない。極楽記「弟子等晨炊供進」。
二九 このあたり、極楽記には「便以二鉢中飯各一両匙一」とあるだけで、「師此レヲ食シ」に相当する文言はない。
三〇 →地名「無動寺」。
三一 →人名「相応」。　三二 僧房。
三三 以下、直接話法で始まった発言が、途中で変化して間接話法に流れている。
三四 →地名「千光院」。　三五 →人名「増命」。
三六 先に相応に言ったのと同じように。
三七 虚言。人を欺く言葉。
三八 (私の言いつけで動いている)お前たちは何ら恥じなくてよいのだ。
三九 弟子がかの二箇所(相応・増命)に行って、まだ帰ってこないうちに。
四〇 坐ったまま絶命した。
四一 以下、話末に至るまで極楽記には見えない。→三八〇頁注一一。

亦、院ノ内ノ人此ヲ聞テ、皆[一]ナ《み》其ノ所ニ来《きたり》テ貴ム[二]、不悲《かなしま》ザルハ無シ。身ニ病無《やまひなく》シテ、只今死セム事ヲ知《しり》テ、止事無《やむごとな》キ人〻ニ此ヲ告《つげ》テ、西ニ向《むかひ》テ死《しに》ヌル、此レ必ズ極楽ニ参レル人トゾ人皆云《いひ》ケルトナム語伝《かたり》ヘタルトヤ。

比叡山頸下有癭僧《ひえのやまのくびのしたにこぶあるそう》、往生語《わうじやうせること》 第六

今昔《いまはむかし》、比叡《ひえ》ノ山ノ東塔《とうたふ》[三]ニ僧有ケリ。頸《くび》ノ下ニ癭《こぶ》[四]有テ、年来《としごろ》医師《くすし》ノ教ヘニ随《したがひ》テ、医《くすり》[五]ヲ以テ療治スト云ヘドモ不愈《いえ》ズ。然レバ、衣《ころも》ノ頸《くび》[六]ヲ以テ彼ノ所ニ覆ヒ隠ス[七]云ヘドモ、尚憚《なほはばか》リ有ルニ依《より》テ、人ニ交《まじは》ル事無クシテ、横《よ》[八]川《かは》ノ砂礓《すなうす》[九]ノ峰ト云フ所ニ行《ゆき》テ籠《こも》リ居《ゐ》ヌ。

其ノ所ニシテ日夜寤寐《ごび》[一〇]ニ念仏《ほとけをねんじ》ヲ、尊勝《そんしよう》[一一]・千手《せんじゆ》[一二]等ノ陀羅尼《だらに》ヲ誦《じゆ》シテ、偏《ひとへ》ニ極楽ニ生《うま》レムト願ヒテ年来《としごろ》ヲ経《へ》ルニ、其ノ癭《こぶ》有□[一三]仏力《ぶつりき》ノ助《たすけ》ヲ以テ愈《いえ》ニケリ。然リト云ヘドモ、僧、「譬《たと》ヒ本《もと》ノ所ニ返《かへり》テ[一四]世ノ事ヲ可営《いとなむべ》シト云ヘドモ、此幾《これいくばく》ニ非ズ。死《しに》テ悪道ニ堕《おち》ムヨリハ、不如《しか》ジ、只念仏ヲ修《しゆ》シテ後世《ごせ》ヲ祈《いのり》テ、此ノ所ヲ不出《いで》ジ」ト思ヒ取《とり》テ、籠リ居テ行《おこな》ヒケリ。

而《しか》ル間、同《おなじ》[一五]山ニ住ム僧有リ。名ヲ普照《ふせう》[一六]ト云ヒケリ。同《おなじ》[一七]院ニ住ム間、普照、「麦《むぎ》ノ

一 「ナ」は「皆」の捨仮名。
二 「貴ムデ」と同意、または「デ」の誤脱か。ここで文が終止していると解すると、次の「不悲ザルハ無シ」が落ち着かない。

第六話 出典は日本往生極楽記・12。
三 →地名「東塔」。
四 訓みは字類抄による。瘤。
五 「クスリ」と訓む根拠は未確認。名義抄、字類抄に見える「医」の訓「クスシ」を参考に、文脈から推して「クスリ」と訓む。
六 襟。極楽記「雖二以レ襟掩一レ之」。
七 「隠ス」の下に「ト」が誤脱か。
八 →地名「横川」。
九 極楽記「楞厳院砂碾峰」。→地名「砂礓ノ峰」。
一〇 寝ても覚めても。
一一 尊勝陀羅尼。→二〇六頁注一二。
一二 千手陀羅尼。→三六三頁注一九。
一三 諸本欠字。祖本の破損に因るか。極楽記「数年之後不レ治自痊。自謂仏力所レ致也」。
一四 (僧としての)生活を送るとしても、そんなに長い期間ではない。余命いくばくもないだろう。極楽記「縦我帰二故屋一、又営二世事一、在レ世日短」。

粥《かゆ》ヲ煮テ、院ノ内ノ人ニ施《せ》セム」ト思フ心有テ、其ノ粥ヲ煮ムガ為《ため》ニ、[一八]一夜[一九]湯屋ノ[二〇]⿰足斤《あしがなへ》ノ辺《ほとり》ニ有ルニ、俄《にはかに》[二一]艶《えもいは》ズ馥《かうば》シキ香《か》山ニ満《みち》テ、[二二]微妙《みめうの》音楽ノ音《こゑ》空ニ聞《きこ》ユ。普照此レヲ怪《あや》シビ思フト云ヘドモ、何事ト不知《しら》ズシテ[二三]仮《かり》ソメニ寐《ね》タルニ、夢ニ、[二四]一《ひとつ》ノ宝ヲ以テ厳《かざ》レル輿《こし》有リ。砂碹ノ峰ヨリ西方ヲ指《さし》テ飛去《とびさり》ヌ。多《おほく》ノ止事《やむごと》ナキ僧共《ども》ノ[二五]法服《ほふぶく》ヲ着《ちやく》セル、及ビ多《おほく》ノ音楽ヲ[二六]調《しら》ブル様々ノ天人ノ如クナル人等、皆此ノ輿ヲ[二七]囲遶《ゐねう》シテ前後・左右《さう》ニ有テ、輿ニ随《したがひ》テ[二八]□。遥《はるか》ニ輿ノ中ヲ見レバ、彼ノ砂碹ノ峰ニ住《すめる》僧此ノ輿ニ乗《のり》タリ、ト見テ夢覚《さめ》ヌ。

其ノ後、普照此ノ夢ノ[二九]虚実《こじつ》ヲ知ラムト思フ間ニ、[三〇]人有テ云《いは》ク、「彼ノ砂碹ノ峰ニ住スル僧、[三一]今夜《こよひ》既ニ死ニケリ」ト。普照此《これ》ヲ聞テ、「実《まこと》ニ彼ノ僧ノ極楽ニ参《まゐり》ケル也」ト知《しり》テ、[三二]同法《どうぼふ》ノ僧共《ども》ニ「我レ正《まさし》ク今夜《こよひ》極楽ニ往生スル人ヲ見ツル」ト語《かたり》テ、貴ビケリ。[三三]此レヲ聞ク人、亦《また》[三四]悲ビ不貴《たふとば》ズト云フ事無カリケリ。

此レヲ思《おもふ》ニ、極楽ニ往生スル人モ、皆縁有ル事也ケリ。彼ノ僧身ニ[三五]恙《つつが》有テ、其レヲ恥ヅルガ故《ゆゑ》ニ籠リ居テ勤メ行ヒテ、此《か》ク往生スル也ケリトナム語リ伝ヘタルトヤ。

一五 比叡山をさす。
一六 伝未詳。
一七 前出の「砂碹ノ峰」(注九)をさす。横川の砂碓堂。
一八 ある夜。
一九 浴場。
二〇 三本足の付いた金属製の容器。鼎。訓みは字類抄、名義抄による。
二一 なんともいえない芳香。
二二 美しく妙なる音楽。
二三 うたた寝をしたところ。
二四 宝で飾った美しい一つの輿がある。
二五 出家の着る衣服。僧衣。
二六 演奏する。
二七 取り囲んで。
二八 諸本欠字。祖本の破損に因るか。極楽記「僧侶及伶倫囲ニ繞輿之左右ニ」。
二九 うそかまことか。事実かどうか。
三〇 ある人が言うには。
三一 一日は晩からはじまり夕方に終わると意識されたため、朝からみてその前の夜をいう。現代語では「昨夜」と表現するところ。
三二 仏法の修行仲間。仲間の僧。
三三 以下、話末に至るまで極楽記には見えない。
三四 感動し貴ばない者はなかった。
三五 病気。わずらい。

梵釈寺住僧兼算《ぼんしやくじのぢうそうけんざん》、往生語《わうじやうせること》 第七

今昔《いまはむかし》、三井寺《みゐでら》[一]ノ北ニ梵釈寺《ぼんしやくじ》[二]ト云《いふ》寺有リ。其ノ寺ニ兼算《けんざん》[三]ト云フ僧住《ぢうし》ケリ。心ニ瞋《しん》[四]恚《い》ヲ発《おこ》ス事ヲ離レテ、諸《もろもろ》ノ人ヲ見テハ必ズ[五]物ヲ与ヘムト思フ心有ケリ。然レバ[六]、身ニ財《たから》ヲ不持《もた》ズト云ヘドモ[七]、房ノ内ニ一塵《いちぢん》[八]ノ物ヲ不貯《たくはへ》ズシ[九]、自然《おのづか》[一〇]ラ出来《いできた》ル物ヲバ、親《したし》キ踈《うと》キヲ不撰《えらば》ズ乞フ人ニ施《せ》ス。亦《また》、兼算幼ノ時ヨリ道心有テ、弥陀《みだ》[一一]ノ念仏ヲ唱《となへ》、亦、殊《こと》ニ不動尊《ふどうそん》[一二]ヲ念ジ奉《たてまつり》ケル。而《しか》ルニ、兼算若□[一三]時、夢ニ、止事無《やむごとな》キ人来《きたり》テ告《つげ》テ云《いは》ク、「汝ハ此レ、前生《ぜんしやう》ニ阿弥陀仏《あみだぶつ》[一四]ニ仕《つかまつ》[一五]リシ乞人《かたゐ》[一六]也」ト。

其ノ後、此ノ事ヲ信ジテ、年来《としごろ》念仏ヲ唱ヘテ過グル間、身ニ重キ病《やまひ》ヲ受《うけ》テ苦シビ煩ヒケルニ、七日ヲ経《へ》テ後ニ、兼算忽《たちまち》ニ起居《おきゐ》[一七]ヌ。傍《かたはら》[一八]ニ有ル人、病頗《やまひすこぶる》減ズル気有《けはひあり》ト見ル程ニ、兼算宜《よろ》[一九]シ気《げ》ナル気色《けしき》ニテ、弟子ノ僧ヲ呼《よび》テ語《かたり》テ云ク、「我レ既ニ命終リナムト為《す》ルニ、忽ニ空ノ中ニ微妙《みめう》[二〇]ノ音楽ノ音《こゑ》有リ。汝等同《おなじく》此レヲ聞クヤ否《いな》ヤ」ト。弟子[二一]、「不聞《きか》ズ」ト答《こたへ》テ、房ノ内ノ人ニ普《あまね》ク此《これ》ヲ問ニ、皆不聞《きかざり》ツル由《よし》ヲ云フ。

其ノ時ニ兼算、弟子共《ども》ヲ呼ビ寄セテ、諸共《もろとも》ニ念仏ヲ唱ヘテ暫《しばら》ク有《ある》程ニ、兼算亦臥《ふし》ヌ。弟子共ニ告《つげ》テ云ク、「汝等尚ゝ《なほなほ》念仏ヲ唱ヘテ、音《こゑ》ヲ断ツ事無カレ」。

第七話 出典は日本往生極楽記・13。
一 →地名「三井寺」。 二 →地名「梵釈寺」。
三 伝未詳。極楽記「梵釈寺十禅師兼算」。
四 怒り恨むこと。三毒の一。
五 極楽記「性好＝布施＿」。
六 以下、「乞フ人ニ施ス」までは極楽記には見えない。
七 「云ヘドモ」は直接的には「乞フ人ニ施ス」に係る。自身が貧乏だったにもかかわらず、物に執着しなかったことをいう。
八 塵一つほどの。ほんの僅かの。
九 「シテ」の「テ」が脱落か。
一〇 たまたま手に入ったもの。
一一 弥陀の名号を唱えること。南無阿弥陀仏。 一二 →人名「不動明王」。
一三 諸本欠字。祖本の破損に因るか。極楽記「往年夢、有レ人告曰」。
一四 →人名「阿弥陀如来」。
一五 帰依した。信仰した。
一六 乞食。極楽記「汝是前生帰＝弥陀仏＿一乞人也」。 一七 起き上がって坐った。
一八 以下、「見ル程ニ」まで極楽記には見えない。原典が語らない傍の人の心中や行動の描写を付加して、往生を一つの社会的事件として捉えようとしているのは本巻各話に共通する特色である。↓三八〇頁注一一。
一九 だいぶ楽になった様子で。極楽記「心神明了」。 二〇 美しく妙なる音楽。
二一 以下、「皆不聞ツル由ヲ云フ」までは極楽記には見えない。↓注一八。
二二 両手を組んで示す印契。仏菩薩の威力を象徴する。阿弥陀の定印は、両手を仰向け、右を上に掌を重ね、両方の人さ其ノ後、兼算手ニ阿弥陀ノ定印《ぢやういん》[二二]ヲ結《むすび》テ西ニ向《むかひ》テ、其ノ印不乱《みだれ》ズシテ失《うせ》ニケリ。弟[二三]子共此《これ》ヲ見テ、「我ガ師必ズ極楽ニ往生シヌ」[二四]ト云テ、泣ゝ《なくな》ク弥《いよい》ヨ念仏ヲ唱ヘテ悲[二五]ビ貴ビケリ。亦、此ヲ聞ク人、皆不貴《たふとば》ズト云フ事無カリケリ。「奇[二六]異ノ事也」トテ語リ伝フルヲ聞継《ききつぎ》テ、此ク語リ伝ヘタルトヤ。

比叡山横川尋静《ひえのやまのよかはのじんじやう》、往生語《わうじやうせること》第八

今昔《いまはむかし》、比叡《ひえ》ノ山横川《よかは》[二七]ニ尋静《じんじやう》[二八]ト云フ僧有ケリ。本《もと》[二九]ヨリ心ニ邪見《じやけん》[三〇]ヲ離レテ、正直《しやうぢき》[三一]ニシテ物ヲ惜ミ貪《むさ》ボル事無シ。人ノ来《きた》ル毎《ごと》ニハ先飯食《まづはんじき》[三二]ヲ儲令食《まうけてくはし》ム。十余箇年ノ間、山ノ外ニ不出《いで》ズシテ籠《こも》リ居《ゐ》テ、昼ハ金剛般若経《こんがうはんにやきやう》[三三]ヲ読《よみ》テ日ヲ暮ラシ、夜ハ弥陀《みだ》[三四]ノ念仏ヲ唱ヘテ夜ヲ暛《あ》[三五]カシ、如此《かくのごと》クシテ極楽ニ往生セム事ヲ懃《ねむごろ》ニ願ヒケリ。

而《しか》ル間、年月積《つもり》テ、尋静ガ年既ニ七十三[三六]ニ成ル年ノ正月ニ、尋静ガ身ニ病《やまひ》ヲ受《うけ》テ、日来《ひごろ》悩ミ煩フ間、弟子共《ども》ヲ勧メテ、諸共《もろとも》ニ毎日《ひごと》三時[三七]ニ弥陀ノ念仏三昧《さんまい》[三八]ヲ令修《しゆせし》ム。而ル間、二月ノ上旬ニ成テ、尋静弟子共ヲ皆呼ビ寄セテ語《かたり》テ云ク、「今、我レ夢ニ、大キナル光ノ中ニ数《あまた》ノ止事無《やむごとな》キ僧在《まし》マシテ、微妙《みめう》[三九]ノ宝ヲ荘《かざ》レル一《ひとつ》ノ輿《こし》ヲ持来《もてきたり》テ、微妙ノ音楽ヲ唱《となへ》テ西方ヨリ来《きたり》テ、虚空《こくう》[四〇]ノ中ニ有リ。此レ極楽ノ迎《むかへ》ナメリト思《おもふ》」。弟子[四一]

し指を立てて背合わせにし、両親指をその先端に触れさせる。

二三 以下、話末に至るまで、極楽記には見えない。↓注一八。 二四 「往生シヌベシ」の意。きっと往生したに違いない。

二五 感動し貴んだ。「悲(かな)ブ」は心を打たれ感動する意。 二六 不思議なことだ。

第八話 出典は日本往生極楽記・14。

二七 ↓地名「横川」。

二八 伝未詳。極楽記「延暦寺楞厳院十禅師尋静、華山覚恵律師門弟也」。

二九 もともと。生まれつき。極楽記「本性無レ所ニ悋惜一」。

三〇 仏法を理解しない間違った考え。

三一 心がまっすぐで邪曲を離れていること。 三二 底本「飯念」を訂した。食物。食事。極楽記「飲食」。

三三 金剛般若波羅蜜経。略して金剛経とも。一巻。鳩摩羅什訳。一切の存在や観念への執着を断って悟りを得るべきことを説く。 三四 ↓注一一。

三五 「暛」は「暁」の草体から生まれた字体か。夜が明ける意。 三六 極楽記「七十余歳」。同異本「七十三春」。

三七 一日に三回の勤行すべき定時。早朝・日中・日没。

三八 一心不乱に念仏を唱え続ける行。

三九 微妙は、はかり知れないほど深くみごとなこと、不可思議なまでのみごとさの意。霊妙な。

四〇 空中に浮かんでいる。

四一 以下の一文は極楽記には見えない。↓三八〇頁注一一。

共此レヲ聞テ、貴ビ思フ事無限《かぎりな》シ。

而ルニ、其ノ後五六日ヲ経《へ》テ、尋静更ニ沐浴《もくよく》シ清浄《しやうじやう》ニシテ、三箇日夜、永ク[一]飲食《おんじき》ヲ断《たち》テ、一心ニ念仏ヲ唱ヘテ怠ル事無シ。亦、弟子ヲ呼テ語テ云、「汝等、[二]今明《こんみやう》我レニ飲食ヲ勧メ、諸《もろもろ》ノ事ヲ問ヒ聞カスル事無カレ。我レ一心ニ極楽ヲ観念[三]スルニ、他《ほか》ノ思ヒ出来《いできた》レバ其ノ妨《さまたげ》ト成ル故《ゆゑ》也」ト云テ、即チ西ニ向《むかひ》テ掌《たなごころ》ヲ合セテ失《うせ》ニケリ。[四]弟子等此レヲ見テ、泣《なく》ゝ《な》ク弥《いよい》ヨ念仏ヲ唱ヘテ、師ノ極楽ニ往生セル事ヲ貴ビ悲[五]ビケリ。[六]山内《やまのうち》ノ人亦《また》此レヲ聞テ、皆貴ビ不悲《かなしま》ズト云《いふ》事無カリケリトナム語《かたり》伝ヘタルトヤ。

比叡山定心院供僧春素《ひえのやまのぢやうしんゐんのぐそうしゆんそ》、往生語《わうじやうせること》第九

今昔《いまはむかし》、比叡《ひえ》ノ山ノ定心院《ぢやうしんゐん》[七]ト云《いふ》所ノ供僧《ぐそう》[八]ノ十禅師《じふぜんじ》[九]ニテ春素《しゆんそ》[一〇]ト云フ僧有リテ[一一]、幼[一二]ニシテ山ニ登《のぼり》テ出家シテ、□[一三]ト云フ人ヲ師トシテ法文《ほふもん》ヲ学《まなび》[一四]テ、心直《うるは》[一五]シク身浄《きよ》クシテ犯ス所無シ。而《しか》ルニ、定心院ノ供僧トシテ其ノ院ニ住《ぢう》ス。春素常ニ止観《しくわん》[一六]ト云フ法文ヲ開キ見テ、生死《しやうじ》ノ無常ヲ観ジ、亦、日夜ニ弥陀《みだ》ノ念仏ヲ唱ヘテ、極楽ニ往生セム事ヲ願ヒケリ。

一 完全に飲食をやめて。極楽記「永絶㆓喰飯㆒」。
二 極楽記「汝僧不ㇾ可㆘勧㆓水漿㆒致㆗問訊㆖」。
三 精神を集中して(極楽や仏の姿を)思い浮かべ念じること。観想。
四 以下、話末に至るまで、極楽記には見えない。↓三八七頁注四一。
五 ↓三八七頁注二五。
六 比叡山内の人。

第九話　出典は日本往生極楽記・15。

七 ↓地名「定心院」。
八 供奉僧。本尊に仕えて奉仕する僧。
九 宮中の内道場に供奉する僧。智徳兼備の僧十人が任じられた。内供奉。
一〇 伝未詳。極楽記「延暦寺定心院十禅師春素」。
一一 通常は「有リケリ」と表現されるところ。
一二 以下「其ノ院ニ住ス」までは極楽記には見えず、本話で付加された記事。
一三 師僧の名の明記を期した意識的欠字。
一四 底本「法文ニ」を訂した。
一五 心がまっすぐで身は清浄であり、戒律を犯すことがなかった。
一六 ↓二一〇頁注一一。
一七 伝未詳。
一八 ↓人名「阿弥陀如来」。
一九 極楽記「禅僧一人童子一人」。
二〇 童子姿の天人。
二一 極楽記「如ㇾ重㆓花片㆒」。

如此《かくのごと》ク勤メ行ヒテ年来《としごろ》ヲ経《へ》ルニ、漸《やうや》ク年積《つもり》テ、春素ガ年七十四ニ成《なり》ヌ。其ノ年ノ十一月ノ比《ころほひ》、春素、弟子[一七]温蓮《うんれん》ト云フ僧ヲ呼《よび》テ語《かたり》テ云《いは》ク、「今、[一八]弥陀《みだ》如来《にょらい》我レヲ迎ヘ給ハムトシテ、其ノ使ニ貴キ[一九]僧一人・[二〇]天童一人此《ここ》ニ来《きた》レリ。共ニ白キ衣ヲ着タリ。其ノ衣ノ上ニ絵有リ。花ヲ[二一]重《かさね》タルガ如シ。「[二二]明《あ》ケム年ノ三四月ハ、此レ[二三]我ガ極楽ニ可参《まゐるべ》キ期《ご》也。今ヨリ[二四]速《すみやか》ニ飲食《おんじき》ヲ[二五]可断《たつべ》シ」ト示《しめし》給フ」ト。[二六]温蓮此レヲ聞テ、泣ゝ《なくな》ク貴ビ思テ、「我ガ師ニ相《あ》ヒ副《そ》ハム事、今幾《いくばく》ニ非ズ」ト、心細ク悲ク思フ間ニ、既ニ年明ケテ四月ニ成ヌ。

[二七]温蓮漸《やうや》ク師ノ往生ノ期《ご》ノ来《きた》ル事ヲ喜ビ思フト云ヘドモ、別レナムト為《す》ル事ヲ心細ク思フ間ニ、春素温蓮ヲ呼《よび》テ告《つげ》テ云ク、「前《さき》ノ弥陀如来ノ使、亦此《またここ》ニ来《きたり》テ、我ガ眼《まなこ》ノ前ニ在《まし》マス。我レ此ノ[二八]土《ど》ヲ去《さり》ナムト為《す》ル事、既ニ近シ」ト云テ、諸共《もろとも》ニ念仏ヲ唱ヘテ、[二九]日中ニ至《いたり》テ、春素西ニ向《むかひ》テ端坐《たんざ》シテ掌《たなごころ》ヲ合セテ失《うせ》ニケリ。[三〇]温蓮此レヲ見テ、「我ガ師身ニ病無《やまひなく》シテ、「弥陀如来ノ使来《きた》レリ」ト云テ、忽《たちまち》ニ失《う》セ給ヒヌ。疑ヒ無ク極楽ニ往生セル人也」ト知《しり》テ、喜ビ貴ビテ、弥《いよい》ヨ念仏ヲ唱ヘテ、泣ゝ《なくな》ク礼拝[三一]恭敬《くぎやう》シケリ。[三二]山内人《やまのうちのひと》、皆此ノ事ヲ聞テ、不貴《たふとば》ズト云フ事無シ。

此レヲ思フニ、実《まこと》ニ弥陀如来ノ使ノ可来《きたるべ》キト告ゲシ[三三]期《ご》不違《たがは》ズシテ、[三四]聊《いささかに》煩フ事無クシテ失《うせ》タル事[三五]可疑《うたがふべ》キニ非《あら》ネバ、此《か》ク語リ伝ヘタルトヤ。

二二　来年の三、四月は。
二三　春素をさす。直接話法に間接話法が混入したもの。
二四　極楽記「自レ今須レ断二飲食一」の「須(すべから)く」は、当然なすべきこととしての意。本話の「速ニ」とは文意が異なる。
二五　極楽記はこの後「唯飲レ茶耳」と続く。
二六　以下、「悲ク思フ間ニ」まで、極楽記には見えない。→注三〇。
二七　以下、「心細ク思フ間ニ」まで、極楽記には見えない。→注三〇。
二八　この世を去るのは間もなくだ。極楽記「定可レ去二閻浮一也」。
二九　正午前後。極楽記「至二日中一遷化矣」。
三〇　以下、話末に至るまで、本話で付加された記事。一般に往生人本人の言動にのみ叙述が集中して話としての厚みに乏しい極楽記に対して、周辺の人物の反応を丹念に付加しているのが本巻各話の特徴であるが(→三八〇頁注一一)、特に本話は原典の短小な叙述に比べて弟子温蓮の言動描写の付加が目立ち、本書の方法的特色を典型的に物語っている。
三一　恭敬は、つつしみうやまう意。
三二　比叡山内の人。
三三　時を違えず。予告通りに最期を迎えるのは往生を示す瑞相(異相)。
三四　少しもわずらうことなく(安らかに)亡くなったこと。安らかな最期は往生を示す瑞相(異相)。
三五　春素が極楽往生したことは疑いなく確実であるので。

比叡山僧明清《ひえのやまのそうみやうしやう》、往生語《わうじやうせること》 第十

今昔《いまはむかし》、比叡《ひえ》ノ山ノ□[一]ニ明清《みやうしやう》[二]ト云フ僧有ケリ。俗姓《ぞくしやう》藤原ノ氏《うぢ》。幼クシテ山ニ登《のぼり》テ出家シテ、□[三]ト云《いふ》人ヲ師トシテ真言《しんごん》[四]ノ蜜教ヲ受ケ学《まなび》テ、年来《としごろ》山ニ住《ぢう》シテ、行法《ぎやうぼふ》[五]ヲ修《しゆ》シテ怠《おこ》タル事無カリケリ。亦《また》、道心有テ、日夜ニ弥陀《みだ》ノ念仏ヲ唱ヘテ、極楽ニ往生セム事ヲ懃《ねむごろ》ニ願ヒケリ。

如此《かくのごと》ク勤メ行《おこな》フ間、年漸《やうや》ク積《つもり》テ、明清老《おい》ニ臨《のぞみ》テ、身ニ聊《いささか》ノ病《やまひ》ヲ受《うけ》タリ。其ノ時ニ、明清、弟子静真《じやうしん》[六]ト云フ僧ヲ呼ビ寄セテ、告《つげ》テ云《いは》ク、「地獄ノ火、遠クヨリ現ゼリ。我レ年来《としごろ》見ツラム様《やう》ニ、偏《ひとへ》ニ念仏唱ヘテ極楽ニ生レム事ヲ願ヒツルニ、本意無ク[七]今地獄ノ火ヲ見ル。然リト云ヘドモ、尚《なほ》念仏ヲ唱ヘテ弥陀如来《みだにようらい》[八]ノ助《たすけ》ヲ蒙《かうぶ》ラムヨリ外《ほか》ハ、誰カ此レヲ救ハム。然レドモ[九]、我レモ人モ共ニ心[一〇]ヲ至《いた》シテ念仏三昧《さんまい》[一一]ヲ可修《しゆすべ》キ也」ト云テ、忽《たちまち》ニ僧共《ども》ヲ請《しやう》ジテ、明清ガ枕上《まくらがみ》[一二]ニシテ念仏ヲ令唱《となへし》ム。

其ノ後暫《しばら》ク有テ、亦《また》明清静真ヲ呼ビ寄セテ、告《つげ》テ云ク、「我レ前《さき》ニ告ツル地獄ノ火、眼《まなこ》ノ前ニ現ゼリ[一三]ツルニ、今其ノ火既ニ滅シテ、即チ西方[一四]ヨリ月ノ光ノ様ナル光リ、来《きた》リ照《てら》ス。此レヲ思フニ、実《まこと》ニ念仏三昧ヲ修セルニ依《より》テ、弥陀[一五]如来ノ我レヲ助

第十話 出典は日本往生極楽記・19。私聚百因縁集・九・11に同話がある。

一 塔名または院名の明記を期した意識的欠字。明清(明請)は東塔東谷阿弥陀房に住した。

二 →人名「明清」。但し、極楽記「明靖」。同異本、明匠略伝「明請」。

三 師僧の名の明記を期した意識的欠字。明匠略伝によれば明清(明請)の師は智淵。

四 ここでは台密をさす。以下は極楽記「素嗜二密教一、兼念二弥陀一」を敷衍した叙述。

五 密教僧が伝法灌頂を受ける前に一定期間行わなければならない修法。十八道・金剛界・胎蔵界・護摩の四法からなる。四種行法。四度加行。

六 →人名「静真」。

七 不本意にも。

八 →人名「阿弥陀如来」。

九 文脈上は「然レバ」と順接であるべきところ。

一〇 まごころこめて。

一一 一心不乱に念仏を唱え続ける行。

一二 枕元。

一三 現れていたけれども。

一四 極楽記「西方之月微照」。西は極楽浄土のある方角。

一五 阿弥陀如来が私をお助け下さって極楽に迎えて下さる兆候だ。極楽記「誠是弥陀引摂之相也」。

一六 以下、「諸共ニ念仏ヲ唱フ」までは極楽記には見えない。→三八〇頁注一一。

ケテ迎ヘ可給《たまふべ》キ相《さう》也ケリ」ト云テ、泣〻《なくな》[16]ク弥《いよい》ヨ念仏ヲ唱フ。静真此レヲ聞《きき》テ喜ビ貴ビテ、請[17]シル所ノ僧共《ども》ニ此ノ事ヲ告テ、諸共《もろとも》ニ念仏ヲ唱フ。

其後《そののち》[18]、日ヲ隔《へだて》テ、明清命[19]終ラムト為《す》ル時ヲ知《しり》テ、沐浴《もくよく》シ清浄《しやうじやう》ニシテ、西ニ向《むかひ》テ端《たん》[20]坐《ざ》シテ掌《たなごころ》ヲ合セテ失《うせ》ニケリ。弟子静真此レヲ見テ、師[21]ノ言《こと》ニ不違《たがは》ズ往生スル事ヲ喜ビ貴ビテ、弥《いよい》ヨ念仏ヲ唱ヘケリ。山内《やまのうち》[22]ノ人、皆此レヲ聞テ、不貴《たふとば》ズト云フ事無シ。

此レヲ思《おもふ》ニ、往生ハ只念仏ニ可依《よるべ》キ事也トナム語リ伝ヘタルトヤ。

比叡山西塔僧仁慶《ひえのやまのさいたふのそうにんきやう》、往生語《わうじやうせること》第十一

今昔《いまはむかし》、比叡《ひえ》ノ山ノ西塔《さいたふ》[23]ニ仁慶《にんきやう》[24]ト云フ僧有ケリ。俗姓《ぞくしやう》ハ□[25]ノ氏《うぢ》。越前国《ゑちぜんのくに》ノ人也。幼ニシテ山ニ登《のぼり》テ出家シテ、住鏡阿闍梨《ぢうきやうあじやり》[26]ト云フ人ヲ師トシテ顕蜜[27]ノ法文《ほふもん》ヲ受ケ学《まなび》テ、師ニ仕ヘテ年来《としごろ》山ニ有ケル間ニ、暇《いとま》ノ隙《ひま》法花経《ほくゑきやう》[28]ヲ読誦《どくじゆ》シ、真言《しんごん》ノ行法《ぎやうぼふ》[29]ヲ修《しゆ》シテ、漸《やうや》[30]ク長大ニ成ル程ニ、本山《もとのやま》ヲ離レテ京ニ出《いで》テ住ム間ニ、人[31]有テ、請《しやうじ》テ経ヲ令読《よましめ》テ貴《たふと》メバ、其[32]レニ付《つき》テ京ニ有ルニ、或ル時ニハ仏道ヲ修行セムガ為《ため》ニ京ヲ出《いで》テ所〻《ところどころ》ノ霊験ノ所ニ流浪ス。或ル時ニハ国ノ司《つかさ》ニ付《つき》テ遠キ国〻ニ行《ゆき》テゾ有ケル。如此《かくのごと》クシテ世ヲ

一七「請ジル」と訓めば上一段活用の早い例となるが如何。流布本の「請ジツル」に従うべきか。
一八 以下は極楽記「命終之日、強扶ニ微力一、沐浴西向気絶矣」を敷衍した叙述。
一九 自分の最期の時を予知して。
二〇 姿勢を正しく坐ること。
二一 師僧が予告通りに亡くなった(往生した)ことを喜び貴んで。予告通りに死ぬのは往生を示す瑞相(異相)。
二二 比叡山内の人。

第十一話　出典は法華験記・中・52。

二三 →地名「西塔」。
二四 伝未詳。験記「沙門仁慶、叡山西塔住僧、住鏡(彰考館本「仁鏡」)阿闍梨弟子也」。
二五 俗姓の明記を期した意識的欠字。
二六 底本「住」に「仁歟」と傍書、「鏡」字を食偏に作る。東北本、信友本「仁鏡」。験記の本文も「住鏡」「仁鏡」の二種に分かれる(→注二四)。仁鏡は未詳。住鏡が正か。→人名「住鏡」。
二七 顕密。顕教と密教。
二八 →一五四頁注七。
二九 →注五。
三〇 次第に壮年を迎える頃に。験記「臨ニ盛年一時」。
三一 ある人が。以下は験記「乃趣ニ遠国一、或為ニ修行一、或随ニ国司一」を敷衍した叙述。
三二 その人にすがって京で暮らすようになったが。

渡ルト云ヘドモ、必ズ毎日《ひごと》ニ法花経一部ヲ読誦シテ不欠《かか》[一]ザリケリ。自《みづから》[二]ノ為《ため》ノ功徳《くどく》トシケリ。

而《しか》ル間、遂《つひ》ニ京ニ留《とどまり》テ、大宮ト□[三]トニゾ住《ぢうし》テ有ケリ[四]。漸《やうや》ク年積《つもり》テ老《おい》ニ臨《のぞ》メレ[五]バ、世ノ中ヲ哀レ[六]ニ無端《あぢきな》ク思テ、殊《こと》ニ道心□[七]ケレ[八]、聊《いささか》[九]ニ房ノ具ナドノ有ケルヲ投ゲ棄《すて》テ、両界《りやうがい》[一〇]ノ曼陀羅《まんだら》ヲ書《かき》奉リ、阿弥陀仏《あみだぶつ》[一一]ノ像ヲ造リ奉リ、法花経《ほくゑきやう》ヲ写シ奉テ、四《し》[一二]恩法界《おんほふかい》ノ為《ため》ニ供養シツ。其ノ後、幾《いくばく》ノ程ヲ不経《へ》ズシテ、仁慶身ニ病《やまひ》ヲ受《うけ》テ、日来《ひごろ》[一三]悩ミ煩フ間、自《みづか》ラ法花経ヲ誦《じゆ》シテ断ツ事無シ。亦《また》、他《ほか》ノ僧ヲ請《しやう》[一四]ジテ法花経ヲ令読誦《どくじゆせしめ》テ、心[一五]ヲ至《いた》シテ此レヲ聞ク。如此《かくのごと》クシテ日来《ひごろ》有ル間、遂《つひ》ニ失《うせ》ヌレバ、葬《さう》[一六]シテケリ。

其ノ後、隣ナル人ノ夢ニ、大宮ノ大路ニ五色[一七]ノ雲空ヨリ下《くだ》ル。微妙《みめう》[一八]ノ音楽ノ音《こゑ》有リ。其ノ時ニ、仁慶頭《かしら》ヲ剃リ法服《ほふぶく》[一九]ヲ着《ちやく》シテ、香炉《かうろ》ヲ取《とり》テ西ニ向《むかひ》テ立テリ。空ノ中ヨリ蓮花台《れんぐゑだい》[二〇]下《くだ》ル。仁慶其レニ乗《のり》テ、空ニ昇《のぼり》テ遥《はるか》ニ西[二一]ヲ指《さし》テ去ル。而《しか》ル間、人[二二]有テ云ク、「此ハ仁慶持経者《ぢきやうじや》ノ極楽ニ往生スル也」ト云フ、ト見テ、仁慶[二三]ガ房ニ此ノ事ヲ告《つげ》ケリ。房ノ弟子此レヲ聞《きき》テ貴ビ悲[二四]ビケリ。亦、七〻日《なななぬか》[二五]ノ法事畢《をはりぬ》。其ノ夜、或ル人夢ニ、前《さき》ノ夢ノ如ク只同ジ様《やう》ニ見テ、告《つげ》ケリ。

此[二六]レヲ聞ク人、皆仁慶ハ必ズ極楽ニ往生セル人也ト云テゾ貴ビケルトナム語リ伝ヘタルトヤ。

一 欠かさなかった。
二 自分の後世菩提のための功徳。
三 大・小路名の明記を期した意識的欠字。験記に住所の記事はないが、後に仁慶が往生の時、大宮大路に瑞雲が見えたとあるので、大宮大路沿いのどこかに住んだと考えたのであろう。
四 上に係助詞「ゾ」があるにもかかわらず終止形で結ばれている。
五 「レ」は完了の助動詞「リ」の已然形。老年を迎えたので。
六 しみじみとつまらなく思って。「無端」の訓みは字類抄による。
七 底本の祖本の破損に因る欠字か。験記「殊発二道心一」。
八 底本「ケレ」は下に「バ」が脱落か。但し、京大四冊本等の「ケム」も捨て難い。
九 僧房内に所有していた私物類。
一〇 金剛界曼荼羅(三六八頁注五)と胎蔵曼荼羅(三六七頁注三五)。
一一 →人名「阿弥陀如来」。
一二 四恩は、全ての人間が受ける四種の恩。心地観経によれば父母・衆生・国王・三宝の恩。法界は全ての世界。宇宙。
一三 数日。験記「多日辛苦」。
一四 招請して。招いて。
一五 まごころこめて。一心不乱に。
一六 この一文は験記にはない。
一七 普通には青・黄・赤・白・黒の五色。この雲は極楽浄土からの聖衆来迎を示す瑞相(異相)。
一八 微妙は、はかり知れないほど深くみごとなこと、不可思議なまでのみごとさ。
一九 僧衣。
二〇 蓮の花の形に作った台。蓮華座。蓮台。
二一 西は極楽浄土の方角。
二二 ある人が言うには。
二三 仁慶の僧坊。以下、「悲ビケリ」まで

比叡山横川境妙《ひえのやまのよかはのきやうめう》、往生語《わうじやうせること》第十二

今昔《いまはむかし》、比叡《ひえ》ノ山ノ横《よ》川《かは》[二七]ニ境妙《きやうめう》[二八]ト云フ僧有ケリ。俗姓《ぞくしやう》ハ□[二九]氏《うぢ》。近江《あふみ》ノ国ノ人也。幼クシテ山ニ登《のぼり》テ出家シテ、師ニ随《したがひ》テ法花経《ほくゑきやう》[三〇]一部ヲ受ケ学《まなび》テ後、日夜ニ読誦《どくじゆ》スル程ニ、暗《そら》ニ思《おぼえ》ニケリ。然レバ、年来《としごろ》他念無ク法花経ヲ持奉《たもちたてまつり》テ、既ニ二万部ヲ読誦シタリ。

而《しか》ル間、行願寺《ぎやうぐわんじ》[三一]ト云フ寺ニ行キ居《ゐ》テ、静《しづか》ニシテ法花経ヲ書キ奉テ、三十座[三二]ノ講ヲ儲《まうけ》テ此レヲ令講《かうぜし》ム。其ノ講ノ結願《けちぐわん》[三三]ノ日ハ、十種[三四]ノ供具《くぐ》ヲ儲《まうけ》テ法[三五]ノ如ク行ヒケリ。

而ル間、兼《かね》テ命終ラム時ヲ知《しり》テ、比叡ノ山ニ登テ所々ノ堂舎ヲ廻《めぐ》リ礼《らい》シ、古キ同《どう》[三六]法《ぼふ》ニ値《あひ》テ不審《いぶかし》[三七]キ事共《ども》ヲ云置《いひおき》テ云《いは》ク、「此レ最後ノ対面也」ト。此レヲ聞ク人怪《あやし》ビ思フ。境妙本《もと》ノ行願寺ニ返《かへ》リ行《ゆき》テ後、幾《いくばく》ノ程ヲ不経《へ》ズシテ身ニ病《やまひ》ヲ受《うけ》テ、言《こと》[三八]ヲ吐《はき》テ云ク、「境妙ガ最後ノ病此レ也。此ノ度《たび》必ズ死ナムトス」云[三九]テ、沐浴《もくよく》シテ浄《きよ》キ衣ヲ着テ堂入《だうにいり》テ、阿[四〇]弥陀仏ノ御手ニ五[四一]色ノ糸ヲ付《つけ》テ、其レヲ引《ひか》[四二]ヘテ西ニ向《むかひ》テ念仏ヲ唱フ。亦、数《あまた》ノ僧ヲ請《しやうじ》テ法花経ヲ令読誦《どくじゆせし》メ、懺法《せんぼふ》[四三]ヲ令行《おこなはし》メ、念[四四]仏三昧《さんまい》ヲ令修《しゆせし》ム。而ル間、境妙貴クシテ失《うせ》ヌ。

験記には見えない。 二四 感動した。 二五 死後四十九日目に行う法要。験記「四十九日法事之夜」。 二六 以下、話末に至るまで験記には見えない。

第十二話 出典は法華験記・中・51。拾遺往生伝・上・24に同話がある。
二七 →地名「横川」。 二八 伝未詳。
二九 俗姓の明記を期した意識的欠字。
三〇 →一五四頁注七。
三一 →地名「行願寺」。
三二 法華三十講。法華経二十八品と無量義経(開経)、観普賢経(結経)を合わせて三十座にわたって講説する法会。
三三 日数を定めて行う法会の末日。
三四 法華経・四・法師品に説かれる十種のもの(華・香・瓔珞・抹香・塗香・焼香・繒蓋・幢幡・衣服・伎楽)を三宝に供養して合掌恭敬すること。写経供養や大法会で必ず行われる儀式。
三五 定められた方式通りに。
三六 仏法の修行者仲間。仲間の僧。
三七 気がかりなこと。具体的には、思い残すことがないように相手の安否を問うたり自分の思いを伝えたりしたのである。験記「不審清談、皆遺二芳言一」。
三八 験記「即吐二詞言一」の直訳。 三九 上に「ト」があるべきところ。 四〇 →人名「阿弥陀如来」。 四一 青・黄・赤・白・黒色の糸。これを自分の手から阿弥陀仏の像の手へかけわたして浄土への引導を願った。
四二 手に引いて。 四三 法華懺法。法華経を読誦して罪障を懺悔する法要。
四四 一心不乱に念仏を唱え続ける行。

其ノ後、或ル聖人ノ夢ニ、境妙聖人金《こがね》ノ車ニ乗リ[一]、手ニ経ヲ捧《ささげ》テ、数《あまた》ノ天童[二]ニ[三]被囲遶《ゐねうせられ》テ遥《はるか》ニ行ク。其ノ時ニ、人有テ云ク、「今、境妙聖人ノ極楽ニ往生スル儀式[四]、不可思議也」ト云フ、ト見テ夢覚《さめ》ニケリ。

[五]此ノ事ヲ人ニ語《かたり》ケレバ、此レヲ聞ク人、境妙聖人兼《かね》[六]テ死期《しご》ヲ知《しり》テ人ニ告《つげ》テ、終リ貴クテ失《うせ》ヌルニ、夢ノ告ゲ疑ヒ無ケレバ、必ズ往生セル人トゾ貴ビケルトナム語リ伝ヘタルトヤ。

石山僧真頼《いしやまのそうしんらい》、往生語《わうじやうせること》第十三

今昔《いまはむかし》、[七]石山《いしやま》ト云フ所有リ。[八]東寺《とうじ》ノ流レトシテ真言《しんごん》ヲ崇《あが》ムル所也。其ノ寺ニ[九]真頼《しんらい》ト云フ僧有ケリ。幼[一〇]クシテ出家シテ此ノ寺ニ住シ、[一一]淳祐内供《しゆんいうないぐ》ト云フ人ヲ師トシテ真[一二]言ノ蜜法ヲ受ケ学《まなび》テ後、毎日《ひごとに》[一三]三時ニ[一四]行法《ぎやうぼふ》ヲ修《しゆ》シテ一時ヲモ闕《か》ク事無カリケリ。

如此《かくのごと》ク勤メ行ヒテ年来《としごろ》ヲ経《へ》ルニ、真頼老《おい》ニ臨《のぞみ》テ身ニ病《やまひ》有テ、既ニ命終ラムト為《す》ル日、弟子[一五]長教《ちやうけう》ト云フ僧ヲ呼ビ寄セテ、告《つげ》テ云《いは》ク、「我レ必ズ今日死ナムトス。而《しか》ルニ、汝《なむ》ヂ未《いま》ダ受ケ不学《まなば》ザル金剛《こんがう》□[一六]ノ[一七]印契《いんげい》・[一八]真言有リ。其レ速《すみやか》ニ可教《をしふべ》シ」ト云《いひ》テ、即チ授ケ畢《をはり》ヌ。其ノ後、沐浴《もくよく》シテ、弟子共《ども》[一九]ニ告テ云ク、「我レ年来《としごろ》此ノ寺ニ住《ぢうし》テ、

一 底本「垂リ」を訂した。
二 童子姿の天人。
三 取り囲まれて。
四 様子。有様。
五 験記「覚後随喜無レ極矣」。第一次的経験者(ここでは夢を見た人)が他人に語ったとし、それを聞いた人の反応を記す形で記事を増補して、個人の感懐を集団のそれに切り換えていくのは本書の各話に共通する手法。
六 前もって。死期の予知、安らかな終焉、夢告等は、全て往生を示す瑞相(異相)である。

第十三話 出典は日本往生極楽記・20。

七 →地名「石山寺」。
八 →地名「東寺」。 九 →人名「真頼」。
一〇 この一句、極楽記には見えない。本書の定型的付加句。
一一 →人名「淳祐」。
一二 真言の密法。ここでは東密をさす。
一三 一日に三回の勤行すべき定時。早朝・日中・日没。
一四 →三九〇頁注五。
一五 →人名「長教」。
一六 底本の祖本の破損に因る欠字か。極楽記「金剛界」によれば、欠字は「界」。
一七 手指を組んで様々な形に作る印相。手印。印。仏菩薩の内証を象徴する。密教では特に尊重され、三密の一(身密)とされる。
一八 密教の呪句。短句を真言、長句を陀羅尼という。

既ニ死ナムトス。[二〇]今此ノ寺ノ内ヲ出《いで》テ、山ノ辺《ほとり》ニ移《うつり》ナムト思フ」ト。弟子共此レヲ聞テ、師ヲ惜ムト云ヘドモ、師ノ最後ノ言《こと》ヲ不違《たがへ》ジト思フガ故《ゆゑ》ニ、輿《こし》ニ乗セテ山ニ将行《ゐてゆ》ク。真頼山ニ行《ゆき》テ、即チ西ニ向《むかひ》テ端坐《たんざ》[二一]シテ、掌《たなごころ》ヲ合セテ念仏[二二]ヲ唱ヘテ失《うせ》[二三]ニケリ。弟子共此レヲ見テ、貴ビ悲ブ[二四]事無限《かぎりな》シ。

其ノ後、同ジ寺ニ真珠《しんじゅ》[二五]ト云フ僧有リ。夢ニ、数《あまた》ノ止事無《やむごとな》キ僧幷《ならび》ニ多《おほく》ノ天童[二六]来《きたり》テ、真頼ヲ迎ヘテ西ヘ去《さり》ヌ、ト見テ夢覚《さめ》テ後、寺[二七]ノ僧共《ども》ニ普《あまね》ク此ノ夢ヲ語《かたり》ケリ。

此レヲ聞ク人、皆真頼必ズ極楽ニ往生セル人也ト知《しり》テ貴ビケリトナム語リ伝ヘタルトヤ。

醍醐観幸入寺《だいごのくわんかうにふじ》、往生語《わうじやうせること》第十四

今昔《いまはむかし》、醍醐《だいご》[二八]ニ観幸入寺《くわんかうにふじ》[二九][三〇]ト云フ僧有ケリ。幼ニシテ出家シテ、仁海僧正《にんかいそうじやう》[三一]ト云フ人ヲ師トシテ真言《しんごん》[三二]ノ蜜法ヲ受ケ学《まなび》テ後、行法《ぎやうぼふ》[三三]ヲ修《しゆ》シテ怠《おこた》ル事無カリケリ。然《しかれ》バ、道ノ思《おぼ》エ止事無《やむごとな》クシテ、東寺[三四]ノ入寺《にふじ》[三五]僧《そう》ニ成《なり》ニケリ。

而《しか》ル間、観幸何《いか》ナル縁ニカ有ケム、堅ク道心発《おこり》ニケレバ、本寺《もとのてら》ヲ去《さり》テ忽《たちまち》ニ土佐国《とさのくに》ニ行《ゆき》テ、偏《ひとへ》ニ名聞《みやうもん》[三六]・利養《りやう》ヲ棄《すて》テ、聖人《しやうにん》[三七]ニ成《なり》テ年来《としごろ》行ヒケルニ、或ル時ニ、俄《にはか》ニ観幸

一九 底本「共ニ失ニ」。「失ニ」は衍字とみて削除した。
二〇 寺内に死穢が生じるのを避けるため、寺外に出ることを希望したのであろう。寺内に生じた死穢をモチーフとする話の例が巻二九・17に見られる。
二一 →三九一頁注二〇。
二二 底本「ツ」は「仏」の捨仮名とも解せるが、諸本により「ヲ」に訂した。
二三 底本「共ニケリ」を訂した。
二四 感動する。
二五 伝未詳。極楽記「同寺僧真珠」。
二六 童子姿の天人。極楽記「丱童」。
二七 以下、話末に至るまで極楽記には見えない。→注五。

第十四話　出典未詳。

二八 →地名「醍醐」。
二九 観杲のことか。→人名「観幸」。
三〇 真言宗の大寺院に置かれた学僧の階位。衆分の上、阿闍梨の下。
三一 →人名「仁海」。
三二 真言の密法。ここでは東密をさす。
三三 →三九〇頁注五。
三四 →地名「東寺」。
三五 「入寺」に同じ。→注三〇。
三六 世間の名声と利得を得ようとすること。名誉欲と財欲。
三七 ここでは名利から遠く離れてひたすら修行に励む高徳の僧の意。第39話において源信の母が「名僧」になるな、「聖人」になれと諭しているのも、これと同じ意味においてである。→四三八頁注一三。

弟子ノ僧ニ告《つげ》テ云《いは》ク、「我レ明日ノ[一]未時《ひつじのとき》ニ死ナムトス。汝等諸共《もろとも》ニ只今ヨリ明日ノ未時マデ、念仏ヲ唱ヘテ音《こゑ》ヲ断ツ事無カレ」ト云《いひ》テ、自《みづか》ラ沐浴《もくよく》シテ浄《きよ》キ衣ヲ着テ、念仏ヲ始メ唱ヘテ終夜《よもすがら》居《ゐ》[二]タリ。夜[三]曉《あけ》テ、既ニ[四]午時《うまのとき》ニ成ル程ニ、観幸持[五]仏堂ニ入《いり》テ[六]内差差《うちざしにさ》シ籠《こめ》テ居《ゐ》ヌ。弟子物ノ迫《はさま》ヨリ臨《のぞ》キテ見レバ、仏ノ御前ニ[七]端坐《たんざ》シテ行ヒ居タリ。良久《ややひさし》ク有ルニ、戸ヲ叩《たたき》テ呼ブト云ヘドモ音《こゑ》モ不為《せ》ネバ、[八]戸ヲ放チテ入テ見ルニ、掌《たなごころ》ヲ合セテ端坐シテ死《しに》テ有リ。弟子等此レヲ見テ、泣《なく》ゝ《な》ク[九]悲ビ貴ムデ、弥《いよい》ヨ念仏ヲ唱ヘケリ。其ノ辺《ほとり》ノ人多ク此ノ事ヲ聞継《ききつぎ》テ、集リ来《きたり》テ礼《をが》ミ貴ビケリ。

[一〇]世ノ末ニモ此《かか》ル希有《けう》ノ事ハ有《あり》ケリトテ、其レヲ見ケル人ノ語リ伝ヘタルヲ聞キ継《つぎ》テ、此《か》ク語リ伝ヘタルトヤ。

比叡山僧長増《ひえのやまのそうちやうぞう》、往生語《わうじやうせること》第十五

今昔《いまはむかし》、比叡《ひえ》ノ山[一一]東塔《とうたふ》ニ[一二]長増《ちやうぞう》ト云フ僧有ケリ。幼クシテ山ニ登《のぼり》テ出家シテ、[一三]名祐《みやういう》律師《りつし》ト云フ人ヲ師トシテ[一四]顕蜜ノ法文《ほふもん》ヲ学ブニ、心深ク智《さと》リ広クシテ皆其ノ道ニ極《きは》メタリ。

然レバ、山ニ住《ぢう》シテ年来《としごろ》ヲ経《へた》ル間ニ、長増道心発《おこり》ニケレバ、心ニ思ハク、「我ガ

一 午後二時頃。 二 坐っていた。
三 「曉」は「暁」の草体から生まれた字体か。夜が明ける意。 四 正午になる頃に。
五 持仏(注二二)を安置してある堂。
六 底本「内着着〈ィ無〉シ」を訂した。内側から鍵(または、かんぬきなど)をかけて。東北本「内着シ」。 七 姿勢を正しく坐ること。 八 戸を開けて。
九 感動し貴んで。 一〇 現在を末世と認識する、いわゆる末法思想に基づく文言。本書にはしばしば原典にない付加句として見られる。但し、末法の認識が絶望に直結して終わるのではなく、末世にもかかわらず実現している往生・霊験を見つめようとするところに本書編纂の原点があったと見るべきだろう。

第十五話 出典未詳。発心集・一・3、古事談・三・36、私聚百因縁集・九・15、三国伝記・九・21等に主人公の名を平灯(平等)とする異伝がある。
一一 →地名「東塔」。 一二 伝未詳。
一三 底本「名社」を訂した。但し「明祐」と表記されることが多い。→人名「明祐」。
一四 顕密。顕教と密教。
一五 僧綱補任・名祐「応和元年(九六一)入滅。二月十八日。往生極楽云々」。
一六 なんとかして極楽に往生したい。
一七 底本「長僧」を訂した。萩野本「長増」。
一八 僧坊。 一九 便所。
二〇 どこかよその知り合いの僧房にでも行ったのだろうか。
二一 (それにしても一度は)自分の房に戻って手を洗って、どこに行くにせよ数珠

師ノ名祐律師モ極楽ニ[一五]往生シ給ヘリ。我レモ何《いか》[一六]デ極楽ニ往生セム」ト思ヒ歎《なげき》テ、他人ニモ如此《かくのごと》ク云ケル程ニ、長増[一七][一八]房ヲ出《いで》テ[一九]厠《かはや》ニ行《ゆき》テ、良久《ややひさし》ク返《かへ》リ不来《きたら》ザリケレバ、弟子此《これ》ヲ怪《あやし》ムデ行キ見ルニ、無ケレバ、「[二〇]外《ほか》ニ知《しり》タル房ニ行《ゆき》タルニヤ」ト思ヘドモ、「[二一]房ニ返《かへり》テ手洗ヒテ、念珠《ねんじゅ》・袈裟《けさ》ナド取《とり》テコソ何《いづ》クヘモ行《ゆ》カメ[二二]。怪シキ態《わざ》カナ」ト思テ、所々《ところどころ》ヲ尋ネ行《あり》クニ、無シ。房ニ多ク法文《ほふもん》・[二三]持仏《ぢぶつ》ナドノ御《おは》スルモ[二四]取リ不拈《したため》ズシテ、無ケレバ、心モ不得《え》ズ。何《いづ》クヘ坐《いま》ストモ此等《これら》ヲバ取リ置《おき》[二五]テコソ可坐《いますべ》キニ、此《か》ク俄《にはか》ニ死《しに》タル人ノ様《やう》ニ不坐《いまさ》ネバ、弟子共《ども》泣キ迷《まどひ》テ求ムルニ、其ノ日不見《み》エズ。其ノ後、日来《ひごろ》ヲ経《ふ》ト云ヘドモ、遂《つひ》ニ不見《み》エズ成《なり》ヌレバ、弟子共其ノ房ニ住《ぢうし》テゾ有ケル。多《おほく》ノ法文共《ども》ハ、[二六]同法弟子《どうぼふのでし》ニテ有ケル[二七]清尋供奉《しやうじんぐぶ》ト云フ人、皆[二八]拈《したため》テ運ビ取《とり》テケリ。其ノ後数十年ヲ経《ふ》ト云ヘドモ、遂《つひ》ニ不聞《きこ》エズシテ止《やみ》ヌ。

而《しか》ル間、清尋供奉モ年六十許《ばかり》ニ成ル程ニ、[二九]藤原ノ知章《ともあきら》ト云フ人[三〇]伊予《いよ》ノ守《かみ》ニ成《なり》テ国ニ[三一]下《く》ダルニ、此ノ清尋供奉ヲ事ノ縁有ルニ依《より》テ[三二]祈《いのり》ノ師ニ語《かたらひ》ケレバ、守ニ具シテ下《くだり》ヌ。清尋供奉[三三]国ニ行《ゆき》タレバ、別ノ房ヲ新シク造《つくり》テ居《すゑ》ヘタリ。修法《しゆほふ》ナドモ其ノ屋ノ内ニシテ令行《おこなはし》メケリ。守《かみ》此ノ清尋ヲ貴キ者ニシテ、[三四]国人ヲ以テ[三五]宿直《とのゐ》ニモ差シ分《わか》チ、食物《じきもつ》ナドモ[三六]別ニ行《おこな》フ人ヲ定メテ帰依《きえ》スレバ、国ノ内ノ人皆清尋ヲ敬フ事無限《かぎりな》シ。其ノ房ノ辺《ほとり》ヲバ[三七]蠅《はへ》ヲダニ翔《かけ》ラセズシテ、清尋人ヲ[三八]追ヒ喤《ののし》ル。房ノ[三九]延《えん》ニハ[四〇]菓子《くだもの》・御 [四一]菜《くさびら》持来《もてきたり》テ

を持ち袈裟を身につけてから出かけるはずだ。　二二 底本「行カヌ」を訂した。萩野本「行メ」。　二三 念持仏。守り本尊として身近に安置し朝夕礼拝する仏像。　二四 取り片づけないまま、いなくなったので。　二五 底本「置キコソ」を訂した。萩野本「置テコソ」。
二六 同法であり弟子でもあったとすれば、清尋(静真)は長増(平灯・平等)と同じく名祐(明祐)に師事していたことになる。また、長増の同法の僧の弟子であったとすれば、静真の師の明請(→次注)と長増とが同法であったことになるが、詳細は未詳。　二七 普通には「静真」と表記される人物であろう。静真は、明匠略伝によれば明請の弟子。古事談によれば平灯の弟子。→人名「静真」。　二八 整理して自分の房に運び移してしまった。　二九 →人名「知章」。
三〇 知章は、谷阿闍梨伝によれば長徳年中(九九五―九九九)に任伊予守。権記・長保元年(九九九)十一月二十四日条に前伊予守。
三一 萩野本「下〈クタ/リ〉タルニ」。
三二 自分の祈りの師(延命・息災などのために祈禱する僧)にならないかと話を持ちかけたので。　三三 その国(伊予)に行ったところ。　三四 土地の人。
三五 夜間宿泊して身辺を警護すること。
三六 特別に差配する人。　三七 蠅一匹飛ばせないで。威風付近を圧する様子。
三八 底本「退ヒ喤ル」を訂した。萩野本「追ヒ喤ル」。口やかましく人を追い使う。
三九 縁側。　四〇 果実や木の実。
四一 野菜やきのこの類。

所無ク居《すゑ》ヘ並《なみ》タリ。[一]

而《しか》ル間、房ノ前ニ切懸《きりかけ》[二]ヲ立渡《たてわた》シタル外ヨリ見レバ、ヒタ[三]黒ナル田笠《たがさ》[四]ト云フ物ノ鉉《はた》[五]破レ下《さがり》タルヲ着タル老法師ノ、蓑《みの》ノ腰マデ擲《そそ》[六]ケ懸《かかり》タルヲ係《かけ》テ、身ニハ調布《てうふ》[七]ノ帷《かたびら》[八]、濯《すす》[九]ギケム世モ不知《しら》ズ朽《くち》タルヲ二ツ許《ばかり》着タルニヤ有ラム、藁沓《わらぐつ》[一〇]ヲ片足ニ履《はき》テ、竹ノ杖《つゑ》ヲ築《つき》[一一]テ、房ノ内ニ只入《い》[一二]リニ入《い》リ来《きた》レバ、宿直《とのゐ》ノ国人共《ども》此レヲ見テ、「彼《か》ノ門乞匃《かどかたゐ》[一三]ノ、御房ノ御前ヘ参《まゐり》ヌル」ト云《いひ》テ、追ヒ喤《ののし》[一四]ル。

清尋、「何者ノ来《きた》ルヲ追フニカ有ラム」ト思テ、障紙《しやうじ》[一五]ヲ引キ開《ひら》キ、顔ヲ差出《さしいで》テ見レバ、奇異《あさま》[一六]シ気《げ》ナル乞匃《かたゐ》ノ来《きた》ル也ケリ。乞匃近ク寄リ来《きたり》テ笠ヲ脱《ぬぎ》タル顔ヲ見レバ、我ガ師ノ山ニテ厠《かはや》ニ行《ゆき》テ失《うせ》ニシ長増供奉ノ坐《いま》スル也ケリ。正《まさしくか》[一七]此ク見ツレバ、清尋驚《おどろき》テ下《おり》[一八]テ居《ゐ》タレバ、追ヒ次《つづ》[一九]キテ国人共《ども》杖ヲ持テ追ヒ喤《ののし》ル、清尋ガ下《おり》テ居《ゐ》タルヲ見テ、或《あるい》ハ澆《あわて》[二〇]テ立《たて》リ、或《あるい》ハ走リ返《かへ》リ去《さり》テ云《いは》ク、「彼《か》ノ門乞匃《かどかたゐ》ノ御房ノ御前ニ参《まゐり》ツレバ、追ヒ去《の》ケムト思テ走リ寄タルニ、御房ノ此ノ乞匃ヲ見テ手迷《まど》[二一]ヒヲシテ下《おり》テコソ居《ゐ》給[二二]ヒツレ」ナド、云ヒ騒ギ、喤《ののし》ル事無限《かぎりな》シ。

長増ハ清尋ガ下《おり》タルヲ見テ、「疾《とく》[二三]登リ給ヘ」ト云《いひ》テ、共ニ板敷《いたじき》ニ登《のぼり》テ、長増蓑・笠延《えん》ニ脱ギ置キ、障紙ノ内ニ這《は》ヒ入《いり》ヌ。清尋モ次《つづ》キテ入テ、長増ガ前ニシテ臥《ふ》[二四]シ丸《まろ》ビ泣ク事無限《かぎりな》シ。長増モ泣ク事無限《かぎりな》シ。暫《しばし》許《ばかり》有テ、清尋ガ云ク、「此《こ》ハ何《いか》デ此《か》ク

一 びっしりと置き並べている。
二 板塀の一種。鎧板を打ちつけて外から透けて見えないようにしたもの。
三 真っ黒な。
四 田植えなどの時にかぶる小さくて浅い笠。
五 縁が破れてぶら下がっているのを。
六 ぼろぼろに破れそそけているのを。字類抄には「ワワク」「ソソク」両方の訓みがあるが、萩野本の振仮名「ソソケ」を参考に、ソソクを採用することにした。ワワクは粗末な衣服の形容として万葉集・五・八九二の貧窮問答歌以来諸書に用例が見え、ソソクはほつれ乱れた髪や草の形容としての例が多いようである。
七 いわゆる租庸調の調として納める布。転じて、粗末な手織りの布。
八 裏を付けない一重の着物。
九 いつ洗濯したかわからないほど汚れてぼろぼろになったのを。
一〇 藁で作った草履。わらじ。
一一 突いて。
一二 構わずどんどん入って来たので。
一三 門付け乞食。門乞食。
一四 やかましく言って追い立てる。
一五 障子。ふすま・唐紙の類。
一六 ひどい姿の乞食が来ているのだった。
一七 間違いなく。
一八 縁から下りて地面にかしこまると。
一九 乞食を追いかけて杖を持ってがやがやと入ってきた国人たちは。
二〇 底本「繞テ」に「澆〈クメ〉」と傍書。萩野本「遶テ」。東北本「澆テ」に「アワ 古点」と傍書。訓みは字類抄「繞 アハツ 驚也」に

テハ御坐《おはしまし》ケルゾ」ト。長増ガ云ク、「我レ山ニテ厠《かはや》ニ居タリシ間ニ、二五心静《しづか》ニ思《おぼ》エシカバ、世ノ無常ヲ観ジテ、此《か》ク世ヲ棄《すて》テ偏《ひとへ》ニ二六後世《ごせ》ヲ祈ラムト思ヒ廻《めぐらし》シニ、只「仏法ノ少《すくな》カラム所ニ行テ、身ヲ棄《すて》テ、二七次第乞食《しだいこつじき》ヲシテ命許《ばかり》ヲバ助ケテ、偏《ひとへ》ニ念仏ヲ唱ヘテコソ極楽ニハ往生セメ」ト思ヒ取《とり》テシカバ、即チ厠ヨリ房ニモ不寄《よら》ズシテ、二八平足《ひらあし》駄《だ》ヲ履《は》キ乍《なが》ラ走リ下《くだり》テ、日ノ内ニ二九山崎《やまざき》ニ行《ゆき》テ、伊予ノ国ニ下《く》ダル便船《びんせん》ヲ尋《たづね》テ此《この》国ニ下《くだり》テ後、伊予・讃岐《さぬき》ノ両国ニ乞匃《かたゐ》ヲシテ年来過《としごろすぐ》シツル也。此ノ国ノ人ハ、三〇心経《しんぎやう》ヲダニ不知《しら》ヌ法師ト知《しり》タル也。只日ニ一度人ノ家ノ門ニ立《たち》テ乞食《こつじき》ヲ為《す》レバ、門乞匃《かどかたゐ》ト付《つき》タル也。而《しか》ルニ、「此《か》クテ三一其《そこ》ニ対面シヌレバ、人皆知《しり》ナムトス。三二被知《しられ》テ後ハ、乞匃《かたゐ》ヲモ為《せ》ムニ人三三不用《もちゐる》マジケレバ、三四相《あ》ヒ不聞《きこ》エジ」ト返ゝ《かへすがへ》ス思ヒツレドモ、昔ノ契リ睦《むつ》マシキ故《ゆゑ》ニ心弱ク此《か》ク対面シツル也。然レバ、此《ここ》ヨリ出《い》デナバ、人三五我レトモ不知《しら》ザラム世界ニ亦《また》行ナムト為《す》ル也」ト云テ、走リ出《いで》テ行ケバ、清尋、「尚《なほ》、今夜許《こよひばかり》ハ此クテ御坐《おはしま》セ」ト云テ留《とど》ムレドモ、「三六益無《やくな》キ事ナ不宣《のたまひ》ソ」ト許《ばかり》云テ出《いで》テ去《さり》ヌ。其ノ後、尋ヌルニ、実《まこと》ニ其ノ国ヲ去テ三七跡ヲ暗クシテ失《うせ》ニケリ。

而《しか》ル間、其ノ守《かみ》ノ任三八畢《はて》テ上《のぼり》テ後、三年許《ばかり》ヲ経《へ》テゾ、門乞匃亦《かどかたゐまた》此ノ国ニ来《き》タリケル。其ノ度《たび》ハ、国人、「門乞匃御坐《おはしまし》ニタリ」ト云テ、極《きはめ》テ貴ビ敬ヒケル程ニ、三九幾《いくばく》ノ程ヲ不経《へ》ズシテ、其ノ国ニ旧寺《ふるきてら》ノ有ル後ニ林ノ有ケルニ、門乞匃行テ、西ニ向《むかひ》テ四〇端坐《たんざ》シ

よったが、歴史的仮名遣は「アワツ」。狼狽して。「メグリテ」と訓めば、遠巻きにしていた意になる。なお、古典大系、古典全集は「澆テ」を採用し、「アハテ」（大系）または「アハデ」（全集）と訓む。
二一 あわてふためいて手の置きどころを知らない様の形容。
二二 底本「居終ヒツレナハ」を訂した。
二三 早く上にあがって下さい。
二四 身を投げ出して。
二五 心が静かに落ち着いて感じられたので。落ち着いた心境になったので。
二六 後世菩提、極楽往生を。
二七 次々に家々の門を巡り歩いて物乞いをする乞食。門乞食。
二八 底本「午足駄」を訂した。背の低い今の普通の下駄。高足駄の対。日和下駄。
二九 →地名「山崎」。
三〇 般若心経。同経は最も一般的でごく短い経典である。→一四七頁注一九。
三一 貴僧に対面してしまうと、皆が私の正体を知ってしまうだろう。
三二 知られて後は、乞食をしても。
三三 底本「不用ニシケレハ」を訂した。萩野本「不用マシケレハ」。「マ」と「ニ」の字体の相似による誤記。（もはや乞食としては）人が扱ってくれないだろうから。
三四 お会いしないでおこう。
三五 私が誰だとも知らない土地に。
三六 無益なことをおっしゃいますな。
三七 行方不明になってしまった。
三八 任期が終わって。一任は四年。
三九 いくらもたたないうちに。萩野本「幾ク程ヲ」。
四〇 姿勢を正しく坐ること。

テ掌《たなごころ》ヲ合セテ、眠《ねぶ》リ入《いり》タル如クニシテ死《しに》タリケレバ、国人共《ども》此レヲ見付《みつけ》テ悲ビ貴《たふとび》テ、取〻《とりどり》[一]ニ法事ヲ修《しゆ》シケリ。讃岐・阿波・土佐ノ国マデ[二]此ノ事ヲ聞キ継《つぎ》テ、五六年ニ至《いたる》マデ、此ノ門乞匃ノ為《ため》ニ法事ヲ修シケリ。

然レバ、此ノ国〻《くにぐ》[三]ニハ露《つゆ》功徳《くどく》不造《つくら》ヌ国ナルニ、此ノ事ニ付《つき》テ此《か》ク功徳ヲ修《しゆ》[四]スレバ、「此ノ国〻ノ人ヲ導《みちびか》[五]ムガ為《ため》ニ、仏ノ権《か》[六]リニ乞匃《かたゐ》ノ身ト現ジテ来《きた》リ給ヘル也」トマデナム人皆云《いひ》テ、悲[七]ビ貴ビケルトナム語リ伝ヘタルトヤ。

比叡山《ひえのやまの》千観内供《せんくわんないぐ》[八]、往生語《わうじやうせること》 第十六

今昔《いまはむかし》、比叡《ひえ》ノ山ノ□[九]ニ千観内供《せんくわんないぐ》[一〇]ト云フ人有ケリ。俗姓《ぞくしやう》ハ橘《たちばな》ノ氏人《うぢのひと》也。其ノ母初メ子無クシテ、窃《ひそか》ニ心[一一]ヲ至《いたし》テ観音[一二]ニ子ヲ儲《まう》ケム事ヲ祈申《いのり》ケルニ、母ノ夢ニ、一茎《いつきやう》[一三]ノ蓮花《れんぐゑ》ヲ得タリ、ト見テ後、幾《いくばく》ノ程ヲ不経《へ》ズシテ懐任《くわいにん》[一四]シテ、千観ヲ産《うみ》タリケル也。其ノ後、其ノ児《ちご》漸《やうや》[一五]ク長大シテ、比叡ノ山ニ登《のぼり》テ出家シテ、名ヲ千観ト云フ。

其ノ後、□[一六]ト云フ人ヲ師トシテ顕蜜[一七]ノ法文《ほふもん》ヲ兼学《かねまな》ブニ、心深ク智《さと》リ広クシテ、二道[一八]ニ於《おい》テ悟リ不得《え》ズト云フ事無シ。食物《じきもつ》ノ時・大小便利[一九]ノ時ヲ除《のぞき》テハ、一生ノ間、法文ニ不向《むかは》ザル時ハ無シ。亦《また》、阿弥陀《あみだ》[二〇]ノ和讃《わさん》ヲ造ル事二十余行也。京・田舎

一　各人思い思いにいろいろと。
二　底本「ニテ」を訂した。萩野本「マテ」。↓三九九頁注三三。
三　「こ」は「国〻」の捨仮名。
四　萩野本「修スル八」が正か。
五　底本「導クカ」を訂した。
六　「リ」は「権」の捨仮名。仮に。仏が衆生済度のために化身となってこの世に仮に姿を現し（権現し）給うとする、いわゆる垂迹思想に基づく文言。
七　感動し貴んだ。

第十六話　出典は日本往生極楽記・18。古今著聞集・二・48に簡略な同話がある。

八　底本「供」の旁（つくり）を「失」の異体に作る。次行の例も同様。
九　塔名または院名の明記を期した意識的欠字。極楽記に相当記事はないが、千観は東塔千光院に住した。
一〇　→人名「千観」。
一一　まごころこめて。一心不乱に。
一二　→人名「観世音菩薩」。
一三　一本の蓮の花。このあたり、寺門伝記補録には「其父母無レ子。起二請千手観音一。其後母夢三千葉蓮華一。是為二胎瑞一而誕レ師焉。因名二千観一」とある。霊夢を見て懐妊する話は釈尊の母摩耶夫人の白象の夢（巻一・1）をはじめ、巻一一・9、巻一二・32等、類例が極めて多い。
一四　「懐妊」に同じ。妊娠して。
一五　次第に成長して。
一六　師僧の名の明記を期した意識的欠字。

ノ老小・貴賤ノ僧此ノ讃ヲ見テ、興ジ翫《もてあそび》テ常ニ誦《じゆ》スル間ニ、皆[二一]極楽浄土《じやうど》ノ[二二]結縁《けちえん》ト成《なり》ヌ。而《しか》ルニ、千観本《もと》ヨリ心ニ慈悲深クシテ、人ヲ導キ畜生ヲ哀ブ事無限《かぎりな》シ。

而《しか》ル間、千観[二三]八事ノ起請《きしやう》ヲ造ル。此レ僧ノ行《ぎやう》トシテ可翔《ふるまふべ》キ事ヲ誡《いましむ》ル故《ゆゑ》也。亦《また》、[二四]十ノ願ヲ発《おこ》シテ、衆生《しゆじやう》ヲ利益《りやく》セムガ故也。千観夢ニ、止事無《やむごとな》キ人来《きたり》テ、告《つげ》テ云《いは》ク、「汝《なむ》ヂ道心極《きはめ》テ深シ。[二五]豈《あ》ニ極楽ノ蓮花《れんぐゑ》ヲ隔テムヤ。善根量無《ぜんごんはかりな》シ。定メテ[二六]弥勒《みろく》ノ下生《げしやう》ノ暁ヲ期《ご》セム」ト告グ、ト見テ、夢覚《さめ》テ後、泣ゝ《なくな》ク[二七]悲《かなし》ビ貴ビケリ。

亦《また》、権中納言[二八]藤原ノ敦忠《あつただ》ノ卿ト云フ人ノ[二九]第一ノ女子《をむなご》有ケリ。年来《としごろ》千観ニ[三〇]師壇ノ契《ちぎり》ヲ成シテ、深ク貴《たふとび》敬フ事無限《かぎりな》シ。而《しか》ルニ、千観ニ語《かたり》テ云ク、「師命終《をはり》テ後、必ズ生レ給ヘラム所ヲ示シ給ヘ」ト。千観此レヲ聞《きき》テ後、年月ヲ経《へ》テ、遂《つひ》ニ命終ラムト為《す》ル時ニ臨《のぞみ》テ、手ニ造ル所ノ[三一]願文《ぐわんもん》ヲ捲《にぎ》リ、口ニ弥陀ノ念仏ヲ唱ヘテ失《うせ》ニケリ。

其後、彼ノ女ノ[三二]夢ニ、千観蓮花ノ船ニ乗《のり》テ、昔《むか》シ造レリシ所ノ弥陀ノ和讃ヲ誦《じゆ》シテ、[三三]西ニ向《むかひ》テ行ク、ト見ケリ。[三四]夢覚《さめ》テ後、女、「昔《むか》シ生レム所ヲ示セト契リシヲ、此レ告《つげ》タル也」ト思テ、涙ヲ流シテ喜ビ貴ビケリトナム語リ伝ヘタルトヤ。

極楽記に相当記事はないが、千観の師は行誉。
一七 顕密。顕教と密教。
一八 顕教と密教の二道。
一九 大小便に立つ時以外は。
二〇 和讃は、和語で仏徳を賛美する七五調の偈頌。千観作の極楽国弥陀和讃(日本歌謡集成所収)は最古の和讃の一。六十八句が現存。
二一 →地名「極楽」。
二二 縁を結ぶこと。
二三 底本「八車」を訂した。僧として守るべき八条の禁戒。五十巻抄(真言宗全書所収)に千観作の可禁八箇条事を収める。極楽記「闍梨以㆓八事㆒而誡㆓徒衆㆒」。
二四 千観作の十願発心記が現存。大乗菩薩の自覚に立って十の大願をかかげたもの。
二五 必ず極楽の蓮の花に迎えられるであろう。
二六 →人名「弥勒菩薩」。
二七 感激し貴んだ。
二八 →人名「敦忠」。
二九 長女。尊卑分脈に「大納言(源)延光室。載㆓往生記㆒」とある女性。
三〇 師僧と檀越(信者)としての交際。
三一 神仏への願いの趣旨を記した文。祈願文。
三二 底本「ノ」を欠くが、諸本により補入。
三三 西は極楽浄土の方角。
三四 以下、話末に至るまで極楽記には見えない。

法広寺《ほふくわうじの》僧《そう》平珍《びやうちん》、往生《わうじやうせる》語《こと》第十七

今昔《いまはむかし》、[一]法広寺《ほふくわうじ》ト云フ寺有リ。其ノ寺ニ[二]平珍《びやうちん》ト云フ僧住《ぢうし》ケリ。[三]幼ノ時ヨリ修行ヲ好《このみ》テ、常ニ山林ヘ参リ、不至《いたら》ザル[四]霊験所《れいげんじよ》無シ。

[五]如此《かくのごと》ク修行シテ年積《つもり》テ、平珍老《おい》ニ臨《のぞみ》テ一《ひとつ》ノ寺ヲ起《たて》テ住《ぢう》ス。其ノ寺ノ中ニ、別ニ小サキ堂ヲ造テ、[六]極楽浄土ノ相《さう》ヲ[七]現ジテ、常ニ[八]心ヲ至《いた》シテ礼拝[九]恭敬《くぎやう》シテ、自《みづか》ラ思ハク、「我レ此ノ功徳《くどく》ニ依《より》テ、命終ラム時ニ[一〇]形不替《かはら》ズシテ極楽ニ往生セム」ト懃《ねむごろ》ニ願ヒケリ。遂《つひ》ニ命終ラムト為《す》ル時ニ臨《のぞみ》テ、平珍弟子共《ども》ニ勧メテ[一一]念仏三昧《さんまい》ヲ令修《しゆせし》ム。[一二]而《しか》ルニ間、一人ノ弟子ヲ呼《よび》テ、告《つげ》テ云《いは》ク、「我レ只今空ノ中ニ音楽ノ音《こゑ》近ク聞ユ。定メテ此レ[一三]弥陀《みだ》如来《によらい》ノ我レヲ迎ヘ給フ相ナメリ」ト云《いひ》テ、浄《きよ》キ衣ヲ着テ西ニ向《むかひ》テ[一四]端坐《たんざ》シテ、掌《たなごころ》ヲ合《あはせ》テ念仏ヲ唱ヘテ失《うせ》ニケリ。[一五]弟子等此レヲ見テ、泣ゝ《なくな》ク貴ビ悲《かなし》ムデ、弥《いよい》ヨ念仏ヲ唱ヘケリ。

此レヲ聞ク人、皆不貴《たふとば》ズト云フ事無カリケリトナム語リ伝ヘタルトヤ。

第十七話　出典は日本往生極楽記・24。

一　所在未詳。
二　伝未詳。
三　以下「霊験所無シ」までは、極楽記「少壮之時修行為㆑事」を敷衍したもの。原典では明確に語られていない修行の内容を、巻一三、巻一四に散見したいわゆる山林修行者と同様のイメージで捉えようとしている点に注意。
四　霊験の著しいとされる寺社や霊場。
五　極楽記には「晩年建㆓立一寺㆒」とあるのみ。↓注三。
六　↓地名「極楽」。
七　あらわして。極楽記「彫㆓刻極楽浄土之相㆒」は、堂内に極楽浄土の有様を彫刻した意。
八　まごころこめて。一心不乱に。
九　恭敬は、うやまいつつしむ意。
一〇　極楽記「具㆓足威儀㆒往㆓生極楽㆒」。
一一　一心不乱に念仏を唱え続ける行。
一二　「而ルニ」と「而ル間」との混態か。
一三　↓人名「阿弥陀如来」。
一四　↓三七九頁注二九。
一五　以下、話末に至るまで極楽記には見えない。↓三八〇頁注一一。

如意寺僧増祐《によいじのそうぞういう》、往生語《わうじやうせること》第十八

今昔《いまはむかし》、[16]幡磨《はりま》ノ国、[17]賀古《かこ》ノ郡《こほり》、[18]蜂目《はちめ》ノ郷《さと》ニ[19]増祐《ぞういう》ト云フ僧有ケリ。[20]幼シテ出家シテ、本国《もとのくに》ヲ去《さり》テ京ニ入《いり》テ、[21]如意寺《によいじ》ト云フ所ニ住シテ仏道ヲ修行シテ、仏ヲ念ジ経ヲ読《よみ》テ更ニ他《ほか》ノ事無シ。

而《しか》ル間、[22]天延《てんえん》四年ト云フ年ノ正月ノ比《ころほひ》、増祐身ニ[23]小瘡《ちひさきかさ》ノ病《やまひ》有テ、[24]飲食《おんじき》スル事例ニ不似《に》ズ。其ノ時ニ、傍人《かたはらのひと》ノ夢ニ、此ノ寺ノ中ニ西ノ方《かた》ニ一《ひとつ》ノ[25]井《ゐ》有リ。其ノ辺《ほとり》ニ三《みつ》ノ車有リ。人此《これ》ヲ見テ、問《とひ》テ云《いは》ク、「此レ何《なにぞ》」。[26]ソノ車ニ付《つき》タル人答《こたへ》テ云ク、「此[27]ノ車ハ、増祐聖人《しやうにん》ヲ迎ヘムガ為《ため》ニ来《きた》レル所ノ車也」ト云フ、ト見テ夢覚《さめ》ヌ。其ノ後、程ヲ経《へ》テ、亦《また》夢ニ、彼ノ前《さき》ニ夢ニ見シ車、初《はじめ》ハ井ノ下《もと》ニ有リシニ、此ノ度《たび》ハ増祐聖人ノ[28]房ノ前ニ有リ、ト見テ、夢覚《さめ》テ後、[29]増祐聖人ニ此ノ事ヲ告《つげ》ケリ。

而《しか》ル間、其ノ月[30]晦《つきのつごもり》ニ成《なり》テ、増祐弟子ヲ呼《よび》テ語《かたり》テ云ク、「我レ既ニ死ナムト為《す》ル事近ク来《きた》レリ。早ク[31]葬ノ具ヲ可儲《まうくべ》シ」ト。弟子此レヲ聞《きき》テ驚キ怪《あや》シム間ニ、寺ノ僧等此ノ事ヲ聞テ、増祐ガ房ニ皆集リ来《きたり》テ、智恵有ル者ハ相共《あひとも》ニ法文《ほふもん》ノ[32]義理ヲ談ジテ令聞《きかし》メ、亦《また》、世間ノ無常ナル事ヲ語《かたり》テ令聞《きかし》ム。増祐此《これ》ヲ聞テ弥《いよい》ヨ道心ヲ発《おこ》ス。

第十八話　出典は日本往生極楽記・25。

一六 「播磨」と通用。
一七 現、兵庫県加古川・高砂市付近。
一八 所在未詳。
一九 伝未詳。
二〇 定型句であるが、訓みは確定しがたい。本巻の用例で言えば、同類句「幼クシテ」(第10、12、13、15、39話)には「ヲサナ(クシテ)」または「イトケナ(クシテ)」が擬せられるが、「幼ニシテ」(第4、9、11、14、30話)や「幼ノ時ヨリ」(第7、17、49話)は「エウ」と音読せざるをえない。「幼ヨリ」(第2話)や「幼シテ」(本例)などは音訓いずれにも決し難い例である。
二一 →地名「如意寺」。
二二 九七六年。　二三 小さな腫瘍。
二四 ふだん通りに飲食できなくなった。
二五 水の湧き出るところ。井戸とは限らない。
二六 一応このように切ってみたが、「ソノ」は普通は「其ノ」と漢字表記される語。「ノ」は「ト」の誤記で本来は「何ゾト。車ニ付タル人」とあるべきところか。「何ゾ」と「其ノ」の混態も誤記の一因か。東北本は「何ソノ」と「車」の間に「車ソトイ」と傍書。極楽記「問曰、何車乎。車下人答曰、為レ迎二増祐上人一也」。
二七 底本「此ク車」を訂した。
二八 僧坊。
二九 この一文は極楽記には見えない。
三〇 月末。
三一 葬式の用品。
三二 経論の説く意義・道理。教理。

而《しか》ル間ニ、遂《つひ》ニ増祐命終ラムト為《す》ル時ニ臨《のぞみ》テ、弟子ノ僧有テ、其ノ寺ヲ五六町許《ばかり》去《さり》テ、一《ひとつ》ノ大キナル穴ヲ堀《ほり》テ増祐ガ葬所トス。然レバ、[一]増祐其ノ所ニ至《いたり》テ、穴ノ中ニ入《いり》テ念仏ヲ唱ヘテ失《うせ》ニケリ。此ノ時ニ、其ノ寺ノ南ノ方《かた》ニ[二]人多ク音《こゑ》ヲ挙《あげ》テ念仏ヲ唱フ。寺ノ人此《これ》ヲ聞テ、驚キ怪ムデ尋ネ見ルニ、念仏ヲ唱フル人無カリケリ。[三]亦、人ニ問フニ、「然《さ》ル事無シ」ト答ヘケリ。然レバ、此レ増祐ガ死ヌル時ニ当レリ。

此レヲ思フニ、[四]化人《くゑにん》ノ所作ト知《しり》テ、寺ノ人皆貴ビケリトナム語リ伝ヘタルトヤ。

陸奥国小松寺僧玄海《みちのくにのこまつでらのそうぐゑんかい》、往生語《わうじやうせること》第十九

今昔《いまはむかし》、陸奥国《みちのくのくに》、[五]新田《にひた》ノ郡《こほり》ニ[六]小松寺《こまつでら》ト云フ寺有リ。其ノ寺ニ[七]玄海《ぐゑんかい》ト云フ僧住《ぢうし》ケリ。初《はじめ》ハ妻子ヲ帯シテ世間ヲ過《すぐ》シケリ。後ニハ妻子ヲ離レ世間ヲ棄《すて》テ、此ノ寺ニ住シテ心ヲ仏ノ道ニ懸《かけ》テ、昼ハ[八]法花経《ほくゑきやう》一部ヲ読《よみたてまつり》奉、夜ハ[九]大仏頂真言《だいぶつちやうしんごん》七返《へん》ヲ誦《じゆ》シケリ。此レ常ノ勤メトシテ[一〇]闕《か》ク事無シ。

而《しか》ル間、玄海、夢ニ、我ガ身左右《さう》ノ脇ニ忽《たちまち》ニ[一一]羽生《はえ》ヌ。西ニ向《むかひ》テ飛ビ行ク。[一二]千万ノ国ヲ過《すぎ》テ飛ビ行《ゆき》テ[一三]微妙《みめう》ナル世界ニ至《いたり》ヌ。皆[一四]七宝《しちほう》ノ地《ち》也。其ノ所ニシテ我ガ身ヲ見レ

一 底本「僧祐」を訂した。
二 極楽記「廿許人」。
三 以下、話末に至るまで極楽記には見えない。
四 化身のしたこと。権化の仕業。→四〇〇頁注六。

第十九話 出典は日本往生極楽記・26。法華験記・上・12もほぼ同文だが、一応極楽記を出典と見ておく。真言伝・七・玄海に同話がある。

五 現、宮城県登米・栗原・遠田郡の一部。
六 →地名「小松寺」。
七 伝未詳。
八 →一五四頁注七。
九 仏頂尊勝陀羅尼。尊勝仏頂尊の陀羅尼呪。罪障消滅、延命長寿、除厄に功徳があるとされる。
一〇 底本「勤メトソ」を訂した。「ソ」は「〆(シテの合字)」の誤記か。諸本「勤メトシテ」。
一一 受持する経典を翼として浄土に飛行する類話は、巻六・44(出典は三宝感応要略録)、百座法談聞書抄・三月三日条(出典は法華伝記)その他に散見。
一二 無数の世界。極楽記尊経閣本「千万」、同天理本「十万」、験記彰考館本「十万」、同版本「千万」等、諸本間に異同が激しい。
一三 →三七七頁注三六。
一四 →二一二頁注一六。

バ、大仏頂真言ヲ以テ左羽トシ、法花経ノ[一五]第八巻ヲ以テ右羽トシタリ。此《この》世界ノ宝樹、様々《さまざま》ノ楼閣・宮殿共《くうでんども》ヲ廻《めぐ》リ見ルニ、一人ノ聖人出来《しやうにんいできた》レリ。我レニ告宣《つげてのたま》ハク、「汝ガ来《きた》レル、此ノ所ヲバ知レリヤ否《いな》ヤ」ト。玄海、「不知《しら》ズ」ト答フ。聖人ノ宣ハク、「此ノ所ハ此レ、[一六]極楽世界ノ[一七]一辺地《へんち》也。汝《なむ》ヂ速《すみやか》ニ[一八]本国《もとのくに》ニ返《かへり》テ、今[一九]三日ヲ過《すぎ》テ汝ヲ可キ迎《むかふべき》也」。玄海此レヲ聞テ、前ノ如ク飛ビ返《かへり》ヌ、ト見テ夢覚《さめ》ヌ。

其《その》間、弟子・童子共《ども》、「既ニ我ガ師ハ死《しに》タリ」ト云《いひ》テ、泣キ悲《かなし》ビ合ヘリ。而ルニ、玄海活《よみがへり》テ、[二〇]弟子共ニ此ノ事ヲ語ル。弟子共此レヲ聞テ、[二一]悲ビ貴ブ事無限《かぎりな》シ。其ノ後、玄海弥《いよい》ヨ心ヲ発《おこして》、法花経ヲ読ミ、大仏頂真言ヲ誦シテ、遂《つひ》ニ三年ニ至《いたり》テ失《うせ》ニケリ。

[二二]此レヲ見聞ク人、「此《か》ク其《その》教ヘタル期《ご》不違《たがは》ズシテ死スレバ、定メテ極楽ノ辺土《へんど》ニ疑ヒ無ク至リニケム」トゾ云テ、貴ビケルトナム語リ伝ヘタルトヤ。

信濃国如法寺僧薬連《しなののくにのによほふじのそうやくれん》[二三]、往生語《わうじやうせること》第二十

今昔《いまはむかし》、[二四]信乃国《しなののくに》、[二五]高井《たかゐ》ノ郡《こほり》、[二六]中津村《なかつのむら》ニ[二七]如法寺《によほふじ》ト云フ寺有リ。其ノ寺ニ[二八]薬連《やくれん》ト云フ[二九]沙弥《しやみ》ノ僧住《ぢうし》ケリ。薬連妻子ヲ具シテ世ヲ過《すぐ》スト云ヘドモ、一生ノ間、日夜《にちや》[三〇]阿弥陀経《にあみだきやう》

一五 同経の最終巻。極楽記「法花経第八巻」。但し、験記「法華経八巻」は全体の巻数をいうか。
一六 →地名「極楽」。
一七 周辺の地。
一八 人間世界をさす。
一九 実際には三年後に往生している。極楽の一日は人間界の一年に相当することを示すか。極楽記「却後三日可レ迎レ汝耳」。但し、験記は「却後三年可レ迎レ汝耳」。
二〇 以下「無限シ」まで、極楽記、験記には見えない。
二一 「悲ブ」は感激、感動する意。前行の「泣キ悲ビ」とは意味が異なる点に注意。
二二 以下は極楽記の地の文「予知二死期一矣」を見聞した人の発言に転換させたもの。→三九四頁注五。

第二十話 出典は日本往生極楽記・28。
二三 底本は後出の一例(→四〇六頁注一二)を除いて全て「連」に作るが、極楽記「薬蓮」によれば「蓮」が正か。
二四 「信乃」は「信濃」と通用する。現、長野県。
二五 現、長野県須坂・中野・飯山市付近。
二六 所在未詳。→地名「中津村」。
二七 未詳。
二八 伝未詳。極楽記「薬蓮」。
二九 出家はしたが具足戒を受けて正式な僧となるには至っていない者。ここでは私度僧の意か。
三〇 →一四四頁注七。

ヲ読ミ、弥陀《みだ》ノ念仏ヲ唱ヘテ怠《おこた》ル事無シ。

薬連ガ子二人有リ。一人ハ男、一人ハ女也。而《しか》ル間、薬連此ノ二人ノ子ヲ呼《よび》テ、告《つげ》テ云《いは》ク、「我レ明日ノ暁ニ極楽ニ往生セムトス。速《すみやか》ニ衣裳ヲ洗ヒ浄《きよ》メ、身体ニ[一]沐《もく》浴《よく》セムト思フ」ト。二人子《ふたりのこ》此レヲ聞《きき》テ、忽《たちまち》ニ浄キ衣ヲ儲《まう》ケ調《ととの》フ。而《しか》ル間、夜ニ臨《のぞみ》テ、薬連旧《ふる》キ衣ヲ脱棄《ぬぎすて》テ沐浴シ、清浄《しやうじやう》ニシテ浄キ衣ヲ着テ、独《ひと》[二]リ堂ニ入《いり》テ、子共《ども》ニ教ヘテ云ク、「明日ノ[三]午剋《うまのとき》ニ至《いたり》テ堂ノ戸ヲ可開《ひらくべ》シ。其ノ前ニハ努〻《ゆめゆ》メ堂ノ戸ヲ開ク事無カレ」ト。[四]子共此レヲ聞テ、泣〻《なくな》ク終夜《よもすがら》堂ノ辺《ほとり》ヲ不離《はな》レズ。不寝《ね》ズシテ聞クニ、暁ニ成《なり》テ、[五]当堂ノ内ニ《だうのうちにあたりて》[六]微《み》妙《めう》ノ音楽ノ音《こゑ》有リ。[七]此レヲ聞テ、「奇異也。此レハ夢カ」ナド思フ間ニ夜嗟《あけ》[八]ヌ。既ニ午剋《うまのとき》ニ至《いたり》ヌレバ、堂ノ戸ヲ開テ此レヲ見ルニ、薬連ガ身無シ。亦、持《たも》ツ所ノ阿弥陀経見エ不給《たまは》ズ。[九]然レバ、子共、奇異也ト思テ、心ヲ迷《まど》ハシテ求メ尋ヌルニ、遂《つひ》ニ其体《そのすがた》不見《み》エデ止《やみ》ニケリ。

[一〇]此レヲ聞《きき》テ、其ノ辺《ほとり》ノ人集リ来《きたり》テ、子共《ども》ニ問フ。暁ノ音楽ノ事ヲ語[一一]ル。「然レバ、[一二]薬蓮[一三]現身《げんしん》ニ往生セル也」ト云テ、皆人涙ヲ流シテ貴ビ悲《かなし》[一四]ビケリ。

[一五]此《これ》ヲ思フニ、往生スル事常事《つねのこと》也ト云ヘドモ、[一六]身体ヲ留《とど》メテ其ノ相《さう》ヲ現ハス。而《しかるに》、此レハ其ノ身無ケレバ、「若《も》シ逃《にげ》テ貴キ山寺ナドニ行《ゆき》タルカ」ト[一七]可思《おもふべ》キニ、子共《ども》其ノ辺《ほとり》ヲ不去《さら》ズ、亦《また》、堂ノ戸不開《ひらか》ズシテ[一八]内ヨリ閉《とぢ》タリ。[一九]況《いはむ》ヤ遂《つひ》ニ聞《きこ》ユル事無シ。

一 「に於いて」の意か、不審。「ヲ」の誤記か。極楽記「欲㆘浣㆓濯衣裳㆒洗㆗浴身体㆖」。
二 「リ」は「独」の捨仮名。
三 正午になってから。
四 以下「不寝ズシテ聞クニ」まで、極楽記には見えない。原典と異なって往生が現場に立ち会った人間としての子供の視点から捉えられている点に注意。↓注一〇。
五 反読的に訓んだが、他に例がなく不審。「当」は「マサニ」と訓むべきか（古典大系、一説）。
六 美しく妙なる音楽。極楽記「暁更微細音楽聞㆓于堂中㆒」。
七 以下「夜嗟ヌ」まで、極楽記には見えない。
八 ↓三八七頁注三五。
九 以下、話末に至るまで極楽記には見えない。
一〇 本段は全て付加記事。周囲の人との関わりの中で往生という事件を捉えようとしている。↓三九四頁注五。
一一 主格は「子共」。
一二 他の箇所には「薬連」とあるが、「薬蓮」が正か。↓四〇五頁注二三。
一三 現世での身体のまま往生したのだ。
一四 ↓四〇五頁注二一。
一五 本段も全て付加記事。いわゆる屍解現象に対する論理的詮索と執拗な視線は、往生譚としての主題をも揺るがしている。
一六 遺骸を現世に残して往生の瑞相を示すのがふつうである。
一七 と考えるべきところだが。
一八 内側から閉じられていた。だから逃げたとは考えられないの意。このあたりの表現は舌足らずである。

然レバ、只[二〇]此ノ身乍《なが》ラ往生セル事ハ不有《あら》ジ。暁ノ音楽ノ音《こゑ》ヲ思フニ、往生ハ疑ヒ無シ。但シ、体《すがた》ヲバ[二一]地神《ぢじん》ナドノ取《とり》テ浄《きよ》キ所ニ置《おき》テケルナメリトゾ疑ヒケルトナム語リ伝ヘタルトヤ。

大日寺僧広道《だいにちじのそうくわうだう》、往生語《わうじやうせること》第二十一

今昔《いまはむかし》、[二二]大日寺《だいにちじ》ト云フ寺ニ[二三]広道《くわうだう》ト云フ僧有ケリ。俗姓《ぞくしやう》ハ橘《たちばな》ノ氏《うぢ》。数十年間、極楽ニ往生セムト願[二四]フ《う》テ[二五]世事《せいじ》ヲ不知《しら》ザリケリ。亦《また》、其《その》寺ノ辺《ほとり》ニ老《おい》タル嫗《おうな》有ケリ。極《きは》メテ貧クシテ二人ノ男子《をのこご》[二六]□ケリ。共ニ出家シテ僧ト成レリ。比叡《ひえ》ノ山ノ僧也。兄ヲバ[二七]禅静《ぜんじやう》ト云フ。弟ヲバ[二八]延睿《えんえい》ト云《いふ》。

而ルニ、[二九]其[三〇]寡《やもめ》ニシテ身ニ重キ病《やまひ》ヲ受《うけ》タリ。日来《ひごろ》悩ミ煩ヒテ遂《つひ》ニ死《しに》ヌ。其ノ後、此《この》二人ノ子ノ僧歎キ悲《かなし》ムデ、昼ハ[三一]法花経《ほくゑきやう》ヲ読誦《どくじゆ》シ、夜ハ弥陀《みだ》ノ念仏ヲ唱ヘテ、[三二]心ヲ発《おこ》シテ母ノ往生極楽ノ事ヲ祈《いのり》ケリ。

而《しか》ル間ニ、彼ノ広道ガ夢ニ、[三三]極楽寺《ごくらくじ》・[三四]貞観寺《ぢやうぐわんじ》二《ふたつ》ノ寺ノ間《あひだに》音楽ノ音《こゑ》聞ユ。広道此《これ》ヲ聞《きき》テ驚《おどろき》テ、「何ゾノ音楽ナラム」ト思《おもひ》テ、[三五]行《ゆき》テ見レバ、其ノ所ニ[三六]微妙《みめう》ノ宝ヲ以テ荘《かざ》レル三《みつ》ノ車有リ。多《おほく》ノ僧皆香炉《かうろ》ヲ捧《ささげ》テ車ヲ[三七]囲遶《ゐねう》シテ、此ノ死《しに》タル老母ノ家ニ至《いたり》テ、

一九　ましてその行方についてはついに何の情報も得られなかった。わからずじまいだった。
二〇　現身往生したのではないだろう。以下、往生したのは確かだが、極楽に往ったのは霊魂で、遺骸は地神が納め取ったのだろうと推論している。
二一　土地の神。地霊。

第二十一話　出典は日本往生極楽記・21。法華験記・下・120、拾遺往生伝・中・28等に老嫗を中心に語る同話がある。
二二　現、京都市山科区勧修寺北大日に寺址がある。深草に近い。大阪市の寺を想定する説(古典大系、古典全集)には従わない。→注二二。
二三　伝未詳。極楽記「大日寺僧広道、俗姓橘氏」。
二四　「願ヒテ」の音便「願ウテ」をかく表記したもの。
二五　世間の俗事には関わらなかった。
二六　底本に空白はないが、「有」が欠脱していると推定する。極楽記「有二両男子一」。
二七・二八　伝未詳。
二九　「老タル嫗」をさす。「其」の下に「嫗」が欠脱か。　三〇　→二八六頁注五。
三一　→一五四頁注七。
三二　発心して。心をこめて。
三三　貞観寺とともに現、京都市伏見区深草にあった寺。大日寺(注二二)とは至近距離にある。→地名「極楽寺」。
三四　→地名「貞観寺」。
三五　極楽記「驚望二其方一」。
三六　→三七七頁注三六。　三七　取り囲んで。

嫗《おうな》ヲ呼《よび》テ出《いで》テ、[一]天衣《てんえ》・[二]宝冠ヲ着セテ、此ノ車ニ[三]乗セテ返《かへ》リ行《ゆき》ナムト為《す》ル時ニ、二人ノ子僧《このそう》ニ告《つげ》テ宣《のたまは》ク、「汝等母ノ為《ため》ニ法花経ヲ誦シ、弥陀ノ念仏ヲ唱ヘテ、懃《ねむごろ》ニ母ノ往生極楽ヲ祈ルガ故《ゆゑ》ニ、我等来《きたり》テ迎フル也」ト。亦、広道ニ告《つげ》テ云ク、「汝《なむ》ヂ速《すみやか》ニ極楽ニ可往生《わうじやうすべ》キ相《さう》有リ」ト云《いひ》テ、車ヲ[四]囲遶《ゐねうし》、[五]西ヲ指《さし》テ去《さり》ヌ、ト見テ夢覚《さめ》ヌ。

[六]其後《そののち》、広道彼ノ死人ノ家ニ行テ、二人《ふたりの》僧ヲ呼ビ出《いだし》、此《この》夢ヲ語ル。僧共此レヲ聞テ、涙ヲ流シテ[七]悲ビ貴ブ事無限《かぎりなし》。

其後、広道幾《いくばく》ノ程不経《へず》シテ失《うせ》ケリ。其《その》日亦《また》音《こゑ》空《そ》[八]ラニ満《みち》タリケリ。此レヲ聞ク道俗・男女《なんによ》、「此レ、広道ガ往生ノ相也」ト知《しり》テ、耳ヲ傾《かたぶ》ケテ心ヲ発《おこ》ス人多カリケリト語リ伝ヘタルトヤ。

始雲林院菩提講聖人《うりんゐんのぼだいかうをはじめたるしやうにん》、往生語《わうじやうせること》第二十二

今昔《いまはむかし》、[九]雲林院《うりんゐん》ト云フ所ニ、[一〇]菩提講《ぼだいかう》ヲ始メ行ヒケル聖人《しやうにん》有ケリ。本《もと》、[一一]鎮西《ちんぜい》ノ人也。[一二]極《きはめ》タル盗人《ぬすびと》也ケレバ、被捕《とらへら》レテ[一三]獄《ひとや》ニ七度被禁《ななたびきんぜられ》タリケルニ、[一四]七度ト云フ度捕《たびとらへ》テ、[一五]検《けん》非違使《びゐし》共《ども》集《あつまり》テ、各《おのおの》議シテ云《いは》ク、「此《この》盗人、[一六]一度《ひとたび》獄ニ被禁《きんぜられ》タラムニ、人トシテ吉《よ》キ事ニ非ズ。況《いはむ》ヤ七度マデ獄ニ被禁《きんぜられ》ム事ハ、世ニ難有《ありがた》ク極《きはめ》タル[一七]公《おほやけ》ノ御敵《かたき》也。然レバ、

一 天人や菩薩の着る衣服。
二 宝石等で飾った冠。
三 底本「垂セテ」を訂した。→三九四頁注一。
四 京大四冊本は「囲繞シテ」と送仮名する。
五 西は極楽の方角。
六 以下「悲ビ貴ブ事無限」まで、極楽記には見えず、二僧と広道との交渉は原典には語られていない。
七 →四〇五頁注二一。
八 「ラ」は「空」の捨仮名。極楽記「此日音楽満レ空。道俗傾レ耳、随喜発心者多矣」。

第二十二話　出典未詳。宇治拾遺物語・58に同文的同話がある。

九 →地名「雲林院」。宇治拾遺は「東北院」で場所が異なる。
一〇 法華経を講じ念仏を唱えて往生極楽を願う法会。雲林院の菩提講は大鏡の発端としても著名。中右記・承徳二年(一〇九八)五月一日条には同院の菩提講は源信僧都が創始し、その後無縁聖人が夢告によってさらに行った旨を記す。
一一 九州。
一二 宇治拾遺「いみじき悪人」。
一三 牢獄。→地名「獄(ひとや)」。
一四 七度目に。
一五 平安京の治安維持、風紀粛清等に当たった令外の官。警察と裁判の職務を兼帯していた。
一六 一度禁獄されただけでも人間として

此度《このたび》ハ其《その》足[一八]ヲ切《きり》テム」ト定メテ、足ヲ切ラムガ為《ため》ニ川原[一九]ニ将行《ゐてゆき》テ、既ニ足ヲ切ラムト為《す》ル時ニ、世□[二〇]云フ相人《さうにん》[二一]有リ。人ノ形[二二]ヲ見テ善悪ヲ相スルニ、一事トシテ[二三]違《たが》フ事無カリケリ。

而《しか》ルニ、其《その》相人、其盗人ノ足切ラムト為《す》ル所ヲ過《すぐ》ルニ、人多ク集レルヲ見テ、寄《より》テ見ルニ、人ノ足ヲ切ラムトス。相人此《この》盗人ヲ見テ、切ル者ニ向《むかひ》テ云ク、「此ノ人、[二四]我レニ免《ゆる》シテ足ヲ切ル事無《なか》レ」ト。切ル者ノ云ク、「此《これ》ハ極《きはめ》タル盗人トシテ七度マデ獄《ひとや》ニ被禁《きんぜられ》タル者也。然レバ、此度《このたび》ハ検非違使集《あつまり》テ、足ヲ可切《きるべ》シト被定《さだめら》レテ、被切《きらるる》也」ト。相人ノ云ク、「此レハ必ズ可往生《わうじやうすべ》キ相ヲ具シタル者也。然レバ、更ニ不可切《きるべから》ズ」ト。切ル者共《ども》ノ云ク、「由無《よしな》[二五]キ相為《す》ル御房カナ。此《か》ク許《ばかり》ノ悪人ハ何ゾノ往生可為《すべ》キゾ。物不思《おぼ》[二六]エヌ相カナ」ト云テ、只切《きり》[二七]ニ為切ムト《きらむとす》。

相人其ノ切ラムト為《す》ル足ノ上ニ居《ゐ》[二八]テ、「此ノ足ノ代《かはり》ニ我ガ足ヲ可切《きるべ》シ。必ズ可往生《わうじやうすべ》キ相有《あ》ラム者ノ足ヲ切ラセテ我レ[二九]見《み》バ、罪難遁《のがれがた》カリナム[三〇]」ト云テ、音《こゑ》[三一]ヲ挙《あげ》テ叫ビケレバ、[三二]切ラムト為《す》ル者共《ども》結《むすぼれ》[三三]テ、検非違使ノ許《もと》ニ行テ、「然〻《しかしか》ノ事ナム侍ル」ト云ケレバ、検非違使共《ども》亦相《あ》ヒ議シテ、「然《さ》ル止事無《やむごとな》キ相人ノ云フ事ナレバ、此レヲ不用《もちゐ》ザラムモ不便《ふびん》[三四]也」トテ、非違《ひゐ》[三五]ノ別当《べつたう》□[三六]ト云フ人ニ此ノ事ヲ申スニ、「然《さ》ハ、免《ゆるして》追ヒ棄テヨ」ト有ケレバ、足ヲ不切《きら》ズシテ追ヒ棄テケリ。

よいことではない。
一七 朝廷(国家)の敵である。
一八 足を切断するのか、足の筋を断つのか、刑の実態は未詳。
一九 賀茂川の川原。
二〇 相人の姓名の明記を期した意識的欠字。宇治拾遺「いみじき相人ありけり」。
二一 人相を見る人。人相見。
二二 人の姿を見て。
二三 底本「トソ」を訂した。「ソ」は「メ(シテの合字)」の誤記。
二四 わたしに免じて足を切らないでくれ。
二五 つまらぬ見立てをする坊さんだな。「御房」の語から相人が僧体であったことがわかる。
二六 わけのわからぬ見立てだ。
二七 構わず切ろうとする。
二八 坐り込んで。
二九 私が何もしないで(助けないで)見ていたら。
三〇 底本「難遁カリナメ」を訂した。
三一 大声をあげて叫んだので。
三二 実際に手を下そうとしていたのは検非違使の下僚の下部(放免)であろう。
三三 思い悩んで。訓みは名義抄による。宇治拾遺には「しあつかひて」とあるが、本書では「あつかふ」は「繚フ」と表記されるのが普通。
三四 不都合だ。具合が悪い。
三五 検非違使の別当。検非違使庁の長官。
三六 別当の姓名の明記を期した意識的欠字。

其[一]ノ後、此ノ盗人深ク道心ヲ発《おこ》シテ、忽《たちまち》ニ[二]髻《もとどり》ヲ切テ法師ト成《なり》ヌ。日夜ニ弥陀《みだ》ノ念仏ヲ唱《となへ》テ、懃《ねむごろ》ニ[三]極楽ニ生レムト願ヒケル程ニ、雲林院ニ住《ぢう》シテ此ノ菩提講ヲ始メ置《おき》ケル也。遂《つひ》ニ命終ル時ニ臨《のぞみ》テ、実《まこと》ニ相叶《あひかな》ヒテ極《きはめ》テ貴クテゾ失《うせ》ニケル。「[四]年来《としごろ》悪ヲ好ムト云ヘドモ、[五]思ヒ返《かへし》テ善ニ趣キヌレバ、此《か》ク往生スル也ケリ」ト云テ、人皆貴合《たふとびあひ》ケリ。

然レバ、往生可為《すべ》キ人ハ必ズ其《その》相有《ある》[六]ナルヲ、[七]見知ル相人ノ無クシテ不相《さうせ》ヌヲ、此レハ見《み》知《しり》テ相シタルナルベシ。菩提講始メ置ケルモ[八]于今《いまに》不絶《たえ》ズ。極《きはめ》テ貴《たふとき》事也トナム語リ伝《つたへたる》[九]也。

始丹後国迎講聖人《たんごのくにのむかへかうをはじめたるしやうにん》、往生語《わうじやうせること》第二十三

今昔《いまはむかし》、丹後《たんご》ノ国ニ[一〇]聖人《しやうにん》有ケリ。[一一]極楽ニ往生セムト願フ人世ニ多カリト云ヘドモ、此ノ聖人ハ強《あながち》ニナム願ヒケル。

十二月晦日《つごもり》ニ成《なり》テ、「今日ノ内ニ必ズ来《きた》レ」ト云フ[一二]消息《せうそく》ヲ書《かき》テ、一人ノ童子ニ預ケテ教ヘテ云《いは》ク、「暁ニ我ガ未《いま》ダ[一三]後夜《ごや》起《おき》セザラム程ニ、汝《なむ》ヂ此ノ消息ヲ持来《もてきたり》テ、此《この》[一四]房ノ戸ヲ叩《たた》ケ。我レ、「誰《た》ソ、此ノ戸叩クハ」ト問ハヾ、汝ヂ、「極楽世界ヨリ[一五]阿弥《あみ》

一 宇治拾遺「その時」。
二 頭上に束ねた髪。
三 →地名「極楽」。
四 以下「人皆貴合ケリ」まで、宇治拾遺には見えない。
五 心を入れ換えて善に向かったなら。
六 「ナル」は伝聞の助動詞。
七 きちんと見分ける相人がいなくて見立てずにいたのを。
八 宇治拾遺「けふまで絶えぬは」。宇治拾遺との共同母胎的説話集の成立時における「今」である。
九 話末の定型句「語リ伝ヘタルトヤ」からの逸脱例。本冊では他に巻一一・1「語リ伝ヘタルト也」、巻一三・4「語リ伝タルトカヤ」、巻一四・43「語伝トヤ」の例がある。

第二十三話 出典未詳。沙石集・十本・9に丹後国霓鴨(普甲)の上人の話として異伝がある。
一〇 沙石「丹後国霓鴨ト云所ニ上人アリケリ」。「霓鴨」は「普甲」が正。大江山に普甲寺があった。
一一 →地名「極楽」。　一二 手紙。
一三 後夜の勤行に起き出さないうちに。後夜は、一夜を初夜・中夜・後夜に三分した一。夜半過ぎから夜明け前まで。
一四 僧坊。
一五 →人名「阿弥陀如来」。
一六 このお手紙を差し上げます。「御文奉ラム」の後に「ト云ヘ」とあるべきところ。次の「ト云ヒ置テ」との混態か。
一七 自分(聖人)は寝てしまった。

陀《だ》仏《ぶつ》ノ御使也。[一六]此ノ御文《ふみ》奉ラム」」ト云ヒ置《おき》テ、[一七]我レハ寝ヌ。暁ニ成テ、童子[一八]云ヒ含《ふくめ》タル事ナレバ柴ノ戸ヲ叩ク。聖人儲《まう》ケタル言《こと》ナレバ、「誰ソ、此ノ戸ヲ叩クハ」ト問フニ、「極楽ノ阿弥陀仏ノ御使也。此御文奉ラム」ト云ヘバ、聖人泣《なく》々《な》ク[一九]丸《まろ》ビ出《いで》テ、「何事ニ御坐《おはしまし》ツルゾ」ト問《とひ》テ、敬《うやまひ》テ文ヲ取《とり》テ見テ、[二〇]臥《ふ》シ丸《まろ》ビ涙ヲ流シテ泣《なき》ケリ。如此《かくのごと》ク[二一]観ジテ、毎年《としごと》ノ事トシテ年積《つもり》ニケレバ、使ト為《な》ル童子モ習ヒテ、吉《よ》ク馴《なれ》テゾ此ノ事ヲシケル。

而《しか》ル間、其ノ国ノ守《かみ》トシテ[二二]大江清定《おほえのきよさだ》ト云フ、[二三]此人《このひと》聖人ヲ貴《たふと》ビテ帰依《きえ》スル程ニ、聖人[二四]守《かみ》ノ国ニ有ル間、[二五]館《たち》ニ行《ゆき》テ守ニ値《あひ》テ云ク、「此ノ国ニ[二六]迎講《むかへかう》ト云フ事ヲナム始メムト思《おもひ》給フルヲ、己《おのれ》ガ力一ツニテハ難叶《かなへがた》クナム侍ル。然レバ、此ノ事力ヲ令加《くはへしめ》給ヒナムヤ」ト。守、「糸《いと》安キ事也」ト云テ、国ノ[二七]可然《しかるべ》キ者共《ども》ヲ催《もよほ》シテ、京ヨリ舞人《ぶにん》・楽人《がくにん》ナムド呼ビ下《くだ》シテ、心ニ入レテ令行《おこなはし》メケレバ、聖人極《きはめ》テ喜《よろこび》テ、「此ノ迎講ノ時ニ、「我レ極楽ノ迎《むかへ》ヲ得《う》ルゾ」ト思ハムニ、命終ラバヤ」ト守ニ云ヒケレバ、守、[二八]「必ズシモヤ」ト思テ有ケルニ、既《すでに》迎講ノ日ニ成テ、儀式共《ども》[二九]微妙《みめう》ニシテ事始マルニ、聖人ハ香炉《かうろ》ニ火ヲ焼《たき》テ[三〇]娑婆《しやば》ニ居《ゐ》タリ。[三一]仏ハ漸《やうや》ク寄リ来《きた》リ給フニ、[三二]観音ハ[三三]紫金《しこん》ノ台《だい》ヲ捧《ささ》ゲ、[三四]勢至《せいし》ハ[三五]蓋《がい》ヲ差《さし》、[三六]楽天《がくてん》ノ菩薩ハ[三七]一鶏婁《ひとつのけいろう》ヲ前《さき》トシテ微妙《みめう》ノ音楽ヲ唱ヘテ、仏ニ随《したがひ》テ来《きた》ル。

一八 主格は聖人。弟子の側からいえば、言い含められたことなので。
一九 ころがり出て。
二〇 身体を投げ出して。
二一 →三七頁注二七。
二二 →人名「清定」。清定は、永承三年(一〇四八)三月二日(造興福寺記)に丹後守、治暦四年(一〇六八)十一月二十八日(本朝世紀)には備前守に在任中の旨が見える。
二三 という人がいたが、この人が。
二四 守が任国(丹後)にいる時に。
二五 国司の庁。
二六 仮面などをつけて仏に扮し、阿弥陀仏が二十五菩薩を伴って来迎する様を演じる法会。
二七 主だった者に声をかけて。協力を要請し、寄進を求めたのである。
二八 そううまくいくかしら。
二九 →三七頁注三六。
三〇 迎講の会場に設定された娑婆(人間世界)の席をさす。
三一 迎講で阿弥陀仏に扮装した人間をさす。以下同様。
三二 →人名「観世音菩薩」。
三三 紫磨金(良質の黄金)の蓮華台。ここでは、往生人が乗る台座。
三四 →人名「勢至菩薩」。
三五 天蓋。ここでは、蓮華台の上にさしかける柄の長い飾り傘。
三六 音楽を奏でる天部の菩薩たち。
三七 底本、上字は「鶏」と「虫」とを重ねた字体、下字は「安」に作るが、訂した。小型の太鼓に似た形で、胴の側面につけた紐で首からつるし、ばちで打つ。鶏婁鼓。

其間《その》、聖人涙ヲ流シテ念ジ入《いり》タリト見ユル程ニ、観音紫金台《しこんだい》ヲ差寄《さしよ》セ給《たまひ》[一]タルニ、[二]不動《はたらか》ネバ、「貴シト思ヒ入タルナメリ」ト見ル程ニ、聖人気絶《いきたえ》テ失《うせ》ニケリ。音楽ノ音《こゑ》ニ交《まぎ》レテ[三]、聖人絶入《たえいり》タリト云フ事ヲモ不知《しら》ザリケリ。仏既ニ返《かへ》リ給ナムト為《する》ニ、「聖人云《いふ》事モヤ有ル」ト、時賛《かはる》[四]マデ待ツニ、物モ不云《いは》ズ不動《はたらか》ネバ、怪《あやし》ビテ弟子寄《より》テ引キ動《うごか》スニ、[五]痓《すく》ミタリケレバ、其時《その》ニゾ人知《しり》テ、皆、「聖人往生シニケリ」ト云テ、見喤《ののし》リ泣キ貴ビケル。

実《まこと》ニ、日来《ひごろ》聊《いささか》[六]ニ煩フ事モ無クテ、仏ヲ見奉テ「被迎《むかへら》レ奉ルゾ」ト思ヒ入《いり》テ失《うせ》ナムハ、疑《うたがひ》無キ往生也トゾ讃《ほ》メ貴《たふとび》ケル。況《いはむやひ》日来《ごろ》此ノ時ニ命終ラムト願ヒケルニ、違《たが》[七]フ事無シ。

実ニ奇異ニ貴キ事ナルハ[八]。此《かく》語リ伝ヘタルトヤ。

鎮西行千日講聖人《ちんぜいのせんにちかうをおこなひたるしやうにん》、往生語《わうじやうせること》第二十四

今昔《いまはむかし》、鎮西《ちんぜい》[九]、筑前《ちくぜん》ノ国ニ観音寺《くわんおんじ》[一〇]ト云フ寺有《あり》。其ノ傍《かたはら》ニ極楽寺《ごくらくじ》[一一]ト云フ寺有《あり》。其ノ寺ニ人ヲ勧メテ千日講[一二]ヲ行フ聖人《しやうにん》有ケリ。既《すでに》講ヲ始メテ行《おこなふ》間、其ノ聖人有テ、人ニ普《あまね》ク云ヒケル様《やう》、「我レハ此ノ講ノ畢《をは》ラム日、必ズ死ナムト為《す》ル也」ト。此レヲ

一 人が扮した観音ではあるが、仏に対して尊敬表現をとったもの。他も同様。
二 身動きもしないので。
三 底本「交レト」を訂した。
四 「賛」は「替」と通用する（古典大系説）。時刻が変わるまで。長い間。
五 （死んで）硬直していたので。
六 少しの病気もなくて。病苦のない最期は往生を示す瑞相の一。
七 聖人の日頃の願いに違わなかった意と、だから往生したに違いない意との混態。短絡した表現になっているため、上の「況」の結びの句としては落ち着きが悪い。
八 「ハ」は間投助詞で、詠歎表現。萩野本「ナレハ」。

第二十四話　出典未詳。

九 九州。
一〇 →地名「観音寺」。
一一 未詳。
一二 千日間にわたって法華経を読誦、講説する法会。

聞ク人、皆此ノ言《こと》ヲ不信《しんぜ》ズシテ咲《わら》ヒ嘲《そし》リケリ。

而《しか》ル間、[13]漸《やうや》ク月日過《すぎ》テ、此ノ講ノ畢《は》テム事、[14]今六日許《ばかり》ニ成《なり》ヌル程ニ、聖人ノ「講畢《をは》ラム日死ナムズルゾ」ト云ヒケル[15]ヲ聞キタル者共《ども》ハ、「聖人ハ今六日ゾ世ニ在《まします》サムズル」ナド[16]嗚呼《をこ》ニ云《いひ》テ過グルニ、講ノ畢《はて》、今三日ニ成ニケリ。人々有テ、「聖人ノ世ニ此坐《かくおは》セム事今明日許《けふあすばかり》カ。吉《よ》ク見奉ラム。[17]恋シク御《おはし》ナム」ナド云《いひ》テ咲《わら》フ程ニ、聖人俄《にはか》ニ身ニ病《やまひ》有リ。此レヲ見聞ク人、暫《しばし》ハ「[18]虚態《そらわざ》ヲ為《す》ルゾ」ナド云ヒ合タル程ニ、[19]態《わざ》ト心地《ここち》悪気《あしげ》ナル気色《けしき》[20]ナルハ。其ノ時ニゾ、人、「[21]何《いかに》ゾ、此ノ聖人ノ講ノ畢《はて》ノ日、実《まこと》ニ死タラムニ」、「[22]然ラバ、極《きはめ》テ貴カルベキ事カナ」ト云ヒ合タリ。而《しか》ル間、「聖人ノ病ハ虚病《そらやまひ》ゾ」ト咲ヒ嘲ケリシ者共《ども》、[23]常ノ事ナレバ、[24]様悪《さまあし》キマデ聖人ヲ礼《をが》ミ見騒ギケリ。

而《しか》ルニ、既ニ講ノ終ル日ニ成テ、道俗・男女員《かず》不知《しら》ズ参リ集《あつまり》タリ。聖人ノ云ク、「此ノ堂ニテハ我レ[25]終リ可取《とるべ》キ様《やう》無カメリ」トテ、川原ナル所ニ人ニ被負《おはれ》テ渡ルトテ、其ノ[26]講師《かうじ》ニ告《つげ》テ云ク、「我レ講ノ畢《をは》ラムニ[27]可値云《あふべしと》ヘドモ、人極《きはめ》テ多《おほく》集リテ物《もの》騒《さわがし》キニ依《より》テ心乱レヌベシ。然レバ、静《しづか》ナル所ニ[28]行《ゆき》ヌ。此ノ講[29]吉《よ》ク御心ニ入レテ勤メ可給《たまふべ》シ。我レハ講ノ畢《をは》ラム時ニゾ[30]命可終《をはるべ》キ」ト云ヒ[31]置キ、去《さり》ヌ。其ノ後ニ、講ヲ始メテ、「[32]聖人ノ今日ヲ極《きは》メニ兼《かね》テヨリ知レル、貴キ事也」ナド講師[33]哀レニ説ク程

一三 次第に月日が過ぎて。
一四 あと六日ほどになった頃に。
一五 底本「云ニケルヲ」を訂した。
一六 ばかにして言って。
一七 (聖人が亡くなったら、自分たちは)さぞ聖人を恋しくお思いすることだろう。
一八 仮病をつかっているのだ。
一九 いかにも。本当に。
二〇 「ナルハ」は詠歎表現。萩野本「ナレハ」。→注八。
二一 どうだろう、この聖人が講の最終日に本当に死んだら。
二二 そうなったら、本当に貴いことだね。
二三 こういう連中によくあることで。
二四 見苦しいまでに。
二五 (心静かに)終焉を迎えられそうにもない。
二六 法会において仏前の高座に登って経論を講説する役の僧。ここは千日講の最終日の講師をさす。
二七 居合わせたいけれども。
二八 「行ヌベシ」(行くつもりだ)と同意か。または「行ム」の誤記か。
二九 萩野本「吉々ク」。
三〇 死ぬでしょう。
三一 萩野本「置テ」。
三二 聖人が今日が最期だと予知しておられるのは貴いことです。
三三 しみじみと。心をこめて。

ニ、聖人弟子ヲ遣《おこ》セテ、「講ハ畢《をはり》ヌルカ」ト令問《とはしむ》ルニ、「只今畢《をはり》ナムトス」ト云返《いひかへ》シツ。亦《また》弟子来《きたり》テ云ク、「速《すみやか》ニ[一]六種廻向《ゑかう》シ給ヘ」ト。然レバ、講師云フニ随《したがひ》テ[二]廻向シツ。其ノ時ニ、聖人香炉《かうろ》ニ火ヲ焼《たき》テ捧《ささげ》テ、弟子共《ども》ト共ニ弥陀《みだ》ノ念仏ヲ唱ヘテ、西ニ向《むかひ》テ失《うせ》ニケリ。其《その》時ニ、多《おほく》ノ人此レヲ見テ、泣ゝ《なくな》ク貴ビ[三]悲《かなし》ブ事無限《かぎりな》シ。

而ルニ、[四]亦《また》法師出来《いできたり》テ、其ノ日ヨリ始《はじめ》テ千日ノ講ヲ行ヒケリ。其《その》僧亦云ク、「我レモ前《さき》ノ聖人ノ如ク、此《この》講ノ畢《をは》ラム日死《しなむ》」ト云テ行ヒケル程ニ、其ノ僧亦講ノ畢《をは》ル日、前《さき》ノ聖人ノ如ク失《うせ》ニケリ。其ノ後ノ聖人ハ、本《もと》、能登国《のとのくに》ヨリナム来タリケル。「此レ、希有《けう》ノ事也」ト云ヒ合テ貴ビケリ。

而ルニ、亦尼出来《いできたり》テ、其ノ日ヨリ亦千日ノ講ヲ始メ行ヒテ、「我レモ前ゝ《さきざき》ノ聖人ノ如ク、講ノ畢《をは》ラム日命終ラム」ト云テゾ行ヒケル。其レハ前《さき》ノ二人ノ僧ノ如クニ講ノ畢《をは》ル日命終《をはり》タリトハ未《いま》ダ不聞《きこ》エズ。

此《これ》ヲ思《おもふ》ニ、其《その》尼前《さき》ノ二人ノ僧ノ如ク講ノ畢《をは》ラム日命終リナバ、誰モ其ノ所ニ行《ゆき》テ其ノ講ヲ継《つぎ》テ可行《おこなふべ》キ也トゾ思《おぼ》ユル。

此レ、奇異ノ事ナル[五]依《より》テ、普《あまね》ク語リ伝フルヲ聞《き》キ継《つぎ》テ、語リ伝ヘタルトヤ。

一 法会において、閼伽・塗香・華鬘・焼香・飯食・灯明の六種を本尊に供えて、その功徳を自他一切に廻向する行法。これら六種の供具は布施・持戒・忍辱・精進・禅定・智慧の六波羅蜜を象徴する。
二 →三八〇頁注一三。
三 →四〇五頁注二一。
四 また別の法師が現れて。
五 「ナル」の下に「ニ」が脱落か。萩野本「ナルニ」。

第二十五話　出典は日本往生極楽記・23。扶桑略記・永観二年(九八四)八月二十

摂津国樹上人《つのくにのきのうへのひと》、往生語《わうじやうせること》第二十五

今昔《いまはむかし》、摂津国《つのくに》、[六]島《しま》ノ郡《こほり》ノ[七]箕面《みのお》ノ滝ノ下方《しもつかた》ニ大キナル松ノ木有リ。木ノ[八]下《もと》ニ一人ノ修行ノ僧寄宿シタリケルニ、[九]八月十五日ノ夜ナレバ月極《きはめ》テ明《あか》クシテ、天晴レテ静《しづか》ナルニ、忽《たちまち》ニ空ニ[一〇]微妙《みめう》ノ音楽ノ音《こゑ》及ビ櫓ノ音《おと》有リ。

而《しか》ル間、此ノ木ノ上ニ音《こゑ》有テ云《いは》ク、「我レヲ迎ヘムガ為《ため》ニ来《きた》リ給ヘルカ」。空ノ中ニ答《こたへ》テ云ク、「今夜ハ他《ほか》ノ人ヲ迎ヘムガ為《ため》ニ他所《よそ》ニ行ク也。汝ヲバ明年ノ今夜可迎《むかふべ》キ也」ト云テ、亦他音《またほかのこゑ》無シ。而ル間、音楽ノ音[一一]漸《やうや》ク遠ク成《なり》テ過ギ去《さり》ヌ。其ノ時ニ、此ノ木ノ下ニ宿《やどり》セル修行ノ僧、始メテ此ノ木ノ上ニ人有ケリト云フ事ヲ知《しる》。僧木上《きのうへ》ノ人ニ問《とひ》テ云ク、「此レ、[一二]何《いか》ナル人ノ此ノ木ノ上ニハ在《まします》ゾ」ト。木ノ上ニ答テ云ク、「此レ、[一三]四十八大願ノ[一四]筏《いかだ》ノ音《お》[一五]ト也」。

木ノ下ノ僧、此レヲ聞クト云ヘドモ、[一六]此事《このこと》ヲ人ニ不語《かたら》ズシテ、明《あく》ル年ノ八月ノ十五日ニ成《なり》ヌ。其ノ夜、窃《ひそか》ニ彼ノ木ノ下ニ行テ、去年ノ言《こと》ヲ信ジテ待ツ間ニ、夜ニ至《いたり》テ、去年ノ如ク空ニ[一七]微妙《みめう》ノ音楽ノ音《こゑ》有テ、木ノ上ノ人ヲ迎ヘテ去《さり》ニケリ。

[一八]僧此レヲ聞《きき》テ語リ伝フルヲ聞継《ききつぎ》テ、此《かく》語リ[一九]伝ヘタルトヤ。

七日条に同話がある。
六「豊」の字が欠落か。極楽記「豊島箕面滝」。豊島郡は現、大阪府豊中・池田・箕面市付近。
七→地名「箕面ノ滝」。
八 樹下に宿るのは十二頭陀(修行僧の十二の生活規範)の一、樹下坐にあたる。
九 仲秋名月の夜である。なお、次の第26話も異伝によれば八月十五日の事件である。→四一六頁注一〇。
一〇 美しく妙なる音楽。
一一 次第に遠ざかって。
一二 極楽記「此何声哉」。本話はこれを樹上の人を誰かと尋ねる質問に変えているため次の返答と嚙み合わず、答えがやや唐突な感じを与える。
一三 阿弥陀如来が因位の法蔵比丘であった時に立てた衆生済度の四十八の大願。無量寿経に説く。
一四 此岸(人間界)から彼岸(極楽浄土)へ生死(輪廻)の苦海を渡して衆生を済度する四十八大願を、乗物としての筏に譬えたもの。
一五「ト」は「音」の捨仮名。
一六 この一句は、極楽記には見えない。
一七 極楽記「微細音楽相迎而去」。
一八 以下、極楽記には見えない。第一次的見聞者を伝承の始発者に設定するのは、本書各話に共通する手法。
一九 底本「語ヲ伝ヘタルトヤ」を訂した。

幡磨国賀古駅教信《はりまのくにのかこのうまやのけうしん》、往生語《わうじやうせること》[一] 第二十六

今昔《いまはむかし》、摂津国《つのくに》ノ[二]島《しま》ノ下《しも》ノ郡《こほり》ニ[三]勝尾寺《かちをでら》ト云フ寺有リ。其ノ寺ニ[四]勝如聖人《しようによしやうにん》ト云フ僧住《ぢう》シケリ。道心深《ふかく》シテ、[五]別ニ草ノ菴ヲ造《つくり》テ、其ノ中ニ籠《こも》リ居《ゐ》テ、十余年ノ間、[六]六道ノ衆生《しゆじやう》ノ為《ため》ニ[七]無言《むごん》シテ懃《ねむごろ》ニ行ヒケリ。[八]弟子童子ヲ見《みる》事[九]ソラ尚《なほ》シ希《まれ》也。況《いはむ》ヤ他人ヲ見ル事ハ無シ。

而《しか》ル間、[一〇]夜半ニ人来《きたり》テ柴ノ戸ヲ叩《たた》ク。勝如此《これ》ヲ聞クト云ドモ、無言ナルニ依《よ》リテ問フ事不能《あたは》ズシテ、[一一]咳《しはぶき》ノ音《こゑ》ヲ以テ叩ク人ニ令知《しらしむ》ルニ、叩ク人ノ云《いは》ク、「我レハ[一二]此ノ[一三]幡磨《はりま》ノ国、賀古《かこ》ノ郡ノ[一四]賀古ノ駅《うまや》ノ北ノ辺《ほとり》ニ住《すみ》ツル[一五]沙弥《しやみ》[一六]教信《けうしん》也。年来《としごろ》弥陀《みだ》ノ念仏ヲ唱ヘテ[一七]極楽ニ往生セムト願ヒツル間、今日既ニ極楽往生ス。聖人亦《また》[一八]某《それの》年某《それの》月某《それの》日、極楽ノ迎ヘヲ可得給《えたまふべ》シ。然レバ、此ノ事ヲ告ゲ申サムガ為《ため》ニ来《きた》レル也」ト云《いひ》テ、去《さり》ヌ。

勝如此レヲ聞《きき》テ驚キ怪《あやし》ムデ、明《あく》ル朝ニ、忽《たちまち》ニ無言ヲ止メテ、弟子[一九]勝鑑《しようかん》ト云フ僧ヲ呼《よび》テ語《かたらひ》テ云ク、「我レ[二〇]今夜《こよひ》然〻《しかしか》告《つげ》有リ。汝《なむ》ヂ速《すみやか》ニ彼《か》ノ幡磨ノ国、賀古ノ郡、賀古ノ駅ノ辺《ほとり》ニ行《ゆき》テ、「教信ト云フ僧有《あり》ヤ」ト尋《たづね》テ可返来《かへりきたるべ》シ」。勝鑑師ノ教《をしへ》ニ随《したがひ》テ彼ノ国

第二十六話 出典は日本往生極楽記・22。同話、異伝は後拾遺往生伝・上・17、私聚百因縁集・八・2、護国寺本諸寺縁起集・勝如事、勝尾寺縁起、勝尾寺略縁起、峰相記その他に喧伝。

一 底本、古本系の諸本は「語」を欠くが、他話の形式に従い、補った。
二 ↓地名「島ノ下ノ郡」。
三 ↓地名「勝尾寺(かつおじ)」。
四 ↓人名「勝如」。
五 縁起集は「寂莫之勝地」に「所謂仲尾是」と注。勝尾寺縁起は「草菴」に「今二階堂是也」と注。
六 衆生が生死輪廻する六種の世界。即ち天上・人間・修羅・畜生・餓鬼・地獄の総称。極楽記には見えない文句。元来勝如は自力聖道門的な修行者として他力易行門の教信と対比的に語られていたはずであるが、この文言の付加によってそれが不鮮明になっている。
七 無言の行。沈黙を守って精神を修め仏果を求める行法。
八 弟子である童子。
九 「すら」と同義。↓一〇九頁注二〇。
一〇 往生伝、縁起集等は、貞観八年(八六六)八月十五日夜のこととする。
一一 咳払いの声。
一二 「此ノ」は唐突な表現であるが、極楽記「我是居ニ住播磨国賀古郡賀古駅北辺一沙弥教信也」の「是」をかく解したもの。
一三 「播磨」と通用。
一四 ↓地名「賀古ノ駅」。

ニ行テ、其ノ所ヲ尋ネ見ルニ、彼ノ駅ノ北ノ方《かた》ニ小[二一]サキ奄《いほり》有リ。其ノ奄ノ前ニ一《ひとり》ノ死人有リ。狗《いぬ》[二二]・烏《からす》集リテ其ノ身ヲ競《きほ》ヒ噉《くら》フ。奄ノ内ニ一人ノ嫗《おうな》・一人ノ童《わらは》有リ。共ニ泣キ悲ム事無限《かぎりな》シ。

勝鑑此レヲ見テ、奄ノ口ニ立寄《たちより》テ、「此《こ》ハ何《いか》ナル人ノ何《いか》ナル事有テ泣クゾ」ト問フニ、嫗答《こたへ》テ云ク、「彼ノ死人ハ此レ我ガ年[二三]来《としごろ》ノ夫《をうと》也。名ヲバ沙弥教信ト云フ。一生ノ間弥陀ノ念仏ヲ唱ヘテ、昼[二四]夜寤《ご》[二五]寐《び》ニ怠《おこたる》事無カリツ。然レバ、隣リ里ノ人、皆教信ヲ名付《なづけ》テ阿弥陀丸《あみだまろ》ト呼ビツ。而《しか》ルニ、今夜《こよひ》既ニ死《しに》ヌ。嫗年老《おい》テ年来《としごろ》ノ夫ニ今別レテ泣キ悲ム也。亦、此[二六]ノ侍ル童ハ教信ガ子也」ト。勝鑑此《これ》ヲ聞テ、返《かへ》リ至《いたり》テ、勝如聖人ニ此《この》事ヲ委《くはし》ク語ル。勝如聖人此レヲ聞テ、涙ヲ流シテ悲ビ[二七]貴《たふと》ムデ、忽《たちまち》ニ教信ガ所ニ行テ、泣ゝ《なくなく》念仏ヲ唱ヘテゾ本《もと》ノ奄ニ返《かへり》ニケル。

其ノ後、勝如弥《いよい》ヨ[二八]心ヲ至《いた》シテ、日夜ニ念仏ヲ唱ヘテ怠《おこた》ル事無シ。而ル間、彼ノ教信ガ告ゲシ年ノ月日ニ至《いたり》テ、遂《つひに》[二九]終リ貴《たふとく》シテ失《うせ》ニケリ。此レヲ聞ク人皆、必ズ極楽ニ往生セル人也ト知《しり》テ貴ビケリ。彼ノ教信妻子ヲ具シタリト云[三〇]ヘドモ、年来《としごろ》念仏ヲ唱ヘテ往生スル也。

然レバ、往生ハ偏《ひとへ》ニ念仏ノ力也トナム語リ伝ヘタルトヤ。

一五 →四〇五頁注二九。
一六 伝未詳。峰相記は「興福寺ノ碩学、法相宗ノ明匠也」と説くが、いわゆる再出家の話型にあてはめて後から作られた伝承らしく、事実とは思えない。本来この話は、一文不通の妻帯沙弥の念仏信仰が大僧の修行を凌駕したことを語ったものであり、親鸞が「我はこれ賀古の教信の定なり」(改邪鈔)と讃仰したのも、それ故である。
一七 →地名「極楽」。
一八 実際には具体的な年月日を告げたのである。
一九 伝未詳。
二〇 →三八五頁注三一。
二一 極楽記「竹廬」。峰相記はこの庵を「賀古郡西ノ野口」にあって「今ノ教信寺是也」と説く。教信寺は加古川市野口町に現存。一遍の弟子湛阿が元亨二年(一三二二)この地に開いた大念仏会(野口の大念仏)が今に伝存する。
二二 極楽記「群狗競食」。
二三 長年つれ添った夫。
二四 底本「書夜」を訂した。
二五 寝ても覚めても。
二六 ここにおります子は教信の子供です。
二七 →四〇五頁注二一。
二八 まごころこめて。一心不乱に。
二九 貴い最期を遂げた。
三〇 僧の妻帯は破戒であって本来なら往生できるはずがないのに、という意識が逆説表現を生んでいる。

北山餌取法師《きたやまのゑとりのほふし》、往生語《わうじやうせること》第二十七

今昔《いまはむかし》、比叡《ひえ》ノ山ノ西塔《さいたふ》[一]ニ延昌僧正《えんしやうそうじやう》[二]ト云ケル人ノ、未《いま》ダ下﨟《げらふ》[三]ニテ修行シケル時ニ、京ノ北山ノ奥ニ独《ひと》リ行《ありき》[四]ケルニ、大原山[五]ノ戌亥《いぬゐ》[六]ノ方《かた》ニ当《あたり》テ深キ山ヲ通《とほり》ケルニ、「人里ヤ有ル」ト思《おもひ》テ行《ゆ》クニ、人里モ不見《み》エズ。而《しか》ルニ、西ノ谷ノ方ニ髴《ほのか》[七]ニ煙《けぶり》ヲ見付《みつけ》タリ。「人ノ有ル所ナメリ」トテ喜ビ思テ、怱《いそぎ》テ歩《あゆ》ビ行ク。近ク寄《より》テ見レバ、一《ひとつ》ノ小[八]サキ家有リ。寄テ人ヲ呼ベバ、一人ノ女出来《いでき》タリ。僧ヲ見テ、「此《こ》ハ何人《なにびと》ゾ」ト問ヘバ、答ヘテ云《いはく》、「修行者ノ山ニ迷《まど》ヒタル也。今夜許宿《こよひばかりやど》シ給ヘ」ト。人家《ひといへ》[九]ノ内ニ入レツ。僧入《いり》テ見レバ、柴ヲ苅《かり》テ積置《つみおき》タリ。僧其[一〇]ノ上ニ居《ゐ》ヌ。暫許《しばしばかり》有テ、外ヨリ人入リ来《きた》ル。見レバ、年老タル法師ノ物ヲ荷《にな》ヒテ持来《もてきたり》テ、打置《うちおき》テ奥ノ方《かた》ニ入《いり》ヌ。有[一一]ツル女出来《いできたり》テ、其ノ結《ゆひ》[一二]タル物ヲ解《とき》テ、刀[一三]ヲ以テ小サク切《きり》ツヽ、鍋《なべ》[一四]ニ入レテ煮ル。其ノ香臭《くさ》キ事無限《かぎりな》シ。吉《よ》ク煮テ後、取リ上《あげ》テ切ツヽ、此《この》法師ト女ト二人シテ食フ。其後《そののち》、小サキ鍋ノ有ルニ水ヲ汲入レテ、下ニ大キナル木ヲ三《み》[一五]筋許《すぢばかり》差合《さしあは》セテ火ヲ燃《も》ヤシ立《たて》テ、此ノ女ハ法師ノ妻《め》也ケレバ、妻夫臥《めをとふし》ヌ。「早《はやう》[一六]、馬・牛ノ肉《しし》ヲ取リ持来テ食フ也ケリ。奇異《あさまし》[一七]ク、餌取《ゑとり》[一八]ノ家ニモ来《きたり》ニケルカナ」ト怖《おそ》ロシク思《おもひ》テ、寄リ臥《ふし》テ夜ヲ明サムト思フ

第二十七話　出典未詳。打聞集・27にごく簡略な同話がある。

一 →地名「西塔」。
二 →人名「延昌」。
三 﨟(夏安居の回数)がまだ多くない僧。即ち、若年未熟の僧。
四 四二〇頁注一三の用例と併せて訓みを判断したが、古典大系、古典全集は「おこなひ」と訓む。打聞「若小時修行」との対応を重視すれば、その方が可となる。
五 現、京都市左京区大原付近。打聞「北山奥ニ大原」。
六 北西。大原から見て北西は鞍馬・貴船から花背峠方面に当たるが、後の補陀落寺の地(→四二〇頁注七)とすれば、むしろ大原の西に当たる。
七 底本「長」と「弟」を並べた字体につくるが、「髴」の異体と見て、訂した。
八 打聞「ロ二三間屋」。
九 その人(女)は家の中に入れてくれた。
一〇 柴の上に坐った。土間よりはましな場所である。
一一 さきほどの女。
一二 ゆわえた物をほどいて。
一三 小さな刃物。太刀とは異なる。
一四 訓みは字類抄による。
一五 三本ほど組み合わせて。
一六 →三六三頁注二六。
一七 なんとまあ。愕然とした気持を示す。
一八 打聞「屠児」。十巻本和名抄「楊氏漢語抄云、屠児、殺生及屠牛馬肉販売者也」。

ニ、後夜《ごや》[一九]ニ成ル程ニ聞ケバ、此《この》法師起《おき》ヌ。涌《わか》[二〇]シ儲《まうけ》タル湯ヲ頭《かしら》ニ汲ミ懸《かけ》テ沐浴《もくよく》シ、其後ニ別[二一]ニ置タル衣ヲ取テ着テ家ヲ出《いで》ヌ。怪《あやし》ク思テ、僧窃《ひそか》ニ出《いで》テ法師ノ行ク所ヲ見レバ、後ノ方《かた》ニ小サキ奄《いほり》有リ。其レニ入ヌ。僧窃《ひそか》ニ立聞《たちき》ケバ、此《この》法師火[二二]ヲ打《うち》テ、前[二三]ニ灯《とも》シ付《つけ》テ、香《かう》ニ火ヲ置《おき》ツ。早《はや》[二四]ウ、仏ノ御前ニ居テ、弥陀《みだ》ノ念仏ヲ唱《となへ》テ行《おこなふ》[二五]也ケリ。僧此レヲ聞クニ、此《かか》ル奇異《あさまし》キ者ト思ツルニ、此《か》ク行《おこな》ヘバ、極《きはめ》[二六]テ哀レニ貴ク思ヒ成《なり》ヌ。

夜[二七]明ケ離《はなる》ル時ニ、行ヒ畢《をはり》テ奄ヲ出《い》ヅルニ、僧値《あひ》テ云ク、「賤人《あやしのひと》ト思ヒ奉《たてまつり》ツルニ、此ク行ヒ給フハ何《いか》ナル事ゾ」ト。餌取ノ法師答《こたへ》テ云《いはく》、「己《おのれ》[二八]ハ奇異《あさまし》ク弊《つたな》キ身ニ侍リ。此《この》侍ル女ハ己[二九]ガ年来《としごろ》ノ妻也。亦可食《くふべ》[三〇]キ物ノ無ケレバ、餌[三一]取ノ取残《とりのこ》シタル馬・牛ノ肉《しし》ヲ取リ持来テ、其レヲ噉《くらひ》テ命ヲ養《やしなひ》テ過ギ侍ル也。而《しか》ルニ、念仏ヲ唱フルヨリ外《ほか》ニ勤ムル事無《なく》シテナム年来《としごろ》ニ成ヌル。死ナム時ハ必ズ告ゲ奉ラム。亦、己《おの》レ死ナム後ニハ、此[三二]ノ所ヲバ寺ヲ起《たて》給ヘ。今日譲リ奉リツ」ト契《ちぎり》ヲ成シテ、修行者其《その》所ヲ出《いで》テ、所々《ところどころ》ニ修行シテ、山ノ西塔ノ房[三三]ニ返《かへり》ヌ。

其ノ後、年月積《つもり》テ、修行者モ止事無《やむごとな》[三四]ク成テ有ル間ニ、此《この》餌取ガ契《ちぎり》シ事皆忘レテ、西塔ノ房ニ有《ある》ニ、三月ノ晦方《つごもりがた》ニ、夢ニ、西ノ方《かた》ヨリ微妙《みめうの》[三五]音楽ノ音《こゑ》空ニ聞ユ。漸《やうや》[三六]ク房前《ばうのまへ》ニ近付《ちかづき》テ、房ノ戸叩《たた》ク。「誰《た》ソ、此ノ房ノ戸叩クハ」ト問ヘバ、答テ云ク、

一九 ↓四一〇頁注一三。
二〇 沸かしてあった湯を汲んで頭からかぶって身を清め。
二一 同様の場面に頻用される定型的表現。↓四二二頁注二八。
二二 火打石を打って火を出して。
二三 仏前に灯明をともして。
二四 ↓注一六。
二五 勤行するのであった。
二六 非常に心を打たれて貴く思うようになった。
二七 夜がすっかり明ける頃。
二八 私はなんともつまらない人間でございます。自己を徹底した凡愚の身と認識している点に注意。
二九 長年つれ添った私の妻です。
三〇 他に食べるものがないので。
三一 この沙弥自身は餌取ではなかった(殺生は犯していない)ことがわかる。
三二 打聞「此所ヲバ寺建給へ。ヲマヘニユヅリマウス、契云々」。
三三 僧坊。
三四 比叡山内で臈を積み、高位の僧となったことをいう。
三五 美しく妙なる音楽。
三六 だんだん房の前に近づいてきて。

「先年ニ北山ニシテ契リ申シヽ[一]乞匃《かたゐ》ニ侍《はべり》。今此《ここ》ノ界《さかひ》ヲ去《さり》テ、極楽ノ迎ヘヲ得テ参侍《まゐり》ル也。其ノ由《よし》ヲ告ゲ申サムガ為《ため》ニ、契リ申シヽ事ナレバ、[三]態《わざ》ト参テ申ス也」ト云テ、遥《はるか》ニ[四]西ヲ指《さし》テ楽音《がくのこゑ》去ヌ。出《いで》テ値《あ》ハムト思テ忩《いそ》ギ起ク、ト思フ程ニ、夢覚《さめ》ヌ。

驚キ怪《あやしみ》テ、夜明ケテ後、弟子ノ僧ヲ呼《よび》テ、彼《か》ノ北山ヲ教ヘテ遣《やり》テ令見《みし》ム。僧彼ノ所ニ行テ見《みる》ニ、妻《め》一人泣〻《なくなく》居タリ。妻ノ云ク、「我ガ夫《をうと》ハ[五]今夜《こよひ》ノ夜半ニ貴ク念仏ヲ唱ヘテ失《うせ》ヌ」ト。弟子此《これ》ヲ聞《きき》テ、返《かへり》テ其ノ由ヲ師ニ申ス。師此ヲ聞テ、涙ヲ流シテ貴ブ事無限《かぎりなし》。其後《そののち》、延昌僧正[六]村上ノ天皇ニ此ノ由ヲ申テ、其《その》所ニ寺ヲ起《たて》タリ。[七]補《ふ》陀《だ》落《らく》寺《じ》ト名付ク。

然レバ、此《これ》ヲ聞ク人、「[八]食《じき》ニ依《より》テハ往生ノ妨《さまたげ》ト不成《なら》ズ。[九]只念仏ニ依テ極楽ニハ参ル也ケリ」ト皆知《しり》ケリ。延昌僧正モ亦、其ノ後念仏ヲ唱ヘ善根《ぜんごん》ヲ修《しゆ》シテ[一〇]極楽往生シケリ、トナム語リ伝ヘタルトヤ。

鎮西《ちんぜいの》餌取《ゑとりの》法師《ほふし》、往生語《わうじやうせること》第二十八

今昔《いまはむかし》、仏ノ道ヲ修行スル僧[一一]有ケリ。[一二]六十余国ニ不至《いたら》ヌ所無ク[一三]行《ありき》テ、[一四]貴キ霊験ノ所〻《ところどころ》ヲ礼《をがみ》ケル間ニ、[一五]鎮西ニ行《ゆ》キ至《いたり》ニケリ。国〻ヲ廻《めぐ》リ行《あり》キケル程[一六]□ニシテ忽《たちまち》

一 乞食。自己を凡愚の身と認識する北山の法師が、自分を乞食と称しているのである。↓四一九頁注二八。
二 この人間世界を去って。
三 底本「熊ト」を訂した。特に参上して申し上げるのです。
四 西は極楽浄土の方角。
五 ↓三八五頁注三一。
六 ↓人名「村上天皇」。
七 ↓地名「補陀落寺」。
八 食物の如何によって往生の障害が生じるのではない。打聞「人ハ食物不依云々」。↓三八三頁注二五。
九 念仏至上の思想は前第26話の結語に通じる。
一〇 延昌の往生譚は法華験記・上・6にあって、三七日の不断念仏を修して入滅したとあるが、北山の法師のことは述べられていない。

第二十八話 出典は法華験記・中・73。拾遺往生伝・上・28に同話がある。

一一 験記「有二修行比丘一。其名不レ詳」。
一二 以下「礼ケル間ニ」まで、験記には見えない。
一三 歩き回って。
一四 方々の霊験あらたかな貴い霊場や霊地を。
一五 九州。

ニ山ノ中ニ迷《まどひ》テ、人無キ界《さかひ》ニ至《いたり》ヌ。人里ニ出《いで》ム事ヲ得ムト思ヒ歎クト云《いへ》ドモ、日来《ひごろ》ヲ経《へたる》ニ、更ニ出《いづる》事ヲ不得《え》ズ。

而《しか》ル間、山ノ中ニ一草奄《ひとつのくさのいほり》有ル所ヲ適《たまたま》ニ見付《みつけ》タリ。喜《よろこび》テ近ク寄《より》テ、「一七其ノ奄《いほり》ニ宿《やどり》セム」ト云《いふ》ニ、奄ノ内ヨリ一人《ひとりの》女出来《いできたり》テ云《いは》ク、「一八此《ここ》ハ人ノ宿リ可給《たまふべ》キ所ニモ非ズ」ト。僧ノ云ク、「己《おの》レ修行スル間、山ニ迷《まどひ》、身疲レ力無シ。而ルニ、幸ヒ此《ここ》ニ来《きた》レリ。一九譬《たと》ヒ何《いか》ナル事有《あり》ト云《いふ》トモ宿《やどす》ベシ」ト。女云ク、「然《さら》バ、今夜許《こよひばかり》ハ宿リ給ヘ」ト。僧喜《よろこび》テ奄ニ入《い》リヌ。女浄《きよ》キ莚《むしろ》・薦《こも》ヲ取出《とりいで》テ敷《しき》テ僧ヲ居《すゑ》、亦《また》、浄食物《きよきじきもつ》ヲ調《ととのへ》テ僧ニ食《くは》スレバ、二〇皆食《くひ》ツ。而《しかる》間、夜ニ入《いり》ヌレバ、二一人物《もの》ヲ荷《になひ》テ来《きた》レリ。奄ノ内ニ入テ荷タル物ヲ置ク。見レバ法師也。頭髪《かしらのかみ》ハ三四寸許《ばかり》ニ生《お》ヒテ二二綴《つづり》ヲ着タリ。怖《おそ》ロシク穢《きたな》クテ更ニ可近付《ちかづくべ》クモ非ズ。僧ヲ見テ、女ニ問《とひ》テ云ク、「此《こ》ハ誰人ノ御《おは》スルゾ」ト。女ノ云ク、「修行者ノ道ニ迷《まど》ヒ給ヘルガ、今夜許《こよひばかり》トテ御《おは》スル也」ト。法師ノ云ク、「此ノ五六年ノ間、更ニ此様《このやう》ナル人見エ来《きた》リ不給《たまは》ズ。糸《いと》思ヒ不懸《かけ》ヌ事也」ト云テ、此ノ持来《もてき》タル物共《ども》ヲ食《くふ》ヲ見レバ、二三牛・馬ノ肉《しし》也ケリ。二四僧此レヲ見ルニ、「二五奇異《あさまし》キ所ニモ来《きたり》ニケルカナ。我ハ二六餌取《ゑとり》ノ家ニ来《きたり》ニケリ」ト思テ、夜ニハ成《なり》ヌ、可行《ゆくべ》キ所無ケレバ只居《ゐ》タルニ、臭《くさ》キ香狭《せば》キ奄満《いほりにみち》タリ。穢《きたな》ク侘《わびし》キ事無限《かぎりな》シ。

而ル間、不寝《ね》ズシテ聞ケバ、二七丑《うし》ノ時許《ばかり》ニ、此《この》法師起《おき》テ湯ヲ浴《あみ》、二八別ニ置《おき》タル衣ヲ着

一六 地名の明記を期した意識的欠字。験記「行二鎮西一巡二遊諸国一、迷二山野路一」。
一七 直接話法なら「此ノ」とあるべきところ。間接話法か。古典全集は「宿セム」だけを発言とするが如何。験記「乍レ悦近行、求レ得二夜宿一」。
一八 ここは人がお泊まりになるようなところではありません。
一九 「譬ヒ何ナル事有ト云トモ」は験記に見えず。後に起こる事態の伏線として効果的。
二〇 「皆食ツ」は験記に見えない。
二一 誰かが荷物を背負って来た。験記「家主荷レ物来置二庵内一」。
二二 種々の布をつなぎ合わせて作った僧衣。験記「綴衣」。
二三 験記「食物非レ飯非レ粥、非レ菜非レ菓、食二非例物一似二肉血類一」。
二四 以下「侘キ事無限シ」まで験記には見えない。このあたり前第27話と状況・表現が酷似している。
二五・二六 →四一八頁注一七・一八。
二七 午前二時頃。
二八 験記「着二浄衣一已、入二持仏堂一」。浄衣を着たのである。但し、この表現そのものは原典の如何に関係なく本巻第27、29話にも見られる定型的な表現である。

テ、奄ヲ出《いで》テ後ノ方《かた》ニ行ク。僧、「何事為《する》ナラム」ト思テ、窃《ひそか》ニ行テ立聞《たちきけ》バ、早ウ、[一]奄ノ後ニ一間《ひとま》[二]ナル持仏堂[三]造置《つくりおき》テ、其レニ入《いり》、火[四]ヲ打《うち》テ仏前ニ明《あか》[五]シ・香《かう》ヲ置《おき》、先《ま》ヅ法《ほ》[六]花《くゑ》ノ懺法《せんぼふ》ヲ行ヒツ。次ニ法花経《ほくゑきやう》[七]一部ヲ誦《じゆ》シテ、礼拝シテ後ニハ弥陀《みだ》ノ念仏ヲ唱フ。[八]其音貴事並無《そのこゑたふときことならびな》シ。

曙《あけ》[九]ヌレバ、持仏堂ヨリ出《い》ヅルニ、此《この》僧ニ値《あひ》ヌ。語《かたり》テ云ク、「[一〇]弟子浄尊《じやうそん》ハ愚痴《ぐち》[一一]ニシテ悟ル所無シ。人ノ身ヲ受ケ法師ト成レリト云《いへ》ドモ、戒ヲ破リ慙無《はぢなく》シテ、返《かへりて》[一二]悪道ニ堕《おち》ナムトス。今生《こんじやう》ニ栄花ヲ可楽《たのしむべき》身ニモ非ズ。只、仏ノ道[一三]ヲ願《ねがひ》テ、戒律ヲ持《たもち》テ三《さん》業《ごふ》ヲ調《ととの》ヘム事ハ、仏ノ教ヘニハ不叶《かなは》ズ。分段《ぶんだん》[一四]ノ身ハ衣食《えじき》ニ依《より》テ罪造ル。檀越《だんをつ》[一五]ヲ憑《たの》マムト思ヘバ、其《その》恩難報《ほうじがた》シ。然レバ、諸《もろもろ》ノ事皆不罪障《ざいしやうなら》ズト云フ事無シ。此レ[一六]ニ依テ浄尊、世[一七]間ニ人ノ望ミ離《はなれ》タル食《じき》ヲ求テ命ヲ継《つぎ》テ、仏道ヲ願フ。所謂《いはゆ》ル牛[一八]・馬ノ肉村《ししむら》也。而《しか》ルニ、宿[一九]世ノ縁有テ此来《ここにきた》リ給ヘリ。喜ビ乍《なが》ラ告ゲ申ス也。浄尊今何年ヲ経《へ》テ、某年《それの》[二〇]某《それの》月某《それのに》日[二一]、此界《このさかひ》[二二]ヲ棄《すて》テ極楽ニ往生セムトス。若《も》シ結縁《けちえん》セムト思《おもは》バ、其《その》時ニ来《きたり》給ヘ」ト。僧此《この》事ヲ聞《きき》テ、「賤乞匃《あやしのかたゐ》[二三]ノ様《やう》ナル者ト思ツルニ、実《まこと》ニ貴キ聖人也」ト思テ、返々《かへすがへ》ス契《ちぎり》ヲ深ク成シテ、其《その》所ヲ出《いで》テ里ニ行《ゆき》ヌ。

其ノ後ニ、年来《としごろ》ヲ経テ、契シ時ニ成ヌレバ、其虚実《そのこじつ》[二四]ヲ知ラムガ為《ため》ニ彼ノ所ニ行ヌ。浄尊僧ノ来《きた》レルヲ見テ、喜ブ事無限《かぎりな》シ。語テ云ク、「浄尊今夜《こよひ》此ノ身ヲ棄《すて》テ極楽ニ

一 ↓三六三頁注二六。　二 間口が一間の。　三 持仏(守り本尊として朝夕礼拝する仏像)を安置してある堂。　四 火打石を打って火を出して。以下「香ヲ置」まで、験記には見えない。　五 灯明。　六 法華経を読誦して罪障を懺悔する法要。法華懺法。　七 ↓一五四頁注七。　八 験記「発願廻向、如法勤修。其音極貴、薫修無レ限」。　九 ↓三八七頁注三五。　一〇 仏弟子の意。浄尊は伝未詳。　一一 験記「弟子浄尊、底下薄レ福賤人、愚痴無智、不レ知ニ善悪一」。強烈な凡愚意識が彼の自己認識の根源をなしていることに注意。それは彼個人にかかわる問題ではなく、人間そのものが凡愚なる存在なのである。　一二 ↓四一九頁注二八。　一三 地獄・餓鬼・畜生の三悪道。験記「還入ニ悪道一、歎レ不ニ成仏一」。　一三 成仏を願って三業(身・口・意によって行う一切の生活活動)を正しく保とうとしても、仏の教え通りにはできない。験記はこの後に「只依ニ大乗一欲レ離ニ生死一」の句が続く。　一四 六道に輪廻する凡夫の身は衣食が必要だが、それに関して必ず何らか(殺生など)の罪を犯す。験記「分段依身、必資ニ衣食一。耕ニ作田畠一、作ニ多罪業一」。　一五 檀越(施主)の布施を受けようとすれば、その恩に報い難い(だから、やはり罪を犯していることになる)。　一六 敷衍して言えば、この人間として生存すること自体が罪となる蟻地獄的な状況から逃れるために。　一七 世間で人が棄てて顧みない食物。　一八 験記「所謂牛馬死骸肉也」。本話は「死骸」を欠くため、原典の真意が伝わって

往生シナムトス。既ニ肉食《にくじき》ヲ断《たち》テ[二五]四月ニ成ヌ」ト云テ、頭《かしら》ヲ剃リ沐浴《もくよく》シテ浄《きよ》キ衣着タリ。亦《また》、[二六]有シ女ハ尼成《あまになり》ニケリ。而《しかる》間、既ニ夜入《よにいり》ヌ。此《この》僧前《さき》ノ如《ごとく》奄ニ有テ見レバ、浄尊モ尼モ共ニ持仏堂ニ入ヌ。聞ケバ、終夜《よもすがら》共ニ念仏ヲ唱フ。既ニ夜曉《あ》クル時ニ成テ、[二七]奄ノ内ニ光耀《かかや》ク。僧此ヲ見テ、[二八]奇《あ》異《さ》マシト也ト思フ程ニ、空ニ[二九]微妙《みめう》ノ音楽ノ音《こゑ》有リ。漸《やうや》ク[三〇]西ニ去《さり》ヌ。其ノ間、奄ノ内ニ[三一]艶《えもいは》ズ馥《かうば》シキ香満《みち》タリ。而ル間、夜曉《あ》ケ畢《はて》ヌレバ、僧持仏堂ノ内ニ入テ見レバ、浄尊モ尼モ共ニ掌《たなごころ》ヲ合セテ西ニ向《むかひ》テ[三二]端坐《たんざ》シテ死《しに》タリ。

僧此《これ》ヲ見テ、涙流シテ泣〻《なくな》ク礼拝シテ、其ノ所ヲ不去《さらず》シテ奄ニ留《とどま》リ住シテ仏法ヲ修行シケリ。[三三]若《もし》此ノ事ヲ伝ヘ聞ク国ノ人ハ、皆此ノ所ニ来《きたり》テ結縁シテゾ返《かへり》[三四]シ。[三五]其ノ後、[三六]其ノ所ノ様ヲ不知《しら》ズ。「此レ、希有事也《けうのこと》」トテ、[三七]其ノ所ニ行キタル国ノ人語リ伝フルヲ聞キ継《つぎ》テ、語リ伝ヘタルトヤ。

加賀国僧尋寂《かがのくにのそうじんじやく》、往生語《わうじやうせること》第二十九

今昔《いまはむかし》、比叡《ひえ》ノ山ノ[三八]□摂円《せふゑん》[三九]ト云フ僧有ケリ。[四〇]要事《えうじ》有テ、[四一]北陸《ほくろく》ノ道方《みちのかた》ニ行ケ[四二]ルニ、[四三]加賀国《かがのくに》[四四]□ノ郡《こほり》ニ行キ至《いたり》テ、日暮ニケレバ人ノ家ニ借リ宿《やどり》ヌ。其ノ家ノ主《あるじ》

いない。実は浄尊は餌取ではなく、殺生戒も犯していないのである。一九 前世からの縁があって。二〇→四一六頁注一八。二一 この世界。人間界。二二 底本「某月某月」を訂した。二三 験記「最初雖レ生二栴陀羅想一、後生二如レ仏浄清之想一」。二四 うそかまことか。真偽。二五 底本「月」に「日ィ」と傍書。東北本「日」に「月ィ」と傍書。験記「既断二肉食一及二三四月一」。二六 この前の女。浄尊の妻をさす。二七 験記「至二天暁一時、有二数千人一従レ空而下。光明遍照、音楽普聞」。二八 底本「マレト」と傍書。東北本「奇異ナレト〈傍書「マシトィ」〉也ト」。このままでは文意不通。「奇異マシト」と「奇異也ト」の混態か(古典全集説)。二九 美しく妙なる音楽。三〇 西は極楽の方角。三一 言うに言われぬ芳香。三二→三七九頁注二九。三三 験記「若有下伝二聞此事一之類上、皆来二此所一、恋二慕聖人一、結縁而去矣」。三四「ケリ」と異なり直接体験の回想を示すごとくであるが、実は原典「結縁而去矣」の翻訳。三五 以下、話末に至るまで験記には見えない。三六 前第27話で補陀落寺の建立が語られていたのと対比させて、この話の場合は遺跡が不明である旨を述べたもの。三七 原典が記さない伝承者を想像によって設定したもの。

第二十九話 出典は法華験記・下・90。拾遺往生伝・中・7、元亨釈書・十七・尋寂に同話がある。
三八 塔名または院名の明記を期した意識

ノ女殊《こと》ニ善心有ケレバ、此ノ宿レル摂円ヲ懃《ねむごろ》ニ帰依《きえ》シテ、食物《じきもつ》ヲ備《そな》ヘテ労《いたはり》ケリ。而《しか》ル間、夜ニ入《いり》テ、家ノ主外ヨリ来《きた》レリ。摂円此レヲ見レバ僧也。摂円ガ宿レルヲ見テ、喜ブ事無限《かぎりな》シ。摂円家主《いへあるじ》ノ僧ノ言《こと》ヲ聞クニ、此《か》ク妻子ヲ具シテ世ヲ経《へたり》ト云ヘドモ、[一]事ニ触レテ物打《うち》云フ様、殊ニ道心有《あり》ト思《おぼ》ユ。

夜中過《すぐる》程ニ聞ケバ、家主《いへあるじ》ノ僧起《おき》ヌ。湯ヲ浴《あみ》テ、[二]別ニ置《おき》タル浄《きよ》キ衣ヲ取テ着ル。[三]持仏堂ニ入《いり》ヌ。[四]念珠押シ攤《もみ》テ、仏ヲ礼拝シテ、[五]法花経《ほくゑきやう》ヲ誦《じゆ》ス。一部ヲ誦シ畢《をはり》テ、[六]罪障《ざいしやう》ヲ懺悔《さんぐゑ》シテ、次ニ弥陀《みだ》ノ念仏ヲ唱ヘテ、[七]廻向《ゑかう》シテ持仏堂ヨリ出《いで》ヌ。

而《しか》ル間、[八]夜曉《あけ》ヌレバ、摂円ガ居タル所ニ来《きたり》テ、語《かたり》テ云《いは》ク、「[九]弟子尋寂《じんじやく》、[一〇]年来《としごろ》法花経ヲ読誦《どくじゆ》シ、弥陀ノ念仏ヲ唱ヘテ、仏道ヲ願フト云ヘドモ、[一一]世難棄《すてがた》キニ依《より》テ此《か》ク妻子ヲ具シタリ。[一二]然レドモ残《のこり》ノ命幾《いくばく》ニ非ザルガ故《ゆゑ》ニ、偏《ひとへ》ニ[一三]菩提《ぼだい》ヲ期《ご》ス。而《しかる》ニ、我レ[一四]今明命終《こんみやうみやうじゆう》ナレド、幸《さいはひ》ニ君此《ここ》ニ来《きた》リ給《たまへ》リ。此ニ暫《しばら》ク坐《いま》シテ[一五]我ガ入滅《にふめつ》ニ値《あひ》給ヘ」ト。摂円此《これ》ヲ聞テ、僧ノ言《こと》ヲ難信《しんじがた》シト云ヘドモ、随《したがひ》テ留《とどまり》ヌ。

其ノ日ヨリ始メテ、摂円家主《いへあるじ》ノ尋寂共ニ、[一六]三七日ノ間、[一七]六時ニ[一八]懺法《せんぼふ》ヲ行フ。亦《また》、尋寂摂円ニ語テ云ク、「我レ今夜《こよひ》極楽ニ可往生《わうじやうすべ》シ」ト云テ、沐浴《もくよく》シテ、衣ヲ着テ持仏堂ニ入《いり》ヌ。手ニ香炉ヲ取《とり》テ法花経ヲ誦《じゆ》シ、念仏ヲ唱ヘテ西ニ向《むかひ》テ[一九]端坐《たんざ》シテ入滅シヌ。[二〇]摂円此レヲ見テ、涙ヲ流シテ泣ゝ《なくな》ク礼拝シテ[二一]悲《かなし》ビ貴ブ。其ノ里ノ人ノ夢ニ、彼

的欠字。 三九 伝未詳。験記「沙門摂円、比叡山住僧」。 四〇 用事。所用。 四一 北陸道の方面に。 四二 底本「行ナリ」を訂した。 四三 底本「賀加」を訂した。 四四 郡名の明記を期した意識的欠字。

一 何かと話す、その言葉の端々から、深い道心の持ち主であることが感じられる。 二 この一文は験記には見えない。同様の場面に頻用される定型的表現。→四二一頁注二八。 三 →四二二頁注三。 四 数珠。 五 →一五四頁注七。 六 法華懺法を行ったのであろう。験記「種々懺悔。念仏廻向」。 七 →三八〇頁注一三。 八 →三八七頁注三五。 九 仏弟子の意。尋寂は伝未詳。 一〇 長年。 一一 俗世間が棄てがたいので。 一二 これによれば目前に迫る死期の自覚が発菩提心の理由であったことになるが、原典では彼の欣求菩提の思いは残命の多少とは関係のないことであり、験記「難レ棄二世路一、難レ具二妻子一、猶期二菩提一、厭二離生死一、欣二求菩提一。而当レ取レ滅、残日不レ幾。暫住二此所一、可レ会二入滅一」の「而当レ取レ滅」以後は、発菩提心の結果としての入滅(往生)が近いことの予告である。不用意な説明の付加によって本話の文脈には紛れが生じている。 一三 成仏(往生)を願っている。 一四 今日明日にも最期を迎えるけれども。逆説表現は不自然だが、しばらく底本に従う(底本「ナルト」を見せ消ちにより「ナレト」と訂正)。 一五 私の入滅(往生)に立ち会って(結縁して)下さい。 一六 二

ノ尋寂ガ家ノ上ニ当《あたり》テ[二二]紫雲聳《そび》ク。空《そらに》[二三]微妙《みめう》ノ音楽ノ音有テ、尋寂[二四]蓮花《れんぐゑ》ノ台《だい》ニ居《ゐ》テ空ニ昇《のぼり》テ去《さり》ヌ、ト見テナム、泣ヽ《なくな》ク告《つげ》ケル。

其ノ後、[二五]摂円本山《もとのやま》ニ返《かへり》テ、普《あまね》ク人ニ語《かたり》ケレバ、[二六]此レヲ聞ク人皆不貴《たふとば》ズト云《いふ》事無カリケリ。

此《これ》ヲ思フニ、実《まこと》ニ尋寂身ニ病《やまひ》無クシテ、兼《かね》テ其ノ期《ご》ヲ知《しり》テ、摂円ニ告テ、共ニ善《ぜん》根《ごん》ヲ修《しゆ》シテ入滅ス。[二七]況《いはむ》ヤ亦、夢ノ告可疑《つげうたがふべ》キニ非ズ。

此《これ》ヲ聞カム人、皆心ヲ発《おこ》シテ、往生極楽ヲ可願《ねがふべ》シトナム語リ伝ヘタルトヤ。

美濃国僧薬延《みののくにのそうやくえん》、往生語《わうじやうせること》第三十

今昔《いまはむかし》、比叡《ひえ》ノ山ノ[二八]無動寺《むどうじ》ニ聖人《しやうにん》有ケリ。[二九]幼ニシテ山ニ登《のぼり》テ出家シテ、師ニ随《したがひ》テ顕蜜ノ法ヲ学ブニ、皆其ノ道ニ達《いた》レリ。亦《また》、道心深クシテ[三〇]後世《ごせ》ヲ恐《おそる》ル心有リ。

而《しか》ルニ、[三一]事ノ縁有ルニ依《より》テ、美濃《みの》ノ国ニ下ル間、日暮レテ道ノ辺《ほとり》ニ有ル人ノ家ニ借宿《かりやどり》ヌ。其ノ家ノ主《あるじ》ヲ見レバ、[三二]形《かたち》法師也ト云ヘドモ僧ニ非ズ。頭《かしら》ノ髪ハ二寸許《ばかり》ニ生ジテ[三三]俗ノ水干袴《すいかんばかま》ヲ着タリ。亦《また》、狩漁《かりすなどり》ヲ[三四]役《やく》トシテ魚鳥ヲ食《じき》トセリ。[三五]聖人此レヲ見テ、此ノ家ニ宿《やどり》ケル事悔《く》フト云ヘドモ、「[三六]夜中ニ可出《いづべ》キ事ニ非ズ。其ノ夜ヲ暁《あか》サム」ト

十一日間。　一七 勤行すべき六回の定時。即ち、晨朝・日中・日没・初夜・中夜・後夜。
一八 法華懺法。→四二二頁注六。
一九 →三七九頁注二九。
二〇 以下「礼拝シテ悲ビ貴ブ」まで、験記には見えない。　二一 →四〇五頁注二一。
二二 紫雲は往生の瑞相。
二三 美しく妙なる音楽。往生の瑞相。
二四 蓮華台。仏菩薩や往生人が乗る蓮の花の形をした台。　二五 験記「沙門摂円見二希有事一、還二於本山一而説二此事一。康保年中矣」によれば、康保年間(九六四―九六八)の出来事である。　二六 以下、話末に至るまで験記には見えない。
二七 (死期を予告するなどの瑞相があったうえに)まして夢告(これも瑞相である)まであったのだから、往生は疑いない。

第三十話　出典は法華験記・下・94。拾遺往生伝・中・8、元亨釈書・十七・薬延に同話がある。
二八 →地名「無動寺」。　二九 以下「師ニ随テ」まで、験記には見えない。→四〇三頁注二〇。　三〇 後世(極楽往生できるかどうか)を心配していた。験記「亦有二道心一」。　三一 事情があって。
三二 姿は法師であるが本当の僧ではない。験記「雖レ似二法師一、作法非レ僧」。
三三 俗人の着る水干袴をつけている。水干袴は、→二八四頁注一七。
三四 専らにして。仕事のようにして。
三五 験記「聖人見レ此、心生二怖畏一、悔二恨宿レ此焉」。　三六 以下「ト思テ有ルニ」まで、験記には見えない。

思テ有ルニ、夜半過《すぐ》ル程ニ、此ノ家主《いへあるじ》ノ法師起《おき》テ沐浴《もくよく》シテ、浄《きよ》キ衣ヲ着テ[一]後ノ方《かた》ノ戸ヨリ出《いで》ヌ。「何《いどこ》ヘ行クゾ」ト思テ、[二]尻ニ立《たち》テ伺《うかが》ヒ見レバ、小サキ屋有リ。[三]持仏堂也ケリ。其レニ入《いり》ヌ。[四]火ヲ打《うち》テ御明《みあかし》ヲ灯《とも》シ香《かう》ニ付ケテ、[五]念珠ヲ攤《もみ》テ仏ヲ礼拝シテ、先《ま》ヅ[六]懺法《せんぼふ》ヲ行フ。次ニ[七]法花経《ほくゑきやう》ヲ誦《じゆ》ス。一部ヲ誦シ畢《をは》ルニ[八]夜曉《あけ》ヌ。其ノ後、弥陀《みだ》ノ念仏ヲ唱フ。[九]聖人此レヲ聞クニ、奇異也ト思テ、本《もと》ノ所ニ返《かへり》ヌ。

[一〇]巳時《みのとき》ニ至《いたり》テ持仏堂ヲ出《いで》ヌ。[一一]聖人ノ所ニ至テ云《いは》ク、「[一二]弟子薬延《やくえん》、[一三]罪業《ざいごふ》ニ依《より》テ殺生《せつしやう》ヲ[一四]宗《むね》トシテ慙《はぢ》ノ心無シト云ヘドモ、偏《ひとへ》ニ[一五]心ヲ至《いた》シテ法花経ヲ誦シ、弥陀ノ念仏ヲ唱テ、極楽ニ往生セム事ヲ願フ。此レニ依テ、[一六]某《それの》年某《それの》月某《それの》日、必ズ極楽ニ往生セムトス。聖人[一七]機縁深ク在《まし》マシテ、今此ノ家ニ来《きた》リ宿リ給《たまふ》。必ズ[一八]其ノ期《ご》ニ結縁《けちえん》シ給ヘ」ト。聖人薬延ガ言《こと》ヲ聞クト云ヘドモ、「難信《しんじがた》シ。法花経ヲ誦シ念仏ヲ唱フル、此レ無限《かぎりな》キ功徳《くどく》也ト云ヘドモ、魚ヲ捕リ鳥ヲ殺ス、此レ極《きは》メテ重キ罪障《ざいしやう》也。何《なん》ゾ如此《かくのごとき》ノ罪ヲ造乍《つくりなが》ラ忽《たちまち》ニ極楽ニ往生スル事有ラムヤ。此レ[一九]只云フ事ゾ」ト思テ、無動寺ニ返《かへり》ヌ。

其ノ後、[二〇]年来《としごろ》ヲ経テ、聖人彼ノ美濃ノ国ニシテ薬延ガ契シ事共皆忘レニケリ。而《しか》ル間、聖人ノ[二一]夢ニ、[二二]東ノ方《かた》ヨリ[二三]紫雲[二四]聳《そびき》テ聖人ノ房ニ近付キ、[二五]音楽ノ音《こゑ》空ニ有リ。雲ノ中ニ音《こゑ》有テ、聖人ニ告《つげ》テ云ク、[二七]「沙弥薬延、今日極楽ノ迎ヘヲ得、往生スル也。先年ニ契リ申《まうし》シ事ナレ[二六]バ、結縁不忘《わすれ》ズシテ、今来《きたり》テ告ゲ申ス也」ト。驚キ覚《さめ》テ後、

一 験記「往㆓後園中㆒。入㆓持仏堂㆒」。 二 あとについて行って様子をうかがうと。験記には見えない描写。 三 →四二二頁注三。 四 以下「仏ヲ礼拝シテ」まで、験記には見えない。火打ち石を打って灯明をともし香を火に燻らせて。この前後の描写は本巻第27、28話の同一場面に酷似する。 五 底本「念殊」を訂した。数珠。 六 法華懺法。→四二二頁注六。 七 →一五四頁注七。 八 →三八七頁注三五。 九 以下「本ノ所ニ返ヌ」まで、験記には見えない。 一〇 午前十時頃。験記「乃至夜明及㆓于巳時㆒、念仏観行誠以不㆑退」。 一一 「聖人ノ所ニ至テ」は験記には見えない。聖人が一度元の場所に戻ったとしたこと(→注九)と対応する付加句。 一二 仏弟子の意。薬延は伝未詳。 一三 意訳すれば、つたなく罪深い身と生まれたために。験記「依㆓罪業力㆒」。 一四 専らにして。 一五 まごころこめて。一心不乱に。 一六 →四一六頁注一八。 一七 ここでは、前世からの因縁、宿縁の意。験記「聖人有㆑縁、来㆓宿此舎㆒」。 一八 私の往生に立ち会って縁を結んで下さい。 一九 ただ口から出まかせに言っているだけのことだ。 二〇 験記「経㆓数年㆒」。 二一 験記では夢ではなく、聖人は現実に雲を見、声を聞いている。 二二 東は薬延の住む美濃国の方角である。験記「従㆓東方㆒吐㆓紫雲㆒、遥聳㆓西方㆒」。 二三 紫雲は往生の瑞相。 二四 名義抄「聳 ソビク、タナヒク」。たなびいて。 二五 空中の音楽は往生の瑞相。 二六 底本「ナルハ」を訂した。 二七 →四〇五頁注二一。

聖人涙ヲ流シテ泣《なく》ゝ《な》ク礼拝シテ悲《かなし》[二七]ビ貴ビケリ。

[二八]聖人ノ語ルヲ聞ク人、皆悲ビ不貴《たふとば》ズト云フ事無カリケリ。此ノ事□[二九]承平《じようへい》[三〇]ノ比《ころほひ》ノ事也ケリ。

[三一]其ノ後、伝ヘ聞クニ、彼ノ薬延ガ死《しに》タル時、違《たがふ》[三二]事無シトナム語リ伝ヘタルトヤ。

比叡山入道真覚《ひえのやまのにふだうしんかく》、往生語《わうじやうせること》 第三十一

今昔《いまはむかし》、入道真覚《しんかく》[三三]ハ権中納言藤原[三四]ノ敦忠《あつただ》ノ卿ノ第四子也。初《はじめ》ハ俗ニシテ右兵衛《うひやうゑ》ノ佐《すけ》□[三五]ト云ケリ。

而《しか》ルニ、康保《かうほ》[三六]四年ト云フ年ノ□[三七]ノ比《ころほひ》、俄《にはか》ニ道心発《おこり》ニケレバ、年□[三八]ニシテ出家シテ山[三九]ニ登《のぼり》テ、□[四〇]ト云フ人ヲ師トシテ真言《しんごん》[四一]ノ蜜法ヲ受ケ学ブ。両界《りやうがい》[四二]及ビ阿弥《あみ》[四三]陀《だ》ノ法ヲ持《たもち》テ、毎日《ひごとに》[四四]三時ニ此ノ法ヲ行ヒテ、一生ノ間不断《たた》ザリケリ。入道本《もと》ヨリ心[四五]直《うるはし》クシテ、邪見《じやけん》[四六]・放逸《はういつ》[四七]ヲ離《はなれ》タリトヤ。況《いはむ》ヤ道心深ク発《おこり》ニケレバ、慈悲・忍辱《にんにく》[四八]ナル事並無《ならびな》シ。

而《しか》ル間、年月積《つもり》テ、遂《つひ》ニ入道命終ラムト為《す》ル時ニ臨《のぞみ》テ、身ニ聊《いささか》ノ病有《やまひあり》ト云ヘドモ、苦シブ所少シ。而ル間、入道同法《どうぼふ》[四九]ノ僧共《ども》ニ告《つげ》テ云《いは》ク、「此《ここ》ニ白[五〇]キ鳥ノ尾長キ、

二六 以下「無カリケリ」まで、験記には見えない。→三九四頁注五。 二九 諸本欠字。祖本の破損に因るか。 三〇 承平年間(九三一―九三八)の出来事である。験記「承平年中事矣」。 三一 以下、験記には見えない。 三二 聖人が夢に見たのと全く同じ時刻であった。

第三十一話 出典は日本往生極楽記・27。真言伝・五・真覚に同話がある。

三三 →人名「真覚」。 三四 →人名「敦忠」。 三五 俗名の明記を期した意識的欠字。真覚の俗名は佐理。但し、三跡の佐理とは別人。 三六 九六七年。この年七月若き兵衛佐(佐理)が出家し、妻も続いて尼になった旨が蜻蛉日記・康保四年条に見える。大鏡・時平伝にも関連記事がある。 三七 出家の月日または季節の明記を期した意識的欠字。佐理の出家は七月。→前注。 三八 年齢の明記を期した意識的欠字。 三九 比叡山をさす。 四〇 師僧の名の明記を期した意識的欠字。 四一 ここでは、台密をさす。 四二 両界(胎蔵、金剛界)曼荼羅の供養法。→三六七頁注三五、三六八頁注五。 四三 阿弥陀仏を本尊として供養する修法。 四四 →三九四頁注一三。 四五 →三八八頁注一五。 四六 仏法を理解しない間違った考え。 四七 仏道に背いて勝手気ままにふるまうこと。 四八 侮辱や迫害に耐えて瞋恚の念を起こさないこと。六波羅蜜の一。 四九 仏法の修行者仲間。仲間の僧。 五〇 極楽の鳥であろう。極楽にいる鳥として阿弥陀経は「白鵠・孔雀・鸚鵡・舎利・

来《きたり》テ囀《さへづり》テ云ク、「去来《いざ》ゝゝ《いざ》[一]」ト。即チ西[二]ニ向《むかひ》テ飛ビ去ヌ」ト。入道亦《また》云ク、「我レ目ヲ閉《とづ》レバ、眼ノ前ニ髴《ほのか》ニ極楽ノ功徳荘厳《くどくしやうごん》[三]ノ相《さう》ヲ現ズ」。如此《かくのごと》ク云テ、遂《つひ》ニ入滅《にふめつ》スル日、入道誓《ちかひ》ヲ発《おこ》シテ云ク、「我レ十二年ノ間修スル所ノ善根《ぜんごん》、今日極楽ニ皆廻向《ゑかう》[四]ス」ト云テ、即チ入滅シニケリ。其ノ夜、三人ノ人、夢ニ、数《あまた》ノ止事無《やむごとな》キ僧共竜《どもりよう》[五]頭《どう》ノ船ニ乗《のり》テ来《きたり》テ、真覚入道ヲ此ノ船ニ乗セテ迎ヘテ去《さり》ヌ、ト見テ、告《つげ》[六]ケリ。

此レヲ思フニ[七]、三人ノ夢ニ違《たが》フ事無ク只同ジ様ニ見タリケルニ、必《かならず》極楽ニ往生セル人也ト知《しり》ヌ。此レヲ聞ク人、皆涙ヲ流シテ悲《かなし》ビ貴ビケリトナム語リ伝ヘタルトヤ。

河内国入道尋祐《かはちのくにのにふだうじんいう》、往生語《わうじやうせること》第三十二

今昔《いまはむかし》、河内《かはち》ノ国ノ河内《かはち》[八]ノ郡《こほり》ノ□[九]ノ郷《さと》ニ、入道尋祐《じんいう》[一〇]ト云フ者有ケリ。初《はじめ》ハ俗ニシテ□[一一]ト云ケリ。道心深ク発《おこり》ニケレバ、出家シテ後、妻子ヲ離レテ和泉《いづみ》ノ国、松尾《まつのを》[一二]ノ山寺ニ移リ住シテ、日夜寤寐《ごび》[一三]ニ弥陀《みだ》ノ念仏ヲ唱ヘ、常ニ印仏性《いんぶつしやう》[一四]ヲ修《しゆ》ス。亦《また》、本《もと》ヨリ心ニ慈悲有テ、人ニ[一五]物ヲ施《せ》スル心尤《もと》モ広シ。

而《しか》ル間、尋祐入道年五十ニ余ル程ニ、正月ノ一日、頭痛《づつう》スト云テ聊《いささか》ニ悩ム。其ノ

迦陵頻伽・共命」の六、往生要集は「鳧・雁・鴛鴦・鵞・鷺・鵝・鶴・孔雀・鸚鵡・迦陵頻伽」の十を挙げる。

一 誘う言葉。さあ、おいでなさい。
二 西は極楽の方角。
三 美しく飾られた有様。
四 →三八〇頁注一三。
五 竜の頭の形の飾りを船首に付けた豪華な遊覧船。鷁首の船と一対を成す。
六 人々に告げた。極楽記には見えない句。
七 以下、話末に至るまで極楽記には見えない。

第三十二話 出典は日本往生極楽記・29。

八 現、大阪府東大阪市の東部。
九 郷名の明記を期した意識的欠字。
一〇 伝未詳。極楽記「沙弥尋祐、河内国河内郡人也」。
一一 俗名の明記を期した意識的欠字。極楽記「脱レ俗之後、移ニ住和泉国松尾山寺一」。
一二 →地名「松尾ノ山寺」。
一三 寝ても覚めても。
一四 極楽記「常念ニ弥陀一兼修ニ印仏一。性多ニ慈悲一」の句読を誤解している。印仏は香で仏の形を作って焼き、仏の功徳を衆生に施す法。
一五 布施は六波羅蜜の一。極楽記「施心尤

時ニ、[一六]戌時許《いぬのときばかり》ヨリ亥時許《ゐのときばかり》ニ至ルマデ、大《おほき》ナル光出来《いできたり》テ普《あまね》ク其ノ山ノ内ヲ照ス。暗《やみ》ノ夜也ト云ヘドモ、現《あら》ハニ[一七]𦬇木ノ枝葉明《あきら》カニ見エケリ。[一八]此レヲ見ル人、皆、希有《けう》也ト思テ、何ノ故《ゆゑ》也ト云フ事ヲ不知《しら》ズ。而ル間、尋祐入道終リ貴クシテ入滅《にふめつ》シニケリ。其後《そののち》、此ノ光リ漸《やうや》ク消《きえ》ニケリ。其ノ辺《ほとり》ノ貴賤・男女《なんにょ》此ノ事ヲ聞《きき》テ、此ノ寺ニ集リ来《きたり》テ不貴《たふとば》ザルハ無シ。明《あく》ル朝《あした》ニ、里ノ人各《おのおの》互ニ問《とひ》テ云《いは》ク、「[一九]夜前《やぜん》松尾ノ山寺ニ俄《にはか》ニ大ナル光有リキ、此レ何ノ光ゾ。若《も》シ彼ノ山寺ニ火事ノ出来《いできたり》ケルカ」ト疑ヒケル間ニ、[二〇]人有テ、「尋祐入道ノ極楽往生シケル瑞相也」ト云ヒケレバ、里ノ人此レヲ聞テ後ゾ皆貴ビ[二一]悲《かなし》ビケル。

[二二]此レヲ思フニ、本《もと》ヨリ[二三]堅固《けんご》ノ聖人《しやうにん》ニ非ズシテ俗也ト云ヘドモ、[二四]心ヲ発《おこ》シテ出家入道シテ、懃《ねむごろ》ニ極楽ニ往生セムト願ヘバ、如此《かくのごとく》[二五]ハ往生スル事多カリ。然□[二六]レヲ聞カム人、[二七]心ヲ至《いたし》テ念仏ヲ唱ヘテ、極楽ニ往生セムト可願《ねがふべ》シトナム語リ伝ヘタルトヤ。

源《みなもとの》 憩《いこふ》、依《やまひに》 病《よりて》 出《しゆつ》 家《け》 往《しわう》 生《じやう》 語《せること》 第三十三

今昔《いまはむかし》、[二八]源ノ憩《いこふ》ト云フ人有ケリ。内匠《たくみ》ノ頭[二九]適《かみかなふ》ト云ケル人ノ第七子也。[三〇]幼クヨリ心

深」。
一六 午後八時頃から十時頃にかけて。
一七 諸本かく作るが「𦬇」(「艸」(草)」の省画)の誤記か。極楽記「草木枝葉皆悉分明」。
一八 以下「不知ズ」まで、極楽記には見えない。
一九 昨夜。
二〇 ある人が。
二一 →四〇五頁注二一。
二二 以下、話末に至るまで極楽記には見えない。
二三 道心堅固なりっぱな聖人ではなく単なる俗人であっても。
二四 道心を起こして。発心して。
二五 「ハ」は強意。
二六 底本に空白はないが、欠字があると推定する。あるいは「然レバ此レヲ」の短絡か。
二七 まごころこめて。一心不乱に。

第三十三話　出典は日本往生極楽記・35。

二八 →人名「憩(いこう)」。
二九 極楽記「源憩者、内匠頭適第七男也」。底本「適」に草冠を付けた字体。諸本により訂した。→人名「適(かなう)」。
三〇 極楽記「白ニ少年時ニ志在ニ仏法ニ、敏給読レ書」。

仏法ノ方《かた》ニ趣《おもむき》テ、因果ヲ知《しり》、殊《こと》ニ慈悲有ケリ。亦《また》、文書《もんじよ》ヲ学ビ読《よみ》テ、心ニ智《さと》リ有ケリ。

而《しか》ル間、憩年二十《はたち》余《あまり》ノ程ニシテ身ニ病《やまひ》ヲ受《うけ》テ、二十余日ノ間悩ミ煩ヒケルニ、遂《つひ》ニ世ヲ厭《いと》フ心深クシテ、忽《たちまち》ニ髻《もとどり》[一]ヲ切《きり》テ出家シテケリ。其ノ後、偏《ひとへ》ニ後世《ごせ》[二]ヲ恐レテ、弥陀《みだ》ノ念仏ヲ唱ヘテ、極楽ニ往生セムト願フ。

而《しかる》間、憩ガ兄ニ安法《あんぽふ》[三]ト云フ僧有リ。[四]川原ノ院ニ住《ぢう》セリ。憩入道、彼ノ安法ヲ呼《よび》テ語《かたり》テ云《いは》ク、「我レ、只今[五]西方ニ微妙《みめう》[六]ノ音楽ノ音有《こゑあり》ト聞ク。君、此レヲ同ジク聞《きく》ヤ否《いな》ヤ」ト。安法答《こたへ》テ云ク、「不聞《きか》ズ」ト。入道云ク、「亦、此《ここ》ニ一《ひとつ》ノ孔雀鳥来《くじやくてうきたり》[七]テ、我ガ前ニ翔《かけり》テ舞ヒ遊ブ。亦、此レヲ見《みる》ヤ否《いな》ヤ」ト。安法、「不見《み》ズ」ト答フ。而ル間、入道西ニ向《むかひ》テ端坐《たんざ》[八]シテ、掌《たなごころ》[九]ヲ合セテ失《うせ》ニケリ。[一〇]安法此レヲ見テ、涙ヲ流《ながし》テ泣キ悲《かなしみ》[一一]テ貴ビケリ。此レヲ聞ク人、亦不貴《たふとば》ズト云フ事無シ。

此レヲ思フニ、命終ル時ニ臨《のぞみ》テ、耳ニ微妙《みめう》ノ音楽ノ音ヲ聞キ、目ニ孔雀鳥来《きたり》テ舞ヒ遊ブヲ見《みる》。況《いはむ》ヤ西ニ向《むかひ》テ端坐・合掌シテ失《うせ》ヌレバ、極楽ニ往生スル事疑ヒ無シトナム語リ伝ヘタルトヤ。

一 頭上に束ねた髪。
二 後世に悪道に堕ちるのを恐れ、極楽往生を願って。
三 尊卑分脈では適の曾孫〈適—済—官—趁〈安法〉〉とするが、正しくは適の六男。→人名「安法」。
四 この一句は極楽記には見えない。→地名「川原ノ院」。
五 西は極楽の方角。
六 美しく妙なる音楽。往生の瑞相。
七 孔雀は極楽の鳥の一。→四二七頁注五〇。
八 →三七九頁注二九。
九 合掌して。極楽記「手結二定印一、向レ西気絶」。
一〇 以下、話末に至るまで極楽記には見えない。→三八〇頁注一一。
一一 →四〇五頁注二一。

第三十四話 日本往生極楽記・33と法華験記・下・101はほぼ同文。いずれを出典とすべきか決し得ない。

一二 極楽記、験記には御代に関する文言はない。後出の「天元三年」（注二一）から円融天皇の治世と知ったか。→人名「円

高階良臣《たかしなのよしおみ》、依病出家往生語《やまひによりてしゆつけしわうじやうせること》第三十四

今昔《いまはむかし》、[一二]円融院《ゑんゆうのゐん》ノ天皇ノ御代《みよ》ニ、[一三]宮内卿《くないきやう》高階《たかしな》ノ良臣《よしおみ》ト云フ人有ケリ。[一四]殊《こと》ニ身ニ才《ざい》有テ、文《ふみ》ノ道ニ達《いた》レリ。若ク盛《さかり》也ケル時ハ、[一五]公《おほやけ》ニ仕《つかまつ》リテ[一六]官爵《くわんしやく》思ヒノ如ク也ケリ。[一七]齢《よはひ》漸《やうや》ク傾《かたぶき》テ後ハ、深ク仏法ヲ信ジテ、現世《げんぜ》ノ[一八]名聞《みやうもん》・利養《りやう》ヲ棄《すて》テ、後世《ごせ》ノ往生極楽ノ事ヲ心懸《こころにかけ》テ、昼夜[一九]寤寐《ごび》ニ[二〇]法花経《ほくゑきやう》ヲ誦《じゆ》シ、弥陀《みだ》ノ念仏ヲ唱ヘケリ。

而《しか》ル間、[二一]天元《てんぐゑん》三年ト云フ年ノ正月ノ比《ころほひ》ヨリ、身ニ病《やまひ》ヲ受《うけ》、悩ミ煩フ間、弥《いよい》ヨ経ヲ誦シ念仏ヲ唱ヘテ怠《おこた》ル事無シ。而ルニ、其ノ病愈《いゆ》ル事無クシテ、既ニ七月ニ成《なり》ヌルニ、[二二]明後日死ナムトテ病宜《よろし》ク成ヌレバ、[二三]家ノ内ノ妻子・[二四]眷属《くゑんぞく》モ喜ビ合ヘル事無限《かぎりな》シ。

而ル間、良臣僧ヲ[二五]請《しやう》ジテ[二六]髻《もとどり》ヲ切《きり》テ、僧ト成テ[二七]戒ヲ受《うけ》ケリ。其後、三日ヲ経テ、病愈《いえ》テ[二八]心地《ここち》直《うるは》シク成ヌレバ、妻子・眷属ニ向《むかひ》テ諸《もろもろ》ノ事皆云ヒ置《おき》テ、[二九]五日ト云フニ失《うせ》ニケリ。其ノ死ヌル時ニハ、家ノ内ニ俄《にはか》ニ[三〇]艶《えもいは》ズ馥《かう》バシ[三一]香満《みち》テ、空ノ中ニ[三二]微妙《みめう》ノ音楽聞《きこ》エケリ。亦、[三三]極熱《ごくねつ》ノ比《ころほひ》ニテ、死人ノ身乱《みだ》レテ甚ダ臭《くさ》カルベキニ、[三四]日来《ひごろ》ヲ経《ふ》ト云《いへ》ドモ、身不乱《みだれ》ズシテ臭《くさ》キ気《け》無カリケリ。

一二 →人名「良臣」。極楽記「宮内卿従四位下高階真人良臣」。
一三 →人名「良臣」。極楽記「宮内卿従四位下高階真人良臣」。

一四 極楽記「少応二進士挙一、以二才名一自抽」。
一五 朝廷。極楽記「多歴二諸司一、累宰二六郡一」。
一六 官位。官職と位階。
一七 次第に年をとって後は。極楽記「歯迫二知命一」。
一八 →三九五頁注三六。
一九 寝ても覚めても。
二〇 →一五四頁注七。
二一 九八〇年。極楽記「天元三年正月初得レ病」。
二二 極楽記「先レ死三日、其病忽平」。
二三 この一文は極楽記には見えない。往生人を取り巻く人々の言動の付加については、→三八〇頁注一一。
二四 一族の者。身内の者。
二五 招いて。
二六 頭上に束ねた髪。
二七 極楽記「受二五戒一」。五戒は、→一八六頁注三。
二八 気分がよくなったので。
二九 極楽記「七月五日卒」。
三〇 何ともいえない芳香。往生の瑞相。
三一 「馥バシキ」の「キ」が脱落か。
三二 美しく妙なる音楽。往生の瑞相。
三三 暑い盛りで死体が腐乱して臭うはずなのに。極楽記「雖下遇二暑月一歴中数日上、身不二爛壊一、如二存生時一」。
三四 数日たっても。

[一]此レヲ聞キ見ル人、奇異也ト云ヒ合《あひ》テ貴《たふと》ビケリトナム語リ伝ヘタルトヤ。

高階成順入道《たかしなのなりのぶにふだう》、往生語《わうじやうせること》 第三十五

今昔《いまはむかし》、前《さき》ノ[二]一条ノ院ノ御代《みよ》ニ、筑前《ちくぜん》ノ守[三]高階《たかしな》ノ成順《なりのぶ》ト云《いふ》人有ケリ。伊予《いよの》前司《ぜんじ》明《あき》[四]順《のぶ》ガ子也。若クシテ蔵人《くらうど》ニ任ジテ、[五]式部ノ労《らう》ニ依《より》テ筑前ノ守ニ成《なり》タル也。此《この》人本《もと》ヨリ心[六]柔耎《にうなん》ニシテ[七]諂曲《てんごく》ヲ離レタリ。亦《また》、若クヨリ道心深クシテ日夜ニ[八]法花経《ほくゑきやう》ヲ読誦《どくじゆ》シ、[九]阿弥陀《あみだ》ノ大呪《だいじゆ》ヲ受ケ持《たも》チテ、専《もはら》ニ仏法《ぶつぽふ》ヲ帰依《きえ》シケリ。[一〇]而《しか》ル間、彼ノ任国ニ下向シテ国ニ有ケル間モ、[一一]事ニ触レテ慈悲有テ人ヲ哀ブ事無限《かぎりな》シ。然レバ、国ノ人皆[一二]首《かうべ》ヲ傾《かたぶ》ケテ喜ビケリ。

[一三]而《しか》ル間、既ニ任畢《はて》ヌレバ、京ニ返《かへ》リ上《のぼ》リヌ。其ノ後、道心盛リニ[一四]発《おこり》ニケレバ、世ヲ厭《いとひ》テ出家セムト[一五]思深カリケレバ、父母《ぶも》ニ向《むかひ》テ云《いはく》、「己《おの》レ世ヲ厭《いと》フ心深クシテ出家セムト思フ。此ノ心ヲ許シ給ヒテムヤ否《いな》ヤ」ト。父母此レヲ聞クト云ヘドモ許ス心無シ。然レドモ、成順ノ出家ノ心尚不止《なほやま》ズシテ、懃《ねむごろ》ニ父母ニ此ノ事ヲ乞請《こひう》ク。父母強《あながち》ニ此レヲ制止スト云ヘドモ、成順偏《ひとへ》ニ此ノ世ノ事ヲ不思《おもは》ズシテ、只[一六]後世菩提《ごせぼだい》ヲ願《ねがふ》。遂《つひ》ニ[一七]髻《もとどり》ヲ切《きり》テ僧ト成《なり》テ[一八]戒ヲ受ケツ。名ヲ[一九]乗蓮《じようれん》ト云フ。[二〇]父母歎キ悲ムト云ヘドモ

一 以下、極楽記には見えない。

第三十五話 出典は法華験記・下・95。拾遺往生伝・中・9、元亨釈書・十七・乗蓮に同話がある。

二 →人名「一条天皇」。

三 →人名「成順」。験記「筑前入道沙弥乗蓮、伊与前司高階真人明順第一男矣」。

四 →人名「明順」。 五 式部丞として職務に精励した功労によって。

六 柔軟に同じ。おだやかで慈悲深いこと。験記「其性柔軟、心有二道心一」。

七 他におもねり、自らの心の虚偽を画して、ねじ曲げること。

八 →一五四頁注七。

九 阿弥陀大心呪、阿弥陀如来根本陀羅尼、十甘露明とも言い、現世安穏・罪障消滅・極楽往生の功徳があるとされる陀羅尼。

一〇 以下、段末に至るまで、験記には見えない。 一一 何かにつけて。

一二 頭を深く垂れて。こころから帰依するさまを示す常套表現。

一三 本第二段に相当する験記の記事は「爰任限既臻、帰二着花洛一。剃二除鬢髪一、作二仏弟子一」のみ。本段は出家を制止しようとする父母の言動を大幅に付加している。

一四 底本「発ケレハ」。諸本により訂した。

一五 「出家セムト思フ心深カリケレバ」の意か。やや舌足らずな表現。

一六 後世の極楽往生。

一七 頭上に束ねた髪。

一八 →四三一頁注二七。 一九 →注三。

二〇 以下「怠ル事無シ」まで、験記には見えない。 二一 験記「浄二所レ住(彰考館本

甲斐無シ。

出家ノ後ハ、弥《いよい》ヨ仏道ヲ修行シテ怠《おこた》ル事無シ。[二一]其ノ住《ぢうし》ケル屋ヲバ堂ト改メテ仏ヲ居《す》ヘ奉リ、法文《ほふもん》ヲ安置《あんち》[二二]シテ、[二三]天台《てんだい》・法相《ほつさう》ノ智者ノ僧ヲ請《しやう》ジテ、其ノ堂ニシテ長日《ちやうにち》[二四]ニ法花経ヲ令講《かうぜしめ》[二五]テ、[二六]座毎《ざごと》ニ不欠《かか》ズ聴聞《ちやうもん》シテ、其ノ功徳《くどく》ヲ貴ブ。其ノ講ニ、毎日《ひごと》ニ阿《あ》[二七]弥陀《みだ》ノ絵像一軀・法花経一部・[二八]小阿弥陀経一巻ヲ供養ス。[二九]講莚《かうえん》ノ後ニハ、[三〇]法花経ノ中ノ貴キ文《もん》ヲ書キ出《いだ》シテ、[三一]音声《おんじやう》吉《よ》キ僧ヲ呼ビ集メテ、音《こゑ》ヲ同クシテ此ノ文《もん》ヲ貴ク令誦《じゆせしめ》テ、仏ヲ讃歎《さんだん》シ奉ケリ。亦、[三二]講莚ノ後ニハ、必ズ阿弥陀経ヲ令読《よまし》メテ、[三三]行道《ぎやうだう》シテ念仏[三四]三昧《さんまい》ヲ修シケリ。如此《かくのごと》ク貴ク善根《ぜんごん》ヲ様々ニ修シテ、八箇年ニ余《あまり》ニケリ。其ノ間、此ノ講莚ニハ京中ノ貴賤ノ道俗・男女《なんによ》集リ来《きたり》テ、結縁《けちえん》ノ為《ため》ニ聴聞スル事無限《かぎりな》シ。

而《しか》ル間、乗蓮入道年漸《やうや》[三五]ク半《なかば》ニ過《すぐ》ル程ニ、身ニ悪瘡《あしきかさ》[三六]ノ病《やまひ》ヲ受《うけ》ツ。日来《ひごろ》ヲ経《へた》ル間ニ、遂《つひ》ニ命終ラムト為《す》ル時ニ臨《のぞみ》テ、心不乱《みだれ》ズシテ、口ニ弥陀ノ念仏ヲ唱ヘテ失《うせ》ニケリ。

其ノ後、或ル人ノ夢ニ、乗蓮入道船ニ乗《のり》テ[三七]西方ヲ指シテ行《ゆき》ヌ、ト見ケリ。亦、蓮花《れんぐゑ》ヲ踏《ふみ》テ雲ヲ陵《しのぎ》[三八]テ空ニ昇《のぼり》ヌ、ト見ケリ。[三九]此レヲ聞ク人、皆涙ヲ流シテ貴ビ悲《かなし》[四〇]ビケリ。

此レヲ思フニ、乗蓮入道年来《としごろ》法花経ヲ誦シ、念仏ヲ唱ヘ、多《おほく》ノ[四一]菩提《ぼだい》ヲ修シテ、貴クシ失《うせ》[四二]ヌルニ、亦、夢ノ告《つげ》有レバ、疑ヒ無キ往生也トナム語リ伝ヘタルトヤ。

立二舎一、造二立仏像一」。
二二 底本「安置レテ」を訂した。
二三 天台(延暦寺)や法相(興福寺)の智慧のある僧を招いて。験記「請二南北智者一」。
二四 長期にわたって法華経を講じさせて。法華三十講や法華百講の類を行ったのであろう。　二五 底本「令請テ」を訂した。
二六 毎回欠かさず。以下「其ノ功徳ヲ貴ブ」まで、験記には見えない。
二七 →人名「阿弥陀如来」。
二八 無量寿経を大経というのに対して、阿弥陀経をさす。→一四四頁注七。
二九 講莚は講経の席。験記「講莚初後」(彰考館本「最初」)は、講経が始まった後の意。本話はこれを講経の終了後と誤解している。このため本話には「講莚ノ後ニハ」の句が重出している。→注三二。
三〇 験記「撰二出法華貴文一、大衆異口同音頌レ之、歌二詠如来一、讃二嘆一乗一、五体投地、恭敬礼拝」。
三一 この一句、験記には見えない。
三二 験記「講莚以後」。
三三 本尊の周囲を読経しながら右回りに歩いて回って礼拝する作法。
三四 一心不乱に念仏を唱え続ける行。
三五 いつしか老境を迎えて。験記「乃至暮年之時」。　三六 悪性の腫瘍。
三七 西は極楽の方角。　三八 雲を押し分けて。訓みは字類抄による。
三九 以下、話末に至るまで験記には見えない。　四〇 →四〇五頁注二一。
四一 ここでは、善根・功徳の意であろう。
四二 諸本かく作るが、「貴クシテ」の「テ」が脱落か。

小松天皇御孫尼《こまつのてんわうのおほんまごのあま》、往生語《わうじやうせること》第三十六

今昔《いまはむかし》、小松《こまつ》[一]ノ天皇ノ御孫ニテ尼[二]有ケリ。若クシテ□[三]ト云フ人ニ嫁《とつぎ》テ三人ノ子ヲ産セリ。其ノ子共《ども》幼クシテ皆打次《うちつづ》キ失《うせ》ニケリ。母[四]此レヲ歎キ悲ムト云ヘドモ、甲斐無クシテ過《すぐる》間ニ、其ノ後幾《いくばく》ノ程ヲ不経《へ》ズシテ、亦、其ノ夫《をうと》失ニケレバ[五]、世ノ無常ナル事ヲバ厭《いとひ》テ過《すぐ》ルニ、寡《やもめ》[六]ニシテ人[七]ニ近付ク事無カリケリ。而《しか》ル間、念念[八]ニ道心発《おこり》ニケレバ、遂《つひ》ニ出家シテ尼ト成《なり》ヌ。其ノ後[九]、偏《ひとへ》ニ弥陀《みだ》ノ念仏ヲ唱ヘテ、更ニ余《ほかの》思《おもひ》モ無シ。

而《しか》ル間、尼腰ニ病《やまひ》有テ起居《たちゐ》ニ不叶《かなは》ズ。然レバ、医師《くすし》ニ問フニ、医師ノ云《いは》ク、「此レ身ノ痩セ疲レタルニ依《より》テ至《いた》ス所ノ病也。速《すみやか》ニ肉食《にくじき》[一〇]ヲ可用《もちゐるべ》シ。其ノ外《ほか》ニ療治ニ不可叶《かなふべから》ズ」ト。尼医師ノ言《こと》ヲ聞クト云ヘドモ、肉食ヲ用《もちゐ》テ身ヲ助《たすけ》テ病ヲ癒《いや》サムト思フ心無クシテ、肉食スル事不能《あたは》ズシテ、弥《いよい》ヨ念仏ヲ唱ヘテ、極楽往生セムト願フヨリ外ノ思ヒ無シ。而ルニ、不療治《れうぢせ》ズト云ヘドモ、腰ノ病自然《おのづから》ニ癒《いえ》テ、起居《たちゐ》本《もと》ノ如ク也。尼本ヨリ心柔煖《にうなん》[一一]ニシテ慈悲有リ。然レバ、人ヲ哀ビ生類《しやうるい》[一二]ヲ悲《かなし》ブ事無限《かぎりな》シ。

而《しか》ル間、尼年五十余《あまり》ニ成ル程ニ、忽《たちまち》ニ身ニ少シノ病有テ悩ミ煩フ間、空ノ中ニ微《み》[一三]

第三十六話　出典は日本往生極楽記・30。

一 光孝天皇。↓人名「光孝天皇」。
二 伝未詳。極楽記「尼某甲、光孝天皇之孫也」。
三 人名の明記を期した意識的欠字。極楽記「小年適レ人有三三子一」。
四 以下「甲斐無クシテ過間ニ」まで、極楽記には見えない。
五 底本「失ニケレリ」。「リ」は「ハ」の誤記と見て訂した。
六 寡は、↓二八六頁注五。
七 再婚しなかった。この一文、極楽記には見えない。
八 時々刻々。一瞬一瞬ごとに。
九 以下「余思モ無シ」まで、極楽記「日不二再食一、年垂二数周一」とは文意が異なる。
一〇 病僧の肉食については、↓一五〇頁注七。
一一 ↓四三二頁注六。
一二 生き物をあわれむこと。極楽記「蚊虻餧レ身不二敢駆一レ之」。
一三 美しく妙なる音楽。往生の瑞相。

妙《めう》ノ音楽ノ音《こゑ》有リ。隣リ里ノ人此レヲ聞テ驚キ怪《あや》シブ間、尼傍《かたはら》ニ有ル人ニ告《つげ》テ云《いはく》、「[一四]阿弥陀如来《あみだにょらい》今来《きた》リ給《たまひ》テ我レヲ迎ヘ給フ。我レ只今永ク此ノ土《ど》[一五]ヲ去《さり》テ極楽ニ往生シナムトス」ト云テ、西[一六]ニ向《むかひ》テ失《うせ》ニケリ。此[一七]レヲ見ル人、涙ヲ流シテ悲[一八]ビ貴ビケリ。
此レヲ聞ク人、亦、不貴《たふとば》ザル八無カリケリ。
此レ奇異ノ事也トテ語リ伝フルヲ聞キ継《つぎ》テ、此《か》ク語リ伝ヘタルトヤ。

池上寛忠僧都妹尼《いけがみのくわんちうそうづのいもうとのあま》、往生語《わうじやうせること》第三十七

今昔《いまはむかし》、[一九]池上《いけがみ》ノ[二〇]寛忠僧都《くわんちうそうづ》ト云フ人有ケリ。其ノ人ノ同母《おなじはは》ノ妹[二一]ニテ一《ひとり》ノ尼[二二]有ケリ。[二三]其ノ尼心[二四]柔耎《にうなん》ニシテ永ク[二五]放逸《はういつ》・[二六]邪見《じやけん》ヲ離レタリ。亦《また》、一生ノ間[二七]寡《やもめ》ニシテ、男嫁《をとこにとつ》グ事無カリケリ。常ニ世ヲ厭《いとひ》テ後世《ごせ》ノ事ヲ心ニ懸《か》ク。遂《つひ》ニ髪ヲ剃《そり》テ尼ト成《なり》ヌ。寛忠僧都此ノ妹ノ尼ヲ哀レムデ、其ノ住[二八]ム寺ノ辺《ほとり》ニ迎ヘ居《す》ヘテ、朝暮《てうぼ》ニ此レヲ養育シケリ。
而《しか》ル間、尼[二九]漸《やうや》ク老《おい》ニ臨《のぞ》ムデ、只弥陀《みだ》ノ念仏ヲ唱ヘテ他念無ク、[三〇]極楽ニ往生セムト願ヒケリ。而ルニ、尼僧都ヲ呼《よび》テ、告《つげ》テ云《いは》ク、「我レ明後日ニ極楽ニ往生セムトス。然レバ、今日ヨリ始メテ[三一]不断ノ念仏ヲ修《しゆ》セムト思フ」ト。僧都此レヲ聞《きき》テ、喜ビテ貴ビテ、貴キ僧共《ども》ヲ請《しやう》ジ集メテ、三箇日夜ノ間、[三二]不断ノ念仏三昧《さんまい》ヲ令修《しゆせしむ》。

一四 ↓人名「阿弥陀如来」。
一五 人間界をさす。
一六 西は極楽の方角。
一七 以下、話末に至るまで極楽記には見えない。↓四三六頁注九。
一八 ↓四〇五頁注二一。

第三十七話 出典は日本往生極楽記・31。

一九 ↓地名「池上」。
二〇 ↓人名「寛忠」。
二一 極楽記には「姉」とある。↓次注。
二二 伝未詳。極楽記「尼某甲、大僧都寛忠同産姉也」。
二三 以下「邪見ヲ離レタリ」まで、極楽記には見えない。
二四 ↓四三二頁注六。
二五 仏道に背いて勝手気ままにふるまうこと。
二六 仏法を理解しない間違った考え。
二七 独身。↓二八六頁注五。極楽記「一生寡婦、終以入道」。
二八 寛忠の住む寺(池上)の近くに。
二九 いつしか老年を迎えて。極楽記「尼及二衰暮一」。
三〇 ↓地名「極楽」。この一句、極楽記には見えない。
三一 ↓次注。
三二 特定の日時を定めて昼夜絶えることなく一心に念仏を唱える修法。

其ノ時ニ、尼亦《また》僧都ヲ呼テ、告テ云ク、「只今[一]西方ヨリ[二]微《み》妙《めう》ノ宝ヲ以テ荘《かざ》レル輿《こし》、飛ビ来《きたり》テ我ガ眼前ニ有リ。但シ、此[三]濁穢《ここぢよくゑ》ナルニ依《より》テ、仏菩薩ハ返《かへ》リ去リ給ヒヌ」ト。[四]僧都此レヲ聞《きき》テ、涙ヲ流シテ泣ク事無限《かぎりな》シ。尼モ亦泣ゝ《なくな》ク喜ビ貴ブ。而ル間、僧都泣ゝク[五]諷《ふ》誦《じゆ》ヲ行フ事両度也。

明《あく》ル日、亦尼僧都ヲ呼ビ寄《よ》セリ。告《つげ》テ云ク、「[六]今ノ[七]菩薩・聖衆此《しやうじゆここ》ニ来《きた》リ給ヘル。我レ往生ノ時至レル也」ト云テ、[八]隠居《かくれゐ》テ、念仏唱ヘテ失《うせ》ニケリ。[九]僧都此レヲ見、涙ヲ流シテ泣ゝク喜ビ貴ビテ、弥《いよい》ヨ尼ノ後世《ごせ》ヲ訪《とぶら》ヒケリ。亦、此レヲ聞キ及ブ人ハ、皆不貴《たふとば》ズト云フ事無カリケリ。

此《これ》ヲ思フニ、尼目ニ極楽[一〇]ノ迎ヘヲ見テ告《つげ》ケル事、難有《ありがた》ク貴キ事也トナム語《かたり》伝ヘタルトヤ。

伊勢国飯高郡尼《いせのくにのいひたかのこほりのあま》、往生語《わうじやうせること》第三十八

今昔《いまはむかし》、伊勢《いせ》ノ国、[一一]飯高郡《いひたかのこほり》、[一二]上平《かむつひら》ノ郷《さと》ニ一人ノ尼有ケリ。[一三]此[一四]石山寺《このいしやまでら》ノ[一五]真頼《しんらい》ト云フ僧ハ、此ノ尼ノ[一六]末孫《ばつそん》也ケリ。

此ノ尼本《もと》ヨリ道心有ケレバ、出家シテ尼ト成《なり》テ、偏《ひとへ》ニ弥陀《みだ》ノ念仏ヲ唱ヘテ、極楽

一　西は極楽の方角。　二　→三七七頁注三六。　三　ここが濁り汚れたところなので。　四　極楽記「言与ㇾ涙倶」の主格は尼。本話はやや状況が異なる。　五　経典や偈頌を節をつけて読誦または暗誦すること。極楽記「使㆔僧都修㆓諷誦㆒両度」。　六　諸本「今ノ」に作るが、「今ゾ」の誤記か。　七　極楽から来迎した菩薩や聖衆たち。　八　隠れて坐って。極楽記「隠ㇾ几而坐、念仏入滅焉」によれば、几(脇息)に寄りかかって坐ったのである。　九　以下、話末に至るまで極楽記には見えない。極楽記等の往生伝が多く往生人の言動のみを記述して、その人物の入滅(往生)とともに伝も終わるのが普通であるのに対して、入滅後の周囲の人々の反応を語って、往生を一つの社会的事件として描き、論評を加えるのが本巻各話に共通する特徴である。　一〇　底本「極薬」を訂した。

第三十八話　出典は日本往生極楽記・32。

一一　現、三重県松阪市、飯南郡付近。　一二　→地名「上平ノ郷」。　一三　この一文は極楽記の当該条末尾にある割注「石山寺真頼法師、是其末孫也。真頼一妹女、又往㆓生極楽㆒云々、一族往生者三人矣」に依拠している。「此」は本話で付加された文言であるため、本書の成立場所・撰者を示唆する表現として様々な論議を呼んでいる(片寄正義『今昔物語集の研究・上』、国東文麿『今昔物語集作者考』、古典大系、古典全集等)が、

ニ往生セムト願フ《う》テ年来《としごろ》ヲ経《へ》ル間、尼手[一七]ノ皮ヲ剝《はぎ》テ極[一八]楽浄土《じやうど》ノ相《さう》[一九]ヲ図《づ》シ奉ラムト思フ心[二〇]懃《ねむごろ》也ケルニ、自《みづか》ラ此レヲ剝グ事不能《あたは》ズシテ過《すぐ》ル間、一《ひとり》ノ不知《しら》[二一]ヌ僧出来《いできたり》テ、尼ニ向《むかひ》テ云《いは》ク、「我レ汝ガ懃《ねむごろ》ノ志《こころざし》ヲ遂《と》ゲムガ為《ため》ニ、汝ガ手ノ皮ヲ剝ガム」ト。尼此レヲ聞テ、喜《よろこび》テ此レヲ令剝《はがし》ム。僧即チ此レヲ剝ギ畢《をはり》テ後、忽《たちまち》ニ失《うせ》ヌ。其ノ後、尼極楽浄土ノ相ヲ心ノ願[二二]ヒ如ク写[二三]シ奉テ、一時《ひととき》モ身ヲ不離《はなさ》ズ持《ぢ》シ奉レリ。尼遂《つひ》ニ命終ル時ニ臨《のぞみ》テ、空ノ中ニ微妙《みめう》[二四]ノ音楽ノ音《こゑ》有ケリ。終[二五]リ貴クテ失《うせ》ヌレバ、必ズ極楽ニ往生シヌト、聞ク人皆貴ビケリ。

[二六]末孫ノ真頼往生ス。真頼ガ妹ノ女亦《また》往生シニケリ。然レバ、此ノ族《やから》ニ三人ノ往生ノ人有リ。此レ難有《ありがた》ク貴キ事也トナム語リ伝ヘタルトヤ。

源信僧都母尼《ぐゑんしんそうづのははのあま》、往生語《わうじやうせること》第三十九

今昔《いまはむかし》、横川《よかは》[二七]ノ源信僧都《ぐゑんしんそうづ》[二八]ハ大和国《やまとのくに》[二九]、葛下《かづらきのしも》[三〇]ノ郡《こほり》ノ人也。幼クシテ比叡《ひえ》ノ山ニ登《のぼり》テ学問シテ、止事無《やむごとな》キ学生《がくしやう》[三一]ニ成《なり》ニケレバ、三条[三二]ノ大后《おほきさき》ノ宮ノ御八講《みはつかう》[三三]ニ被召《めされ》ニケリ。八講畢《はて》テ後、給[三四]ハリタリケル捧物《ささげもの》ノ物共《ども》ヲ少シ分《わかち》テ、大和国ニ有ル母ノ許《もと》ニ、「此《か》クナム后《きさき》ノ宮ノ御八講ニ参《まゐり》テ給ハリタル。始《はじめ》[三五]タル物ナレバ先《ま》ヅ見セ奉ル也」トテ遣《やり》タレ

明解を得るには至っていない。　一四 →地名「石山寺」。　一五 →人名「真頼」。
一六 子孫。　一七 剝ぎ取った手の皮に浄土図を描いたり経文を書いたりするのは捨身行の一。熱烈な信仰の産物。
一八 →地名「極楽」。　一九 姿。有様。
二〇 熱意を持っていたが。
二一 誰とも知らない僧。極楽記「一僧」。
二二 底本かく作るが、「願ノ如ク」が正か。
二三 底本「偽シ奉テ」を訂した。
二四 美しく妙なる音楽。往生の瑞相。
二五 以下の一文、極楽記には見えない。
二六 以下は極楽記の割注に拠る。→注一三。

第三十九話 出典未詳。首楞厳院二十五三昧結縁過去帳、延暦寺首楞厳院源信僧都伝、発心集・七・9、私聚百因縁集・八・4、三国伝記・一・12等に第一、二段の同話がある。第三段以後も含むのは三国伝記・十二・3。室町以後には恵心僧都物語、恵心僧都縁起等の独立した物語草子がある。
二七 →地名「横川」。　二八 →人名「源信」。
二九 底本「大和円」を訂した。　三〇 現、奈良県大和高田市、北葛城郡付近。
三一 学僧。　三二 朱雀天皇皇女昌子内親王をさす。→人名「昌子(しょうし)内親王」。
三三 法華八講。法華経八巻を八座に分け、八人の僧が講師として各一座(一巻)を講説する法会。朝夕各一座、四日間にわたって行われる。
三四 いただいたお布施の品を。
三五 初めていただいた物ですから。

バ、母ノ返事《かへりごと》ニ云《いは》ク、「[一]遣《おこ》セ給ヘル物共《ども》ハ喜《よろこび》テ給ハリヌ。此《か》ク止事無《やむごとな》キ学生《がくしやう》ニ成リ給ヘルハ、無限《かぎりな》ク喜ビ申ス。但シ、此様《かやう》ノ御八講ニ参リナドシテ行《あり》キ給フハ、[二]法師ニ成《な》シ聞《きこ》エシ本意ニハ非ズ。[三]其《そこ》ニハ微妙《めでた》ク被思《おぼさる》ラメドモ、[四]嫗《おうな》ノ心ニハ違《たが》ヒニタリ。嫗ノ思ヒシ事ハ、「[五]女子《をむなご》ハ数《あまた》有レドモ男子《をのこご》ハ其《そこ》一人也。其レヲ[六]元服ヲモ不令為《せしめ》ズシテ比叡ノ山ニ[七]上《のぼせ》ケレバ、学問シテ身ノ才吉《ざいよ》ク有テ、[八]多武《たむ》ノ峰ノ聖人《しやうにん》ノ様《やう》ニ貴クテ、嫗ノ後世《ごせ》ヲモ救ヒ給[九]ヘ」ト思ヒシ也。[一〇]其レニ、此《か》ク[一一]名僧ニテ花ヤカニ行《あり》キ給ハムハ、本意ニ違フ事也。我レ年老《おい》ヒヌ。「[一二]生《いき》タラム程ニ[一三]聖人ニシテ御《おは》セムヲ心安ク見置《みおき》テ死ナバヤ」トコソ思ヒシカ」ト書《かき》タリ。

僧都此レヲ披《ひらき》テ見ル[一四]ニモ涙ヲ流シテ泣《なくな》ヽク、[一五]即チ亦返事《またかへりごと》ヲ遣《やり》テ云ク、「源信ハ更ニ[一六]名僧セム心無ク、只尼君ノ生キ給ヘル時、如此《かくのごと》ク止事無《やむごとな》キ[一七]宮原《ばら》ノ御八講ナドニ[一八]参テ、聞カセ奉ラムト思フ心深クシテ怱《いそ》ギ申シツルニ、此《か》ク被仰《おほせられ》タレバ、極《きはめ》テ[一九]哀レニ悲クテ、喜《うれ》シク思ヒ奉ル。然レバ、仰セニ随《したがひ》テ[二〇]山籠リヲ始《はじめ》テ、[二一]聖人ニ成《なり》ヌ、「今ハ値《あ》ハム」ト被仰《おほせら》レム時ニ可参《まゐるべ》キ。不然《しから》ザラム限リハ山ヲ不可出《いづべから》ズ。但シ、[二二]母ト申セドモ極《きはめ》タル[二三]善人ニコソ御《おはし》マシケレ」ト書《かき》テ遣《や》リツ。其ノ返事ニ云ク、「[二四]今ナム胸落居《おちゐ》テ冥途《めいど》モ安ク思《おぼ》ユル。返《かへすがへ》ヽス喜《うれ》シク思ヒ聞《きこ》ユ。[二五]努《ゆめゆ》ヽメ愚《おろか》ニ不可御《おはすべから》ズ」ト。僧都此レヲ見テ、此ノ二度ノ返事ヲ法文ノ中ニ巻キ置テ、時ヽ取リ出《いだ》シテ見ツヽゾ泣キ

一 送って下さった物は喜んで頂戴しました。 二 あなたを法師にしてさしあげた私の初志ではありません。 三 「其(こそ)」は対称の代名詞。あなたは結構なことだと思っておいででしょうが。 四 老女。ここでは老母の自称。 五 首楞厳院二十五三昧結縁過去帳には「家有二一男四女一」とあり、その一男が源信。 六 元服は十二歳頃から十五、六歳頃までに行うのが普通。即ち、まだ幼少の頃に源信を手放したことをいう。 七 萩野本「上〈ケア〉テハ」。 八 反俗・反名利の聖人として知られた増賀をさす。増賀が多武峰に隠棲したのは応和三年(九六三)、源信が二十二歳の時である。→人名「増賀」。 九 萩野本「給フト」。 一〇 それなのに。 一一 有名な僧。ここでは、世俗的な名声の高い僧をさす。→注一三。 一二 私が生きているうちに、あなたが聖人になっていらっしゃるのを見届けて、安心して死にたいと思っていたのです。 一三 ここでは、前出の名僧(注一一)とは対照的に、名利を遠く離れてひたすら修行に励む高徳の僧をさす。 一四 萩野本「見ルママニ」。 一五 早速。すぐに。 一六 前出の名僧(注一一)をサ変動詞化したもの。名僧ぶってはなやかにふるまおうという気持。 一七 「原」は複数を示す接尾語「ばら」の当て字。宮様たち。 一八 下句とのつながりがやや落ち着かないが、「参テ、(そのことを)聞カセ奉ラムト」の意であろう。 一九 深く心にしみて感動して。 二〇 比叡山内に籠もって修行に専念すること。同山には十二年間

ケル。

此《か》ク山ニ籠《こもり》テ六年ハ過《すぎ》ヌ。七年ト云フ年ノ春、母ノ許《もと》ニ云ヒ遣《やり》テ云ク、「六年ハ既ニ山籠《やまごもり》ニテ過ヌルヲ、久ク不見奉《みたてまつら》ネバ、恋シクヤ思《おぼ》シ食《め》ス。然《さら》バ[二六]白地《あからさま》ニ詣《まう》デム」ト。返事《かへりごと》ニ云ク、「[二七]現《あらは》ニ恋シク思ヒ聞《きこ》ユレドモ、[二八]見聞エムニヤハ[二九]罪ハ滅ビムズル。尚《なほ》、山籠ニテ御《おは》セムヲ聞カムノミゾ喜《うれし》カルベキ。此レヨリ不申《まうさ》ザラム限リハ不可出給《いでたまふべから》ズ」ト。僧都此レヲ見テ、「此ノ尼君ハ[三〇]只人ニモ無キ人也ケリ。[三一]世ノ人ノ母ハ此《か》ク云ヒテムヤ」ト思テ過《すぐ》ス程ニ、九年ニ成《なり》ヌ。

「不告《つげ》ザラム限リハ不可来《きたるべから》ズ」ト云ヒ遣《おこ》セタリシカドモ、[三二]怪《あやし》ク心細ク思《おぼえ》テ、母ノ俄《にはか》ニ恋《こひし》ク思エケレバ、「[三三]若《もし》尼君ノ失《う》セ可給《たまふべ》キ剋《とき》ノ近ク成《なり》ニタルカ、亦《また》、我ガ可死《しぬべ》キニヤ有ラム」ト哀レニ思エテ、「[三四]然《さ》ハレ、「不可来《きたるべから》ズ」トハ宣《のたま》ヒシカドモ、詣《まう》デム」ト思《おもひ》テ、出立《いでたち》テ行クニ、大和国ニ入《いり》テ、[三五]道ニ男、文《ふみ》ヲ持《もち》テ値《あ》ヘリ。僧都、「何《いどこ》ヘ行ク人ゾ」ト問ヘバ、男ノ云ク、「然ゝ《しかしか》ノ尼君ノ、横川ニ坐《いま》スル子ノ[三六]御房ノ許《もと》ヘ遣《つかは》ス文也」ト云ヘバ、「然《し》カ云《いふ》ハ我レ也」ト云テ、文ヲ取《とり》テ、馬ニ乗リ乍《なが》ラ[三七]行ゝ《ゆくゆ》ク披《ひらき》テ見レバ、[三八]尼君ノ手ニハ非《あら》デ、賤《あやし》ノ様《やう》ニ被書《かかれ》タリ。[三九]胸塞《ふさが》リテ、「何《いか》ナル事ノ有《ある》ニカ」ト思エテ読メバ、「[四〇]日来《ひごろ》何トモ無ク[四一]風ノ発《おこり》タルカト思《おもひ》ツルニ、年ノ高キ気《け》ニヤ有ラム、此ノ二三日弱クテ力無ク思ユル也。「不申《まうさ》ザラム限《かぎり》ハ不可出給《いでたまふべから》ズ」トハ心強ク

山籠りする籠山行があるが、ここはそれとは別か。 三一「成ヌ」は下句に対する条件句で、きっと聖人になりますから、そうなった暁に、の意。「聖人ニ成ヌ」を母の発言の一部とみる説(古典全集)がある。 三二 わが母ながら。自分の母を褒めるのはおかしいけれども。 三三 仏の教えを信じて善根を積んだ人。但し、ここでは後出の善知識(四四一頁注二四)の意に近い。 三四 今こそほっとして安心して死ねる気がします。 三五 決していい加減な修行をなさってはなりません。

二六 ついちょっと。かりそめに。

二七 確かに恋しくお思いしていますが。

二八 お会いしたからといって罪が消え去るわけではありますまい。 二九 ここでは、前世からの罪業。 三〇 普通の人ではない。まるで仏菩薩の化身のような人だ。 三一 世間普通の人の母はこんなに言いはしないだろう。 三二 なぜか不思議に心細く思えて。いわゆる虫の知らせである。 三三 底本「厄君」を訂した。

三四「さはあれ」の約。ままよ。どうなってもよい。 三五 途中で手紙を持った男に出会った。 三六 お坊さん。 三七 道を行きながら。 三八 尼君(母)の筆跡とも思えない見苦しい筆づかいで書かれている。 三九「胸塞ル」は、悲しみ、悩み、心配などがこみあげてきて、胸がつまるように感じる意。 四〇 ここ数日。

四一 風病。風の毒に犯されて起こるとされた病気で、頭痛や手足の疼痛など、現在の風邪よりもやや広い範囲の病気をさす。

聞エシカドモ、[一]限《かぎり》ノ剋《とき》ニ成ヌレバ、「[二]今一度《ひとたび》不見進《みたてまつ》ラデヤ止《やみ》ナムズラム」ト思フニ、無限《かぎりな》ク恋《こひし》ク思《おぼ》エ[三]給ヘバ、申ス也。疾《とく》疾ク御《おは》セ」ト書《かき》タルヲ見ルニ、「怪《あやし》ク心ニ此《か》ク思エツルニ、此ク有ケレバニコソ有ケレ。[四]祖子《おやこ》ノ契《ちぎり》ハ[五]哀《あはれ》ナル事トハ云ヒ乍《なが》ラ、[六]仏ノ道ニ強ク勧メ入レ給フ母ナレバ、此クハ思《おぼ》エケル也ケリ」ト思ヒ次《つづ》クルニ、涙雨ノ如ク落《おち》テ、弟子ナル学生共《がくしやうども》二三人許《ばかり》具シタリケレバ、其レ等《ら》ニモ、「此《かか》ル事ノ有ケレバ也ケリ」ト云テ、馬ヲ早メテ行ケレバ、日暮[七]ニゾ行キ着《つき》タリケル。忩ギ寄テ見レバ、[八]無下《むげ》ニ弱ク成テ、憑《たの》モシ気《げ》モ無シ。

僧都、「此《か》クナム詣来《まうでき》タル」ト高ヤカニ云ヘバ、尼君、「何《いか》デ疾《と》クハ御《おはし》ツルゾ。[九]今朝暁《けさのあかつき》ニコソ人ハ出《いだ》シ立《たて》ツレ」ト。僧都ノ云ク、「此ク御《おは》シケレバニヤ、近来《このごろ》恋《こひし》ク思エ給ヒツレバ、参《まゐ》ツル程ニ、[一〇]道ニゾ使ハ値《あひ》タリツル」ト。尼君此レヲ聞テ、「[一一]穴《あな》喜《うれ》シ。死剋《しぬるとき》ニハ値《あ》ヒ給フ[一二]マジヤニヤトヨ[一三]云思《いひおもひ》ツルニ、此ク御《お》ハシ値《あ》ヒタル事、[一四]契リ深ク哀レニモ有ケルカナ」ト[一五]気《いき》ノ下ニ云ヘバ、僧都ノ云ク、「念仏ハ申シ給[一六]ヘヤ」ト。尼君、「心ニハ申サムト思ヘドモ、[一七]力無キニ合セテ、[一八]勧ムル人ノ無キ也」ト云ヘバ、僧都[一九]貴キ事共《ども》ヲ云ヒ聞《きか》セツヽ、念仏ヲ勧ムレバ、尼君懃《ねむごろ》ニ道心ヲ発《おこ》シテ念仏ヲ一二百返許《へんばかり》唱フル程ニ、暁方《がた》ニ成テ、消入《きえい》ル様《やう》ニテ[二〇]失《う》スレバ、僧都ノ云ク、「我レ不来《きたら》ザラマシカバ、尼君ノ臨終ハ此クハ無カラマシ。我レ祖子《おやこ》ノ[二一]機縁深クシテ、

一 最期。臨終。 二 もう一度お目にかかることもなく終わるのかと思うと。 三「給ヘバ」は母の尼君の源信に対する敬意を表す。即ち、私(母)にとってあなた(源信)が限りなく恋しく思われなさるので、の意。 四 親子の縁。前世からの因縁で結ばれている親子の間柄。 五 心にしみて深いものだとは言うものの。 六 私を強く勧めて仏道に入れて下さった母だからこそ、このように胸騒ぎがしたのだ。 七 萩野本「日暮方ニソ」。 八 ひどく弱っていて。 九 夜明け前。まだ暗いうちをいう。 一〇 途中で。 一一 まあうれしい。 一二 底本「ニヤ」に「ィ無」と傍書。このままでは文意不通。「値ヒ給フマジキニヤトコソ」の誤記か。萩野本「値ヒ給フマシキニカトコソ思ヒツルニ」。東北本「ヤニヤトヨ」に「キニヤトコソ古」と傍書。 一三 口に出して言いもし思ってもいたのですが。 一四 母子の縁が深いからで、しみじみありがたいことですね。 一五 息も絶え絶えに弱々しい声で言うので。 一六 このままでは不自然。萩野本「申シ給ヘルヤ」の誤記か。萩野本「申シ給フカト」。 一七 身体が弱って唱える気力がない上に。 一八 勧めてくれる人がいないのです。臨終の病人が心静かに正念を保って最期を迎えられるように、念仏を唱えさせたり極楽の荘厳を語って聞かせたりする、いわゆる善知識の僧がいなかったことをいう。 一九 経文や偈頌を誦して聞かせたのであろう。→前注。 二〇 底本かく作るが、「失ヌレバ」が正か。黒川本、萩野本「失ヌレハ」。東北本「失

来《きた》リ値《あひ》テ念仏ヲ勧メテ、道心ヲ発《おこ》シテ念仏ヲ唱ヘテ失《う》セ給ヒヌレバ、往生ハ疑ヒ無シ。況《いはむ》ヤ我レヲ聖《ひじり》[二二]ノ道ニ勧メ入レ給ヘル志《こころざし》ニ依《より》テ、此ク終リハ貴クテ失《うせ》給フ也。然レバ、祖[二三]ハ子ノ為《ため》、子ハ祖ノ為ニ無限《かぎりな》カリケル善知識《ぜんちしき》[二四]カナ」ト云テゾ、僧都涙ヲ流シテ横川[二五]ニハ返《かへり》タリケル。

横川ノ聖人達モ此レヲ聞テ、哀《あはれ》也ケル祖子《おやこ》ノ契《ちぎり》也ト云テゾ泣ゝ《なくな》ク貴ビケルトナム語リ伝ヘタルトヤ。

睿桓聖人母尼釈妙《えいくわんしやうにんのははのあましやくめう》、往生語《わうじやうせること》 第四十

今昔《いまはむかし》、睿桓《えいくわん》[二六]ト云フ聖人《しやうにん》有ケリ。其ノ母、若《わかく》ヨリ心柔軟《にうなん》[二七]・正直《しやうぢき》[二八]ニシテ、人ヲ哀レビ生類《しやうるい》[二九]ヲ悲《かなし》ブ心深カリケリ。堅ク道心発《おこり》ニケレバ、遂《つひ》ニ髪ヲ剃《そり》テ尼ニ成《なり》ヌ。名ヲバ[三〇]釈妙《しやくめう》ト云フ。出家[三一]ノ後ハ、戒律ヲ持《たもち》テ犯ス事無シ。穢《きたな》キ手ヲ以テ水瓶《すいびやう》[三二]ヲ不取《とら》ズ、手ヲ不洗《あらは》ズシテハ袈裟《けさ》ヲ不着《き》ズ。仏ノ御前ニ参ル時ニハ手ヲ洗ヒ身ヲ浄《きよ》メテゾ参《まゐり》ケル。[三三]永ク西[三四]ニ向《むかひ》テ大小便利[三五]ヲセズ。亦、跡[三六]ヲ西ニセズ、枕ヲ東《ひむがし》ニセザリケリ。昼夜ニ法《ほ》[三七]花経《くゑきやう》ヲ読誦《どくじゆ》シ、寤寐《ごび》[三八]ニ弥陀《みだ》ノ念仏ヲ唱ヘテ、百万返《べん》[三九]ヲ満《みて》タル事数百度也。

而《しか》ル間、釈妙常[四〇]ニ夢ニ、仏来《きた》[四一]リ給《たまひ》テ、釈妙ニ告《つげ》テ宣《のたま》ハク、「我レハ此レ、汝ヲ引《いん》[四二]

スレハ」に「ヌ」と傍書。　二一 宿縁。→四二六頁注一七。　二二 名利を捨ててひたすら仏道修行に励む道。名僧になるな、聖人になれと諭したことをいう。
二三 母は源信を聖人の道に導き入れ、源信は母を極楽往生に導いたことをいう。
二四 よき友の意で、仏の教えを説いて人を導く高徳の人をいう。
二五 萩野本は「流シテ」と「横川ニハ」の間に「泣キケル。其ノ後、七々日ノ法事徳ニ修シ畢テ、弟子引具シテ」の文がある。

第四十話　出典は法華験記・下・99。拾遺往生伝・中・27、元亨釈書・十八・釈妙尼に同話がある。
二六 →人名「睿桓」。　二七 験記「其心潔白、慈悲甚深」。→四三二頁注六。　二八 →三八七頁注三一。　二九 生き物をあわれむ心。以下「釈妙ト云フ」まで、験記には見えない。　三〇 伝未詳。　三一 験記では、この句は後出。この箇所にはない。→注三三。　三二 水を入れる器。→一五九頁注三三。　三三 験記では、この句の直前に「出家以後」とある。　三四 西は極楽の方角。　三五 大小便。　三六 寝る時には足を西に向けず。　三七 →一五四頁注七。　三八 寝ても覚めても。　三九 百万回の念仏。浄土論・下に「但能念仏、一心不㆑乱、得㆓百万遍已去㆒者、定得㆓往生㆒」とあり、七日間の念仏で百万遍に達するとされた。それを完遂すること数百回に及んだというのである。験記「読㆓法華経㆒三千余部、百万遍念仏数百度也」。　四〇 験記「定途夢想」。　四一 験記「木像仏未㆓開㆑口動㆒舌摂《ぜふ》セムト為《する》[一]ニ、常ニ来《きたり》テ守護ス」ト宣フ、ト見ケリ。釈妙遂《つひ》ニ老《おい》ニ臨《のぞみ》テ、命終ラムト為《す》ル時ニ、仏ニ向ヒ奉テ、五色[二]ノ糸ヲ仏ノ御手ニ懸《かけ》テ、其レヲ取《とり》テ、心[三]ヲ至《いた》シテ念仏ヲ唱ヘテ、心[四]不違《たがは》ズシテ失《うせ》ニケリ。此[五]レヲ見聞ク人、皆不貴《たふとば》ズト云フ事無シ。

此レ、正暦[六]《しやうりやく》三年ト云フ年ノ□[七]月□日ノ事也トナム語リ伝ヘタルトヤ。

鎮西筑前国流浪尼《ちんぜいのちくぜんのくにのるらうせるあま》、往生語《わうじやうせること》第四十一

今昔《いまはむかし》、鎮西筑前[八]《ちんぜいのちくぜん》ノ国ニ相《あ》ヒ知ル人モ無キ尼有ケル。寄[九]リ付ク方《かた》モ無カリケレバ、其ノ国ノ山寺ニ貴キ僧ノ有ケル許《もと》ニ寄《より》テ、其ノ僧ノ食物[一〇]《じきもつ》ヲシテ年来被仕《としごろつかはれ》テ有ケルニ、尼常ニ弥陀《みだ》ノ念仏ヲ唱ヘケリ。忍《しのび》テモ不唱《となへ》ズシテ、此[一一]《か》ク高声[一二]《かうしやう》ニ、其ノ音極《こゑきは》メテ高クシテ叫ブガ如《ごと》く也。然レバ、聖人《しやうにん》ノ弟子共此[一三]《どもこれ》ヲ唱フルヲ悪《にく》ミテ、師ニ事[一四]ニ触レテ不宜《よから》ヌ様《やう》ニ云ヒ聞《きか》セテ、令追《おはしめ》テケリ。

尼被追出《おひいだされ》テ、聞[一五]テ、尼[一六]念仏ヲ唱ヘバ、可行《ゆくべ》キ方《かた》無クテ、広キ野ニ行《ゆき》テ念仏ヲ唱ヘケルヲ、其ノ国ノ人ノ妻《め》トシテ有ケル女有ケリ。心ニ慈悲有テ、此ノ尼ノ迷《まど》ヒ行《ありき》テ念仏ヲ唱フルヲ哀《あはれ》ビテ、呼ビ寄セテ、尼ニ云《いは》ク、「此《か》ク迷ヒ行クガ糸惜《いとほし》ケレバ、此ハ家モ広シ、庭モ広シ。然《され》バ、此《ここ》ニ居《ゐ》テ念仏モ申セ」ト云ケレバ、尼喜《よろこび》テ其ノ家

言、我是弥陀、為レ引二摂汝一、常来守護」。
四二 極楽浄土に迎え取るために。

一 →四八三頁注三九。
二 →三九三頁注四一。
三 まごころこめて。一心不乱に。
四 正念を保って。
五 この一文は験記には見えない。
六 九九二年。験記「正暦三年端坐入滅矣」。
七 底本に空白はないが、本来は欠字があったと推定する。

第四十一話 出典未詳。和文体の文献か。

八 九州。
九 身を寄せる縁とてなかったので。
一〇 食事の世話をして。
一一 前文に関連記事がないのに「此ク」とあるのは不自然。
一二 甲高い声で。
一三 「此ヲ」と「唱フルヲ」とを「悪ミテ」が受けている。あるいは「此ク」が正か。
一四 何かにつけて。ことあるごとに。
一五 前後の文とつながらず、不審。古典全集はこの句の前に欠字を想定している。
一六 後文とのつながりが悪い。古典全集はこの句の後に欠字を想定している。
一七 食事などをあてがって、情けをかけてやったので。
一八 こんなに何もしないでおりますので(何かしてさしあげましょう)。

ニ居ヌ。[一七]食物《じきもつ》ナド充《あて》テ哀《あはれめ》バ、尼無限《かぎりな》ク喜テ、家主《いへあるじ》ノ女ニ云ク、「[一八]此《か》クテ徒《いたづら》ニ候《さぶらふ》ニ、[一九]苧《を》ヲ給ヘ。[二〇]続《うみ》テ奉ラム」ト云ヘバ、女、「[二一]何ゾノ苧《を》ヲカ続《う》マム」ト云ヘドモ、尼強《あながち》ニ乞《こひ》テ、人ヨリ[二二]真心《まごころ》ニ吉《よ》ク続《うみ》テ取《とら》セタレバ、女、「[二三]広キ所ナレバ念仏モ令申《まうさしめ》ムガ為《ため》ニ[二四]居《すゑ》タラムトコソ思ヒツルニ、此《かか》ル事ヲサヘ真心ニ為《す》ルコソ哀レナレ」トテ過《すぐ》ル程ニ、三四年許《ばかり》ニモ成《なり》ヌ。

而《しか》ル間、尼家主《いへあるじ》ノ女ヲ呼《よび》テ云ク、「己《おのれ》ハ明後日ニ死《しに》候ヒナムトス。[二五]沐浴《もくよく》シ侍ラムヤ。年来《としごろ》哀レビ給ヒツル事ノ喜《うれし》ク侍レバ、[二六]死ナム時ノ事見セ奉ラムト思フ也。此ノ事人語《ひとにかた》リ不可給《たまふべから》ズ」ト云《いひ》テ、泣ク事無限《かぎりな》シ。[二七]家 女《いへのをむな》此レヲ聞《きき》テ、哀《あはれ》ビ[二八]悲《かなし》ビテ、人ニ此ノ事ヲ不語《かたら》ズ。既ニ其ノ日ニ成ヌレバ、尼ニ沐浴セサセテ浄《きよ》キ衣ヲ着セツ。家女[二九]一間許《ばかり》ヲ[三〇]去《さり》テ見居タレバ、此ノ尼音《こゑ》ヲ高クシテ前々《さきざき》ノ如ク念仏ヲ唱ヘテ居タル程ニ、夜ニ入《いり》テ、[三一]子《ね》・丑《うし》ノ時許《ときばかり》ニ成ヌラムト思フ程ニ、後ノ畠ノ中ニ[三二]世ニ不知《しら》ズ[三三]微妙《めでた》キ光リ俄《にはか》ニ出来《いできた》レバ、家 女《いへのをむな》此レヲ見テ、驚キ怪《あやしみ》テ、「此レハ何《いか》ナル事ゾ」ト思テ見居タレバ、亦、[三四]麝香 薫《じやかうのたきもの》ナドニモ不似《に》ズ[三五]奇異ニ馥《かう》バシキ香《か》、匂ヒ満《みち》タリ。空ヨリ[三六]紫ノ雲、其ノ辺《ほとり》ニ涌《わ》キ居テ見エケレバ、家女モ此レヲ見テ、[三七]念仏ヲ申入テ有ル程ニ、尼ハ居《ゐ》乍《なが》ラ西ニ向《むかひ》テ、掌《たなごころ》ヲ合《あはせ》テ額《ひたひ》ニ[三八]充《あて》テ失《うせ》ニケリ。家女世ニ此ク奇異《あさまし》ク微妙《めでた》キ事ヲ見ツル事ヲ[三九]悲《かなし》ビ貴ビテ、泣々《なくな》ク礼拝シケリ。

一九　麻または苧(からむし)の繊維。
二〇　糸に紡いであげましょう。
二一　どうして苧を紡ぐことがありましょう。何もしなくて結構です。
二二　まごころをこめて。
二三　家が広いので。
二四　置いていたつもりだったのに。
二五　沐浴をさせて下さいませんか。
二六　死ぬ(往生)時の様子をお見せしましょう。恩を受けた主婦に結縁させようというのである。
二七　前出の「家主ノ女」に同じ。
二八　この「悲ビ」は感動ではなく悲哀の意であろう。→注三九。
二九　柱と柱との間ひとつ分の距離。
三〇　離れて。
三一　午前零時か二時ぐらいになったかと思う頃。
三二　世に比べるものがないほどの。これまで見たこともない。
三三　極楽記、験記等漢文文献を出典とする話ではごく少数の例外(巻一五・45、50、51)を除き「微妙(めでた)シ」「微妙(みめう)ノ」と音読されるのが普通。「微妙(めでた)シ」は和文体の文献を出典とする話や出典不明の話に用例が集中している。
三四　麝香鹿の牡の腹部にある麝香腺から製する香料。強い芳香がある。
三五　不思議な芳香。往生の瑞相。
三六　紫雲は往生の瑞相。
三七　ひたすら念仏を唱和しているうちに。
三八　底本「死テ」を訂した。
三九　この「悲ビ」は感動の意。→四〇五頁注二一。

其ノ後、[一]高野《かうや》ニ有ル□[二]上座《じやうざ》ト云フ僧ノ、其ノ時ニ十二三歳許《ばかり》ニテ其《そこ》ニ有ケルニナム、[三]家女《いへのをむな》此ノ事ヲ語リケル。[四]仏菩薩・聖衆《しやうじゆ》ノ来《きた》リ給フトハ不見《み》エザリケリ。紫雲・光リナドハ慥《たしか》ニ見ケリ。亦、其ノ尼ノ移リ香《が》、女移《うつ》シテ後マデ持《たもち》タリケリ。家女モ紫雲・光リヲ見、其ノ香ヲ聞《かぎ》ケムハ、此レヲ思フニ、[五]定メテ罪人ニハ不有《あら》ジ。遂《つひ》ニ願《ねがは》バ往生スル事モ有ナムトゾ思ユル。此レヲ聞ク人、皆悲《かなし》ビ貴ビケリ。

然レバ、往生スル人ハ、皆[六]兼《かね》テ其ノ期《ご》ヲ知《しり》テ、此《か》ク人ニ告グル也。此レヲ聞テ、人皆心ヲ発《おこ》シテ念仏ヲ唱ヘテ、極楽ヲ可願《ねがふべ》シトナム語リ伝ヘタルトヤ。

義孝小将《よしたかのせうしやう》、往生語《わうじやうせること》第四十二

今昔《いまはむかし》、[七]一条ノ摂政殿ト申ス人御《おはし》ケリ。其ノ御子《みこ》ニ、兄ハ[八]右近少将《うこんのせうしやう》[九]挙賢《たかかた》ト云フ、弟ヲバ左近《さこん》ノ[一〇]小将《せうしやう》[一一]義孝《よしたか》ト云《いひ》ケリ。義孝ノ少将ハ幼カリケル時ヨリ道心有テ、深ク仏法ヲ信ジテ、悪業《あくごふ》ヲ不造《つくら》ズ魚鳥ヲ不食《くは》ズ。

[一二]其ノ時ニ、殿上人数《あまた》有テ、此ノ少将ヲ呼《よび》ケレバ、行《ゆき》タリケルニ、物食ヒ酒飲《のみ》ナドシテ遊《あそび》ケルニ、[一三]鮒《ふな》ノ子膾《こなます》ヲ[一四]備《そなへ》タリケレバ、義孝ノ少将此レヲ見テ、不食《くは》ズシテ云ク、「[一五]母ガ肉村《ししむら》ニ子ヲ敢《あへ》タラムヲ食《く》ハムコソ」ト云テ、目ニ涙ヲ浮ベテ立《たち》テ去《さり》ニケ

一 高野山。→地名「高野」。 二 僧名の明記を期した意識的欠字。結局この僧がこの話の伝承者であったことを物語る。
三 底本「ム」を欠く。諸本により補った。
四 仏菩薩や聖衆の来迎のお姿は見えなかった。 五 (瑞相が見えたのだから)きっと罪深い人ではあるまい。彼女も願えば遂には往生できるだろうと思える。
六 前もって死期を予知して。

第四十二話 中核的な出典は未詳。部分的には日本往生極楽記・34(法華験記・下・103もほぼ同文)を参看したか。同話は大鏡・伊尹伝、袋草紙・四、宝物集(一巻本—九巻本)、江談抄(類聚本)・四、元亨釈書・十七・藤義孝その他に繁簡様々の形で喧伝する。
七 藤原伊尹。→人名「伊尹(これまさ)」。
八 正しくは、挙賢は左近少将、義孝は右近少将。本話では逆になっている。
九 →人名「挙賢」。 一〇 正しい表記は「少将」。以下同様。 一一 →人名「義孝」。
一二 「其ノ」が何をさすか不明確で唐突な表現。他話では「而ル間」が普通。
一三 鮒の子(卵)であえた鮒の膾。膾は生魚の肉を細かく刻んで酢にあえた食品。
一四 食膳に供する意。 一五 母の肉に子をあえたものを食べるなんて。「敢」は当て字。正字は「和」または「韲」。 一六 決して。絶対に。 一七 朝廷の公務。 一八 →一五四頁注七。 一九 九七四年。この年疱瘡が大流行。八月二十八日紫宸殿前庭、建礼門、朱雀門で大祓が行われた(紀略)。
二〇 天然痘。ほうそう。

ルヲ、人〻此レヲ見テ、膾《なます》ノ味《あぢはひ》モ失《うせ》テゾ有ケル。此様《かやう》ニシテ魚鳥ヲ食フ事無カリケリ。況《いはむ》ヤ自《みづか》ラ殺生《せつしやう》スル事ハ[一六]永ク無カリケリ。只、[一七]公事《くじ》ノ隙《ひま》ニハ常ニ[一八]法花経《ほくゑきやう》ヲ誦《じゆ》シ、弥陀《みだ》ノ念仏ヲ唱ヘケリ。

而《しか》ル間、[一九]天延《てんえん》二年ト云フ年ノ秋比《あきのころほひ》、世ノ中ニ[二〇]疱瘡《もがさ》ト云フ病発《やまひおこり》テ[二一]極《きはめ》テ騒ガシカリケルニ、有明ノ月ノ極テ明《あか》カリケル夜、[二二]弘徽殿《こうきでん》ノ[二三]細殿《ほそどの》ニ女房二三人許居《ばかりゐ》テ物語ナドスル間、義孝ノ少将、[二四]襴装束《なほししやうぞく》□[二五]ヨカニテ、[二六]殿上ノ方《かた》ヨリ来《きたる》ニヤ有ラム、細殿ニ来《きたり》テ女房ト物語スル様《さま》、[二七]現《あら》ハニ故《ゆゑ》有ラムト見エテ、[二八]墓無《はかな》キ事ヲ云フニ付《つけ》テモ、「道心有ルカナ」トゾ思《おぼ》エケル。夜漸《やうや》ク深更《ふけ》ヌレバ、少将[二九]北様《ざま》ヘ行《ゆき》ヌ。共ニハ[三〇]小《こ》舎人童《どねりわらは》只一人ゾ有ケル。北ノ[三一]陣《ぢん》ニ漸《やうや》ク行ク程ニ、[三二]方便品《はうべんぼん》ノ[三三]比丘偈《びくげ》ヲゾ極テ貴ク誦シテ行《ゆき》ケル。細殿ニ有ル女房共《ども》此レヲ聞《きき》テ、「此ノ君ハ道心深キ人ナメリ。何《いづ》チ行クラム」ト思テ、侍《さぶらひ》ヲ呼《よび》テ、「此ノ少将ノ行カム方《かた》見テ返来《かへりきた》レ」トテ遣《や》レバ、侍少将ノ[三四]後《しり》ニ立《たち》テ行クニ、小将[三五]土御門《つちみかど》ヨリ出《いで》テ、[三六]大宮登《のぼ》リ行《ゆき》テ、[三七]世尊寺《せそんじ》ノ東《ひむがし》ノ門ヨリ入《いり》テ、東ノ[三八]台《たい》ノ前ニ紅梅ノ木ノ有ル下ニ立《たち》テ、西ニ向《むかひ》テ、「[三九]南無《なも》西方極楽阿弥陀仏《さいはうごくらくあみだぶつ》　命終《みやうじう》決定往生極楽《くゑつぢやうわうじやうごくらく》」ト礼拝シテナム、[四〇]板敷《いたじき》ニ上《のぼり》ケル。侍此レヲ見テ、小舎人童ニ寄《より》テ、「[四一]例モ此《か》クヤ礼拝シ給フ」ト問《とひ》ケレバ、童《わらは》、「人ノ不見《みえ》ヌ時ハ、例モ必ズ此クナム礼拝シ給フ」トゾ答ヘケル。侍返《かへり》テ此ノ由《よし》ヲ語《かたり》ケレバ、女房共《ども》此レヲ聞テ[四二]極《きはめ》テ哀

二一 世情騒然としていたが。
二二 訓みは字類抄による。「こきでん」とも。内裏の殿舎の一。清涼殿の北にあり、中宮、皇后の住殿。
二三 ここは弘徽殿の西廂の細殿をさす。
二四 直衣姿。貴族の平服。
二五 「ナヨ（ヨカ）」の漢字表記を期した意識的欠字。　二六 殿上の間（清涼殿の南廂）の方から来たのであろうか。
二七 いかにも奥ゆかしく見えて。
二八 ほんのちょっとしたことを言うにつけても。　二九 北へ向かって立ち去った。
三〇 近衛の中将、少将が召し連れる少年。また、広く身辺の雑用を勤める召使の少年をもいう。→三六〇頁注一六。
三一 「陳」の正字は「陣」。北の陣は朔平門（内裏の北門）。ここには衛門府の陣（詰所）があった。　三二 法華経・一・方便品。四要品の一。　三三 方便品の後半、「比丘比丘尼、有懐増上慢」で始まる長い偈。
三四 あとについて行くと。「尻ニ立テ」の表記例がある。→四二六頁注二一。
三五 底本「大御門」を訂した。大内裏の外郭の東面北寄りの門。上東門。
三六 （東）大宮大路を北行して。
三七 →地名「世尊寺」。
三八 「台」の正字は「対」。東の対。世尊寺は寝殿造の邸宅を仏堂にしたもので、寝殿や対の屋があった。後に義孝の子行成が定額寺とした。→地名「世尊寺」。
三九 西方極楽浄土の阿弥陀仏に帰依し奉る。死後必ず極楽に往生できますように。
四〇 縁側。簀子。　四一 いつも。
四二 非常に感動した。

レガリケリ。

而《しか》ル間、其ノ次ノ日ヨリ、小将疱瘡《もがさ》ニ煩《わづらひ》テ、「内ニモ不参《まゐら》ズ」ナド云ケル程ニ、兄ノ挙賢ノ小将モ同ジク煩テ、寝殿ノ西・東《ひむがし》ニ臥《ふし》テナム共ニ煩ヒケル。母上[一]ハ中ニ立テリ[二]、行《ゆき》テ見給ヒケル。兄ノ少将ハ只三日重ク成《なり》テ失《うせ》ニケレバ、枕ナド替《か》[三]ヘテ例[四]ノ失《うせ》タル人ノ如ク葬《さう》シテケリ。然レバ、弟ノ小将ノ煩フ方《かた》ニ母ハ涙《なき》[五]テゾ歎キ悲《かなし》ビケル。其ノ病亦極《やまひまたきはめ》テ重シト見給ケル程ニ、少将音《こゑ》ヲ挙《あげ》テ方便品ヲ誦シケルニ、半許《なかばかり》誦シケル程ニ失《うせ》ニケリ。其ノ間、[六]艶《えもいは》ズ馥《かう》バシキ香《か》、其ノ所ニ満《みち》タリケリ。然レバ、「一度ニ二人ノ子ヲ失ヒテ見給ヒケム母ノ御心、何許《いかばかり》有ケム。父ノ摂政殿御《おはし》マサマシカバ、何許思《いかばかりおぼ》シ歎カマシ」トゾ人云《いひ》ケル。

其ノ後、三日ヲ経テ、母ノ御夢ニ、兄ノ[七]小将中門[八]ノ方《かた》ニ立《たち》テ極《いみじ》ク泣ク。母台《たい》[九]ノ角《すみ》ニシテ此レヲ見テ、「何《な》ド不入給《いりたまは》ズシテ、此《か》クハ泣キ給フゾ」ト問ヒ給ヒケレバ、少将、「参ラムトハ思ヘドモ、不参得《まゐりえ》ヌ也。我レ[一〇]閻魔王《えんまわう》ノ御前ニシテ罪[一一]ニ被勘《かむがへられ》ツルニ、「此レハ未《いま》[一二]ダ命遠《とほ》カリケリ。速《すみやか》ニ可免《ゆるすべ》シ」トテ被免《ゆるされ》ツレバ、返来《かへりき》タルニ、怱《あわ》[一三]テ、枕ヲ被替《かへられ》[一四]ニケレバ、魂[一五]ノ入ル方《かた》ノ違《たがひ》テ、活《よみがへ》ル事ヲ不得《え》ズシテ迷《まど》ヒ行《あり》ク也。心疎《う》キ態《わざ》セサセ[一六]給ヘル」トテ恨《うらみ》タル気色《けしき》ニテ泣ク、ト見ル程ニ夢覚《さめ》ヌ。母夢覚テ後、思《おぼ》シケム事何許《いかばかり》也ケム。

一 兄弟の母は代明親王女、恵子女王。
二 完了の助動詞「リ」の連用形中止法とみる(古典大系説)のは如何。「ソ」の誤記とみて「立(たち)テゾ」と訓めば(古典全集説)下句との係結び関係が明解になる。
三 「替」は「替」と通用する。↓四一二頁注四。枕の向きを北枕に変えて。
四 普通の死者のように葬った。
五 正しくは「泣テ」。巻九・6に同じ用字例がある。
六 何ともいえない芳香。往生の瑞相。
七 以下の話は、大鏡では「弟」の義孝の逸話である。
八 寝殿造で、対屋から釣殿または泉殿に通じる長廊下の中ほどを切り通して設けた門。対の屋や寝殿へ上がる玄関でもあった。
九 対の屋の隅にいて、それを見て。
一〇 ↓人名「閻魔王」。
一一 罪を調べられたところ。
一二 まだ寿命が長くあった。
一三 「怱」は普通「いそぐ」と訓む。「怱ギテ」の誤記か。「あわテ、」と訓めば文意が通じるが、同語の用字は「遑」または「周」が普通。↓三九八頁注二〇。
一四 ↓注三。
一五 魂が入れなくなって。
一六 底本「セサヤ給ヘル」を訂した。

亦、其ノ時ニ、右近ノ中将藤原[一七]ノ高遠《たかとほ》ト云フ人有ケリ。義孝ノ小将ト得意[一八]ニテナム有ケルニ、夢ニ、故義孝ノ小将ニ値《あひ》ヌ。高遠ノ中将此レヲ見テ、極《きはめ》テ喜《うれし》ク思テ、「君ハ何《いど》コニ御《おは》スルゾ」ト問《とひ》ケレバ、義孝ノ小将答テ云ク、「昔[一九]ハ契《ち》ギリ蓬莱《ほうらい》ノ宮ノ裏《うち》ノ月ニ、今ハ遊ブ極楽界ノ中ノ風ニ」ト云テ、掻消《かきけ》ツ様《やう》ニ失《うせ》ヌ、ト見テ夢覚《さめ》ヌ。其ノ後《の》チ[二〇]高遠ノ中将此ノ文《ふみ》[二一]ヲ書付《かきつけ》テ置《おき》テケリ。此レヲ聞ク人、「道心有ル人ハ、後《のち》ノ世ノ事ハ憑《たのも》シカルベシ」トナム云テ、讃《ほ》メ貴ビケル。

小将生《いき》タリシ時モ身ノ才《ざい》有テ文ヲ吉《よ》ク作《つくり》ケレバ、夢ノ内ニ作タル文モ微妙《めでた》キ物ニテナム有ル。夢[二二]ニ極楽ニ遊ブト告《つげ》タルニ、亦、終《つひ》ニ往生ノ相ヲ現ズ、疑ヒ無キ往生ノ人也トナム語リ伝ヘタルトヤ。

丹波中将《たんばのちうじやう》雅通《まさみち》、往生語《わうじやうせること》第四十三

今昔《いまはむかし》、丹波中将《たんばのちうじやう》ト云フ人有ケリ。名ヲバ雅通《まさみち》[二三]ト云フ。右少弁《うせうべん》ノ□[二四]入道ト云フ人ノ子也。本《もと》ヨリ心直《うるは》[二五]シクシテ諂曲《てんごく》[二六]無カリケリ。人ノ為《ため》[二七]ニ悪《あし》キ心ヲ不発《おこさ》ズ。但シ、若[二八]カリケル程ニ、殿上人ニテ有ケレバ、栄耀《えいえう》ヲ以テ宗《むね》トシテ、同ジ[二九]程ノ君達《きんだち》ナドト遊ビ戯《たはぶ》ルヽ間、心ニ非ズ罪ヲ造《つくり》ケリ。人ニ伴ナヒテ春ハ山ニ入《いり》テ鹿ヲ狩リ、秋ハ野

一七 →人名「高遠」。
一八 懇意。親友。
一九 昔(生前)は宮中にあって月の下で親交いただきましたが、今(死後)は極楽世界の風に吹かれて暮らしています。極楽記「昔契蓬莱宮裏月、今遊極楽界中風」。
二〇 「チ」は「後」の捨仮名。
二一 詩文。
二二 夢で極楽で遊んでいると告げたうえに、臨終には往生の瑞相(→注六)を示したのだから。

第四十三話 出典は法華験記・下・102。拾遺往生伝・中・15、元亨釈書・十七・源雅通に同源の同話、発心集・七・3に簡略な同話がある。

二三 源雅通。→人名「雅通」。
二四 父の名の明記を期した意識的欠字。雅通の父は時通。験記「左近中将源雅通、右小弁入道第一男也」。
二五 →四二七頁注四五。
二六 →四三二頁注七。
二七 この一文、験記には見えない。
二八 以下、次段の「法花経ヲ誦シケリ」までは、験記を直訳せず、かなり自由に言い換えている。同一の翻訳態度は、→四五一頁注一七。
二九 同様の身分の貴族の子弟たち。

ニ出《いで》テ雉《きじ》ヲ殺ス。

如此ク《かくのごと》罪ヲ造リ栄花ヲ好ムト云ヘドモ、内ニハ道心有テ、常ニ世ヲ厭《いと》フ心有ケレバ、常ニ[一]法花経《ほくゑきやう》ヲ誦《じゆ》シケリ。其ノ中ニ、[二]提婆品《だいばほん》ヲゾ深ク心染《こころにそ》メテ、毎日《ひごと》ニ十二十返《べん》モ誦《じゆ》シケル。此ノ品《ほん》ノ中ニ、「[三]浄心信敬《じやうしんしんぎやう》　不生疑或《ふしやうぎわく》[四]　不堕地獄《ふだちごく》　餓鬼畜生《がきちくしやう》　若《にやく》在仏前《ざいぶつぜん》　蓮花化生《れんぐゑくゑしやう》」ト云フ文《もん》ヲ朝暮《てうぼ》ノ[五]口実トシテ誦《じゆし》ケル。而《しか》ル間、身ニ病《やまひ》ヲ受《うけ》テ、日来悩《ひごろなやみ》ケル間ニ、[六]何トモ無ク病重《おも》リテ、既ニ限《かぎり》ニ成《なり》ヌル時ニ、偏《ひとへ》ニ提婆品ヲ誦シテ、更ニ其ノ外《ほか》ノ事ヲ不云《いは》ズシテ失《うせ》ニケリ。

而《しか》ルニ、此ノ中将、[七]生《いき》タリケル時、或ル聖人《しやうにん》ト[八]師檀《しだん》ノ深キ契リ有ケルニ、聖人中将失《うせ》タリト云フ事ヲ未《いま》ダ不知《しら》ズシテ、[九]初夜《しよや》ノ程ニ、仏ノ御前ニ念誦《ねんじゆ》シテ有ケルニ、[一〇]居乍《ゐなが》ラ眠入《ねぶりいり》タリケル夢ニ、[一一]五色ノ雲空ヨリ聳《そび》[一二]キ下《くだり》テ、彼ノ丹波中将ノ家ノ寝殿ノ上ニ覆フ。光ヲ放チ馥《かう》[一三]バシキ香《か》満《みち》テ、空ニハ[一四]微妙《みめう》ノ音楽ノ音聞《こゑきこ》ユ。其ノ五色ノ雲・音楽ノ音、漸《やうや》ク[一五]西ヲ指《さし》テ去《さり》ヌ、ト見テ夢覚《さめ》ヌ。聖人、「怪《あやし》キ事カナ」ト心ニ騒ギ思テ、夜[一六]暁《あく》ルヤ遅キト、彼ノ中将ノ家ニ行《ゆき》テ尋ヌレバ、人有テ、「[一七]夜前《やぜん》ノ[一八]戌時《いぬのとき》ニ、中将ハ早ウ失《うせ》給ヒニキ」ト云ヘバ、[一九]聖人泣〻《なくな》ク彼ノ夢ヲ語《かたり》テ返《かへり》テ、中将ノ[二〇]後世《ごせ》ヲ弥《いよい》ヨ訪《とぶらひ》ケリ。[二一]世ノ人モ此レヲ聞テ、「丹波中将ハ疑ヒ無ク往生シタル人也」トゾ云ヒ貴ビケル。

一　↓一五四頁注七。
二　法華経・五・提婆達多品。
三　（もし提婆達多品を聞いて）清らかな心で信じ敬って疑惑を生じないなら、その者は地獄・餓鬼・畜生道に堕ちず、もし仏前に生まれるなら、蓮の花の中に生まれるであろう。本話は同品の本文「浄心信敬、不生疑惑者、不堕地獄、餓鬼、畜生、（生十方仏前、所生之処、常聞此経、若生人天中、受勝妙楽〔〕）若在仏前、蓮華化生」の括弧内を省略している。
四　経文には「疑惑者」とある。↓注三。
五　口癖。
六　とくに何の病気というわけでもなく、なんとなく病気が重くなって。
七　生前。
八　師僧と檀越としての深い関係。
九　夜間勤行すべき三回の定時（初夜・中夜・後夜）の一。午後八時頃。
一〇　坐ったまま居眠りをして見た夢に。
一一　↓三九二頁注一七。
一二　たなびきながら降りてきて。
一三　芳香が満ちて。往生の瑞相。
一四　美しく妙なる音楽。往生の瑞相。
一五　西は極楽の方角。
一六　↓三八七頁注三五。
一七　昨夜。
一八　午後八時頃に。
一九　以下「訪ケリ」まで、験記には見えない。
二〇　後世菩提を一層心を込めて祈った。
二一　験記「世間皆称₂往生之由₁」。

其ノ時ニ、右京大夫《うきやうのだいぶ》[二二]藤原ノ道雅《みちまさ》ト云フ人有ケリ。帥《そち》[二三]ノ内大臣ト申シケル人ノ子也。放逸《はういつ》[二四]・邪見《じやけん》[二五]也ケル人ニテ、彼ノ聖人ノ夢ノ事ヲ聞テ、不信《しんぜ》ズシテ云《いは》ク、「彼ノ聖人ノ夢ハ極《きはめ》[二六]タル虚夢《そらゆめ》也。年来《としごろ》雅通ノ中将ト師檀ノ契《ちぎり》有ル故《ゆゑ》ニ、彼レヲ讃《ほ》メムガ為《ため》ニ由《よし》[二七]無《な》シ事ヲ云出《いひいで》タル也。彼ノ雅通ノ中将、生《いき》タリシ時、殺生《せつしやう》ヲ宗《むね》トシテ栄花ヲ好《このみ》シ人也。何ノ善根《ぜんごん》ニ依《より》テカ、極楽ニ往生セム。若《も》シ此ノ事実《まこと》ナラバ、極楽《ごくらくに》生レムト思ハム人ハ殺生ヲ宗トシ、栄花ヲ可好《このむべ》キ也」ト謗《そし》リ嘲《あざけ》[二八]ル間、六波羅《ろくはら》[二九]ニ講演[三〇]有テ[三一]云テ、道雅ノ朝臣聴聞《ちやうもん》セムガ為《ため》ニ六波羅ニ行《ゆき》テ聴聞スル間、車ノ前ニ老《おい》タル尼二三人許《ばかり》有リ。其ノ中ニ一人ノ尼涙ヲ流シテ泣〻《なくな》ク語《かたり》テ云ク、「我レ身貧クシテ年老《い》ヒタリ。一塵《いちぢん》[三二]ノ善根ヲ造ル事無シ。徒《いたづら》[三三]ニ此ノ世ヲ過《すぐ》シテ三悪道ニ返《かへり》ナムズル事ヲ夜《よ》ル[三四]昼《ひ》ル[三五]歎キ悲《かなしみ》テ、此ノ事ヲ申スニ、昨日ノ夜、夢ニ見ル様《やう》、貴キ姿シタル老タル僧出来《いできたり》テ、我レニ告《つげ》テ宣《のたま》ハク、「汝《なむ》ヂ、更ニ歎ク事無クシテ、心[三六]ヲ専《もはら》ニシテ念仏ヲ唱ヘバ、必ズ極楽ニ往生セム事疑ヒ不有《あら》ジ。彼ノ左近ノ中将雅通ノ朝臣ハ、善根ヲ不造《つくら》ズト云ヘドモ、只心ヲ直《うるはし》クシテ法花経ヲ読誦セシ故《ゆゑ》ニ、既ニ極楽ニ往生スル事ヲ得テキ」ト宣ヒテ[三七]。然レバ、尼此ノ夢ヲ見タレバ、無限《かぎりな》ク喜《うれし》ク思ユル也。彼ノ丹波中将ノ往生シ給タル事モ疑ヒ無キ事也ケリ。哀レニ貴シ」ト語ル。道雅ノ朝臣此レヲ聞テ、雅通ノ中将往生ハ実《まこと》也ケリト信ジテ、其ノ後ヨリハ不疑《うたがは》ズシテ、謗《そし》ル事無カリ

二二 道雅は巻二九・8に「荒三位」の名で登場している。→人名「道雅」。
二三 底本「師」を訂した。以下の一文は験記には見えない。帥内大臣は藤原伊周をさす。→人名「伊周(これちか)」。
二四・二五 →四二五頁注二五・二六。
二六 とんでもない嘘の夢だ。以下「云出タル也」まで、験記には見えない。
二七 根拠のないこと。
二八 萩野本「嘲リテ過ル間」。
二九 →地名「六波羅蜜寺」。
三〇 説法。験記「講莚」。
三一 「有テ」と「有リト云テ」の混態か。萩野本「有ト云テ」。
三二 塵一つほどの。ごく僅かな。
三三 (自分は六道に輪廻するうち、今たまたま人間に生まれているが)この世を無為に過ごして、また三悪道(地獄・餓鬼・畜生道)に戻らなければならないことを。験記「徒過二此生一、還二至三途一」。
三四 「ル」は「夜」の捨仮名。
三五 底本「畫(画)ル」を訂した。「ル」は「昼」の捨仮名。
三六 ひたすら心を集中して。専心。
三七 このままで文意が通じるが、流布本、萩野本は「宣ヒキ」。

ケリ。

[一]此レヲ聞ク人、皆、「極楽ニ往生スル事ハ、善根ヲ造ルニハ不依《よら》ズ。只心ヲ直《うるはし》クシテ経ヲ誦《じゆ》シ念仏ヲ可唱《となふべ》キ也ケリ」ト知《しり》テ、貴ビケリトナム語リ伝ヘタルトヤ。

伊予国越智益躬《いよのくにのをちのますみ》、往生語《わうじやうせること》第四十四

今昔《いまはむかし》、伊予《いよ》ノ国、越智《をち》[二]ノ郡《こほり》ノ大領《だいりやう》[三]越智《をち》[四]ノ益躬《ますみ》ト云フ者有ケリ。若《わかく》ヨリ老《おい》ニ至《い》タルマデ公事《くじ》[五]ヲ勤《つとめ》テ怠《おこた》ル事無シ。亦《また》、道心深クシテ仏法ヲ信ジ因果ヲ知ル。昼ハ法《ほ》[六]花経《くゑきやう》一部ヲ必ズ誦《じゆ》シ、夜ハ弥陀《みだ》ノ念仏ヲ唱フ。此レ常ノ所作《しよさ》也ケリ。未《いま》ダ頭《かしら》ヲ不剃《そら》ズト云ヘドモ、十重禁戒《じふぢうきんかい》[七]ヲ受《うけ》テ、法名《ほふみやう》[八]ヲ定メテ定真《ぢやうしん》ト云フ。

如此《かくのごと》ク勤メ行《おこな》ヒテ年来《としごろ》ヲ経《へ》ルニ、年老ヌ。遂《つひ》ニ命終ラムト為《す》ル時ニ臨《のぞみ》テ、身ニ病無ク心不乱《みだれ》ズシテ、西[九]ニ向《むかひ》テ端坐《たんざ》シテ、手ニ定印《ぢやういん》[一〇]ヲ結ビ、口ニ念仏ヲ唱ヘテ失《うせ》ニケリ。其ノ時ニ、空ニ微妙《みめう》[一一]ノ音楽ノ音《こゑ》有リ。近辺《ちかきほとりの》里・村ノ人、皆此レヲ見ケリ。亦、艶《えもいは》[一二]ヌ馥《かう》バシキ香《か》家ノ内ニ匂ヒ満《みち》タリケリ。此レヲ見聞ク人、皆涙ヲ流シテ貴ビケリ。

[一三]但シ、頭ヲ不剃《そら》ズシテ法名ヲ付《つけ》タリ。同《おなじ》[一四]クハ可出家《しゆつけすべ》シト云ヘドモ、俗乍《なが》ラモ現《あら》[一五]ハ

一　以下、験記には見えない。

第四十四話　出典は法華験記・下・111。日本往生極楽記・36に同話がある。

二　現、愛媛県今治市、越智郡付近。

三　郡の長官。

四　↓人名「益躬(ますみ)」。

五　公務。験記「自レ少及レ老、勤レ公不レ倦」。

六　↓一五四頁注七。

七　十種の重い禁戒。即ち、不殺戒・不盗戒・不婬戒・不妄語戒・不酤酒戒・不説過罪戒・不自讃毀他戒・不慳戒・不瞋戒・不謗三宝戒。ふつう在家信者が守るべきは五戒。それよりもはるかに重い戒律である。

八　僧としての名。

九　西は極楽の方角。

一〇　↓三八七頁注二二。

一一　美しく妙なる音楽。往生の瑞相。

一二　何とも言えない芳香。往生の瑞相。

一三　以下、験記には見えない。

一四　同じことなら。どうせなら。

一五　確かに。間違いなく。

第四十五話　出典は法華験記・下・104。元亨釈書・十七・藤仲遠に同源の同話がある。

一六　↓人名「仲遠」。

一七　以下、本第一段は験記を直訳せず、

ニ往生疑ヒ無ケレバ、貴キ事也トナム語リ伝ヘタルトヤ。

越中前司藤原仲遠《ゑつちうのぜんじふぢはらのなかとほ》、往生兜率《とそつにわうじやうせる》語《こと》第四十五

今昔《いまはむかし》、越中《ゑつちう》ノ前司《ぜんじ》[一六]藤原ノ仲遠《なかとほ》ノ朝臣《あそん》ト云フ人有ケリ。若《わかく》[一七]ヨリ道心有テ、偏《ひとへ》ニ世ノ事ヲ不思《おもは》ズシテ、只後世《ごせ》ノ事ヲノミ恐レケリ。常ニハ出家ノ思《おもひ》有リト云ヘドモ、[一八]忽《たちまち》ニ妻子ヲ難棄《すてがた》キニ依《より》テ、思ヒヲ懸ケ乍《なが》ラ、[一九]自然《おのづか》ラ過《すぐし》ケリ。

[二〇]一寸ノ暇《いとま》ヲ惜《をしみ》テ[二一]法花経《ほくゑきやう》ヲ読誦《どくじゆ》シ、[二二]仏ノ名号《みやうがう》ヲ唱ヘケリ。馬・車ニ乗《のり》テ道ヲ行ク時ニモ、手ニ経ヲ捲《にぎり》テ[二三]断ツ事無カリケリ。[二四]世路《せいろ》ヲ趍《はし》ルト云ヘドモ、毎日《ひごと》ノ所作《しよさ》トシテ、法花経一部・[二五]理趣分《りしゆぶん》・[二六]普賢《ふげん》ノ十願・[二七]尊勝陀羅尼《そんしようだらに》・[二八]随求陀羅尼《ずいぐだらに》・[二九]阿弥陀《あみだ》ノ大呪《だいじゆ》、此等《これら》ヲ誦《じゆ》シテ断ツ事無カリケリ。

一生ノ間、読《よみ》タル所ノ法花経万余部也。自余《じよ》ノ念仏・読経《どきやう》ハ其ノ員《かず》ヲ不知《しら》ズ。[三〇]法《ほ》花講《くゑかう》ヲ聴聞《ちやうもん》スル事千余座也。仏ヲ造リ経ヲ書《かき》タル事[三一]其員《そのかず》有リ。[三二]人ノ物ヲ与ヘ施《せ》ヲ行《ぎやう》ジタル事亦《また》多カリ。

而《しか》ル間、遂《つひ》ニ命終ラムト為《す》ル時ニ臨《のぞみ》テ、[三三]心不乱《みだれ》ズシテ、法花経ヲ誦シテ、傍《かたはら》ナル人ニ告《つげ》テ云ク、「我今[三四]兜率天上《とそつてんじやう》ニ可生《うまるべ》シ」[三五]云テ、掌《たなごころ》ヲ合《あはせ》テ失《うせ》ニケリ。其ノ時ニ、家

かなり自由に言い換えている。同一の翻訳態度は本巻第43話にも見える(→四四七頁注二八)。ともに原典の漢文に美文調が著しい箇所である。

一八 すぐには妻子を捨て難いので。

一九 (出家せずに)何となく在家のままに過ごしていた。

二〇 験記「惜㆓一寸暇㆒、読㆓誦法華経㆒」。

二一 →一五四頁注七。

二二 念仏を唱えた。験記「観㆓須臾陰㆒、称㆓念弥陀仏㆒」。

二三 読誦を止めなかった。

二四 俗世間での営みに忙しく従事していたが。

二五 大楽金剛不空真実三摩耶経般若波羅蜜多理趣品。不空訳。略して理趣経とも。一巻。一切諸法は本来自性清浄なるを説き、真言宗で特に尊重される。

二六 華厳経・普賢行願品に説く普賢菩薩の十大願。それを含む普賢行願品全体をもいう。

二七 →二〇六頁注一一。

二八 随求陀羅尼経に説く随求菩薩の本誓を表す陀羅尼。一切の罪障を除き、求めに従って福徳を得させるという。

二九 →四三二頁注九。

三〇 法華経を講説する法会。

三一 数多いこと。験記「其数甚多」。

三二 このままでは文意が不自然。萩野本「人ニ」。

三三 正念を失うことなく。験記「病患不㆑乱㆑心、起居亦軽利」。

三四 →地名「兜率天」。

三五 萩野本「ト云テ」。

ノ内ニ、艶《えもいは》[一]ズ馥《かう》バシキ香《か》匂ヒ満《みち》テ、微妙《めでた》[二]キ音楽ノ音《こゑ》空ニ聞エケリ。此[三]レヲ聞ク人、皆、「年来《としごろ》法花経ヲ持《たも》テルニ依《より》テ、必ズ兜率天上《とそつてんじやう》ニ生レヌ」[四]トゾ云テ、貴ビ讃《ほめ》ケルトナム語リ伝ヘタルトヤ。

長門国阿武大夫《ながとのくにのあむのたいふ》、往生兜率語《とそつにわうじやうせること》第四十六

今昔《いまはむかし》、長門《ながと》ノ国、□[五]ノ郡《こほり》ニ阿武《あむ》[六]ノ大夫《たいふ》ト云フ者有ケリ。極《きはめ》[七]テ心武《たけ》クシテ殺生《せつしやう》ヲ業《わざ》[八]トシテ、人ニ被恐《おそれら》レテ、威勢《ゐせい》国ニ満《みち》テ、恣《ほしいまま》ニ悪業《あくごふ》ヲ造ル事無限《かぎりな》シ。年来如此《としごろかくのごと》クノミシテ、善根《ぜんごん》ヲ勤《つとむ》ル事ヲ更ニ不知《しら》ザリケリ。

而《しか》ル間、年老《おい》ニ臨《のぞみ》テ、身ニ重キ病《やまひ》ヲ受《うけ》テ、日来《ひごろ》悩ミ[九]煩《わづらひ》テ既ニ死ナムト為《す》ル程ニ、数《あまた》ノ僧ヲ請《しやう》[一〇]ジテ、法花経《ほくゑきやう》[一一]ヲ令転読《てんどくせしめ》[一二]テ、病ノ癒《いえ》ム事ヲ令祈《いのらし》ムト云ヘドモ、日来《ひごろ》ヲ経テ遂《つひ》ニ死《しに》[一三]ヌ。然レバ、僧共《ども》皆返《かへり》ヌ。而ルニ、其ノ中ニ一人ノ持経者《ぢきやうじや》[一四]有リ。事ノ縁[一五]有ルニ依《より》テ、死人ノ後世《ごせ》[一六]ヲ訪《とぶら》ハムガ為《ため》ニ留《とどま》リ居《ゐ》テ、死人ニ向《むかひ》テ法花経ヲ誦《じゆ》スル間、第八巻ノ「是《ぜ》[一七]人命終《にんみやうじう》 為千仏授手《ゐせんぶつじゆしゆ》」ト云フ所ヲ誦スルニ、此ノ死人忽《たちまち》ニ活《よみがへり》ヌ。家[一八]ノ中ノ人此《こ》レヲ見テ、泣ゝ《なくな》ク喜ビ貴ブ事無限《かぎりな》シ。

而《しか》ル間、死人漸《やうや》[一九]ク人心地《ひとごこち》ニ成《なり》テ起居《おきゐ》テ、掌《たなごころ》ヲ合《あはせ》テ持経者ニ向《むかひ》テ、此ノ文《もん》ヲ聞《きき》テ

一 何とも言えない芳香。往生の瑞相。
二 美しく妙なる音楽。往生の瑞相。
三 以下、験記には見えない。
四 「ヌベシ」と同意。→二六三頁注二四。

第四十六話 出典は法華験記・下・97。元亨釈書・十七・修覚に同源の同話がある。

五 郡名の明記を期した意識的欠字。「阿武」が想定される。→次注。
六 伝未詳。但し、阿武は長門国の郡名(現、山口県萩市、阿武郡付近)であり、同郡内には同名の郷(阿武町付近)もあった。その地の豪族で五位を得た者の通称であろう。験記「長門国阿武大夫入道沙弥修覚」。
七 非常に乱暴な性格で。
八 日常の仕事のようにして。
九 底本「悩ニ」を訂した。
一〇 招請して。招いて。
一一 →一五四頁注七。
一二 転読は、長い経典の字句を略して(特に最初と最後の)要部だけを読誦すること。
一三 萩野本、保孝本、信友本「死ス」。
一四 →二二一頁注二六。
一五 事情があって。
一六 後世菩提(成仏)を祈るために。
一七 この人が死ぬ時には千仏は手を授け

涙ヲ流シテ、持経者ヲ勧メテ此ノ文ヲ六七返令誦《へんじゆせし》ム。[二〇]病人此レヲ聞テ、貴ブ事無限《かぎりな》シ。持経者ニ語《かたり》テ云《いは》ク、「我レ死《しに》ツル時、[二一]冥道《みやうだう》ノ悪鬼等《ら》我レヲ駆《か》リ追《おひ》テ将去《ゐてさり》ツル間ニ、持経者此ノ文ヲ誦シ給ヒツルニ、忽《たちまち》ニ[二二]天童来《きたり》テ、我レヲ令将返《ゐてかへらしめ》テ、[二三]人界《にんがい》ニ令趣《おもむかしめ》テ返シタル也」ト。其ノ後、病癒《いえ》テ例ノ如クニ成ヌ。

阿武ノ大夫年来《としごろ》ノ悪行ヲ忘レテ、道心ヲ発《おこ》シテ、頭《かしら》ヲ剃《そり》テ僧ト成《なり》ヌ。名ヲ修覚《しゆかく》ト云フ。其ノ後、法花経ヲ受ケ習《ならひ》テ、[二四]心ヲ至《いた》シテ日夜ニ読誦シケリ。「[二五]此ノ世ハ益《やく》無キ所也ケリ。偏《ひとへ》ニ後世ノ菩提《ぼだい》ヲ願ハム」ト思取《おもひとり》テ、永ク悪ヲ断《たち》テ善ヲ修《しゆ》スル間、年老《おい》ニ臨《のぞみ》テ、遂《つひ》ニ命終ラムト為《す》ル時、数《あまた》ノ僧ヲ請《しやう》ジテ法花経ヲ令転読《てんどくせし》メ、自《みづか》ラモ亦《また》法花経ヲ誦シテ失《うせ》ニケリ。

其ノ後、一《ひとり》ノ僧ノ夢ニ、彼ノ修覚入道、形《かた》チ[二六]不衰《おとろへ》ズ衣服《えぶく》直《うるはし》クシテ、僧ニ語リ云[二七]ク、「我レ、法花経ヲ読誦セシ力ニ依テ、今[二八]兜率天上《とそつてんじやう》ニ生《うま》レヌ」ト云フ、ト見ケリ。[二九]然レバ、此ノ夢ヲ修覚入道ガ妻子・[三〇]眷属《くゑんぞく》ニ語リケリ。此レヲ聞ク人、皆涙ヲ流シテ喜ビ貴ビケリ。

此レヲ思フニ、[三一]年来《としごろ》悪ヲ行《ぎやう》ズト云ヘドモ、[三二]思ヒ返《かへし》テ善ニ趣《おもむき》ヌレバ、此《か》ク貴キ也トナム語リ伝ヘタルトヤ。

て。法華経・八・普賢菩薩勧発品の一節。本話は験記が引用する経文の最初の部分だけを引いている。験記「是人命終、為千仏授手、令不恐怖、不堕悪趣、即往兜率天上、弥勒菩薩所、弥勒菩薩、有卅二相、大菩薩衆、所共囲遶」。

一八 以下「貴ブ事無限シ」まで、験記には見えない。

一九 だんだん人心地がついてきて。験記にはない描写。験記「此死人甦、起居合掌」。

二〇 前出の「死人」と同一人物。以下の一文は験記には見えない。

二一 底本「宜道」を訂した。冥途。

二二 童子姿の天人。

二三 人間界。この世。

二四 まごころこめて。一心不乱に。

二五 以下「ト思取テ」まで、験記には見えない。

二六 「チ」は「形」の捨仮名。

二七 「語リテ」の「テ」が脱落か。萩野本「語テ云ク」。

二八 →地名「兜率天」。

二九 以下、話末に至るまで験記には見えない。→四三六頁注九。

三〇 一族の者。身内の者。

三一 長年悪行を重ねていても。

三二 心を入れ換えて善に向かったなら。

造悪業人《あくごふをつくれるひと》、最後唱念仏往生語《さいごにねんぶつをとなへてわうじやうせること》第四十七

今昔《いまはむかし》、□[一]国ニ一《ひと》ノ人有ケリ。罪ヲ造《つく》ルヲ以テ役《やく》[二]トセリ。殺生《せつしやう》・放逸《はういつ》[三]惣《すべ》テ無限《かぎりな》シ。

如此《かくのごと》クシテ□[四]年来《としごろ》[五]ヲ経《へ》タル間、人[六]有テ教《をしへ》テ云《いは》ク、「罪ヲ造レル人ハ必ズ地獄[七]ニ堕《おつ》ル也」ト。此ノ人此ノ事ヲ聞クト云ヘドモ、敢《あへ》[八]テ不信《しんぜ》ズシテ云ク、「『罪ヲ造ル人地獄ニ堕《お》ツ』ト云《いふ》ハ極《きはめ》[九]タル虚言《そらごと》也。更ニ然《さ》ル事不有《あら》ジ。何ニ依《より》テカ然ル事有ラム」ト云テ、弥《いよい》ヨ殺生ヲシ、放逸ヲ宗《むね》[一〇]トス。

而《しか》ル間、此ノ人身ニ重キ病《やまひ》ヲ受《うけ》テ、日来《ひごろ》[一一]ヲ経テ既ニ死ナムトス。其ノ時ニ、此ノ人ノ目ニ火[一二]ノ車見エケリ。此レヲ見テヨリ後、病人恐《お》ヂ怖《おそ》ル丶事無限《かぎりな》クシテ、一人ノ智《さと》リ有ル僧ヲ呼《よび》テ、問《とひ》テ云ク、「我レ年来《としごろ》罪[一三]ヲ造ルヲ以テ役《やく》トシテ過《すぐ》シツルニ、人有テ、『罪造ル者ハ地獄ニ堕ツ』ト云テ制セシヲ、此レ虚言《そらごと》也トノミ思テ、罪造ル事ヲ不止《やめ》ズシテ、今死ナムト為《す》ル時ニ臨《のぞみ》テ、目ノ前ニ火ノ車来《きたり》テ我レヲ迎ヘムトス。然レバ、罪造ル者地獄ニ堕ツト云フ事ハ実《まこと》ニコソ[一四]」。年来《としごろ》不信《しんぜ》ザリケル事ヲ悔《い》ヒ悲《かなし》ビテ、泣ク事無限《かぎりな》シ。

第四十七話　出典未詳。宝物集(七巻本・七、九巻本・八)に同話がある。

一 国名の明記を期した意識的欠字。
二 もっぱらにしていた。日常の仕事のようにしていた。
三 →四三五頁注二五。
四 諸本欠字。意識的欠字か否かは即断できない。
五 何年も過ごしているうちに。
六 ある人が。
七 →地名「地獄」。
八 全然信じないで。
九 とんでもない大うそだ。
一〇 前出の「役トセリ」(注二)とほぼ同意。
一一 数日たって。
一二 地獄から死者(罪人)を迎えに来る猛火のもえさかる車。
一三 殺生や放逸等の罪。
一四 「実ニコソ(アリケレ)ト」の「ト」が省略されている。本当だったのですねと。

僧[一五]枕上《まくらがみ》ニ居《ゐ》テ、此レヲ聞《きき》テ云ク、「汝《なむ》チ、罪ヲ造テ地獄ニ堕ツト云フ事ヲ年来《としごろ》不信《しんぜ》ズト云ヘドモ、今火ノ車ノ来《きた》ルヲ見テ[一六]信ジツヤ」ト。病人ノ云ク、「火ノ車目ノ前ニ現ジタレバ、深ク信ジツ」ト。僧ノ云ク、「然レバ、弥陀《みだ》ノ念仏ヲ唱フレバ必ズ[一七]極楽ニ往生スト云フ事ヲ信ゼヨ。此レモ仏ノ説キ教ヘ給ヘル所也」ト。病人此レヲ聞テ、掌《たなごころ》ヲ合《あはせ》テ額《ひたひ》ニ充《あて》テ、「[一八]南無阿弥陀仏《なもあみだぶつ》」ト慥《たしか》ニ[一九]千度唱フルニ、僧病人ニ問《とひ》テ云ク、「火ノ車ハ尚《なほ》見ユヤ否《いな》ヤ」ト。病人答《こたへ》テ云ク、「火ノ車ハ忽《たちまち》ニ失《うせ》ヌ。[二〇]金色《こんじき》シタル大キナル蓮花《れんぐゑ》[二一]一葉ナム、目ノ前ニ見ユル」ト云フマヽニ失《うせ》ニケリ。其ノ時ニ、僧涙ヲ流シテ[二二]悲《かなし》ビ貴ビテ返《かへり》ニケリ。此レヲ見聞ク人、不貴《たふとば》ズト云フ事無シ。

此レヲ思フニ、仏ノ説キ給フ所ニ露《つゆ》モ不違《たがは》ネバ、只念仏ヲ可唱《となふべ》キ也トナム語リ伝ヘタルトヤ。

近江守彦真妻伴氏《あふみのかみひこざねのめとものうぢ》、往生語《わうじやうせること》第四十八

今昔《いまはむかし》、近江守彦真《あふみのかみひこざね》[二三]ト云フ人有ケリ。其ノ妻《め》伴《とも》[二四]ノ氏《うぢ》、若《わかく》ヨリ道心有テ、[二五]弥陀仏《みだぶつ》ヲ念ジ奉《たてまつり》ケリ。而《しか》ル間、此ノ女、[二六]彦真ト夫妻《めをと》ト成《なり》テ其ノ契リ深シト云ヘドモ、同ジ床《とこ》ニ不臥《ふさ》ズシテ触《ふれ》バヒ近付《ちかづ》ク事無シ。常ニ身ヲ浄《きよ》クシテ念仏ヲ唱フ。

一五 枕元に坐って。
一六 （罪人は地獄に堕ちるということを）信じるようになったか。
一七 →地名「極楽」。
一八 阿弥陀仏に帰依し奉るの意。念仏。六字名号。
一九 宝物集では念仏が「未だ十返満たざるに」火の車が消え、来迎を得たことになっている。
二〇 往生人を乗せて極楽に迎える蓮華台であろう。宝物集「蓮華台来て迎へんとす」。→四二五頁注二四。
二一 一茎（一本）と同意であろう。同語例は、→四五九頁注三四。
二二 →四〇五頁注二一。

第四十八話　出典は日本往生極楽記・37。

二三 伴彦真。→人名「彦真」。
二四 伝未詳。極楽記「女弟子伴氏、江州刺史彦真妻也」。
二五 →人名「阿弥陀如来」。
二六 極楽記「春秋三十有余、以レ姪妻レ之、不レ同二牀第一」は、三十余歳の時、彦真の姪に当たる彼女は彦真と結婚したが、夫と同衾しなかった意。彼女も彦真もともに伴氏である。なお、古典全集は、彼女は三十余歳の時、姪を彦真の妻にし、以後夫と同衾しなかったと解している。

[一]而ル間、女[二]胎蔵界《たいざうかい》ノ曼陀羅《まんだら》ノ御前ニ居《ゐ》テ、夫彦真ヲ呼《よび》テ語《かたり》テ云《いは》ク、「[三]我レ年来《としごろ》汝ト夫妻ノ契リ有リト云ヘドモ、同ジ床ニ不臥《ふさ》ズシテ触《ふれ》バヒ近付《ちかづ》ク事無シ。然レドモ、定メテ其ノ罪無キニ非ジ。然レバ、我レ汝ト同所《おなじ》ニ不居《ゐ》ジ。一家《ひとつのいへ》ヲ我レニ与ヘヨ」ト、「別ニ居テ、其ノ罪ヲ遁《のが》レム」ト。然レバ、彦真妻ノ云フニ随《したがひ》テ、其ノ事ヲ受《うけ》ツ。

妻亦《また》云ク、「我レ年来《としごろ》弥陀《みだ》ノ念仏ヲ唱ヘテ、懃《ねむごろ》ニ極楽ニ往生セムト為《す》ルニ、[四]聊《いささか》ノ滞《とどこほ》リ有リ。[五]此レヲ量《はか》ラフニ、先年ニ[六]人有テ我レニ鮒《ふな》ヲ数《あまた》令得《えしめ》タリキ。其ノ中ニ生《いき》タル鮒二ツ有リキ。我レ其レヲ哀レムデ、取テ井ノ中ニ入レテキ。而ルニ、彼ノ鮒定メテ狭《せば》キ所ニ久ク有テ、「[七]広キ所ニ有ラム」ト悲《かなしむ》ラム。若《も》シ其ノ罪ノ故《ゆゑ》ニ滞《とどこほ》ルカ」ト。彦真此レヲ聞《きき》テ、忽《たちまち》ニ井ニ人ヲ下《おろ》シテ底ニ捜《さぐ》リ令求《もとめしめ》テ、二《ふたつ》ノ鮒ヲ取《とり》テ、広キ江ニ持行《もてゆき》テ令放《はなたしめ》ツ。其ノ後、女命終ル時ニ臨《のぞみ》テ、蓮《はちす》ノ香《か》家内《いへのうち》ニ満《みち》テ、[八]紫雲聳《そび》キ下《くだり》テ簾《す》ノ内ニ入《いり》タリケリ。遂《つひ》ニ女身ニ苦シブ所無クシテ、[九]西ニ向《むかひ》テ念仏ヲ唱ヘテ失《うせ》ニケリ。[一〇]此レヲ見聞ク人、皆不貴《たふとば》ズト云フ事無シ。

此レヲ思フニ、然許《さばかり》ノ罪ニ依《より》テ往生ノ滞《とどこほ》リト成ル。況《いはむ》ヤ心ニ任セテ罪ヲ造レラム[一一]人ハ、往生極《きはめ》テ難有《ありがた》キ事ナレドモ、只最後ニ[一二]実《まこと》ノ心ヲ至《いた》シテ念仏ヲ可唱《となふべ》キ也トナム語リ伝ヘタルトヤ。

一 極楽記「当㆓命終日㆒」によれば、以下は全て入滅当日の事件である。
二 →三六七頁注三五。
三 極楽記「頃年洗寶女、久忍㆓臭穢㆒。定有㆓罪報㆒。欲㆑与㆓宅一区㆒」は、長年召使の女に汚いことをさせてきたので、自分たちにその罪の報いがあるといけないから、彼女に家を一軒持たせてやりたい意。本話の文脈はこれとは異なる。
四 いささかの支障がある。極楽記「少有㆓停滞㆒」。
五 これについて推量してみると。極楽記「閑思㆓量之㆒」。
六 ある人が。
七 広いところにいたい。極楽記「恐彼咫尺之中、久労㆓江湖之思㆒」。
八 紫雲がたなびきつつ降りてきて。往生の瑞相。極楽記「蓮香満㆑室、雲気入㆑簾」。
九 西は極楽の方角。極楽記「向㆑西而終矣」。
一〇 以下、話末に至るまで極楽記には見えない。
一一 表現がやや落ち着かない。「ラ」は完了の助動詞「リ」の未然形(古典大系説)か。「造レル」と「造ラム」の混態(古典全集説)とも。
一二 誠心誠意。一心不乱に。

第四十九話 出典は日本往生極楽記・38。言泉集・亡妻帳、私聚百因縁集・九・2に同源の同話がある。

一三 →人名「佐世」。

右大弁藤原佐世妻《うだいべんふぢはらのすけよのめ》、往生語《わうじやうせること》 第四十九

今昔《いまはむかし》、右大弁《うだいべん》[一三]藤原ノ佐世《すけよ》ト云フ人有ケリ。其ノ[一四]妻《め》ハ山城守《やましろのかみを》[一五]小野喬木《ののたかき》ト云ケル人ノ娘也。其ノ女幼ノ時ヨリ因果ヲ知《しり》テ、仏法ヲ信ジテ道心有ケリ。[一六]而《しか》ル間、彼《か》ノ佐世ニ嫁《とつぎ》テ[一七]年来《としごろ》ヲ経《へ》ルニ、道心不退《やま》ズシテ、念仏・読経不怠《どきやうおこたら》ズ。

而《しか》ルニ、此ノ女ノ兄ニ一人ノ僧有リ。名ヲ[一八]延教《えんけう》ト云フ。[一九]□ノ僧トシテ智《さと》リ明《あきら》ケシ。女兄ノ延教ヲ呼《よび》テ語《かたらひ》テ云《いは》ク、「我レ仏ノ道ヲ学ビ知ラムト思フ。願《ねがは》クハ此レヲ教ヘ給ヘ」ト。延教此レヲ聞《きき》テ哀《あはれび》テ、[二〇]観無量寿経《くわんむりやうじゆきやう》及ビ諸経ノ中ニ[二一]極楽ノ要文《えうもん》ヲ書キ出《いだ》シテ女ニ教フ。女此レヲ習ヒ悟《さとり》テ、日夜[二二]寤寐《ごび》ニ念ジテ忘ル、事無カリケリ。亦《また》、毎月《つきごと》ノ[二三]十五日ノ[二四]黄眠《ゆふぐれ》ノ時ニ至テハ、必ズ[二五]五体ヲ地ニ投《なげ》テ[二六]西ニ向《むかひ》テ礼拝シテ、「[二七]南無《なも》西方日想安養浄土《さいはうにちさうあんやうじやうど》弥陀仏《みだぶつ》」ト唱フ。此レ常ノ事ナルヲ、父母《ぶも》此ノ事ヲ聞テ、制止シテ云ク、「若キ時、[二八]必ズ如此《かくのごと》クノ勤メヲ不為《せ》ズ。此レ[二九]身ノ衰フル根元《こんげん》也」ト強《あながち》ニ止《とど》ムト云ヘドモ、女此ノ勤メ止《とどむ》ル事無シ。

而ル間、女年二十五ト云フニ、始《はじめ》テ一人ノ女子《をむなご》ヲ産セリ。後、悩ミ煩フ事一月余《あまり》有テ、遂《つひ》ニ死《しに》ヌ。其ノ時ニ、[三〇]微妙《みめう》ノ音楽ノ音《こゑ》空ニ聞《きこ》ユ。[三一]此レヲ聞ク隣リ里ノ人、

一四 極楽記「女弟子小野氏、山城守喬木女、右大弁佐世妾也」。
一五 →人名「喬木」。
一六 以下「智リ明ケシ」まで、極楽記には見えない。
一七 何年もたったが。
一八 伝未詳。
一九 寺名の明記を期した意識的欠字。
二〇 一巻。浄土三部経の一。往生極楽の方法として、阿弥陀如来と極楽浄土の荘厳について、十六の観想を説く。観経。
二一 往生極楽に関係する重要な文句。
二二 寝ても覚めても。
二三 平安後期頃から、十五日は阿弥陀の縁日とされた。本話はこの日に特別の意義を持たせた早い例といえよう。著聞集・二十・711「十五日・十八日、阿弥陀・観音の縁日なれば」。
二四 「黄昏」の誤記か。名義抄「黄昏 ユフクレ、ユフマクレ」。極楽記「黄昏」。
二五 全身を地面に投げ伏して。五体投地は仏教における最敬礼。
二六 西は極楽の方角。
二七 西方日想観によって観想する極楽浄土の阿弥陀仏を帰依し奉る。日想観は西方に没しようとする夕日を観じて、極楽浄土を想う観法。観無量寿経に説く十六観法の第一。
二八 必ずしもこんなお勤めはしないものです。極楽記「少壮之人、不二必如一レ此」。
二九 極楽記「恐労二精神一、定減二形容一」。
三〇 美しく妙なる音楽。往生の瑞相。
三一 極楽記「隣里随喜」。

皆、「此ノ女ノ極楽ノ[一]往生セル相《さう》ゾ」ト知《しり》テ、[二]不悲貴《かなしみたふとば》ズト云フ事無カリケリ。[三]不出家《しゆつけせ》ズシテ、女也ト云ヘドモ、此《か》ク往生スル也ト語リ伝ヘタルトヤ。

女藤原氏《をむなのふぢはらのうぢ》、往生語《わうじやうせること》第五十

今昔《いまはむかし》、一人ノ[四]女有ケリ。姓《しやう》ハ藤原ノ氏《うぢ》也。此ノ女本《もと》ヨリ心[五]柔軟《にうなん》ニシテ慈悲有ケリ。[六]常ニ極楽ニ心ヲ懸《かけ》テ、日夜ニ念仏ヲ唱ヘテ怠ル事無カリケリ。

而《しか》ル間、漸《やうや》ク年積《つもり》テ老《おい》ニ臨《のぞみ》テ、[七]女人ニ語《かたり》テ云《いは》ク、「[八]我レ年来《としごろ》極楽ニ生レムト願《ねがひ》テ、昼夜ニ念仏ヲ唱《となへ》ツルニ、今遥《はるか》ニ[九]微妙《めでた》キ音楽ノ音《こゑ》ヲ聞ク。此レ可往生《わうじやうすべ》キ[一〇]相《さう》カ」ト。[一一]人此ノ事ヲ聞《きき》テ、貴ビ思フ間、其ノ明《あく》ル年、亦《また》云ク、「去年聞キシ音楽ノ音、今少シ近付《ちかづき》ニタリ。此レ往生ノ期《ご》ノ近付ク故《ゆゑ》カ」ト。亦、其ノ明《あく》ル年《と》[一二]シ云ク、「前《さき》ノ音楽ノ音、年ヲ追《おひ》テ近付ク。就中《なかんづく》ニ、近日《このごろ》[一三]寝屋《ねや》ノ上ニ聞《きこ》ユ。今往生ノ時至レリ」ト云テ、[一四]弥《いよい》ヨ念仏ヲ唱ヘテ怠ル事無シ。而《しか》ル間、女身ニ病《やまひ》無ク苦ブ所無クシテ、終リ貴クシテ失《うせ》ニケリ。[一五]此レヲ見聞ク人、「此ノ女必ズ極楽ニ[一六]往生シヌ」ト知《しり》テ、[一七]悲《かなし》ビ貴ビケリ。

此レヲ思フニ、往生スベキ人ハ[一八]兼《かね》テ其ノ相《さう》現ズル事也ケリトナム語リ伝ヘタルト

一「ノ」は不審。「二」の誤記か。
二 →四〇五頁注二一。
三 以下、極楽記には見えない。

第五十話　出典は日本往生極楽記・39。
四 伝未詳。極楽記「女弟子藤原氏」。
五 おだやかで慈悲深かった。極楽記「心意柔軟、慈悲甚深」。
六 極楽記「常慕㆓極楽㆒、不㆑廃㆓念仏㆒」。
七 その女がある人に語って言うには。
八 以下「念仏ヲ唱ツルニ」まで、極楽記には見えない。
九 美しく妙なる音楽。往生の瑞相。
一〇 瑞相。
一一 以下「貴ビ思フ間」まで、極楽記には見えない。
一二「シ」は「年」の捨仮名。
一三 寝室。
一四 以下「怠ル事無シ」まで、極楽記には見えない。
一五 以下、話末に至るまで極楽記には見えない。見聞した人の反応を付加するのは本巻各話に共通の手法。
一六 往生したに違いないと知って。
一七 →四〇五頁注二一。
一八 前もってその瑞相が現れるものだ。

ヤ。

伊勢国飯高郡老嫗《いせのくにのいひたかのこほりのおいたるおうな》、往生語《わうじやうせること》第五十一

今昔《いまはむかし》、伊勢《いせ》ノ国、飯高《いひたか》[一九]ノ郡《こほり》、□[二〇]ノ郷《さと》ニ一人ノ老《おい》タル嫗《おうな》[二一]有ケリ。道心有テ、月[二二]ノ上《かみの》十五日ニハ仏事ヲ修《しゆ》シテ、下《しもの》十五日ニハ世路《せいろ》[二三]ヲ営《いとなみ》ケリ。其ノ仏事ヲ勤《つとめ》ケル様《やう》[二四]ニ、常ニ香《かう》ヲ買《かひ》[二五]キ、其ノ郡ノ内ノ諸《もろもろ》ノ寺ニ持参《もてまゐり》テ、仏ニ供養シ奉《たてまつり》ケリ。亦《また》、春秋ニ随《したがひ》テ野ニ出《い》デ山ニ行《ゆき》テ、時[二六]ノ花ヲ折《をり》テ、其ノ香ニ加ヘテ仏ニ供養シ奉ケリ。亦、米・塩及ビ菓子《くだもの》[二七]・雑　菜《くさぐさのくさびら》[二八]等ヲ調ヘテ、其ノ郡ノ内ノ諸　僧《もろもろのそう》ニ供養シケリ。

此如《かくのごと》[二九]キ三宝ヲ供養スル事、常ノ事トシテ、懃《ねむごろ》ニ極楽ニ往生セムト願《ねがひ》テ、数《あまた》ノ年ヲ経《へ》ル間、此ノ嫗忽《おうなたちまち》ニ身ニ病《やまひ》ヲ受《うけ》テ、日来《ひごろ》悩ミ煩ヒケル間、子孫ヲ初メトシテ家[三〇]ノ従等《とも》、皆此《これ》ヲ歎[三一]キ、飲食《おんじき》ヲ勧メ病ヲ扶《たす》ケムト為《す》ルニ、嫗俄《にはか》[三二]ニ起居《おきゐ》ヌ。本《もと》着タリツル所ノ衣ハ自然《おのづか》ラ脱落《ぬげおち》ヌ。看病ノ者此レヲ怪《あやし》ムデ見レバ、嫗右[三三]ノ手ニ一[三四]葉ノ蓮花《れんぐゑ》ヲ持《もち》タリ。葩《はなびら》[三五]ノ広サ七八寸許《ばかり》ニシテ、光リ鮮ヤカニ色微妙《めでた》クシテ、香《か》馥《かう》バシキ事無限《かぎりな》シ。更ニ此[三六]ノ世ノ花ト不見《み》エズ。看病ノ輩《ともがら》此レヲ見テ、奇異也ト思テ、病者ニ問《とひ》テ云《いは》ク、「其ノ持《もち》給ヘル花ハ何《いど》コニ有ツル花ゾ。亦《また》、誰人ノ持来《もてきたり》テ与ヘタルゾ」ト。病

第五十一話　出典は日本往生極楽記・41。

一九 現、三重県松阪市、飯南郡付近。
二〇 郷名の明記を期した意識的欠字。
二一 老女。極楽記「伊勢国飯高郡一老婦」。
二二 月の前半の十五日間。極楽記「白月十五日偏修二仏事一、黒月十五日又営二世事一」。
二三 俗世間での営みに従事した。
二四 「ニ」は不審。「ハ」の誤記か。
二五 「買テ」の誤記か。
二六 季節の花。
二七 果実。
二八 種々の野菜。
二九 通常の語順「如此」とは異なっている。同様の例は→四六二頁注一一。また送仮名「キ」は通常「ク」とあるべきところ。
三〇 家の使用人たち。
三一 「歎テ」の誤記か。
三二 ここでは嫗が自分で起き上がっているが、極楽記「子孫為レ勤二水漿一、扶二起病者一」は、子孫が嫗を助け起こした意。
三三 極楽記「左手」。
三四 一本の。極楽記「持二蓮花一茎一」。
三五 花びら。訓みは字類抄による。
三六 極楽記「不レ似二自界花一」。

者答《こたへ》テ云ク、「此ノ花ハ、輒《たやす》[一]ク人持来テ得サスル花ニモ非ズ。只、我レヲ迎フル人ノ持来テ与ヘタル也」ト。此レヲ聞ク看病ノ輩《ともがら》、奇異也ト思テ貴ブ間、病者居《ゐ》乍《なが》ラ失《うせ》ニケリ。此レヲ見聞ク人、「疑ヒ無[二]キ極楽ノ迎ヘヲ得タル人也」ト云テ、悲[三]ビ貴ビケリ。

[四]此レヲ思フニ、本《もと》着タリケル衣ノ自然《おのづか》ラ脱落《ぬげおち》ケム、心不得《え》ヌ事也。「主《あるじ》ノ極楽ニ往生スルニ依《より》テ、汚穢《をゑ》[五]ノ衣ナレバ脱落《ぬげおつ》ルナメリ」トゾ人疑ヒケル。亦、「自然《おのづから》ニ蓮《れん》花出来《ぐゑいできたり》テ手ニ取ル事ハ、嫗《おうな》ヲ迎フル極楽ノ聖衆《しやうじゆ》ノ持来《もてきたり》テ与ヘ給ケル也」ト空《そら》[六]ニ人知《しり》ヌ。其レヲ凡夫《ぼんぶ》[七]ノ肉眼《にくげん》[八]ニハ不見《みえ》ザル也。嫗ハ可往生《わうじやうすべ》キ時至《いたり》テ、肉眼[九]ニ非ズシテ、慥《たしか》ニ見テ告《つげ》ケル也。

[一〇]其ノ花、其ノ後、何《いか》ガ有ケム。有無《ありな》シヲ不知《しら》ズ。定メテ失《うせ》ニケムトナム語リ伝ヘタルトヤ。

加賀国《かがのくに》□郡女《こほりのをむな》、往生語《わうじやうせること》第五十二

今昔《いまはむかし》、加賀《かが》ノ国、□[一一]ノ郡《こほり》、□[一二]ノ郷《さと》ニ一《ひとり》ノ女[一三]有ケリ。年来《としごろ》[一四]人ノ妻《め》トシテ世路《せいろ》[一五]ヲ営《いとなみ》テ有ケルニ、家大キニ富《とみ》テ財豊《たからゆたか》也ケリ。而《しか》ル間、其ノ夫《をうと》死ニケリ。其ノ後、

一 簡単に普通の人間が持ってきてくれた花なんかではありません。この一文、極楽記には見えない。
二 「キ」は通常「ク」とあるべきところ(→四五九頁注二九)。このままで解するなら「疑ヒ無キ」は「極楽ノ迎ヘヲ得タル」とともに「人」に係る(古典大系説)。「極楽ノ迎ヘ」に係る(古典全集説)とも。
三 →四〇五頁注二一。
四 以下、話末に至るまで本話で付加された記事。超自然現象(衣服の脱落)に対する撰者の深い関心と「合理」的認識については、→四〇六頁注一五。
五 汚れ穢れた衣服。
六 直接見ないでも。暗黙のうちに。
七 凡人。普通の人間。
八 人間の肉身の眼。
九 肉眼ではない眼(心眼)で、はっきり見て告げたのである。
一〇 往生の瑞相として出現した花がその後どうなったかを論じる結語は、巻一九・14にも見られる。

第五十二話　出典は日本往生極楽記・42。

一一 郡名の明記を期した意識的欠字。
一二 郷名の明記を期した意識的欠字。
一三 伝未詳。極楽記「加賀国有二一婦女一」。
一四 長年。極楽記「其夫富人也」。
一五 世俗の営みに従事していたが。

妻寡《やもめ》[一六]ニシテ、道心ヲ発《おこ》シテ家ニ独《ひと》リ居《ゐ》タリ。

而《しか》ルニ、其ノ家ニ小池有リ。其ノ池ノ中ニ蓮花生《れんぐゑおひ》タリ。女此ノ蓮花ヲ見テ、常ニ願《ねがひ》ケル様《やう》、「此ノ蓮花ノ盛《さかり》ニ開《ひら》ケム時ニ当《あたり》テ、我レ極楽[一七]ニ往生セム便《たより》[一八]トシテ、此ノ蓮花ヲ以テ贄《にへ》[一九]トシテ、[二〇]弥陀仏《みだぶつ》ヲ供[二一]養シ奉《たてまつ》ラム」ト。蓮花ヲ見ル時毎《ごと》ニ思《おもひ》テ、蓮花ノ開《ひらく》ル時ニ成《なり》ヌレバ、其レヲ取《とり》テ、其ノ郡ノ内諸《うちのもろもろ》ノ寺ニ持参《もてまゐり》テ、仏ニ供養シ奉《たてまつり》ケリ。

而ル間、漸《やうや》ク年積《つもり》テ、此ノ女老《おい》ニ臨《のぞみ》テ、時ニ身ニ病《やまひ》ヲ受《うけ》タリ。此ノ時、此ノ蓮花ノ盛《さかり》ニ開《ひら》ケタル時ニ当レリ。然レバ、女病ヲ受タル事ヲ喜《よろこび》テ云《いは》ク、「我レ、年来《としごろ》ノ願ノ如ク、此ノ蓮花ノ盛ナル時ニ、身ニ病ヲ受タリ。此レヲ以テ思《おもふ》ニ、必ズ極楽ニ可往生《わうじやうすべ》キ機縁《きえん》[二二]有ケリ」ト云テ、忽《たちまち》ニ親《したし》[二三]キ族《やから》・隣ノ人ナドヲ家ニ呼ビ集メテ、飲食《おんじき》ヲ与ヘ、酒ヲ勧メテ告《つげ》テ云ク、「我レ、今日此ノ界[二四]《さかひ》ヲ去《さり》ナムトス。年来《としごろ》[二五]ノ睦《むつ》ビ難忘《わすれがた》シ。対面セム事今日許《ばかり》也」ト。親[二六]キ族・隣人等《ら》此レヲ聞《きき》テ、哀レニ貴ク思フ事無限《かぎりな》シ。而ル間、女遂《つひ》ニ終リ貴クシテ失《うせ》ニケリ。其ノ夜、其ノ小池ノ蓮花、皆悉《ことごと》ク西[二七]ニ靡《なびき》テゾ有ケル。此レヲ見ル人、此ノ女ノ往生スル相[二八]《さう》也ト知《しり》テ、皆涙ヲ流シテゾ貴ビケル。此レヲ聞キ継モ[二九]、傍《かたはら》ノ人多ク来《きたり》テ見テ、礼拝シテゾ返《かへり》ケル。「此レ、希有《けう》ノ事也」トテ語リ伝ヘフル[三〇]ヲ聞キ継ギ[三一]、此《か》ク語リ伝ヘタルトヤ。

一六 独身の女性。未婚者にも未亡人にもいう。
一七 ↓地名「極楽」。
一八 よすがとして。縁として。極楽記「便以㆓此花㆒為㆑贄」の「便」はスナハチ。本話の「便」とは意味が異なることに注意。
一九 供物。
二〇 ↓人名「阿弥陀如来」。
二一 底本「供」の旁(つくり)を「失」の異体に作る。次行の例も同様。↓四〇〇頁注八。
二二 ここでは、因縁の意。
二三 親族。一族の者。
二四 この世。人間世界。
二五 長年親交いただいたことは忘れ難い。
二六 以下、話末に至るまで、「其ノ夜、其ノ小池ノ蓮花、皆悉ク西ニ靡テゾ有ケル」を除き、全て本話で付加された記事。見聞した人の反応を付加するのは本巻各話に共通の手法。
二七 西は極楽の方角。
二八 瑞相。
二九 「モ」は不審。「キ」または「テ」の誤記か。↓注三一。
三〇 「語リ伝ヘタルヲ」と「語リ伝フルヲ」との混態か。萩野本「語伝申」。京大四冊本「語リ伝ヘルヲ」。信友本「語リ伝フルヲ」。
三一 このままで文意は通じるが、「キ」は「テ」の誤記か。↓四五九頁注二五。

近江国坂田郡女《あふみのくにのさかたのこほりのをむな》、往生語《わうじやうせること》 第五十三

今昔《いまはむかし》、近江《あふみ》ノ国、坂田《さかた》[一]ノ郡《こほり》、□[二]ノ郷《さと》ニ一人ノ女[三]有ケリ。姓《しやう》ハ息長《おきなが》[四]ノ氏《うぢ》。心柔《にう》軟《なん》ニシテ因果ヲ悟リ、仏法ヲ信ジテ殊《こと》ニ道心有ケリ。日夜ニ極楽[五]ヲ願《ねがひ》テ念仏ヲ唱ヘケリ。

而《しか》ルニ、其ノ国ノ内ニ、筑摩《つくま》[六]ト云フ所有リ。其ノ所ニ江《え》[七]有リ。其ノ江ニ蓮花《れんぐゑ》生《おひ》タリケリ。此ノ女其ノ江ニ行《ゆき》テ蓮花ヲ取《とり》テ、心ヲ[八]至《いた》シテ弥陀仏《みだぶつ》[九]ニ[一〇]供養シテ、「極楽ニ迎ヘ給ヘ」ト懃《ねむごろ》ニ願ケリ。

此如《かくのごと》[一一]クシテ、既ニ数《あまた》ノ年ヲ経《へ》ルニ、遂《つひ》ニ命終ラムト為《す》ル時ニ臨《のぞみ》テ、紫雲[一二]西[一三]ヨリ聳《そび》[一四]キ来《きたり》テ、家ノ内ニ涌《わ》キ入《いり》テ、女[一五]ヲ纒《まき》テ有ケレバ、現《あらは》[一六]ニ此レヲ見ル人多カリケリ。而《しか》ル間、女紫雲ニ交《まじは》[一七]リ乍《なが》ラ失《うせ》ニケリ。此[一八]レヲ見聞ク人、皆、「此ノ女、必ズ極楽ニ往生セル人也」ト知《しり》テ、悲《かなし》[一九]ビ貴ビケリ。実《まこと》ニ、命終ル時、紫雲来《きたり》テ家ノ内ニ入《いり》テ、身ヲ纒《まき》テ失《うせ》ヌレバ、更ニ可疑《うたがふべ》キニ非ズ。

此レヲ聞カム人、心ヲ至《いた》シテ極楽ヲ可願《ねがふべ》シトナム語リ伝ヘタルトヤ。

第五十三話　出典は日本往生極楽記・40。

一 現、滋賀県長浜市、坂田郡付近。
二 郷名の明記を期した意識的欠字。
三 伝未詳。極楽記「近江国坂田郡女人、姓息長氏」。
四 息長氏は坂田郡を本拠とする豪族。継体朝から皇室と姻戚関係があり、地位が高かった。　五 →地名「極楽」。
六 現、滋賀県坂田郡米原町朝妻筑摩付近。琵琶湖に面し、筑摩御厨があった。
七 入江。当時琵琶湖は筑摩の南側で大きく湾入して入江(筑摩江)を形成していた。極楽記「毎年採㆓筑摩江蓮花㆒、供㆓養弥陀仏㆒、偏期㆓極楽㆒」。
八 まごころこめて。一心不乱に。
九 →人名「阿弥陀如来」。
一〇 →四六一頁注二一。
一一 通常の語順「如此」とは異なっている。同様の例は四五九頁注二九にも見える。
一二 紫雲は往生の瑞相。以下、極楽記には「紫雲纒㆑身矣」とあるのみ。本話は大幅に叙述を敷衍している。
一三 西は極楽の方角。
一四 たなびいて来て。名義抄「聳 ソビク」。
一五 女を包み込んでいたので。
一六 確かに。はっきりと。
一七 包まれたまま絶命した。
一八 以下、話末に至るまで極楽記には見えない。
一九 →四〇五頁注二一。

第五十四話　出典未詳。

二〇 →地名「仁和寺(にんなじ)」。

仁和寺観峰威儀師従童《にんわじのくわんぽうゐぎしのとものわらは》、往生語《わうじやうせること》第五十四

今昔《いまはむかし》、[二〇]仁和寺《にんわじ》ニ[二一]観峰威儀師《くわんぽうゐぎし》ト云フ者有ケリ。其ノ[二二]従《とも》ニ一人ノ童《わらは》有ケリ。馬ノ草令苅《からし》メ、糞《くそ》ナド取《とり》テ令棄《すてし》ムル程ノ[二三]下童《しもわらは》也。年十七八歳許《ばかり》也ケリ。名ヲバ[二四]滝丸《たきまろ》ト云フ。[二五]調布《てうふ》ヲ衣ニ着タリ。夏ハ袖モ無キ衣ニシテ、長《たけ》ハ[二六]臑本《よほろのもと》ニシテ、[二七]冬ハ二ツ許《ばかり》、夏ハ一ツ着セテゾ仕ヒケル。

而《しか》ル間、此ノ童《わらは》八月許《ばかり》ニ、[二八]主《あるじ》ニ、「[二九]物ヘ行カム」ト暇《いとま》ヲ乞ヒケレバ、此レヲ聞ク人、皆、「[三〇]人々《ひとびと》シク此ノ童ノ暇申シタル」ナド云《いひ》テ咲《わら》ヒケリ。而ルニ、此ノ童仁和寺ノ西ニ[三一]鳴滝《なるたき》ト云フ所ニ行テ、[三二]河ニ水ヲ浴《あみ》テ、小松原ノ有ル所ニ行テ、薄《すすき》ヲ苅集《かりあつめ》テ小《ちひさ》キ[三三]蘆《いほり》ヲ造《つくり》テ、蘆ノ内ニ[三四]入《い》リ居《ゐ》テ、[三五]西ニ向《むかひ》テ掌《たなごころ》ヲ合セテ、音《こゑ》ヲ挙《あげ》テ、「[三六]南無阿弥陀仏《なもあみだぶつ》」ト[三七]十二十度許《ばかり》唱フルニ、其ノ辺《ほとり》ノ馬・牛飼フ童部《わらはべ》此ノ音《こゑ》ヲ聞《きき》テ、「滝丸ハ何事為《す》ルゾ」ト思《おもひ》テ、寄《より》テ立チ並《なみ》テ見ルニ、如此《かくのごと》ク念仏ヲ唱ヘテ、念仏ノ音止《こゑやみ》ヌレバ、頸《くび》ヲ[三八]打垂《うちたら》ヒテ死《しに》ヌ。其ノ合セタル手ハ[三九]然乍《さなが》ラ有リ。童部此レヲ見テ、驚テ人ニ告《つぐ》レバ、仁和寺ノ人員《かずし》不知《ら》ズ集リ来《きたり》テ、此レヲ見テ、「[四〇]奇異ノ事也」ト貴ビテ皆返《かへり》ニケリ。此ノ童ハ[四一]世ヲ経テ[四二]何《な》ニト無クロヲゾ動《うごか》シケル。此レヲ思ヒ合スルニ、「[四三]早ウ、

二一 →人名「観峰」。威儀師は、→一五八頁注五。　二二 従者。
二三 雑役に従事する童子姿の従僕。十七、八歳になっても童姿でいるのは身分が下賤なるがゆえ。
二四 伝未詳。　二五 →三九八頁注七。
二六 膝の後のくぼむ部分。つまり、丈が膝がしらまでの短い着物を着ていたのである。
二七 冬はたかだか二枚ほどの合せ着、夏は一枚を着せて。
二八 主人。観峰をさす。
二九 用事に行きたい。外出したい。
三〇 一人前の人間らしく。
三一 仁和寺の西方数百メートルの近所である。→地名「鳴滝」。
三二 川(御室川か)で沐浴して。
三三 正しくは「廬」。草庵。
三四 入って坐って。
三五 西は極楽の方角。
三六 →四五五頁注一八。
三七 十遍、二十遍と唱えると。
三八 「垂ラヒ」は「垂ル」の継続体「垂ラフ」の連用形。首を垂れて。うなだれて。
三九 そのまま(合掌したまま)である。
四〇 底本「寄異フ事也」を訂した。不思議なことだ。
四一 長い間。ずっと前から。
四二 「ニ」は「何」の捨仮名。何を言うともなくいつも口を動かしていた。
四三 「早ウ」は多く「也ケリ」と呼応して、それまで気がつかなかった事実に気がついたことを示す。実は。いや驚いたことに。

念仏ヲ唱ヘケル也ケリ」トゾ人心得テ貴ビケル。

此レヲ思フニ、一賤《あやし》ノ物ノ故《ゆゑ》モ不知《しら》ヌ童《わらは》也ト云ヘドモ、年来《としごろ》極楽ヲ願《ねがひ》ケルヤ。二口ヲ動カシケルハ念仏ヲ申シケルナメリ。遂《つひ》ニ命終ラムト為《す》ル時ヲ知《しり》テ、静《しづか》ナル所ニ行キ居《ゐ》テ、三居乍《ゐなが》ラ掌《たなごころ》ヲ合セ念仏ヲ唱ヘテ、西ニ向《むかひ》テ死ヌレバ、疑ヒ無ク極楽ニ往生シタル者トゾ語リ伝ヘタルトヤ。

一 卑しい身分でものの道理もわきまえぬ童であっても。
二 落ち着かない表現。「願ケルニヤ」ならば明解。
三 坐ったまま。

今昔物語集　巻第十六

本朝付仏法

観世音菩薩の霊験譚

本巻はすべて観世音(観音)菩薩の霊験譚からなる。三宝霊験譚の一環としての「僧宝」霊験譚の始発である。観音・地蔵等の「菩薩」は完璧なる悟り「仏」の世界から人間界に下りてきて、衆生の救済に努め給う存在である。人びとと共歓同苦し給う「菩薩」の話は、ゆえに「僧宝」霊験譚の一部を形成する。本書の構想に大きな影響を与えたとおぼしき遼の非濁の『三宝感応要略録』においても同様に見られるところである。

法華経普門品(観音経)に説かれる通り、観世音菩薩はこの世での貧窮や危難等、衆生の直面するさまざまな苦悩に応じて救い給う菩薩である。したがって本巻の説話はおおむね現世利益譚であり、主人公の遭遇した数々の困難・危難を語って変化に富む。

第1—6話は、生命の危険からの脱出。九死に一生を得た話である。

第7—10話は、貧女救済。貧困に苦しむ孤独の女性が夫または銭を得た話である。

以上の二話群は化身の援助を受ける点で共通している。

第11—13話は、観音像自体の霊験。破損・火難等から観音像が自ら本復・脱出した話。

第14—21話の構成はやや複雑。第14・15話は致富譚だが、第15話は動物報恩を共通項として第16話に繋がり、第16—21話は男女の仲、婚姻に関係している点で共通し、その内部は動物・盗賊等の小話群に分かれる。

第22・23話は、病気平癒。不自由だった口・目が直る話である。

第24—26話は、生命の危機からの脱出。第25・26話は観音経読誦の利益である点において、多く観音像の霊験譚である巻頭の危難脱出譚と区別される。

第27—34話は、貧困からの救済。この話群には長谷寺・清水寺関係の話が集中しており、話中に化身が登場しない点において、化身の女性が登場する第7話以下の貧女救済譚と区別される。

第35・36話はいずれも神祇に関係する話。第37・38話は現報譚。第39・40話は本文が欠脱しているが、観音像自体が示した霊験譚であるらしい。

僧行善《そうぎやうぜん》、依観音助従震旦帰来語《くわんおんのたすけによりてしんだんよりかへりきたれること》第一

今昔《いまはむかし》、□[一]天皇ノ御代《みよ》ニ、[二]行善《ぎやうぜん》ト云フ僧有ケリ。俗姓《ぞくしやう》ハ[三]堅部ノ氏《うぢ》。仏法ヲ習ヒ令伝《つたへしめ》ムガ為《ため》ニ、[四]高麗国《こまのくに》ニ遣《つかは》ス。

然レバ、行善彼《か》ノ国ニ至ルニ、其ノ国[五]他国《ほかのくに》ノ為《ため》ニ被破《やぶられ》ケル時ニ当《あたり》テ、[六]国ノ人皆[七]王城《みやこ》ノ方《かた》ニ籠《こもり》テ、国ニ人無ケレバ、行善騒ギ迷《まどひ》テ逃《にげ》テ行《ゆき》ケルニ、大《おほき》ナル河有リ。[八]其ノ辺《ほとり》ニ至《いたり》テ河ヲ渡ラムト為《す》ルニ、河深クシテ[九]歩《かち》ニテ渡ル事不能《あたは》ズ。「此レハ船ニ乗《のり》テ渡ラム」ト思テ、船ヲ求《もとむ》ルニ、船モ皆隠シテケ[一〇]レバ無シ。橋有《あり》ト云ヘドモ、皆破リテケ[一一]レバ可渡《わたるべ》キ様《やう》無シ。而《しか》ル間、「[一二]人ヤ追《おひ》テ来《きた》ラムズラム」ト思フニ、更ニ物不思《おぼ》エズ。

然レバ、行善可為《すべ》キ方《かた》無キニ依《より》テ、破レタル橋ノ上ニ居テ、只[一三]観音ヲ念ジ奉ル間、忽《たちまち》ニ老《おい》タル翁《おきな》、船ヲ[一四]指《さし》テ河ノ中ヨリ出来《いできたり》テ、行善ニ告《つげ》テ云《いは》ク、「速《すみやか》ニ此《この》船ニ乗《のり》テ可渡《わたるべ》シ」ト。行善喜《よろこび》テ船ニ乗テ渡《わたり》ヌ。即《すなはち》□[一五]下《おり》テ、[一六]陸《くむが》ニテ見ルニ、翁モ不見《み》エズ、船モ無シ。然レバ、行善、「此レ観音ノ助ケ給フ也ケリ」ト思《おもひ》テ、礼拝シテ願ヲ発《おこ》ス。「我レ観音ノ像ヲ造奉《つくりたてまつり》テ、[一七]恭敬《くぎやう》供養シ奉ラム」ト誓《ちかひ》テ、[一八]其ノ所ヲ遁《のが》レ去《さり》テ、

第一話　出典は日本霊異記・上・6。扶桑略記・養老二年(七一八)九月条、元亨釈書・十六・行善に同源の同話がある。
一 天皇名の明記を期した意識的欠字。霊異記「小治田宮御宇天皇之代」によれば、推古天皇が想定される。↓注二三。
二 →人名「行善」。　三 諸本かく作るが、霊異記「堅部《かたそべ》」が正か。堅部氏は百済から帰化した堅祖為智を先祖とする氏族。
四 ここでは高句麗をさす。高句麗は古代、朝鮮半島北部・中国東北地方にあった国。
五 高句麗は六六八年、唐に滅ぼされた。わが国の天智天皇七年に当たる。
六 以下「人無ケレバ」まで、霊異記には見えない。　七 高句麗の首都は平壌。城壁で囲まれていた。
八 以下「更ニ物不思エズ」までは、霊異記「忽其河辺椅壊、無レ船過渡無レ由」を敷衍した叙述。　九 徒歩で。歩いて。
一〇 底本「隠シテケリハ」。古本系諸本も同様(底本、東北本は「リ」に「レ」と傍書)。「ケリ」と「ケレバ」の混態と見て訂したが、同様の例は本話の次注及び五四〇頁注二にも見える。
一一 底本「破リテケリハ」を訂した。
一二 底本「人カ」を訂。誰かが追いかけて来るのではないか。　一三 →人名「観世音菩薩」。　一四 船に棹をさして。
一五 底本の祖本の破損に因る欠字か。霊異記「渡竟之後、従レ舟下レ道、老公不レ見、其舟忽失」。　一六 訓みは字類抄による。陸地。　一七 恭敬は、つつしみうやまう意。　一八 以下「益無カリケリト思テ」まで、霊異記には見えない。

王城《みやこ》ノ方《かた》ニ行テ、暫《しばら》ク隠レテ有ル程ニ、乱モ静マリヌレバ、「此ノ国ニ有テハ益《やく》無カリケリ」ト思テ、其《そこ》ヨリ伝ハリテ唐[一九]ニ渡ヌ。□[二〇]ト云フ人ヲ師トシテ法ヲ学《がく》ス。亦《また》、願ヲ発《おこ》シ所ノ観音ノ像ヲ造奉テ供養シテ、日夜ニ恭敬シ奉ル事無限《かぎりな》シ。其ノ時ニ、[二一]唐ノ天皇《みかど》行善ヲ召《めし》テ被問《とはれ》ケルニ、彼《かの》高麗ニシテ河ヲ渡ル間ノ事共聞《どもきき》給テ、行善ヲ帰依《きえ》シ給フ事無限《かぎりな》シ。亦、世ニ行善ヲ河辺《かはべ》ノ法師ト付《つけ》タリ。観音ノ化《くゑ》シテ河ヲ渡シ給タレバ、其《それ》ヲ聞《きき》テ云フナルベシ。

如此《かくのごと》クシテ唐ニ有ル間、日本ノ遣唐使□[二二]ト云フ人ノ帰朝シケルニ付《つき》テ、[二三]養老《やうらう》二年ト云フ年、日本ニ返《かへ》リ来《きたり》ニケリ。[二四]行善、高麗ニシテ乱ニ値《あひ》テ河ヲ不渡《わたらず》ナリシ時、老翁来テ船ヲ渡セリシ事共《ども》、具《つぶさ》ニ語リケリ。此ノ国ノ人此レヲ聞テ、貴ブ事無限《かぎりな》シ。其《その》観音ノ像ヲモ具シ奉テ、此ノ国ニ返《かへり》テ、[二五]興福寺ニ住《ぢう》シテ、殊ニ恭敬《くぎやう》供養シ奉ケリ。

此ノ国ニテハ老師行善トゾ云ヒケルトナム語リ伝ヘタルトヤ。

伊予国越智直《いよのくにのをちのあたひ》、依観音助従震旦返来語《くわんおんのたすけによりてしんだんよりかへりきたれること》 第二

今昔《いまはむかし》、□[二六]天皇ノ御代《みよ》ニ、伊予《いよ》ノ国、[二七]越智《をち》ノ郡《こほり》ノ[二八]大領《だいりやう》ガ先祖ニ、[二九]越智《をち》ノ直《あたひ》ト云

一九 霊異記「遂至㆓大唐㆒」。→地名「唐」。
二〇 底本に空白はないが、師僧の名の明記を期した意識的欠字があったと推定する。以下「法ヲ学ス」まで、霊異記には見えない。
二一 唐の皇帝。時代的には高宗の代に当たる。以下「云フナルベシ」まで、霊異記「号曰㆓河辺㆒。法師之性、忍辱過㆑人、唐皇所㆑重」を敷衍した叙述。
二二 遣唐使の名の明記を期した意識的欠字。年代的には多治比県守が比定される。霊異記「従㆓日本国使㆒、以養老二年、帰㆓向本朝㆒」。
二三 七一八年。この年は高句麗滅亡から五十年後に当たる。但し、霊異記のいう推古朝(→注一)からは九十年以上後に当たり不自然。続日本紀・養老五年(七二一)六月二十三日条「沙門行善、負㆑笈遊学、既経㆓七代㆒。備嘗㆓難行㆒、解㆓三五術㆒、方帰㆓本郷㆒」によれば、彼が高句麗に渡ったのは斉明・天智朝頃であったらしい。
二四 以下、「貴ブ事無限シ」まで、霊異記には見えない。直接経験者を第一次的伝承者とし、周囲の人の反応を付加するのは、本書各話に共通する手法。
二五 →地名「興福寺」。

第二話 出典は日本霊異記・上・17。金沢文庫本観音利益集・43に同話(前半欠)がある。
二六 天皇名の明記を期した意識的欠字。
二七 現、愛媛県今治市、越智郡付近。
二八 郡の長官。 二九 伝未詳。「越智」は氏、「直」は姓であるが、本話は「直」を名のごとく解している。越智氏は同地の豪族。

フ者有ケリ。[一]百済国《くだらのくに》ノ破《やぶれ》ケル時、彼ノ国ヲ助ケムガ為《ため》ニ、[二]公《おほや》ケ数《あまた》ノ軍《いくさ》ヲ遣《つかは》ス中ニ、此ノ直ヲ遣シケリ。

直《あたひ》彼ノ国ニ至《いたり》テ助ケン[三]ト為《す》ルニ、不堪《たへ》ズシテ唐ノ方《かた》ノ軍《いくさ》ニ[四]被取《とられ》テ、唐ニ将行《ゐてゆき》ヌ。[五]此ノ国ノ人八人同《おなじ》ク有リ。一《ひとつ》ノ洲《しま》ニ[六]籠《こ》メ置《おき》タレバ、同ジ所ニ八人有テ泣キ悲ム事無限《かぎりな》シ。今ハ本朝ニ返《かへ》ラム事望ミ絶《たえ》タル事ナレバ、各《おのおの》父母《ぶも》・妻子ヲ恋《こふ》ル程ニ、其ノ所ニシテ[七]観音ノ像一軀《いつく》ヲ見付《みつけ》奉《たてまつり》タリ。

[八]八人同ク此レヲ喜《よろこび》テ、[九]心ヲ発《おこ》シテ念ジ奉ル様《やう》、「観音ハ一切ノ衆生《しゆじやう》ノ願《ねがひ》ヲ満《みて》給フ事、祖《おや》ノ子ヲ哀《あはれぶ》ガ如シ。而《しかる》ニ、此レ[一〇]難有《ありがた》キ事也ト云フトモ、慈悲ヲ垂《たれ》給テ、我等ヲ助《たすけ》テ本国《もとのくに》ニ令至《いたらし》メ給ヘ」ト泣ゝ《なくな》ク申シテ、日来《ひごろ》ヲ過《すぐ》ル程ニ、此ノ所ハ、余方《ほかのかた》ハ皆可逃《にぐべ》キ様《やう》無ク人皆有ル方《かた》也。只[一一]後ロ《うしろ》ノ方深キ海ニシテ辺《ほと》リニ多《おほく》ノ木有リ。八人同ク議シテ構ヘ謀《はか》ル様、「[一二]蜜《ひそか》ニ此ノ後《うし》ロノ海ノ辺《ほとり》ニ有ル大《おほき》ナル松ノ木ヲ伐《きり》テ、此レヲ船ノ形ニ[一三]刻《ゑり》テ、其レニ乗《のり》テ蜜《ひそか》ニ此ヲ出《い》デヽ、[一四]人不通《かよは》ヌ海也ト云フトモ、[一五]只海ノ中ニシテ死ナム。此《ここ》ニテ死ナムヨリハ」ト議シテ、八人シテ此ノ木ヲ伐《きり》テ忽《たちまち》ニ刻《ゑ》リツ。此《これ》ニ乗テ、此ノ観音ノ像ヲ船ノ内ニ安置シ奉テ、各《おのおの》願ヲ発《おこ》シテ、泣ゝ《なくな》ク念ジ奉ル事無限《かぎりな》シ。国ノ人後《うし》ロヲ疑フ事無クシテ此レヲ不知《しら》ズ。而《しか》ル間、自然《おのづか》ラ西ノ風出来《いできたり》テ、船ヲ箭《や》ヲ射《いる》ガ如ク[一六]直《ただ》シク[一七]筑紫《つくし》ニ吹キ着《つけ》タリ。「此レ偏《ひとへ》ニ観音ノ助ケ給フ也」ト思テ、

一 百済は古代、朝鮮半島南西部にあった国。日本書紀・斉明天皇六年(六六〇)九月条に、唐と新羅に攻撃された百済が日本に援軍を求めた記事がある。
二 「ケ」は「公」の捨仮名。朝廷。
三 普通は「ケム」と表記される。
四 捕虜になって。救援の日本軍は六六三年白村江で唐・新羅連合軍に大敗、百済は滅亡した。
五 日本人八人が一緒だった。以下「見付奉タリ」までは、霊異記「我八人同住レ洲。儻得二観音菩薩像一、信敬尊重」を敷衍した叙述。
六 底本「籠ヌ」を訂した。
七 →人名「観世音菩薩」。
八 本第三段は、霊異記「八人同レ心、窃截二松木一以為二一舟一。奉レ請二其像一、安二置舟上一、各立二誓願一、念二彼観音一。爰随二西風一、直来二筑紫一」を大幅に敷衍したもの。
九 信心を起こして。発心して。
一〇 至難のことではありますが。
一一 「ロ」は「後」の捨仮名。以下同様。
一二 「蜜」は「密」に通用。ひそかに。
一三 丸木舟を作ったのであろう。
一四 人も通わない大海原であっても。行く手の海には危険が満ちていることをいう。
一五 ただもう海の中で死のう。ここで死ぬよりはましだ。危機に直面して何もせずにいるよりはと積極的な行動を選ぶのは、本書に特有の思考様式。→四八二頁注一六。
一六 まっすぐに。一直線に。 一七 九州。
一八 霊異記「天皇忽矜、令レ申レ所レ楽」。
一九 望みに応じて恩恵を与えようとなさ

喜ビ乍《なが》ラ岸ニ下《お》テ、各《おのおの》家ニ返《かへり》ヌレバ、妻子此レヲ見テ喜ビ合ヘル事無限《かぎりな》シ。事ノ有様ヲ語《かたり》テ貴《たふと》ビケリ。

其ノ後、公《おほや》ケ此レヲ聞食《きこしめ》シテ、事ノ有様ヲ被召問《めしとはる》ルニ、有《あり》シ事ヲ不落《おとさ》ズ具《つぶさ》ニ申ス。此レヲ公[一八]《おほや》ケ聞《きこ》シ食《めし》テ、哀《あはれ》ビ貴ビ給テ、申[一九]サム所ノ事ヲ恩[二〇]シ給ハムト為《す》ルニ、越智《をち》ノ直《あたひ》申シテ云《いは》ク、「当国ニ一[二一]《ひとつ》ノ郡《こほり》ヲ立テ、、堂ヲ造《つくり》テ此ノ観音ノ像ヲ安置シ奉ラム」ト。而《しか》ルニ、公《おほや》ケ、「申[二二]スニ可随《したがふべ》シ」ト被仰下《おほせくだされ》ヌレバ、直思《おもひ》ノ如ク郡ヲ立《たて》テ、堂ヲ造テ、其《その》観音ノ像ヲ安置シ奉ケリ。

其[二三]ヨリ後今至《いまにいた》ルマデ、其ノ子孫相伝《あひつた》ヘツ、、此ノ観音ヲ恭敬《くぎやう》シ奉ル事不絶《たえ》ズ。亦《また》、其ノ国ノ越智ノ郡、此《これ》ヨリ始《はじま》リケリトナム語伝《かたり》ヘタルトヤ。

周防国判官代《すはうのくにのはんぐわんだい》、依観音助存命語《くわんおんのたすけによりていのちをそんしたること》第三

今昔《いまはむかし》、周防《すはう》ノ国、玖珂[二四]《くが》ノ郡《こほり》ニ住ム人[二五]有ケリ。其ノ国ノ判官代[二六]《はんぐわんだい》也。幼[二七]ノ時ヨリ心ニ三[二八]宝ヲ信ジテ、常ニ法花経[二九]《ほくゑきやう》ノ第八巻ノ普門品[三〇]《ふもんぼん》ヲ読誦《どくじゆ》シテ観音[三一]ニ仕《つかまつり》ケリ。毎月《つきごと》ノ十[三二]八日ニハ自《みづか》ラ持斉[三三]《ぢさい》シテ、僧ヲ請《しやう》ジテ普門品ヲ令読誦《どくじゆせ》シム。亦《また》、其ノ郡《こほり》ノ内ニ一《ひとつ》ノ山寺有リ。三[三四]井《みゐ》ト云フ。観音ノ験[三五]ジ給[三六]フ寺也。判官代常ニ此ノ寺ニ詣《まうで》テ、其ノ観音

ったので。
二〇「恩」にはメグム・アイス・ウツクシム等の訓みがあるが、ひとまず音読しておく。
二一 郡の新設を望んだのは、その郡に仏堂(寺院)の建設・維持費を負担させるためであろう。　二二 申す通りにせよ。
二三 霊異記「自㆑時迄㆓乎今世㆒、子孫相続帰敬」。

第三話　出典は法華験記・下・115。金沢文庫本観音利益集・33に同話がある。
二四 現、山口県岩国市、柳井市、玖珂郡付近。
二五 伝未詳。験記「周防国玖珂郡有㆓一人㆒、姓名不㆑詳」。
二六 在庁役人の中核として政務に携わった者。その地方の豪族が任命された。
二七 底本「幻」を訂した。
二八 仏・法・僧。　二九 →一五四頁注七。
三〇 法華経・八・観世音菩薩普門品。いわゆる観音経。
三一 →人名「観世音菩薩」。
三二 十八日は観音の縁日。
三三 持斎。斎(僧の守るべき戒律で、一日一食、午後には食事を取らないこと)を守ること。但し、ここでは普通の精進潔斎の意であろう。
三四 所在未詳。験記「其郡有㆓山寺㆒名㆓三井㆒、観音瑞像、霊験顕然」。同書・中・75に「玖珂郡三井山寺。其寺観音、霊験掲焉」と見える寺と同じだろう。
三五 霊験をお示しになる所。霊場。
三六 底本「合フ」を訂した。

ヲ[一]恭敬《くぎやう》シ奉ル事久《ひさし》ク成《なり》ニケリ。

而《しか》ルニ、此《この》判官代其ノ国ノ内ニ敵《かたき》有テ、[二]短《すき》ヲ伺《うかが》ヒ隙《ひま》ヲ計《はかり》テ、判官代ヲ殺サムト思《おもひ》ケリ。而ル間、判官代国府《こくふ》ニ参《まゐり》テ公事《くじ》ヲ勤《つとめ》テ家ニ返《かへ》ル間、彼ノ[三]敵数《かたきあまた》ノ軍《いくさ》ヲ具シテ道ニシテ待《まち》ケルニ、判官代来《きた》リ会《あひ》ヌ。敵喜《かたきよろこび》[四]テ判官代ヲ[五]殺ス。敵幷《ならび》ニ具セル所ノ軍等《いくさら》、判官代ヲ見付《みつけ》テ喜《よろこび》[六]テ、判官代ヲ馬ヨリ引キ落《おと》シテ、刀剣ヲ以《もつ》テ切リ、[七]弓箭《きうせん》ヲ以テ射、桙《ほこ》ヲ以テ貫キ、足ヲ切リ、手ヲ折リ、目彫《ゑ》リ、鼻ヲ削リ、口ヲ割《さ》キ、[八]段々《つだつだ》ニ其ノ身ヲ殺シ伏セツ。敵[九]年来《としごろ》ノ本意ヲ遂《とげ》ツル事ヲ喜テ、[一〇]飛《とぶ》ガ如クニシテ逃ゲヌ。

而《しか》ルニ、判官代ハ、[一一]敵《かたき》ヨリ始メ軍共《いくさども》[一二]我レヲ馬ヨリ引落《ひきおと》シテ切リ射ルト云ヘドモ、更ニ身ニ当ル事無クシテ、一分許《いちぶばかり》ノ疵《きず》無シ。[一三]怖《おそろ》シト云ヘバ愚也《おろかなり》ヤ。心・肝失《きもう》セテ物不思《おぼ》エズト云ヘドモ、[一四]身ニ恙無《つつがな》キ事ヲ喜《よろこび》テ家ニ返《かへり》ヌ。国郡《くにこほり》ノ内ノ人皆、「判官代被殺《ころされ》ヌ」ト聞《きき》ツ。[一五]敵《かたき》モ、殺《ころし》ツレバ心安ク思《おもひ》テ有ル程ニ、判官代生《いき》テ家ニ有ル由《よし》ヲ聞《きき》テ、敵不信《しんぜ》ズシテ奇異ニ思フ事無限《かぎりな》シ。然レバ、密《ひそか》ニ判官代ガ家ニ人ヲ遣《や》リテ令見《みしむ》ルニ、使返《かへり》テ云《いは》ク、「[一六]夜前《やぜん》段々《つだつだ》ニ殺セル所ノ判官代、一分ノ疵無《きずなく》シテ有リ」ト。敵《かたき》此レヲ聞クニ、実《まこと》ニ[一七]奇意《あさまし》ク思フ事無限《かぎりな》シ。

而《しか》ル間、判官代夢ニ、貴ク気高《けたか》キ僧来《きたり》テ告《つげ》テ云《いは》ク、「[一八]我レ汝ガ身ニ代《かはり》テ多《おほく》ノ疵《きず》ヲ蒙《かうぶ》レリ。此レ汝ガ急難ヲ救《すくふ》[一九]ガ故《ゆゑ》也。若《も》シ[二〇]虚実《こじつ》ヲ知ラムト思ハヾ、三井ノ観音ヲ

一　つつしみうやまう意。
二　「短」の訓みは未確定。下の「隙」との重複を避けて一応かく訓む(古典全集説)。験記「常伺二求短一」。
三　多くの軍勢。験記「数十兵」。
四　底本「喜キ」を訂した。
五　いわゆる総叙法。まず殺したことを述べ、次にいかに殺したかを細述する。
六　底本「喜キ」を訂した。→注四。
七　弓矢で射。験記「以二数十箭一射レ之」。
八　ずたずたに斬り刻んで殺した。
九　長年の思いを晴らしたことを喜んで。
一〇　験記「各々分散」。
一一　以下「当ル事無クシテ」まで、験記には見えない。
一二　底本「我レラ」を訂した。
一三　恐ろしいどころではない。恐ろしいという言葉では表現できないほどだ。この一文、験記には見えない。
一四　身体が無事だったことを喜んで家に帰った。験記「起尋二随怨後一、平安来二我家一」。
一五　以下「思フ事無限シ」まで、験記には見えない。
一六　昨夜。
一七　正しくは「奇異」。不思議に思うこと。唖然とすること。
一八　験記「我是三井観音。代二汝身一蒙二多疵一」。
一九　底本のままで文意は通じるが、諸本は「救フ故」。

可見奉《みたてまつるべ》シ」ト宣《のたま》フ、ト見テ夢覚《さめ》ヌ。明《あく》ル朝《あした》、判官代急《いそぎ》テ三井ニ詣《まう》デ、観音ヲ礼《をが》ミ奉ルニ、首《かしら》ヨリ始《はじめ》テ趺《あなうら》[二一]ニ至《いたる》マデ一[二二]分全《また》キ所無ク、観音ノ御身ニ疵有《きずあり》。御手ヲ折《をり》テ前ニ棄《す》テ、御足ヲ切《きり》テ傍《かたはら》ニ置キ、御眼ヲ彫《ゑ》リ、鼻ヲ削リ奉レリ。判官代此レヲ見テ、涙ヲ流シ音《こゑ》ヲ挙《あげ》テ泣キ悲ム事無限《かぎりな》シ。

国ノ内ノ近ク遠キ人此レヲ聞テ集来《あつまりきたり》テ、此[二三]ノ疵ヲ礼《をが》ミ奉テ貴ミ悲[二四]ム。其ノ後、諸《もろもろ》ノ人力ヲ加ヘテ、本ノ如ク修補《しゆほ》[二五]シ奉ツ。此ノ後ハ、国ノ内ノ上中下ノ人、此ノ判官代ヲ戯《たはぶ》レノ言《こと》ニ、[二六]金判官代《かねのはんぐわんだい》トゾ付《つけ》タリケル。其[二七]レハ、若干《そこばく》[二八]ノ軍《いくさ》ニ只一人値《あひ》テ、段ゝ《つだつだ》ニ切リ被射《いら》ルト云ヘドモ、塵許《ちりばかり》ノ疵無キガ故《ゆゑ》ニ云フナルベシ。亦《また》、敵《かたき》此ノ事ヲ聞テ、永[二九]ク悪《あし》キ心ヲ止《やめ》テ、道心ヲ発《おこ》シテ、判官代ニ親《したし》ク眤《むつび》テ、深キ契《ちぎり》ヲ成《な》シテ、本《もと》ノ心ヲ失《うしなひ》ニケリ。亦、[三〇]此レヲ聞ク人、懃《ねむごろ》ニ此《この》観音ニ仕《つかまつり》ケリ。

此レヲ思フニ、観音ノ霊験ノ不思議ナル事、天竺《てんぢく》[三一]・震旦《しんだん》ヨリ始メテ我ガ国ニ至《いたる》マデ、于今不始《いまにはじめ》ズト云ヘドモ、此ハ正《まさ》シク人ニ代《かはり》テ疵《きず》ヲ受ケ給ヘル事ノ貴ク悲《かなし》[三二]キ也。

然レバ、世ニ有ラム人、専《もはら》ニ観音ヲ可念奉《ねんじたてまつるべ》シトナム語リ伝ヘタルトヤ。

二〇 うそかまことか。真偽。
二一 足の裏。訓みは名義抄による。
二二 一分として無傷のところはなく。
二三 以下「貴ミ悲ム」まで、験記には見えない。
二四 この「悲ム」は、感激、感動する意。↓四八九頁注一八。
二五 補修に同じ。
二六 堅牢なることと金属のごとき判官代。鉄人判官代。
二七 以下「云フナルベシ」までは本話で付加された解説。
二八 大勢。多数。
二九 ふっつりと悪心(判官代を害しようとする心)を止めて。
三〇 以下、話末に至るまで験記には見えない。
三一 インド・中国。
三二 ↓注二四。

丹後国成合観音霊験語《たんごのくにのなりあひくわんおんのれいげんのこと》第四

今昔《いまはむかし》、丹後国《たんごのくに》ニ成合《なりあひ》[一]ト云フ山寺有リ。観[二]音ノ験[三]ジ給フ所也。

其ノ寺ヲ成合ト云フ故《ゆゑ》ヲ尋ヌレバ、昔《むか》[四]シ、仏道ヲ修行スル貧《まづし》キ僧有テ、其寺ニ籠《こもり》テ行《おこなひ》ケル間ニ、其ノ寺高キ山ニシテ、[五]其ノ国ノ中ニモ雪高ク降リ、風嶮《けはし》ク吹ク。而《しか》ルニ、冬ノ間ニテ、雪高ク降リテ人不通《かよは》ズ。而ル間、此ノ僧糧絶《かてたえ》[六]テ日来《ひごろ》ヲ経《へた》ルニ、物ヲ不食《じきせ》ズシテ可死《しぬべ》シ。雪高クシテ里ニ出《い》デ、乞食《こつじき》[七]スルニモ不能《あたは》ズ。亦《また》、草木ノ可食《じきすべ》キモ無シ。暫《しばら》[八]クコソ念ジテモ居タレ、既ニ十日許《ばかり》ニモ成《なり》ヌレバ、力無クシテ可起上《おきあがるべ》キ心地セズ。然レバ、堂ノ辰巳《たつみ》[九]ノ角《すみ》ニ、蓑《みの》ノ破《やぶれ》タル敷《しき》テ臥《ふし》タリ。力無ケレバ木ヲ拾《ひろひ》テ火ヲモ不焼《たか》ズ。寺破損《やぶれそん》ジテ風[一〇]モ不留《とどまら》ズ、雪・風嶮《けはし》クシテ極《きはめて》怖《おそ》ロシ。力無《なく》シテ経ヲモ不読《よま》ズ、仏ヲモ不念《ねん》ゼズ。「[一一]只今過《すぎ》ナバ、遂《つひ》ニ食物可出来《じきもついでくべ》シ」ト不思《おぼえ》ネバ、心細キ事無限《かぎりな》シ。

今ハ死ナム事ヲ期《ご》[一二]シテ、此ノ寺ノ観音ヲ「助《たすけ》給ヘ」ト念ジテ申《まう》サク、「只一度観音御名《くわんおんのみな》ヲ唱フルソラ[一三]、諸《もろもろ》ノ願ヲ満給《みてたまふ》ナリ。我レ年来《としごろ》[一四]観音ヲ憑《たの》ミ奉《たてまつり》テ、仏前ニシテ餓死《うゑし》ナム事コソ悲シケレ。高キ官位ヲ求メ、重[一五]キ罪報ヲ願ハヾコソ難《かた》カラメ、

第四話　出典未詳。古本説話集・下・53に同文的同話がある。同話は十巻本伊呂波字類抄・成相寺、阿娑縛抄・諸寺略記・成相寺、宝物集(片仮名三巻本・中、七巻本・三、九巻本・四)、三国伝記・八・3その他に喧伝する。

一　現、京都府宮津市にある成相寺。↓地名「成合」。
二　↓人名「観世音菩薩」。
三　霊験をお示し下さる所。霊場。
四　「シ」は「昔」の捨仮名。
五　その国の中でも特に雪が深く積もり、風が烈しく吹く。
六　食料がなくなって何日もたったので。
七　托鉢。
八　しばらくは我慢していたけれども。
九　南西の隅に。
一〇　風も止まらず吹き抜ける。
一一　今さえ切り抜けたら、すぐ食物にありつける、とも思えないので。
一二　覚悟して。
一三　「すら」と同義。平安末期から中世にかけて多く用いられた。
一四　長年観音に帰依した挙句、その仏前で餓死するとは悲しい。
一五　重い罪報(から逃れること)を願うのなら無理でもありましょうが。但し、古本説話「おもきたからをもとめばこそあらめ」を参照すれば、原典の「ざいほう(財宝)」に誤って「罪報」と漢字を当てた可能性が大。

只今日食《けふじき》シテ命ヲ生《い》ク許《ばかり》ノ物ヲ施《ほどこ》シ給ヘ」ト念ズル間ニ、寺ノ[一六]戌亥《いぬゐ》ノ角《すみ》ノ破《やぶれ》タルヨリ見出《みいだ》セバ、狼《おほかみ》ニ被敢《くらはれ》[一七]タル[一八]猪《ゐのしし》有リ。「此《こ》ハ観音ノ与《あたへ》給フナメリ。食《じき》シテム」ト思ヘドモ、「年来《としごろ》仏《ほと》[一九]ケヲ憑《たの》ミ奉テ、今更ニ何《いか》デカ此《これ》ヲ食《じき》セム。聞《きけ》バ、「[二〇]生《しやう》有ル者ハ皆、前生《ぜんしやう》ノ父母《ぶも》也」ト。我レ食《じき》ニ餓《ゑ》ヘテ死ナムト□[二一]肉村《ししむら》屠《ほ》ブリ食《く》ハム。況《いはむ》ヤ[二二]生類《しやうるい》ノ肉《しし》ヲ食人《じきするひと》ハ、[二三]仏ノ種《しゆ》ヲ断《たち》テ[二四]悪道ニ堕《お》ツル道也。然レバ、諸《もろもろ》ノ獣ハ人ヲ見テ逃去《にげさ》ル。此《これ》ヲ食《じき》スル人ヲバ、仏モ菩薩モ遠去《とほくさ》リ給事《たまふ》ナレバ」、返々《かへすがへ》ス思ヒ返セドモ、人ノ心ノ拙《つたな》キ事ハ、[二五]後世《ごせ》ノ苦《くるし》ビヲ不思《おもは》ズシテ、今日ノ飢《うゑ》ヘノ苦ビニ不堪《たへ》ズシテ、剣《つるぎ》ヲ抜《ぬき》テ猪ノ左右《さう》ノ[二六]腂《もも》ノ肉《しし》ヲ[二七]屠《ほぶ》リ取《とり》テ、鍋《なべ》ニ入《いれ》テ煮《に》テ食《じき》シツ。其ノ味《あぢはひ》甘《うま》キ事無並《ならびな》シ。飢《うゑ》ノ心皆止《やみ》テ[二八]楽《たのし》キ事無限《かぎりな》シ。

然レドモ、[二九]重罪ヲ犯シツル事ヲ泣キ悲《かなしみ》テ居タル程ニ、雪モ漸《やうや》ク消《きえ》ヌレバ、里ノ人多ク来《きた》ル音ヲ聞ク。其ノ人ノ云《いは》ク、「此ノ寺ニ籠《こもり》タリシ僧ハ何《いか》ガ成リニケム。雪高《たかく》テ人通《かよひ》タル跡モ無シ。[三〇]日来《ひごろ》ニ成《なり》ヌレバ、今ハ食物《じきもつ》モ失《うせ》ニケム。[三一]人気《ひとげ》モ無キハ死ニケルカ」ト口々《くちぐち》ニ云フヲ、僧聞《きき》テ、「先《ま》ヅ此ノ猪ヲ煮散《にちらし》タルヲ、何《いか》デ取リ隠サム」ト思フト云ヘドモ、[三二]程無《なく》シテ可為《すべ》キ方《かた》無シ。未《いま》ダ食ヒ残シタルモ鍋ニ有リ。此ヲ思フニ、極《きはめ》テ恥ヂ悲ビ思フ。

[三三]而《しか》ルニ間、人々皆入《い》リ来《きたり》ヌ。人々、「何《いか》ニシテカ日来過《ひごろすぐ》シツル」ナド云《いひ》テ、寺ヲ

一六 北西の隅の壊れたところから外を見ると。北西は民俗的に祖霊や神霊の来訪する聖なる方角。
一七 底本かく作るが「敢」は「噉」の省画であろう。
一八 古本説話「しゝ」。宝物集、三国伝記「猪」。字類抄「鹿」。諸寺略記「山麋」。
一九 「ケ」は「仏」の捨仮名。
二〇 生命あるものは全て前世で自分の父母だった。輪廻思想に基づく。梵網経・第二十軽戒「一切男子是我父、一切女子是我母、我生生無不従之受生、故六道衆生皆是我父母」。
二一 底本の祖本の破損に因る欠字。古本説話「我、ものほしといひながら、おやのしゝをほぶりてくらはん」。三国伝記「縦ヒ命ヲバ失フトモ争カ是ヲ食セン」。
二二 生き物。
二三 成仏の因を失って。
二四 地獄・餓鬼・畜生。三悪道。
二五 後世に受ける三悪道の苦しみのことは考えないで。
二六 訓みは名義抄による。
二七 切り取って。
二八 「楽シ」は、肉体的、精神的に満ち足りた状態の形容。
二九 肉食の罪。
三〇 何日にもなったので。
三一 人の気配もしないのは。
三二 とっさのことでどうしようもない。
三三 「而ルニ」と「而ル間」との混態。

廻《めぐ》[一]リテ見ルニ、鍋ニ檜《ひ》ノ木ヲ切リ入レテ、煮《に》テ食《く》ヒ散《ちら》シタリ。人〻此レヲ見テ云ク、「聖《ひじ》[二]リ、食《じき》ニ飢《うゑ》タリト云ヒ乍《なが》ラ、何《いか》[三]ナル人カ木ヲバ煮食《にく》フ」ト云テ哀《あは》レガル程ニ、此ノ人〻仏ヲ見奉レバ、仏ノ左右《さう》ノ御腂《もも》ヲ新《あたらしく》[四]切リ取《とり》タリ。「此レハ、僧ノ切リ食ヒタル也ケリ」ト、奇異《あさまし》[五]ク思《おもひ》テ云ク、「聖《ひじ》リ、同[六]ジ木ヲ食《くふ》ナラバ、寺ノ柱ヲモ切食《きりくは》ム。何ゾ仏ノ御身ヲ壊《やぶ》リ奉ル」ト云フニ、僧驚《おどろき》テ仏ヲ見奉ルニ、人〻ノ云《いふ》ガ如ク、左右ノ御腂《もも》ヲ切リ取《とり》タリ。其ノ時ニ思ハク、「然ラバ、彼ノ煮テ食《くひ》ツル猪ハ、観音ノ我ヲ助ケムガ為《ため》ニ、猪ニ成リ給ヒケルニコソ有ケレ」ト思フニ、貴ク悲《かなし》[七]クテ、人〻ニ向《むかひ》テ事ノ有様ヲ語レバ、此レヲ聞ク者皆涙ヲ流シテ、悲[八]ビ貴ブ事無限《かぎりな》シ。

其ノ時ニ、仏前ニシテ、観音ニ向《むか》ヒ奉テ白《まう》シテ言《まう》サク、「若《も》[九]シ此ノ事観音ノ示シ給フ所ナラバ、本《もと》ノ如クニ□[一〇]申ス時ニ、皆人見ル前《ま》ヘ[一一]ニ、其ノ左右《さう》ノ腂《もも》本ノ如ク成《なり》□[一二]。人[一三]皆涙ヲ流シテ□[一四]泣悲《なきかなしま》ズト云フ□[一五]此ノ寺ヲ成合《なりあひ》[一六]ト云フ也ケリ。

其[一七]ノ観音于今在《いまにましま》ス。心有ラム人ハ必ズ詣《まう》デ、可礼奉《をがみたてまつるべ》キ也トナム語リ伝ヘタルトヤ。

一 底本「廻クテ」を訂した。
二 「リ」は「聖」の捨仮名。以下同様。
三 木を煮て食う人がいますか。
四 古本説話「あたらしくゑりとりたり」を参考にアタラシクと訓む。傷痕も生々しく。　五 あきれかえって。
六 どうせ木を食べるのなら、寺の柱でも切って食べればよいのに。どうして仏様の御身を傷つけたりするんです。
七 感動、感激して。↓四八九頁注一八。
八 ↓前注。　九 この発言の末尾は欠字(↓次注)の部分に当たっている。
一〇 底本の祖本の破損に因る欠字。古本説話「もとの様にならせ給ねと、返々申ければ」。　一一「へ」は「前」の捨仮名。皆が見ている目の前で。
一二 底本の祖本の破損に因る欠字。古本説話「もとの様に、なりみちにけり」。
一三 この一句、古本説話には見えない。
一四 底本の祖本の破損に因る欠字。「不」が想定される。　一五 底本の祖本の破損に因る欠字。古本説話「されば、この寺をば、なりあひと申侍なり」。　一六 接合して元通りになる意の動詞「成リ合フ」の名詞形。↓四七四頁注一。　一七 古本説話の結語は「観音の御しるし、これのみにおはしまさず」。本話とは異なる。

第五話　出典未詳。同話は法華験記・下・85、扶桑略記・応和二年(九六二)条(原拠は穴穂寺縁起)、十巻本伊呂波字類抄・穴太寺、阿娑縛抄・諸寺略記・穴穂寺、宝物集(片仮名三巻本・中、七巻本・三、九巻本・四)、金沢文庫本観音

丹波国郡司《たんばのくにのぐんじ》、造観音像語《くわんおんのざうをつくれること》 第五

今昔《いまはむかし》、丹波《たんば》ノ国、桑田《くはた》[一八]ノ郡《こほり》ニ住《すみ》ケル郡司[一九]、年来《としごろ》宿願有ルニ依《より》テ、観[二〇]音ノ像ヲ造《つくり》奉《たてまつ》ラムト思《おもひ》テ、京ニ上《のぼり》テ、一人ノ仏師[二一]ヲ語《かたら》ヒテ、其《その》料物《れうもつ》[二二]ヲ与ヘテ懃《ねむごろ》[二三]ニ語《かたら》フ。仏師可造《つくるべ》キ由《よし》ヲ受《うけ》テ、料物ヲ受ケ取《とり》ツ。郡司喜ビテ国ニ返《かへり》ヌ。

此ノ仏師ノ心ニ慈悲《じひ》有テ、仏ヲ造テ世ヲ渡ルト云ヘドモ、幼ノ時ヨリ観音品《くわんおんぼん》[二四]ヲ持《たもち》テ、必ズ毎日《ひごと》ニ三十三[二五]巻ヲ誦《じゆ》シケリ。亦《また》、毎月《つきごと》ノ十八[二六]日ニハ持斉《ちさい》[二七]シテ、懃《ねむごろ》ニ観音ニ仕《つかまつ》リケリ。而《しか》ルニ、此ノ仏師郡司ノ語《かたら》ヒヲ請《うけ》テ後、三月許《ばかり》ヲ経《へ》ル間ニ、郡司[二八]不思係《おもひかけ》ザル程ニ、此[二九]ノ観音極《きはめ》テ美麗ニ造リ奉《たてまつり》テ、仏[三〇]師具《ぐ》シテ郡司ガ家ニ将《ゐて》奉タリ。如此《かくのごと》クノ物ハ、仏ノ料物《れうもつ》ヲ請取《うけとり》タリト云ヘドモ、約[三一]ヲ違《たが》ヘテ久《ひさし》ク程ヲ経《ふ》ル事、常ノ事也。而ルニ、不思係《おもひかけ》ズ此《か》ク疾《と》ク造《つくり》奉レルニ合[三二]セテ、仏ヲ思ヒノ如ク美麗ニ造テ将《ゐて》奉レバ、郡司無限《かぎりな》ク喜《よろこび》テ、「此ノ仏師ニ何《いか》ナル禄《ろく》[三三]ヲ与ヘム」ト思フニ、身不合《ふがふ》[三四]ニシテ可与《あたふべ》キ物無シ。只具《ぐし》[三五]タル物ハ馬一ツ也。黒キ馬ノ年五六歳許《ばかり》ナルガ、長《た》ケ[三六]□[三七]八□許《ばかり》也。口和《やはらか》[三八]ニシテ足固シ。道吉《よ》ク行《ゆき》テ走リ疾《と》シ。物驚キ不為《せ》ズシテ痩難《つかれがた》シ。諸《もろもろ》ノ人此ノ馬ヲ見テ欲《ほし》ガルト云ヘドモ、郡司此レヲ無限《かぎりな》キ財《たから》ト思テ年来持《としごろもち》タルニ、

利益集・16などに喧伝する。
一八 現、京都府亀岡市、北桑田郡付近。
一九 扶桑略記「宇治宿禰宮成」。験記彰考館本、字類抄、諸寺略記「宇治宮成」。いずれも伝未詳。
二〇 →人名「観世音菩薩」。
二一 仏像の製作を業とする者。験記「沙弥感世」。扶桑略記、諸寺略記「感世」。字類抄、利益集「盛世」。いずれも伝未詳。
二二 製作のための費用。経費。
二三 懇切に依頼した。
二四 法華経・八・観世音菩薩普門品。観音経。
二五 観音の三十三身に相当する巻数。
二六 十八日は観音の縁日。
二七 精進潔斎して。
二八 郡司が思いがけない時期に。そんなに早く完成するとは予想していなかったのである。
二九 依頼された観音像。験記「金色観世音菩薩」。扶桑略記「金色観音像」。利益集「金色正観音ノ三尺立像」。
三〇 仏師自身が付き添って仏像を郡司の家にお運びした。なお験記、扶桑略記、利益集は、仏師は丹波に下って仏像を製作したと語っている。
三一 底本「幼」を訂した。
三二 その上に。さらに加えて。
三三 引き出物。褒美の品。
三四 貧乏。手元不如意なこと。
三五 持っているものといえば馬一頭だけである。
三六 「ケ」は「長」の捨仮名。丈。
三七 下の空白とともに底本の祖本の破損に因る欠字か。原姿はおそらく「長ケハ八寸許也」。馬の背丈は四尺を基準にして、それを越える高さだけを「寸(き)」で表すのが習慣。なお、下の空白はこの「寸(き)」の漢字表記を期した欠字かもしれない。
三八 性質はおとなしくて脚は強い。

此[一]ノ仏師ノ喜《うれし》サニ、「然《され》バ、此《これ》ヲ与ヘテム」ト思テ、自《みづから》[二]引出《ひきいだ》シテ与《あたへ》ツ。仏師極《きはめ》テ喜《よろこび》テ、鞍ヲ置《おき》テ乗《のり》テ、本乗《もとのり》タリツル馬ヲバ引カセテ、郡司ガ家ヲ出《い》デ、京ニ上《のぼり》ヌ。

此《この》[三]馬ヲバ居ル傍《かたはら》ニ立テヽ、飼ヒツルニ、其ノ厩《うまや》ニ草ナド食ヒ散シタルヲ見ルニ、此ノ郡ノ司ノ恋シク悲ク思ヒテ、忽《たちまち》ニ渡シツル事悔《くや》シキ事無限《かぎりな》シ。片時思ヒ可延《のぶべ》クモ非ズ、燋《い》[四]リ糙《も》ム様《やう》ニ□[五]思ヘドモ、更ニ思ヒ不止《やま》ズシテ、遂《つひ》ニ親《した》シ□[六]テ云《いは》ク、「□[七]徳ノ為《ため》ニ此ノ馬ヲ充《あ》ツレドモ、更ニ為□[八]惜□[九]我ヲ思ハヾ、此ノ馬ヲ取返《とりかへし》テ来《きたり》ナムヤ。盗人《ぬすびと》[一〇]ノ様《やう》ヲ造《つくり》テ、仏師ヲ射殺《いころ》シテ、必ズ取テ来《きた》レ」ト。郎等《らうどう》[一一]、「安キ事也」ト云テ、弓箭《きうせん》[一二]ヲ帯シテ、馬ニ乗テ走ラセテ行キヌ。

仏師ハ直《なほ》[一三]キ道ヨリ行《ゆく》。郎等ハ近[一四]キ道ヨリ前立《さきだち》テ、篠村《しのむら》[一五]ト云フ所ニ行テ、栗林ノ中ニ待立《まちた》テリ。暫許《しばしばかり》有テ、仏師此ノ馬ニ乗テ□[一六]ハシテ来ル。郎等、「心踈《こころう》[一七]キ態《わざ》ヲモセムト為《す》ルカナ」ト思ヘドモ、憑《たの》ミヲ係《か》ケタリ主《あるじ》[一八]ノ云フ事背《そむ》キ難《がた》ケレバ、弓ニ疾雁《とがり》[一九]箭《や》ヲ番《つがひ》テ、向《むか》[二〇]ヒ様《ざま》ニ走ラセテ、仏師ニ押シ向ケテ、弓ヲ強ク引テ、四五丈許《ばかり》ノ程ニテ射ムニハ、何《な》[二一]ニシニカハ放《はな》サム、臍《ほぞ》ノ上ノ方ヲ背ニ箭尻《やじり》ヲ射出《いいだ》シツ。仏師仰《の》ケ様《ざま》ニ箭《や》ニ付《つき》テ□[二二]落《おち》ヌ。馬ハ放《はなた》レテ走ルヲ、追ヒ廻《まは》シテ捕ヘテ、返《かへり》テ主ノ家ニ将行《ゐてゆき》ヌ。郡司此レヲ見テ、喜ブ事無限《かぎりな》シ。本《もと》ノ如ク傍《かたはら》ニ立テヽ、撫《なで》テ飼フ。

一 この仏師の誠意がうれしくて。
二 自分の手で引き出して与えた。以下、思わず手放した愛馬に対する愛惜の念が、郡司をしてついに犯行に及ばせるのであるが、「馬」を話題にするのは本話の他には宝物集があるのみ。他はすべて与えた「種々禄物」が犯行の動機であり、しかも「専非二善人一、不善武者也」(験記)、「雖レ造二仏像一更無二善心一、只被レ勧二婦女一、造二立此菩薩一也」(諸寺略記)などと、彼が元来の悪人であったことを語っている。これらに比べて本話は人間心理の機微に触れた話になっている。
三 (これまでは)この馬を自分の身近に繋いで飼っていたのに。
四 いらいらして、じっとしておられないように。
五―九 底本の祖本の破損に因る欠字。
一〇 盗人の仕業のように見せかけて。
一一 家来。
一二 弓矢。
一三 普通の道。表街道。
一四 近道を通って先回りして。
一五 現、京都府亀岡市篠町付近。
一六 底本の祖本の破損に因る欠字。類似描写から類推すると、「翔」か。↓五四五頁注三三。
一七 (我れながら)いやなことをするはめになったなあ。
一八 諸本かく作るが「係ケタル」が正か。底本「リ」に「ル」と傍書。東北本「リ」の下に「シ」と傍書。

其ノ後、日来《ひごろ》ヲ経《へ》ルニ、仏師ノ許《もと》ヨリ尋《たづぬ》ル事モ無ケレバ、怪《あや》シト思テ、此ノ郎等《らうどう》ヲ京ヘ上《あ》ゲテ仏師ノ家ヘ遣《や》ル。「「[二三]何事カ御《おは》スル。久《ひさし》ク案内ヲ不申《まうさ》ネバ不審《いぶかし》クナム」ト云ヘ」ト教ヘテ遣《やり》タレバ、郎等京ニ上《のぼり》テ、然《さ》[二四]ル気《げ》無クテ仏師ノ家ニ這入《はひいり》タレバ、其ノ家ハ引入《ひきいれ》[二五]レテ造《つくり》タルニ、前ニ梅木《うめのき》ノ有ルニ此ノ馬ヲ繋《つなぎ》テ、人二人《ふたり》ヲ以テ撫《なで》サセテ草飼ハセテ、仏師ハ延《えん》[二六]ニ見居《みゐ》タリ。馬有シヨリモ[二七]□[二八]メキ肥《こえ》ニケリ。郎等此レヲ見テ、奇異《あさまし》ク思フ事無限《かぎりな》シ。射殺シテシ仏師モ有リ、取返《とりかへ》シテシ馬モ有レバ、若《もし》[二九]僻目《ひがめ》カト思テ守《まぼ》リ立テルニ、仏師モ鮮《あざやか》ニ有リ、馬モ不違《たがは》ネバ、肝迷《きもまど》ヒ心騒ギテ怖《おそ》ロシト思フト云[三〇]ヘドモ、郡司[三一]ノ言《こと》ヲ語ル。仏師ノ云《いは》ク、「何事モ不侍《はべら》ズ。此ノ馬ヲ万《よろづ》ノ人ノ欲《ほし》ガリテ買ハムト申セドモ、馬ノ極《きはめ》タル一物《いちもつ》[三二]ナレバ、不売《うらず》シテ持《もち》テ侍ル也」ト。

郎等尚奇異《なほあさまし》ト思テ、此ノ事ヲ疾《と》ク主《あるじ》ニ聞《きか》セムト為《する》[三三]ニ、走ルガ如クニシテ返《かへ》リ下《くだり》ヌ。主ノ許《もと》ニ怱《いそ》ギ行テ此ノ事ヲ語ル。郡司モ此レヲ聞テ奇異《あさまし》ト思テ、廐《うまや》ニ行テ見ルニ、[三四]忽《たちまち》ニ其ノ馬不見《み》エズ。郡司恐《お》ヂ怖《おそ》レテ、観音ノ御前ニ参《まゐり》テ、此事《この》懺悔《さんぐゑ》セムト思テ観音ヲ見奉レバ、観音ノ御胸ニ箭《や》ヲ射立《いたて》奉テ血流レタリ。即チ、彼《かの》郎等ヲ呼《よび》テ此レヲ見セテ、共ニ五体[三五]ヲ地ニ投《なげ》テ、音《こゑ》ヲ挙《あげ》テ泣キ悲ム事無限《かぎりな》シ。其後、二人乍《なが》ラ忽ニ[三六]髻《もとどり》ヲ切リテ出家シツ。山寺ニ行テ仏道ヲ修行シケリ。

一九 尖り矢。先端の鋭く尖った矢。
二〇 正面から向かい合わせに馬を走らせて。
二一 どうして射はずそう。
二二 底本の祖本の破損に因る欠字。「丸ビ」が想定される。
二三 ご機嫌いかがですか。
二四 さりげなく。
二五 門から引っ込んだ位置に建物があったので。
二六 縁側に坐って見ていた。
二七 以前よりも。
二八 漢字表記を期した意識的欠字。「ツヤ(メク)」が想定される。
二九 見間違いかと思って、じっと見つめて立っていたが。
三〇 底本「立ヘトモ」を訂した。
三一 郡司に言われた口上を伝えた。
三二 逸物。駿馬。
三三 「聞セムト」と「聞セム為ニ」との混態か。古典全集は「為(する)ニ」と訓む。
三四 そこにいたはずの馬が忽然と姿を消していた。
三五 全身を投げ出して。五体投地(両手両足と頭を地につけて拝むこと)は仏教の最敬礼。
三六 頭上に束ねた髪。

其《その》観音ノ御箭ノ跡、于今《いまに》開《ひらき》テ不塞《ふさがら》ズ。人皆参《まゐり》テ此レヲ礼《をが》ミ奉《たてま》ツル。仏師ノ慈悲有ルヲ以テ、観音代《かはり》ニ箭《や》ヲ負ヒ給フ事、[一]本《もと》ノ誓《ちかひ》ニ不違《たがは》ネバ、貴ク[二]悲キ事也。心有ラム人ハ必ズ参テ礼《をが》ミ可奉《たてまつるべ》キ観音ニ在《ましま》ストナム語リ伝ヘタルトヤ。

陸奥国鷹取男《みちのくにのたかとりのをとこ》、依観音助存命語《くわんおんのたすけによりていのちをそんしたること》第六

今昔《いまはむかし》、[三]陸奥国《みちのくのくに》ニ住《すみ》ケル[四]男、[五]年来《としごろ》[六]鷹ノ子ヲ下《おろ》シテ、[七]要ニスル人ニ与ヘテ、其ノ[八]直《あたひ》ヲ得テ世ヲ渡リケリ。鷹ノ[九]檪《す》ヲ食《くひ》タル所ヲ見置《みおき》テ、年来下《としごろおろし》ケルニ、母鷹《ははのたか》此ノ事ヲ[一〇]思ヒ侘《わ》ビケルニヤ有ケム、[一一]本《もと》ノ所ニ檪ヲ不食《くは》ズシテ、人ノ可通《かよふ》ベキ様《やう》モ無キ所ヲ求メテ、檪ヲ食ヒテ卵《かひご》ヲ生ミツ。巌《いはほ》ノ屏風《びやうぶ》ヲ立《たて》タル様《やう》ナル崎《さき》ニ、下《した》ハ大海ノ[一二]底《そこ》卄《ひ》モ不知《しら》ヌ荒礒《あらいそ》ニテ有リ。[一三]其レニ遥《はるか》ニ下《くだり》テ生《おひ》タル木ノ大海ニ差覆《さしおほ》ヒタル末ニ生《うみ》テケリ。実《まこと》ニ人可寄付《よりつくべ》キ様無《やうなき》所ナルベシ。

[一四]此ノ鷹取《たかとり》ノ男、鷹ノ子可下《おろすべ》キ時ニ成《なり》ニケレバ、[一五]例《れい》檪《す》食《く》フ所ヲ行テ見ルニ、[一六]何シニカハ有ラムズル。今年ハ檪《す》食《くひ》タル跡モ無シ。男此レヲ見テ、歎キ悲《かなしみ》テ外《ほか》ヲ走リ求《もとむ》ルニ、更ニ無ケレバ、「鷹ノ母ノ死ニケルニヤ。亦《また》、外《ほか》ニ檪《す》ヲ食《くひ》タルニヤ」ト思テ、日来《ひごろ》ヲ経テ、山〻峰〻ヲ求メ行《あり》クニ、遂《つひ》ニ此檪《このす》ノ所ヲ幽《はるか》ニ見付《みつけ》テ、喜ビ乍《なが》ラ寄テ見

一 三十三身に変化して衆生の危難を救うという観音の本願。普門品に説く。
二 →四八九頁注一八。

第六話　出典は法華験記・下・113。古本説話集・下・64、宇治拾遺物語・87、金沢文庫本観音利益集・35に異伝がある。

三 古本説話、宇治拾遺は国名を明示しない。利益集は「陸奥国」。
四 伝未詳。験記「陸奥国有㆓一人㆒、姓名未㆑詳」。
五 長年。
六 鷹の雛を巣から捕らえてきて。
七 必要とする人。欲しい人。↓注一九。
八 代金。
九 巣を作っている場所。営巣地。
一〇 つらく思ったのであろうか。験記「雌鷹思念、我常逕㆑年、造㆑巣生㆑卵成㆑雛。人来奪取、子孫既絶。誰復継㆑胤。今生㆑卵不㆑令㆑知㆑人。作㆓是念㆒已」。
一一 これまでの営巣地には作らないで。
一二 きわめて深い底。
一三 その絶壁の遥か下ったところから大海を覆うように生えている木の梢に。験記「離㆓前々巣㆒、飛㆓到峨峨石巌涯岸㆒、下臨㆓大海㆒、青水浩々、上臨㆓虚空㆒、白雲眇々。其岸中央有㆓小凹所㆒、造㆑巣生㆑子」とは状況が小異し、古本説話「はるかなるおく山の、たにのかたぎしに、たかき木に」(宇治拾遺もほぼ同じ)とは大異す

ルニ、更ニ人ノ可通《かよふべ》キ所ニ非ズ。[一七]上ヨリ可下《くだるべ》キニ、[一八]手ヲ立《たて》タル様《やう》ナル巌《いはほ》ノ喬《そば》也。下ヨリ可登《のぼるべ》キニ、底《そこ》ヰ《ひ》モ不知《しら》ヌ大海ノ荒礒也。鷹ノ栖《す》ヲ見《み》付《つけ》タリト云ヘドモ更ニ力不及《およば》ズシテ、家ニ返《かへり》テ、世ヲ渡ラム事ノ絶《たえ》ヌルヲ歎ク。

而《しか》ルニ、隣ニ有ル男ニ此ノ事ヲ語ル。「我レ常ニ鷹ノ子ヲ取テ、[一九]国ノ人ニ与ヘテ、其ノ直《あたひ》ヲ得テ、年ノ内ノ貯ヘトシテ年来《としごろ》ヲ経《へ》ツルニ、今年既《すで》ニ鷹ノ栖《す》ヲ然々《しかしか》ノ所ニ生《うみ》タルニ依《より》テ、鷹ノ子ヲ取ル術絶《たえ》ヌ」ト歎クニ、隣ノ男ノ云《いは》ク、「[二〇]人ノ構《かま》ヘバ、自然《おのづか》ラ取リ得ル事モ有《あり》ナム」ト云《いひ》テ、彼ノ栖《す》ノ所ニ二人相《あ》ヒ具《ぐ》シテ行キヌ。其ノ所ヲ見テ、教フル様《やう》、「巌ノ上ニ大《おほき》ナル[二一]楴ヲ打立《うちた》テヽ、其ノ楴ニ[二二]百余尋《ひろ》ノ縄ヲ結ビ付《つけ》テ、其ノ縄ノ末ニ大《おほき》ナル籠《こ》ヲ付テ、其ノ籠ニ乗《のり》テ栖《す》ノ所ニ下《おり》テ可取《とるべ》キ也」ト。

鷹取ノ男此レヲ聞テ、喜《よろこび》テ家ニ返《かへり》テ、籠《こ》・縄・楴ヲ調《ととの》ヘ儲《まうけ》テ、二人相《あ》ヒ具《ぐ》シテ栖《す》ノ所ニ行ヌ。[二三]支《し》度《たく》ノ如ク楴ヲ打立《うちた》テヽ、縄ヲ付《つけ》テ籠ヲ結ビ付《つけ》テ、鷹取其ノ籠ニ乗《のり》テ、隣ノ男縄ヲ取《とり》テ[二四]漸《やうや》ク下《おろ》ス。遥《はるか》ニ栖《す》ノ所ニ至《いたり》ヌ。鷹取籠ヨリ下《おり》テ栖《す》ノ傍《かたはら》ニ居《ゐ》テ、先《ま》ヅ鷹ノ子ヲ取テ、翼《つばさ》ヲ結《むすび》テ籠ニ入レテ、先《ま》ヅ上《あ》ゲツ。我ハ留《とどまり》テ、[二五]亦下《またおり》ム度《た》ビ昇ラムト為《す》ル間、隣ノ男籠ヲ引上《ひきあ》ゲテ、鷹ノ子ヲ取テ、亦《また》籠ヲ不下《おろさず》シテ、[二六]鷹取ヲ棄テヽ家ニ返《かへり》ヌ。鷹取ガ家ニ行テ、妻子ニ語《かたり》テ云ク、「汝ガ夫ハ、籠ニ乗セテ[二七]然々《しかし》カ下シツル程ニ、縄切レテ海ノ中ニ落テ死《しに》ヌ」ト。妻子此レヲ聞《きき》テ、泣キ悲ム事無限《かぎりな》シ。

る。

一四 本第二段は験記「時鷹取男、走求無ニ在所一。経ニ多日一、求ニ得鷹巣一、非ニ人往処一、非ニ力所レ堪。見已還レ家、歎ニ生活絶一」を大幅に敷衍したもの。

一五 例年。これまでいつも。

一六 どうしてあろうか。あるわけがない。

一七 上から降りようとしても。

一八 垂直な絶壁の形容。

一九 験記「我常取レ鷹、献ニ上国家一、以ニ其価直一宛ニ年々貯一」とは異なる。利益集は話頭に「又毎ノ年公事ニテ、ヨキタカノ子ヲ栖ヲロシニシテ、国王ヨリ免田ヲ給ハリケリ」と語る。

二〇 人が工夫をこらしてやったら、なんとか捕らえられるかもしれない。

二一 験記「楴杙」。同彰考館本「梯桟」。「楴」はカンザシ(笄)の意。「梯」と通用か(古典全集説)。なお「杙」はクヒ(杭)の意。状況としては「杭」の類が想定される。

二二 一尋は大人が両手を延ばして広げた長さ。

二三 かねて計画した通りに。

二四 少しずつ降ろす。

二五 もう一度縄が降りてきた時に上がろうと待っているうちに。

二六 鷹取りの男を置き去りにして。

二七 かくかくしかじかして降ろしているうちに。

一鷹取ハ櫟《す》ノ傍《かたはら》ニ居《ゐ》テ、籠《こ》ヲ待《まち》テ昇《のぼ》ラムトシテ、今ヤ下《おろ》ス下《おろ》スト待《まつ》ニ、籠ヲ不下《おろさず》シテ二日来《ひごろ》ヲ経《へ》ヌ。狭《せばく》シテ少シ窪《くぼ》メル巌《いはほ》ニ居テ、塵許《ちりばかり》モ身ヲ動《はたらか》サバ、遥《はるか》ニ海ニ落入《おちいり》ナムトス。然レバ、只死ナム事ヲ待《まち》テ有ルニ、年来此《としごろか》ク罪ヲ造ルト云ヘドモ、毎月《つきごとの》三十八日四精進《しやうじん》ニシテ、五観音品《くわんおんぼん》ヲ読奉《よみたてまつり》ケリ。爰《ここ》ニ思ハク、「我レ年来《としごろ》飛ビ翔《か》ケル鷹ノ子ヲ取テ、六足ニ緒《を》ヲ付《つけ》テ繋《つなぎ》テ居《すゑ》ヘテ不放《はなた》ズシテ、鳥ヲ令捕《とらし》ム。七此ノ罪ニ依《より》テ、八現報ヲ得テ、忽《たちまち》ニ死ナムトス。願《ねがは》クハ九大悲観音、年来持奉《としごろたもちたてまつ》ルニ依テ、一〇此ノ世ハ今ハ此《か》クテ止《や》ミヌ、後生《ごしやう》ニ一一三途《さんづ》ニ不堕《おち》ズシテ、必ズ浄土ニ迎ヘ給ヘ」ト念ズル程ニ、大《おほき》ナル毒蛇、一二目ハ一三鋺《かなまり》ノ如クニシテ、舌嘗《したなめづり》ヲシテ、大海ヨリ出《い》デヽ、一四巌ノ喬《そば》ヨリ昇リ来《きたり》テ、鷹取ヲ呑マムトス。

一五鷹取ノ思ハク、「一六我レ蛇《へみ》ノ為《ため》ニ被呑《のま》レムヨリハ、海ニ落入《おちいり》テ死ナム」ト思テ、刀一七ヲ抜《ぬき》テ、一八蛇ノ我ニ懸《かか》ル頭《かしら》ニ突キ立《たて》ツ。蛇驚《おどろき》テ昇ルニ、鷹取蛇ニ乗テ自然《おのづか》ラ一九岸ノ上ニ昇ヌ。其ノ後、蛇二〇掻キ消ツ様《やう》ニ失《うせ》ヌ。爰《ここ》ニ知《しり》ヌ、「観音ノ蛇ト変ジテ、我ヲ助ケ給フ也ケリ」ト知テ、泣〻《なくな》ク礼拝シテ家ニ返《かへ》ル。二一日来《ひごろ》物不食《く》ハズシテ、餓《うゑ》ヘ羸《つか》レテ、二二漸《やうや》ク歩《あゆみ》テ家ニ返《かへり》テ、門《かど》ヲ見レバ、今日七日二三ニ当《あたり》テ、二四物忌《ものいみ》ノ札《ふだ》ヲ立《たて》テ門閉《とぢ》タリ。門ヲ叩キ、開《ひらき》テ入《いり》タレバ、妻子涙ヲ流シテ、先《ま》ヅ返来《かへりきた》レル事ヲ喜ブ。二五其後《そののち》、具《つぶ》サニ事ノ有様ヲ語ル。

一 鷹取りが一人取り残されるに至った理由と場所について、古本説話、宇治拾遺は谷にさし出た木に夢中で登っているうちに枝が折れ、はるか谷底の高い木の枝につかまった、利益集は縄を利用して絶壁を降りているうちに縄が切れて、辛ろうじて岩角につかまったという。ともに「隣ノ男」は登場しない。 二 数日たった。 三 十八日は観音の縁日。 四 黒川本、東北本「日二」。 五 法華経・八・観世音菩薩普門品。観音経。験記「法華経第八巻」。古本説話、宇治拾遺、利益集「観音経」。 六 以下は鷹狩り用の鷹として飼育し、利用したことをいう。 七 鷹の自由を奪い、かつ殺生を犯した罪。 八 現世での業因により現世でただちに受ける報い。 九 大慈大悲の観音。 一〇 この世はこれでもう終りですが。験記には見えない挿入句。 一一 地獄・餓鬼・畜生道。三悪道。 一二 以下「舌嘗ヲシテ」まで、験記には見えない。 一三 金属製の椀。大きく光る眼の形容として頻用される。本冊の用例は、→三六四頁注三。 一四 そばだった岩石、即ち絶壁を登ってきて。 一五 以下「死ナムト思テ」まで、験記には見えない。 一六 絶体絶命の窮地に立った主人公が、このまま死ぬよりはと決断して、積極的な行動に打って出るのは、本書に特有の行動様式である。→五二五頁注二九。 一七 小さな刃物。短刀。 一八 自分に襲いかかってくる蛇の頭に突き立てた。験記「向レ岩登来欲レ呑。鷹取抜レ刀突二立蛇頭一」。古本説話は「たゞきにきて、わがひざのもとよりすぐれど、我をのまむ而《しか》ル間、十八日ニ成《なり》テ、沐浴精進《もくよくしやうじん》ニシテ観音品ヲ読奉《よみ》ラムガ為《ため》ニ、経筥《きやうばこ》[二六]ヲ開《ひらき》テ見ルニ、経ノ軸ニ刀立《た》テリ。我ガ彼様《かのす》ニシテ蛇ノ頭《かしら》ニ打立《うちたて》シ刀也。「観音品ノ蛇ト成《なり》テ、我ヲ助ケ給ヒケル」[二七]ト思フニ、貴ク悲キ[二八]事無限《かぎりな》シ。忽《たちまち》ニ道心ヲ発《おこ》シテ、髻《もとどり》[二九]ヲ切《きり》テ法師ト成《なり》ニケリ。其ノ後、弥《いよい》ヨ勤メ行《おこなひ》テ、永ク悪心ヲ断ツ。

[三〇]遠ク近キ人皆、此ノ事ヲ聞テ不貴《たふとば》ズト云フ事無シ。但シ、隣[三一]ノ男何《いか》ニ恥《はづか》シカリケム。[三二]其レヲ恨《うら》ミ憾《にく》ム事無カリケリ。

観音ノ霊験ノ不思議、此《かく》ナム御《おはし》マシケル。世ノ人此レヲ聞テ、専《もはら》ニ心ヲ至《いた》シテ念ジ可奉《たてまつるべ》シトナム語リ伝ヘタルトヤ。

越前国敦賀女《ゑちぜんのくにのつるがのをむな》、蒙観音利益語《くわんおんのりやくをかうぶれること》第七

今昔《いまはむかし》、越前《ゑちぜん》ノ国、敦賀《つるが》[三三]ト云フ所ニ住ム人有ケリ。身ニ財《たから》ヲ不貯《たくはへ》ズト云ヘドモ、[三四]構《かまへ》テ世ヲ渡《わたり》ケリ。娘一人ヨリ外《ほか》ニ亦《また》子無シ。然レバ、娘ヲ亦無キ[三五]者ニ哀《あはれ》ビ悲ムデ、[三六]憑《たの》モシク見置《みおかむ》ト思《おもひ》テ、夫[三七]ヲ合《あはせ》ケルニ、其ノ夫去《さり》テ不来《きたら》ズ。如此《かくのごと》ク為《す》ル事既ニ度《ど》ゝ《ど》ニ成《なり》ヌ。遂《つひ》ニ寡《やもめ》[三八]ニテ有ルヲ、父母《ぶも》思ヒ歎《なげき》テ、後《のち》ニハ夫ヲ不合《あはせ》ザリケリ。此《かく》テ、居《ゐ》タル家ノ後《うしろ》ニ堂ヲ起《た》テヽ、此ノ娘助ケ給ハムト為《する》[三九]ニ、[四〇]観音ヲ安置《あんち》シ奉ル。供養シテ後《の》[四一]チ、

とさらにせず。たゞ、たにのうへざまへのぼらんとするけしきなれば、いかゞはせん、たゞこれにとりつきたらばしも、のぼりなむかしとおもひて」刀を突き立てたとする。本話の方が切迫感がある。

一九「岸」は傾斜の急なところ。がけ。

二〇 霊異の者や化身が姿を消す時に定型的に用いられる表現。験記「蛇隠不ㇾ見」。

二一 何日もものを食べなかったので。以下「家ニ返テ、門ヲ見レバ」まで、験記には見えない。

二二 よろよろと歩いて家にたどり着いて。

二三 死後七日目。初七日。

二四 忌中の札。

二五 まず無事を喜び合った後で、詳しく事情を語った。験記「近隣遠近、称ニ希有事ニ」とは状況が異なる。

二六 底本の字体は「筥」。字類抄「苔埼 ハコサキ」の例から「筥」の異体字と判断した。

二七 連体形止め。

二八 →四八九頁注一八。

二九 頭上に束ねた髪。

三〇 以下、話末に至るまで験記には見えない。

三一 事実譚的関心に基づく発言。→巻一三・17(二三一頁注三一)。

三二 主格は鷹取りの男。

第七話 出典未詳。宇治拾遺物語・108に同文的同話、古本説話集・下・54、宝物集(七巻本・三、片仮名三巻本・中、九巻本・四)に異伝がある。

三三 底本「敷賀」を訂した。現、福井県敦賀市。古本説話は摂津国輪田(神戸市内)、宝物集は越前国金ケ崎(敦賀市内)が舞台である。

三四 なんとか工面して世を渡っていた。

三五 かけがえのない大切な子として、かわいがり愛して。

三六 娘

幾《いくば》ク不経《へず》シテ父死《し》ニケリ。娘此レヲ思ヒ歎《なげき》ケル間ニ、程無亦《ほどなくまた》母モ死《し》ニケリ。然レバ、弥《いよい》ヨ娘泣キ悲ムト云ヘドモ、甲斐無シ。

[一]聊《いささか》ニ知ル所モ無クシテ世ヲ渡《わたり》ケルニ、寡《やもめ》ナル娘一人残リ居テ、何《いか》デカ吉《よ》キ事有ラム。祖《おや》ノ物ノ少シモ有ケル限《かぎり》ハ、被仕《つかは》ル丶従者モ少々有ケレドモ、[二]其ノ物共《ものども》畢《はて》テ後ハ、被仕《つかは》ル丶者一人モ不留《とどまら》ズ成《なり》ニケリ。然レバ、衣食極《えじききはめ》テ難《かた》ク成《なり》テ、[三]若《も》シ求メ得ル時ハ自《みづか》ラシテ食フ。不求得《もとめえ》ザル時ハ餓《うゑて》ノミ有ケルニ、常ニ此ノ観音ニ向ヒ奉テ、「我ガ祖《おや》ノ[四]思ヒ俸《おき》テシ験《しる》[五]シ有テ、我ヲ助ケ給ヘ」ト申ス間ニ、夢ニ、此ノ後《うしろ》ノ方《かた》ヨリ老《おい》タル僧来《きたり》テ、告《つげ》テ云《いは》ク、「[六]汝《なむ》ヂ極《きは》メテ糸惜《いとほし》ケレバ、夫ヲバ□[七]セムズト思テ呼ビニ遣《やり》タレバ、明日ゾ[八]此《ここ》ニ可来《きたるべ》キ。然レバ、其ノ来《き》タラム人ノ云ハム事ニ可随《したがふべ》シ」ト云フ、ト見テ夢覚《さめ》ヌ。「観音ノ我レヲ助ケ給ハムズル也ケリ」ト思テ、忽《たちまち》ニ[九]水ヲ浴《あむし》テ、観音ノ御前《まへ》ニ詣《まう》デ丶、礼拝ス。其ノ後、此ノ夢ヲ憑《たのみ》テ、明《あく》ル日ニ成《なり》テ、家ヲ[一〇]揮《はらひ》テ此レヲ待ツ。家本《もと》ヨリ広ク造《つくり》タレバ、祖失《おやうせ》テ後ハ[一一]住ミ付《つき》タル事コソ無ケレドモ、[一二]屋許《やばかり》ハ大《おほき》ニ空《うつほ》ナレバ、片角《かたすみ》ニゾ居タリケル。

而《しか》ル間、其ノ日ノ夕方ニ成《なり》テ、馬ノ足音多クシテ人来《きた》ル。[一三]臨《のぞき》テ見レバ、[一四]人ノ宿《やど》ラムテ[一五]此ノ家ヲ借《か》ル也ケリ。[一六]速《すみやか》ニ可宿《やどるべ》キ由《よし》ヲ云ヘバ、皆入《いり》ヌ。「吉《よ》キ所ニモ宿リヌルカナ。此《ここ》広クテ吉シ」ト云ヒ合《あひ》タリ。臨《のぞき》テ見レバ、[一七]主《あるじ》ハ三十許《ばかり》有ル男ノ糸清気《いときよげ》也。

が将来不安のないようにしておいてやろうと思って。三七（しかるべき）男と結婚させたが。三八→四六一頁注一六。三九「給ハムト」と「給ハム為ニ」との混態にも見えるが、同一表現が再三見られることからみて、これで完成した表現らしい。古典全集は「為（す）ニ」と訓む。→四四二頁注一、四七九頁注三三、五三八頁注一。宇治拾遺「此女、助け給へとて、観音をすへ奉りける」。四〇→人名「観世音菩薩」。四一「チ」は「後」の捨仮名。

一 領有する土地。荘園など。二 親の遺産がなくなって後は。三 もし手に入った時には自分で調理して食べ、手に入らない時には空腹を抱えているだけだった。四 心積もりにしていた。観音の加護を期待していたことをさす。五「シ」は「験」の捨仮名。宇治拾遺「親の思しかひありて、助け給へ」。六「チ」は「汝」の捨仮名。七 底本に空白はないが、欠字があると推定する。「合」が想定される。宇治拾遺「男合はせんと思ひて」。八 底本「明日ヲ」。誤記とみて訂した。宇治拾遺「あすぞこゝにきつかんずる」。九 沐浴して（身を清めて）。一〇 掃除して。宇治拾遺「うちはきなどしてゐたり」。一一 難解な文脈。「住ミ付ク」が落ち着いて住み慣れる意とすれば、住み具合よく住んでいたわけではなかったが、と意訳できよう。なお、古典大系は、（無人で）然るべき人の定住することはなかったがの意、古典全集は、常住していることはなかったがの意に解している。一二 建従者・[一八]郎等《らうどう》・[一九]下臈《げらふ》取リ加ヘテ七八十人許《ばかり》ハ有ラムト見ユ。皆入《いり》テ居《ゐ》ヌ。[二〇]畳《たたみ》無ケレバ不敷《しか》ズ。主人《あるじ》[二一]皮子《かはご》裹《つつみ》タル莚《むしろ》ヲ[二二]敷皮《しきがは》ニ重《かさね》テ敷《しき》テ居ヌ。廻《めぐり》ニハ[二三]屏縵《へいまん》ヲ引キ廻《めぐら》シタリ。日暮レヌレバ、[二四]旅籠《はたご》ニテ食物《じきもつ》ヲ調《ととのへ》テ持来《もてきたり》テ食《く》ヒツ。其ノ後、夜ニ入《いり》テ、此ノ宿《やどり》タル人、忍《しのび》タル気色《けしき》ニテ云《いは》ク、「[二五]此ノ御《おはし》マス人ニ物申サン[二六]」トテ寄リ来《きた》ルヲ、[二七]指《さ》セル障《さはり》モ無ケレバ、入来《いりきたり》テ[二八]引《ひ》カヘツ。「此《こ》ハ何《いか》ニ」ト云ヘドモ、[二九]辞《い》ナビ可得《うべ》クモ無キニ合セテ、夢ノ告《つげ》ヲ憑《たのみ》テ、云フ事ニ随《したがひ》ヌ。

此ノ男ハ、美濃《みの》ノ国ニ[三〇]勢徳《せいとく》有ケル者ノ一子《ひとりご》ニテ有ケルガ、其ノ祖《おや》死ニケレバ、諸《もろもろ》ノ財《たから》ヲ受ケ伝ヘテ、祖ニモ不劣《おとら》ヌ者ニテ有ケル也ケリ。其レガ[三一]心指《こころざ》シ深ク思《おもひ》タリケル妻《め》ノ死ニケレバ、[三二]寡《やもめ》ニテ有ケルヲ、諸《もろもろ》ノ人、「聟《むこ》ニセム」、「妻ニ成ラム」ト云ヒケレドモ、「[三三]有シ妻ニ似タラム女ヲ」トテ過《すぎ》ケルガ、若狭《わかさ》ノ国ニ[三四]可沙汰《さたすべ》キ事有テ行ク也ケリ。其レガ、昼宿《やどり》ツル時、「何《いか》ナル人ノ居《ゐ》タルゾ」ト思テ臨《のぞき》ケルニ、只失《うせ》ニシ妻ノ有様ニ露違《つゆたが》フ事無カリケリ。「只[三五]其《そ》レゾ」ト思《おぼ》エテ、[三六]目モ暮レ心モ騒ギテ、「[三七]何《いつ》シカ、日モ疾《と》ク暮レヨカシ、寄《より》テ近カラム気色《けしき》ヲモ見《みむと》」テ、入来《いりきた》ル也ケリ。[三八]其レニ、物打云《うちいひ》タル気色ヨリ始《はじめ》テ、万《よろづ》ノ事露違《つゆたが》フ事無カリケリ。喜ビ乍《なが》ラ深キ契《ちぎり》ヲ成《なし》ヌ。「[三九]若狭ノ国ヘ不行《ゆか》ザラマシカバ、此ノ人ヲ見付ケシヤハ」ト返ゝ《かへすがへ》ス喜《よろこび》テ、其ノ夜モ[四〇]曙《あけ》ヌレバ、若狭ヘ行クトテ、女ノ着物ノ無キヲ見テ、衣共《きぬども》着セ置《おき》テ[四一]超《こえ》ニケリ。

物だけは大きくて(家財はなくなって)がらんとしていたので、娘はその片隅に(身をひそめるようにして)住んでいた。一三 (女が物陰から)覗いて見ると。宇治拾遺では、旅人が家の中を覗き込むのを女が見る設定になっている。一四 誰かがこの家に宿を借りようとしているのだった。一五「宿ラムトテ」の「ト」が誤脱か。信友本「宿ラントテ」。保孝本「宿テントテ」。一六 (女が)遠慮なく泊まるようにと答えると。宇治拾遺「すみやかに居よ」は男の発言らしい。一七 一行の主人は三十歳くらいでなかなかの美男子である。一八 家来。一九 ここでは、下男、下僕の意。二〇 敷物。薄縁の類。当時の家の床は板敷。必要に応じてこれを敷いた。宇治拾遺では「莚、畳をとらせばやと思へども、恥づかしと思てゐたるに」と、女が提供すべき畳のないことを恥じている。二一 皮籠。衣類等を入れる皮張りの行李。二二 毛皮の敷物。二三 幔幕。二四 旅行用の食糧や日用品を入れる籠。ここでは、それに入れて持って来た食糧をさす。二五 そこにおいでのお方にお話があります。二六 普通は「サム」と表記される。→四七〇頁注三。二七 これといって妨げになるものもなかったので。二八 女の手をとった。二九 拒絶できそうにもなかった上に(夫をさずけるという)夢告を頼りにして。三〇 勢力と財産。三一 深く愛していた妻に先立たれたので。三二 独身。三三 前の妻。亡妻。三四 処理すべきこと。用事。三五 まさに生き写しだと思えて。

郎等・四五人ガ従者共《ども》取リ加ヘテ二十人許《ばかり》ノ人ヲゾ置タリケル。

其レニ物食《くは》スベキ方《かた》モ無ク、馬共《ども》ニ草可飼《かふべ》キ様《やう》モ無カリケレバ、思ヒ歎《なげき》テ居タル程ニ、祖《おや》ノ仕《つか》ヒシ女ノ娘、世一ニ有《あり》トハ聞キ渡《わたり》ケレドモ来《きた》ル事ハ無キニ、不思懸《おもひかけ》ズ二其朝《そのつとめ》テ来タリケレバ、「誰ニカ有ラム」ト思ヒテ問ヘバ、女ノ云《いは》ク、「我ハ君ノ祖ニ被仕《つかはれ》シ女ノ娘也。年来《としごろ》モ心三ノ咎《とが》ニ参ラムト思ヒ乍《なが》ラ、世四ノ中ノ忩《いそがし》サニ交《ま》ギレテ過ギ候ヒツルヲ、今日ハ万五《よろづ》ヲ棄テヽ、参《まゐり》ツル也。此便六《かくたより》無クテ御《おはし》マストナラバ、怪《あやし》クトモ己《おの》ガ住所《すめるところ》ニ通《かよひ》テ御《おはし》マセカシ。志七《こころざし》ハ思ヒ奉ルト云ヘドモ、踈乍《よそなが》ラ明暮《あけく》レ訪《とぶら》ヒ奉《たてまつら》ムハ、愚《おろか》ナル事モ可有《あるべ》シ」ナド細《こまごま》ヽト語《かたら》ヒ居《ゐ》テ、「抑《そもそ》モ此ノ候フ人ヽハ何《な》八ニ人」ト問ヘバ、「此《ここ》ニ宿《やどり》タル人ノ若狭ヘ今朝行《ゆき》ヌルガ、明日此《ここ》ニ返《かへ》リ来《きた》ラムトシテ、留《とど》メ置《おき》タル也。其等《それら》ニモ可食《くはすべ》キ物ノ無ケレバ、日ハ高ク成ヌレドモ、可為《すべ》キ様《やう》モ無クテ居タル也」ト云ヘバ、女ノ云ク、「知九リ奉ラセ可給《たまふべ》キ人ノ御共人《ともびと》ニヤ」ト。参一〇テ云ク、「態一一《わざ》トハ不思《おもは》ネドモ、此《ここ》ニ宿《やど》リタラム人ニ物ヲ不食《くは》セデ過《すぐ》サムモ口惜《くちをし》カルベシ。只一二思ヒ可放《はなつべ》キ人ニモ非ズ」ト。女ノ云ク、「糸不便一三《いとふびん》ニ候ケル事カナ。今日シモ賢ク参リ候ヒニケリ。然ラバ返《かへり》テ、其一四ノ事構《かまへ》テ参ラム」ト云テ出《いで》ヌレバ、亦《また》、「何《いか》ニモ此ノ観音ノ助ケ給フ也ケリ」ト思テ、手ヲ摺《すり》テ弥《いよい》ヨ念ジ奉ル程ニ、即《すなは》チ、此ノ女物共一五《ども》ヲ持《もた》セテ来タリ。見レバ、食物共《じきもつども》様ヽニ多カリ。馬ノ草モ有リ。「無限《かぎりな》ク喜《うれ》シ」ト

三六 目もくらみ胸が高鳴って。 三七 日が早く暮れてくれ、早く近づいて親しく様子を見たい。 三八 ところが。 三九 もし若狭国に行かなかったら、この人を見つけられなかっただろう。 四〇 「暁」は「暁」の草体から生まれた字体か。夜が明ける意。 四一 越前から若狭へと国境を越えて行った。

一 (そういう者が)いるとはかねて聞いていたが、今まで来たことがなかったのに。
二 その日の朝。「テ」は「朝」の捨仮名。
三 (ご無沙汰に)気がとがめて。
四 世渡りの忙しさにまぎれて。
五 万障繰り合わせて参ったのです。
六 こんなに不如意でいらっしゃるのでしたら、むさくるしいところですが私の家に時々おいで下さいませ。
七 ご奉仕したい気持はございましても、離れて住んで明け暮れお世話申し上げるのでは、手抜かりのこともございましょう。
八 「ニ」は「何」の捨仮名。
九 お世話をしてさしあげるべき方のお供の人でしょうか。
一〇 このままでは文意不通。「答テ云ク」の誤記か。
一一 特にしなければならないとは思いませんが。
一二 何もしないで放っておいてよい人でもないのです。
一三 それは困ったことでございますね。
一四 その用意をして参りましょう。

思テ、心[一六]ノ如ク此ノ者共《ども》ヲ饗応《きやうおう》シツ。

其ノ後、女ニ云ク、「此《こ》[一七]ハ何《いかに》、「我ガ祖《おや》ノ生返《いきかへり》テ御《おは》シタルナムメリ」トナム思フ。恥《はち》[一八]ヲ隠シツルカナ」ト云テ泣ケバ、此ノ女モ打泣《うちなき》テ云ク、「年来《としごろ》モ「何《いか》デ御《おはし》マスラム」ト思ヒ乍《なが》ラ、世[一九]ノ中ヲ過《すぐ》シ候フ者ハ心ノ暇《いとま》無キ様《やう》ニテ過ギ候ヒツルヲ、今日シモ参リ合《あひ》テ、何《いか》デカ愚《おろか》ニハ思ヒ奉ラム。若狭ヨリ返《かへ》リ給ハム人ハ何《いつ》返リ給ハムズルゾ。御共人《ともびと》何人許《ばかり》ゾ」ト問ヘバ、「不知《いさ》[二〇]ヤ、実《まこと》ニヤ有ラム、「明日ノ夕方、此《ここ》ニ可来《きたるべ》シ」トゾ聞ク。共ニ有ル者・此《ここ》ニ留《とどまり》タル者《も》[二一]ノ取リ加《くはへ》テ七八十人許《ばかり》ゾ有シ[二二]」ト云ヘバ、女、「其[二三]ノ御儲《まうけ》ヲ構《かま》ヘ候ハム」ト云フニ、「今[二四]日ダニ不思係《おもひかけ》ヌニ、其[二五]マデハ何《いか》ガ可有《あるべ》キ」ト云ヘバ、女、「何《いか》ナル事也トモ、今ヨリハ何《いか》デカ不仕《つかまつら》ザラム」ト云ヒ置去《おきてさり》ヌ。

其ノ日モ暮レヌ。亦《また》ノ日ニ成《なり》テ、申時許《さるのときばかり》[二六]ニゾ若狭ノ人来タル。其ノ時ニ、此ノ女多《おほく》ノ物共《ども》ヲ持《もた》セテ来《きた》レリ。上下ノ人ヲ皆饗応シツ。男ハ□[二七]入臥《いりふ》シテ、明日ニハ美乃《みの》[二八]ヘ具[二九]シテ可行《ゆくべ》キ由《よし》ナド語《かた》フ。女、「何《いか》ナル事ナラム」ト思ヘドモ、偏《ひとへ》ニ夢ヲ憑《たのみ》テ、男ノ云フニ随《したがひ》テ有リ。此ノ来《きた》レル女ハ、暁《あかつき》[三〇]ニ立《たた》ムズル儲《まうけ》ナムド営《いとな》ムデ有ルニ、家主《いへあるじ》ノ女ノ思ハク、「不思係《おもひかけ》ヌニ此許《かくばかり》ノ恩ヲ蒙《かうぶり》ヌ。此ノ女ニ何[三一]ヲカ取《とら》セマシ」ト思ヒ廻《めぐら》セドモ、更ニ取ラスベキ物無シ。但シ、「自然《おのづか》[三二]ラノ事モヤ有ル」トテ、紅《くれなゐ》ノ生《すずし》[三三]

一五 様々の物を人に持たせてやって来た。
一六 思い通りにこの者たちをもてなした。
一七 これはなんとしたこと。
一八 恥をかかずに済みました。
一九 世渡りをする者の常とて何かと気忙しく過ごしておりましたが、よりによって本日参上しました上は、どうしておろそかにお思いいたしましょう。
二〇 さあ、本当かどうかわかりませんが。
二一 「ノ」は「者」の捨仮名。
二二 底本「シ」を「ン」と訂正するが、諸本とも「有シ」。
二三 そのおもてなし(食膳)を用意いたしましょう。
二四 今日のご好意だけでも思いがけないことですのに。
二五 底本「其ナラハ」。諸本により訂した。そんなにまでどうして甘えられましょう。
二六 午後四時頃。
二七 底本の祖本の破損に因る欠字か。宇治拾遺「いつしか入来て、おぼつかなかりつる事などいひ臥したり」。
二八 「美濃」に同じ。
二九 (妻として)連れて行くつもりだなどと語る。
三〇 夜明け前に出発する一行の支度などをしていたが。
三一 (お礼として)何を与えようか。
三二 ひょっとして必要なこともあろうかと。
三三 生絹。練らない生糸の織物。軽くて薄く、夏用の衣服に用いた。

ノ袴[一]一腰持《ひとこしもち》ケルヲ、「此《これ》ヲ取《とら》セム」ト思テ、我ハ男ノ脱ギ置タル白キ袴ヲ着テ、此ノ女ヲ呼ビテ云《いは》ク、「年来然《としごろさ》ル人ヤ有ラムトモ不思《おもは》ザリ[二]ツルニ、不思係《おもひかけ》ズ此《かか》ル時シモ来《きた》リ合《あひ》テ、恥ヲ隠シツル事ノ世[三]ゝ《せせ》ニモ難忘《わすれがた》ケレバ、[四]何ニ付《つけ》テカ知《しら》セムト思テ、[五]志許《こころざしばかり》ニ此レヲ」トテ、袴ヲ取《とら》スレバ、女ノ云ク、「[六]人ノ見給フニ、御様モ異様《ことやう》ナレバ、我レコソ何ヲモ奉ラムト思ヒツルニ、此《こ》ハ何《いか》デカ給《たまは》ラム」トテ不取《とら》ヌヲ、「此ノ年来《としごろ》ハ、「[七]倡《さそ》フ水有ラバ」ト思渡《おもひわたり》ツルヲ、不思係《おもひかけ》ズ此ノ人、「具シテ行カム」ト云ヘバ、[八]明日ハ不知《しら》ズ、随《したがひ》テ行キナムズレバ、形見《かたみ》ニモ為《せ》ヨ」トテ、泣《なく》ゝ《な》ク取ラスレバ、「此形《かく》見ト仰セラルヽガ忝《かたじけな》ケレバ」トテ、得《え》テ去《さり》ヌ。程《ほ》[九]ド無キ所ナレバ、此ノ男[一〇]虚寝《そらね》シテ、此《かく》云フヲ聞キ臥《ふし》タリ。既《すで》ニ出立《いでたち》テ、[一一]此ノ女ノ調《ととの》ヘ置《おき》タル物共食《どもくひ》テ、馬ニ鞍置《おき》テ引出《ひきいだ》シテ、[一二]此ノ女ヲ乗セムズル程ニ、女ノ思ハク、「人ノ命定《さだ》メ無ケレバ、此ノ観音ヲ[一三]亦礼《またをが》ミ奉ラム事難《かた》シ」ト思テ、観音ノ御前ニ詣《まう》デヽ見奉レバ、御肩ニ赤キ物係《かかり》タリ。怪《あや》シト思テ吉《よ》ク見レバ、此ノ女ニ取《とら》セツル袴也ケリ。此ヲ見テ、「[一四]然《さ》ハ、此ノ女ト思ヒツルハ、観音ノ変ジテ助ケ給ヒケル也ケリ」ト思フニ、[一五]涙ヲ流シテ臥シ[一六]丸《まろ》ビ泣クヲ、男其ノ気色《けしき》ヲ怪シト思テ、来《きたり》テ、「何《いか》ナル事ノ有ルゾ」ト見廻《みめぐら》スニ、観音ノ御肩ニ紅《くれなゐ》ノ袴係《かかり》タリ。此レヲ見テ、「何《いか》ナル事ゾ」ト問ヘバ、女[一七]初《はじめ》ヨリ事ノ有様ヲ泣《なく》ゝ《な》ク語ル。男、「虚寝《そらね》シテ聞キ臥シタ

一 「腰」は、袴を数える助数詞。
二 底本「不思サトッセニ」とし、「ト」に「リ」と傍書。誤記とみて訂した。
三 生まれ変わり死に変わった世でも。永劫。 四 何に託して(お礼の気持を)伝えようかと思って。
五 ほんの気持だけですが、これを。
六 殿方が見ていらっしゃいますのに。
七 誘ってくれる人があったら(付いて行こう)と思い続けていたのですが。小野小町の歌「わびぬれば身をうき草の根をたえてさそふ水あらばいなむとぞ思ふ」(古今集・雑下)を踏まえる。
八 明日はどうなるかしれませんが、付いて行くつもりですので。
九 「ド」は「程」の捨仮名。女が話し合っていた所は男のすぐ近くだったので。
一〇 眠ったふりをして。
一一 「祖ノ仕ヒシ女ノ娘」をさす。
一二 主人公の女をさす。 一三 再び。
一四 それでは、あの女だと思っていたのは、実は観音様が身を変えて助けて下さったのだ。 一五 底本「渡」を訂した。
一六 身を投げ出して泣くのを。
一七 はじめからの事情を。
一八 「悲シ」「悲ブ」は、基本的には痛切に胸に迫る感じを表す語。いとおしく思う情愛、身にしみる悲哀、こみあげる感動・感激等々を表すが、霊験譚や往生譚では特に感動・感激の意に用いられた例が多い。ここもその一例。 一九 →前注。
二〇 上に係助詞「コソ」はないが、已然形止めになっている。流布本は「越ニケリ」と終止形止め。

リツルニ、女ニ取ラセツル袴ニコソ有《ある》ナレ」ト思フニ、悲[一八]シクテ同ジク泣キヌ。郎等ノ中ニモ物ノ心ヲ知《しり》タル者ハ、此レヲ聞テ、貴《たふと》ビ不悲《かなしま》[一九]ズト云フ事無シ。女返ゝ《かへすがへ》ス礼拝シテ、堂ヲ閉納《とぢをさ》メテ、男ニ具シテ美乃ヘ越《こえ》ニケレ[二〇]。

其ノ後、夫妻《めをと》トシテ、他《ほか》[二一]ノ念《おもひ》無ク棲《すみ》ケル程ニ、男女ノ子息[二二]数生《あまたうみ》テケリ。常ニ敦賀ニモ通《かよひ》テ、懃《ねむごろ》ニ観音ニ仕《つかまつり》ケリ。彼《か》ノ来《きた》レリシ女ハ、近ク遠ク令尋《たづねしめ》ケレドモ、更[二三]ニ然《さ》ル女無カリケリ。

此[二四]レ偏《ひとへ》ニ観音ノ誓《ちかひ》[二五]ヲ不誤給《あやまちたまは》ザルガ至《いた》ス故《ゆゑ》也。世ノ人此レヲ聞テ、専《もはら》ニ観音ニ可仕《つかまつるべ》シトゾ云《いひ》ケルトナム語リ伝《つたへ》タルトヤ。

殖槻寺観音《うゑつきでらのくわんおん》、助貧女給語《まづしきをむなをたすけたまへること》 第八

今昔《いまはむかし》[二六]、大和《やまと》ノ国、敷下《しきのしも》[二七]ノ郡《こほり》ニ殖槻寺《うゑつきでら》[二八]ト云フ寺《て》ラ[二九]有リ。等身《とうじん》[三〇]ノ銅《あかがね》ノ正観音《しやうくわんおん》[三一]ノ験《げん》ジ給フ所也。

其ノ辺《ほとり》ニ其ノ郡ノ郡司[三二]有ケリ。一人ノ娘有ケルヲ、父母《ぶも》此レヲ愛《あいし》テ悲《かなしみ》[三三]テ思ヒ傅《かしづき》ケレバ、常ニ此ノ殖槻寺ニ将参《ゐてまゐり》テ、「此ノ女子《をむなご》ニ愛敬《あいぎやう》[三四]・富《とみ》ヲ令得《えし》メ給ヘ」ト祈リ申ケル程ニ、娘ノ年二十ニ余《あまり》ニケレバ、仮借《けさう》[三五]スル人数《あまた》有ケレドモ、父母、「心[三六]ニ不叶《かなは》

二一 他に心を奪われることなく夫婦として過ごすうちに。夫婦仲良く過ごすうちに。宇治拾遺「思ひかはして、又横目する事なくて住みければ」。
二二 女の子も「子息」と表現されている。
二三 それらしい女は全くいなかった。
二四 宇治拾遺の結語は「この男女、たがひに七八十に成までさかへて、をのこご、女ごうみなどして、死の別にぞわかれにける」。
二五 三十三身に変化して衆生の危難を救うという観音の本願。普門品に説く。

第八話　前半(第一―七段)の出典は未詳の仮名文献。後半(第八―十二段)の出典は日本霊異記・中・34の後半。元亨釈書・二十九・諸楽京女、金沢文庫本観音利益集・40に霊異記の同話がある。
二六 本話前半の出典は未詳。霊異記前半のあらすじは、「諸楽右京殖槻寺之辺里」の孤独の貧女が、父母が在世時に造立して自宅の仏堂に安置した観音の銅像を信仰し、その里の富者に仲人を通して求婚される。女はためらうが、その男が家に押しかけて来て契りを交わす。以下、本話後半(第八段以後)につながる。
二七 正しくは「城下」。現、奈良県磯城郡付近。
二八 ↓地名「殖槻寺」。
二九 「ラ」は「寺」の捨仮名。
三〇 人間の背丈と同じ。等身大の。
三一 ↓人名「正観音」。　三二 郡の長官。
三三 ↓注一八。　三四 人から愛される魅力。
三五 懸想する人。思いをかけて求婚する人。　三六 気に入らない婿は取るまい。

ザラム聟《むこ》ハ不取《とら》ジ」ト思テ、人ヲ撰《えらび》テ不合《あは》[一]セザリケル程ニ、其ノ母身ニ何トモ無キ病《やまひ》ヲ受《うけ》テ、日来《ひごろ》[二]煩《わづらひ》テ死《し》ニケリ。父ハ母ヨリモ年老《おい》タリケレバ、「何《いか》ニカ成《なり》ナムズラム」ト思ケル程ニ、亦《また》、日来《ひごろ》[三]不煩《わづらはず》シテ二三日許《ばかり》悩《なやみ》テ死ニケリ。

其ノ後《の》チ、此ノ女子《をむなご》一人家ニ有テ、月日ノ行《ゆく》ニ随《したがひ》テ、住ム宅《いへ》モ荒レ[四]以行《もてゆ》ク。仕《つかひ》ケル従者共《ども》モ皆行キ散リ、領《りやう》[五]シケル田畠《でんばく》モ人ニ皆押取《おしとられ》[六]ナドシテ、知ル所[七]モ無カリケレバ、不合《ふがふ》[八]ニ成ル事、日ヲ経《へ》テ増《まさ》ル。然レバ、此ノ娘《むす》メ[九]心細キマヽニ、哭《な》キニノミ泣《なき》テ日ヲ暮ラシ夜ヲ[一〇]暛《あかし》[一一]ケル程ニ、四五年ニモ成《なり》[一二]ヌ。

而《しか》ル間、此ノ女子此ノ観音ノ御手ニ糸[一三]ヲ懸《かけ》テ、此《これ》ヲ引《ひき》テ花ヲ散《ちら》シ香ヲ焼《たき》テ、心[一四]ヲ至《いた》シテ申サク、「我独身《ひとりみ》ニシテ父母《ぶも》無シ。家空《むなし》クシテ財物《ざいもつ》無シ。身命《しんみやう》ヲ存セムニ便《たより》無シ。願《ねがは》クハ大悲観音[一五]、慈悲ヲ垂タレ[一六]給《た》マヒテ、我ニ福ヲ授ケ給ヘ。譬《たと》ヒ我レ前世《ぜんぜ》ノ悪業《あくごふ》ニ依《より》テ貧キ身ヲ受《うけ》タリト云フトモ、観音ノ誓《ちかひ》[一七]ヲ思フニ、何《な》ドカ不助給《たすけたまは》ザラム」ト、日夜ニ泣〻《なくな》ク礼拝恭敬《くぎやう》[一八]シテ願ヒ請《こひ》ケリ。

而《しか》ル間、隣ノ郡《こほり》ノ司《つかさ》ノ子ナル男有リ。年三十許《ばかり》ニテ形皃清気《ぎやうめうきよげ》[一九]也。心モ直《うるはし》クシテ狂《わう》[二〇]ヲ離レタリ。而ルニ、其ノ妻《め》無限《かぎりな》ク相念《あひおもひ》[二一]テ過《すぐし》ケルニ、懐任《くわいにん》シテ子産ム程ニ死《し》ニケレバ、夫歎《なげ》キ悲ムト云ヘドモ甲斐無クシテ、忌《いみ》[二二]ノ程ヲ過《すぐ》シテ、「京ニ上《のぼり》テ、心ニ叶ハム妻ヲ求《もとめ》ム」ト思テ、既《すで》ニ京ニ上《のぼ》ルニ、道ニシテ日暮ヌレバ、彼ノ死ニシ敷下《しきのしも》ノ

一　結婚させないでいるうちに。
二　何日も患って死んだ。
三　何日というほどもなく、二、三日患っただけで死んだ。
四　しだいに荒れていく。
五　領有していた田畑。
六　強奪されたりして。
七　所有する土地。
八　貧乏。
九　「メ」は「娘」の捨仮名。
一〇　底本「夜ノ」を訂。
一一　→四八五頁注四〇。
一二　底本「四五年ニシ」を訂した。
一三　仏像の手から自分の手に糸をかけわたして祈るのは、救済の懇願、結縁の切望を表す行為。→三九三頁注四一。
一四　まごころこめて。一心不乱に。
一五　大慈大悲の観音。
一六　「タレ」は「垂」の全訓捨仮名。
一七　→四八九頁注二五。
一八　恭敬は、うやまいつつしむ意。
一九　「皃」は「貌」に同じ。なかなかの美男子である。
二〇　東北本「狂」。狂惑(おうわく)とは無縁であった。道義に外れたところがなかった。
二一　愛し合って。
二二　服喪の期間を過ごしてから。

郡《こほり》ノ郡司ノ娘ノ家ニ寄《より》テ宿《やどれ》リ。

家主《いへあるじ》ノ女、不知《しら》ヌ人ノ[二三]押《おし》テ宿《やど》レバ、恐レテ[二四]片角《かたすみ》ニ隠レ居《ゐ》ヌ。[二五]不宿《やど》サジト為《し》ケレドモ、可立《たつべ》キニモ非《あら》ネバ、[二六]人ヲ出《いだ》シテ、「[二七]云ハム事、請有《うけあり》テ聞ケ。此《かか》ル者ハ腹立《はらたち》ヌレバ悪《あし》キ事ゾ」ト云テ、[二八]畳《たたみ》ナムド取出《とりいだ》シテ令敷《しかし》メ、可然《しかるべ》キ所掃《はか》セナドスレバ、「極《きはめ》テ情《なさけ》有ケル所ノ人カナ」ト云テ、其《そ》ノ出《い》デヽ掃《はき》ナド為《す》ル人ヲ呼《よび》テ、宿《やどれ》ル人ノ云ク、「[二九]此ハ故《こ》郡殿《こほりどの》ノ家ニハ非ズヤ」ト問ヘバ、「然《さ》ニ候フ」ト答フ。亦《また》云ク、「[三〇]傅《かしづ》キ給ヒシ娘ノ御《おは》セシハ何《いか》ニカ成リ給ヒニシ」ト問ヘバ、「此《か》ク客人《まらうと》ノ御《おはし》マセバ、忍《しのび》テ西ノ方《かた》ニ立寄《たちより》テナム御《おは》ス」ト答ケレバ、「然《さ》也」ト聞テ、[三一]旅籠《はたご》ナド[三二]涼《さが》シテ物ナド食ヒテ寝《ね》ヌ。

[三三]旅所《たびどころ》ニテ不被寝《ねられ》ネバ、起《おき》テ[三四]タヽズミ行ク程ニ、家ノ主《あるじ》ノ女ノ隠レ居タル方《かた》ニ行《ゆき》ヌ。[三五]和《やは》ラ立副《たちそひ》テ聞ケバ、[三六]アテヤカナル女ノ気《け》ハヒニテ、[三七]打歎《うちなげ》キ泣キナド為《す》ル音忍《こゑしのび》ヤカニ聞《きこ》ユ。極《きはめ》テ哀レニ思《おぼ》ユレバ、聞キ過《すぐ》シ難《がた》クテ、和《やは》ラ[三八]遣戸《やりど》ヲ引開《ひきあけ》テ歩ミ寄レバ、女イミジク恐《おそろ》シト思テ、□[三九]キ居タル所ニ掻寄《かきより》ヌ。和《やは》ラ副臥《そひふ》シテ捜《さぐ》レバ、女[四〇]破無《わりなし》ト思テ、衣《きぬ》ヲ身ニ纏《まとひ》テ低《うつふ》シ臥《ふ》シタレドモ、[四一]何ノ憚《は》バカリカハ有ラム、男懐《ふところ》ニ掻入《かきいり》テ臥シヌ。[四二]近増《ちかまさり》シテイミジク哀《あはれ》ニ思《おぼ》ユ。[四三]身成《みなり》モ厳《いつく》シク、程モ□[四四]ニテ、[四五]労《らう》タキ事無限《かぎりな》シ。「田舎人ノ娘、何《いか》デ此《か》クハ有ラム。止事無《やむごとな》キ人ノ娘モ此ク許《ばかり》ハ非《あら》ジ者ヲ」

二三 強引に宿を借りて上がり込んだので。
二四 片隅。
二五 宿すまいとしたけれど、おとなしく出て行きそうにもないので。
二六 使用人を応対に出して。「畳ナムド取出シテ」に係る。
二七 相手の言うことは逆らわずに聞きなさい。こういう連中は腹を立てるとこわいから。女が使用人に命じた言葉。
二八 →四八五頁注二〇。
二九 ここは亡き郡司さんのお宅ではありませんか。
三〇 大切になさっていたお嬢さんはどうされたのでしょう。
三一 →四八五頁注二四。
三二 開けて。
三三 旅先の宿りで寝つけなかったので。
三四 うろつき歩いているうちに。
三五 そっと立ち寄って聞き耳を立てると。
三六 上品な女の気配がして。
三七 ため息をついて泣いたりする声が。
三八 引き戸。
三九 漢字表記を期した意識的欠字。「ワナナ(キ)」が想定される。ぶるぶるふるえているところに身をすり寄せた。
四〇 困惑して。
四一 もはや何の遠慮があろうか、男は女と膚を合わせて寝た。
四二 身近で見ると一層美しくかわいく思われる。
四三 身なりもきちんとしていて。
四四 年齢の明記を期した意識的欠字か。
四五 →五一二頁注八。

トナム哀レニ思ヒ臥シタル。[一]墓《はかな》無クテ明《あけ》ヌレバ、女男ヲ「[二]疾《と》ク起去《おきい》ネ」ト云ヘドモ、起キム心地モ不為《せ》ズ。

[三]而《しか》ル間、雨降《ふり》テ不止《やま》ズ。然レバ、男留《とどまり》テ不行《ゆか》ズ。家貧クシテ食物《じきもつ》無キニ依《より》テ、男ニ令食《じきせしむ》ル物無クシテ日高ク成《なり》ヌ。女此レヲ歎キテ、口ヲ[四]瀬《すす》ギ手ヲ洗テ、[五]堂ニ詣《まう》デヽ、観音ニ懸《かけ》奉レル糸ヲ引《ひき》テ、泣キ悲ムデ申シテ云《いは》ク、「今日、我レニ恥ヲ令見《みしめ》給フ事無《なく》シテ、忽《たちまち》ニ我ニ財《たから》ヲ施《ほどこ》シ給ヘ」ト申シテ、家ニ返《かへり》テ[六]空《むなし》キ竈《かまど》ニ向《むかひ》テ、[七]頬《ほほ》ヲ押ヘテ蹲居《うずくまりゐ》テ歎《なげき》ケル間、[八]日中時《さるのとき》ニ及《および》テ、門ヲ叩《たたき》テ人ヲ呼ブ音《こゑ》有ケレバ、出《い》デヽ見ルニ、[九]隣ニ富メル一人ノ女有リ、[一〇]長櫃《ながひつ》ニ種々《くさぐさ》ノ飯食《はんじき》・[一一]菜等《くさびらなど》ヲ入レテ持来《もてき》タリ。見ルニ、不具《ぐせ》ヌ物無シ。器《うつはもの》・[一二]鋺《かなまり》・[一三]楪子《でふし》等モ皆具《ぐし》タリ。此レヲ与ヘテ云ク、「[一四]客人《まらうと》在《まし》マス由《よし》ヲ自然《おのづか》ラ聞《きき》テ奉レル也。但シ、器《うつはもの》ヲバ後《のち》ニ返《かへ》シ給ヘ」ト。家女《いへのをむな》此レヲ見テ、大キニ喜《よろこび》テ男ニ令食《じきせし》ム。

[一五]其ノ後、家女《いへのをむな》尚《なほ》此ノ事ヲ思フニ、[一六]此ノ恩難報《ほうじがたき》ニ依《より》テ、只一ツ着タル所ノ衣《きぬ》ヲ[一七]脱《ぬぎ》テ、隣家《となりのいへ》ノ使ノ女ニ与ヘテ云ク、「我レ難有《ありがた》キ恩ヲ蒙《かうぶ》ルト云ヘドモ、身貧キニ依テ、可奉《たてまつるべ》キ物無シ。只此ノ[一八]垢《く》衣《え》ノミ有リ。此レヲ奉ル」ト云テ、泣々《なくな》ク与《あたへ》ケレバ、使ノ女此レヲ取《とり》テ、打チ着テ返去《かへりさり》ヌ。而《しかる》間、男此ノ食物《じきもつ》ヲ見テ、[一九]先《ま》ヅ不食《じきせ》ズシテ、女ノ顔ヲ守《まぼり》テ怪《あやし》ブ。[二〇]然レドモ、餓《うゑ》ヘニ及ベルガ故《ゆゑ》ニ、食《じき》シテ返ス。[二一]此ノ女ヲ嫁《とつぎ》ケル

一 夢中のうちにすぐ夜が明けたので。 二 早く起きて行って下さい。 三 本第八段以後は霊異記が出典。 四「瀬」は「漱」に通用。名義抄「瀬 スヽク」。 五 この「堂」はこれまでの筋から言えば日頃信仰していた殖槻寺をさすはずだが、後文では自分の家にあったことになっている(→注二六)。これは本話が異なる資料を接合して成っているための矛盾であって、前半の出典の未詳文献は同寺の観音の霊験譚、後半の出典の霊異記は同寺の近所に住む人が造立し自宅の堂に安置した観音像の霊験譚であった。ここにはその不整合を露呈している。 六 何も煮炊きする物がない竈。 七 途方に暮れているさま。 八 午後四時頃。 九 霊異記「隣富家乳母」。 一〇 長方形の大型の櫃。長持の類。 一一 野菜類。 一二 金属製の椀。 一三 木製の漆塗りの皿。畳子。和名抄「楊氏漢語抄云、畳子、宇流之沼利乃佐良」。但し、霊異記「器皆鋺楪子」は、器は全て(高価な)鋺(注一二)と楪子であった意。本話はこの文脈を正確にとらえていない。 一四 お客さまがおありと耳にしたので差し上げるのです。 一五 このままでは、男に食事を提供した後、ある程度の時間をおいて衣を脱いで与えたことになるが、それまで隣の使いの女が待っていたのは不自然。霊異記では使いから受け取った直後に衣を与えており問題はない。本話の不注意な翻訳に原因がある。 一六 この恩は報い難いほどありがたかったので。

ニ依《より》テ、忽《たちまち》ニ京ニ上《のぼ》ラム事ヲ不好《このま》ズシテ、偏《ひとへ》ニ永キ契《ちぎり》ヲ思フ。而《しか》ル間、二二彼ノ隣《となり》ノ富女《とめるをむな》ノ許《もと》ヨリ、絹十疋《ぴき》・米《よね》十表《べう》ヲ送《おくり》テ云ク、「絹ヲバ着物《きるもの》ニ縫《ぬひ》テ着給ヘ。米ヲバ酒ニ造《つくり》テ貯ヘ給ヘ」ト。家女《いへのをむな》此レヲ得テ、心ニ怪《あやし》ビ思テ、此ノ事ヲ二三喜《よろこ》バムガ為《ため》ニ、隣ノ富家《とめるいへ》ニ行テ泣ゝ《なくな》ク此ノ喜ビヲ云フニ、隣ノ富女《とめるをむな》ノ云ク、「此ハ若《も》二四シ物ノ付《つき》給ヘルカ。我レ更ニ此ノ事不知《しら》ズ。而ル事無シ。亦《また》、二五彼ノ使ニ行タリケム女、此《ここ》ニ無キ者也」ト云フ。家女此レヲ聞テ、怪《あやしび》テ家ニ返《かへり》テ、常ノ如ク二六堂ニ入《いり》テ、観音ヲ礼《をが》ミ奉ラムト為《す》ルニ、見奉レバ、彼ノ使ノ女ニ与ヘシ所ノ衣《きぬ》、観音ノ御身ニ懸《かかり》タリ。女此レヲ見テ、涙ヲ流シテ、「此レ観音ノ助ケ給フ也ケリ」ト知《しり》テ、身ヲ地ニ投《なげ》テ泣ゝ《なくな》ク礼拝シケリ。二七暮レヌレバ男来《きた》レリ。女泣ゝク此ノ由《よし》ヲ語《かたり》テ、共ニ二八恭敬《くぎやう》シ奉ル事無限《かぎりな》シ。

二九其ノ後、夫妻《めをと》トシテ此ノ家ニ住《すみ》テ、大《おほき》ニ富メル事祖《おや》ノ時ノ如シ。夫妻共《とも》ニ愁《うれ》ヘ無クシテ、命ヲ持《たも》チ身ヲ全クシテ久《ひさし》ク有ケリ。「此《これ》偏《ひとへ》ニ観音ノ助《たすけ》ニ依《より》テ也」ト思テ、恭敬《くぎやう》供養シ奉ル事不怠《おこたら》ザリケリ。

此《これ》ヲ思フニ、観音ノ御三〇誓《ちかひ》不可思議也。三一現《あらは》ニ人ト成《なり》テ、衣《きぬ》ヲ三二被《かつ》ギ給ヒケム事ノ哀レニ三三悲キ也。三四殖槻寺ト云フ、此レ也。亦《また》、其ノ観音、于今《いまに》其ノ寺ニ在《まし》マス。人必ズ参テ可礼奉《をがみたてまつるべき》観音也トナム語リ伝ヘタルトヤ。

一七 底本「脱テ」の「テ」が欠字。諸本により補。 一八 垢に汚れた着物。

一九 霊異記「夫見レ食而怪、不レ見二彼食一、猶瞻二妻面一」。 二〇 以下「永キ契ヲ思フ」まで、霊異記には見えない。

二一 この女と契りを交わしたので。

二二 霊異記「明日夫去、以二絹十疋米十俵一、送レ妻而言」は、翌日一旦家に帰った男が絹と米を送ってきた意。本話はこの文脈を誤解したか。

二三 感謝するために。礼を言うために。

二四 もしや何かにとり憑かれたのではありませんか。霊異記「痴嬢子哉。若託レ鬼耶」。

二五 霊異記「彼使猶言、我亦不レ知矣」は、使いの女が自分もそんなことは知らないと言った意。本話とは異なる。

二六 →注五。

二七 以下「奉ル事無限シ」まで、霊異記には見えない。 二八 →四六八頁注一七。

二九 以下、霊異記の結語は「従レ此以来、得二本大富一、脱レ飢無レ愁、夫妻無レ夭、全レ命存レ身也。斯奇異事矣」。

三〇 →四八九頁注二五。

三一 明らかに。間違いなく。

三二 「被グ」は、身にかける、頭にかぶる意。一般にこの語はカヅクと訓み慣らわされているが、名義抄、字類抄の訓から当時はカツグであったと推定される(古典大系・古典全集説)。

三三 →四八九頁注一八。

三四 女の家の「堂」と殖槻寺との関係が明らかでないから(→注五)、この文言は唐突の感を否めない。

女人《にょにん》、仕清水観音《きよみづのくわんおんにつかまつりて》、蒙利益語《りやくをかうぶれること》第九

今昔《いまはむかし》、京ニ、父母《ぶも》モ無ク[一]類親《るいしん》モ無クテ、極《きはめ》テ貧シキ一《ひと》ノ女人《にょにん》有ケリ。年若クシテ[二]形《かた》チ美麗也ト云ヘドモ、貧シキニ依《より》テ、夫不相具《あひぐせず》シテ[三]寡《やもめ》ニテ有リ。如此《かくのごと》ク[四]便《たより》無クシテ年来《としごろ》有ルニ、心ニ思ハク、「[五]観音ノ助ケニ非ズハ、我ガ貧シキ身ニ富ヲ難得《えがたかり》ナム」ト思ヒ得テ、日夜朝暮《てうぼ》ニ[六]清水《きよみづ》ニ詣《まう》デヽ、此ノ事ヲ願《ねがふ》[七]ヲ、[八]昔ハ清水ニ参ル坂モ皆藪《やぶ》ニシテ、人ノ家モ無カリケルニ、少シ高クシテ小山ノ様《やう》ナル所有ケリ。其ニ小サキ柴ノ[九]奄《いほり》ヲ造《つくり》テ一人ノ[一〇]嫗住《おうなすみ》ケリ。其ノ嫗《おうな》、此ノ清水ニ詣《まう》ヅル女人ヲ呼《よび》テ云《いは》ク、「極《きはめ》テ貴ク日夜ニ参リ行《あり》キ給《たまふ》カナ。知《しり》タル人モ不御《おはせぬ》ニヤ」ト。女ノ云《いは》ク、「知《しり》タル人ノ侍ラムニハ、[一一]此《かか》ル様《やうに》テハ侍《はべり》ナムカハ」ト。嫗ノ云ク、「[一二]糸哀《いとあはれ》ナル事カナ。今[一三]吉《よ》キ身ニ成リ給ヒナム。秋比《ごろ》マデハ、[一四]怪《あやし》クトモ此奄《このいほり》ニテ物ナドハ食《くひ》ツヽ、参リ給ヘ」ト云テ、[一五]奄《いほり》ノ程ヨリハ食物《じきもつ》糸清気《いときよげ》ニシツヽ、呼ビ入レテ、其レヲ食ヒツヽ参《まゐり》ケルニ、適《たまた》マ一ツ着タル衣《きぬ》モ只[一六]破《やぶれ》ニ破《やぶ》レテ、[一七]身モ現《あら》ハニ成リヌ。其《それ》ニ付《つけて》モ[一八]身ノ宿世思ヒ遣《やら》レテ、弥《いよい》ヨ道心ヲ発《おこし》テ参ルニ、[一九]暁《あかつき》ニ[二〇]御堂ヨリ出《いづ》ル間、[二一]六波羅《ろくはら》ノ程ヲ下《くだ》ルニ、極メテ苦シクテ、[二二]愛宕《おたぎ》ノ大門ニ寄《より》テ息《やす》ミ居《ゐ》タリ。

第九話　出典未詳。三国伝記・一・15に同話がある。

一　親類に同じ。
二　「チ」は「形」の捨仮名。
三　独身。未婚者にも未亡人にもいう。
四　よるべもなくて。
五　→人名「観世音菩薩」。
六　→地名「清水寺」。
七　底本かく作るが、流布本は「願フ」。
八　本話の語りの時点からする、清水寺の参道にまだ人家が稀だった頃の回想。
九　「庵」に同じ。
一〇　老女。
一一　こんな状態でいるものですか。それならもっとましな生活をしていますよ。古典全集は「様(やう)デハ」と訓む。
一二　それはまたお気の毒なことですね。
一三　いまにお幸せな身になられるでしょう。
一四　むさくるしいところですが、この庵で食事などしながらお参りなさいませ。
一五　庵の粗末さに似合わず結構な食事を用意しては呼び入れてくれたので。
一六　(着替えがないので)破れる一方で。
一七　裸同然になってしまった。
一八　我身の不運が思い知られて。
一九　夜明け前に。
二〇　清水の本堂をさす。
二一　→地名「六波羅蜜寺」。
二二　愛宕寺の大門。字類抄「愛宕寺　オタ而《しか》ル間、京ノ方《かた》ヨリ多《おほく》ノ人或《あるい》ハ馬ニ乗リ、或《あるい》ハ[二三]歩《かち》ノ人多ク来《きた》ル。「[二四]何人《なにひと》ナラム」ト恐シク思ヒ居タルニ、主人《あるじ》ト思《おぼ》シクテ馬ニ乗《のり》タル人、[二五]打寄《うちより》テ馬ヨリ下《おり》ヌ。「人ナド待《まつ》ニヤ有ラム」ト思フ程ニ、寄来《よりきたり》テ、女ノ顔ヲ打見《うちみ》テ云ク、「[二六]何人ノ此《かく》テハ独《ひと》リ御《おはす》ゾ」ト。女ノ云ク、「[二七]清水ヨリ出《い》ヅル人也」ト。男ノ云ク、「[二八]我レ思フ様《やう》有テ、君ニ可申《まうすべき》事有リ。我申サム事ニ随《したが》ヒ給ヘ」トテ、其ノ辺《ほとり》ニ有ル小屋ヲ叩キ開《あけ》テ将入《ゐていり》ヌ。女、夜《よ》[二九]ルニシテ独《ひとり》也、[三〇]辞《いな》ビ可得《うべ》キ様《やう》無クテ、遂《つひ》ニ男ノ云フニ随《したがひ》テ臥《ふし》ヌ。

其ノ後、男ノ云ク、「我レ[三一]可然《さるべ》キ宿世有《あり》テ、君ヲ得タリ。深キ契《ちぎり》ヲ成《な》サムト思フ。我レハ遠キ国ニ行ク人也。我ガ行カム所ニ[三二]具シテ御《おはし》ナムヤ」ト。女ノ云ク、「我レハ知レル人無キ身也。然レバ、「只都ヲ離レテ消失《きえうせ》ナバヤ」ト年来《としごろ》思フニ、何《いづ》ク也トモ将御《ゐておは》セバ、極《きはめ》テ喜《うれし》クコソハ侍ラメ」ト。男ノ云ク、「京ニハ知リ可尋《たづぬべ》キ人ハ無《なき》カ」ト。女ノ云ク、「[三三]而《しか》ル人ノ有ラムニハ、此《かか》ル様《やう》ニテハ[三四]侍リナムヤ」ト。男ノ云ク、「[三五]然レバ、糸吉《いとよ》キ事カナ。早ク去来《いざ》給ヘ」ト。女ノ云ク、「此《ここ》ニ[三六]糸惜《いとほし》キ者ノ有ルヲ、「今一度《ひとたび》見バヤ」トナム思フ」ト。女ノ云ク、「其レハ何《いづ》クニ有ルゾ」ト。女ノ云ク、「此《ここ》ヨリ二町許《ばかり》登《のぼり》テ小サキ柴ノ奄《いほり》有ルニ住ム嫗《おうな》ノ、[三七]年来《としごろ》哀レニ当《あたり》ツル、告《つげ》テ行《ゆか》ムト思《おもふ》也」ト。男ノ云ク、「速《すみやか》ニ行テ可告《つぐべ》シ。但シ、着給ヘル衣《きぬ》コソ極《きはめ》テ見苦シケレ」ト云テ、忽《たちまち》ニ[三八]皮子《かはご》ヲ開《ひらき》テ、清気《きよげ》ナル[三九]衣一重《きぬひとかさね》、[四〇]生《すずし》[四一]□袴[四二]□取[四三]□女ニ着セ

キテラ」。→地名「愛宕(おたぎ)」。
二三 徒歩の人。
二四 何者だろう。どういう人だろう。
二五 (大門に)近寄って来て。
二六 そうして一人でいらっしゃるのはどなたですか。
二七 清水寺から帰る者です。
二八 子細があって、あなたに折り入ってお話ししたいことがある。私の言うことを聞いて下さい。
二九 「ル」は「夜」の捨仮名。
三〇 →四八五頁注二九。
三一 しかるべき前世からの因縁があって、あなたを得たのです。(夫婦として)深い契りを結ぼうと思う。
三二 一緒にいらっしゃいませんか。
三三 そんな人がありましたら、こんな具合でいるものですか。
三四 底本「侍ハナムヤ」を訂した。
三五 それなら好都合です。では早速行きましょう。
三六 (私を)かわいがってくれた者がいるので、その人にもう一度会いたいのですが。
三七 ここ数年、情けをかけてくれましたので、その人にいとま乞いをしてから行きたいのです。
三八 →四八五頁注二一。
三九 「重」は、たたんである衣類を数える助数詞。一揃い。
四〇 生絹。→四八七頁注三三。
四一・四二・四三 底本の祖本の破損に因る欠字。

テ、具シテ将行《ゐてゆ》ク。

庵《いほり》ニ行着《ゆきつき》テ、馬ヨリ下《おり》テ、「[一]御《おはし》ヌルカ」ト云ヘバ、「[二]候フ」トテ出来《いでき》タリ。女ノ云ク、「[三]不思懸《おもひかけ》ヌ人ノ、道ニ値《あひ》テ、「去来《いざ》」ト有レバ、[四]具シテ行《ゆく》ヲ、「[五]此《か》ク」ト申シテコソハ」ト思テナム。年来《としごろ》哀レニ当リ給ヒツルニ、[六]我モ人モ生《いき》テ亦《また》見ム事難《かた》シ」ト云次《いひつづ》ケテ、泣ク事無限《かぎりな》シ。嫗ノ云ク、「[七]然《され》バコソ申シヽカ、此《か》ク「参リ給ヘ」ト、「空《むな》クハ不有《あら》ジ」トハ。只疾《と》ク下《くだ》リ給ヒネ。極《きはめ》テ喜《うれし》キ事也」ト。此ノ女、「[八]何ヲガナ形見《かたみ》ニ嫗ニ取《とら》セム」ト思ヒ廻《めぐら》スニ、身ニ持《もち》タル者無クシテ思ハク、「父母《ぶも》ニ別ルヽ人モ髪ヲコソ形見ニハスレ」ト思テ、左ノ方《かた》ノ髪ヲ[九]一丸《ひとまろ》カレ掻出《かきいだ》シテ押シ切《きり》テ、嫗ニ取《とら》スレバ、嫗此レヲ取《とり》テ打泣《うちなき》テ、「[一〇]哀レニ思ヒ知《しり》タリケル事」ト云テ、指ノ崎《さき》ニ三《み》纏《まき》許《ばかり》巻《まき》テ、「命無クテ互ニ値《あ》フ事難《かた》クトモ、此ノ指ハ世モ失《う》セ不侍《はべら》ジ。此レヲ注《しるし》ニテ尋《たづ》ネ給ヘ」ト云ヘバ、女[一一]何《いか》ニ云フ事トモ不心得《こころえ》ズシテ、泣ゝ《なくな》ク別レヌ。

[一二]早《はや》フ、此ノ男ハ陸奥守《みちのくのかみ》ト云ケル人ノ子ノ、守《かみ》ノ国ニ有ケル間、日来《ひごろ》京ニ有テ、「[一三]心ニ付カム女ヲ求《もとめ》テ、具《ぐ》シテ下《くだ》ラム」ト思テ求ケルニ、不求得《もとめえ》ズシテ下ルガ、此《これ》ヲ打見《うちみ》ルニ、「[一四]只此レ也ケリ」ト思フ様《やう》ニテ、具《ぐ》シテ行ク也ケリ。女ハ道スガラ嫗《おうな》ノ事ノミ哀《あはれ》ニ思ヒ出《いだ》サレテ、泣ゝ《なくな》ク行着《ゆきつき》テ、[一五]程無ク人ヲ上《のぼせ》テ尋《たづね》サセケレドモ、「[一六]何《いか》ニモ而《しか》ル庵《いほり》モ無シ。嫗モ無シ」トテ、不尋得《たづねえ》ザリケレバ、「[一七]失《うせ》ニケルニヤ。今

一 おいでですか。
二 いますよ。
三 道で出会って。
四 一緒に行くことにしましたが。
五 これこれとご挨拶をしてからと思いましてね。
六 私もお婆さんも(ここでお別れしたら)生きてまた会うのは難しいでしょう。
七 だからこそ申したのです、こんな具合に、お参りしなさい、無駄ではありますまいとね。
八 何か形見に老女に与えたいと。
九 「丸カレ」は、動詞マロカルの名詞形。ここでは、丸くなったもの、まとまったものを数える助数詞。一房。
一〇 よくも恩を感じて下さって。
一一 老女が何を言っているのか(意味が)わからないまま。
一二 →四六三頁注四三。
一三 気に入った女。
一四 まさにこれだ。これこそ求めていた女だ。
一五 まもなく使いの者を上京させて、その老女を尋ねさせたけれども。
一六 どうにも、そんな庵はありませんし、お婆さんもいません。
一七 亡くなったのだろうか。もう一度会いたかったのに。
一八 (国司の)四年の任期が終わって。
一九 とばり。本尊の前の垂れ絹。
二〇 南面する本尊の左側にあたる。なお現在の清水寺本堂には須弥壇上に南面して三基の厨子があり、中央に本尊十一面千手観音、左(東)に地蔵、右(西)に毘沙

一度《ひとたび》モ不相見《あひみ》デ」ト心苦シク思ケル程ニ、[一八]四年畢《はて》テ上《のぼり》ケルマヽニ、自《みづか》ラ行テ見レバ、有シ岳《をか》ハ有レドモ、柴ノ奄《いほり》モ無シ。哀《あはれ》ニ悲シト思ヒ乍《なが》ラ、御堂ニ参《まゐり》テ、「此《か》ク不思係《おもひかけ》ズ乏《ともし》キ事無クテ有ル、偏《ひとへ》ニ観音ノ御助《たすけ》也」ト思テ、打《うち》見上ゲ奉タレバ、御《み》[一九]帳《ちやう》ノ[二〇]東《ひむがし》ノ方《かた》ニ立《たち》給ヘル観音御《おはしま》ス、其ノ[二一]世《せ》無畏《むゐ》ノ御手ニ、我ガ切《きり》テ嫗ニ取《とら》セシ髪ヲ纏《まき》テ立《たち》給ヘルヲ見《みる》ニ、哀《あはれ》ニ[二二]悲《かなし》キ事無限《かぎり》[二三]ナシ。「[二四]然《さ》ハ、我ヲ助ケムガ為《ため》ニ、嫗ト現《げん》ジ給ヒケム事[二五]ヲ思フニ、難堪《たへがた》クテ、音《こゑ》モ不惜《をしま》ズシテゾ泣《なくな》〻ク返《かへり》ニ[二六]ケリ。

其ノ後、[二七]夫妻違《めをとたが》フ事無ク、身モ乏《ともし》キ事無《なく》シテナム有ケル。観音ノ助ケ給ハムニハ[二八]将《まさ》ニ愚《おろか》ナラムヤハ。

此《か》クナム語リ伝ヘタルトヤ。

女人《によにん》、蒙穂積寺観音利益語《ほづみでらのくわんおんのりやくをかうぶれること》第十

今昔《いまはむかし》、奈良ノ左京、九条二坊ニ一人ノ[二九]貧女《まづしきをむな》有ケリ。九《ここのたり》ノ子ヲ産メリ。家極《きはめ》テ貧シクシテ、世[三〇]ヲ過《すぐ》スニ便《たよ》リ無シ。

而《しか》ルニ、[三一]穂積寺《ほづみでら》ト云フ寺ニ[三二]千手観音在《ましま》ス。此《この》貧女ノ、寺ノ観音ノ御前ニ詣《まうで》テ、心[三三]ヲ至《いた》シテ申《まう》サク、「願《ねがは》クハ観音、慈悲ヲ垂レ給《たまひ》テ、我レニ[三四]聊《いささか》ノ便《たより》ヲ施《ほどこ》シ給ヘ」ト祈

門天を納める。本尊の両脇には二十八部衆が立つ。三国伝記「(正)面ノ東ニ立玉ヘル等身ノ千手観音」。
二一 正しくは「施無畏」。施無畏は何物をも恐れぬ意で、観音の異名。施無畏印は右手を上げ、五指を伸べて掌を外側に向けたもの。その印相を示す仏の指に髪を巻き付けていたのである。
二二 →四八九頁注一八。
二三 「ナシ」は「無」の全訓捨仮名。
二四 以下の心中描写は途中で地の文に流れて完結していない。→次注。
二五 「ト」で結ばれるべき心中描写が、途中で地の文に流れたため「ヲ」が用いられたもの。
二六 上に係助詞「ゾ」があるにも拘わらず終止形で結ばれている。
二七 仲違いすることなく、夫婦円満で。
二八 おろそかであるはずがない。

第十話 出典は日本霊異記・中・42。金沢文庫本観音利益集・41に同話がある。
二九 伝未詳。霊異記「海使蓑女者、諾楽左京九条二坊之人也」。利益集「ナラノ京ニ貧困女アリケリ」。
三〇 霊異記「不レ能二生活一」。
三一 →地名「穂積寺」。霊異記「向穂寺」。同攷証は「穴穂寺」。利益集は話末に「穂積寺」。
三二 →人名「千手観音」。
三三 まごころこめて。一心不乱に。
三四 少しばかりの生活のたずきをお恵み下さい。霊異記「願二福分一」。

リ請《こへ》リ。然レドモ、[一]年其ノ験《しるし》[二]無シ。

而《しか》ル間、[三]大炊《おほひ》ノ天皇ノ御代《みよ》ニ、[四]天平宝字《てんびやうほうじ》七年ト云フ年ノ十月一日ノ夕暮方《がた》ニ、不慮《おもは》ザル外《ほか》ニ其ノ貧女ノ妹[五]来《きたり》テ、一《ひとつ》ノ[六]皮櫃《かはひつ》ヲ持来《もてきたり》テ、彼ノ姉ニ寄シテ[七]、返去《かへりさ》ルトテ、[八]故《ことさら》ニ足ニ馬ノ屎《くそ》ヲ塗付《ぬりつけ》テ、姉ニ語《かたり》テ云《いは》ク、「我レ今[九]来《きたり》テ取ラム程、此レヲ寄シ置ク也」ト云テ去ヌ。其ノ後、姉有テ、「[一〇]妹ノ来《きた》ラムヲ待《まち》テ、此ノ皮櫃ヲ取《とら》セム」ト思《おもひ》テ待ツニ、久《ひさし》ク不見《み》エズ。然レバ、[一一]待煩《まちわづらひ》テ、姉、妹ノ許《もと》ニ行《ゆき》テ、妹ニ此ノ事ヲ問フニ、妹不知《しら》ザル由《よし》ヲ答フ。姉、[一二]奇異也ト思テ、返《かへり》テ皮櫃ヲ開《ひらき》テ見ルニ、銭《ぜに》[一三]百貫有リ。

姉[一四]此ノ事ヲ思フニ、「妹、「不知《しら》ズ」ト云フ。若《も》シ此レ彼ノ穂積寺ノ千手観音ノ、我レヲ助ケムガ為《ため》ニ、妹ノ形ト成《なり》テ、銭ヲ持来《もてきたり》テ施《ほどこ》シ給ヘルカ」ト思テ、忽《たちまち》ニ其ノ寺ニ詣《まう》デヽ、観音ヲ見奉レバ、観音ノ御足ニ馬ノ屎《くそ》ヲ塗付《ぬりつけ》タリ。姉此ヲ見テ泣キ悲《かなしみ》[一五]テ、「実《まこと》ニ観音ノ我レヲ助ケテ施《ほどこ》シ給ヒケル」ト知《しり》ヌ。

其ノ後、三年ヲ経テ聞ケバ、「[一六]千手院ニ納メ置タル[一七]修理料《しゆりれう》ノ銭百貫、[一八]倉ニ付《つけ》タル封モ不替《かはら》ズシテ、失《うせ》ニタリ」ト云ヒ合《あひ》タリ。其ノ時ニ、姉、「彼ノ皮櫃《かはひつ》[一九]ノ銭《ぜに》ハ彼《かの》寺ノ銭也ケリ」ト思フニ、弥《いよい》ヨ観音ノ霊験ヲ深ク信ジテ、涙ヲ流シテ貴《たふと》ブ事無限《かぎりな》シ。朝暮《てうぼ》ニ香ヲ焼《た》キ[二〇]灯《ともしび》ヲ燃《とも》シテ、礼拝[二一]恭敬《くぎやう》シ奉ル間、貧窮《びんぐう》ノ愁《うれへ》ヲ止《とどめ》テ、富貴ノ楽《たのし》ビヲ得《え》

一 霊異記は「一年不ㇾ満」、即ち観音に祈って一年経たないうちに下文の事件が起こったことになっている。
二 効験。おかげ。
三 淳仁天皇をさす。霊異記「大炊天皇」。↓人名「淳仁(じゅんにん)天皇」。
四 七六三年。
五 底本「妹」に作るが、「妹」と通用か。以下同様。
六 蓋の付いた皮張りの櫃。
七 下の「寄シ置ク」と同じく、寄託する意の他動詞であろうが、訓みは未詳。「寄(よ)ス」は中古以後は用例が乏しく、「寄(き)ス」も落ち着かない。霊異記「寄ㇾ姉而往之」。
八 霊異記「脚染㆓馬屎㆒」。
九 すぐ来て受け取りますから、それまでこれを預けておきます。
一〇 妹が来るのを待って、来たら返そうと思って待っていたが。
一一 待ちくたびれて。
一二 不思議に思って。
一三 一貫は銭貨一千枚。
一四 以下「施シ給ヘルカト思テ」まで、霊異記には見えない。
一五 ↓四八九頁注一八。
一六 穂積寺の千手観音を安置した堂舎であろう。
一七 寺院の修理費。
一八 以下「不替ズシテ」まで、霊異記には見えない。倉に付けた封印に異常がない

テ、思ヒノ如ク数《あまた》ノ子ヲ養ヒケリ。

[二二]其ノ観音于今《いまに》其ノ寺ニ在《まし》マス。必ズ詣《まう》デ、可礼拝奉《らいはいしたてまつるべ》キ観音ニ在《ましま》ストナム語リ伝ヘタルトヤ。

観音落御頭《くわんおんのおちたるおほんかしら》、自然継語《じねんにつぎたること》第十一

今昔《いまはむかし》、奈良ノ京ニ[二三]下毛野寺《しもつけのでら》ト云フ寺有リ。其ノ寺ノ[二四]金堂《こんだう》ノ[二五]東《ひむがし》ノ脇士《けふじ》ニ[二六]観音在《まし》マス。

[二七]聖武《しやうむ》天皇ノ御代《みよ》ニ、其ノ観音ノ御頭《かしら》、[二八]其ノ故《ゆゑ》無クシテ、俄《にはか》ニ頸《くび》ヨリ落給《おちたま》ヒニケリ。[二九]檀越《だんをつ》此レヲ見テ、即チ継ギ奉ラムト思フ間ニ、一日一夜ヲ経テ朝《あした》ニ見奉レバ、其ノ頭《かしら》、人モ継ギ不奉《たてまつら》ザルニ、自然《じねん》ニ本《もと》ノ如ク被継給《つがれたま》ヒニケリ。

檀越《だんをつ》此レヲ見テ、「此ハ誰《た》ガ継ギ奉《たてまつり》タルゾ」ト尋ヌルニ、更ニ継ギ奉レル人無シ。然レバ、[三〇]奇異也ト思フ間ニ、観音光ヲ放《はなち》テ、[三一]檀越驚《おどろき》テ、此レ何ノ故《ゆゑ》ト云《いふ》事ヲ不知《しら》ズ。但シ、[三二]智《さと》リ有ル人ノ云《いは》ク、「[三三]菩薩《ぼさつ》ノ御身ハ常住《じやうぢう》ニシテ滅《めつ》スル事無シ」ト云フ事ヲ、[三四]愚痴《ぐち》・不信ノ輩《ともがら》ニ令知《しらし》メ給ハムガ為《ため》ニ、其ノ故《ゆゑ》無クシテ頭落給《かしらおちたまひ》テ、人継ギ不奉《たてまつら》ザルニ、本《もと》ノ如ク成リ給フ也」ト。

まま(銭が)なくなってしまった。
一九 底本「皮積」を訂した。
二〇 灯明。
二一 →四六八頁注一七。
二二 以下、霊異記には見えない。

第十一話　出典は日本霊異記・中・36。

二三 未詳。
二四 寺の本尊を安置する堂。本堂。
二五 金堂は南面するのが普通。よって東の脇士(本尊の脇に侍する菩薩)は本尊の左側に位置する。この本尊は阿弥陀如来(脇士は左に観音、右に勢至)であったと推定される。
二六 →人名「観世音菩薩」。
二七 →人名「聖武天皇」。
二八 これという理由もなく。
二九 →三三九頁注一四。
三〇 不思議に思っていると。
三一 以下「不知ズ」まで、霊異記には見えない。
三二 以下は霊異記「誠知、理智法身、常住非㆑無。為㆑令㆑知㆓於不信衆生㆒、所㆑示也」を人の発言として敷衍したもの。
三三 (人間の眼に見える形像は壊れることがあっても)観音の真実の本体は永久に存在して不滅であるということを。
三四 愚かで不信心な連中に。

檀越《だんをつ》[一]此レヲ聞《きき》テ、悲ビ[二]貴ブ事無限《かぎりな》シ。亦《また》、此レヲ見聞ク人皆貴ビテ、奇異ノ事也トテ語リ伝ヘタルトヤ。

観音《くわんおん》、為遁火難去堂給語《ひのなんをのがれむがためにだうをさりたまへること》 第十二

今昔《いまはむかし》、和泉《いづみ》ノ国、和泉《いづみ》[三]ノ郡《こほり》ノ内ニ珍努《ちぬ》[四]ノ山寺《やまでら》ト云フ所有リ。其ノ山寺ニ正観音《しやうくわんおん》[五]ノ木像在《まし》マス。国郡《くにこほり》ノ人、此ノ観音ヲ崇《あが》メ貴《たふと》ビ[六]奉ル事無限《かぎりな》シ。

而《しか》ル間、聖武《しやうむ》[七]天皇ノ御代《みよ》ニ、彼ノ山寺ニ火出来《いできたり》[八]テ、其ノ観音ノ在《まし》マス堂焼《やけ》ヌ。而ルニ、其ノ観音、其《その》焼クル堂ヨリ外ニ出《い》デヽ、二丈[九]ヲ去《さり》[一〇]テ在《まし》マス。塵許《ちりばかり》損ジ給フ事無シ。人[一一]皆此レヲ見テ、奇異也ト思テ、「此ハ誰ガ取リ出《いだ》シ奉《たてまつり》[一二]ツルゾ」ト尋ヌルニ、取リ出《いだ》シ奉レル人無シ。其ノ時ニ、山寺ノ僧共《ども》泣キ悲ムデ[一三]、「此レ、観音ノ自《みづか》ラ火難《ひのなん》ヲ遁《のが》レムガ為《ため》ニ、堂ヲ出《いで》給ヘル也ケリ」ト、泣々《なくな》ク礼拝恭敬《くぎやう》[一四]シ奉《たてま》ツル。

実《まこと》[一五]ニ此レヲ思《おもふ》ニ、菩薩ハ色ニモ[一六]現《げん》ゼズ、心ニモ離レ、目ニモ不見《み》エズ、香《か》ニモ聞《かが》エ不給《たまは》ズト云ヘドモ、衆生《しゆじやう》ニ信ヲ令発《おこさしめ》ムガ為《ため》ニ、霊験ヲ施《ほどこ》シ給フ事如此《かくのごと》クゾ在《ましま》シケル。

[一七]此レヲ見聞ク人、首《かうべ》ヲ低《かたぶ》ケテ此ノ観音ヲ恭敬《くぎやう》シ奉ケリトナム[一八]語リ伝ヘタルトヤ。

一 以下、霊異記には見えない。
二 →四八九頁注一八。

第十二話 出典は日本霊異記・中・37。
三 現、大阪府岸和田・泉大津・和泉市付近。
四 所在未詳。霊異記「泉国泉郡部内珍努上山寺」。　五 →人名「正観音」。
六 底本「貴セ」を訂した。
七 →人名「聖武天皇」。
八 火事が起こって。霊異記「時失火、焼二其仏殿一」。　九 二丈は、約六メートル強。
一〇 離れていらっしゃる。
一一 以下「礼拝恭敬シ奉ツル」まで、霊異記には見えない。
一二 五一一頁注二四の例を参考に、かく訓む。「ツ」を「奉」の捨仮名とする説(古典大系、古典全集)には従わない。
一三 →四八九頁注一八。
一四 →四六八頁注一七。
一五 霊異記「誠知、三宝之非色非心、雖レ不レ見レ目、而非レ無二威力一。此不思議第一也」。
一六 「色」は物質現象、「心」は意識作用。即ち、菩薩は物質的な存在でもなく、また感覚でも捉えられない意。
一七 以下、霊異記には見えない。
一八 底本「ケリナム」。「ト」を補った。

第十三話 出典は日本霊異記・中・17。
一九 霊異記「平群郡」。→地名「平群ノ郡」。
二〇 現、奈良県生駒郡斑鳩町。
二一 法起寺として現存。→地名「岡本寺」。
二二 →人名「観世音菩薩」。
二三 霊異記の割注「昔少墾田宮御レ宇天皇

観音《くわんおん》、為人被盗後《ひとのためにぬすまれてのち》、自現給語《おのづからげんじたまへること》 第十三

今昔《いまはむかし》、大和《やまと》ノ国、平郡《へぐり》[一九]ノ鵤《いかるが》[二〇]ノ村ニ岡本寺《をかもとでら》[二一]ト云フ寺有リ。其ノ寺ニ銅《あかがね》ノ観音[二二]ノ像十二体在《まし》マス。此ノ寺、尼[二三]ノ住《ぢう》スル所也。

而《しか》ルニ、聖武《しやうむ》[二四]天皇ノ御代《みよ》ニ、彼《か》ノ銅《あかがね》ノ像六体、盗人《ぬすびと》ノ為《ため》ニ被取《とられ》ヌ。此レヲ求メ尋《たづ》ヌト云ヘドモ、得《う》ル事無シ。

其ノ後、程ヲ経《へ》テ、其ノ郡《こほり》ノ駅《うまや》[二五]ノ西ノ方《かた》ニ小サキ池《い》ケ[二六]有リ。夏比《なつのころほひ》[二七]、其ノ池ノ辺《ほとり》ニ牛飼フ童部《わらはべ》[二八]数有《あまたあり》[二九]テ有ルニ、池ノ中ニ小キ木指出《さしいで》タリ。其ノ木ニ鵄居《とびゐ》[三〇]タリ。童部《わらはべ》此レヲ見テ、礫《たびいし》[三一]・塊《つちくれ》[三二]拾《ひろひ》テ鵄《とび》ヲ打ツニ、鵄不去《さら》[三三]ズシテ尚《なほ》居タリ。然レバ、童部《わらはべ》投ゲ打ツ事ヲ止《やめ》テ、池ニ下《おり》テ鵄[三四]ヲ捕ヘムト為《す》ルニ、鵄[三五]忽《たちまち》[三六]ニ失《うせ》ヌ。居タリツル木ハ尚《なほ》有リ。其ノ木ヲ吉《よ》ク見レバ、金《こがね》ノ指ニテ有リ。童部怪《わらはべあやし》ムデ、此レヲ取《とり》テ牽《ひ》キ上《あぐ》[三七]ル、観音ノ銅《あかがね》ノ像ニテ在《まし》マス[三八]。童部《わらはべ》此レヲ陸《くむが》[三九]ニ牽《ひ》キ上《あげ》テ、里ノ人ニ此ノ事ヲ告グ。里人《さとのひと》来《きたり》テ此レヲ見ル。

彼《か》ノ岡本寺ノ尼等《ら》此《この》事ヲ伝ヘ聞《きき》テ、来《きたり》テ見ルニ、其ノ寺ノ観音ニ在《ましま》ス。塗《ぬれ》ル金《こがね》皆[四〇]褫《あはけ》テ落《おち》タリ。尼等観音ヲ衛繞《かくみめぐり》[四一]テ泣キ悲《かなし》ムデ、「我等失ヒ奉テ年来《としごろ》求メ奉ル観音、何《いか》

世、上宮皇太子所レ准レ宮也。太子発ニ誓願一以レ宮成ニ尼寺一者也」に拠る。

二四 →人名「聖武天皇」。

二五 駅は、古代の令制で諸道に置かれて人馬の継ぎ立てをし、駅使に宿と食糧とを供給した施設。駅家。平群の駅の所在地は未詳。　二六 「ケ」は「池」の捨仮名。

二七 霊異記「夏六月」。

二八 牛飼いの少年たち。

二九 落ち着かない表現であるが、「有テ」は本書に頻用される「人有テ」のごとく、存在よりもむしろ主格を表す表現であろうか(古典全集説)。そうだとすれば、存在の意味は「有ルニ」の方にあって、少年たちが大勢いたが、の意となる。

三〇 霊異記「鷲」。以下同様。水辺にいる鳥としては鷲の方が自然。「鷲」の異体字「𪀚」を「鵄」と誤ったか。

三一 小石。訓みは霊異記の訓釈による。

三二 土塊。訓みは霊異記の訓釈による。

三三 逃げないでなおも止まっていた。

三四 底本「䳌」を訂した。→注三〇。

三五 →前注。

三六 霊異記「即入ニ於水一」。

三七 「牽キ上ルニ」の意。引き上げてみると。霊異記「取牽上見」。

三八 霊異記はこの後に「名ニ菩薩池一」とある。　三九 陸地。訓みは字類抄による。

四〇 底本の字体「㭊」は「裭」の誤記か。名義抄「裭 アハク」。「裭」は「褫」に通じ、はげる、剝落する意。霊異記「塗金褫落」。

四一 「衛ムデ」の例が巻一二・13(一二一頁注一二)に見える。とり囲んで。霊異記「尼衆衛ニ繞彼像一」。

ナル事有《あり》テカ、賊難《ぞくのなん》ニ値《あ》ヒ給ヘル」ト云テ、忽《たちまち》ニ輿《こし》ヲ造《つくり》テ入レ奉テ、本《もと》ノ岡本寺ニ渡シ奉テ、安置《あんぢ》シテ礼拝《らいはい》シ奉《たてまつり》ケリ。而《しか》ルニ、其[一]ノ辺《ほとり》ノ道俗・男女《なんによ》、集リ来《きたり》テ礼拝恭敬《くぎやう》スル事無限《かぎりな》シ。

此[二]レヲ思フニ、彼ノ池ニ有ケム鵄《とび》ハ、実《まこと》ノ鵄ニハ非《あら》ジ。観音ノ変ジテ鵄ト成《なり》テ示シ給ヒケル也ト思《おもふ》ガ、貴ク悲《かなし》[三]キ也。仏ハ人ノ心ニ随《したが》ヒテ霊験ヲ施《ほどこ》シ給フ事ナレバ、盗人ノ為《ため》ニ被取《とられ》給フモ、如此《かくのごと》ク霊験ヲ現《げん》ジ給ハムガ為《ため》也。人皆此レヲ知《しり》テ、[四]心ヲ至《いた》シテ観音ニ可仕《つかまつるべ》シトナム語リ伝ヘタルトヤ。

御手代東人《みてしろのあづまひと》、念観音願得富《くわんおんをねんじてとみをえむとねがへること》語　第十四

今昔《いまはむかし》、聖武《しやうむ》[五]天皇ノ御代《みよ》ニ、御手代《みてしろ》[六]ノ東人《あづまひと》ト云フ人有ケリ。此ノ人、吉野《よしの》[七]ノ山ニ入《いり》テ、法[八]ヲ修《しゆ》シテ富《とみ》ヲ願フ。殊《こと》[九]ニ観音ヲ念ジ奉テ申《まう》サク、「南無《なも》[一〇]銅鐵《どうせん》[一一]万貫白米万石《まんぐわんはくまいまんごく》好女《かうによ》多得《たとく》」ト。如此《かくのごと》ク念ジテ三年ヲ経《へたり》。

而《しか》ルニ、其ノ時、三位粟田《あはた》[一二]ノ朝臣《あそん》ト云フ人有リ。其ノ娘未ダ不嫁《とつが》ズシテ広瀬《ひろせ》[一三]ノ家ニ有ルニ、忽《たちまち》ニ身ニ病《やまひ》ヲ受《うけ》タリ。懃《ねむごろ》ニ痛ミ苦ムト云ヘドモ、愈《いゆ》ル事無シ。然レバ、父ノ卿《きやう》歎キ悲ムデ、諸《もろもろ》ノ人ニ此ノ事ヲ問《とひ》テ、此ノ病ヲ令祈《いのらしめ》ムガ為《ため》ニ僧ヲ求《もとむ》ルニ、

一　以下「無限シ」まで、霊異記には「道俗集言、鋳レ銭盗、取用無レ便、思煩而棄」とある。
二　以下、霊異記の結語は「定知、彼見レ鵄者、非二現実鵄一、観音変化、更莫レ疑也。如二涅槃経説一、雖二仏滅後一、法身常在者、其斯謂之矣」。
三　→四八九頁注一八。
四　まごころこめて。一心不乱に。

第十四話　出典は日本霊異記・上・31。

五　→人名「聖武天皇」。
六　伝未詳。「御手代」は氏、「東人」は名。
七　→地名「吉野ノ山」。
八　仏法を修行して。いわゆる山岳修行をしたのであろう。
九　→人名「観世音菩薩」。
一〇　南無、銅銭を万貫、白米を万石、よい女をどっさり、与え給え。「南無」はサンスクリット語 namas の音写。心から帰依し奉る意。→次注。
一一　「鐵」は「銭」に通用か。霊異記興福寺本「銅銭」。同類従本「銅鉄」。
一二　未詳。→人名「粟田朝臣」。
一三　大和国広瀬郡。現、奈良県北葛城郡の北東部。

其ノ使東人《あづまひと》ニ値《あひ》テ、東人ヲ請《しやう》ズ。即《すなは》チ来《きたり》テ此ノ病者ヲ祈ルニ、病愈《いえ》ヌ。

而《しか》ル間、此ノ女東人《あづまひと》ニ深ク愛欲ノ心ヲ発《おこ》ス。東人其ノ心ヲ見テ、女ト窃《ひそか》ニ[一四]嫁《とつぎ》ヌ。其後《そののち》、父母《ぶも》此ノ事ヲ聞《きき》テ、嗔《いかり》テ東人ヲ捕ヘテ、[一五]搚櫟ニ籠《こめ》テ[一六]居《すゑ》ヘツ。而ルニ、女愛ノ心ニ不堪《たへ》ズシテ、東人ヲ恋ヒ悲ムデ、忍《しのび》テ其ノ辺《ほとり》ヲ不離《はなれ》ズ。然レバ、東人ヲ預カレル者、女人ノ心ヲ知《しり》テ、東人ヲ免《ゆる》シテ女ト令通《つうぜし》ム。如此《かくのごと》ク為《す》ル間、父母《ぶも》モ娘ノ心[一七]ヲ知《しり》テ、遂《つひ》ニ免《ゆる》シテ夫妻《めをと》ト成シツ。後《のち》ニハ家ヲ譲リ、[一八]財物《ざいもつ》ヲ皆東人ニ与フ[一九]。

其ノ後、数年ヲ経テ、其ノ女病《やまひ》ヲ受《うけ》テ遂《つひ》ニ死《しに》ヌ。死《し》ヌル剋《とき》ニ[二〇]妹ニ語《かたり》テ云《いは》ク、「我レ今死ナムトス。但シ、思フ事一ツ有リ。汝《なむ》ヂ許スヤ否《いな》ヤ」ト。[二一]妹ノ云ク、「我レ君ノ思ヒニ可随《したがふべ》シ」ト。[二二]姉ノ云《いはく》、「我レ東人《あづまひと》ガ事ヲ思フニ、永ク不忘《わすれ》ズ。然レバ、我レ死ナム後、[二三]汝《なむ》ヂ東人ガ妻《め》トシテ、家ノ内ヲ令守《まぼらし》メムト思フ」ト。妹、姉ガ遺言《ゆいごん》ヲ[二四]受ケツ。姉喜《よろこび》テ死《しに》ヌ。父母《ぶも》亦《また》姉ノ遺言ニ随《したが》ヒテ、妹ヲ東人ニ与ヘテ家ノ財《たから》ヲ授ク。然レバ、夫妻トシテ久《ひさし》ク有ケリ。

東人[二五]現《あらは》ニ願ヒニ依《より》テ大《おほきなる》福徳ヲ得タル、此レ修行ノ験力《げんりき》・観音ノ威徳《ゐとく》トゾ、見聞ク人讃《ほ》メ貴《たふと》ビケルト[二六]ナム語リ伝ヘタルトヤ。

一四 関係を結んだ。
一五 東北本「構櫟」。同類従本「楼櫟」。霊異記興福寺本「搚櫟」。同興福寺本訓釈「搚搡 二合加己不（カコフ）」によれば、囲い。即ち牢獄の類か。
一六 監禁した。
一七 底本「ヲ」が欠字。諸本により補う。
一八 財産。
一九 霊異記はこの後に「五位曰（白）賜」（朝廷に申請して五位の位を賜った）の句がある。
二〇 底本「姝」は「妹」と通用か（→四九八頁注五）。以下同様。霊異記「妖」は国字で、訓みはセウト（字鏡集）。セウトは、女からみて同腹の兄弟、もしくは妻から見て夫をいう語。従って霊異記では「兄」の意。本話は字形の類似により、これを「妹」と解しているらしい。
二一 →前注。
二二 霊異記「妹」は東人の妻をさすが、本話は会話の相手を妹と解しているため（→注二〇）、ここでは「姉」と言い換えている。
二三 霊異記「妖之女」は兄の娘、即ち東人の妻からみて姪をさすが、本話では前項の誤解（→注二〇、二二）に関連して、妹である女と解し、妹に向かって「汝」と発言させたもの。要するに、東人の妻は、霊異記では兄に頼んで兄の娘（自分の姪）を、本話では妹に頼んで妹本人を、夫の後妻にさせようとしたのである。
二四 承知した。
二五 明白に。確かに。
二六 底本「キム」を訂した。

仕観音人《くわんおんにつかまつりしひと》、行竜宮得富語《りうぐうにゆきてとみをえたること》第十五

今昔《いまはむかし》、京ニ有ケル年若キ男有ケリ。誰人《たれひと》ト語リ不伝《つた》ヘズ。[一]侍《さぶらひ》ナルベシ。身貧《まづし》クシテ[二]世ヲ過《すぐ》スニ便《たより》無シ。而《しか》ルニ、此ノ男毎月《つきごと》ノ[三]十八日ニ[四]持斉《ぢさい》シテ、殊《こと》ニ[五]観音ニ仕《つかまつり》ケリ。亦《また》、其ノ日、[六]百ノ寺ニ詣《まう》デヽ仏ヲ礼《らい》シ奉《たてまつり》ケリ。

年来如此《としごろかくのごと》ク為《す》ル間、九月ノ十八日ニ、例ノ如クシテ寺〻ニ詣《まう》ヅルニ、[七]昔ハ寺少クシテ、[八]南山階《みなみやましな》ノ辺《ほとり》ニ行《ゆき》ケルニ、[九]道ニ、山深クシテ人離レタル所ニ、年五十許《ばかり》ナル男値《あひ》タリ。杖《つゑ》ノ[一〇]崎《さき》ニ物ヲ懸《かけ》テ持《もち》タリ。何ヲ持タルゾト見レバ、一尺許《ばかり》ナル小蛇《ちひさきへみ》ノ斑《まだら》ナル也。行キ過《すぐ》ル程ニ見レバ、此ノ小蛇動《はたら》ク。此ノ男、蛇持タル男ニ云《いは》ク、「何《いど》コヘ行ク人ゾ」ト。[一一]蛇持《へみもち》ノ云ク、「[一二]京ヘ昇《のぼ》ル也。亦《また》、主《ぬし》ハ何《いど》コヘ御《おは》スル人ゾ」ト。若キ男ノ云ク、「己《おの》レハ仏ヲ礼《をがま》ムガ為《ため》ニ寺ニ詣《まう》ヅル也。然《さ》テ、其ノ持タル蛇ハ[一三]何ノ料《れう》ゾ」ト。蛇持ノ云ク、「此レハ、[一四]物ノ要《えう》ニ充《あ》テムガ為《ため》ニ、態《わざ》ト取《とり》テ罷《まか》ル也」ト。若キ男ノ云ク、「其ノ蛇、[一五]己《おの》レニ免《ゆる》シ給《たまひ》テムヤ。[一六]生《いき》タル者ノ命ヲ断ツハ罪得《う》ル事也。今日ノ観音ニ免シ奉レ」ト。

蛇持《へみもち》ノ云ク、「[一七]観音ト申セドモ人ヲモ利益《りやく》シ給フ。要《えう》ノ有レバ取《とり》テ行ク也。[一八]必ズ

第十五話　出典未詳。

一 貴族の屋敷に仕えて雑用や警備等に当たった者。宮仕えの男。

二 →四九七頁注三〇。

三 十八日は観音の縁日。

四 精進潔斎して。

五 →人名「観世音菩薩」。

六 一日に百寺に詣でることは、小右記・長保元年(九九九)九月十八日条に「令レ打二百寺金鼓一。蓮舫阿闍梨、同法禅師相共、日中打了。各五十ケ寺、闍梨親歩行打、志之甚矣」と見え、続古事談・132にも丹波守貞嗣が百寺の金鼓を打った話がある。

七 語りの時点からの回想。→四九四頁注八。

八 現、京都市山科区の南部。

九 途中。

一〇 先。先端。

一一 蛇を持った男。

一二 京へ上るところだ。ところで、あなたはどこにおいでか。

一三 何にするのですか。

一四 必要があって、わざわざ捕まえて帰るところだ。

一五 私に免じて放してくれませんか。

一六 生き物の命を断つのは罪なことですよ。

一七 (いくら慈悲深い)観音さまといっても、(蛇だけでなく)人間にもご利益を与

者ノ命ヲ殺サムト不思《おもは》ネドモ、[一九]世ニ経《ふ》ル人ハ様々《さまざま》ノ道ニテ世ヲ渡ル事也」ト。若キ男ノ云ク、「[二〇]然《さて》モ何ノ要《えう》ニ充《あ》テムズルゾ」ト。蛇持ノ云ク、「己《おの》レハ年来《としごろ》[二一]如意《にょい》ト申ス物ヲナム造ル。其ノ如意ニ牛ノ角《つの》ヲ[二二]延《のぶ》ルニハ、此《かか》ル小蛇ノ油ヲ取《とり》テ、其レヲ以テ為《す》ル也。然レバ、其ノ為《ため》ニ取タル也」ト。若キ男ノ云ク、「然《さ》テ、其ノ如意ヲバ何ニ充給《あてたまふ》ゾ」ト。蛇持ノ云ク、「[二三]怪《あやし》クモ宣《のたまふ》カナ。[二四]其《それ》ヲ役《やく》ニシテ要《えう》シ給フ人ニ与ヘテ、其ノ直《あたひ》ヲ以テ衣食《えじき》ニ成ス也」ト。

若キ男ノ云ク、「[二五]現《げ》ニ難去《さりがた》キ身ノ為《ため》ノ事ニコソ有《あん》ナレ。然《さ》レドモ、[二六]只ニテ可乞《こふべ》キニ非ズ。此ノ着タル衣《きぬ》ニ替《か》ヘ給ヘ」ト。蛇持《へみもち》ノ云ク、「何ニ替ヘ給ハムト為《す》ルゾ」ト。若キ男ノ云ク、「狩衣《かりぎぬ》ニ[二七]マレ、袴《はかま》ニマレ替ヘム」ト。蛇持ノ云ク、「其レ□[二八]ハ[二九]不可替《かふべから》ズ」ト。若キ男ノ云ク、「然《さ》ラバ、此ノ着タル[三〇]綿衣《わたぎぬ》ニ替ヘヨ」ト。蛇持、「其レニハ替ヘテム」ト云ヘバ、男衣《きぬ》ヲ脱《ぬぎ》テ与フルニ、衣《きぬ》ヲ取《とり》テ蛇ヲ男ニ与ヘテ去ルニ、男ノ云ク、「此ノ蛇ハ何《いど》コニ有《あり》ツルゾ」ト問ヘバ、「彼《か》シコナル小池ニ有《あり》ツル也」ト云テ、遠ク去《さり》ヌ。

其ノ後、其ノ池ニ持行《もてゆき》テ、可然《しかるべ》キ所ヲ見テ、砂《いさご》ヲ[三一]堀《ほ》リ遣《やり》テ、[三二]冷《すず》シク成シテ放《はなち》タレバ、水ノ中ニ入《いり》ヌ。心安ク見置《みおき》テ、男寺ノ有ル所ヲ差《さし》テ行ケバ、一二町許《ばかり》行キ過《すぐ》ル程ニ、年十二三許《ばかり》ノ女ノ形《かた》チ美麗ナル、[三三]微妙《みめう》ノ衣《きぬ》・袴ヲ着タル、来《きた》リ会ヘリ。男此

えて下さるはず。
一八 命を取るのが目的ではないけれど。
一九 生きるために人は様々な方法で世渡りをしているのだ。
二〇 それにしても、何に使うのですか。
二一 読経や説法の時に所持する僧具。本来は一種の孫の手で、骨・角・竹・木などで製し、先端がわらびのような形に曲がっている。
二二 伸ばすのには。
二三 妙なことをおっしゃいますね。わかり切っているではありませんか。
二四 それを専らの職業として。
二五 なるほど、やむをえない生活のためなんですね。
二六 無料でくれと言っているのでありません。
二七 「マレ」は「モアレ」の約。狩衣であれ、袴であれ、(何とでも)替えましょう。
二八 底本の祖本の破損に因る欠字。「ニ」が想定される。
二九 底本「不不可替ス」を訂した。
三〇 綿入れの衣服。
三一 訓みは名義抄「窟 ホル」から類推。
三二 暑さと乾燥で弱っていた蛇に冷気と水分を補給してやったのだろう。
三三 微妙は、言いしれないほど美しくみごとなこと。すばらしい着物と袴を着けた女に出会った。

レヲ見テ、山深ク此レ[一]値《あ》ヘレバ、[二]奇異也ト思フニ、女ノ云《いは》ク、「我レハ、[三]君ノ心ノ哀レニ喜《うれし》ケレバ、其ノ[四]喜《よろこ》ビ申サムガ為《ため》ニ来《きたれ》ル也」ト。男ノ云ク、「何事ニ依《より》テ喜ビハ宣《のたま》ハムゾ」ト。女ノ云ク、「己《おの》レガ命ヲ[五]生《い》ケ給ヘルニ依《より》テ、我レ父母《ぶも》ニ此ノ事ヲ語《かたり》ツレバ、「速《すみやか》ニ迎ヘ申セ。其ノ喜ビ申サム」ト有《あり》ツレバ、迎《むかへ》ニ来《きた》レル也」ト。男、「此《こ》ハ[六]有《あり》ツル蛇《へみ》カ」ト思フニ、[七]哀《あはれ》ナル物カラ怖《おそろ》シクテ、「君ノ父母ハ何《いど》ニゾ」ト問ヘバ、「彼《かしこ》也。我レ[八]将奉《ゐてたてまつら》ム」ト云テ、有ル池ノ方《かた》ニ将行《ゐてゆ》クニ、怖シケレバ、遁《のが》レムト云ヘドモ、女、「[九]世《よ》モ御為《ため》ニ悪《あし》キ事ハ不有《あら》ジ」ト強《あながち》ニ云ヘバ、[一〇]慗《なまじひ》ニ池ノ辺《ほとり》ニ具シテ行《ゆき》ヌ。女ノ云ク、「此《ここ》ニ暫《しばら》ク[一一]御《おはし》マセ。我ハ前《さき》ニ行キテ、来《きた》リ給フ由告《よしつげ》テ、返来《かへりきた》ラム」ト云テ、忽《たちまち》ニ失《うせ》ヌ。

男池ノ辺《ほとり》ニ有テ、[一二]気六借《けむつかし》ク思フ程ニ、亦《また》此ノ女出来《いできたり》テ、「将来《ゐてきた》ラム。暫《しばら》ク目ヲ閉《とぢ》テ眠給《ねぶりたま》ヘ」ト云ヘバ、教ヘニ随《したがひ》テ眠《ねぶ》リ入ル、ト思フ程ニ、「[一三]然《さ》テ、目ヲ見開《みあ》ケ給ヘ」ト云ヘバ、目ヲ見開《みあけ》テ見レバ、[一四]微妙《めでた》ク[一五]荘《かざ》リ造レル門ニ至レリ。我ガ朝《てう》ノ[一六]城《じやう》ヲ見ルニモ此《これ》ニハ[一七]可当《あたるべ》クモ非ズ。女ノ云ク、「此《ここ》ニ暫《しばら》ク居給《ゐたまふ》ベシ。父母《ぶも》ニ此ノ由《よし》申サム」ト云テ門ニ入《いり》ヌ。暫《しばら》ク有テ、亦出来《またいできたり》テ、「我ガ後《しりへ》ニ立《たち》テ御《おは》セ」ト云ヘバ、恐《おづお》ゝヅ女ニ随《したがひ》テ行クニ、[一八]重ゝ《ぢうぢう》ニ微妙《みめう》ノ宮殿共《くうでんども》有テ、皆[一九]七宝ヲ以テ造レリ。光リ耀《かかや》ク事無限《かぎりな》シ。既《すで》ニ行畢《ゆきはて》テ、[二〇]中殿《ちうでん》ト思《おぼ》シキ所ヲ見レバ、[二一]色ゝ《いろいろ》ノ玉ヲ以テ荘《かざり》テ、微妙《みめう》ノ帳《ちやう》・床《とこ》ヲ立テ、

一　「此ク」の誤記か。
二　不思議に思っていると。
三　あなたのご好意がうれしかったので。
四　お礼。
五　生かして下さったので。
六　さきほどの蛇（の化身）か。
七　心を打たれるものの恐ろしくもあって。
八　お連れ致しましょう。ご案内しましょう。
九　決してあなたにとって悪いことにはなりますまい。
一〇　しぶしぶ。
一一　かく作るのは底本のみ。諸本は「御セ」。
一二　底本「気六措ク」を訂した。うす気味悪く思っていると。
一三　では、目を開けてください。
一四　すばらしく装飾した門。
一五　底本「居リ」を訂した。
一六　ミヤコとも訓める（名義抄）。都城。宮城。
一七　匹敵すべくもない。
一八　幾重にも重なった。
一九　→二一二頁注一六。
二〇　中央の御殿。本殿。
二一　さまざまな色の珠玉。

耀《かかや》キ合ヘリ。

「此《こ》ハ極楽ニヤ」ト思フ程ニ、暫《しばら》ク有テ、気高《けたか》ク怖《おそろ》シ気《げ》ニシテ、鬢《びん》[二二]長ク年六十許《ばかり》ナル人、微妙《みめう》ニ身ヲ荘《かざ》リテ、出来《いできたり》テ云ク、「何《いづ》[二三]ラ、此方《こなた》ニ上《のぼ》リ給ヘ」ト。男、「誰[二四]ヲ云フニカ」ト思フニ、「我ヲ呼ブ也ケリ」ト[二五]。「何《いか》[二六]デカ参ラム。此《か》ク乍《なが》ラ仰《おほせ》ヲ承《うけたまは》ラム」ト畏《かしこまり》テ云ヘバ、「何《いか》[二七]デカ。迎ヘ奉テ対面スル、様《やう》有ラムトコソ思《おぼ》サメ。速《すみやか》ニ上《うへ》ヘ給ヘ」ト云ヘバ、恐《おづお》〻ヅ上《のぼり》テ居《ゐ》タレバ、此ノ人ノ云ク、「極《きはめ》テ哀レニ喜《うれ》シキ御心ニ、喜《よろこ》ビ申サムガ為《ため》ニ迎ヘ申《まうし》ツル也」ト。男ノ云ク、「何事ニカ候《さぶらふ》ラム」ト。此ノ人ノ云ク、「世ニ有ル人、子[二八]ノ思《おもひ》ハ更ニ不知《しら》ヌ事無シ。己《おの》レハ、子数《あまた》有ル中ニ、弟子《おとご》[二九]ナル女童《めのわらは》ノ、此ノ昼適《たまた》マ此ノ渡[三〇]リ近キ池ニ遊ビ侍《はべり》ケルヲ、極《きはめ》テ制シ侍レドモ不聞《きか》ネバ、心ニ任《ま》カセテ遊[三一]バセ侍ルニ、「今日既《すで》ニ人ニ被取《とられ》テ可死《しぬべ》カリケルヲ、其《そこ》[三二]ノ来《きた》リ合《あひ》テ命ヲ生《い》ケ給ヘル」ト、此ノ女子《をむなご》ノ語リ侍レバ、無限《かぎりな》ク喜《うれし》クテ、其ノ喜《よろこ》ビ申サムガ為《ため》ニ迎《むかへ》ツル也」ト。男、「此レハ蛇《へみ》ノ祖《おや》也ケリ」ト心得ツ。

此ノ人、人ヲ呼ブニ、気高《けたか》ク怖《おそろ》シ気《げ》ナル者共来《どもきた》レリ。「此ノ客人《まらうと》ニ主《ある》[三三]ジ仕《つかまつ》レ」ト云ヘバ、微妙《みめう》ノ食物《じきもつ》ヲ持来《もてきたり》テ居《す》ヘ《ゑ》タリ。自《みづから》モ食《く》ヒ、男ニモ食ヘト勧《すす》ムレバ、心解《とけ》[三四]テ不思《おもは》ネドモ食ヒツ。其ノ味《あぢは》ヒ甘《うま》キ事無限《かぎりな》シ。下《おろ》[三五]シナド取リ上グル程ニ、主人《あるじ》ノ云ク、「己《おの》レハ、此レ竜王[三六]也。此《ここ》ニ住《すみ》テ久《ひさし》ク成《なり》ヌ。此ノ喜ビニ、如意《によい》[三七]ノ珠《たま》ヲモ可奉《たてまつるべ》ケ

二二 頭の左右の耳の上の髪。耳ぎわの髪。
二三 さあさあ。相手をうながす言葉。
二四 誰に対して言っているのか。
二五 「ト」の下に「思フ」または「思テ」が省略された表現。
二六 どうして参れましょう。ここにいるままで仰せを承りましょう。
二七 とんでもない。お迎えして対面申し上げるのには、何かわけがあるとお思いになって下さい。
二八 子を思う気持のない者はおりません。
二九 末っ子の娘。
三〇 あたり。
三一 底本「逝ハセ」を訂した。
三二 あなたが来合わせて命を助けて下さった。
三三 「ジ」は「主」の捨仮名。饗応。もてなし。
三四 うちとけた気持にはなれなかったが。
三五 残肴。食べ残し。
三六 竜蛇の王。仏教に取り入れられた古代インドのナーガ(蛇)信仰が中国の竜神信仰と混淆し、日本古来の水神としての蛇とも通じて、海底あるいは湖底・淵底の宮殿(竜宮)に住むとされる。竜宮は人間世界からみると異郷であるが、そのイメージは、一切経を収蔵して(→三三五頁注二四)仏法を護持する竜王の居城から海幸山幸神話の海神の宮まで、話によって大きな変化がある。浦島伝説の竜宮もその一つ。
三七 あらゆる願いをかなえる不思議な珠。如意宝珠。如意宝。

レドモ、[一]日本ハ人ノ心悪《あ》シクシテ、[二]持《たも》チ給ハム事難《かた》シ。然レバ、其《そ》コニ有ル箱取《とり》テ来《きた》レ」ト云ヘバ、塗《ぬり》タル箱ヲ持来《もてきた》レリ。開《ひら》クヲ見レバ、[三]金《こがね》ノ餅《もちひ》一ツ有リ。厚サ三寸許《ばかり》也。此レヲ取出《とりいだ》シテ[四]中《なから》ヨリ破《わ》リツ。片破《かたわれ》ヲバ箱ニ入レツ。[五]今片破《いまかたわれ》ヲ男ニ与ヘテ云ク、「此《これ》ヲ一度ニ仕《つか》ヒ失フ事無クシテ、[六]要《えう》ニ随《したがひ》テ片端ヨリ破《わ》リツヽ仕《つか》ヒ給ハヾ、[七]命ヲ限《かぎり》ニテ乏《ともし》キ事有《あら》ジ」。然レバ、男此レヲ取テ懐《ふところ》ニ差シ入レテ、「今ハ返《かへり》ナム」ト云ヘバ、前《さき》ノ女子出来《をむなごいできたり》テ、[八]有《あり》ツル門ニ将出《ゐてい》デヽ、「前《さき》ノ如ク眠《ねぶ》リ給ヘ」ト云ヘバ、眠《ねぶり》タル程ニ、[九]有リシ池ノ辺《ほとり》ニ来《きたり》ニケリ。女子ノ云ク、「我此《ここ》マデ送リツ。此ヨリ返《かへ》リ給ヒネ。此ノ喜《うれし》サハ[一〇]世ゝ《せせ》ニモ難忘《わすれがた》シ」ト云テ、[一一]掻消《かきけ》ツ様《やう》ニ失《うせ》ヌ。

男ハ家ニ返《かへ》リ来《きた》レバ、家ノ人ノ云ク、「何ゾ久《ひさし》ク不返来《かへりきたら》ザリツル」ト。暫《しばら》ク思ヒツレドモ、[一二]早ウ[一三]□日ヲ経ニケル也ケリ。其ノ後、人ニ不語《かたら》ズシテ、窃《ひそか》ニ此ノ餅《もちひ》ノ片破《かたわれ》ヲ破《わ》リツヽ、[一四]要《えう》ノ物ニ替ヘケレバ、貧キ事無シ。万《よろづ》ノ物豊《ゆたか》ニテ富人《ふにん》ト成《なり》ニケリ。此ノ餅、破レドモ破レドモ同ジ様ニ[一五]成リ合ヒツヽ有ケレバ、男、一生ノ間[一六]極《きはめ》タル富人トシテ、弥《いよい》ヨ観音ニ仕《つかまつり》ケリ。一生ノ後《のち》ハ、[一七]其ノ餅失《う》セテ、子ニ伝フル事無カリケリ。

懃《ねむごろ》ニ観音仕《くわんおんにつかまつ》レルニ依《より》テ、竜王ノ宮ヲモ見、金《こがね》ノ餅《もちひ》ヲモ得テ、富人ト成ル也ケリ。

一 同様の発想は、↓巻一一・4(二〇頁注一五)。
二 (無事に)持ち続けることは難しい。
三 黄金の餅。
四 真ん中から割った。
五 もう片方の餅を。
六 必要に応じて(少しずつ)端の方から欠いてはお使いになるならば。
七 一生の間不自由なさることはないでしょう。
八 先程の門。来た時の門。
九 先程の池。来た時の池。
一〇 生まれ変わり死に変わった世でも。永劫。
一一 仏菩薩の化身や変化の者が突然姿を消して、あとかたもなくなる時の常套的表現。
一二 →四六三頁注四三。
一三 日数の明記を期した意識的欠字。異郷とこの世で時間の経過に大異があるのは浦島伝説でも明らか。ここでも思いがけなく長い時間が経過していたのであろう。
一四 必要な物。欲しい物。
一五 (いくら欠いても)元通りになったので。→四七六頁注一六。
一六 大富豪。大金持ち。
一七 人間世界にもたらされた超自然的呪宝が、いずれ消えてなくなるのは、この種の話の常である。おそらくもう片方のある竜宮に戻って、また一つになったのであろう。

此レ、何《いづ》レノ程ノ事ト不知《しら》ズ、人ノ語ルヲ聞テ伝ヘテ、語リ伝ヘタルトヤ。

山城国女人《やましろのくににょにん》、依観音助遁蛇難語《くわんおんのたすけによりてへみのなんをのがれたること》 第十六

今昔《いまはむかし》、山城《やましろ》ノ国、[一八]久世《くぜ》ノ郡《こほり》ニ住《すみ》ケル人ノ娘、年七歳ヨリ[一九]観音品《くわんおんぼん》ヲ受ケ習《ならひ》テ読誦《どくじゆ》シケリ。毎月《つきごと》ノ[二〇]十八日ニハ[二一]精進《しやうじん》ニシテ、[二二]観音ヲ念ジ奉《たてまつり》ケリ。十二歳ニ成ルニ、遂《つひ》ニ[二三]法花経《ほくゑきやう》一部ヲ習ヒ畢《をはり》ヌ。[二四]幼キ心也ト云ヘドモ、慈悲深クシテ人ヲ哀《あはれ》ビ、悪《あし》キ心無シ。

而《しか》ル間、此ノ女家ヲ出《い》デ、遊ビ行《あり》ク程ニ、人、蟹《かに》ヲ捕ヘテ結《むすび》テ持行《もてゆ》ク。此ノ女此レヲ見テ[二五]ハ、問《とひ》テ云《いは》ク、「其ノ蟹ヲバ[二六]何ノ料《れう》ニ持行《もてゆく》ゾ」ト。蟹持答《かにもちこたへ》テ云ク、「持行《もてゆき》テ食《くは》ムズル也」ト。女ノ云ク、「其ノ蟹、我ニ令得《えし》メヨ。食《じき》ノ料《れう》ナラバ、我ガ家ニ死《しに》タル魚多カリ。其レヲ此ノ蟹ノ[二七]代《しろ》ニ与ヘム」ト。男、女ノ云フニ随《したがひ》テ、蟹ヲ女ニ令得《えし》メツ。女、[二八]蟹ヲ得テ、河ニ持行《もてゆき》テ放チ入レツ。

其ノ後、女ノ父ノ翁《おきな》田ヲ作ル間ニ、毒蛇有《あり》テ、[二九]蝦《かへる》ヲ呑《のまむ》ガ為《ため》ニ追《おひ》テ来《きた》ル。翁此レヲ見テ、蝦ヲ哀《あはれび》テ、蛇《へみ》ニ向《むかひ》テ云ク、「汝《なむ》ヂ其蝦《そのかへる》ヲ免《ゆる》セ。我ガ云ハムニ随《したがひ》テ免シタラバ、我レ汝ヲ聟《むこ》ト為《せ》ム」ト[三〇]不意《おもは》ズ騒ギ云ヒツ。蛇此レヲ聞テ、翁ノ顔ヲ打見《うちみ》テ、蝦ヲ棄

第十六話　出典は法華験記・下・123。元亨釈書・二十八・蟹満寺条、金沢文庫本観音利益集・39(前半欠)、古今著聞集・二十・682に同話がある。類話は日本霊異記・中・8、三宝絵・中・13その他に所見。昔話「蛇婿入り―蟹報恩型」と同型である。

一八　現、京都府宇治市南部、城陽市付近。
一九　→四七七頁注二四。
二〇　十八日は観音の縁日。
二一　精進潔斎して。身を清浄に保って。
二二　→人名「観世音菩薩」。
二三　→一五四頁注七。
二四　「幼キ心也ト云ヘドモ」の句、験記には見えない。
二五　「ハ」は強意。
二六　何にするために。
二七　代わりにあげよう。
二八　験記「即得二此蟹一、以二憐愍心一、放二入河中一」。
二九　験記「蝦蟆」。訓みは字類抄「蝦蟆　カヘル」による。
三〇　あわてて思わず言ってしまった。

テ、藪《やぶ》ノ中ニ這入《はひいり》ヌ。翁、「[一]由無《よしな》キ事ヲモ云《いひ》テケルカナ」ト思テ、家ニ返《かへり》テ、此ノ事ヲ歎《なげき》テ物ヲ不食《くは》ズ。妻《め》幷《ならび》ニ此ノ娘、父ニ問テ云ク、「何ニ依《より》テ物ヲ不食《くはず》シテ、歎《なげき》タル気色《けしき》ナルゾ」ト。父ノ云ク、「[二]然ゝ《しかしか》ノ事ノ有《あり》ツレバ、我レ不意《おもはぬ》ニ騒《さわぎ》テ然《し》カ云ツレバ、其レヲ歎ク也」ト。娘ノ云《いはく》、「速《すみやか》ニ物可食《くふべ》シ。□[三]歎キ給フ事無カレ」ト。然レバ、父、娘ノ云《いふ》ニ随《したがひ》テ、物ヲ食《くひ》テ不歎《なげか》ズ。

而《しか》ル間、其ノ夜ノ[四]亥時《ゐのとき》ニ臨《のぞみ》テ、門ヲ叩ク人有リ。父、「此ノ蛇《へみ》ノ来タルナラム」ト心得テ、娘ニ告《つぐ》ルニ、娘ノ云ク、「「[五]今三日ヲ過《すぐし》テ来《きた》レ」ト約シ給ヘ」ト。父門ヲ開《ひらき》テ見レバ、[六]五位ノ姿ナル人也[七]ト、云ク、「今朝ノ約ニ依《より》テ参リ来《きた》レル也」ト。父ノ云ク、「[八]今ヲ三日ヲ過《すぐし》テ可来給《きたりたまふべ》シ」ト。五位此ノ言《こと》ヲ聞テ返《かへり》ヌ。

其ノ後、此ノ娘、厚キ板ヲ以テ[九]倉代《くらしろ》ヲ令造《つくらし》メテ、[一〇]廻《めぐり》ヲ強ク固メ拈《したため》テ、三日ト云フ夕《ゆふべ》ニ、其ノ倉代ニ入居《いりゐ》テ、戸ヲ強ク閉《とぢ》テ、父ニ[一一]云ク、「今夜彼ノ蛇来《へみきたり》テ門ヲ叩カバ、[一二]速《すみやか》ニ可開《ひらくべ》シ。我レ偏《ひとへ》ニ観音ノ加護ヲ憑《たの》ム也」ト云ヒ置《おき》テ、倉代ニ籠居《こもりゐ》ヌ。

[一三]初夜《しよや》ノ時ニ至ルニ、前《さき》ノ五位来《きたり》テ門ヲ叩クニ、[一四]即《すなは》チ門ヲ開《ひらき》ツ[一五]。五位入来《いりきたり》テ、女ノ籠居《こもりゐ》タル倉代《くらしろ》ヲ見テ、大《おほき》ニ怨《あた》ノ心ヲ発《おこ》シテ、本《もと》ノ蛇《へみ》ノ形《かたち》ニ現《げん》ジ[一六]テ、倉代ヲ囲《かく》ミ巻《まき》テ、[一七]尾ヲ以テ戸ヲ叩ク。父母《ぶも》此レヲ聞テ、大《おほき》ニ驚キ恐ル丶事無限《かぎりな》シ。夜半ニ成テ、此ノ叩《たたき》ツル音止《やみ》ヌ。其ノ時ニ、蛇ノ鳴[一八]ク音《こゑ》聞ユ。亦《また》、其ノ音《こゑ》モ止《やみ》ヌ。夜明《あけ》テ見レバ、大《おほき》

一 つまらないことを言ってしまったなあ。験記「我作二無益語一」。 二 これこれのことがあったので。験記「翁説二本縁一」。 三 底本の祖本の破損に因る欠字か。但し、諸本は空白を設けない。 四 午後十時頃。 五 もう三日経ってから来てください。 六 朱衣を着た人。五位の朝服(正服)は朱色と定まっていた。 七「ト」は落ち着かない。古典全集は「也(なれ)ド」と訓むが如何。験記「五位形人云」。 八「今ヲ」は「三日ヲ」とともに「過テ」に係る。意味的には前出の「今三日ヲ過テ」(注五)と同じ。 九 正倉の代用の建物。一時的に物を納めておく建物。 一〇 周囲を堅固に囲って。「拈ム」は処理する、支度する意。験記「極令二堅固一」。 一一 以下「ト云ヒ置テ」まで、験記には見えない。本話では女は最初から観音の加護を確信し、門を開けるように指示しているが、験記には「入二居蔵代一、閉レ門籠畢」とあるのみ。 一二 験記には見えない指示。 一三 午後八時頃。→四四八頁注九。 一四 前文(→注一二)と呼応して、主格は父であるが、験記「開レ門入来」の主格は男(蛇)。 一五 底本は一字分空白。諸本により「ツ」を補った。 一六 底本「現ルテ」に「レ」と朱訂。諸本により訂正した。 一七 道成寺説話に酷似した場面がある。→巻一四・3(二八八頁注九)。 一八 ここでは、悲鳴。験記「只聞二蛇鳴音一」。 一九 首領。かしら。験記「上首」。 二〇 はさみ殺していた。 二一 験記「女顔色鮮白、開レ門出来、語二父母一云」。 二二「ヲ」と同意。 二三 父に向かって。「サマ」は、…の方向

ナル蟹《かに》ヲ[一九]首《かしら》トシテ、千万ノ蟹集リ来《きたり》テ、此ノ蛇ヲ[二〇]螫殺《さしころし》テケリ。蟹共《かにども》皆這去《はひさり》ヌ。

[二一]女、倉代《くらしろ》[二二]ノ開《ひらき》テ、[二三]父サマニ語テ云ク、「今夜我レ終夜《よもすがら》観音品ヲ誦《じゆ》シ[二四]奉《たてまつり》ツルニ、[二五]端正《たんじやう》美麗□[二六]僧来《きたり》テ、我ニ告《つげ》テ云ク、「汝《なむ》ヂ不可怖《おそるべから》ズ。只、『[二七]蚖蛇及蝮蝎気毒烟火燃《ぐわんじやぎふふくかつけどくえんくわねん》』等ノ[二八]文《もん》ヲ可憑《たのむべ》シ」ト教ヘ給ヒツ。此レ偏《ひとへ》ニ観音ノ加護ニ依《より》テ、此ノ難ヲ免《まぬか》レヌル也」ト。[二九]父母此ヲ聞テ、喜ブ事無限《かぎりな》シ。

其ノ後、蛇《へみ》ノ苦ヲ救ヒ、多《おほく》ノ蟹《かに》ノ[三〇]罪報《ざいほう》ヲ助ケムガ為《ため》ニ、[三一]其ノ地ニ[三二]堀テ、此ノ蛇ノ屍骸《しにかばね》ヲ埋《うづみ》テ、其ノ上ニ寺ヲ立テヽ、仏像ヲ造リ、経巻ヲ写シテ供養シツ。其ノ寺ノ名ヲ[三三]蟹満多寺《かにまたでら》ト云フ。其ノ寺[三四]于今《いまに》有リ。其レヲ、世ノ人[三五]和《やはら》カニ[三六]紙幡寺《かみはたでら》ト云フ也ケリ。[三七]本縁《ことのもと》ヲ不知《しら》ザル故《ゆゑ》也。

[三八]此レヲ思《おもふ》ニ、彼ノ家ノ娘、[三九]糸《いと》只者ニハ非ズトゾ思《おぼ》ユル。観音ノ霊験不可思議也トゾ世ノ人貴《たふと》ビケルトナム語リ伝ヘタルトヤ。

備中国賀陽良藤《びつちうのくにのかやのよしふぢ》、為狐夫得観音助語《きつねのをうととなりてくわんおんのたすけをえたること》　第十七

今昔《いまはむかし》、備中《びつちう》ノ国、賀陽《かや》ノ郡《こほり》、[四〇]葦守《あしもり》ノ郷《さと》ニ[四一]賀陽《かや》ノ良藤《よしふぢ》ト云フ人有ケリ。[四二]銭《ぜに》ヲ商《あきなひ》テ家豊カ也。[四三]天性淫奔《いんぽん》ニシテ心色《いろ》メカシ。

へ、の意の接尾語。　二四「ツル」は完了の助動詞。「奉」の送仮名ではない。　二五 底本の祖本の破損に因る欠字。　二六 験記「一尺計観音告言」。　二七 法華経・普門品「蚖蛇及蝮蝎、気毒煙火燃、念彼観音力、尋声自廻去」の一節。とかげ、へび、まむし、さそりの毒気が煙火の燃えるごとくであっても(彼の観音の力を念ずれば、その声とともにたちまち逃げ去るであろう)。　二八 底本「父」を訂した。　二九 以下「無限シ」まで、験記には見えない。　三〇 殺生の罪。　三一 以下「其ノ上ニ」まで、験記には見えない。　三二「堀」の訓みと語義は未詳。験記「此蛇死骸、穿㆓埋此地㆒」。　三三 →地名「蟹満多寺」。　三四 験記「在㆑今不㆑失」。　三五 口当たりがよいように、くだいて。　三六 現在は紙幡(かばた)寺という。寺の所在地も綺田(かばた)と呼ぶ(京都府相楽郡山城町綺田)。　三七 そもそもの由来。験記「不㆑称㆓本名㆒矣」。　三八 以下、験記には見えない。　三九 とても普通の人間ではないように思われる(仏菩薩の化身であろう)。

第十七話　出典未詳。善家秘記(扶桑略記・寛平八年(八九六)九月所引)、元亨釈書・二十九・賀陽良藤、金沢文庫本観音利益集・45(前半欠)に同話がある。

四〇 現、岡山市足守付近。

四一 伝未詳。秘記「時有㆓賀夜郡人賀陽良藤者㆒、頗有㆓貨殖㆒、以㆑銭為㆓備前少目㆒」。

四二 貨幣を扱って利益をあげたことをいうか。　四三 生まれつき非常な女好きで。以下「色メカシ」まで、秘記には見えない。

而《しか》ルニ、寛平《くわんぺい》[一]八年ト云フ年ノ秋、其ノ妻[二]京ニ上《のぼ》レル間、良藤寡《やもめ》[三]ニシテ独《ひと》リ家ニ有ルニ、夕暮方《がた》ニ、外ニ出《い》デヽイ□《たたず》[四]ミテ行《あり》クニ、忽《たちまち》ニ美麗ナル女ノ年若キヲ見ル。良藤未《いま》ダ不見《み》ザリツル者ニテ、愛欲ノ心ヲ発《おこ》シテ触《ふれ》[五]バヽムト為《す》ルニ、女逃《にげ》ヌベキ気《け》色《しき》ナレバ、良藤歩《あゆ》ビ寄《より》テ、女ヲ捕ヘテ、「何《いか》ナル人ゾ」ト問ヘバ、女気《け》ハヒ花□[六]ヤカニテ、「誰[七]ニモ非ズ」ト答フル様《さま》、労《らう》[八]タ気《げ》也。良藤、「我[九]ガ有ル所ヘ去来《いざ》」ト云フニ、女、「見[一〇]苦シキ事」ト云テ、引キ離レムト為《す》[一一]レバ、良藤、「然《さ》[一二]ハ、何《いど》コニ有ルゾ。我レ具シテ行《ゆ》カン[一三]」ト云ヘバ、女、「只彼《かし》[一四]コニ」トテ歩ビ行クニ、良藤女ヲ捕ヘ乍《なが》[一五]ラ行ク。糸《いと》近キ所ニ清気《きよげ》ニ造《つくり》タル家ニ、又内《うち》[一六]ヲ見レバ、可有《あるべ》[一七]カシク□[一八]タリ。良藤、「何《いか》[一九]デ、此《かか》ル所有《あり》ツラム」ト思《おもふ》ニ、家ノ内ニ上中下ノ男女様々《なんによさまざま》ニ有テ、「君[二〇]御坐《おはしま》シニタリ」ト騒ギ合《あひ》タリ。「此ノ女ハ此ノ家ノ娘也ケリ」ト思フニ、喜《うれ》シクテ、其ノ夜通《つう》ジヌ。明《あく》ル朝《あした》ニ、家主《いへあるじ》ト思《おぼ》ユル人出来《いできたり》テ、良藤ニ云《いは》ク、「可然《さるべ》[二一]キニテコソ此《か》クテ御《おは》シツラメ。今ハ此《か》クテ御《おは》セ」ト云テ、目[二二]安ク持成《もてな》シテ有ルニ、良藤此ノ女ニ心移リ畢《は》テヽ、永ク契《ちぎり》ヲ成シテ、起キ臥シ過《すぐ》スニ、「我ガ家・子共《こども》何《いか》ナラム」ト不《お》思《ぼ》エズ。

彼ノ本《もと》□[二三]家ニハ、夕暮方《がた》ヨリ不《み》見《え》ネバ、「例[二四]ノ、何《いど》コニ這隠《はひかく》レタルニカ」ト思フニ、夜ニ入《いる》マデ不《み》見《え》ヌヲ、憎《にく》ム者モ有リ。「穴物狂《あなものぐる》ハシ。尋ネ申セ」ナド云フ程ニ、

秘記では「淫奔」の語は妻について用いられている。→五一二頁注二。

一 八九六年。 二 秘記「其妻淫奔入レ京」。 三 独身。一人身。 四 訓みは字類抄による。ぶらついていること。「イ」の下に空白があるのは底本のみ。このあたり、秘記には「良藤鰥二居於一室一、忽覚二心神狂乱一。独居執レ筆、諷二吟和歌一、如下有二挑レ女通レ書之状上。或時有下与二女児一通二慇懃一之辞上。然而不レ見二其形一。如レ此数十日、一朝俄失二良藤所在一。挙レ家尋求、遂無二相遇一」とあって、状況が異なる。→五一四頁注四。

五 「触レバフ」は、むつまじく触れる、親しく接触する意。 六 空白を無視しても意味は通じる。「花ヤカ」は、目もさめるようにきわだっているさま。

七 誰というほどの者ではございません。

八 愛らしい。 九 さあ私の家にどうぞ。

一〇 そんなはしたないことを。

一一 底本「離レムカ」を訂した。

一二 では、どこにお住まいですか。私がご一緒しましょう。 一三 普通は「行カム」と表記される。 一四 すぐそこですわ。

一五 底本「捕ヘテ乍ラ」を訂した。

一六 諸本かく作るが、「入」の誤記か。

一七 理想的に。望ましい様子に。

一八 漢字表記を期した意識的欠字。「シツラヒ」が想定される。

一九 はて、こんな所があったかしら。

二〇 姫君がお帰りになった。

二一 しかるべきご縁があればこそ、こうしておいで下さったのでしょう。今とな

夜半ニモ過《すぎ》ヌレバ、其ノ辺《ほとり》ヲ尋ヌルニモ無シ。遠ク行《ゆき》ニケルカト思ヘバ、装束モ皆有リ。[二五]白衣《びやくえ》ニテ失《うせ》ニケリ。如此《かくのごと》ク騒グ[二六]程ニ、夜モ暛《あけ》[二七]ヌ。可行《ゆくべ》キ所〻《ところどころ》尋ヌルニ、更ニ無シ。「若キ程ノ心不定《さだまら》ヌナラバコソ、出家ヲモシ身ヲモ投ゲ給《たまは》[二八]メ。糸《いと》奇異ナル態《わざ》カナ」ト騒グニ、彼《か》ノ良藤ガ有ル所ニハ、年月ヲ経テ、其ノ妻《め》既ニ懐任[二九]シヌ。月満《みち》テ平《たひらか》ニ子ヲ産《うみ》ツ。然レバ、弥《いよい》ヨ契《ちぎ》リ深クシテ過《すぐ》ル程ニ、[三〇]年月只行キニ行ク心地シテ、様〻《さまざま》思フ様《やう》也ト思フ。

本《もと》ノ家ニハ、良藤失《うせ》テ後、尋ネ求ムト云ヘドモ、値《あ》フ事不得《え》ズシテ、良藤ガ兄大《だい》[三一]領《りやう》[三二]豊仲《とよなか》・良藤ガ弟統領《とうりやう》[三三]豊蔭《とよかげ》[三四]・[三五]吉備津彦神宮寺《きびつひこじんぐうじ》ノ禰宜《ねぎ》[三六]豊恒《とよつね》[三七]・良藤ガ子忠貞《たださだら》[三八]等、皆家[三九]富《とめ》ル者共《ども》也、此等《これら》皆歎キ悲《かなし》ムデ、「良藤ガ屍《しにかばね》[四〇]ヲモ求メ得《えむ》」ト思テ、共《とも》ニ願ヲ発《おこ》シテ、[四一]十一面観音ノ像ヲ造[四二]ラムトシテ、栢《かへ》[四三]ノ木ヲ伐《きり》テ、良藤ガ長等《たけひと》[四四]シク造《つくり》テ、此レニ向《むかひ》テ礼拝シテ、「屍《しにかばね》ヲダニ見ム」ト祈リ請《こふ》。亦《また》、彼ノ失《うせ》ニシ日ヨリ始メテ、念仏・読《ど》経《きやう》ヲ始メテ、良藤ガ後世《ごせ》ヲ訪《とぶら》フ。

而《しか》ル間、彼ノ良藤ガ有ル所ニ、俄《にはか》ニ一人ノ俗杖《つゑ》ヲ突《つき》テ来《きた》ル。家ノ人、主《あるじ》ヨリ始メテ此レヲ見テ、恐《お》ヂ怖《おそ》ル丶事無限《かぎりな》シ。皆逃ゲ去《さり》ヌ。俗杖《つゑ》ヲ以テ良藤ガ背ヲ突キテ、狭《せば》キ所ヨリ令出《いださ》シム。而ル間、良藤失《う》セテ後《のち》十三日ト云フ夕暮ニ、人〻良藤ヲ恋ヒ悲ムデ、「然《さ》テモ奇異ニ失《う》セニシカナ。只今許《ばかり》ノ事ゾカシ」ナド云ヒ合《あひ》ツル程ニ、

っては、このままおいで下さい。
二二 感じよく。　二三 底本は半字分の空白。祖本の破損に因るか。「ノ」が想定される。
二四 またいつものように。（ともすれば女のところにもぐり込むのが、良藤の日常だったのであろう。）
二五 白小袖に指貫を着けて、表衣を着ていないことをいう。普段着姿である。
二六 底本「騒ヲ」を訂。　二七 「暛」は「暁」の草体から生まれた字体か。夜が明ける意。
二八 底本「給ス」を訂した。
二九 底本「懐狂」を訂した。懐妊。
三〇 月日がどんどん過ぎていく心地がして、万事に満ち足りた思いであった。
三一 郡の長官。　三二 伝未詳。
三三 頭領。郷の役職。郷長に次ぐ地位。
三四 伝未詳。
三五 秘記「吉備津彦神宮」。現、岡山市吉備津にある吉備津神社。神宮寺は神仏習合思想による神社付属の寺をいうが、ここでは神社と同一視されている。↓地名「吉備津彦神宮寺」。　三六 神主の下、祝の上の地位の神官。　三七 伝未詳。
三八 伝未詳。秘記「良藤男左兵衛志忠貞」。
三九 秘記「皆豪富之人也」。
四〇 遺体。訓みは字類抄による。
四一 →人名「十一面観音」。
四二 本話の叙述はややあいまいだが、秘記では、もし良藤の遺体を得られたら十一面観音像を造ると誓願している。
四三 榧（かや）の木。いちい科の常緑喬木。幹は堅く、彫刻材となる。
四四 良藤の背丈と同じ高さにして。秘記「与二良藤形体一、長短相等」。

前《まへ》ナル蔵《くら》ノ下ヨリ、怪《あやし》ク黒キ者ノ猿ノ様《やう》ナルガ、[一]高言《たかばひ》ヲシテ這出《はひい》デ、来《きた》レバ、「何ゾ、此レハ」ト、有ル限リ見喤《ののし》ルニ、「我也」ト云フ音《こゑ》、良藤ニテ有リ。子ノ忠貞《たださだ》奇異ニ思フト云ヘドモ、[二]現《あらは》ニ祖《おや》ノ音《こゑ》ニテ有レバ、「此《こ》ハ何《いか》ニ」ト云テ、[三]土《つち》ニ下《おり》テ引キ上《あげ》ツ。良藤ガ云ク、「我レ寡《やもめ》ニシテ独《ひと》リ有リシ間、常ニ女ニ通《つう》ゼムト思ヒシニ、[四]忽《たちまち》ニ止事無《やむごとな》キ人ノ聟《むこ》ト成《なり》テ、[五]年来《としごろ》有ツル間、一《ひと》リノ男子《をのこご》ヲ儲《まうけ》タリ。其ノ[六]形《かた》チ美麗ニシテ、我レ朝夕ニ抱キ、手ヲ放ツ事無カリツ。我レ此レヲ[七]太郎トス。忠貞ヲバ次ノ子トセム。[八]其ノ児《ちご》ノ母、我レ貴《たふと》ブガ故《ゆゑ》也」ト。忠貞此レヲ聞テ云ク、「其ノ御子《みこ》ハ何《いど》コニゾ」ト。良藤ガ云ク、「彼《かし》コニ有リ」ト倉ノ方《かた》ニ指ヲ差《さし》[九]ヌ。

忠貞ヨリ始メテ家ノ人此《これ》ヲ聞テ、奇異《あさまし》ト思テ、良藤ガ形《かたち》ヲ見レバ、瘦《やせ》タル事病《やまひ》ニ煩ヘル人ノ如シ。着物《きるもの》ヲ見レバ、着テ失《うせ》ニシ衣《きぬ》也。即《すなは》チ人ヲ以テ蔵ノ下ヲ令見《みしむ》レバ、多《おほ》クノ狐《きつね》有テ、逃《にげ》テ走リ散《ちり》ニケリ。其ノ所ニ良藤ガ臥ス所有ケリ。此《これ》ヲ見テ、「良藤狐ニ被謀《はかられ》テ、[一〇]夫《そ》ノ夫ト成テ、[一一]移《うつ》シ心《ごころ》無クシテ此《か》ク云フ也ケリ」ト知《しり》テ、忽《たちまち》ニ貴キ僧ヲ請《しやう》ジテ令祈《いのらし》メ、陰陽師《おんやうじ》ヲ呼《よび》テ令祓《はらはしめ》テ、度《ど》ゝ沐浴《もくよく》セサセテ見ルニ、[一二]有《あり》シ人ニ不似《に》ズ。其ノ後、[一三]漸《やうや》ク本《もと》ノ心ニ成テ、何《いか》ニ恥カシク奇異《きい》也ケム。良藤倉ノ下ニ居《ゐ》テ十三日也。而《しか》ルニ、良藤[一四]十三年ト思《おぼ》エケリ。亦《また》、倉ノ[一五]桁《けた》ノ下纔《わづか》ニ四五寸許《ばかり》也。而《しか》ルニ、良藤高ク広ク思エテ、出入《いでいり》シテ大《おほき》ナル屋ナド丶思エケリ。皆此レ霊狐《りやうこ》ノ□[一六]ノ徳

一 尻を高くあげて這うこと。このあたり、秘記は「良藤自二其宅蔵下一出来。顔色憔悴、如下病二黄癉一者上」と簡潔に語っている。　二 確かに。まちがいなく。　三 地面に飛び下りて良藤を床に引っぱり上げた。　四 秘記は、良藤は女との邂逅を「女児一人以レ書着二菊華一来云、公主有下愛二念主人一之情上。故奉レ書通二慇懃一。即開レ書読レ之、艶詞佳美、心情揺蕩。如レ此往反数度。書中有二和歌一、逓唱和。彼遂以二餝車一迎レ之。騎馬先導者四人、行数十里許、至二一宮門一。老大夫一人迎レ門云、僕此公主家令也。公主令三僕引二丈人一云々と語っており、本話とは設定が異なる。　五 何年も過ごしているうちに。　六 容姿が美しくて。　七 長男。出生の順序ではなく、相続権を与える子、即ち嫡子の意。秘記「改二長男忠貞一為二庶子一、以二此児一為二嫡子一」。　八 その子の母親を尊重するからだ。即ち自分はその女を正妻とするからだ。　九 諸本「差ス」。　一〇 「其ノ夫」と表記するのが普通。　一一 現(うつ)し心。正気。　一二 以前の良藤のようではなかった。　一三 少しずつ正気をとり戻して。　一四 秘記「三年」。異郷と現世とで時間の進行が異なるのは、浦島伝説をはじめ異郷訪問譚の多くに共通する特徴。　一五 ここでは、床下に横に渡して床を支える材木をさす。　一六 漢字表記を期した意識的欠字。該当語は未詳。　一七 身体に何の障りもなくて。秘記「無レ恙十余年、々六十一死」。　一八 善家秘記の著者。→人名「清行」。　一九 正しくは「備中介」。秘記の本条は「余

也。彼ノ杖《つゑ》ヲ突《つき》テ入レル俗ト云《いふ》ハ、造リ奉ル所ノ観音ノ変ジ給ヘル也。

然《しかれ》バ、世ノ人専《もはら》ニ観音ヲ念ジ可奉《たてまつるべ》シ。其ノ後、良藤身[一七]ニ恙無《つつがな》クシテ十余年有テ、年六十一ニシテ死ニケリ。

此ノ事ハ、三善《みよし》[一八]ノ清行《きよゆき》ノ宰相ノ、其ノ時ニ備中[一九]ノ守《かみ》ニテ有ケルガ、語リ伝ヘタルヲ聞次《ききつぎ》テ語リ伝ヘタルトヤ。

石山観音《いしやまのくわんおん》、為利人付和歌末語《ひとをりせむがためにわかのすゑをつけたること》第十八

今昔《いまはむかし》、近江《あふみ》ノ国ニ伊香《いかご》[二〇]ノ郡《こほり》[二一]ノ司《つかさ》ナル男有ケリ。其ノ妻《め》若クシテ形《かた》チ美麗也。心[二二]バセ思量《おもばか》リ有テ、世ニ並ビ無キ物[二三]ノ上手《じやうず》也ケリ。然レバ、代〻ノ国司、此ノ女ノ有様ヲ聞テ、「何《いか》[二四]デ此ノ女ヲ得ム」ト思テ、懃《ねむごろ》ニ仮借《けさう》[二五]シケレドモ、女心強クシテ、「吉《よ》クトモ悪《あし》クトモ我ガ夫ヨリ外《ほか》ニ人[二六]ヲ可見《みるべ》キ事ニハ非ズ」ト思ヒ取テ、守《かみ》ノ文《ふみ》ヲ遣《やり》ケル返事《かへりごと》ヲダニ不為《せ》ザリケリ。

而《しかる》ニ、□[二七]ノ□ト云フ人、国ノ司トシテ国ヲ政《まつりご》ツニ、此ノ女ノ有様ヲ聞テ、前〻《さきざき》ノ守《かみ》[二八]□リモ強《あながち》ニ此ノ女ヲ得ムト思フニ、「夫ニ「妻《め》[二九]奉レ」ト可乞《こふべ》キニモ非ズ。文《ふみ》ヲ遣《やり》テ仮借《けさう》セムニモ、前〻《さきざき》ノ事ヲ聞クニ、不可叶《かなふべから》ズ。何《いか》ニセマシ」ト思ヒ廻《めぐら》シテ、

寛平五年、出為₂備中介₁。時有₂賀夜郡人賀陽良藤者₁云々と始まっている。それを踏まえた文言である。但し、本話は秘記に直接取材したのではなく、秘記を踏まえた第二次資料に依拠しているらしい。

第十八話 出典未詳。同話は潤色されて伊香物語(中世物語)に、また長谷寺の霊験譚として長谷寺験記・下・20に見える。

二〇 現、滋賀県伊香(いか)郡。 二一 郡の役人。ここでは長官の大領をさすのであろう。長谷寺験記「一条院御宇ニ、近江国ノ庁官源ノ雅基ト云ケルモノ」。伊香物語「いづれの御門のおほん時にや、近江の国伊香郡の司なる人に、いみじうゆたけき者ありけり」。 二二 思慮深くて。 二三 諸能諸芸の上手であった。 二四 何とかしてこの女をわがものにしたいと。 二五 懸想。思いをかけて恋い慕う意。 二六 意訳すれば、肌を許すつもりはない。 二七 国守の氏名の明記を期した意識的欠字。長谷寺験記「藤原ノ永頼」。 二八 底本に空白はないが欠字があると推定する。「ヨ」が想定される。 二九 妻をよこせと要求するわけにもいかない。

一 国守の館で急用がある。 二 「こ」は「何」の捨仮名。 三 名義抄、字類抄は「周章」「繞」ともに「アハツ」と訓む。歴史的仮名遣は「アワツ」。 四 ものの道理を知った人。 五 お咎めを受けるのではなかった。 六 酒を飲め。「給べ」は「食べ」で、「食ぶ」(飲食する意)の命令形。→注

謀《はか》ル様《やう》、「御館《みたち》[一]ニ急事《いそぐこと》有リ」ト云《いひ》テ、此ノ郡《こほり》ノ司《つかさ》ヲ召ス。郡ノ司、「何《な》[二]ニ事《ごと》ニカ有ラム」ト、周《あわて》[三]テ忩《いそ》ギ参《まゐり》タリ。守《かみ》、「前ニ召出《めしいで》ヨ」ト云ヘバ、郡ノ司恐レ思テ、膝ヲ土《つち》ニ突《つき》テ畏《かしこ》マリテ候《さぶら》フ。

守《かみ》ノ云ク、「国ニ人多カリト云ヘドモ、物[四]ノ故知《ゆゑしり》タル人トハ汝《なむぢ》ヲナム見ル。然レバ、「昔ノ事ヲモ問ヒ、今ノ事ヲモ聞《きか》ム」ト思テ召《めし》ツル也」ト。男、「勘当《かんだう》[五]ニハ非《あら》ザリケリ」ト思テ、昔ノ事ナド申シテ居《ゐ》タル程ニ、守、「酒給《た》[六]ベ」トテ、度《ど》ゝ《ど》飲《のま》セテ、気色打解《けしきうちとけ》[七]ヌル時ニ、守ノ云ク、「我ガ云ハムト思フ事ナム有ル。其レヲバ汝《なむ》ヂ聞カムヤ」ト。郡《こほり》ノ司《つかさ》、「何《いか》デカ国宣《こくせん》[八]ヲバ背《そむ》キ申サン[九]」ト云ヘバ、守ノ云ク、「「我レト尊《みこと》[一〇]ト諍《あらそひ》[一一]ヲセム」ト思フヲ、我[一二]ニテ不憚《はばから》ズ諍《あらそ》ヘ。尊勝《みことかち》タラバ、国ヲ分《わかち》テ令知《しらし》[一三]メム。我レ勝《かち》タラバ、吉《よ》[一四]クトモ悪《あし》クトモ、尊《みこと》ノ妻《め》ヲ我レニ得《え》[一五]セサセヨ」ト。郡ノ司畏《かしこ》マリテ云ク、「国宣ニハ何《いか》デカ勝チ奉ラム。尚《なほ》[一六]、此レ何《いか》ナル事ニカ」ト振《ふる》[一七]ヒ居《を》レバ、守ノ云ク、「何《なん》[一八]ゾ尊《みこと》必ズ負ケム。可勝《かつべ》キ様《やう》モ有ラム。只[一九]、勝負定メ無キ事也」ト。

郡《こほり》ノ司《つかさ》心ニ思フ様《やう》、「我[二〇]レ守《かみ》ニ可勝《かつべ》キ様不有《やうあら》ジ。然《さり》トテ、年来《としごろ》[二一]哀レニ思フ妻《め》ヲ出《いだ》シテム、可有《あるべ》キカナ[二二]。然《さり》トテ、今ハ何《なに》カハ可云《いふべ》キ」ト思フ程ニ、守硯《すずり》ヲ取寄《とりよせ》テ文《ふみ》[二三]書ク。書畢《かきをはり》テ封ジテ、上[二四]ニ印ヲ差《ささ》セテ、其レヲ文箱《ふみばこ》[二五]ニ入《いれ》テ、其ノ文箱ノ上ニモ亦《また》

二六。　七 座の雰囲気がうちとけた時に。八 国司の下す公文書。ここでは、国守の命令の意。　九 普通は「申サム」と表記される。　一〇 貴殿。おぬし。本来は尊称だが、転じて同輩に軽く呼びかけたり、下輩に言ったりする対称の代名詞。
一一 勝負事をしよう。　一二 相手が私でも遠慮せず勝負せよ。　一三 統治させよう。
一四 よかろうと悪かろうと。否応なく。
一五 保孝本「得サセヨ」の方が自然な表現。信友本「得セヨ」。　一六 それにしても、これは一体どうしたことでございますか。
一七 震えていると。　一八 おぬしが負けるとは限らない。勝つかもしれぬ。
一九 およそ勝負というものは、どちらが勝つかわからないものだ。　二〇 自分が国守に勝てるはずがない。　二一 長年最愛の妻をさし出すなんて、とんでもない。
二二「可有キカト」の誤記か。保孝本、信友本「可有哉」。東北本「文ヲ書ク」。　二三 (何やら)文字を書きつけた。東北本「文ヲ書ク」。　二四 封の上に印鑑を押させて。封印をしたのである。　二五 書類を入れておく箱。ふばこ。　二六 あのご仁に与えよ。「給べ」はここでは「賜ぶ」の命令形。部下に命令したのである。古典大系は「ニ」を「に於いて」の意にとり、「汝、郡司殿よ、たしかに頂戴いたせ」と解する。　二七 上の句。五・七・五。　二八 下の句。七・七。
二九 上の句とうまく意味が通じるように付け合わせてさし出せ。一種の連歌で勝負を争おうというのだが、上の句が隠されているので付け手(郡司)の側が極端に不利である。なお長谷寺験記では、国守

印ヲ差《ささ》セテ、「此レ、[二六]彼ノ尊《みこと》ニ給《た》ベ。此レヲ開《ひらき》テ可見《みるべ》キニ非ズ。此ノ内ニハ和歌ノ[二七]本《もと》ナム有ル。其ノ[二八]末《すゑ》ヲ[二九]同心《おなじこころ》ニ付合《つけあは》セテ奉レ。然レバ、此レヲ得テ家ニ持行《もてゆき》テ、今日ヨリ後《のち》七日ト云ハムニ、可返持参《かへりもてまゐるべ》キ也。和歌ノ本末《もとすゑ》ヲ付合セテ持参《もてまゐり》タラバ、尊《みこと》ハ[三〇]勝ヌ。速《すみやか》ニ国ヲ分《わかち》テ可知《しるべ》シ。若《も》シ尊付誤《みことつけあやまり》タラバ、尊《みこと》ノ妻《め》ヲ我レニ得サス許《ばかり》也」トテ取ラセタレバ、郡ノ司、[三一]我レニモ非ズ此レヲ得テ、家ニ返《かへり》テ、物歎《ものなげき》タル気色《けしき》ナレバ、妻、「御館《みたち》ニ召《めし》ツルハ何事ナラム」ト不審《いぶかし》ク思フ程ニ、歎《なげき》タル気色《けしき》ナレバ、胸[三二]塞《ふさが》リテ云ク、「何事ノ有《あり》ツルゾ」ト。男良久《ややひさし》ク不答《こたへ》ズシテ、妻ノ顔ヲ見テ、只泣キニ泣ク。

妻《め》此レヲ見テ肝《きも》ヲ失《うしなひ》テ、「此《こ》ハ何《いか》ナリツル事ゾ」ト云ヘバ、男[三三]跟蹐《ためらひ》テ云ク、「[三四]年来《としごろ》汝ヲ片時立去《たちさ》ル事無ク哀レニ悲ク思《おもひ》ツルニ、見ム事ノ今五六日ト思フガ悲キ也」ト。妻、「奇異ノ事也。[三五]疾《と》ク聞カム」ト云ヘバ、男泣《なくな》ゝク云《い》ハク、「守殿然ゝ《かうのとののしかし》カ宣《のたまひ》テ、此ノ文《ふみ》ヲ給《たまひ》タリ。七日ノ内ニハ、[三六]何《いか》ナル事《こ》ト[三七]知《しり》テカハ此ノ歌ノ末ヲ可付合《つけあはすべ》キ。然レバ、我レ負ケム事疑ヒ無キ事ナレバ、別レナムズル事ノ近キ也」ト。

妻《め》ノ云ク、「此ノ事、[三八]人ノ力ノ可及《およぶべ》キ事ニモ非《あら》ザナリ。「[三九]仏ナム世ニ難有《ありがた》キ人ノ願《ねがひ》ヲバ満《みて》給フナル。其ノ中ニモ[四〇]観音ハ一切衆生《いつさいしゆじやう》ヲ哀ビ給フ事、[四一]祖《おや》ノ子ヲ悲ブガ如シ」ト聞ク。然レバ、速《すみやか》ニ此ノ国ノ内ニ在《まし》マス[四二]石山ノ観音ニ可申《まうすべ》キ也」トテ、「今日ヨ

は「此中ニ連歌ヲ入タリ。暗ニツクベシ」と言うだけで、自分が封じたのが上句か下句かも告げていない(実は封じていたのは本話とは逆に下句である)。 三〇 勝ったことになる。 三一 茫然自失の態で。 三二 心配で胸がつまって。 三三 訓みは字類抄による。 三四 長年お前を片時も離さずいとしく思ってきたが、こうして夫婦でいられるのも後五、六日と思うと悲しいのだ。 三五 早くわけを聞かせて下さい。 三六 何事を知ってこの歌の下の句を付け合わせられようか。どうしても不可能だ。 三七 「ト」は「事」の捨仮名。格助詞とも解せる。 三八 人力の及ぶところではなさそうです。 三九 ただ仏様だけが世にも難しい人間の願いを満たして下さる。 四〇 →人名「観世音菩薩」。 四一 親がわが子を愛するごとくである。 四二 現、大津市石山寺一丁目にある石山寺。著名な観音霊場。→地名「石山寺」。なお長谷寺験記では、妻は次のごとく語って、長谷寺への参詣を勧めている。長谷寺験記「女云様、長谷寺ノ観音ハ、定業ヲ転ジ、余ノ捨給事ヲモ叶ヘ給フ。我ハ少ヨリ心ヲ至テ申事ノ叶ハザルハナシ。我生テ七歳ニ成シ時、重キ霊病ヲ受テ死セントセシニ、我母所々ノ仏神ニ祈シ中ニ、年来功ヲ入奉ル石山寺観音、汝ガ娘ノ事ハ既ニ七生ノ霊ニテ定業ナル上ハ今生ノ命ハカラナシ。後世ヲ祈ルベシ。但大和国長谷寺ノ観音コソ定業ヲモ伝給ヘ。カシコニ参テ祈ルベシト云示現ヲカウブリテ、サテハトテ当寺ニ参籠シテ侍ケル御夢想ニ、童子御帳ノ内ヨリ出テ、薬ノ

リ精進《しやうじん》ヲ始メテ、[一]七日ニ当《あた》ラムニ可返《かへるべ》キ也」ト云テ、精進ヲ令始《はじめ》シム。[二]一家《いつけ》清《きよ》マハリテ三日ト云フニ、[三]男石山ニ詣《まうで》ヌ。[四]一夜籠《こも》レルニ、夢ヲダニ不見《み》ズ。

男歎キ悲《かなしみ》テ、「我レ観音ノ大悲《だいひ》ノ利益《りやく》ノ内ニ入《いる》マジキ身ニコソ有《あら》メ。[五]可然《さるべ》キ事也ケリ」ト思テ、[六]後夜《ごや》ニ堂ニ[七]出《い》デヽ、歎《なげき》タル気色《けしき》ニテ家ニ返《かへ》ルニ、参ル人モ多ク、出《いつ》ル人モ数《あまた》有リ。[八]心有ル人ハ、「何事ヲ歎ク人ゾ」ト問ヘバ、[九]「何事ヲカ歎カム」ト答ヘツヽ返《かへ》ルニ、糸《いと》若クハ無キ女房ノ気高《けたか》ゲナル、[一〇]市女笠《いちめがさ》ヲ着テ、共ニ女一二人許《ばかり》シテ[一一]漸《やうや》ク歩《あゆみ》テ参ル、此ノ男ヲ見テ立留《たちどまり》テ云ク、「彼《か》ノ返《かへ》リ給フ主《ぬし》、何《なん》ゾ歎《なげき》タル気色《けしき》ニテハ」ト。男ノ云ク、「我レ何事ヲカ歎カン[一二]。己《おの》レハ伊香《いかご》ノ郡《こほり》ヨリ参レル也」ト。女房ノ云ク、「[一三]尚《なほ》ヲ思《おもひ》ノ事有ラム。宣《のたま》ヘ」ト[一四]切《しきり》ニ云ヘバ、男怪《あやし》ク思《おぼ》エテ、「若《も》シ観音ノ我ヲ哀《あはれみ》テ、変ジテ宣《のたま》フ事ニヤ有ラム」ト思テ、「実《まこと》ニハ、然ゝ《しかしか》ノ事ニ依《より》テ、観音ノ助《たすけ》ヲ蒙《かうぶ》ラムガ為《ため》ニ、石山ニ参《まゐり》テ[一五]三日三夜籠《こもり》ツルニ、聊《いささか》ノ夢ヲダニ見セ不給《たまは》ネバ、可然《さるべ》キ事ト思ヒ歎テ罷《まか》リ返《かへ》ル也」ト。女房ノ云ク、「[一六]糸安《いとやす》カリケル事ヲ、疾《と》クハ不宣《のたま》ハデ。只此《か》クヲ云ヘ[一七]」トテ、「[一八]ミルメモナキニ人ノコヒシキ」ト云フヲ聞クニ、喜《うれし》キ事無限《かぎりな》シ。「此レハ観音ノ示シ給フ也ケリ」ト思ヒ乍《なが》ラ、「君ハ何《いど》コニ御《おは》スル人ニカ。何《いか》デカ此ノ[一九]喜《よろこ》ビハ可申尽《まうしつくすべ》キ」ト云ヘバ、女房、「[二〇]不知《いさ》ヤ、我レヲバ誰トヤ云ハム。[二一]思ヒ出《い》デヽ、喜《うれ》シクコソハ」トテ、寺ノ方《かた》ヘ歩《あゆ》ビ去《さり》ヌ。

箱ヲ授給ト見テ、其夜ヨリ心地モ吉、気色モナヲリテ、今マデモナガラヘテ侍バ、偏ニ憑奉テ、汝トマミヘシ事マデモ彼御計ナレバ、長谷ニ祈ベシトテ」。

一 七日目。国守との約束の日である。参籠は七日を一区切りとするのが普通だが、これから精進した後に七日間の参籠をしたのでは期限の日を過ぎてしまうことに注意。　二 一家で精進潔斎して、三日目に。　三 長谷寺験記「長保二年ノ春ノ比、此夫婦共ニ参籠シテ」。　四 一夜参籠しただけで絶望するのは早すぎるし、後文で男が「三日三夜」籠ったと語っている(→注一五)のと矛盾する。本来は「三夜」とあるべきところか。なお、伊香物語も一夜参籠の後に帰途についたとするが、後に「三日三夜」の文言はない。　五 意訳すれば、「これも自分の宿命なのだ」。　六 一夜を初夜・中夜・後夜に三分した一。夜半過ぎから夜明け前まで。　七 諸本かく作るが、「堂ヲ」とありたいところ。　八 思慮分別(ここでは、思いやり)のある人。　九 何も嘆いてはいません。　一〇 菅製で凸形をした漆塗りの笠。女性の外出用の笠。　一一 静々と。　一二 普通は「歎カム」と表記される。　一三 「ヲ」は「尚」の捨仮名。やはり何か悩みごとがおありでしょう。おっしゃって下さい。　一四 繰り返して。何度も。↓三五八頁注五。　一五 前文に「一夜」とあったのと矛盾するが、これが本来の形であろう。　一六 お安い御用ですのに。　一七 「ヲ」は間投助詞。このように言いなさい。

男ハ家ニ返《かへり》タレバ、妻《め》待チ受《うけ》テ、「何《いか》ニ、何《いか》ニ」ト問フニ、男、「然々《しかしか》ノ事有《あり》ツ」ト語レバ、妻、「然□[二二]バコソ」ト云テ、此ノ歌ノ末《すゑ》ヲ書《かき》テ、前《さき》ノ文箱ニ具シテ、七日ト云フ夕方、御館《みたち》ニ参《まゐり》タレバ、守《かみ》、「来タリ」ト聞テ、先《ま》ヅ、「[二三]奇異ニ日ヲ不違《たがへ》ズ来タルカナ。[二四]然《さ》リトモ、歌ノ末ハ否《え》付《つけ》ジ」ト思テ、「此方《こなた》ニ参レ」ト召セバ、箱ト歌ノ末トヲ奉レリ。守《かみ》歌ノ末ヲ見テ、「此レ希有《けう》ノ事也」ト思テ、箱ヲ開《ひらき》テ見ルニ、[二五]違《たが》フ事無ケレバ、返々《かへすがへ》ス感ジ恐レテ、多《おほく》ノ物ヲ与ヘケリ。亦《また》、「我レ既《すで》ニ負《まけ》ヌ」トテ、約ノ如ク国ヲ分《わかち》テ令知《しらし》メケリ。

此ノ箱ノ内ノ歌ノ本《もと》ハ、「[二六]アフミナルイカゴノウミノイカナレバ」トゾ有ケルニ、此《か》ク、「[二七]ミルメモナキニ人ノコヒシキ」ト付《つけ》ケレバ、実《まこと》ニ目出《めで》タシ。観音ノ付ケ給ハムニハ当《まさ》ニ愚《おろか》ナラムヤ。

其ノ後、此ノ郡《こほり》ノ司《つかさ》国ヲ分《わかち》テ知《しり》テ、観音ノ恩ヲ報ジ奉ラムガ為《ため》ニ、彼《か》ノ石山寺[二八]ニ一日ノ法会《ほふゑ》ヲ行ヒテ、永ク恒例ノ事トシテ于今《いまに》不絶《たえ》ズ。其ノ郡ノ司ノ子孫相継《あひつぎ》ツ、于今《いまに》其ノ法会ヲ勤《つと》ム也。

観音ノ霊験ノ不思議ナル事、此《か》クゾ有ケルトナム語リ伝ヘタルトヤ[二九]。

一八 長谷寺験記は第三句「コイシカルラム」。但し、同書では国守が封じた句である。→五一七頁注二九。　一九 お礼。

二〇 さあ、私を何と言ったらよいでしょうね。伊香物語「武蔵野のゆかりの草も仮初の名なれば、いかでそれと打出でむ。能くこそ問ひける」。　二一 私が誰であるか気がついたら、うれしくお思いでしょうよ。「出デヽ」は「出デテハ」または「出デバ」と同意と見てかく解する。難題の解答がわかって私もうれしく存じます(古典大系)、私が誰かを思い出してくれてうれしいことです(古典全集)と解する説には従わない。　二二 底本の祖本の破損に因る欠字か。保孝本、信友本「然レハコソ」。やはりそうでしたね。案の定だわ。　二三 (来ないと思っていたのに)約束の日に来たとはあきれたことだ。　二四 それでも、よもや歌の下の句は付けられまい。

二五 上下の句がぴたりと合っていたので。

二六 近江なる伊香の湖の。「如何なれば」の序詞。　二七 みるめも無きに人の恋しき。「みるめ」は海草の「海松布(みるめ)」と「見る目」の掛詞。琵琶湖は淡水で海草は生えないから「海松布もなき」という表現が成り立つ。一首の歌意は、どういうわけかまだ逢ったことがないのに貴女が恋しく思われる。国守の郡司の妻に対する恋情を詠んだことになる。

二八 「ニ」は「に於いて」の意。

二九 長谷寺験記はこの話の末尾に「此連歌事、或日記石山観音云々。東大寺珍海已講所集、日本感通伝ニ長谷観音ト云。彼

新羅后《しらきのきさき》、蒙国王咎得長谷観音助語《こくわうのとがをかうぶりてはつせのくわんおんのたすけをえたること》 第十九

今昔《いまはむかし》、新羅《しらき》[一]ノ国ニ[二]国王ノ后《きさき》有ケリ。其ノ后《きさ》[三]キ忍《しのび》テ窃《ひそか》ニ[四]人ニ通ジニケリ。国王此ノ事ヲ聞《きき》テ、大《おほき》ニ嗔《いかり》テ后ヲ捕ヘテ、髪ニ縄ヲ付《つけ》テ[五]間木《まぎ》ニ鉤《つ》リ係《かけ》テ、足ヲ[六]四五尺許《ばかり》引上《ひきあげ》テ置《おき》タリケリ。

[七]后辛苦《きさきしんぐ》悩乱《なうらん》スト云ヘドモ、更ニ可為《すべ》キ方《かた》無クシテ、[八]自《みづか》ラ心ノ内ニ思ハク、「我レ此《か》ク難堪《たへがた》キ咎《とが》ヲ蒙《かうぶ》ルト云ヘドモ、我レヲ可助《たすくべ》キ人無シ。而《しか》ルニ、伝ヘテ聞ケバ、「此ノ国ヨリ東《ひむがし》ニ遥《はるか》ニ去《さり》テ、日《ひ》ノ本《もと》ト云フ国有ナリ。其ノ国ニ[九]長谷《はつせ》ト云フ所有ケリ。[一〇]観音ノ霊験ヲ施《ほどこ》シ給フ、在《まし》マス」ト。菩薩《ぼさつ》ノ慈悲ハ、深キ事大海ヨリモ深ク、広キ事世界ヨリモ広シ。然レバ、憑《たのみ》ヲ係《か》ケ奉ラム人、何《な》ドカ其ノ助《たすけ》ヲ不蒙《かうぶら》ザラム」ト祈《き》請《しやう》シテ、目ヲ塞《ふさぎ》テ思ヒ入《いり》テ有ル間ニ、忽《たちまち》ニ足ノ下ニ金《こがね》ノ[一一]榻出来《しぢいできたり》ヌ。然レバ、后、「此レ我ガ念ジ奉レルニ依《より》テ、観音ノ助ケ給フ也」ト思テ、其ノ榻《しぢ》ヲ踏《ふま》ヘテ立テルニ、苦シブ所無シ。此ノ榻《しぢ》ヲ人見ル事無シ。

其ノ後、[一二]日来《ひごろ》ヲ経《へ》ルニ、后被免《ゆるされ》ニケリ。后、「偏《ひとへ》ニ此レ長谷《はつせ》ノ観音ノ助《たすけ》ゾ」ト知《しり》テ、使ヲ[一三]差《さし》テ、[一四]多《おほく》ノ財物《ざいもつ》ヲ令持《もたし》メテ、日本ニ送《おくり》テ長谷ノ観音ニ奉ル。其ノ中ニ大キ

珍海ハ文殊応化也。努々不可有謬説者歟。其上松月上人観音験記ニモ長谷寺観音利生ト云々。思惟スルニ此験記ニ石山御事一端有之。件日記ハ是ヲ見アヤマチ、聞アヤマツ歟」と付記する。日本感通伝、観音験記はともに散佚書。但し、この付記にもかかわらず本話は本来石山の霊験譚であっただろう。地理的に見ても石山が自然であるし、長谷の霊験とする長谷寺験記では、妻が一度石山観音を話題にした上で長谷参詣を勧めているなど、不自然さが目立つからである。本話は昔話「絵姿女房・難題聟」の話型を利用して作成された霊験譚であるが、寺院間で行われた昔話に立脚した霊験譚の争奪を物語る一例として興味深い。

第十九話　出典未詳。宇治拾遺物語・179に同文的同話、長谷寺験記・上・12に同話がある。

一 古代朝鮮半島にあった国。長谷寺験記は「村上天皇御宇ニ」とするが、新羅は同天皇即位(九四六)以前の九三五年に滅亡。↓地名「新羅国」。二 長谷寺験記は「照明王」とするが、新羅にこの名の王はいない。三 「キ」は「后」の捨仮名。四 長谷寺験記は近臣の「義顕」とする。五 長押(なげし)の上に設けた棚のようなもの。長谷寺験記「后ノミヅラク、リテ、木ノ枝ニカケ、地ニトツケザルコト四五尺許ニテ」。六 宇治拾遺「二三尺」。七 もだえ苦しんだけれども。八 長谷寺験記では、后は自分の帰依する僧に相談し、僧が日本の長谷観音に祈るよう勧めたことになって

ナル鈴・鏡・金《こがね》ノ簾《すだれ》有リ。于今《いまに》彼《か》ノ山ニ納メ置《おき》タリ。

実《まこと》ニ長谷《はつせ》ノ観音ノ霊験不思議也。念ジ奉ル人他国《ほかのくに》マデ其ノ利益《りやく》ヲ不蒙《かうぶら》ズト云フ事無シ。人専《もはら》ニ歩《あゆみ》ヲ運ビ、[一五]首《かうべ》ヲ低《たれ》テ礼拝《らいはい》シ可奉《たてまつるべ》シトナム語リ伝ヘタルトヤ。

従鎮西上人《ちんぜいよりのぼりしひと》、依観音助遁賊難持命語《くわんおんのたすけによりてぞくのなんをのがれいのちをたもてること》　第二十

今昔《いまはむかし》、[一六]大宰《ださい》ノ大弐《だいに》□[一七]ノ□ト云フ人有ケリ。子共数《こどもあまた》有ケル中ニ、[一八]弟子《おとご》ナル男有ケリ。年未《いま》ダ若クシテ僅《わづか》ニ二十許《はたちばかり》也。形《かた》チ美麗ニシテ心賢ク思量《おもばかり》有ケリ。[一九]武勇《ぶよう》ノ家ニ非ズト云ヘドモ、力ナド有テ極《きはめ》テ猛《たけ》カリケリ。

父母《ぶも》此レヲ愛スルニ依《より》テ、相具《あひぐ》シテ[二〇]鎮西《ちんぜい》ニ有ルニ、其ノ時ノ[二一]小卿《せうきやう》トシテ筑前《ちくぜん》ノ守《かみ》[二二]□ト云フ人有ケリ。其《その》娘有リ。形《かた》チ端厳《たんごんに》シテ心厳《いつく》シ。年未《いま》ダ二十《はたち》ニ不満《みた》ズ。父母此レヲ寵《ちよう》スル故《ゆゑ》ニ、相具シテ□[二三]国ニ有リ。

而《しか》ル間、大弐、「我ガ男子《をのこご》ニ此ノ小卿《せうきやう》ノ娘ヲ合《あは》セヨ」ト[二四]切《しきり》ニ云《いひ》ニケレバ、守[二五]大卿《だいきやう》ノ云フ事難背《そむきがた》キニ依《より》テ、吉日ヲ以テ合《あは》セテケリ。

其ノ後、夫妻《めをと》トシテ□[二六]契《ちぎ》リ深クシテ相《あ》ヒ思《おもひ》テ有ケルニ、此ノ男本《もと》ヨリ官《つかさ》ノ望《のぞみ》有テ、京ニ上《のぼり》セムト為《す》ルニ、男此ノ妻《め》ヲ片時難去《さりがた》ク思テ、「相具《あひぐ》シテ上《のぼ》ラム」ト云

いる。　九 →地名「長谷寺」。　一〇 →人名「観世音菩薩」。　一一 牛車から牛をはずした際に、車の轅(ながえ)の軛(くびき)を支えにしたり、人が乗り降りする時の踏み台にする具。長谷寺験記には「忽然トシテ十四五歳計ノ童子、幻ニ現ジテ、金榻ヲ以テ、后ノ御足ニフマシメ奉ル。又此童子、昼夜ニ随逐シテ様々ニナグサメ奉リ、折節ノ御食物ヲ進ケレバ」云々とある。

一二 何日も経って。　一三 さし向けて。派遣して。長谷寺験記は「廿一日」とする。

一四 長谷寺験記は「船ヲ構ヘ、義平先生等ノ七人ヲ使者トシテ、日本国天暦六年壬子歳、春三月ノ比、三十三ノ宝物ヲ我山ニ送リ、件事ヲ具ニ当寺ニ知ラシム」として、その奉納状と宝物の目録を掲げるが、天暦六年(九五二)は新羅滅亡から十七年後。状の日付「幸中六年」は、中国にも該当する年号がなく、史実とは考え難い。

一五 頭を深く垂れて。こころから帰依し信仰するさまを示す常套表現。

第二十話　出典未詳。長谷寺験記・下・16に同話がある。

一六 大宰府の次官。大宰権帥のない時には府務を統括した。　一七 人名の明記を期した意識的欠字。長谷寺験記「小野好古」。　一八 末子。長谷寺験記「従五位下小野武古」。　一九 武士の家柄ではなかったが。　二〇 九州。　二一 大宰小弐。大弐の下の官。　二二 人名の明記を期した意識的欠字。長谷寺験記「藤原ノ永保」。

二三 国名の明記を期した意識的欠字。長谷寺験記では、二人はすでに結婚してお

ヘバ、云フニ随《したがひ》テ相具シテ上ル。[一]船ノ道ハ定メ無シ[二]トテ、[三]歩《かち》ヨリ上ルニ、[四]忩《いそ》グ道ニテ、郎等共撰《らうどうどもえら》ビ勝《すぐり》テ二十人許《ばかり》ナム有ケル。歩《かち》ノ人多ク、物負《おひ》タル馬共数《どもあまた》有リ。

[五]夜ヲ昼ニ成シテ上《のぼ》ル間ニ、幡磨《はりま》ノ国、[六]印南野《いなみの》ヲ過《すぐ》ルニ、[七]申打下《さるうちくだ》ル程ニ、十二月ノ比《ころほひ》ニテ、風打吹《うちふ》キ雪ナド少シ降ル。而《しか》ル間、北ノ山ノ方《かた》ヨリ、馬ニ乗《のり》タル法師出《いで》来《きたり》タリ。近ク寄来《よりきたり》テ馬ヨリ下《お》ルヽヲ見レバ、年五十余許《ばかり》ニテ[八]太リ[九]宿徳気《しゆくとくげ》ナル法師ノ、赤色ノ[一〇]織物ノ[一一]ヒタヽレ、紫ノ[一二]指貫《さしぬき》ヲ着テ、[一三]藁沓《わらぐつ》ヲ履《はき》テ、[一四]塗《ぬり》タル鞭《むち》ヲ持《もち》テ、[一五]早《はや》ル馬ニ[一六]ラ天《でん》ノ鞍置《おき》テ乗タリ。畏《かしこ》マリテ云《いは》ク、「己《おの》レハ筑前ノ守殿《かうのとの》ノ年来《としごろ》ノ仕《つかまつ》リ人也。此ノ[一七]北渡《わたり》ニナム住《すみ》侍ベルガ、自然《おのづか》ラ御京上《きやうのぼり》有リト承《うけたま》ハリテ、御馬ノ足モ息《やすめ》サセ給ハムガ為《ため》ニ、怪《あやし》ノ宿ニ入《い》ラセ給ヘトテ参《まゐり》ツル也」ト云フ[一八]様《さ》マ、[一九]極《きはめ》テ便ヽ《つきづき》シ。其ノ時ニ、郎等モ皆下《おり》ヌ。主人《あるじ》モ馬ヲ引《ひかへ》[二〇]テ云ク、「大切ナル事有テ[二一]、[二二]夜ヲ昼ニテ上レバ、[二三]此《か》ク

[こころざし]志《こころざし》有ケレバ、年返《かへり》テ下《くだ》ラムニ必ズ参リ来《きたら》ム」ト。

法師強《あながち》ニ留《とどむ》レバ、引放《ひきはな》チ難《がた》キ程ニ、日モ[二四]山ノ葉近ク成《なり》ヌ。郎等ナドモ、「此《か》ク強《あながち》ニ被申《まうさる》ルニナム[二五]」云ヘバ、「然《さ》ラバ」トテ行ケバ、法師喜《よろこび》テ前《さき》ニ打《うち》テ行ク。「[二六]只此《ここ》ゾ」ト云《いひ》ツレドモ、三四十町許《ばかり》行テ、山辺《やまのほとり》ニ[二七]築垣《ついがき》高クシテ屋《や》共数《どもあまた》有ル所也。打《うち》入《いり》テ、[二八]寝殿《しんでん》ト思《おぼ》シキ南面《みなみおもて》ニ居《ゐ》ヌ。[二九]階ヽ《しなしな》ノ儲共《まうけども》有リ。遥《はるか》ニ去《さり》タル所ニ侍《さぶらひ》有リ。[三〇]饗共《あるじども》器量《いかめ》シク、馬共《ども》ニ草食《く》ハセ、騒グ事無限《かぎりな》シ。[三一]我ガ有ル所ニハ女[三二]一両《ひとりふたり》ナン有ル。此《か》

り、父の大弐とともに下向して「鎮西」に住んでいたとする。二四 →五一八頁注一四。二五 大宰大弐。守の上役である。二六 破損に因る欠字か。但し、諸本は空白を置かず、下文を続けて記している。

一 底本「上ク」に「ル歟」と傍書。信友本「上ル」。 二 不安定だ。海賊や難破などの危険がある。 三 徒歩で。陸路をとって。 四 急ぐ旅で。 五 昼夜兼行で。 六 現、兵庫県加古川市付近の平野。当時は広大な荒野が広がっていた。→地名「印南野」。 七 申の刻(午後四時頃)を過ぎる頃。長谷寺験記「応和二年十月廿六日申時許ニ、幡磨国官南ノ郷ヲスギケレバ」。 八 底本「太キ」。諸本により訂した。 九 かっぷくのよい法師で。 一〇 文様を織り出した。織り模様のある。高級品である。 一一 直垂。貴族や武士の平服。 一二 指貫袴。裾を紐で括ってすぼめるようになった袴。 一三 草鞋。わらじ。 一四 漆塗りの鞭。 一五 勇み立つ。元気のよい。 一六 螺鈿。貝殻の真珠色の部分を漆器や木地にはめこんだもの。青貝細工。 一七 北のあたりに。 一八 「マ」は「様」の捨仮名。 一九 いかにも好ましい態度である。 二〇 底本「引キ」。諸本により訂した。手綱を引いて馬を止めて。 二一 底本「有ノ」。諸本により訂した。 二二 昼夜兼行で上っておりますので(今回はお志に添えませんが)。 二三 これほどまでのご好意ですから、年が明けて下向の時には必ずお訪ねしましょう。 二四 山の端。

クテ装束ナド解《とき》テ臥《ふ》シヌ。三三前ノ物ナド器量《いかめ》シク、酒ナド有レドモ、三四苦《くるし》サニ悩《なやま》シクテ不見入《みいれ》ズ。前ナル女房ナド皆物食ヒ酒ナド飲テ臥《ふし》ヌメリ。我レ妻夫《めをと》ハ苦サニ不被寝《ねられ》デ、物語ナドシテ、哀《あはれ》ナル契《ちぎり》ヲシテ、「此《かか》ル旅ノ空ニテ何《いかが》ナルベキニカ。怪《あや》シク心細ク思《おぼ》ユルカナ」ト云フ程ニ、三五漸《やうや》ク深ク成《なり》ヌ。

而《しか》ル間、奥ノ方《かた》ヨリ人ノ足音シテ来《きた》ル。怪《あや》シト思フ程ニ、近ク来《きたり》テ、三六枕上《まくらがみ》ナル三七遣《やり》戸《ど》ヲ引開《ひきあ》ク。男、誰レゾト思テ三八起上《おきあが》ル、髪ヲ取《とり》□三九只引キニ引出《ひきいだ》ス。力有ル人ナレドモ、俄《にはか》ノ事ナレバ、四〇我ニモ非《あら》デ被引《ひかる》ル程ニ、四一枕ナル刀ヲダニ不取敢《とりあへ》ズ。四二蔀《しとみ》ノ本《もと》ヲ放《はなち》テ、男ヲ押シ出《いだ》シテ云《いは》ク、「金尾《かなを》丸有《まろあり》ヤ。例ノ事吉《よ》ク仕《つかまつれ》」。怖《おそろ》シ気《げ》ナル音《こゑ》ニテ、四三「候《さぶら》フ」ト答テ、四四我ガ立頸《たてくび》ヲ取《とり》テ引キ持行《もてゆ》ク。四五早ク、四六片角《かたすみ》ニ築垣《ついがき》ヲ築廻《つきめぐら》シテ、脇戸《わきど》ヲシテ、其ノ内ニ深サ四七三丈許《ばかり》、井ノ様《やう》ナル穴ヲ掘《ほり》テ、底ニ竹ノ四八鋭杭《とぐひ》ヲ隙《ひま》無ク立テ、、年来如此《としごろかくのごと》ク上《のぼ》リ下《くだ》ル人ヲ謀《たばか》リ入レテ、一日一夜死《しに》タルガ如ク酔《ゑ》フ酒ヲ構《かまへ》テ、其四九ソレヲ飲《のま》セテ、主《あるじ》ヲバ此ノ穴ニ突キ入レテ、従者共《ども》ノ五〇酔死《ゑひしに》タル物ヲ剝《は》ギ取リ、可殺《ころすべ》キヲバ殺シ、五一可生《いくべ》キヲバ生《い》ケテ仕《つか》ヒケル也。其レヲ不知《しら》ズシテ来《き》タル也ケリ。

然《さ》テ、金尾丸五二我レヲ引《ひき》テ其ノ穴ノ許《もと》ニ引キ持《も》テ行テ、脇戸ヲ開《ひらき》テ、金尾丸脇戸ノ五三此方《こなた》ニ立《たち》テ突キ入ルゝニ、脇戸ノ五四保ゝ立《ほほだち》ヲ捕ヘテ不被突入《つきいれられ》ネバ、金尾丸穴ノ方《かた》ニ立《たち》テ引キ入《いれ》ムト為《す》ルヲ、五五少シ小坂ナルニ、五六去様《のけざま》ニ金尾丸ヲ強ク突ケバ、五七逆《さかさま》ニ穴ニ落入《おちいり》

二五 下に会話部分を受ける「ト」が省略されている。 二六 すぐそこです。 二七 築地塀。土塀。 二八 寝殿はその家の正殿。その南面に通されたのは、最高の賓客待遇を受けたことを示す。 二九 「品々」の当て字。さまざまのご馳走が出た。 三〇 (そこでは家来たちに)大層な酒食が供せられて。 三一 若夫婦のいるところには一、二人の女がいて接待していた。「我ガ」は語り手が主人公の立場に成り代わった表現。 三二 普通は「ナム」と表記される。 三三 「膳ノ物」の当て字か。 三四 旅の疲れに。長谷寺験記「旅所ナレバトテ酒ナンドモ打トケテノマズゾ侍ケル」。 三五 夜はしだいに更けていった。 三六 枕元の。 三七 引き戸。 三八 「起キ上ルニ」の意。起き上がると(その途端に)。 三九 底本の祖本の破損に因る欠字か。「テ」が想定される。 四〇 心構えができないままに。思わず。 四一 枕元に置いていた刀。 四二 蔀は格子の裏に板を張った雨戸の類。上下二枚から成り、開ける時は上戸を外側に開けて上に釣り掛け、下戸はそのままにしておくのが普通。ここはその下戸を取りはずして、の意。 四三 ここに控えております。 四四 えりくび。 四五 →五三〇頁注九。 四六 底本「行角」を訂した。 四七 約九メートル。 四八 鋭く尖った杭。底本は「鋭」の崩れた字体に「銃鰍」「鋭鰍」と傍書。 四九 「ソレ」は「其」の全訓捨仮名。 五〇 死んだように酔っている。 五一 生かして使えそうな者は生かして。 五二 →注三一。 五三 手前。 五四 門の側に立てた小

ヌレバ、脇戸ヲ閉《とぢ》テ、[一]延《えん》ノ下ニ曲《かがま》リ居《ゐ》テ思フニ、為《せ》ム方《かた》無シ[二]。[三]眷属共《くゑんぞくども》ヲ起《おこ》シニ行カムト為《す》レバ、皆酔《ゑ》ヒ死《しに》タルニ、只[四]塹《ほりき》ヲ隔《へだ》テヽ橋ヲ引《ひき》テケリ。
[五]和《やは》ラ板敷《いたじき》ノ下ニ入《いり》テ聞ケバ、法師我ガ妻《め》ノ許《もと》ニ来《きたり》テ云フナル様《やう》、「[六]転《うたて》思《おぼ》スラム。然《さ》レドモ、[七]昼牟子《むし》[八]ヲ風ノ吹キ開《あけ》タリツルヨリ見奉《たてまつり》ツルニ、[九]更ニ物不思《おぼえ》ズ。罪免《ゆる》シ給ヘ」トテ、[一〇]打覆臥《うちおほひてふ》シヌ。然レドモ、女ノ云ク、「我レ宿願有テ、百日ノ精進《しやうじん》ヲナムシテ上《のぼり》ツルニ、[一一]今只三日有ルヲ、同《おなじ》クハ其レ畢《はて》テ云ハム事ニ随《したが》ハム」ト。法師ノ云ク、「[一二]其レニ増《まさり》タル功徳《くどく》ヲ造ラセ奉ラム」ト云ヘドモ、女、「憑《たのみ》タリツル人ハ此《か》ク目前《めのまへ》ニ無ク成《なり》ヌレバ、今ハ身ヲ任セ可奉《たてまつるべ》キ身ナレバ、可辞《いなぶべき》ニ非ズ。更ニ怱《いそ》ギ不可給《たまふべから》ズ」ト云テ、親《したし》クモ不成《なら》ネバ、法師、「現《げ》ニ然《さ》モ有ル事也」ト云テ、内ヘ入《いり》ヌ。
女ノ思ハク、「然《さ》リトモ、我ガ男ハ世《よ》[一三]モ無下《むげ》ノ死《し》ニハ不為《せ》ジ物ヲ」ト思フニ、板《いた》敷《じき》ノ下ニシテ此レヲ聞クニ、妬《ねた》ク悲シ。此ノ妻《め》ノ居《ゐ》タル前ノ程ニ、板敷ニ大《おほき》ナル穴有ケリ。其レヲ見付《みつけ》テ、木ノ端《はし》ヲ以テ穴ヨリ指上《さしあげ》タルヲ、妻見付《みつけ》テ、「[一四]然《され》バコソ」ト思テ、其ノ木ヲ引キ動《うごか》シタレバ、「[一五]心得テケリ」ト思《おも》フニ、此ノ法師度《ど》ゞ《ど》来《きたり》テ語《かたら》フト云ヘドモ、女トカク云ヒツヽ不聞《きか》ネバ、亦入《またいり》ヌ。
其ノ時ニ、女[一六]和《やは》ラ蔀《しとみ》ヲ放《はなちた》レバ、板敷ノ下ヨリ出《い》デヽ入来《いりきたり》テ、先《ま》ヅ互ニ泣ク事無限《かぎりな》

柱または狭い縦木。扉の納まりをよくするためのもの。　三五 (穴に向かって)少しばかり傾斜していたが。　三六「仰ケ様ニ」の意。あお向けざまに。今まで引かれまいと抵抗していたのを、急に強く押して、金尾丸が尻餅をつくようにさせたのであろう。　三七 訓みは字類抄による。主格は金尾丸。まっ逆様に。

一 縁の下にもぐり込み、しゃがんだまま思案したが、よい知恵は浮かばない。
二 底本「シ」なし。諸本により補。
三 家来たち。
四 名義抄「塹 ホリケ」「隍 ホリキ」、字類抄は両字とも「ホリキ」と訓む。堀。ほり。
五 そっと。　六 いとわしい。不快だ。
七 底本「書」を訂した。
八 笠の垂れ布。
九 (あなたに)すっかり夢中になってしまいました。
一〇 底本「覆」に「寝ィ」と傍書。
一一 あとわずか三日残っていますので。
一二 それ以上の功徳を造らせてあげますよ。
一三 よもやむざむざと死ぬことはあるまい。　一四 案の定、夫は生きていたのだ。
一五 妻が気付いてくれた。
一六 そっと蔀を開けたので。
一七 あなたが引き出された時に敷物の下に隠しました。
一八 妻に着せたのであろう。この句は長谷寺験記には見えない。
一九 北側の(夫婦が案内された部屋とは反対側の)法師や手下の者たちがいる部屋

シ。「死ヌトモ共ニ死ナム」ト思テ、「大刀《たち》ハ何《いか》ガシツル」ト問ヘバ、「被引出《ひきいだされ》[一七]シ程ニ、畳《たたみ》ノ下ニ指入《さしいれ》タリ」トテ取出《とりいだ》シタレバ、男喜《よろこび》テ、衣《きぬ》一ツ許《ばかり》[一八]着セテ、大刀ヲ持《もち》テ、北面《きたおもて》[一九]ノ居タル方《かた》ニ和《やは》ラ行テ臨《のぞ》ケバ、長地火炉《ながぢくわろ》[二〇]ニ俎共《まないたども》七八ツ立テヽ、万《よろづ》ノ食《じき》物置《もつおき》テ散《ちら》シテ男共《ども》有リ。弓・胡録《やなぐひ》[二一]・甲冑《かつちう》[二二]・刀剣立並《たうけんたてなめ》タリ。法師ハ前ニ台一双《いつさう》[二三]ニ銀《しろかね》ノ器共《うつはものども》ニ物食散《くひちら》シテ、脇足《けふそく》[二四]ニ押シ係《かかり》テ打チ低《かたぶ》キテ、居乍《ゐなが》[二五]ラ□[二六]ヲシテ寝タリ。

其ノ時ニ、此ノ人思ハク、「長谷《はつせ》[二七]ノ観音、我ヲ助ケ給テ、父母《ぶも》ニ今一度値《ひとたびあ》ハセ給ヘ」ト念ジテ、「此ノ法師ノ不思係《おもひかけ》[二八]ズシテ寝タルヲ、走リ寄《より》テ頸切《くびきり》テ共ニ死ナム。何《いか》[二九]ニモ我レ可遁《のがるべ》キ様《やう》無シ」ト思ヒ得《え》テ、和《やは》ラ寄テ、低《かたぶき》[三〇]タル頸《くび》ヲ差シ充《あ》テヽ、強ク打《うち》タレバ、「耶〻《やや》」トテ手ヲ捧《ささげ》テ迷《まど》フニ、次《つづ》ケテ打《うち》ケレバ死《しに》ケリ。

其ノ程、前[三一]ナル男共其員《どもそのかず》有リト云ヘドモ、実《まこと》ニ観音ノ助ケ給ヒケレバ、「多《おほく》ノ人忽《たちまち》ニ入来《いりきたり》テ此ノ法師ヲ殺シツルゾ」ト思《おぼ》エケルニ、亦《また》、心[三二]ニ非ズ皆如此《かくのごと》クシテ被取《とられ》タリケル者共《ども》ナレバ、手迎《てむか》ヘセムト不思《おもは》ズ。況《いはむ》[三三]ヤ主《あるじ》ト有《あり》ツル者ハ死《しに》ヌ。今ハ甲《か》斐《ひ》無クテ、各《おのおの》口〻《くちぐち》ニ、「己等《おのれら》ハ過《とが》[三四]シタル事不候《さぶらは》ズ。然〻《しかしか》ノ人ノ従者ニテ有シヲ、如此《かくのごと》[三五]クシテ不意《おもはぬ》ニ侍ル也」ト云ヘバ、可然《さるべ》キ所〻《ところどころ》ニ追ヒ籠《こめ》テ、人数《あまた》[三六]有ル様《やう》ニ翔《ふるま》ヒ成《な》シテ、夜ノ睹《あくる》[三七]ヲ待ツ程、極《きはめ》テ心モトナシ。適《たまた》マ睹《あけ》[三八]ヌレバ、郎等共召出《らうどうどもめしいだ》シテ見ルニ、夢ノ心地シツヽ、目押摺《おしす》リナムドシテ、酔《ゑ》ヒ醒《さま》シテ出来《いでき》タリ。此《か》クト聞《きき》テゾ酔《ゑひ》モ悟《さめ》ケ

の方に、そっと行って覗くと。長谷寺験記「彼ノ法師ガ常ノ居所シテ、カシコキ所ヘ行テ、窓ヨリノゾケバ」。
二〇 長方形のいろり。
二一 矢を入れて背に負う道具。
二二 よろいとかぶと。 二三 一対。
二四 坐った時、脇に置いて、肘をかけ体をもたせかけて休息する道具。
二五 坐ったまま。
二六 漢字表記を期した意識的欠字。「ウタタネ」か。長谷寺験記「脇息ニヨリカヽリテ居眠シテ有リ」。
二七 →地名「長谷寺(はせでら)」。
二八 油断して寝ているところを。
二九 なんとしても自分は逃れるすべはない。長谷寺験記には対応する文言がない。このような状況判断が主人公の積極的な行動の起点となるのは、本書の諸話に共通する特徴。→四八二頁注一六。
三〇 うつむき垂れている首をめがけて。
三一 法師の前にいた手下の者はかなりの人数だったが。
三二 心ならずも皆このようにして捕えられて手下になった者どもだったので。
三三 まして主人として君臨していた者が死んでしまった上は、抵抗する意味もなくて。 三四 悪いことはしておりません。
三五 心ならずもこうして手下になっていたのです。
三六 味方の者が多数いるかのようにふるまって。
三七 「睹」は「暁」の草体から生まれた字体か。夜が明ける意。
三八 「睹」に同じ。→前注。

ル。

彼ノ脇戸《わきど》ヲ開《ひらき》テ行《ゆき》テ見レバ、深キ穴ノ底ニ竹ノ鋭杭《とぐひ》ヲ隙《ひま》無ク立テヽ、其レニ被貫《つらぬかる》ル者、旧《ふる》キ新《あたらし》キ多《おほ》カリ。一夜前《やぜん》ノ金尾丸《かなをまろ》ハ長高《たけ》キ童《わらは》ノ痩《やせ》タルガ、賤《あや》シキ二布衣《ほい》一《ひとつ》ヲ着テ、三平足駄《ひらあしだ》ヲ履乍《はきなが》ラ被貫《つらぬか》レテ、未ダ死《しに》モ不畢《はて》デ動《はたら》ク。「地獄ト云フ所モ此《か》クヤ有ラム」ト見テ、夜前此ノ家ニ有シ男共《ども》ヲ召出《めしいだ》セバ、皆出来《いできたり》テ、四年来《としごろ》不意《おもは》ヌ事共《ども》ヲ申シ合《あひ》タリ。然レバ、五咎《とが》ヲ不行《おこなは》ズ。使ヲ上《のぼせ》テ、京ニ此ノ由《よし》ヲ申シタレバ、六公《おほやけ》聞《きこ》シ召シテ、七「賢《かしこ》キ態《わざ》シタリ」ト感ゼサセ給《たまひ》ケリ。京ニ上《のぼり》テ、八官《つかさ》給ハリテ、思フ様《やう》ニテナム此ノ妻《め》ト住《すみ》テナム有ケル。九何《いか》ニ泣見《なきみ》咲《わら》ヒ見《み》、有《あり》シ事共云《どもいひ》ケン一〇。盗人法師《ぬすびとのほふし》ハ一一其縁《そのえん》ト云フ人モ不聞《きこ》エデ止《やみ》ニケリ。

一二心バセ賢ク思量《おもばかり》有ル人ハ此《かか》ル態《わざ》ヲナムシケル。但シ、人此レヲ聞《きき》テ、不知《しら》ザラム所ヘ一三吝《やさし》ク不可行《ゆくべから》ズ。

亦《また》、此レ偏《ひとへ》ニ観音ノ御助《たすけ》也。観音ノ人ヲ殺サムトハ不思食《おぼしめさ》ネドモ、多《おほく》ノ人ヲ殺セルヲ悪《あ》シト思食《おぼしめし》ケルニヤ。

然レバ、一四悪人ヲ殺スハ菩薩ノ行《ぎやう》也トナム語リ伝ヘタルトヤ。

一 昨夜の。
二 麻・葛等の布で作った着物。粗末な普段着。
三 低い下駄を履いたまま。
四 長年心ならずもしていたと口々に申し立てた。
五 処罰しなかった。
六 朝廷。
七 よくやった。
八 官職をいただいて、妻とともに満ち足りた生活を送った。
九 「見」は接尾語「ミ」の当て字。動作が交互に反復して行われることを表す。どんなに泣いたり笑ったりしては、この体験を語り合ったことだろう。語り手の事実譚的な関心を示す。
一〇 普通は「ケム」と表記される。
一一 誰の縁者ということもわからずじまいだった。
一二 思慮分別のある人。
一三 字類抄は「ヤサシ又アテナリ」、名義抄は「ヤサシ」と訓む。巻一〇・29の同語例を参照すると、不用意に、無造作に、の意と思われる。
一四 観音の霊験によって法師と金尾丸が殺されたこと、即ち観音が殺生戒を犯したことを「合理」的に理由づけようとして導き出された極論。同様の発想は、→巻一四・40(三五八頁注一六)。

下鎮西女《ちんぜいにくだりしをむな》、依観音助遁賊難持命語《くわんおんのたすけによりてぞくのなんをのがれいのちをたもてること》 第二十一

今昔《いまはむかし》、[一五]鎮西《ちんぜい》[一六]□国ニ住《すみ》ケル人、京ニ上《のぼり》テ、要事《えうじ》有ケレバ京ニ[一七]月来《つきごろ》有ケルニ、[一八]便《たより》無カリケリ。宮仕《みやづかへ》シケル女ノ[一九]年《と》シ若ク形《かた》チ美麗也ケルヲ、宿《やどり》タル家ノ隣ニ有ケル[二〇]下女《しもをむな》合《あは》セテケリ。

其ノ後、男此ノ女ヲ[二一]難去《さりがた》ク思《おもひ》テ過《すぐ》ルニ、男本国《もとのくに》ヘ可返《かへるべ》キ時ニ成《なり》テ、此ノ女ヲ具シテ行《ゆか》ムト云ケレバ、女京ニ相憑《あひたの》ム人モ無ク、知《しり》タル人モ無ケレバ、「[二二]倡《さそ》フ水有ラバ」ト思ヒ渡《わたり》ケルニ、男ノ此《か》ク云ケレバ、出立《いでたち》ケリ。隣ノ女モ、「[二三]申シ伝《つたへ》タリシ甲斐有《あり》」トテ喜ビケリ。此《か》クテ、既《すで》ニ此ノ妻《め》ヲ具シテ本国《もとのくに》ニ下《くだり》ヌ。男[二四]本便有《もとたよりあり》ケレバ、思フ様《やう》ニテ有ル程ニ、二三年ニ成《なり》ヌ。

而《しか》ル間、男隠スト為《す》レドモ、[二五]盗《ぬすみ》ヲ役《やく》トシケルヲ、妻《め》[二六]漸《やうや》ク其ノ気色《けしき》ヲ知《しり》ヌ。「[二七]旅ノ空ニテ怖《おそろ》シキ事ヤ出来《いできた》ラムズラム」ト思ヘドモ、[二八]我ヲ難去《さりがた》ク思《おもひ》タレバ、[二九]不知《しら》ヌ様《やう》ニテ過《す》グルニ、「此ノ事ヲ制《せい》セバヤ」ト思フニ、亦《また》、此《か》ク[三〇]猛《たけ》キ者ナレバ、怖《おそろ》シクテ不云《いは》ヌヲ、尚《なほ》、「制シテム」ト思テ、静《しづか》也ケル時、二人臥《ふ》シテ万《よろづ》ヲ語《かたら》ヒ行末《ゆくすゑ》ノ事ヲ契《ちぎり》ケル次《ついで》ニ、妻ノ云《いは》ク、「我レ君ニ云ハムト思フ事有リ。[三一]聞《きか》ズヤ」ト。男ノ云ク、

第二十一話　出典未詳。

一五 九州。
一六 国名の明記を期した意識的欠字。
一七 数か月滞在していたが。
一八 男の独り暮らしの不自由さをいうか。但し、「たよりなし」は頼りにするところのない心細い状態をいうのが普通。あるいは本来「宮仕シケル女」の形容であったものが、男のそれと混線したか。
一九 「シ」は「年」の捨仮名。
二〇 下仕えの女が(仲立ちをして)結婚させた。
二一 別れがたく思って。深く愛して。
二二 ↓四八八頁注七。
二三 仲介をしたかいがありました。
二四 もともと経済力があったので。
二五 盗みを稼業としていることを。
二六 だんだんその気配を感じ取るようになった。
二七 旅先で(京育ちの女は鎮西での生活を旅と感じていた)恐ろしいことが起こらなければよいが。
二八 夫は自分を離れがたく愛してくれているので。
二九 知らぬふりをして。
三〇 乱暴者。荒くれ者。
三一 聞いてくれませんか。但し打消し表現は「不聞ズヤ」と表記するのが普通。古典大系は「聞(かき)スヤ」(お聞き下さいますか)と解する。

「何事也ト云フトモ、何《なん》ゾ不聞《きか》ザラム。譬《たと》ヒ命ヲ失フ事也トモ、可辞《いなぶべ》キニ非ズ。況《いはむ》ヤ余《ほか》ノ事ヲバ」ト。女喜《うれし》ト思テ云《いは》ク、「[一]年来怪《としごろあやし》キ事ヲ見《みたる》ヲ、其レ止《や》メ給テムヤ」ト。男[二]此レヲ聞《きく》マヽニ気色替《けしきかはり》テ、物モ不云《いは》デ止《やみ》ヌ。女、「[三]由無《よしな》キ事ヲモ云《いひ》テケルカナ」ト悔《くやし》ク思ヘドモ、可取返《とりかへすべ》[四]キ事ナラネバ、亦《また》云フ事無シ。其ノ後、男気色替《けしきかはり》テ、妻ノ辺《ほとり》ニモ不近付《ちかづか》ズ。妻、「由無《よしな》キ事ヲ云テ、我レ必ズ被殺《ころされ》ナムトス」ト歎《なげき》ケルニ、本《もと》ヨリ[五]観音品《くわんおんぼん》ヲナム毎日《ひごと》ニ読奉《よみたてまつり》ケレバ、「[六]観音助ケ給ヘ」ト心ノ内ニゾ念ジケル。

而《しか》ル間、四五日許《ばかり》有テ、男妻《め》ニ云ク、「今日此《この》近キ所ニ行テ湯浴《ゆあみ》スルニ、[七]去来《いざ》給ヘ」ト云ヘバ、女、「今日我レヲバ殺サムズルニコソ有ケレ」ト心得タリト云ヘドモ、可遁《のがるべ》キ方《かた》無ケレバ、[八]具シテ行《ゆか》ムトス。妻ヲ馬ニ乗セテ、[九]我モ馬ニ乗テ[一〇]胡録《やなぐひ》掻負《かきおひ》テ、従者二人許《ばかり》具シテ、[一一]申酉《さるとり》ノ時許《ばかり》ニ出立《いでたち》テ行ク。妻涙ヲ流シテ、死《しな》ム事ヲ悲《かなしみ》テ、更ニ道モ不見《みえ》ネドモ、只心ノ内ニ観音ヲ念ジ奉テ、「[一二]此ノ世ハ此《かく》テ止《やみ》ナムトス。後《ご》生《しやう》助ケ給ヘ」トゾ申シケル。

此《か》クテ行ク程ニ、片辺《かたへ》ハ山ニテ、今片辺《かたへ》ハ沼ト[一三]云《いへ》バ池ノ様《やう》ナル、[一四]沢立《だち》タル所也ケル細キ道ヲ行《ゆき》ケルニ、妻男《め》ニ云ク、「只今[一五]糸破無《いとわりな》キ事ナム有ル。馬ヨリ暫《しばら》ク下《おり》ム」ト。男[一六]気悪気《けあしげ》ニテ、「然《さ》ハ、其レ下《おろ》セ」ト云ヘバ、従者寄来《よりきたり》テ抱《いだき》テ下《おろ》シツレバ、沢《さはの》辺《ほとり》ニ下《お》リテ、[一七]遠キ事ヲ為《す》ル様《やう》ニテ居《ゐ》タリ。抱キ下シツル男ノ近ク立《たて》ルヲ、女ノ、

一　長い間おかしなことを見ていますが、あれを止めて下さいませんか。
二　それを聞いた途端、顔色が変わって、黙り込んでしまった。
三　つまらない(言わないでよい)ことを言ってしまった。
四　底本「ニ」に「キ歎」と傍書。訂した。
五　法華経・八・観世音菩薩普門品。いわゆる観音経。　六　→人名「観世音菩薩」。
七　さあ、行こう。
八　一緒に行くことになった。
九　男自身も。　一〇　→五二五頁注二一。
一一　午後五時頃。
一二　この世はこれでおしまいです(もはや助かりません)。後生をどうぞお助け下さい。
一三　むしろ逆接の「云ヘドモ」に近い意。沼とはいってもむしろ池のような。
一四　沢のようになっている所の細い道を行くうちに。沢は、水がたまって草などが茂っている所。
一五　本当にどうしようもないことがあります。便意を催した意の婉曲表現。
一六　不機嫌そうに。　一七　大便をするようなふりをしてしゃがんでいた。
一八　こんなところには近づかないものですよ。あっちにお行き。
一九　一段は六間(約一一メートル)。
二〇　手綱を引いて馬を止めて立っていたが。
二一　殺されるよりは、この沼に入って身を投げよう。絶望の判断を契機に積極的な行動に出るのは、本書の諸話に共通する特徴。→五二五頁注二九。

「[一八]此《か》ク有ル所ニハ近クハ無キ事ゾ。去《の》ケ」ト云《いひ》ケレバ、主《あるじ》ノ男モ[一九]二段許《たんばかり》ヲ去《の》キテ、[二〇]馬ヲ引《ひか》ヘテ立《たて》ルニ、妻、「我レ[二一]被殺《ころされむ》ヨリハ、此ノ沼ニ入《いり》テ身ヲ投《なげ》テム」ト思テ、着タリケル衣共《きぬども》ヲ脱ギテ、其ノ上ニ[二二]市女笠《いちめがさ》ヲ置《おき》テ、[二三]居《ゐ》タル様《やう》ニシテ、我レハ裸ニテ窃《ひそか》ニ沼ニ這入《はひいり》ヌルニ、[二四]此等《これら》露不知《つゆしら》ズ。

此ノ沼ノ[二五]上《う》ヘハ泥《でい》ノ如クシテ、葦《あし》ナド云フ者生《お》ヒ滋《しげ》リテ、[二六]底ハ遥《はるか》ニ深カリケルニ、落入《おちいり》ケルママニ、[二七]息《おき》ト思《おぼ》シキ方ヘ只這《はひ》ニ這《は》ヒケルニ、「今ハ死《し》ナムズラム」ト思テ、観音ヲ念ジ奉テ、何《いど》コトモ無ク這《は》ヘバ、底ヲ這《はひ》テ行クニ、水ノ下ニテ聞ケバ、[二八]遠《とほ》ラカニ男ノ音《こゑ》ニテ荒ラカニ、「[二九]何《な》ド久《ひさしく》ハ有ルゾ。早ク乗《のせ》ヨ」ト云《いふ》[三〇]ナルニ、[三一]女ノ音《こゑ》ヲ不為《せ》ネバ、[三二]蕪箭《かぶらや》ヲ以テ射タレバ、笠ノ上ヲ射ツルニ、[三三]下音《したのこゑ》モ無ク、箭《や》ノ風モ不答《こたへず》シテ空《うつほ》ナレバ、男、「怪《あや》シ。其レ見ヨ」ト従者ニ云フニ、従者寄《より》テ見ルニ、人無ケレバ、「不御《おはせ》ズ」ト云ヘバ、主《あるじ》馬ヨリ下《おり》テ見ルニ、衣《きぬ》ト笠トハ有テ主《ぬし》ハ無シ。驚《おどろき》テ先《ま》ヅ山ノ方《かた》ヲ追求《おひもと》ムルニ、無シ。「[三四]沼ニ入《いり》ヌラム」ト不疑《うたがは》ズ。而《しか》ル間、日暮レテ暗ク成《なり》ヌレバ、男[三五]頭《かしら》ヲ掻《かき》テ妬《ねた》ガルト云ヘドモ、可為《すべ》キ方《かた》無クテ、家ヘ返《かへりぬ》。

女ハ遥《はるか》ニ息《おき》ニ這出《はひい》デヽ、終夜這《よもすがらはひ》テ、暁ニ成《なり》テ少シ浅キ所ニ這出《はひいで》ヌ。見レバ、髴《ほのか》ニ[三六]陸《くむが》近ク見ユ。人里ノ様《やう》ナル所見ユレバ、喜ビ乍《なが》ラ先《ま》ヅ陸《くむが》ニ上《あがり》ヌ。身ハ[三七]土形《つちのかたち》ナレバ、水ノ有ル所ニ寄《より》テ洗フ。三月許《ばかり》ノ事ナレバ極《きはめ》テ寒シ。[三八]篩ヽ《ふるふる》フ、「人ノ家ニ立入《たちい》ラバ

二二 →五一八頁注一〇。
二三 しゃがんでいるように見せかけて。
二四 (男たちは)こんなこととは少しも気付かなかった。
二五 「ヘ」は「上」の捨仮名。表面は泥のようで、葦などが密生していて。
二六 底は非常に深かったので。泥が深かった意ではなく、泥のように見えたのは表面だけで、下には深い(背が立つ程度の)水の層があった意。下文の「水ノ下ニテ聞ケバ」もそういう状況を示す。また、それゆえ岸からは水中が見えず、呼吸のために浮き沈みしてもあまり波が立たず、発見されにくかったのである。
二七 沖と思われる方にしゃにむに這い進んで。
二八 遠くの方で男の声がして荒々しく。
二九 なぜぐずぐずしているのだ。早く乗せろ。従者に対する命令の言葉。
三〇 伝聞推定の「ナリ」。女は遠い声を聞いて、そう言っていると判断したのである。
三一 女が何も言わないので。
三二 鏑(木や鹿角で蕪の形に作り、中空にして孔を穿ち、射ると風を切って音が出る)を付けた矢。鏑矢。
三三 笠の下でするはずの女の悲鳴も聞こえず、矢も手応えがなくて、からっぽに感じられたので。
三四 まさか沼に入ったとは疑いもしなかった。
三五 頭を掻きむしって悔しがったけれども。
三六 陸地。岸辺。訓みは字類抄による。
三七 まるで泥人形だったから。
三八 ぶるぶる震えながら。

ヤ」ト思フニ、夜モ白ゝ《しらしら》ト成ヌ[一]程ニ、翁《おきな》ノ杖《つゑ》ヲ突《つき》タル、出来《いできたり》テ打見《うちみ》テ、「此《こ》ハ何《いか》[二]ナル人ノ裸ニテハ御《おは》スルゾ」ト云ヘバ、女、「盗人《ぬすびと》ニ値《あひ》タル也。何《いか》ガ可為《すべ》キ」ト云ヘバ、翁、「[三]穴糸惜《あないとほ》シ。去来《いざ》給ヘ」ト云《いひ》テ、家ニ将行《ゐてゆき》テ、妻《め》ノ嫗《おうな》[四]ニ、「[五]此レ見ヨ。此《かか》ル人ノ御《おは》スルヲゾ」ト云ヘバ、嫗慈悲有ケル者ニテ、此レヲ哀《あはれ》ムデ、[六]賤《あやし》ノ襖《あを》ト云フ物着セテ、奥ノ方《かた》ニ居《すゑ》ヘテ、火ニ[七]炮《あぶり》ナドシテ有レバ、活《いき》タル心地《ここち》シテ臥《ふし》タルニ、食《く》ヒ物ナド吉《よ》クシテ食《くは》セテ、二三日[八]営《いた》ハル程ニ、見レバ実《まこと》ニ端正《たんじやう》ナル女也。[九]早《はや》ウ、此《ここ》ハ[一〇]有《あり》シ所ヲ遥《はるか》ニ去《さり》テ□[一一]。

而《しかる》ニ、其ノ国ノ司《つかさ》□[一二]ト云フ人ノ子也ケル若カリケル人、未ダ妻《め》モ無クシテ有ケルニ、此ノ家ノ嫗《おうな》ノ娘館《たち》[一三]ニ宮仕《みやづかへ》シテ有ケルニ、家ニ[一四]出《い》デヽ見ルニ此ノ人有リ。[一五]打語《うちかたらひ》ナドシテ日来《ひごろ》有ケルニ、其ノ[一六]女童《めのわらは》館《たち》ニ行テ此ノ[一七]人ノ有様ヲ語ルニ、此ノ[一八]家ノ子ノ主《あるじ》此《これ》ヲ聞テ、忽《たちまち》ニ其ノ小家ニ行テ、[一九]押入《おしいり》テ見ルニ、[二〇]実《まこと》ニ糸目安《いとめやす》クテ、此《ここ》ハ弊《つたな》シト見ユル所モ無《なく》テ、賤《あやし》ノ襖《あを》ヲ着テ居《ゐ》タリ。寄《より》テ[二一]触《ふれ》バヽ、ムト為《す》ルニ、[二二]可辞《いなぶべ》キ様《やう》無ケレバ、親《したし》ク成《なり》ニケリ。其ノ後、男衣共《きぬども》[二三]ナド着セテ、館《たち》ニ迎《むかへ》テ住《すみ》[二四]ケリ。[二五]日来《ひごろ》ヲ住《すめ》ル程ニ、女有《あり》[二六]シ事共《ども》ヲ不落《おとさ》ズ、泣ゝ《なくな》ク語《かたり》ケレバ、男《をとこ》[二七]、[二八]奇異也ケル事カナト思テ、父ノ守《かみ》ニ此ノ女ノ事トハ不云《いは》デ、守ニ[二九]云ケル様《やう》、「[三〇]国ニ某《それがし》ト申《まうす》ナル男、年来盗《としごろぬすみ》ヲ以テ業《わざ》トシテ、近来《このごろ》京ヨリ女ヲ迎《むかへ》テ、其ノ妻ヲ殺サムトシケルニ、逃《にが》シテ

一 終止形で体言に接続している。普通は「成ヌル程」と連体形になるべきところ。 二 底本「何カル」を訂した。 三 それはお気の毒なことじゃ。さあ、おいでなされ。 四 老女。 五 これをごらん。こんなお気の毒な人がおありじゃ。 六 粗末な襖(袷の着物)を着せて。 七 訓みは名義抄による。火で暖めなどしてくれたので。 八 名義抄、字類抄にはこの字にイタハルの訓みはない(「労」にはある)が、文脈および送仮名から推定してかく訓む。 九 「早ウ(早ク)」は多く「也ケリ」と呼応して、それまで気がつかなかった事実に気がついたことを示す。実は。なんと。いや驚いたことに。 一〇 女が沼に入った場所。 一一 底本の祖本の破損に因る欠字。 一二 国司の名の明記を期した意識的欠字。 一三 国司の屋敷。 一四 実家に退出してみると。里に戻ってみると。 一五 娘はその女と語り合いなどして数日家にいたが。 一六 前出の「嫗ノ娘」をさす。娘は女童(召使の少女)として仕えていたのである。 一七 救われた女をさす。「此ノ」と「彼ノ」の使い分けが、物理的な距離の遠近ではなく、語り手の心理的な距離の遠近によってなされるのは古典に通有の特徴。 一八 この家の若君である主人。即ち前出の国司の子をさす。 一九 家内にずかずかと踏み込んで、その女を見ると。 二〇 まことに感じのよい女で、ここという欠点もなく。 二一 「触バフ」は、睦まじく触れる意。女を抱こうとしたのである。 二二 女は拒絶するすべもなかったので。 二三 着物などを

ケレバ、其ノ妻ノ三一許《もと》ナム有ル。三二速《すみ》ヤカニ可召《めすべ》キ也」ト。守此ノ事ヲ聞テ、使ヲ彼ノ国ニ遣《つかはし》テ、此ノ由《よし》ヲ云送《いひおく》ル。彼ノ国ニモ、其ノ男本《もと》ヨリ三三其ノ聞《きこえ》ヘ有ケルニ合セテ、此《か》ク云ヒ送《おくり》タレバ、即《すなは》チ其ノ男ヲ搦《からめ》テ、三四国人《くにびと》ヲ具シテ送《おくり》タレバ、此ノ事ヲ問フニ、暫《しばらく》ハ三五不落《おち》ザリケレドモ、責《せめ》テ問《とひ》ケレバ、遂《つひ》ニ有《あり》ノマヽニ云ヒケリ。本ノ三六妻《もと》簾《すだれ》ノ内ニシテ此《これ》ヲ見テ、糸《いと》哀レニ思《おもひ》ケリ。此ノ盗人男《ぬすびとのをのこ》ヲバ野ニ将行《ゐてゆき》テ、頸《くび》ヲ切《きり》テケリ。

女ハ此ノ家ノ子ト永ク夫妻《めをと》トシテ、京ニ上《のぼり》テ住《すみ》ケリ。此レ偏《ひとへ》ニ観音ノ御助《たすけ》也ト信ジテ、弥《いよい》ヨ懃《ねむごろ》ニ観音ニ仕《つかまつり》ケリ。三七実《まこと》ノ心有ル者ハ、此《か》ク仏ノ利益《りやく》ヲモ蒙《かうぶり》ケル。女ノ語《かたり》ケル也トナム語リ伝ヘタルトヤ。

瘂女《おふしのをむな》、依石山観音助得言語《いしやまのくわんおんのたすけによりてものいひをえたること》第二十二

今昔《いまはむかし》、誰トハ不知《しら》ズ、三八中比《なかごろ》、京ニ三九階不苟《しないやしから》ヌ人ノ娘有ケリ。形ハ極《きはめ》テ美麗ニシテ、生《うまれ》ケルヨリ四〇瘂《おふし》ニテゾ有ケレバ、父母《ぶも》明暮此《あけくれこれ》ヲ歎キ悲ムト云ヘドモ、甲斐無シ。暫《しばし》ハ、「神ノ四一祟《たたり》カ、若《もし》ハ霊《りやう》ノ為《す》ルカ」ナド疑《うたがひ》テ、仏神《ぶつじん》ニ祈請《きしやう》シ、貴《たふと》キ僧ヲ呼《よび》テ祈ラセケレドモ、四二長大スルマデ遂《つひ》ニ物云フ事無ケレバ、後《のち》ニハ、父母四三棄《すて》テ不知《しら》ザリケリ。然レ

着せて。着物を与えて身なりを整えさせて。 二四 同棲した。 二五 何日間か一緒に住んでいるうちに。 二六 これまでのことを一つ残さず泣く泣く語ったので。 二七 「コ」は「男」の捨仮名。 二八 驚いたことだと思って。 二九 守は任国に下らず、京にとどまっていた(遥任)のである。 三〇 国におります某という男は、長年盗人稼業をして、最近京から女を妻に迎えて、その妻を殺そうとしましたが、逃がしてしまいましたので。 三一 本文に誤脱がないとすれば、「許」を「おもと」と同じく女性に対する一種の敬称とみて、「妻ノ許」を「奥さん」の意にとり、その奥さんは無事でいます、と解する古典大系・古典全集説に従わざるを得ないが、「妻」と「ノ許」の間に欠字を予想すれば、その妻は□のところ(某所)に身を寄せています、と解することができる。このように本来名を伏せるべきところに欠字を用いて、欠字を一種の記号(「某」の代用)的に機能させている例は、巻三一・30等に見られる。 三二 ただちに(その男を)召し捕るべきです。 三三 盗人らしいという噂。 三四 その国の者をつけて護送したので。 三五 白状しなかったが。 三六 その男のもとの妻(今は若君の妻)。 三七 まことの信心のある者。

第二十二話 出典未詳。三国伝記・五・21に同話がある。

三八 それほど遠くない昔。 三九 家柄が卑しくない人の娘。 四〇 ものが言えない人。おし。底本及び多くの諸本「瘂」に作

バ、乳母《めのと》ノミ此ノ人ヲ哀レムデ過《すぐ》ル程ニ、父母打次《うちつづ》キ失《うせ》ニケリ。

弥《いよい》ヨ乳母《めのと》此ノ人ヲ悲[一]ムデ、歎キ思《おもひ》ケル様《やう》、「此ノ人ニ男ヲ合《あは》[二]セテ、子ヲ令生《うましめ》テ、或ル末[三]ノ便《たより》トモ為《せ》バヤ。形《かた》チ美麗ナレバ、暫《しばし》ハ見[四]ル人モ自[五]然《おのづか》ラ有《あり》ナム」ト思得《おもひえ》テ、或ル殿上人ノ形《かた》チ吉《よ》ク心ニ情《なさけ》有ケルヲ、然[六]気《さりげ》無クテ合セテケリ。女ニモ乳母泣《なく》ゝ《な》ク此ノ由《よし》ヲ云聞《いひきか》セテ心[七]ヲ得サセタレバ、合《あひ》テ後、日来《ひごろ》通フニ、男、女ノ美麗ナルヲ見テ難去《さりがた》ク労[八]《らう》タク思《おもひ》テ、万《よろづ》ヲ語《かたら》フニ、女惣《すべ》テ物ヲ不云《いは》ネバ、暫《しばし》ハ恥《はぢ》シラヒタルカト思フニ、物[九]《も》ノ云ハムト思《おもひ》タル気色《けしき》乍《なが》ラ目ニ涙ヲ浮《うかぶる》ヲ見テ、男、此レハ瘂《おふし》也ケリト心得ツ。其ノ後、志《こころざ》[一〇]シハ愚《おろか》ニ非ズト云ヘドモ、片輪《かたは》者也ケリト思フニ、少シ枯《かれ》ゝ《がれ》[一一]ニ成《なる》ヲ、女心踈《こころうし》ト思テ、跡[一二]ヲ暗クシテ失《うせ》ニケリ。

男、女ノ許《もと》ニ行タルニ、無ケレバ、失《うせ》ニケリト思フニ、形・有様ヲ思ヒ出《いだ》サレテ、心ニ係《かか》リテ、此《これ》ヲ恋ヒ悲ムデ、諸《もろもろ》ノ所ゝ《ところどころ》ヲ尋求《たづねもとむ》レドモ、尋得《たづねう》ル事無ケレバ、歎キ乍《なが》ラ過《す》グルニ、女ハ石[一三]山ト云フ所ニ、此ノ乳母《めのと》ノ類《るい》[一四]也ケル僧ノ有ケルヲ尋テ、親《したし》キ女房一人・女《め》ノ童許《わらはばかり》ヲ具シテ行《ゆき》ニケリ。其《そこ》ニシテ尼ニ成《なり》ナムト思ケルニ、此ノ石山ノ御[一五]堂《みだう》ニ籠《こもり》テ、心[一六]ヲ至《いた》シテ念《ねんじ》ケル様《やう》、「[一七]「観音ハ難[一八]有《ありがた》キ衆生《しゆじやう》ノ願《ねがひ》ヲ満《み》テ給フ事、他ノ仏《ほと》ケニハ勝《すぐ》レ給ヘリ」ト聞ク。然レバ、我ガ此ノ病《やまひ》ヲ救ヒ給ヘ。若《も》シ前世《ぜんぜ》ノ悪業《あくごふ》重クテ、救ヒ給ハムニ不能《あたは》ズハ、我レ速《すみやか》ニ死《し》ナム。必ズ後世《ごせ》ヲ助ケ給ヘ」ト。

るが、後文には「瘂」と作り、巻七・42（鈴鹿本）には「瘖」の字体が見える。
四一 「祟」は「崇」と通用。
四二 大人になるまで。
四三 そのままにして顧みなかった。

一 かわいそうに思って。
二 結婚させて。
三 後々の頼りとしてあげたい。
四 (彼女を)妻にしてくれる人。
五 なかには。ひょっとして。
六 彼女が瘂であることはおくびにも出さず。
七 納得させていたので。
八 かわいく思って。
九 「ノ」は「物」の捨仮名。
一〇 「シ」は「志」の捨仮名。別にいやになったわけではなかったが。
一一 男の来訪が途絶えがちになったのを女はつらく思って。
一二 失踪して行方知れずになってしまった。
一三 →地名「石山寺」。
一四 親類。 一五 本堂。
一六 まごころこめて。一心不乱に。
一七 →人名「観世音菩薩」。
一八 衆生の難しい願いをかなえて下さること。
一九 伝記「初六日ニ当テ、錦帳ノ裏チヨリ童子一人出デ給ヒテ、赤蓮花ヲ一葉ロノ内ニ押入レ給フト夢ヲ見タリ。驚テ後、所願成就スベシト貴思ヒケル処ニ」。
二〇 →地名「東塔」。

如此《かくのごと》ク念ジテ日来《ひごろ》[一九]籠《こもり》タル間ニ、比叡《ひえ》ノ山ノ東塔[二〇]ニ□[二一]ト云フ阿闍梨《あじやり》有リ。世ニ勝《すぐ》レタル験者《げんじや》[二二]也。時ノ人皆首《かうべ》[二三]ヲ低《かたぶけ》テ帰依《きえ》スル事無限《かぎりな》シ。其ノ人石山ニ参《まゐり》タルニ、御堂《みだう》ニシテ此ノ瘂女《おふしのをむな》ノ籠《こもり》タルヲ見テ、問《とひ》テ云《いは》ク、「此レ誰人《たれひと》ノ何ノ故《ゆゑ》有テ籠レルゾ」ト。女物ヲ不云《いは》ネバ、文《ふみ》[二四]ニ書キテ有様ヲ聞カス。阿闍梨ノ云ク、「我レ君ノ病ヲ祈《いのり》テ試《こころみ》ム。此[二五]レ偏《ひとへ》ニ利《り》益衆生《やくしゆじやう》ノ故《ゆゑ》也」ト。女喜ブ由《よし》ヲ亦《また》書テ見スルニ、阿闍梨観音ノ御前ニシテ心ヲ至《いた》シテ加持[二六]スルニ、三日三夜音《こゑ》ヲ不断《たた》ズ。然レドモ、其ノ験《しるし》[二七]シ無シ。其ノ時ニ、阿闍梨嗔《いかり》[二八]ヲ発《おこ》シテ泣〻《なくな》ク加持スルニ、女ノ口[二九]ノ中ヨリ物ヲ吐《はき》出《いだ》ス事、一時許《ひとときばかり》[三〇]也。其ノ後、物ヲ云《いふ》事舌付《したつき》[三一]ナル人ノ如シ。然レドモ、其[三二]ヨリ物ヲ云フ事例ノ人ノ如シ。早《はや》[三三]ウ、年来《としごろ》悪霊《あくりやう》[三四]ノ致《いたし》ケル也。女泣〻《なくな》ク阿闍梨ヲ礼拝シテ、注《しる》[三五]シ許《ばかり》ニトテ、年来持《としごろもち》タリケル水精《すいしやう》[三六][三七]ノ念珠《ねんじゆ》ヲ阿闍梨ニ与ヘツ。阿闍梨念珠ヲ得テ、本《もと》[三八]ノ山ニ返《かへり》ヌ。

女ハ尚《なほ》[三九]山ニ有ルニ、彼《か》ノ本《もと》[四〇]ノ男ノ殿上人ノ、女ヲ不求得《もとめえ》ズシテ、忽《たちまち》ニ道心ヲ発《おこ》シテ所〻《ところどころ》ノ霊験ノ所ニ参リ行《おこなひ》ケルニ、比叡ノ山ニ登テ中堂《ちうだう》[四一]ニ参《まゐり》ケルニ、此ノ阿闍梨《あじやり》本《もと》ヨリ知《しり》タリケレバ、其ノ房ニ行《ゆき》テ物ナド食《くひ》テ打息《うちやす》ムニ、彼ノ水精《すいしやう》ノ念珠《ねんじゆ》ヲ物ニ係《かけ》タルヲ見テ、不意[四二]ニ阿闍梨ニ問《とひ》テ云《いは》ク、「此ノ念珠ハ何《いど》コナリツルゾ」ト。阿闍梨ノ云ク、「石山ニテ瘂《おふし》[四三]ナリシ女房ノ籠《こも》リシヲ祈止《いのりとどめ》[四四]テ得タリシ也」ト。此レヲ瘂《おふし》ト聞ク

二一 僧の名の明記を期した意識的欠字。伝記「比叡山ノ行者無動寺ノ円満坊ノ阿闍梨ト云フ大験者」。
二二 加持祈禱の効験が著しい行者。
二三 頭を深く垂れて。こころから帰依し信仰するさまを示す常套表現。
二四 文字に書いて事情を打ち明けた。
二五 これもみな観音さまが衆生をご利益になるがゆえです。
二六 →三五七頁注二二。
二七 「シ」は「験」の捨仮名。効験。
二八 怒りを発して。一段と気合を込めて必死になった様子。
二九 伝記「口ヨリ淡(あわ)ヲ吐ク事一時許リ有テ後、忽チニ物ヲ云フ事ヲ得タリ」。
三〇 一時(ひととき)は約二時間。
三一 舌が自由に動かず発音が不明瞭な人。舌足らずの人。
三二 それから(次第に)ふつうの人のようにしゃべれるようになった。
三三 →五三〇頁注九。
三四 悪霊のなせるわざであった。
三五 「シ」は「注」の捨仮名。お礼のしるしばかりにと言って。
三六 底本「ケリ」を訂した。
三七 水晶の数珠。
三八 比叡山をさす。
三九 石山をさす。伝記「女ハ尚ヲ石山ニ留リテ普門品ヲゾ読ミケル」。
四〇 もとの夫。
四一 →地名「根本中堂」。
四二 とっさに。だしぬけに。
四三 →五三一頁注四〇。
四四 祈禱して病気をなおして(お礼に)貰ったのです。

ニ心騒《さわぎ》テ、細《こまか》ニ問フニ、有様ヲ語ル。此レヲ聞クニ、只[一]其レニテ有リ。心ノ内ニ喜《よろこび》テ、京ニ怱《いそ》ギ返《かへり》ヌ。

其《それ》ヨリ石山ニ行《ゆき》テ尋ヌルニ、暫《しばし》[二]ハ隠スト云ヘドモ、強《あながち》ニ尋《たづね》テ年来《としごろ》ノ事ヲ云入《いひいる》ルニ、女、然《さ》也ケリト聞テ、遂《つひ》ニ合《あひ》ヌ。互ニ泣《なく》〻《な》ク年来《としごろ》ノ事共《ども》ヲ語テ、忽《たちまち》ニ相具《あひぐ》シテ京ニ返《かへり》テ、深キ契《ちぎり》ヲ成シテ夫妻《めをと》トシテ棲《すみ》ケリ。「偏《ひとへ》ニ此レ観音ノ利益《りやく》也」ト知《しり》テ、弥《いよい》ヨ共ニ心ヲ至《いた》シテ仕《つかまつり》ケリ。

観音ノ霊験、此《か》クゾ有ケルトナム語リ伝ヘタルトヤ。

盲人《まうにん》、依観音助開眼《くわんおんのたすけによりてまなこをひらけること》語　第二十三

今昔《いまはむかし》、奈良ノ京ノ薬師寺《やくしじ》[三]ノ東《ひむがし》ノ辺《ほとり》ノ里ニ一《ひとり》ノ人有ケリ。二《ふたつ》[四]ノ眼盲《まなこしひ》タリ。年来《としごろ》[五]此レヲ歎キ悲ムト云ヘドモ、事[六]無カリケリ。

而《しか》ルニ、此ノ盲人《まうにん》[七]千手観音ノ誓《ちかひ》ヲ聞クニ、「眼暗《まなこくら》カラム人ノ為《ため》ニハ、日摩尼《にちまに》[八]ノ御《み》手《て》ヲ可充《あつべ》[九]シ」ト。此《これ》ヲ深ク信ジテ、日摩尼《にちまに》ノ御手《みて》ヲ念ジ[一〇]テ、薬師寺ノ東門ニ居《ゐ》テ、布《ぬの》[一一]ノ巾《たのごひ》[一二]ヲ前ニ敷《しき》タリ。心[一三]ヲ至《いた》シテ日摩尼《にちまに》ノ御名《みな》ヲ呼ブ[一四]。行来《ゆきき》ノ人此レヲ見テ、哀《あはれ》ムデ銭《ぜに》・米《よね》ナドヲ巾《たのごひ》ノ上ニ置ク。亦《また》、日中《にっちう》[一五]ノ時ニ鍾《かね》ヲ撞《つ》ク音ヲ聞《きき》テ寺ニ入《いり》テ、諸《もろもろ》ノ僧

一　間違いなくその女である。
二　主格は女。

第二十三話　出典は日本霊異記・下・12。
三　→地名「薬師寺」。
四　両眼ともに見えなかった。但し、霊異記「二眼精盲」は精眼者のようでありながら視力がなかった意。
五　以下の一文、霊異記には見えない。
六　よくなりそうな兆候はなかった。
七　→人名「千手観音」。このあたり霊異記には「帰二敬観音一」とあるのみ。
八　千手観音の日摩尼（日珠）を持つ手。摩尼は珠玉の意。光明の象徴として開眼を祈る信仰の対象となった。
九　当てて（開眼させて）やろう。
一〇　祈念して。霊異記「称念」。
一一　絹以外の麻や葛の繊維で織った布。
一二　手拭い。訓みは霊異記訓釈、和名抄による。
一三　まごころこめて。一心不乱に。
一四　唱える。霊異記「称礼」。
一五　六時（一日六回の勤行の定時）の一。正午。僧の食事は午前中と決まっていたから、正午を過ぎると残飯が貰える。

ニ食《じき》ヲ乞《こひ》テ命ヲ継《つぎ》テ年来《としごろ》ヲ経《へた》ル間、[一六]阿倍《あべ》ノ天皇ノ御代《みよ》ニ、此ノ盲人ノ所ニ二ノ人《ふたり》来《きた》レリ。此レ[一七]本《もと》ヨリ不知《しら》ザル人也。亦《また》、盲《めしひ》セルニ依《より》テ、其ノ形ヲ不見《み》ズ。

此ノ二ノ人《ふたり》、盲人《まうにん》ニ告《つげ》テ云《いは》ク、「我等汝《なむち》ヲ哀《あはれぶ》ガ故《ゆゑ》ニ、汝ガ眼《まなこ》ヲ[一八]條《あら》ハム」ト云テ、左右《さう》ノ目ヲ各《おのおの》治ス。治シ畢《をはり》テ、盲人ニ語テ云ク、「我等ラ[一九]今二日ヲ経テ、必ズ此ノ所ニ可来《きたるべ》シ。不忘《わすれず》シテ可待《まつべ》シ」ト云テ去《さり》ヌ。

其ノ後、其ノ盲目《しひたるめ》忽《たちまち》ニ開《ひらき》テ、物ヲ見ル事[二〇]本《もと》ノ如シ。而《しかる》ニ、彼ノ二ノ人《ふたり》来《きた》ラムト契《ちぎり》シ日、[二一]待《まつ》ニ不見《み》エズ。然レバ、遂《つひ》ニ[二二]其ノ人[二三]ト見ル事無シ。「此レ観音ノ変ジテ来《きたり》テ助ケ給ケル」ト知《しり》テ、涙ヲ流シテ[二四]悲ビ喜ビケリ。

此レヲ見聞ク人、観音ノ利益《りやく》ノ不可思議ナル事ヲ貴《たふと》ビ敬ヒ奉《たてまつり》ケリトナム語リ伝ヘタルトヤ。

錯入海人《あやまりてうみにいりしひと》、依観音助存命語《くわんおんのたすけによりていのちをそんしたること》 第二十四

今昔《いまはむかし》、下野《しもつけ》ノ[二五]守中原《かみなかはら》ノ維孝《これたか》ト云フ者有ケリ。任国ニ下《くだり》テ国ヲ治《をさめ》テ、[二六]一任既《すで》ニ畢《はて》テ上《のぼり》ケル時ニ、駿河《するが》ノ国ニ[二七]□尻ト云フ渡《わたり》有リ。其レハ[二八]□河ト云フ大河《おほきなるかは》ノ海ニ流レ出《いで》タル[二九]尻也。其レガ[三〇]湊《みなと》ノ浪ニ被打塞《うちふさがれ》テ堤《つつみ》ノ様《やう》ニ成《なり》タリケルニ、維孝其《そこ》ヲ渡《わたり》ケ

一六 霊異記「帝姫阿倍天皇之代」。↓人名「孝謙天皇」。
一七 全然知らない人である。以下「不見ズ」まで、霊異記には見えない。
一八 霊異記「治ニ汝盲目ニ」。底本の字体「條」は「滌」の省画。
一九 「ラ」は「等」の全訓捨仮名。
二〇 霊異記「平復如レ故」。これによれば元は目が見えていたことになる。
二一 待っていたが現れなかった。
二二 誰であるとはわからずじまいだった。
二三 古典大系、古典全集は「人」の捨仮名と解するが、従わない。
二四 感動し喜んだ。↓四八九頁注一八。

第二十四話 出典未詳。

二五 ↓人名「維孝」。
二六 一期分の任期(四年)がすでに終わって。
二七 地名の明記を期した意識的欠字であろう。駿河には「江尻」(海道記)、「ぬまじり」(更級日記)、「川尻」等の地名があるが、この欠字がどこをさすか未詳。
二八 川の名の明記を期した意識的欠字。どの川をさすか未詳。
二九 川の尻、即ち川口の意。
三〇 川と海の水が出入りするところ。即ち川口。川から流下した土砂が海からの波に押し返され、堤状の砂州を形成して川口を堰き止めていたのである。

ル間ニ、前〻《さきざき》モ人皆渡ル道ナレバ、維孝ガ郎等《らうどう》[一]、字《あざなは》源二《ぐゑんじ》[二]、其ノ堤ノ様ナル上ヨリ[三]渡ルニ、俄ニ《にはか》[四]上ヨリ水押シ崩ス。

然レバ、源二水ニ被押《おされ》テ、馬ニ乗リ乍《なが》ラ水ニ入《いり》ヌルニ、ヤガテ塩《しほ》[五]ニ被引《ひか》レテ海ノ息《おき》[六]ニ出《いで》ヌ。遥《はるか》ニ被引《ひかれ》テ、伊豆《いづ》ノ国、顔《かほ》[七]ガ崎《さき》ト云フ所ノ息《おき》マデ出《いで》ニケリ。乗タル馬ハ源二ヲ離レテ游《およぎ》テ上《あがり》ニタリ。陸《くむが》[八]ナル人〻ハ、守《かみ》ヨリ始メテ、「彼《あ》レハ彼《あ》レハ」ト喤《ののし》リ合《あひ》タレドモ、更ニ甲斐無シ。鳥[九]ノ程ニ見エケルガ、後ニハ不見《み》エズ成《なり》ニケリ。落《おち》入《いり》ケル時、巳《み》[一〇]ノ時許《ばかり》ナリケルガ、日モ漸《やうや》ク暮《くれ》ヌ。然《さ》[一一]リトテ可有《あるべ》キ事ナラネバ、守ヨリ始《はじめ》テ皆人〻船[一二]ヨリ渡《わたり》テ、此方《こなた》ニ宿《やどり》シヌ。

源二ハ海ニシテ、胡録《やなぐひ》[一三]ヲ枕ニシテ、不沈《しづま》ズシテ仰《の》ケ様《ざま》ニ臥《ふし》タリケルニ、「枕上《まくらがみ》[一四]ニ人ノ居《ゐ》タル」ト思《おぼ》エケリ。東[一五]西モ不思《おぼ》エズ、只夢ノ様《やう》ニテ漂《ただ》[一六]ヨヒ行《ゆき》ケル程ニ、忽《たちまち》ニ二尋許《ふたひろばかり》[一七]ノ柱ノ様《やう》ナル木寄リ合《あひ》ニケリ。其[一八]ニ係《かか》リ有ル程ニ、塩[一九]モ漸《やうや》ク返《かへ》リ、夜モ漸ク曉《あけ》[二〇]ヌ。而《しか》ル間、此ノ枕上ニ有ツル人ハ失《うせ》ヌ。

返《かへ》ル塩ニ被引《ひかれ》テ陸《くむが》ノ方《かた》ヘ漸《やうや》ク行《ゆく》ニ、陸《くむが》ナル人〻、夜曉《あけ》テ息《おき》ノ方《かた》ヲ見遣《みや》レバ、昨日ハ不見《みえ》ザリシニ、水ノ上ニ遥《はるか》ニ遠ク小キ物見ユ。遠ケレバ何物トモ不見《みえ》ヌ程ニ、風ノ小《すこ》[二一]シ息《おき》ノ方《かた》ヨリ吹クニ、近ク吹キ寄スルヲ、陸《くむが》ナル人〻、「彼《あ》レハ人カ」ナド喤《ののし》リ合ヘレドモ、船無ケレバ乗テ行テモ不見《み》ヌニ、無下《むげ》[二二]ニ近ク寄《より》ヌ。「源二也ケリ」

一 家来。　二 伝未詳。源氏で二郎(次男)だったのだろう。
三 「ヨリ」は経由を表す。その堤のようになった上を渡っていたところ。
四 海の波で出来た土砂の堤で堰き止められた川の水は堤の内側に湛えられて水位が上昇し、やがて堤の上を越えるようになると一気に堤を押し崩したのである。→次注。
五 潮流。干潮の潮に引かれたか。干潮時に当たっていたとすれば、川口に出来た堤は海面の低下により一層決壊しやすくなっていたと思われる。
六 沖。訓みは字類抄による。→注四二。
七 未詳。→地名「顔ガ崎」。
八 訓みは字類抄による。陸地。
九 鳥ぐらいの大きさに(小さく)見えていたが。　一〇 午前十時頃。
一一 そうかといって、いつまでも立ち尽くしてはいられないので。
一二 「ヨリ」は手段を表す。(堤は決壊したので)船で渡って。
一三 矢を入れて背に負う道具。
一四 枕元に誰かが坐っているような気がした。　一五 方角もわからず。
一六 「ヨ」は「漂」の捨仮名。
一七 一尋は大人が両手を一杯に広げた長さ。
一八 それにすがりついているうちに。
一九 潮の流れも次第にもとに戻り。満潮になって陸地の方に向かうようになったことをいうか。→注五。
二〇 夜が明けた意。→五二五頁注三八。
二一 沖の方から風が少し吹いてきて。

ト見テ、馬ノ[二三]差縄《さしなは》ヲ結《むすび》テ投遣《なげやり》タレバ、其《それ》ヲ捕ヘテ、[二四]絡《く》リ付《つき》テ上《あが》リ来《きた》ル。此レヲ見ル人、奇異ナル事無限《かぎりな》シ。[二五]中〻《なかなか》ニ上《あがり》テ後死入《のちしにいり》タルヲ、口ニ水ヲ入テ火ニ[二六]炮《あぶり》ナドシテ、生出《いきいで》タルニ、海ノ[二七]間《あ》ヒダノ事共《ども》ヲ語《かたり》ケリ。[二八]髻《もとどり》ニ小《ちひさ》キ[二九]観音ヲゾ付《つけ》奉《たてまつり》ケル、「枕ノ上《かみ》ナリツル人ハ、然《さ》ハ此ノ観音ノ在《まし》シケル」ト思フニ、貴ク[三〇]悲キ事無限《かぎりな》シ。

此ノ源二ハ毎月ノ[三一]十八日[三二]持斉《ぢさい》シテ、観音ヲゾ念ジ奉《たてまつり》ケル。[三三]亦為《またす》ル勤《つとめ》無カリケリ。我レ偏《ひとへ》ニ観音ノ助ケニ依《より》テ命《いき》ヲ生ヌル事ヲ泣〻《なくな》ク喜テ、[三四]五体ヲ地《ち》ニ投《なげ》テ、涙ヲ流シテ[三五]悲ビケリ。其ヨリ京ニ上《のぼり》テ、忽《たちまち》ニ小寺《ちひさきてら》ヲ造《つくり》テ、此ノ観音ヲ安置《あんぢ》シテ、朝暮《てうぼ》ニ礼拝シ奉ケリトナム語リ伝《つたへ》タルトヤ。

島被放人《しまにはなたれしひと》、依観音助存命語《くわんおんのたすけによりていのちをそんしたること》第二十五

今昔《いまはむかし》、薩摩《さつま》ノ守《かみ》[三六]□ト云フ者有ケリ。[三七]任国ニ下《くだ》ラムト為《す》ルニ、大隅《おほすみ》ノ掾紀《じようき》ノ[三八]□ト云フ者有テ、此ノ薩摩ノ守ニ付《つき》テ、其ノ国ニ下《くだり》ヌ。[三九]一任既《すで》ニ畢《はて》テ、守上《のぼ》ル間、此ノ大隅ノ掾《じよう》守ノ為《ため》ニ[四〇]聊違《いささかたが》フ事有テ、守、「大隅ノ掾ヲ殺《ころし》テム」ト思フ心有ケリ。大隅ノ掾[四一]更ニ此ノ心ヲ不知《しら》ズシテ守ノ船ニ有ルニ、安芸《あき》・周防《すはう》ノ程ヲ過《すぐ》ル間、其ノ[四二]息《お》キニ人モ不寄《よら》ヌ島ノ有ケルニ、[四三]謀事《はかりこと》ヲ構《かまへ》テ、此ノ大隅ノ掾ヲ[四四]放《はな》チ置《おき》テ、守ハ

二三 どんどん近寄ってきた。
二三 馬の口につけて引く縄。麻縄または組紐を用いる。
二四 訓みは名義抄による。たぐり寄せて。
二五 (海中ではしっかりしていたのに)かえって陸上に助け上げられた後に(気がゆるんで)気絶してしまったので。
二六 訓みは名義抄による。火で暖めなどして、息を吹き返すと、漂流中のことを語った。
二七 「ヒダ」は「間」の捨仮名。
二八 頭上に束ねた髪。
二九 →人名「観世音菩薩」。
三〇 感動することこの上なかった。
三一 十八日は観音の縁日。
三二 →四七一頁注三三。
三三 他にはこれといった勤行もしていなかった。 三四 →四七九頁注三五。
三五 →四八九頁注一八。

第二十五話 出典は法華験記・下・107。
三六 国守の氏名の明記を期した意識的欠字。験記は名を記さない。
三七 任国(薩摩)に下ろうとした時。
三八 大隅掾の名の明記を期した意識的欠字。験記「大隅掾紀某」。掾は守・介に次ぐ三等官。 三九 →五三五頁注二六。
四〇 少しばかり意に反することがあって。験記には見えない叙述。
四一 守がそんな気持でいるとは全然知らないで。験記には見えない叙述。
四二 「キ」は「息」の捨仮名。沖。
四三 近世初期までは清音。計略をめぐらせて。 四四 置き去りにして。

過《すぎ》ヌ。大隅ノ掾、「我レヲバ殺サムト為《する》[一]ニ、此ノ島ニ放《はなち》ツル也ケリ」ト思テ、只独《ひと》リ不知《しら》ヌ島ニ有リ。心細ク悲キ事無限《かぎりな》シ。妻子[二]・従者ナドハ別船《べちのふね》ニテ有レバ、「大隅ノ掾ハ守ノ船ニ有ルゾ」ト知《しり》テ、島ニ放《はなた》レヌル事ヲ露不知《つゆしら》ズシテ、皆前立《さきだち》テ遥《はるか》ニ過《すぎ》ヌレバ、此レヲ知ル事無シ。

然《さ》テ、此ノ大隅ノ掾《じよう》、本《もと》ヨリ因果ヲ信ジテ慈悲有ケレバ、法花経《ほくゑきやう》[三]ヲ受ケ習《ならひ》テ、毎日《ひごと》ニ一部、若《もし》ハ半部、若《もし》ハ一品《いつぽん》ヲモ必ズ読《よみ》テ、絶ツ日無カリケリ。亦《また》、年来《としごろ》[四]テ懃《ねむごろ》ニ観音[五]ニ仕《つかまつり》テ、毎月《つきごと》ノ十八日[六]ニハ持斉《ぢさい》[七]シテ、観音ヲ念ジ奉《たてまつり》ケリ。然[八]レバ、此ノ島ニ放《はなた》レテ、悪獣《あしきけだもの》ノ為《ため》ニモ被噉《くらは》レ、食《じき》ニ餓《うゑ》テモ死ナム事ヲ待《まち》ケル時ニモ、法花経ノ第八巻ノ普門品《ふもんぼん》[九]ヲ読《よみ》奉テ、観音ヲ念ジ奉ケル。其ノ日既《すで》ニ暮《くれ》ヌレバ、浜ノ砂《いさご》ノ上ニ臥《ふ》シテ、歎キ悲ム事無限《かぎりな》シ。終夜《よもすがら》、「今ヤ悪獣来《きたり》テ、我レヲ噉《くらは》ズル」ト思テ、観音ヲ念ジ奉ケルニ、辛クシテ夜嗟《あけ》[一〇]ヌレバ、遥《はるか》ニ海ノ面《おもて》ヲ見遣《みや》ルニ、黒キ物ヲ海ニ[一一]浮《うかび》テ来《きた》ル。「此レハ何ノ来《きた》ルニカ有ラム」ト怖《おそろ》シク思フ程ニ、漸《やうや》ク近付クヲ見レバ、小《ちひさ》キ艋《つりぶね》[一二]也。疾《と》キ事風ノ如クシテ、此ノ島ニ来付《きたりつき》ヌ。

船ノ人島ニ下《おり》テ、大隅ノ掾《じよう》ヲ見テ、驚キ怪《あやしみ》テ云《いは》ク、「此ノ島ニハ昔ヨリ人不来《きたら》ヌ所也。此レ誰《た》レ人《ひと》ノ来《きた》レルゾ」ト。大隅ノ掾事ノ有様ヲ語リ聞カス。船ノ人此《これ》ヲ聞《きき》テ、人〻哀《あはれみ》テ、先《ま》ヅ食物《じきもつ》ヲ与フ。掾昨日ヨリ不食《じきせ》ズシテ餓《うゑ》ニ及《およぶ》ニ依《より》テ、先[一三]ヅ此ヲ

一　→四八三頁注三九。
二　験記「妻子眷属、不レ意別離。涙泣悲歎、待二死期一」。
三　→一五四頁注七。
四　「テ」は不審。「ヲ」の誤記とすれば問投助詞か。
五　→人名「観世音菩薩」。
六　十八日は観音の縁日。
七　→四七一頁注三三。
八　以下、験記「其日十八日。此人持斎、執二第八巻一転読之間、無二其用意一、永被二放捨一、単己独身。妻子眷属、不レ意別離、涙泣悲歎、待二死期一」とは状況が異なる。
九　→四七一頁注三〇。
一〇　→五二五頁注三八。
一一　「ヲ」は不審。「物ヲ浮ベテ」と「物浮ビテ」の混態か。
一二　釣り舟。訓みは名義抄による。
一三　まずこれを食べ物にして(食べて)空腹をいやした。験記「先以二食物一、勧進飽満」。
一四　底本の祖本の破損に因る欠字か。験記「我等頃年、遥見二此島一、未二曾来望一」。
一五　昨夜。

食《じき》ニシテ餓ノ心直《なほり》ヌ。船人《ふねのひと》ノ云ク、「我等年来《としごろ》此ノ島ヲ見□[一四]ヘドモ、未《いま》ダ来《き》タル事無カリツ。而《しか》ルニ、夜前《やぜん》[一五]不思係《おもひかけ》ズ相ヒ□[一六]シテ此ノ島ニ来《きた》ル事ハ、此ノ人ノ仏ノ助《たすけ》ヲ蒙《かうぶり》テ、不死給《しにたまふ》マジキ故《ゆゑ》也ケリ。然レバ、我等此ノ人ヲ里ニ送リ付《つけ》ム」ト云テ、船ニ乗セテ、周防ノ国府[一七]ニ送リ付《つけ》ツ。然レバ、掾不思係《おもひかけ》ヌ命ヲ生《いき》タル事ヲ喜《よろこび》テ、人[一八]ノ家ニ立入《たちいり》テ、暫《しばらく》周防ノ国府ニ有ケリ。「此レ偏《ひとへ》ニ観音ノ助ケ也」ト知《しり》ヌ。

[一九]其ノ後、京ニ上《のぼ》ル船ニ付《つき》テ、相《あ》[二〇]ヒ構《かまへ》テ上《のぼ》リヌ。妻子・従者此《これ》ヲ見テ、「道[二一]ニシテ海ニ入リヌ」ト知《しり》[二二]テ、「今ハ無キ人ゾ」ト思ケルニ、上《のぼり》タレバ、喜ビ乍《なが》ラ事ノ有様ヲ問フニ、委《くはし》ク語ケリ。其ノ後ハ、懃《ねむごろ》ニ法花ヲ誦《じゆ》シ、弥《いよい》ヨ観音ニ仕《つかまつり》ケリ。

彼《か》ノ薩摩ノ守《かみ》、大隅ノ掾《じよう》有リト聞テ、何《いか》[二三]ニ奇異ニ思《おもひ》ケム。此ノ事皆世ニ聞エニケリトナム語リ伝ヘタルトヤ。

盗人《ぬすびと》、負箭《やをおひて》、依観音助不当存命語《くわんおんのたすけによりてあたらずしていのちをそんしたること》 第二十六

今昔《いまはむかし》、幡磨《はりま》ノ国、赤穂《あかほ》[二四]ノ郡《こほり》ニ一党ノ盗人《ぬすびと》有ケリ。往反《わうばん》[二五]ノ人ノ物ヲ奪ヒ取リ、国ヲ廻《めぐり》テ人ノ家ニ入《いり》テ、財《たから》ヲ盗ミ人ヲ殺ス。然レバ、国ノ人皆此《これ》ヲ歎テ、一[二六]国挙《あげ》テ心ヲ合セ力ヲ加ヘテ、此ノ盗人共《ども》ヲ皆捕《とらへ》ツ。或《あるい》ハ不日[二七]ニ頸《くび》切リ手足ヲ折リ、或ハ生《い》[二八]ケ

一六 底本の祖本の破損に因る欠字か。「具」が想定される。験記「去夜議定、今朝俄来」。
一七 国司の役所。国衙。周防の国府は現、山口県防府市国衙にあった。
一八 以下「国府ニ有ケリ」まで、験記には見えない。
一九 以下話末まで、験記「即得レ上レ京、弥生ニ信力一、偏信ニ妙法一、念ニ持観音一矣」を敷衍している。
二〇 工夫・思慮をめぐらせて。用心して。
二一 途中で。
二二 と聞かされて、そうだと思って。
二三 語り手の事実譚的な関心を示す。→五二六頁注九。

第二十六話 出典は法華験記・下・114。仮名文献を参看している可能性がある。金沢文庫本観音利益集・38に同話がある。

二四 現、兵庫県赤穂市、相生市、赤穂郡付近。
二五 行き来の人。道を行く人。験記「奪ニ取往還人物一、巡レ国盗ニ人物一」。
二六 一国をあげて協力して。験記「時乍ニ一国ニ同レ心、追ニ捕此盗人一」。利益集「一国ノ武者寄合テ、是ヲカラメ取リテ」。
二七 ただちに。即日。
二八 生かしたまま牢獄に入れた。

乍《なが》ラ獄《ひとや》ニ禁《きん》ズ。

其ノ中ニ一人ノ盗人有リ。童《わらは》[一]ニシテ年僅《わづか》ニ二十余《はたちあまり》也。此レ此ノ中ニ勝《すぐれ》タル者也ケレバ、[二]罪重クシテ、縄ヲ以テ四《よつ》[三]ノ支《えだ》ヲ機物《はたもの》[四]ニ張リ付《つけ》テ、弓ヲ以テ令射《いしむ》ルニ、可□[五]クモ非ヌニ、□[六]レヌ。射ル者、「此レ不慮ノ事」ト思《おもひ》テ、亦《また》射ルニ、□[七]レヌ。如此《かくのごと》ク三度□[八]ヌレバ、人々此《これ》ヲ見テ、恐レ怖《おぢ》テ、盗人ニ問《とひ》テ云《いは》ク、「汝《なむ》ヂ何《いか》ナル故《ゆゑ》ニ此ク有《ある》ゾ。身ニ何《いか》[九]ナル勤《つとめ》カ有《ある》」ト。盗人ノ童《わらは》答テ云ク、「我レ更[一〇]ニ指《させ》ル勤無シ。只、幼少ノ時ヨリ法花経《ほくゑきやう》ノ第八巻ノ普門品《ふもんぼん》[一一]ヲ読《よみ》奉レリ。毎月《つきごと》ノ十[一二]八日ニ精進《しやうじん》ニシテ観音ヲ念ジ奉ルニ、昨日ノ夜ノ夢ニ、僧来《きたり》テ告《つげ》テ宣《のたま》ハク、「汝ヂ吉《よ》ク慎《つつしみ》テ観音ヲ念ジ奉レ。汝ヂ忽《たちまち》ニ災《わざはひ》ニ値《あ》ハムトス。然ルニ、我レ汝ニ代《かはり》テ弓箭《きうせん》ヲ可受《うくべ》シ」ト。夢覚《さめ》テ後、逃ゲ遁《のがる》ル方無《かたなく》シテ、此ノ難ニ値フ。定《さだめ》テ知《しり》ヌ、夢ノ告ゲノ如クニ、観音ノ我ヲ助ケ給フナメリ」ト云テ、大キニ音《こゑ》ヲ叫《さけび》テ泣ク事無限《かぎりな》シ。

其□[一三]見聞ク人、皆涙ヲ流シテ、観音ノ霊験ヲ貴《たふと》ムデ、此ノ盗人ノ□[一四]ヲ[一五]、□[一六]其ノ□[一七]此ノ童《わらは》、国ノ追捕使《ついぶくし》[一八]ニ仕ヘテ、名ヲタヾス丸《まろ》ト云《いひ》ケリ。

盗人□[一九]モ誠□[二〇]レバ、観音モ此《か》クゾ利益《りやく》シ給ケルトナム語リ伝ヘタルトヤ。

一 童姿で。髻を結わず、ばらばらに垂らして、肩のあたりで切った髪型。験記「有二一盗人一。年廿余、強力猛盛」。利益集「其中ニ年廿ニ余ラムト見ユル童一人アリ」。験記には「童ニシテ」に対応する記事が見えないことに注意。 二 底本「ケリハ」を訂した。→四六八頁注一〇。 三 両手両足。 四 訓みは名義抄による。はりつけ用の台木。 五 漢字表記を期した意識的欠字。「ハヅルベ(ク)」が想定される。漢文文献に依拠した話にこの種の欠字が出現するのは異例。仮名文献を参看したことを示すか。験記「以レ弓射レ之、即箭走還更不レ立レ身。両三度射レ之、箭不レ当レ身。撰二上兵一射レ之、総箭還去」。利益集「サラバトテ弓ニテイサセケレドモ、尚矢タヽズ。三度マデ其ノ矢ヲ取リ返リヌ」。 六 漢字表記を期した意識的欠字。「ハヅ(レ)」が想定される。→前注。 七・八 →注五。 九 何か勤行でもしているのか。 一〇 別にこれといった勤行もしていません。 一一 →四七一頁注三〇。 一二 十八日は観音の縁日。 一三 底本の祖本の破損に因る欠字か。験記「時人皆流レ涙、感二歎観音大悲徳行一、即免二此童一畢。其国追捕使、名二多々寸丸一、以為二従者一矣」。欠字は「レヲ」か。 一四 欠字は「童」か。→前注。 一五 「ヲ、」は「ヲバ」の誤記か。 一六 欠字は「免シツ」か。→注一三。 一七 欠字は「後」か。→注一三。 一八 訓みは字類抄による。「ついぶし」とも。治安を乱す凶賊の追捕に当たった令外の官。

依観音助《くわんおんのたすけによりて》、借寺銭《てらのぜにをかりて》、自然償語《おのづからつくのへること》第二十七

今昔《いまはむかし》、奈良ノ京ノ大安寺《だいあんじ》[二一]ニ弁宗《べんしゆう》[二二]ト云フ僧住《すみ》ケリ。天性[二三]弁《わきま》ヘ有テ、自《みづか》ラ[二四]人ニ被知《しられ》タルヲ以テ事トシテ、多《おほく》ノ檀越《だんをつ》[二五]有テ、普《あまね》ク衆望《しゆばう》ヲ得タリケリ。

而《しか》ルニ、阿倍《あべ》[二六]ノ天皇ノ御代《みよ》ニ、此ノ弁宗、其ノ寺ノ大修陀羅供《だいしゆたらく》[二七]ノ銭《ぜに》[二八]三十貫ヲ借《かり》仕《つかひ》テ、久《ひさし》ク返シ納《をさむ》ル事無シ。然レバ、維那《ゆいな》[二九]ノ僧常ニ此《これ》ヲ責ムト云ヘドモ、弁宗身貧クシテ返シ納ルニ力無シ。維那ノ僧ハ日ヲ経テ弥《いよい》ヨ責ル事難堪《たへがた》シ。

此レニ依《より》テ、弁宗長谷《はつせ》[三〇]ニ参《まゐり》テ、十一面観音[三一]ニ向《むか》ヒ奉テ、観音ノ御手ニ縄[三二]ヲ繋《かけ》[三三]テ、此《これ》ヲ引《ひき》テ白《まう》シテ言ク、「我大安寺ノ大修多羅供《だいしゆたらく》ノ銭《ぜに》三十貫ヲ借仕《かりつかひ》テ、維那《ゆいな》此レヲ徴《はた》[三四]リ責ムルニ、身貧クシテ返シ納《をさむ》ルニ便《たより》無シ。願《ねがは》クハ観音、我ニ銭ノ財《たから》ヲ施《ほどこ》シ給ヘ」ト云テ、御名[三五]ヲ念ジ奉テ後、維那責ルニ、弁宗答テ云ク、「汝《なむ》ヂ暫《しばら》ク待テ。我レ菩[三六]薩ニ[三七]□シテ可返納《かへしをさむべ》シ。敢《あへ》[三八]テ不可久《ひさしかるべから》ズ」ト。

其ノ時ニ、船《ふね》[三九]ノ親王ト云フ人、彼ノ山[四〇]ニ参《まゐり》テ、法事[四一]ヲ調《ととの》ヘテ行フ間、此ノ弁宗、観音ノ御手ニ縄ヲ繋《かけ》[四二]テ引《ひき》テ、「速《すみやか》ニ我レニ銭ヲ施シ給ヘ」ト責メ申スヲ、親王聞テ、「此《こ》ハ何《いか》ナル事ゾ」ト問フニ、弁宗其ノ故《ゆゑ》ヲ答フ。親王此レヲ聞テ、忽《たちまち》ニ哀《あはれ》ビノ心

一九 欠字は「ト云ド(モ)」か。→注一三。
二〇 欠字は「ニ念ジ奉(レバ)」か。→注一三。

第二十七話 出典は日本霊異記・下・3。長谷寺験記・下・2に同話がある。
二一 →地名「大安寺」。 二二 伝未詳。
二三 生まれつき分別があって。霊異記「天年有ㇾ弁」(弁舌の才があった意)とは文意が異なる。 二四 文意不明瞭だが、自分から人に知られた存在たろうと専念しての意か。霊異記「白堂為ㇾ宗」(人々の祈願を取り次いで堂内の本尊仏に取り次ぐのを専らにしていた意)を誤解したか。「白堂」は三代格にも用例のある語。古典全集は「博堂」の借字と説くが従わない。
二五 →三三九頁注一四。
二六 霊異記「帝姫阿倍天皇之代」。→人名「孝謙天皇」。 二七 →一二五頁注三九。
二八 一貫は一文銭一千枚。霊異記「卅貫」。験記「三万疋」。 二九 寺務を司り、寺規を正す役の僧。三綱の一。
三〇 →地名「長谷寺」。 三一 →人名「十一面観音」。 三二 →四九〇頁注一三。
三三 底本「擊テ」を訂した。 三四 徴収しようと責め立てますが。 三五 観音の名号。験記はこの後「天平神護二年二月五日夜寅時計」に霊夢を見たことになっている。
三六 底本「菲」(菩提)を訂した。
三七 底本の祖本の破損に因る欠字。霊異記「我於二菩薩一白ㇾ銭将ㇾ償」によれば、「白(まう)(シテ)」が想定される。
三八 決して長くは待たせません。
三九 →人名「船親王」。 四〇 長谷寺をさす。

ヲ発《おこ》シテ、弁宗ニ銭ヲ給フ。弁宗此レヲ得テ、「此レ観音ノ給フ也」ト思テ、礼拝シテ返《かへ》リ去《さり》ヌ。即チ彼ノ修多《しゆた》[一]ラ供《く》ノ銭ヲ償《つくのひ》テ返シ納《をさめ》ツ。「此レ偏《ひとへ》ニ弁宗ガ実《まこと》ノ[二]心ヲ至《いた》セルニ依《より》テ、観音ノ助ケ給フ也」ト知《しり》テ、弥《いよい》ヨ信ヲ発《おこ》シケリ。

此レヲ聞ク人、観音ノ霊験ヲ貴《たふと》ビケリトナム語リ伝ヘタルトヤ。

参長谷男《はつせにまゐりしをとこ》、依観音助得富《くわんおんのたすけによりてとみをえたること》語 第二十八

今昔《いまはむかし》、京ニ父母《ぶも》・妻子モ無ク、知《しり》タル人モ無カリケル[三]青侍《あをさぶらひ》有ケリ。[四]長谷《はつせ》ニ参《まゐり》テ、[五]観音ノ御前ニ向《むかひ》テ、申シテ云ク、「我レ身貧クシテ[六]一塵《いちぢん》ノ便《たより》無シ。[七]若《も》シ此ノ世ニ此クテ可止《やむべ》クハ、此ノ御前ニシテ[八]干死《ひじに》ニ死ナム。若《も》シ[九]自然《おのづか》ラ少《すこし》ノ便《たより》ヲモ可与給《あたへたまふべ》クハ、其ノ由《よし》ヲ夢ニ示シ給ヘ。不然《しからざ》ラム限リハ更ニ不罷出《まかりいで》ジ」ト云テ、[一〇]低《うつふ》シ臥《ふし》タリ。

寺ノ僧共《ども》此レヲ見テ、「此《こ》ハ何《いか》ナル者ノ此《かく》テハ候フゾ。見レバ[一一]物食フ所有《あり》トモ不見《みえ》ズ。若絶入《もしたえいり》ナバ、寺ニ[一二]穢《けがれ》出来《いできたり》ナムトス。誰ヲ[一三]師トハ為《する》ゾ」ト問ヘバ、男ノ云ク、「我 貧身《まづしきみ》也。誰《たれを》師トセム。只観音ヲ憑《たのみ》奉テ有ル也。更《さらに》物食フ所無シ」ト。寺ノ僧共《ども》此レヲ聞《きき》テ、集《あつまり》テ云《いはく》、「此《この》人偏《ひとへ》ニ観音ヲ[一四]恐喝《おどし》奉テ、更ニ[一五]寄ル所無シ。寺ノ為《ため》ニ[一六]大事出来《いできたり》ナムトス。然レバ、集テ此ノ人ヲ養ハム」ト定《さだめ》テ、替《かはるがは》ゝル物ヲ食《くは》スレ

霊異記「参三至其山寺一」。

四 準備を整えて(りっぱに)法事を営んでいるうちに。 三 →注三三。

一 「ラ」は「羅」の仮名表記。

二 まごころこめて祈ったがために。

第二十八話 出典未詳。古本説話集・下・58、宇治拾遺物語・96に同文的同話がある。雑談集・五・信智之徳事に類話がある他、昔話「わらしべ長者」として喧伝する。

三 身分の低い若侍。侍は貴族の屋敷に仕えて雑用や警備等に当たった者。

四 →地名「長谷寺」。

五 →人名「観世音菩薩」。

六 塵ほどの(わずかな)生活の資もない。

七 もしこんな極貧のまま一生を終えなくてはならない運命ならば。

八 餓死してしまおう。 九 ひょっとして少しの資でも与えて下さるのでしたら。

一〇 仏前に平伏していた。

一一 食事をする所。参籠者は師僧の世話で宿坊に泊まり、そこで食事を取るのが普通であった。 一二 死穢。寺も死穢を忌んだことは巻二一九・17など参照。

一三 導師の僧。師僧。→注一一。

一四 古本説話、宇治拾遺「かこち中人にこそあめれ」の「カコツ」とは別語か。「恐喝」の訓は名義抄、字類抄とも「カシコマル」であるが自動詞であり、他動詞のここには当たらないため、文脈にしたがって「オドシ」と訓んでおく。語義は現代語

バ、其レヲ食《くひ》テ、仏ノ御前《ま》ヘヲ不去《さら》ズシテ、昼夜ニ念ジ入《いり》テ居《ゐ》タルニ、[17]三七日ニモ成《なり》ヌ。

其ノ[18]暁《あけ》ヌル夜ノ夢ニ、[19]御帳《みちやう》ノ内ヨリ僧出《い》デヽ、此ノ男ニ告《つげ》テ宣《のたま》ハク、「汝《なむぢ》ガ前世《ぜんぜ》ノ罪報ヲバ不知《しらず》シテ、強《あながち》ニ責メ申ス事、[20]極《きはめ》テ不当《あたら》ズ。然レドモ、汝ヲ哀《あはれむ》ガ故《ゆゑ》ニ、少シノ事ヲ授ケム。然レバ、寺ヲ出《いで》ムニ、何物也ト云フトモ、只手ニ当ラム物ヲ不棄《すてず》シテ、汝ガ給ハル物ト可知《しる》ベシ」ト宣フ、ト見テ夢覚《さめ》ヌ。

其後《そののち》、哀《あはれ》ビケル[21]僧ノ房ニ寄《より》テ、物ヲ乞《こひ》テ食《くひ》テ出《い》ヅルニ、大門ニシテ[22]跐蹟《くゐつまづき》テ低《うつ》フシニ倒《たふれ》ヌ。起上《おきあが》ル手ニ[23]不意ニ被拳《にぎられ》タル物有リ。見レバ[24]藁《わら》ノ筋《すぢ》也。「[25]此レヲ給フ物ニテ有《ある》ニヤ」ト思《おもへ》ドモ、夢ヲ憑《たのみ》テ此《これ》ヲ不棄《すてず》シテ返《かへ》ル程ニ、夜モ暁《あけ》ヌ。

而《しか》ル間、[26]蛧《あぶ》、[27]顔ヲ廻《めぐり》ニ飛ブヲ、煩シケレバ木ノ枝ヲ[28]折《をり》テ掃《はら》ヒ去《さ》レドモ、尚《なほ》同ジ様《やう》ニ来《きたれ》バ、蛧《あぶ》ヲ[29]手ヲ捕ヘテ、[30]腰ヲ此藁筋《このわらすぢ》ヲ以テ引キ括《くく》リテ持《もち》タルニ、蛧《あぶ》腰ヲ被括《くくら》レテ飛ビ迷《まど》フ。

而《しか》ル間、京ヨリ[31]可然《しかるべ》キ女、車ニ乗《のり》テ参ル。車ノ簾《すだれ》ヲ打チ[32]纏《かつぎ》テ居タル児《ちご》有リ。其形《そのかた》チ美麗也。児ノ云《いは》ク、「[33]彼《あ》ノ男、其ノ持《もち》タル物ハ何ゾ。其レ乞《こひ》テ得《え》サセヨ」ト。馬ニ乗テアル侍来《さぶらひきたり》テ云ク、「彼ノ男、其ノ持タル物若君ノ召スニ、奉レ」ト。男ノ云ク、「此レハ観音ノ給《たまひ》タル物ナレドモ、此《か》ク召セバ奉ラム」ト云テ渡《わたし》タレバ、「[34]糸《いと》哀レ

の「恐喝」と同意であろう。
一五 身を寄せる所。
一六 死穢の発生が大変であるだけでなく、この寺の本尊には祈っても効験がないことを示す結果になる。
一七 二十一日。参籠等の仏事は七日間を一区切りとして行う。その区切りの日。
一八 →五二五頁注三八。
一九 とばり。ここでは本尊の前の垂れ絹をさす。その内側から現れた僧は仏の化身または使者であることを暗示する。
二〇 古本説話「いとあやしきこと也」。
二一 底本「哀ヒケリ」を訂した。
二二 蹴つまずいて。「跐」については→一〇〇頁注一一。
二三 無意識のうちに。古本説話「てに、あれにもあらず、にぎられたる物をみれば」。 二四 わらしべ。稲の穂の芯。
二五 これが観音様からの賜り物であろうか。
二六 あぶ。虻。
二七 顔のまわりを飛ぶのを。
二八 底本「析テ」を訂した。
二九 (虻の)脚を捕らえての意だが、不自然な状況描写。「手ニ」の誤記か。古本説話「てにとらへて」。 三〇 虻の腰。
三一 しかるべき身分の女。
三二 簾を頭にかぶるようにして外を見ていた子がいた。名義抄、字類抄「纏頭 カツケモノ」。清濁については、→四九三頁注三一。
三三 あそこの男が、あの持っている物は何なの。あれをもらっておくれ。
三四 まことに殊勝に。

ニ奉タリ」トテ、「喉乾《のむどかわ》クラム。此レ食《たべ》ヨ」トテ、[一]大柑子《だいかうじ》三ツヲ[二]馥《かうば》シキ[三]陸奥国紙《みちのくにがみ》ニ裹《つつみ》テ車ヨリ取《とらせ》タレバ、給ハリテ、「藁筋《わらすぢ》一ツガ大柑子《だいかうじ》三ツニ成《なり》ヌル事」ト思テ、[四]木ノ枝ニ結《ゆ》ヒ付テ肩ニ打係《うちかけ》テ行ク程ニ、[五]品不賤《しないやしから》ヌ人忍《しのび》テ侍《さぶらひ》ナド具シテ、[六]歩《かち》ヨリ長谷ヘ参ル有リ。

其ノ人[七]歩《あゆ》ビ極《こうじ》テ只[八]垂《たり》ニ垂居《たりゐ》タルヲ見レバ、「喉乾《のむどかわき》テ、水飲《のま》セヨ。既ニ[九]捶入《すきいらむ》トス」ト[一〇]云ヘドモ、共ノ人々[一一]手ヲ迷《まどは》シテ、「近ク水ヤ有ル」ト騒ギ求《もとむれ》ドモ、水無シ。「此《こ》ハ何《いか》ガセムト為《す》ル」ト云フ間ニ、此ノ男[一二]和《やは》ラ歩ビ寄《より》タルニ、「此ノ辺《ほとり》近ク浄《きよ》キ水有ル所知《しり》タリヤ」ト問ヘバ、男ノ云ク、「近クハ水不候《さぶら》ハズ。但シ、何《いか》ナル事ノ候《さぶらふ》ニカ」ト。人々ノ云ク、「長谷ニ参ラセ給フ人ノ歩極《あゆびこう》ゼサセ給テ、御喉《のむど》乾カセ給ヒタレバ、水ヲ求《もとむ》ル也」ト。男ノ云ク、「[一三]己《おの》レ柑子《かうじ》三ツヲ持《もち》タリ。此レ奉ラム」ト。

其ノ時ニ、主人《あるじ》ハ極《こう》ジテ寝入タルニ、人寄《より》テ[一四]驚カシテ、「此《ここ》ナル男《をと》コノ柑子《かうじ》ヲ持タルヲ奉レル也」ト云テ、柑子三ツヲ奉レバ、主人ノ云ク、「我ハ喉乾《のむどかわき》テ既ニ[一五]絶《ぜつ》入《にふ》シタリケルニコソ有ケレ」ト云テ、柑子ヲ食《くひ》テ、「此ノ柑子《かうじ》無カラマシカバ、旅ノ空ニテ絶入《たえい》リ畢《はて》マシ。極《きはめ》テ喜《うれ》シキ事也。其ノ男ハ何《いど》コニ有《ある》ゾ」ト問ヘバ、「此《ここ》ニ候」ト答フ。主人ノ云ク、「[一六]彼ノ男ノ喜《うれ》シト思許《おもふばかり》ノ事ハ、何《いか》ガ可為《すべ》キ。食物《じきもつ》ナドハ持来《もてき》タルカ。食《く》ハセテ遣《つか》ハセ」ト云ヘバ、[一七]其ノ由《よし》ヲ男ニ云フニ、[一八]旅籠馬《はたごうま》・[一九]皮子《かはご》

一　大きな柑子。柑子は酸味の強い小型の蜜柑。古本説話「だいかうじ」。
二　香をたきしめたよい匂いのする。
三　壇紙(だんし)。壇(まゆみ)の皮の繊維で製した薄墨色の紙。懐紙として持っていたのであろう。
四　物を木の枝に結びつけて持ち運ぶのは当時の普通の作法。
五　人品賤しからぬ人。この人の性別を本話は明示していないが、古本説話、宇治拾遺では後文に「かちよりまいる女房」とあって、女性である。
六　「ヨリ」は手段を示す。徒歩で。身分ある人が徒歩で参詣するのは格別の信心を示す行為。
七　歩き疲れて。
八　「たる」は疲れる、くたびれる意。へなへなとしゃがみこんだのを(男が)見ていると。古本説話、宇治拾遺「たゞたりにたりゐたるが」。
九　「捶」の訓みについては、→二九七頁注二一。「すく」は空腹の意だが、ここでは喉が渇いて気絶しそうな意であろう。古本説話「ゆきいりなんずる様にすれば」。宇治拾遺「きえ入やうにすれば」。
一〇　下句とともに「水無シ」に係る。
一一　→三九八頁注二一。
一二　静かに。そっと。
一三　「レ」は「己」の捨仮名。
一四　目を覚まさせて。
一五　「絶え入る」の音読語。意識を失い、息が絶える意。
一六　その男が喜ぶようなことをしてやりたいが、どうしたらよかろう。
一七　具体的には、主人がお礼に食事を供するからしばらく待てと男に告げたのである。
一八　旅籠(旅行用の食糧や日用品を入れる籠)を運ぶ馬。

馬《うま》ナド将来《ゐてきたり》ヌ。即チ[二〇]屛幔引《へいまんひき》、[二一]畳敷《たたみしき》ナドシテ、昼ノ食物《じきもつ》此《こ》ニテ[二二]奉ラムズ。此ノ男ニモ食《くは》セタレバ食ヒツ。[二三]主人此ノ男ニ[二四]云ク、「[二五]清キ布《ぬの》ヲ[二六]三《み》段《むら》取出《とりいだ》シテ[二七]給《たまひ》テ云ク、「此ノ柑子《かうじ》ノ喜《うれ》シサハ可云尽《いひつくすべ》クモ無ケレドモ、[二八]此《かか》ル旅ニテハ何《いか》ニカハセムト為《す》ル。[二九]只此《これ》ハ志《こころざし》ノ初メ許《ばかり》ヲ見スル也。[三〇]京ニハ其ゝ《そこそこ》ニナム有ル。必ズ参レ」トテ、其ノ所ヲ云ヌ。

男布《ぬの》三《み》段《むら》ヲ取《とり》テ脇ニ挟《はさ》ムデ、「藁筋《わらすぢ》一ツガ布三段ニ成《なり》ヌル事、此レ観音ノ御助《たすけ》也ケリ」ト、心ノ内ニ喜《よろこび》テ行ク程ニ、其ノ日暮ヌレバ、道辺《みちのほとり》ナル人ノ小家ニ宿リヌ。夜曦《あけ》ヌレバ、疾《と》ク起《おき》テ行ク程ニ、[三一]辰時許《たつのときばかり》ニ、吉馬《よき》ニ乗タル者《も》ノ、馬ヲ愛シツヽ、[三二]道モ行キ不遣《やら》ズ[三三]翔《ふるま》ハセテ合《あひ》タリ。「実《まこと》ニ目出《めで》タキ馬カナ」ト見ル程ニ、此ノ馬俄《にはか》ニ倒《たふれ》テ[三四]只死《しに》ニ死《し》ヌルヲ、主《ぬし》[三五]我レニモ非《あら》ヌ気色《けしき》ニテ下《おり》テ立《た》テリ。即チ鞍下《おろ》シツ。「此《こ》ハ何《いか》ガセムト為《す》ル」ト云ヘドモ、甲斐無クテ、死ニ畢《はて》ヌレバ、[三六]手ヲ打《うち》テ泣ク許《ばかり》思テ、賤《あや》シノ馬ノ有ルニ鞍置キ替《かへ》テ乗去《のりさり》ヌ。

従者一人ヲ留《とどめ》テ、「此レ引キ隠セ」ト云ヒ置《おき》タレバ、男死タル馬ヲ守《まぼ》リ立《た》テルニ、此ノ男《をと》コ歩《あゆ》ビ寄テ云ク、「此《こ》ハ何《い》カナリツル馬ノ俄《にはか》ニ死ヌルゾ」ト。答《こたへ》テ云ク、「此レハ陸奥国《みちのくのくに》ヨリ此レヲ財《たから》ニテ上《のぼ》リ給ヘルニ、万《よろづ》ノ人欲《ほし》ガリテ、「直《あたひ》モ不限《かぎら》ズ買《かは》ム」ト云《いひ》ツレドモ、惜《をし》ムデ持チ給ヘリツル程ニ、其ノ直《あたひ》[三七]一疋《びき》ダニ不取《とらず》シテ止《やみ》ヌ。「皮ヲ

一九 皮子(衣類等を入れる皮張の籠)を運ぶ馬。旅籠・皮子を携行した旅の様は巻一六・7、8にも見える。
二〇 幔幕。　二一 敷物。
二二 「奉ラムトス」の約。古本説話「人のめし物はこゝにてめすべきなり」。宇治拾遺「召し物はこゝにて参らすべき也」。
二三 この後、古本説話の男は「物をくふ〳〵、ありつるかうじを、なにゝならんずらむ。くわんをん、みちびかせ給ことなれば、よもむなしくてはやまじ」と考えている。宇治拾遺もほぼ同文。
二四 下の「云ク」と重複した表現。
二五 きれいな布。布は絹以外の麻・葛などの繊維で織った織物の総称。古本説話「しろくよきぬの」。
二六 「むら」は巻いた布を数える単位。三巻き。「段」の訓みは名義抄による。古本説話「みむら」。宇治拾遺「三むら」。
二七 与えて云うには。
二八 こんな旅先ではどうにもなりません。
二九 これはただお礼の気持の一端を示すだけです。　三〇 京ではどこそこに住んでいます。必ずおいでなさい。
三一 午前八時頃。
三二 道も急がず馬の好きなように歩ませながらやって来るのに出会った。
三三 「ふるまふ」は、勝手な思いのままの行動をする意。
三四 みるまに死んでいくので。
三五 茫然自失の様子で馬から下りて立っていた。　三六 →一五三頁注二五。
三七 絹一疋(二反)分の代価さえ受け取らずに。古本説話「一ぴきをだに」。

ダニ剝《はが》バヤ」ト思ヘドモ、「剝《はぎ》テモ旅ニテハ何《いか》ニカハセム」ト思テ、守リ立テル也」ト。此ノ男ノ云ク、「「実《まこと》ニ極《いみじ》キ馬カナ」ト見ツル程ニ、此ク死ヌレバ、[一]命有ル者ハ奇異也。皮剝《はぎ》テモ[二]忽《たち》マチニ干得難《ほしえがた》カリナム。己《おのれ》ハ此ノ辺《ほとり》ニ[三]住マバ、皮ヲ剝ギテ可仕《つかまつるべ》キ事ノ有ル也。己《おの》レニ得サセテ返《かへ》リ給ヒネ」ト云テ、此ノ布《ぬの》[四]□メヲ[五]□ハセタレバ、男、「不思《おも》ハヌニ所得シタリ」ト思テ、「思ヒ返ス事モヤ有ル」ト思ヘバ、布ヲ取テ、逃《にぐ》ガ如クシテ走去《はしりさり》ヌ。

[六]此ノ死《しに》タル馬買タル男ノ思ハク、「我レ観音ノ[七]示現ニ依《より》テ、藁筋《わらすぢ》一ツヲ取テ柑子《かうじ》三《みつ》ニ成ヌ。柑子亦《また》布三段《みむら》ニ成ヌ。此ノ馬ハ仮ニ死テ、生返《いきかへり》テ我ガ馬ト成テ、布三段ガ此《この》馬ニ成《なら》ムズルニヤ」ト思テ買《かふ》ナルベシ。[八]然ラバ、男手ヲ洗ヒ口ヲ漱《すすぎ》テ、長谷ノ御方《かた》ニ向《むかひ》テ礼拝シテ、「若《も》シ此レ御助ケニ依《よる》ナラバ、速《すみやか》ニ此ノ馬生《いけ》サセ給《たまは》ラム」ト念ズル程ニ、馬目ヲ見開《みひらき》テ、頭《かしら》ヲ持上《もちあげ》テ起《おき》ムトスレバ、男寄《より》テ手ヲ係《かけ》テ起《おこ》シ立テツ。喜《うれ》シキ事無限《かぎりな》シ。「[九]若《も》シ人モゾ来《きた》ル」ト思テ、[一〇]漸《やうや》ク隠《かくれ》タル方《かた》ニ引入《ひきい》レテ、時替《ときかはる》マデ息《やす》マセテ、本《もと》ノ様《やう》ニ成《なり》ヌレバ、人ノ家ニ引入テ、布一段《ひとむら》ヲ以テ賤《あやし》ノ鞍ニ替ヘテ、此《これ》ニ乗テ京ノ方《かた》ニ上《のぼ》ルニ、[一一]宇治ノ程ニテ日暮ヌレバ、人ノ家ニ留《とまり》テ、今一段ヲ以テ馬《ま》草《くさ》・[一二]我ガ糧《かて》ニ成《な》シテ、曉《あけ》ヌレバ京ヘ上ルニ、[一三]九条渡《わたり》ナル人ノ家ヲ見ルニ、[一四]物ヘ行《ゆか》ムズル様《やう》ニ出立《いでたち》騒グ。

一 生き物（の寿命）は不思議なものですね。 二 すぐには乾かし難いでしょう。古本説話「えほしえ給はじ」。宇治拾遺「えほし給はじ」。 三 諸本かく作るが「住メバ」とありたいところ。 四 底本の祖本の破損に因る欠字。古本説話「このぬのをひとむら、とらせたれば」。宇治拾遺「此布を一むら、とらせたれば」。 五 →前注。 六 この男の心中描写は、古本説話、宇治拾遺では死馬を買い取る直前にある。 七 お告げ。 八 諸本かく作るが「然レバ」とありたいところ。 九 古本説話「をくれたる人もぞくる、あやりつるおとこもぞかへりくるなど、あやふくおぼえければ」。宇治拾遺もほぼ同文。 一〇 そろそろと人目につかぬところに引き入れて。 一一 現、京都府宇治市付近。 一二 自分の食糧。 一三 九条（平安京の南端）のあたりの。 一四 旅に出かける様子で出発の準備におおわらわである。 一五 京（の町中）につれて行った場合に。古本説話、宇治拾遺「京にいてゆきたらんに」。 一六 貨幣経済以前の物々交換では絹・布が多用された。古本説話「たゞいま、きぬなどなむなきを」。宇治拾遺「只今、かはりぎぬなどはなきを」。→注一九。 一七 この（九条の）南の田圃の田。→注二〇。古本説話、宇治拾遺「この鳥羽の田」。 一八 この発言の前に、古本説話「中〳〵きぬよりはだいち（第一）のこと也と思ひて」。宇治拾遺も同文。

男ノ思ハク、「此ノ馬ヲ京ニ将行《ゐてゆく》[一五]ラムト、若《も》シ見知《みしり》タル人モ有テ、盗《ぬすみ》タルト被云《いはれ》ムモ由《よし》無シ。然レバ、此《ここ》ニテ売ラム。出立《いでたち》スル所ニハ馬要《えう》スル物ゾカシ」ト思テ、馬ヨリ下《おり》テ寄《より》テ、「馬ヤ買フ」ト問《とひ》ケレバ、馬ヲ求ル間ニテ、此ノ馬ヲ見ルニ、実《まこと》ニ吉《よ》キ馬ニテ有レバ、喜《よろこび》テ云ク、「[一六]只今絹《きぬ》・布《ぬの》ナドハ無キヲ、[一七]此ノ南ノ田居《たゐ》ニ有ル田ト米少《よねすこし》トニハ替《かへ》テムヤ」ト。[一八]男ノ云ク、「[一九]絹・布コソハ要《えう》ニハ侍《はべ》レドモ、馬ノ要有ラバ、只仰《おほせ》ニ随《したが》ハム」ト。然レバ、此ノ馬ニ乗リ試ムルニ、実ニ思フ様《やう》也ケレバ、[二〇]九条田居《たゐ》ノ田一町・[二一]米少《よねすこし》ニ替ヘツ[二二]。

男、券[二三]ナド拈《したた》[二四]メ取《とり》テ、京ニ髴知《ほのしり》タリケル人ノ家ニ行キ宿リテ、其ノ米《よね》ヲ糧《かて》トシテ、[二五]二月許《ばかり》ノ事ナレバ、其ノ田ヲ其ノ渡《わたり》ノ人ニ預《あづけ》テ令作《つくらしめ》テ、[二六]半《なかば》ヲバ取テ、其レヲ便《たより》トシテ世ヲ過《すぐ》スニ、[二七]便《たよ》リ只付キニ付テ、[二八]家ナド儲《まうけ》テ[二九]楽シクゾ有ケル。其ノ後ハ、「長谷ノ観音ノ御助ケ也」ト知《しり》テ、常ニ参《まゐり》ケリ。

観音ノ霊験ハ此ク難有《ありがた》キ事ヲゾ示シ給ケルトナム語リ伝ヘタルトヤ。

仕長谷観音貧男《はつせのくわんおんにつかまつりしまづしきをとこ》、得金死人《こがねのしにんをえたること》語第二十九

今《いま》ハ昔《むかし》、京ニ有ケル[三〇]生侍《なまさぶらひ》ノ身貧キ有ケリ。父母《ぶも》モ無ク、[三一]憑《たのめ》ル主《あるじ》モ無ク、□[三二]身

一九 （当方は）絹・布が必要なのですが。古本説話「きぬゝのこそようには侍れ」。宇治拾遺「きぬや銭などこそ用には侍れ」。宇治拾遺には「銭」が見られる点に注意。貨幣経済の浸透を反映か。
二〇 九条田居は九条付近にある田の総称。その中の田一町の意。古本説話「このとばのちかき田三丁」。宇治拾遺も同文。
二一 古本説話「いねすこし、よねなど、ゝらせて」。宇治拾遺も同文。
二二 古本説話、宇治拾遺はこの後、買主が自分の家を男に預け、もし自分が帰らなければ男のものにせよと告げている。
二三 地券。土地所有の権利書。
二四 底本「枯ヌ」を訂した。きちんと手続きをして受け取って。
二五 陰暦二月は春耕開始の季節。あぶや喉の渇きに苦しむ人など、前文のいかにも盛夏らしい叙述と矛盾するのは、田を入手してから小作に出すまでの時日についての叙述が省略されているためか。
二六 小作料として収穫の半分を徴収して。
二七 どんどん財産が増えていって。
二八 家など建てて。古本説話、宇治拾遺では、馬の買主の家をわがものとしている。→注二二。　二九 →四七五頁注二八。

第二十九話　出典未詳。死人が黄金になるのは、昔話「大みそかの客―授福型」「おおみそかの火」等に通じる。
三〇 青侍（五四二頁注三）に同じ。身分の低い若侍。
三一 頼りにする主人。仕える主人。
三二 底本の祖本の破損に因る欠字。

モ無カリケレバ、極《きはめ》テ貧クシテ過《すぎ》ケルニ、「[一]長谷《はつせ》ノ観音コソ難有《ありがた》キ人ノ願《ねがひ》ヲバ[二]満《みて》給フナレ。[三]我ノミ其ノ利益《りやく》ニ可漏《もるべ》キニ非ズ」ト深ク信ジテ、京ヨリ、[四]不階《ふかい》ノ身ナレドモ、只独《ひと》リ[五]歩《かち》ヨリ長谷ニ参《まゐり》ニケリ。申シケル様《やう》、「願《ねがは》クハ観音、[六]大悲ノ利益ヲ以テ、我ニ聊《いささか》ノ[七]便《たより》ヲ給ヘ。[八]難有《ありがた》キ官位ヲ望ミ、無限《かぎりな》キ富貴ヲ得ムト申サムコソ難《かたか》ラメ、只少《すこし》ノ便ヲ給ヘ。前世《ぜんぜ》ノ宿報拙《つたなく》シテ貧キ身ヲ得タリトモ、観音ハ[九]誓願他《ほか》ノ仏菩薩ニハ勝《すぐ》レ給ヘリト聞ク。必ズ我ヲ助ケ給ヘ」ト懃《ねむごろ》ニ申シテ、日来《ひごろ》籠《こもり》テ候《さぶら》ヒケレドモ、夢ヲダニモ不見《み》ザリケレバ、歎キ悲《かなし》ムデ返《かへり》ニケリ。

然《さ》テ、其後《そののち》、毎月《つきごと》ニ参リツツ此《か》ク申シケレドモ、[一〇]更ニ少《すこし》モ見ユル事無カリケレバ、其ノ妻《め》有テ云《いは》ク、「汝《なむ》ヂ何ノ故《ゆゑ》ニ[一一]不階《かなは》ヌ身ニ毎月《つきごと》ニ長谷ヘハ参ルゾ。仏モ皆縁ニ依《より》テ利益ヲ施《ほどこ》シ給フ事トコソ聞ケ。此ク参レドモ少《すこし》ノ事モ不見《み》エヌハ、縁ノ不御《おはしま》サヌニコソハ[一二]有《あん》メレ。此ヨリ後、更ニ不可参《まゐるべから》ズ」ト制シケレドモ、男、「現《げ》ニ然《さ》ハ有レドモ、三年《みとせ》、毎月《つきごと》ニ参《まゐり》テ試ムト思フヲ、[一三]譬《たと》ヒ現世《げんぜ》コソ不叶《かなは》ザラメ、後世《ごせ》ヲモ助ケ給ヘカシ」ト云テ参ケルニ、夢[一四]許《ばかり》モ験《しるし》無カリケリ。

而《しか》ル間、既ニ三年ニ満《みち》ナムト為《す》ル年ノ畢《をはり》ニ成《なり》テ、十二月ノ二十日余《あまり》ニ参テ[一五]結願《けちぐわん》シツ。「前《さき》ノ世ノ果報ナレバ、観音ノ力及バセ不給《たまは》ヌ事ニコソハ」ト泣々《なくな》ク申シテ、京ニ返《かへり》ケルニ、[一六]終道《みちすが》ラ、涙雨ノ如ク落《おち》テ悲キ事無限《かぎりな》シ。日暮方《がた》ニ成テ、既ニ[一七]九条ノ

一 →地名「長谷寺(はせでら)」。
二 かなえて下さるそうだ。
三 自分だけがその御利益に漏れるはずはない。
四 窮乏の身ではあったが。「不階」は思うにまかせぬ意。字類抄「不諧　フカイ」。
五 「ヨリ」は手段を示す。徒歩で。
六 広大な慈悲心による御利益。
七 生活の資。
八 実現の難しい高貴の官位。
九 仏菩薩が必ず成就しようとして立てた誓い。本誓。→四八〇頁注一。
一〇 全く何も御利益らしいものがなかったので。
一一 「不階」(注四)の訓読語。
一二 底本「有ヌレ」を訂した。
一三 たとえこの世ではかなわずとも、せめて来世だけでも救っていただきたい。
一四 ほんの少しも効験がなかった。
一五 三年の期間が満了して、参詣を終了させた。→三五八頁注三。
一六 道を行きながら。道中。「終夜(よもすがら)」と同様の用字法。
一七 九条は平安京の南端。長谷寺(奈良方面)から帰って来れば京の入口に当たる。
一八 九条は京の「辺境」である。付近の夜の不気味さは、かの羅城門の話(巻二九・18)に集約される。なお同門は天元三年(九八〇)に倒壊して後は再建されなかった。
一九 検非違使庁の下級職員。
二〇 刑期を終えた軽罪の者で、検非違使庁に下部として奉職した者。犯人の逮捕、

程ヲ行クニ、只独《ひと》リ心[一八]細クテ行《ゆき》ケルニ、庁《ちやう》[一九]ノ下部《しもべ》ト云フ放免共《はうめんども》[二〇]ニ会《あひ》ヌ。此ノ男ヲ放《はう》免共《めんども》俄《にはか》ニ捕フレバ、男、「此《こ》ハ何故《ゆゑ》ニ捕フルゾ」ト云ヘバ、早《はや》[二一]ウ、夫《ぶ》[二二]ニ取《とる》也ケリ。[二三]曳張《ひきはり》テ上様《かみざま》[二四]ヘ将行《ゐてゆき》テ、八省[二五]ニ将入《ゐていり》ヌ。

男奇異《あさまし》ク怖《おそろ》シク思フ程ニ、内野《うちの》[二六]ニ有《あり》ケル十歳許《ばかり》ナル死人ヲ、「此レ川[二七]原ニ持行《もてゆき》テ棄《すて》ヨ」ト責《せめ》ケレバ、男終日《ひねもす》長谷ヨリ歩《あゆ》[二八]ミ極《こう》ジテ、力無ク難堪《たへがた》クテ、「我レ長谷ニ三年、月参《つきまゐり》シテ、結願《けちぐわん》シテ返《かへ》ル時シモ此《かか》ル目ヲ見ルコソ、実《まこと》ニ前世《ぜんぜ》ノ果報ノ致《いたす》所ナメレ。妻《め》ノ常ニ云ヒツル様《やう》ニ、機縁[二九]ノ不御《おはしまさ》ザリケル也ケリ」ト哀レニ思テ、此ノ死人ヲ持《もつ》ニ、極《きはめ》テ重クシテ不持上《もてあがら》ズ。然レドモ、放免共強《はうめんどもあながち》ニ責《せむ》レバ、念[三〇]ジテ持《も》テ行クニ、放免共後《しり》[三一]ニ付《つき》テ見レバ、棄《すて》テ逃《にぐ》ル事モ無クテ行クニ、極《きはめ》テ重キ[三二]。川原マデ否《え》不行着《ゆきつかず》シテ、男心ニ思フ様《やう》、「我レ独《ひとり》シテ此ノ死人ヲ川原ヘ難持行《もてゆきがた》シ。然レバ、我レ家ニ持テ行《ゆき》テ、夜《よ》[三三]ル、妻《め》ト二人持テ棄テム」ト思テ、男放免共《はうめんども》ニ、「此《かく》ナム思《おもふ》」ト云ケレバ、放免、「然《さ》[三四]ラバ、然《さ》モ為セ[三五]ヨ」ト云ヒケレバ、男家ニ死人ヲ持テ行《ゆき》タレバ、妻《め》此《これ》ヲ見テ、「其レハ何ゾ」ト云ヘバ、男、「然々《しかしか》ノ事ニテ、此《か》ク思テ持《もて》来《きた》ル也」ト云テ、泣ク事無限《かぎりな》シ。

妻《め》、「然《さ》[三六]レバコソ云《いひ》ツレ。然《さり》[三七]トテ可有《あるべ》キ事ニ非ズ」ト云テ、夫ト二人此ノ死人ヲ持《もつ》ニ、極《きはめ》テ重シ。力ヲ発《おこ》シテ持《もつ》ニ、猶《なほ》重ケレバ、怪《あやし》ムデ死人ヲ捜《さぐ》ルニ、極《きはめ》テ固《かた》シ。

護送等に従事した。
二一 →五三〇頁注九。
二二 人夫として徴用するのであった。
二三 (放免たちは男を)引っ張って。
二四 北の方へ連行して。九条(羅城門)から八省院までの距離は約四キロメートル。
二五 大内裏の正殿。八省院。→地名「八省」。
二六 火災等で衰滅して後、再建されずに放置されていた大内裏の跡地。本例はこの語の用例としては初期に属する。→地名「内野」。
二七 鴨川の河原をさす。八省院からの距離は約二・五キロメートル。
二八 歩き疲れて。
二九 ここでは、前世からの縁、宿縁の意。→四二六頁注一七。
三〇 我慢して。
三一 後について監視しているので、棄てて逃げるわけにもいかず。→四四五頁注三四。
三二 連体形止め。諸本かく作るが「重テ」の誤記の可能性がある。
三三 九条で日暮れだったとすれば、すでに夜になっていたはず。「今夜中に」の意に解さざるをえない。
三四 それなら、そうしろ。
三五 「セヨ」は「為」の全訓捨仮名。
三六 だからこそ言ったのです。それご覧なさい、言わないことではありません。
三七 といって、このまま(死人を家に置いたまま)にしておくわけにもいきません。

然レバ、[一]木ノ端《はし》ヲ以テ指《さ》スニ、[二]金《こがね》ノ様《やう》也。其ノ時ニ、火ヲ[三]燃《とも》シテ、小石ヲ以テ扣《たた》ケバ、中ハ黄也。吉《よ》ク見レバ、[四]金《こがね》ニテ有リ。[五]奇異《あさまし》クテ思フニ、「[六]早《はや》ウ、長谷ノ観音ノ哀ビ給フ也ケリ」ト[七]悲《かなし》ク貴《たふと》クテ、其ノ死人ヲ深ク家ノ内《うちに》隠シ置《おき》テ、明《あく》ル日ヨリ妻夫《めをと》共ニ此ノ金ノ死人ヲ[八]打欠《うちかき》ツヽ、売《うり》テ世ヲ過《すぐし》ケルニ、[九]程無ク並無《ならびな》キ富人《ふにん》ト成《なり》ヌ。身ニ[一〇]便《たより》出来《いでき》ニケレバ、自然《おのづか》ラ官《つかさ》ナド成《なり》テ、[一一]公《おほやけ》ニ仕《つかまつり》テ止事無《やむごとな》カリケリ。観音ノ利益《りやく》実《まこと》ニ貴シ。其ノ金《こがね》ノ死人出来《いできたり》テ後ハ、弥《いよい》ヨ懃《ねむごろ》ニ長谷ニ仕《つかまつり》ケリ。[一二]彼《か》ノ死人ヲ持《もち》テ男家ニ入《いり》ニケレバ、門ニ有ツル放免《はうめん》モ不見《みえ》ザリケリ。

此レヲ思フニ、実《まこと》ノ放免《はうめん》ノ夫《ぶ》ニ取ケルニヤ、亦《また》、観音ノ変ジ給ケルニヤ、其レヲ不知《しら》ズトナム語リ伝ヘタルトヤ。

貧女《まづしきをむな》、仕清水観音給御帳語《きよみづのくわんおんにつかまつりてみちやうをたまはれること》第三十

今昔《いまはむかし》、京ニ極《きはめ》テ貧キ女ノ[一三]清水《きよみづ》ニ[一四]強《あながち》ニ参ル有《あり》ケリ。此《か》ク参《まゐり》テ年月ハ積《つも》ルト云ヘドモ、[一五]露許《つゆばかり》ノ験《しるし》ト思《おぼ》ユル事無クシテ、貧キ事弥《いよい》ヨ増《まさり》テ、後ニハ[一六]年来仕《としごろつかへ》ケル所ヲモ[一七]其ノ事トナク浮カレテ、[一八]寄付《よりつ》ク所モ無ク成《なり》ニケレバ、清水ニ参テ、泣ゝ《なくな》ク観音ヲ恨ミ奉テ申シテ云ク、「譬《たと》ヒ[一九]前世《ぜんぜ》ノ宿報拙《つたな》シト云フトモ、只少シノ[二〇]便《たより》ヲ給《たまは》ラム」ト、[二一]煎《い》リ

一 木片で突いてみると。 二 金のような手応えがあっただけで、この時点ではまだ黄金とはわかっていないとして、この「金」字のみ「かね」と訓む説(古典全集)があるが、理詰めな考え方の妥当性は疑問。 三 訓みは名義抄、字類抄による。 四 黄金。 五 ことの意外さに驚いて考えてみると。 六 →五三〇頁注九。 七 →四八九頁注一八。 八 少しずつ打ち欠いては売って暮らしたところ。 九 まもなく並ぶ者のない富豪になった。 一〇 身に資産が備わってくると、官職なども自ずから手に入って。買官をさすとは限らない。資産家になると信用が増大してしかるべき官に就けたというのであろう。 一一 朝廷。 一二 男が例の死人を家に持ち込んだ時には、門までついて来ていた放免の姿も見えなくなった。事件当時に立ち戻っての叙述。突然姿を消すのは仏菩薩の化身・使者等の特徴。

第三十話 出典未詳。古本説話集・下・59、宇治拾遺物語・131に同文的同話がある。

一三 →地名「清水寺」。 一四 きわめて熱心に。せっせと。 一五 全く御利益らしいものがなくて。 一六 長年仕えていた所からも。古本説話「としごろありけるところをも」。 一七 これという理由もなくさまよい出て。古本説話「そのこととなくあくがれて」。 一八 身を寄せる所もなくなったので。 一九 前世からの因縁による

糙《もみ》テ申シテ、御前ニ低《うつふ》シ[二二]臥《ふ》シテ寝タル夢ニ、[二三]御前ヨリ人来《きたり》テ、女ニ告《つげ》テ宣《のたま》ハク、「[二四]此《か》ク強《あながち》ニ責申《せめまうす》ヲ糸惜《いとほし》ト思食《おぼしめ》セドモ、[二五]可給《たまふべ》キ便《たよ》リ無ケレバ、其ノ事ヲ思食《おぼしめ》シ歎ク也。然レバ、[二六]此《これ》ヲ給ハレ」トテ、[二七]御帳《みちやう》ノ[二八]帷《かたびら》ヲ[二九]糸吉《いとよ》ク打畳《うちたたみ》テ前ニ打チ[三〇]置《おか》ル、ト見テ夢《ゆ》[三一]メ覚《さめ》ヌ。

其ノ後、[三二]御明《みあかし》ノ光ニ見レバ、夢ニ給ハルト見ツル御帳《みちやう》ノ帷《かたびら》、[三三]畳《たたみ》ツル様《やう》ニシテ有ルヲ見ルニ、「[三四]然《さ》ハ、此《これ》ヨリ外《ほか》ニ可給《たまふべ》キ物無《なき》ニコソ有レ」ト思フニ、[三五]身ノ宿世思ヒ知ラレテ、悲ムデ、亦《また》申サク、「我レ更ニ此《これ》ヲ不給《たまは》ラジ。「[三六]少《すこし》ノ便《たより》モ有ラバ、錦ヲモ御帳ノ帷ニ縫《ぬひ》テ奉ラム」トコソ思フニ、此ノ御帳許《ばかり》ヲ給ハリテ可出《いづべ》キニ非ズ」ト云テ、[三七]犬防《いぬふせき》ノ内ニ指入《さしいれ》テ置《おき》ツ。

其ノ後、亦《また》寝タル夢ニ、前《さき》ノ如ク人来《きたり》テ宣《のたま》ハク、「[三八]何《な》ド此《か》ク返シ申スゾ。速《すみやか》ニ給ハレ」トテ給フ。[三九]驚《おどろき》テ見レバ、亦同様《おなじやう》ニ前ニ有リ。亦前《さき》ノ如ク返シ奉《たてまつり》ツ。如此《かくのごと》ク三度返シ奉ツルニ、尚《なほ》三度乍《なが》ラ返シ給フ。

其ノ度《たび》ハ、「返シ奉ラバ[四〇]無礼《むらい》ナルベシ」ト思フニ、「此ノ事ヲ不知《しらざ》ラム寺ノ僧ハ、御帳《みちやう》ヲ[四一]放チ取《とり》タリトヤ疑ハムズラム」トゾ思フニ苦シケレバ、夜深ク此ノ御帳ヲ懐《ふところ》ニ指入《さしい》レテ罷出《まかりいで》ヌ。「此《これ》ヲバ何《いか》ガ可為《すべ》キ」ト思ヒ廻《めぐら》シテ、「[四二]着物《きるもの》ノ無キニ衣《きぬ》ニ縫《ぬひ》テ着《きむ》」ト思ヒテ、忽《たちまち》ニ衣・袴ニシテ着ツ。

報い。　二〇 生活の資。
二一 身もだえするようにお祈りして。激しく執拗に祈願する形容。同語例は→四七八頁注四。　二二 底本「低シ」に「レイ」と傍書。→五五二頁注一六。
二三 本尊の御前から人が来て。この人は下の発言から観音の使者であることがわかる。古本説話、宇治拾遺「御前よりとて」(観音様からの伝言だと言って)とは文意が微妙に異なる。
二四 このように(お前が)熱心にお願いしているのを(観音様は)かわいそうにお思いだが。　二五 お与えになるべき物がないので。古本説話、宇治拾遺「すこしにても、あるべきたよりのなければ」。
二六 これを頂戴せよ。　二七 ここでは、本尊の前の垂れ絹をさす。→五四三頁注一九。　二八 裏を付けない一枚だけの絹布。
二九 きれいにきちんと畳んで。
三〇 古本説話、宇治拾遺「うちをかる」を参考に、かく訓む。お置きになった。連体形止めとみて「おける」と訓む説(古典大系)もある。
三一 「メ」は「夢」の捨仮名。　三二 御灯明。
三三 (夢で見たのと)同じように畳んで。古本説話「ゆめに給はるとみつる御ちやうのかたびら、たゞみつるさまに、たゝまれてあるをみるに」。　三四 それでは、これ以外にはいただける物がないのだ。古本説話「さは、これよりほかに、たぶべき物なきにこそあんなれ」。
三五 わが身の宿命の拙さが思い知られて。
三六 少しの資でもありますならば、錦ででも御帳の帷を縫って差し上げたいと思其ノ後、見[一]ト見ル男ニモ女ニモ哀レニ糸惜《いとほし》キ者ニ被思《おも》ハレテ、諸《もろもろ》[二]ノ人ノ手ヨリ不思係《おもひかけ》ヌ物ヲ得ケリ。人[三]ニ物ヲ云ハムトテモ、此ノ衣《きぬ》ヲ着テ云ケレバ必ズ叶《かなひ》ケリ。如此《かくのごと》クシテ便付《たよりつき》[四]ニケレバ、吉《よき》夫出来《いできたり》テ楽[五]シクゾ有ケル。然レバ、其ノ衣ヲバ畳《たた》[六]ミ納《をさめ》テ、吉《よ》キ事可有《あるべ》キ時ニモ取出《とりい》[七]デ、着ケリ。其ノ後ハ、「此レ偏《ひとへ》ニ観音ノ御助《たすけ》也」ト知《しり》テ、弥《いよい》ヨ参《まゐり》テ礼拝シ奉《たてまつり》ケリ。

此《これ》ヲ聞ク人、皆清水ノ観音ノ霊験ヲ貴《たふと》ビケリトナム語リ伝ヘタルトヤ。

貧女《まづしきをむな》、仕清水観音給金語《きよみづのくわんおんにつかまつりてこがねをたまはれること》 第三十一

今昔《いまはむかし》、京ニ極《きはめ》テ貧キ女ノ清水《きよみづ》[八]ニ懃《ねむごろ》[九]ニ参ル有ケリ。此《か》ク参ル事年来《としごろ》ニ成《なり》ニケリト云ヘドモ、聊《いささか》ノ験《しるし》ト思《おぼ》ユル事無カリケリ。

而《しか》ル間、指《させ》[一〇]ル夫無クシテ懐任[一一]シヌ。本《もと》[一二]ヨリ家無ケレバ人ノ家ヲ借《かり》テ居タルニ、漸《やうや》[一三]ク月日ノ過グルニ随《したがひ》テ、「我レ何《いどこ》ニテ子ヲ産《うまむ》ズラム」ト歎キ悲ムデ、清水ニ参《まゐり》テ、此ノ事ヲ泣〻《なくな》ク申ケルニ、既ニ月満《みち》[一四]ヌ。然《しかれ》ドモ、可産《うむべ》キ所モ無シ、儲《まうけ》[一五]タル一塵《いちぢん》ノ物モ無シ。然レバ、只観音ヲ恨ミ申スヨリ外《ほか》ノ事無シ。而ル間、隣ニ有ル女人《にょにん》ト此ノ事ヲ歎《なげき》テ、共ニ清水ニ参テ、御前ニ低《た》[一六]レ臥《ふし》タル間ニ寝入ヌ。夢ニ、御堂《みだう》[一七]ノ内ヨリ貴《たふと》

っておりますのに。 三七 仏堂の内陣と外陣の境に置く背の低い格子の柵。 三八 古本説話「など、さかしうはあるぞ。たゞ給はん物をば給はらで、かくかへしまいらするは、あやしきこと也」。 三九 目が覚めて見ると。 四〇 訓みは字類抄による。古本説話「むらひ」。宇治拾遺「むらい」。 四一 礼儀・道理にはずれること。 四二 はずして取った(盗んだ)のではないかと疑うかもしれない。 四三 着る物がないので着物に縫って着よう。

一 会ぅ男、会ぅ女、誰からも。
二 古本説話「すゞろなる人のてより」。
三 人に何かを交渉する時にも。古本説話「大事なる人のうれへをも、そのきぬをきて、しらぬやむごとなき所にもまいりて、申させければ、かならずなりけり」。
四 資産が出来たので。
五 →四七五頁注二九。
六 畳んでしまっておいて。
七 「モ」は強意か(古典大系説)。普通は「ゾ」とあるべきところ。古本説話「かならずせむと思ふ事のおりにぞ」。宇治拾遺「かならずせんどと思ふ事のおりにぞ」。

第三十一話 出典未詳。
八 →地名「清水寺」。 九 熱心に。
一〇 これと定まった夫もないのに妊娠した。父親不明の子を妊娠したのである。
一一 「懐妊」に同じ。
一二 もともと自分の持家もなかったので。

ク気《け》高《たか》キ僧出来《いできたり》テ、女ニ向《むかひ》テ宣《のたま》ハク、「汝ガ思ヒ歎ク事ハ[一八]量《はから》ヒ給ハムトス。歎ク事無カレ」ト宣フ、ト見テ夢覚《さめ》ヌ。其ノ後、喜ビ思《おもひ》テ罷出《まかりいで》ヌ。

次ノ日、亦《また》此ノ隣人《となりのひと》ト共ニ清水ニ参ヌ。[一九]鎮守《ちんじゅ》ノ明神《みやうじん》ノ御前ニ居テ、立ツ時ニ、此ノ隣ノ女人ノ前ニ、紙ニ裹《つつみ》タル物有リ。隣人、「何物ゾ、此《こ》ハ」ト思テ取《とり》テ持《もち》タリ。暗キ程ニテ開《ひらき》テモ不見《み》ズ。其《それ》ヨリ御堂ニ参テ其ノ夜籠《こもり》ヌ。其ノ夜ノ夢ニ、気《け》高《たか》ク貴キ僧出来《いできたり》テ、女ニ宣《のたま》ハク、「汝ガ鎮守ノ明神ノ前ニシテ取《とり》テ持タル物ハ、此《この》懐任ノ女ニ給フ物也。速《すみやか》ニ其ノ女ニ可与《あたふべ》シ」ト宣フ、ト見テ夢覚《さめ》ヌ。[二〇]夜曉《あけ》テ後、「此《こ》ハ何物ニカ有ラム」ト思テ、開《ひらき》テ見レバ、[二一]金《こがね》三両ヲ裹《つつみ》タリ。奇異也ト思テ、「[二二]此ノ女ニ与テム」ト思フニ、極《きはめ》テ惜クテ、思ハク、「我モ観音ニ仕《つかまつ》ル身也。[二三]何《なん》ゾ不給《たまは》ザラム。其レニ、彼ノ女ヲ尚《なほ》[二四]哀《あはれ》ト思《おぼ》シ食《め》シテ可給《たまふべ》クハ、他《ほか》ノ金《こがね》ヲモ可給《たまふべ》キ也。此《これ》ヲバ我レニ給ヘ」ト思テ、不与《あたへ》ズシテ家ニ返《かへり》ヌ。

其ノ夜、家ニ寝タル夢ニ、[二五]前《さき》ノ僧出来《いできたり》テ宣《のたま》ハク、「其ノ金《こがね》ヲバ何《なん》ゾ今マデ彼ノ女ニハ不与《あたへ》ヌゾ。極《きはめ》テ[二六]便無《びんな》キ事也」ト宣フ、ト見テ夢覚《さめ》ヌ。其ノ後、極テ恐《お》ヂ怖《おそ》レテ、此ノ金《こがね》ヲ[二七]［　　　］一両ヲ以テ[二八]直米《あたひのよね》三石ニ売《うり》テ、其《それ》ヲ以テ家ヲ買《かひ》テ、其ノ家ニシテ[二九]平安ニ子ヲ産《うみ》ツ。今二両ヲ売テ其ヲ[三〇]本《もと》トシテ、[三一]便《たよ》リ付《つき》テナム有ケル。

観音ノ霊験既《すでに》如此《かくのごと》シ。此《これ》ヲ聞《きか》ム人、[三二]懃《ねむごろ》ニ心ヲ至《いた》シテ観音ニ可仕《つかまつるべ》シ。

一三 次第に月日がたつにつれて。
一四 臨月になった。
一五 準備できた物は何ひとつない。「一塵」は、→五四二頁注六。
一六 「低レ」は「たれ」と訓める。但し古本系諸本では他に「低レ臥ス」の用例が見られず、「低（ふつ）シ臥ス」が頻用されている。「レ」は「シ」の誤記か。
一七 本尊を安置してある堂。本堂。
一八 （観音さまが）よろしくとりはからって下さるであろう。
一九 清水寺の鎮守の明神。本堂の北側にある地主神社をさす。 二〇 →五二五頁注三八。 二一 黄金三両。両は重さの単位。令制では一両は十匁（約三七・五グラム）。但し、中世には金については四匁五分を一両とした。 二二 間違いなくあの女に渡そうとは思ったものの、たまらなく惜しくなって。「テム」は強い意思を表す。
二三 （自分にも）お授け下さらないはずはない。 二四 「ヲ」は「尚」の捨仮名。
二五 前の夢の僧。
二六 不都合なこと。けしからぬこと。
二七 底本は「此ノ金ヲ」と「一両」の間に「脱文」と傍書。このままでは文意不通。脱文があると想定される。隣の女は「此ノ金ヲ」主人公の貧女に渡し、貧女はその金のうち「一両」を米三石の値で売ったというのであろう。
二八 代価としての米。代米。即ち米三石に相当する値段で売ったのである。
二九 無事に。 三〇 それを元手にして。
三一 資産が出来て楽な生活を送った。
三二 まごころこめて。一心不乱に。

此レ[一]、糸《いと》近キ事也トナム語リ伝ヘタルトヤ。

隠形男《おんぎやうのをとこ》、依六角堂観音助顕身語《ろつかくだうのくわんおんのたすけによりてみをあらはせること》 第三十二

今昔《いまはむかし》、何《いづ》レノ程ノ事トハ不知《しら》ズ、京ニ[二]生侍《なまさぶらひ》ノ年若キ有ケリ。常ニ[三]六角堂ニ参《まゐり》テ懃《ねむごろ》ニ仕《つかまつり》ケリ。而《しか》ル間、[四]十二月ノ晦日《つごもり》、夜ニ入《いり》テ、只独《ひと》リ[五]知《しり》タル所ニ行《ゆき》テ、夜深更《ふけ》テ家ニ返《かへり》ケルニ、[六]一条堀川ノ橋ヲ渡《わたり》テ西ヘ行ケルニ、西ヨリ多《おほく》ノ人、火ヲ燃《とも》シテ向《むか》ヒ来《きたり》ケレバ、「[七]止事無《やむごとな》キ人ナドノ御《おはしま》スニコソ有ヌレ」ト思テ、男橋ノ下ニ怱《いそ》ギ下《おり》テ立隠《たちかく》レタリケレバ、此ノ火燃《とも》シタル者共《ども》、橋ノ上ヲ[八]東様《ひむがしざま》ニ過《すぎ》ケルヲ、此ノ侍[九]和《やは》ラ見上《みあげ》ケレバ、[一〇]早《はや》ウ、人ニハ非ズシテ、怖《おそろし》ゲナル[一一]鬼共《ども》ノ行ク也ケリ。或《あるい》ハ目一ツ有ル鬼モ有リ、或ハ角生《つのおひ》タルモ有リ、或ハ手数《あま》[一二]タ有《ある》モ有リ、或ハ足一ツシテ踊[一三]ルモ有リ。

男此《これ》ヲ見ルニ、生《いき》タル心地《ここち》モ不為《せ》デ、物モ不思《おぼえ》デ立テルニ、此ノ鬼共《ども》皆過ギ持行《もてゆき》テ、後《しりへ》ニ行ク一ツノ鬼ノ云《いは》ク、「此《ここ》ニ人影ノ為《し》ツルハ」ト。亦《また》、鬼有テ云ク、「然《さ》ル者見エズ[一四]」。「彼レ速《すみやか》ニ搦《から》メテ将来《ゐてきたれ》」ト。男、「[一五]今ハ限リ也ケリ」ト思テ有ル程ニ、一人ノ鬼走リ来《きたり》テ、男ヲ[一六]引《ひか》ヘテ将《ゐ》テ上《あげ》ヌ。鬼共《ども》ノ云ク、「此ノ男、重キ咎可有《とがあるべ》キ者

一 →五六〇頁注四。

第三十二話 出典未詳。

二 →五四七頁注三〇。 三 →地名「六角堂」。 四 大晦日は霊鬼・年神・祖霊等が来訪する物忌の日であった。→注一一。

五 知人のところを訪ねて。

六 一条大路が堀川を渡る地点に架かっていた橋。「戻り橋」の名で知られた。撰集抄・七・5、三国伝記・六・5等には、浄蔵がこの橋で祈って父三善清行を蘇生させた話があり、剣巻(中世物語)では、渡辺綱が鬼女と対決したのはこの橋であったという(謡曲「羅生門」等では羅生門の鬼として著名)。この橋はまた都人が橋占をする場所でもあった(台記・久安四年(一一四八)六月二十八日条等)。都の辺境(平安京の北辺)で、霊界と関係深い水辺(堀川)に位置するこの橋は、特殊な霊的空間であった。

七 戻り橋から一条大路を西行すると、まもなく一条東大宮(大内裏の北西角)に出る。その道を逆行して来る一行を、男は内裏を退出した貴人と判断したのである。巻二七・41には、一条西大宮の東を西行してくる一行(実は狐の怪)を貴人と判断した滝口の話がある。 八 東に向かって通り過ぎるのを。 九 そっと見上げたところ。 一〇 →五三〇頁注九。

一一 所謂、百鬼夜行である。大晦日に鬼神が集合することは巻二四・13に見え、夜歩きの男が百鬼夜行に出会った話は巻一四・42に、一条大路に鬼が出現した話は宇治拾遺物語・160に見える。

ニモ非ズ。免《ゆる》シテヨ」ト云テ、鬼四五人許《ばかり》シテ男ニ唾《つはき》[一七]ヲ吐懸《はきかけ》ツヽ、皆過《すぎ》ヌ。

其後《そののち》、男不被殺《ころされ》ズ成《なり》ヌル事ヲ喜《よろこび》テ、心地《ここち》違《たが》ヒ頭《かし》[一八]ラ痛ケレドモ、念[一九]ジテ、「疾《と》ク家ニ行テ、有《あり》ツル様ヲモ妻《め》ニ語ラム」ト思テ、怱《いそ》ギ行テ家ニ入《いり》タルニ、妻モ子モ皆男[二〇]ヲ見レドモ、物モ不云懸《いひかけ》ズ。亦《また》、男物云懸《いひかく》レドモ、妻子答ヘモ不為《せ》ズ。然レバ、男奇異《あさまし》ト思ヒテ近ク寄《より》タレドモ、傍《かたはら》ニ人有レドモ有《あり》トモ不思《おもは》ズ。其ノ時ニ、男心得《う》ル様《やう》、「早《はや》[二一]ウ、鬼共《ども》ノ我ニ唾《つはき》ヲ吐キ懸《かけ》ツルニ依《より》テ、我ガ身ノ隠[二二]レニケルニコソ有ケレ」ト思フニ、悲キ事無限《かぎりな》シ。我ハ人見ル事本《もと》ノ如シ。亦、人ノ云《いふ》事ヲモ障《さはり》無ク聞ク。人ハ我ガ形ヲモ不見《み》ズ、音《こゑ》ヲモ不聞《きか》ズ。然レバ、人ノ置《おき》タル物ヲ取《とり》テ食《く》ヘドモ、人此《これ》ヲ不知《しら》ズ。此様《かやう》ニテ夜モ曙《あけ》[二三]ヌレバ、妻子ハ我ヲ、「夜前《やぜん》[二四]、人ニ被殺《ころされ》ニケルナメリ」ト云テ、歎キ合《あひ》タル事無限《かぎりな》シ。

然《さ》テ、日来《ひごろ》ヲ経ルニ、為方《せむかた》無シ。然レバ、男六角堂ニ参リ籠《こもり》テ、「観音、我レヲ助ケ給ヘ。年来《としごろ》[二五]憑《たの》ミヲ懸《かけ》奉テ参リ候ヒツル験《しるし》ニハ、本《もと》ノ如ク我ガ身ヲ顕《あらは》[二六]シ給ヘ」ト祈念シテ、籠《こもり》タル人ノ食フ物ヤ金鼓米《こんぐのよね》[二七]ナドヲ取リ食《くひ》テ有レドモ、傍《かたはら》ナル人知ル事無シ。此《かく》テ二[二八]七日許《ばかり》ニモ成《なり》ヌルニ、夜《よ》ル寝タルニ、暁方《あかつきがた》ノ夢ニ、御帳《みちやう》[二九]ノ辺《ほと》[三〇]リ、貴気《たふとげ》ナル僧出《いで》テ、男ノ傍ニ立《たち》テ、告《つげ》テ宣《のたま》ハク、「汝《なむ》ヂ速《すみやか》ニ朝《あしたこ》此ヨリ罷出《まかりいで》ムニ、初《はじめ》[三一]テ会《あへ》[三二]ラム者《もののい》云ハム事ニ可随《したがふべ》シ」ト。此《か》ク見ル程ニ夢覚《さめ》ヌ。

一二 「タ」は「数」の捨仮名。
一三 ぴょんぴょん跳ね歩くのもいる。
一四 打消の場合は「不見ズ」と表記するのが普通。「見エヌ」の誤記か。その場合「ヌ」は完了の助動詞。 一五 もうだめだ。
一六 つかんで引っ張り上げた。
一七 唾液に特別の呪力があるとする話の分布は広く、日本では、俵藤太が唾をつけた矢で百足の怪物を退治した話(太平記・十五、御伽草子「俵藤太物語」)、東洋では、宋定伯が幽霊に唾をつけて化けられないようにした話(捜神記・十六)、西洋では、心ならずも占術を教えたポリュイドスが、最後に相手の唾を自分の口中にはかせ、術を忘れさせた話(ギリシャ神話・三)等がある。
一八 「ラ」は「頭」の捨仮名。
一九 我慢して。 二〇 男の方を見ても(彼らには男の姿が見えないので)何も言わない。 二一 →注一〇。
二二 所謂透明人間のように、身体が見えなくなったことをいう。 二三 →五二五頁注三八。 二四 昨夜。 二五 長年。
二六 (他人の目に)見えるようにして下さい。 二七 金鼓(一三二頁注五)を叩いて托鉢して寄進を受けた米。
二八 十四日。
二九 →五五一頁注二七。 三〇 「リ」は「辺」の捨仮名。あるいは「辺(ほとり)ヨリ」との混態か。 三一 最初に出会う者を有縁の者として重視するモチーフは類例が多い。→巻一二・25(一四六頁注七)。
三二 「ラ」は完了の助動詞「リ」の未然形。古典全集は「あふラム」と訓むが如何。

夜明《あけ》ヌレバ、罷《まか》リ出《いづ》ルニ、門許《かどのもと》ニ牛飼童《うしかひわらは》[一]ノ糸怖気《いとおそろしげ》ナル、大《おほき》ナル牛ヲ引《ひき》テ会《あひ》タリ。男ヲ見テ云ク、「去来《いざ》[二]、彼《か》ノ主《ぬし》、我ガ共ニ」ト。男此レヲ聞クニ、「我ガ身ハ顕《あらは》レニケリ」ト思フニ、喜《うれし》クテ、喜ビ乍《なが》ラ夢ヲ憑《たのみ》テ童ノ共ニ行クニ、西様《ざま》[三]ニ十町許《ばかり》行テ、大《おほき》ナル棟門《むねもん》[四]有リ。門閉《とぢ》テ不開《ひらか》ネバ、牛飼、牛ヲバ門ニ結テ、扉ノ迫《はさま》[五]ノ人可通《とほるべ》クモ無キヨリ入《い》ルトテ、男ヲ引《ひき》テ、「汝モ共ニ入レ」ト云ヘバ、男、「何《いか》デカ此ノ迫《はさま》ヨリハ入ラム」ト云フヲ、童《わらは》、「只入《い》[六]レ」トテ男ノ手ヲ取《とり》テ引入《ひきい》ルレバ、男モ共ニ入ヌ。見レバ、家ノ内大《おほき》ニテ、人極《きはめ》テ多カリ。

童《わらは》、男ヲ具シテ板敷《いたじき》ニ上《のぼり》テ、内ヘ只入《い》[七]リニ入ルニ、「何《い》カニ」ト云フ人敢《あへ》テ無シ。遥《はるか》ニ奥ノ方《かた》ニ入テ見レバ、姫君病《やまひ》ニ悩ミ煩ヒテ臥《ふし》タリ。跡《あと》[八]・枕ニ女房達居《ゐ》並《なみ》テ此《これ》ヲ繚《あつかふ》。童其《そこ》ニ男ヲ将行《ゐてゆき》テ、小《ちひさ》[九]キ槌《つち》ヲ取《とら》セテ、此ノ煩フ姫君ノ傍《かたはら》ニ居《すゑ》ヘテ、頭《かしら》ヲ打《うた》セ腰ヲ打《うた》ス。其ノ時ニ、姫君頭《かしら》[一〇]ヲ立《たて》テ病ミ迷《まど》フ事無限《かぎりな》シ。然レバ、父母《ぶも》、「此ノ病今ハ限《かぎり》ナメリ」ト云テ泣合《なきあひ》タリ。見レバ、誦経《じゆきやう》ヲ行ヒ、亦《また》、□[一一]ト云フ止事無《やむごとな》キ験《げん》[一二]者《じや》ヲ請《しやう》ジニ遣《つかはす》メリ。暫《しばし》許《ばかり》有テ、験者来《き》タリ。病者ノ傍ニ近ク居テ、心経《しんぎやう》[一三]ヲ読《よみ》テ祈ルニ、此ノ男貴《たふと》キ事無限《かぎりな》シ。身ノ毛竪《いよたち》[一四]テゾヾロ寒キ様《やう》ニ思《おぼ》ユ。

而《しか》ル間、此ノ牛飼ノ童《わらは》、此ノ僧ヲ打見《うちみ》ルマヽニ、只逃《にげ》[一五]ニ逃《にげ》テ外様《ほかざま》ニ去《さり》ヌ。僧ハ不[一六]動ノ火界ノ呪《しゆ》ヲ読テ、病者ヲ加持スル時ニ、男ノ着物《きるもの》ニ火付《つき》ヌ。只焼《やけ》ニ焼《や》クレバ、

一 牛車の牛を扱う者。現実に少年とは限らないが、髻を結わず少年のように垂れ髪姿をしている。
二 さあ、そこのお方、私と一緒に(行きましょう)。
三 西に向かって。
四 二本の柱の上に切妻破風造りの屋根をつけた門。むなかど。公家の屋敷に多く用いられた。
五 隙間。
六 いいから、とにかく入れ。
七 ずかずかと入って行ったが、見咎める人は誰もいない。
八 (姫君の)足元と枕元に女房たちが大勢座っていて、世話をしている。
九 小槌は呪宝「打出の小槌」として物を生み出したり変身させたりするが、別名「延命小槌」(昔話「焼き蕪長者」等)が示すように延命の機能もあったから、ここでは逆に病人を苦しめる呪物として作用させているのであろう。
一〇 頭を振り立てて悶え苦しんで。
一一 人名の明記を期した意識的欠字。
一二 加持祈禱の効験が著しい行者。
一三 般若心経。→一四七頁注一九。
一四 「よだつ」の古形。身の毛が逆立つ意。あまりの尊さに身がすくむように思えたのである。
一五 一目散に逃げ出して。
一六 不動明王の呪文の一。大呪ともいい、慈救呪、心呪とともに不動の最も重要な陀羅尼。大火焔を現出させることを観想しつつ唱え、悪魔を退散させる。
一七 すっかり見えるようになった。

男音《こゑ》ヲ挙《あげ》テ叫ブ。然レバ、男[一七]真顕《まあらは》ニ成《なり》ヌ。其ノ時ニ、家ノ人、姫君ノ父母《ぶも》ヨリ始メテ女房共《ども》見レバ、糸賤気《いといやしげ》ナル男病者ノ傍《かたはら》ニ居タリ。奇異《あさまし》クテ、先《ま》ヅ男ヲ捕ヘテ引出《ひきいだ》シツ。「此《こ》ハ何《いか》ナル事ゾ」ト問ヘバ、男事ノ有様ヲ有《あり》ノマヽニ初《はじめ》ヨリ語ル。人皆此レヲ聞テ、[一八]希有《けう》也ト思フ。

而《しか》ル間、男顕《あらは》レヌレバ、病者[一九]搔巾様《かきのごふやう》ニ癒《いえ》ヌ。然レバ、一家《いつけ》喜ビ合ヘル事無限《かぎりな》シ。其ノ時ニ、験者ノ云《いは》ク、「此ノ男咎可有《とがあるべ》キ者ニモ非ズナリ[二〇]。六角堂ノ観音ノ利益《りやく》ヲ蒙《かうぶ》レル者也。然レバ、速《すみやか》ニ可被免《ゆるさるべ》シ」ト云ケレバ、追逃《おひにが》シテケリ。然レバ、男家ニ行テ、事ノ有様ヲ語《かたり》ケレバ、妻《め》奇異《あさまし》ト思ヒ乍《なが》ラ喜ビケリ。彼ノ牛飼ハ神[二一]ノ眷属《くゑんぞく》ニテナム有ケリ[二二]。人[二三]ノ語《かたら》ヒニ依《より》テ此ノ姫君ニ付《つき》テ悩マシケル也ケリ。

其ノ後、姫君モ男モ身ニ病ヒ無カリケリ。火界ノ呪《しゆ》ノ霊験ノ致ス所也。

観音ノ御利益《りやく》ニハ此《かか》ル希有《けう》ノ事ナム有ケルトナム語リ伝ヘタルトヤ。

貧女《まづしきをむな》、仕清水観音得助語《きよみづのくわんおんにつかまつりてたすけをえたること》第三十三

今昔《いまはむかし》、京ニ有ケル若キ女、身貧クシテ世[二四]ニ可経《ふべ》キ方《かた》モ無カリケレバ、[二五]年来《としごろ》[二六]清水《きよみづ》ニ参《まゐり》ケルニ、少シノ験《しる》[二七]シト思フ事モ無カリケリ。

一八 めったにない、驚くべきことだ。
一九 ぬぐい去ったように平癒した。
二〇 終止形接続の伝聞推定の「ナリ」。(この男の話を聞いて判断すると)この男は罪のある者でもないようだ。
二一 神の従者または使者。何の神かは不明だが、男に病人を打たせ験者の加持に退散したのは、疫病神の類であったことを示す。
二二 上に係助詞「ナム」があるにもかかわらず、終止形で結ばれている。執筆中の撰者の意識のねじれの反映か。
二三 主格は前出の「牛飼童」。誰かの依頼によって。姫君を呪詛して神に祈った者があったことをいう。

第三十三話 出典未詳。芥川龍之介『運』の素材になった。
二四 暮らしを立てていくすべもなかったので。
二五 長年。
二六 →地名「清水寺」。
二七 御利益。おかげ。

一 熱心に参詣したけれども。
二 生活の資。 三 たとえ前世の行業による報いでありましても。
四 底本「低シ」に「レィ」と傍書。→五五二頁注一六。 五 →五五一頁注二七。
六 途中で言葉をかけてくる男があろう。その男の言うことにおとなしく従うがよい。
七 寺名の明記を期した意識的欠字。巻一六・9では清水寺から京に帰る女が「愛宕而《しか》ル間、例ノ事ナレバ、清水ニ参テ籠《こもり》テ、観音ニ申《まう》サク、「我レ年来《としごろ》観音ヲ憑《たの》ミ奉テ、[一]懃《ねむごろ》ニ歩《あゆみ》ヲ運ブト云ヘドモ、身貧クシテ少《すこし》ノ便《たよ》[二]リ無シ。[三]譬《たと》ヒ前世《ぜんぜ》ノ宿業《しゆくごふ》也ト云フトモ、何《いかで》カ聊《いささか》ノ利益《りやく》ヲ不蒙《かうぶら》ザラム」ト申シテ、[四]低《うつふ》シ臥《ふし》タル間ニ寝入《ねいり》ヌ。夢ニ、[五]御帳《みちやう》ノ内ヨリ、貴ク気高《けたか》キ僧出来《いできたり》テ、告《つげ》テ宣《のたまは》ク、「汝《なむ》ヂ此《ここ》ヨリ京ニ返ラムニ、[六]道ニシテ物云ヒ係《かく》ル男有ラムトス。速《すみやか》ニ其ノ男ノ云ハム事ニ可随《したがふべ》シ」ト宣フ、ト見テ夢覚《さめ》ヌ。

其ノ後、礼拝シテ、夜深ク只独《ひと》リ怱《いそ》ギ出《いづ》ルニ、値《あ》フ人無シ。□[七]ノ大門ノ前ニ男一人合《あひ》タリ。暗ケレバ誰トモ不見《みえ》ズ。男近ク寄来《よりきたり》テ云ク、「我レ思フ事有リ。君、我ガ云ハム事ニ随ヘ」ト。[八]女夢ヲ憑《たの》ムニ、亦《また》、遁《のがるべ》クモ非《あら》ヌ夜ナレバ、「[九]何《いど》コニ居給ヘル人ゾ。名ヲバ誰トカ聞《きこ》ユル。[一〇]空《そら》ニモ侍《はべる》カナ」ト。男、[一一]女ヲ引《ひか》ヘテ只曳《ひ》キニ東《ひむがし》ノ方《かた》ヘ曳将行《ひきゐてゆ》ケバ、被曳《ひかれ》テ行クニ、[一二]八坂寺《やさかでら》ノ内入《うちにいり》ヌ。塔ノ内ニ曳入レテ二人臥《ふし》[一三]ヌ。夜嗟《あけ》[一四]ヌ。男ノ云ク、「[一五]深キ宿世有テコソ此《か》クモ有ラメ。[一六]今ハ此《ここ》ニ居給ヒタレ。我レハ知《しり》タル人モ無キ身也。[一七]此《これ》ヨリ後ハ君ヲ可憑《たのむべ》シ」ト云テ、[一八]隔《へだて》ノ有ル内ノ方《かた》ヨリ、極《きはめ》テ美ナル綾十疋《びき》[一九]・絹十疋・綿ナド取出《とりいだ》シテ女ニ与フ。女ノ云ク、「[二〇]我レモ相憑《あひたの》ム人無クテ有レバ、誠ニ宣《のたま》フ事ナラバ、憑《たのみ》テコソハ有ラメ」ト。男、「[二一]白地《あからさま》ニ物ニ行テ、夕方ゾ可返来《かへりきたるべ》キ。[二二]努々《ゆめゆめか》此クテ居《ゐ》給タレ」ト云テ、出《い》デヽ、去《さり》ヌ。

ノ大門」で休んでいる。愛宕寺は清水坂を下った地点にあった。その門をさすか。 八 女は夢告を頼みにしていたし、それに夜のことで逃げられそうにもなかったので。 九 どこにお住まいの方ですか。 一〇 とりとめのないお話ですね。どこの誰とも知らない男にいきなり言い寄られて茫然としている気持を示す。 一一 女をつかまえて東の方にぐいぐい引っ張っていくので。 一二 →地名「八坂寺」。 一三 底本「臥ス」を訂した。 一四 →五二五頁注三八。 一五 前世からの深い縁あってこういう仲になったのだろう。 一六 こうなったからには(妻として)ここにいておくれ。 一七 これからはそなたを(妻と)頼んで暮らそう。 一八 部屋の間仕切りの内側から。 一九 疋は布を数える単位。一疋は二反。 二〇 私も頼る人とてありませんので、本心からおっしゃって下さるのでしたら、(夫として)お頼りしましょう。 二一 ついちょっと用事に行って。 二二 必ず。まちがいなく。「努々」は下に打消を伴うのが普通だが、決して外出するなという気持の表現が途中でねじれて打消を伴わなくなった例。同様の例は→巻一二・28(一五五頁注一四)。 二三 この塔の内を住処にしていることが、とても不審に思えて。 二四 おおっぴらには住めなくて。 二五 外を覗いて見て。 二六 外に誰もいない隙を見計らって、桶を頭に載せて出て行った。

女見レバ、只老《おい》タル尼一人ヨリ外《ほか》ニ人無シ。二三此ノ塔ノ内ヲ栖《すみか》トシテ有ル、極《きはめ》テ怪《あや》シク思ヘテ、少シ隔《へだて》タル所ノ内ヲ見レバ、諸《もろもろ》ノ財《たから》多カリ。世ニ可有《あるべ》キ物ハ皆有リ。女此レヲ心得ル様《やう》、「此レハ盗人《ぬすびと》也ケリ。二四居所ノ無クテ、此ノ塔ノ内ニ窃《ひそか》ニ居タル也ケリ」ト思フニ、怖《おそろ》シキ事無限《かぎりな》シ。「観音、助ケ給ヘ」ト念ジ奉ル。見レバ、此ノ尼戸ヲ細目ニ開《あけ》テ二五臨《のぞき》テ、二六人ノ無キ隙ヲ量《はかり》テ、桶ヲ戴《いただき》テ出《いで》テ行ヌ。水汲ミニ行《ゆく》ナメリト見ユ。女、「此ノ間ニ、尼ノ不返来《かへりきたら》ヌ前ニ、出《い》デヽ逃《にげ》ナム」ト思フ心付《つき》テ、此ノ得サセタル綾・絹等許《ばかり》ヲ懐《ふところ》ニ指入《さしいれ》テ外ニ出《いで》ニケレバ、走ルガ如クシテ逃《にげ》ヌ。尼返《かへり》テ見ルニ無ケレバ、逃ニケリト思ヘドモ、可追《おふべ》キ方《かた》無ケレバ、二七然《さ》テ止《やみ》ヌ。

女ハ此ノ物共《ども》ヲ懐ニ指入テ、京ノ方《かた》ニ行《ゆく》ニ、二八京中ヲバ憚《はばか》リ思《おもひ》テ、二九五条京極渡《わた》リニ髴《ほのか》ニ知《しり》タル人ノ有ケル小家ニ立入《たちいり》タルニ、三〇西ノ方ヨリ人多ク通ル。「盗人ヲ捕《とらへ》テ行ク」ト云合《いひあひ》タレバ、戸ノ隙ヨリ三一和《やは》ラ臨《のぞ》クニ、我レト寝タリツル男ヲ搦《からめ》テ、三二放免《はうめん》三三□三四看《かど》ノ長共《をさども》ノ三五将行《ゐてゆ》ク也ケリ。女此レヲ見ルニ、三六半《なかば》ハ死ヌル心地《ここち》ス。三七早ク思ヒシ如ク盗人也ケリ。其レヲ搦テ、三八八坂ノ塔ニ三九物共《ども》実録セムトテ将行《ゐてゆ》ク也ケリ。此《これ》ヲ思フニ、「四〇其《そこ》ニ有ラマシカバ何《いか》ナラマシ」ト思フニ、身ノ置キ所無シ。此レニ付《つけ》テモ、「観音ノ助ケ給ケル也」ト思フニ、四一哀レニ悲キ事無限《かぎりな》シ。女四二程ヲ過《すぐ》シテ

二七 そのままになった。女の後を追わなかったことをいう。
二八 (盗品らしい物を懐中にして)京の町中を歩くのは具合が悪く思って。
二九 五条京極あたり。清水、八坂寺方面から行くと、京の町の入口にあたる地点である。
三〇 五条京極から見ると、西は京の町中の方角。即ち町中の方から来て、東に向かってぞろぞろ歩き過ぎる人があったのである。 三一 そっと覗いてみると。
三二 →五四九頁注二〇。
三三 漢字表記を期した意識的欠字。「かどのをさ」は「看督長」の字音が転じた語であるが、撰者の念頭には「□看長」という用字があって、最初の一字が不明だったため、空白に残したのであろう。この語の用例は巻二九・15に二例見られるが、そこでも同様の欠字になっており、決して偶発的な欠字ではないことを物語る。
三四 牢獄の管理、犯人の逮捕に当たった検非違使庁の下級官人。
三五 連行する。拘引する。
三六 恐怖の余り半死半生の思いがした。
三七 やはり思った通り男は盗人であった。「早ク」については→五三〇頁注九。
三八 八坂寺(注一二)の塔。
三九 盗品を実地検証するために。
四〇 もしあのままあそこにいたら、どうなっただろう。自分も盗人の一味として逮捕されただろう。
四一 こみあげてくる感動は限りがなかった。「悲キ」については→四八九頁注一八。
四二 しばらく時を置いてから。

京ニ入《いり》テ、其ノ後、其ノ物共《ども》ヲ少シハ売《うり》ナドシテ、其レヲ本《もと》トシテ便出来《たよりいできたり》[一]テ、夫[二]ナド儲《まうけ》テ有付《ありつき》[三]テ過シケリ。

観音ノ霊験ノ不思議ナル事此《か》クナム有ケル。此[四]レモ糸《いと》近キ事也トナム語リ伝ヘタルトヤ。

無縁僧《むえんのそう》、仕清水観音成乞食聟得便語《きよみづのくわんおんにつかまつりてこつじきのむことなりたよりをえたること》第三十四

今昔《いまはむかし》、無縁[五]也ケル小僧《せうそう》[六]ノ常ニ清水《きよみづ》[七]ニ参ル有ケリ。法花経《ほくゑきやう》[八]ヲゾ暗《そら》ニ思《おぼえ》テ誦《じゆし》ケル。其ノ音《こゑ》甚ダ貴シ。此《か》ク常ニ清水ニ参《まゐり》テ申《まうし》ケル様《やう》ハ、「我レニ少《すこし》ノ便給《たよりたまへと》[九]」ゾ懃《ねむごろ》ニ願《ねがひ》ケル。

例ノ如ク、清水ニ参テ、御[一〇]前ニシテ経ヲ読ミ居タルニ、糸清気《いときよげ》ナル若キ女傍《かたはら》ニ有リ。可然《しかるべ》[一一]キ人ノ娘ナド、ハ不見《みえ》ネドモ、共[一二]ノ女童部《めのわらはべ》ナド有[一三]ベカシクテ具シタリ。此ノ女、僧ニ云《いは》ク、「此《か》クテ見レバ、常ニ参リ給フヲ貴シト思フニ、何《いど》コニ御《おは》スル人ゾ」ト。僧ノ云ク、「指《させ》[一四]ル住所モ無クテ迷《まど》ヒ行ク法師也《あり》」ト。女ノ云ク、「京ニ御《おは》スルカ」ト。僧ノ云ク、「京ニハ知《しり》タル人ダニ無シ。此[一五]ノ東渡《ひむがしわたり》ニナム候フ」ト。女ノ云ク、「日暮ヌレバ、今夜ハ不返給《かへりたま》ハジ。亦《また》、物ナド食所《じきするとこ》[一六]ロ無クハ、我ガ家ニ御《おは》

一 資産が出来てきて。
二 新しい夫など迎えて。別の男と結婚して。　三 夫と末永く添い遂げた。
四 事件と語りとの時間的距離の短さを示す文言であるが、この種の文言は宇治拾遺物語等に同文的同話がある場合には、そこでも同じ文句が見られる(巻二六・16他)から、本書独自の文言ではなく、依拠資料のそれをそのまま継承している可能性が大。なお「此レモ糸近キ事也」は、前々話(第31話)の末尾「此レ、糸近キ事也」に対応しているごとくであり、原資料では隣合っていたことを示すか(古典全集説)。

第三十四話　出典未詳。
五 世間によるべがなく、身を寄せるところのない。　六 年若く身分の低い僧。↓一四頁注二。　七 ↓地名「清水寺」。
八 ↓一五四頁注七。　九 生活の資。
一〇 本尊(観音)の御前で。
一一 高貴な人の娘などとは見えないけれども。　一二 お供の小間使いの侍女。
一三 いかにも望ましいのを連れている。
一四 これといって定まった住所もなくて。
一五 「東渡」は、東のあたり。鴨川の東側をさす語であろう。即ち、この(清水寺近くの)洛東に住んでいるの意。清水寺の東の意ではない。
一六 「ロ」は「所」の捨仮名。
一七 「無シ」と言いかけて中断したと解せるが、やや不自然。脱文があるか。
一八 客間。　一九 奥ゆかしい。上品で心引かれる。　二〇 こんな結構な知り合いの

シナムヤ。此ノ近キ所也」ト。僧、「日暮ヌレバ可行宿《ゆきやどるべ》キ所モ。[一七]糸喜《いとうれし》ク候フ事也」ト云テ行《ゆき》ヌ。清水ノ下《しも》ノ方《かた》ニ糸清気《いときよげ》ニ造《つくり》タル小キ家也。入テ、[一八]客居《まらうとゐ》ト思《おぼ》シキ所ニ居《ゐ》タレバ、程無ク食物《じきもつ》ヲ糸清気ニシテ取出《とりいだし》タリ。[一九]心憾《こころにく》キ事無限《かぎりな》シ。僧、「[二〇]此《かか》ル所ヲ儲《まうけ》ツル、喜《うれし》キ事也」ト思テ、其ノ夜、留《とどまり》テ経ヲ読居《よみゐ》タリ。

如此《かくのごと》ク度《ど》ゝ《ど》[二一]行《ゆき》ヌル程ニ、此ノ女ヲ見ルニ、[二二]夫有ルトモ不見《み》エズ。此ノ僧、未ダ女ニモ不触《ふれ》ザリケル僧也ケレドモ、夜《よ》ル留《とどまり》タル間ニ、[二三]此《か》ク懃《ねむごろ》ニ当《あた》レバ、「此レ観音ノ給タル也ケリ」ト思テ、「此レ妻《め》ニシテム」ト思フ《う》[二四]テ、夜ル窃《ひそか》ニ這寄《はひより》タルニ、女、「[二五]貴キ人カトコソ思ツルニ、此《か》ク御《おはし》ケル」ナド云テ、[二六]辞《いなぶ》ル事モ無ケレバ、遂《つひ》ニ近付《ちかづき》ニケリ。

其ノ後、[二七]日来《ひごろ》ヲ経ル程ニ、見レバ、[二八]器量《いかめし》キ[二九]魚物《ぎよぶつ》ノ饗膳《きやうぜん》ヲ調《ととのへ》テ、外《ほか》ヨリ持来《もてき》タリ。僧、「此レハ何ゾ」ト問ヘバ、「[三〇]人ノ奉レル也」ト云フ。吉《よ》ク聞ケバ、[三一]早《はや》ウ、[三二]此ノ家ハ[三三]乞食《こつじき》ノ首《かしら》ニテ有ケル者ノ娘也ケリ。其レニ、[三四]伴《とも》ノ乞食ノ、[三五]主《あるじ》ト云フ事シケル[三六]送物《おくりもの》ヲ持来タル也ケリ。聟ノ僧モ、[三七]人モ不交《まじらふ》マジカリケレバ、其レモ乞食ニ成《なり》テゾ[三八]楽《たのし》クテ有ケル。

観音ノ霊験不思議也ト云ヒ乍《なが》ラ、何ゾ乞食《こつじき》ニハ成《な》サセ給ヒケム。其レモ、強《あながち》ニ「便《たより》ヲ給ヘ」ト申ケルニ、[三九]此ノ故《ゆゑ》ニ非ズシテ便《たより》ヲ可給《たまふべ》キ様《やう》コソハ無カリケメ。亦、

家ができたとは、うれしいことだ。
二一 底本「行スル」を訂した。何度も訪れるようになって、通ううちに。
二二 夫がいるとも見えない。「有リトモ」が普通だが、古本系統の諸本かく作る。
二三 このように親切にもてなしてくれるので。
二四 「思ヒテ」の音便「思ウテ」を、かく表記したもの。
二五 巻一七・33の類似場面では「貴キ人ト思テコソ宿シ奉ツレ。此ク御ケレバ悔クコソ」とある。僧に言い寄られた女の決まり文句であろうか。
二六 拒絶することもなかったので。
二七 数日たつうちに。
二八 みごとな。豪華な。
二九 訓みは日葡辞書に拠る。魚、魚料理の意。即ち、豪華な魚料理をととのえて外から持ってきたのである。
三〇 人がくれたのです。
三一 →五三〇頁注九。
三二 「此ノ家ハ乞食ノ首ニテ有リケル者ノ(家也ケリ)」が、途中でねじれて「(此ノ女ハ乞食ノ首ニテ有リケル者ノ)娘也ケリ」に転じたもの。
三三 清水坂周辺には賤民の居住者が多く、「坂の者」と呼ばれた。この家の主人もその一人で、乞食を稼業とする集団の首領だったのだろう。巻二九・28には清水の南に住む裕福な乞食の悪行の話がある。
三四 部下の乞食。
三五 饗応。御馳走。
三六 贈り物。
三七 世間の人は(乞食とは)交際してくれるはずもなかったので、自分も乞食(の仲間)になって。
三八 裕福に暮らした。→四七五頁注二九。
三九 こんな方法による以外には生活の資を与えるすべがなかったのだろう。

前世《ぜんぜ》ノ宿報ノ致ス所ニヤ有ラム。此[一]レヲ人知ル事無ケリトナム語リ伝ヘタルトヤ。

筑前国人《ちくぜんのくにのひと》、仕観音生浄土語《くわんおんにつかまつりてじやうどにうまれたること》第三十五

今昔《いまはむかし》、筑前《ちくぜん》ノ国ニ一[二]《ひとり》ノ男有ケリ。殊ニ観音ニ仕《つかまつり》テ、常ニ観音品[三]《くわんおんぼん》ヲ読《よみ》ケリ。亦《また》、深ク善心ノミ有テ、敢《あへ》テ悪業《あくごふ》ヲ不造《つくら》ズ。

而《しか》ル間、其ノ国ノ内ニ香[四]《か》椎《しひ》ノ明神《みやうじん》ト申ス神在《まし》マス。其ノ社《やしろ》ニ毎年《としごと》ニ祭有《あり》。此ノ男其ノ祭ノ年[五]《ねん》預ニ差充《さしあて》ラレタリ。殺生《せつしやう》ヲ不好《このまず》ト云ヘドモ、神事[六]《じんじ》限《かぎり》有テ、魚[七]鳥ヲ儲《まう》ケムガ為《ため》ニ、野山ニ出《い》デヽ鳥ヲ伺ヒ、江海ニ臨《のぞみ》テ魚ヲ捕《とらへ》ムト為《す》ルニ、一《ひとつ》ノ大《おほき》ナル池有リ。水鳥其[八]ノ員《かず》居タリ。弓ヲ以テ此ノ鳥ヲ射ツ。即チ池ニ下《おり》テ鳥[九]ヲ捕《とらへ》ムト為《す》ルニ、此ノ男池ニ沈《しづみ》テ不見《み》エズ成《なり》ヌ。然レバ、人数《あまた》池ニ忩《いそ》ギ下テ捜《さぐ》リ求《もとむ》ルニ、無シ。父《ぶ》母《も》・妻子此レヲ聞テ、来《きたり》テ泣《なき》テ悲ムト云ヘドモ、男終《つひ》ニ無ケレバ、甲斐無カリケリ。皆家ニ返《かへり》ヌ。

其ノ夜、父《ぶ》母《も》ノ夢ニ、此ノ男極《きはめ》テ喜気[一〇]《うれしげ》ニテ、父母ニ語《かたり》テ云《いは》ク、「我レ年来[一一]《としごろ》道心有テ、悪業《あくごふ》ヲ不好《このま》ズト云ヘドモ、神事ヲ勤メムガ為《ため》ニ、適《たまたま》ニ殺生ヲセムト為《す》ルニ、三[一二]宝助《たすけ》給フガ故《ゆゑ》ニ、悪業ヲ不令造《つくらしめ》ズシテ、既ニ他界[一三]ニ移《うつり》テ善キ身ニ生レニタリ。父

一　観音が男を乞食にさせたのはなぜか、この理由は誰にもわからなかった。

第三十五話　出典は法華験記・下・116。金沢文庫本観音利益集・36に同話がある。

二　験記「筑前国有二一優婆塞一」。

三　法華経・八・観世音菩薩普門品。観音経。

四　→地名「香椎ノ明神」。

五　毎年交替で祭礼の事を担当する者。その年の祭礼の世話役。年番。

六　祭事はいつまでもぐずぐずしているわけにはいかず。験記「神事有レ限」。利益集はこの前後「香椎大明神ノ神事ハカギリアル国ノ役ナレバ、サヽレニケリ」とする。

七　神饌として供える魚や鳥を用意するために。験記「為レ設二魚鳥宍食一」。

八　多数いた。

九　射当てた鳥を捕らえようとしたことになるが、験記「下レ池取レ矢」は、はずれた矢を拾おうとした意。つまり男は殺生をせずに済んだのであり、このことは後文でも触れられている(→注一二)。これに対して本話の状況把握には微妙な齟齬が生じている。利益集は「池ニ入テ魚ヲ取ルニ、イカヾシタリケム、深キ所ニ沈ミテ、ヤガテ不見」。

一〇　験記「此人含レ咲語云」。

一一　長年。

一二　殺生の罪を犯させないで。験記「為レ勤二神事一故、殆欲レ行二殺生一、而善根内催、三宝外助、不レ作二罪業一」。

一三　他の世界。ここでは浄土をさす。

母更ニ歎キ給フ事無カレ。但シ、我ガ骸《しにかばね》ノ有ル所ヲバ可知給《しりたまふべ》シ。其ノ骸ノ上ニ蓮《れん》花《ぐゑ》可生《おふべ》シ。其ノ蓮花ヲ以テ骸ノ有ル所トハ可知《しるべき》也。我レ生《いき》タリシ時、観音ニ仕《つかまつり》テ観音品ヲ朝暮《てうぼ》ニ誦《よみ》シ故《ゆゑ》ニ、永ク[一四]生死《しやうじ》ヲ離レテ浄土ニ生《うま》ル、事ヲ得タリ」ト云フ、ト見テ夢覚《さめ》ヌ。

[一五]明《あく》ル日、彼ノ池ニ行テ見レバ、骸《しにかばね》有リ。其ノ上ニ蓮花《れんぐゑ》[一六]一村生《ひとむらおひ》タリ。父母《ぶも》此レヲ見テ、[一七]哀ビ悲ム事無限《かぎりな》シ。[一八]但シ、夢ノ教ヘニ不違《たがは》ネバ、「必ズ浄土ニ生《うまれ》ニケリ」ト知《しり》ヌ。此《これ》ヲ聞ク人、来《きたり》テ見テ、奇異也ト貴ビケリ。亦《また》、国ノ内ニ道心有ル聖人等《ら》、此ノ事ヲ聞テ、皆来《きたり》テ、[一九]結縁《けちえん》ノ為《ため》ニ其ノ池ノ辺《ほとり》ニシテ[二〇]不断ニ[二一]法花《ほくゑ》ノ懺法《せんぼふ》ヲ[二二]修《しゆ》シ、弥《み》陀《だ》ノ念仏ヲ唱ヘテ、彼ノ霊《りやう》ニ[二三]廻向《ゑかう》シケリ。

昔ヨリ其ノ池ニ蓮花生《れんぐゑおふ》ル事無カリケリ。其レニ、此ノ骸《しにかばね》ニ生《おひ》タル蓮花ヲ種トシテ、池ノ内ニ蓮花満チ弘《ひろ》ゴリテ、生《おひ》タル事隙《ひま》無カリケリ。「此レ希有《けう》ノ事也」トテ、[二四]国ノ人ノ上《のぼり》テ語《かたり》ケルヲ聞《きき》テム[二五]此《か》ク語リ伝タルトヤ。

醍醐僧蓮秀《だいごのそうれんしう》、仕観音得活語《くわんおんにつかまつりてよみがへるをえたること》第三十六

今昔《いまはむかし》、[二六]醍醐《だいご》ニ[二七]蓮秀《れんしう》ト云フ僧有ケリ。妻子ヲ具セリト云ヘドモ、[二八]年来《としごろ》懃《ねむごろ》ニ観音ニ

一四　生死輪廻する迷いの世界から解脱して。
一五　験記「夢覚已後」。利益集「サテイクホドモ不㆑経」。
一六　一群。験記「有㆓大蓮花㆒、一聚而生」。利益集「大ナル蓮花一村生ヒ出タリ」。
一七　→五五九頁注四一。
一八　ここでは「ただ」の強意。ただもう。まさに。
一九　仏法の縁を結ぶこと。仏縁を結んで後世菩提のゆかりをつくること。
二〇　絶え間なく。
二一　法華経を読誦して罪障を懺悔する法会。法華懺法。
二二　底本「懺法シ修シ」を訂した。
二三　回向。自らが積んだ功徳をふり向けること。ここでは懺法や念仏の功徳を男の霊の菩提のためにふり向けたのである。験記「廻㆓向彼霊㆒、偏施㆓法界㆒、種㆓仏道因㆒」。
二四　以下、験記には見えない。地方での事件を語る話について、上京した地方人を伝承者に設定するのは本書に通例。↓巻一五・28(四二三頁注三七)。
二五　底本、諸本ともかく作るが、「聞テナム」の「ナ」が脱落か。

第三十六話　出典は法華験記・中・70。金沢文庫本観音利益集・23に同話がある。
二六　→地名「醍醐」。
二七　伝未詳。
二八　長年。験記「頃年持㆓法華㆒、毎日無㆓懈倦㆒。兼念㆓持観音㆒、十八日持斎」。

仕ケリ。毎日《ひごと》ニ[一]観音品《くわんおんぼん》百巻ヲゾ読《よみ》奉ケル。亦《また》、常ニ[二]賀茂《かも》ノ御社《みやしろ》ニゾ参《まゐり》ケル。

而《しか》ル間、蓮秀ガ身ニ重キ病《やまひ》ヲ受《うけ》テ、苦ミ悩ム事無限《かぎりな》シ。[三]日来《ひごろ》ヲ経テ、遂《つひ》ニ死《しに》ヌ。

[四]其ノ後、一夜ヲ経テ活《よみがへり》ヌ。妻子ニ語《かたり》テ云《いは》ク、「我レ死《しに》テ、[五]尚ク嶮《けはし》キ峰ヲ超《こえ》テ、遥《はるか》ノ道ヲ行キ丶。人ノ跡絶《たえ》テ鳥ノ音《こゑ》ヲダニ不聞《きか》ズ。只極《きはめ》テ怖《おそろ》シ気《げ》ナル鬼神《きじん》ヲノミ見ル。此ノ深キ山ヲ超畢《こえはて》テ、大《おほき》ナル河有リ。広ク深クシテ怖《おそろ》シ気《げ》ナル事無限《かぎりな》シ。[六]其ノ河ノ此方《こなた》ノ岸ニ一人嫗《ひとりのおうな》有リ。其ノ形鬼ノ如ク也。甚ダ怖《おそ》ロシ。一《ひとつ》ノ大[七]□ニ居《ゐ》タリ。[八]□衣《きぬ》ヲ懸《かけ》タリ。而ル間、此ノ嫗ニ[九]鬼[一〇]□「□河也。我レハ此レ[一一]三途河《さんづのかは》ノ嫗也。汝《なむ》ヂ速《すみやか》ニ衣ヲ脱《ぬぎ》テ、我レニ令得《えしめ》テ、河可渡《わたるべ》シ」ト。

其ノ時ニ、[一二]蓮秀衣《きぬ》ヲ脱《ぬぎ》テ嫗《おうな》ニ与ヘムト為《す》ル間、四人ノ[一三]天童俄《にはか》ニ来《きたり》テ、蓮秀ガ嫗ニ与ヘムト為《す》ル衣ヲ奪取《ばひとり》テ、嫗ニ云《いは》ク、「蓮秀ハ此レ[一四]法花《ほくゑ》ノ持者《ぢしや》、観音ノ加護シ給フ人也。[一五]汝《なむ》ヂ嫗鬼《おうなのおに》、何ゾ蓮秀ガ衣ヲ可得《うべ》キゾ」ト。其ノ時ニ、嫗鬼掌《たなごころ》ヲ合セテ蓮秀ヲ敬《うやまひ》テ、衣ヲ不得《え》ズ。

而《しか》ル間、天童蓮秀ニ語《かたり》テ云ク、「汝《なむ》ヂ此《ここ》ヲバ知レリヤ。冥途《めいど》也。悪業《あくごふ》ノ人ノ来《きた》ル所也。汝ヂ速《すみやか》ニ[一六]本国《もとのくに》ニ返《かへり》テ、[一七]吉法花経《よくほくゑきやう》ヲ読誦《どくじゆ》シ、弥《いよい》ヨ観音ヲ念ジ奉テ、[一八]生死《しやうじ》ヲ離レテ、浄土ニ生レム事ヲ願ヘ」ト教ヘテ、蓮秀ヲ具シテ将返《ゐてかへ》ル間、途中ニ亦《また》二人ノ天

一 →五六二頁注三。
二 →地名「賀茂ノ御社」。この一文は験記、利益集には見えない。後に賀茂明神の使いの天童が登場するため付加したもの。→注一九。
三 数日たって。
四 以下の部分、験記は「即入二死門一、遥向二冥途一。隔二人間境一、超二深幽山険難高峰一」云々と冥途での出来事を時間の順序を逐って叙述しているが、本話はこれを蘇生後の回想談に改変している。
五 底本「尚」は「高」の誤記か。→前注。
六 験記「其河北岸有二一嫗鬼一。其形醜陋」。
七 底本の祖本の破損に因る欠字。験記「住二大樹下一」。
八 底本の祖本の破損に因る欠字。験記「其樹枝懸二百千種衣一」。
九 底本かく作るが「ノ」の誤記か。
一〇 底本の祖本の破損に因る欠字。験記「此鬼見レ僧問レ之言、汝今当レ知。是三途河、我是三途河嫗也」。
一一 三途河は死者が冥界に赴く途中で渡るとされる川。別名、三瀬川(みつせがわ)。川辺には奪衣婆(だつえば)がいて、死者の着物を奪って枝にかける。中国で作られた偽経、地蔵菩薩発心因縁十王経の所説による。
一二 衣を与えようとしたことは験記には見えない。 一三 童子姿の天人。
一四 ひたすら法華経を読誦して修行する僧。持経者。 一五 汝、老婆の鬼よ。決して蓮秀の着物を奪ってはならぬぞ。
一六 もとの国。即ち人間世界。
一七 →一五四頁注七。
一八 生死輪廻する迷いの世界を離脱して。

童来《きた》リ向《むかひ》テ云ク、「我等ハ此レ[一九]賀茂ノ明神《みやうじん》ノ、蓮秀ガ冥途ニ趣クヲ見給テ、令将返《ゐてかへらし》メムガ為《ため》ニ遣《つかは》ス所也」ト云フト思フ程ニ、活《よみがへ》レル也」ト[二〇]語ル。其ノ後、病忽《たちまち》ニ止《やみ》テ、飲食《おんじき》スル事本《もと》ノ如シ。亦《また》、起居《たちゐ》軽クシテ前《さき》ニ不違《たがは》ズ。其ノ後ハ、弥《いよい》ヨ法花経ヲ読誦シ、観音ニ仕《つかまつり》ケリ。亦、[二一]賀茂ノ御社《みやしろ》ニ参《まゐり》ケリ。[二二]神ニ在《まし》マスト云ヘドモ、賀茂[二三]ハ冥途ノ事ヲモ助《たすけ》給フ也ケリ。此《か》クナム語リ伝ヘタルトヤ。

清水二千度詣男《きよみづにせんどまうでしたるをとこ》、打入双六語《すぐろくにうちいれたること》第三十七

[二四]今昔《いまはむかし》、京ニ、有《ある》所ニ被仕《つかはるる》[二五]青侍《あをさぶらひ》有ケリ。為《する》事ノ無カリケルニヤ、人ノ詣《まうで》ケルヲ見テ、[二六]清水《きよみづ》ヘ[二七]千度詣《まうで》二度ナム参《まゐり》タリケル。

其ノ後、[二八]幾《い》ク程ヲ不経《へ》ズシテ、主《あるじ》ノ許《もと》ニシテ同様《おなじやう》也ケル侍《さぶらひ》ト[二九]双六《すぐろく》ヲ打合《うちあひ》ケリ。二千度詣《まうで》ノ侍多ク負《まけ》テ、[三〇]可渡《わたすべ》キ物ノ無カリケルヲ、□[三一]強《あながち》ニ責《せめ》ケレバ、思ヒ侘《わび》テ云《いは》ク、「我レ露持《つゆもち》タル物無シ。只今貯ヘタル物トテハ、清水ノ[三二]二千度詣タル事ナム有ルヲ、其レヲ渡《わ》タサム」ト云ヘバ、傍《かたはら》ニ[三三]見証《けんしよう》スル者共《ども》、此レヲ聞《きき》テ、「此レハ[三四]打量《うちはか》ル也ケリ。[三五]嗚呼《をこ》ノ事也」ト咲《わらひ》ケルヲ、此ノ勝《かち》タル□[三六]ノ□、「此レ糸吉《いとよ》キ事□[三七]

一九 験記「賀茂明神見レ赴二冥途一、為レ令二将還一所レ遣也」。→人名「賀茂明神」。
二〇 験記「逕二一夜一覚、即得二蘇生一」。回想談の形をとらない験記には「ト語ル」に相当する文言はない。→注四。
二一 この一文は験記には見えない。
二二 験記の末尾は「倍増二信力一、読二誦法花一、持二念観音一、于レ今不レ退。復有二多種奇異夢想一。更不レ記レ之矣」とあって、神については特に言及していない。一方、本話には賀茂明神の冥助に関する文言が多く付加されており、神による死後の救済という撰者にとっては耳新しい情報に、深い関心を寄せていたことを物語る。
二三 底本は一字空白。諸本により「ハ」を補った。

第三十七話 出典未詳。古本説話集・下・57、宇治拾遺物語・86に同文的同話がある。千度詣と同様、目に見えぬ福運を買い取る話は昔話「夢買長者」が著名。曾我物語・二・橘の事や沙石集・七・耳売タル事も同型の話。
二四 古本説話「いまはむかし、この四五年ばかりのほどのことなるべし」。
二五 古本説話「なまさぶらひ」。→五四二頁注三。 二六 →地名「清水寺」。
二七 祈願のため寺社に千度参詣すること。
二八 「ク」は「幾」の捨仮名。まもなく。
二九 →二一九頁注三一。 三〇 賭けに負けた者が勝者に手渡すべき金品。賭け物。
三一 底本の祖本の破損に因る欠字。古本説話「いたくせめければ」。
三二 「清水ニ」とあるべきところ。「清水ノ

二千度詣ヲ渡サバ、速《すみやか》ニ[一]□」、此ノ[二]□、「□」云ヘバ、勝侍《かちさぶらひ》ノ云ク、「否《いな》ヤ、此《か》クテハ不[三]□ニ□潔[四]□御前ニシテ、事ノ由《よし》ヲ申シテ、慥《たしか》ニ己《おの》レ渡ス由《よし》ノ渡文《わたしぶみ》[五]ヲ[六]□テ、金打《かねうち》[七]テ渡セ[八]バ、請取《うけとり》[九]ヌ」ト云ヘバ、負《ま》ケ侍《さぶらひ》、「糸吉キ事也」ト契《ちぎり》テ、其ノ日ヨリ精進《しやうじん》ヲ始《はじめ》テ、三日ト云フ日、勝侍、負侍ヲ、「然《さ》ハ、去来《いざ》参《まゐり》テム」ト云ヘバ、負侍、「嗚呼《をこ》ノ白物《しれもの》[一〇]ニ合《あひ》タリ」ト思テ、共ニ参《まゐり》ヌ。勝侍ノ云フニ随《したがひ》テ、渡由《わたすよし》ノ文《ふみ》ヲ書《かき》テ、観音ノ御前ニシテ、師[一一]ノ僧ヲ呼《よび》テ、金打《かねうち》テ事ノ由《よし》ヲ申サセテ、「某《それがし》ガ二千度参《まゐり》タル事、慥《たしか》ニ某《それがし》ニ双六ニ打入《うちい》レツ[一二]」書テ与《あたへ》タリケレバ、勝侍請取《うけとり》テ臥《ふ》シ礼《をが》ムデ、其後《そののち》、幾程《いくほど》ヲ不経《へ》ズシテ、此ノ打入《うちいれ》タル侍、不思懸《おもひかけ》ヌ事ニ係《かかり》[一三]テ被捕《とらへられ》テ、獄《ひとや》ニ被禁《きんぜられ》ニケリ。打取《うちとり》タル侍ハ、忽《たちまち》ニ便《たより》[一四]有ル妻《め》ヲ儲《まうけ》テ、不思懸《おもひかけ》ヌ人ノ徳[一五]ヲ蒙《かうぶり》テ、富貴ニ成《なり》テ官《つかさ》ニ任《にん》ジテ、楽《たのし》[一六]クテゾ有ケル。

[一七]三宝ハ目ニ不見給《みえたまは》ヌ事ナレドモ、誠ノ心[一八]ヲ至《いた》シテ請取《うけとり》タリケレバ、観音ノ哀レト思《おぼ》シ食《めし》ケルナメリトゾ。

聞ク人、此ノ請取《うけとり》タル侍ヲ讃《ほめ》テ、渡シタル侍ヲバ悪《にく》ミ謗《そしり》ケルトナム語リ伝ヘタルトヤ。

二千度詣ヲ渡サム」との混態か。古本説話「きよみづに二千どまいりたることのみなんある。それをわたさん」。

三三 見証は、(双六や碁に)第三者として立会い、勝負を判定し証人となること。古本説話「かたはらにてきく人けんぞ。古本説話「かたはらにてきく人〳〵は」。

三四 人をだますというものだ。古本説話「うちはかるなり」。

三五 ばかげたことだ。

三六 底本の祖本の破損に因る欠字。以下二箇所の欠字は「侍」と「云ク」か。→次注。

三七 底本の祖本の破損に因る欠字。以下の欠字も同様。このあたり、古本説話には「このうちがたきのさぶらひ、「いとよきこと也。わたさば、えん」といひければ、このまけさぶらひ、「さは、わたす」とほゝゑみていひければ、「いな、かくてはうけとらじ。三日して、このよし申て、をのれにわたすよしのふみかきてわたさばこそ、うけとらめ」といひければ、「よきことなり」とちぎりて」とある。傍線部が本話の欠字部に対応する。

一 欠字は「得ムト云バ」か。→五六五頁注三七。　二 欠字は「負ケ侍、然ハ渡スト」か。→五六五頁注三七。　三 以下二箇所の欠字は「請取ジ」と「日」か。但し、欠字の間の「二」が「三」の誤記とすれば「請取ジ。確」と「精進」か。→五六五頁注三七。

四 欠字は、「斎シテ、観音ノ」か。→五六五頁注三七。　五 譲渡の証文。

六 欠字は「書」か。→五六五頁注三七。

七 鉦鼓。たたきがね。仏前で「金ヲ打テ」祈る場面は巻一二・34(一七五頁注二八)

紀伊国人《きのくにのひと》、邪見不信《じやけんふしんにして》蒙現罰語《げんばつをかうぶれること》第三十八

今昔《いまはむかし》、紀伊《き》ノ国ノ伊都《いと》ノ郡《こほり》、[一九]桑原《くははら》ノ里ニ[二〇]狭屋寺《さやでら》ト云フ寺有リ。其ノ寺ニ住ム尼共《ども》等有ケリ。

[二一]聖武《しやうむ》天皇ノ御代《みよ》ニ、彼ノ尼共《ども》願ヲ発《おこ》シテ、彼《かの》寺ニシテ法事ヲ行フ。奈良ノ右京薬《やく》[二二]師寺《しじ》ノ僧、[二三]題恵禅師《だいゑぜんじ》ト云フ人ヲ請《しやう》ジテ、[二四]十一面観音ノ悔過《くゑくわ》ヲ行フ。

其ノ時ニ、彼ノ里ニ一《ひとり》ノ悪人有ケリ。姓《しやう》ハ[二五]文《ふみ》ノ忌寸《いみき》、字《あざな》ハ上田ノ三郎ト云フ。邪《じや》見《けん》ニシテ[二六]三宝ヲ不信《しんぜ》ズ。其ノ人ノ妻《め》有リ。姓ハ[二七]上毛野《かみつけの》ノ公《きみ》、字ハ大橋ノ女ト云フ。[二八]其ノ女形《かた》チ有様美麗《びれいに》シテ、心ニ因果ヲ知《しり》テ、夫ノ外《ほか》ニ行《ゆき》タル間ニ、一日一夜、[二九]戒ヲ受ケ、彼《か》ノ悔過《くゑくわ》ヲ行フ所ニ詣《まう》デ、聴聞《ちやうもん》ノ人ノ中《なかに》居[三〇]ヰヌ。而《しか》ル間、夫外ヨリ返《かへり》テ家ヲ見ルニ、妻無シ。家ノ人ニ、「妻何《いど》コヘ行《ゆき》タルゾ」ト問フニ、家ノ人、「悔過ヲ行フ所ニ参ヌ」ト答フ。夫此[三一]コレヲ聞テ、大キニ嗔《いかり》テ、即チ[三二]□彼《か》ノ導師《だうし》此レヲ見テ、慈《うつくしび》ノ心ヲ発《おこ》シテ教ヘテ導ス[三三]。而《しか》ルニ、夫此レヲ[三四]□「[三五]汝ハ此レ我ガ妻ヲ[三六]婚《とつが》ムト為《す》ル盗人法師《ぬすびとのほふし》也。速《すみやか》ニ我レ汝ガ頭《かしら》ヲ可打破《うちわるべ》シ」ト[三七]詈《のり》テ、妻ヲ呼《よび》テ家ニ将返《ゐてかへり》ヌ。即チ夫其ノ妻[三八]□テ、「汝《なむ》ヂ必ズ此ノ法師ニ被盗《ぬすまれ》ヌラム」ト嗔《いかり》テ、妻ヲ

にも見える。この一句、古本説話には見えない。 八「渡サバ」とあるべきところ。
九 諸本ともかく作るが、「請取ム」の誤記か。 一〇 ばか者。愚か者。
一一 寺院に参詣した際、指導を仰ぎ、食事や宿泊等の世話を頼む僧。→五四二頁注一三。 一二 底本「ツ」の下に「ト歟」と傍書。双六の賭け物として引き渡した。
一三 連座して。 一四 裕福な妻。 一五 おかげ。恩顧。 一六 →四七五頁注二九。
一七 仏・法・僧。ここではとくに仏菩薩をさす。
一八 心をこめて。誠心誠意信心して。

第三十八話 出典は日本霊異記・中・11。倭名類聚抄・三・茎垂類にも同話(出典は霊異記)がある。
一九 現、和歌山県伊都郡かつらぎ町笠田付近。 二〇 →地名「狭屋寺」。
二一 →人名「聖武天皇」。
二二 →地名「薬師寺」。
二三 伝未詳。霊異記は「字曰㆓依網禅師㆒。俗姓依網連。故以為ㇾ字」と注記。
二四 十一面観音を本尊として、身・口・意の罪過を懺悔し、利益を祈る修法。
二五 伝未詳。「文」は氏、「忌寸」が姓である。 二六 →注一七。 二七 伝未詳。「上毛野」は氏、「公」が姓である。
二八 以下「行タル間ニ」まで、霊異記には見えない。 二九 霊異記「受㆓八斎戒㆒、参㆓行悔過㆒、居㆓於衆中㆒」。
三〇 「ヰ」は「居」の全訓捨仮名。
三一 「コレ」は「此」の全訓捨仮名。
三二 底本に空白はないが、霊異記「即往喚

寝所ニ引入《ひきいれ》テ、二人臥《ふし》ヌ。即チ婚《とつ》グニ、夫ノ[一]閉《まら》ニ忽《たちまち》ニ蟻付《ありつき》テ嚙《か》ム様《やう》ニ思《おぼえ》テ、此《これ》ヲ痛ミ病《やみ》テ、程無ク死《しに》ヌ。

此《これ》ヲ見聞《みきく》人、「打ツ事無シト云ヘドモ、悪心ヲ発《おこ》シテ、監《みだり》ニ法師ヲ詈《の》リ令恥《はぢしめ》タル故《ゆゑ》ニ、[二]現報ヲ得ル也」ト云テ、慓《にく》ミ謗《そし》ル事無限《かぎりな》シ。

然レバ、僧ヲ[三]謗《はう》スル事無カレ。亦《また》、此レ観音ノ悔過《くゑくわ》ヲ行フヲ来《きたり》テ聞ク人ヲ妨《さまたぐ》ル過《とが》也トナム語リ伝ヘタルトヤ。

招提寺千手観音《せうだいじのせんじゆくわんおん》、値盗人辞不取語《ぬすびとにあひていなびてとられざりしこと》 第三十九

今昔《いまはむかし》、奈良ニ[四]招提寺《せうだいじ》ト云フ寺有リ。其ノ寺ニ[五]千手観音ヲ安置《あんぢ》セリ。此《これ》ハ[六]化人《くゑにん》ノ造リ奉レル観音也ケリ。

而《しか》ル間、[七]中比《なかごろ》、其ノ国ニ盗人《ぬすびと》有テ、「此ノ観音ハ銅《あかがね》ヲ以テ鋳《い》奉《たてまつり》タレバ、此レヲ盗ミ取《とり》テ、[八]吹下《ふきおろ》シテ売《うり》ツヽ、世ヲ渡《わたらむ》」ト思ヒ得テ、盗人夜《よ》ル窃《ひそか》ニ隙《ひま》ヲ伺《うかがひ》テ、[九]構《かまへ》テ其ノ堂ニ入《いり》テ、此ノ千手観音ヲ盗ミ取テ、負《おひ》テ堂ヲ出《いで》ヌ。然テ、遥《はるか》ニ其ノ寺ヲ去《さり》テ行《ゆき》ニケリ。然ル程ニ、[一〇]暁《あかつき》ニモ成《なり》ヌルニ、此ノ盗人ノ[一一]□（以下欠）

レ妻」に相当する文言があったと推定する。
二三 底本かく作るが、「ヌ」の誤記か。霊異記「導師見レ之、宣レ義教化」。
二四 底本の祖本の破損に因る欠字。霊異記「不ニ信受ー曰」。
二五 以下の夫の発言は、霊異記には「為ニ無用語ー。汝婚ニ吾妻ー。頭可レ所ニ罰破ー。斯下法師矣」とある。
二六 性的に関係する。犯す。 二七 罵倒して。霊異記「悪口多言、具不レ得レ述」。
二八 底本の祖本の破損に因る欠字。霊異記「喚レ妻帰レ家」。

一 男根。
二 →四八二頁注八。
三 そしってはならない。

第三十九話 出典未詳。なお、七大寺巡礼私記・招提寺条、菅家本諸寺縁起集・招提寺条には、講堂の弥勒三尊の脇侍大妙相菩薩像が盗人に鋳つぶされようとした時「痛哉、々々」と叫んだので、盗人が捨てて逃げたという話があり、護国寺本諸寺縁起集所収の唐招提寺建立縁起には「西小堂丈六鋳仏」について同様の話を記す。この話の仏像については異伝があったらしく、本話はその一つであった可能性が大。
四 現在の唐招提寺。→地名「招提寺」。
五 唐招提寺の千手観音像としては、金堂の本尊盧舎那仏坐像の右方の脇侍として

一二〔十一面観音《じふいちめんくわんおん》、変老翁立山崎橋柱語《らうおうにへんじてやまざきのはしばしらにたちたること》 第四十〕

（本文欠）

現存する像が有名だが、木心乾漆造り、像高約五・四メートルの巨像であって、本話の像ではありえない。
六 仏菩薩の化身である人。権化。
七 それほど遠くない昔。
八 熔解させて。鋳つぶして。
九 苦心して。
一〇 夜明け前。朝のまだ暗いうち。
一一 以下、底本の祖本の破損に因る欠脱であろう。

第四十話　本文欠脱。但し、題目から見ると、十巻本伊呂波字類抄・桜井寺（摂津国島上郡濃美郷）の項に所引の造像縁起譚と同一話題かと推定される（古典全集説）。これは同国同郡の「東条安満村人越智正永」の夢に現れた「大山埼半路橋上第二之木」の化した「老翁」が、自分を仏像に造れと告げ、それを実行して長治二年（一一〇五）十一月八日に供養した話である。造ったのは薬師如来像であるが、その御衣木（用材）は長谷寺の観音（十一面観音）に似ていたという。即ち、老翁（橋の古木）は十一面観音の化身であったことになり、本話の題目と一致する。

一二 題目は巻頭の目録により補った。

解説

『今昔物語集』本朝仏法部の基盤
――その始発部分を中心に――

池上洵一

一　説話集であることの意味

『今昔物語集』の成立事情、撰者についての詳細は、残念ながら不明といわざるを得ないが、成立したのは平安時代の末、西暦一一三〇年代か四〇年代頃と思われる。天竺部(巻一―五)・震旦部(巻六―十)・本朝部(巻十一―三十一)の三部から成り、全三十一巻(うち巻八・十八・二十一は欠巻)、合計一〇四〇話(題目だけの話まで含めると一〇五九話)から成る巨大な説話集である。

『今昔』の作品世界は東アジア文化圏の中核だった震旦(中国)を越えて、遥か天竺(インド)にまで広がっている。それは当時の日本人がこの世に想起し得た最も大きな世界の範囲であった。その雄大な世界像をもたらしたのはいうまでもなく仏教である。日本人にとって未だ見ぬ国天竺は、仏教を介して初めて存在が意識され、仏生国として世界の中心に位置づけられた。いわば仏教こそがこの大きな作品世界を生み出す原動力だったのである。

しかしまた、『今昔』の作品世界は仏教の枠内だけに止まってはいない。天竺部・震旦部においても同様だが、本朝部に即していえば、仏教説話を集めるのは巻十一から巻二十までの巻々であって、欠巻の巻二十一を挟んで巻二十二以後、末尾の巻三十一に至る巻々には仏教とは関係のない世俗説話が集められている。つまり『今昔』の視界は、地理的な意味での世界を網羅しただけでなく、仏法の支配圏外にある諸事象——仏法王法相依思想によっていえば、王法の側に属すべき事象——まで含めて、人間世界のあらゆる事象に向けて全方位的に開かれていたのである。もちろん詳細に検討するならば『今昔』が実際に採録している説話は地理的に満遍なく全世界をカバーしているとはいえないし、説話の語る事象にも偏りはある。それは資料的な制約だけでなく『今昔』撰者の世界認識のあり方にまで関わる問題であったに違いない。けれども、そうした問題があるとしても、『今昔』が獲得している視界の広さは、やはり希有のものとして注目するべきだろう。

本冊所収の巻々については各巻の「解題」において解説したが、『今昔』は隣接する二話が内容的に類似し一対をなす「二話一類様式」(国東文麿『今昔物語集成立考〔増補版〕』昭和53年)を最小の類聚単位とし、その単位がさらに上位の何段階かの分類配列様式によって統御される精密な構成を示している。これも詳細に論じるなら未完成のままに終わったと思われる三巻分の欠巻を始めとして、さまざまな未完成や不統一の部分がないわけではないが、巨視的に見れば、厖大な量の話がそれぞれに居るべき場所を与えられ秩序正しく配列されていて、まことに整然たる類聚説話集なのである。

当然のことながら、そうした整然さは何かに目をつぶり切り捨てることなしには獲得できない。たとえば仏法の世界では、『今昔』は宗論や分派、対立や抗争を語らない。説話の一部としては語っていても作品の構想には持ち込まないのである。『今昔』が各部の冒頭部分に構成している説話による各国仏法史の構造は、そのため極めて単線的で明解である。世俗説話においても政争や政変は語らず、構想に持ち込まない。『今昔』が説話の把握や配列において示している世俗的秩序は、皇室と藤原摂関家を頂点とした比較的単純構造のそれである。

それにもかかわらず『今昔』が語る世界が奥深く複雑であるのは、『今昔』が説話集であることと密接に関係している。現在「出典未詳」の話も含めて『今昔』が採録した説話は文献に依拠したものが大半を占めると思われるが、そうであればなおさら、説話は撰者の創作的産物ではありえず、撰者と出会う以前から説話として自立した存在であった。つまり撰者にとって説話は「他者」に他ならなかったのである。

『今昔』に限らずおよそ説話集の編纂とは、そういう他者としての説話を撰者が自らの側につなぎ止め手なずけようとする試みであった。しかも、もしそれが完璧に成功して説話が他者でなくなったとすれば、その時には作品は説話集とは呼べない何ものかになる。言い換えれば、撰者と説話とが互いに他者として対面し、両者の間に一種の緊張関係がある作品、それがわれわれが説話集と呼んでいるものなのである。『今昔』も例外ではあり得ない。つまり『今昔』という作品を通してわれわれが見ているものは、それぞれに独自の生成と伝承の過去を背負いながら生きてきた説話と、それらを自己の側に捕捉しようとする撰者の働きかけと、それらが重なり合った一種の複合体なのである。

説話集における説話の分類配列も撰者が試みた説話捕捉の一つの方法である。当然それは撰者の現実捕捉あるいは現実認識のありようと密接に関連している。『今昔』の一千を越える説話の整然たる配置は、撰者が世界を割り切って捉えようとしていたからできたことであり、彼(撰者の単複は不明だが、いま仮にかく称する)の思い描いた世界像にはかなりフィクショナルな部分があったことを示している。先述の仏法史や世俗的権力構造の単線的な捉え方もその一端ということができよう。

だが、それはどこまで『今昔』に固有の問題であったのか、もし特殊でないとすれば何を意味しているのかについては慎重に問うてみる必要がある。説話が撰者にとって他者であり、それぞれが独自に生きている一面がある以上、説話集の文学的意義は撰者の個性や作品としての方法の特殊性にのみ求めてこと足れりとするわけにはいかないからである。ここでは本冊に収録した本朝仏法部の、特に始発の部分に対象を絞って、この問題を考えてみたい。

二　仏法伝来と太子伝

『今昔』の世界は天竺・震旦・本朝の三部、即ちインド・中国・日本の三国から成り立っている。この三国で世界を捉える「三国意識」(前田雅之「今昔物語集本朝仏法伝来史の歴史叙述――三国意識と自国意識――」、『国文学研究』第82集・昭和59年)は勿論仏教に由来するが、これを書名に反映させた作品として最も早いのは、興福寺の碩学覚憲の『三国伝灯記』(承安三年(一一七三)成立)である(成田貞寛「覚憲撰「三国伝灯記」の研究」、『仏教大学大学院紀要』第2号・昭和46年)が、言葉としての用例は遥かに早く、最澄の『内証仏法相承血脈譜』の冒頭に「謹纂㆓三国之相承㆒以示㆓一家之後葉㆒」と見えるのが初期の例であるという(高木豊『鎌倉仏教史研究』昭和57年)。『伝灯記』と『相承血脈譜』がそれぞれ仏教の伝播、師資相承に関わる書であることが示す通り、もともと三国とは単なる地理的空間ではなく、仏教の伝わった空間、仏教が伝来した道筋として特別の意味を持つ空間であった。三国構成をとる『今昔』が天竺部では釈尊伝、震旦部と本朝部では仏教の伝来から説き始めているのは偶然ではない。

天竺を起点としてこちら側に中国を、さらにこちら側に日本を位置させて世界を捉える三国意識は、それまで日本人が抱いてきた世界についてのイメージを飛躍的に拡大させた。と同時に、それは古代朝鮮半島の国々を捨象するなど、面的に横に広がる意識を欠いたまま日本と中国、中国と天竺とを線的に繋いで理解しようとする、かなり自己中心的な、ある意味では痩せた世界認識であったところに特色がある。

本朝仏法部の始発巻十一の第1話が聖徳太子の伝記であるのも、実はこの意識と深く関わっている。説話によって日本の仏法史を回顧する時、聖徳太子伝を冒頭に配置するのは『三宝絵』も同様であり、後述するように当時としては珍しくない認識であり方法であった。聖徳太子に関するさまざまな伝説は太子信仰の高揚とともに生成、発展し、『上宮聖徳法王帝説』(奈良時代初期成立か)、『上宮聖徳太子伝補闕記』(平安初期成立か)等を経て『聖徳太子伝暦』(平安中期成立か)に至ってひとまず完成する。太子伝は中世以後ますます自己増殖の度を深めるが、『今昔』は『伝暦』に取材した『三宝絵』に依拠しているから、『今昔』の太子伝は古代的太子伝説の簡約化された総集編というべき内容を持つ。

この太子伝に特徴的なのは、釈尊伝に似た託胎の夢、出生時の奇瑞、幼少時の聡明等々、太子の生来の聖者としての側面が著しく強調されていることである。この種の奇瑞そのものは高僧の伝記につきもので決して珍しくない。けれども、この話が本朝部の冒頭に置かれると特別な意味が生じてくるのである。

『今昔』本朝部は仏教の伝来から始まるというのが従来の通説であり、筆者(池上)も先にそういう言い方をした。けれども実際には、仏教の伝来はこの話のどこにも語られていないのである。幼時から聡明だった太子は、六歳の時に百済から渡来した経論の尊ぶべきを知っており、八歳の時には新羅から渡来した仏像が釈尊の像であることを知っていたという。学んで知ったのではない。教えられることなく知っていた太子は本来的な聖者なのである。百済の僧日羅や阿佐皇子が太子を救世観音の化身として礼拝し、道欣が前世の弟子と称して太子に仕えたというのも同様である。太子の師であったはずの高句麗の恵慈もこの話では太子に仕えたかのごとく語られている。つまりこの話の太子にはそれらの国々から崇拝を受けた聖者としてのイメージが強いのであって、彼我の位置が逆転している。したがって『今昔』がこの話の末尾で「此ノ朝ニ仏法ノ伝ハル事ハ、太子ノ御世ヨリ弘メ給ヘル也」という時、それはあくまでも仏法の「弘布」を指しているのであって、「伝来」を語っているのではない。

わが国への仏教伝来は『日本書紀』欽明天皇十三年(五五二)十月の「百済聖明王、遣㆓西部姫氏達率怒唎斯致契等㆒、献㆓釈迦仏金銅像一軀・幡蓋若干・経論若干巻㆒」云々の記事が有名だが、わが国では以後この事実については説話的な展開が見られなかった。多少なりとも史的回顧の姿勢を持つ説話書の多くは、欽明初伝には触れないか、触れたとしても簡略に済ませ、聖徳太子の話を冒頭に据えて、日本仏教の始発時における自力開発的な側面を大きくクローズアップさせたのである。たとえば『三宝絵』は、中巻(法宝)の序で欽明初伝に触れてはいるもののただ一言であり、本文は太子のこの話で始まっている。

太子伝のこうした特徴は、太子信仰の高揚期に日本が直面していた歴史的な諸状況、即ち百済の滅亡、統一新羅との対立、代わって盛んになった唐との直接的交流、律令制国家体制の完成に伴う民族的エネルギーの高揚等々の現実が、相乗的に作用しつつ生み出したものであったろう(田村圓澄『古代朝鮮と日本仏教』昭和60年)。『今昔』はこの太子伝を冒頭に置き、続いて行基と役優婆塞の話を配して、この三人をいわば三聖として提示している。これも『三宝絵』などに先例があるが、要するに太子を朝廷(国家仏教)における、行基を民間(国家により承認された民間仏教)における、役優婆塞を山岳仏教における、それぞれの始祖として捉えていたこと、つまり日本仏教をこの三本柱で捉えていたことを意味する。行基や役優婆塞もまた本来的な聖者として語られている。即ち行基は文殊の化身であり、一度食した魚を吐き出して蘇生させる等の霊性を示した(第2話)といい、役優婆塞は自力修行により験力、仙力を備えるに至り、土俗的神々の上に君臨して蔵王菩薩を祈り出した(第3話)という。いずれも特別の霊性なくしては不可能な奇跡であった。

つまりこの三聖によって構成された日本仏教の始発は、移入受容よりも自力開発的側面に力点を置いた、自国主義的な要素がかなり強いものであったと言わざるを得ない。

三　入唐説話の構造

このように、自国主義は三国意識と表裏一体の関係にあったが、それは朝鮮半島諸国との疎遠、対立というよりも、対中国意識の巨大化のもたらすところが大きかったと思われる。遣隋使、遣唐使の派遣など中国との直接交渉の進展は仏教においても例外ではなく、幾多の留学僧が中国に渡って最新の仏教を受容すべく苦闘した。『今昔』においても三聖の話の後には、道照を始めとする入唐僧たちの話や唐を経由して来日した婆羅門僧正、唐から来た鑑真の話が続いている。そしてこれらの話には皆、独特の屈折した自国意識が認められるのである(前掲、前田論文)。

彼らの多くは中国では師僧に好意的に迎えられ、やがて秘法を伝授されたが、同時に中国側の大国意識から来るさまざまな迫害や蔑視を受け、苦心の末にそれらを克服して帰国したと語られている。たとえば、玄奘から優遇を受けた道照は、弟子たちに妬まれるが口から光を放つ奇跡を示して屈伏させ(第4話)、同じく恵果に秘法を授けられた空海は、夢に第三地の菩薩であることを示して中国僧たちの嫉妬を免れ(第9話)、在唐中に破仏に遭った円仁は、人の生き血を絞る纐纈城に迷い込むが、ついに難を逃れて帰国する(第11話)。これらの話に共通する傾向を極限まで拡大した話が、『今昔』には採られていないが『江談抄』に見え、『吉備大臣入唐絵詞』としても知られている遣唐使吉備真備の説話である。中国側にその高才を妬まれた真備は鬼の住む高楼に幽閉され生命の危機に直面するが、その鬼が実は以前中国で殺された日本の遣唐使の霊で、その援助によって窮地を脱するのである。死に瀕するほどの迫害、それは日本人が知識人であればあるほど絶望的なまでに感じざるを得なかった劣等感の、形を変えた表明であったろう(森正人「対中華意識の説話――寂照と大江定基の場合――」、『伝承文学研究』第25号・昭和56年)。彼らは苦境からの脱出に自力をふり絞っただけでなく、日本の神仏の助力を一心に祈った。そして神仏は確かに加護し給うたのである(巻十一第11話、巻十九第2話など)。いわば人と神仏とが一体となって自国の名誉を守り、国難を凌いだのである。「本国ノ三宝助ケ給へ。……本国ノ為ニ極テ恥也」(巻十九第2話)と加護を祈る言葉には、彼らの抱いていた自国意識が明確に表明されている。

婆羅門僧正や鑑真など外国僧の渡来を語る話は上述の問題と一見無縁に見えるかもしれないが、婆羅門僧正は文殊の化身である行基に会うために来日し、行基はそれを予知したのであって(巻十一第7話)、結局は本来的聖者行基の権威を高める話なのである。鑑真の話(巻十一第8話)には内容的に特別な傾向は見られないが、このように優れた高僧が来日したこと自体に自国意識を満たすものがあったと考えられよう。

なかには円仁の纐纈城の話(巻十一第11話)のように怪奇な話もあるが、これは「脂しぼり」または「油取り」として知られる昔話(遠方の見知らぬ家に泊まった人が、その家が人の脂を絞り取る家であると知って脱走する)の話型を利用したとおぼしい。円仁の入唐中の経験は『入唐求法巡礼行記』に詳しいが、それらしい記事はあるはずもない。

事実への回想ではなく、未知の国での彷徨と迫害の恐怖を思いやる想像力が、円仁とこの話型とを結合させたのである。ここに見られるのは円仁自身は関知しない説話の生成・伝承者たちの認識のあり方であるが、一種の隠れ里説話であるこの話型の利用は、纐纈城が中国の隠れ里であっただけでなく、中国そのものを未知と不安に満ちた隠れ里的世界として認識していたことを示すものであって、説話の生成・伝承者たちと中国との間に横たわっていた心理的な距離の大きさを物語っている。

このような話が多く生成・伝承されてきたのは、否応なく中国文化の圏内に位置した日本が、中国に対して親しみと同時に感じざるを得なかった距離感とある種の疎遠感、それらが微妙に相関しつつ生み出してきた劣等感と、その裏返しとしての対抗意識に関わるところが大きかっただろう。隣国新羅も状況において共通するところが大きかったはずであり、事実わが国の太子伝に相当する法興王とその臣下異次頓の殉教の話(『三国遺事』巻三)などさまざまな共通点を指摘できるが、一方で微妙な相異があったと思われる問題に世界感覚のあり方がある。たとえば、統一新羅は時代的にわが国の天武朝から平安中期に相当するが、この時代、同国には円測・義湘・元暁・遁倫・道証・神昉・太賢などの傑僧が続出している。元暁はわが国の『華厳縁起』にも語られている通り、唐にはついに一度も渡らなかった。けれども、その元暁まで含めて彼らは皆『宋高僧伝』中の人なのである。わが国では道照も空海も最澄もついに中国の高僧伝に記載されることはなかった。両国の状況には相当の違いがあったと言わざるを得ない(鎌田茂雄『朝鮮仏教史』昭和62年)。

その理由をここで短絡的に想像することは避けておきたいが、先に触れた円仁の『巡礼行記』にも記されている唐における租界地新羅坊を拠点とした新羅人たちの活躍ぶりや、日本の留学僧たちも多く乗船するなど活発だった同国人の海運活動、南海から天竺に至り中央アジア経由で長安に帰って『往五天竺伝』を著した慧超も新羅僧であったこと等々を思い合わせるだけでも、『海東高僧伝』や『三国遺事』など同国(正確には高麗)の僧伝の類に被迫害型の入唐説話や本来的聖者による仏教弘布譚の要素が希薄で、三国意識も見られないのは偶然とは思えないのである。

これらは決して『今昔』に固有の問題ではない。むしろ『今昔』が踏まえていた説話的世界の基盤に関わる問題であろう。『今昔』巻十五の多くの話の出典となった『日本往生極楽記』の行基伝の後に見える注記によれば、同書は一度完成した後に夢想によって太子と行基の伝記を冒頭に加えたという。太子と行基を重視する姿勢が一般化し、圧力とさえなっていたことを物語っていよう。同じく『今昔』に多くの話を提供した『法華験記』は太子と行基を冒頭に配置している。各々往生譚と法華経霊験譚のみを集める両書にとって、役優婆塞の話だけは話の内容から見て収容が不可能だったのだろうが、三国意識を単純に国際性と理解して安心してはならないのと同様に、太子伝による仏法史記述の始発も、歴史的実在としての太子が果たした役割の大きさをいうだけでは片づかない問題を孕んでいるのである。

四　構想に見る二重的性格と南都的特徴

本朝仏法部の始発、巻十一においては明らかに説話による日本仏法史が構想されている。先述の三聖(第1—3話)に続いては奈良仏教(第4—8話)と平安仏教(第9—12話)の成立が語られる。仏法史の記述そのものが目的だったのか、説話の配列の方法であったのかを二者択一的に問うべきではない。先述のように説話は撰者にとって他者である。仏法史でもあり説話の集成でもある二重的性格は、まだ撰者に飼い慣らされてはいない説話を用いた史的構成には必然であっただろう。

ここに配置された話の一つ一つは各自ばらばらな主題に生きている。大まかに見ればこの部分は入唐僧(道照・道慈・玄昉・空海・最澄・円仁・円珍)による仏法の移入と来日僧(婆羅門僧正・鑑真)による仏法の渡来と、海を越えた人々の往来を通して奈良・平安朝における仏法受容史を形成しようとしているように見えるが、各話の主題や内容は必ずしもその構想を積極的に支えるものばかりではない。たとえば、第5話は入唐僧の道慈が日本で修行した神叡に論義で敗れた話であり、第6話は仏法受容史とは直接関係のない藤原広嗣の怨霊譚である。しかも入唐僧の玄昉が広嗣の悪霊に殺された話であり、怨霊譚としての主題もそのまま維持している。つまりこれらの話は構想上の位置づけとは関係なく読むことが可能なのである。

三聖に続く奈良・平安朝仏法史、ことに入唐・来日僧の説話による仏法伝来史の組織化は『今昔』以前に例のない試みであったから、構想と資料との間に落差、断絶が生じるのは避けられない宿命であっただろう(小峯和明『今昔物語集の形成と構造』昭和60年)。道慈や玄昉の話はまさにその宿命の最中にあったといえようか。但し、これらをここに配置した理由は必ずしも消極的なそればかりではなかったらしい。入唐僧たちの説話の基本的な構造に注目してみると、聖徳太子が本来的な聖者であったのと同じように、入唐僧たちは中国で仏教を学んだだけでなく、両手両足と口で一度に文字を書いた空海(第9話)や鳴らぬ石を鳴らした円珍(第12話)のように、彼ら自身の能力によって彼の地で尊敬を得たと語られている。称えられるべきは入唐して得た能力である以上に彼らの本来的な能力だったのである。このような自国主義的発想で以てすれば、入唐した道慈が日本に残留した神叡に敗れたとしても不思議ではない。もちろん入唐留学は優れた人材にのみ可能なことであり、玄昉の場合はたとえ悪霊に殺されたとしても一度は広嗣を調伏したのであるから、やはり只者ではない能力の持ち主として評価されているのである。

このように各話の主題は主題として生かしたまま、『今昔』は自己の構想を実現しようと試みるのであるが、三論の道慈を論破した神叡は法相を学んだ僧であり、道照と玄昉も法相の僧であるから、結局『今昔』の構想した奈良朝仏法史においては法相が重きを占めていたことがわかる。法相教学の拠点は言うまでもなく南都興福寺である。『今昔』の成立事情は未詳だが、現存諸伝本の祖本と見られる鈴鹿本(鎌倉中期以前書写か)は興福寺で書写されたらしく、また不思議なことに『今昔』は成立して後、約三百年間他書に引用されたり記録されたりすることがなかったが、『今昔』の書名を初めて記録した文献『経覚私要鈔』(第二、文安六年(一四四九)七月四日条)は、興福寺大乗院の第十八世門主経覚の日記である。法相重視の姿勢はあるいは『今昔』の成立事情に関わっているのかもしれない。

さて、巻十一に目を戻すと、入唐僧たちの話の後には寺院縁起が配置され、彼らの努力によって成立した日本仏教が、寺院の建立となって実を結んでいった様子が見て取れる仕組みになっている。ここでも個々の話はそうした構想とは必ずしも関わりのない主題に生きているのであるが、配列を見ると、まず最初に置かれるのが南都七大寺、国分総尼寺である法華寺、聖徳太子建立の四天王寺(第13―21話)であり、次いで飛鳥時代に大和に建立された本元興寺・現光寺・久米寺の縁起(第22―24話)と平安時代建立の高野山・比叡山・楞厳院・三井寺の縁起(第25―28話)が置かれ、その後に志賀寺以下の諸寺縁起(第29―38話)が配置されていて、ここでも南都寺院の重視が目立っている。高野山以下三井寺までの真言・天台関係寺院は、入唐僧説話に登場した四人の真言・天台僧、即ち空海・最澄・円仁・円珍の四人にぴたりと対応し、それ以上でも以下でもない。

この傾向は寺院縁起に続くかたちで巻十二の最初に配置されている法会縁起においても変わらない。「三会」と呼んで特に尊重された維摩・御斎・最勝会(第3－5話)を先頭に置き、次いで涅槃・華厳・万灯・舎利・放生会(第6－10話)を置くのであるが、真言・天台寺院のそれは叡山舎利会の一つがあるに過ぎない。『今昔』はこれらの話の多くを『三宝絵』に取材している。同書には叡山懺法・坂本勧学会・不断念仏・霜月会など叡山の法会が数多く記されているのに、『今昔』はそれらを採り上げなかった。

さらに、各話群内部の説話配列に注目してみると、第6話以下の話群では二月十五日の涅槃会から八月十五日の放生会まで、各法会が毎年修される期日の順に配列されており、先頭の涅槃会は興福寺の法会である。一方、第3－5話の三会の話群は、期日の順に並べると第4・5・3話の順になるはずであるが、この順序を崩して先頭に配された維摩会がまた興福寺の法会なのである。

このように興福寺あるいは法相重視の姿勢が顕著に見られる反面、法性寺・法興院・法成寺・法勝寺・平等院など、平安朝の貴顕が建立した京周辺の大寺の話はここには全く採り上げられていない。これが撰者の南都中心主義の表れであるのか、私的仏教よりも国家的仏教に意義を認めて格式と伝統を重んじる態度の表れなのか、あるいはその両方であるのか、ただちには決めがたいが、ともかく『今昔』が寺院縁起や法会縁起の構想を通じて示している体制は南都を重視し伝統的な格式を重んじたものと言わざるを得ない。

五　事実譚的発想

『今昔』の構想にはこうした格式あるいは伝統をかたくなに重んじる側面と新しい試みとが混在している。上述の入唐・来日僧説話による奈良・平安朝仏法史や寺院・法会縁起による仏法弘布史の展望などは、おそらく『今昔』が史上最初の試みであった。法会縁起そのものは『三宝絵』にも多く見られ、『今昔』もそれを利用しているのであるが、それらによって歴史的展望を企図したところに『今昔』の独自性があったのである。

本冊に収めた巻々で大きな部分を占めるのは三宝霊験譚であるが、霊験譚を仏・宝・僧の三宝に大別して配置する構想は、天竺・震旦部の多くの話の出典である『三宝感応要略録』(遼の非濁撰)に学んだと思われる(前掲、国東著書)。ところが、『今昔』はその構想を自ら突き破るかたちで、三宝のどれに属するとはいい難い往生譚に一巻を与えている。巻十五がそれである。往生譚の集成自体は『日本往生極楽記』以下の往生伝にすでに見られたところであり、『今昔』も大半の説話を『極楽記』に取材しているのであるが、伝統的な三宝霊験と併存させるかたちでの往生譚の集成は先例を見ない試みであった。

このように構想の上で注目すべき点は多数あるが、『今昔』の文学としての魅力は、皮肉な言い方になるが、自己の構想に無理に引き込んで説話を圧殺させるようなことがなかった点にもあったのである。本朝仏法部の始発部は作品にとって特に重い意味を持ったはずであり、撰者もこの部分の説話の統御には特に入念に意を用いたらしく、なかには構想上の必要から説話に手を加えたり、中断させたりした例(巻十一第3話など)も見られる。しかし、概していえば『今昔』は説話を本来的な主題を生かしつつ利用しており、説話の作品への定着、即ち執筆に当たっては、自身が説話世界の全知者として読者に対するのではなく、説話世界は撰者にとっても未知なる他者であり、撰者はいわば読者の代表としてその未知なる世界を追体験し報告しているのである。そこには読者への教訓のみならず、撰者自身の発見のよろこびや興奮が込められている。この緊迫感こそが『今昔』のなによりの魅力ではないだろうか。

たとえば、巻十三第17話は志摩国の海辺で大蛇の住む岩窟に泊まった持経者雲浄が、法華経を読誦して難を免れ、大蛇をして蛇身から脱せしめたという話である。出典は『法華験記』で、『今昔』撰者はその筋を追いながら自己の文章に写し取っているのであるが、同時に彼は夜半に雲浄が経験したであろう不安と恐怖をわがこととして受け止め、事件が無事に終わった話末では、誦経の功徳に言及するのさえ忘れたかのごとく「此レヲ思フニ、如然キノ不知ラム所ニハ不可宿ズ」と、危険回避の処世訓的評語を発している。

同様に、巻十六第6話は隣の男の裏切りによって断崖絶壁の途中に取り残された男が九死に一生を得る観音の霊験譚であるが、これも話末には「遠ク近キ人皆、此ノ事ヲ聞テ不貴ズト云フ事無シ。但シ、隣ノ男何ニ恥カリケム。其レヲ恨ミ慄ム事無カリケリ」と、まず周囲の人々の反応を、次いで当事者たちの感慨に思いを致しており、観音の霊験が称えられるのはその後である。

これらは撰者の法華経や観音への信仰の薄さがもたらした結果ではない。むしろ篤信者であった彼の事実を見つめる目の真摯さ、客観的でありながら対象へのめり込む姿勢の激しさが、こういう発言をさせているのである。仏法部の説話の場合、それがこのように文面に表れているのは稀であるけれども、底流としては全ての話に流れていたのであり、叡山を棄て身分を隠して四国に遍歴した長増の往生譚(巻十五第15話)や若夫婦が死力を尽くして盗賊の難から脱出した観音霊験譚(巻十六第20話)など傑出した迫力を持つ話は今のところ出典不明で、おそらく迫力ある資料に恵まれもしたのであろうが、対象に迫る姿勢そのものは出典の判明している話で検証できるものと変わらないのである。

これらに共通して認められる霊験・往生を事件として捉え、事件の当事者とその周辺の人々の反応を想像して事件を社会的に捉えようとする事実譚的発想や、窮地に陥った登場人物たちの積極果敢な行動を支持する撰者の思想等は、仏法説話を貫く特徴であるだけでなく、巻二十二以後の世俗説話にも貫流する特徴である(池上洵一『今昔物語集の世界』昭和58年)。この発想が時には資料としての説話が自覚していなかった問題まで表に引き出し、説話を他者として見ることでかえって視野が広がり、『今昔』の構想が示す価値観なり体制観なりを個々の話が形象において乗り越えているような現象を生じさせている。『今昔』にはまさしく齟齬や不整合があり、しかもそれは『今昔』の方法がもたらす必然の結果であったといわざるを得ない(森正人『今昔物語集の生成』昭和61年)。けれども不整合を限界としてのみ捉えてはならない。それを生じさせたものによって『今昔』の説話世界は、自身が踏まえていた説話世界からかえって屹立して見えているともいえるのである。

新 日本古典文学大系 35
今昔物語集 三

1993年 5 月28日 第 1 刷発行
2009年 8 月25日 第 4 刷発行
2017年 7 月11日 オンデマンド版発行

校注者 池上 洵一《いけがみじゅんいち》

発行者 岡本 厚

発行所 株式会社 岩波書店
〒101-8002 東京都千代田区一ツ橋 2-5-5
電話案内 03-5210-4000
http://www.iwanami.co.jp/

印刷／製本・法令印刷

ISBN 978-4-00-730630-3 Printed in Japan

索　引

人名・神仏名索引

1) この索引は『今昔物語集』巻 11—16 に登場する人物および神と仏菩薩について，簡単な解説を付記し，該当する巻・話番号を示したものである．

2) 採録の対象としたのは，原則として本文中に名を記されたものに限り，無名の場合は省略した．特に，神については，神そのものが登場している場合に限り，単に神社名として見える類は採録していない．

3) 項目の表示は，人名については原則として本名により，神仏名については本文中の表示の中で最も一般的なものによった．本文中の表示が諡号・通称あるいは略称等である場合には，必要に応じて参照項目を立てた．

4) 項目の訓みは，現代仮名遣いとし，五十音順に配列した．

5) 巻・話番号は，巻－話のごとく示した．(例えば，「15-3」は巻 15 第 3 話を表している)

6) 当該人名・神仏名が題目にのみあって本文にない場合には，巻・話番号を［ ］で囲んで示した．

7) 本文中の人名・神仏名の表示が項目の表示と異なる場合には，巻・話番号の後の( )内に本文中の表示を示した．

8) 特別の場合を除き資料名は記さなかった．また，下記の資料名は略称を用いた．

字類抄(十巻本伊呂波字類抄)　紀略(日本紀略)　釈書(元亨釈書)　書紀(日本書紀)　続紀(続日本紀)　伝暦(聖徳太子伝暦)　分脈(尊卑分脈)

9) 伝未詳の人物について，参考のため，当該話の出典である霊異記や法華験記の関係記事をごく簡略に引用したものがある．

あ

阿育王《あいくおう》 インド，マウリヤ王朝第 3 世の王．在位ほぼ紀元前 268-232 年．仏教を篤信．供養または滅罪のため 8 万 4 千の塔を建てたと伝える．　11-29

明順《あきのぶ》 高階．寛弘 6 年(1009)没．宮内卿成忠の子．左中弁．但馬・播磨・伊予守．正四位下．〔分脈〕　15-35

顕光《あきみつ》 藤原．治安元年(1021)年没．78 歳．兼通の子．母は昭子女王．左大臣．従一位．号堀河．　12-22

阿佐《あさ》 百済の王子．伝未詳．推古紀によれば，同 5 年(597)に百済の使として来朝．11-1 に崇峻天皇の時に来朝とあるのは，『三宝絵』本文の短絡に因る誤り．　11-1

東人《あずまひと》 御手代(みてしろ)．伝未詳．　11-6(→東人〔大野〕), 16-14

東人《あずまひと》 高橋．伝未詳．霊異記「伊勢国山田郡噉代里人也」．　12-25

東人《あずまひと》 大野．天平 14 年(742)没．果安の子．武人．参議．従三位．広嗣の乱には大将軍として征討に当たった．〔続紀〕〔公卿補任〕なお，11-6 の「御手代東人」は，16-14 の主人公との混同による誤り．正しくは「大野東人」．　11-6

アヅミ《あずみ》 伝未詳．久米寺流記・扶桑略記「安曇仙」．安曇氏の出身であろう．久米とともに仙法を修行したという．　11-24

直《あたい》 16-2．→越智直《おちのあたい》

敦明親王《あつあきらしんのう》 永承 6 年(1051)没．58 歳．三条天皇第 1 皇子．母は藤原娍子(済時女)．東宮となったが，藤原道長の圧力により辞退した．　12-9(小一条院)

敦忠《あつただ》 藤原．天慶 6 年(943)没．38 歳．時平の子．権中納言．従三位．三十六歌仙の 1 人．『敦忠集』がある．〔分脈〕〔公卿補任〕　15-16, 15-31

熱田明神《あつたのみょうじん》 名古屋市熱田区新宮坂町にある熱田神宮の祭神．神体は草薙剣(熱田大神)．　12-6

穴穂部間人皇女《あなほべのはしひとのみこ》 推古天皇 29 年(621)

没．欽明天皇の皇女．異母兄用明天皇の皇后．聖徳太子らの母．11-1 に「真人」の子とあるのは誤り．〔書紀〕　11-1

突部ノ真人ノ娘《あなほべのまひとのむすめ》　11-1.　→穴穂部間人皇女《あなほべのはしひとのみこ》

阿倍(阿陪・安陪・安倍)天皇《あべのてんのう》　「あべ」は元明・孝謙(称徳)両天皇の諱であるが，本冊の用例は全て後者を指している．　12-19, 12-27, 12-31, 14-9, 14-38, 16-23, 16-27.　→孝謙天皇

天野宮《あまののみや》　11-25.　→丹生明神《にうのみようじん》

阿弥陀如来《あみだにょらい》　無量光仏(Amitābha)・無量寿仏(Amitāyus)．阿弥陀仏は両方の原名の音写．略して弥陀仏，弥陀とも．西方極楽世界の教主．因位の時に立てた四十八願により，衆生を救済する仏で，浄土教の本尊である．なお，阿弥陀像には，単独像の他にいわゆる阿弥陀三尊があり，阿弥陀如来の左右に脇侍として観音・勢至菩薩を並べる．　11-23, 11-27, 12-11, 12-18, 12-32, 13-31, 13-32, 15-1, 15-2, 15-7, 15-8, 15-9, 15-10, 15-11, 15-12, 15-17, 15-21, 15-22, 15-23, 15-26, 15-27, 15-28, 15-29, 15-30, 15-31, 15-33, 15-34, 15-35, 15-36, 15-37, 15-38, 15-41, 15-42, 15-44, 15-45, 15-47, 15-48, 15-49, 15-52, 15-53, 15-54

阿弥陀丸《あみだまろ》　15-26.　→教信《きようしん》

阿武大夫《あむのたゆう》　伝未詳．法華験記「阿武大夫入道沙弥修覚」．　15-46

粟田朝臣《あわたのあそん》　未詳．『霊異記』にも「三位粟田朝臣」とあるが，粟田氏でただ 1 人三位に昇進した真人は養老 3 年(719)没．聖武天皇の時代には生存していない．　16-14

安勝《あんしよう》　伝未詳．　14-20

安法《あんぽう》　俗名源趁．生没年未詳．嵯峨源氏．内蔵頭適の子(『分脈』では適の曾孫)．出家して河原院に住む．歌人．『安法法師集』がある．　15-33

安養尼君《あんようのあまぎみ》　12-30.　→願西《がんさい》

い

飯高天皇《いいたかのてんのう》　11-31.　→元正(げんしよう)天皇

池辺宮《いけべのみや》　14-34.　→高丘(たかおか)親王

憩《いこう》　源．生没年未詳．嵯峨源氏．内蔵頭適の子．〔分脈〕　15-33

伊勢人《いせひと》　藤原．天長 4 年(827)没．69 歳．南家．巨勢麻呂の子．治部大輔．従四位下．鞍馬寺の創建者．〔分脈〕〔紀略〕　11-35

板屋《いたや》　忌部連(いんべのむらじ)．伝未詳．　14-27

赤檮《いちい》　迹見(とみ)．生没年未詳．『姓氏録』に見える「登美首(とみのおびと)」の人か．用明紀「迹見首赤檮」，伝暦「跡見赤檮」，三宝絵「遠見赤檮」．先に物部守屋の部下として，守屋に背いた勝海を殺し，後には聖徳太子に従い，守屋を射殺した．　11-1, 11-21

一睿《いちえい》　伝未詳．　13-11

壱演《いちえん》　俗姓大中臣．名正棟．貞観 9 年(867)没．65 歳．右京の人．智治麿の子．真言宗．真如親王の弟子．権僧正．諡号慈済．〔僧綱補任〕〔釈書〕　14-34

一条天皇《いちじようてんのう》　第 66 代の天皇．寛弘 8 年(1011)没．32 歳．在位 986-1011．円融天皇の第 1 皇子．　12-32(前一条院天皇), 15-35(前一条院)

一条摂政殿《いちじようのせつしようどの》　15-42.　→伊尹《これまさ》

一宿聖人《いつしゆくのしようにん》　13-24.　→行空《ぎようくう》

妹子《いもこ》　小野．生没年未詳．推古天皇 15 年(607)遣隋使として渡海．翌年帰国したが，同年再び使として派遣され，翌 17 年(609)に帰国した．〔書紀〕　11-1

伊予親王《いよのしんのう》　大同 2 年(807)年没．桓武天皇の第 3 皇子．中務卿兼大宰帥．一品．藤原仲成の陰謀により母(藤原是公の女，吉子)とともに自殺した．〔紀略〕　11-9

入鹿《いるか》　蘇我．大化元年(645)没．大臣蝦夷の子．権勢を極めたが，中大兄皇子(天智天皇)・藤原鎌足らに殺された．〔書紀〕　11-14

う

氏長者殿《うじのちようじやどの》　12-21.　→頼通《よりみち》

于闐王《うでんおう》　Udayana，優塡王とも．仏在世時のインドの王．釈尊に帰依し，赤栴檀で最初の仏像を造ったと伝える．また，文殊菩薩の眷属とされ，「文殊渡海図」には侍者として描かれる．　13-21

馬養《うまかい》　紀．伝未詳．　12-14

宇合《うまかい》　藤原．天平 9 年(737)没．44 歳．右大臣不比等の子．参議．式部卿．正三位．式家の祖．　11-6

馬子《うまこ》　蘇我．推古天皇 34 年(626)没．大臣稲目の子．政敵物部守屋を滅ぼし，大臣(おおおみ)として仏教を擁護する一方，崇峻天皇を暗殺するなど専横を極めた．〔書紀〕　11-1, 11-21(蘇我大臣), 11-23(同左)

厩戸皇子《うまやとのおうじ》　11-1.　→聖徳太子

雲浄《うんじょう》　伝未詳.　13-17

温蓮《うんれん》　伝未詳.　15-9

え

睿桓《えいかん》　伝未詳. 長徳2年(996)の僧範好等連署起請文(高山寺文書『平安遺文』所収)に名が見える.　15-40

永興《えいごう》　「ようごう」とも. 俗姓葦屋(市往(いちき)とも). 生没年未詳. 華厳宗. 良興の弟子. 宝亀元年(770)東大寺別当.〔僧綱補任〕〔東大寺別当補任〕　12-31

睿実《えいじつ》　生没年未詳. 天台宗. 阿闍梨.『小右記』天元5年(982)6月3日条に神名寺の僧として名が見える.　12-35

栄常《えいじょう》　伝未詳. 霊異記「同(相楽)郡高麗寺僧」.　14-28

永忠《えいちゅう》　俗姓秋篠. 弘仁7年(816)没. 74(70)歳. 京都の人. 宝亀8年(777)入唐, 延暦24年(805)帰国か. 少僧都.〔僧綱補任〕　11-9

慧思《えし》　中国南北朝時代の僧. 577年没. 63歳. 相次ぐ戦乱と迫害に耐えつつ法華三昧を体得し, 般若思想を実践した. 天台宗の大成者智顗の師.『立誓願文』『法華経安楽行義』等の著者. 晩年は衡山(南岳)に籠居した. 南岳大師. 思大和尚. 聖徳太子をその転生とする伝説があるが, 没年が太子の生年(574)以前であることに注意.　11-1(思禅),　11-26(南岳), 12-33(同左)

恵慈(恵茲)《えし》　高句麗の僧. 推古天皇3年(595)来朝, 聖徳太子の仏教の師となる.『推古紀』29年(621)によれば, 帰国後, 太子の薨去を聞いて悲しみ, その翌年(623)の太子の命日に没したという.　11-1(恵茲)

恵正天子《えしょうてんし》　正しくは「会昌天子」. 唐の武宗. 在位840-846. 道教を尊重し, 会昌5年(845)秋には大規模の廃仏を断行. 全国の寺院を破壊し僧尼を還俗させた.　11-11

恵増《えぞう》　伝未詳. 法華験記「醍醐僧也」.　14-12

恵達《えだつ》　俗姓秦. 元慶2年(878)没. 83歳. 美作の人. 法相宗. 薬師寺の僧. 仲継の弟子. 大僧都.〔釈書「慧達」〕没年は元慶元年, 同5年とも.〔僧綱補任〕　12-8

役優婆塞《えのうばそく》　役小角(えのおづぬ). 生没年未詳. 7-8世紀頃, 大和の葛城山を中心に山岳修行していた呪術者. 修験道の祖とされる. 文武天皇3年(699)伊豆に流された. 役行者.〔続紀〕　11-3, 11-4

恵輪《えりん》　Prajiñācakra, 智恵輪. 西域の僧. 生没年未詳. 唐末, 大興善寺に止住. 密教に通じ, 日本の留学僧円珍・宗叡らが師事.〔宋高僧伝「満月」条〕　11-12

延睿《えんえい》　伝未詳.　15-21

延喜天皇《えんぎのてんのう》　12-35. →醍醐天皇

延喜天皇ノ御子《えんぎのてんのうのみこ》　12-35. →康子(こうし)内親王

延教《えんきょう》　伝未詳.　15-49

円久《えんく》　伝未詳. 法華験記「叡山西塔院住人也」.『二中歴』名人歴の読経上手の項に名が見える. なお『霊山院釈迦堂毎日作法(来迎院文書)』に見える「円救」は同一人物か.　12-38

延源《えんげん》　生没年未詳. 長徳3年(997)天王寺別当に任ぜられた. 威儀師.〔天王寺別当次第〕12-34

延済《えんさい》　正しくは「延最」. 生没年未詳. 天台宗. 元慶6年(882)西塔宝幢院検校. 千光院を建立.〔宝幢院検校次第〕『三代実録』仁和2年(886) 7月条に名が見える.　13-3

延昌《えんしょう》　康保元年(964)没. 85歳. 加賀の人. 祚昭・仁観の弟子. 法性寺座主. 第15世天台座主. 僧正. 謚号慈念.〔僧綱補任〕〔天台座主記〕　15-27

円善《えんぜん》　伝未詳.　13-11

円珍《えんちん》　俗姓和気. 寛平3年(891)没. 78歳. 讃岐の人. 母は佐伯氏で空海の姪. 叔父仁徳に伴われて比叡山に登り, 義真に師事. 仁寿3年(853)入唐. 天安2年(858)帰朝. 第5世天台座主. 寺門派の祖. 謚号智証大師.〔智証大師伝〕　11-12, 11-28(智証大師), 14-45(同左)

延鎮《えんちん》　11-32. →賢心《けんしん》

円仁《えんにん》　俗姓壬生. 貞観6年(864)没. 71歳. 下野の人. 初め広智の弟子, 後に比叡山に登り, 最澄に師事. 承和5年(838)入唐. 会昌の廃仏にあい, 苦難の末承和15年(848)無事帰国. 日本天台教学を大成. 比叡山興隆の基礎を築く. 第3世天台座主. 謚号慈覚大師.〔慈覚大師伝〕　11-11(慈覚大師), 11-12(慈覚), 11-27(慈覚大師), 12-9(同左), 13-3(大師)

閻魔王《えんまおう》　Yama, 死者の生前の罪を裁くとされる冥界の王. 地獄の主神. もとはヒンド

ゥー教の天上の死者の国の王．中国の道教等の俗信仰と混淆して死者の裁判官である十王の1人として信仰されるようになった．閻羅王．琰魔王．閻魔．　11-2(閻羅王), 12-6, 12-37, 13-6, 13-13(琰魔王), 13-35, 15-42

延命《えんみょう》　伝未詳．　13-3

円融天皇《えんゆうてんのう》　第64代の天皇．正暦2年(991)没．33歳．在位969-984．村上天皇の皇子．　12-34(円融院天皇), 12-35(同左), 15-34(同左)

円融院天皇《えんゆうのいんのてんのう》　12-34, 12-35, 15-34．→円融天皇

閻羅王《えんらおう》　11-2．→閻魔王

お

大炊天皇《おおいのてんのう》　12-12, 16-10．→淳仁(じゅんにん)天皇

祖父麿《おおじまろ》　中臣．伝未詳．　12-14

大友皇子《おおとものおうじ》　672年没．25歳．天智天皇の第1皇子．同天皇の皇太子，太政大臣．壬申の乱で叔父大海人皇子(天武天皇)に敗れて自殺．追贈して第39代弘文天皇．　11-28(大伴皇子)

大伴皇子《おおとものおうじ》　11-28．→大友皇子

大橋女《おおはしのおんな》　上毛野公．伝未詳．霊異記「上毛野公大椅女」．上毛野は氏．公は姓．　16-38

翁和尚《おきなわじょう》　伝未詳．法華験記「加賀国人也．身雖在俗．作法似僧．依之時人称翁和尚」．　13-14

忍勝《おしかつ》　大伴．伝未詳．霊異記「信濃国小県郡孃里人也」．　14-30

越智直《おちのあたい》　伝未詳．越智は氏，直は姓．『今昔』は直を名の如く解している．越智氏は伊予の豪族．直は地方豪族に与えられた姓である．　16-2

小野座主《おののざす》　小野僧正の号があるのは仁海だが，座主になっていない．小野氏出身の天台座主には明尊がいるが，小野座主と号した確証はない．人物を特定しがたいが，明尊の可能性の方が大か．　14-39

恩真《おんしん》　伝未詳．　13-3

か

海蓮《かいれん》　伝未詳．法華験記「越中国人」．　14-15

鏡明神《かがみのみょうじん》　松浦明神とも．佐賀県唐津市鏡にある鏡神社の祭神．同社には息長足姫命(神功皇后)と藤原広嗣を祀る．　11-6

覚超《かくちょう》　俗姓巨勢．長元2年(1034)没．83歳．和泉の人．天台宗．良源の弟子．権少僧都．号兜率僧都．〔僧綱補任〕　14-21

覚念《かくねん》　永承年中(1046-1052)没．明快の兄．天台宗．延暦寺の僧．後に大原に住み，往生．〔拾遺往生伝〕　14-13

花山天皇《かさんてんのう》　第65代の天皇．寛弘5年(1008)没．41歳．在位984-986．冷泉天皇の第1皇子．寛和2年(986)花山寺で出家．　12-34(花山法皇)

花山法皇《かさんほうおう》　12-34．→花山天皇

香椎明神《かしいのみょうじん》　福岡市東区香椎町にある香椎宮の祭神．仲哀天皇と神功皇后．　16-35

迦葉仏《かしょうぶつ》　Kāśyapa，過去七仏の第6．即ち釈迦仏(第7)の前に出世した仏．姓は迦葉，父は梵徳，母は財主，子は集軍といい，その時，人間の寿命は2万歳であったという．　12-24

柏手氏《かしわでのうじ》　膳氏の菩岐岐美郎女を指す．加多夫古の娘．聖徳太子の妃．『法隆寺釈迦像光背銘』『天寿国繡帳銘』には太子が没する前日に没した旨を記す．　11-1

葛木一言主神《かずらきのひとことぬしのかみ》　11-3．→一言主神

迦旃延《かせんえん》　→迦旃延《かせんねん》

迦旃延《かせんねん》　釈尊の十大弟子の1人．論議第一と称された．　11-5

勝海《かつみ》　中臣．用明天皇2年(586)没．『三宝絵』には「勝海王」とあるが，敏達紀「勝海大夫」，用明紀「勝海連(むらじ)」によれば，「王」は誤り．伝未詳．物部守屋とともに廃仏論を主張．後に守屋に背いて殺された．　11-1(勝海王), 11-21

勝海王《かつみのおう》　11-1．→勝海

葛野麻呂《かどのまろ》　藤原．弘仁9年(818)没．64歳．大納言小黒麿の子．中納言．民部卿．正三位．〔公卿補任〕　11-9

適《かなう》　源．生没年未詳．嵯峨源氏．大納言昇の子．蔵人．内蔵頭．従五位下．〔分脈〕　15-33

金尾丸《かなおまろ》　伝未詳．　16-20

兼澄《かねずみ》　源．生没年未詳．信孝の子．加賀守．正五位下．『拾遺集』歌人．『源兼澄集』がある．　13-36

金判官代《かねのはんがんだい》　伝未詳．法華験記「周防国玖珂郡有一人．姓名不詳．某国判官代也」．　16-3

兼博《かねひろ》　高階．伝未詳．高階氏系図には見えない．　12-37

鎌足《かまたり》　藤原．天智天皇8年(669)没．中臣御食子(みけこ)の子．藤原氏の祖．中大兄皇子(天智天皇)らと大化改新を参画，推進．内臣(うちつおみ)となり，藤原朝臣の姓を賜った．大織冠を授けられた唯一の例であることから，大織冠といえば彼を指すようになった．　11-14(大織冠)，12-3(同左)，12-21(同左)

上毛野公《かみつけののきみ》　16-38．→大橋女《おおはしのおんな》

賀茂明神《かものみょうじん》　京都市北区上賀茂にある賀茂別雷神社(上賀茂神社)と左京区下鴨泉川町にある賀茂御祖神社(下鴨神社)の祭神．上社は賀茂氏の氏神別雷命，下社はその母神玉依姫命と外祖父神建角身命．松尾社とともに平安京の鎮守として信仰された．　16-36

川勝《かわかつ》　秦．生没年未詳．秦氏は有力帰化氏族．山城国葛野郡を本拠とし，聖徳太子の命により蜂岡寺(広隆寺)を建立．『補闕記』『三宝絵』等では太子の寵臣として守屋討伐戦に活躍しているが，『用明紀』の同場面には登場しない．　11-1，11-21，[11-33]

河辺法師《かわべのほうし》　16-1．→行善《ぎょうぜん》

閑院大政大臣《かんいんのだいじょうだいじん》　12-35．→公季《きんすえ》

観恩《かんおん》　伝未詳．　12-20

願暁《がんぎょう》　貞観16年(874)没．三論宗．元興寺の僧．律師．〔僧綱補任〕　15-2

観賢《かんけん》　俗姓伴(秦とも)．延長5年(925)没．73歳．讃岐の人．真言宗．聖宝の弟子．第9代東寺長者．第4代金剛峰寺座主．権僧正．般若寺僧正とも．〔僧綱補任〕〔東寺長者并高野検校等次第〕　11-25

観幸《かんこう》　正しくは「観杲」か．観杲は，生没年未詳．仁海の弟子．〔三宝院伝法血脈〕　15-14

願西《がんさい》　尼．俗姓卜部．『法華験記』によれば，寛弘年間(1004-1012)没．源信の妹(12-30が姉とするのは誤りか)．なお，『左経記』長元7年(1034)9月10日条に源信の妹の安養尼願証が入滅した記事があり，これを願西と同一人とみる説(古典大系『今昔』，日本思想大系『往生伝 法華験記』)がある．　12-30

鑑真《がんじん》　唐の僧．天平宝字7年(763)没．76歳．諸宗を研鑽，楊州大明寺で戒律を講じ，諸州屈指の伝戒師といわれた．日本の入唐僧栄睿・普照らの要請に応じて日本への渡航を決意．5回の失敗や失明に挫けず，天平勝宝2年(750)ついに来朝．戒律を伝えた．唐招提寺を建立．大僧都．大和上．〔東征伝〕　11-8

観世音菩薩《かんぜおんぼさつ》　観自在菩薩(Avalokiteśvara)．略して観音．救済を求める衆生の姿に応じて千変万化，自在に大慈悲を行うという菩薩．現世利益の性格が濃い．補陀落(Potalaka)が住所とされ，また，勢至菩薩とともに阿弥陀如来の脇侍とされる．六観音(聖・十一面・千手・馬頭・如意輪の五観音に，天台系は不空羂索，真言系は准胝を加える)，七観音(五観音に不空羂索と准胝の両方を加える)，三十三観音など非常に多くの像容があるが，変化しない本来の形を聖(正)観音という．　11-1(救世菩薩)，11-13(如意輪)，11-27，11-31(十一面)，11-32(同左)，11-35，11-38，12-11，12-28，12-32，13-34，13-35，14-7，14-12，14-20，15-16，15-23，16-1，16-2，16-3，16-4，16-5，16-6，16-7，16-8(正)，16-9，16-10(千手)，16-11，16-12(正)，16-13，16-14，16-15，16-16，16-17(十一面)，16-18，16-19，16-20，16-21，16-22，16-23(千手)，16-24，16-25，16-26，16-27(十一面)，16-28，16-29，16-30，16-31，16-32，16-33，16-34，16-35，16-36，16-37，16-38(十一面)，16-39(千手)，[16-40(十一面)]

寛忠《かんちゅう》　貞元2年(977)没．72歳．宇多天皇の孫．敦固親王の子．俗名長信．真言宗．淳祐の弟子．東寺長者．僧都．仁和寺内の池上寺・我覚寺に住む．池上僧都．〔僧綱補任〕〔仁和寺諸院家記〕　15-37

観峰《かんぽう》　生没年未詳．仁和寺の僧．寛弘・長和年間(1004-17)，威儀師として諸法会に奉仕．〔御堂関白記〕〔本朝世紀〕法隆寺別当．〔法隆寺別当次第〕　15-54

勧命《かんみょう》　永祚元年(989)没．82歳．天台宗．慈念の弟子．西塔院主(宝幢院検校)．権律師．〔僧綱補任〕なお『法中補任』宝幢院検校次第には享年79.　12-37(観命)

観命《かんみょう》　「勧命」と同一人か．法華験記「観明」．12-37．→勧命

桓武天皇《かんむてんのう》　第50代の天皇．延暦25年(806)年没．70歳．在位781-806．光仁天皇の第1皇子．　11-10

き

紀□《き□》　伝未詳．紀は氏．欠字部分が名か．16-25

義睿《ぎえい》　伝未詳．　13-1

義淵《ぎえん》　俗姓市往．神亀5年(728)没．大和の人．法相宗．興福寺の僧．僧正．竜蓋寺僧正とも．〔僧綱補任〕　11-38

義覚《ぎかく》　百済の僧．伝未詳．霊異記「本百済人也」．　14-32

喜慶《ききょう》　俗姓額田．康保3年(966)没．78歳．近江の人．相応の弟子．第17代天台座主．権少僧都．号三昧座主．〔僧綱補任〕〔天台座主記〕　13-1(三昧座主)

貴子《きし》　高階．長徳2年(996)没．成忠の女．円融院に仕え高内侍と呼ばれたが，中関白藤原道隆の室となり，定子・伊周・隆家らを生んだ．歌人．儀同三司母．　13-16(中関白殿ノ北ノ政所)

義真《ぎしん》　俗姓丸子連．天長10年(833)没．53歳．相模の人．初め興福寺で法相宗を学び，後に転じて最澄に師事．最澄の入唐には訳語僧として随行．第1世天台座主．〔顕戒論縁起〕〔天台座主記〕　11-12

義操《ぎそう》　唐の僧．生没年未詳．真言宗．恵果の弟子．法全の師．長安の青竜寺に住した．入唐した円仁は義操の弟子義真に灌頂を受け，胎蔵・蘇悉地大法を受法した．11-11 に円仁が師事したという「義操」は「義真」の誤りか．但し受法したのは破仏以前の会昌元年(841)5月〔入唐求法巡礼行記〕．　11-11

北野《きたの》　11-24．→道真《みちざね》

基灯《きとう》　伝未詳．　13-25

吉備大臣《きびのおとど》　11-6, 14-4．→真備《まきび》

貴布禰明神《きぶねのみょうじん》　貴船明神．京都市左京区鞍馬貴船町にある貴船神社の祭神．鞍馬の地主神である．平安京の水神として名高く，祈雨・止雨の神として信仰された．　11-35

行叡《ぎょうえ》　清水寺の地を賢信に譲ったとされる長寿の神仙．『元亨釈書』は，園城寺の教待と親交があったとする．　11-32

教海《きょうかい》　空海の最初の法名．　11-9．→空海

行基《ぎょうき》　俗姓高志．天平21年(749)没．82歳(『続紀』は80歳)．和泉の人．才智の子．母は蜂田古爾比売．民間私度僧を組織して都鄙を遊化．一時弾圧されたが，天平17年(745)大僧正となり，東大寺大仏勧進に尽力．〔続紀〕〔行基年譜〕〔大僧正舎利瓶記〕　11-2, 11-7, 12-7

行教《ぎょうきょう》　俗姓紀．生没年未詳．魚弼の子．備後の人．空海の高弟真済と同族で仁和寺益信の兄と伝える．大安寺の学僧．貞観年間(859-877)，宇佐から男山に八幡神を勧請して石清水八幡宮を創建した．〔石清水八幡宮護国寺略記〕〔朝野群載〕　12-10

行空《ぎょうくう》　伝未詳．法華験記「世間称一宿聖．法華持者矣」．　13-24

教信《きょうしん》　伝未詳．播磨国賀古郡にいた在俗の念仏聖(『峰相記』は興福寺の碩学とするが，付会の説であろう)．永観・親鸞・一遍等，後世の浄土教家に口称念仏聖の先覚者として追慕され，その遺跡の教信寺では元亨3年(1323)野口大念仏が創始された．　15-26

行信《ぎょうしん》　生没年未詳．天平勝宝2年(750)没．法相宗．元興寺の僧．大僧都．法隆寺の再興に尽力．〔僧綱補任〕〔七大寺年表〕　11-14

行善《ぎょうぜん》　生没年未詳．高句麗に留学．養老2年(718)に帰国した．『続紀』同5年6月戊戌(23日)条に「詔曰，沙門行善負笈遊学既経七代．備嘗難行解三五術方帰本郷．矜賞良深」云々とある．霊異記「堅部氏」によれば，百済から帰化した堅祖為智の末裔か．　16-1

教代《きょうだい》　「教待」が普通．園城寺の地を円珍に譲ったとされる長寿の神仙．『元亨釈書』は，清水の行叡と親交があったとする．　11-28

慶日《きょうにち》　伝未詳．法華験記「天台山僧．平安宮人」．　13-5

行範《ぎょうはん》　伝未詳．　14-14

行満《ぎょうまん》　唐の僧．生没年未詳．堪然の弟子．仏隴寺に住す．最澄の師．〔日本高僧伝要文抄「伝教大師伝」〕　11-10

境妙《きょうみょう》　伝未詳．法華験記「沙門境妙．近江国人」．　15-12

慶祐《きょうゆう》　生没年未詳．天台宗．横川の僧．『僧綱補任』の覚超の項に「横川井上慶祐阿闍梨」とあり，『小右記』にも阿闍梨として名が見える．　12-32

清定《きよさだ》　大江．生没年未詳．美濃守定経の子．備前・薩摩・丹後守．正四位下．〔類聚符宣抄〕〔分脈〕(但し，分脈「従五位上」)　15-23

浄成《きよなり》　味酒(うまさけ)．伝未詳．　11-9

清行《きよゆき》　三善．延喜18年(918)没．73歳．氏吉の子．文章博士．大学頭．参議．宮内卿．従四位上．〔公卿補任〕経史・詩文その他諸道に優れた．『意見封事』『善家秘記』等，著書多数．　16-17

公季《きんすえ》　藤原．長元2年(1029)没．73歳．師輔の子．母は康子内親王．太政大臣．従一位．

諡号仁義公．号閑院． 12-22, 12-24, 12-35

公則《きんのり》 藤原．生没年未詳．伊傅の子．源章経の養子．信濃・河内・伊賀守等を歴任．藤原道長の家司． 14-11

欽明天皇《きんめいてんのう》 6 世紀中葉，第 29 代の天皇．継体天皇の皇子．『書紀』は在位 510-570 とするが，継体天皇の崩(531)後すぐに即位，538 年までは安閑・宣化天皇の朝廷と併立していたと見る説が有力．但し，11-16 の例は史実からいえば「舒明」の誤り． 11-16．→舒明天皇《じよめいてんのう》

欽良暉《きんりようき》 日唐貿易に従事した新羅人の商人．彼らの船で円仁は帰国，円珍は入唐した．11-12 には「宋ノ商人」，『智証大師伝』には「唐国商人」とあるが，『入唐求法巡礼行記』大中元年(847) 6 月 9 日条「新羅人金子白，欽良暉，金珍」云々が信頼すべき史料． 11-12

く

空海《くうかい》 俗名佐伯直(さえきのあたい)真魚(まお)．承和 2 年(835)没．62 歳．讃岐の人．延暦 23 年(804)入唐，恵果から密教の嫡流を受けた．翌々年帰国，高野山金剛峰寺・東寺教王護国寺を根本道場とし，真言宗を立てた．詩文・書にも傑出した．大僧都．追贈大僧正．諡号弘法大師．〔続後紀〕〔御遺告〕〔修行縁起〕 11-9(弘法大師), 11-12(同左), 11-24(高野大師), 11-25(弘法大師), 14-40(同左), 14-41(同左)

空照《くうしよう》 伝未詳． 14-10

空日《くうにち》 伝未詳．『法華験記』には「勝蓮華院空日律師」とあるが，『陽勝仙人伝』の「玄日」が正か．玄日は，俗姓巨勢．能登の人．延喜 22 年(922)没．79 歳．延暦寺の僧．権律師．〔僧綱補任〕 13-3

孔雀明王《くじやくみようおう》 Mahāmāyūrī，もとは，蛇の天敵である孔雀(マユーラ)を神格化したヒンドゥー教の神．仏教に取り入れられ，その陀羅尼を誦すると諸害毒を除き大安楽を得られるという明王．形像は普通一面四臂または六臂で蓮華座に座し孔雀に乗る． 11-3

九条殿《くじようどの》 12-35．→師輔《もろすけ》

救世菩薩《くせのぼさつ》 11-1．→観世音菩薩

鳩槃荼鬼《くはんだき》 Kumbhāṇḍa，増長天(四天王の 1 人で南方の守護神)の眷属．人の精気を喰う鬼神で，風のように早いという．形像は馬頭人身． 14-43

熊野権現《くまののごんげん》 熊野三所権現(本宮・新宮・那智)の祭神．熊野本宮大社は和歌山県東牟婁郡本宮町，熊野速玉大社(新宮)は新宮市，熊野那智大社は東牟婁郡那智勝浦町にある．主祭神はそれぞれ家都美御子大神・速玉之男命・熊野夫須美大神． 12-36

久米《くめ》 伝未詳．久米寺流記「毛堅仙」，扶桑略記「久米仙」．久米寺を創建したという伝説的仙人． 11-24

軍荼利明王《ぐんだりみようおう》 Kuṇḍalī，もとはヒンドゥー教のシャクティ(性力)崇拝が仏教化されて成立した明王．諸事を弁じ，障害を除く功徳があるという．形像は全身青色で蛇が絡みつき，八臂，火焰に包まれた忿怒形． 14-40

け

恵果《けいか》 唐の僧．805 年没．60 歳．密教付法第 7 祖．不空三蔵の弟子．青竜寺東塔院に住す．代宗・徳宗・順宗の尊崇を受け，3 代の国師と称された．大阿闍梨．〔大唐青竜寺三朝供奉大徳行状〕 11-9, 11-12, 14-45

花歯《けし》 十羅刹女の第 4．華歯． 13-23．→十羅刹《じゆうらせつ》

玄海《げんかい》 伝未詳．極楽記「陸奥国新田郡小松寺住僧」． 15-19

賢憬《けんけい》 俗姓荒井田．延暦 12 年(793)没．法相宗．律師．大僧都．〔僧綱補任〕 11-8

兼算《けんさん》 伝未詳．極楽記「梵釈寺十禅師」． 15-7

源二《げんじ》 伝未詳．源氏の二郎の意の通称であろう． 16-24

玄常《げんじよう》 伝未詳．法華験記「平安宮人．姓平氏．比叡山僧矣」． 13-27

玄奘《げんじよう》 唐の僧．664 年没．63 歳．629 年長途インドに到り，戒賢論師などに師事．645 年帰国して後は大般若経など請来した経典の翻訳に努めた．法相宗の開祖．〔大慈恩寺三蔵法師伝〕 11-4

元正天皇《げんしようてんのう》 第 44 代の天皇．天平 20 年(748)没．69 歳．在位 715-724．草壁皇子の皇女．諱は氷高(ひだか)． 11-31(飯高天皇)

賢心《けんしん》 後に延鎮と改名．生没年未詳．『清水寺縁起』によれば，報恩の弟子．坂上田村麻呂の協力を得て清水寺を建立． 11-32

源信《げんしん》 俗姓卜部．寛仁元年(1017)没．76 歳．正親の子．大和の人．天台宗．良源の弟子．名利を捨てて横川に隠棲．権少僧都に任ぜられたが，まもなく辞退．日本浄土教の基礎を

築いた.『往生要集』の著者. 号横川僧都・恵心僧都.　12-24, 12-30, 12-32, 12-38, 14-39, 15-39

源心《げんしん》　俗姓平. 天喜元年(1053)没. 83歳. 院源の甥. 天台宗. 覚慶の弟子. 第30世天台座主. 大僧都.〔僧綱補任〕　12-34, 13-37

源尊《げんそん》　伝未詳.『権記』寛弘6年(1009)2月8日条に名が見えるが, それと同一人か否かは確定できない.　13-35

玄昉《げんぼう》　俗姓阿刀. 天平18年(746)没. 大和の人. 興福寺の僧. 入唐して天平7年(735)帰国. 法相宗第4伝. 宮廷での栄寵を憎まれ, 藤原広嗣の乱を誘発. 天平17年筑前観世音寺に左遷され, 配所で没.〔続紀〕　11-6

元明天皇《げんめいてんのう》　第43代の天皇. 養老5年(721)没. 61歳. 在位707-715. 天智天皇の第4皇女. 草壁皇子の妃. 文武・元正天皇の母. 諱は阿閉(あへ).　11-14, 11-15, 11-16, 11-17

こ

後一条天皇《ごいちじょうてんのう》　第68代の天皇. 長元9年(1036)没. 29歳. 在位1016-1036. 一条天皇の第2皇子. 母は藤原彰子(道長女).　12-22(後一条院)

小一条院《こいちじょうのいん》　12-9. →敦明《あつあきら》親王

好延《こうえん》　伝未詳.　12-39

皇極天皇《こうぎょくてんのう》　第35代の天皇. 661年没. 68歳. 在位642-645. 舒明天皇の皇后. 天智天皇・天武天皇の母. 重祚して斉明天皇(第37代. 在位655-661).　11-14

孝謙天皇《こうけんてんのう》　第46代の天皇. 宝亀元年(770)没. 53歳. 在位749-758. 聖武天皇の第2皇女. 母は光明皇后. 重祚して称徳天皇(第48代. 在位764-770). 諱は阿倍(あべ).　11-18(高野姫天皇), 12-4(同左), 12-19(阿陪天皇), 12-27(阿倍天皇), 12-31(同左), 14-9(安倍天皇), 14-38(安陪天皇), 16-23(阿倍天皇), 16-27(同左)

光孝天皇《こうこうてんのう》　仁和3年(887)没. 58歳. 在位884-887. 第58代の天皇. 仁明天皇の第3皇子.　15-36(小松天皇)

康子内親王《こうしないしんのう》　天徳元年(957)没. 醍醐天皇の皇女. 一品. 藤原師輔の室. 公季らの母.〔紹運録〕〔紀略〕　12-35(延喜天皇ノ御子)

光勝《こうしょう》　伝未詳.　13-40

広清《こうじょう》　伝未詳. 法華験記「叡山千手院住僧」.　13-30

康尚《こうじょう》　生没年未詳. 藤原道長に重用された平安中期を代表する仏師. 関寺弥勒像を制作. 仏師系図は定朝を子とするが, 実は弟子か.　12-24(好常)

好常《こうじょう》　「康尚」と同一人か.　12-24. →康尚

講仙《こうせん》　伝未詳. 法華験記「康仙」. 拾遺往生伝「講仙」. 六波羅蜜寺の僧.　13-42

好尊《こうそん》　伝未詳. 法華験記「石山僧矣」.　13-20

皐諦女《こうたいにょ》　十羅刹女の第9.　12-40. →十羅刹《じゅうらせつ》

広達《こうだつ》　生没年未詳. 法相宗. 元興寺の僧.『続日本紀』に宝亀3年(772)十禅師の1人として供養を受けた記事がある. 霊異記「俗姓下毛野朝臣. 上総国武射郡人. 一云畔蒜郡人也」.　12-11

広智《こうち》　生没年未詳. 鑑真門下の道忠の弟子. 下野の大慈院の僧. 東国天台宗の祖.〔慈覚大師伝〕　11-11

広道《こうどう》　伝未詳. 極楽記「大日寺僧広道. 俗姓橘氏」.　15-21

光日《こうにち》　伝未詳. 法華験記「叡山東塔千手院住僧也」.　13-16

光仁天皇《こうにんてんのう》　第49代の天皇. 天応元年(781)没. 73歳. 在位770-781. 施基親王の第6子. 諱は白壁.　11-32(白壁天皇), 12-14(同左), 14-26(同左), 14-27(同左)

弘法大師《こうぼうだいし》　11-9, 11-12, 11-25, 14-40, 14-41. →空海

光明皇后《こうみょうこうごう》　藤原光明子・安宿媛. 天平宝字4年(759)没. 60歳. 右大臣不比等の娘. 聖武天皇の皇后.　11-6, [11-19]

高野大師《こうやのだいし》　11-24. →空海

高野明神《こうやのみょうじん》　狩場明神, 犬飼明神とも. 丹生明神と一対で祀られる高野山の地主神. 古来丹生明神とは母子神とされる.　11-25

虚空蔵菩薩《こくうぞうぼさつ》　Ākāśagarbha, 虚空の如く広大無量の福徳・智恵を具え, 衆生の諸願を成就させる菩薩. 形像は通常宝冠を戴いて蓮華座に座し, 右手に剣を, 左手に蓮華と宝珠を持つ.　11-5

黒歯《こくし》　十羅刹女の第5.　13-23. →十羅刹《じゅうらせつ》

子高《こたか》　藤原. 生没年未詳. 末業の子. 越後・三河・備前守等を歴任. 中宮少進. 従四位.

但し，『法華験記』は「紀躬高」．紀躬高は伝未詳．子高・躬高ともに『二中歴』一能歴の舞人の項に名が見える． 14-6
五筆和尚《ごひつかしょう》 11-9． →空海
五仏《ごぶつ》 五智如来．大日如来の総徳を四仏に分けて表したもの．金胎両部曼荼羅の中央大日如来と四方の四仏． 11-25
子部□□《こべの□□》 本文に欠脱があるが，『三宝絵』には「子部ノ明神」とある．奈良県橿原市飯高町に現存する子部神社の祭神か． 11-16
小松天皇《こまつのてんのう》 15-36． →光孝(こうこう)天皇
胡満《こまろ》 11-8． →古麻呂
古麻呂《こまろ》 大伴．天平宝字元年(757)没．父不詳．旅人の弟宿奈麻呂の子か．遣唐使として再度渡唐．2度目の帰国の時，密かに鑑真らを乗船させて日本に招いた．左大弁．正四位下．橘奈良麻呂の変に連座して殺された．〔続紀〕万葉集・4「胡麻呂」．東征伝「胡満」． 11-8(胡満)
維孝《これたか》 中原．伝未詳．なお，『江記』(大日本史料3ノ2所引「柳原家記録」)に氏未詳の維孝が寛治5年(1091)下野守に任じられた旨が見える． 16-24
伊周《これちか》 藤原．寛弘7年(1010)没．37歳．関白道隆の子．定子皇后の兄．内大臣．正二位．〔分脈〕〔公卿補任〕父の死後，叔父道長との権力争いに敗れ，失意の後半生を送った． 15-43(帥内大臣)
伊尹《これまさ》 藤原．天禄3年(972)没．49歳．師輔の子．右大臣．太政大臣．天禄元年(970)摂政．正二位．歌人．諡号謙徳公．〔分脈〕〔公卿補任〕 15-42(一条摂政殿)
厳久《ごんく》 寛弘5年(1008)没．65歳．左京の人．天台宗．良源の弟子．権大僧都．号花山僧都．〔僧綱補任〕 13-43
勤操(勒操)《ごんそう》 俗姓秦．天長4年(827)没．74歳．大和の人．三論宗．大安寺に学び，石淵寺・西寺にも住む．空海の師．贈僧正．号石淵僧正．〔僧綱補任〕 11-9(勒操)

さ

斉祇《さいぎ》 藤原．永承2年(1047)没．65歳．道綱の子．天台宗．勝算の弟子．天王寺別当．権少僧都．〔僧綱補任〕 14-11
済源《さいげん》 俗姓源．天徳4年(960)没．(『紀略』は康保元年(964)没)．76歳．大和の人．三論宗．義延の弟子．薬師寺別当．権少僧都．〔僧綱補任〕 15-4
最勝《さいしょう》 正しくは「最澄」． 11-26． →最澄
最澄《さいちょう》 俗名三津首(みつのおびと)広野．弘仁13年(822)没．56歳．近江の人．百枝の子．延暦23年(804)空海とともに入唐．道邃らに学び，翌年帰朝．比叡山を開き，天台宗を開創．諡号伝教大師．〔叡山大師伝〕 11-10(伝教大師)，11-11(同左)，11-26(同左)，11-27(同左)
蔵王菩薩《ざおうぼさつ》 蔵王権現．修験道の祖，役行者(役優婆塞)が済生利益のために祈請して感見したとされる悪魔降伏の菩薩．形像は一面三目二臂，青黒い身色の忿怒形．頭髪を逆立て，振り上げた右手に三鈷を握る．左足で盤石を踏み，右足を高く上げる． 11-3, 11-13, 12-36, 12-39, 14-17
嵯峨天皇《さがてんのう》 第52代の天皇．承和9年(842)没．56歳．在位809-823．桓武天皇の第2皇子． 11-9, 14-40
前一条院《さきのいちじょうのいん》 12-32, 15-35． →一条天皇
実資《さねすけ》 藤原．永承元年(1046)没．90歳．斉敏の子．祖父実頼の養子となる．右大臣．従一位．性剛直で道長と対立．号小野宮． 12-24
三郎《さぶろう》 上田．伝未詳．霊異記「姓文忌寸也．字云上田三郎矣」．文が氏．忌寸が姓． 16-38
三条大后宮《さんじょうのおおきさきのみや》 15-39． →昌子(しょうし)内親王
三昧座主《さんまいのざす》 13-1． →喜慶《きけい》

し

慈恵大僧正《じえだいそうじょう》 12-9, 12-32, 12-33, 12-36． →良源《りょうげん》
慈覚大師《じかくだいし》 11-11, 11-27, 12-9． →円仁《えんにん》
持金《じこん》 伝未詳． 13-41
慈氏尊《じしそん》 12-32, 13-11, 14-20(慈氏)． →弥勒菩薩《みろくぼさつ》
思禅《しぜん》 慧思禅師．即ち，南岳大師慧思をさす． 11-1． →慧思《えし》
地蔵菩薩《じぞうぼさつ》 Kṣitigarbha，釈尊入滅後，弥勒菩薩が成仏するまでの無仏時代に六道の衆生を救済する菩薩．とくに地獄の責苦の救済者として信仰された．後には，子供の救済者，道祖神信仰と混淆した村や道の守護者としても信仰された．形像は比丘形で，右手に錫杖，左手に宝珠を持つ． 13-15
慈尊《じそん》 12-32． →弥勒菩薩《みろくぼさつ》

四大天王《しだいてんのう》　12-6, 13-39.　→四天王

七仏薬師《しちぶつやくし》　12-23.　→薬師如来

実因《じついん》　俗姓橘．長保 2 年(1000)没．56 歳．相模守敏貞の子．千観の兄．天台宗．延昌，弘延の弟子．西塔具足坊に住む．大僧都．号小松僧都．〔僧綱補任〕　14-39

実恵《じつえ》　俗姓佐伯．承和 14 年(847)没．63 歳．讃岐の人．真言宗．空海の弟子．第 2 代東寺長者．少僧都．〔僧綱補任〕〔東寺長者幷高野検校等次第〕　11-25

四天王《してんのう》　須弥山の四面の中腹にある四王天の支配者で，かつ帝釈天の配下にある 4 人の仏教守護神，持国天(東方)•増長天(南方)•広目天(西方)•多聞天(北方)の総称．形像は武将の姿で，古くは直立形，奈良時代以後は忿怒形が多い．　11-1, 11-21, 12-6(四大天王), 13-39(同左)

持統天皇《じとうてんのう》　第 41 代の天皇．大宝 2 年(702)没．58 歳．在位 686-697．天智天皇の第 2 皇女．天武天皇の皇后．　11-17

持法《じほう》　伝未詳．　13-41

釈迦如来《しやかによらい》　仏教の開祖，釈迦牟尼(Śākyamuni，シャカ族の聖者の意)．紀元前 383 年頃没．80 歳．但し，生没年については異説がある．迦毘羅衛国(Kapilavastu)の浄飯王(Śuddhodana)の長子として生まれた．母は摩耶夫人(Māyā)．耶輸陀羅(Yaśodharā)を妃とし，一子羅睺羅が生まれたが，やがて出家し，苦行の後に成道して仏陀となった．なお，礼拝の対象としての釈迦像には，単独像の他にいわゆる釈迦三尊があり，釈迦如来の左右に脇侍として文殊•普賢菩薩(古くは薬王•薬上菩薩)を並べる．釈迦仏．　11-1, 11-7, 11-14, 11-16, 11-21, 11-22, 12-6, 12-14, 12-15, 12-16, 12-21, 12-24, 13-9(尺尊), 13-36

釈迦菩薩《しやかぼさつ》　12-21.　→釈迦如来

釈迦牟尼仏《しやかむにぶつ》　12-14.　→釈迦如来

釈妙《しやくみよう》　伝未詳．法華験記「睿桓聖人母也．…正暦三年端坐入滅矣」．　15-40

十一面観音《じゆういちめんかんのん》　Ekādaśamukha，六(七)観音の 1 つ．形像は通常二臂または四臂で，頭上に 11 の顔を持つ．通常正面の 3 面は菩薩面，左 3 面は瞋怒面，右 3 面は狗牙上出面，後 1 面は大笑面，頂上 1 面は仏面である．また，頭上の 10 面と本面とを合わせて 11 面としたものや，略して 9 面としたものもある．　11-31, 11-32, 16-17, 16-27, 16-38, [16-40].　→観世音菩薩

住鏡《じゆうきよう》　生没年未詳．延昌の弟子．長保 3 年(1001)に 61 歳，伝灯大法師位．〔平松文書所収長保 3 年 4 月太政官牒〕　15-11

十羅刹《じゆうらせつ》　『法華経』陀羅尼品において，同経受持者の擁護，除患を誓った 10 人の羅刹女(鬼神)．即ち，藍婆•毘藍婆•曲歯•華歯•黒歯•多髪•無厭足•持瓔珞•皐諦•奪一切衆生精気の 10 人．十羅刹女．　12-34, 12-40, 13-4, 13-23, 13-41

十羅刹女《じゆうらせつによ》　13-4(羅刹女), 13-41.　→十羅刹

修円《しゆえん》　俗姓小谷．承和元年(834)没．65 歳．大和の人．法相宗．興福寺別当．少僧都．〔僧綱補任〕　14-40

修覚《しゆかく》　15-46.　→阿武大夫《あむのたゆう》

寿広《じゆこう》　没年未詳．尾張の人．法相宗．興福寺の僧．承和 9 年(842)維摩会講師．〔僧綱補任〕　12-6

須菩提《しゆぼだい》　釈尊の十大弟子の 1 人．もと舎衛城の商人で，伯父の大富豪須達が寄進した祇園精舎で釈尊の説法を聞いて出家．無諍論住者第一と称された．なお，13-41 の「般若須菩提」は，般若と須菩提の意かと思われるが，未詳．　13-41

寿蓮《じゆれん》　天元 2 年(978)没．興福寺の僧．『法華験記』『拾遺往生伝』によれば，定照僧都を嫉妬し誹謗して，現報を得て急死したという．　12-30

順暁《じゆんぎよう》　唐の僧．生没年未詳．善無畏の弟子．霊厳寺に住す．阿闍梨．最澄の密教の師．　11-9, 11-10

春久《しゆんく》　伝未詳．『霊山院過去帳(近江来迎院文書)』に見える同名の叡山僧は同一人物か．　12-33

春素《しゆんそ》　伝未詳．極楽記「延暦寺定心院十禅師」．　15-9

春朝《しゆんちよう》　伝未詳．　13-10

淳和天皇《じゆんなてんのう》　第 53 代の天皇．承和 7 年(840)没．55 歳．在位 823-833．桓武天皇の皇子．　12-5

淳仁天皇《じゆんにんてんのう》　天平神護元年(765)没．33 歳．在位 758-764．第 47 代天皇．舎人親王の子．諱は大炊．道鏡を寵愛する孝謙上皇と対立して廃され，淡路に流されて崩．淡路廃帝．　12-12(大炊天皇), 16-10(同左)

春命《しゆんみよう》　伝未詳．法華験記「西塔住僧也」．

14-22

淳祐《しゅんゆう》 俗姓菅原. 天暦7年(953)没. 64歳. 右中弁淳茂の子(『分脈』には源激の子). 真言宗. 観賢の弟子. 石山寺に住む. 東密の大家. 号石山内供. 〔醍醐報恩院血脈〕 15-13

淳和天皇《じゅんわてんのう》 12-5. →淳和天皇《じゅんなてんのう》

成意《じようい》 伝未詳. 極楽記「延暦寺定心院十禅師」. 15-5

摂円《しようえん》 伝未詳. 法華験記「比叡山住僧」. 15-29

勝鑑《しようかん》 伝未詳. 15-26

浄観《じようかん》 正しくは「静観」. 13-3. →増命《ぞうみよう》

正観音《しようかんのん》 聖観音. 六観音など各種の変化観音に対して, 変化しない観音を指していう. 16-8, 16-12. →観世音菩薩

定基《じようき》 俗姓源. 長元6年(1033)没. 59歳. 助成の子. 天台宗. 智弁の弟子. 法成寺権別当. 天王寺別当. 大僧都. 藤原道長に近侍した. 〔僧綱補任〕〔寺門伝記補録〕 14-11, 14-14

聖救《しようく》 俗姓王. 長徳4年(998)没. 90歳. 右京の人. 天台宗. 良源の弟子. 大僧都. 号真如坊. 〔僧綱補任〕なお『法中補任』楞厳院検校次第には駿河の人. 12-38(聖久)

聖久《しようく》 法華験記「成就房聖救大僧都」によれば, 「聖救」が正. 12-38. →聖救

性空《しようくう》 俗姓橘. 寛弘4年(1007)没. 91(80, 98とも)歳. 善根の子. 天台宗. 良源の弟子か. 山岳修行の法華持経者. 播磨書写山に円教寺を建立. 号書写上人. 12-34, 12-36, 13-19

上宮王《じようぐうおう》 14-11. →聖徳太子

上宮太子《じようぐうたいし》 11-1. →聖徳太子

定光《じようこう》 梁・陳の僧. 生没年未詳. 天台山に隠棲すること40年, 智顗の来山を予言, 草庵を造って待った. それが後に発展して禅林寺になったという. 〔続高僧伝「智顗」条〕 11-12

正算《しようさん》 永祚2年(990)没. 左京の人. 天台宗. 良源の弟子. 法性寺座主. 権少僧都. 〔僧綱補任〕 13-8

昌子内親王《しようしないしんのう》 長保元年(999)没. 50歳. 朱雀天皇の第1皇女. 冷泉天皇の皇后. 道心深く仏法に帰依. 15-39(三条大后宮)

定修《じようしゆ》 伝未詳. 法華験記「定澄」が正か. 定澄は, 長和4年(1015)没. 81歳. 興福寺別当. 大僧都. 〔僧綱補任〕 13-37

静真《じようしん》 生没年未詳. 明請の弟子. 覚運の師. 台密の大家. 〔明匠略伝〕〔池上阿闍梨伝〕 15-10, 15-15(清尋)

清尋《しようじん》 正しくは「静真」. 15-15. →静真

定真《じようしん》 15-44. →益躬《ますみ》

浄尊《じようそん》 伝未詳. 15-28

定朝《じようちよう》 天喜5年(1057)没. 仏師系図は康尚の子とするが, 実は弟子か. 定朝様と呼ばれる流麗な仏像彫刻様式を確立した. 法成寺金堂・興福寺金堂・平等院鳳凰堂等の仏像を制作. 12-21

聖徳太子《しようとくたいし》 敏達天皇3年(574)生. 推古天皇30年(622)没. 49歳. 用明天皇の第2皇子. 母は皇后穴穂部間人皇女. 本名は厩戸皇子. 推古天皇の摂政, 皇太子. 十二階の冠位の制定, 十七条の憲法の発布など, 国政の改革に努める一方, 法隆寺や四天王寺を建立. 三経義疏を著すなど, 仏教の興隆に大きな業績を残した. 〔書紀〕〔補闕記〕〔伝暦〕 11-1, 11-16, [11-20], 11-21, 11-22, 14-11(太子・上宮王)

称徳天皇《しようとくてんのう》 →孝謙天皇

勝如《しようによ》 「証如」とも. 俗姓時原. 貞観9年(867)没. 87歳. 摂津の人. 佐通の子. 勝尾寺座主. 〔後拾遺往生伝「証如」〕 15-26

清範《しようはん》 俗姓大和. 長保元年(999)没. 38歳. 播磨の人. 法相宗. 守朝の弟子. 興福寺の僧. 権律師. 号清水律師. 説経の名手として著名. 〔紀略〕〔釈書〕 13-43

浄名《じようみよう》 12-3. →維摩居士《ゆいまこじ》

聖武天皇《しようむてんのう》 第45代の天皇. 天平勝宝8年(756)没. 56歳. 在位724-749. 文武天皇の第1皇子. 仏教を篤信し, 東大寺・国分寺などを建立. いわゆる天平文化を現出させた. 11-5, 11-6, 11-7, 11-8, 11-13, [11-15], 11-16, 11-18, 11-35, 12-2, 12-4, 12-7, 12-11, 12-13, 12-15, 12-16, 12-26, 12-29, 14-4, 14-31, 16-11, 16-12, 16-13, 16-14, 16-38

乗蓮《じようれん》 15-35. →成順《なりのぶ》

舒明天皇《じよめいてんのう》 第34代の天皇. 641年没. 49歳. 在位629-641. 父は押坂彦人大兄皇子. 11-16の「欽明」は, 史実からいえば「舒明」が正. 11-16(欽明)

白壁天皇《しらかべのてんのう》 11-32, 12-14, 14-26, 14-27. →光仁天皇

白川大政大臣《しらかわのだいじようだいじん》 14-34. →良房《よしふさ》

神叡《じんえい》 天平9年(737)没. 法相宗. 元興寺の

僧．少僧都．〔僧綱補任〕『扶桑略記』『元亨釈書』は唐の人とする． 11-5

真雅《しんが》 俗姓佐伯．元慶3年(879)没．79歳．讃岐の人．真言宗．空海の実弟．第4代東寺長者．第23代東大寺別当．大僧正．貞観寺僧正とも．〔僧綱補任〕〔東寺長者幷高野検校等次第〕 11-25

真覚《しんかく》 俗名藤原佐理．天元元年(978)没．権中納言敦忠の子．在俗中は右兵衛佐．正五位下．出家して大雲寺別当(能書家の佐理(敦敏の子)とは同名異人)．〔分脈〕〔大雲寺縁起〕 15-31

尋寂《じんじゃく》 伝未詳． 15-29

真珠《しんじゅ》 伝未詳． 15-13

尋静《じんじょう》 伝未詳．極楽記「延暦寺楞厳院十禅師」． 15-8

真済《しんぜい》 俗姓紀．貞観2年(860)没．61歳．左京の人．真言宗．空海の弟子．第3代東寺長者．僧正．紀僧正とも．〔僧綱補任〕〔東寺長者幷高野検校等次第〕 11-25

信誓《しんぜい》 高階．伝未詳．法華験記「安房守高階真人兼博第三男」． 12-37

神融《じんゆう》 俗姓三神．神護景雲元年(767)没．86歳．越前の人．泰澄和尚の名で知られる山岳修行者．加賀白山の開創者．越《こし》の大徳．〔釈書「泰澄」〕なお，『本朝神仙伝』は「泰澄経数百年不死．不知其終」とする． 12-1

尋祐《じんゆう》 伝未詳．極楽記「沙弥尋祐，河内国河内郡人也」． 15-32

真頼《しんらい》 生没年未詳．真言宗．淳祐の弟子．〔三宝院伝法血脈〕 15-13, 15-38

す

推古天皇《すいこてんのう》 第33代の天皇．628年没．75歳．在位592-628．欽明天皇の第3皇女敏達天皇の皇后．暗殺された崇峻天皇に代って即位．聖徳太子を皇太子，摂政とした． 11-1, 11-16, 11-22

資盛《すけもり》 平．生没年未詳．正家の子．母は藤原以親の女．大学少允．〔分脈〕 13-38

佐世《すけよ》 藤原．昌泰元年(898)没．式家．民部大輔菅雄の子．大学頭．右大弁．従四位下．『日本国在書目録』の著者．〔分脈〕 15-49

崇峻天皇《すしゅんてんのう》 第32代の天皇．592年没．在位587-592．欽明天皇の第12皇子．蘇我馬子に擁立されたが，後に馬子と対立して弑された． 11-1

栖野《すの》 11-23．→屋栖野古《やすのこ》

住吉大明神《すみよしのだいみょうじん》 大阪市住吉区住吉町にある住吉大社の祭神．主祭神は筒男三神(底筒男命・中筒男命・表筒男命)と息長足姫命(神功皇后)． 12-36, 14-18

せ

勢至菩薩《せいしぼさつ》 Mahāsthāmaprāpta，智慧をもって衆生を済度するという菩薩．観世音菩薩とともに阿弥陀如来の脇侍とされる． 15-23

済信《せいしん》 俗姓源．長元3年(1030)没．77歳．左大臣雅信の子．真言宗．寛朝の弟子．東大寺別当．東寺長者．大僧正．号仁和寺僧正・真言院僧正． 12-22

清和天皇《せいわてんのう》 第56代の天皇．元慶4年(880)没．31歳．在位858-876．文徳天皇の第4皇子．御陵は水尾にある． 14-34(水尾天皇)

赤山《せきさん》 赤山明神．円仁が入唐した時，帰途の安全を祈願して祀り，無事帰国して後，比叡山の横川に勧請した中国山東省の道教の神，泰山府君．後に西坂本の修学院に移され，仏教と習合して赤山禅院と称されるようになった． 11-27

暹賀《せんが》 俗姓藤原．長徳4年(998)没．85歳．駿河の人．良源の弟子．第22世天台座主．権僧正．号本覚房座主．〔僧綱補任〕〔天台座主記〕 13-29, 13-32

千観《せんかん》 俗姓橘．永観元年(983)没．66歳．相模守敏貞の子．実因の弟．天台宗．阿闍梨．念仏行者．園城寺を出て摂津箕面に隠棲．〔分脈〕〔寺門伝記補録〕〔釈書〕 15-16

善殊《ぜんしゅ》 正しくは「善珠」．俗姓阿刀(一説，安部)．延暦16年(797)没．75歳．京の人．法相宗．興福寺の僧．僧正．〔僧綱補任〕 12-6

千手観音《せんじゅかんのん》 Sahasrabhuja-ārya-avalokitésvara，千手千眼観音．六(七)観音の1つ．形像は千本の手(実際に千本あるものは稀)に各一眼があり，頭上に多数の顔を持つ． 14-43, 16-10, 16-23, 16-39．→観世音菩薩

禅静《ぜんじょう》 伝未詳． 15-21

禅儞師童子《ぜんにしどうじ》 毘沙門天(多聞天)の五太子の1人．五太子の名称については，尊容鈔「最勝・独健・那吒・常見・禅弐師」の他，諸説がある． 11-35

善如竜王《ぜんにょりゅうおう》 善女竜王とも.『弘法大師御遺告』には「此池中有竜, 名善如. 元是無熱達池竜王類」云々とある. 但し, 経典・経軌にこの竜王の名は見えない. 14-41

善無畏《ぜんむい》 Śnbhākarasiṃha, インドの僧. 735年没. 99歳. 密教付法第5祖. 王位を譲って出家, 那蘭陀寺で達磨掬多に師事. 西域を経由し, 唐の玄宗に国師として迎えられ, 大日経等を翻訳した.〔宋高僧伝〕 11-12

善祐《ぜんゆう》 伝未詳. 元興寺の僧. 11-14

そ

相応《そうおう》 俗姓櫟井. 延喜18年(918)没. 88歳. 近江の人. 円仁の弟子. 無動寺を建立. 回峰行の根本道場とした. 験者として著名.〔天台南山無動寺建立和尚伝〕 15-5

増賀《ぞうが》 長保5年(1003)没. 87歳.『続本朝往生伝』は参議橘恒平の子とするが, 恒平は永観元年(983)に62歳〔公卿補任〕または65歳〔分脈〕で没しているから, 増賀より年下であり, 父子関係は信じがたい. 天台宗. 徹底して名利を厭い, 遁世して多武峰に住んだ. 12-33, 15-39(多武峰聖人)

増命《ぞうみょう》 俗姓桑内. 延長5年(927)没. 85歳. 安峰の子. 延最の弟子. 第10代天台座主. 僧正. 号千手院座主. 諡号静観.〔僧綱補任〕〔天台座主記〕 13-3(浄観), 15-5

増祐《ぞうゆう》 伝未詳. 極楽記「播磨国賀古郡蜂目郷人也」. 15-18

蘇我大臣《そがのおおおみ》 11-1, 11-21, 11-23. →馬子

則天《そくてん》 11-8. →則天武后

則天武后《そくてんぶこう》 唐の女帝. 705年没. 唐の高宗の皇后. 国政の実権を握り, 690年国号を周と改め, 聖神皇帝と称した. 705年失脚, 国号は唐に復した. 11-8(則天)

帥内大臣《そちのないだいじん》 15-43. →伊周《これちか》

た

題恵《だいえ》 伝未詳. 霊異記「字曰依網禅師. 俗姓依網連. 故以為字」と注. 16-38

大迦葉《だいかしょう》 Mahākāsyapa, インドの僧. 釈尊の十大弟子の1人. 頭陀第一と称された. 仏滅後最初の経典結集を主宰. 摩訶迦葉. 14-39

醍醐天皇《だいごてんのう》 第60代の天皇. 延長8年(930)没. 46歳. 在位897-930. 宇多天皇の第1皇子. 12-35(延喜天皇)

帝釈天《たいしゃくてん》 Indra, 釈提桓因. 天帝釈. もとはヒンドゥー教における英雄神インドラ. 梵天とともに早くから仏教に取り入れられ, 仏教の守護神となった. 須弥山の頂にある忉利天善見城の主で, 四天王を従える. 形像は天人形で象に乗るのが普通. 11-1, 12-6, 13-7, 13-39, 14-7(天帝釈)

大織冠《だいしょくかん》 11-14, 12-3, 12-21. →鎌足

大日如来《だいにちにょらい》 摩訶毘盧遮那(Mahavairocana). 宇宙の実相を仏格化した根本仏で, 真言密教の教主. その智徳の面を示したのが金剛界大日, 理徳の面を示したのが胎蔵界大日. 両者の形像は異なり, 前者は白色で宝冠を戴いて大智拳印を結び, 後者は金色で冠形に髪を結い上げて法界定印を結ぶ. 11-9, 11-25, 11-28, 12-22

大梵天王《だいぼんてんおう》 13-33. →梵天

高子《たかいこ》 三善. 生没年未詳. 坂上田村麻呂の妻.『清水寺縁起』に「三善清継女」と原注があるが, 確認できる史料は未見. 11-32

高丘親王《たかおかしんのう》 平城天皇の第3皇子. 嵯峨天皇の皇太子となったが, 薬子の乱(810)に連座して廃太子. 出家して空海の弟子となる. 法名真如. 貞観4年(862)入唐. さらに天竺に渡る途上, 羅越国で没. 14-34(池辺宮)

挙賢《たかかた》 藤原. 天延2年(974)没. 22(25)歳. 伊尹の子. 母は恵子女王. 蔵人頭. 左近少将. 正五位下.〔分脈〕〔天延二年記〕 15-42

喬木《たかき》 小野. 生没年未詳. 小野氏系図には見えない. 図書頭. 刑部大輔. 仁和3年(887)任山城守.〔三代実録〕従五位下. 15-49

鷹司殿《たかつかさどの》 12-24. →倫子《りんし》

高遠《たかとお》 藤原. 長和2年(1013)没. 65歳. 参議斉敏の子. 実資の兄. 左兵衛督. 大宰大弐. 正三位. 歌人.『高遠集』がある.〔分脈〕 15-42

高野姫天皇《たかののひめのてんのう》 11-18, 12-4. →孝謙《こうけん》天皇

滝丸《たきまろ》 伝未詳. 15-54

丹治比経師《たじひのきょうじ》 伝未詳. 14-26

忠貞《たださだ》 賀陽. 伝未詳. 善家秘記(『扶桑略記』所引)「良藤男左兵衛志忠貞」. 16-17

タヾス丸《ただすまろ》 伝未詳. 16-26

田村麻呂《たむらまろ》 坂上. 弘仁2年(811)没. 54歳. 苅田麻呂の子. 征夷大将軍. 大納言. 右大将. 兵部卿. 正三位. 勇武で知られ, 蝦夷地平定

に功を挙げた．清水寺を創建．〔後紀〕〔公卿補任〕　11–32

多聞天《たもんてん》　四天王の 1 人で，北方を守護する．また，毘沙門天の名で単独で信仰の対象とされる．　11–35, 11–36．→四天王　→毘沙門天

淡海公《たんかいこう》　11–14, 12–3, 12–21．→不比等

丹波中将《たんばのちゆうじよう》　15–43．→雅通

ち

周家《ちかいえ》　藤原．生没年未詳．道隆の子．大舎人．従四位下．　14–14

茅上《ちがみ》　丹生．霊異記「弟上」が正か．伝未詳．　12–2

智顗《ちぎ》　陳•隋の僧．597 年没．60 歳．中国天台宗の大成者．『法華文句』『法華玄義』『摩訶止観』等の著者．智者大師．天台大師．〔続高僧伝〕　11–10(智者大師), 11–12(天台大師), 11–26(智者大師•天台大師), 12–33(天台)

智光(知光)《ちこう》　俗姓鋤田連(すきたのむらじ)，後に上村主(かみのすぐり)と改む．生没年未詳(天平勝宝 4 年(752)没とも)．河内の人．三論宗．元興寺の僧．天平 16 年(744)大僧正．『浄名玄論略述』など著書多数．　11–2, 15–1

智者大師《ちしやだいし》　11–10, 11–26．→智顗《ちぎ》

知周《ちしゆう》　唐の僧．723 年没．56 歳．撲揚大師．中国法相宗の第 3 祖．『成唯識論演秘』その他の著者．日本の玄昉らの師．　11–6

智証大師《ちしようだいし》　11–28, 14–45．→円珍《えんちん》

知満《ちまん》　唐の僧．伝未詳．鑑真の師．東征伝「楊州大雲寺智満禅師」．　11–8

長円《ちようえん》　伝未詳．法華験記「天台山僧．筑紫之人矣」．　13–21

長延《ちようえん》　伝未詳．法華験記「桜井長延聖」．　13–28

長義《ちようぎ》　伝未詳．霊異記「諾楽右京薬師寺之僧也」．　14–33

長教《ちようきよう》　正しくは「長斅(ちようこう)」か．長斅は，生没年未詳．淳祐の弟子．〔三宝院伝法血脈〕　15–13

長元王《ちようげんおう》　インドの王．伝未詳．　11–15

朝禅《ちようぜん》　伝未詳．法華験記「従少年住比叡山」．　14–24

長増《ちようぞう》　伝未詳．　15–15

珍賀《ちんが》　唐の僧．生没年未詳．順暁の弟子．玉堂寺の僧．　11–9

つ

使丸《つかいまろ》　『上宮聖徳太子伝補闕記』には「舎人調使麻呂」とあり，同書彰考館本の末尾の記事によれば，18 歳で聖徳太子の舎人となり，78 歳で出家，天智天皇 8 年(669)没．84 歳．調使氏の人．子に足人がいる．（新川登亀男『上宮聖徳太子伝補闕記の研究』）　11–1

常行《つねゆき》　藤原．貞観 17 年(875)没．40 歳．良相の子．大納言．右大将．正三位．　14–42

て

伝教大師《でんぎようだいし》　11–10, 11–11, 11–26, 11–27．→最澄

転乗《てんじよう》　伝未詳．法華験記「金峰山住僧．大和国人矣」．　14–17

天帝釈《てんたいしやく》　14–7．→帝釈天

天台大師《てんだいだいし》　11–12, 11–26, 12–33．→智顗《ちぎ》

天智天皇《てんぢてんのう》　第 38 代の天皇．671 年没．46 歳．在位 661–671．舒明天皇の第 2 皇子．母は皇極天皇．即位前は中大兄皇子として大化改新を推進．近江の大津に遷都．　11–4, 11–14(御子ノ天皇), 11–16 (天暦天皇と誤記), [11–17], 11–29, 11–30, 11–38, 12–3, 12–5, 12–20, 12–21

天武天皇《てんむてんのう》　第 40 代の天皇．686 年没．56 歳か．在位 673–686．舒明天皇の第 3 皇子．母は皇極天皇．天智天皇の弟．壬申の乱に勝って即位．律令政治の体制を固めた．　11–16

と

道栄《どうえい》　伝未詳．法華験記「近江国人．幼少登山住宝幢院」．　13–7

道公《どうこう》　伝未詳．法華験記「天王寺僧也」．　13–34

道欣《どうこん》　百済の僧．伝未詳．推古天皇 12 年(604)百済王より呉に遣わされたが，暴風のため肥後国に漂着した．〔書紀〕　11–1

道慈《どうじ》　俗姓額田．天平 16 年(744)没．70 余歳．大和の人．大安寺の僧．入唐して養老 2 年(718)帰国．三論宗第 3 伝．律師．〔僧綱補任〕　11–5, 11–16

道乗《どうじよう》　伝未詳．　13–8

道照《どうしよう》　「道昭」とも．俗姓船連(ふねのむらじ)．文武天皇 4 年(700)没．72 歳．河内の人．元興寺の僧．白雉 4 年(653)入唐．玄奘三蔵に師事，

8 年後に帰国. 法相宗初伝. 〔僧綱補任〕 11-4
道邃《どうすい》 唐の僧. 生没年未詳. 天台第 7 祖. 堪然の弟子. 天台山に住む. 最澄の師. 〔宋高僧伝〕 11-10
多武峰聖人《とうのみねのしょうにん》 15-39. →増賀《ぞうが》
道命《どうみょう》 俗姓藤原. 寛仁 4 年(1020)没. 大納言道綱の子. 天台宗. 天王寺別当. 歌人. 『二中歴』名人歴の読経上手の項に名が見える. 12-36
遠成《とおなり》 高階. 弘仁 9 年(818)没. 61 歳. 主計頭. 民部少輔. 大和介. 従四位. 〔後紀〕〔類聚国史〕 11-9
利苅女《とかりめ》 伝未詳. 霊異記「利苅優婆夷者, 河内国人也. 姓利苅村主, 故以為字」. 14-31
時親《ときちか》 安倍. 生没年未詳. 吉平の子. 主税頭. 陰陽博士. 従四位上. 〔分脈〕『二中歴』一能歴の陰陽師の項にも名がみえる. 12-21
徳道《とくどう》 俗姓辛矢田部. 没年未詳. 播磨の人. 長谷寺縁起文によれば, 斉明天皇 2 年(656)生. 壮年に出家. 天平年間(729-749)大和初瀬に十一面観音を造立して長谷寺を創建. 11-31
利仁《としひと》 藤原. 生没年未詳. 時長の子. 上野介・上総介・武蔵守を歴任. 延喜 15 年(915)征夷大将軍. 従四位下. 14-45
敏行(橘)《としゆき》 橘. 敦行の子として実在するが, 14-29 の主人公としては藤原氏の敏行が正しい. 14-29. →敏行(藤原)
敏行(藤原)《としゆき》 藤原. 延喜元年(901)没. 富士麿の子. 左近衛中将. 右兵衛督. 従四位上. 能書. 三十六歌仙の 1 人. 14-29 の橘敏行は誤り. 正しくは藤原敏行. 14-29
知章《ともあきら》 藤原. 長和 2 年(1013)没. 〔小右記〕参議元名の子. 加賀・近江・筑前・伊予守. 春宮亮. 正四位. 〔分脈〕 15-15
友則《とものり》 紀. 生没年未詳. 有友の子. 貫之の従弟. 大内記. 『古今集』の撰者. 14-29
豊蔭《とよかげ》 賀陽. 伝未詳. 善家秘記(『扶桑略記』所引)「(良藤)弟統領豊蔭」. 16-17
豊恒《とよつね》 賀陽. 伝未詳. 善家秘記(『扶桑略記』所引)「吉備津彦神宮禰宜豊恒」. 16-17
豊仲《とよなか》 賀陽. 伝未詳. 善家秘記(『扶桑略記』所引)「良藤兄大領豊仲」. 16-17

な

直世王《なおよのおう》 承和元年(834)没. 58(59)歳. 浄原王の子. 中納言. 中務卿. 従三位. 〔続後紀〕 12-5
中方《なかかた》 平. 生没年未詳. 維時の子. 検非違使. 越前守(1 本には越中守). 従五位下. 〔分脈〕 12-24
仲遠《なかとお》 藤原. 生没年未詳. 信濃守公葛の子. 蔵人. 備中守. 従五位上. 〔分脈〕 15-45
中関白《なかのかんぱく》 13-16. →道隆《みちたか》
中関白殿ノ北ノ政所《なかのかんぱくどののきたのまんどころ》 13-16. →貴子《きし》
仲平《なかひら》 藤原. 天慶 8 年(945)没. 71 歳. 基経の子. 左大臣. 正二位. 号枇杷大臣. 14-1
仲麿《なかまろ》 藤原. 天平宝字 8 年(764)没. 59 歳. 南家. 武智麻呂の子. 恵美押勝と称す. 孝謙・淳仁朝に専権をふるったが, 道鏡と対立して敗れ, 殺された. 大師. 正一位. 〔続紀〕〔公卿補任〕 11-8
奈良麻呂《ならまろ》 橘. 天平宝字元年(757)没. 37 歳. 左大臣諸兄の子. 参議. 正四位. 藤原仲麻呂の誅殺を図ったが, 計画が漏れて捕えられ, 殺された. 〔続紀〕 11-29
成順《なりのぶ》 高階. 長久元年(1040)没. 左中弁明順の子. 筑前守. 正五位下. 法名乗蓮. 〔分脈〕 15-35
南岳大師《なんがくだいし》 11-26, 12-33. →慧思《えし》
南菩薩《なんぼさつ》 12-31. →永興《えいごう》

に

新田部親王《にいたべのしんのう》 天平 7 年(735)没. 天武天皇の第 7 皇子. 一品. 11-8
丹生明神《にうのみょうじん》 高野山の地主神. 金剛峰寺の総鎮守. 丹生津比売命. 本社は現, 和歌山県伊都郡かつらぎ町上天野にある丹生都比売神社. 高野山の各所に分祀されている. 11-25
西三条右大臣《にしさんじょうのうだいじん》 14-42. →良相《よしみ》
日蔵《にちぞう》 俗姓三善. 寛和元年(985)没. 氏吉の子. 清行の弟. 金峰山で山岳修行. 密教に通じ, 管弦・声明にも優れた. 初め道賢と称したが, 天慶 4 年(941)気絶, 冥界を遍歴後に蘇生して日蔵と改名. 神仙として伝説化. 〔道賢上人冥途記〕〔二中歴〕 13-9, 14-43
日羅《にちら》 敏達天皇 12 年(583)没. 肥の国葦北の国造, 刑部靫部(ゆげい)阿利斯登(ありしと)の子. 百済に生まれ, 百済に仕えて達率(だちそち 官位 12 階の第 2)に至った. 敏達天皇に召されて来朝したが, 部下に暗殺された. 〔書紀〕 11-

1
如意輪観音《にょいりんかんのん》 Cintāmaṇicakra，六(七)観音の1つ．形像は通常立膝をして六臂，頬杖をつき，1つの手に如意宝珠を持つ． 11-13, 11-38．→観世音菩薩
如空《にょくう》 空海の2番目の法名． 11-9．→空海
仁海《にんかい》 俗姓宮道．永承元年(1046)没．94歳．和泉の人．維平の子．真言宗．真賀・元杲の弟子．東大寺別当．東寺長者．僧正．号小野僧正．〔僧綱補任〕〔三宝院伝法血脈〕 15-14
仁鏡《にんきょう》 伝未詳．法華験記「東大寺僧也」． 13-15
仁慶《にんきょう》 伝未詳．法華験記「叡山西塔住僧．住鏡阿闍梨弟子也．越前国人」． 15-11
仁徳《にんとく》 伝未詳．円珍の叔父． 11-12

の

後一条院《のちのいちじょうのいん》 12-22．→後一条天皇
義清《のりきよ》 平．生没年未詳．中方の子．検非違使．従五位下．〔分脈〕古本説話集「平ののりきよ」． 12-24

は

八幡大菩薩《はちまんだいぼさつ》 九州の宇佐八幡宮を本源とする八幡宮の祭神．応神天皇を主座とし，神功皇后，比売神または仲哀天皇を合わせた3神． 11-10(大菩薩), 12-10, 12-20
法全(法詮)《はっせん》 唐の僧．生没年未詳．真言宗．恵果門下の義操に金剛界法，法潤に胎蔵法を受け，密教に通達．日本の留学僧円仁・円珍・真如法親王らに伝授した． 11-12(法詮), 14-45
婆羅門僧正《ばらもんそうじょう》 11-7, 12-7．→菩提僊那
般若須菩提《はんにゃしゅぼだい》 未詳． 13-41．→須菩提

ひ

彦真《ひこざね》 伴．生没年未詳．伴氏系図には見えない．美濃守．播磨守．天徳3年(959)正月近江守．〔類聚符宣抄〕同4年11月近江前司．〔西宮記〕『二中歴』一能歴の良吏の項に名が見える． 15-48
毘沙門天《びしゃもんてん》 Vaiśravaṇa，四天王の1人で北方を守護する．多聞天は訳名．もとはヒンドゥー教の富の神クベーラ．仏教に取り入れられて多くの夜叉を従えた仏教守護神となり，また，財宝・福徳を司る．早くから単独で信仰の対象とされた． 11-27, 11-35, 11-36, 12-32, 12-34
氷田《ひえ》 池辺．伝未詳．敏達紀13年(584)にも名が見える．池辺氏は東漢氏の分流の1つ． 11-23
敏達天皇《びだつてんのう》 第30代の天皇．585年没．48歳．在位572-585．欽明天皇の第2皇子．〔書紀〕 11-1, 11-21, 11-23
一言主神《ひとことぬしのかみ》 葛城山の地主神．『延喜式』神名帳に見える大和国葛上郡の葛木坐一言主神社の祭神．同社はもと葛城山(現，金剛山)頂にあったが，現在は東麓の奈良県御所市森脇に所在． 11-3
平願《びょうがん》 伝未詳．法華験記「書写山聖空聖人弟子也」． 13-19
平珍《びょうちん》 伝未詳．極楽記「法広寺住僧」． 15-17
広継《ひろつぐ》 正しくは「広嗣」．藤原．天平12年(940)没．宇合の子．大宰少弐．従五位下．橘諸兄・玄昉・吉備真備らの勢力を排除せんとして北九州で乱を起こしたが，敗れて殺された．〔続紀〕 11-6
広成《ひろなり》 丹治比．天平11年(739)没．島の子．天平4年(731)遣唐大使に任ぜられ，翌年入唐．同6年種子島に帰着．中納言．従三位．『懐風藻』に詩3首．〔続紀〕 11-6
枇杷大臣《びわのおとど》 14-1．→仲平
敏達天皇《びんだつてんのう》 11-1, 11-21, 11-23．→敏達(びだつ)天皇

ふ

普賢菩薩《ふげんぼさつ》 Samantabhadra，文殊菩薩とともに釈迦如来の脇侍として仏の理・定・行の徳を司り，また，法華経誦持者を守護する．形像は象に乗る． 11-12, 12-34, 12-37, 13-15, 13-20, 13-24, 13-31, 14-16, 15-45
房前《ふささき》 藤原．天平9年(737)没．57歳．不比等の子．参議．中務卿．中衛大将．正三位．追贈太政大臣．北家の祖．〔公卿補任〕 11-31
普照《ふしょう》 伝未詳． 15-6
仏蓮《ぶつれん》 伝未詳．法華験記「安祥寺僧．…壮年之頃，移住越後国古志郡国上山」． 13-23
不動明王《ふどうみょうおう》 Acalanātha，もとはインドの山岳系俗神か．ヒンドゥー教の神シヴァの影響も大．仏教に取り入れられ，如来の教えに障害ある者の命根を断ち，行者に給仕して成

仏させる明王．火生三昧に入って何者にも動じないので不動という．形像は忿怒形で盤石に座し，猛火を背にし，右手に剣，左手に羂索を持つ．また，五大明王の主尊で，八大童子を眷属とする．　11-11, 11-12, 11-27, 13-21, 15-7

船親王《ふねのしんのう》　生没年未詳．舎人親王の子．淳仁天皇の兄．弾正尹．治部卿．大宰帥．二品．天平宝字 8 年(764)恵美押勝の乱に連座して隠岐に流された．〔続紀〕　16-27

不比等《ふひと》　藤原．養老 4 年(720)没．63 歳〔懐風藻〕．62 歳〔公卿補任〕とも．大織冠鎌足の子．律令政治の実施に尽力．右大臣．正二位．諡号淡海公．　11-6, 11-14(淡海公), 12-3(同左), 12-21(同左)

文忌寸《ふみのきみき》　16-38．→三郎

へ

弁宗《べんしゅう》　伝未詳．霊異記「大安寺僧也」．　16-27

ほ

報恩大師《ほうおんだいし》　延暦 14 年(795)没．備前国の人．吉野山で修行．孝謙・桓武天皇の病平癒を祈って功あり，子島寺を建立．〔子島山寺建立縁起〕　11-32

法空《ほうくう》　伝未詳．法華験記「下野国人．法隆寺僧」．　13-4

法厳《ほうごん》　伝未詳．　13-39

法寿《ほうじゅ》　『権記』長保 4 年(1002) 5 月 4 日条に名が見えるが，伝未詳．法華験記「延暦寺座主暹賀僧正弟子也」．　13-32

法明《ほうみょう》　百済の尼．伝未詳．　12-3

法蓮《ほうれん》　伝未詳．　13-40

菩提僊那《ぼだいせんな》　Bodhisena，インドの僧．天平宝字 4 年(760)没．57 歳．唐を経由し，天平 8 年(736)遣唐使に伴って大宰府に来着．大安寺に住む．僧正．天平勝宝 4 年(752)東大寺大仏開眼供養会の導師を勤めた．婆羅門僧正．〔続紀〕〔婆羅門僧正碑并序〕　11-7(婆羅門), 12-7(同左)

堀河大政大臣《ほりかわのだいじょうだいじん》　14-35．→基経

梵王《ぼんおう》　12-6．→梵天

梵天《ぼんてん》　Brahmā，大梵天王．梵王．もとはヒンドゥー教における宇宙創造の原理を神格化した最高神ブラフマー．帝釈天とともに早くから仏教に取り入れられ，仏教の守護神となった．また，色界の初禅天の支配者とされる．　11-1, 12-6(梵王), 13-7, 13-33(大梵天王), 13-39

ま

真吉備《まきび》　11-8．→真備

真備《まきび》　吉備．宝亀 6 年(775)没．83 歳．地方豪族下道圀勝の子．学者として入唐留学 17 年間，天平 6 年(734)に帰国．吉備朝臣を賜る．道鏡政権下に異例の昇進．右大臣．従二位．〔続紀〕〔公卿補任〕　11-6(吉備大臣), 11-8(真吉備), 14-4(吉備大臣)

正家《まさいえ》　平．延久 5 年(1073)没．正済の子．信濃守．従五位下．後拾遺集歌人．　13-38

正親《まさちか》　卜部．伝未詳．大和の人．源信僧都の父．　12-32

正則《まさのり》　伝未詳．関寺縁起・世喜寺再興縁起「息長《おきなが》正則」．　12-24

雅通《まさみち》　源．寛仁元年(1017)没．宇多源氏．時通の子．蔵人．木工頭．丹波守．右近権中将．正四位下．歌人．丹波中将．〔分脈〕　15-43

益躬《ますみ》　越智．生没年未詳．伊予の豪族．百男の子．河野氏の祖．〔越智系図〕〔河野系図〕　15-44

松尾大明神《まつのおのだいみょうじん》　京都市西京区嵐山宮町にある松尾大社の祭神．大山咋神と市杵島姫命．もとは秦氏の氏神．賀茂社とともに平安京の鎮守として信仰された．　12-36

真福田丸《まふくたまろ》　智光の前生の名．　11-2．→智光

麿《まろ》　紀．伝未詳．霊異記「紀万侶」．　12-14

み

三尾明神《みおのみょうじん》　園城寺(三井寺)の地主神．鎮守神の 1 つとして境内に祀られる．諸説があるが，『寺門伝記補録』5 によれば，「三尾明神，太古伊弉諾尊垂迹于長等山，擁護国家利楽群生．遂為長等南境地主」．　11-28

水尾天皇《みずのおのてんのう》　14-34．→清和天皇

道真《みちざね》　菅原．延喜 3 年(903)没．59 歳．是善の子．右大臣．正二位．藤原時平の讒により大宰権帥に左遷され，そこで没．後に天満天神として祀られた．　11-24(北野)

道隆《みちたか》　藤原．長徳元年(995)没．43 歳．兼家の子．母は藤原時姫(中正女)．摂政・関白．正二位．　13-16(中関白)

道綱《みちつな》　藤原．寛仁 4(1020)没．66 歳．兼家の子．母は倫寧女(『蜻蛉日記』作者)．大納言．東宮傅．正二位．　12-36

道長《みちなが》　藤原．万寿 4 年(1027)没．62 歳．兼家の子．母は藤原時姫(中正女)．摂政．太政大臣．従一位．摂関政治最盛期の権力者．号御堂関白．　12-9(入道殿), 12-22(入道殿•関白大政大臣), 12-23(入道殿•入道大相国), 12-24(入道大相国), 14-11(御堂)

道雅《みちまさ》　藤原．天喜 2 年(1054)没．63 歳．伊周の子．左近中将．右京権大夫．左京大夫．従三位．歌人．粗暴の言動が多く，荒三位の異名があった．〔分脈〕〔公卿補任〕　15-43

道麻呂《みちまろ》　粟田．『続紀』に見える粟田朝臣真人のことか．真人は，養老 3 年(719)年没．大宝律令の編纂に参加．大宝元年(701)遣唐使の長官(執節使)に任ぜられ，慶雲元年(704)帰国．〔続紀〕　11-5

御堂《みどう》　14-11．→道長

宮丸《みやまろ》　伝未詳．三宝絵「ミヤ丸」．　11-31

妙音菩薩《みょうおんぼさつ》　Gadgada-svara,『法華経』妙音菩薩品の主人公の菩薩．浄華宿王智仏の東方浄光荘厳世界に住む菩薩で，諸菩薩とともに西行して娑婆世界霊鷲山の釈尊の説法の場に来会し，化作した蓮華台に座して問法した．　12-32

明快《みょうかい》　俗姓藤原．延久 2 年(1070)没．86 歳(一説に治暦 2 年(1066)没．84(96)歳)．俊宗の子．明豪•覚運等の弟子．第 32 代天台座主．法成寺別当．天王寺別当．大僧正．〔僧綱補任〕〔明匠略伝〕〔天台座主記〕　14-13

明秀《みょうしゅう》　伝未詳．法華験記「延暦寺座主暹賀僧都弟子矣」．　13-29

妙昭《みょうしょう》　伝未詳．法華験記「信濃人．法華持者」．　13-18

明清《みょうしょう》　正しくは「明請」．俗姓藤原．生没年未詳．智淵の弟子．台密の大家．号阿弥陀房．〔明匠略伝「明請」〕極楽記「明靖」．　15-10

明尊《みょうそん》　俗姓小野．康平 6 年(1063)没．93 歳．道風の孫．奉時の子．第 22 代園城寺長吏．第 29 世天台座主(3 日で辞任)．大僧正．藤原頼通の護持僧を勤め，信頼が厚かった．　12-21, 12-24

妙達《みょうたつ》　伝未詳．法華験記「出羽国田川郡布山竜華寺住僧也」．　13-13

名祐《みょうゆう》　東大寺の明祐と同一人か．但し，叡山の僧長増の師としては存疑．　15-15．→明祐

明祐《みょうゆう》　応和元年(961)没．84 歳．律宗．東大寺の僧．律師．〔僧綱補任「名祐」〕極楽記「明祐」．　15-3, 15-15(名祐)

明練《みょうれん》　正しくは「命蓮」．詳伝は未詳．寛平年中(889–898)に幼少にして信貴山に登り，山籠りして修行，承平 7 年(937)に 60 余歳という『信貴山資財宝物帳』(大日本仏教全書所収)の記事が事実に近いだろう．その後まもなく没か．　11-36

明蓮《みょうれん》　伝未詳．信貴山の「命蓮」(11-36)とは別人らしい．　14-18

弥勒菩薩《みろくぼさつ》　Maitreya, 慈氏菩薩．釈尊入滅後，56 億 7 千万年後に下生して竜華樹の下で成道し，三会の説法で衆生を救済するとされている未来仏．現在は菩薩として兜率天で天人らに説法している．形像には如来形と菩薩形があり，菩薩形は思惟像が普通．　11-1, 11-9, 11-13, 11-15, 11-25, 11-28, 11-29, 11-30, 12-11, 12-24, 12-32, 13-2, 13-11(慈氏尊), 13-15, 14-20(慈氏), 15-16

む

無空《むくう》　俗姓橘．延喜 21 年(921)没．右京の人．真言宗．真然の弟子．金剛峰寺座主．権律師．〔僧綱補任〕〔釈書〕　14-1

村上天皇《むらかみてんのう》　康保 4 年(967)没．42 歳．在位 946–967．第 62 代の天皇．醍醐天皇の皇子．　15-27

牟婁沙弥《むろのしゃみ》　伝未詳．霊異記「榎本氏也．自度無名．紀伊国牟婁郡人故，字号牟婁沙弥者」．　12-29

も

基経《もとつね》　藤原．寛平 3 年(891)没．56 歳．権中納言長良の子．摂政良房の養子．摂政．関白．太政大臣．従一位．諡号昭宣公．　14-35

物部氏大神《もののべのうじのおおかみ》　物部氏の氏神．『延喜式』神名帳に見える大和国山辺郡石上坐布都御魂神社，即ち現，天理市布留にある石上神宮の祭神．布都御魂大神．　11-21

守屋《もりや》　物部．用明天皇 2 年(586)没．大連尾輿の子．大連(おおむらじ)として排仏論を唱えたが，蘇我馬子らに攻められて敗死．〔書紀〕　11-1, 11-21, 11-23

師輔《もろすけ》　藤原．天徳 4 年(960)没．53 歳．忠平の子．母は源能有の娘．右大臣．正二位．

12-35(九条殿)

文殊菩薩《もんじゅぼさつ》　Mañjuśrī, 普賢菩薩とともに釈迦如来の脇侍として仏の智・慧の徳を司る. 像形は獅子に乗るのが普通. 中国五台山がその聖地とされる.　11-2, 11-7, 11-9, 11-12, 13-15, 13-21, 13-24

文徳天皇《もんとくてんのう》　第 55 代の天皇. 天安 2 年(858)没. 32 歳. 在位 850-858. 仁明天皇の第 1 皇子.　11-12, 14-45

や

薬延《やくえん》　伝未詳.　15-30

薬師如来《やくしにょらい》　薬師瑠璃光如来(Bhaiṣajyaguru-vaidūryaprabha). 東方浄瑠璃世界の教主. 因位の時に立てた十二の大願により, 衆生の病患を癒し, 解脱へ導く仏. 薬師仏. なお, 薬師如来像には, 単独像の他にいわゆる薬師三尊があり, 薬師如来の左右に脇侍として日光・月光菩薩を並べる. また, 七仏薬師は薬師如来とその分身(別仏ともいう)である 7 体の仏像を並べる.　11-10, 11-11, 11-17, 11-24, 11-26, 12-12, 12-19, 12-20, 12-23(七仏薬師), 14-25

薬仁《やくにん》　貞観 16 年(874)没. 法相宗. 鑑真の弟子. 薬師寺の僧. 伝灯大法師. 〔僧綱補任〕〔三代実録〕但し, 15-2 の薬仁は隆海の少年時に摂津国の講師として登場しているが, 薬師寺の薬仁が地方の講師であったとは思えず, 年齢も隆海とほぼ同じであるから, 本話の薬仁と同一人かどうかは疑問. むしろ極楽記・三代実録「薬円」が正か. 但し, 薬円は伝未詳.　15-2

薬連《やくれん》　「薬蓮」が正か. 伝未詳. 極楽記「沙弥薬蓮, 住信濃国高井郡中津村如法寺」.　15-20(薬連・薬蓮)

夜須古《やすこ》　伝未詳. 霊異記「忌部首. 字曰多夜須子」.　14-27

屋栖野《やすの》　11-23. →屋栖野古

屋栖野古《やすのこ》　伝未詳. 11-23 は「文部屋栖野」または「栖野」とするが, 『霊異記』は「大部(大伴)屋栖野古」. 紀伊国名草郡の宇治の大伴連等の先祖で, 聖徳太子の腹心の侍者. 孝徳天皇 6 年(650)に大華上. 90 余歳で没という.　11-23(屋栖野・栖野)

八耳皇子《やみみのおうじ》　11-1. →聖徳太子

ゆ

維摩居士《ゆいまこじ》　Vimalakīrti, 維摩詰. 浄名居士. 『維摩経』に説かれている仏在世中のインドの長者. 在家でありながら大乗仏教の奥義を究めていて, 病床を見舞った仏弟子たちと問答して閉口させ, 文殊菩薩と法門を談じたという.　12-3

よ

栄睿《ようえい》　生没年未詳. 美濃の人. 興福寺の僧. 天平 5 年(733)入唐. 律僧鑑真に日本渡航を要請. 鑑真の 5 回目の渡海失敗(748 冬)の 1 年余後, 瑞州の竜興寺で客死. 〔東征伝〕〔延暦僧録〕　11-8

永慶《ようきょう》　俗姓藤原. 治暦 2 年(1066)没. 71 (72)歳. 済信の子. 天台宗. 証空の弟子. 権大僧都. 〔僧綱補任〕〔寺門伝記補録〕　14-21

陽勝《ようしょう》　俗姓紀. 貞観 11 年(869)生. 能登の人. 善造の子. 神仙と化して飛び去り, 終りを知らずという. 〔陽勝仙人伝〕『二中歴』名人歴の聖人の項に名が見える.　13-3(陽勝・陽照)

陽照《ようしょう》　13-3. →陽勝

永昭《ようしょう》　俗姓藤原. 長元 3 年(1030)没. 42 歳. 元成(基業とも)の子. 法相宗. 林懐の弟子. 興福寺権別当. 権大僧都. 〔僧綱補任〕　14-43

陽信《ようしん》　伝未詳. 真言伝「陽深」.　14-44

用明天皇《ようめいてんのう》　第 31 代の天皇. 587 年没. 在位 585-587. 欽明天皇の第 4 皇子.　11-1, 11-23

良臣《よしおみ》　高階. 天元 3 年(980)没. 右中将師尚の子. 宮内卿. 正四位下. 〔分脈〕　15-34

良門《よしかど》　壬生. 伝未詳. 法華験記「生坂東地. 遊夷蛮境」. 僧妙達蘇生注記「陸奥国大目壬生良門」.　14-10

義孝《よしたか》　藤原. 天延 2 年(974)没. 21(20)歳. 伊尹の子. 母は恵子女王. 右近少将. 従五位上. 歌人. 『義孝集』がある. 〔分脈〕〔天延二年記〕　15-42

義忠《よしただ》　藤原. 長久 2 年(1041)没. 38 歳. 為文の子. 侍読. 権左中弁. 大和守. 吉野川で溺死した. 〔扶桑略記〕『分脈』は「ノリ」と振仮名.　12-20

吉忠《よしただ》　多(おおの). 生没年未詳. 造興福寺記「少工多吉忠」. 『二中歴』一能歴の木工の項に名

がみえる． 12–21

善根《よしね》 橘．生没年未詳．大和頭継氏の子．性空の父．美濃守．従四位下． 12–34

良房《よしふさ》 藤原．貞観 14 年(872)没．69 歳．左大臣冬嗣の子．人臣初の太政大臣・摂政．従一位．諡号忠仁公． 14–34(白川大政大臣)

良藤《よしふじ》 賀陽．伝未詳．善家秘記(『扶桑略記』所引)「頗有貨殖．以銭為備前少目」． 16–17

良相《よしみ》 藤原．貞観 9 年(867)没．55 歳．左大臣冬嗣の子．右大臣．正二位． 14–42

義通《よしみち》 伴．伝未詳．霊異記「衣縫伴造義通」によれば，衣縫が氏，伴造が姓，義通が名である．なお『三宝絵』関戸本は名に「ギトウ」と傍訓． 14–36

頼清《よりきよ》 源．生没年未詳．頼信の子．安芸守・陸奥守・肥後守など歴任．〔分脈〕永承 3 年(1048) 3 月に前陸奥守．〔造興福寺記〕従四位下． 12–36

頼通《よりみち》 藤原．承保元年(1074)没．83 歳．道長の子．母は源倫子(雅信女)．摂政関白．太政大臣．従一位．父の権力を受け継いで栄華を極めた．号宇治殿． 12–21(氏長者殿)，12–22(関白内大臣)，12–23(関白殿)

ら

頼光《らいこう》 伝未詳． 15–1

頼真《らいしん》 伝未詳．法華験記「近江国人．年始九歳住金勝寺」． 14–23

羅刹女《らせつにょ》 13–4．→十羅刹

り

李延孝《りえんこう》 日唐貿易に従事した渤海人の商人．『円仁牒』(平安遺文・124)に「渤海国商主李延孝」とあり，『三代実録』貞観 4 年(862)，同 7，8 年に来朝の記録がある．留学僧円仁，宗叡等は彼らの船で帰国した． 11–12

理満《りまん》 伝未詳．法華験記「河内国人．吉野山日蔵君弟子也」． 13–9

隆海《りゅうかい》 俗姓清海．仁和 2 年(886)没．72 歳．摂津の人．後に左京に移籍．願暁に三論宗を，中継に法相を，真如親王に密教を学ぶ．著書多数．〔僧綱補任〕〔三代実録〕 15–2

竜樹《りゅうじゅ》 Nāgārjuna，竜猛・竜勝とも訳．インドの僧．150–250 年ごろの人．大乗仏教の基礎を築いた．『大智度論』などの著者．また，わが国愛宕護山の山岳信仰では，毘沙門天とともに本尊地蔵菩薩の脇侍として祀られる． 13–15，14–21

隆尊《りゅうそん》 天平宝字 4 年(760)没．55 歳．興福寺の僧．東大寺開眼供養会の講師として華厳経を講じた．律師．〔僧綱補任〕〔東大寺要録〕 11–13

良暉《りょうき》 11–12．→欽良暉《きんりょうき》

良源《りょうげん》 俗姓木津．永観三年(985)没．74 歳．近江の人．第 18 世天台座主．大僧正．叡山中興の祖と称せられる．諡号慈恵大師． 12–9(慈 恵)，12–32(同 左)，12–33(同 左)，12–36(同左)

霊福《りょうふく》 伝未詳．正倉院文書の「優婆塞貢進解(天平 15 年(743)正月)」に名がみえる． 11–8

林懐《りんかい》 俗姓大中臣．万寿 2 年(1025)没．75 歳．伊勢の人．法相宗．真喜の弟子．興福寺別当．大僧都．〔僧綱補任〕 14–43

倫子《りんし》 源．天喜元年(1053)没．90 歳．雅信の娘．藤原道長の室．彰子・頼通・教通らの母． 12–24(鷹司殿)

る

盧舎那仏《るしゃなぶつ》 毘盧舎那仏(Vairocana)．蓮華蔵世界の教主．大光明を放って法界をあまねく照らすという．密教では大日如来と同体とされる． 11–13

流水長者《るすいちょうじゃ》 『金光明最勝王経』巻 9・流水品の主人公で，釈尊の前身．2 子(水空・水蔵)とともに，枯渇した池に水を補給して多数の魚を救った．魚はやがて忉利天に上生する． 12–10

れ

冷泉天皇《れいぜいてんのう》 第 63 代の天皇．寛弘 8 年(1011)没．62 歳．在位 967–969．村上天皇の皇子． 12–33(冷泉院)

冷泉院《れいぜいのいん》 12–33．→冷泉天皇

蓮寂《れんじゃく》 伝未詳． 13–2

蓮秀《れんしゅう》 伝未詳．法華験記「沙門蓮秀．醍醐住僧矣」．観音利益集「醍醐ニ運秀ト云僧アリケリ」． 16–36

蓮照《れんしょう》 伝未詳．法華験記「蓮昭」． 13–22

蓮蔵《れんぞう》 伝未詳． 13–39

蓮尊《れんそん》 伝未詳．法華験記「美作国人．元興寺僧」． 14–16

蓮長《れんちょう》 伝未詳．法華験記「桜井長延聖往昔同行善知識矣」． 13–28

ろ

良賢《ろうけん》 伝未詳. 13-4

良算《ろうさん》 伝未詳.『水左記』承暦 2 年(1078) 8 月 13 日条に見える良算は別人か. 12-40

良弁《ろうべん》 俗姓漆部. 宝亀 4 年(773)没. 85 歳. 相模の人. 華厳宗. 義淵の弟子. 東大寺初代別当. 僧正.〔僧綱補任〕〔東大寺別当次第〕 11-13, 11-30

地名・寺社名索引

1)　この索引は『今昔物語集』巻 11―16 に登場する地名および寺社について，簡単な解説を付記し，該当する巻・話を示したものである．

2)　採録の対象としたのは，原則として本文中に具体的な名称を記されたものに限り，単なる「都」「内裏」「大路」「冥途」の類は省略した．また，当該巻が本朝部に属することから頻出する「日本」「本朝」等，わが国を指す呼称については省略した．

3)　項目の表示は，地名については本文中の表示の中で最も一般的なものによった．本文中の表示が一般的でない場合には，必要に応じて参照項目を立てた．

4)　殿舎，条坊等の項目は，特記しない限り全て平安京のそれである．平城京のそれについては，項目の後の〔　〕内にその旨を示した．

5)　寺院の堂舎等の項目は，項目の後の〔　〕内に所属する寺社名を示した．

6)　項目の訓みは，現代仮名遣いとし，五十音順に配列した．

7)　巻・話番号は，巻－話のごとく示した．(例えば，「15-3」は巻 15 第 3 話を表している)

8)　当該地名・寺社名が題目にのみあって本文にない場合には，巻・話番号を［　］で囲んで示した．

9)　本文中の地名・寺社名の表示が項目の表示と異なる場合には，巻・話番号の後の(　)内に本文中の表示を示した．

10)　特別の場合を除き資料名は記さなかった．また，下記の資料名は略称を用いた．

伊呂波(十巻本伊呂波字類抄)
阿娑縛抄(阿娑縛抄・巻 200・諸寺縁起)
菅本縁起(菅家本諸寺縁起集)
護本縁起(護国寺本諸寺縁起集)
巡礼私記(七大寺巡礼私記)
伝暦(聖徳太子伝暦)
書紀(日本書紀)

あ

明石《あかし》　播磨国明石郡は，現，兵庫県明石市，神戸市垂水区・西区付近．　14-44

安芸《あき》　安芸国．現，広島県西部．　16-25

秋河《あきかわ》　秋野川．奈良県吉野郡下市町内を流れて吉野川に注ぐ川．　12-11

秋妻ノ浦《あきめのうら》　薩摩国．現，鹿児島県川辺郡坊津町秋目付近か．坊津の北西．『唐大和上東征伝』には「秋妻屋浦」とある．　11-8

悪趣《あくしゅ》　衆生が輪廻する六道のうち，畜生・餓鬼・地獄を指していう．三悪趣．三悪道．　12-36(三悪道)，13-10(同左)，13-17, 13-19, 13-29, 13-33(三悪道), 13-35, 13-37(悪道), 13-44(三悪道)，14-10(悪道)，14-23(同左)，14-39(三悪道)，15-6(悪道)，15-28(同左)，15-43(三悪道)，16-4(悪道)

悪道《あくどう》　13-37, 14-10, 14-23, 15-6, 15-28, 16-4. →悪趣

赤穂ノ郡《あこうのこおり》　播磨国．現，兵庫県赤穂市，相生市，赤穂郡付近．　14-17, 16-26

薊ノ嶽《あざみのたけ》　奈良県吉野郡東吉野村麦谷の奥，三重県との県境近くの山．薊岳．山腹に聖ケ窟がある．山岳修行の霊地か．　12-40

葦守ノ郷《あしもりのさと》　備中国賀陽郡．現，岡山市足守付近．　16-17

飛鳥ノ郷《あすかのさと》　現，奈良市の奈良町地区南東部の古称．　11-15

飛鳥ノ郷《あすかのさと》　大和国高市郡．現，奈良県高市郡明日香村付近．　11-22

愛宕護ノ山《あたごのやま》　愛宕山．京都市の北西，山城・丹波の境にあって比叡山と対峙する山．

一帯は山岳仏教の霊地. 山頂(朝日峰)の愛宕神社(旧白雲寺, 愛宕権現)の本地は勝軍地蔵. 竜樹と毘沙門も信仰された. 12-35, 12-38, 12-39, 13-15, 13-16

安諦ノ郡《あてのこおり》 紀伊国. 在田郡の古称. 現, 和歌山県有田市, 有田郡付近. 12-14, 12-29

阿都《あと》 河内国渋川郡跡部郷. 現, 大阪府八尾市跡部付近. 11-1, 11-21

阿耨達智池《あのくだつちいけ》 阿耨達池とも. サンスクリット語 Anavatapta または Anavadatta の音写. 漢訳して無熱悩池. 無熱池. 大雪山の北にあって四大河(ガンジス・インダス・オクサス・シーター)の水源をなすという池. チベットのマナサロワール湖が想定されている. 14-41

天津守ノ郷《あまつもりのさと》 この郷名は諸書に見えない. 竜蓋寺記「夫津守, 婦阿刀氏」に依れば, 「夫」を「天」と誤り, さらに郷名と誤解したものか. 11-38

海部ノ郡《あまのこおり》 紀伊国. 現, 和歌山市および海草郡の海岸部付近. 12-14

天野ノ宮《あまのみや》 11-25. →丹生ノ明神《にうのみようじん》

海部峰《あまべのみね》 「薊ノ嶽」に同じか. 12-27. →薊ノ嶽《あざみのたけ》

網見ノ里《あみのさと》 この郷名は諸書に見えない. 霊異記には「納見郷」とあるが, これも未詳. 同訓釈の「保曾女」の訓を参考に, 神武即位前紀「臍見長柄丘」と同所と推定すれば, 現, 奈良県天理市長柄付近か. 但し, 山村の近くの郷で, 郷人が大安寺の仏像に祈ったという説話の内容からみると, もっと北の奈良市南部が想定され, 確定しがたい. 12-16

荒田ノ村《あらたのむら》 紀伊国安諦郡. 現, 和歌山県有田市宮原町から有田郡吉備町にかけての地域と推定する説〔大日本地名辞書〕があるが, 詳細は未詳. 12-29

淡路ノ国《あわじのくに》 現, 兵庫県淡路島. 12-14

粟津ノ宮《あわづのみや》 天智天皇の都, 大津京. 『聖徳太子伝暦』『奥義抄』等には同天皇が粟津に都した旨があり, 同京の所在地は粟津(大津市粟津)とする説が当時流布していた. なお現在は同京は, 現, 大津市錦織付近にあったと推定されている. 11-29

粟津ノ都《あわづのみやこ》 12-21. →粟津ノ宮

安房ノ国《あわのくに》 現, 千葉県南部. 12-37

阿波ノ国《あわのくに》 現, 徳島県. 11-9, 14-27, 15-15

安祥寺《あんしようじ》 京都市山科区御陵平林町に現存. 古義真言宗. 貞観元年(859)仁明天皇女御藤原順子(冬嗣女)の発願により僧恵運を開基として創建. 〔伊呂波〕〔拾芥抄〕 13-23

安養浄土《あんようじようど》 15-49. →極楽

い

飯高ノ郡《いいたかのこおり》 伊勢国. 現, 三重県松阪市, 飯南郡付近. 15-38, 15-51

飯ノ岳《いいのたけ》 山城国綴喜郡. 現在地は不明. 14-25

飯室《いいむろ》 比叡山横川6谷の1つ. 横川から東坂本に下る途中に当たる. 12-22

伊香ノ郡《いかごのこおり》 近江国. 現, 滋賀県伊香郡付近. 16-18

伊賀ノ国《いがのくに》 現, 三重県西部. 12-25

鵤寺《いかるがのてら》 11-1. →法隆寺

鵤ノ宮《いかるがのみや》 聖徳太子の住殿. 現, 奈良県生駒郡斑鳩町の法隆寺東院の地と推定されている. 11-1

鵤ノ村《いかるがのむら》 大和国平群郡. 現, 奈良県生駒郡斑鳩町付近. 16-13

池上《いけがみ》 仁和寺の一院. 双が丘の東方にあった. 寛忠が建立. 〔仁和寺諸院家記〕 15-37

石川ノ郡《いしかわのこおり》 河内国. 現, 大阪府富田林市の一部と南河内郡. 12-18

石山寺《いしやまでら》 大津市石山寺1丁目に現存. 東寺真言宗. 天平勝宝年間(749-757), 東大寺造営の時, 僧良弁が大仏鍍金のための黄金を求めて, この地に如意輪観音を祀ったのに始まるという. 初め華厳宗, 後に真言密教の道場となり, 観音霊場として貴賤の信仰を集めた. 西国三十三所の第13番札所. 〔伊呂波〕〔阿娑縛抄〕 11-13(石山), 13-20(同左), 15-13(同左), 15-38, 16-18, 16-22(石山)

伊豆ノ国《いずのくに》 現, 静岡県東部. 11-3, 11-9, 16-24

泉河ノ津《いずみがわのつ》 木津川の船着き場. 現, 京都府相楽郡木津町. 12-20

和泉ノ国《いずみのくに》 現, 大阪府南西部. 11-2, 12-13, 15-32, 16-12

和泉ノ郡《いずみのこおり》 和泉国. 現, 大阪府岸和田市, 泉大津市, 和泉市付近. 11-23, 16-12

出雲ノ国《いずものくに》 現, 島根県東部. 13-39

伊勢ノ国《いせのくに》 現, 三重県主要部. 12-31, 15-38, 15-51

市《いち》 平城京・平安京に設置された公設市場.

東西両市があり，月の前半と後半に分かれて交互に開かれ，正午に開き日没になると閉鎖した．　14-31, 14-40

一条《いちじよう》　一条大路．京の北端を東西に走る大路．　13-10, 13-30, 16-32(一条堀川)

一条堀川ノ橋《いちじようほりかわのはし》　一条大路が堀川を渡るところに架かっている橋．浄蔵が父三善清行をここで蘇生させたこと〔拾遺往生伝〕から一条戻り橋の別名があり，後には渡辺綱が鬼女に襲われる〔剣巻〕など，様々な怪異譚の舞台となった．　16-32

市ノ郡《いちのこおり》　「高市ノ郡」の「高」が脱落したものか．　11-38．→高市ノ郡《たけちのこおり》

伊都ノ郡《いとのこおり》　紀伊国．現，和歌山県橋本市，伊都郡付近．　16-38

印南野《いなみの》　播磨国印南郡・賀古郡一帯の平野．加古川と明石川に挟まれた台地状の平野で，平安時代には禁野であった．水利が悪いため，広大な荒野が広がっていた．　16-20

稲荷《いなり》　現，京都市伏見区深草にある伏見稲荷大社．祭神は宇迦之御魂大神・佐田彦大神・大宮能売大神．和銅4年(711)に秦忌寸の祖が祀り始めたと伝える．　14-18

伊予ノ国《いよのくに》　現，愛媛県．　14-44(伊与), 15-15, 15-44, 16-2

石清水《いわしみず》　現，京都府八幡市男山．石清水八幡宮がある．同宮は奈良大安寺の行教の奏請により貞観元年(859)九州の宇佐八幡宮を勧請したもの．　12-10, 13-16(八幡宮)

磐田寺《いわたでら》　磐田原台地の西端(現，静岡県磐田市匂坂中字梵天)にあったが中世に廃絶，付近の岩田山増参寺に併合されたとの伝えがある(『磐田郡誌』等)．但しそれを裏付ける確証はなく，五重塔(霊異記では七重塔)を備えた大寺にしては伝承地は狭隘に過ぎるようである．　12-2

磐田ノ郡《いわたのこおり》　遠江国．現，静岡県磐田市付近．　12-2

石淵寺《いわぶちでら》　平城京の東，高円山の中腹にあった寺．現在の白毫寺(奈良市白毫寺町)はその1院ともいう．勤操の開基．勤操は延暦15年(796)親友栄好の菩提を祈るために法華八講を創始．八講の先例を開いた．〔三宝絵〕　14-4

う

殖槻寺《うえつきでら》　霊異記「諾楽右京殖槻寺」．現，奈良県大和郡山市植槻町付近にあった寺か．ただし付近は旧敷下郡ではなく，旧添下郡である．興福寺の維摩会はこの寺から移されたもの．〔護本縁起「維摩会縁起」〕　16-8

右京〔平城京〕《うきよう》　大内裏から南面して朱雀大路より右の京．西の京．　11-7(西京), 11-32, 14-33, 14-34(西ノ京), 16-38

右近ノ馬場《うこんのばば》　右近衛府の馬場．大内裏の北西，一条大路と西大宮大路が出会う地点の北側にあった．　13-10

宇佐ノ宮《うさのみや》　大分県宇佐市にある宇佐八幡宮．応神天皇を主座とし，神功皇后，比売神または仲哀天皇を合わせた3神を祀る．朝廷の尊崇あつく，石清水八幡宮として山城国に勧請された．　11-10, 11-26, 12-10, 12-20(八幡大菩薩)

宇治《うじ》　現，京都府宇治市．京都・奈良を結ぶ道路が宇治川を渡る地点で，交通・経済・軍事の要衝であった．　16-28

宇治ノ郡《うじのこおり》　山城国．現，京都市山科区，宇治市付近．　12-3

鶉田寺《うだでら》　所在未詳．　12-12

鶉田ノ郷《うだのさと》　遠江国榛原郡．但し，現在地は未詳．　12-12

内野《うちの》　火災等で衰滅して後，復旧されずに放置されていた大内裏の跡地．安貞元年(1227)の火災以後は全くの荒野となったが，本冊の用例はそれ以前の早い時期の使用例である．　16-29

宇智ノ郡《うちのこおり》　大和国．現，奈良県五條市付近．　11-25

枇花ノ郷《うつぎのさと》　大和国吉野郡．霊異記「桃花里」．現在地未詳．本文によれば秋河の畔であるから，現，奈良県吉野郡下市町内であろう．　12-11

菟原《うばら》　摂津国菟原郡．現，神戸市の中・東部，芦屋市付近．　13-5

梅谷《うめたに》　現，京都府相楽郡木津町梅谷．奈良坂の東北方にあたる．　13-16

雲林院《うりんいん》　現，京都市北区紫野にあった寺．もと淳和天皇の離宮．仁明天皇皇子常康親王から付嘱を受けた遍照が，元慶8年(884)元慶寺の別院とした．以後，村上天皇の勅願による造塔・造仏をはじめ，貴族たちの私堂建立も多く，桜の名所であった．〔伊呂波〕　15-22

え

越後ノ国《えちごのくに》　現，新潟県.　12-1, 13-23, 14-6, 14-8

越前ノ国《えちぜんのくに》　現，福井県北部.　14-8, 15-11, 16-7

依智ノ郡《えちのこおり》　正しくは「愛智」. 近江国. 現，滋賀県愛知郡付近.　14-23

越中ノ国《えっちゅうのくに》　現，富山県.　14-7, 14-8, 14-15

閻浮提《えんぶだい》　サンスクリット語 Jambu-dvīpa の音写. 仏教の宇宙観において，宇宙の中心のメール(須弥)山の四方にある四洲の1つで，南方にある大陸. われわれの住む世界であるが，南の底辺が短い台形とされるので，インド亜大陸の形を反映していると思われる.　11-1, 11-2

延暦寺《えんりゃくじ》　11-26. →比叡ノ山《ひえのやま》

お

往生寺《おうじょうじ》　所在未詳.　13-14

応天門《おうてんもん》　大内裏の正門である朱雀門を入った正面にある門. 八省院(朝堂院)の正門.　11-9

近江ノ国《おうみのくに》　現，滋賀県.　11-10, 11-13, 11-28, 11-29, 11-31, 13-7, 14-7, 14-23, 15-12, 15-53, 16-18

麻殖ノ郡《おえのこおり》　阿波国. 現，徳島県麻植郡付近.　14-27

大井河《おおいがわ》　現，静岡県中部を流れる大井川. 遠江国と駿河国との境をなす.　12-12

大江《おおえ》　現，大阪市中央区の天満橋・天神橋付近の大川の南岸を古くは「大江の津」と称した.　13-9

大島ノ郡《おおしまのこおり》　周防国. 現，山口県大島郡.　13-25

大隅ノ国《おおすみのくに》　現，鹿児島県東部.　12-10

大嶽《おおたけ》　比叡山の主峰，大比叡.　13-8

大津《おおつ》　現，大津市.　12-24

大鳥ノ郡《おおとりのこおり》　和泉国. 現，大阪府堺市，高石市付近.　11-2

大原山《おおはらやま》　京都の北東，大原方面の山. 「大原山ノ戌亥」は鞍馬・貴船から花背峠方面に当たる.　15-27

大峰《おおみね》　奈良県吉野郡の大峰山地. 北は金峰山(吉野山)から南は熊野に至る連峰で，山岳信仰の聖地. 中心は山上ケ岳.　13-1, 13-21

大宮《おおみや》　大宮大路. 大内裏の東西両側を南北に走る大路. (東)大宮大路と西大宮大路.　12-35(東ノ大宮), 14-42(大宮，東ノ大宮，西ノ大宮), 15-11, 15-42

大鷲峰《おおわしのみね》　近世の『愛宕山神道縁起』によれば，京都西北方の愛宕山五岳の1つで，竜樹の霊地. 同山東側中腹の月輪寺付近を指すか.　13-15

岡堂《おかどう》　越部村(現，奈良県吉野郡大淀町越部)の堂で，橋材の梨の木で作った仏像を安置したと語られているが，所在地未詳. 同地から秋野川を遡った，現，下市町梨子堂の地名に注目する説がある(たなかしげひさ『奈良朝以前寺院址の研究』).　12-11

岡本寺《おかもとでら》　法起寺. 奈良県生駒郡斑鳩町岡本に現存. 聖徳宗. 聖徳太子の岡本宮を山背大兄王が寺としたもの. 慶雲3年(706)落成. 創建当時の三重塔が現存. 〔法起寺塔婆露盤銘〕〔伊呂波〕　16-13

愛宕《おたぎ》　愛宕寺(おたぎでら). 山城国愛宕郡の鳥辺野のはずれにあった大寺. 京都市東山区小松町に六道珍皇寺として現存. 字類抄「珍皇寺 オタキテラ. 愛宕寺 オタキテラ，一之書様」.　16-9

越智ノ郡《おちのこおり》　伊予国. 現，愛媛県今治市，越智郡付近.　15-44, 16-2

嬢ノ里《おむなのさと》　信濃国小県郡. 現，長野県上田市付近.　14-30

尾張ノ国《おわりのくに》　現，愛知県西部.　12-6

か

賀□ノ郷《か□のさと》　山城国相楽郡. 「賀茂ノ郷」であろう. 現，京都府相楽郡加茂町付近.　11-30

開元寺《かいげんじ》　唐の開元26年(738)に玄宗の勅により全国の州府に設置された寺院. ここでは，福州のそれを指す.　11-12

戒壇院〔東大寺〕《かいだんいん》　戒壇(戒の授受の式場としての壇)を設備した堂舎. 天平勝宝6年(754)鑑真が大仏殿の前に臨時の戒壇を築いて聖武上皇らに授戒したのに始まり，翌年大仏殿の西に戒壇院が建立された. 〔唐大和上東征伝〕〔東大寺要録〕　11-8, 11-13(戒壇別院), 11-32

戒壇院〔延暦寺〕《かいだんいん》　戒壇(戒の授受の式場としての壇)を設備した堂舎. 延暦寺の戒壇は弘仁13年(822)に勅許され，戒壇院は天長4

年(827)東塔に建立された．〔叡山大師伝〕〔叡岳要記〕　11–26

甲斐ノ国《かいのくに》　現，山梨県．　11–1

顔ガ崎《かおがさき》　伊豆国の岬．現在地未詳．賀茂が崎の転訛とすれば，賀茂郡(伊豆半島南部)の岬か．また，三保松原(清水市)に鎌が崎があるが，伊豆国ではない．　16–24

加賀ノ国《かがのくに》　現，石川県南部．　13–14, 14–8, 15–29, 15–52

鏡明神《かがみのみようじん》　佐賀県唐津市鏡にある鏡神社．息長足姫命(神功皇后)と藤原広嗣を祀る．松浦明神とも．　11–6

餓鬼《がき》　衆生が輪廻する六道の1つ．地獄に次いで苦痛の多いところで，つねに飢渇に苦しめられる世界．　15–43

柿ノ木ノ本《かきのきのもと》　現，京都市左京区修学院付近．比叡山西坂の登り口に当たる．実のならぬ柿の木があり，後にそれが地名となった〔元亨釈書・5・皇慶〕．梁塵秘抄・2・312に見える「生らぬ柿の木」も同一地点をさす．柿は古来神聖な木であり，実の成らぬ柿は特に特別視された．　13–8

賀古ノ駅《かこのうまや》　播磨国賀古郡．現，兵庫県加古川市野口町付近にあった山陽道の駅家．『延喜式』は駅馬40疋と規定，全国最多であった．　15–26

賀古ノ郡《かこのこおり》　播磨国．現，兵庫県加古川市，高砂市の主要部と加古郡付近．　14–12, 15–18, 15–26

笠置寺《かさぎでら》　京都府相楽郡笠置町の笠置山頂に現存．真言宗智山派．大友皇子が創建と伝える．〔阿娑縛抄〕〔伊呂波〕　11–30

香椎ノ明神《かしいのみようじん》　福岡市東区香椎町にある香椎宮．神功皇后と仲哀天皇を祀る．　16–35

梶原寺《かじわらでら》　現，大阪府高槻市梶原の旧山陽道(西国街道)沿いにあった寺．　12–34

春日野《かすがの》　大和国．現，奈良市の奈良公園一帯．興福寺の東，東大寺の南に広がる台地状の野原．　12–21

春日ノ社《かすがのやしろ》　奈良市春日野町にある春日大社．常陸国鹿島の武甕槌(たけみかづち)命と下総国香取の経津主(ふつぬし)命，河内国枚岡の天児屋根(あめのこやね)命，比売神の4神を祀る．藤原氏の氏社．　11–10

上総ノ国《かずさのくに》　現，千葉県中央部．　12–11

葛川《かずらかわ》　大津市葛川．比良山の西側の谷で，安曇川の上流に当たる辺境の地．相応が回峰行の道場として開いた明王院などがある．　13–2

葛上ノ郡《かずらきのかみのこおり》　大和国．現，奈良県御所市付近．　11–3

葛下ノ郡《かずらきのしものこおり》　大和国．現，奈良県大和高田市，北葛城郡付近．　11–31, 12–32, 15–39

葛木ノ峰《かずらきのみね》　13–21．→葛木ノ山

葛木ノ山《かずらきのやま》　大阪府と奈良県の境にある金剛山地．現在は主峰金剛山とは別の山を葛城山と呼ぶが，もとは主峰を葛城山と呼んだ．一帯は大峰と並ぶ山岳信仰の聖地．　11–3, 12–38, 13–21(葛木ノ峰)

片岡山《かたおかやま》　大和国．現，奈良県北葛城郡香芝町今泉付近．鵤宮の南西約8 km.　11–1

勝尾寺《かちおでら》　→勝尾寺《かつおじ》

勝尾寺《かつおじ》　大阪府箕面市粟生間谷に現存．高野山真言宗．奈良時代末に開成皇子が創建して弥勒寺と称したが，清和天皇の勅により勝尾寺と改称．寺号は古くは「かちおでら」．本尊は十一面観音．　15–26

桂谷ノ山寺《かつらだにのやまでら》　静岡県田方郡修善寺町に現存する修禅寺の別称．現在は曹洞宗．大同2年(807)空海が創建と伝える．〔伊呂波「桂谷寺」〕　11–9

金倉ノ郷《かなくらのさと》　讃岐国那珂郡．現，香川県丸亀市金倉付近．　11–12

蟹満多寺《かにまたでら》　現在は蟹満寺(かにまんじ)と称する．別名紙幡(かばた)寺．現，京都府相楽郡山城町綺田(かばた)に所在．真言宗智山派．地名に由来する寺名が「かにまた」と転じて，蟹の報恩譚と結合したか．本尊丈六釈迦像は白鳳時代の傑作．　16–16

迦毘羅衛国《かびらえこく》　現，ネパールのタライ地方にあったシャカ族の国カピラヴァスツ．釈尊は同国の王子として生まれた．　11–7

紙幡寺《かみはたでら》　16–16．→蟹満多寺《かにまたでら》

上総ノ国《かむつさのくに》　→上総ノ国《かずさのくに》

上平ノ郷《かむつひらのさと》　伊勢国飯高郡．『和名抄』に同郡の郷名として「上枚」が見える．現，三重県松阪市田牧(たいら)町付近か．　15–38

蒲生ノ郡《がもうのこおり》　近江国．現，滋賀県近江八幡市，八日市市，蒲生郡付近．『和名抄』東急本「加万不」によれば，古くは清音．　14–7

賀茂川《かもがわ》　京都市街の東を北から南へ貫流する川．　11–35

賀茂ノ御社《かものおおんやしろ》　賀茂別雷(上賀茂)神社(京都市北区上賀茂本山に現存)と賀茂御祖(下

鴨)神社(京都市左京区泉川町に現存)との総称. 祭神は, 上社は別雷命, 下社はその母神玉依姫命と外祖父神建角身命. 16-36

賀耶河《かやがわ》 紙屋川《かみやがわ》の訛音「かんやがわ」の撥音を表記しない「かやがわ」に「賀耶」の字を当てたもの. 鷹が峰に発して, 図書寮に属した製紙所紙屋院のあった北野付近を流れ, 平安京に入って西堀川となる川. 現, 天神川. 12-35

賀陽ノ郡《かやのこおり》 備中国. 現, 岡山市の北西部, 総社市付近. 16-17

河上《かわかみ》 摂津国. 極楽記「家在河上」は河の畔の意だが, これを地名に誤解したもの. 15-2

河内ノ国《かわちのくに》 現, 大阪府東南部. 11-2, 11-4, 11-23, 11-36, 12-17, 12-18, 13-9, 14-26, 14-31, 15-32

河内ノ郡《かわちのこおり》 河内国. 現, 大阪府東大阪市の東部. 15-32

川原ノ院《かわらのいん》 河原院. もと左大臣源融の別邸. 最盛時には六条坊門南, 万里小路東の八町を占めた大邸宅で, 庭は陸奥塩釜の景を模し, 海水を運んで塩焼きをさせて楽しんだという. 融の死後, 子の昇が伝領して, 宇多院に譲った. その後, 寺となり, 融の子仁康が丈六の釈迦像を造立, 安置した. 15-33

元興寺《がんごうじ》 現, 奈良市芝新屋町付近にあった大寺. 現在は観音堂と塔跡を残すのみ. 蘇我馬子が飛鳥の地に建立した飛鳥寺(法興寺, 596年完成)に始まる. 平城遷都とともに現在地に移転. 三論・法相教学の拠点となった大寺院であった. なお, 同寺の僧智光に発する浄土教は中世に独特の発展を見せ, その中核の極楽坊は同市中院町に真言律宗の元興寺として現存. 〔元興寺縁起〕〔菅本縁起〕 11-1, 11-2, 11-4, 11-5, 11-14, 11-15, 13-40, 14-16, 15-1, 15-2

観世音寺《かんぜおんじ》 大和国添下郡. 現存しないが, 奈良県大和郡山市に観音寺町の地名が残る. 11-5

神奈比寺《かんなびでら》 甘南備寺. 京都府綴喜郡田辺町薪に現存. 黄檗宗. もとは同町の甘奈備山の中腹にあった. 14-25

漢ノ国《かんのくに》 ここでは, 漠然と中国を指す語. 漢土. 11-1

観音寺《かんのんじ》 観世音寺. 福岡県太宰府市に現存. 天台宗. 天智天皇の御願だったが, 完成は天平18年(746). その戒壇院は奈良時代日本3戒壇の1つ. 15-24

き

祇園《ぎおん》 京都市東山区祇園町北側に現存. 貞観18年(876)播磨国広峰社の牛頭天王を勧請して創建. 祇園社, 祇園感神院と呼ばれ, 延暦寺の末寺となる. 明治初年の神仏分離以後, 八坂神社と改称した. 〔伊呂波〕 13-20

祇園精舎《ぎおんしょうじゃ》 古代インド, コーサラ(舎衛)国の都, シラーヴァスティー(舎衛城)の近くのジェータ(祇陀)太子の林苑にスダッタ(須達)長者が建立して釈尊に献上した寺院. 現, インド, ゴーンダ市の北方に遺跡がある. 11-16, 13-9

北谷《きただに》 比叡山西塔5谷(北・東・南・南尾・北尾)の1つ. 13-29

北ノ陣《きたのじん》 内裏の外郭の北門, 朔平門の別称. この門の脇に兵衛府の陣(詰所)があった. 15-42

北山《きたやま》 京都の北方にある山. 15-27

北山階《きたやましな》 12-21. →山階

祇陀林寺《ぎだりんじ》 平安京の中御門, 京極東にあった寺. もとは藤原顕光の邸宅広幡院. 長保2年(1000)僧仁康が河原院から丈六の釈迦像を移して安置. 仁康の師源信が祇園精舎になぞらえて祇陀林と名付けたという. 〔伊呂波〕 12-9

畿内国《きないのくに》 京都周辺の5国. 即ち山城・大和・河内・和泉・摂津国. 11-2

絹笠山《きぬがさやま》 衣笠山. 現, 京都市北区衣笠. 金閣寺の西方にある山. 11-35

紀伊ノ国《きのくに》 現, 和歌山県. 一部は三重県. 11-25, 12-14, 12-27, 12-29, 12-31, 13-34, 14-3, 16-38

吉備津彦神宮寺《きびつひこじんぐうじ》 岡山市吉備津に現存する吉備津神社. 主祭神は大吉備津命. 吉備国の総鎮守. 備中国の一の宮. 『延喜式』神名帳には「吉備津彦神社」とあるが, 中世以後は吉備津宮または吉備津大明神と呼ばれ, 神務は賀陽氏と藤井氏が司った. 16-17

吉備ノ郷《きびのさと》 紀伊国安諦郡. 現, 和歌山県有田郡吉備町付近. 12-14

行願寺《ぎょうがんじ》 京都市中京区行願寺門前町に現存. 天台宗. 寛弘元年(1004)皮聖行円が開基. 俗称皮(革)堂. 〔伊呂波〕 15-12

京極《きょうごく》 京極大路. 京の東西両端を南北に走

る大路. 東京極大路と西京極大路がある. 16-33(五条京極)

経原寺《きょうはらでら》 所在不明. 法華験記「堂原寺」を誤ったか. 堂原寺は奈良県吉野郡黒滝村堂原(丹生川の最上流の地)にあった寺か. 13-3

玉堂寺《ぎょくどうじ》 中国の寺院. 所在地未詳. 11-9

清水寺《きよみずでら》 京都市東山区清水1丁目に現存. 初め真言宗であったが, 後に興福寺に属し, 現在は北法相宗中本山. 本尊は十一面観音の立像. 坂上田村麻呂が宝亀11年(780)に建立と伝える. 西国三十三所の第16番札所. 〔伊呂波〕〔菅本縁起〕 11-32, 12-24, 13-21, 13-44, 16-9, 16-30, 16-31, 16-33, 16-34, 16-37

霧島《きりしま》 宮崎・鹿児島県境の霧島連峰. 12-34

く

玖珂ノ郡《くがのこおり》 周防国. 現, 山口県岩国市, 柳井市, 玖珂郡付近. 16-3

国上山《くがみやま》 新潟県西蒲原郡の弥彦山の南にある山. 真言宗豊山派の国上寺がある. 12-1, 13-23

九国《くこく》 九州に同じ. 11-6

九条《くじょう》 九条大路. 京の南端を東西に走る大路. 16-28, 16-29

九条二坊〔平城京〕《くじょうにぼう》 九条大路と二坊大路が出会う地点. 16-10

久世ノ郡《くぜのこおり》 山城国. 現, 京都府宇治市南部, 城陽市付近. 16-16

百済河《くだらがわ》 現, 奈良盆地を流れる曽我川. 飛鳥川の西側を北流して大和川に注ぐ川. 11-16

百済寺《くだらでら》 別名, 難波百済寺. 摂津国百済郡百済郷. 大阪市天王寺区堂ケ芝一丁目の堂ケ芝廃寺址がその遺址と推定される. 四天王寺の東方に当たり, 聖徳太子の建立と伝える. 14-32

百済大寺《くだらのおおでら》 11-16. →大安寺《だいあんじ》

百済国《くだらのくに》 古代, 朝鮮半島南西部にあった国. 高句麗・新羅に対抗するため日本と親交, 日本文化に大きな影響を与えたが, 660年唐と結んだ新羅に滅ぼされた. 救援に出兵した日本軍は663年白村江の戦に大敗した. 11-1, 11-22, 12-3, 14-32, 16-2

国寺《くにでら》 法華験記「乙寺」を誤ったもの. 乙寺(きのとでら)は新潟県北蒲原郡中条町乙に現存する乙宝寺の別名. 真言宗智山派. 14-6

熊凝ノ寺《くまごりのてら》 11-16. →大安寺《だいあんじ》

熊凝ノ村《くまごりのむら》 大和国平群郡. 現, 奈良県大和郡山市の南部, 額田部寺町付近. 11-16

熊野《くまの》 和歌山県の熊野三山. 即ち, 本宮(東牟婁郡本宮町の熊野坐神社)・新宮(新宮市の熊野速玉神社)・那智(東牟婁郡那智勝浦町の那智大社)の3社の総称. 熊野権現とも. 観音信仰の霊場. 山岳信仰の聖地. 13-1, 13-11, 13-17, 13-21, 13-28, 13-34, 14-3, 14-18

熊野河《くまのがわ》 現, 和歌山・三重県境を流れる熊野川. 12-31

熊野ノ村《くまののむら》 紀伊国牟婁郡. 熊野川の流域であろうが, 所在地未詳. 12-31

久米寺《くめでら》 奈良県橿原市久米町に現存. 真言宗御室派. 建立者は聖徳太子の弟, 来目皇子とも, 久米仙人とも伝える. 〔久米寺流記〕〔菅本縁起〕 11-9, 11-24

鞍馬寺《くらまでら》 京都市左京区鞍馬本町に現存. 鞍馬弘教の総本山. もと天台宗. 鑑真の弟子鑑禎の草創と伝えるが, 実質的には延暦15年(796)藤原伊勢人が毘沙門天像を安置したのに始まる. 平安京の北方鎮護の寺, 軍神・福徳の神として信仰を集めた. 〔伊呂波〕〔阿娑縛抄〕 11-35

黒谷《くろだに》 比叡山西塔の北谷の下に当たり, 青竜寺がある. 13-29

桑田寺《くわたでら》 所在未詳. 14-19

桑田ノ郡《くわたのこおり》 丹波国. 現, 京都府亀岡市, 北桑田郡付近. 16-5

桑原ノ里《くわはらのさと》 紀伊国伊都郡. 現, 和歌山県伊都郡かつらぎ町笠田付近. 16-38

け

現光寺《げんこうじ》 比蘇寺, 吉野寺とも. 奈良県吉野郡大淀町比曾の世尊寺の地にあった寺. 聖徳太子の建立と伝える. 〔菅本縁起〕 11-5, 11-23

こ

弘徽殿《こうきでん》 →弘徽殿《こきでん》

衡山《こうざん》 中国湖南省長沙市の南方にある山. 五岳の1つ. 南岳. 11-1

黄泗ノ浦《こうしのうら》 黄泗浦(こうしほ). 中国江蘇省常熟県の北北西に当たる長江の岸辺. 土砂堆積のため現在は陸化している. 中国の地名に「ノ」を挿入して和風に表現したもの. 11-8

興善寺《こうぜんじ》 大興善寺. 582年隋の文帝が建立.

隋・唐代を通じて長安随一の大寺院. 756 年不空三蔵が住して以後は青竜寺と並ぶ密教の中心道場となった. 11-9(大興), 11-12

興福寺《こうふくじ》 奈良市登大路町に現存. 法相宗大本山. 天智 8 年(669)藤原鎌足の妻鏡女王が山階(現, 京都市山科区)に建立した山階寺に始まる. 後に飛鳥に移って厩坂寺と称し, 平城遷都により現在地に移転して興福寺と改称. 藤原氏の氏寺として隆盛を極めた. ただし, 改称後も通称としては「山階寺」が一般的であった. なお寺伝によれば, 寺名は「こうぶくじ」と濁る. 〔興福寺縁起〕〔巡礼私記〕 11-1, 11-13, 11-14, 11-38, 12-3(山階寺), 12-4(同左), 12-6(同左), 12-21(同左), 12-30(同左), 12-31, 13-2, 13-40, 14-40(山階寺), 14-43(同左), 16-1

高野《こうや》 和歌山県伊都郡高野町の高野山上にある金剛峰寺. 高野山真言宗総本山. 弘仁 7 年(816)空海が 1 院を建立したのに始まり, 承和 2 年(835)定額寺. 同年空海はこの地で入滅. 〔金剛峰寺建立修行縁起〕 11-12, 11-25, 15-41

高野ノ明神《こうやのみょうじん》 丹生明神と一対で祀られる高野山の地主神. 古来丹生明神とは母子神とされる. 狩場明神, 犬飼明神とも. 11-25

江陽懸《こうようけん》 江陽県. 現, 中国江蘇省江都県. 揚州市の東. 11-8

広隆寺《こうりゅうじ》 京都市右京区太秦に現存. 真言宗御室派. 推古天皇 11 年(603)秦河勝が聖徳太子から与えられた仏像を本尊として建立. 古くは蜂岡寺・葛野寺などと呼ばれ, 平安遷都以前は現在地より東方にあったと伝える. 〔伊呂波〕 [11-33]

香隆寺《こうりゅうじ》 仁和寺の一院. 船岡山の西方にあった. 現, 京都市北区紫野十二坊町にある上品蓮台寺に隣接していた寺で, 後に同寺に併合された. 13-37

五畿七道《ごきしちどう》 畿内 5 国と 7 道(東海・東山・北陸・山陰・山陽・南海・西海). 即ち日本全国を意味する. 13-24(五幾七道)

弘徽殿《こきでん》 内裏の殿舎の 1 つ. 清涼殿の北にある. 中宮・皇后の住殿. 15-42

古京《こきょう》 平安京からみて平城京以前の都. ここでは平城京をさす. 11-1

国分寺《こくぶんじ》 天平 13 年(741)聖武天皇の詔によって各国ごとに全国に置かれた官立寺院. 12-14 の淡路国分寺は, 現, 兵庫県三原郡三原町国府にあった. 12-4, 12-14, 13-40

極楽《ごくらく》 西方十万億の仏国土を過ぎた彼方にあるとされる阿弥陀如来の仏国土. 苦悩のまったくない安楽な世界で, その光景は『阿弥陀経』『無量寿経』に詳しい. 極楽浄土. 11-4, 11-21, 11-27, 12-6, 12-9, 12-32, 12-33, 12-39, 13-5, 13-8, 13-9, 13-13, 13-19, 13-29, 13-30, 13-31, 13-32, 13-36, 13-42, 13-44, 14-1, 14-23, 14-29, 15-1, 15-2, 15-3, 15-4, 15-5, 15-6, 15-7, 15-8, 15-9, 15-10, 15-11, 15-12, 15-13, 15-15, 15-16, 15-17, 15-19, 15-20, 15-21, 15-22, 15-23, 15-26, 15-27, 15-28, 15-29, 15-30, 15-31, 15-32, 15-33, 15-34, 15-36, 15-37, 15-38, 15-41, 15-42, 15-43, 15-47, 15-48, 15-49, 15-50, 15-51, 15-52, 15-53, 15-54, 16-15

極楽寺《ごくらくじ》 所在未詳. 15-24

極楽寺《ごくらくじ》 現, 京都市伏見区深草にあった真言宗の大寺. 藤原基経が建立. 現, 深草宝塔寺山町にある宝塔寺がその旧址という. 14-35, 15-21

極楽房《ごくらくぼう》 15-1. →元興寺《がんごうじ》

越田ノ池《こしだのいけ》 現, 奈良市北之庄町の五徳池が遺構か. 古くはより広大な池で, 平城京の南東隅に位置し, 唐の長安の都の曲江池を模して築造されたかという. 12-19

古志ノ郡《こしのこおり》 越後国. 現, 新潟県長岡市, 栃尾市, 三島郡付近. 13-23

越部ノ村《こしべのむら》 大和国吉野郡. 現, 奈良県吉野郡大淀町越部付近. 12-11

小島山寺《こじまのやまでら》 正しくは「子島山寺」. 天平勝宝 4 年(760)報恩が創建. 奈良県高市郡高取町観覚寺の子島寺がその法灯を伝える. 現在は高野山真言宗. もとは法相宗. 〔子島山寺建立縁起〕 11-32

五条《ごじょう》 五条大路. 16-33(五条京極)

五台山《ごだいさん》 中国山西省太原市の東北方にある山. 文殊菩薩の霊地. 清涼山. 11-7, 11-11, 11-12, 13-15, 13-21

子部ノ□□《こべの(□□)》 本文に欠脱があるが, 『三宝絵』には「高市ノ郡ノ子部ノ明神」とある. 奈良県橿原市飯高町に現存する子部神社か. 但し, 『延喜式』神名帳には「十市郡」とある. 同社は高市・十市の郡境近くに鎮座する. 11-16

高麗《こま》 高麗(こうらい)国ではなく, 高句麗(こうくり)国を指していう. 高句麗は古代, 朝鮮半島北部・中国東北地方にあった国. また, どの国と特

定せず朝鮮半島を指していう場合もある. 11-1, 11-6, 12-9, 12-10, 12-22, 16-1

小松寺《こまつでら》 宮城県遠田郡田尻町小松にあった寺. 新田柵の付属寺院であったらしい. 15-19

高麗寺《こまでら》 現, 京都府相楽郡山城町上狛にあった寺. 14-28

金剛峰寺《こんごうぶじ》 11-25. →高野《こうや》

金勝寺《こんしょうじ》 滋賀県栗太郡栗東町の金勝山頂に現存. 天台宗. 聖武天皇の勅願, 良弁の開基と伝える. 14-23

根本中堂《こんぽんちゅうどう》 一乗止観院とも. 比叡山の東塔に現存. 延暦寺の中心となる堂舎. 最澄が入山して間もなく, 延暦7年(788)草堂を建てて薬師仏を安置したのに始まる. 円珍が座主の時に桁行9間, 良源が座主の時に桁行11間に回廊を設けた大建築となり, 現在に至る. 古くは「こんぽんちゅうどう」. 11-26, 11-27(中 堂), 13-30(同 左), 14-19, 14-23, 14-24(中堂), 16-22(同左)

根本ノ経蔵《こんぽんのきょうぞう》 比叡山東塔にあった経蔵. 天元2年(979)根本中堂の拡張工事に伴い移転した旨が『山門堂舎記』に見える. 古くは「こんぽんのきょうぞう」. 11-26

さ

西大寺《さいだいじ》 奈良市西大寺芝町に現存. 真言律宗の総本山. 天平宝字8年(764)藤原仲麻呂の乱に戦勝を祈願して孝謙上皇が立願. 称徳天皇として重祚の後, 東大寺に匹敵する大寺として建立. 〔西大寺資財流記帳〕〔巡礼私記〕[11-18]

西塔《さいとう》 比叡山三塔(東塔・西塔・横川)の1つ. 釈迦堂を中心とする地域. 12-38, 13-3, 13-7, 13-8, 13-29, 13-32, 14-22, 14-39, 15-11, 15-27

西明寺《さいみょうじ》 唐の顕慶3年(658)高宗の勅により長安に建立. インドの祇園精舎を模したという壮大な寺院. 11-9, 11-16

蔵王《ざおう》 奈良県吉野山(金峰山)上にある蔵王堂. 蔵王権現を祀る. 13-21, 14-17. →金峰山《みたけ》

坂田ノ郡《さかたのこおり》 近江国. 現, 滋賀県長浜市, 坂田郡付近. 15-53

坂本《さかもと》 比叡山の登り口. 近江側から登る東坂と京都側から登る西坂があったが, ここでは西坂の登り口西坂本をさす. 現, 京都市左京区修学院付近. 13-8

相楽ノ郡《さがらかのこおり》 山城国. 現, 京都府相楽郡付近. 11-30, 12-26, 14-28

左京〔平城京〕《さきょう》 大内裏から南面して朱雀大路より左の京. 東の京. 16-10

桜井《さくらい》 寺名であるとすれば, 現, 奈良県桜井市(廃絶), 五條市須恵(現存), 高市郡明日香村(豊浦寺の古称), 大阪府三島郡島本町桜井(廃絶)等に桜井寺があったが, いずれをさすか未詳. 13-28

篠波山《ささなみやま》 近江国滋賀郡. 現在地未詳. 『扶桑略記』天智6年(667)2月3日条所引『崇福寺縁起』, 『三宝絵』観智院本には「佐々名実長等山」とあり, 「ささなみ」は「ながらやま」の枕詞ないし名称の一部であって, 独立した「ささなみやま」は語られていない. 11-29. →長柄ノ山《ながらのやま》

薩摩ノ国《さつまのくに》 現, 鹿児島県西部. 11-8

讃岐ノ国《さぬきのくに》 現, 香川県. 11-9, 11-12, 15-15

狭屋寺《さやでら》 所在未詳. 現, 和歌山県伊都郡かつらぎ町佐野にあった寺か. 16-38

三悪道《さんあくどう》 12-36, 13-10, 13-33, 13-44, 14-39, 15-43. →悪趣

三条《さんじょう》 三条大路. 14-42

三途(三塗)《さんず》 三悪道. 11-15, 14-10, 14-21(三塗), 16-6. →悪趣

三千界《さんぜんかい》 三千大千世界. 全宇宙. 13-21

し

志賀寺《しがでら》 [11-29]. →崇福寺《すうふくじ》

志賀ノ郡《しがのこおり》 近江国. 現, 滋賀県大津市, 滋賀郡付近. 11-10, 11-13, 11-28, 11-29

飾磨ノ郡《しかまのこおり》 播磨国. 現, 兵庫県姫路市付近. 12-34

信貴山《しぎさん》 信貴山朝護孫子寺. 奈良県生駒郡平群町の信貴山山腹に現存. 信貴山真言宗. 聖徳太子の創建と伝える. 11-36

敷ノ上郡《しきのかみのこおり》 正しくは「城上」. 大和国. 現, 奈良県桜井市付近. 11-31

敷下ノ郡《しきのしものこおり》 正しくは「城下」. 大和国. 現, 奈良県磯城郡付近. 16-8

地獄《じごく》 衆生が輪廻する六道の1つ. 悪業を積んだ者が堕ちて種々の責苦を受ける恐怖に満ちた世界. 地下にあって閻魔王が主宰し, 牛頭・馬頭等の獄卒がいるとされる. 11-2, 12-36, 13-6, 14-7, 14-8, 15-4, 15-10, 15-43, 15

-47, 16-20

子午ノ堂《しごのどう》　法成寺の薬師堂の別名．薬師堂は寺内の東域に，西を正面にして，子午(南北)に長く(間口 15 間)建てられていたため，この名があった．　12-23

宍ノ背山《ししのせやま》　正しくは「宍ノ背山」．和歌山県有田・日高郡境の鹿瀬峠．熊野街道の難所であった．　13-11

仁寿殿《じじゆうでん》　内裏の殿舎の一．紫宸殿の北にある．もと天皇の常の座所だった．内宴，相撲等が行われる．　14-34

四天王寺《してんのうじ》　大阪市天王寺区四天王寺に現存．現在は和宗総本山．もとは天台宗．聖徳太子が物部守屋との戦いに戦勝を祈願して四天王像を造立したのに始まるという．荒陵寺，難波寺，略して天王寺とも．〔書紀〕〔伝暦〕　11-1, 11-21(天王寺), 12-36(同左), 13-34(同左), 14-11(同左)

信濃ノ国《しなののくに》　現，長野県．　11-1, 13-18, 13-38, 14-2, 14-19, 14-30, 15-20(信乃国)

篠村《しのむら》　丹波国桑田郡の篠村庄とすれば，現，京都府亀岡市篠町付近．　16-5

志磨ノ国《しまのくに》　正しくは「志摩」．現，三重県志摩半島．　13-17

島ノ郡《しまのこおり》　「豊島郡」の「豊」が脱落したものか．　15-25．→豊島ノ郡《てしまのこおり》

島ノ下ノ郡《しまのしものこおり》　摂津国．現，大阪府吹田市，茨木市，摂津市付近．　15-26

下野ノ国《しもつけのくに》　現，栃木県．　11-11, 11-13, 13-4, 13-7

下毛野寺《しもつけのでら》　霊異記「奈良京下毛野寺」．平城京にあった寺らしいが未詳．　16-11

舎衛国《しやえとく》　古代インドのコーサラ国．都城 Srāvastī の音写に因る．現，ウッタルプラデシ州の中部にあった大国．　11-16

釈迦堂《しやかどう》　比叡山西塔に現存．本尊は最澄本願の釈迦像．円澄が最澄の付嘱を受けて建立．〔叡岳要記〕　14-22

娑婆《しやば》　サンスクリット語 Sahā の音写．われわれが住んでいる世界のこと．現世．　14-29, 15-23

周《しゆう》　690 年，唐の則天武后が改めた国号．705 年，同后の失脚により，旧号の唐に復した．　11-8

朱雀(門)《しゆじやく(もん)》　→朱雀(門)《すざく(もん)》

首楞厳院《しゆりようごんいん》　比叡山三塔(東塔・西塔・横川)の 1 つ，横川地区の総称．またその中心的堂宇，横川中堂(根本観音堂)の称．横川中堂は嘉承元年(848)円仁が一堂を建立したのに始まる．〔叡岳要記〕　11-27

貞観寺《じようがんじ》　現，京都市伏見区深草にあった寺．貞観 4 年(862)嘉祥寺の西院を貞観寺として独立させたのに始まる．開基は真雅．　15-21

常行堂《じようぎようどう》　常行三昧堂の略称．般舟三昧院とも．比叡山東塔にあった．承和 15 年(848)円仁が建立．常行三昧を修するための堂．三塔ともに造られたが西塔のもののみ現存．〔叡岳要記「常行三昧堂」〕〔山門堂舎記「常行三昧院」〕　11-27

定心院《じようしんいん》　比叡山東塔南谷，文殊楼東南下にあった．鎮守社のみ現存．仁明天皇の御願により承和 5-13 年(838-46)円仁が建立．〔叡岳要記〕〔山門堂舎記〕　15-5, 15-9

招提寺《しようだいじ》　唐招提寺．奈良市五条町に現存．律宗総本山．唐から来朝した鑑真が天平宝字 3 年(759)建立，「唐律招提寺」と名づけた．略して招提寺とも．〔唐大和上東征伝〕　11-8, 16-39

生天子国《しようてんしこく》　未詳．　11-15

浄土《じようど》　清浄な国土，すなわち仏国土をさすが，阿弥陀信仰盛行後は阿弥陀仏の仏国土「極楽」と同義語に用いられるようになった．極楽浄土．　12-22, 12-36, 13-8, 13-14, 13-16, 13-17, 13-25, 13-27, 13-35, 13-36, 13-41, 13-42, 13-43, 14-6, 14-21, 14-25, 15-1, 16-6, 16-35, 16-36

笙ノ石室《しようのいわむろ》　奈良県吉野郡の大峰山系の大普賢岳の南東にある岩屋．山岳修行の霊地．　13-3

定法寺《じようほうじ》　法性寺の南にあったというが，未詳．　13-44

勝妙ノ滝《しようみようのたき》　称名滝．現，富山県の立山の弥陀ケ原から流れ出る称名川が落下する滝．落差約 350 m．下流は常願寺川となる．　14-7

青竜寺《しようりゆうじ》　隋の文帝が長安に建立した霊感寺に始まる．唐代の 711 年に青竜寺と改名．恵果，法全が止住した密教の有力道場．空海，円仁，円珍等日本の留学僧が多く学んだ．　11-9, 11-12

勝蓮花院《しようれんげいん》　比叡山西塔にあった．『叡岳要記』に「一条院御願」とあるが，本話の陽勝は一条朝よりはるか前の人物である．『紀略』長

保3年(1001)4月26日に「置勝蓮華院阿闍梨五口」とある．　13-3

書写ノ山《しょしゃのやま》　書写山円教寺．兵庫県姫路市の書写山上に現存．天台宗．康保3年(966)性空が草庵を結んだのに始まり，後には「西の比叡山」と呼ばれる大寺院となった．〔性空上人伝〕　12-34, 12-36, 13-19

初竜寺《しょりゅうじ》　所在未詳．　11-18

新羅国《しらきのくに》　古代，朝鮮半島南東部にあった国．660年百済を，668年高句麗を滅ぼして半島を統一．日本文化に大きな影響を与えた．935年滅亡．古くは「しらき」と清音．　11-1, 11-4, 11-15(白木), 14-45, 16-19

尽恵寺《じんえじ》　所在未詳．　12-13

神護寺《じんごじ》　京都市右京区梅ガ畑高雄町に現存．高野山真言宗．天長元年(824)この地にあった高雄山寺に河内国の神願寺(和気清麻呂が建立)を移して，神護国祚真言寺(神護寺)とし，定額寺となった．空海に付嘱されたが，同4年(827)高野に移るため真済に譲った．〔伊呂波〕〔菅本縁起〕　11-25

真言院《しんごんいん》　大内裏の豊楽院の北，中和院の西にあった宮中の念誦，修法の道場．承和元年(834)空海の奏請により，唐の内道場に準じて設置された．〔伊呂波〕〔菅本縁起「大内真言院」〕　11-25

仁寿殿《じんじゅうでん》　→仁寿殿《じじゅうでん》

神泉《しんせん》　神泉苑．二条・三条・大宮・壬生各大路に囲まれた八町の地を占める大庭園．天皇遊覧の所で，中央に大きな池があり，池の北には正殿の乾臨閣があった．池には竜神がいて，祈雨に験を示すとされた．　14-41, 14-42

震旦《しんだん》　古代中国の別称．「秦帝国の地」を意味するサンスクリット語「チーナスタン」の音写という．　11-4, 11-5, 11-7, 11-8, 11-12, 11-13, 11-15, 11-16, 11-31, 11-35, 12-3, 12-9, 13-15, 16-1, 16-2, 16-3

神明《じんみょう》　所在地未詳．『法華験記』には「神明寺」，『宇治拾遺物語』には「神名」とある．『小右記』天元5年(982)6月3日条「伝聞，一昨夜左近少将源惟章，右近少監遠理，密到神名寺，以睿実令剃頭．即到愛太子白雲寺云々」によれば，洛西，愛宕山への道筋にあった寺か．　12-35

す

隋《ずい》　中国の王朝名．581年南朝の陳を滅ぼして天下を統一，中央集権制を確立した．第二代煬帝は大運河を完成させたが高句麗遠征に失敗，618年に殺されて滅んだ．日本から計4回遣隋使が送られた．　11-1(大隋)

崇福寺《すうふくじ》　現，大津市滋賀里1丁目にあった寺．志賀寺の通称で知られる．天智天皇7年(668)大津京の乾(北西)に創建．寺勢は隆盛を極めたが，平安時代に入る頃から次第に衰微，平安末期以後は史料に見えず，やがて廃寺と化したらしい．〔伊呂波〕〔菅本縁起「志賀寺」〕　11-29

末原《すえはら》　12-3．→陶原

陶原《すえはら》　現，京都市山科区大宅付近．　11-14, 12-3(末原)

周防ノ国《すおうのくに》　現，山口県東部．　13-25, 16-3, 16-25

相田寺《すぎたでら》　『霊異記』『三宝絵』『行基年譜』には「鋤田寺」．現，大阪府羽曳野市駒ケ谷(旧，河内国安宿郡賀美郷)にあったという寺．　11-2

朱雀《すざく》　朱雀大路．南の羅城門から北の朱雀門まで，京の中央を南北に走る大路．　12-9, 14-5

朱雀門《すざくもん》　大内裏の外郭の南面中央にある門．大内裏の正門である．　14-5

砂磑ノ峰《すなうすのみね》　比叡山横川にあった砂碓堂のことであろう．『拾芥抄』に「砂碓堂，薬師仏像，或山神所示顕云々」とある．『三塔諸寺縁起』には「砂碓院」とも．　15-6

住吉ノ大明神《すみよしのだいみょうじん》　大阪市住吉区住吉にある住吉大社．主祭神は筒男三神(底筒男命・中筒男命・表筒男命)と息長足姫命(神功皇后)．　12-36, 14-18

駿河ノ国《するがのくに》　現，静岡県中部．　11-3, 12-12, 16-24

せ

清涼殿《せいりょうでん》　内裏の殿舎の1つ．紫宸殿の西，校書殿の北にある．天皇の常の座所．四方拝，小朝拝，叙位，除目等の公事も行われる．　11-9

関《せき》　ここでは，逢坂の関を指す．山城と近江の国境，現，大津市大谷町付近にあったが，関は延暦14年(795)に廃止された．　12-24

赤県《せきけん》　中国の異称．赤県神州ともいう．　11-1

関寺《せきでら》　開基不明．源信の勧めにより僧延鏡

(延慶)が再興を図り，万寿2年(1025)に落成．その過程で本説話の霊牛事件が起こった．大津市逢坂2丁目の長安寺がその遺跡といわれ，参道に霊牛の供養塔(牛塔)がある．〔関寺縁起〕〔左経記〕　12-24

世尊寺《せそんじ》　平安京の一条北，大宮西にあった寺．長徳元年(995)藤原行成が自邸桃園第の寝殿に仏像を安置し，観修に付嘱して寺とした．長保3年(1001)定額寺となった．〔世尊寺縁起〕〔拾芥抄〕　15-42

勢田《せた》　近江国．現，大津市瀬田付近．琵琶湖から瀬田川が流れ出る地点．　11-13

雪彦山《せっぴこさん》　兵庫県姫路市の北方にある山．飾磨・神崎・宍粟3郡の境に位置し，山を神体とする賀野神社がある．山岳信仰の聖地．　13-27

背振ノ山《せぶりのやま》　背振山．福岡・佐賀県境の背振山地の主峰．　12-34

禅院《ぜんいん》　禅院寺．入唐僧道照が天智元年(662)本元興寺の東南隅に建立．後に平城京に移転，元興寺の別院となった．〔三代実録〕　11-4

千光院《せんこういん》　比叡山西塔に所在．『叡岳要記』に「仁和(光孝)天皇御願．宇多天皇御灌頂之砌也．延最院主建之」とある．　11-12, 11-28, 13-3, 15-5

千手院《せんじゅいん》　『叡岳要記』には比叡山西塔の千手院のみ見えるが，これは東塔西谷の山王院(千手堂)の別称であろう．〔叡岳要記〕〔山門堂舎記〕　13-16, 13-30, 14-14

千手院〔穂積寺〕《せんじゅいん》　千手観音を安置した堂舎．16-10．→穂積寺《ほづみでら》

善所《ぜんしょ》　六道輪廻において，善業の功徳によって衆生が赴く善い世界．ふつう人間界と天上界を指すが，本冊では天上界または浄土(極楽など)を指していると思われる例が多い．12-36, 13-29, 13-35, 13-42, 14-3

禅唐院《ぜんとういん》　正しくは前唐院．比叡山東塔に現存．円仁が唐から将来した経典，曼荼羅，法具等を収め，自らの僧房としたのに始まる．円仁没後は座像を安置して御影堂的存在となった．〔叡岳要記〕〔山門堂舎記〕　11-26

宣陽坊《せんようぼう》　唐の長安の都の街区の1つ．皇城の南東．東市の西側に当たる．　11-9

禅林寺《ぜんりんじ》　中国天台山の中心的寺院．575年智顗が建立．山麓の国清寺と並んで天台宗の根本道場だった．　11-12

そ

宋《そう》　中国の王朝名．960年趙匡胤が建国(北宋)，開封に都したが，北方の金に圧迫されて，1127年臨安(杭州)に移り(南宋)，1279年元に滅ぼされた．　11-12, 14-45(大宋国)

相応寺《そうおうじ》　現，京都府乙訓郡大山崎町にあった寺．『三代実録』貞観8年(866)10月20日条に，僧壱演が同地の地中から仏像を得た奇瑞に感じ，藤原良房が相応寺を建立した旨の記事がある．〔伊呂波〕　14-34

惣持院《そうじいん》　比叡山東塔に所在．唐から帰国した円仁が建立．「仁寿元年(851)初建立」とも，「文徳天皇御願．始自仁寿三年至于貞観四年(862)総十ケ年所造立矣」ともいう．〔叡岳要記〕〔山門堂舎記〕　11-27, 12-9

添上ノ郡《そうのかみのこおり》　大和国．現，奈良市中・東部付近．　12-16, 14-37

添下ノ郡《そうのしものこおり》　大和国．現，奈良市西部，大和郡山市付近．　11-5

蔟州《ぞくしゅう》　正しくは「蘇州」．　11-8．→蘇州

蘇州《そしゅう》　現，中国江蘇省蘇州市．　11-8(蔟州), 11-9

外門《そともん》　大内裏の外郭の門．南面には東から美福門，朱雀門，皇嘉門がある．　11-9

苑山寺《そのやまでら》　所在未詳．袁山寺(おのやまでら)の訛と見て，徳島県麻殖郡山川町の高越山にある高越寺に当てる説〔大日本地名辞書〕があるが，根拠は薄弱．　14-27

尊勝院《そんしょういん》　法性寺内の一院．　13-8．→法性寺《ほっしょうじ》

た

大安寺《だいあんじ》　奈良市大安寺町に現存．高野山真言宗．推古25年(617)聖徳太子が建立した熊凝精舎に始まり，舒明11年(639)百済河畔(現，奈良県北葛城郡広陵町百済)に移って百済大寺と改称．さらに天武2年(673)高市(現，高市郡明日香村小山)に移って大官大寺と改称．さらに平城遷都により現在地に移って大安寺と改称し，三論の学問寺として栄えた．〔大安寺伽藍縁起幷流記資財帳〕〔阿娑縛抄〕　11-5, 11-7, 11-9, 11-16, 12-10, 12-15, 12-16, 13-33, 13-39, 16-27

大官大寺《だいかんだいじ》　11-16．→大安寺

醍醐《だいご》　醍醐寺．京都市伏見区醍醐伽藍町に現存．真言宗醍醐派の総本山．貞観16年

(874)聖宝が堂宇造営に着手，同18年に完成したのに始まるという．延喜7年(907)醍醐天皇の勅願寺となった．初代座主は聖宝の弟子観賢．東密小野流の中心，三論教学の拠点となり，貴顕の信仰を集めた．〔伊呂波〕〔阿娑縛抄〕　14-12, 15-14, 16-36

大興《だいこう》　大興善寺．　11-9.　→興善寺《こうぜんじ》

大極殿〔平城京〕《だいごくでん》　大内裏朝堂院の正殿．天皇が政事を見，国家の大礼を行うところ．　12-4

第四兜率天《だいしとそつてん》　11-15.　→兜率天

帝釈ノ嶽《たいしゃくのたけ》　現在は別山(《べつさん》)と呼ばれる．大汝山・浄土山とともに立山三山の1つ．帝釈天を祀る小祠がある．　14-7

大周《だいしゅう》　11-8.　→周

大隋《だいずい》　11-1.　→隋

大山《だいせん》　鳥取県の伯耆大山．山岳信仰の霊場．智明権現(本地地蔵菩薩)を祭る大山寺を中心に修験道場として栄えたが，権現は明治の神仏分離後，大神山神社奥宮となった．後に大山寺が復活し，現在は両社寺が併存している．　14-18

大宋《だいそう》　11-12, 14-45.　→宋

大唐《だいとう》　11-8, 11-12, 14-45.　→唐

大日寺《だいにちじ》　京都市山科区勧修寺北大日に寺跡がある．　15-21

大仏殿〔東大寺〕《だいぶつでん》　東大寺の金堂．盧舎那仏の坐像(大仏)を安置．　11-8

当麻ノ郷《たいまのさと》　大和国葛下郡．現，奈良県北葛城郡当麻町付近．　11-31

大竜ノ嶽《だいりゅうのたけ》　徳島県阿南市の太竜寺山．太竜寺があり，虚空蔵菩薩が本尊．　11-9

高井ノ郡《たかいのこおり》　信濃国．現，長野県須坂市，中野市，飯山市付近．　15-20

高雄《たかお》　11-25.　→神護寺《じんごじ》

高尾寺《たかおでら》　高雄寺．奈良県北葛城郡当麻町新在家に現存．現在は浄土真宗本願寺派．　12-32

高島ノ郡《たかしまのこおり》　近江国．現，滋賀県高島郡付近．　11-31

高市ノ郡《たけちのこおり》　大和国．現，奈良県橿原市，高市郡付近．　11-9, 11-16, 11-17, 11-24, 11-32

太宰府《ださいふ》　正しくは「大宰府」．筑前国に置かれ，九州地方の国防，外交等を統括した役所．　11-6

丹比ノ郡《たじひのこおり》　河内国．後に分割して丹南・丹北・八上郡になった．現，大阪府松原市，大阪狭山市，南河内郡美原町付近．　14-26

多々ノ院《ただのいん》　多田院，多田寺とも．天台宗の寺だったが，明治初年の神仏分離後は多田神社となり，兵庫県川西市多田院に現存．源満仲が天禄元年(970)創建．　13-6

橘寺《たちばなでら》　奈良県高市郡明日香村橘に現存．天台宗．聖徳太子の建立と伝え，推古14年(606)には太子がここで勝鬘経を講じたという．〔書紀〕〔伝暦〕　11-1

立山《たちやま》　富山県の立山連峰．古くは「たちやま」と呼ばれた．山岳信仰の霊場，ことに山中他界の霊山として知られた．　14-7, 14-8, 14-15

蓼原堂《たではらどう》　霊異記「諾楽京越田池南蓼原里中蓼原堂」．未詳だが，越田池の南とすれば，現，奈良市北之庄町付近にあったのであろう．　12-19

蓼原里《たではらのさと》　大和国．所在地未詳．本文に越田池の南とあるのに従えば，現，奈良市北之庄町の付近である．　12-19

多度ノ郡《たどのこおり》　讃岐国．現，香川県善通寺市付近．　11-9

田上《たなかみ》　現，大津市田上．但し，11-13では「志賀ノ郡，田上」として瀬田川の西側の地をさしているが，田上は同川の東側にあって旧栗太郡に属した地．叙述に錯誤があるらしい．　11-13

棚波ノ滝《たななみのたき》　丹波国船井郡．現在地未詳．同郡では琴滝(京都府船井郡丹波町)が著名だが，この滝との関係は不明．　12-37

田野ノ浦《たののうら》　淡路国．現在地未詳．『霊異記』前田本「田野浦」，同真福寺本「田町野浦」．　12-14

玉造《たまつくり》　河内国．現，大阪市内の上町台地北部．四天王寺は最初玉造に建立され，後に現在地に移転したとする説〔太子伝補闕記〕があるが，詳細は未詳．　11-1, 11-21

丹後ノ国《たんごのくに》　現，京都府北部．　15-23, 16-4

丹波ノ国《たんばのくに》　現，京都府中部と兵庫県の一部．　12-37, 13-20, 16-5

ち

小県ノ郡《ちいさがたのこおり》　信濃国．現，長野県上田市，小県郡付近．　14-30

畜生《ちくしょう》　畜生道．衆生が輪廻する六道の1つ．動物の世界．人間に迫害され，互いに殺傷し

合う苦を受けるという. 15-43

筑前ノ国《ちくぜんのくに》 現, 福岡県北西部. 12-34, 13-22, 13-26, 15-24, 15-41, 16-35

珍努ノ山寺《ちぬのやまでら》 和泉国和泉郡. 現, 大阪府和泉市の槙尾山にあった吉祥院をさすか. 〔泉州志〕〔日本霊異記攷証〕 16-12

茅原ノ村《ちはらのむら》 大和国葛上郡. 現, 奈良県御所市茅原付近. 11-3

中天竺《ちゆうてんじく》 11-16. →天竺

中堂《ちゆうどう》 13-30, 14-24, 16-22. →根本中堂

庁《ちよう》 検非違使庁. 使庁. 平安京の治安維持に当たった検非違使の執務する役所. 元来は左右衛府にあったが, 後に1庁として左衛門府内に置かれた. 13-10, 16-29

長安《ちようあん》 現, 中国陝西省西安市. 前漢以来しばしば国都となったが, 特に唐の都として繁栄. 11-9

長楽寺《ちようらくじ》 京都市東山区丸山町に現存. 時宗. もとは天台宗. 平安初期に創建. 当時は延暦寺の別院で, 平安末期には准胝観音の霊場で, 浄土教の拠点でもあった. 〔阿娑縛抄〕 13-12

鎮西《ちんぜい》 九州の異称. 11-6, 11-9, 11-12, 12-35, 13-24, 15-22, 15-24, 15-28, 15-41, 16-20, 16-21

つ

都賀ノ郡《つがのこおり》 下野国. 現, 栃木県小山市, 栃木市, 鹿沼市, 上・下都賀郡付近. 11-11

筑紫《つくし》 筑前・筑後の古称. 転じて, 九州の異称となった. 13-21, 16-2

筑摩《つくま》 近江国坂田郡. 現, 滋賀県坂田郡米原町朝妻筑摩付近. 琵琶湖畔の地. 15-53

土御門《つちみかど》 上東門. 大内裏の外郭の東面北寄りにある門. 土御門大路からの入口で, 築地を切り開いただけで屋蓋がなかったので, 土御門と呼ばれた. なお, 上西門は西の土御門と称した. 12-35, 15-42

土御門《つちみかど》 土御門大路. 一条大路の南を東西に走る大路. 12-35

綴喜ノ郡《つづきのこおり》 山城国. 現, 京都府綴喜郡付近. 14-25

摂津ノ国《つのくに》 現, 大阪府北西部と兵庫県南東部. 11-2, 11-7, 11-8, 12-17, 12-31, 12-34, 13-5, 13-6, 14-21, 15-2, 15-25, 15-26

椿崎《つばきさき》 近江国. 現, 大津市の石山寺がある場所をさす. 11-13

敦賀《つるが》 越前国. 現, 福井県敦賀市. 16-7

て

豊島ノ郡《てしまのこおり》 摂津国. 『延喜式』は「トシマ」と訓むが, 『霊異記』『和名抄』等は「手島(テシマ)」と訓んでいる. 現, 大阪府豊中市, 池田市, 箕面市付近. 12-31, 13-6

出羽ノ国《でわのくに》 現, 秋田県と山形県. 13-13

天《てん》 14-4. →天上

天竺《てんじく》 インドの古名. これを東・西・南・北・中に5分し, 総称して五天竺という. 11-4, 11-7, 11-12, 11-15, 11-16, 11-35, 12-7, 13-9, 14-41, 16-3

天上《てんじよう》 天上界. 衆生が輪廻する六道の1つ. 勝れた果報の者が生まれる六道の中では最高・最善の世界. 人間界も所属する欲界に六天, 色界に十七天, 無色界に四天の計二十七天があるとされる. 12-36, 13-42, 14-3, 14-4(天), 14-29

天台山《てんだいさん》 中国浙江省東部にある天台山脈の主峰. 最高峰は華頂山. 575年智顗が入山して以来, 天台宗の根本道場. 天台宗の名称はこの山名に由来する. 11-10, 11-11, 11-12

天台山《てんだいさん》 比叡山の別称. 13-11. →比叡ノ山《ひえのやま》

天王寺《てんのうじ》 11-21, 12-36, 13-34, 14-11. →四天王寺

と

唐《とう》 中国の王朝名. 618年李淵(高祖)が建国. 長安に都して世界的大帝国を建設, 東アジアに一大文化圏を成立させた. 907年滅亡. 日本からは計19回の遣唐使任命, 実際には15回の渡海があって, 多数の留学生・留学僧が送られた. 11-1, 11-4, 11-5, 11-6, 11-8, 11-9, 11-10, 11-11, 11-12, 11-16, 11-24, 11-25, 11-26, 11-27, 11-28, 12-9, 12-10, 12-22, 14-34, 14-40, 14-45, 16-1, 16-2

唐院〔薬師寺〕《とういん》 薬師寺の金堂の東にあった堂舎. 戒明和尚が入唐時, 造像を誓って賊難を免れたという四天王像を安置していた. 〔巡礼私記〕 14-34

東金堂〔興福寺〕《とうこんどう》 興福寺の3金堂(中・東・西)の1つ. 本尊は金銅の釈迦坐像だったが, 寛仁元年(1017)雷火により焼亡した. 〔巡礼私記〕 11-1

東寺《とうじ》 京都市南区九条町に現存. 東寺真言

宗の総本山．平安京の羅城門の左右に配置された東西両寺の1つ．弘仁14年(823)嵯峨天皇が空海に下賜．寺名を教王護国寺と称し，真言密教の根本道場となった．〔菅本縁起「教王護国寺」〕　11-25, 15-13, 15-14

道成寺《どうじょうじ》　和歌山県日高郡川辺町鐘巻に現存．天台宗．もとは法相宗．通称日高寺．大宝元年(701)義淵の開基．　14-3

東大寺《とうだいじ》　奈良市雑司町に現存．華厳宗総本山．聖武天皇が天平10年(738)造営の勅を発し，天平勝宝4年(752)に大仏開眼法要．総国分寺．六宗(後には八宗)兼学，鎮護国家の大寺院として栄えた．〔東大寺要録〕　11-7, 11-8, 11-9, 11-13, 11-15, 11-26, 11-32, 11-35, 12-7, 13-3, 13-15, 15-3

東天竺《とうてんじく》　11-15．→天竺

東塔《とうとう》　比叡山三塔(東塔・西塔・横川)の1つ．根本中堂を中心とする地域．　13-1, 13-11, 13-16, 13-30, 14-24, 14-39, 15-6, 15-15, 16-22

東塔院《とうとういん》　中国長安の青竜寺の一院．　11-9．→青竜寺《しょうりゅうじ》

多武ノ峰《とうのみね》　多武峰寺．天台宗の寺院だったが，明治初年の神仏分離後は談山神社となり，奈良県桜井市多武峰に現存．僧定恵が父藤原鎌足を葬り，十三重塔を建てたのに始まる．〔多武峰略記〕　12-33, 15-39

忉利天《とうりてん》　欲界六天の第二．宇宙の中心をなす須弥山の頂上にある．中央に善見城があって帝釈天が住んでいるという．別名三十三天．　14-2, 14-3, 14-5, 14-7, 14-8

遠江ノ国《とおとうみのくに》　現，静岡県西部．　12-2, 12-12

徳大寺《とくだいじ》　京都市右京区竜安寺付近にあった寺．平安中期から存在し，藤原実能を祖とする徳大寺家に伝領されたが，中世同地に竜安寺が建立され，徳大寺は廃された．　12-39

土佐ノ国《とさのくに》　現，高知県．　11-9, 15-14, 15-15

兜率天《とそつてん》　欲界六天の第四．須弥山のはるか上方にある夜摩天のさらに上方にある．釈尊滅後56億7千万年後にこの世に下生することになっている弥勒菩薩の現在の住処とされる．　11-15, 11-16, 11-30(兜率), 12-32, 12-36,　13-2, 13-7, 13-11, 13-15, 13-36, 14-3, 14-4, 14-10, 14-18, 14-20, 15-45, 15-46

度美乃乎加波《とみのおがわ》　富雄川．現，奈良県矢田丘陵の東側を南下し，法隆寺の東を流れている川．　11-1

豊国《とよのくに》　朝鮮半島の諸国を指す．「有宝国」(仲哀紀)，「財宝国」(神功紀)等，それらの国を豊かな宝の国とする見方が古くからあった．　11-23

豊浦寺《とようらでら》　現，奈良県高市郡明日香村豊浦にあった我が国最古の尼寺．欽明13年(552)百済の聖明王が贈った金銅の仏像を蘇我稲目が向原(むくはら)の家に安置したのに始まる．〔欽明紀〕　11-23

な

長谷ノ城《ながたにのみやこ》　このままでは未詳．おそらく「長岡ノ城(ながおかのみやこ)」を誤ったものであろう．長岡京は平城京から遷都を計画して造営された都．794年平安京遷都により廃止された．京都府向日市に大極殿址がある．　11-32

名方ノ郡《なかたのこおり》　阿波国．寛平8年(896)に分割して名東・名西郡となった．現，徳島市，名東郡，名西郡付近．　14-27

中津村《なかつのむら》　信濃国高井郡．所在地未詳．「中野」なら現，長野県中野市であるが，「中津」の郷名は諸書に見えない．　15-20

長門ノ国《ながとのくに》　現，山口県西部．　15-46

那珂ノ郡《なかのこおり》　讃岐国．現，香川県丸亀市，仲多度郡の一部．　11-12

長柄ノ山《ながらのやま》　近江国．現在地未詳．今は園城寺(大津市園城寺町)の背後の山を長柄山と呼ぶが，本話では崇福寺(同市滋賀里町)の地を指しているから，今の長柄山とは場所が異なる．　11-29

難波《なにわ》　摂津国．現，大阪市付近．「難波ノ堀江」は，上町台地の北端から延びていた砂堆を開削した排水路．当時はその東側で淀川と大和川が合流していたため，著しい低湿，沼沢地帯となっていた．　11-1, 11-2, 11-7, 11-8, 11-23, 12-17, 14-32

奈良《なら》　平城京．和銅3年(710)から延暦3年(784)までの75年間，都として栄えた．　11-6, 11-15, 11-16, 11-17, 12-3, 12-15, 12-19, 13-33, 13-42, 14-4, 14-31, 14-33, 14-34, 14-38, 16-10, 16-11, 16-23, 16-27, 16-38, 16-39

奈良坂《ならさか》　大和国と山城国の境．現，奈良市奈良坂町から京都府相楽郡木津町に越える峠道．とくに盗賊の横行する場所であった．　12-6, 12-39

那蘭陀寺《ならんだじ》　サンスクリット語 Nālandā の音

写．漢訳して施無厭寺．5 世紀初頭に創建．インド仏教の中心的拠点として隆盛を極め，玄奘・義浄等もここで学んだ．ビハール州パトナの南東，バラガオンに遺跡がある．　11-12

成合《なりあい》　成相寺．京都府宮津市成相寺に現存．高野山真言宗．創建については諸説あるが，『阿娑縛抄』『伊呂波』は草創，檀那ともに不明とする．　16-4

鳴滝《なるたき》　現，京都市右京区鳴滝．　15-54

南岳《なんがく》　11-1．→衡山《こうざん》

南京《なんきよう》　ふつうは奈良をさすが，ここでは吉野方面をさしている．13-3 の「南京牟田寺」は『法華験記』以来の表現．　13-3

南山《なんざん》　高野山の別称．　11-25．→高野《こうや》

南天竺《なんてんじく》　11-7．→天竺

南塔院〔大安寺〕《なんとういん》　大安寺の僧坊．巡礼私記「東室跡十間…古老伝云，昔時以二間為一坊云々，北端二間行表和尚」．　12-10

に

新田ノ郡《にいたのこおり》　陸奥国．現，宮城県登米郡と栗原郡の一部．　15-19

丹生ノ明神《にうのみようじん》　高野山の地主神．金剛峰寺の総鎮守．丹生津比売命を祀る．高野明神とともに高野山の各所に分祀されているが，本社は和歌山県伊都郡かつらぎ町上天野にある丹生神社．　11-25

西坂《にしさか》　比叡山へ西側から登る坂．現，京都市左京区修学院付近から登る．　13-8

西三条《にしさんじよう》　藤原良相の邸宅．三条北，朱雀西にあって，百花亭と称した．〔拾芥抄〕　14-42

西ノ大宮《にしのおおみや》　西大宮大路．　14-42．→大宮

西ノ京《にしのきよう》　大内裏から南面して朱雀大路より右側の京．右京．　13-43

西ノ京〔平城京〕《にしのきよう》　11-7(西京), 14-34．→右京〔平城京〕

西ノ堀河《にしのほりかわ》　平城京の右京を南流していた川．現，秋篠川．　12-20

二条《にじよう》　二条大路．　14-5(二条朱雀)

如意寺《によいじ》　所在未詳．『阿娑縛抄・諸寺略記』には「如意寺，白川東山，同人(平宰相親信)建立」とある．平親信は寛仁元年(1017)没．『拾芥抄』にも寺名が見える．　15-18

如法寺《によほうじ》　所在未詳．　15-20

人界《にんがい》　衆生が輪廻する六道の１つ．われわれの生きている人間世界．　13-3(人間), 13-6(人間), 14-6, 14-25, 14-29(人中), 15-46

人間《にんげん》　13-3, 13-6．→人界

人中《にんじゆう》　14-29．→人界

仁和寺《にんなじ》　京都市右京区御室大内に現存．真言宗御室派の総本山．光孝天皇の御願を継いで宇多天皇が仁和 4 年(888)に落成させ，落髪後は御座所(御室)を設けて入寺したため，御室御所と称された．代々法親王が入住して門跡寺院の首位とされ，広大な寺地に多くの堂塔・子院があった．寺名は年号により，『枕草子』には「に(ん)わじ」とあるが，後には連声により「にんなじ」と称する．　12-22, 13-37, 15-54

仁和寺《にんわじ》　→仁和寺《にんなじ》

の

能登ノ国《のとのくに》　現，石川県北部．　13-3, 14-8, 15-24

野中寺《のなかでら》　→野中寺《やちゆうじ》

は

榛原ノ郡《はいばらのこおり》　遠江国．現，静岡県榛原郡付近．　12-12

白山《はくさん》　石川・岐阜県境にある白山．山岳信仰の霊場．　14-15

長谷寺《はせでら》　奈良県桜井市初瀬に現存．真言宗豊山派総本山．徳道が天平 5 年(733)藤原房前の外護を得て建立．本尊十一面観音．観音霊場として著名．〔護本縁起〕〔長谷寺縁起文〕　11-31, 13-28, 14-12, 14-18, 14-20(長 谷), 16-19(同左), 16-20(同左), 16-27(同左), 16-28(同左), 16-29(同左)

八多ノ郷《はたのさと》　大和国高市郡．現，奈良県高市郡高取町付近．　11-32

八幡宮《はちまんぐう》　13-16．→石清水《いわしみず》

蜂目ノ郷《はちめのさと》　播磨国賀古郡．この郷名は諸書に見えない．未詳．　15-18

八省《はつしよう》　八省院．別名，朝堂院．大内裏の正殿で，大内裏の正門である朱雀門を入った正面にあり，応天門を正門とし，大極殿を正殿とする．長い廊で囲まれている．即位，朝賀等の大礼が行われる．　16-29

長谷川《はつせがわ》　初瀬川．現，奈良県桜井市の長谷寺の北方に発し，佐保川に注いでいる川．　11-31

長谷寺《はつせでら》　→長谷寺《はせでら》

殖ノ村《はにのむら》　阿波国名方郡．所在地未詳．『和名抄』の「殖土郷」とすれば，現，徳島県名西郡石井町付近か．　14-27

浜中ノ郷《はまなかのさと》　紀伊国海部郡．現，和歌山県海草郡下津町付近．　12-14

噉代ノ里《はみしろのさと》　伊賀国山田郡．現，三重県上野市喰代(ほおじろ)付近．　12-25

幡磨ノ国《はりまのくに》　正しくは「播磨」．現，兵庫県南西部．　12-34, 13-27, 14-12, 14-17, 14-44, 15-18, 15-26, 16-20, 16-26

坂東《ばんどう》　足柄峠および碓氷峠以東の地方．但し，逢坂山以東をさしていう場合もあった．　12-33

般若寺《はんにやじ》　奈良市般若寺町に現存．真言律宗．白雉5年(654)蘇我日向の創建と伝える　11-25

ひ

比叡ノ山《ひえのやま》　比叡山延暦寺をさす．京都市左京区と大津市にまたがる比叡山上にある天台宗の総本山．延暦4年(785)に最澄が入山して草庵を結び，同7年に薬師仏を安置して一乗止観院を建てたのに始まる．弘仁13年(822)最澄没後に大乗戒壇が許され，翌年「延暦寺」の寺号を賜った．以後，次第に堂舎が整備され，盛時には三塔十六谷に三千坊を数えたといわれる．〔叡岳要記〕〔山門堂舎記〕　11-10, 11-11, 11-12, 11-26, 11-27, 11-28, 12-9, 12-24(山), 12-32, 12-33, 12-34, 12-38, 13-1, 13-3, 13-5, 13-7, 13-8, 13-11(天台山), 13-16, 13-21, 13-27, 13-29, 13-30, 13-31, 13-32, 13-42(山), 14-1, 14-8, 14-19, 14-21, 14-22, 14-23, 14-24, 14-39, 14-44, 15-5, 15-6, 15-8, 15-9, 15-10, 15-11, 15-12, 15-13(山), 15-15, 15-16, 15-21, 15-27, 15-29, 15-30, 15-31, 15-39, 16-22

東山《ひがしやま》　京都の東方にある山．　13-12

肥後ノ国《ひごのくに》　現，熊本県．　12-28, 12-35

肥前国《ひぜんのくに》　現，長崎県と佐賀県．　11-6

備前ノ国《びぜんのくに》　現，岡山県南東部．　13-31, 14-19, 14-44

窃寺《ひそでら》　現光寺の別称．　11-23．→現光寺

日高ノ郡《ひだかのこおり》　紀伊国．現，和歌山県御坊市，日高郡．　12-14

常陸ノ国《ひたちのくに》　現，茨城県．　11-36

備中ノ国《びっちゅうのくに》　現，岡山県西部．　16-17

悲田《ひでん》　悲田院．孤児・病人等の困窮者を救済する施設．『延喜式』左京職に「東西悲田院」とあるが，位置は未詳．平安末に焼失．『拾芥抄』には「在鴨川西畔」とあって，鴨川の西に1院のみ再建されたらしい．　13-9

獄《ひとや》　罪人を収容する獄舎．左右両京にあり，左獄(東獄)は近衛南，西洞院西，右獄(西獄)は中御門北，堀河西にあった．但し，右獄は早く荒廃したらしい．　13-10, 15-22, 16-37

一夜半《ひとよわ》　本文によれば奈良の京の東，石淵寺の西の地であるらしいが，正確な所在地は未詳．　14-4

日根ノ郡《ひねのこおり》　和泉国．現，大阪府貝塚市，泉佐野市，泉南市，泉南郡付近．　12-13

美福門《びふくもん》　大内裏の外郭の南面東寄りにある門．　14-42

日向ノ国《ひむかのくに》　→日向ノ国《ひゅうがのくに》

日向ノ国《ひゅうがのくに》　現，宮崎県．　12-34

屏風ノ浦《びょうぶのうら》　現，香川県仲多度郡多度津町西白方．空海の出生地．善通寺市とする説もある．　11-9

比良ノ山《ひらのやま》　比良山．滋賀県の琵琶湖西岸にある山．比叡山の北に当たり，山岳修行の聖地．　13-2

広瀬《ひろせ》　大和国広瀬郡．現，奈良県北葛城郡の北東部．　16-14

東ノ市〔平城京〕《ひんがしのいち》　14-31．→市

東ノ院〔法隆寺〕《ひんがしのいん》　14-11．→夢殿

東ノ大宮《ひんがしのおおみや》　東大宮大路．　12-35, 14-42．→大宮

東ノ京《ひんがしのきょう》　大内裏から南面して朱雀大路より東側の京．左京．　14-42, 16-34(東渡)

ふ

福州《ふくしゅう》　現，中国福建省福州市．　11-9, 11-12

富士ノ峰《ふじのみね》　富士山．日本最高峰．山岳信仰の霊場であった．　11-3

補陀落寺《ふだらくじ》　現，京都市左京区静市町静原付近にあった寺．天徳3年(959)延昌の本願により清原深養父が建立．応和2年(962)村上天皇の御願寺となった．『平家物語』大原御幸にも「清原深養父が補陀落寺」と見えるが，中世に廃絶した．　15-27

補陀落山《ふだらくせん》　サンスクリット語 Potalaka の音写．観世音菩薩の住処．南インドにあると伝説的に信じられた．日本では熊野の那智山をそれに見立てたり，熊野の浦から船出して

観音の浄土を目指す補陀落渡海往生が行われたりした． 13-34

仏隴寺《ぶつろうじ》 中国浙江省天台山に現存する仏隴真覚寺．天台大師智顗の墳塔がある．入唐した最澄はこの寺の行満から法華，涅槃疏等を授けられた． 11-10

武徳殿《ぶとくでん》 大内裏の内，内裏の西方，宴の松原の西にあった殿舎．駒牽，騎射，競馬等を天皇が覧るところ．別名弓場殿． 14-5

船井ノ郡《ふないのこおり》 丹波国．現，京都府船井郡付近． 12-37

へ

平群ノ郡《へぐりのこおり》 大和国．現，奈良県生駒市，生駒郡付近． 12-17(平郡)，13-33，16-13(平郡)

ほ

伯耆《ほうき》 伯耆国．現，鳥取県西部． 14-18

法興院《ほうこういん》 平安京の二条北，京極東にあった寺．藤原兼家の旧邸を寺にしたもので，正暦2年(991)7月供養．導師は真喜．〔扶桑略記〕〔阿娑縛抄〕 12-9

法広寺《ほうこうじ》 所在未詳． 15-17

法性寺《ほうしょうじ》 →法性寺《ほっしょうじ》

法成寺《ほうじょうじ》 平安京の近衛北，京極東にあった寺．藤原道長が創建．まず寛仁4年(1020)に丈六九体の阿弥陀仏を本尊とする阿弥陀堂が落成．治安2年(1022)金堂の落成とともに法成寺と称した．壮大華麗な寺院として知られたが，天喜6年(1058)に焼失した．〔伊呂波〕〔阿娑縛抄〕〔菅本縁起「法城寺」〕 12-22，12-23

宝幢院《ほうどういん》 比叡山西塔にあった堂舎．嘉祥年中(848-851)恵亮が建立．千手観音・不動・毘沙門天を安置．〔叡岳要記〕〔山門堂舎記〕 13-7

蓬萊山《ほうらいさん》 中国の東海にあり，仙人が住むとされる想像上の島． 11-35，15-42(蓬萊ノ宮)

法隆寺《ほうりゅうじ》 奈良県生駒郡斑鳩町に現存．聖徳宗総本山．もとは法相宗．現在の寺は聖徳太子が創建した若草伽藍を再建したものといわれる．法隆学問寺，斑鳩寺とも．〔法隆寺伽藍縁起幷流記資財帳〕〔巡礼私記〕 11-1(鵤寺)，[11-20]，13-4，14-11，14-18

法輪寺《ほうりんじ》 京都市西京区嵐山虚空蔵山町に現存．真言宗五智教団．行基が創建，空海の弟子道昌が虚空蔵像を安置して再興したと伝える． [11-34]，12-36(法輪)

北天竺《ほくてんじく》 11-15．→天竺

北陸《ほくろく》 北陸道．即ち若狭・越前・加賀・能登・越中・越後・佐渡の7国． 15-29

法華寺《ほけじ》 →法華寺《ほっけじ》

法華三昧堂《ほっけさんまいどう》 比叡山にあった法華三昧を修するための堂舎．東塔のそれは弘仁3年(812)最澄が建立．西塔のそれは天長2年(825)寂光大師が建立．西塔のもののみ現存．11-26の例は東塔，14-22の例はおそらく西塔のそれをさす． 11-26，14-22(法花堂)

法華寺《ほっけじ》 奈良市法華寺町に現存．真言律宗．大和の国分尼寺．また総国分尼寺として諸国の国分尼寺を統括した．光明皇后が建立．皇后の父藤原不比等の旧宅の地ともいう．本尊は十一面観音． [11-19]

法花堂《ほっけどう》 14-22．→法華三昧堂

法性寺《ほっしょうじ》 「ほうしょうじ」ともいう．平安京の九条末，河原東，現在の東福寺の付近にあった大寺院．延長3年(925)藤原忠平が創建．開山は天台座主尊意．道長が四十賀に際して建立した五大堂は著名．現在は同名の小寺を残すのみ． 13-8，13-37，13-44

穂積寺《ほづみでら》 平城京の左京九条四坊，現，奈良市東九条町にあった寺．土壇状の地形や古瓦片等が残存する．霊異記「穴穂寺」． 16-10

堀川《ほりかわ》 堀川小路．東大宮大路の東を南北に走る小路．道路の中央を堀川が流れている．
16-32(一条堀川)

梵釈寺《ぼんしゃくじ》 現，大津市滋賀里町にあった寺．桓武天皇の勅願により，天智天皇の大津京跡に接して，延暦5年(786)正月建立．〔伊呂波〕〔拾芥抄〕 15-7

ま

槙尾山寺《まきのおのやまでら》 正式の寺名は施福寺．大阪府和泉市槙尾山町に現存．天台宗．槙尾山の中腹にあり，寺伝によれば欽明天皇の御宇，行満上人が創建．西国三十三所の第4．真言系の大寺院だったが，信長の兵火により廃滅．江戸初期以後天台宗寺院となった．〔拾芥抄「真木尾」〕 11-9

松浦ノ郡《まつうらのこおり》 肥前国．現，佐賀県北部，長崎県北部と五島列島． 11-6

松尾ノ山寺《まつのおのやまでら》 松尾寺．大阪府和泉市松尾

寺町に現存．天台宗．役行者の創建と伝える．〔伊呂波「松尾寺」〕　15-32

松尾山《まつのおやま》　現，京都市右京区の松尾神社の背後の山．　11-35

松本ノ峰《まつもとのみね》　所在未詳．法華験記「熊野松本峰」．　13-3

み

三井《みい》　所在未詳．周防国玖珂郡にあって三井山寺と呼ばれたらしい．〔法華験記〕　16-3

三井寺《みいでら》　正式の寺名は園城寺．大津市園城寺町に現存．天台寺門宗の総本山．三井寺の通称で知られる．大友皇子の発願と伝える．天台座主円珍が再興して延暦寺の別院とし，初代長吏となった．以来円珍門徒の拠点となり，延暦寺の山門に対して寺門と称し，対立抗争を繰り返したが，皇室・摂関家の信仰が篤かった．〔伊呂波「園城寺」〕〔阿娑縛抄「園城寺」〕　11-28, 12-21, 12-24, 13-31, 13-42, 14-7, 14-45, 15-7

御輿《みこし》　正しくは「三越」．越前・越中・越後の総称．　11-1

三島ノ郡《みしまのこおり》　越後国．現，新潟県柏崎市，刈羽郡付近．　14-6

水飲《みずのみ》　比叡山の西坂(雲母坂)の途中で，路傍の岩間に水があって飲用となったのが地名となった．延暦寺と外界との境(結界)であった．　13-8

金峰山《みたけ》　「きんぶせん」とも．奈良県吉野郡吉野町の吉野山地．とくに大峰を山上，吉野山を山下とし，その総称としていう．一帯は山岳信仰の聖地で，多数の寺院が点在，それらを金峰山寺と総称．中心は吉野の蔵王堂．現在は金峰山修験本宗総本山．もとは天台宗．「みたけ」の訓みは『色葉字類抄』による．本来は「御岳」の意．〔菅本縁起〕　11-3, 11-13(金峰), 12-11, 12-20, 12-36, 12-39, 12-40, 13-1, 13-3(金 峰), 13-21(同 左), 13-28(同 左), 14-17, 14-18

御谷ノ郷《みたにのさと》　伊賀国山田郡．所在地未詳．『三宝絵』観智院本「益志郷」．同前田本「答郷」．いずれも諸書に見当たらない郷名であるが，益志に似た地名としては，三重県阿山郡大山田村に猿野(《ましの》)がある．　12-25

陸奥ノ国《みちのくのくに》　現，東北地方．和銅5年(712)出羽国の分立後の陸奥国は，現，青森・岩手・宮城・福島県に当たるが，漠然と東北地方全体を指す語としても用いられた．　11-13, 13-40, 14-10, 15-19, 16-6, 16-28

美奈部郡《みなべのこおり》　紀伊国．この郡名は諸書に見えない．法華験記「三奈倍郷」の「郷」を「郡」に誤ったもの．三奈倍郷は，現，和歌山県日高郡南部町付近．　13-34

南星《みなみほし》　愛宕護山の一部．現在地未詳．　12-38

南山階《みなみやましな》　16-15．→山階

箕面ノ滝《みのおのたき》　摂津国．現，大阪府箕面市にある滝．落差約30 m．上流に勝尾寺がある．　14-21, 15-25

美濃ノ国《みののくに》　現，岐阜県南部．　15-30, 16-7

美作ノ国《みまさかのくに》　現，岡山県北部．　14-9, 14-16, 14-18

む

武射ノ郡《むさのこおり》　上総国．現，千葉県山武郡北部付近．　12-11

牟田寺《むたでら》　同名の寺(但し寺号は「むでんじ」)が奈良県吉野郡吉野町六田にある．現在は浄土宗．吉野山(金峰山)への旧登山口に位置する．　13-3

無動寺《むどうじ》　比叡山東塔の別所．根本中堂の南に当たり，相応が貞観7年(865)に建立した明王院(本尊不動明王)がある．　14-39, 15-5, 15-30

室生門崎《むろうとざき》　土佐国．現，高知県室戸岬．空海建立と伝える最御崎(《ほつみさき》)寺がある．　11-9

牟婁ノ郡《むろのこおり》　紀伊国．紀伊半島の南端．現，和歌山県新宮市と東・西牟婁郡および三重県尾鷲市，熊野市と南・北牟婁郡．　12-29, 12-31, 14-3

も

本元興寺《もとのがんごうじ》　平城遷都とともに奈良に移転した元興寺に対して，飛鳥の旧寺をさしていう．法興寺ともいう．奈良県高市郡明日香村の飛鳥寺(安居院)が法統を伝える．11-22．→元興寺

や

薬師寺《やくしじ》　奈良市西ノ京町に現存．法相宗大本山．天武天皇の遺志を継いだ持統天皇が飛鳥の地に造営，文武2年(698)に完成．平城遷都とともに現在地に移転した．『今昔』は天

智天皇の創建と説くが誤り.〔薬師寺縁起〕〔巡礼私記〕　11-2, 11-17, 12-5, 12-8, 12-20, 13-40, 14-33, 14-34, 15-4, 16-23, 16-38

八坂寺《やさかでら》　正式の寺名は法観寺. 京都市東山区八坂上町に現存. 臨済宗建仁寺派. 飛鳥時代の創建と伝え,『延喜式』七箇寺の1つ. 五重塔で有名だが, 天長10年(833)建立の塔(16-33の舞台)は治承3年(1179)雷火により焼失. 現在の塔は永享12年(1440)に再建したもの.〔伊呂波〕　16-33

八坂ノ塔《やさかのとう》　16-33. →八坂寺

八多寺《やたでら》　所在未詳.　12-18

野中寺《やちゅうじ》　大阪府羽曳野市野々上に現存. 高野山真言宗. 聖徳太子の創建と伝え, 俗称「中の太子」. 寺名は地名「野中郷(のなかのさと)」によるが, 現在の寺号は「やちゅうじ」.　14-26

山崎《やまざき》　現, 京都府乙訓郡大山崎町. 京都盆地の門戸に位置し, 天王山を背に淀川に面する. 対岸の男山には石清水八幡宮がある.　14-34, 14-45, 15-15, 16-40(山崎橋)

山階《やましな》　現, 京都市山科区.　11-14, 12-3, 12-21(北山階), 16-15(南山階)

山階寺《やましなでら》　11-14, 12-3, 12-4, 12-6, 12-21, 12-30, 14-40, 14-43. →興福寺

山城ノ国《やましろのくに》　現, 京都府南部.　11-30, 12-3, 12-26, 14-25, 14-28, 16-16

山田ノ郡《やまだのこおり》　伊賀国. 現, 三重県阿山郡の東部.　12-25

大和国《やまとのくに》　現, 奈良県.　11-3, 11-5, 11-6, 11-9, 11-13, 11-24, 11-25, 11-31, 11-32, 11-36, 11-38, 12-11, 12-27, 12-32, 14-17, 14-37, 15-39, 16-8, 16-13

山村ノ里《やまむらのさと》　大和国添上郡. 現, 奈良市山町付近.　12-16, 14-37

八幡《やわた》　奈良市西ノ京町, 薬師寺の南門の南に現存する休丘八幡宮. 薬師寺の鎮守.　12-20

ゆ

遊宜ノ村《ゆげのむら》　河内国若江郡. 現, 大阪府八尾市八尾木付近.　12-17

夢殿〔法隆寺〕《ゆめどの》　法隆寺東院にある八角円堂. 聖徳太子の斑鳩宮跡に, 行信が天平11年(739)太子の冥福を祈って建立.　11-1, 14-11

よ

揚州《ようしゅう》　現, 江蘇省揚州市. 長江の北岸.　11-8

横川《よかわ》　比叡山三塔(東塔・西塔・横川)の1つ. 首楞厳院(横川中堂)を中心とする地域.　11-27, 12-24, 12-30, 12-32, 12-33, 12-38, 14-21, 14-39, 15-6, 15-8, 15-12, 15-39

吉田《よしだ》　現, 京都市左京区吉田神楽岡町付近. 吉田山(神楽岡)の周辺.　12-9

吉野河《よしのがわ》　吉野川. 現, 奈良県吉野郡に発して東流する川. 下流は紀ノ川.　11-24, 12-20

吉野ノ郡《よしののこおり》　大和国. 現, 奈良県吉野郡.　11-5, 11-13, 11-23, 11-24, 12-11

吉野ノ山《よしののやま》　奈良県吉野郡の山. どの山とは特定しがたい. いわゆる吉野山は「金峰山」と表記した例が多い.　12-20(吉野ノ杣), 12-27, 13-3, 13-9, 14-43, 16-14. →金峰山《みたけ》

淀川《よどがわ》　桂・宇治・木津の3川が, 現, 京都市伏見区淀の付近で合流して淀川となる. 河口は大阪市.　11-32

り

竜苑寺《りゅうえんじ》　所在未詳. 大安寺の別院竜淵寺を想定する説がある(福山敏男『奈良朝寺院の研究』).　13-33

竜王寺《りゅうおうじ》　所在未詳.　13-33

竜海寺《りゅうかいじ》　所在未詳. 竜蓋寺(岡寺)のことか.　11-22. →竜蓋寺

竜海寺《りゅうかいじ》　所在地未詳.　13-33

竜蓋寺《りゅうがいじ》　通称岡寺. 奈良県高市郡明日香村岡に現存. 真言宗豊山派. 天智2年(663)義淵が草壁皇子の岡本宮を賜って寺にしたのに始まる.〔竜蓋寺記〕〔菅本縁起〕　11-38

琉球国《りゅうきゅうこく》　後代には沖縄をさすのが普通だが, 中国の史書にいう「琉求」は元史以前には台湾をさし, 明史以後は沖縄をさす. 本書の用例が沖縄をさすとは即断できない. なお,『漂到流球国記』(1巻. 書陵部蔵)は寛元元年(1243)に「流球」に漂着した渡宋者の体験談で, 食人国としての恐怖を含め, 同地のイメージが比較的詳しく記されている.　11-12

竜宮《りゅうぐう》　竜王の宮殿. 海底・湖底にあって一切経を収蔵するとされる.　11-17, 14-29, 16-15

竜花寺《りゅうげじ》　山形県鶴岡市下川関根の善宝寺の

略縁起によれば，同寺の北，竜華の地にあった妙達の庵が同寺の前身という．『三宝絵』観智院本中巻末尾に付載の妙達蘇生注記には「出羽国ウミノツライツホリ越後国ノサカヒ田河ノ郡ノ南ノ山竜花寺トイフ寺」とある．　13-13

竜興寺《りゅうこうじ》　唐の神竜元年(705)中宗の勅により全国の州府に設置された中興寺を，同3年に竜興寺と改称したもの．ここでは，楊州のそれを指す．　11-8

竜心寺《りゅうしんじ》　所在未詳．法華験記「竜門寺」を誤ったものか．　13-33．→竜門寺

竜天寺《りゅうてんじ》　所在未詳．　13-33

竜門寺《りゅうもんじ》　奈良県吉野郡吉野町の山口(竜門岳の南麓)にあった寺．義淵が創建．〔醍本縁起「竜門寺」〕　11-24,［11-37］,12-33,13-3

楞厳院《りょうごんいん》　11-27．→首楞厳院

霊鷲山《りょうじゅせん》　古代インド，マガダ国の都ラージャグリハ(王舎城)の東北の山．『法華経』『無量寿経』等は釈尊がここで説いたとされている．現，ビハール州のほぼ中央に位置する．　11-7(霊山),11-16(同左),12-15(同左),13-36

霊山《りょうぜん》　11-7,11-16,12-15．→霊鷲山

れ

嶺南道《れいなんどう》　五嶺の南の意で，現在の広東・広西方面をさす．福州(福建省)は嶺南には属さないはずだが，『智証大師伝』にも「嶺南道福州」とある．　11-12

連江県《れんこうけん》　現中国福建省連江県．福州を流れる閩江の河口付近．　11-12(連江懸)

連江懸《れんこうけん》　→連江県

ろ

盧岳《ろがく》　盧山．中国江西省北部，九江市の南方にある山．古来山岳信仰の地だったが，381年慧遠が入山して以後仏教の霊地となり，竜泉寺・東林寺等多数の寺院が建立された．また，道教・儒教の勝地でもあった．　11-1

六条〔平城京〕《ろくじょう》　六条大路．　11-17

六道《ろくどう》　衆生が輪廻する六種の世界．すなわち天上・人間・修羅・畜生・餓鬼・地獄の総称．　12-17,13-35,15-26

六波羅蜜寺《ろくはらみつじ》　京都市東山区轆轤町に現存．現在は真言宗智山派．応和3年(963)空也上人が十一面観音を本尊として創建．当初は西光寺と称したが，上人の入滅後，中信が寺号を改め，天台別院とした．西国三十三所の第17．〔伊呂波〕〔阿娑縛抄〕　13-42,13-44(六波羅ノ寺),15-43(六波羅),16-9(同左)

六角堂《ろっかくどう》　正式の名は頂法寺．京都市中京区堂之前町に現存．天台宗．寺伝によれば，聖徳太子が創建．本堂が六角なのでこの名がある．西国三十三所の第18．本尊は如意輪観音．〔伊呂波〕〔阿娑縛抄〕　16-32

わ

若江ノ郡《わかえのこおり》　河内国．現，大阪府東大阪市西部と八尾市中部付近．　12-17

若狭ノ国《わかさのくに》　現，福井県南部．　16-7